Daniel Silva
Der Maler
Der Botschafter

SERIE PIPER

Zu diesem Buch

Long Island, New York: Nach einer Explosion am Himmel schwimmen nur noch die Wrackteile einer Boeing 747 vor der Küste. Michael Osbourne, erfahrener CIA-Agent und Terrorismusexperte, erhält von höchster Stelle den Auftrag, die Hintergründe des brutalen Anschlags aufzuklären. Er setzt sein Leben aufs Spiel, doch niemand glaubt an seine bizarre Theorie, bis der Killer schließlich seine Deckung verläßt ... Belfast: Von zwei Schüssen tödlich verwundet, bricht Eamonn Dillon, hochrangiges Mitglied der Sinn Fein, vor dem Hauptquartier seiner Partei zusammen. Zeitgleich erschüttern Terrorakte in Dublin und London die Öffentlichkeit. Während die Ermittlungen anlaufen, bereitet Kyle Blake, der Kopf der Terroristen, sein nächstes Attentat vor. Sein Ziel ist der amerikanische Botschafter in London, Douglas Cannon. Doch damit begeht Blake einen tödlichen Fehler, denn hinter dem Botschafter steht Michael Osbourne, Topagent der CIA – und Cannons Schwiegersohn ...

Daniel Silva, bis 1997 Top-Journalist des CNN, verbrachte lange Jahre als Auslandskorrespondent im Nahen Osten, in Kairo und am Persischen Golf. Seit dem großen internationalen Erfolg seines Thrillers »Double Cross – Falsches Spiel« widmet er sich ganz dem Schreiben. Übersetzt in mehr als zwanzig Sprachen, gehört Daniel Silva zur ersten Garde amerikanischer Thrillerautoren. Auf deutsch erschien zuletzt »Die Loge«.

Daniel Silva
Der Maler
Der Botschafter

Zwei Thriller in einem Band

Aus dem Amerikanischen von
Wulf Bergner

Piper München Zürich

Von Daniel Silva liegen in der Serie Piper vor:
Double Cross – Falsches Spiel (2816)
Der Auftraggeber (3887)
Der Engländer (4307)
Der Maler / Der Botschafter (Doppelband, 4525)

FSC

Dieses Taschenbuch wurde auf FSC-zertifiziertem Papier gedruckt. FSC (Forest Stewardship Council) ist eine nichtstaatliche, gemeinnützige Organisation, die sich für eine ökologische und sozialverantwortliche Nutzung der Wälder unserer Erde einsetzt (vgl. Logo auf der Umschlagrückseite).

Taschenbuchsonderausgabe
September 2005

Titel der amerikanischen Originalausgaben:
»The Mark of the Assassin«, Villard Books, New York 1998 und
»The Marching Season«, Random House, New York 1999

Umschlag / Bildredaktion: Büro Hamburg
Heike Dehning, Charlotte Wippermann,
Alke Bücking, Kathrin Hilse
Foto Umschlagvorderseite: Ondrea Barbe / Corbis
Foto Umschlagrückseite: Marion Ettlinger / Villard
Satz: Dr. Ulrich Mihr GmbH, Tübingen
Papier: Munken Print von Arctic Paper Munkedals AB, Schweden
Druck und Bindung: Clausen & Bosse, Leck
Printed in Germany
ISBN-13: 978-492-24525-8
ISBN-10: 3-492-24525-0

www.piper.de

Der Maler

SERIE PIPER

Für Esther Newberg,
meine literarische Agentin
und Freundin. Und wie immer
für meine Frau Jamie, die alles
möglich macht, und meine
Kinder Lily und Nicholas

»Und ihr werdet die Wahrheit erkennen, und die Wahrheit wird euch frei machen.«

MOTTO DER CENTRAL INTELLIGENCE AGENCY
AUS DEM EVANGELIUM DES JOHANNES

»Und ihr werdet die Wahrheit erkennen, und die Wahrheit wird euch stinksauer machen.«

VERSION DER CIA-MITARBEITER

Prolog

Tschechoslowakisch-Österreichische Grenze, August 1968

Der Suchscheinwerfer glitt lautlos über das flache, weite Feld. Sie lagen in einem Entwässerungsgraben auf der tschechoslowakischen Seite der Grenze: der Mann, die Frau und der Junge. In den vergangenen Nächten hatten schon andere diesen Weg benutzt und so versucht, den Russen zu entkommen, die mit den Warschauer-Pakt-Staaten in der Tschechoslowakei einmarschiert waren, um Alexander Dubčeks Experiment, den »Prager Frühling«, zu zerstören. Ein paar Glückliche hatten es geschafft. Die meisten waren festgenommen worden. Eines der zahlreichen Gerüchte besagte, manche seien auf einen nahe gelegenen Kartoffelacker geführt und erschossen worden.

Die drei Leute in dem Graben machten sich keine Sorgen, ob sie es schaffen würden, die Grenze zu überschreiten. Sie hatten Befehl, um diese Zeit an dieser Stelle zu sein, und ihnen war versichert worden, ihr Übertritt in den Westen werde reibungslos klappen. Sie hatten keinen Grund, daran zu zweifeln, alle drei waren Agenten des sowjetischen Komitees für Staatssicherheit, besser als KGB bekannt.

Der Mann und die Frau gehörten der Ersten Hauptverwaltung an. Ihr Auftrag lautete, russische und tschechoslowakische Dissidentenkreise im Westen zu unterwandern.

Der Junge gehörte zu den Berufskillern der Abteilung V der Ersten Hauptverwaltung.

Der Mann schob sich auf dem Bauch liegend an den Grabenrand und spähte in die Nacht hinaus. Als der Scheinwerfer über ihn hinwegglitt, drückte er sein Gesicht in das kühle, taufeuchte Gras. Als es wieder dunkel war, hob er den Kopf und sah sich erneut um. Der tief über dem Horizont stehende Halbmond gab gerade genug Licht, daß alles deutlich zu sehen war: der Wachtturm, die Silhouette eines Grenzpolizisten, ein weiterer Uniformierter, der den kiesbestreuten Weg am Grenzzaun entlangkam.

Der Mann kontrollierte das Leuchtzifferblatt seiner Uhr. Er drehte sich um und flüsterte auf tschechisch: »Bleibt hier. Ich sehe nach, ob wir kommen können.«

Er kroch über den Grabenrand und war verschwunden.

Die Frau sah zu dem Jungen hinüber. Er war nicht älter als sechzehn, und ihre um ihn kreisenden sexuellen Phantasien hatten ihr schlaflose Nächte beschert, seit sie vor drei Wochen in die Tschechoslowakei gekommen waren. Für einen Jungen war er viel zu hübsch: schwarzes Haar, dunkelblaue Augen wie ein sibirischer See. Seine Haut war blaß, fast weiß. Obwohl dies sein erster Einsatz war, ließ er keine Angst erkennen. Als er merkte, daß sie ihn ansah, starrte er mit einer animalischen Direktheit zurück, die sie erzittern ließ.

Fünf Minuten später kam der Mann zurück. »Beeilung«, sagte er. »Geht schnell und ohne ein Wort zu reden.«

Er bückte sich und half der Frau aus dem Graben. Danach streckte er seine Hand auch dem Jungen hin, der sie nicht ergriff, sondern allein herauskletterte. Der

Grenzpolizist wartete am Zaun auf sie. Sie gingen fünfzig Meter weit bis zu der Stelle, wo ein Loch in den Zaun geschnitten worden war. Der Uniformierte zog den Maschendraht zur Seite, und die drei KGB-Agenten überschritten nacheinander die Grenze nach Österreich.

Von ihren Führungsoffizieren in der Moskauer Zentrale hatten sie genaue Anweisungen erhalten. Sie sollten zu Fuß ins nächste Dorf gehen und sich zu einem österreichischen Gendarmerieposten bringen lassen. Aus Erfahrung wußten sie, daß man sie in ein Auffanglager für Ostblockflüchtlinge bringen würde. Dort würden sie unweigerlich scharfen Verhören durch die österreichische Spionageabwehr unterzogen werden, die sicherstellen sollten, daß keine Spione ins Land kamen. Aber ihre tschechoslowakischen Identitäten waren in monatelanger Arbeit zusammengestellt worden; sie würden jeder Überprüfung standhalten. Wenn alles nach Plan ablief, würden sie binnen weniger Wochen in den Westen entlassen werden und ihre Arbeit für den KGB beginnen.

Der Junge hatte von der Abteilung V einen anderen Auftrag.

Die österreichische Seite der Grenze wurde nicht bewacht. Sie überquerten ein frisch gepflügtes Feld. Die warme Nacht war von schwerem Mistgestank und dem Zirpen Zehntausender Grillen erfüllt. Die Landschaft verdüsterte sich, als der wäßrige Halbmond hinter einer einzelnen Wolke verschwand. Die unbefestigte Straße befand sich genau dort, wo sie nach Angaben ihrer Führungsoffiziere liegen sollte. Sobald ihr die ehemalige Landstraße erreicht, hatten sie gesagt, geht ihr in Richtung Süden weiter. Nach gut drei Kilometern liegt das Dorf vor euch.

Die mit Schlaglöchern übersäte alte Straße war schmal,

kaum breit genug für ein Pferdefuhrwerk, und zog sich steigend und fallend durch die sanft gewellte Landschaft. Sie gingen schnell, der Mann und die Frau voraus, der Junge einige Schritte hinter ihnen. Binnen einer halben Stunde war am Horizont der Lichtschein eines Dorfs zu sehen. Kurze Zeit später wurde hinter einem niedrigen Höhenzug ein Kirchturm sichtbar.

In diesem Augenblick griff der Junge in seine Jacke, zog eine Pistole mit Schalldämpfer heraus und schoß den Mann in den Hinterkopf. Die Frau fuhr mit vor Entsetzen geweiteten Augen herum.

Der Junge riß seinen Arm hoch und schoß ihr dreimal rasch nacheinander ins Gesicht.

Oktober

I

Vor Long Island, New York

In der dritten Nacht klappte das Unternehmen endlich. Die erste Nacht war ungeeignet: starke Bewölkung, Regenschauer, böiger Wind. Die zweite Nacht war klar und mondhell, aber ein steifer Nordwest erzeugte starken Seegang, der selbst die Hochseejacht schlingern ließ. Eine Fahrt mit dem Boston Whaler, einem nachgebauten Walfangboot, wäre unverantwortlich gewesen. Um das Unternehmen vom Whaler aus durchführen zu können, brauchten sie ruhige See, deshalb liefen sie weiter aufs Meer hinaus und verbrachten die Nacht seekrank an Bord. Am Morgen darauf, dem dritten Morgen, war der Seewetterbericht vielversprechend: abflauende Winde, schwacher Seegang, eine langsam durchziehende Front mit einem nachfolgenden Schönwettergebiet.

Der Wetterbericht erwies sich als zutreffend.

Die dritte Nacht war ideal.

Sein richtiger Name war Hassan Mahmoud, aber er hatte ihn für einen islamischen Freiheitskämpfer schon immer ziemlich einfallslos gefunden und deshalb den kühneren Namen Abu Dschihad angenommen. Er war in Gaza geboren und von einem Onkel in einem der elenden Flüchtlingslager am Rande von Gaza aufgezogen worden. Seine politischen Überzeugungen wurden durch die Steinwürfe und Brandstiftungen der *Intifada* geprägt. Er schloß sich der Hamas an, kämpfte auf den Straßen gegen die Israelis und bestattete zwei Brüder und mehr Freunde, als er sich noch erinnern konnte. Einmal wurde er selbst verwundet, als die Kugel eines israelischen Soldaten ihm die rechte Schulter zerschmetterte. Die Ärzte sagten, er werde seinen Arm nie wieder richtig gebrauchen können. Hassan Mahmoud alias Abu Dschihad lernte, mit dem linken Arm Steine zu werfen.

Die Jacht war vierunddreißig Meter lang und hatte sechs Luxuskabinen, einen großen Salon und ein Achterdeck, das ausreichend Platz für eine Cocktailparty mit sechzig Gästen bot. Die Kommandobrücke war mit modernster Technik bis hin zu Satellitennavigation und Kommunikationssystemen ausgerüstet. Sie war für drei Mann Besatzung gebaut, aber zwei gute Leute konnten sie mühelos bedienen.

Sie waren vor einer Woche aus dem winzigen Hafen Gustavia auf Saint-Barthélemy ausgelaufen und hatten sich auf ihrer Fahrt die Ostküste der Vereinigten Staaten hinauf viel Zeit gelassen. Obwohl sie immer weit außerhalb amerikanischer Hoheitsgewässer geblieben waren, hatten sie unterwegs den sanften Touch amerikanischer Seeüberwachung gespürt. Das Aufklärungsflugzeug P-3 Orion, das sie jeden Tag überflog. Die Kutter der US-Küstenwache, die in der Ferne das offene Meer durchpflügten.

Für den Fall, daß sie angehalten und kontrolliert wurden, hatten sie sich eine glaubhafte Geschichte zurechtgelegt. Die Jacht war unter dem Namen eines reichen französischen Investors registriert, und sie hatten den Auftrag, sie aus der Karibik nach Neuschottland zu überführen. Dort würde der französische Eigner mit zwölf Gästen, die er zu einer einmonatigen Karibikkreuzfahrt eingeladen hatte, an Bord kommen.

Den Franzosen gab es nicht, er verdankte sein Dasein einem Offizier eines befreundeten Nachrichtendienstes, und die zwölf Gäste existierten erst recht nicht.

Und was Kanada betraf, hatten sie nicht die Absicht, auch nur in die Nähe seiner Küste zu kommen.

In dieser Nacht operierten sie unter völliger Verdunklung. Das Wetter war klar und ziemlich kalt. Der helle Halbmond lieferte genug Licht, so daß man sich mühelos an Deck bewegen konnte. Der Motor war für den Fall abgestellt, daß kein mit Infrarotsensoren ausgestatteter Satellit oder Seeaufklärer sie zufällig entdecken konnte. Die Jacht dümpelte leicht in der nur wenig bewegten See.

Hassan Mahmoud saß nervös rauchend in dem dunklen Salon. Er trug Jeans, Nike-Sportschuhe und einen Vliespullover von L. L. Bean. Er sah zu dem anderen Mann auf. Sie waren seit zehn Tagen zusammen, aber sein Gefährte hatte nie mehr als das Nötigste gesprochen. In einer warmen Nacht vor der Küste Georgias hatte Mahmoud versucht, ihn in ein Gespräch zu verwickeln. Aber der Mann hatte nur gegrunzt und war in seine Kabine gegangen. Redete er einmal mit Mahmoud, was selten genug vorkam, sprach er das präzise akzentfreie Arabisch eines Mannes, der eine Sprache sehr gut gelernt hat, ohne jedoch ihre Feinheiten zu meistern. Als Mahmoud ihn nach seinem Namen fragte, fuhr der Mann sich mit einer Hand über sein kurzes schwarzes Haar, zupfte sich an der Nase und antwortete schließlich, wenn Namen nötig seien, solle er ihn Jassim nennen.

Aber das war bestimmt nicht sein richtiger Name. Für einen Jungen aus den Lagern im Gazastreifen war Mahmoud weit herumgekommen; seine Tätigkeit als Terrorist machte Reisen notwendig. Er kannte Rom, und er war in London gewesen.

Er hatte viele Monate in Athen verbracht und sich einen ganzen Winter lang bei einer Palästinenserzelle in Madrid versteckt. Dieser Mann, der Jassim genannt werden wollte und mit fremdartigem Akzent sprach, war kein Araber. Mahmoud, der ihn jetzt beobachtete, versuchte die Mischung aus seltsamen Zügen, die sein schweigsamer Komplize aufwies, geographisch und ethnisch einzuordnen. Er betrachtete sein Haar – fast schwarz und an den Schläfen grau meliert. Die Augen waren durchdringend blau, die Haut so blaß, daß sie beinahe weiß wirkte. Die Nase war lang und schmal, eine Frauennase, fand er, die Lippen voll und sinnlich, die Backenknochen weit auseinanderstehend. Vielleicht ist er ein Grieche, dachte er, vielleicht ein Italiener oder Spanier. Vielleicht ein Türke oder Kurde. Einen verrückten Augenblick lang dachte er sogar, er könnte ein Israeli sein.

Mahmoud beobachtete, wie der Mann, der Jassim genannt werden wollte, den Niedergang benutzte und unter Deck verschwand. Als er zwei Minuten später zurückkam, trug er einen langen, schlanken Gegenstand.

Mahmoud kannte nur ein Wort dafür: Stinger.

Als Jassim ihn jetzt ansprach, behandelte er Mahmoud, als verstehe er nichts von Fla-Raketen des Typs Stinger. Dabei kannte Mahmoud sie recht gut. Er wußte, daß die von der Schulter abzuschießende Version eineinhalb Meter lang war und genau fünfzehneinhalb Kilogramm wog. Er wußte, daß sie zur Zielansteuerung einen Wärmesuchkopf, einen passiven Infrarotsensor und einen Ultraviolettsensor besaß. Er wußte, daß ihre wirksame Reichweite bei etwa fünf Kilometern lag. Er hatte nie wirklich eine abgeschossen – die Raketen waren zu kostbar und zu teuer, um zu Übungszwecken verschossen zu werden –, aber er hatte Dutzende von Stunden damit geübt und wußte genau, was er zu tun hatte.

»Sie ist schon dafür eingestellt, ein großes, vierstrahliges Flugzeug anzusteuern«, sagte Jassim gerade. »Der Sprengkopf ist so programmiert, daß er in die Maschine eindringt, bevor er detoniert.«

Mahmoud nickte schweigend.

»Du richtest die Rakete aufs Ziel«, erklärte Jassim geduldig in seinem akzentfreien Arabisch. »Sobald das Zielsuchsystem das Ziel geortet und erfaßt hat, hörst du den Ton in deinem Kopfhörer. Wenn du den Ton hörst, schießt du die Rakete ab.«

Mahmoud schnippte eine weitere Marlboro aus der Packung und bot auch Jassim eine an. Der andere winkte ab und setzte seinen Vortrag fort.

»Sobald die Rakete abgeschossen ist, legst du die leere Abschußvorrichtung einfach ins Boot und kommst zur Jacht zurück.«

»Mir ist befohlen worden, die Abschußvorrichtung ins Wasser zu werfen«, sagte Mahmoud.

»Und ich befehle dir, sie hierher zurückzubringen. Nach dem Absturz der Maschine werden die Amerikaner den Meeresboden mit Sonar absuchen. Dabei haben sie verdammt gute Chancen, deine Abschußvorrichtung zu finden. Deshalb bringst du sie wieder zurück. Wir werfen sie weiter draußen über Bord.«

Mahmoud nickte. Er hatte andere Anweisungen, aber Jassims Erklärung für die Änderung klang vernünftig. Sie schwiegen beide etwa zwanzig Minuten lang. Mahmoud spielte mit dem Griffstück der Stinger. Jassim goß sich einen Kaffee ein und trank ihn in der kalten Nachtluft auf dem Achterdeck.

Dann ging Jassim auf die Brücke, um den Flugfunk abzuhören. Mahmoud, der im Salon blieb, konnte die knappen Anweisungen der Fluglotsen auf dem JFK International Airport mithören.

Am Heck der Jacht waren zwei kleinere Boote festgemacht: ein Zodiac-Schlauchboot und der sechs Meter lange Boston Whaler *Dauntless*. Bis zu diesem Augenblick hatte Mahmoud sich noch nie Gedanken über das große Schlauchboot gemacht. Er stieg die Bootsleiter hinunter, zog den Whaler näher an die Jacht heran und trat über die Reling in den vorderen Sitzraum. Jassim folgte ihm und übergab ihm die Stinger.

Der Whaler hatte ein doppeltes Steuerpult, das durch den Verbindungsgang zwischen Bug- und Hecksitzraum zweigeteilt wurde. Mahmoud legte die Stinger aufs Achterdeck, setzte sich ans Steuerpult und ließ den Motor an. Jassim machte die Bugleine los, warf sie an Deck und stieß das kleinere Boot mit einem kräftigen Fußtritt von der Jacht weg.

Mahmoud schob den Gashebel nach vorn. Der Whaler nahm Fahrt auf und lief auf die Küste von Long Island zu.

Flug 002 der TransAtlantic startet jeden Abend um 19 Uhr auf dem JFK International Airport und landet am nächsten Morgen um 6.55 Uhr in London. Captain Frank Hollings war diese Strecke schon öfter geflogen, als er sich erinnern mochte, auch häufig in der Boeing 747, die er heute nacht fliegen würde, N75639. Mit dieser Maschine, der hundertfünfzigsten 747, die Boeing in seinem Werk in Renton, Washington, gebaut hatte, hatte es in ihren drei Jahrzehnten in der Luft nur wenige Probleme gegeben.

Der Wetterbericht hatte für den größten Teil der Strecke klares Wetter vorhergesagt, aber für den Anflug auf Heathrow war Regen angekündigt. Hollings erwartete einen glatten Flug. Um 18.55 Uhr meldete der Purser dem Captain, alle Passagiere seien an Bord. Punkt 19 Uhr ließ er die Kabinentür schließen, und TransAtlantic Flug 002 wurde von einem Schlepper vom Flugsteig weggezogen.

Mary North unterrichtete Englisch an der Bay Shore High School auf Long Island und war Beratungslehrerin für die Theatergruppe. Anfangs hatte ihr die Idee gefallen, mit der Gruppe für fünf Tage zu Besichtigungen und Theaterbesuchen nach London zu fliegen. Das nötige Geld zusammenzubringen hatte länger gedauert, als sie sich je hatte vorstellen können – endlos viele Kuchenverkäufe, Autowäschen und Verlosungen. Mary bezahlte ihren Anteil selbst, aber die Reise bedeutete, daß sie ihren Mann und ihre zwei Kinder zurücklassen mußte. John war Chemielehrer an der Bay Shore High School, und eine Kurzreise nach London, nur um ein-, zweimal ins Theater zu gehen, überstieg ihre finanziellen Mittel.

Die Schüler benahmen sich wie die Wilden. Das hatte schon auf der Fahrt im Van zum Flughafen angefangen: das Brüllen, das Kreischen, die Rapmusik und *Nirvana* auf höchster Lautstärke aus Walkman-Kopfhörern. Ihre eigenen Kinder waren vier und sechs Jahre alt, und Mary betete jeden Abend, sie möchten nie in die Pubertät kommen. Jetzt bewarfen sie sich gegenseitig mit Popcorn und machten anzügliche Bemerkungen über die Stewardessen. Mary North schloß genervt die Augen. Vielleicht sind sie bald müde, dachte sie. Vielleicht schlafen sie bald ein.

Ein Popcorn prallte von ihrer Nase ab.

Vielleicht bist du wirklich nicht ganz bei Trost, Mary, dachte sie.

Während Flug 002 zur Startposition rollte, war Hassan Mahmoud an Bord der *Dauntless,* die mit Höchstfahrt auf die Westspitze von Fire Island zuhielt, der langgezogenen schmalen Insel vor der Südküste von Long Island.

Die Fahrt von der Jacht weg war bisher ohne Zwischenfälle verlaufen. Der tief über der Kimm hängende Halbmond gestattete ihm, ohne Positionslichter zu laufen. Vor ihm leuchtete der New Yorker Stadtteil Queens blaßgelb am Horizont.

Die äußeren Bedingungen waren ideal: wolkenloser Himmel, schwacher Seegang, kaum Wind. Mahmoud sah auf die Anzeige des Echolots und stellte den Motor ab. Die *Dauntless* verlor rasch an Fahrt und blieb dümpelnd liegen. In der Ferne war das Maschinengeräusch eines Frachters zu hören, der aus dem New Yorker Hafen auslief. Er schaltete das Funkgerät ein und wählte die richtige Frequenz.

Fünf Minuten später hörte Mahmoud, wie TransAtlantic Flug 002 von einem Fluglotsen seine endgültige Startfreigabe erhielt. Er hob die Stinger auf und schaltete die Zielsuch- und Lenksysteme ein. Dann nahm er sie auf seine Schulter und suchte durchs Visier den Nachthimmel ab.

Mahmoud hörte die Verkehrsmaschine bereits, noch bevor er sie tatsächlich sehen konnte. Zehn Sekunden später erfaßte er die Positionslichter der 747 und verfolgte sie über den schwarzen Nachthimmel. Dann erklang in seinem Kopfhörer der Ton, der ihm signalisierte, daß die Stinger ein Ziel erfaßt hatte.

Der Whaler schwankte heftig, als das Feststofftriebwerk der Stinger zündete und die Rakete aus der Abschußvorrichtung röhrte. »Die Amerikaner bezeichnen ihre kostbare Stinger gern als Waffe, die man abfeuern und vergessen kann«, hatte sein Ausbilder ihm bei einer ihrer praktischen Übungen erklärt. Sein Ausbilder war ein Afghane, der im Kampf gegen die Russen ein Auge und eine Hand verloren hatte. Abfeuern und vergessen, dachte Mahmoud. Abfeuern und vergessen. So einfach war das.

Er legte die leere Abschußvorrichtung ins Boot zurück, genau wie Jassim ihm befohlen hatte. Dann ließ er den Motor des Whalers wieder an, entfernte sich mit Höchstgeschwindigkeit von der Küste und warf dabei nur einen kurzen Blick über die Schulter; er sah, wie die Stinger mit Überschallgeschwindigkeit durch den schwarzen Nachthimmel raste.

Captain Frank Hollings hatte B-52-Bomber über Nordvietnam geflogen und wußte deshalb, wie anfliegende Fla-Raketen aussahen. Für einen kurzen Augenblick gestattete er sich zu glauben, das könnte etwas anderes sein – ein brennendes Kleinflugzeug, ein Meteorit, ein Feuerwerkskörper. Aber als die Lenkwaffe mit hoher Geschwindigkeit unaufhaltsam weiter auf sie zuraste, wußte er, daß sie nichts anderes sein konnte. Eine alptraumhafte Vorstellung war Wirklichkeit geworden.

»Heilige Muttergottes«, murmelte Hollings. Er wandte sich an seinen Kopiloten und öffnete den Mund, um etwas zu sagen. Dann erzitterte das Flugzeug heftig. Im nächsten Augenblick wurde es durch eine gewaltige Detonation in Stücke gerissen, und Feuer regnete aufs Meer hinab.

Als der Mann, der sich Jassim nannte, die *Dauntless* kommen hörte, blinkte er mit einem starken Signalscheinwerfer dreimal rasch in ihre Richtung. Das Boot kam in Sicht. Mahmoud zog den Gashebel zurück, und die *Dauntless* glitt aufs Heck der Jacht zu.

Selbst im schwachen Licht des untergehenden Mondes erkannte er es auf dem Gesicht des Jungen. Die wilde Erregung, die Angst, die rauschhafte Hochstimmung. Er sah es in seinen glänzenden dunkelbraunen Augen, an seinen zitternden Händen, die unbeholfen das Steuer der *Dauntless* bedienten. Hätte man ihn gewähren lassen, wäre Mahmoud die ganze Nacht und den folgenden Tag über aufgeblieben, hätte alles noch einmal durchlebt, jede Einzelheit ausführlich erläutert und wieder und wieder geschildert, was er in dem Augenblick empfunden hatte, in dem das Flugzeug in einem Feuerball explodiert war.

Jassim verachtete die Ideologen, verabscheute die Art und Weise, wie sie alle ihre Leiden als Schutzpanzer trugen und ihre Angst als Tapferkeit tarnten. Er mißtraute jedem, der freiwillig bereit war, ein Leben dieser Art zu führen. Er vertraute nur Profis.

Die *Dauntless* stieß leicht ans Heck der Jacht. Der Wind hatte in den letzten Minuten etwas aufgefrischt. Kleine Wellen klatschten gegen die Bootsrümpfe. Jassim stieg die Leiter hinunter, als Hassan Mahmoud den Motor abstellte und in den vorderen Sitzbereich kam. Der Junge streckte eine Hand aus, damit Jassim ihm aus dem Boot helfen konnte, aber Jassim zog eine 9-mm-Glock mit Schalldämpfer aus dem Hosenbund und schoß dem jungen Palästinenser dreimal rasch nacheinander ins Gesicht.

Später ging er mit der Jacht auf Ostkurs und schaltete das automatische Navigationssystem ein. Er lag wach in seiner Kabine. Noch heute, nach unzähligen Morden, konnte er in der ersten Nacht nach einem Auftragsmord nicht schlafen. War er auf der Flucht oder noch in der Öffentlichkeit, gelang es ihm immer, konzentriert und professionell cool zu bleiben. Aber nachts kamen die

Dämonen. Nachts sah er die Gesichter, eines nach dem anderen wie Fotografien in einem Album. Zuerst kraftvoll und lebendig; dann zu einer Totenmaske verzerrt oder durch seine bevorzugte Tötungsmethode zerfetzt: drei Kugeln ins Gesicht. Danach kamen die Schuldgefühle, und er versicherte sich wieder, er habe sich dieses Leben nicht ausgesucht. Er war dafür bestimmt worden. Im Morgengrauen, als das erste Licht des neuen Tages in seine Kabine fiel, schlief er endlich ein.

Er stand mittags auf und machte sich an die Routinearbeit, um sein Verschwinden vorzubereiten. Nachdem er geduscht und sich rasiert hatte, zog er sich an und packte seine übrige Kleidung in eine kleine lederne Reisetasche. Er kochte sich einen Kaffee und trank ihn, während er im Fernseher der Jacht, die mit einer hochwertigen Satellitenempfangsanlage ausgestattet war, die CNN-Reportagen verfolgte. Jammervolle Bilder: trauernde Angehörige auf den Flughäfen JFK und Heathrow, die Mahnwache in einer High School irgendwo auf Long Island, die Reporter mit ihren wilden Spekulationen über die Absturzursache.

Er machte einen letzten Rundgang durch sämtliche Räume der Jacht, um sich zu vergewissern, daß er keine Spur seiner Anwesenheit hinterlassen hatte. Dann überprüfte er die Sprengladungen.

Um 18.00 Uhr, pünktlich zur befohlenen Zeit, holte er einen kleinen schwarzen Gegenstand aus der Kombüse. Das Ding war nicht größer als eine Zigarrenkiste und erinnerte vage an ein Funkgerät. Er nahm es mit aufs Achterdeck und drückte auf den einzigen Knopf. Er hörte keinen Ton, aber er wußte, daß die komprimierte Nachricht verschlüsselt gesendet worden war. Selbst wenn die amerikanische NSA sie auffing, konnte sie mit diesem sinnlosen Buchstabensalat nichts anfangen.

Die Jacht lief weitere zwei Stunden nach Osten. Inzwischen war es 20 Uhr. Er machte die Sprengladungen scharf und zog dann eine Segeltuchweste mit einem schweren Metallring auf der Brust an.

Heute abend war der Wind stärker. Es war merklich kälter, und die Sterne verschwanden hinter einer hohen Wolkendecke. Das am Heck der Jacht festgemachte Zodiac-Schlauchboot hob und senkte sich rhythmisch in den einen Meter hohen Wellen. Er kletterte in das Boot und zog an der Anreißleine. Der Außenbordmotor sprang beim dritten Zug an. Er drehte von der Jacht ab und gab Gas.

Zwanzig Minuten später hörte er den Hubschrauber. Er stellte den Motor des Schlauchboots ab und blinkte mit seiner Signallampe. Dann schwebte der Hubschrauber über ihm und erfüllte die Nacht mit dem Knattern seiner Rotorblätter.

Aus dem Rumpf fiel ein Stahlseil herab. Er befestigte es an seiner Weste und ruckte zweimal daran, um mitzuteilen, daß er bereit war. Im nächsten Augenblick schwebte er aus dem Schlauchboot sanft zum Hubschrauber hinauf.

In der Ferne waren Explosionen zu hören. Er drehte den Kopf noch rechtzeitig zur Seite, um zu sehen, wie die Jacht durch die Wucht der Detonationen aus dem Wasser gehoben wurde. Dann trat sie langsam ihren langen Weg auf den Boden des Atlantiks an.

2

San Francisco

Präsident James Beckwith erhielt die Nachricht von der Tragödie, während er in seinem Haus in San Francisco Urlaub machte. Er hatte auf einige Tage Erholung gehofft: auf einen ruhigen Nachmittag in seinem Arbeitszimmer mit Blick auf die Golden Gate Bridge, ein erholsames Abendessen mit alten Freunden und politischen Förderern in Marin. Und vor allem auf einen Segeltag an Bord seiner geliebten 11,5-m-Ketsch *Democracy*, selbst wenn das bedeutete, daß er von einer Horde Kameraleute und Reporter aus dem Pressepool des Weißen Hauses durch die Gewässer der San Francisco Bay verfolgt wurde. Die Segeltörns mit der *Democracy* lieferten immer Bildmaterial, das seine Mitarbeiter und politischen Berater am liebsten sahen: der Präsident trotz seiner neunundsechzig Jahre noch immer fit und jugendlich, noch immer imstande, sein Boot zu handhaben. Nur Anne war mit an Bord. Das sonnengebräunte Gesicht, die sportlich schlanke Gestalt, die sich lässig auf dem Boot bewegte, die modische Sonnenbrille in europäischem Design unter dem Schirm seiner Air-Force-One-Mütze.

Das Arbeitszimmer in Beckwiths geräumigem Haus im Marina District spiegelte seinen Geschmack und sein Image nahezu perfekt wider: elegant, behaglich, traditionell, aber trotzdem mit genügend modernen Elementen, um erkennen zu lassen, daß der Präsident mit beiden Beinen in der heutigen Welt stand. Die Schreibtischplatte war aus Rauchglas, der PC schwarz. Beckwith war stolz darauf, so viel von Computern zu verstehen wie die meisten seiner jugendlichen Mitarbeiter, vielleicht sogar mehr.

Er nahm den Hörer seines schwarzen Telefons ab und drückte auf einen weißen Knopf. Eine Telefonistin des Weißen Hauses sagte: »Ja, Mr. President?«

»Stellen Sie bitte vorläufig keine Gespräche mehr durch, außer der Stabschef ruft an, Grace. Ich möchte etwas Ruhe haben.«

»Selbstverständlich, Mr. President.«

Er hörte, wie am anderen Ende aufgelegt wurde. Er legte ebenfalls auf und trat ans Fenster. Die Aussicht war wundervoll, trotz der dicken Panzerglasscheibe, auf der der Secret Service bestanden hatte. Die tief am Abendhimmel stehende Sonne hatte die Stadt in sanfte Aquarelltöne aus Purpur und Orange getaucht. Der abendliche Nebel sickerte durchs Golden Gate herein. Unter ihm standen bunte Drachen über der Küstenlinie. Die Aussicht hatte einen ganz eigenen Zauber. Beckwith vergaß, wie lange er dastand und die schweigende Stadt, die mit Schaumkronen bedeckte Bucht und die braunen Hügel von Marin in der Ferne betrachtete. Das letzte Licht dieses Tages schwand, und nach einigen Minuten starrte ihn sein eigenes Spiegelbild aus der Scheibe an.

Beckwith mochte das Wort »patrizisch« nicht, aber selbst er mußte zugeben, daß es seine Erscheinung und sein Auftreten genau beschrieb. Seine Berater behaupteten scherzhaft, wenn Gott den idealen politischen Kandidaten hätte erschaffen wollen, wäre James Beckwith dabei herausgekommen. Er ragte in jeder Umgebung hervor. Er war einen Meter fünfundachtzig groß und hatte volles glänzendes Haar, das schon vor seinem vierzigsten Lebensjahr silbergrau geworden war. Er war noch immer athletisch und hatte sich etwas von der körperlichen Gewandtheit aus seiner großen Zeit als Footballstar und Baseballspieler in Stanford bewahrt. Die äußeren Winkel seiner blaßblauen Augen senkten sich leicht nach unten, sein schmales Gesicht wirkte beherrscht, sein Lächeln wirkte zurückhaltend, aber selbstbewußt. Seine Haut war von zahllosen Stunden auf der *Democracy* permanent gebräunt.

Als Beckwith vor vier Jahren das Präsidentenamt übernommen hatte, hatte er sich selbst etwas versprochen: Er würde nicht zulassen, daß dieses Amt ihn auffraß, wie es schon viele seiner Vorgänger aufgefressen hatte. Er joggte jeden Tag dreißig Minuten auf dem Laufband im Fitneßraum des Weißen Hauses und arbeitete eine halbe Stunde lang mit Hanteln. Andere Männer hatte dieses Amt ausgezehrt, Beckwith hatte sein Gewicht verringert und seinen Brustumfang um drei Zentimeter vergrößert.

James Beckwith hatte sich nicht in die Politik gedrängt, sondern die Politik war zu ihm gekommen. Er war der beste Strafverfolger der Bezirksstaatsanwaltschaft in San Francisco gewesen, als die Republikaner in Kalifornien auf ihn aufmerksam geworden waren. Mit Anne und den drei Kindern an seiner Seite gewann Beckwith jede Wahl. Sein Aufstieg wirkte mühelos, als sei er vom Schicksal zu Großem bestimmt. Kalifornien wählte ihn zum Justizminister, dann zum Vizegouverneur. Es schickte ihn für zwei Amtsperioden in den Senat und brachte ihn dann für eine Amtsperiode als Gouverneur nach Sacramento zurück – die ideale Ausgangsposition für seinen Weg ins Weiße Haus. In seiner gesamten politischen Laufbahn arbeiteten die Politprofis, von denen er umgeben war, auf ein bestimmtes Image für ihn hin. James Beckwith war ein Konservativer mit gesundem Menschenverstand. Beckwith war ein Mann, dem man vertrauen konnte. Beckwith war ein tatkräftiger Macher. Er war genau der Mann, den die Republikanische Partei suchte: ein moderater Politiker von angenehmer Erscheinung, eine vorzeigbare Alternative zu den konservativen Hardlinern im Kongreß. Nach acht Jahren demokratischer Herrschaft im Weißen Haus hatte Amerika das Bedürfnis nach einem Wechsel. Das Land entschied sich für Beckwith.

Jetzt, vier Jahre später, war das Land sich nicht sicher, ob es ihn behalten wollte. Er wandte sich vom Fenster ab und ging zu seinem Schreibtisch zurück. Er goß sich eine Tasse Kaffee aus einer chromfarbenen Isolierkanne ein. Beckwith war ein Anhänger der Theorie, jedes Unglück habe auch etwas Gutes. Der Abschuß einer amerikanischen Verkehrsmaschine vor Long Island war ein verbrecherischer Akt des internationalen Terrorismus, eine brutale und feige Tat, die nicht ungesühnt bleiben durfte. Die Wählerschaft würde bald erfahren, was Beckwith bereits wußte – daß TransAtlantic Flug 002 von einer Boden-Luft-Rakete Stinger getroffen worden war, die offenbar von einem kleinen Boot vor der Küste abgeschossen worden war. Das amerikanische Volk würde Angst haben, und wenn historische Präzedenzfälle noch Gültigkeit hatten, würde es von seinem Präsidenten Worte des Trostes und der Beruhigung erwarten.

James Beckwith verabscheute das politische Tagesgeschäft, aber er war andererseits clever genug, um zu erkennen, daß die Terroristen ihm eine einmalige Chance verschafft hatten. Im vergangenen Jahr hatte sich mehr als die Hälfte der Bevölkerung gegen seine Amtsführung ausgesprochen – absolut tödlich für einen amtierenden Präsidenten. Die Rede, mit der er seine erneute Nominierung auf dem Parteitag der Republikaner akzeptiert hatte, war matt und schwunglos gewesen. Das

Washingtoner Pressekorps hatte seine Vision für eine zweite Amtsperiode als »aufgewärmte erste Amtszeit« gebrandmarkt. Einige der bekanntesten Journalisten hatten bereits angefangen, seinen politischen Nachruf zu schreiben. Nur einen Monat vor der Wahl lag er in den meisten landesweiten Umfragen drei bis fünf Prozent hinter seinem Herausforderer, Senator Andrew Sterling aus Nebraska, den die Demokratische Partei ins Rennen geschickt hatte.

Geographisch sah die Verteilung des Wählerpotentials jedoch anders aus. Beckwith hatte New York, New England und den industriellen Mittleren Westen an Sterling abgegeben. Stark war seine Anhängerschaft weiterhin im Süden, wo Florida und Texas entscheidend sein würden, in Kalifornien und den Bergstaaten des Westens. Sicherte Beckwith sie sich alle, hatte er gewonnen. Mußte er auch nur einen an Sterling abgeben, war die Wahl verloren.

Beckwith wußte, daß der Abschuß der Boeing 747 alles ändern würde. Der Wahlkampf würde unterbrochen werden; er würde seine Wahlkampfreise durch Tennessee und Kentucky absagen und nach Washington zurückkehren, um die Krise zu bewältigen. Wenn er es geschickt macht, würden die Umfrageergebnisse anders aussehen und ihn wieder näher an Sterling heranbringen. Und das alles konnte er sicher und bequem vom Weißen Haus aus tun, statt mit der Air Force One oder irgendeinem Wahlkampfbus kreuz und quer durchs Land reisen, alten Leuten die Hand schütteln und immer wieder die gleiche gottverdammte Rede halten zu müssen.

Große Männer werden nicht groß geboren, sagte er sich. Große Männer werden groß, weil sie eine sich bietende Gelegenheit ergreifen.

Er trat mit der Kaffeetasse in der Hand wieder ans Fenster. Aber will ich wirklich eine zweite Amtszeit? dachte er. Im Gegensatz zu seinen meisten Vorgängern hatte er ernsthaft über diese Frage nachgedacht. Er fragte sich, ob er das Stehvermögen für einen letzten Wahlkampf hatte: die endlose Geldbeschafferei, die minutiöse Durchleuchtung seiner bisherigen Arbeit, die vielen Reisen durchs ganze Land. Anne und er hatten das Leben in Washington hassen gelernt. Die herrschende Elite der Hauptstadt – die reichen Journalisten, Anwälte und Lobbyisten – hatte ihn nie akzeptiert, und der Wohnsitz des Präsidenten war ihnen mehr ein Gefängnis als ihr Heim geworden. Aber nach nur einer Amtsperiode aus dem Amt zu scheiden war inakzeptabel. Die Wiederwahl gegen einen erst zweimal gewählten Senator aus Nebraska zu verlieren und Washington als Verlierer verlassen zu müssen …

Beckwith schauderte es bei diesem Gedanken.

Er würde bald abgeholt werden. Neben seinem Arbeitszimmer befand sich eine private Toilette. Ein Assistent hatte seine Kleidung an den Garderobenhaken hinter der Tür gehängt. Der Präsident ging hinein und begutachtete, was er anziehen sollte. Er wußte, daß Paul Vandenberg, sein Stabschef und langjähriger Freund, die Kleidung persönlich ausgesucht hatte. Paul kümmerte sich um solche Details; Paul kümmerte sich um alles. Ohne ihn wäre Beckwith verloren gewesen.

Manchmal war es sogar Beckwith peinlich, in welchem Ausmaß Paul Vandenberg über seine Angelegenheiten bestimmte. Die Medien bezeichneten ihn routinemäßig als »Premierminister« oder »graue Eminenz«. Beckwith, der sich seines historischen Images stets bewußt war, machte sich Sorgen, er könnte als Paul Vandenbergs Marionette abgeschrieben werden. Vandenberg hatte Beckwith sein Wort gegeben, ihn nie in dieser Rolle darzustellen. Der Präsident vertraute ihm. Paul

Vandenberg verstand sich darauf, Geheimnisse zu wahren. Er hielt mehr von unauffälliger Machtausübung. Er war vorbildlich diskret, achtete darauf, nicht aufzufallen, und lieferte Reportern nur Insiderinformationen, wenn es sich gar nicht vermeiden ließ. Er trat widerstrebend in Talkshows am Sonntagmorgen auf, und das nur dann, wenn die Pressereferentin des Weißen Hauses ihn darum bat. Beckwith hielt ihn für einen schrecklichen Talkshowgast; das Selbstbewußtsein und die Brillanz, die er bei privaten Planungs- und Strategiegesprächen zeigte, lösten sich in Luft auf, sobald das rote Licht einer Fernsehkamera aufflammte.

Er zog seine ausgebleichten Jeans und den Baumwollpullover aus und die Sachen an, die Paul für ihn ausgesucht hatte: eine graue Flanellhose, ein blaues Hemd mit Button-down-Kragen, einen dünnen Pullover mit rundem Halsausschnitt, einen blauen Blazer. Dem Anlaß entsprechend, aber bequem. Sein nationaler Sicherheitsstab würde sich in zehn Minuten unten im Speisezimmer versammeln. Dabei würde es keine Fernsehkameras, sondern nur einen Fotografen des Weißen Hauses geben, der diesen Augenblick für die Medien und für die Geschichte festhalten würde. James Beckwith, der sich der größten Krise seiner Präsidentschaft stellte. James Beckwith, der seine Wiederwahlkampagne beiseite schob, um den Verpflichtungen seines hohen Amts nachzukommen. James Beckwith, Führer der Nation.

Er betrachtete zum letztenmal sein Spiegelbild.

Große Männer werden nicht groß geboren. Große Männer werden groß, weil sie eine sich bietende Gelegenheit ergreifen.

3

Washington, D.C.

Vor diesem Augenblick hatte Elizabeth Osbourne sich die ganze Woche gefürchtet. Sie fuhr mit ihrem silbernen Mercedes auf den Parkplatz des Georgetown University Medical Center und fand einen Platz in der Nähe des Eingangs. Sie sah auf die Uhr im Instrumentenbrett. Es war halb fünf; sie war eine Viertelstunde zu früh dran. Sie stellte den Motor ab. Ein tropischer Wirbelsturm war vom Golf von Mexiko heraufgezogen und hatte sich über der Stadt festgesetzt. Seit Mittag goß es in Strömen. Stürmische Winde entwurzelten überall im Nordwesten Washingtons Bäume, hatten die Einstellung des Betriebs auf dem National Airport erzwungen und vertrieben die Touristen von den Denkmälern und Gedenkstätten entlang der Mall.

Regen trommelte aufs Autodach und lief in Strömen über die Windschutzscheibe. Sobald die Scheibenwischer standen, verschwand der Rest der Welt hinter breiten Wasserschlieren. Elizabeth genoß es, nichts um sich herum sehen zu können. Sie schloß die Augen. Sie träumte gern davon, ihr Leben zu ändern, weniger hektisch zu leben, aus Washington wegzuziehen und sich irgendwo ruhig und behaglich mit ihrem Mann Michael niederzulassen. Aber sie wußte, daß das ein törichter, unrealistischer Traum war. Elizabeth Osbourne war eine der angesehensten Anwältinnen Washingtons. Und Michael, der sich als international tätiger Unternehmensberater ausgab, war in Wirklichkeit ein ranghoher Mitarbeiter der Central Intelligence Agency.

Ihr Autotelefon klingelte leise. Sie griff nach dem Hörer, ohne die Augen zu öffnen, und sagte: »Hallo, Max.«

Max Lewis war ihr sechsundzwanzigjähriger Sekretär. Erst gestern abend, als Elizabeth mit einem Glas Wein und einem Stapel Akten allein in ihrem Zimmer gesessen hatte, war ihr klar geworden, daß sie mehr mit Max als sonst jemandem auf der Welt sprach. Das deprimierte sie zutiefst.

»Woher hast du gewußt, daß ich anrufe?« fragte er.

»Weil nur zwei Leute diese Nummer haben, du und Michael. Und ich habe gewußt, daß er's nicht sein kann.«

»Das klingt enttäuscht.«

»Nein, ich bin nur ein bißchen müde. Was gibt's?«

»Ich habe David Carpenter aus Miami am Telefon.«

»Sag Mr. Carpenter, daß ich ihn anrufe, sobald ich wieder zu Hause bin. Ich weiß aus Erfahrung, daß man Gespräche mit David Carpenter nicht über Autotelefone führen sollte.«

»Die Angelegenheit ist dringend, sagt er.«

»Das sagt er meistens.«

»Wann kann er mit deinem Anruf rechnen?«

»Gegen neunzehn Uhr, eher etwas später. Das hängt davon ab, wie's hier klappt.«

»Braxtons Sekretärin hat angerufen.«

Samuel Braxton war der geschäftsführende Partner der Kanzlei Braxton, Allworth & Kettlemen und der beste Akquisiteur der Anwaltsfirma. Er hatte zwei republikanischen Präsidenten gedient – einmal als stellvertretender Stabschef des Weißen Hauses, einmal als Stellvertreter des Finanzministers – und gehörte zum engeren Kreis der Kandidaten für den Posten des Außenministers, falls

Beckwith wiedergewählt wurde. Er beäugte Elizabeth mißtrauisch, weil er ihre politische Einstellung mißbilligte; ihr Vater war Douglas Cannon, ein Liberaler aus New York, der viermal im Senat gesessen hatte, und sie hatte schon zweimal unbezahlten Urlaub genommen, um für demokratische Senatoren zu arbeiten. Braxton bezeichnete sie routinemäßig als »unsere hauseigene Linke«. Holte er bei Besprechungen die Meinung aller am Tisch Sitzenden ein, erzielte er häufig einen Lacherfolg, indem er sich an Elizabeth wandte und sagte: »Und jetzt mit der Ansicht der American Civil Liberties Union: Elizabeth Cannon-Osbourne!«

Ihr Konflikt mit Samuel Braxton hatte auch eine ernstere Seite; Braxton hatte sich dagegen gewehrt, sie als Partnerin aufzunehmen, und erst eingelenkt, als die anderen Partner ihn davon überzeugt hatten, daß die Firma mit ihrer Ablehnung eine Klage wegen geschlechtlicher Diskriminierung riskiere. Jetzt, drei Jahre später, war ihre Beziehung zu einem unbehaglichen Waffenstillstand geworden. Braxton behandelte sie im allgemeinen respektvoll und war aufrichtig bemüht, sie vor allen wichtigen Entscheidungen über Kurs und Zukunft der Kanzlei zu konsultieren. Er lud Elizabeth regelmäßig zu gesellschaftlichen Veranstaltungen ein und hatte sie letztes Jahr auf der Weihnachtsparty des Weißen Hauses als »einen unserer wirklichen Stars« bezeichnet, als er sie Stabschef Paul Vandenberg vorgestellt hatte.

»Was wünscht Lord Braxton, Max?«

Max lachte. Sie hätte ihm ihr Leben anvertraut. Das beruhte auf Gegenseitigkeit. Vor einem halben Jahr hatte Max ihr etwas erzählt, das sonst niemand wußte – er war HIV-positiv.

»Seine Lordschaft wünscht deine Anwesenheit am Donnerstag bei einem Abendessen.«

»Findet es im Herrenhaus statt?«

»Nein, einer seiner hochmögenden Mandanten lädt ein. Seiner Lordschaft Sekretärin hat anklingen lassen, deine Teilnahme sei freiwillig.«

»Wer ist der Mandant?«

»Mitchell Elliott.«

»Mitchell Elliott von Alatron Defense Systems?«

»Genau der.«

»Wo findet das Essen statt?«

»In Elliotts Haus in Kalorama. In der California Street, um es genau zu sagen. Hast du was zu schreiben da?«

Elizabeth nahm Filzstift und Terminkalender aus ihrem Aktenkoffer und schrieb die Adresse auf, die Max ihr diktierte.

»Uhrzeit?«

»Neunzehn Uhr dreißig.«

»Darf ich jemanden mitbringen?«

»Ehepartner sind gestattet. Elizabeth, du kommst zu spät zu deinem Termin.«

Sie sah auf die Uhr im Instrumentenbrett. »Oh, Scheiße! Sonst noch was?«

»Nicht, was nicht bis morgen früh Zeit hätte.«

»Wohin muß ich morgen?«

»Chicago. Ich habe die Tickets in die Außentasche deines Aktenkoffers gesteckt.«

Sie öffnete das Fach und sah die Umschläge zweier Tickets erster Klasse von American Airlines.

»Ohne dich wäre ich verloren, Max.«

»Ich weiß, Schätzchen.«

»Du hast nichts von Michael gehört, stimmt's?«

»Keinen Ton.«

»Ich rufe dich morgen aus dem Flugzeug an.«

»Wunderbar«, sagte Max, dann fügte er hinzu: »Alles Gute, Elizabeth. Ich bin in Gedanken bei dir.«

Sie trennte die Verbindung und tippte die Kurzwahlnummer von Michaels Autotelefon ein. Das Telefon klingelte fünfmal, bevor eine Tonbandstimme ihr mitteilte, der Teilnehmer sei gegenwärtig nicht erreichbar. Elizabeth knallte den Hörer in seine Halterung. Sie blieb einen Augenblick still sitzen und horchte auf das Prasseln des Regens.

»Michael Osbourne«, flüsterte sie, »wenn du nicht in den nächsten fünf Minuten auf diesem Parkplatz aufkreuzt, schwöre ich bei Gott, daß ich ...«

Sie wartete weitere fünf Minuten; dann zog sie mit mühsamen Verrenkungen ihren Regenmantel an und stieg aus. Sie spannte ihren Regenschirm auf und wollte über den Parkplatz gehen, aber ein Windstoß riß ihr den Schirm aus der Hand. Sie beobachtete einige Augenblicke lang, wie er sich überschlagend in Richtung Reservoir Road davonrollte. Irgend etwas daran veranlaßte sie, hilflos zu lachen. Sie hielt den Mantel am Hals dicht zu und hastete im Regen über den Parkplatz.

»Der Doktor ist leider ein paar Minuten zu spät dran.«

Die Rezeptionistin lächelte, als habe sie den ganzen Tag noch nichts Interessanteres gesagt. Elizabeth ging ins Wartezimmer, zog ihren nassen Regenmantel aus und setzte sich. Sie war die letzte Patientin dieses Nachmittags und zum Glück hier allein. Sie hätte nicht die geringste Lust gehabt, jetzt mit einer anderen Frau zu reden, die das gleiche Problem hatte. Regen trommelte gegen das Fenster, das auf den Parkplatz hinausführte. Sie drehte sich um und sah hinaus. Der stürmische Wind fegte die Blätter von den Alleebäumen. Sie hielt nach Michaels Jaguar Ausschau, konnte ihn aber nirgends sehen.

Sie griff in ihren Aktenkoffer, nahm eines der Handys heraus – sie hatte immer zwei bei sich, um zwei Gespräche gleichzeitig führen zu können – und tippte Michaels Nummer ein. Er meldete sich wieder nicht. Am liebsten hätte sie ihn im Dienst angerufen, aber wenn er noch in Langley war, würde er's ohnehin nicht mehr schaffen.

Sie stand auf und ging langsam zwischen Tür und Fenster auf und ab. Bei solchen Gelegenheiten haßte Elizabeth Osbourne es, mit einem Spion verheiratet zu sein. Michael haßte es, wenn sie ihn als Spion bezeichnete, und setzte ihr immer wieder geduldig auseinander, er sei Führungsoffizier, kein Spion. Sie hielt das für eine alberne Beschreibung von Michaels Tätigkeit. »Das klingt, als seist du ein Berater oder Sozialarbeiter«, hatte Elizabeth in der Nacht gesagt, in der Michael erstmals versucht hatte, ihr seine Arbeit zu erklären. Er hatte mit seinem zurückhaltenden Lächeln geantwortet: »Nun, das ist gar nicht so weit von der Wahrheit entfernt.«

Sie hatte sich in Michael verliebt, bevor sie erfahren hatte, daß er bei der CIA arbeitete. Freunde hatten sie zum Segeln auf der Chesapeake Bay eingeladen, und Michael war ebenfalls eingeladen gewesen. An diesem feuchtheißen Tag Ende Juli wehte nur ein leichter Wind. Während das Boot übers stille Wasser trieb, lagen Elizabeth und Michael im Schatten der schlaffen Segel, tranken eisgekühltes Bier und redeten miteinander. Im Gegensatz zu den meisten hiesigen Männern sprach er kaum über seine Arbeit. Er war international als Unternehmensberater tätig, hatte einige Jahre in London gelebt und war gerade in die Washingtoner Filiale seiner Firma versetzt worden.

Abends saßen sie in Annapolis in einem kleinen Restaurant am Wasser, aßen Krabbenpasteten und tranken Weißwein. Sie merkte, daß sie ihn beim Essen immer wieder anstarrte. Er war einfach der schönste Mann, den sie je gesehen hatte. Der Tag auf dem Wasser hatte ihn verändert. Die Sonne hatte seine Haut gebräunt und in seinem dunklen Haar goldgelbe Strähnen hinterlassen. Seine Augen waren grün mit hellen Flecken wie wildwachsendes Sommergras. Er hatte eine lange, gerade Nase, und sie mußte sich beherrschen, um nicht eine Hand auszustrecken und seine vollkommenen Lippen zu berühren. Sie fand, er sehe recht exotisch aus, wie ein Italiener, Spanier oder Türke.

An diesem Abend fuhr er auf der Route 50 hinter ihr her in die Stadt zurück, und sie nahm ihn mit nach Hause in ihr Bett. Sie war vierunddreißig und hatte sich beinahe damit abgefunden, nie zu heiraten. Aber als sie ihn in dieser Nacht zum erstenmal in sich aufnahm, verliebte sie sich rasend und hoffnungslos in einen Mann, den sie erst vor acht Stunden kennengelernt hatte und von dem sie so gut wie gar nichts wußte.

Von seiner Arbeit erzählte er ihr zwei Monate später, als sie allein ein verlängertes Wochenende im Sommerhaus ihres Vaters auf Shelter Island im Staat New York verbrachten. Die Tage waren warm, aber wenn abends Wind aufkam, lag schon etwas Herbstfrische in der Luft. Nach dem Abendessen zogen sie Pullover und lange Hosen an und tranken ihren Kaffee in den Liegestühlen am Strand.

»Ich muß mit dir über meine Arbeit reden«, sagte er ohne Vorwarnung, und sie sah in der verblassenden Abenddämmerung, daß sein Gesichtsausdruck plötzlich ernst geworden war. Seine Arbeit machte ihr schon seit Wochen Sorgen. Sie fand es merkwürdig, daß er nie darüber sprach, wenn sie ihn nicht danach fragte. Außerdem fand sie die Tatsache befremdlich, daß Michael sie nie tagsüber anrief und nie mit ihr zum Mittagessen ging. Rief sie ihn im Büro an, meldete sich eine Frau, die bereitwillig eine Nachricht für ihn entgegennahm, aber es war jedesmal eine andere Frau. Manchmal dauerte es Stunden, bis er zurückrief. Und dann konnte er nie länger als ein paar Minuten mit ihr reden.

»Ich bin kein Unternehmensberater und bin nie einer gewesen«, begann er. »Ich arbeite bei der CIA. Aber ich konnte es dir nicht erzählen, bis ich mir sicher war, dich einweihen zu können. Du mußt verstehen, Elizabeth, daß ich dich nicht belügen oder gar verletzen wollte ...«

Sie holte aus und schlug ihm ins Gesicht. »Du Dreckskerl!« schrie sie so laut, daß ein Möwenschwarm vom Strand aufflatterte und übers Wasser davonflog. »Du verdammter Lügner! Morgen früh bringe ich dich zur Fähre. Du kannst mit dem Bus zurückfahren. Ich will dich nie wiedersehen. Scher dich zum Teufel, Michael Osbourne!«

Sie blieb am Strand, bis die Kälte sie ins Haus zurücktrieb.

Im Schlafzimmer brannte kein Licht. Sie ging hinein, ohne anzuklopfen, und fand ihn in der Dunkelheit auf dem Bett liegend. Sie zog sich schweigend aus und drängte sich gegen ihn. Er wollte etwas sagen, aber sie bedeckte seinen Mund mit ihren Lippen und murmelte: »Nein, nicht jetzt, reden verboten.«

Danach sagte sie: »Mir ist egal, wer du bist oder welchen Beruf du hast, Michael Osbourne.« Ihre Lippen glitten über seine Brust. »Ich liebe den Menschen, der da drinnen ist, und will dich nie verlieren.«

»Entschuldige, daß ich's dir nicht früher erzählt habe. Ich konnte nicht.«

»Ist Michael Osbourne dein richtiger Name?«

»Ja, das ist er.«

»Du hast niemals jemanden umgebracht, nicht wahr?«

»Nein, Leute bringen wir nur in Filmen um.«

»Hast du jemals erlebt, wie jemand umgebracht worden ist?«

»Ja.«

»Kannst du darüber reden?«

»Nein, noch nicht.«

»Du wirst mich nie belügen, nicht wahr, Michael?«

»Ich werde dich nie belügen, aber es wird Dinge geben, die ich dir nicht erzählen darf. Kannst du damit leben?«

»Das weiß ich noch nicht, aber versprichst du mir, mich nie zu belügen?«

»Ich werde dich nie belügen.«

Elizabeth küßte ihn. »Warum bist du Spion geworden?«

»Wir nennen uns nicht Spione. Wir sind Führungsoffiziere.«

»Na schön, warum bist du Führungsoffizier geworden?«

Michael lachte sein ruhiges, beherrschtes Lachen. »Keine Ahnung.«

Ihr Vater hielt sie für eine Närrin, weil sie einen CIA-Offizier heiraten wollte. Er hatte dem Geheimdienstausschuß des Senats angehört, und obwohl er Verallgemeinerungen aus Prinzip verabscheute, war er der Überzeugung, die Spione in Langley seien die größte Ansammlung von komischen Käuzen und Spinnern, die er je gesehen hatte. Bei Michael machte er eine Ausnahme. Nachdem die beiden Männer einen Tag auf der Gardiners Bay gesegelt hatten, war der Senator plötzlich sehr mit ihren Heiratsplänen einverstanden.

Vieles an Michaels Arbeit war Elizabeth verhaßt: Die lange Arbeitszeit, die Dienstreisen an gefährliche Orte und die Tatsache, daß sie nicht *wirklich* wußte, was er den ganzen Tag lang machte. Sie wußte, daß die meisten Frauen eine Ehe wie ihre unerträglich gefunden hätten.

Sie glaubte gern, stärker als die meisten Frauen, selbstsicherer und unabhängiger zu sein. Aber in Zeiten wie jetzt wünschte sie sich, ihr Mann hätte einen normalen Beruf.

Im Wartezimmer war nichts zu hören außer der Stimme einer Fernsehmoderatorin, die Elizabeth nicht ausstehen konnte. Sie wollte etwas lesen, aber in allen Zeitschriften ging es um Kindererziehung – kein angenehmes Thema für eine kinderlose Vierzigjährige.

Sie versuchte, auf ein anderes Programm umzuschalten, vielleicht gab es irgendwo Nachrichten, aber der Fernseher ließ sich nicht umstellen. Sie wollte den Ton leiser drehen, aber die Lautstärke war fest eingestellt. Gestern ist ein Flugzeug abgeschossen worden, dachte sie, und ich bin dieser faden Blondine ausgeliefert, die mir Babylotion verkaufen will. Sie trat wieder ans Fenster und hielt ein letztes Mal Ausschau nach Michaels Wagen. Es war töricht von ihr, ihn zu erwarten. Zu den wenigen Dingen, die sie über den Job ihres Ehemanns wußte, gehörte die Tatsache, daß Michael mit Terrorismusbekämpfung zu tun hatte. Sie konnte von Glück sagen, wenn er's schaffte, heute abend nach Hause zu kommen.

Eine Sprechstundenhilfe erschien an der Tür. »Der Doktor erwartet Sie, Mrs. Osbourne. Kommen Sie bitte mit?«

Elizabeth griff nach Aktenkoffer und Regenmantel und folgte der Sprechstundenhilfe einen schmalen Flur entlang.

Vierzig Minuten später fuhr Elizabeth Osbourne mit dem Lift in die Eingangshalle hinunter. Sie schlug ihren Mantelkragen hoch und trat in den prasselnden Regen hinaus.

Der Wind blies ihr die Haare ins Gesicht und zerrte an ihrem Regenmantel. Aber Elizabeth nahm nichts davon wahr. Sie war wie betäubt.

Sie hatte die Worte des Arztes im Ohr wie eine irritierende Melodie, die sich in ihrem Kopf festgesetzt hatte. *Sie sind nicht imstande, auf natürliche Weise zu empfangen … Das Problem hängt mit Ihren Eileitern zusammen … Eine In-vitro-Fertilisation könnte helfen … Das wissen wir erst, wenn wir's versuchen … Tut mir sehr leid, Ihnen nichts anderes sagen zu können, Elizabeth …*

Bei schwindendem Tageslicht wäre sie beinahe von einem Auto angefahren worden. Elizabeth schien nicht zu bemerken, daß der Fahrer hupte, bevor er wieder Gas gab. Sie hätte am liebsten laut geschrien. Oder geweint. Sie dachte daran, wie es war, mit Michael zu schlafen. Ihre Ehe wies leichte Mängel auf, sie sahen sich zu selten, waren zu sehr durch ihre Arbeit abgelenkt, aber im Bett harmonierten sie perfekt. Ihr Liebesakt war vertraut, aber trotzdem aufregend. Sie kannte Michaels Körper, und er kannte ihren; sie wußten, wie sie einander erregen konnten. Elizabeth hatte immer angenommen, wenn sie ein Baby bekommen wollte, würde das so natürlich und vergnüglich geschehen, wie sie sich liebten. Sie fühlte sich von ihrem Körper im Stich gelassen.

Der Mercedes stand in einer Ecke des Parkplatzes allein. Sie angelte ihre Schlüssel aus der Manteltasche, zeigte mit der Fernbedienung auf den Wagen und drückte auf den Knopf. Die Türen wurden entriegelt, und die Innenbeleuchtung ging an. Sie stieg rasch ein, zog die Tür zu und verriegelte sie wieder. Sie wollte den Zündschlüssel ins Schloß stecken, aber ihre Hand zitterte so stark, daß die Schlüssel auf den Wagenboden fielen. Als sie sich danach bückte, schlug sie sich den Kopf am Instrumentenbrett an.

Elizabeth Osbourne legte Wert auf Selbstbeherrschung – vor Gericht, in der Kanzlei, im Umgang mit Michael. Sie ließ nie zu, daß ihre Gefühle mit ihr durchgingen. Nicht mal, wenn Sam Braxton seine witzigen Bemerkungen machte. Aber jetzt, wo sie mit im Gesicht klebenden nassen Haaren in ihrem Auto saß, verlor sie die Fassung. Ihr Körper sank langsam nach vorn, bis ihre Stirn auf dem Lenkrad lag. Dann kamen die Tränen, und sie saß im Wagen und schluchzte.

4

Washington, D.C.

Zwanzig Minuten später hielt eine schwarze Limousine aus dem Fuhrpark des Weißen Hauses vor einer Villa im Stadtteil Kalorama. Schwarze Dienstwagen und Limousinen waren hier kein ungewöhnlicher Anblick. In Kalorama, dessen bewaldete Hügel sich an den Rock Creek Park unmittelbar nördlich der Massachusetts Avenue anschlossen, lebten einige der mächtigsten und einflußreichsten Einwohner Washingtons.

Im allgemeinen verabscheute Mitchell Elliott die Städte an der Ostküste – er verbrachte die meiste Zeit in Colorado Springs oder in seiner an einem Canyon erbauten Villa in Los Angeles in unmittelbarer Nähe der Hauptverwaltung seiner Firma Alatron Defense Systems –, aber seine Drei-Millionen-Dollar-Villa in Kalorama trug dazu bei, seine häufigen Reisen nach Washington erträglich zu machen. Er hatte erwogen, einen großen Landsitz im Pferdeland Virginia zu kaufen, aber Fahrten in die Stadt auf der Route 66 waren ein Alptraum, und Mitchell Elliott vergeudete nicht gern seine kostbare Zeit. Die Villa in Kalorama lag zehn Minuten vom National Airport und dem Kapitol und nur fünf Minuten vom Weißen Haus entfernt.

Es war fünf vor sieben. Elliott entspannte sich in der Bibliothek im ersten Stock mit Blick auf den Garten. Der Sturm peitschte den Regen gegen die Scheiben. Es war kalt für Oktober, und einer seiner Assistenten hatte in dem großen Kamin Feuer gemacht. Elliott ging langsam davor auf und ab und trank mit kleinen Schlucken einen dreißig Jahre alten Single-Malt-Scotch aus einem geschliffenen Glas. Er war ein kleiner Mann, nicht einmal einssiebzig, der frühzeitig gelernt hatte, wie ein großer Mann aufzutreten. Er wußte genau, wie zu verhindern war, daß ein Gegenspieler vor ihm stand und ihn überragte. Betrat jemand sein Büro, blieb Elliott mit übereinandergeschlagenen Beinen sitzen, die Hände auf den Armlehnen seines Chefsessels, als sei das Sitzmöbel für seinen Körper zu klein.

Elliott verstand sich auf die Kunst der Kriegführung und vor allem auf die Kunst der Täuschung. Er vertraute ganz auf Illusion, auf Desinformation. Er führte seine Firma wie einen Geheimdienst; keiner wußte mehr als nötig. Es gab keine frei zugänglichen Informationen. Selbst Abteilungsleiter wußten nur das, was sie wissen mußten. Äußerst selten gab es Konferenzen, an der alle Führungskräfte teilnahmen. Anweisungen erteilte Elliott in Gesprächen unter vier Augen, nie schriftlich. Besprechungen mit Elliott galten als streng geheim; Führungskräfte durften darüber nicht mit Kollegen sprechen. Büroklatsch war ein Kündigungsgrund, und falls einer seiner Mitarbeiter nicht dichthielt, erfuhr Elliott sofort davon. Ihre Telefone wurden abgehört, ihre E-Mails mitgelesen, Mikrofone und Überwachungskameras kontrollierten jeden Quadratzentimeter Büroraum.

Mitchell Elliott sah darin nichts Unrechtes. Er glaubte, Gott habe ihm das Recht und sogar den Auftrag gegeben, alle Maßnahmen zu ergreifen, die zum Schutz seines Unternehmens und seines Landes notwendig waren. Elliotts Glaube an Gott bestimmte alles, was er tat. Er glaubte, die Vereinigten Staaten seien Gottes auserwähltes Land, die Amerikaner sein auserwähltes Volk. Er glaubte,

Christus habe ihn geheißen, Flugzeugbau und Elektrotechnik zu studieren, und auf Geheiß Christi war er zur Luftwaffe gegangen, um in Korea gegen die gottlosen Chinesen zu kämpfen.

Nach dem Krieg zog er nach Südkalifornien, heiratete Sally, seine Jugendliebe aus der High School, und arbeitete bei McDonnell-Douglas. Aber Elliott war von Anfang an ruhelos. Er betete zum Allmächtigen, er möge ihn leiten. Nach drei Jahren gründete er seine eigene Firma: Alatron Defense Systems. Elliott hatte nie den Wunsch, Flugzeuge zu bauen. Er wußte, daß sie für die Verteidigung Amerikas wichtig waren, aber er glaubte, Gott habe ihm einen Blick in die Zukunft gestattet, und die Zukunft gehörte den Lenkwaffen – den Pfeilen Gottes, wie er sie nannte. Elliott baute selbst keine Lenkwaffen, sondern entwickelte und produzierte die Hightech-Steuersysteme, die sie ins Ziel führten.

Zehn Jahre nach Gründung seines Unternehmens wußte Mitchell Elliott schon nicht mehr, wie viele Millionen er besaß. Er war einer der reichsten und einflußreichsten Männer Amerikas. Er war ein Vertrauter Richard Nixons und Ronald Reagans. Er konnte die Hälfte aller Senatoren binnen Minuten ans Telefon bekommen. Er sprach alle Verteidigungsminister seit Robert McNamara mit dem Vornamen an. Obwohl Mitchell Elliott einer der mächtigsten Männer Washingtons war, hielt er sich stets im Hintergrund. Nur wenige Amerikaner wußten, was er machte, oder kannten seinen Namen.

Gott hatte Sally ins himmlische Reich heimgeholt – sie war vor zehn Jahren an Brustkrebs gestorben –, und die große Zeit hoher Verteidigungsausgaben war längst vorüber. Die Industrie hatte einen schmerzhaften Schrumpfungsprozeß hinter sich, Tausende von Arbeitern waren entlassen worden, die gesamte Wirtschaft Kaliforniens war in Turbulenzen geraten. Noch wichtiger war jedoch, daß Elliott glaubte, Amerika sei gegenwärtig schwächer als seit vielen Jahren. Die Welt war ein gefährlicher Ort. Das hatte Saddam Hussein bewiesen. Und ein mit einer einzigen Stinger bewaffneter Terrorist. Elliott wollte sein Land schützen. Konnte ein Terrorist ein Verkehrsflugzeug abschießen und damit zweihundert Menschen umbringen, warum sollte dann ein gemeingefährlicher Staat wie Nordkorea, Libyen oder der Iran nicht zwei Millionen Menschen umbringen können, indem er eine Rakete mit Nuklearsprengkopf auf New York oder Los Angeles abschoß?

Die zivilisierte Welt vertraute auf Verträge und Abkommen zur Rüstungsbegrenzung. Mitchell Elliott vertraute nur dem Allmächtigen und glaubte nicht an Versprechen, die auf dem Papier standen. Er glaubte an Maschinen. Er glaubte, das einzige Mittel, Amerika vor exotischen Waffen zu schützen, seien noch exotischere Waffen. Heute abend mußte er seine Überlegungen dem Präsidenten vortragen.

Elliotts Beziehung zu James Beckwith war über Jahre hinweg durch regelmäßige finanzielle Unterstützung und kluge Ratschläge gefestigt worden. Elliott hatte ihn niemals um einen Gefallen gebeten, selbst dann nicht, als Beckwith in seiner zweiten Amtsperiode als Senator eine wichtige Rolle im Streitkräfteausschuß gespielt hatte. Das sollte sich nun ändern.

Einer seiner Assistenten klopfte diskret an. Seine Phalanx von Assistenten stammte aus den Reihen der Special Forces. Mark Calahan war wie alle anderen. Er war einsdreiundachtzig – groß genug, um imposant zu sein, aber nicht so groß, um Elliott zwergenhaft erscheinen zu lassen –, hatte kurzes schwarzes Haar, dunkle Augen, war sauber rasiert und trug einen dunkelgrauen Anzug und eine gedeckte Krawatte. Alle seine Männer waren mit Pistolen Kaliber 45 bewaffnet. Elliott, der nicht nur Millionen, sondern sich auch viele Feinde gemacht hatte, erschien nie ohne Leibwächter in der Öffentlichkeit.

»Der Wagen ist da, Mr. Elliott.«

»Gut, ich komme gleich runter.«

Sein Assistent nickte wortlos und zog sich zurück. Elliott trat etwas näher ans Feuer und trank seinen Whisky aus. Er mochte es nicht, wenn jemand nach ihm schickte. Er würde abfahren, wenn er zur Abfahrt bereit war, nicht wenn Paul Vandenberg ihn dazu aufforderte. Wäre Elliott nicht gewesen, würde Vandenberg noch immer Lebensversicherungen verkaufen. Und Beckwith wäre ein unbekannter kleiner Anwalt in San Francisco, würde in Redwood City statt im Weißen Haus leben. Sie konnten beide warten.

Elliott ging langsam an die Bar und goß sich noch einen guten Zentimeter Whisky ein. Dann kehrte er ans Feuer zurück und kniete mit gesenktem Kopf und geschlossenen Augen davor nieder. Er betete um Verzeihung – Verzeihung für das, was er getan hatte und noch tun würde.

»Wir sind dein auserwähltes Volk«, murmelte er. »Ich bin dein Werkzeug. Gib mir die Kraft, deinen Willen zu tun, dann soll alle Welt dich lobpreisen.«

Susanna Dayton kam sich wie eine Idiotin vor. Nur in Filmen saßen Reporter in geparkten Wagen, tranken Kaffee aus einem Styroporbecher und überwachten jemanden. Als sie vor einer Stunde die Redaktion verlassen hatte, hatte sie nicht gesagt, wohin sie unterwegs war. Sie vermutete nur etwas, das möglicherweise zu nichts führen würde. Ihre Kollegen sollten auf keinen Fall wissen, daß sie Mitchell Elliott wie ein Privatdetektiv in einem zweitklassigen Film beschattete.

Sie hatte lange für die *Washington Post* als Korrespondentin aus dem Weißen Haus berichtet – in der Welt des amerikanischen Journalismus der Gipfel an Macht und Prestige, aber Susanna hatte diesen Job verabscheut. Sie haßte es, im Grunde genommen die gleiche Story abzuliefern, die zweihundert andere Reporter an diesem Tag ablieferten. Sie haßte es, von den Presseleuten des Weißen Hauses wie ein Stück Vieh herumgetrieben zu werden und bei sorgfältig inszenierten und choreographierten Ereignissen Präsident Beckwith hinter den Absperrseilen stehend Fragen zuzurufen. Ihre Berichte wurden immer kritischer. Vandenberg beschwerte sich regelmäßig bei der Chefredaktion der *Post*. Schließlich bot die Zeitung ihr ein neues Aufgabengebiet an: Geld und Politik. Susanna akzeptierte sofort.

Die neue Aufgabe war ihre Rettung. Sie sollte feststellen, welche Kandidaten und welche Parteien Geld von welchen Personen, Organisationen und Industrieverbänden erhielten. Hatten die Geldspenden unzulässigen Einfluß auf politische Entscheidungen oder Gesetzgebung? Hielten die Politiker und ihre Geldgeber sich an die Spielregeln? Wurde das Geld bestimmungsgemäß verwendet? Gab es Gesetzesverstöße?

Susanna blühte bei dieser Arbeit auf, weil sie es liebte, Zusammenhänge herzustellen. Als in Harvard ausgebildete Juristin war sie eine gründliche und sorgfältig arbeitende Reporterin. Sie beurteilte praktisch alle Informationen, die sie zusammentrug, nach den Regeln für gerichtsverwertbares Beweismaterial. Hätte ein Gericht sie als Beweis zugelassen? Handelte es sich um eine direkte Aussage oder ein Zeugnis vom Hörensagen? Gab es in einer Story nachprüfbare Namen, Daten und Orte?

Gab es ergänzende, bestätigende Aussagen? Schriftstücke waren ihr lieber als Hinweise aus anonymen Quellen, denn Schriftstücke änderten ihre Aussage nie.

Susanna Dayton war zu dem Schluß gelangt, die Finanzierung der amerikanischen Politik basiere bei Licht besehen auf Bestechung und Erpressung. Der Grenzbereich zwischen legalen und illegalen Aktivitäten war schmal. Sie betrachtete es als ihre Aufgabe, Gesetzesbrecher aufzuspüren und anzuprangern. Dank ihrer Persönlichkeit war sie die Idealbesetzung für diese Arbeit. Sie verabscheute Menschen, die betrogen und damit Erfolg hatten. Sie konnte es nicht leiden, wenn jemand sich im Supermarkt vordrängte. Sie ging hoch, wenn ein aggressiver Fahrer sie auf der Autobahn schnitt. Sie haßte Leute, die sich auf Kosten anderer Vorteile verschafften. Ihr Job war es, Erfolge dieser Art zu verhindern.

Vor zwei Monaten hatte Susanna von ihrem Redakteur einen schwierigen Auftrag erhalten: Sie sollte die langjährigen persönlichen und finanziellen Beziehungen zwischen Präsident James Beckwith und Mitchell Elliott, dem Alleininhaber der Firma Alatron Defense Systems, durchleuchten. Journalisten benutzen eine abgedroschene Phrase, um eine schwierig zu fassende Person oder Gruppe zu bezeichnen, die sich allen Nachforschungen entzieht: zwielichtig. Und wenn irgend jemand die Beschreibung »zwielichtig« verdient hatte, dann Mitchell Elliott.

Elliott hatte der Republikanischen Partei über Jahre hinweg Millionen von Dollar gespendet, und Susanna wußte von einer Bürgerrechtsgruppe, daß er der Partei auf zweifelhaften oder eindeutig illegalen Wegen weitere Millionen hatte zukommen lassen. Von Elliotts Großzügigkeit hatte in erster Linie James Beckwith profitiert. Elliott hatte Hunderttausende für Beckwiths Wahlkampffonds und politische Aktionskomitees gespendet und als sein enger Berater fungiert. Einer von Elliotts früheren Spitzenmanagern, Paul Vandenberg, war jetzt der Stabschef des Weißen Hauses. Beckwith war häufig in Elliotts Ferienhäusern in Maui und Vale zu Gast.

Susanna ging es um zwei Hauptfragen: Hatte Mitchell Elliott James Beckwith und der Republikanischen Partei illegale Zuwendungen gemacht, und übte er unzulässigen Einfluß auf den Präsidenten aus?

Vorläufig konnte sie noch keine dieser Fragen beantworten. Ihr Redakteur wollte einen Artikel in zwei Wochen im Rahmen einer Sonderbeilage über Beckwith und seine erste Amtszeit als Präsident haben. Sie mußte noch einiges recherchieren, bevor er druckreif war. Und selbst dann würde sie nur Fragen in bezug auf Elliott und seine Beziehungen zum Weißen Haus aufwerfen können. Mitchell Elliott hatte seine Spuren gut verwischt. Es war unmöglich, an ihn ranzukommen. Das Bildarchiv der *Post* hatte nur ein zehn Jahre altes Foto von ihm, und die Firma Alatron Defense Systems hatte nicht einmal einen Pressesprecher. Als sie dort mit der Bitte um ein Interview angerufen hatte, hatte der Mann am anderen Ende lachend gesagt: »Mr. Elliott hat nicht die Angewohnheit, mit Reportern zu sprechen.«

Ein Informant vom National Airport hatte ihr gemeldet, Elliott sei nachmittags mit seinem Privatjet in Washington eingetroffen. Der Kongreß hatte sich vertagt, die meisten Abgeordneten und Senatoren waren zu Hause als Wahlkämpfer unterwegs. Der Präsident hatte eine Wahlkampfreise abgesagt, um sich mit dem Abschuß von Flug 002 zu befassen. Susanna fragte sich, was Elliott diesmal nach Washington geführt haben mochte.

Das war die Erklärung dafür, weshalb sie jetzt im Regen in der Nähe seiner Villa in Kalorama auf ihn wartete. Als sich schließlich die Haustür öffnete, erschienen zwei Gestalten: ein großer Mann, der einen Regenschirm trug, und ein kleinerer Mann mit silbergrauem Haar, Mitchell Elliott.

Der große Mann hielt Elliott den Schlag der Limousine auf, ging dann um den Wagen herum und stieg ebenfalls hinten ein. Die Scheinwerfer flammten auf und beleuchteten die Straße. Die Limousine fuhr rasch in Richtung Massachusetts Avenue davon.

Susanna Dayton ließ den Motor ihres kleinen Toyota an und folgte in sicherem Abstand. Der schwarze Wagen fuhr in hohem Tempo auf der Massachusetts Avenue nach Osten die Embassy Row entlang. Am Dupont Circle fädelte er sich in die Außenspur ein und bog nach Süden auf die Connecticut Avenue ab.

Es war noch früh, aber auf der Connecticut Avenue herrschte kaum Verkehr. Susanna fiel auf, daß in den achtundvierzig Stunden seit dem Abschuß der Verkehrsmaschine eine seltsame Stille über der Stadt zu liegen schien. Die Gehsteige waren weitgehend leer bis auf ein paar Betrunkene, die aus einer Taverne südlich des Dupont Circle stolperten, und ein paar Büroangestellte, die durch den Regen zur Metrostation Farragut North hasteten. Sie folgte dem Wagen über die K Street, wo die Connecticut Avenue zur 17th Street wurde, überquerte die Pennsylvania Avenue und fuhr an der reichverzierten, hellbeleuchteten Fassade des Old Executive Office Building vorbei. Susanna glaubte zu wissen, wo Elliott heute dinieren würde.

Die Limousine bog mehrmals links ab und hielt zwei Minuten später am Südtor vor dem Weißen Haus. Ein uniformierter Secret-Service-Agent trat vor, warf einen Blick auf den Rücksitz des Wagens und gab dem Fahrer ein Zeichen weiterzufahren.

Susanna Dayton fuhr am Tor vorbei. Sie brauchte einen Platz, an dem sie warten konnte. In der Umgebung des Weißen Hauses länger in einem geparkten Wagen zu sitzen war heutzutage keine gute Idee. Nach mehreren Anschlägen auf den Wohnsitz des Präsidenten hatte der Secret Service die Überwachung verschärft. Susanna hätte angesprochen und kontrolliert werden können. Vielleicht wäre eine Meldung geschrieben worden.

Sie parkte in der 17th Street. Gegenüber dem Old EOB gab es ein kleines Café, das lange geöffnet hatte. Sie griff nach ihrer Umhängetasche, die mit Zeitungen, Zeitschriften und ihrem Laptop vollgestopft war, und stieg aus. Sie lief über die Straße und betrat das um diese Zeit leere Lokal. Sie bestellte ein Thunfischsandwich und einen Kaffee und richtete sich auf einem Fensterplatz häuslich ein.

Sie holte den Laptop heraus, klappte den Bildschirm auf und schaltete das Gerät ein. Dann steckte sie eine Diskette ins Laufwerk und öffnete eine Datei, die auf dem Bildschirm nur als sinnloses Gewirr aus Zahlen und Buchstaben erschien. Susanna, die von Natur aus vorsichtig war – manche ihrer Kollegen zogen das Wort »paranoid« vor –, schützte ihre wertvollsten Dateien durch Verschlüsselungssoftware. Erst als sie ein aus sieben Buchstaben bestehendes Kennwort eintippte, wurde die Datei lesbar.

Ihr Sandwich und der Kaffee kamen. Sie ging die Datei durch. Namen, Daten, Orte, Geldbeträge. Alles, was sie über den schwer zu fassenden Mitchell Elliott und seine Beziehungen zu Präsident Beckwith wußte. Sie ergänzte die Datei durch die Ereignisse dieses Abends.

Dann fuhr sie den Computer herunter, schaltete ihn aus und machte sich auf eine lange Wartezeit gefaßt.

5

London

Das Fax ging kurz nach Mitternacht im Nachrichtenraum der *Times* ein. Es blieb fast zwanzig Minuten lang unbeachtet in der Ablage liegen, bis ein junger Mitarbeiter sich die Mühe machte, es herauszunehmen. Der junge Mann las es einmal rasch durch und brachte es Niles Ferguson, dem Redakteur vom Nachtdienst. In seinen dreißig Dienstjahren hatte Ferguson schon viele Faxe dieser Art gesehen – von der IRA, der PLO, dem Islamischen Dschihad und den Verrückten, die sich als verantwortlich bezeichneten, wenn es bei Anschlägen Tote gegeben hatte. Das Fax hier sah nicht wie das Werk eines Verrückten aus.

Für Situationen dieser Art hatte Ferguson eine spezielle Telefonnummer. Er wählte sie und wartete. Eine Frauenstimme meldete sich: angenehm, leicht erotisch. »Hier ist Niles Ferguson von der *Times*. Ich habe gerade ein ziemlich interessantes Fax bekommen. Ich bin kein Fachmann, aber es sieht authentisch aus. Vielleicht sollten Ihre Leute es sich mal ansehen.«

Ferguson fotokopierte das Fax und behielt das Original für sich. Dann trug er die Fotokopie persönlich in die Eingangshalle hinunter und wartete. Fünf Minuten später fuhr ein Wagen vor. Ein junger Mann mit Pockennarben im Gesicht und einer Zigarette im Mundwinkel kam herein und ließ sich das Fax geben. Niles Ferguson ging wieder nach oben.

Der junge Pockennarbige arbeitete beim britischen Security Service, besser als MI5 bekannt, der in Großbritannien für Spionageabwehr, interne Subversion und Terrorismusbekämpfung zuständig ist. Er brachte die Kopie eigenhändig in die MI5-Zentrale aus Glas und Stahl mit Blick auf die Themse und legte sie dem Offizier vom Dienst vor.

Der Offizier vom Dienst führte sofort zwei Telefongespräche. Zuerst informierte er widerstrebend seinen Kollegen vom Secret Intelligence Service, besser als MI6 bekannt, der für die Nachrichtenbeschaffung im Ausland zuständig ist und sich deshalb für den glanzvolleren der beiden Dienste hält. Sein zweiter Anruf galt dem MI5-Verbindungsoffizier in der personell großzügig ausgestatteten London Station der CIA, die in einem anderen Stadtteil im Komplex der US-Botschaft am Grosvenor Square untergebracht war.

Keine zwei Minuten später wurde das Bekennerschreiben über eine sichere Leitung zum Grosvenor Square gefaxt. Zehn Minuten später hatte eine Datentypistin es in den Computer eingegeben und an die CIA-Zentrale in Langley, Virginia, weitergeleitet. Das Computersystem der CIA verteilte alle eingehenden Kabel automatisch nach Schlüsselworten und Geheimhaltungsstufen. Das Kabel aus London erhielten der Direktor, die stellvertretenden Direktoren für Beschaffung und Einsatz, die Exekutivdirektorin und der Offizier vom Dienst der Abteilung Naher Osten. Außerdem wurde es an die Abteilung Terrorismusbekämpfung weitergeleitet.

Sekunden später erschien es auf dem Monitor des Offiziers, der eine islamische Extremistengruppe überwachte, die sich *Schwert von Gaza* nannte. Dieser Offizier hieß Michael Osbourne.

6

CIA-Zentrale, Langley, Virginia

Die Zentrale, hatte Michael Osbournes Vater immer gesagt, sei der Ort, an den gute Außendienstler zurückkehrten, um langsam dahinzuwelken und zu sterben. Michaels Vater war Führungsoffizier in der Hauptabteilung Sowjetunion gewesen. Er hatte von Moskau bis Rom und zu den Philippinen Agenten angeworben und geführt. Der berüchtigte CIA-Agentenjäger James Angleton, der zwanzig Jahre lang eine zerstörerische Maulwurfsjagd betrieben hatte, hatte seine Karriere ruiniert, wie er die Karrieren Hunderter loyaler Offiziere ruiniert hatte. Er verbrachte seine letzten Dienstjahre damit, Akten zu wälzen und sinnlose Analysen zu schreiben, und verließ die Agency desillusioniert und verbittert. Drei Jahre nach seiner Pensionierung war er an Krebs gestorben.

Michaels Rückkehr in die Zentrale geschah so widerstrebend wie die seines Vaters, aber aus anderen Gründen. Die andere Seite kannte seinen richtigen Namen und seinen Beruf, so daß er nicht mehr im Untergrund arbeiten konnte. Er akzeptierte sein Schicksal nicht viel anders als ein Musterhäftling seine Verurteilung zu lebenslänglich. Trotzdem vergaß er die Warnung seines Vaters vor den Gefahren des Lebens in der Zentrale nie.

Sie arbeiteten gemeinsam in einem als »Baracke« bezeichneten einzigen Raum in Korridor F im fünften Stock. Er sah mehr wie der Nachrichtenraum einer abgewirtschafteten Großstadtzeitung aus als das Nervenzentrum der Terrorismusbekämpfung der CIA. Hier arbeitete Alan, ein gelehrt aussehender FBI-Buchhalter, der die geheimen Ströme schmutzigen Geldes durch die diskretesten und obskursten Banken der Welt verfolgte. Hier arbeitete Cynthia, ein flachsblonder Engel britischer Abstammung, der mehr über die IRA wußte als sonst jemand auf der Welt. In ihrem engen Glaskasten hingen Fotos grimmig dreinblickender irischer Guerillas, darunter auch des Jungen, dessen Rohrbombe ihrem Bruder eine Hand abgerissen hatte. Sie betrachtete sie tagsüber, wie ein junges Mädchen vielleicht das Poster des letzten Teenagerschwarms angestarrt hätte.

Hier arbeitete auch Stephen alias Eurotrash, der den Auftrag hatte, die einzelnen nationalistischen und terroristischen Bewegungen in Westeuropa zu überwachen. Und hier arbeitete Blaze, ein baumlanger Gringo aus New Mexico, der Spanisch, Portugiesisch und mindestens zehn Indianerdialekte beherrschte. Blaze konzentrierte sich auf Guerillas und Terroristen in Mittel- und Südamerika. Trotz mehrfacher Abmahnungen durch die Personalabteilung trug er wie seine Zielgruppen Sandalen und weite Indianergewänder. Er hielt sich für einen zeitgenössischen Samurai, einen wahren Kriegerpoeten, und trainierte mit Cynthia Kampfsportarten, wenn sie gerade einmal wenig Arbeit hatten.

Michael saß in einer Ecke neben Gigabyte, einem von Schuppen geplagten, pickeligen zweiundzwanzigjährigen Jüngling, der den ganzen Tag im Internet surfte und die virtuelle Welt nach Terroristen absuchte. Aus seinem Kopfhörer drang alternative Rockmusik, und Michael hatte auf seinem Bildschirm Dinge gesehen, die ihn mitten in der Nacht hochschrecken ließen. Als Sichtschutz errichtete er eine Barriere aus alten Akten, aber wenn Gigabyte kicherte oder seine Rockmusik plötzlich lauter wurde, wußte Michael, daß es am besten war, die Augen zu schließen und den Kopf auf die Schreibtischplatte zu legen.

Die Wanduhr hing neben der einen Meter hohen Mannscheibe, die mit dem roten internationalen Symbol für Nein gestempelt war. Es war gleich acht Uhr abends, und Michael arbeitete seit fünf Uhr morgens. Die Baracke war keineswegs leer. In Peru hatte der Leuchtende Pfad einen Minister entführt, und Blaze ging telefonierend hinter seinem Schreibtisch auf und ab. Die französische Action Directe hatte einen Bombenanschlag auf eine Pariser Metrostation verübt. Stephen hockte vor seinem Monitor und las die neuesten Meldungen mit. Die IRA hatte einen protestantischen Bauunternehmer vor den Augen seiner Frau und seiner Kindern ermordet. Cynthia telefonierte deswegen über eine abhörsichere Verbindung mit dem britischen MI5. Zum Glück war Gigabyte an diesem Abend mit seinen Freunden ausgegangen, die alle glaubten, er verdiene sich sein Geld als Designer von Homepages.

Michael hatte noch eine Viertelstunde Zeit, bevor er der Exekutivdirektorin Bericht über den neuesten Stand der Dinge zu erstatten hatte. Das Bekennerschreiben zum Abschuß des Verkehrsflugzeugs war Langley vor einer Stunde übermittelt worden. Michael las es zum fünftenmal durch. Er studierte den vorläufigen Bericht des FBI-Labors über die forensische Untersuchung des Boston Whaler, der an diesem Morgen vor Long Island gefunden worden war. Er betrachtete die Fotos der in dem Boot gefundenen Leiche.

Noch zehn Minuten. Er konnte hinunterfahren und

sich am »Schweinetrog« eine Kleinigkeit zu essen holen, oder er konnte Elizabeth anrufen. Aber er hatte ihren Arzttermin in Georgetown verpaßt, und sie würden sich voraussichtlich streiten. Das war kein Gespräch, das er über ein CIA-Telefon führen wollte. Er schaltete seinen Computer aus und verließ die »Baracke«.

Der Flur war hell beleuchtet und still. Die Kunstkommission der Agency hatte versucht, den Gang durch eine Ausstellung indonesischer Volkskunst freundlicher zu gestalten, aber er war trotzdem kalt und steril wie eine Intensivstation. Michael ging zu den großen Aufzügen, fuhr in den Keller hinunter und lief durch einen weiteren anonymen Korridor zum »Schweinetrog«. Es war spät, und die Auswahl war noch schlechter als gewöhnlich. Michael ließ sich von der Frau, die mit müden, roten Augen hinter der Theke stand, ein Fischsandwich und eine Portion Pommes frites geben, zahlte und ging.

Das Zeug schmeckte gräßlich – kalt, schon vor Stunden zubereitet –, aber es war besser als noch ein Beutel Chips. Er schaffte das halbe Sandwich und ein paar Fritten und warf den Rest in einen Abfalleimer. Dann sah er auf seine Uhr: fünf Minuten. Noch Zeit für eine Zigarette. Er fuhr ins Erdgeschoß hinauf und trat durch eine Glastür auf den großen Innenhof. William Webster hatte Rauchverbot für das gesamte Gebäude verfügt. Die noch immer Süchtigen mußten sich wie Aussätzige im Innenhof oder um die Ausgänge herum zusammendrängen. Nach jahrelanger Agententätigkeit in Europa und dem Nahen Osten waren Zigaretten zu einem festen Bestandteil seiner Berufsausübung geworden. Michael konnte und wollte sich das Rauchen nicht abgewöhnen, nur weil er jetzt in der Zentrale arbeitete.

Trockenes Laub wirbelte über die weite Fläche des Innenhofs. Michael kehrte dem Wind den Rücken zu und zündete sich eine Zigarette an. Hier war es kalt und dunkel; das einzige Licht kam aus den Bürofenstern über ihm und war durch das schalldichte Glas grünlich gefärbt. In der guten alten Zeit hatte sein Büro in irgendeiner kleinen Straße in Berlin, Athen oder Rom gelegen. In einem Kaffeehaus in Kairo fühlte er sich noch immer wohler als im Starbucks in Georgetown. Er sah rasch auf seine Uhr. Wieder ein gemütliches Abendessen. Er steckte seine Zigarette in den mit Sand gefüllten großen Aschenbecher und ging hinein.

Der Besprechungsraum lag direkt gegenüber der »Baracke« – klein, eng, größtenteils mit einem billigen rechteckigen Holztisch »für den Dienstgebrauch« ausgefüllt. An einer Wand hingen die Embleme aller Regierungsbehörden, die in der Zentrale vertreten waren. In die Wand gegenüber der Tür war ein großer Bildschirm eingelassen. Michael betrat den Raum um Punkt 20.15 Uhr. Er rückte gerade seine Krawatte zurecht, als zwei weitere Männer hereinkamen.

Der erste Mann war Adrian Carter, der Direktor des Zentrums zur Terrorismusbekämpfung und mit zwanzig Dienstjahren ein alter Hase. Er war klein und blaß, hatte schütteres graues Haar und Tränensäcke unter den Augen, die ihm einen gelangweilten Gesichtsausdruck verliehen. Carter war bei Michaels Auslandseinsätzen sein Führungsoffizier gewesen, und die beiden verband seit fünfzehn Jahren eine berufliche und persönliche Freundschaft. Der zweite Mann war Eric McManus, der stellvertretende Direktor des Zentrums. McManus war groß und massig, lächelte gern, hatte eine grau durchzogene sandfarbene Mähne und sprach mit einer Spur Südboston in der Stimme. Er kam vom FBI und sah entsprechend aus: marineblauer Anzug, gestärktes weißes

Hemd, rote Krawatte. Als Michaels Vater noch bei der Agency gearbeitet hatte, wäre ein FBI-Mann in so hoher Stellung undenkbar gewesen. CIA-Offiziere der alten Schule glaubten, FBI-Agenten könnten alles, was sie über Geheimdienstarbeit wußten, auf die Rückseite ihrer goldenen Polizeiplakette schreiben. Auf den Harvard-Juristen McManus traf das nicht zu: Er hatte vor seiner Versetzung in die Zentrale zwanzig Jahre lang bei der FBI-Spionageabwehr gearbeitet.

Monica Tyler kam gewohnheitsmäßig als letzte und mit exakt fünf Minuten Verspätung. Sie hielt ihre Zeit für zu kostbar, um sie von anderen vergeuden zu lassen. Zwei nahezu identische Faktoten, die jeweils ein in Leder gebundenes Notizbuch an sich preßten, folgten ihr lautlos in den Raum. Außer der Personalabteilung wußte niemand in der Agency, wer sie waren oder woher sie kamen. Die Witzbolde sagten, Monica habe sie aus ihrer Investmentfirma in der Wall Street mitgebracht – wie ihre Büromöbel aus Mahagoni und ihre private Toilette. Sie waren schlank und sehnig, dunkeläugig und wachsam, dabei schweigsam wie Sargträger. Da niemand ihre richtigen Namen kannte, hatten sie die Spitznamen Tweedle Dee und Tweedle Dum erhalten. Leute, die über Monica lästerten, nannten sie »Tylers Eunuchen«.

McManus und Carter standen ohne große Begeisterung auf, als Monica den Raum betrat. Sie quetschte sich an McManus vorbei und nahm ihren Platz an der Stirnseite des Tischs ein, von dem aus sie den Bildschirm und den Vortragenden mit kurzen Bewegungen ihres königlichen Hauptes sehen konnte. Tweedle Dee legte ihr sein in Leder gebundenes Notizbuch hin, als sei es eine kostbare alte Schrifttafel, und setzte sich dann zu Tweedle Dum an die Wand.

»Monica, dies ist Michael Osbourne«, sagte Carter.

»Michael hat langjährige Erfahrung mit Terrorismusbekämpfung und ist für das *Schwert von Gaza* zuständig, seit die Gruppe erstmals aufgetaucht ist.«

Tyler sah zu Michael hinüber und nickte, als habe sie etwas Neues erfahren. Michael wußte, daß das nicht der Fall war. Monica war dafür bekannt, daß sie die Personalakte jedes Mitarbeiters las, mit dem sie in Kontakt kam. Gerüchteweise hieß es, sie würde nicht einmal versehentlich mit einem Offizier am Trinkwasserspender zusammentreffen, ohne vorher seine Beurteilung gelesen zu haben.

Sie wandte ihren Blick von Michael ab und konzentrierte sich auf den Bildschirm. Ihr kurzes blondes Haar war perfekt frisiert, ihr Make-up frisch. Sie trug ein schwarzes Kostüm mit hochgeschlossener weißer Bluse. Die eine Hand lag auf dem Tisch; die andere hielt einen schlanken Füller mit Goldfeder, an dessen Ende sie knabberte. Arbeit war Monica Tylers ganzer Lebensinhalt; das war der einzige Charakterzug, den sie nicht vor ihren Kollegen zu verheimlichen suchte. Der Direktor hatte Monica in die Agency mitgebracht. Sie verstand natürlich nichts von Geheimdienstarbeit, aber sie war brillant und lernte äußerst schnell. Meistens war sie bis spät in die Nacht hinein in ihrem Büro im sechsten Stock anzutreffen, wo sie Analysen und alte Akten studierte. Sie hatte die besondere Fähigkeit einer Wirtschaftsjuristin, die richtigen Fragen zu stellen. Michael hatte schon erlebt, wie sie schlecht vorbereitete Vortragende zur Schnecke gemacht hatte.

Carter nickte Osbourne zu. Michael drehte die Beleuchtung herunter und begann seinen Vortrag. Als er auf einen Knopf der Fernbedienung drückte, erschien das erste Foto auf dem Bildschirm.

»Das ist Hassan Mahmoud. Er stammt aus dem Gazastreifen, ist in einem Flüchtlingslager aufgewachsen und hat sich während der *Intifada* der Hamas angeschlossen. Er ist ein überzeugter islamischer Revolutionär und gegen einen Frieden mit Israel. Seine Ausbildung hat er in libanesischen und iranischen Lagern erhalten. Er ist ein erfahrener Bombenbauer und ein ausgezeichneter Scharfschütze. Nach der Unterzeichnung der Friedensvereinbarungen hat er sich von der Hamas getrennt und dem *Schwert von Gaza* angeschlossen. Er wird verdächtigt, an der Ermordung eines israelischen Geschäftsmanns in Madrid und letztes Jahr in Paris an dem fehlgeschlagenen Attentat auf den jordanischen Ministerpräsidenten beteiligt gewesen zu sein.«

Michael machte eine Pause. »Das nächste Foto ist ziemlich drastisch.« Er holte es auf den Bildschirm. Carter und McManus zuckten leicht zusammen. Monica Tyler ließ keine Gefühlsregung erkennen.

»Wir glauben, daß Hassan Mahmoud jetzt so aussieht. Seine Leiche ist zwanzig Seemeilen vor Long Island in einem Boston Whaler gefunden worden – durch drei Schüsse ins Gesicht ermordet. Neben dem Toten ist die leere Abschußvorrichtung einer Stinger gefunden worden. Erste Untersuchungen haben bestätigt, daß die Rakete aus dem Whaler abgeschossen worden ist. Das Bootsheck ist rauchgeschwärzt, und das Labor hat Schmauchspuren festgestellt, die vom Feststofftriebwerk einer Stinger stammen.«

»Wer hat ihn erschossen und warum?« fragte Monica. »Und wie ist er geflüchtet?«

»Diese Fragen können wir vorläufig noch nicht beantworten. Aber wir haben eine Theorie.«

Monica zog die Augenbrauen hoch und konzentrierte sich dann wieder auf Osbourne. Sie hatte den nüchternausdruckslosen Blick einer Therapeutin. Bei ihr hatte

Michael immer das Gefühl, sie suche irgendeine Schwachstelle. »Heraus damit«, forderte sie ihn auf.

Als nächstes Bild zeigte Michael eine Luftaufnahme, auf der eine Hochseejacht einen Boston Whaler schleppte. »Diese Aufnahme ist vier Tage vor dem Abschuß der Verkehrsmaschine vor der Küste Floridas gemacht worden. Die Jacht ist unter dem Namen eines französischen Eigners registriert. Wir haben die Sache überprüft und sind uns ziemlich sicher, daß dieser Franzose nicht existiert. Wir wissen, daß die Jacht die Karibikinsel Saint-Barthélemy acht Tage vor dem Abschuß des Verkehrsflugzeugs verlassen hat. Das geschleppte Boot ist ein Boston Whaler *Dauntless* – das Boot, in dem die Leiche gefunden worden ist.«

»Wo ist das Boot jetzt?«

»Im FBI-Labor«, antwortete McManus.

»Und die Jacht?«

»Spurlos verschwunden«, sagte Michael. »Navy und Küstenwache suchen sie. Satellitenaufnahmen des betreffenden Seegebiets werden ausgewertet.«

»In der Nacht des Angriffs«, sagte Tyler, »fährt das kleine Boot dicht an Long Island heran, während die Jacht weit vor der Küste außerhalb der amerikanischen Hoheitsgewässer in Sicherheit bleibt.«

»So scheint's gewesen zu sein, ja.«

»Und sobald der Schütze zur Jacht zurückkehrt, wird er von seinen Komplicen ermordet?«

»Anscheinend.«

»Aber weshalb? Wozu den Ermordeten zurücklassen? Wozu die Abschußvorrichtung zurücklassen?«

»Lauter ausgezeichnete Fragen, die wir vorläufig noch nicht beantworten können.«

»Bitte weiter, Michael.«

»Heute abend ist bei der Londoner *Times* ein Fax mit

einem angeblichen Bekennerschreiben des *Schwerts von Gaza* eingegangen.«

»Ein derartiges Attentat paßt aber nicht zum Profil dieser Gruppe.«

»Allerdings nicht.« Als nächstes zeigte Michael eine kurze Zusammenfassung über das *Schwert von Gaza.* »Die Gruppe ist 1996 nach dem Wahlsieg Benjamin Netanjahus in Israel gegründet worden. Ihr einziger Zweck ist die Ermordung aller Juden und Araber, die die Friedensvereinbarungen fördern. Sie hat noch nie in Israel oder den besetzten Gebieten operiert, sondern agiert hauptsächlich in Europa und der arabischen Welt. Die Gruppe ist klein, extrem abgeschottet und höchst professionell. Wir glauben, daß sie aus weniger als dreißig Aktivisten und etwa hundert Mann Unterstützungspersonal besteht. Sie unterhält kein ständiges Hauptquartier, so daß wir selten wissen, wo ihre Mitglieder sich aufhalten. Sie wird praktisch vollständig aus Teheran finanziert, unterhält aber auch Ausbildungslager in Libyen und Syrien.«

Michael wechselte das Bild »Dies sind einige der Attentate, die der Gruppe zugeschrieben werden. Diesen israelischen Geschäftsmann in Madrid hat Hassan Mahmoud erschossen.« Das nächste Bild zeigte ein Massaker auf einer Pariser Straße. »Hier das fehlgeschlagene Attentat auf den jordanischen Ministerpräsidenten. Er hat den Anschlag überlebt. Sechs Personen aus seiner Begleitung haben weniger Glück gehabt.« Ein weiteres Bild, Verletzte und Tote in einer arabischen Hauptstadt. »Ein Bombenanschlag in Tunis, bei dem der stellvertretende ägyptische Außenminister und fünfundzwanzig Unbeteiligte ums Leben gekommen sind. Die Liste ist noch viel länger. Ein israelischer Diplomat in Rom. Ein weiterer in Wien. Ein enger Vertrauter Jassir Arafats in Kairo. Ein palästinensischer Geschäftsmann in Nikosia.«

»Aber niemals ein Anschlag auf eine Linienmaschine«, sagte Tyler, als der Bildschirm wieder leer war.

»Wir wissen jedenfalls von keinem. Außerdem glauben wir, daß die Gruppe bisher noch kein amerikanisches Ziel angegriffen hat.«

Michael drehte das Licht wieder heller. »Der Direktor soll dem Präsidenten morgen um acht Bericht erstatten«, sagte Monica Tyler. »Bei dieser Besprechung will der Präsident entscheiden, ob er Luftangriffe auf diese Ausbildungslager anordnet. Der Präsident verlangt Antworten. Gentlemen, hat das *Schwert von Gaza* Ihrer Ansicht nach das Flugzeug vor Long Island abgeschossen?«

Michael sah erst zu Carter, dann zu McManus hinüber. Carter übernahm es, ihre Frage zu beantworten, da er der Ranghöchste war. Bevor er sprach, räusperte er sich leicht.

»Monica, soviel wir im Augenblick wissen, kann der Anschlag vom *Schwert von Gaza,* aber ebensogut von den Washington Redskins verübt worden sein.«

»Deine abschließende Bemerkung ist große Klasse gewesen«, sagte Michael, als sie durch den Hauptausgang in die Nacht hinaustraten. Er schlug seinen Mantelkragen hoch und zündete sich eine Zigarette an.

Carter ging neben ihm her, trug in der einen Hand seinen Aktenkoffer und hatte die andere tief in der Manteltasche vergraben. Carter gelang es immer, leicht verwirrt und vage irritiert auszusehen. Wer ihn nicht kannte, neigte dazu, ihn zu unterschätzen, was ihm bei Auslandseinsätzen und in den bürokratischen Schützengräben von Langley schon oft genützt hatte. Er beherrschte sechs Sprachen und konnte sich ohne aufzufallen in den abgelegensten Winkeln von Warschau, Athen oder Beirut herumtreiben.

Irgend jemand mußte ihm geraten haben, in der Zentrale auf gute Garderobe zu achten, denn er war immer makellos in teure englische oder italienische Anzüge gekleidet. Elegante Sachen hingen nicht natürlich an Carters kleinem, leicht gebeugtem Körper: Ein Tausenddollaranzug von Armani sah bei ihm wie ein Sonderangebot aus einer zweifelhaften Boutique in Georgetown aus. Michael fand immer, er wirke leicht lächerlich, wie ein Verkäufer bei einem teuren Herrenausstatter, der Anzüge trägt, die er sich nicht leisten kann.

Aber Carter war ein Besessener, der sich allem, womit er sich befaßte, konzentriert widmete – seiner Arbeit, seiner Familie, seinem Jazz. Seine neueste Leidenschaft war Golf, und er übte in dem kleinen Glaskasten, der sein Büro war, unermüdlich mit Plastikgolfbällen. Einmal hatte Michael einen echten Golfball zwischen diese federleichten Bälle geschmuggelt. Carter hatte ihn bei einem Gespräch mit Monica Tyler und dem Direktor prompt durchs Fenster seines Büros geschlagen. Am nächsten Tag hatte er von der Personalabteilung die Reparaturrechnung und eine Ermahnung bekommen.

»Manchmal macht sie mich schier wahnsinnig«, murmelte Carter halblaut. Er war Michaels Führungsoffizier gewesen, als Michael ohne offizielle Legende gearbeitet hatte und nicht in die Botschaften kommen konnte. Selbst jetzt, wo sie dem Westparkplatz der Zentrale zustrebten, verhielten sie sich wie bei einem Agententreff unter feindlicher Überwachung. »Sie hält Nachrichtenbeschaffung für ebenso leicht wie die Ermittlung eines Quartalsgewinns.«

»Sie genießt das absolute Vertrauen des Direktors und sollte deshalb vorsichtig behandelt werden.«

»Hör dir das an – du redest plötzlich wie ein Mann aus der Zentrale.«

Michael warf seine Zigarette ins Dunkel.

»Irgendwas ist an diesem Anschlag nicht koscher.«

»Über die Tatsache hinaus, daß zweihundertfünfzig Menschen tot auf dem Meeresboden liegen?«

»Die Leiche in dem Boot ist unerklärlich.«

»Nichts an dieser Sache ist erklärlich.«

»Und mir ist noch was aufgefallen.«

»O Gott! Darauf habe ich schon gewartet.«

»Wie Mahmoud getötet wurde. Mit drei Schüssen ins Gesicht.«

Sie blieben stehen. Carter wandte sich Osbourne zu. »Michael, laß dir einen guten Rat geben. Dies ist nicht der richtige Zeitpunkt, wieder Jagd auf deinen Schakal zu machen.«

Sie gingen schweigend bis zu Michaels Wagen.

»Wieso fährst du einen silbergrauen Jaguar und lebst in Georgetown, während ich einen Honda Accord fahre und in Reston lebe?«

»Weil ich eine bessere Legende habe als du und mit einer reichen, prominenten Anwältin verheiratet bin.«

»Du bist der größte Glückspilz, den ich kenne, Osbourne. An deiner Stelle würde ich das nicht aufs Spiel setzen.«

»Was soll das heißen?«

»Das heißt, daß geschehene Dinge nicht zu ändern sind. Fahr nach Hause und sieh zu, daß du etwas Schlaf bekommst.«

Michaels Vater hatte die Agency am Schluß gehaßt, aber davor hatte er seinem Sohn absichtlich oder unabsichtlich alles mitgegeben, was ein perfekter Geheimdienstmann brauchte. Die Agency wurde auf Michael aufmerksam, als er im dritten Jahr am Dartmouth College studierte. Der Talentsucher war ein Professor für amerikanische

Literatur, der nach dem zweiten Weltkrieg in Berlin für die Agency gearbeitet hatte. Er erkannte, daß dieser nachlässig gekleidete, bärtige Student alle Voraussetzungen für einen perfekten CIA-Offizier erfüllte: Intelligenz, Führungseigenschaften, Charisma, Haltung und Sprachtalent.

Der Professor wußte allerdings nicht, daß Michaels Vater beim Geheimdienst gearbeitet hatte und daß Michael und seine Mutter ihn auf alle Auslandsposten begleitet hatten. Bis zu seinem sechzehnten Lebensjahr sprach er fünf Sprachen und kannte alle Winkel von Beirut, Rom oder Budapest wie seine Hosentasche. Als die Agency ihn erstmals ansprach, lehnte er dankend ab. Er wußte, was der Job seinen Vater gekostet und welchen Tribut er von seiner Mutter verlangt hatte.

Aber die Agency wollte ihn und ließ nicht locker. Michael ließ sich nach Abschluß seines Studiums doch anwerben, weil er keine Stellung in Aussicht und keine bessere Idee hatte. Seine Ausbildung erhielt er in Camp Perry, der als »Farm« bekannten CIA-Ausbildungsstätte bei Williamsburg in Virginia. Dort lernte er Agenten anwerben und führen. Er lernte die Kunst der verdeckten Kommunikation. Er lernte, wie man merkt, daß man von der anderen Seite beschattet wird. Er lernte Selbstverteidigung und defensives Autofahren.

Nach einjähriger Ausbildung erhielt er von der Agency eine falsche Identität, einen Decknamen für den Dienstgebrauch und einen einfachen Auftrag: Er sollte die gewalttätigsten Terrororganisationen der Welt infiltrieren.

Die Autobahn war fast leer. Die hohen Bäume auf beiden Seiten der Straße bogen sich im stürmischen Wind, und ein heller Mond schien durch die Wolkenlücken. Michael sah automatisch mehrmals in den Rückspiegel, um sich zu vergewissern, daß ihm niemand folgte. Er gab Gas; der Tacho kletterte auf siebzig Meilen. Der Jaguar bewältigte die sanft steigende und fallende Strecke fast geräuschlos. Links öffnete sich eine Lücke zwischen den Bäumen, und der Potomac glänzte im Mondschein. Einige Minuten später wurden die Türme von Georgetown sichtbar. Er nahm die Ausfahrt Key Bridge und überquerte den Fluß nach Washington hinein.

Die M Street war menschenleer bis auf ein paar Obdachlose, die im Key Park tranken, und ein paar Studenten, die auf dem Gehsteig vor dem Kinkos diskutierten. Er bog nach links in die 33rd Street ab. Die hellen Lichter und Geschäfte der M Street blieben hinter ihm zurück. Zu ihrem Haus gehörte ein rückwärtiger Privatparkplatz, der über eine schmale Zufahrt zu erreichen war, aber Michael parkte seinen Wagen lieber gut sichtbar auf der Straße. Er bog nach links in die N Street ab, fand eine Parklücke und beobachtete dann aus alter Gewohnheit einige Augenblicke lang das Haus, bevor er den Motor abstellte. Er arbeitete gern als Führungsoffizier – eine gelungene Anwerbung konnte befriedigend, rechtzeitig beschaffte Informationen konnten entscheidend sein –, aber dies war der Aspekt seines Jobs, der ihm nicht gefiel: die bohrende Sorge, die er jedesmal empfand, wenn er sein eigenes Haus betrat, weil er fürchten mußte, seine Feinde hätten sich schließlich doch gerächt.

Michael hatte stets mit gewissem persönlichen Risiko gelebt, weil er im allgemeinen ohne amtliche Legende arbeitete. Das bedeutete, daß er im Gegensatz zu den meisten operativen CIA-Offizieren, die als Botschaftsangehörige diplomatische Immunität genossen, auf sich allein gestellt war. Da er in Dartmouth Betriebswirtschaft studiert hatte, gab er sich üblicherweise als international tätiger Unternehmensberater oder Firmenvertreter aus.

Michael gefiel diese Arbeitsweise besser. Die meisten der von Botschaften aus operierenden Offiziere waren der anderen Seite bekannt. Das erschwerte ihre Spionagetätigkeit, vor allem wenn das Zielobjekt eine Terrororganisation war. Michael hatte die Botschaft nicht wie einen Mühlstein um den Hals hängen, aber er konnte auch nicht auf ihren Schutz hoffen. Geriet ein Offizier mit amtlicher Legende in Schwierigkeiten, konnte er sich immer in die Botschaft flüchten und diplomatische Immunität beanspruchen. Geriet Michael in Schwierigkeiten, weil eine Anwerbung mißlang oder die Spionageabwehr der anderen Seite ihn enttarnte, drohte ihm eine Haftstrafe oder Schlimmeres. Nach all den Jahren in der Zentrale hatte die Angst sich allmählich gelegt, ohne jedoch wirklich verschwunden zu sein. Seine größte Sorge war, seine Feinde könnten sich an dem Menschen vergreifen, den er am meisten liebte. Das hatten sie schon einmal getan.

Er stieg aus, sperrte den Jaguar ab und schaltete die Alarmanlage ein. Dann ging er zur 34th Street, sah sich jeden geparkten Wagen an und kontrollierte die innen an der Windschutzscheibe angebrachten Aufkleber. An der 34th Street überquerte er die Fahrbahn und setzte die Kontrolle auf der anderen Straßenseite fort.

Eine geschwungene Backsteintreppe führte vom Gehsteig zum Eingang ihres großen Hauses im Kolonialstil hinauf. Früher hatte Michael fast ein schlechtes Gewissen gehabt, weil er hier in Georgetown in einer Villa für zwei Millionen Dollar lebte; die meisten seiner Kollegen wohnten in der Nähe der Zentrale in weniger teuren Vororten in Virginia. Sie neckten ihn immer wieder mit seiner Luxusvilla und seinem Jaguar und fragten sich laut, ob Michael es wie Rick Ames mache und Geheimnisse für Geld verrate. Die Wahrheit war viel prosaischer: Elizabeth verdiente bei Braxton, Allworth & Kettlemen eine halbe Million im Jahr, und Michael hatte von seiner Mutter eine Million Dollar geerbt.

Er sperrte die Eingangstür auf: erst das Schloß, dann den Sicherungsriegel. Die Alarmanlage zirpte leise, als er ins Haus trat. Er schloß leise die Tür, sperrte wieder ab und schaltete die Alarmanlage aus. Dann ging er in die Küche, ließ seinen Aktenkoffer auf der Eßtheke liegen, nahm ein Bier aus dem Kühlschrank und trank es mit dem ersten Schluck halb aus. In der Luft hing schwacher Rauchgeruch. Elizabeth hatte geraucht, was ein schlechtes Zeichen war. Sie hatte vor zehn Jahren das Rauchen aufgegeben, rauchte aber, wenn sie wütend oder nervös war. Ihr Arzttermin mußte unerfreulich gewesen sein. Michael kam sich wie ein Schuft vor, weil er nicht dabeigewesen war. Er hatte gute Entschuldigungsgründe – seine Arbeit, der Abschuß des Verkehrsflugzeugs –, aber auch Elizabeth steckte bis über beide Ohren in Arbeit und hatte für den Arztbesuch eigens Termine verschoben.

Er sah sich in der Küche um; sie war größer, als seine erste Wohnung gewesen war. Er erinnerte sich an den Nachmittag vor fünf Jahren, an dem sie den Kaufvertrag für dieses Haus unterzeichnet hatten. Er erinnerte sich, wie sie durch die großen leeren Räume gegangen waren und Elizabeth laut überlegt hatte, was wohin kommen, wie die Zimmer eingerichtet und in welchen Farben sie gestrichen werden würden. Sie wollte Kinder, viele Kinder, die kreischend durchs Haus tobten und Sachen kaputtmachten. Auch Michael wünschte sich welche. Er hatte eine herrliche Kindheit an exotischen Orten in aller Welt verbracht, aber leider ohne Geschwister, so daß er das Gefühl hatte, etwas verpaßt zu haben. Es war schade, daß sie keine Kinder bekommen konnten. Manchmal wirkte das Haus freudlos, viel zu groß für nur zwei Menschen, mehr ein Museum als ein Heim. Manchmal hatte

Michael das Gefühl, hier hätten einst Kinder gelebt, seien aber fortgebracht worden. Und er hatte das Gefühl, sie seien dazu verurteilt, hier gemeinsam zu leben: allein zu zweit, verletzt, auf ewig.

Er knipste das Licht aus und nahm den Rest seines Biers mit nach oben ins Schlafzimmer. Elizabeth saß im Bett, hatte die Knie bis unters Kinn hochgezogen und ihre Beine mit den Armen umschlungen. An der kathedralenartig hohen Zimmerdecke brannte nur eine schwache Leuchte. Im Kamin glimmten die Holzkohlen eines erlöschenden Feuers. Ihr kurzes blondes Haar war zerzaust; ihre Augen verrieten, daß sie noch nicht geschlafen hatte. Ihr Blick schien ins Leere zu gehen. Im Aschenbecher auf ihrem Nachttisch lagen drei halbgerauchte Zigaretten. Auf seiner Seite des Betts waren Schriftsätze verstreut. Er spürte, daß Elizabeth zornig war, und sie hatte ihren Zorn so abreagiert, wie sie's immer tat – indem sie sich in ihre Arbeit gestürzt hatte. Michael zog sich schweigend aus.

»Wie spät ist es denn?« fragte sie, ohne ihn anzusehen.

»Spät.«

»Warum hast du mich nicht angerufen? Warum hast du mir nicht gesagt, daß du heute so spät heimkommen würdest?«

»Es hat ein paar unerwartete Entwicklungen gegeben. Ich dachte, du schläfst schon.«

»Mir ist's egal, wenn du mich weckst, Michael. Ich hätte heute abend deine Stimme hören müssen.«

»Tut mir leid, Elizabeth. Bei uns war's total hektisch heute. Ich konnte nicht gehen.«

»Warum bist du nicht zum Arzt gekommen?«

Michael knöpfte sein Hemd auf. Er ließ die Hände sinken und drehte sich zu ihr um. Ihr Gesicht war gerötet, und sie hatte feuchte Augen.

»Elizabeth, ich bin für die Terroristengruppe zuständig, die vielleicht das Verkehrsflugzeug abgeschossen hat. Ich kann nicht einfach tagsüber wegen eines Arztbesuchs nach Washington fahren.«

»Warum nicht?«

»Weil ich nicht kann, darum. Der Präsident der Vereinigten Staaten trifft seine Entscheidungen auf der Grundlage von uns gelieferter Informationen, und in einer Situation dieser Art kann ich unmöglich das Büro verlassen, nicht einmal für ein paar Stunden.«

»Michael, ich habe auch einen Job. Er ist vielleicht nicht so wichtig wie ein Job bei der CIA, aber für mich trotzdem verdammt wichtig. Ich jongliere im Augenblick drei Fälle gleichzeitig, habe Braxton im Nacken sitzen und bemühe mich verzweifelt, ein …«

Sie verlor für einen Augenblick die Fassung.

»Tut mir wirklich leid, Elizabeth, ich wollte kommen, aber es ging nicht. Nicht an einem Tag wie heute. Ich habe ein schrecklich schlechtes Gewissen, weil ich den Termin verpaßt habe. Was hat der Arzt gesagt?«

Sie öffnete den Mund, um zu sprechen, brachte aber keinen Ton heraus. Michael durchquerte den Raum, setzte sich neben sie auf die Bettkante und zog sie an sich. Sie legte ihren Kopf an seine Schulter und weinte leise.

»Er weiß nicht genau, wo das Problem liegt, Michael. Ich werde schwanger, aber dann habe ich sofort eine Fehlgeburt. Möglicherweise ist irgend etwas mit meinen Eileitern nicht in Ordnung. Oder mit meiner Gebärmutter. Er ist sich seiner Sache einfach nicht sicher. Er will noch eine Möglichkeit ausprobieren – In-vitro-Fertilisation. Er sagt, daß das Cornell Hospital in New York das beste ist. Wir könnten nächsten Monat einen Termin bekommen.«

Elizabeth sah mit tränenfeuchtem Gesicht zu ihm auf.

»Ich will mir keine verfrühten Hoffnungen machen, Michael, aber ich würde mir nie verzeihen, wenn wir nicht alles versuchen würden.«

»Du hast recht.«

»Das bedeutet, daß wir eine Weile in New York leben müßten. Ich werde alles arrangieren, daß ich in unserem Büro in Manhattan arbeiten kann. Dad bleibt solange auf der Insel, damit wir die Wohnung für uns haben.«

»Ich rede mit Carter; ich kann meine Arbeit auch in New York erledigen. Vielleicht muß ich ab und zu mal nach Washington, aber das ist sicher kein Problem.«

»Danke, Michael. Entschuldige, daß ich dich so angefahren habe. Ich bin nur so wahnsinnig wütend auf dich gewesen.«

»Du brauchst dich nicht zu entschuldigen. Es ist meine Schuld gewesen.«

»Ich weiß, worauf ich mich eingelassen habe, als ich dich geheiratet habe. Ich weiß, daß ich nichts an deiner Arbeit ändern kann. Aber manchmal wünsche ich mir, du wärst öfter hier. Ich möchte mehr Zeit mit dir verbringen. Ich habe das Gefühl, wir laufen uns morgens eher zufällig über den Weg, und abends ist es nicht viel anders.«

»Wir könnten unsere Jobs aufgeben.«

»Das können wir nicht.« Sie küßte ihn. »Komm ins Bett. Es ist schon spät.«

Michael stand auf und ging in das große Bad. Er zog sich ganz aus, wusch sich das Gesicht und putzte sich die Zähne, ohne sich im Spiegel zu betrachten. Im Schlafzimmer brannte kein Licht mehr, als er zurückkam, aber Elizabeth saß noch immer im Bett und hatte ihre Arme wieder um die Knie geschlungen.

»Ich seh's auf deinem Gesicht, weißt du.«

»Was?«

»Diesen Ausdruck.«

»Welchen Ausdruck?«

»Diesen Ausdruck, wenn irgendwo jemand ermordet worden ist.«

Michael schlüpfte unter die Decke und stützte sich auf einen Ellbogen, um sie anschauen zu können.

»Ich sehe diesen Ausdruck in deinen Augen«, sagte Elizabeth, »und frage mich, ob du wieder an sie denkst.«

»Ich denke nicht an sie, Elizabeth.«

»Wie hat sie geheißen, Michael? Du hast mir nie ihren Namen gesagt.«

»Sie hat Sarah geheißen.«

»Sarah«, wiederholte Elizabeth. »Sehr hübscher Name, Sarah. Hast du sie geliebt?«

»Ja, ich habe sie geliebt.«

»Liebst du sie noch?«

»Ich liebe dich.«

»Du hast meine Frage nicht beantwortet.«

»Nein, ich liebe sie nicht mehr.«

»O Gott, du bist ein miserabler Lügner. Ich dachte, Spione müßten hervorragende Lügner sein.«

»Ich belüge dich nicht. Ich habe dich nie belogen. Ich habe dir immer nur Dinge verschwiegen, die ich dir nicht erzählen darf.«

»Denkst du manchmal an sie?«

»Ich denke manchmal an ihr Schicksal, aber ich denke nicht an sie.«

Elizabeth glitt tiefer, drehte sich auf die Seite und kehrte ihm den Rücken zu. Trotz der Dunkelheit sah Michael ihre Schultern zucken. Als er seine Hand ausstreckte, um sie zu berühren, murmelte sie: »Entschuldige, Michael. Entschuldige bitte.«

»Warum weinst du, Elizabeth?«

»Weil ich wütend auf dich bin, und weil ich dich liebe.

Weil ich ein Kind von dir möchte und mich schrecklich davor fürchte, was geschehen wird, wenn ich keines bekommen kann.«

»Was soll geschehen? Ich liebe dich mehr als alles andere auf der Welt.«

»Du liebst sie nicht mehr, stimmt's, Michael?«

»Ich liebe dich, Elizabeth, dich allein.«

Sie drehte sich im Dunkel um und zog sein Gesicht zu ihrem heran. Er küßte ihre Stirn und wischte die Tränen aus ihren Augen. Er hielt sie lange in seinen Armen und horchte auf den Wind in den Bäumen vor dem Schlafzimmerfenster, bis ihr ruhiger Atem verriet, daß sie eingeschlafen war.

7

Im Weissen Haus

Anne Beckwith legte Wert darauf, daß beim Abendessen nicht über Politik gesprochen wurde. Die Politik bestimmte ihr Leben, seit der Apparat der Republikanischen Partei ihren Mann vor fünfundzwanzig Jahren in Kalifornien für sich vereinnahmt hatte, und deswegen bestand sie darauf, daß jeden Abend wenigstens diese eine Stunde politikfrei blieb. Sie dinierten in den Privaträumen des Weißen Hauses: der Präsident, die First Lady und Mitchell Elliott. Anne hatte eine Vorliebe für italienische Küche und glaubte insgeheim, die USA wären ein besseres Land, wenn »wir etwas mehr wie die Italiener und weniger wie Amerikaner wären«. Um seiner politischen Karriere willen hatte Beckwith Anne gebeten, solche Ansichten für sich zu behalten. Er widerstand auch Annes Wunsch, jeden Sommer in Europa Urlaub zu machen, und wählte statt dessen »amerikanischere« Urlaubsorte. Diesen Sommer hatten sie Urlaub in Jackson Hole gemacht, das Anne am vierten Tag in »Shit Hole« umgetauft hatte.

In bezug aufs Essen ließ er ihr jedoch freie Hand. An diesem Abend servierte sie bei sanftem Kerzenschein als Vorspeise Fettucini mit Pesto, Sahne und Erbsen und danach Rindfleischmedaillons, einen Salat und Käse. Dazu gab es einen fünfzehnjährigen Rotwein aus der Toskana.

Während des Abendessens, bei dem Stewards des Weißen Hauses lautlos die einzelnen Gänge auf- und abtrugen, dirigierte Anne Beckwith die Unterhaltung sorgfältig von einem sicheren Thema zum nächsten. Neue Filme, die sie sehen wollte, neue Bücher, die sie gelesen hatte, alte Freunde, die Kinder, die kleine Villa im oberitalienischen Piemont, in der sie den ersten Sommer verbringen wollte, »sobald wir unsere Strafe abgesessen haben und wieder frei sind«.

Der Präsident wirkte erschöpft. Seine normalerweise lebhaft blitzenden blauen Augen waren gerötet und müde. Er hatte einen langen, anstrengenden Tag hinter sich. Den Vormittag hatte er mit den Spitzen des FBI und des NTSB, des Nationalen Flugsicherheitsdienstes, verbracht, nachmittags war er nach New York geflogen und hatte mit trauernden Angehörigen der Opfer gesprochen. Er hatte die Absturzstelle vor Fire Island an Bord eines Kutters der Küstenwache besucht und war dann mit einem Hubschrauber nach Bay Shore geflogen, um an einem Trauergottesdienst für die Schüler teilzunehmen, die bei dem Anschlag ums Leben gekommen waren. Dabei war es zu einer tränenreichen Begegnung mit dem Chemielehrer John North gekommen, dessen Frau Mary die Schülerreise nach London organisiert hatte.

Vandenberg hatte perfekt Regie geführt. Im Fernsehen wirkte der Präsident wie ein Führer, der die Lage gelassen im Griff hat. Er kehrte nach Washington zurück und konferierte mit seinem nationalen Sicherheitsstab: Verteidigungsminister, Außenminister, Nationaler Sicherheitsberater, CIA-Direktor. Punkt 18.20 Uhr lieferte Vandenberg den aus dem Weißen Haus berichtenden Journalisten Hintergrundinformationen. Der Präsident erwäge militärische Vergeltungsmaßnahmen gegen die für den Anschlag verantwortlichen Terroristen. Amerikanische Kriegsschiffe seien bereits ins östliche Mittelmeer und in den Persischen Golf entsandt worden. Um 18.30 Uhr standen die aus dem Weißen Haus berichtenden Fernsehkorrespondenten von ABC, CBS und NBC nebeneinander auf dem Nordrasen und teilten dem amerikanischen Volk mit, der Präsident erwäge als Vergeltung für den Flugzeugabschuß einen Militärschlag.

Mitchell Elliott wußte, daß die morgigen Umfrageergebnisse gut sein würden. Aber während er James Beckwith jetzt am Eßtisch gegenübersaß, fiel Elliott die Erschöpfung auf, die ihm ins Gesicht geschrieben stand. Er fragte sich, ob sein alter Freund noch den Willen hatte, weiterzukämpfen. »Wenn ich's nicht besser wüßte, Anne«, sagte Elliott, »würde ich behaupten, Sie seien bereit, das Weiße Haus gleich jetzt zu verlassen, statt erst in vier Jahren.«

Elliotts Bemerkung grenzte an eine Diskussion über Politik. Anstatt das Thema zu wechseln, erwiderte Anne Beckwith seinen Blick mit vor Zorn leicht verengten blauen Augen, was selten genug vorkam.

»Ehrlich gesagt, Mitchell, mir ist's egal, ob wir das Weiße Haus in vier Jahren oder in vier Monaten verlassen«, sagte sie. »Der Präsident hat sich in den letzten vier Jahren für dieses Land verausgabt. Unsere Familie hat dafür große Opfer gebracht. Und wenn das Volk einen unerfahrenen Senator aus Nebraska zu seinem Führer wählen will, dann soll es seinen Willen haben.«

Diese Antwort war typisch Anne Beckwith. Anne tat gern so, als stehe sie über der Politik, als sei das Leben im Besitz der Macht nicht lohnend, sondern lästig gewesen. Elliott kannte jedoch die Wahrheit: Hinter der sanften Fassade war Anne Beckwith eine durchaus skrupellose Politikerin, die im Hintergrund enorme Macht ausübte.

Ein Steward kam herein, trug das Geschirr ab und servierte Kaffee. Der Präsident zündete sich eine Zigarette an. Anne hatte ihn schon vor zwanzig Jahren dazu gebracht, sich das Rauchen abzugewöhnen, gestattete ihm jedoch jeden Abend eine zum Kaffee. Mit erstaunlicher Selbstbeherrschung rauchte Beckwith jeden Abend eine Zigarette, aber nur diese eine. Sobald der Steward den Raum verlassen hatte, sagte Elliott: »Bis zur Wahl haben wir noch vier Wochen, Anne. Wir können den Trend noch umkehren.«

»Mitchell Elliott, Sie reden wie diese Schaumschläger, die als selbsternannte Experten in diesen geistlosen Talkshows auftreten und großspurig behaupten, das amerikanische Volk sei noch nicht auf die Wahl eingestellt. Sie wissen so gut wie ich, daß die Umfrageergebnisse sich zwischen heute und dem Wahltag nicht mehr ändern werden.«

»Normalerweise wäre das so. Das gestehe ich Ihnen zu, Anne. Aber vorgestern abend hat ein arabischer Terrorist vor New York ein amerikanisches Verkehrsflugzeug abgeschossen. Der Präsident hat die Bühne jetzt für sich allein. Sterling ist in die Kulisse verbannt. Der Präsident hat eine wunderbare Gelegenheit erhalten, seine glänzenden Fähigkeiten als Krisenmanager zu demonstrieren.«

»Mein Gott, Mitchell, zweihundertfünfzig Menschen sind tot, und Sie sind aufgeregt, weil Sie glauben, daß uns das helfen wird, endlich den Trend umzukehren!«

»Das hat Mitchell nicht behauptet, Anne«, sagte Beckwith. »Du brauchst nur die Berichterstattung in den Medien zu verfolgen. Was sich in einem Wahljahr ereignet, wird alles durch die politische Brille gesehen. Jede andere Auffassung wäre naiv.«

Anne Beckwith stand abrupt auf und sagte: »Nun,

diese naive alte Dame hat für heute abend genug.« Der Präsident und Elliott standen auf. Anne küßte ihren Mann auf die Wange und reichte Mitchell Elliott die Hand. »Er ist müde, Mitchell. Er hat nicht mehr viel geschlafen, seit er Ihre wundervolle politische Gelegenheit erhalten hat. Halten Sie ihn nicht zu lange auf.«

Als Anne den Raum verlassen hatte, gingen die beiden Männer ins Erdgeschoß hinunter und ins Oval Office hinüber. Die Beleuchtung war dezent heruntergedreht, und im Kamin brannte ein Feuer. Paul Vandenberg erwartete sie. Beckwith nahm in einem Ohrensessel am Kamin Platz, und Vandenberg setzte sich in den zweiten. Damit blieb für Elliott eine der tiefen weißen Couches. Als er sich setzte, gab das weiche Polster unter ihm nach. So kam er sich kleiner als die beiden anderen Männer vor, was ihm nicht gefiel. Vandenberg, der Elliotts Unbehagen spürte, gestattete sich ein schwaches Lächeln.

Der Präsident starrte erst seinen Stabschef, dann Elliott prüfend an.

»Also gut, Gentlemen«, sagte Beckwith. »Ich schlage vor, Sie sagen mir, worum es bei dieser Besprechung geht.«

»Mr. President«, sagte Elliott, »ich möchte Ihnen helfen, wiedergewählt zu werden – zum Besten unseres wundervollen Landes und zum Besten des amerikanischen Volkes. Und ich glaube, daß ich weiß, wie das zu schaffen ist.«

Der Präsident zog sichtlich interessiert die Augenbrauen hoch. »Bitte weiter, Mitchell.«

»Sofort, Mr. President«, antwortete Elliott. »Aber zunächst ist ein kurzes Gebet zum Allmächtigen angebracht, glaube ich.«

Mitchell Elliott erhob sich, sank im Oval Office auf die Knie und begann zu beten.

»Glauben Sie, daß er sich dazu entschließt, Paul?«

»Schwer zu sagen. Er will erst mal darüber schlafen. Das ist ein gutes Zeichen.«

Auf der kurzen Rückfahrt vom Weißen Haus hatten sie über belanglose Dinge gesprochen oder geschwiegen. Keiner der beiden Männer redete gern in geschlossenen Räumen, auch in fahrenden Dienstwagen nicht. Jetzt gingen sie in Kalorama an strahlend hell beleuchteten Luxusvillen vorbei die sanft ansteigende California Street hinauf. Ein regnerischer Wind bewegte die Bäume. Rubinrote und goldene Blätter taumelten durchs blaßgelbe Licht der Straßenlaternen. Die Nacht war still bis auf das Rauschen des Windes und das gedämpfte Brausen des Spätabendverkehrs auf der Massachusetts Avenue. Die Limousine fuhr voraus und parkte ohne Licht und mit abgestelltem Motor vor Elliotts Haus. Elliotts Leibwächter folgte ihnen in einigem Abstand außer Hörweite.

»Ich habe ihn noch nie in derart schlechter Stimmung gesehen«, sagte Elliott.

»Er ist müde.«

»Falls er sich dazu entschließt, bringt er hoffentlich die Kraft und die Leidenschaft auf, den Wählern und dem Kongreß gegenüber überzeugend zu argumentieren.«

»Er ist der beste Präsidentendarsteller seit Ronald Reagan. Bekommt er von uns ein gutes Drehbuch, steht er genau dort, wo er stehen soll, und sagt seinen Text auf.«

»Sorgen Sie dafür, daß er ein verdammt gutes Drehbuch bekommt.«

»Ich habe die Rede bereits in Auftrag gegeben.«

»Jesus! Dann berichtet die *Post* bestimmt schon morgen früh darüber.«

»Ich lasse die Entwürfe von meiner besten Redenschreiberin verfassen. Sie arbeitet daheim. So taucht nichts im Computersystem des Weißen Hauses auf, und die Schnüffler und Informanten werden nichts finden.«

»Sehr gut, Paul. Ich bin froh, daß Sie alle Tricks noch immer so gut beherrschen wie früher.«

Vandenberg gab keine Antwort. Ein Auto fuhr an ihnen vorbei, ein kleiner Toyota. Der Wagen bog an der 23rd Street links ab. Die Heckleuchten verschwanden in der Dunkelheit. Der böige Wind frischte auf. Vandenberg schlug den Kragen seines Regenmantels hoch.

»Sie haben wirklich überzeugend argumentiert, Mitchell. Der Präsident ist sichtlich beeindruckt gewesen. Er wird morgen früh aufwachen und wissen, wie klug Ihr Vorschlag ist. Ich rufe die Fernsehgesellschaften an und vereinbare eine Liveübertragung der Ansprache aus dem Oval Office.«

»Werden sie sich darauf einlassen?«

»Natürlich. Sie haben in der Vergangenheit gemurrt, wenn sie den Eindruck hatten, wir benutzten das Privileg einer Rede im Oval Office für offenkundig politische Zwecke. Aber das kann in diesem Fall wohl niemand ernstlich behaupten. Außerdem wird Ihre kleine Initiative erst als zweiter Punkt erwähnt. Der erste und wichtigste Punkt ist die Mitteilung, daß unsere Streitkräfte soeben einen vernichtenden Schlag gegen das *Schwert von Gaza* und seine Unterstützer geführt haben. Ich kann mir nicht vorstellen, daß die Fernsehgesellschaften Beckwith zum jetzigen Zeitpunkt eine Liveübertragung abschlagen.«

»Ich dachte, daß jemand mit Ihrer Erfahrung niemals die Arroganz der Medien unterschätzen würde, Paul.«

»Sie bezeichnen mich gern als die graue Eminenz. Ich werde getadelt, wenn etwas schiefgeht, aber niemals gelobt, wenn etwas klappt.«

»Ich gehe davon aus, daß Sie alles tun, damit diese Sache klappt.«

»Seien Sie unbesorgt, sie klappt.«

»Was kann ich dazu beitragen?«

»Verschwinden Sie möglichst schnell und unauffällig aus Washington.«

»Tut mir leid, das geht nicht.«

»Jesus, ich habe Sie doch um Zurückhaltung gebeten!«

»Ich gebe morgen nur ein kleines Abendessen. Für Braxton, einige seiner Seniorpartner und einen Senator, dem ich in den Arsch kriechen muß.«

»Setzen Sie mich auf die Gästeliste.«

»Sind Sie morgen abend nicht ziemlich beschäftigt?«

»Die Ansprache läuft von neun Uhr bis neun Uhr fünfzehn. Ich komme gleich danach. Halten Sie mir einen Platz am Tisch frei.«

Vandenberg stieg hinten in die Limousine aus dem Weißen Haus ein. Das Anspringen des Motors zerstörte die Stille auf der California Street. Der Wagen fuhr an, bog nach links auf die Massachusetts Avenue ab und verschwand. Wenig später fuhr der Toyota, den sie vor einigen Minuten schon einmal gesehen hatten, wieder am Haus vorbei.

Mitchell Elliott wartete, bis Mark Calahan heran war, um ihn zur Haustür zu begleiten.

»Haben Sie sich das Kennzeichen dieses Autos gemerkt?«

»Natürlich, Mr. Elliott.«

»Lassen Sie's überprüfen. Ich möchte wissen, wem der Wagen gehört.«

»Ja, Sir.«

Elliott saß in der Bibliothek und las, als sein Assistent zwanzig Minuten später hereinkam.

»Der Wagen ist auf eine Susanna Dayton zugelassen. Sie wohnt in Georgetown.«

»Susanna Dayton ist die Reporterin der *Washington Post,* die wegen meiner Verbindungen zu Beckwith recherchiert.«

»Könnte Zufall sein, Mr. Elliott, aber ich vermute, daß sie das Haus beobachtet.«

»Lassen Sie sie beobachten. Ich will wissen, was sie tut und mit wem sie redet. Sehen Sie zu, daß Sie möglichst schnell in ihr Haus kommen. Bringen Sie in allen Räumen und an den Telefonen Wanzen an. Die Sache ist brandeilig.«

Der Assistent schloß die Tür hinter sich, als er hinausging. Mitchell Elliott nahm den Telefonhörer ab und rief das Weiße Haus an. Dreißig Sekunden später wurde das Gespräch in Paul Vandenbergs Wagen weitervermittelt.

»Hallo, Paul. Wir haben ein kleines Problem, fürchte ich.«

kette nahm sie mit ins Schlafzimmer. Es war schon spät, nach elf Uhr, aber sie war von der langen Sitzerei im Auto und im Café nervös überreizt. Sie zog ihren Pullover aus, streifte Rock und Strumpfhose ab. Aus einer Kommodenschublade nahm sie eine blaue Jogginghose und einen Baumwollpulli. Ihre Reebok-Nylonjacke hing am Bad an einem Haken. Sie schlüpfte hinein und zog den Reißverschluß hoch, bevor sie sich übers Waschbecken beugte, um das Make-up abzuschrubben, das sie vor fünfzehn Stunden aufgelegt hatte.

Sie trocknete ihr Gesicht ab und betrachtete dabei ihr Spiegelbild. Mit vierzig hielt Susanna Dayton sich noch für eine durchaus attraktive Frau: schwarze Locken bis über die Schultern, dunkelbraune Augen, südländischer Teint. Aber die Zeit begann ihre Spuren zu hinterlassen. Seit sie von Jack geschieden war, hatte sie sich regelrecht in ihre Arbeit gestürzt. Sechzehnstundentage waren keine Ausnahme, sondern die Regel. Sie war mit ein paar Männern ausgegangen und hatte sogar mit einigen geschlafen, aber ihre Arbeit stand jetzt an erster Stelle.

Carson trabte ruhelos im Flur auf und ab. »Komm, Boy! Jetzt geht's los!«

Susanna nahm die Diskette und folgte dem Hund die Treppe hinunter. Während sie Dehnungsübungen machte, griff sie nach dem schnurlosen Telefon und tippte die Kurzwahlnummer ihres Nachbarn Harry Scanlon ein.

»Ich gehe mit Carson joggen«, sagte sie. »Bin ich in einer halben Stunde nicht zurück, schickst du Hilfe, okay?«

»Wo willst du laufen?«

»Weiß ich noch nicht. Vielleicht bis zum Dupont Circle und zurück.«

»Wo zum Teufel bist du gewesen?«

»Ich hab' gearbeitet. Ich werfe im Vorbeigehen wieder eine bei dir ein.«

»Okay.«

»Gute Nacht, Darling.«

»Gute Nacht, Liebste.«

Sie steckte Piepser und Handy in eine Gürteltasche und verließ das Haus. Sie wußte, daß es idiotisch war, so spät nachts allein zu joggen – ihre Freunde machten ihr deswegen ständig Vorhaltungen –, aber sie nahm immer ein Mobiltelefon mit und hatte Carson als Beschützer dabei.

Sie ging die Stufen zu Harrys Haustür hinauf und warf die Diskette in seinen Briefschlitz. Sie machte Sicherungskopien von Sicherungskopien, und falls ihr Haus jemals abbrannte oder ausgeraubt wurde, hatte wenigstens Harry eine Kopie ihrer Arbeitsunterlagen. Obwohl Harry ihre Besorgnis übertrieben fand, tat er ihr diesen Gefallen. Ihr System war einfach: Warf Susanna eine Diskette in seinen Briefkasten, steckte Harry die vorherige in ihren Kasten, meistens am nächsten Morgen.

Sie trat auf den Pomander Walk hinaus. Carson hob am ersten Baum das Bein. Dann zog sie den Reißverschluß ihrer Jacke ganz hoch, weil die Nacht kühl war, und trabte mit Carson nach Osten durchs dunkle Georgetown.

Der Mann in dem geparkten Wagen am Volta Place beobachtete, wie sie davonlief. Er wußte, daß er nicht viel Zeit hatte. Es war schon spät; die Frau würde vermutlich nicht sehr lange joggen. Er würde rasch arbeiten müssen.

Er stieg aus, drückte seine Autotür leise zu und überquerte die Straße. Er trug eine schwarze Hose, ein dunkles Hemd und eine schwarze Lederjacke; in der rechten

Hand hielt er einen kleinen ledernen Aktenkoffer. Mark Callahan verlor keine Zeit. Wie alle Männer von Mitchell Elliotts Leibwache hatte er in den Special Forces gedient, genauer gesagt bei den Seals, den Kampfschwimmern der U.S. Navy. Er wußte, wie man leise in ein Gebäude eindringt. Er wußte, wie man spurlos wieder verschwindet.

Der Pomander Walk war still und menschenleer. Nur in einem der kleinen Häuser brannte noch Licht. Dreißig Sekunden nach Betreten der Gasse hatte er das Schloß von Susanna Daytons Haustür geknackt und war in ihrem Haus.

Er blieb eine Viertelstunde lang darin und verschwand dann so lautlos, wie er gekommen war.

Gegen vier Uhr wachte Michael vom Regen auf. Er versuchte wieder einzuschlafen, aber es gelang ihm nicht. Sobald er die Augen schloß, hatte er das ins Meer stürzende Flugzeug und Hassan Mahmouds von drei Kugeln zerfetztes Gesicht vor sich. Er stand leise auf und ging in sein Arbeitszimmer. Er schaltete seinen Computer ein und setzte sich davor.

Er rief verschiedene Dateien auf: Fotos, Polizeiberichte, CIA-Memos, Mitteilungen befreundeter Dienste. Michael sah sie nochmals durch. Die Ermordung eines Staatssekretärs in Sevilla, angeblich durch die baskische Separatistenbewegung ETA, später geleugnet. Die Ermordung eines Polizeipräfekten in Paris, angeblich durch die Action Directe, später geleugnet. Die Ermordung eines BMW-Direktors in Frankfurt, angeblich durch die RAF, später geleugnet. Die Ermordung eines hohen PLO-Kommandeurs in Tunis, angeblich durch eine rivalisierende Palästinenserfraktion, später geleugnet. Die Ermordung eines israelischen Geschäftsmanns in London, angeblich durch die PLO, später geleugnet. Diese Anschläge hatten sich alle in Krisenzeiten ereignet und die Spannungen verstärkt. Alle hatten noch etwas gemeinsam: Die Opfer waren durch drei Schüsse ins Gesicht getötet worden.

Michael öffnete eine weitere Datei. Die Ermordete war Sarah Randolph. Sie war eine reiche, schöne Kunststudentin mit sozialistischen Ideen, und Osbourne hatte sich in seiner Londoner Zeit wider besseres Wissen hoffnungslos in sie verliebt. Da er wußte, daß die Abteilung Personalsicherheit wegen ihrer politischen Einstellung Schwierigkeiten machen würde, hatte er gegen die Vorschriften der Agency verstoßen und beschlossen, die Beziehung nicht zu melden. Aus der Ermordung Sarahs am Chelsea Embankment hatte die Agency dann geschlossen, Michael sei enttarnt, er sei der anderen Seite bekannt und könne nicht mehr im Außendienst eingesetzt werden.

Er rief ihr Foto auf. Sie war die schönste Frau, die er je gekannt hatte, aber der Attentäter hatte ihr die Schönheit und das Leben geraubt. Drei Schüsse ins Gesicht, Kaliber neun Millimeter wie in allen anderen Fällen. Michael hatte ihren Mörder gesehen, aber nur für einen Augenblick. Seiner Überzeugung nach war er der Mann, der die anderen ermordet hatte, der Mann, der Hassan Mahmoud erschossen hatte.

Wer war er? Arbeitete er in staatlichem Auftrag oder auf freiberuflicher Basis? Weshalb mordete er immer auf gleiche Weise? Michael zündete sich eine Zigarette an und stellte sich eine andere Frage: Existiert er wirklich? Oder ist er ein Produkt meiner Phantasie? Ein Gespenst in den Dateien? Carter glaubte, Michael jage einem Hirngespinst nach. Carter hätte ihn zur Schnecke gemacht, wenn er seine Theorie jetzt verbreitet hätte. Tyler ebenfalls. Er schaltete den Computer aus und ging wieder ins Bett.

9

WASHINGTON, D.C.

Am nächsten Morgen blätterte Paul Vandenberg einen Stapel Zeitungen durch, während der Chauffeur seiner schwarzen Limousine das Weiße Haus ansteuerte. Die meisten Führungskräfte im Weißen Haus zogen es vor, den Pressespiegel zu überfliegen, den die Pressestelle jeden Morgen zusammenstellte, aber Vandenberg, ein schneller und unersättlicher Leser, wollte die Originalmeldungen sehen. Er wollte sehen, wie die Story aufgemacht war. Stand sie auf der oberen oder der unteren Hälfte der Seite? War sie auf der Titelseite plaziert oder im Inneren des Blatts vergraben? Außerdem mißtraute er im allgemeinen Zusammenfassungen. Er mochte Rohinformationen, Rohdaten. Er besaß ein Gehirn, das imstande war, Unmengen von Informationen zu speichern und zu verarbeiten, anders als sein Boß, der mundgerecht vorbereitete Happen brauchte.

Vandenberg gefiel, was er sah. Der Abschuß von Flug 002 beherrschte die Titelseiten aller großen US-Zeitungen. Der Präsidenschaftswahlkampf schien nicht länger zu existieren. Die *Los Angeles Times* meldete die Sensation dieses Morgens: amerikanische Justiz- und Geheimdienstkreise bezeichneten das *Schwert von Gaza* als für den Anschlag verantwortlich. Die Zeitung brachte zahlreiche Details bis hin zu Zeichnungen mit dem Ablauf des Terroranschlags und einer Biographie des Terroristen Hassan Mahmoud. Vandenberg lächelte; die Idee, der *Los Angeles Times* vertrauliche Informationen zuzuspielen, war seine gewesen. Sie war die wichtigste Zeitung Kaliforniens, und bis zur Wahl würde Beckwith sicher noch ein paar Gefälligkeiten brauchen.

Der Rest war ebenfalls gut. Über die Reise des Präsidenten nach Long Island wurde ausführlich berichtet. Die *New York Times* und die *Washington Post* gaben seine kurze Ansprache bei dem Trauergottesdienst wörtlich wieder. Alle Zeitungen brachten ein von Associated Press verbreitetes Foto, auf dem Beckwith die Mutter eines der jungen Absturzopfer tröstete. Beckwith als Vaterfigur. Beckwith in der ersten Reihe der Trauernden. Beckwith als Racheengel. Für Sterling war da kein Platz mehr. Seine Wahlkampfreise durch Kalifornien war lediglich der *LA Times* einen kleinen Artikel wert. Perfekt!

Die Limousine fuhr vor dem Weißen Haus vor. Vandenberg stieg aus und betrat den Westflügel. Sein geräumiges Büro war geschmackvoll eingerichtet und hatte Fenstertüren, die auf eine kleine Terrasse mit Natursteinbelag vor dem Südrasen hinausführten. Er setzte sich an seinen Schreibtisch und blätterte einen Stapel Gesprächsnotizen durch. Dann warf er einen Blick auf die Termine des Präsidenten. Vandenberg hatte dafür gesorgt, daß alle gestrichen wurden, die nichts mit Flug 002 zu tun hatten. Beckwith sollte ausgeruht und entspannt wirken, wenn er heute abend vor die Kameras trat. Es war möglicherweise der wichtigste Augenblick seiner Präsidentschaft, vielleicht seiner gesamten Karriere.

Eine seiner drei Sekretärinnen steckte ihren Kopf durch die Tür herein. »Kaffee, Mr. Vandenberg?«

»Bitte, Margaret.«

Um halb acht versammelten die leitenden Mitarbeiter sich in seinem Büro: die Pressereferentin, der Haushaltsdirektor, der Kommunikationsdirektor, die Beraterin für

Innenpolitik, der Verbindungsmann zum Kongreß und der Stellvertreter des Nationalen Sicherheitsberaters. Vandenberg legte Wert auf kurze, informelle Besprechungen. Jeder Mitarbeiter brachte sein Notizbuch, einen Becher Kaffee und eine Donut oder ein Bagel mit. Vandenberg befragte einen nach dem anderen, ließ sich informieren, gab Anweisungen und schaffte Probleme aus der Welt. Die Besprechung endete planmäßig um Viertel vor acht. So blieb ihm vor seiner Besprechung mit Beckwith noch eine Viertelstunde Zeit.

»Margaret, bitte keine Besucher oder Telefongespräche.«

»Ja, Mr. Vandenberg.«

Paul Vandenberg stand seit zwanzig Jahren an James Beckwiths Seite – auf dem Capitol Hill und in Sacramento –, aber dies war die kritischste aller Besprechungen. Er öffnete die Fenstertür, trat auf die sonnenbeschienene Terrasse hinaus und atmete die kalte Oktoberluft tief ein. Die Medien spekulierten viel über seine Macht, aber selbst das abgebrühte Washingtoner Pressekorps wäre über Paul Vandenbergs wahren Einfluß schockiert gewesen. Die meisten seiner Vorgänger hatten ihre Aufgabe darin gesehen, dem Präsidenten bei seinen Entscheidungen zu helfen, indem sie dafür sorgten, daß er mit den richtigen Leuten sprach und die richtigen Informationen erhielt. Vandenberg faßte seinen Job anders auf: Er traf die Entscheidungen und überzeugte den Präsidenten davon. Ihre Besprechungen wichen nie von dieser Vorgabe ab. Beckwith hörte aufmerksam zu, blinzelte, nickte und machte sich ein paar Notizen. Zuletzt fragte er: »Was sollen wir Ihrer Meinung nach tun, Paul?« Und Vandenberg sagte es ihm.

Er hoffte, daß auch heute morgen alles nach Plan verlaufen würde. Vandenberg würde das Drehbuch schreiben und Regie führen. Der Präsident würde den Text sprechen. Mit verdammt viel Glück und wenn Beckwith keinen Scheiß machte, würden sie sich damit noch eine zweite Amtszeit sichern.

Elizabeth Osbourne stand in einem bunten Jogginganzug und Turnschuhen an der Ecke 34th und M Street. Es war noch früh, aber über die Key Bridge floß bereits ein endloser Verkehrsstrom nach Georgetown. Sie beugte sich nach vorn, um die Rückseiten ihrer Beine zu strecken. Ein Mann in einem vorbeifahrenden Wagen hupte und stülpte dabei demonstrativ die Lippen vor. Elizabeth ignorierte ihn und widerstand der Versuchung, ihrerseits eine obszöne Geste zu machen. Carson, der den kleinen Hügel von der Prospect Street heruntertobte, traf als erster ein. Susanna kam wenig später.

Sie warteten leicht auf der Stelle trabend, bis die Ampel auf Grün umsprang, und liefen dann zum C&O Canal hinunter. Sie überquerten den Kanal auf einer schmalen hölzernen Fußgängerbrücke und joggten auf dem von Bäumen gesäumten Treidelpfad weiter. Carson rannte vor ihnen her, kläffte Vögel an und jagte zwei erschrockene Eichhörnchen.

»Wo ist Michael heute morgen?«

»Er mußte früh ins Büro«, sagte Elizabeth. Sie haßte es, Susanna in bezug auf Michaels Arbeit anlügen zu müssen. Sie hatten sich in der Harvard Law School kennengelernt und waren seit damals gute Freundinnen. Sie wohnten nur ein paar Straßenblocks voneinander entfernt, joggten gemeinsam und luden sich regelmäßig zum Abendessen ein. Seit Susannas Scheidung war ihr Verhältnis noch enger geworden. Jack war ein Partner bei Braxton, Allworth & Kettlemen, und Elizabeth hatte sich in der wenig beneidenswerten Lage einer inoffiziellen Vermittlerin befunden, während die beiden ihr Leben auseinanderdividiert hatten.

»Und wie geht's Jack?« fragte Susanna. Ihre Unterhaltungen drehten sich irgendwann immer um Jack. Susanna war verrückt nach ihm gewesen. Elizabeth hatte den Verdacht, daß sie ihn noch immer liebte.

»Jack geht's gut.«

»Erzähl mir nicht, daß es ihm gutgeht. Erzähl mir, daß es ihm miserabel geht.«

»Okay, er ist ein lausiger Rechtsanwalt und ein komplettes Arschloch. Wie gefällt dir das?«

»Viel besser. Wie geht's seiner Kleinen?«

»Sie war letzte Woche auf einem Cocktailempfang im Büro. Ihr Kleid hättest du sehen sollen! Aber um ihre Figur beneide ich sie weiß Gott. Braxton hatte Mühe, nicht zu sabbern.«

»Hat sie billig ausgesehen? Erzähl mir, daß sie billig ausgesehen hat.«

»Sehr billig.«

»Ist Jack ihr treu?«

»Tatsächlich soll er Gerüchten zufolge bereits eine Affäre mit einer unserer neuen Sozias gehabt haben.«

»Würd' mich nicht wundern. Jack ist physiologisch unfähig, einer Frau die Treue zu halten. Ich gebe seiner Ehe mit der Kleinen höchstens drei Jahre.«

Sie ließen die Bäume hinter sich und liefen im hellen Sonnenschein weiter. Elizabeth streifte Stirnband und Handschuhe ab und stopfte sie in ihre Jackentaschen. Ein Mountainbiker schoß an ihnen vorbei. Links von ihnen auf dem Fluß ruderte der Achter der Georgetown University mit kraftvollem Schlag gegen die schwache Strömung an.

»Wie war's gestern beim Arzt?« fragte Susanna, um sich dem Thema vorsichtig anzunähern.

Elizabeth erzählte ihr alles; zwischen ihnen gab es keine Geheimnisse, außer was Michael und seine Arbeit betraf.

»Glaubt er, daß es mit der IVF klappt?«

»Das läßt sich vorher nicht sagen. Anscheinend gibt's nur Zufallstreffer. Je mehr man über Behandlungsmethoden bei Unfruchtbarkeit erfährt, desto klarer wird einem, daß die Ärzte nicht allzuviel davon verstehen.«

»Wie fühlst du dich?«

»Nicht einmal schlecht. Ich will die Sache einfach hinter mich bringen. Können wir keine Kinder bekommen, ist das Thema erledigt.«

Sie liefen ein paar Minuten lang schweigend nebeneinander. Carson kam mit einem langen Ast auf sie zu.

Susanna sagte: »Ich möchte gegen eine ungeschriebene Freundschaftsregel verstoßen.«

»Du willst mich nach einem Fall fragen, den unsere Kanzlei bearbeitet?«

»Nach keiner Sache, nein. Nach einem Mandanten. Mitchell Elliott.«

»Er ist Braxtons Mandant. Übrigens bin ich heute abend zum Essen bei ihm eingeladen.«

»Tatsächlich?«

»Ja, er ist in Washington. Braxton hat mich hinbeordert.«

»Ich weiß, daß er in Washington ist, weil er gestern abend im Weißen Haus gegessen hat. Nach dem Abendessen hat Paul Vandenberg ihn heimbegleitet, und die beiden haben einen langen Spaziergang die California Street entlang gemacht.«

»Woher weißt du das?«

»Weil ich ihn beschattet habe.«

»Susanna!«

Sie erzählte Elizabeth von ihren bisherigen Erkenntnissen über Mitchell Elliott und seine zweifelhaften Spenden für Beckwith und die Republikanische Partei.

»Ich brauche deine Hilfe, Elizabeth. Ich muß mehr über die Beziehung zwischen Braxton und Elliott herausfinden. Ich muß wissen, ob Braxton ihm hilft und ob er eine Rolle bei diesen Geldtransfers spielt.«

»Du weißt, daß ich das nicht kann, Susanna. Ich darf dir nichts über einen Mandanten erzählen. Ich würde sofort rausfliegen. Gott, ich würde meine Anwaltszulassung verlieren!«

»Elliott ist unsauber. Und wenn Braxton ihm hilft, ist er's auch.«

»Ich kann dir trotzdem nicht helfen. Das wäre ein Verstoß gegen die Standesregeln.«

»Tut mir leid, daß ich unsere Freundschaft mißbrauche, aber mein Redakteur sitzt mir wegen des Artikels im Nacken, und außerdem widern mich Leute wie Mitchell Elliott an.«

»Du tust nur deine Arbeit, steckst deine Nase in Dinge, die dich nichts angehen. Das nehme ich dir nicht übel.«

»Darf ich dich heute abend nach dem Dinner anrufen und ein bißchen ausfragen?«

»Das kann ich verantworten.«

Sie erreichten Fletcher's Boat House. Sie blieben stehen, machten einige Dehnungsübungen und liefen dann in Richtung Georgetown zurück. Ein großer Mann in einem dunkelblauen Trainingsanzug trabte in Gegenrichtung an ihnen vorbei. Er trug eine Sonnenbrille und eine Baseballmütze.

Der Mann auf dem Treidelpfad war kein gewöhnlicher Jogger. In der rechten Hand trug er ein empfindliches Richtmikrofon, und vor seinem Bauch war ein Kassettenrekorder festgeschnallt. Er war Susanna Dayton gefolgt, seit sie aus ihrer Haustür getreten war. Ein angenehmer Auftrag: ein frischer Herbstmorgen, eine schöne Laufstrecke und vor ihm zwei Frauen, deren Tempo ausreichte, um ihm anständig Bewegung zu verschaffen. Nach der hölzernen Fußgängerbrücke bei Fletcher's Boat House lief er noch etwa hundert Meter weiter. Dann machte er kehrt und steigerte sein Tempo, um mit langen Schritten schnell den Abstand zu den beiden Frauen zu verringern. Er wurde wieder langsamer und folgte ihnen in ungefähr dreißig Meter Entfernung; mit seiner rechten Hand richtete er das Mikrofon genau auf die beiden Gestalten vor sich.

Paul Vandenberg lief jedesmal in kleiner Schauder über den Rücken, wenn er einen Fuß ins Oval Office setzte. Der Präsident kam Punkt acht Uhr herein. Fünf Männer folgten ihm rasch nacheinander. James Beckwiths Vorgänger hatte in seinem Kabinett Vielfältigkeit angestrebt, aber Beckwith wollte, daß seine engsten Berater Männer wie er selbst waren, und hatte nicht das Gefühl, sich dafür entschuldigen zu müssen. Sie nahmen im Sitzbereich Platz: Vizepräsident Ellis Creighton, Sicherheitsberater William Bristol, Außenminister Martin Claridge, Verteidigungsminister Allen Payne und CIA-Direktor Ronald Clark.

Bei hochkarätigen Besprechungen wie dieser führte eigentlich der Präsident den Vorsitz, aber Vandenberg fungierte als Zeremonienmeister. Er achtete auf die Tagesordnung, übernahm die Gesprächsleitung und sorgte dafür, daß die Diskussion nicht ausuferte. »Erster Tagesordnungspunkt ist der geplante Militärschlag gegen das *Schwert von Gaza*«, sagte er. »Ron, wollen Sie nicht anfangen?«

Der CIA-Direktor hatte eine große Landkarte und vergrößerte Satellitenaufnahmen mitgebracht. »Das *Schwert von Gaza* hat drei hauptsächlich genutzte Ausbildungslager«, begann er. »In der libyschen Wüste, etwa hundert Meilen südlich von Tripolis. Außerhalb der Stadt Schahr Kord im westlichen Iran und ...«, Clark tippte zum drittenmal auf die Landkarte, »... hier bei Al-Burei in Syrien. Greifen wir alle drei Orte an, können wir den Terroristen einen schweren psychologischen Schlag versetzen.«

Beckwith runzelte die Stirn. »Wieso nur psychologisch, Ron? Unser Schlag soll vernichtend sein!«

»Mr. President, wenn ich ganz offen sein darf, glaube ich nicht, daß das ein realistisches Ziel ist. Das *Schwert von Gaza* ist klein, sehr beweglich und schwer zu fassen. Die Bombardierung der Ausbildungslager ist befriedigend und verschafft uns ein gewisses Maß an Rache, aber ich kann mit ziemlicher Sicherheit sagen, daß sie das *Schwert von Gaza* nicht handlungsunfähig machen wird.«

»Ihre Empfehlung, Ron?« fragte Vandenberg.

»Ich plädiere dafür, die Hundesöhne mit allem anzugreifen, was wir haben. Aber dieser Schlag müßte mit chirurgischer Präzision geführt werden. Wir dürfen auf keinen Fall einen Wohnblock treffen und dem Fundamentalismus fünfhundert neue Märtyrer liefern.«

Vandenberg sah zu Verteidigungsminister Payne hinüber. »Das wäre Ihr Job, Allen. Ist das zu schaffen?«

Payne stand auf. »Jederzeit, Mr. President. Im Augenblick steht unser Aegis-Kreuzer *Ticonderoga* im Nordteil des Persischen Golfs. Die Marschflugkörper der *Ticonderoga* können diese Ausbildungslager mit tödlicher Sicherheit treffen. Wir haben Satellitenaufnahmen der Lager, und die Marschflugkörper sind entsprechend programmiert. Sie machen keinen Fehler.«

»Was ist mit den Ausbildungslagern in Syrien und Libyen?« fragte der Präsident.

»Die *John F. Kennedy* und ihre Trägerkampfgruppe sind jetzt im Mittelmeer stationiert. Wir setzen ihre Marschflugkörper gegen das Lager in Syrien ein. Der Hauptstützpunkt der Gruppe befindet sich in Libyen. Dieses Lager ist größer und weitläufiger als die anderen und kann nur durch einen massiveren Angriff ausgeschaltet werden. Dafür müßten wir in Italien stationierte Stealth-Jagdbomber einsetzen.«

Der Präsident wandte sich an Außenminister Martin Claridge. »Martin, welche Auswirkungen hätte ein Militärschlag auf die politische Lage im Nahen Osten?«

»Schwer zu sagen, Mr. President. Er provoziert natürlich die Fundamentalisten und dürfte zu Unruhen im Gazastreifen und auf der West Bank führen. Was Syrien angeht, macht er Assad bestimmt nicht friedenswilliger, aber er hat es schon bisher nicht eilig gehabt, an den Verhandlungstisch zu kommen. Andererseits wäre ein Militärschlag eine deutliche Warnung an jene Staaten, die den internationalen Terrorismus decken. Deshalb unterstütze ich Ihr Vorhaben, Mr. President.«

»Die Risiken, Gentlemen?« fragte Vandenberg.

Sicherheitsberater William Bristol räusperte sich. »Wir müssen ein gewisses Risiko, daß der Iran, Syrien oder Libyen zurückschlagen, akzeptieren.«

»Sollten sie das tun«, sagte Verteidigungsminister Payne, »zahlen sie dafür einen sehr hohen Preis. Im Mittelmeer und im Persischen Golf haben wir mehr als genug Kräfte, um jeden dieser Staaten schwer treffen zu können.«

»Ich sehe eine weitere Gefahr«, warf CIA-Direktor Clark ein. »Vergeltungsmaßnahmen in Form von vermehrten Terroranschlägen. Wir sollten unsere Botschaften und sonstigen Dienststellen auf der ganzen Welt in erhöhte Alarmbereitschaft versetzen.«

»Schon geschehen«, sagte Außenminister Claridge.

»Wir haben letzte Nacht eine geheime Warnung herausgegeben.«

Schließlich wandte Beckwith sich an Vandenberg. »Was sollen wir Ihrer Meinung nach tun, Paul?«

»Ich denke, wir sollten zurückschlagen, Mr. President, mit aller Kraft zurückschlagen. Das ist eine energische, aber trotzdem maßvolle Reaktion, die Entschlossenheit beweist. Sie demonstriert, daß die Regierung der Vereinigten Staaten alles Nötige unternimmt, um ihre Bürger zu schützen. Und politisch gesehen entspricht das einem Grand Slam im neunten Inning. Senator Sterling bleibt gar nichts anderes übrig, als Sie zu unterstützen. Alles andere würde unpatriotisch wirken. Damit ist er gelähmt, Sir.«

Im Oval Office herrschte Schweigen, während alle auf die Entscheidung des Präsidenten warteten. »Meiner Ansicht nach stellt das *Schwert von Gaza* eindeutig eine Gefahr für die Bürger und die Interessen der Vereinigten Staaten dar«, sagte er schließlich. »Diese Leute haben einen feigen Akt der Barbarei gegen unser Land verübt und müssen bestraft werden. Wann können wir zurückschlagen?«

»Sobald Sie den Befehl dazu erteilen, Mr. President.«

»Heute nacht«, sagte er. »»Ich befehle den Angriff für heute nacht, Gentlemen.«

Vandenberg warf einen Blick auf seine Notizen. Er wußte, daß er geschickt Regie geführt hatte; der Präsident hatte die gewünschte Entscheidung getroffen und fühlte sich in dieser Position wohl. Vandenberg hatte wieder einmal gute Arbeit geleistet.

»Bevor wir uns vertagen, Gentlemen, haben wir einen zweiten Punkt zu besprechen«, sagte Vandenberg. »Wollen Sie ihn vortragen, Mr. President, oder soll ich das übernehmen?«

Calahan spielte Mitchell Elliott die Tonbandaufnahme in der Bibliothek seiner Villa in Kalorama vor. Elliott hörte mit an die Nase gelegtem Zeigefinger aufmerksam zu und starrte dabei auf die Bäume im Garten. Die Aufnahmequalität war gut, obwohl vereinzelte Lücken das Gespräch teilweise unverständlich machten. Als die letzten Worte verklungen waren, blieb Elliott bewegungslos sitzen. Er hatte alles sorgfältig geplant, aber eine Reporterin, die zu viele Fragen stellte, konnte alles verderben.

»Die Frau ist gefährlich, Mr. Elliott«, sagte Calahan, als er die Kassette aus der teuren Stereoanlage nahm.

»Leider können wir im Augenblick nicht mehr tun, als sie zu beobachten und abzuwarten.« Elliott machte eine Pause. »Wie wird sie überwacht?«

»Mit Wanzen in jedem Zimmer und an ihrem Telefon.«

»Das genügt nicht. Ich möchte, daß wir sie auch im Auto abhören können.«

»Kein Problem. Sie parkt es nachts auf der Straße.«

»Und ihr Computer ist natürlich auch wichtig. Sie müssen jede Gelegenheit nutzen, um den Inhalt ihrer Festplatte zu kopieren.«

Calahan nickte.

»Wir müssen sie in der Redaktion genauer im Auge behalten. Sorgen Sie dafür, daß Rodriguez mit dem nächsten Flugzeug kommt. Er soll bei der *Post* arbeiten.«

»Was versteht Rodriguez von Journalismus?«

»Nichts. Aber das ist nicht der Job, den ich für ihn im Auge habe.«

Calahan machte ein verständnisloses Gesicht.

Elliott sagte: »Rodriguez ist im schlimmsten Viertel von Bakersfield aufgewachsen. Er spricht spanisch wie ein Junge aus dem Barrio. Nimmt man ihm die Anzüge für sechshundert Dollar und seinen teuren Haarschnitt weg, sieht er wie ein Landarbeiter aus El Salvador aus. Sie besorgen ihm eine gefälschte Green Card und einen Job bei der Firma, die in den Redaktionsräumen der *Post* saubermacht. Ich möchte, daß er ab morgen abend dort arbeitet.«

»Gute Idee.«

»Ich will alles über sie erfahren. Finanzielle Verhältnisse, ihre Scheidung, alles. Will sie Hardball spielen, spielt sie in der falschen Liga.«

Calahan hielt die Tonbandkassette hoch. »Was soll ich damit machen?«

»Löschen.«

10

WASHINGTON, D.C.

Wenn es etwas noch Schlimmeres als eine Washingtoner Dinner Party gibt, sagte Elizabeth Osbourne sich, dann ist es, allein zu einer Washingtoner Dinner Party gehen zu müssen. Sie traf mit einer Viertelstunde Verspätung in Mitchell Elliotts Villa in Kalorama ein. Sie gab die Autoschlüssel einem jungen Mann und ging durch den Vorgarten zur Haustür. Michael hatte am Spätnachmittag angerufen, um zu sagen, er könne nicht fort, weil wichtige Ereignisse bevorstünden. Sie hatte versucht, einen Begleiter zu finden, aber das war ihr so kurzfristig nicht gelungen. Selbst Jack Dawson, Susannas Exmann, hatte ihr einen Korb gegeben.

Elizabeth drückte auf den Klingelknopf und hörte irgendwo in der imposanten Villa einen feierlichen Gong. Ein schlanker Mann im Smoking öffnete ihr die Tür. Er half ihr aus dem Mantel und warf dann auf der Suche nach ihrem Partner einen erwartungsvollen Blick nach draußen. »Ich bin heute abend allein«, sagte sie verlegen und bereute ihre Entschuldigung sofort wieder. Einem beschissenen Butler bist du keine Erklärung schuldig, sagte sie sich.

Der Butler teilte ihr mit, Drinks würden im Garten serviert. Elizabeth durchquerte die große Eingangshalle. Fenstertüren führten in den herrlichen terrassenförmig angelegten Garten hinaus. Gasstrahler machten den Aufenthalt im Freien an diesem kühlen Herbstabend angenehm. Als sie auf die Terrasse trat, bot ein Ober ihr ein Glas eiskalten Chardonnay an. Sie trank es sehr rasch halb aus.

Sie betrachtete die anderen Gäste und fühlte sich plötzlich noch deplacierter, denn um sie herum war die Spitze der Washingtoner Republikaner versammelt: der Mehrheitsführer im Senat, der Oppositionsführer im Repräsentantenhaus, ein paar weniger wichtige Abgeordnete und Senatoren und die Oberschicht der Anwälte, Lobbyisten und Journalisten der Stadt. Ein berühmter konservativer Fernsehkommentator dozierte am Rand des großen Swimming-pools. Elizabeth, die ihr Weinglas wie einen Schild vor sich hertrug, wagte sich schüchtern in seinen Bannkreis. Beckwith sei in Schwierigkeiten geraten, verkündete der Kommentator, weil er die konservativen Prinzipien der Partei verraten habe. Seine Zuhörer nickten langsam; das Orakel hatte gesprochen.

Elizabeth sah auf ihre Armbanduhr: acht Uhr. Sie fragte sich, wie sie diesen Abend durchstehen würde, und überlegte, wer sich als erster zu der Tatsache äußern würde, daß sie allein da war. Irgend jemand blaffte ihren Namen. Sie drehte sich nach der Stimme um und sah Samuel Braxton auf sich zukommen. Er war ein brillanter und skrupelloser Anwalt mit dem durch Alter und Wohlleben verweichlichten Körper eines ehemaligen Footballverteidigers. Seine neueste Eroberung, eine vollbusige Blondine namens Ashley, hing an seinem muskulösen Arm. Sie war seine Frau Nummer drei oder vier; Elizabeth wußte es nicht mehr genau. Sie hatten einmal bei einem Abendessen nebeneinander gesessen, als sie noch Ashley DuPree hieß und auf ihre Scheidung wartete, damit sie »einen ehrlichen Mann aus Samuel machen« konnte. Sie stammte aus einer reichen Familie in Huntsville – sie hatte mehr Geld als Braxton –, die mit Pferden und Baumwolle ein Vermögen gemacht hatte. Etwas von dieser Baumwolle steckte in ihrem Kopf und gab sich als Gehirn aus. Ashley entsprach genau Braxtons Bedürfnissen: Herkunft aus der Oberschicht, eigenes Geld und mit immerhin achtunddreißig Jahren noch die Figur eines Playmate aus dem *Playboy*.

»Wo ist Ihr Mann?« fragte Braxton laut. »Ich wollte mit Ashley angeben.«

Das Orakel hörte zu sprechen auf, und seine Zuhörer drehten sich um, weil sie ihre Antwort hören wollten.

»Er hat überraschend geschäftlich verreisen müssen«, antwortete Elizabeth. Sie fühlte, daß sie errötete, obwohl sie sich bemühte, wie vor Gericht anwaltliche Gelassenheit zu bewahren. Daß sie immer lügen mußte, war das Schlimmste. Es wäre viel leichter gewesen, einfach die Wahrheit zu sagen.

Der Präsident hat Luftangriffe gegen das Schwert von Gaza *befohlen, und mein Mann, der bei der CIA arbeitet, kann nicht weg, nur um zu einer lächerlichen Dinner Party zu gehen* … Sie wünschte sich, nur einmal die Wahrheit sagen zu dürfen.

Braxton machte eine Show daraus, die übrigen Anwesenden zu begutachten. »Nun, Elizabeth, Sie scheinen heute abend in der Minderheit zu sein. Wenn ich mich nicht irre, sind Sie das einzige eingetragene Mitglied der Demokratischen Partei in diesem Kreis.«

Elizabeth schaffte es, sich ein Lächeln abzuringen. »Sie können's glauben oder nicht, Samuel, aber ich gehöre zu den wenigen Menschen, die Republikaner tatsächlich mögen.«

Aber Braxton bekam ihre Spitze nicht mehr mit, denn er sah bereits an ihr vorbei zu Mitchell Elliott hinüber, der eben in den Garten gekommen war. Braxton überließ Ashley sich selbst und bahnte sich einen Weg durch die Gästeschar zu seinem lukrativsten Mandanten. Ashley und Elizabeth redeten eine halbe Stunde über Pferde und die Vorteile persönlicher Fitneßtrainer. Elizabeth hörte höflich zu, während sie ihr erstes Glas Wein trank und dann rasch ein zweites leerte.

Kurz vor neun bat Elliott um Aufmerksamkeit. »Meine Damen und Herrn, der Präsident hält gleich seine Rede an die Nation. Ich schlage vor, daß wir uns vor dem Essen anhören, was er zu sagen hat.«

Elizabeth folgte der Gästeschar in das riesige Wohnzimmer, in das zwei Großfernseher hereingerollt worden waren. Die Gäste versammelten sich vor den Geräten. In einem schwatzte Tom Brokaw, im anderen Peter Jennings. Dann wurden beide Moderatoren ausgeblendet, und ein grimmig dreinblickender James Beckwith starrte in die Kameras.

Paul Vandenberg versuchte, in der Öffentlichkeit nie gestreßt zu wirken, aber heute abend war er nervös, und das merkte man ihm an. Dieser Auftritt mußte unbedingt klappen. Er saß mit Beckwith in der Maske und ging die Rede ein letztes Mal mit ihm durch. Er starrte in die Monitore, um sich zu vergewissern, daß die Aufnahmeperspektive stimmte. Er ließ den Teleprompter einmal zur Probe laufen. Was er auf keinen Fall brauchen konnte, waren ein ausgefallener Prompter und ein Präsident, der in die Kamera starrte wie ein Stück Rotwild ins Scheinwerferlicht eines Autos.

Die Ansprache sollte um Punkt 21.01.30 Uhr beginnen. So hatten die Fernsehgesellschaften neunzig Sekunden Zeit für eine Einführung durch ihre Korrespondenten im Weißen Haus. Vandenberg hatte gute Vorarbeit geleistet. Er hatte ausgewählten Journalisten mitgeteilt – selbstverständlich vertraulich –, der Präsident werde über eine militärische Reaktion auf den Flugzeugabschuß und eine wichtige neue Verteidigungsinitiative sprechen. Einzelheiten erwähnte er nicht. Deshalb hing über Washington erwartungsvolle Spannung, als der Präsident das Oval Office betrat.

In zwei Minuten sollte die Sendung beginnen, aber Beckwith schüttelte seelenruhig allen Mitgliedern des Kamerateams, von der Produzentin bis zum Aufnahmeleiter, die Hand. Schließlich setzte er sich an den Schreibtisch. Ein Produktionsassistent steckte das Mikrofon an seine karmesinrote Krawatte. Der Aufnahmeleiter rief: »Dreißig Sekunden!«

Beckwith rückte seine Jacke zurecht und faltete seine Hände auf der Schreibtischplatte. Auf seinem gutgeschnittenen, beherrschten Gesicht erschien ein Ausdruck entschlossener Gesammeltheit. Vandenberg gestattete sich ein flüchtiges Lächeln. Er wußte, daß der Alte seine Rolle glänzend spielen würde.

»Fünf Sekunden!« rief der Aufnahmeleiter. Er deutete stumm auf James Beckwith, und der Präsident begann zu sprechen.

Michael Osbourne hatte sich die Rede des Präsidenten an seinem Schreibtisch anhören wollen, aber kurz vor neun kam Adrian Carter in die »Baracke« und machte ihm ein Zeichen, er solle mitkommen. Fünf Minuten später betraten die beiden das Operationszentrum.

CIA-Direktor Ronald Clark saß lässig in seinem Chefsessel aus schwarzem Leder und rauchte eine Zigarette. Monica Tyler saß neben ihm. Tweedle Dee und Tweedle Dum hielten sich unbehaglich im Hintergrund.

Auf einer Wand aus Bildschirmen erschien plötzlich Beckwith, wie CNN, die Fernsehgesellschaften und die BBC ihn zeigten. Auf drei größeren Bildschirmen flackerten geisterhafte Infrarotbilder, live übertragene Satellitenbilder der drei Ausbildungslager des *Schwerts von Gaza* in Libyen, Syrien und dem Iran.

»Willkommen auf dem besten Platz der Stadt, Michael«, sagte Carter.

»Guten Abend, meine amerikanischen Mitbürger«, sagte James Beckwith. Er machte eine kurze Pause, um die Spannung zu erhöhen. »Vorgestern abend hat ein Terrorist mit einer gestohlenen Stinger vor Long Island eine Maschine der TransAtlantic Airlines abgeschossen – es hat keine Überlebenden gegeben. Das war ein Akt feiger Barbarei, für den es keinerlei Rechtfertigung gibt. Die Verbrecher, die ihn verübt haben, haben offenbar geglaubt, ihre Tat werde ungestraft bleiben. Sie haben sich getäuscht.«

Der Präsident machte wieder eine Pause, um seiner Aussage Gewicht zu verleihen. Vandenberg war in sein Büro zurückgegangen, um die Ansprache im Fernsehen zu verfolgen. Als Beckwith diese Zeile perfekt vortrug, lief ihm ein kalter Schauder über den Rücken.

»Die Strafverfolgungsbehörden und Nachrichtendienste unseres Landes sind zu dem Schluß gekommen, daß die als *Schwert von Gaza* bezeichnete palästinensische Terrorgruppe für diesen Anschlag verantwortlich ist. Sie wird jetzt dafür büßen. In diesen Minuten führen Männer und Frauen der amerikanischen Streitkräfte einen präzisen und genau abgewogenen Schlag gegen Ausbildungslager des *Schwerts von Gaza* in mehreren Staaten des Nahen Ostens. Dabei geht es nicht um Rache. Es geht um Gerechtigkeit.«

Beckwith machte eine unvorhergesehene Pause. Die Assistentin am Teleprompter hielt das Gerät kurz an. »Lassen Sie mich wiederholen: Uns geht es nicht um Rache. Uns geht es um Gerechtigkeit. Uns geht es darum, den Terroristen in aller Welt eine klare Botschaft zu übermitteln. Die Vereinigten Staaten können und werden nicht untätig zusehen, wie ihre Bürger abgeschlachtet werden. Untätigkeit wäre unmoralisch. Tatenlosigkeit wäre Feigheit.

Ich habe dem *Schwert von Gaza* und den Regierungen, die solche Terroranschläge unterstützen, etwas zu sagen.« Beckwith kniff leicht die Augen zusammen. »Hört auf damit, und es wird von unserer Seite keine weiteren Vergeltungsmaßnahmen geben. Ermordet noch einen Amerikaner, nur einen einzigen, und ihr werdet einen sehr hohen Preis dafür zahlen. Das verspreche ich feierlich.

Meine amerikanischen Mitbürger, ich möchte Sie bitten, für die sichere Rückkehr aller an diesen Unternehmen Beteiligten zu beten. Ich bitte Sie auch, mit mir für die Opfer dieses barbarischen Verbrechens und ihre Angehörigen zu beten. Sie sind die wahren Helden.«

Beckwith machte eine Pause und raschelte mit den Blättern seines Manuskripts, ein sicheres Zeichen dafür, daß er das Thema wechseln würde.

»Ich möchte einen Augenblick brutal ehrlich zu Ihnen sein. Wir können Maßnahmen ergreifen, damit so etwas nicht wieder passiert. Wir können unsere Küsten strenger bewachen. Unsere Geheimdienste können ihre Wachsamkeit steigern. Aber wir können trotzdem nicht dafür garantieren, daß sich so etwas nicht wiederholt. Säße ich heute abend hier und würde das behaupten, würde ich Sie belügen, was ich noch nie getan habe. Aber es gibt etwas, das diese Regierung tun kann, um ihre Bürger vor Terroristen und terroristischen Staaten zu schützen, und darüber möchte ich heute abend mit Ihnen reden.

Die Vereinigten Staaten haben die Technologie und die Fähigkeit, über diesem Land einen Verteidigungsschirm zu errichten, der es vor einem absichtlichen oder versehentlichen Raketenangriff schützt. Einige Staaten, die Verbrecherbanden wie das *Schwert von Gaza* unterstützen, bemühen sich, an Raketentechnik heranzukommen. Kurz gesagt wollen sie Raketen, die amerikanischen Boden erreichen können, und sie versuchen, sich welche zu beschaffen. Träfe eine dieser Raketen mit Nuklearsprengkopf eine Stadt wie New York oder Washington, Chicago oder Los Angeles, würde es statt zweihundert Todesopfern zwei Millionen Tote geben.

Gemeinsam mit unseren Verbündeten bemühen wir uns darum, Staaten wie Syrien, dem Iran, dem Irak, Libyen und Nordkorea den Zugang zu dieser Technologie zu verbauen. Leider sind allzu viele Staaten und Unternehmen aus reiner Geldgier bereit, diesen Verbrecherregimes zu helfen. Hätten sie Erfolg, ohne daß wir Gegenmaßnahmen getroffen hätten, wäre unsere Nation, wäre unsere Außenpolitik erpreßbar. Das dürfen wir nicht zulassen.

Deshalb ersuche ich den Kongreß, schnellstens die Mittel zu bewilligen, die für den Bau einer nationalen Raketenabwehr erforderlich sind. Ich fordere den Kongreß und das Verteidigungsministerium auf, dieses System bis zum Ende meiner zweiten Amtszeit installiert zu haben, falls Sie mir eine zweite Chance geben, Ihnen zu dienen. Das wird nicht leicht. Das wird nicht billig. Es wird Disziplin erfordern. Es wird von uns allen Opfer fordern. Aber nichts zu tun, den Terroristen den Sieg zu überlassen, wäre unverzeihlich. Gott segne Sie alle, und Gott segne die Vereinigten Staaten von Amerika.«

Ein Schnitt im Regieraum, und James Beckwith verschwand von den Bildschirmen.

Senator Andrew Sterling verfolgte Beckwiths Rede im Ramada Inn im kalifornischen Fresno. Bei ihm war nur

Bill Rogers, sein alter Freund und Wahlkampfmanager. Die Balkonschiebetür stand offen und ließ laue Abendluft und den Verkehrslärm vom Highway 99 ins Hotelzimmer. Als Beckwith auf dem Bildschirm erschien, sagte Sterling: »Bill, machen Sie die Tür zu, ja? Ich kann den Hundesohn nicht verstehen.«

Sterling war ein überzeugter Liberaler in der Tradition von Humphrey, McGovern, Mondale und Dukakis: ein Liberaler, der für Hilfen aus Steuergeldern plädierte und dessen Herz für die Benachteiligten schlug. Seiner Überzeugung nach gab die Bundesregierung zuviel Geld für Waffen aus, die sie nicht brauchte, und sparte bei den Kindern und Armen. Er wollte die Kürzungen bei Sozialausgaben und Medicare rückgängig machen. Er wollte die Steuern für Unternehmen und Reiche erhöhen. Er war gegen freien Handel. Seine Partei stimmte ihm zu und nominierte Sterling nach langen, erbitterten Vorwahlkämpfen als ihren Kandidaten. Zur Überraschung der politischen Schwatzklasse ging Sterling aus dem Parteitag der Demokraten mit einem ansehnlichen Fünfpunktevorsprung hervor und hatte ihn seitdem behauptet.

Aber er wußte, wie knapp sein Vorsprung war. Er wußte, daß die Entscheidung in Kalifornien fallen würde, wo Beckwith den Heimvorteil hatte. Das war auch der Grund dafür, daß er diese Nacht im Ramada Inn in Fresno verbrachte.

Sterlings Gesicht lief erst rot und dann purpurrot an, als er den Präsidenten reden hörte. Er hatte immer wieder gegen den Aufbau einer nationalen Raketenabwehr gestimmt. Jetzt hatte Beckwith ihn in eine Zwickmühle gebracht. Unterstützte Sterling seinen Vorschlag, würde es aussehen, als sei er umgefallen. Lehnte er ihn ab, würden die Wahlkampfstrategen der Republikaner ihn in einer Anzeigenkampagne beschuldigen, die Verteidigung der USA zu vernachlässigen. Noch wichtiger war ein anderer Punkt: Die kalifornische Rüstungsindustrie würde wiederauferstehen, wenn das Raketenabwehrsystem tatsächlich gebaut wurde. Sprach Sterling sich dagegen aus, würde Beckwith ihn überholen. Kalifornien würde wieder den Republikanern zufallen. Dann war die Wahl verloren.

»Scheiße, das nenne ich eine Oktoberüberraschung«, sagte Sterling, als Beckwith zu Ende gesprochen hatte.

Rogers stand auf und stellte den Fernseher ab. »Wir müssen eine Presseerklärung verfassen, Senator.«

»Dieser Scheißkerl Vandenberg! Ein gerissener Bursche.«

»Wir können Beckwith unterstützen, was die Luftangriffe auf Camps des *Schwerts von Gaza* betrifft. In Krisenzeiten müssen politische Differenzen zurücktreten und so weiter. Aber wir müssen uns gegen seine Raketenabwehr aussprechen. Wir haben keine andere Wahl.«

»Doch, Bill, die haben wir«, sagte Sterling, der weiter den leeren Fernsehschirm anstarrte. »Warum gehen Sie nicht runter und holen uns einen Zwölferpack? Schließlich haben wir gerade diese Scheißwahl verloren.«

Michael Osbourne verfolgte, wie die ersten Marschflugkörper ihre Ziele trafen, während der Präsident noch sprach. Die Terroristen im iranischen Schahr Kord mußten die Ansprache über Kurzwelle mitgehört haben, denn als Beckwith sofortige Vergeltungsschläge ankündigte, stürmte ein Dutzend Männer aus dem größten Lagergebäude. »Zu spät, Jungs«, murmelte Clark. Sekunden später trafen zehn Marschflugkörper, die der Ägäiskreuzer *Ticonderoga* im Persischen Golf abgeschossen hatte, gleichzeitig das Lager und verwandelten es in einen spektakulären Feuerball.

Eine ähnliche Szene spielte sich im syrischen Al-Burei ab.

Das Ausbildungslager in Libyen war die größte und wichtigste Einrichtung. Gegen dieses Ziel setzte das Pentagon Stealth-Jagdbomber mit lasergelenkten Bomben ein, sogenannte »intelligente Waffen«. Tatsächlich waren diese Flugzeuge schon in den libyschen Luftraum eingedrungen, bevor der Präsident seine Rede begann. Sie waren über dem Ziel, als Beckwith den entscheidenden Satz aussprach. Sekunden später schien die Libysche Wüste zu brennen.

Ronald Clark stand auf und verließ wortlos den Raum; Tyler und ihre Gefolgsleute ebenfalls. Carter sah zu Osbourne hinüber, der weiter die Monitore beobachtete. »Nun«, sagte Carter, »soviel zum Frieden im Nahen Osten.«

Genau das dachte der schlanke Grauhaarige, der im obersten Stock eines modernen Bürogebäudes in Tel Aviv saß. In diesem Gebäude war das Zentralinstitut für Nachrichtenbeschaffung und Sonderaufgaben untergebracht, besser als Mossad oder einfach »das Institut« bekannt. Der Grauhaarige war Ari Schamron, stellvertretender Mossad-Direktor und Leiter der Abteilung Beschaffung. Sobald Beckwith zu Ende gesprochen hatte, stellte Schamron den Fernseher ab.

Ein Assistent klopfte an und trat ein. »Wir haben syrische Rundfunkmeldungen abgehört. Al-Burei ist angegriffen worden. Das Lager steht in Flammen.«

Schamron nickte schweigend, und sein Assistent ging wieder hinaus. Schamron preßte Daumen und Zeigefinger auf seinen Nasenrücken und versuchte die Müdigkeit wegzureiben. Es war 4.15 Uhr morgens. Er saß seit fast vierundzwanzig Stunden an seinem Schreibtisch.

Wie es aussah, würde er wahrscheinlich weitere vierundzwanzig Stunden dort verbringen müssen.

Er zündete sich eine Zigarette an, goß sich schwarzen Tee aus einer Thermoskanne ein und trat ans Fenster. Dicke Regentropfen klatschten gegen die Panzerglasscheibe. Unter ihm schlief Tel Aviv friedlich. Das konnte Schamron sich auch als sein persönliches Verdienst anrechnen. Er hatte seine gesamte Laufbahn in den Geheimdiensten verbracht und die vernichtet, die Israel hatten vernichten wollen.

Ari Schamron, der aus Galiläa stammte, war mit achtzehn in die israelischen Verteidigungskräfte eingetreten und sofort zu der Elitetruppe Sajeret versetzt worden. Nach drei Jahren Wehrdienst war er zum Mossad übergewechselt. 1972 hatten sein fließendes Französisch und seine Fähigkeiten als Killer ihm einen Sonderauftrag eingebracht. Er wurde nach Europa entsandt, um die Mitglieder der palästinensischen Terrororganisation Schwarzer September zu liquidieren, die an der Entführung und Ermordung israelischer Sportler bei den Olympischen Spielen in München beteiligt gewesen waren. Sein Auftrag war einfach: keine Festnahmen, nur Blut. Nichts als Rache. Terror gegen Terroristen. Das von Mike Harari geführte Mossad-Team liquidierte zwölf palästinensische Terroristen, einige mit schallgedämpften Waffen, andere mit ferngezündeten Bomben. Der Scharfschütze Schamron erschoß vier von ihnen selbst. Im April 1973 führte er dann ein Team israelischer Elitesoldaten nach Beirut und liquidierte zwei weitere Mitglieder des Schwarzen Septembers und einen PLO-Sprecher.

In bezug auf seine Arbeit hegte Schamron keinerlei Skrupel. Palästinensische Guerillas waren 1964 ins Haus der Familie Schamron eingedrungen und hatten seine Eltern im Schlaf ermordet. Sein Haß auf die Palästinenser und ihre Führer war grenzenlos. Aber jetzt wendete sein Haß sich gegen jene Israelis, die mit Massenmördern wie Arafat und Assad Frieden schließen wollten.

Er hatte sein Leben damit verbracht, Israel zu schützen; er hatte von einem Groß-Israel vom Sinai bis zum Westufer des Jordans geträumt. Das alles wollten die Friedenswilligen jetzt weggeben. Der Ministerpräsident sprach offen von einer Rückgabe der Golanhöhen, um Assad an den Konferenztisch zu locken. Schamron erinnerte sich gut an die schlimme Zeit vor 1967, als die syrische Artillerie das nördliche Galiläa von den Golanhöhen aus beschossen hatte. Arafat herrschte in Gaza und auf der West Bank. Er forderte einen unabhängigen Palästinenserstaat mit Jerusalem als Hauptstadt. Jerusalem! Das würde Schamron niemals zulassen.

Er hatte sich geschworen, den sogenannten Friedensprozeß zum Scheitern zu bringen, mit allen Mitteln. Lief alles weiter nach Plan, hatte er gute Aussichten, seinen Wunsch erfüllt zu bekommen. Assad würde jetzt auf keinen Fall an den Verhandlungstisch kommen. Die Araber in Gaza und auf der West Bank würden vor Wut schäumen, wenn sie in den Morgennachrichten von den amerikanischen Angriffen hörten. Die Armee würde eingreifen müssen. Es würde eine neue Runde mit Terroranschlägen und Vergeltungsmaßnahmen geben. Damit war der Friedensprozeß unterbrochen. Ari Schamron leerte seine Teetasse und drückte seine Zigarette aus.

Nie hatte er eine Million Dollar besser investiert.

Dreitausend Kilometer weiter nördlich fand in Moskau in der Zentrale des Föderalen Sicherheitsdiensts FSB, der die KGB-Nachfolge angetreten hatte, eine ähnliche Nachtwache statt. Der Mann am Fenster war General Konstantin Kalnikow. Es war kurz nach Tagesanbruch, und dieser Oktobertag war selbst für Moskauer Begriffe kalt. Ein eisiger sibirischer Wind wirbelte Schneeflocken über den Platz vor dem Fenster. Zum Glück mußte Kalnikow in ein paar Wochen dienstlich auf die Karibikinsel Sankt Maarten. Er würde es genießen, dieser ewigen Kälte für ein paar Tage zu entkommen.

Kalnikow fröstelte und zog die schweren Vorhänge zu. Er setzte sich an seinen Schreibtisch und machte sich daran, einen Aktenstapel durchzuarbeiten. Der überzeugte Kommunist Konstantin Kalnikow war 1968 vom KGB angeworben worden. Er hatte es zum Chef der Zweiten Hauptabteilung für Spionageabwehr und die Bekämpfung innerer Subversion gebracht. Als mit der Sowjetunion dann auch der KGB zusammengebrochen war, hatte Kalnikow eine Führungsposition in dem neuen Nachrichtendienst FSB behalten. Kalnikow war jetzt für Rußlands Geheimdienstoperationen in Mittel- und Südamerika zuständig. Dieser Job war ein Witz. Sein Budget war so niedrig, daß er kein Geld für Agenten oder Spitzel hatte. Er war machtlos wie ganz Rußland.

Kalnikow hatte miterlebt, wie Präsident Boris Jelzin die russische Wirtschaft zugrunde gerichtet hatte. Er hatte miterlebt, wie die einst gefürchtete Rote Armee in Tschetschenien gedemütigt wurde. Hatte miterlebt, wie ihre Panzer aus Mangel an Sprit und Ersatzteilen verrosteten. Hatte miterlebt, wie ihre Soldaten Hunger litten. Und er hatte miterleben müssen, wie der ruhmreiche KGB zur Zielscheibe des Spotts anderer Nachrichtendienste geworden war.

Er wußte, daß er nichts tun konnte, um eine Kursänderung zu erreichen. Rußland glich einem in rauher See schlingernden großen Schiff. Es brauchte lange, um seinen Kurs zu ändern oder zu stoppen. Kalnikow hatte zwar sein Rußland, aber nicht sich selbst aufgegeben.

Schließlich hatte er eine Familie zu versorgen: seine Frau Katja und drei hoffnungsvolle Söhne. Ihre Fotos waren das einzig Persönliche in seinem ansonsten kühlen, sterilen Dienstzimmer.

Kalnikow hatte beschlossen, seine Position auszunutzen, um sich zu bereichern. Er war der Anführer einer Gruppe von Heeresoffizieren, Geheimdienstleuten und Mafiamitgliedern, die Rußlands militärische Hardware auf dem Weltmarkt an den Meistbietenden verkaufte. Kalnikow und seine Männer hatten Atomtechnologie, waffenfähiges Uran und Raketentechnologie an Syrien, den Iran, Libyen, Nordkorea und Pakistan verkauft. Damit hatten sie Millionen von Dollar verdient.

Er schaltete CNN ein; eine Expertenrunde diskutierte über Präsident Beckwiths Ansprache. Beckwith wollte einen Schutzschild gegen Raketenangriffe errichten, um die Vereinigten Staaten vor Verrückten in aller Welt zu schützen. Diese Verrückten würden sich bald die Klinke von Kalnikows Tür in die Hand geben. Sie würden möglichst viel Hardware kaufen wollen, und das so schnell wie möglich. Präsident James Beckwith hatte soeben ein internationales Wettrüsten eingeläutet, das Kalnikow und seine Komplizen noch reicher machen würde. Konstantin Kalnikow lächelte in sich hinein.

Nie hatte er eine Million Dollar besser investiert.

Es regnete, als Elizabeth Osbourne auf der Massachusetts Avenue nach Westen in Richtung Georgetown fuhr. Sie hatte einen langen Abend hinter sich und war völlig erschossen. Unter ihr zog der Rock Creek vorüber. Sie wühlte in ihrem Handschuhfach, fand ein paar alte Zigaretten und zündete sich eine an. Der Tabak war strohtrocken und schmeckte nach nichts, war aber trotzdem belebend. Elizabeth rauchte jeden Tag nur wenige Zigaretten und redete sich ein, das Rauchen jederzeit aufgeben zu können. Falls sie schwanger wurde, würde sie sofort damit aufhören. Gott, dachte sie, ich würde alles dafür geben, schwanger werden zu können.

Sie schob diesen Gedanken zur Seite und dachte an die Dinner Party. Fetzen dümmlicher Gespräche kamen wieder an die Oberfläche. Bilder von Mitchell Elliotts Luxusvilla zogen wie alte Filmszenen an ihrem inneren Auge vorbei. Ein Bild sah sie noch deutlich, als sie längst zu Hause in ihrem Bett lag und auf Michael wartete: Mitchell Elliott und Samuel Braxton, die im längst dunklen Garten wie kichernde Schuljungen die Köpfe zusammensteckten und sich mit Champagner zuprosteten.

November

II

Shelter Island, New York

Der *New Yorker* hatte Senator Douglas Cannon erstmals als »neuzeitlichen Perikles« bezeichnet, und Cannon hatte im Lauf der Jahre nichts getan, um diesen Vergleich zu widerlegen. Cannon war Historiker und Gelehrter, bekennender Liberaler und demokratischer Reformer. Er verwendete sein ererbtes Millionenvermögen zur Förderung der schönen Künste. Sein weitläufiges Apartment in der Fifth Avenue diente als Begegnungsstätte für die berühmtesten Autoren, Maler und Musiker New Yorks. Er kämpfte darum, das architektonische Erbe der Stadt zu erhalten.

Im Gegensatz zu Perikles hatte Douglas Cannon niemals Männer in die Schlacht geführt. Tatsächlich verabscheute er alle Arten von Waffen außer Pfeil und Bogen. Als junger Mann war er einer der besten Bogenschützen der Welt gewesen, und seine einzige Tochter Elizabeth hatte dieses Talent geerbt. Trotz seines tiefsitzenden Mißtrauens Geschossen und Generälen gegenüber hielt Cannon sich für geeignet, die Militär- und Außenpolitik seines Landes zu kontrollieren; er hatte mehr über Geschichte vergessen, als die meisten Washingtoner Politiker jemals wissen würden. In seinen vier Amtsperioden im Senat fungierte Senator Cannon als Vorsitzender des Streitkräfteausschusses, des Ausschusses für auswärtige Angelegenheiten und des Geheimdienstausschusses.

Als seine Frau Eileen noch lebte, hatten sie die

Wochentage in der Großstadt und die Wochenenden auf Shelter Island auf ihrem weitläufigen Landsitz mit Blick über Derring Harbor verbracht. Nach ihrem Tod gefiel es ihm in New York immer weniger, so daß er allmählich mehr und mehr auf der Insel lebte, allein mit seinem Segelboot, seinen Jagdhunden und Charlie, dem Gärtner und Hausmeister.

Der Gedanke, daß ihr Vater in dem großen Haus allein war, beunruhigte Elizabeth. Michael und sie fuhren nach Shelter Island, wann immer sie sich ein paar Tage Urlaub nehmen konnten. Als Kind hatte Elizabeth ihren Vater nur selten gesehen. Er lebte in Washington, Elizabeth mit ihrer Mutter in Manhattan. Er kam an den meisten Wochenenden nach Hause, aber die miteinander verbrachte Zeit war immer zu kurz. Er mußte sich um seine Wähler kümmern, zu Wohltätigkeitsveranstaltungen gehen und mit Mitarbeitern sprechen, die mit vor Überanstrengung geröteten Augen um seine Aufmerksamkeit wetteiferten. Jetzt hatten sie die Rollen getauscht. Elizabeth wollte die verlorene Zeit wettmachen. Mutter lebte nicht mehr, und er brauchte sie zum erstenmal in seinem Leben wirklich. Er war ein bemerkenswerter Mann, der ein bemerkenswertes Leben geführt hatte, und sie wollte nicht, daß er seine letzten Jahre als Einsiedler verbrachte.

Michaels Besprechung mit Carter und McManus dauerte länger als geplant, und Elizabeth wurde durch ein Telefongespräch mit einem Mandanten aufgehalten. Sie rasten in getrennten Wagen zum National Airport, Elizabeth mit ihrem Mercedes aus der Innenstadt, Michael mit seinem Jaguar aus der CIA-Zentrale in Langley. Sie verpaßten den Shuttle um sieben um wenige Minuten und saßen bis acht Uhr bei einem Bier in einer deprimierenden Flughafenbar. Als sie wenige Minuten nach neun gelandet waren, nahmen sie den Hertz-Bus, um ihren Mietwagen abzuholen. Die Fähren verkehrten nach dem Winterfahrplan, was bedeutete, daß das letzte Schiff Greenport um elf verließ. Folglich hatten sie neunzig Minuten Zeit, um in dichtem Verkehr neunzig Meilen hinter sich zu bringen. Michael raste auf dem eintönigen Long Island Expressway nach Osten und schlängelte sich sicher durch den langsameren Verkehr.

»Die defensive Fahrausbildung, die du damals in Camp Perry gemacht hast, ist anscheinend auch in der realen Welt nützlich«, sagte Elizabeth, während sie ihre Fingernägel in die Armlehne grub.

»Wenn du willst, zeige ich dir, wie man aus einem fahrenden Wagen springt, ohne daß jemand etwas merkt.«

»Brauchen wir dafür nicht diesen Aktenkoffer, diesen Jig oder Jib, den du in deinem Arbeitszimmer stehen hast? Wie funktioniert das Ding eigentlich?«

»Das Ding heißt Jib und funktioniert wie ein Schachtelmännchen. Betätigt man den Schalter, springt eine Halbpuppe heraus. Wird man im Auto verfolgt, sieht das so aus, als säßen zwei Personen im Wagen.«

»Echt geil!« meinte sie sarkastisch.

»Außerdem ist das Ding praktisch für die Fahrspuren, die im Berufsverkehr für Alleinfahrer gesperrt sind.«

»Soll das ein Witz sein?«

»Nein. Carter hat immer einen im Auto. Ist er mal spät dran, betätigt er einfach den Schalter, und Simsalabim! ist die Fahrgemeinschaft fertig.«

»Gott, ich finde es toll, mit einem Spion verheiratet zu sein.«

»Ich bin kein Spion, Elizabeth. Ich bin ein ...«

»Ich weiß, ich weiß, du bist ein Führungsoffizier. Jesus, das klingt geradeso, als wärst du beim Kinderschutzbund angestellt.«

»Wenn du wüßtest…«

»Nicht schneller als neunzig, Michael, okay? Was passiert, wenn ein Verkehrspolizist uns stoppt?«

»Dagegen haben sie uns auch ein paar Tricks gezeigt.«

»Zum Beispiel?«

»Ich könnte einen Tranquilizer-Pfeil aus meinem Füller auf ihn abschießen«, antwortete Michael grinsend. Auf Elizabeths Gesicht erschien ein ungläubiger Ausdruck. »Du hältst das wohl für einen Witz?«

»Manchmal bist du ein richtiges Arschloch, Michael.«

»Das habe ich schon ein-, zweimal gehört.«

Um zehn schalteten sie das Radio ein, um die Nachrichten auf WCBS zu hören.

»*… Präsident James Beckwith hat entschieden, wer in seiner zweiten Amtszeit an der Spitze des Außenministeriums stehen wird. Der Auserwählte ist sein alter Freund und politischer Förderer Samuel Braxton, ein prominenter und einflußreicher Washingtoner Rechtsanwalt. Braxton sagt, er sei von seiner Nominierung überrascht und fühle sich geehrt …*«

Elizabeth ächzte, als Sam Braxtons Tonbandstimme aus dem Lautsprecher kam. Obwohl Michael im Wahlkampfendspurt dienstlich überlastet gewesen war, hatte er wie fast ganz Washington James Beckwiths bemerkenswerten Wahlsieg aufmerksam verfolgt. Das Blatt hatte sich in dem Augenblick gewendet, in dem Flug 002 abgeschossen worden war. Andrew Sterling war damit aus dem Rennen gewesen. Was er sagte oder tat, interessierte die Journalisten nicht mehr; der sich endlos hinschleppende Wahlkampf langweilte sie, so daß sie begeistert abgesprungen waren, um eine spannendere Story zu verfolgen.

Die Ansprache aus dem Oval Office hatte Sterlings Schicksal besiegelt. Beckwith hatte das *Schwert von Gaza* rasch für den feigen Anschlag bestraft, und er hatte dabei geschickt und entschlossen gehandelt. Die Initiative für eine nationale Raketenabwehr hatte Sterling in Kalifornien keine Chance gelassen. Am Morgen nach der Rede des Präsidenten hatten alle großen kalifornischen Tageszeitungen Artikel gebracht, in denen die positiven Auswirkungen dieses Programms auf die örtliche Wirtschaft geschildert wurden. Sterlings Vorsprung in Kalifornien hatte sich über Nacht verflüchtigt. Am Wahlabend hatte James Beckwith in seinem Heimatstaat mit sieben Prozent Vorsprung gesiegt.

Michael stellte das Radio ab.

»Er schwebt auf Wolken«, sagte Elizabeth.

»Wer?«

»Braxton, wer sonst?«

»Kein Wunder. Sein Mann hat gewonnen, und jetzt wird er Außenminister.«

»Als er heute nachmittag von der Pressekonferenz im Weißen Haus zurückgekommen ist, hat die Firma eine Party für ihn gegeben. Er hat endlos darüber gelabert, daß das die schwierigste Entscheidung seines Lebens gewesen sei. Er hat behauptet, er habe dem Präsidenten beim erstenmal einen Korb gegeben, um die Firma nicht im Stich lassen zu müssen. Aber der Präsident habe ihn nochmals gefragt, und er habe nicht zweimal nein sagen können. Gott, so viel Bockmist auf einmal! Dabei weiß die ganze Stadt, daß er sich wochenlang um diesen Posten bemüht hat. Vielleicht läge seine wahre Stärke nicht im Verhandeln, sondern im Prozessieren.«

»Er wird bestimmt ein guter Außenminister.«

»Ich erinnere mich an einen Präsidenten, der einmal gesagt hat: ›Mein Hund Millie versteht mehr von Außenpolitik als mein Gegner.‹ Ich glaube, das trifft auch auf Sam Braxton zu.«

»Er ist clever, lernt schnell und ist im Fernsehen verdammt gut. Die Profis im Foggy Bottom können sich weiter mit dem politischen Alltagsgeschäft befassen. Braxton braucht nur die schwierigen Entscheidungen zu treffen und sie dem Rest der Welt und dem amerikanischen Volk zu verkaufen. Tut er das, hat er auch Erfolg.«

Elizabeth erzählte Michael von ihrem Gespräch mit Susanna Dayton.

»Sie hat mich um Hilfe gebeten. Ich habe ihr erklärt, daß ich nichts für sie tun kann. Das wäre ein Verstoß gegen die Standesregeln und könnte mich meine Anwaltszulassung kosten. Sie hat nicht weiter davon gesprochen.«

»Du bist eine kluge Frau. Warum hat sie diese Story nicht weiterverfolgt?«

»Sie hat keine Beweise gehabt.«

»Das hat Susanna noch nie gestört.«

»Michael!«

»Elizabeth, aus meiner Perspektive sieht die Presse etwas anders aus.«

»Sie hat geglaubt, genügend Beweismaterial zu haben, aber die Redaktion ist anderer Meinung gewesen. Sie solle erst mal weitere Recherchen anstellen. Susanna ist natürlich wütend gewesen. Wäre die Story vor der Wahl erschienen, wäre sie eine Sensation gewesen.«

»Arbeitet sie noch daran?«

»Ich denke schon. Tatsächlich spricht sie sogar von großen Fortschritten.« Elizabeth lachte. »Weißt du, die beiden größten Gewinner bei diesem Spiel sind Sam Braxton und sein Mandant Mitchell Elliott. Braxton wird Außenminister, und Elliott verdient mit dem Bau von Jagdraketen für das Programm zur Raketenabwehr zehn Milliarden Dollar.«

»Siehst du irgendeinen Zusammenhang?«

»Ich weiß nicht, was ich davon halten soll. Du hättest die beiden auf Elliotts Party sehen sollen, nachdem Beckwith sein neues Programm angekündigt hatte. Mein Gott, ich habe gedacht, sie würden sich abküssen!«

Dann war der Expressway zu Ende, und sie kamen durch die Kleinstadt Riverhead. Michael fuhr auf einer Landstraße zwischen endlosen Weideflächen und Kartoffeläckern nach Norden weiter. Ein in der feuchten Nachtluft verschwommener Vollmond hing tief über dem östlichen Horizont. Michael bog auf die Route 25 ab und raste quer über die North Fork nach Osten. Zwischen den Bäumen war hin und wieder der Long-Island-Sund zu sehen, dessen Wasserfläche im Mondlicht schwarz schimmerte.

Elizabeth öffnete ihr Fenster einen Spalt weit und zündete sich eine Zigarette an. Das war ein Zeichen dafür, daß sie nervös, verärgert oder unglücklich war. Elizabeth brauchte ihre ganze Kraft dafür, sich tagsüber in ihrem Beruf zu verstellen. Zu Hause oder in Gesellschaft von Freunden war es ihr nahezu unmöglich, ihre Gefühle zu verbergen. War sie glücklich, blitzten ihre Augen, und auf ihren Lippen stand ein Dauerlächeln. War sie durcheinander, schmollte sie, runzelte die Stirn und schnauzte andere Leute an. Elizabeth rauchte niemals, wenn sie glücklich war.

»Erzähl mir, was dich bedrückt.«

»Du weißt, was mich bedrückt.«

»Natürlich, aber ich denke, es würde dir guttun, darüber zu sprechen.«

»Also gut, ich bin verdammt nervös, weil ich Angst habe, daß alles schiefgeht und ich nie ein Baby bekommen werde. So, jetzt hab' ich's gesagt. Und weißt du was? Ich fühle mich noch immer beschissen.«

»Ich wollte, ich könnte mehr für dich tun.«

Elizabeth streckte eine Hand aus und griff nach seiner. »Sei einfach für mich da, Michael. Wenn du irgendwas für mich tun willst, bleibst du bei dieser Sache an meiner Seite. Ich brauche dich, falls etwas schiefgeht. Du mußt mir sagen, daß alles in Ordnung ist und du mich trotzdem immer lieben wirst.«

Ihre Stimme versagte. Er drückte ihre Hand und sagte: »Ich werde dich immer lieben, Elizabeth.«

Er fühlte sich hilflos. Das war eine fremdartige Empfindung, die ihm nicht gefiel. Seinem Wesen und seiner Ausbildung nach war er dafür geeignet, Probleme zu identifizieren und zu lösen. Jetzt konnte er nur wenig tun. Seinen physischen Beitrag würde er in einem kleinen dunklen Raum in wenigen Minuten leisten. Danach würde er hilfsbereit und aufmerksam und liebevoll sein, aber den Rest würden Elizabeth und ihr Körper tun müssen. Aber er wollte mehr tun. Er hatte Carter gebeten, in der New Yorker CIA-Station arbeiten und seine wöchentliche Arbeitszeit verkürzen zu dürfen. Carter hatte es gestattet. Die Personalabteilung bekniete alle Referenten und Abteilungsleiter, etwas gegen die miserable Stimmung in der Agency zu unternehmen. Carter murrte, die Agency solle ihr Motto von »Und ihr werdet die Wahrheit erkennen, und die Wahrheit wird euch frei machen« in »Leute, die sich anderer Leute annehmen« abändern.

»Ich werde dir noch etwas anderes sagen, Michael. Ich habe keine Lust, mich wegen dieser Sache verrückt zu machen. Es gibt nur diesen einen Versuch. Klappt er nicht, lassen wir es bleiben und organisieren unser Leben anders. Unterstützt du mich dabei?«

»Hundertprozentig.«

»Susanna und Jack haben es viermal versucht. Das hat sie fünfzigtausend Dollar gekostet, und Susanna ist zum Schluß mit den Nerven am Ende gewesen.« Elizabeth zögerte. »Sie ist davon überzeugt, daß er sie verlassen hat, weil sie keine Kinder bekommen kann. Jack ist ganz verrückt nach einem Kind. Er will unbedingt einen Sohn, der den Familiennamen weiterträgt. Anscheinend hält er sich für einen König, der einen Thronfolger braucht.«

»Ich denke, daß sie von Glück sagen kann, daß sie kein Kind hat. Jack hätte sie auf jeden Fall verlassen, und sie wäre jetzt eine alleinerziehende, berufstätige Mutter.«

»Was weißt du, das ich nicht weiß?«

»Ich weiß, daß er nie glücklich gewesen ist und diese Ehe schon lange beenden wollte.«

»Ich wußte gar nicht, daß ihr so gute Freunde seid.«

»Ich kann den Hundesohn nicht ausstehen. Aber er trinkt und wird dann redselig. Und ich bin ein guter Zuhörer. Das hat mich schon häufig zum Opfer entsetzlicher Langweiler werden lassen.«

»Ich mag Susanna wirklich. Sie hat es verdient, glücklich zu sein. Ich hoffe, daß sie bald jemanden findet.«

»Sie findet bestimmt jemanden.«

»Das ist nicht so einfach, wie es klingt. Sieh dir bloß an, wie lange ich gebraucht habe, um dich zu finden. Kennst du irgendwelche guten Männer, die ledig sind?«

»Alle ledigen Männer, die ich kenne, sind Spione.«

»Führungsoffiziere, Michael. Es heißt Führungsoffiziere.«

»Sorry, Elizabeth.«

»Aber du hast recht. Der Gedanke, Susanna könnte einen Spion heiraten, ist scheußlich.«

Michael fuhr fünf Minuten vor Abfahrt auf die Autofähre. Es war bitterkalt. Die Fähre stampfte über die vom Wind aufgewühlte Gardiner's Bay. Gischt brach über den Bug herein und lief in Strömen über die Windschutzscheibe des Leihwagens. Michael stieg aus und lehnte sich an die Reling. Übers dunkle Wasser hinweg war an der Inselküste der angestrahlte weiße Landsitz der Familie Cannon zu sehen. Der Senator ließ jedesmal die Scheinwerfer an, wenn sie kamen. Michael stellte sich vor, wie es wäre, mit Kindern auf der Fähre zu fahren. Er stellte sich vor, die Sommer mit ihnen auf der Insel zu verbringen. Auch er wünschte sich Kinder, mindestens so sehr wie Elizabeth. Aber er behielt seine Gefühle für sich, um sie nicht noch mehr unter Druck zu setzen.

Sie erreichten die Insel und fuhren durch Shelter Island Heights, wo die Straßen dunkel und alle Geschäfte geschlossen waren. Jetzt im Winter war auf der Insel wieder Ruhe eingekehrt. Der Besitz der Familie Cannon lag eine Meile außerhalb des Dorfs auf einer Landzunge zwischen Hafen und Gardiner's Bay. Als sie in die Einfahrt bogen, kam Charlie mit den Jagdhunden und einer Taschenlampe in der Hand aus seinem kleinen Haus.

»Der Senator ist früh zu Bett gegangen«, sagte er. »Aber ich soll Ihnen helfen.«

»Wir kommen allein zurecht, Charlie«, antwortete Elizabeth. Im Haus war alles, damit man übers Wochenende bleiben konnte, ohne sich mit Gepäck belasten zu müssen. »Gehen Sie wieder rein, bevor Sie hier draußen erfrieren.«

»Also gut«, sagte er. »Dann wünsche ich Ihnen eine gute Nacht.«

Sie gingen leise ins Haus und nach oben in ihre Zimmerflucht mit Blick über den Hafen. Elizabeth stieß die Fensterläden auf; sie liebte es, beim Aufwachen das Wasser im purpur-orangeroten Licht der winterlichen Morgendämmerung zu sehen.

Ein Regenschauer weckte sie irgendwann nach Mitternacht. Elizabeth drehte sich im Dunkeln auf die Seite und küßte Michaels Nacken. Als er sich regte, ergriff sie seine Hand und zog ihn auf sich. Sie wand sich aus ihrem geblümten Flanellnachthemd.

Sein warmer Körper drückte ihre Brüste flach.

»Gott, Michael, ich hätte so gern ein Kind von dir!«

Er drang in sie ein, und sie drängte sich ihm entgegen. Elizabeth war überrascht, wie schnell sie ihren Höhepunkt erreichte. Der Orgasmus brandete in wundervollen Wogen über sie hinweg. Sie hielt Michael in ihren Armen und begann plötzlich zu lachen.

»Leise, sonst wacht dein Vater auf.«

»Ich wette, daß du das zu allen Mädchen gesagt hast.«

Sie lachte wieder.

»Was ist so verdammt lustig?«

»Nichts, Michael. Gar nichts. Ich liebe dich nur so sehr.«

Douglas Cannon segelte leidenschaftlich gern, aber er haßte es, im Sommer mit dem Boot unterwegs zu sein. Dann kreuzten auf der Gardiner's Bay große Slups, Katamarane, Motorboote, Sportangler und die Cannon verhaßten Jet-Skis, die für ihn ein Zeichen der bevorstehenden Apokalypse waren. Er hatte versucht, sie aus den Gewässern um die Insel verbannen zu lassen, war aber damit gescheitert, obwohl vor Upper Beach eine Zehnjährige überfahren und getötet worden war. Michael hatte gehofft, mit einem Stapel Zeitungen, einem Buch und einem guten Cabernet aus Cannons wohlsortiertem Weinkeller einen geruhsamen Nachmittag am Kaminfeuer verbringen zu können. Aber mittags hörte der Regen auf, und eine wäßrige Sonne schien durch Wolkenlücken. Cannon, der einen schweren Troyer und Ölzeug trug, kam ins Wohnzimmer gestapft.

»Komm, Michael, wir wollen los.«

»Soll das ein Witz sein? Draußen hat's null Grad!«

»Das ist doch ideal. Komm, du brauchst körperliche Betätigung.«

Michael sah hilfesuchend zu Elizabeth hinüber. Sie lag

auf der Couch und arbeitete einen Stapel Schriftsätze durch.

»Geh mit ihm, Michael. Ich mag es nicht, wenn er allein segelt.«

»Elizabeth!«

»Ach, stell dich nicht so an! Außerdem hat Dad recht. Du brauchst wirklich körperliche Betätigung. Komm, ich bringe euch zum Steg runter.«

Und so fand Michael sich zwanzig Minuten später in Pullover und Fleecejacke eingemummelt auf Cannons 32-Fuß-Slup *Athena* wieder und zerrte wie ein alter Fischer aus Gloucester an dem steifgefrorenen Fockfall. Cannon blaffte vom Ruder aus Befehle, während Michael über das eisglatte Vordeck hastete, bei zwanzig Knoten Wind Segel hißte und Leinen belegte. Dabei stieß er sich den Zeh an einer Klampe an und wäre beinahe gestürzt. Er fragte sich, wie lange er in dem eisigen Wasser überleben würde, falls er über Bord ging. Er fragte sich, ob der siebzigjährige Cannon schnell genug reagieren konnte, um ihn zu retten.

Als der Wind die Segel der *Athena* füllte, so daß ihr Rumpf höher im Wasser lag und leicht nach Steuerbord krängte, sah Michael ein letztesmal zum Haus hinüber. Elizabeth, die eine Zielscheibe aufgestellt hatte, stand mit ihrem Bogen auf dem Rasen und traf aus fünfzig Meter Entfernung mit jedem Pfeil ins Schwarze.

Cannon steuerte die *Athena* hart am Wind durch die Bucht. Die Slup krängte weit nach Steuerbord, als sie übers graugrüne Wasser fliegend auf Gardiner's Island zulief. Michael saß auf der Luvseite, weil er hoffte, die Sonne werde ihn wärmen. Er versuchte, sich eine Zigarette anzuzünden, was erst gelang, als er sich zwei Minuten lang verrenkt hatte, damit sein Körper Windschutz bot.

»Jesus, Douglas, geh doch wenigstens auf Raumschots-Kurs, damit wir den Wind nicht so spüren.«

»Mir gefällt's, wenn sie krängt!« Er mußte schreien, um das Heulen des Windes zu übertönen.

Michael sah nach vorn und stellte fest, daß Wasser über den Schandeckel an Steuerbord hereinbrach.

»Findest du nicht, daß wir etwas weniger krängen sollten?«

»Nein, so ist's ideal. Sie läuft jetzt ihre Höchstfahrt.«

»Richtig, aber wenn eine Bö kommt, kentern wir und liegen im Teich.«

»Dieses Boot kann nicht kentern.«

»Das haben sie von der *Titanic* auch behauptet.«

»Aber in diesem Fall ist's wahr.«

»Welche Erklärung hast du dann für deinen kleinen Unfall vom letzten Jahr?«

Letztes Jahr im Oktober war die *Athena* im Oktober in einer Böenfront vor dem Leuchtturm Montauk gekentert. Cannon war von der Küstenwache gerettet worden, und die Bootsbergung hatte ihn zehntausend Dollar gekostet. Nach diesem Vorfall hatte Elizabeth ihren Vater gebeten, nicht mehr allein zu segeln.

»Unzutreffender Seewetterbericht«, sagte Cannon. »Ich habe den Direktor des Nationalen Wetterdienstes angerufen und ihm die Meinung gesagt.«

Michael blies sich in seine kältestarren Hände. »Jesus, im Wind sind's bestimmt zehn Grad unter Null.«

»Sogar fünfzehn Grad. Ich hab' nachgefragt.«

»Du bist verrückt! Wüßten die Wähler von deinem Todeswunsch, hätten sie dich nie in den Senat gewählt.«

»Laß das Meckern, Michael. Unten in der Pantry steht eine Thermoskanne. Mach dich nützlich und hol uns beiden einen Becher Kaffee.«

Michael schwankte den Niedergang hinunter. Der

Senator war auf praktisch jedem Schiff der U.S. Navy gewesen, und in der Pantry stand eine ganze Sammlung massiver Kaffeebecher mit den Wappen verschiedener Schiffe. Michael wählte zwei Becher von Bord des Atom-U-Boots *West Virginia* aus und füllte sie mit dampfendem Kaffee.

Als Michael wieder nach oben kam, rauchte Cannon eine Zigarette. »Davon darf Elizabeth nichts erfahren«, sagte er, als er seinen Becher entgegennahm. »Wüßte sie, daß ich ab und zu heimlich eine rauche, würde sie alle Läden auf der Insel anweisen, mir keine zu verkaufen.«

Cannon nahm vorsichtig einen Schluck Kaffee und korrigierte seinen Kurs etwas. »Also, was hältst du von der Wahl?«

»Beckwith hat erstaunlich aufgeholt.«

»Alles Bockmist, wenn du mich fragst. Er hat die Sache mit dem Flugzeugabschuß von Anfang an politisch ausgeschlachtet, und der amerikanische Wähler ist zu gelangweilt und zu abgelenkt gewesen, um das zu merken. Ich stehe voll hinter ihm, was die Vergeltungsmaßnahmen betrifft, aber sein neues System zur Raketenabwehr ist meiner Ansicht nach ein Gefallen, den er alten Freunden tut, die ihn seit vielen Jahren unterstützt haben.«

»Du kannst nicht leugnen, daß die Bedrohung existiert.«

»Klar, die Bedrohung existiert. Aber wollten wir versuchen, unser Land vor jeder nur denkbaren Bedrohung zu schützen, wären wir bald pleite. Das Militär und – sorry, Michael – die Geheimdienste haben noch kein neues Spielzeug gesehen, das ihnen nicht gefallen hat oder das sie nicht haben wollten. Kongreß und Präsident haben zu entscheiden, welche sie brauchen und welche nicht. Und welche wir uns leisten können.«

»Wie kommst du auf die Idee mit dem Gefallen?«

»Weil Mitchell Elliott in Washington mehr Geld verteilt hat als jeder andere Amerikaner. Er schöpft seinen gesetzlichen Spendenrahmen aus, und wenn er noch mehr geben will, verteilt er das Geld unterm Tisch. Den größten Vorteil aus Elliotts Großzügigkeit hat natürlich James Beckwith gezogen. Er hat sich seine politische Karriere praktisch von Elliott finanzieren lassen.«

Michael dachte an Susanna Dayton und ihre Story, für die sie im Auftrag der *Post* recherchierte.

»Und noch etwas darfst du nicht vergessen«, fuhr Cannon fort. »Paul Vandenberg, der Stabschef des Weißen Hauses, hat früher bei Alatron gearbeitet. Elliott hat ihn zu Beckwith abgeordnet, als er kalifornischer Justizminister geworden war. Mit seinem scharfen Blick für Talente hat er erkannt, daß Beckwith das Potential hatte, ins Weiße Haus aufzusteigen. Er wollte seinen Mann dort einschleusen, und das ist ihm gelungen.« Cannon zog an der Zigarette. Der Wind riß den Rauch von seinen Lippen. »Außerdem hat Vandenberg früher bei deiner Firma gearbeitet.«

Michael war perplex. »Wann?«

»Im Vietnamkrieg.«

»Ich dachte, er sei in der Army gewesen.«

Cannon schüttelte den Kopf. »Nö, Agency, durch und durch. Er hat dort übrigens am Unternehmen Phönix mitgearbeitet. Du erinnerst dich an Phönix, nicht wahr, Michael? Nicht gerade ein Ruhmesblatt deiner Firma.«

Zweck des Unternehmens Phönix war die Identifizierung und Ausschaltung des kommunistischen Einflusses in Südvietnam gewesen. Im Rahmen dieses Großunternehmens sollen achtundzwanzigtausend mutmaßliche Kommunisten gefangengenommen und weitere zwanzigtausend ermordet worden sein.

»Du kennst doch die Redensart: ›Einmal ein Firmenmann, immer ein Firmenmann‹, stimmt's? Warum gibst du den Namen Vandenberg nicht mal in euren Supercomputer in Langley ein und schaust, ob was rauskommt?«

»Glaubst du, daß der Raketendeal nicht sauber ist?«

»Ich habe die Testberichte gelesen. Die von Alatron Defense Systems gebauten Jagdraketen sind weit besser gewesen als alle Konkurrenzprodukte. Elliott hat den Auftrag völlig zu Recht erhalten. Aber das Projekt ist von den Republikanern nur lauwarm und von den Demokraten gar nicht unterstützt worden. Das System wäre nie gebaut worden. Die Unterstützung des gesamten Kongresses war nur durch einen dramatischen Appell vor dem Hintergrund eines dramatischen Ereignisses zu bekommen.«

Michael überlegte kurz, bevor er sagte: »Nehmen wir mal an, ich würde behaupten, das *Schwert von Gaza* hat diese Verkehrsmaschine nicht abgeschossen. Was würdest du dann sagen?«

»Ich würde sagen, daß du vermutlich auf einer interessanten Spur bist. Aber du solltest nicht zu laut darüber reden, Michael. Hört dich der Falsche, kannst du in große Schwierigkeiten geraten.«

Die Sonne war hinter einer Wolke verschwunden, und es wurde plötzlich kälter. Cannon sah stirnrunzelnd zum Himmel auf. »Sieht nach Schneeregen aus«, meinte er. »Also gut, Michael, du hast gewonnen. Klar zum Wenden!«

12

Sankt Maarten, Karibik

Rötlicher Staub stieg von der mit Schlaglöchern übersäten schmalen Straße auf, als die Range-Rover-Kolonne in die Berge hinauffuhr. Die Geländewagen waren identisch, schwarz mit getönten Scheiben, damit die Insassen nicht zu sehen waren. Jeder dieser Männer kam aus einem anderen Teil der Erde: aus Südamerika, den Vereinigten Staaten, dem Nahen Osten oder Europa. Jeder würde die Insel am nächsten Morgen nach dem Ende der Konferenz verlassen. Auf Sankt Maarten hatte die Hochsaison begonnen, in der sich hier Amerikaner und reiche Europäer drängten. Den Männern in den Range Rovers war das recht. Sie schätzten Menschenmassen, Anonymität. Die Kolonne röhrte durch ein armes Dorf. Barfüßige Kinder standen am Straßenrand und winkten den vorbeifahrenden Wagen aufgeregt zu. Niemand winkte zurück.

Die Villa war selbst für Sankt Maarten ungewöhnlich luxuriös: zwölf Schlafzimmer, zwei riesige Wohnzimmer, ein Medienraum, ein Billardzimmer, ein Swimmingpool, zwei Tennisplätze und ein Hubschrauberlandeplatz. Erbaut worden war sie erst in den vergangenen sechs Monaten im Auftrag eines ungenannten Europäers, der einen exorbitanten Preis gezahlt hatte, damit sie termingerecht fertig wurde.

Der Bau war ein Alptraum gewesen, denn die Villa lag

in der Inselmitte auf einem Berg mit herrlichem Seeblick. Bis auf einen Elektrozaun war das sechzehn Hektar große Grundstück mit Baumgruppen und dichtem Buschwerk im Naturzustand belassen worden.

Eine Woche vor den Gästen traf ein Sicherheitsteam ein und installierte Videokameras, Lichtschranken und Störsender. Sein Kommandozentrum richtete es im Billardzimmer ein.

Die Gesellschaft für internationale Entwicklung und Zusammenarbeit war eine rein private Organisation, die keine fremden Geldspenden akzeptierte und nur ausgewählte neue Mitglieder aufnahm. Ihren offiziellen Sitz hatte die Gesellschaft in Genf, in einem kleinen Büro mit einem geschmackvollen Messingschild an der schlichten Tür; allerdings hätte ein zufälliger Besucher dort niemanden angetroffen, und ein Anruf bei der nicht im Telefonbuch stehenden Büronummer wäre erfolglos geblieben.

Wer von der Existenz dieser Gruppierung wußte, bezeichnete sie einfach als die Gesellschaft. Trotz ihres Namens hatte die Gesellschaft kein Interesse daran, die Welt zu verbessern. Zu ihren Mitgliedern gehörten verbrecherische Geheimdienstoffiziere, Politiker, Waffenhändler, Söldner, Drogenbarone, Gangsterbosse, einflußreiche Geschäftsleute und Industrielle.

Der Geschäftsführer war ein ehemaliger hoher Offizier des britischen Geheimdienstes MI6. Er war nur als »der Direktor« bekannt und wurde nie mit seinem Namen angesprochen. Er kümmerte sich um die Verwaltung und koordinierte die Aktionen der Gesellschaft, ohne jedoch die letzte Entscheidungsbefugnis zu besitzen. Die lag in den Händen des Exekutivrats, in dem jedes Mitglied eine Stimme hatte. Intern praktizierte die Gesellschaft Demokratie, auch wenn die meisten Mitglieder fanden, im richtigen Leben sei sie eine ziemlich lästige Einrichtung.

Die Grundüberzeugung der Gesellschaft lautete: Frieden ist gefährlich. Die Mitglieder glaubten, ständige, kontrollierte globale Spannungen lägen im Interesse aller. Sie schützten vor Selbstzufriedenheit. Sie sorgten für Wachsamkeit. Sie förderten nationale Identitäten. Und vor allem brachten sie ihnen Geld, sehr viel Geld.

Manche trafen allein, manche zu zweit ein. Manche kamen ohne Begleitschutz, manche brachten ihren Leibwächter mit. Ari Schamron traf gegen Mittag ein und spielte drei Sätze Tennis gegen den Boß eines kolumbianischen Drogenkartells. Die in schwarzen Anzügen stekkenden schwerbewaffneten Leibwächter des Drogenbarons hechelten in der glühendheißen Karibiksonne als Balljungen hinter verschlagenen Bällen her. Konstantin Kalnikow traf eine Stunde später ein. Er lag zwei Stunden am Swimmingpool, bis seine blasse slawische Haut knallrot war, und zog sich danach mit einem der Mädchen zu einem Schäferstündchen in sein Zimmer zurück. Der Direktor hatte sie eigens aus Brasilien einfliegen lassen. Jede war eine Künstlerin auf dem Gebiet körperlicher Vergnügen. Jede hatte eine gründliche Blutuntersuchung hinter sich, um sicherzustellen, daß sie mit keiner sexuell übertragbaren Krankheit infiziert war.

Nur Mitchell Elliott hatte weder Zeit noch Sinn für solche Aktivitäten. Er verabscheute die Mitglieder der Gesellschaft samt und sonders. Er verkehrte beruflich mit ihnen, um seine Ziele durchzusetzen, aber er dachte nicht daran, mit ihnen auf einer Karibikinsel Orgien zu feiern.

Die Konferenz war für neun Uhr angesetzt. Elliotts Gulfstream landete um halb zehn auf dem Flughafen der

Insel. Dort stand ein Hubschrauber für ihn bereit. Er bestieg ihn mit Mark Calahan und zwei weiteren Leibwächtern und flog zu der Villa in den Bergen hinauf.

In der ersten Stunde behandelte der Exekutivrat lediglich Routineangelegenheiten. Schließlich kam der Direktor zum ersten wirklich wichtigen Tagesordnungspunkt. Er blickte Mitchell Elliott über seine goldgeränderte Halbbrille hinweg an. »Sie haben das Wort, Sir.«

Elliott blieb sitzen. »Als erstes möchte ich Ihnen für Ihre Unterstützung danken, Gentlemen. Das Unternehmen wurde perfekt durchgeführt und hat das gewünschte Ergebnis gezeitigt. Präsident James Beckwith ist wiedergewählt worden, und die Vereinigten Staaten werden ihr System zur Raketenabwehr bauen, eine Entwicklung, die allen hier Versammelten nützen wird.«

Elliott machte eine Pause, bis der höfliche Beifall, der zu jeder Vorstandssitzung gepaßt hätte, verklungen war.

»Ich brauche nicht zu erwähnen, daß die Folgen katastrophal wären, wenn durch eine undichte Stelle die Rolle unserer Gesellschaft bei diesen Ereignissen bekannt würde. Deshalb bin ich heute abend hier, um Ihre Erlaubnis einzuholen, alle eingeweihten Beteiligten außerhalb dieses Raums beseitigen zu lassen.«

Der Direktor sah leicht irritiert hoch, als habe ihn ein großer Bordeaux-Wein enttäuscht. »Nach meiner Zählung sind das fünf Männer.«

»Genau.«

»Und wie sollen wir diese Aufgabe angehen?«

»Ich schlage vor, den Mann einzusetzen, der an dem Abschuß vor New York beteiligt gewesen ist.«

»Sie meinen den, der noch lebt?«

Elliott gestattete sich ein dünnes Lächeln. »Ja, Direktor.«

»Der Mann kennt natürlich einen Teil der Wahrheit – daß das *Schwert von Gaza* den Anschlag nicht verübt hat.«

»Ich weiß, aber er ist der beste Killer der Welt, und dieser Auftrag erfordert jemanden mit seinen Fähigkeiten.«

»Und wenn er ihn ausgeführt hat?«

»Dann wird er liquidiert – genau wie die anderen.«

Der Direktor nickte. Klarheit und Entschiedenheit schätzte er mehr als alles andere. »Wie wollen Sie die Liquidierung finanzieren? Ein Unternehmen dieser Art ist kostspielig. Sie haben vor kurzem unerwartete Gewinne gemacht. Vielleicht sollten Sie die Kosten übernehmen.«

»Das finde ich auch, Direktor. Ich bitte die Gesellschaft nicht um finanzielle Unterstützung, sondern nur um ihre Zustimmung.«

Der Direktor musterte die am Tisch versammelten Männer über seine Lesebrille hinweg.

»Irgendwelche Einwände?«

Die anderen schwiegen.

»Also gut, Sie haben die Unterstützung des Exekutivrats bei der Durchführung dieses Unternehmens.« Der Direktor blätterte in seinen Unterlagen. »Nun zum zweiten wichtigen Punkt, Gentlemen. Mr. Hussein im Irak möchte seinen Immobilienbesitz vergrößern und hätte dabei gern wieder unsere Unterstützung.«

Die Konferenz endete um vier Uhr morgens. Mitchell Elliott verließ sofort die Villa, flog mit dem Hubschrauber zum Flughafen und bestieg seine Gulfstream. Die übrigen Mitglieder des Exekutivrats blieben noch, um einige Stunden zu schlafen. Konstantin Kalnikow, der vor seiner Rückkehr ins winterlich düstere Moskau unbedingt noch ein paar Stunden Karibiksonne genießen wollte, machte in einem Liegestuhl am Swimmingpool ein Nickerchen. Schamron und der Drogenbaron begaben sich zu einem Revanchespiel auf den Tennisplatz, denn Schamron hatte das erste Match überlegen gewonnen, und der Drogenbaron dürstete nach Rache. Am späten Vormittag fuhren sie mit den Range Rovers den Berg hinunter. Der Direktor verließ die Villa mittags mit dem Sicherheitsteam. Als er eine halbe Stunde später an Bord seines Privatjets ging, erschütterte eine Serie von Detonationen das Gebäude, und die Luxusvilla in den Bergen der Insel Sankt Maarten brannte bis auf die Grundmauern nieder.

13

Brélès, Bretagne

Er hatte den Namen Jean-Paul Delaroche angenommen, aber die Dorfbewohner nannten ihn »le Solitaire«. Niemand konnte sich daran erinnern, wann er angekommen war und sich in dem bunkerartigen kleinen Steinhaus, das auf einem Felsvorsprung mit Blick über den Kanal gebaut war, niedergelassen hatte. Monsieur Didier, der rotgesichtige Besitzer des Lebensmittelgeschäfts, war der Überzeugung, er sei vom Wind verrückt geworden. Auf dem abgelegenen Felsen des Einsiedlers wehte der Wind so stark wie unaufhörlich. Er ließ die Fenster seines kleinen Hauses Tag und Nacht klappern und riß methodisch Platten aus dem Schieferdach. Nach heftigen Stürmen konnten Vorbeikommende manchmal einen Blick auf le Solitaire erhaschen, der ruhelos die Schäden begutachtete. »Wie Rommel bei der Inspektion seines kostbaren Atlantikwalls«, pflegte Didier dann hämisch grinsend bei einem Cognac im Café zu flüstern.

War er ein Schriftsteller? War er ein Revolutionär? War er ein Kunstdieb oder ein gefallener Priester? Mlle. Plauché von der Charcuterie hielt ihn für den letzten Überlebenden einer steinzeitlichen Menschenrasse, die Jahrtausende vor den Kelten in der Bretagne gelebt hatte. Weshalb hätte er sonst seine Tage damit verbracht, mit den uralten Steinen zu kommunizieren? Weshalb hätte er sonst stundenlang dagesessen und zugesehen, wie die See an die Felsen brandete? Weshalb hätte er sich sonst

Delaroche genannt? Er hat schon mal hier gelebt, verkündete sie mit dem Messer über einer Brietorte. Er denkt darüber nach, wie's früher gewesen ist.

Die Männer waren neidisch auf ihn. Die älteren beneideten ihn um die schönen Frauen, die in sein Haus kamen, einige Zeit blieben und dann unauffällig abreisten, um irgendwann durch eine andere ersetzt zu werden. Die Dorfjugend beneidete ihn um das nach seinen Angaben gebaute italienische Rennrad, auf dem er jeden Morgen einem Dämon gleich über die schmalen Nebenstraßen des Finistère raste. Die Frauen, die jungen wie die älteren, fanden ihn schön: das graumelierte kurze Haar, der helle Teint, die leuchtend grünen Augen, die wie von Michelangelo gemeißelte gerade Nase.

Er war kein großer Mann, deutlich unter einem Meter achtzig, aber er hielt sich wie einer, wenn er nachmittags durchs Dorf ging, um seine Einkäufe zu machen. In der Boulangerie versuchte Mlle. Trevaunce jedesmal vergeblich, ihn in ein Gespräch zu verwickeln, aber er lächelte nur und wählte mit höflichen Worten sein Brot und seine Croissants aus. Beim Weinhändler war er als kenntnisreicher, aber sparsamer Kunde bekannt. Schlug Monsieur Rodin eine teurere Flasche vor, zog er die Augenbrauen hoch, um anzudeuten, so viel könne er sich nicht leisten, und gab sie vorsichtig zurück.

Auf dem Markt wählte er Gemüse, Fleisch, Austern und Fisch mit der pedantischen Umständlichkeit der Küchenchefs großer Restaurants und guter Hotels aus. An manchen Tagen brachte er seine gegenwärtige Frau mit, immer eine von außerhalb, nie eine Bretonin aus der Umgebung. An manchen Tagen kam er allein. An manchen Tagen wurde er aufgefordert, sich zu den Männern zu setzen, die den Nachmittag bei Rotwein, Ziegenkäse und Kartenspiel verbrachten. Aber der Einsiedler deutete jedesmal hilflos auf seine Uhr, als habe er anderswo dringende Verpflichtungen, stapelte seine Einkäufe in seinem klapprigen beigen Mercedes-Kombi und fuhr zu seinem Bunker über dem Meer.

Als ob Zeit in Brélès wichtig wäre, pflegte Didier mit seinem üblichen hämischen Lächeln zu sagen. Das kommt vom Wind, fügte er hinzu. Der Wind hat ihn verrückt gemacht.

Der Novembermorgen war hell und klar mit böigem Seewind, als Delaroche die schmale Küstenstraße entlangradelte. Er war von Brest aus nach Westen in Richtung Pointe de Saint Mathieu unterwegs. Über seiner kurzen Radlerhose trug er eine knappsitzende Fleecehose und dazu einen Rollkragenpullover unter einem neongrünen Anorak, eng genug, um nicht im Wind zu flattern, aber weit genug, um die sperrige 9-mm-Glock-Automatic unter seiner linken Achsel zu verbergen. Trotz seiner mehrlagigen Kleidung schnitt die salzhaltige Luft ihm tief ins Fleisch. Delaroche hielt den Kopf tief gesenkt und strampelte schneller zur Landspitze hinunter.

Die Landstraße verlief ein Stück eben, als er an den von Wind und Wetter zernagten Ruinen eines Benediktinerklosters aus dem zehnten Jahrhundert vorbeikam. Er strampelte einige Kilometer weit zügig gegen den steifen Seewind von Norden an, während die Straße sich dem Gelände folgend rhythmisch hob und senkte. Sein leichtes Rennrad bewährte sich auch bei diesen widrigen Gelände- und Wetterbedingungen. Vor ihm ragte ein steiler Hügel auf. Er schaltete in den nächsten Gang und trat kräftiger in die Pedale. Dann hatte er den Hügel überwunden und fuhr in das Fischerdorf Lanildut ein.

Im Café kaufte er zwei Croissants und füllte seine Flaschen nach: die eine mit Orangensaft, die andere mit dampfendem Milchkaffee. Die Croissants verschlang Delaroche auf der Weiterfahrt. Er kam an der Presqu'île de Sainte Marguerite vorbei, einem in den Atlantik hinausragenden Felsenfinger mit einigen der herrlichsten Küstenabschnitte Europas. Dann folgte die Côte d'Aber, die Küste der Flußmündungen, ein langer, flacher Strekkenabschnitt mit zahlreichen Flüssen, die sich aus dem Hochland des Finistère kommend ins Meer ergossen.

Er spürte die ersten Anzeichen von Müdigkeit in den Beinen, als er in Brignogan-Plages einfuhr. Jenseits des Dorfs, über einen schmalen Fußweg erreichbar, lag ein schneeweißer Sandstrand. Eine unbehauene vorgeschichtliche Steinsäule, im Bretonischen als Menhir bezeichnet, stand wie ein Wächter am Anfang des Weges. Delaroche stieg ab, schob sein Rad und trank den Rest seines Milchkaffees. Am Strand lehnte er das Rad an einen Felsblock und ging eine Zigarette rauchend die Brandungslinie entlang.

Der Signalplatz war ein großer Felsen etwa zweihundert Meter von der Stelle entfernt, wo er das Rad zurückgelassen hatte. Delaroche ging langsam, scheinbar ziellos, und beobachtete, wie die Wogen sich am Strand brachen. Eine besonders große kam weiter über den Strand herauf als die anderen, aber er wich dem eiskalten Wasser geschickt aus. Als seine Zigarette zu Ende geraucht war, warf er den Stummel weg und drückte ihn mit der Fußspitze in den weißen Sand, bis er verschwunden war.

Er erreichte den Felsen und ging davor in die Hocke. Das Zeichen war da: zwei knochenweiße Pflasterstreifen, die ein X bildeten. Jeder Profi hätte vermutet, der Unbekannte, der dieses Zeichen hinterlassen hatte, müsse vom KGB ausgebildet worden sein, was tatsächlich stimmte.

Delaroche riß die Pflasterstreifen ab, drückte sie zu einer kleinen Kugel zusammen und warf sie in die Ginsterbüsche, die den Strand zum Land hin begrenzten. Er ging zu seinem Rad zurück und radelte bei strahlendem Sonnenschein heim nach Brélès.

Mittags war das Wetter noch immer schön, deshalb beschloß Delaroche zu malen.

Er zog Jeans und einen dicken Wollpullover an und lud die Sachen in den Mercedes: seine Staffelei, zwei Sperrholzplatten mit aufgezogenem Papier, den Malkasten und seine Palette. Dann kochte er Kaffee und füllte ihn in eine Thermosflasche mit mattglänzender Stahlhülle. Aus dem Kühlschrank nahm er noch zwei Flaschen Beck's Bier mit. Er fuhr ins Dorf und parkte vor der Charcuterie. Drinnen kaufte er Schinken, Käse und eine Scheibe bretonischer Leberpastete, wobei Mlle. Plauché schamlos mit ihm flirtete. Er verließ den Laden, vom Bimmeln des Glöckchens an der Eingangstür begleitet, und ging in die Boulangerie nebenan, um ein Baguette zu kaufen.

Als er landeinwärts fuhr, ging die karge Felslandschaft der Küste in die sanften, bewaldeten Hügel des Hochlands des Finistère über. Er bog auf eine nicht bezeichnete kleine Nebenstraße ab und folgte ihr ungefähr drei Kilometer, bis sie in einen tief ausgefahrenen Feldweg überging. Der Mercedes schlingerte wild, aber nach einigen Minuten hatte er sein Ziel erreicht: eine malerische alte Ferme – siebzehntes Jahrhundert, schätzte er – vor prachtvoller Baumkulisse in rotgoldener Herbstfärbung.

Delaroche tat die meisten Dinge langsam und sorgfältig, und seine Malvorbereitungen liefen nicht anders ab. Während er methodisch seine Sachen aus dem Auto holte, begutachtete er das alte Gehöft. Das Herbstlicht ließ alle Kontraste im Mauerwerk des Hauses und in den

Bäumen dahinter scharf hervortreten. Dieses Licht auf Papier zu bringen würde eine Herausforderung sein.

Delaroche aß ein Sandwich und trank eine halbe Flasche Bier, während er die Szene aus wechselnden Perspektiven studierte. Er fand die richtige Stelle und machte ein halbes Dutzend Aufnahmen mit einer Polaroidkamera: drei in Farbe, drei in Schwarzweiß. Der Hausbesitzer trat aus der Tür, ein stämmiger kleiner Mann mit einem schwarz-weißen Hund, der ihn umkreiste. Als Delaroche ihm zurief, er sei Maler, winkte der Mann begeistert. Fünf Minuten später brachte er Delaroche ein Glas Wein und einen Teller mit Käse und dicken Scheiben scharf gewürzter Wurst. Er trug eine geflickte Jacke, die aussah, als habe er sie vor dem Krieg gekauft. Sein Hund, der nur drei Beine hatte, bettelte Delaroche um Wurst an.

Als die beiden wieder gegangen waren, setzte Delaroche sich an seine Staffelei. Er studierte die Polaroidbilder, erst die Schwarzweißaufnahmen, um die Umrisse und Linien des Bildes zu erfassen, danach die Farbaufnahmen. Er machte zwanzig Minuten lang Skizzen mit Kohlestift, bis der Bildaufbau zu stimmen schien. Delaroche arbeitete mit einer sparsamen Palette – Karminrot, Kobaltblau, Hookersgrün, Kadmiumgelb, Siena gebrannt – auf starkem Papier, das er auf eine Sperrholzplatte aufgezogen hatte.

Fast eine Stunde verging, bevor er wieder an die Nachricht am Strand in Brignogan-Plages dachte. Sie war ein Ruf, eine Aufforderung, sich morgen vormittag in Roscoff an der Pier mit Arbatow zu treffen. Arbatow war Delaroches KGB-Führungsoffizier gewesen. Er hatte zwanzig Jahre lang ausschließlich mit Arbatow zusammengearbeitet. Als Arbatow dann älter und langsamer geworden war, hatte die Moskauer Zentrale einmal versucht, ihn durch einen jüngeren Mann namens Karpow zu ersetzen. Aber Delaroche hatte jegliche Zusammenarbeit mit Karpow verweigert und gedroht, ihn in einer Holzkiste nach Moskau zurückzuschicken, wenn Arbatow nicht wieder als sein Führungsoffizier eingesetzt werde.

Eine Woche später hatten Arbatow und Delaroche in Salzburg Wiedersehen gefeiert. Zur Strafe für die Betonköpfe in der Moskauer Zentrale hatten die beiden sich ein Festmahl mit Kalbsschnitzel und drei Flaschen teurem Bordeaux gegönnt. Delaroche hatte sich nicht aus Liebe oder Loyalität für Arbatow eingesetzt; er liebte keinen Menschen und war nur gegenüber seiner Kunst und seinem Beruf loyal. Er wollte, daß Arbatow ihn weiterhin betreute, weil er sonst niemandem traute. Er hatte zwanzig Jahre lang auch deshalb überlebt, ohne verhaftet oder getötet zu werden, weil Arbatow gute Arbeit geleistet hatte.

Während er die idyllische Szene malte, dachte er ernstlich daran, Arbatows Aufforderung zu ignorieren. Arbatow und er arbeiteten nicht mehr für den KGB, weil es keinen KGB mehr gab und der FSB Männer wie sie nicht übernommen hatte. Als die Sowjetunion zusammenbrach und der KGB aufgelöst wurde, waren Arbatow und Delaroche plötzlich auf sich allein gestellt. Sie blieben im Westen – Arbatow in Paris, Delaroche in Brélès – und machten sich gemeinsam selbständig. Arbatow fungierte gewissermaßen als Delaroches Agent. Hatte jemand einen Auftrag, ging er damit zu Arbatow. Billigte Arbatow ihn, legte er ihn Delaroche vor. Für seine Dienste war Arbatow an dem beträchtlichen Honorar beteiligt, das Delaroche auf dem freien Markt fordern konnte.

Delaroche hatte schon so viel verdient, daß er überlegte, aus diesem Geschäft auszusteigen. Sein letzter Auftrag lag über einen Monat zurück, und das erstemal langweilte er sich nicht, war nicht vor Untätigkeit ruhelos. Bei diesem Job hatte er eine Million Dollar verdient, mit denen er in Brélès bis ans Ende seiner Tage behaglich leben konnte, aber auch einen Knacks davongetragen. In seiner langjährigen Tätigkeit als Berufskiller hatte für Delaroche stets nur ein einziges Gebot gegolten: Er mordete keine Unschuldigen. Der Anschlag auf das Verkehrsflugzeug vor Long Island war ein Verstoß gegen dieses Gebot gewesen.

Er hatte die Stinger nicht selbst abgefeuert, aber er hatte bei diesem Unternehmen eine Hauptrolle gespielt. Er hatte den Auftrag gehabt, den Palästinenser in Schußposition zu bringen, ihn nach dem Anschlag zu töten und dann die Jacht zu versenken, bevor er selbst von einem Hubschrauber auf See geborgen wurde. Für die tadellose Durchführung des Auftrags hatte er eine Million Dollar erhalten. Aber wenn er nachts in seinem Haus allein war und nur das Rauschen der Brandung hörte, sah er das brennende Verkehrsflugzeug in den Atlantik stürzen. Er bildete sich ein, die Schreie der Passagiere zu hören, während sie auf den sicheren Tod warteten. Bei allen früheren Aufträgen hatte er die Zielpersonen genau gekannt. Es waren böse Menschen, die Böses taten und mit den Risiken des Spiels, das sie spielten, vertraut waren. Und er hatte sie jeweils von Angesicht zu Angesicht getötet. Der Abschuß einer Verkehrsmaschine verstieß gegen sein selbstauferlegtes Gebot: Du sollst keine Unschuldigen töten.

Er beschloß, zu dem Treff mit Arbatow zu fahren und sich das Angebot anzuhören. War es gut und lukrativ, würde er es vielleicht annehmen. Falls nicht, würde er sich zurückziehen, die bretonische Landschaft malen, in seinem Steinhaus am Meer Wein trinken und mit keinem Menschen mehr reden.

Eine Stunde später war das Bild fertig. Es war gut, fand er, aber es ließ sich noch verbessern. Die untergehende Sonne tauchte die Ferme in scharlachrotes Zwielicht. Sobald die Sonne verschwunden war, wurde die Luft plötzlich kalt und duftete nach Holzrauch und schmorendem Knoblauch. Er machte sich ein Brot mit Leberpastete und trank ein Bier, während er seine Sachen zusammenräumte. Die Polaroidbilder und seine Skizzen steckte er ein; er würde sie brauchen, um in seinem Atelier eine zweite, bessere Fassung dieses Bildes zu malen. Er stellte das Weinglas, den halbleeren Teller und das noch feuchte Aquarell vor der Tür der Ferme ab und ging zu seinem Mercedes zurück. Der dreibeinige Hund kläffte ihm nach, als er davonfuhr, und machte sich dann über den Rest Wurst her.

Als Delaroche am nächsten Morgen von Brélès nach Roscoff fuhr, goß es in Strömen. Er erreichte die Pier pünktlich um zehn Uhr und sah Arbatow, ein Bild des Jammers, im Regen auf und ab gehen. Delaroche parkte seinen Wagen und beobachtete Arbatow einen Augenblick, bevor er sich ihm näherte.

Michail Arbatow hatte mehr Ähnlichkeit mit einem alternden Professor als mit einem KGB-Führungsoffizier, und Delaroche konnte sich wie jedesmal kaum vorstellen, daß dieser Mann unzählige Morde überwacht hatte. Das Pariser Leben bekam ihm offenbar; er war dicker, als Delaroche ihn in Erinnerung hatte, und seine anscheinend frische Gesichtsfarbe war auf übermäßigen Wein- und Cognacgenuß zurückzuführen. Arbatow trug wie gewöhnlich einen schwarzen Rollkragenpullover und einen Trenchcoat, der aussah, als gehöre er einem größeren, schlankeren Mann. Auf dem Kopf hatte er einen wasserdichten Hut ohne Krempe, wie ihn Pensionisten überall tragen. Seine Nickelbrille schien wie immer mehr zu schaden als zu nützen. Die Gläser waren angelaufen, und sie drohte von Arbatows Boxernase zu rutschen.

Delaroche stieg aus und näherte sich ihm von hinten. Der alte Fuchs Arbatow zuckte mit keiner Wimper, als Delaroche neben ihm auftauchte. Sie gingen eine Zeitlang nebeneinander her, wobei Delaroche Mühe hatte, mit Arbatows unbeholfenem Watscheln Schritt zu halten. Er schien Schwierigkeiten mit dem Halten des Gleichgewichts zu haben, und Delaroche mußte mehrmals dem Impuls widerstehen, ihn mit ausgestreckter Hand zu stützen.

Arbatow blieb stehen und wandte sich Delaroche zu. Er betrachtete ihn mit einem offenen, leicht nachdenklichen Blick seiner grauen Augen, die durch die dicken Brillengläser stark vergrößert wurden. »Jesus, ich bin wirklich zu alt für diesen Straßenscheiß«, sagte er in seinem tadellosen, akzentfreien Französisch. »Zu alt und zu abgekämpft. Fahr mich irgendwo hin, wo man sich aufwärmen und ordentlich essen kann.«

Delaroche fuhr zu einem guten Café am Hafen. Fünf Minuten später standen zwei Teller mit Gruyère-Champignon-Omeletts und Schalen mit dampfendem Milchkaffee vor ihnen. Arbatow verschlang sein Omelett und zündete sich eine gräßliche Gauloise an, bevor Delaroche auch nur halb aufgegessen hatte. Dann klagte er über Kälte und bestellte sich einen Cognac. Er leerte sein Glas mit zwei Schlucken, zündete sich die nächste Zigarette an und blies dünne Rauchfahnen gegen die dunkel gestrichenen Deckenbalken. Die beiden Männer saßen schweigend da. Ein Außenstehender hätte sie für Vater und Sohn halten können, die täglich miteinander frühstückten, was Delaroche gerade recht war.

»Sie wollen dich wieder«, sagte Arbatow, sobald Delaroche aufgegessen hatte. Delaroche fragte nicht, wer sie waren; er wußte, daß es sich um die Männer handelte, die ihn für den Flugzeugabschuß angeheuert hatten.

»Für welchen Auftrag?«

»Sie haben nur gesagt, daß die Sache extrem wichtig ist und sie deshalb den Besten wollen.«

Auf Schmeichelei konnte Delaroche verzichten. »Wieviel?«

»Das haben sie nicht gesagt; sie haben nur davon gesprochen, daß das Honorar diesmal höher als beim letzten Auftrag sein soll.« Arbatow drückte seine Gauloise mit dem deformierten Nagel seines dicken Daumens aus. »Erheblich höher, haben sie gesagt.«

Delaroche gab dem Kellner ein Zeichen. Er bestellte noch einen Kaffee und zündete sich eine Zigarette an.

»Du hast überhaupt keinen Hinweis auf die Art des Auftrags bekommen?«

»Nur einen. Es geht um mehrere Zielpersonen, die alle Profis sind.«

Delaroches Interesse war plötzlich geweckt. Im allgemeinen fand er seine Arbeit langweilig. Für die meisten Aufträge brauchte man weit weniger Fähigkeiten, als er besaß. Sie erforderten nicht allzuviel Vorbereitung und noch weniger Kreativität. Aber Profis zu liquidieren war etwas anderes.

»Sie wollen sich morgen mit dir treffen«, sagte Arbatow. »In Paris.«

»In wessen Revier?«

»In ihrem, versteht sich.« Er griff in seine Jackentasche und zog einen durchweichten Zettel heraus. Die Tinte war verlaufen, aber die Adresse war noch lesbar. »Sie wollen persönlich mit dir reden.«

»Ich rede mit niemandem persönlich, Michail. Das müßtest du am besten wissen.«

Delaroche schützte seine Identität mit an Verfolgungswahn grenzender Sorgfalt. Die meisten Männer in seiner Branche lösten dieses Problem dadurch, daß sie sich alle paar Jahre durch plastische Chirurgie ein neues Gesicht machen ließen. Delaroche löste es auf andere Weise: Er gestattete selten jemandem, der seinen wahren Beruf kannte, sein Gesicht zu sehen. Er hatte sich noch nie fotografieren lassen, und er arbeitete immer allein. Er hatte nur eine einzige Ausnahme gemacht – mit dem jungen Araber bei dem Flugzeugunternehmen –, aber dafür hatte er ein exorbitant hohes Honorar bekommen und den Jungen liquidiert, nachdem er seinen Auftrag ausgeführt hatte. Das Bergungsteam in dem Hubschrauber hatte sein Gesicht nicht gesehen, weil er eine schwarze Sturmhaube getragen hatte.

»Sei doch vernünftig, mein Lieber«, sagte Arbatow väterlich mahnend. »Wir leben in einer schönen neuen Welt.«

»Ich lebe noch, weil ich vorsichtig bin.«

»Das weiß ich. Und ich möchte, daß du am Leben bleibst, damit ich weiterverdienen kann. Glaub mir, Jean-Paul, ich würde dich nie in eine Situation bringen, in der du meiner Ansicht nach Schaden nehmen könntest. Du zahlst mich dafür, daß ich Angebote prüfe und dir vernünftige Ratschläge gebe. Ich empfehle dir anzuhören, was diese Leute zu sagen haben, zu ihren Bedingungen.«

Delaroche schaute ihn prüfend an. War er noch ganz auf der Höhe? Trübte die Aussicht auf das viele Geld sein Urteilsvermögen?

»Wie viele Leute kommen zu diesem Treff?«

»Nur einer, soviel ich weiß.«

»Waffen?«

Arbatow schüttelte den Kopf. »Du wirst durchsucht, bevor du das Apartment betrittst.«

»Waffen gibt's in verschiedenen Formen und Größen, Michail.«

»Du gehst also hin?«

»Ich werd's mir überlegen.«

Delaroche gab dem Kellner ein Zeichen.

»C'est tout.«

14

CIA-Zentrale, Langley, Virginia

Michael ging sehr früh aus dem Haus und fuhr im grauen Licht des heraufdämmernden Tages auf dem noch fast leeren Parkway in die Zentrale. Im »Schweinetrog« nahm er Kaffee und ein altbackenes Bagel mit und ging dann in die »Baracke« hinauf. Die letzten Kollegen der Nachtschicht waren noch da: mit rotgeränderten Augen vor Monitoren und über alten Akten brütend wie mittelalterliche Mönche, die in der falschen Zeit gefangen waren. Eurotrash las die Morgennachrichten aus Europa. Blaze zeigte Cynthia, wie man mit einem Stück Papier töten kann. Michael setzte sich an seinen Schreibtisch und schaltete den Computer ein.

Die belgische Polizei meldete, zwei mutmaßliche Aktivisten des *Schwerts von Gaza* seien in einem Zug in die Niederlande gesehen worden. Der britische Sicherheitsdienst MI5 hatte ein Telefongespräch eines in London lebenden islamischen Intellektuellen abgehört, das auf einen bald bevorstehenden Vergeltungsschlag irgendwo in Europa schließen ließ. Neue Satellitenaufnahmen des im Iran zerstörten Ausbildungslagers zeigten seinen hastigen Wiederaufbau. Aber die wichtigste der nachts eingegangenen Meldungen kam zuletzt: Syrische Geheimdienstoffiziere waren letzte Woche zu Besprechungen mit ihren iranischen Kollegen nach Teheran gereist.

Michael kannte solche Bewegungen aus der Vergangenheit. Das *Schwert von Gaza* würde ein amerikanisches

Ziel in Europa angreifen, vermutlich schon bald. Er griff nach dem Hörer des internen Telefons und wählte die Nummer von Carters Büro, aber dort meldete sich niemand.

Er legte auf und starrte seinen Monitor an.

Er glaubte Cannons Stimme zu hören: *Warum gibst du den Namen Vandenberg nicht mal in euren Supercomputer in Langley ein und schaust, was rauskommt?*

Michael tippte Vandenbergs Namen ein und wies den Computer an, die Festplatte zu durchsuchen.

Nach zehn Sekunden stand die Antwort auf seinem Bildschirm.

DATEI GESPERRT. KEINE ZUGANGSBERECHTIGUNG.

»Scheiße, was zum Teufel hast du dir dabei gedacht?«

Carter war stinksauer. Er saß am Schreibtisch und klopfte mit seinem dicken Füller auf die lederne Schreibunterlage. Sein normalerweise blasses Gesicht war zorngerötet. McManus saß schweigend hinter ihm, als warte er nur darauf, sich den Verdächtigen, der nicht auspacken wollte, vorzunehmen.

»Ich hab' bloß so 'ne Ahnung gehabt«, antwortete Michael verlegen und bedauerte seine Äußerung sofort, weil Carters Reaktion ihm zeigte, daß er dadurch alles nur noch schlimmer gemacht hatte.

»Eine Ahnung? Du hast eine Ahnung gehabt, deshalb hast du beschlossen, den Namen des Stabschefs des Weißen Hauses zur Überprüfung in unseren Computer einzugeben? Michael, du bist für Terrorismusbekämpfung zuständig. Was hast du geglaubt, daß Vandenberg tun würde? Das Weiße Haus in die Luft jagen? Seinen Boß erschießen? Oder die Air Force One entführen?«

»Nein.«

»Ich warte.«

Michael überlegte, was ihn hierhergebracht hatte. Die Widerlinge unten im Computerraum mußten ihn verpfiffen haben. Entweder überwachte jemand seine Arbeit am Computer, oder die Akte Vandenberg war mit einem Stolperdraht versehen. Als er sie zu lesen versucht hatte, war irgendwo im System Alarm ausgelöst worden. Das Ganze roch nach einer Monica-Tyler-Produktion. Michael sah nur noch eine Möglichkeit: Er mußte einen Teil der Wahrheit gestehen und darauf hoffen, daß seine Freundschaft mit Carter weiteres Blutvergießen verhindern würde.

»Ich habe aus vertrauenswürdiger Quelle gehört, daß er bei der Agency gewesen ist, und wollte das überprüfen. Das ist ein Fehler gewesen, Adrian. Tut mir leid.«

»Du hast gottverdammt recht, daß das ein Fehler gewesen ist, Michael. Laß dir etwas klipp und klar sagen. Die Unterlagen der Agency sind nicht zu deinem Lesevergnügen da. Sie sind nicht dazu da, daß du darin surfst. Sie sind nicht dazu da, daß du darin herumschnüffelst. Drücke ich mich klar genug aus, Michael?«

»Kristallklar.«

»Du bist nicht mehr im Außendienst, wo jeder nach eigenen Regeln operieren kann. Du arbeitest in der Zentrale und hältst dich an die Vorschriften.«

»Verstanden.«

Carter sah zu McManus hinüber. McManus stand auf und schloß die Tür.

»Jetzt mal zwischen uns Girls: Ich weiß, daß du ein verdammt guter Offizier bist und nicht versucht hättest, diese Akte zu lesen, ohne einen wichtigen Grund dafür zu haben. Gibt's irgend etwas, das du uns erzählen möchtest?«

»Noch nicht, Adrian.«

»Also gut. Mach, daß du rauskommst!«

15

Paris

Delaroche fuhr nach Brest und nahm den Nachmittagszug nach Paris. Er reiste mit zwei Gepäckstücken: einer Reisetasche mit Kleidung, Wäsche und Toilettensachen und einer großen Zeichenmappe, in der ein Dutzend Aquarelle lagen. Seine Arbeiten wurden in einer diskreten Pariser Galerie verkauft und brachten ihm eben genug ein, um seinen unprätentiösen Lebensstil in Brélès zu rechtfertigen.

Am Bahnhof nahm er ein Taxi zu einem bescheidenen Hotel in der Rue de Rivoli, wo er sich als Niederländer Karel van der Stadt eintrug – Holländisch war eine seiner Sprachen, und er besaß drei ausgezeichnete niederländische Reisepässe. Sein Zimmer hatte einen kleinen Balkon mit Blick auf die Tuilerien und den Louvre. Die Nacht war kalt und sehr klar. Rechts konnte er den strahlend hell beleuchteten Eiffelturm sehen, während links Notre-Dame über die schwarzglänzende Seine zu wachen schien. Es war schon spät, aber er hatte zu arbeiten, deshalb zog er einen Pullover und eine Lederjacke an und verließ das Hotel. Der Portier fragte ihn, ob er seinen Zimmerschlüssel dalassen wolle. Delaroche schüttelte den Kopf und antwortete in holländisch gefärbtem Französisch, er nehme ihn lieber mit.

Der Treff sollte in einer Wohnung in der Rue de Tournefort im 5. Arrondissement stattfinden. Professionelle Beschatter waren selbst unter günstigen Umständen schwer zu erkennen, aber nachts und in einer Großstadt wie Paris war das noch schwieriger. Delaroche war einige Zeit unterwegs, überquerte die Seine und schlenderte den Quai de Montebello entlang. Er blieb mehrmals unvermittelt stehen. Er kramte in den Auslagen der Buchhändler am Quai. Er kaufte an einem Zeitungskiosk die Abendausgaben. Er betrat eine öffentliche Telefonzelle und tat so, als wolle er telefonieren. Jedesmal suchte er seine Umgebung sorgfältig ab, ohne irgendein Anzeichen dafür entdecken zu können, daß er beschattet wurde.

Delaroche schlenderte eine Viertelstunde lang kreuz und quer durchs Quartier Latin mit seinen schmalen Gassen. Die kalte Nachtluft roch nach Gewürzen und Zigarettenrauch. In einer Bar trank er ein Bier, während er seine Abendzeitungen durchblätterte. Auch dabei fiel ihm nirgends ein Beschatter auf. Er trank sein Bier aus und verließ die Bar.

Das Apartment entsprach genau Arbatows Beschreibung. Es lag im zweiten Stock eines alten Hauses in der Rue de Tournefort mit Blick auf die Place de la Contrescarpe. Vom Gehsteig aus sah Delaroche, daß die auf die Straße hinausgehenden Fenster dunkel waren. Und er stellte fest, daß über der Haustür eine kleine Videokamera installiert war, damit die Mieter sehen konnten, wer sie besuchen wollte.

An der Ecke lag ein Bistro mit gutem Blick auf das Apartment und den Hauseingang. Delaroche fand einen Fenstertisch und bestellte die überbackene Poularde nach Art des Hauses und eine halbe Flasche Côtes-du-Rhône. Das kleine Lokal war ein typisches Pariser Bistro: warm und laut, hauptsächlich von Viertelbewohnern und Studenten der Sorbonne besucht.

Während er aufs Essen wartete, las Delaroche eine

Analyse des Washingtoner Korrespondenten von *Le Monde*. Der Journalist schrieb, die amerikanischen Luftangriffe auf Lager des *Schwerts von Gaza* in Syrien und Libyen hätten dem Friedensprozeß im Nahen Osten schwer geschadet. Syrien und Libyen rüsteten mit moderneren, gefährlicheren Waffen auf, viele davon aus französischer Produktion. Die Verhandlungen zwischen Palästinensern und Israelis waren nach wochenlangen Unruhen im Gazastreifen und in Westjordanland zum Stillstand gekommen. Geheimdienstkreise warnten vor weiteren internationalen Terroranschlägen. Westeuropäische Diplomaten klagten darüber, daß die Amerikaner sich gerächt hätten, ohne die möglichen Konsequenzen zu bedenken. Delaroche legte die Zeitung weg, als sein Essen kam. Er staunte jedesmal wieder darüber, wie ahnungslos Journalisten in bezug auf die Welt der Geheimdienste waren.

Ein Mann, der das Wohnhaus in der Rue de Tournefort betrat, erregte seine Aufmerksamkeit.

Delaroche musterte ihn aufmerksam: Klein, schütteres blondes Haar, eine stämmige Ringerfigur, die bereits etwas Fett angesetzt hatte. Der Schnitt seines Mantels wies ihn als Amerikaner aus. An seinem Arm hing eine hübsche Nutte, größer als er, mit schulterlangen schwarzen Haaren und knallroten Lippen. Der Amerikaner schloß die Tür auf, und die beiden verschwanden im dunklen Hausflur. Wenig später ging im zweiten Stock das Licht an.

Delaroches Laune besserte sich schlagartig. Er hatte befürchtet, dort drüben in eine Falle zu geraten. In einer fremden Wohnung, aus der es keinen Ausweg gab, wäre er eine leichte Beute gewesen, falls der Treff von einem seiner Feinde arrangiert worden war. Aber ein Agent, der eine Nutte in ein sicheres Haus mitnahm, konnte ihn nicht wirklich gefährden. Nur ein Amateur oder ein undisziplinierter Profi wäre dieses Risiko eingegangen.

Delaroche beschloß, morgen zu dem Treff zu gehen.

Am nächsten Morgen stand Delaroche früh auf und joggte durch die Tuilerien. Er trug einen dunkelblauen Anorak, um sich vor dem Nieselregen zu schützen, der einen zarten Schleier über den Park legte. Er lief eine Dreiviertelstunde lang in flottem Tempo, der Kies der Parkwege knirschte unter seinen Schuhen. Auf dem letzten Kilometer legte er noch einen Zahn zu. Schließlich stand er keuchend und nach Atem ringend auf der Rue de Rivoli, wo die Menschen an ihm vorbei zur Arbeit hasteten.

In seinem Hotelzimmer duschte er und zog sich um. Seine 9-mm-Glock hatte er dabei immer in bequemer Reichweite. Es war ein merkwürdiges Gefühl, sie im Hotel zu lassen, aber Delaroche würde sich an die Vorgaben halten. Er zog einen Pullover an, schloß die Pistole in dem kleinen Wandsafe ein und ging nach unten.

Er frühstückte im Hotelrestaurant, einem behaglichen Raum, dessen Fenster auf die Rue de Rivoli hinausgingen, und las in aller Ruhe die Morgenzeitungen. Er verließ den Speisesaal als letzter Gast.

An der Rezeption nahm er einen Pariser Stadtplan und einen Kurzführer mit. Die junge Hotelangestellte fragte, ob er den Zimmerschlüssel nicht dalassen wolle. Delaroche schüttelte den Kopf und trat aus der Hotelhalle auf die Straße hinaus.

Er fuhr mit einem Taxi in die Rue de Tournefort und stieg vor dem Bistro aus, in dem er am Vorabend gegessen hatte. Der Nieselregen hatte aufgehört, deshalb setzte er sich an einen der Tische auf dem Gehsteig. Trotz des bewölkten Himmels trug er eine Ray-Ban mit dicker schwarzer Fassung.

Es war Viertel vor neun. Er bestellte Milchkaffee und eine Brioche und beobachtete die Fenster des Apartments im zweiten Stock. Der Mann mit der Ringerfigur ließ sich zweimal hinter den Fenstern sehen. Beim erstenmal trug er einen Bademantel und hielt einen Kaffeebecher umklammert, als sei er verkatert. Fünf Minuten später trug er einen dunklen Anzug, und sein schütteres blondes Haar war ordentlich gekämmt.

Delaroche suchte die Straße ab. Auf den Gehsteigen drängten sich die Fußgänger. Auf der Rue de Tournefort hatten zwei städtische Arbeiter einen Kanaldeckel geöffnet und kletterten die Eisenleiter hinunter. Ein Straßenkehrer sammelte Hundekot ein. Das Bistro hatte sich nach und nach gefüllt. Ohne es zu wissen, konnte Delaroche auf allen Seiten von Beschattern umgeben sein.

Um zehn Uhr legte er etwas Geld auf den Tisch und ging über die Straße. Nachdem er geklingelt hatte, kehrte er der Überwachungskamera den Rücken zu. Als der Türöffner summte, stieß er die Tür auf und betrat den Hausflur.

Es gab keinen Aufzug, nur eine breite Treppe. Delaroche ging rasch nach oben. Im Haus war es still; aus den anderen Wohnungen drang kein Laut. Er erreichte den zweiten Stock, ohne gesehen zu werden. Arbatow hatte ihn angewiesen, nicht zu klingeln. Die Tür wurde sofort geöffnet, und der Ringer forderte Delaroche mit einer Bewegung seiner dicken Pranke zum Eintreten auf.

Delaroche musterte die Umgebung, während der andere Mann ihn langsam und methodisch nach Waffen absuchte, erst mit den Händen, dann mit einem Magnetometer. Die Einrichtung war maskulin nüchtern: eine bequeme schwarze Ledersitzgruppe um einen Couchtisch mit Glasplatte, Bücherregale aus Teakholz mit Sachbüchern, Biographien und Kriminalromanen von englischen und amerikanischen Autoren. Die freien Wände waren kahl, aber schwache Umrisse ließen erkennen, wo früher gerahmte Bilder gehangen hatten. Die Bücher in den Regalen waren der einzige persönliche Besitz; Delaroche sah keine Fotos von Angehörigen oder Freunden, keine Post, keinen Notizblock neben dem Telefon.

»Kaffee?« fragte der Ringer, als er fertig war.

Delaroche hatte richtig vermutet. Er war Amerikaner, seiner Aussprache nach aus dem Süden.

Delaroche nickte. Er nahm seine Sonnenbrille ab, während der Amerikaner in die schwarz eingerichtete Küche ging, um Kaffee zu machen. Delaroche setzte sich. Neben der Küche befand sich ein kleiner Eßplatz, hinter dem ein kurzer Gang ins Schlafzimmer führte. Auf dem Eßtisch stand ein schwarzer Laptop.

Der Amerikaner kam mit zwei Bechern Kaffee zurück, wovon er einen Delaroche gab.

»Der Job besteht aus fünf Morden«, begann er ohne weitere Vorrede, »die bis Ende Januar zu erledigen sind. Sie bekommen eine Million Dollar Vorschuß. Für jeden durchgeführten Mord erhalten Sie sofort eine weitere Million Dollar. Wenn ich richtig gerechnet habe, sind das insgesamt sechs Millionen Dollar.«

»Wer sind Ihre Auftraggeber?«

Der Amerikaner schüttelte den Kopf. »Ich darf nur sagen, daß es sich um dieselben Leute handelt, die Sie für die Sache mit dem Verkehrsflugzeug angeheuert hatten. Sie wissen bereits, daß diese Leute professionell arbeiten und auf ihr Wort Verlaß ist.«

Delaroche zündete sich eine Zigarette an. »Sie haben die Dossiers der Zielpersonen?«

Der Amerikaner zog eine CD-ROM aus der Innentasche seines Jacketts. »Hier ist alles drauf, aber ich darf sie Ihnen nur geben, wenn Sie den Auftrag annehmen. Sicherheitsgründe, Mr. Delaroche. Dafür hat ein Mann wie Sie bestimmt Verständnis.«

Delaroche streckte eine Hand aus, um sich die Silberscheibe geben zu lassen.

Der Amerikaner grinste. »Wir haben damit gerechnet, daß Sie den Auftrag annehmen würden. Die erste Million ist bereits telegrafisch auf ihr Züricher Bankkonto überwiesen worden. Überzeugen Sie sich selbst davon. Das Telefon steht dort drüben.«

Delaroche sprach schnell und fließend deutsch. Herr Becker, der fürsorgliche Direktor seiner Bank in Zürich, bestätigte den Eingang einer telegrafischen Überweisung in Höhe von einer Million Dollar auf seinem Konto. Delaroche sagte, er werde ihm mitteilen, was mit dem Geld geschehen solle, und legte auf.

»Der Inhalt ist mit einem Kennwort geschützt«, sagte der Amerikaner, als er Delaroche die CD-ROM gab. »Das Kennwort ist Ihr KGB-Deckname.«

Delaroche war verblüfft. Seit er freiberuflich arbeitete, hatte er nie seine KGB-Tätigkeit erwähnt oder seinen alten Decknamen benutzt. Er war nur Arbatow und einer Handvoll hoher Offiziere in der Moskauer Zentrale bekannt gewesen. Die Männer, die ihn gerade wieder engagiert hatten, mußten ausgezeichnete Verbindungen haben. Die Tatsache, daß sie seinen KGB-Decknamen kannten, war der Beweis dafür.

»Sie kennen sich wohl mit diesen Dingern aus?« fragte der Amerikaner und deutete auf den Laptop. »Mich müssen Sie entschuldigen, aber ich darf den Inhalt der Dossiers nicht sehen. Sie müssen allein zurechtkommen.«

Delaroche setzte sich an den Eßtisch, schob die CD-ROM ins Laufwerk und tippte sieben Buchstaben ein.

Der Bildschirm erwachte zum Leben.

Bessere Dossiers hatte Delaroche nie zu Gesicht bekommen: Persönlicher und beruflicher Werdegang, sexuelle Vorlieben, Tagesablauf, Anschriften, Telefonnummern, digitalisierte Stimmproben, Überwachungsfotos und sogar digitalisierte Videoaufnahmen.

In zwei Stunden arbeitete er das Material auf der CD-ROM langsam und systematisch durch. Er machte sich keine Notizen; sein Gehirn war imstande, riesige Datenmengen zu speichern, zu verarbeiten und wiederzugeben.

Der Amerikaner lag auf dem Ledersofa und genoß das Satellitenfernsehen mit fünfhundert Kanälen. Erst hatte er sich ein Footballspiel angesehen, danach eine dümmliche Quizshow. Schließlich hatte er sich für einen schwedischen Pornofilm entschieden. Während Delaroche arbeitete, bekam er die Geräusche lesbischer Liebesspiele mit.

Die Morde würden seine bisher schwierigsten Aufträge sein. Die Zielpersonen waren ausnahmslos Profis, von denen einer unter ständigem staatlichen Schutz stand.

Führte er seinen Auftrag erfolgreich aus, würden diese fünf Morde für absehbare Zeit seine letzten sein, denn dann würde er sehr lange untertauchen müssen. Seine Auftraggeber wußten das; deshalb zahlten sie ein Honorar, mit dem er ausgesorgt hatte.

Delaroche öffnete das letzte Computerdossier.

Es enthielt nur eine Information – ein Foto des Mannes, der nebenan fernsah. Delaroche schloß die Datei und beendete das Programm. Auf dem Bildschirm las er:

VERRATEN SIE UNS,
ÜBERGEBEN WIR SIE DEM FBI
ODER TÖTEN SIE.

Delaroche nahm die CD-ROM aus dem Laufwerk und stand auf.

Im Fernsehen lief noch immer der Pornofilm. Delaroche kam aus der Eßnische ins Wohnzimmer und griff nach seiner Jacke, die er über einen Sessel geworfen hatte.

Der Amerikaner stand auf. Das war Delaroche sehr recht. Es würde den weiteren Ablauf erleichtern.

»Nur noch eine Sache. Wie können wir mit Ihnen in Verbindung bleiben, wenn Sie den Auftrag ausführen?«

»Gar nicht. Keine persönlichen Begegnungen, kein Kontakt mit Arbatow mehr.«

»Haben Sie noch immer eine Internet-Adresse?«

Delaroche nickte und zog die Sonnenbrille aus einer Jackentasche.

»Etwaige weitere Anweisungen gehen dorthin – natürlich verschlüsselt –, und Sie benutzen dafür dasselbe Kennwort wie heute.«

»Ich brauche Ihnen nicht zu erzählen, daß das Internet zwar riesig, aber höchst unsicher ist. Es sollte nur in Notfällen benutzt werden.«

»Verstanden.«

Delaroche hielt ihm die CD-ROM hin. Als der Amerikaner danach greifen wollte, ließ Delaroche sie zu Boden gleiten. Obwohl der andere sich nur ganz kurz auf die CD-ROM statt auf Delaroche konzentrierte, merkte er sofort, daß er einen verhängnisvollen Fehler gemacht hatte.

Delaroches linke Hand bedeckte den Mund des Amerikaners mit eisernem Griff. Er drehte das Gesicht des Mannes leicht zur Seite, um ihn mit einem einzigen Stoß töten zu können.

Dann rammte er ihm einen Bügel seiner Sonnenbrille ins rechte Auge.

Trotz seiner gründlichen Leibesvisitation hatte der Ringer übersehen, daß der rechte Bügel von Delaroches Sonnenbrille nadelspitz zugefeilt war, so daß dieser Stoß die Augenhöhle durchdringen und eine Verzweigung der Hauptschlagader hinter dem Auge durchtrennen konnte. Der Blutverlust war rapide und katastrophal. Der Mann wurde rasch bewußtlos. In wenigen Augenblicken würde er tot sein.

Delaroche legte ihn wieder aufs Sofa vor den Fernseher und seinen Pornofilm. Er zog die Sonnenbrille aus dem zerstörten Auge und wusch sie in der Küche sorgfältig ab. Er hob die CD-ROM vom Teppichboden auf und steckte sie in die Innentasche seiner Jacke.

Dann setzte er seine Sonnenbrille auf und trat in den Pariser Mittag hinaus.

Delaroche beschloß, Michail Arbatow zu liquidieren, während er von Monets »Seerosen« umgeben im Musée de l'Orangerie des Tuileries saß. Im Grunde genommen war das keine schwierige Entscheidung. Wenn er diesen Auftrag ausgeführt hatte, würde er zu den meistgesuchten Männern der Welt gehören. Die mächtigsten Strafverfolgungsbehörden und Geheimdienste der Welt würden nach ihm fahnden. Der Mann, der ihm am meisten schaden konnte, war Arbatow. Wurde Arbatow aufgespürt und unter Druck gesetzt, konnte er ihn verraten, um seine eigene Haut zu retten. Das war ein Risiko, das Delaroche nicht eingehen wollte.

Er betrachtete die gedämpften Blau-, Grün- und

Gelbtöne von Monets Gemälden und dachte über die Tat nach, die er vorhin ausgeführt hatte. Morde machten ihm keinen Spaß, aber sie verursachten ihm auch keine Gewissensbisse. Er war dafür ausgebildet, brutal und schnell zu töten. Die Geschwindigkeit, mit der er mordete, bewahrte ihn vor Schuld- oder Reuegefühlen. Es war so, als verübe ein anderer die Tat. Er war nicht der Mörder; die Männer, die einen Mord in Auftrag gaben, waren die eigentlichen Täter. Delaroche war nur die Waffe: das Messer, die Pistole oder der stumpfe Gegenstand. Hätte er den Auftrag nicht angenommen, hätte es ein anderer getan.

Er verbrachte den Rest des Tages damit, sich zu entspannen. Er aß im Hotelrestaurant zu Mittag, verwandelte sich dabei wieder in Karel van der Stadt, Tourist aus Holland, und machte anschließend ein einstündiges Nickerchen in seinem Zimmer. Dann fuhr er zu seiner Galerie und lieferte die Aquarelle ab. Der Galerist war wie immer begeistert und stellte ihm für die bereits verkauften Bilder einen Scheck über zweihunderttausend Francs aus.

Am Spätnachmittag rief er in Zürich an. Herr Becker bestätigte ihm, daß auf seinem Konto eine zweite telegrafische Überweisung über eine Million Dollar eingegangen sei. Das bedeutete, daß die Leiche des amerikanischen Agenten aufgefunden worden war. Oder, was wahrscheinlicher war, Delaroches anonyme Auftraggeber hatten den Vorgang durch Abhörmikrofone und Überwachungskameras mitverfolgt.

Delaroche fragte nach dem gegenwärtigen Kontostand. Becker räusperte sich gewichtig, um ihm mitzuteilen, sein Guthaben betrage jetzt etwas über vier Millionen Dollar.

Delaroche bat ihn, die Abhebung einer halben Million

Dollar in unterschiedlichen Scheinen vorzubereiten, die er binnen achtundvierzig Stunden in Zürich abholen werde. Dann wies er Becker an, drei Millionen Dollar auf drei verschiedene Konten auf den Bahamas zu überweisen.

»Auf jedes Konto eine Million, Monsieur Delaroche?«

»Ja.«

Der Ruhestand hatte Michail Arbatow träge gemacht. Wie die meisten alleinstehenden alten Männer hatte er sich eine sorgfältig ausgearbeitete Routine gelegt, von der er nur selten abwich. Dazu gehörte, daß er jeden Abend vor dem Schlafengehen seinen Hund ausführte. Das einzige Lebewesen, das noch berechenbarer war als Arbatow, war sein Hund: Der Köter pinkelte jeden Abend in dem kleinen Park in der Nähe von Arbatows Wohnung an denselben Baum und verrichtete sein Geschäft auf demselben Rasenstück.

Delaroche lauerte ihm im Dunkel unter den Bäumen auf.

Arbatow näherte sich auf die Minute pünktlich. Nach seinen Abendspaziergängen hätte Delaroche die Uhr stellen können. Die Nacht war kalt, und bei dem einsetzenden leichten Regen war der Park menschenleer. Aber selbst wenn Leute unterwegs gewesen wären, wußte Delaroche, daß er die Tat so rasch und lautlos verüben konnte, daß niemand es bemerken würde.

Arbatow ging vorüber. Delaroche folgte ihm lautlos.

Der Hund blieb stehen, um zu pinkeln, planmäßig, wie immer am gewohnten Baum.

Delaroche blieb ebenfalls stehen und setzte sich erst wieder in Bewegung, als der Hund fertig war. Er sah sich um, ob sie allein waren. Dann schloß er mit ein paar raschen Schritten zu Arbatow auf. Durch das Geräusch der Schritte alarmiert, fuhr Arbatow rechtzeitig herum, um Delaroche mit erhobenem Arm noch hinter sich stehen zu sehen. Der mit brutaler Gewalt geführte Handkantenschlag traf Arbatow seitlich am Hals und zerschmetterte ihm das Rückgrat.

Der Alte brach zusammen. Der Hund kläffte wild und zerrte an der Leine, die Arbatows Finger noch immer umklammerten. Delaroche griff in Arbatows Mantel und zog seine Brieftasche heraus. Straßenräuber töten nicht mit einem einzigen Schlag gegen den Hals. Das machen nur Profis. Straßenräuber knüppeln ihre Opfer nieder und mißhandeln sie. Er trat Arbatow mehrmals ins Gesicht und ging davon.

Der Regen wurde stärker. Das Kläffen des Hundes verhallte im regennassen Dunkel. Delaroche ging in normalem Tempo weiter. Er nahm Geld und Kreditkarten aus Arbatows Brieftasche und warf sie in eine Blumenrabatte neben dem Weg.

Im bläßlichgelben Lichtschein der Straßenbeleuchtung sah er, daß er Blut am rechten Schuh hatte. Er wischte es mit einer alten Zeitung ab und hielt ein Taxi an, das ihn ins Hotel brachte. Er würde problemlos den Nachtzug erreichen. Er packte rasch und bezahlte das Zimmer.

Im Bahnhof warf er Arbatows Kreditkarten in einen Abfallbehälter. Der Zug war schon gut besetzt, als er einfuhr, aber Delaroche fand einen Sitzplatz und ließ sich von dem Mann, der mit Erfrischungen durch den Wagen kam, ein Bier und ein Sandwich geben. Dann schob er sich seine Lederjacke als Kissen unter den Kopf und schlief bis Brest durch.

16

Washington, D.C.

Susanna Dayton arbeitete von Mittag bis acht Uhr abends ohne Pause; nur irgendwann am späten Nachmittag ging sie mal zur Haustür und nahm die bestellte Pizza entgegen. Tom Logan, der Redakteur von der *Post,* hatte mehr gefordert, und sie hatte es ausgegraben. Der Artikel war hieb- und stichfest. Sie hatte Grundbuch- und Bankauszüge, um ihre schwersten Vorwürfe zu untermauern. Sie hatte doppelte und dreifache Zeugenaussagen, um die übrigen zu beweisen. Niemand, der in ihrem Artikel vorkam, würde die Ergebnisse ihrer Recherchen bestreiten können. Die Tatsachen sprachen für sich, und Susanna hatte die Tatsachen.

Heute schrieb sie nur. Um nicht gestört zu werden, arbeitete sie zu Hause. Ihr Artikel enthielt massenhaft Informationen: Namen, Zahlen, Daten, Orte, Leute. Die Herausforderung für Susanna war, daraus eine interessante *Story* zu machen. Sie begann mit einer kurzen Skizze ihrer Hauptfigur: James Beckwith, ein junger Staatsanwalt, ein vielversprechendes Talent ohne eigenes Vermögen, aber mit der Chance, als Rechtsanwalt ein Vielfaches dessen zu verdienen, was in der Politik möglich wäre. Auftritt Mitchell Elliott, ein unermeßlich reicher Rüstungsindustrieller und Wohltäter der Republikaner. Bleiben Sie in der Politik, hatte Elliott dem jungen Beckwith geraten, und überlassen Sie alles weitere mir. Im Lauf der Jahre hatte Elliott das Ehepaar Beckwith durch zahlreiche Immobiliengeschäfte und andere finanzielle Transaktionen reich gemacht. Und der Mann, der viele dieser Projekte ausgearbeitet hatte, war Sam Braxton, Elliotts wichtigster Rechtsberater und sein Lobbyist in Washington.

Alles weitere ergab sich aus dieser Prämisse. Gegen acht Uhr abends hatte sie einen Artikel mit fast fünfhundertfünfzig Zeilen fertig. Morgen vormittag würde sie ihn Tom Logan zeigen. Wegen der schweren Anschuldigungen würde Logan ihn dem Chefredakteur der *Post* vorlegen müssen. Dann würden die Anwälte ihn kritisch begutachten.

Sie wußte, daß ihr einige lange, schwierige Tage bevorstanden.

Ihrem Artikel fehlte nur noch ein abschließendes Element: Kommentare aus dem Weißen Haus, von Mitchell Elliott und Samuel Braxton. Sie blätterte in ihrer Rolodex-Kartei, fand die erste Telefonnummer und tippte sie ein.

»Alatron Defense Systems.« Die akzentfreie Männerstimme klang vage militärisch.

»Hier ist Susanna Dayton von der *Washington Post*. Kann ich bitte Mitchell Elliott sprechen?«

»Tut mir leid, Ms. Dayton, aber Mr. Elliott ist im Moment nicht zu sprechen.«

»Könnten Sie ihm etwas von mir ausrichten?«

»Gewiß.«

»Haben Sie etwas zum Schreiben?«

»Natürlich, Ms. Dayton.«

»Ich würde gerne wissen, ob Mr. Elliott sich zu folgenden Beschuldigungen äußern möchte, die ich in einem Zeitungsartikel veröffentlichen werde.« Sie sprach fünf Minuten lang. Der Mann am anderen Ende unterbrach sie kein einziges Mal. Daraus schloß sie, daß dieses

Gespräch wahrscheinlich ohne ihre Einwilligung aufgezeichnet wurde. »Haben Sie alles?«

»Ja, Ms. Dayton.«

»Und Sie geben es an Mr. Elliott weiter?«

»Gewiß.«

»Gut. Besten Dank.«

Susanna legte auf und blätterte erneut in der Kartei. Aus ihrer Zeit im Weißen Haus hatte sie noch Paul Vandenbergs Privatnummer. Sie tippte sie ein. Vandenberg war selbst am Apparat.

»Mr. Vandenberg, hier ist Susanna Dayton. Ich bin Reporterin der …«

»Ich weiß, wer Sie sind, Ms. Dayton. Ich habe es nicht gern, zu Hause durch Anrufe gestört zu werden. Also, was kann ich für Sie tun?«

»Ich habe einen Artikel für die *Post* geschrieben und möchte wissen, ob Sie sich dazu äußern wollen.« Auch diesmal sprach Susanna fünf Minuten lang, ohne ein einziges Mal unterbrochen zu werden. Als sie fertig war, schlug Vandenberg vor: »Wollen Sie mir Ihren Artikel nicht faxen, damit ich die Anschuldigungen sorgfältiger prüfen kann?«

»Das geht leider nicht, Mr. Vandenberg.«

»Dann habe ich Ihnen leider nichts zu sagen, Ms. Dayton. Außer daß Sie einen sehr schlampig recherchierten Artikel geschrieben haben, der es nicht verdient, kommentiert zu werden.«

Susanna notierte sich die Äußerung auf ihrem Notizblock.

»Gute Nacht, Ms. Dayton.«

Am anderen Ende wurde aufgelegt. Susanna blätterte erneut in der Kartei und fand Samuel Braxtons Privatnummer. Sie wollte eben nach dem Hörer greifen, als ihr Telefon klingelte.

»Hier ist Sam Braxton.«

»Mann, das hat sich aber schnell rumgesprochen.«

»Ich habe gehört, daß Sie beabsichtigen, einen Artikel zu veröffentlichen, der Mitchell Elliott und mich diffamiert und verleumdet. Ich möchte Sie schon jetzt auf die möglichen Folgen Ihres Vorhabens aufmerksam machen.«

»Warum hören Sie sich meine Vorwürfe nicht erst einmal an, bevor Sie mir mit einer Klage drohen?«

»Ich habe eine Zusammenfassung Ihrer Behauptungen erhalten, Ms. Dayton. Haben Sie vor, sie in der morgigen Ausgabe der *Post* zu veröffentlichen?«

»Darüber ist noch nicht entschieden.«

»Das fasse ich als Verneinung auf.«

Susanna hielt die Sprechmuschel zu und murmelte: »Zum Teufel mit dir, Sam Braxton, du aufgeblasener Hundesohn.«

»Wollen wir uns nicht morgen früh treffen, um über Ihre Anschuldigungen zu sprechen?«

Susanna zögerte. Diskutierte sie mit Braxton juristische Fragen, ohne einen Anwalt der *Post* an ihrer Seite zu haben, würde Tom Logan ihr den Kopf abreißen. Trotzdem wollte sie hören, was Braxton dazu zu sagen hatte.

»Tun Sie sich selbst einen Gefallen, Ms. Dayton. Was kann das schon schaden?«

»Wo?«

»Frühstück im Four Seasons in Georgetown. Acht Uhr.«

»Gut, dann bis morgen.«

»Gute Nacht, Ms. Dayton.«

Susanna mußte noch jemanden anrufen: Elizabeth Osbourne. Sie war dabei, einen vernichtenden Artikel über den ersten Mann ihrer Anwaltsfirma zu veröffentlichen.

Elizabeth hatte eine Aufmunterung verdient. Sie tippte ihre Nummer ein.

»Hallo?«

»Hallo, Elizabeth. Ich muß dir etwas erzählen.«

Mark Calahan saß in der Bibliothek der Villa in Kalorama und drehte an den Knöpfen seiner Abhöranlage herum, als der Anruf aus Colorado Springs kam. Calahan wußte mehr über die in dem Artikel erhobenen Vorwürfe als jeder andere, außer Susanna Dayton. Er hatte ihr Telefon in der Redaktion der *Post* verwanzt. In ihrem Haus hatte er Mikrofone im Telefon, im Wohnzimmer und im Schlafzimmer installiert. Er hörte sie essen. Er hörte sie schlafen. Er hörte sie mit ihrem Hund reden. Er hörte sie nach einem Abendessen im Restaurant 1789 in Georgetown mit einem Fernsehreporter bumsen. Er brach regelmäßig bei ihr ein und las ihre Dateien. Ein früherer NSA-Kodeknacker, der jetzt für Mitchell Elliott arbeitete, hatte ihr lächerliches Kennwort entschlüsselt, so daß Calahan ihre Computerdateien nach Belieben lesen konnte. Nur den fertigen Artikel kannte er noch nicht.

»Sie müssen möglichst schnell in ihr Haus kommen«, sagte Elliott. »Wir müssen wissen, womit genau wir's zu tun haben.«

»Ja, Sir.«

»Machen Sie das selbst, Mark. Es darf keine Pannen geben.«

Calahan legte auf. Er konzentrierte sich wieder auf seine Abhöranlage. Er stellte die Lautstärke der Sender in Susanna Daytons Haus neu ein. Dann erregte etwas seine Aufmerksamkeit. Er zog seine schwarze Lederjacke an und war schon unterwegs.

Er fuhr rasch durch den Nordwesten Washingtons, von Kalorama nach Georgetown, und parkte auf dem

Volta Place hinter ihrem Überwachungsfahrzeug. Auf ein vereinbartes Klopfzeichen hin öffnete der Techniker ihm die Hecktür. Zwei Minuten später trat Susanna Dayton aus ihrer Haustür; sie trug einen Anorak und Lycra-Leggings und hatte ihren Hund bei sich.

Calahan wartete, bis sie nicht mehr zu sehen war. Dann sprang er aus dem Wagen, ging über den Volta Place und betrat den Pomander Walk. Er hatte sich längst einen Nachschlüssel angefertigt. Sekunden später war er im Haus.

Susanna überquerte die Wisconsin Avenue und trabte auf der P Street nach Osten. Es war schon spät, und sie hatte mit Elizabeth vereinbart, daß sie morgen früh miteinander laufen würden. Aber da sie den ganzen Tag in ihrem kleinen Haus eingesperrt gewesen war, mußte sie etwas tun, um den Streß abzubauen. Ihr Genick schmerzte, weil sie stundenlang auf den Bildschirm gestarrt hatte. Ihre Augen brannten. Nach ungefähr einer Meile begann sie unter ihrer warmen Kleidung zu schwitzen. Die Magie des Laufens erfaßte sie, und die Spannungen dieses anstrengenden Tages wichen langsam aus ihrem Körper.

Sie steigerte ihr Tempo, flog förmlich über die roten Klinkersteine des Gehsteigs der P Street mit ihren großen, strahlend hell beleuchteten Stadthäusern. Carsons Pfoten klickten rhythmisch neben ihr her. Sie kam an einem Seven-Eleven vorbei und an einem kleinen Coffee Shop. Auf zwei Hockern am Fenster saßen Jack und seine neue Frau.

Verdammt noch mal! Was zum Teufel hatten die beiden in Georgetown zu suchen? Jack war doch nach Bethesda gezogen, damit sie sich nicht ständig über den Weg liefen. Gott, warum hatte sie die beiden sehen müssen? Warum hatte sie durch diese blöde Scheibe starren müssen? Und warum jagte ihr Herz wie wild? Die Antwort darauf war einfach. Sie liebte Jack noch immer und würde ihn immer lieben.

Tränen traten ihr in die Augen, nahmen ihr die Sicht. Sie rannte noch schneller. Carson hatte fast Mühe mitzuhalten. Gott, warum hat er dort sitzen müssen? Zum Teufel mit dir, Jack. Zum Teufel mit dir! Sie sah nicht, daß eine Baumwurzel ein Stück des Gehsteigs aufgewölbt hatte. Sah nicht, daß ein scharfkantiger Klinkerstein über alle anderen herausragte. Sie spürte einen jähen Schmerz im rechten Knöchel und sah in der Dunkelheit den Boden auf sich zukommen.

Susanna lag mit geschlossenen Augen und nach Atem ringend auf dem Gehsteig. Sie hatte das Gefühl, ein Pferd habe sie in den Bauch getreten. Sie versuchte ihre Augen zu öffnen, aber es gelang ihr nicht. Dann spürte sie, wie jemand sie an der Schulter rüttelte, und hörte ihren Namen. Sie öffnete die Augen und sah Jack neben sich knien.

»Susanna, hast du dich verletzt? Kannst du mich hören?«

Sie schloß wieder die Augen und murmelte: »Was zum Teufel machst du in Georgetown?«

»Wir sind bei Freunden zum Abendessen gewesen. Ich hab' nicht gewußt, daß ich dich vorher anrufen und um Erlaubnis fragen muß!«

»Das mußt du nicht. Es hat mich nur überrascht, sonst nichts.«

»Du erinnerst dich an Sharon, nicht wahr?«

Sie stand hinter Jack: niederschmetternd attraktiv in einem schwarzen Cocktailkleid und einem kurzen schwarzen Mantel, die ihre außergewöhnlich schönen Beine zur Geltung brachten. Sie war verbrecherisch mager. Ihr offener Mantel ließ einen vollen, runden Busen sehen. Sie war genau Jacks Typ: blondes Haar, blaue Augen, großer Busen, kein Gehirn.

»Ich könnte sagen, daß ich mich freue, dich zu sehen, Sharon«, sagte sie, »aber das wäre gelogen.«

»Wir fahren ohnehin in deine Richtung. Sollen wir dich mitnehmen?«

»Nein, danke. Lieber bleibe ich hier auf der Straße liegen.«

Jack ergriff ihre Hand, um ihr beim Aufstehen zu helfen. Carson stieß ein dumpfes Knurren aus.

»Schon gut, Carson. Er ist böse, aber harmlos.«

Sie rappelte sich auf.

»Da kommt ein Taxi. Mach dich nützlich, Jack, und halt es für mich an.«

Jack trat auf die Fahrbahn. Er winkte dem Taxifahrer, der bremste und am Randstein hielt. Susanna humpelte zum Wagen und stieg mit ihrem Hund hinten ein.

»Bis dann, Jack, Sharon.«

Susanna zog die Tür zu, und das Taxi fuhr an. Sie beugte sich nach vorne und umfaßte mit beiden Händen ihren schmerzenden Knöchel. Sie schluchzte leise. Carson leckte ihr die Hand. Gott, warum hat sie mich so sehen müssen? Warum gerade hier und heute?

Das Taxi hielt auf dem Volta Place am Pomander Walk. Susanna griff in die Brusttasche ihres Anoraks, holte einen Fünfer heraus und gab ihn dem Fahrer.

»Kommen Sie allein zurecht?« fragte er.

»Ja, es geht schon wieder, danke.«

Der Computer war noch eingeschaltet, als Mark Calahan das zweite Schlafzimmer betrat, das Susanna als Arbeitszimmer benutzte. Er setzte sich vor das Gerät, zog eine Diskette aus der Jackentasche und schob sie ins Diskettenlaufwerk. Inzwischen kannte er ihr System und wußte, unter welchem Dateinamen sie ihre Notizen und fertigen Arbeiten speicherte. Problemlos fand er den Artikel und übertrug ihn auf seine Diskette.

Da er schon einmal im Haus war, beschloß er, die Gelegenheit zu nutzen und sich umzusehen. Er hatte die Frau schon mehrmals beim Joggen beschattet und wußte, daß sie nie weniger als eine halbe Stunde lief. Er hatte also reichlich Zeit.

Auf der Schreibtischplatte neben der Tastatur lagen drei neue Notizhefte. Er schlug das erste auf. Die Seiten waren voller Notizen in Susanna Daytons schlecht lesbarer runder Linkshänderschrift. Calahan zog eine Mikrokamera aus der Jackentasche, knipste die Schreibtischlampe an und begann zu fotografieren.

Er war mit dem zweiten Notizheft halb fertig, als er hörte, daß unten ein Schlüssel in den Schließzylinder der Haustür gesteckt wurde. Er murmelte einen Fluch, knipste die Lampe aus und zog eine 9-mm-Pistole mit Schalldämpfer aus seinem Hosenbund.

Susannas rechter Knöchel tat verdammt weh. Sie machte die Haustür hinter sich zu und humpelte ins Wohnzimmer. Dort zog sie vorsichtig Schuh und Socke aus, um den Knöchel zu begutachten. Er war rot verfärbt und geschwollen. Sie humpelte in die Küche, füllte einen Plastikbeutel mit zerstoßenem Eis und nahm eine Flasche Bier aus dem Kühlschrank.

Die Schmerztabletten lagen oben im Bad im Medizinschrank. Am Geländer zog sie sich die Treppe hinauf und humpelte den Flur entlang ins Bad. Sie fand das Schmerzmittel und schluckte zwei Tabletten.

Im Spiegel sah sie hinter sich einen Mann stehen.

Susanna öffnete den Mund, um zu schreien. Eine

behandschuhte Hand bedeckte ihren Mund und erstickte ihre Schreie.

»Halt's Maul, sonst bring' ich dich um!« knurrte der Mann mit zusammengebissenen Zähnen.

Susanna versuchte ihn abzuschütteln. Sie verlagerte ihr Gewicht auf den verletzten Knöchel, hob ihren linken Fuß und ließ den Innenrist über sein Schienbein schrammen, genau wie sie es im Selbstverteidigungskurs gelernt hatte. Der Mann stöhnte schmerzlich auf und lockerte unwillkürlich seinen Griff. Sie drehte sich nach rechts und rammte dabei ihren rechten Ellbogen nach hinten. Der Schlag landete auf dem Backenknochen des Angreifers.

Sein Griff lockerte sich noch ein bißchen, und Susanna konnte sich losreißen.

Sie stolperte auf den Flur hinaus und in ihr Arbeitszimmer hinüber. Als sie nach dem Telefonhörer griff, sah sie, daß der Unbekannte sich an ihrem Computer und ihren Notizheften zu schaffen gemacht hatte.

Sie nahm den Hörer ab.

Der Mann erschien auf der Schwelle, bedrohte sie mit einer Pistole.

»Hände weg vom Telefon!«

»Wer sind Sie?«

»Legen Sie auf, dann passiert Ihnen nichts.«

Carson kam wild kläffend die Treppe herauf. Er duckte sich im Flur und knurrte den Eindringling zähnefletschend an. Der Mann hob gelassen seine Pistole und drückte zweimal ab. Die beiden Schüsse aus der Waffe mit Schalldämpfer waren praktisch nicht zu hören. Carson jaulte kurz auf, dann blieb er still liegen.

»Dreckskerl! Verdammter Dreckskerl! Wer zum Teufel sind Sie? Hat Elliott Sie geschickt? Reden Sie schon, verdammt noch mal! Hat Mitchell Elliott Sie geschickt?«

»Legen Sie den Hörer auf! Sofort!«

Sie sah nach unten und tippte die 9 und die 1 ein.

Der erste Schuß traf ihren Kopf, bevor sie die letzte Ziffer eingeben konnte. Sie fiel nach hinten, hielt weiter den Hörer umklammert, war weiter bei Bewußtsein. Sie sah auf. Der Mann stand über ihr und zielte erneut auf ihren Kopf.

»Nicht ins Gesicht«, flehte sie. »Bitte, bitte, schießen Sie nicht ins Gesicht.«

Seine vor Wut verzerrte Grimasse nahm für einen Augenblick menschlichere Züge an. Er senkte die Pistole etwas, so daß die Mündung auf ihre Brust gerichtet war. Susanna schloß die Augen. Die Waffe spuckte zweimal kurz. Sie sah einen grellen Lichtblitz und spürte für Sekundenbruchteile unerträgliche Schmerzen. Dann wurde es dunkel um sie.

Calahan bückte sich, nahm ihr den Telefonhörer aus der Hand und legte ihn auf. Die Tat war rasch, aber nicht völlig lautlos geschehen. Jetzt mußte er schnell arbeiten. Die Polizei würde die Bude auf den Kopf stellen. Entdeckte sie einen Hinweis darauf, daß Susanna Dayton überwacht worden war, bestand die Gefahr, daß man diesen Mord mit Elliott in Verbindung brachte.

Die Aufräumaktion dauerte weniger als fünf Minuten. Als Mark Calahan das Haus verließ, nahm er die Notizhefte, die beiden Abhörmikrofone aus den Zimmern, die Wanze aus dem Telefon, ihre Handtasche und ihren Laptop mit.

Er ging den Pomander Walk hinunter, überquerte den Volta Place und schickte das Überwachungsfahrzeug weg, bevor er sich in sein Auto setzte. Als er davonraste, tippte er Mitchell Elliotts Privatnummer in sein Mobiltelefon ein.

»Wir haben ein kleines Problem, fürchte ich, Mr. Elliott. Ich rufe Sie in zehn Minuten über eine sichere Verbindung an.«

Calahan trennte die Verbindung und warf das Mobiltelefon an die Windschutzscheibe.

»Scheiße, warum ist sie vorzeitig zurückgekommen? Verfluchte Schlampe!«

17

Brélès, Bretagne

Delaroche kam zu dem Schluß, er brauche eine Frau.

Zu dieser Schlußfolgerung gelangte er, nachdem er die CD-ROM zum zweitenmal gelesen hatte, diesmal am PC in seinem Haus auf den Klippen in Brélès. Drei der vier Zielpersonen waren bekannte Weiberhelden. Delaroche kannte ihre Gewohnheiten, wußte, wo sie aßen und tranken, und kannte ihre Jagdreviere. Trotzdem würde es nicht leicht sein, an diese Zielpersonen heranzukommen.

Eine Frau würde die Sache erleichtern.

Delaroche brauchte eine Frau.

Er hatte noch einen Tag in Brélès. Als er mit den Dossiers fertig war, machte er eine Radtour. Das Wetter war ideal: klar, für Dezember ziemlich warm, leichter Seewind. Er würde lange nicht mehr radfahren können, deshalb strengte er sich bewußt an. Er strampelte bis weit in die sanften, bewaldeten Hügel des Finistère hinein und fuhr dann wieder zum Atlantik hinunter. Nach einer Rast bei den Ruinen auf der Pointe de Saint Mathieu fuhr er die Küste entlang nach Norden und wieder nach Brélès zurück.

Der frühe Nachmittag war seinen Vorbereitungen gewidmet. Er reinigte und ölte seine besten Waffen – eine 9-mm-Beretta und die Glock – und prüfte mehrmals alle beweglichen Teile und die Schalldämpfer. Er hatte noch eine dritte Schußwaffe, die er in einem Klettbandhalfter am rechten Knöchel trug: eine kleinkalibrige Browning Automatic, die für die Handtasche einer Frau bestimmt war. Für den Fall, daß eine Schußwaffe unzweckmäßig war, hatte er ein Messer: ein stabiles Stilett mit zweischneidiger Klinge, die auf Knopfdruck aus dem Griff sprang.

Als nächstes legte er die falschen Pässe zurecht, mit denen er als Franzose, Italiener, Holländer, Schwede, Ägypter oder Amerikaner reisen konnte, und dachte über seine Finanzen nach. Er hatte zweihunderttausend Francs von seinem Pariser Galeristen bekommen und würde in Zürich eine halbe Million Dollar abheben. Das war mehr als reichlich, um diesen Auftrag zu finanzieren.

Delaroche verließ das Haus, als es noch hell war, und ging zu Fuß ins Dorf. Er kaufte Brot in der Boulangerie und Käse, Wurst und Leberpastete bei Mlle. Plauché. Didier und seine Freunde saßen weintrinkend im Café. Er machte Delaroche ein Zeichen, sich zu ihnen zu setzen, und Delaroche kam seiner Aufforderung ausnahmsweise einmal nach. Er gab sogar eine Runde aus und aß Brot und Oliven mit den Männern, bis die Sonne untergegangen war.

An diesem Abend nahm Delaroche ein frugales Mahl auf seiner Steinterrasse über dem Meer ein. Er hatte sich verpflichtet, in vier Wochen vier Männer zu ermorden. Nur ein Narr hätte diesen Auftrag angenommen. Er würde von Glück sagen können, wenn er ihn überlebte. Und selbst dann würde er vermutlich nie mehr nach Brélès zurückkehren können.

Vier Männer, vier Wochen. Das war der schwierigste Auftrag seines Lebens. Er hatte Morde immer leidenschaftslos betrachtet, aber jetzt fühlte er erstmals seit vielen Jahren eine gewisse Erregung in sich aufsteigen. Sie war dem Gefühl ähnlich, das er vor dreißig Jahren empfunden hatte – in der Nacht, in der er zum erstenmal gemordet hatte.

Er räumte den Tisch ab und spülte das Geschirr. In der folgenden Stunde arbeitete er sich systematisch durchs Haus und verbrannte alles, was darauf hinwies, daß er jemals existiert hatte.

Delaroche nahm den ersten Zug von Brest nach Paris und fuhr mittags nach Zürich weiter. Dort kam er eine Stunde vor Geschäftsschluß seiner Bank an. Er ließ seine Reisetasche und die Nylontasche mit dem Laptop in einem Schließfach im Bahnhof und wechselte einen Teil seines französischen Geldes in Schweizer Franken um.

Er schlenderte eine glitzernde Straße mit strahlend hellen Luxusgeschäften entlang. In einer Gucci-Boutique kaufte er einen schlichten schwarzen Aktenkoffer, den er bar bezahlte. Er erklärte der Verkäuferin, er brauche keine Tragetasche, und war im nächsten Augenblick mit dem neuen Aktenkoffer in der Hand schon wieder unterwegs.

Als er den schmucklosen Haupteingang seiner Bank erreichte, hatte leichter Schneefall eingesetzt. Der einzige Hinweis auf den Zweck dieses Gebäudes war ein kleines Messingschild neben der Tür. Delaroche drückte auf den Klingelknopf und wartete dann, während der Wachmann ihn durchs Objektiv der Videokamera über dem Eingang inspizierte.

Der Türöffner summte, und er betrat einen kleinen Vorraum. Delaroche nahm den Hörer des schwarzen Telefons ab und sagte, er habe einen Termin bei Herrn Becker.

Becker erschien im nächsten Augenblick: untadelig gekleidet, einen Kopf kleiner als Delaroche und mit einer Glatze, die im hellen Neonlicht der Deckenbeleuchtung glänzte.

Delaroche folgte ihm einen dezent beleuchteten, stillen Gang entlang, der mit beigem Teppichboden ausgelegt war. Becker führte ihn in einen gesicherten Raum und schloß hinter ihnen ab. Delaroche kämpfte gegen einen Anfall von Klaustrophobie. Becker öffnete einen kleinen Wandtresor und nahm das Geld heraus. Delaroche rauchte eine Zigarette, während Becker es ihm vorzählte.

Die ganze Transaktion dauerte keine zehn Minuten. Delaroche quittierte den Empfang des Geldes, und Becker half ihm, es ordentlich in den Aktenkoffer zu stapeln.

Im Empfangsraum warf Becker einen Blick auf die Straße und meinte: »Man kann nie vorsichtig genug sein, Monsieur Delaroche. Räuber gibt's überall.«

»Danke, Herr Becker, aber ich weiß mir zu helfen, denke ich. Angenehmen Abend noch.«

»Gleichfalls, Monsieur Delaroche.«

Delaroche wollte mit dem vielen Geld in der Tasche nicht unnötig lange laufen, deshalb nahm er ein Taxi zum Hauptbahnhof. Er holte seine Reisetasche aus dem Schließfach und kaufte sich eine Fahrkarte erster Klasse für den Nachtzug nach Amsterdam.

Früh am nächsten Morgen kam Delaroche auf der Amsterdamer Centraal Station an. Nach einer Nacht, in der er nur wenig und unruhig geschlafen hatte, ging er mit rotgeränderten Augen rasch durch den belebten Hauptbahnhof und trat auf den Bahnhofsplatz hinaus. Als erstes fielen ihm die abgestellten Fahrräder auf: Tausende von Fahrrädern in unzähligen Reihen.

Delaroche fuhr mit einem Taxi in das zentral gelegene Hotel Ambassade und trug sich dort als der spanische Geschäftsmann Señor Armiñana ein. Er verbrachte eine

Stunde am Telefon, wechselte für den Fall, daß jemand in der Vermittlung des Hotels mithörte, mehrmals seine Sprachen und gebrauchte den Tarnwortschatz des kriminellen Untergrunds. Danach schlief er ein bißchen, und kurz vor Mittag saß er am Fenster eines rauchigen Cafés unweit seines Hotels.

Die kleine Buchhandlung befand sich auf der anderen Seite des belebten Platzes. Sie stand in dem Ruf, etwas snobistisch zu sein, denn sie war auf klassische Literatur und Philosophie spezialisiert und weigerte sich, Bestseller oder Thriller zu führen. Der Hotelportier hatte erzählt, der Buchhändler habe einmal eine Kundin hinausgeworfen, die es gewagt habe, das neue Buch einer berühmten amerikanischen Autorin von Liebesromanen zu verlangen.

Das war die ideale Umgebung für Astrid. Er sah sie zweimal für einen Augenblick – als sie ein Buch aus der Auslage nahm und einen Kunden beriet, der sich ganz offensichtlich mehr für sie interessierte als für jedes Buch, das sie ihm hätte empfehlen können.

So wirkte Astrid auf Männer, schon immer.

Das war der Grund, weshalb Delaroche erst mal nach Amsterdam gefahren war.

Sie war in Kassel in der Nähe der deutsch-deutschen Grenze als Astrid Meyer zur Welt gekommen. Als ihr Vater 1967 die Familie sitzenließ, legte ihre Mutter seinen Namen ab und nahm ihren eigenen wieder an: Lisbeth Vogel.

Nach der Scheidung bezog Lizbet in der Schweiz ein kleines Haus an einem Bergsee südöstlich von Bern. Dort lebte sie in vertrauter Umgebung. Spät im zweiten Weltkrieg, erst im Juli 1944, war ihre Familie aus Deutschland geflüchtet und hatte in einem nahe gelegenen Dorf

Zuflucht gefunden. Dort in den Schweizer Bergen, allein mit ihrer Mutter, begann Astrid Meyers lebenslängliche Faszination für ihren Großvater Kurt Vogel.

Vogel, ein starker Raucher, war 1949, zehn Jahre vor Astrids Geburt, an Lungenkrebs gestorben. Seine Frau Trude hatte zuletzt versucht, ihn aus den Bergen herauszubringen, aber Vogel, der die reine Gebirgsluft für ein Allheilmittel hielt, war nach Atem ringend zu Hause gestorben.

Trude Vogel wußte fast nichts über die Arbeit ihres Mannes im Krieg, aber was sie wußte, erzählte sie Lisbeth, die es Astrid weitererzählte. Er hatte 1935 eine vielversprechende Anwaltskarriere aufgegeben, um in die Abwehr, den deutschen militärischen Nachrichtendienst, einzutreten. Vogel war ein enger Vertrauter des Abwehrchefs Wilhelm Canaris gewesen, den die Nazis im April 1945 wegen Hochverrats hingerichtet hatten. Er hatte Trude jahrelang getäuscht, indem er sich als Canaris' Rechtsberater ausgegeben hatte. Als der Krieg schon verloren war, hatte er ihr die Wahrheit gestanden: Er hatte Agenten angeworben und zum Spionieren nach England geschickt.

Lisbeth erinnerte sich an eine dramatische Nacht.

Ihr Vater hatte die Familie nach Bayern evakuiert, weil sie in Berlin nicht mehr sicher war. Sie erinnerte sich, wie er spät abends angekommen war; sie erinnerte sich an seinen Blick ins Kinderzimmer, in dessen Tür er schwach beleuchtet gestanden hatte. Sie erinnerte sich an die leisen Stimmen ihrer Eltern in der Küche, an den Geruch des Abendessens. Und dann hörte sie Geschirr klirren, hörte ihre Mutter erschrocken tief Luft holen. Gemeinsam mit ihrer Zwillingsschwester Nicole kroch sie oben an die Treppe und sah hinunter. In der Küche saßen ihre Eltern und zwei Männer in schwarzen SS-Uniformen.

Den einen Mann kannten sie nicht; der andere war Heinrich Himmler, der nach Hitler mächtigste Mann des Dritten Reichs.

Lisbeth Vogel glaubte lange Zeit, ihr Vater sei ein Nazi, ein Mitarbeiter Himmlers und SS-Mann, ein Kriegsverbrecher gewesen, der lieber in den Schweizer Bergen gestorben war, als sich in seiner Heimat vor Gericht zu verantworten. Ihre Mutter, glaubte sie, sei insgeheim der gleichen Überzeugung. Nach dem Tod ihrer Mutter erzählte Lisbeth diese Geschichte Astrid, und Astrid wuchs in dem Glauben auf, ihr Großvater sei ein Nazi gewesen.

An einem Nachmittag im Oktober 1970 rief dann ein Mann bei ihnen an und fragte, ob er sie besuchen dürfe. Er hieß Werner Ulbricht und hatte während des Krieges gemeinsam mit Kurt Vogel bei der Abwehr gearbeitet. Er sagte, er kenne die Wahrheit über Vogels Tätigkeit. Lisbeth sagte, er solle kommen. Eine Stunde später stand er vor ihrer Tür: ausgezehrt, leichenblaß, schwer auf einen Stock gestützt, mit einer schwarzen Klappe über dem linken Auge.

Sie gingen eine Weile spazieren – Werner Ulbricht, Lisbeth und Astrid –, dann setzten sie sich ans grüne Seeufer und tranken Kaffee aus einer Thermosflasche. Obwohl die Luft schon herbstlich kühl war, war Ulbrichts Gesicht schweißnaß vor Anstrengung. Er ruhte sich einige Zeit aus, trank mit kleinen Schlucken seinen Kaffee und erzählte ihnen dann die wahre Geschichte.

Kurt Vogel war kein Nazi gewesen; er hatte die Nazis glühend gehaßt. Er war nur unter der Bedingung zur Abwehr gegangen, nicht in die NSDAP eintreten zu müssen, und Admiral Canaris hatte ihm diesen Wunsch nur allzugern erfüllt. Er war nie Canaris' Rechtsberater, sondern Agentenführer gewesen, und zwar ein verdammt guter – gewissenhaft, brillant, auf seine Art skrupellos. Gemeinsam mit seiner erfolgreichsten Agentin in England fand er das wichtigste Geheimnis des zweiten Weltkriegs heraus, das die Engländer durch großangelegte Täuschungsmanöver zu schützen versuchten: Ort und Zeitpunkt der Invasion. Im Februar 1944 entließ Hitler jedoch Canaris und unterstellte die Abwehr Himmler und der SS. Vogel behielt sein Geheimnis für sich und schloß sich den Verschwörern der »Schwarzen Kapelle« an. Nachdem das Attentat am 20. Juli 1944 mißglückt war, wurden viele Mitverschwörer verhaftet und hingerichtet. Kurt Vogel konnte in die Schweiz fliehen.

Lisbeth hatte feuchte Augen, als Ulbricht seine Erzählung beendete. Sie starrte auf die vom Wind leicht gekräuselte Oberfläche des Sees. »Wer war der zweite Offizier, der mit Himmler im Haus meiner Mutter gewesen ist?« fragte sie.

»Das war Walter Schellenberg, ein hoher SS-Führer. Er hat nach Canaris' Entlassung die Abwehr übernommen. Ihr Vater hat ihn über die Einzelheiten der alliierten Invasion getäuscht.«

»Die Frau, die seine Agentin gewesen ist …«, fragte Lisbeth stockend. »Hat er sie geliebt? Meine Mutter hat immer den Verdacht gehabt, er habe eine andere geliebt.«

»Das liegt alles schon lange zurück.«

»Sagen Sie mir die Wahrheit, Herr Ulbricht.«

»Ja, er hat sie geliebt.«

»Wie hat sie geheißen?«

»Anna Katharina von Steiner. Ihr Vater hat sie genötigt, Agentin zu werden. Sie ist nie aus England zurückgekommen.«

Seit diesem Nachmittag war Astrid fast zwanghaft von ihrem Großvater fasziniert. Ihr eigener Großvater, ein Mitstreiter von Admiral Canaris, ein tapferer Widerstandskämpfer, der versucht hatte, Deutschland von Hitler zu befreien! Auf dem Dachboden entdeckte sie einen Koffer mit seinen Sachen, die ihre Mutter aufgehoben hatte: juristische Fachbücher, ein paar uralte Fotos, einige Kleidungsstücke. Diese wenigen Andenken hütete sie wie einen kostbaren Schatz. Als sie alt genug war, imitierte sie sogar sein Aussehen: den Bürstenhaarschnitt, die runde Nickelbrille und die schmucklosen Leichenbestatteranzüge. Sie versuchte, sich die Agentin Anna Katharina von Steiner vorzustellen, die er geliebt hatte. In den Papieren ihres Großvaters konnte Astrid keinen Hinweis auf sie finden, deshalb machte sie sich ihr eigenes Bild von Anna: schön, tapfer, skrupellos, gewalttätig.

Mit achtzehn Jahren kehrte Astrid nach Deutschland zurück, um an der Münchner Universität zu studieren, und engagierte sich sofort in der linken Szene. Sie glaubte, in Deutschland herrschten noch immer die Nazis. Sie glaubte, die Amerikaner seien Besatzer. Sie glaubte, die Kapitalisten versklavten die Arbeiter. Sie stellte sich vor, was ihr Großvater, der große Kurt Vogel, getan hätte. Er hätte sich natürlich der Widerstandsbewegung angeschlossen.

Astrid Vogel brach 1979 ihr Studium ab und schloß sich der Rote-Armee-Fraktion an. Die Gruppe entschied, daß sie ihren richtigen Namen ablegen und einen Decknamen wählen müsse. Astrid entschied sich für Anna Steiner und verschwand in der Welt des Terrorismus.

Sie lebte in einem Hausboot auf der Prinsengracht. Um drei Uhr nachmittags kam sie aus der Buchhandlung, sperrte ihr im Radständer stehendes Fahrrad auf und schob es quer über den Platz davon.

Delaroche winkte den Kellner heran, um zu zahlen.

Sie ging zu Fuß, schob ihr Rad, hatte es offenbar nicht eilig. Delaroche folgte ihr unbemerkt. Astrid hatte sich in den Jahren, seit er sie zuletzt gesehen hatte, kaum verändert. Sie war groß und leicht schlaksig, mit langen, schönen Beinen und Händen, die unablässig auf der Suche nach einem Ruheplatz zu sein schienen. Ihr Gesicht schien aus einer anderen Zeit zu stammen: leuchtend heller Teint, hochstehende Backenknochen, lange, gerade Nase und blaugrüne Augen, deren Farbe an einen Bergsee erinnerte. Haarfarbe und Frisur hatte sie jeweils den Erfordernissen von Politik und Mode angepaßt, aber jetzt trug sie es wieder wie früher: lang, blond, von einer schlichten schwarzen Spange zusammengehalten.

Er folgte ihr nach Norden die Keizersgracht entlang. Astrid überquerte den Kanal auf der Reestraat und ging die Prinsengracht entlang nach Norden. Delaroche ging schneller, um zu ihr aufzuschließen. Als sie seine Schritte hörte, fuhr sie sichtlich erschrocken herum und griff in ihre Umhängetasche.

Delaroche legte ihr sanft eine Hand auf den Arm.

»Ich bin's, Astrid. Hab keine Angst.«

Die *Krista* war vierzehn Meter lang mit einem Steuerhaus achtern, einem schlanken Bug und einem frischen grünweißen Anstrich. Sie war neben einem behäbigen Schleppkahn vertäut, so daß Astrid und Delaroche übers Achterdeck der Nachbarn gehen mußten, um an Bord zu gelangen. Das Schiffsinnere war sauber, überraschend geräumig und dreigeteilt: Pantry, Salon und Schlafkabine im Bug. Die verblassende Helligkeit des Spätnachmittags fiel durch zwei Oberlichte und zwei Reihen Bullaugen in den Schiffswänden.

Delaroche saß im Salon und beobachtete Astrid, während sie in der Pantry Kaffee kochte. Sie sprachen holländisch, denn sie gab sich als eine geschiedene Rotterdamerin aus und wollte nicht, daß ihre Nachbarn sie deutsch reden hörten. Wie alle Amsterdamer lebte sie in ständiger Angst um ihr Fahrrad. Seit sie hier wohnte, waren ihr schon vier Räder gestohlen worden. Sie erzählte Delaroche, daß sie eines Tages auf einem Spaziergang an der Singelgracht einen Mann gesehen hatte, der mit gebrauchten Fahrrädern handelte. In seinen Beständen hatte sie eines ihrer geklauten Räder entdeckt. Sie hatte dem Mann erklärt, das sei ihr Fahrrad, und ihn gebeten, es ihr zurückzugeben. Das hatte er hohnlächelnd abgelehnt. Sie sah unter den Sattel und fand ihre Namensplakette, die sie dort angebracht hatte. Der Mann bezeichnete sie als Lügnerin. Sie griff nach der Lenkstange und sagte zu ihm, sie nehme sich ihr Eigentum jetzt wieder. Der Mann versuchte, sie daran zu hindern. Sie rammte ihm ihren Ellbogen unters Kinn, daß sein Adamsapfel zersplitterte, und brach ihm mit einem kräftigen Tritt den Unterkiefer. Dann fuhr sie vom lauten Beifall der Umstehenden begleitet in aller Ruhe davon, die Heldin aller Amsterdamer, die jemals das Opfer von Fahrraddieben geworden waren.

Astrid brachte den Kaffee in den Salon und setzte sich Delaroche gegenüber. Sie nahm die Spange aus ihrem Haar und ließ es über ihre Schultern fallen. Sie war eine hinreißend schöne Frau, die jedoch gelernt hatte, ihre Schönheit zu tarnen, um sich ihrer Umgebung anzupassen. Er genoß es einen Augenblick lang, sie nur anzusehen.

»Also was führt dich nach Amsterdam? Geschäft oder Vergnügen?«

»Du. Ich brauche deine Hilfe.«

Astrid schüttelte langsam den Kopf und zündete sich eine Zigarette an. Delaroche hatte vorausgesehen, daß sie sich wahrscheinlich weigern würde, für ihn zu arbeiten. Sie hatte schon oft gemordet und einen sehr hohen Preis dafür bezahlt – ein im Untergrund verbrachtes Leben auf der Flucht vor allen Geheimdiensten und westlichen Polizisten. Hier war sie dauerhafter etabliert als jemals zuvor, und nun verlangte Delaroche, sie solle das alles aufgeben.

»Ich bin längst nicht mehr im Spiel, Jean-Paul. Ich habe das Töten satt. Es macht mir keinen Spaß wie dir.«

»Mir macht es auch keinen Spaß. Ich tue es, weil ich dafür bezahlt werde und nichts anderes kann. Du bist früher mal sehr gut gewesen.«

»Ich hab's getan, weil ich an etwas geglaubt habe. Das macht einen Unterschied. Und sieh dir an, was es mir eingebracht hat«, sagte sie mit einer Geste, die ihre Umgebung umfaßte. »Natürlich könnte alles viel schlimmer sein. Ich könnte auch in Damaskus leben. Gott, das ist gräßlich gewesen!«

Delaroche wußte, daß sie zwei Jahre lang in Syrien versteckt gelebt hatte, von Assad und seinem Geheimdienst stillschweigend geduldet, und weitere zwei Jahre Gaddhafis Gast in Libyen gewesen war.

»Ich biete dir einen Ausweg, eine Chance für einen Neuanfang und so viel Geld, daß du für den Rest deines Lebens irgendwo ruhig und sorglos leben kannst. Willst du mehr hören?«

Sie drückte ihre Zigarette aus und zündete sich eine neue an. »Zum Teufel mit dir!«

Er stand auf und sagte: »Ich verstehe das als ein Ja.«

»Wie viele Leute sollen wir umbringen?«

»Ich bin in einer halben Stunde wieder da.«

Er ging ins Hotel zurück, packte seine Sachen und bezahlte das Zimmer. Nach einer halben Stunde kam er mit seiner kleinen Reisetasche und der Nylontasche mit seinem Laptop den Niedergang der *Krista* herunter. Dann saßen sie wieder im Salon: Delaroche über seinen Computer gebeugt, Astrid auf einer Ottomane. Delaroche ging die Zielpersonen der Reihe nach durch. Astrid saß mit untergeschlagenen Beinen still wie eine Statue, eine Hand unterm Kinn, in der anderen eine Zigarette. Sie sagte kein Wort, stellte auch keine Fragen, denn wie Delaroche besaß sie ein absolut zuverlässiges Gedächtnis.

»Wenn du mir hilfst, zahle ich dir eine Million Dollar«, sagte Delaroche nach der Einführung. »Und ich helfe dir, einen sicheren Ort zu finden, der etwas angenehmer als Damaskus ist.«

»Wer ist der Auftraggeber?«

»Das weiß ich nicht.«

Sie zog die Augenbrauen hoch »Das ist doch sonst nicht deine Art. Dann bekommst du bestimmt einen Haufen Geld.« Sie zog an ihrer Zigarette und blies eine dünne Rauchfahne gegen die Decke. »Lad mich zum Abendessen ein. Ich habe Hunger.«

Sie waren einst ein Liebespaar gewesen, als Delaroche die Rote-Armee-Fraktion vor vielen Jahren bei einem besonders schwierigen Anschlag unterstützt hatte. Nach dem Abendessen in einem kleinen französischen Restaurant mit Blick auf die Herengracht kehrten sie an Bord der *Krista* zurück. Delaroche streckte sich auf dem Bett aus. Astrid setzte sich neben ihn und zog sich wortlos aus.

Es war viele Monate her, daß sie mit einem Mann ins Bett gegangen war, und sie nahm ihn beim ersten Mal sehr schnell. Dann zündete sie Kerzen an, und sie rauchten und tranken Wein, während Regentropfen aufs Oberlicht über ihnen klatschten. Beim zweiten Mal liebte sie ihn sehr langsam, umschlang seinen Leib mit ihren langen Armen und Beinen und berührte ihn, als sei er aus kostbarem Kristall. Astrid war gern oben. Astrid war gern Herrin der Lage. Astrid traute niemandem, vor allem ihren Liebhabern nicht.

Sie lag endlos lange an ihn gepreßt, küßte ihn immer wieder, starrte in seine Augen. Dann richtete sie sich kniend auf, um ihn zu reiten, und schien Delaroche ab diesem Augenblick völlig zu vergessen. Sie spielte mit ihrem Haar, streichelte die aufgerichteten Spitzen ihrer kleinen Brüste. Dann schloß sie die Augen und ließ den Kopf zurücksinken. Sie bat ihn, in ihr zu kommen. Als er es tat, durchlief sie ein mehrfacher Schauer, und ihr schweißnasser Körper fiel nach vorn auf seine Brust.

Im nächsten Augenblick wälzte sie sich auf den Rükken und beobachtete die übers Oberlicht laufenden Regentropfen.

»Du mußt mir etwas versprechen, Jean-Paul Delaroche«, sagte sie. »Versprich mir, mich nicht umzubringen, wenn du mit mir fertig bist.«

»Ich verspreche dir, dich nicht umzubringen.«

Sie richtete sich auf einem Ellbogen auf, blickte ihm in die Augen und küßte ihn.

»Hast du Arbatow in letzter Zeit wiedergesehen?«

»Ja, vor ein paar Tagen in Roscoff.«

»Wie geht's ihm?« fragte sie.

»Wie immer«, sagte Delaroche.

18

Washington, D.C.

Elizabeth Osbourne wartete an der Ecke 34th Street / M Street, lief auf der Stelle und blies sich in der kalten Morgenluft in die Hände. Sie sah auf ihre Armbanduhr. Susanna hatte schon fünf Minuten Verspätung. Sie hatte viele Fehler, aber Unpünktlichkeit gehörte nicht dazu. Elizabeth trabte über die Straße zu einem Telefon und wählte Susannas Nummer. Ihr Anrufbeantworter meldete sich.

»Susanna, hier ist Elizabeth. Nimm bitte ab, wenn du daheim bist. Ich warte an der Ecke auf dich. Ich gebe dir noch fünf Minuten, dann muß ich los. Ich versuch's auch in der Redaktion.«

Sie wählte Susannas Nummer bei der *Post*. Eine Tonbandstimme forderte sie auf, eine Nachricht zu hinterlassen.

Elizabeth hängte wortlos ein.

Sie sah die 34th Street hinauf, aber von Susanna oder Carson war nichts zu sehen.

Dann wählte sie ihre eigene Nummer, um zu hören, ob Susanna auf ihrem Anrufbeantworter eine Nachricht hinterlassen hatte. Das Gerät meldete, ein Anruf sei eingegangen. Sie gab ihren Zugangscode ein, aber der Anrufer war nur Max mit der Mitteilung, ihr Lunchtermin sei abgesagt worden.

Verdammt, wo steckt sie bloß? fragte sie sich, als sie den Hörer einhängte.

Elizabeth dachte an Susannas Anruf vom Vorabend. Sie war im Begriff, eine sensationelle Story über Mitchell Elliott und Samuel Braxton zu veröffentlichen. Vielleicht hing sie am Telefon, um weiteres Material zu sammeln. Vielleicht sprach sie mit ihrem Redakteur.

Sie setzte sich in Bewegung, joggte die 34th Street hinauf. Am Volta Place bog sie nach rechts und dann wieder rechts auf den Pomander Walk ab. Sie lief die Stufen zu Susannas Haustür hinauf und klingelte Sturm.

Im Haus rührte sich nichts.

Sie hämmerte mit der Faust an die hölzerne Haustür. Aber die Tür wurde nicht geöffnet, und im Haus blieb es still. Carson war immer wachsam; er bellte meistens schon, bevor Elizabeth klingelte. Wäre der Hund drinnen gewesen, hätte er jetzt wie verrückt gekläfft.

Als sie sich abwandte, sah sie, daß bei Harry Scanlon Licht brannte. Sie ging hinüber und klingelte an seiner Haustür. Scanlon machte ihr im Bademantel auf.

»Entschuldigen Sie die Störung, Harry, aber Susanna und ich wollten zusammen laufen, und sie hat mich versetzt. Das ist sonst nicht ihre Art. Ich mache mir Sorgen um sie. Haben Sie noch ihren Schlüssel?«

»Ja. Warten Sie einen Moment.«

Scanlon verschwand im Haus und kam gleich darauf mit einem einzelnen Schlüssel wieder.

»Ich komme mit«, sagte er.

Sie gingen zu Susannas Haustür zurück. Scanlon steckte den Schlüssel ins Schloß und stieß die Tür auf.

»Susanna!« rief Elizabeth laut.

Keine Antwort.

Sie sah sich im Wohnzimmer und in der Küche um. Alles wirkte normal. Sie ging mit Scanlon die Treppe hinauf und rief dabei wieder nach Susanna.

Oben im Flur sah sie den Hund.

»O Gott! Susanna! Susanna!«

Sie stieg über den Hundekadaver und rannte die paar Schritte ins Arbeitszimmer.

Als sie die Tür öffnete, erstarrte sie.

Elizabeth saß mit einer Wolldecke um die Schultern auf den Treppenstufen vor Harry Scanlons Haustür. Ein halbes Dutzend Streifenwagen der Metropolitan Police mit eingeschalteten roten und blauen Blinkleuchten blokkierten den Volta Place. Das Fahrzeug der Spurensicherer war da, und die Techniker nahmen Susannas Haus bereits unter die Lupe. Sie hatte versucht, Michael anzurufen, ihn aber nicht erreicht. Sie hatte bei der Vermittlung eine Notfallmeldung und Harry Scanlons Nummer hinterlassen.

Verdammt, Michael, ich brauche dich! dachte sie.

Elizabeth zog die Wolldecke enger um sich, doch das Zittern wollte nicht aufhören. Sie schloß die Augen, aber vor ihrem inneren Auge sah sie Susannas zerschmetterten Leib leblos auf dem Fußboden liegen. Und sie sah das Blut. Gott, so viel Blut. Dann hörte sie, daß jemand sie ansprach. Sie öffnete die Augen und sah einen großen Afro-Amerikaner mit hellem Teint und auffallend grünen Augen vor sich stehen. Seine goldene Polizeiplakette trug er an der Brusttasche seines blauen Zweireihers.

»Mrs. Osbourne, Detective Richardson, Mordkommission. Sie haben die Leiche aufgefunden?«

»Ja, das stimmt.«

»Wann?«

»Ich glaube, es war etwa Viertel nach sieben.«

»Sie haben die Ermordete gekannt?«

Die Ermordete, dachte Elizabeth. Susanna war bereits ihres Namens beraubt worden. Sie war nur noch die Ermordete.

»Sie ist meine beste Freundin gewesen, Detective. Wir haben uns seit zwanzig Jahren gekannt. Heute morgen wollten wir zusammen laufen. Weil sie nicht gekommen ist, wollte ich wissen, was los ist. Ich habe mir vom Nachbarn den Schlüssel geben lassen und bin hineingegangen.«

»Ist Ihnen irgend etwas Ungewöhnliches aufgefallen?«

»Außer ihrer Leiche nichts.«

»Entschuldigung, Mrs. Osbourne. Wo hat sie gearbeitet?«

»Sie ist Reporterin bei der *Washington Post* gewesen.«

»Aha, deshalb ist mir ihr Name bekannt vorgekommen. Sie hat eine Zeitlang im Weißen Haus gearbeitet, stimmt's? Hat bei der Journalistenrunde im Fernsehen mitgemacht.«

Elizabeth nickte.

»Die Frage mag Ihnen seltsam vorkommen, Mrs. Osbourne, aber kennen Sie jemanden, der sie hat umbringen wollen?«

»Keine Menschenseele, Detective.«

»Irgendwelche ungewöhnlichen Umstände in ihrem Leben?«

»Nein.«

»Aufgebrachte Freunde? Verschmähte Liebhaber?«

Elizabeth schüttelte den Kopf.

»Ehemann?«

»Er ist wieder verheiratet.«

»In welchem Verhältnis standen sie zueinander?«

»Ich arbeite mit ihm zusammen, Detective. Er ist ein Partner in meiner Firma. Er ist ein Scheißkerl, aber kein Mörder.«

»Wir können keine Hand- oder Umhängetasche finden. Hat sie keine gehabt?«

»Doch, sie hat sie immer auf die Arbeitsplatte in der Küche gelegt.«

»Dort ist sie nicht.«

»Wer hat sie ermordet?«

»Das läßt sich unmöglich sagen. Jemand scheint in ihrem Haus gewesen zu sein, und sie muß ihn überrascht haben. Sie hat Sportkleidung getragen, aber ein Schuh war ausgezogen. Sieht so aus, als hätte sie sich den Knöchel verstaucht. Der Hund hat ein Halsband getragen.«

»Also ist sie erschossen worden.«

»Ein Haufen Leute in dieser Stadt würde lieber jemanden erschießen, als einen Zeugen leben zu lassen, der sie später identifizieren könnte«, sagte er nüchtern. Er legte ihr eine Hand auf die Schulter. »Das mit Ihrer Freundin tut mir wirklich leid, Mrs. Osbourne. Hier ist meine Karte. Sollte Ihnen noch etwas einfallen, rufen Sie mich bitte an.«

Elizabeth hörte das Telefon im Haus klingeln. Harry Scanlon kam mit rotgeweinten Augen an die Haustür. »Michael ist am Telefon«, sagte er.

Elizabeth stand auf und ging schwankend hinein. »Michael, du mußt schnell herkommen. Ich brauche dich!«

»Was ist passiert? Warum bist du bei Harry?«

»Susanna ist tot. Jemand hat sie in ihrem Haus erschossen. Ich habe sie gefunden. O Gott, Michael…« Ihre Stimme drohte zu versagen. »Bitte, komm schnell, Michael. Bitte, beeil dich!«

»Okay, bleib dort. Ich hole dich ab.«

»Nein, fahr nach Hause. Ich gehe lieber zu Fuß. Ich brauche frische Luft.«

Sie schaute aus dem Fenster und sah, daß Susannas Leiche in ein weißes Laken gehüllt auf einer Bahre aus dem Haus getragen wurde. Bis dahin hatte sie mühsam die Fassung bewahrt, aber das gab ihr den Rest.

»Elizabeth, bist du noch da? Elizabeth, sag was!«

»Sie wird gerade abtransportiert. O Gott, die arme Susanna! Ich stelle mir dauernd vor, was sie durchgemacht hat, bevor sie gestorben ist. Es ist entsetzlich, Michael.«

»Sieh zu, daß du dort wegkommst. Geh nach Hause. Glaub mir, dann fühlst du dich gleich etwas besser.«

»Beeil dich, ja?«

»Wird gemacht.«

Sie legte auf. Scanlon stand mit einer Diskette in der Hand vor ihr. »Nun, die braucht sie wohl nicht mehr.« Er machte eine Pause und hatte plötzlich Tränen in den Augen. »Gott, ich kann nicht glauben, daß ich das gesagt habe.«

»Was ist da drauf, Harry?«

Er erklärte Elizabeth ihr System – daß Susanna ihre Arbeit immer auf eine zweite Diskette überspielt und durch seinen Briefschlitz geworfen hatte. »In dieser Beziehung ist sie paranoid gewesen.«

»Ja, ich weiß. Als Studentin hat sie ihre Semesterarbeiten im Kühlschrank aufbewahrt, weil sie irgendwo gelesen hatte, Kühlschränke seien feuerfest.« Elizabeth lächelte bei der Erinnerung daran. »Gott, wie sie mir fehlen wird! Ich kann nicht glauben, daß das wirklich passiert ist.«

Scanlon legte die Diskette auf den Küchentisch.

»Ich hab' sie gefunden, als ich letzte Nacht heimgekommen bin. Sie muß sie eingeworfen haben, bevor sie losgelaufen ist. Komisch, ich hab' Susanna immer gewarnt, nachts zu joggen, und nun ist sie in ihrem eigenen Haus ermordet worden.«

Elizabeth erinnerte sich an Susannas Anruf vom Vorabend. Sie hatte den ganzen Tag an einer wichtigen Story gearbeitet. Was sie geschrieben hatte, befand sich vermutlich auf dieser Diskette.

»Kann ich sie haben?« fragte Elizabeth.

»Klar, aber Sie werden sie nicht lesen können.«

»Warum nicht?«

»Weil sie Verschlüsselungssoftware benutzt hat. Ich hab' Ihnen ja erzählt, daß sie in bezug auf ihre Arbeit paranoid gewesen ist.«

»Sie wissen das Kennwort nicht?«

»Nein, sie hat's mir nie gesagt. Ich hätte gewettet, daß sie's Ihnen gesagt hat.«

Elizabeth schüttelte den Kopf. »Was ist mit ihrem Redakteur bei der *Post?*«

»Niemals! Sie hat keinem Menschen getraut, ihren Kollegen schon gar nicht.«

»Geben Sie mir das Ding«, sagte Elizabeth. »Ich habe einen Freund, der etwas von solchen Sachen versteht.«

Elizabeth zeigte Michael die Diskette, als sie nebeneinander im Bett lagen. Michael zündete sich eine Zigarette an und betrachtete die Diskette von allen Seiten. Elizabeth legte den Kopf auf seinen flachen, gebräunten Bauch, fuhr mit einem Finger durch den dunklen Haarfleck in seiner Brustmitte. Sie hatte ein schlechtes Gewissen, weil sie ihn unter diesen Umständen geliebt hatte. Als er heimgekommen war, hatte sie seine Nähe gesucht. Sie hatte ihn festhalten und nie wieder aus den Augen lassen wollen. Sie war verängstigt, zu Tode geängstigt und fürchtete sich davor, ihn loszulassen.

Sie umarmte ihn, sie küßte seine Lippen, seine Augen, seine Nase. Sie zog ihn aus und liebte ihn langsam und sanft, als wolle sie diesen Akt endlos hinauszögern. Jetzt lag sie eng an ihn geschmiegt und beobachtete, wie der Regen in breiten Strömen an ihren Schlafzimmerfenstern hinunterlief.

»Harry sagt, daß sie verschlüsselt ist.«

»Das ist kein Problem. Wir müssen bloß das Kennwort rauskriegen.«

»Wie willst du das anstellen?«

»Die meisten Leute sind faul. Sie verwenden Geburtsdaten, Straßennamen, alle möglichen Wörter und Zahlen, die sie sich leicht merken können. Du weißt mehr über Susanna als sonst jemand.«

»Braucht man dafür spezielle Software?«

»Die habe ich auf meiner Festplatte.«

»Los, komm!«

Sie zogen ihre Bademäntel an und gingen in sein Arbeitszimmer. Michael setzte sich an den Schreibtisch. Elizabeth blieb mit den Händen auf seinen Schultern hinter ihm stehen.

»Geburtsdatum?«

»Siebzehnter November achtundfünfzig.«

Michael gab das Datum in Ziffern ein: 17. 11. 1958. Auf dem Bildschirm stand ZUGANG VERWEIGERT – UNKORREKTES KENNWORT.

»Geburtsdatum rückwärts«, schlug Michael vor.

Der Computer gab dieselbe Antwort.

»Adresse … Adresse rückwärts … Telefon privat … Nummer rückwärts … Telefon geschäftlich … Nummer rückwärts … Rufname … Name rückwärts … zweiter Vorname … Name rückwärts … Familienname … Name rückwärts …«

»Das kann ja ewig dauern«, meinte Elizabeth.

»Nicht ewig.«

»Hast du nicht gesagt, es sei ganz einfach?«

»Ich habe gesagt, das sei weiter kein großes Problem. Namen der Eltern?«

»Maria und Carmine.«

»Maria und Carmine?«

»Sie ist italienischer Abstammung.«

»Italienischer Abstammung gewesen.«

Michael arbeitete noch zwei Stunden lang gleichmäßig weiter. Elizabeth wußte weit mehr über Susannas Leben, als er für möglich gehalten hätte: ihre Jugendfreunde, ihre Liebhaber, ihre Heimatstadt, ihre Bankverbindung, ihre Lieblingsfilme, ihre liebsten Bücher. Das alles gab er vorwärts, rückwärts und seitwärts ein, aber nichts funktionierte.

»Wie hat ihr Hund gleich wieder geheißen?«

»Carson.«

»Wieso Carson?«

Elizabeth lächelte. »Weil sie an Schlaflosigkeit gelitten und die *Tonight Show* geliebt hat.«

Michael gab CARSON ein. Nichts. Er versuchte es mit JOHNNY.

Nichts. Er probierte DOC und ED aus. Nichts.

»Sie hatte die beiden letzten Shows aufgenommen. Die hat sie sich bestimmt hundertmal angesehen.«

»Wer ist in seiner letzten Show aufgetreten?«

»Nur Johnny. Er hat sich einfach mit seinem Publikum unterhalten.«

»Und in der vorletzten?«

»Bette Midler. Jesus, von Bette Midler ist sie geradezu besessen gewesen.«

Michael gab BETTE ein. Nichts. MIDLER. Nichts. Er gab beide Namen rückwärts ein. Nichts.

Er schlug mit der flachen Hand auf den Schreibtisch.

»Laß mich mal«, verlangte Elizabeth.

Sie beugte sich über Michaels Schulter, tippte THE ROSE und drückte auf die Eingabetaste. Der Computer zögerte einige Sekunden lang, dann erschien die letzte Story, die Susanna Dayton in ihrem Leben geschrieben hatte, auf dem Bildschirm.

19

Amsterdam

Das Hausboot auf der Prinsengracht hatte das Aussehen eines Gefechtsstands angenommen. Delaroche hatte mit dem Gedanken gespielt, nach Brélès zurückzukehren, aber wie in jedem Dorf wurde dort getratscht, und er wußte, daß die Anwesenheit einer großen blonden Frau bei Didier und seinen Kumpanen Aufmerksamkeit erregen würde. Außerdem herrschte auf der *Krista* eine entspannte, diskrete Atmosphäre, in der er die Anschläge in aller Ruhe planen konnte. An den Wänden des Salons hingen große Stadtpläne von London, Kairo und Washington. Er stand jeden Morgen früh auf und arbeitete, während Astrid noch schlief. Dann sprachen sie zwei Stunden seine Planung durch, bevor sie kurz vor zehn Uhr in die Buchhandlung fuhr.

Konnte er nachmittags das Gefühl, eingesperrt zu sein, nicht mehr ertragen, lieh er sich Astrids klappriges Zweitrad und fuhr durch die schmalen Straßen der mittleren und westlichen Kanalringe. Er fand ein Geschäft für Künstlerbedarf, kaufte sich einen kleinen Aquarellkasten und malte mehrere hübsche Aquarelle mit Brücken, Booten und spitzgiebligen Häusern an den Kanälen. Am vierten Tag brach eine Kaltfront von der Nordsee herein, und die Prinsengracht fror ganz zu. Danach war die *Krista* zwei Tage lang von dem fröhlichen Lärmen von Hunderten von Schlittschuhläufern erfüllt, die sich auf dem Eis vergnügten.

Er holte Astrid jeden Abend von der Arbeit ab und ging mit ihr in ein anderes Restaurant. Danach schlenderten sie die windigen Grachten entlang und tranken De-Koninck-Bier in den nach Cannabis duftenden Bars am Leidseplein. Sie liebte ihn in zwei aufeinanderfolgenden Nächten und kehrte ihm dann in den nächsten beiden den Rücken zu. Sie schlief unruhig, von Alpträumen geplagt. In der Nacht vor ihrer Abreise schreckte sie schweißgebadet hoch und griff nach der kleinen Browning, die sie immer auf dem Boden neben dem Bett liegen hatte. Sie hätte Delaroche vielleicht erschossen, hätte er ihr die Waffe nicht gewaltsam entwunden, bevor Astrid sie entsichern konnte. Sie liebte ihn mit verzweifelter Inbrunst und flehte ihn an, sie niemals zu verlassen.

Der Morgen brach kalt und grau an. Sie packten schweigend und sicherten die Türen der *Krista* mit Vorhängeschlössern.

Delaroche vernichtete seine Aquarelle. Astrid rief ihren Chef an und sagte, sie müsse wegen eines Notfalls in der Familie ein paar Tage freinehmen. Sie versprach, sich bald wieder zu melden.

Sie fuhren mit einem Taxi zur Centraal Station und nahmen den Frühzug nach Hoek van Holland. Dort fuhren sie mit einem Taxi zum Fährhafen und frühstückten ausgiebig in einem kleinen Café. Eine Stunde später gingen sie an Bord der Autofähre nach Harwich, das jenseits der Nordsee in England lag.

Bei gutem Wetter dauerte die Überfahrt sechs Stunden, bei Sturm acht und mehr. An diesem Tag heulte ein eisiger Wintersturm vom Nordmeer her. Astrid, die leicht seekrank wurde, verbrachte den größten Teil der Überfahrt auf der Toilette, mußte sich immer wieder übergeben und verfluchte Delaroches Namen. Delaroche blieb in der nach Gletschereis riechenden Luft auf dem Oberdeck und beobachtete, wie die vom Sturm herangetriebenen Wogen über den Bug der Fähre hereinbrachen.

Kurz bevor sie anlegten, veränderte Astrid ihr Aussehen. Sie steckte ihr blondes Haar mit Haarnadeln fest und setzte eine schulterlange schwarze Perücke auf. Delaroche trug eine Baseballmütze mit dem Werbeaufdruck einer amerikanischen Zigarettenmarke und trotz des Wetters seine Ray-Ban-Sonnenbrille.

Die Europäische Gemeinschaft erleichterte internationalen Terroristen das Leben sehr, denn von einem Mitgliedsstaat in einen anderen zu reisen war fast risikolos geworden. Astrid und Delaroche, die sich als unverheiratete Touristen ausgaben, reisten mit niederländischen Pässen in England ein, wo ihre Papiere von einem gelangweilten Paßbeamten nur flüchtig geprüft wurden. Aber Delaroche wußte, daß die britischen Sicherheitsbehörden alle Einreisenden routinemäßig mit Videokameras filmten. Er wußte, daß Astrid und er soeben die ersten Fußabdrücke hinterlassen hatten.

An der englischen Küste war bereits die Nacht hereingebrochen, als Astrid und Delaroche in Harwich den Zug bestiegen. Zwei Stunden später waren sie in London.

Als Basislager wählte Delaroche ein möbliertes Apartment in South Kensington. Er mietete es für eine Woche von einer Firma, die auf die Vermietung von Apartments für Touristen spezialisiert war. Er verzichtete auf den ihnen vertraglich zustehenden Service, denn er wollte auf keinen Fall, daß eine Putzfrau ihre Nase in seine Angelegenheiten steckte. Das bescheidene, aber nette Apartment bestand aus einer vollständig eingerichteten Küche, einem großen Wohnzimmer und einem separaten Schlafzimmer. Das Telefon funktionierte direkt, ohne Umweg über eine Vermittlung, und die großen Fenster führten auf eine Straße hinaus.

Astrid und Delaroche vergeudeten keine Zeit. Die Zielperson war ein vierundfünfzigjähriger MI6-Offizier namens Colin Yardley, der in der Sowjetunion, im Nahen Osten und zuletzt in Nordirland gearbeitet hatte, aber jetzt kaltgestellt war und an einem Schreibtisch in der Zentrale auf seine Pensionierung wartete. Yardley war ein typischer Geheimdienstler am Ende seiner Laufbahn – ausgebrannt, verbittert, geschieden. Er trank zuviel und umgab sich mit zu vielen Frauen. Die Personalabteilung hatte unmißverständlich verlangt, damit müsse endlich Schluß sein, aber Yardley hatte die Affen in der Personalabteilung aufgefordert, sich zu verpissen. Das stand alles in Delaroches Unterlagen. Yardley zu ermorden würde leicht sein. Die Herausforderung lag darin, ihn auf die richtige Weise zu liquidieren.

Trotz seiner langjährigen Außendiensterfahrung war Yardley faul und sorglos geworden, seit er wieder in London war. Er fuhr jeden Abend mit einem Taxi von der aus Glas und Stahlbeton erbauten MI6-Zentrale an der Themse zu einem Luxusrestaurant mit Bar am Sloane Square in der Nähe des Nationaltheaters. Dort machte er Jagd auf junge Frauen, die eine Vorliebe für gutaussehende Männer mit grauen Schläfen hatten, reiche Geschiedene aus dem West End und gelangweilte Hausfrauen auf der Suche nach einem anonymen Liebhaber für eine Nacht. Er erschien kurz nach sechs und nahm seinen Stammplatz an der Bar ein.

Astrid Vogel wartete dort auf ihn.

Sie war nicht mehr die Frau, die Delaroche vor zehn Tagen in einer Amsterdamer Buchhandlung gesehen hatte. Sie hatte den Nachmittag bei Harrods und in den glitzernden Boutiquen der Bond Street verbracht. Jetzt trug sie zu einem schwarzen Cocktailkleid schwarze Strümpfe, eine goldene Armbanduhr und eine exquisite zweireihige Perlenkette. Die schlichte schwarze Haarspange war aus ihrem blonden schulterlangen Haar verschwunden. Es war von einem redseligen italienischen Modefriseur, dessen Salon in einer Seitenstraße der Knightsbridge lag, geschnitten und leicht toupiert worden, so daß es ihr Gesicht wirkungsvoll umrahmte. Astrid verstand es, ihre natürliche Schönheit zu tarnen, aber sie wußte auch, wie sie nötigenfalls auf sich aufmerksam machen konnte.

Delaroche saß am Sloane Square auf einer Bank und tat so, als lese er die Zeitung, die er am Kiosk vor dem U-Bahnhof gekauft hatte. Er verfolgte die Vorgänge im Restaurant wie eine Pantomime. Astrid sitzt allein an der Bar, zwischen ihren langen, schlanken Fingern die unvermeidliche Zigarette. Yardley, groß, grauhaarig, distinguiert, fragt, ob der Platz neben ihr frei ist. Er bekommt unaufgefordert seinen gewohnten Drink serviert, und seine Miene zeigt, daß er glaubt, sie sei beeindruckt. Er macht dem Barkeeper ein Zeichen, ihr ein weiteres Glas Weißwein hinzustellen.

Astrid wendet sich ihm dankend zu, schlägt demonstrativ eines ihrer langen Beine übers andere, wobei ihr Kleid weit über den Oberschenkel hochrutscht. Sie ist ihm jetzt gleichgestellt. Die einsame Frau von dem Amsterdamer Hausboot existiert nicht mehr. Sie ist eine sehr selbstbewußte, kosmopolitische Niederländerin, deren Mann sie ein bißchen vernachlässigt, weil er immer nur ans Geldscheffeln denkt, und natürlich dürfen Sie mir Feuer geben, Schätzchen.

Nach einer Stunde steht sie auf und läßt sich von ihm

in den Mantel helfen. Sie verabschieden sich mit einem förmlichen Händedruck, den sie einen Augenblick zu lange ausdehnt. Er fragt, in welchem Hotel sie wohnt. Im Dorchester. Soll er ihr nicht ein Taxi bestellen? Danke, nicht nötig. Kann er sie wiedersehen, bevor sie aus London abreist? Kommen Sie morgen abend wieder her, Schätzchen, und wenn Sie viel Glück haben, bin ich auch hier.

Sie überquerte rasch den Platz, kam an Delaroche vorbei, der in seine Zeitungslektüre vertieft war, und ging die Sloane Street hinunter. Delaroche beobachtete, wie Yardley ein Taxi anhielt und wegfuhr. Er stand auf und schlenderte über den Platz zur Sloane Street, wo Astrid auf ihn wartete.

»Wie ist's gelaufen?«

»Er hätte mich am liebsten gleich in der Bar gevögelt.«

»Er hat angebissen.«

»Er hat mich auf einen Drink zu sich eingeladen. Ich habe ihm erklärt, mein Mann wäre bestimmt irritiert, wenn er mich nach seiner geschäftlichen Besprechung nicht im Hotel anträfe.«

»Gut. Er soll dich nicht für eine Nutte halten. Schließlich kann er nicht so dumm sein, wie er aussieht. Was ist mit morgen abend?«

»Ich habe angedeutet, daß ich sehr wahrscheinlich in der Bar sein werde.«

»Dann kommt er bestimmt.«

»Ich hoffe nur, ich muß ihn nicht küssen. Er hat einen grauenhaften Mundgeruch.«

»Das liegt allein bei dir.«

»Gott, hoffentlich versucht er's nicht. Wenn er's tut, bring' ich ihn eigenhändig um, das schwöre ich dir!«

Am nächsten Abend kam Yardley als erster. Delaroche, der ihn von seiner Bank auf dem Sloane Place beobachtete, mußte sich ein Lachen verbeißen, als der hochspezialisierte britische Geheimdienstoffizier immer wieder erwartungsvoll zum Eingang blickte. Nach einer halben Stunde fand Delaroche, Yardley habe lange genug auf seine Belohnung gewartet. Er nickte Astrid zu, die auf der anderen Seite des Platzes am Fenster einer Weinbar saß. Fünf Minuten später schritt sie durch die Eingangstür des Restaurants, praktisch in Colin Yardleys ausgebreitete Arme.

Sie neckte ihn. Sie spielte mit ihm. Sie hing an seinen Lippen. Sie fuhr sich mit einer Hand durchs Haar. Sie gestattete, daß er ihr zu viele Gläser Sancerre bestellte. Sie beugte sich etwas vor, damit er in ihre Bluse sehen und feststellen konnte, daß sie keinen Büstenhalter trug. Sie ließ die Kappe ihres teuren Bruno-Magli-Schuhs über die Innenseite seiner Wade gleiten. Sie versuchte mehrmals zu gehen – mein Mann wird wissen wollen, wo ich bin, Schätzchen –, aber er machte dem Barkeeper ein Zeichen, ihr ein weiteres Glas Sancerre zu bringen, und sie hatte einfach nicht die Kraft, sich von diesem schrecklich interessanten Mann loszureißen, und seien Sie ein Schatz und holen Sie mir eine neue Packung Zigaretten. Marlboro Light hundert, bitte.

Astrid, die Verführerin. Astrid, die Vernachlässigte. Astrid, das törichte, sexuell ausgehungerte holländische Flittchen, das zu allem bereit ist, um sich die Aufmerksamkeit eines ältlichen Engländers mit einem Anzug aus der Savile Row und einer teuren Adresse zu sichern. Delaroche bewunderte ihren Auftritt. Und er empfand noch etwas – einen Anflug von Zärtlichkeit. Er griff in seinen Mantel und tastete nach der Glock.

Die Sache lief plangemäß. Astrid beugte sich vor und flüsterte ihm etwas ins Ohr. Yardley zahlte und holte ihre Mäntel. Zwei Minuten später stiegen sie in ein Taxi.

Delaroche sah sie wegfahren. Er stand auf und folgte ihnen langsam über den Sloane Square und die King's Road entlang. Er machte sich keine Sorgen, als er das Taxi aus den Augen verlor; er wußte genau, wohin sie fuhren – zu Yardleys Haus am Wellington Square.

Geh mit ihm nach Hause, Astrid. Sag ihm, daß du's eilig hast. Sag ihm, daß dein Mann tobt, wenn du zu lange weg bist. Geh gleich mit ihm ins Schlafzimmer. Wegen der Haustür kannst du ganz unbesorgt sein. Mich hält keine Tür lange auf.

Delaroche bog von der King's Road auf den ruhigen Wellington Square ab. Der Lärm des abendlichen Berufsverkehrs wurde zu einem fernen Rauschen. Es begann zu nieseln. Delaroche ging mit hochgeklapptem Mantelkragen und tief in den Taschen vergrabenen Händen rasch über den Platz.

Yardleys Haus war dunkel, ideal. Das Haustürschloß war leicht zu knacken. Einige Sekunden später stand er bereits in der Diele. Oben im Schlafzimmer waren Stimmen zu hören. Astrid hatte gute Arbeit geleistet.

Als Delaroche die Schlafzimmertür öffnete, sah er Yardley bis auf Oberhemd und Socken entkleidet am Kopfende seines Betts sitzen und masturbieren, während Astrid ihm einen langsamen Strip vorführte. Einen Augenblick lang tat ihm der Mann aufrichtig leid. Er war kurz davor, einen höchst demütigenden Tod zu sterben.

Delaroche zog die Glock aus dem Hosenbund und trat über die Schwelle. Yardley starrte ihn entsetzt an. Astrid hörte zu tanzen auf und trat zur Seite. Delaroche nahm ihren Platz am Fußende des Betts ein. Dann riß er seinen

Arm hoch und schoß Colin Yardley dreimal rasch nacheinander ins Gesicht.

Die Leiche fiel vom Bett auf den Fußboden. Astrid trat vor, versetzte Yardleys Kopf mit der Kappe ihres eleganten Bruno-Magli-Schuhs einen Tritt und spuckte ihm ins Gesicht. Astrid die Revolutionärin.

Delaroche teilte dem Vermieter mit, er müsse seinen Londonurlaub wegen eines Notfalls in der Familie abbrechen. Bevor er auszog, schickte er seinen Auftraggebern übers Internet eine verschlüsselte Kurznachricht. Der Auftrag sei ausgeführt und er bitte um telegrafische Überweisung des vereinbarten Betrags auf das angegebene Bankkonto in Zürich. Sie fuhren mit dem Spätzug nach Dover und übernachteten in einem malerischen Bed & Breakfast am Meer. Am nächsten Morgen nahmen sie die erste Fähre nach Calais, wo sie einen Renault mieteten und die Kanalküste entlang nach Norden fuhren. Bei Einbruch der Dunkelheit waren sie wieder in Amsterdam: an Bord der *Krista* auf der stillen Prinsengracht.

Der tote Colin Yardley wurde am frühen Nachmittag entdeckt, als Astrid und Delaroche die französisch-belgische Grenze passierten. Der MI6-Wachdienst wurde alarmiert, weil Yardley unentschuldigt dem Dienst ferngeblieben und in seinem Haus am Wellington Square telefonisch nicht erreichbar war. Kurz nach eins brach ein MI6-Team die Haustür auf und entdeckte den Toten im Schlafzimmer im ersten Stock. Bei der Metropolitan Police ging die Anzeige jedoch erst um Viertel nach vier ein.

Die BBC meldete die Erschießung eines noch unidentifizierten Mannes in den Abendnachrichten. Bis ITN um zehn Uhr auf Sendung ging, hatte die Leiche einen Namen und einen Job: Colin Yardley, Beamter im mittleren Dienst des Außenministeriums. Noch während der Sendung ging bei der Nachrichtenredaktion ein Anruf ein. Der Anrufer erklärte, die Irish Republican Army habe Yardley ermordet, und nannte den speziellen Erkennungscode, um seine Authentizität zu beweisen.

Am nächsten Morgen hatten BBC-Reporter Colin Yardleys wahren Beruf herausgefunden: Offizier im Secret Intelligence Service oder MI6.

Jean-Paul Delaroche hörte die BBC-Nachrichten an Bord der *Krista*. Danach schaltete er das Radio aus und setzte sich wieder an seinen Computer, um den nächsten Mord zu planen.

Er rief seine Bank in Zürich an. Herr Becker bestätigte, daß an diesem Morgen eine Million Dollar telegrafisch auf sein Konto überwiesen worden seien. Delaroche wies ihn an, das Geld auf vier bahamische Konten weiterzuleiten – auf jedes eine Viertelmillion.

Mittags kam die Sonne heraus. Er lieh sich Astrids Fahrrad und verbrachte den Nachmittag malend am Ufer der Amstel, bis das Bild von Yardleys explodierendem Gesicht aus seinem Bewußtsein geschwunden war.

20

McLean, Virginia

»Ich verstehe nicht, warum Carter dich nach London schicken muß. Warum kann kein anderer hinfliegen?«

Elizabeth hatte Michael in der Zentrale abgeholt und brachte ihn jetzt zum Dulles Airport, zwanzig Meilen außerhalb der Hauptstadt am Westrand der weitläufigen Washingtoner Vororte in North Virginia. Es war sieben Uhr abends. Die Rush-hour war theoretisch vorbei, aber auf dem Capital Beltway herrschte noch immer starker Verkehr. Elizabeth neigte dazu, dicht aufzufahren, wenn sie nervös war. Deshalb fuhren sie kaum einen halben Meter hinter einem jagdgrünen Ford Explorer.

»Ich dachte, du hättest die Situation mit ihm besprochen, Michael. Ich dachte, er hätte zugestimmt, dich in New York arbeiten zu lassen. Ich dachte, er würde dich ein paar Wochen lang etwas weniger einspannen.«

Vielleicht hätte ich doch lieber mit einem Dienstwagen zum Flughafen fahren sollen, überlegte sich Michael. Er wollte sich auf keinen Fall mit seiner Frau streiten, bevor er über den Atlantik flog. Dabei war er weder abergläubisch noch ein ängstlicher Flieger, sondern nur realistisch.

»Es dauert nur einen Tag«, sagte er. »Hin und zurück, mit ein paar Besprechungen dazwischen.«

»Warum kann Carter keinen anderen schicken, wenn es nur eine Routinesache ist?«

Elizabeth hatte wenig Prozeßerfahrung – sie praktizierte als Anwältin im ruhigen Fahrwasser des Wirtschaftsrechts –, aber sie verstand sich auf Kreuzverhöre. Jetzt hupte sie wütend. Michael wußte, daß er soeben zu einem Zeugen der Gegenpartei erklärt worden war.

»Ein britischer Geheimdienstoffizier ist gestern abend in London ermordet worden«, sagte Michael ruhig. »Dieser Mord könnte mit einem Fall zusammenhängen, den ich seit langem bearbeite.«

»Davon habe ich heute morgen in der *Post* gelesen. Die IRA hat die Verantwortung für den Mord übernommen. Seit wann bist du für die IRA zuständig? Ich dachte, dein Sachgebiet sei arabischer Terrorismus.«

»Richtig, aber wir sehen mögliche Querverbindungen.«

Michael hoffte, sie werde es dabei bewenden lassen. Der Flug nach London war seine, nicht Carters Idee gewesen. Carter hatte die Sache von einem Londoner Mann bearbeiten lassen wollen, aber Michael hatte Carter überredet, ihn hinzuschicken.

»Übermorgen ist der Eingriff. Ich hoffe, du bist dabei.«

»Keine Angst, ich bin rechtzeitig zurück. Und sollte was dazwischenkommen, haben wir noch einen Trumpf im Ärmel. Auf Eis.«

Wegen seines Berufs und weil nicht auszuschließen war, daß Michael plötzlich dringend verreisen mußte, hatten die Ärzte im Cornell Hospital empfohlen, eine Portion seines Spermas tiefgekühlt aufzubewahren.

»Ich hätte dich gern zur emotionalen Unterstützung an meiner Seite, Michael«, sagte Elizabeth. »Müßte ein Führungsoffizier das nicht besonders gut verstehen? Zumindest könntest du übermorgen mit mir hingehen.«

»Ich bin da. Ich verspreche es.«

»Sei vorsichtig mit dem, was du versprichst, Michael.«

Sie fuhr vom Beltway auf die Zubringerstraße zum

Flughafen ab. Hier war weniger Verkehr. Elizabeth beschleunigte auf fünfundsechzig. Über der virginischen Landschaft hing ein von einer durchscheinenden Wolkendecke verschleierter Vollmond, Michael öffnete sein Fenster einen Spalt und zündete sich eine Zigarette an. Elizabeth fuhr aggressiv, wechselte die Spur, ohne zu blinken, fuhr sehr dicht auf und blinkte jeden an, der es wagte, auf der Überholspur unter siebzig zu fahren. Michael kannte den wahren Grund für ihre schlechte Laune. Er war nach London unterwegs, um einen terroristischen Anschlag zu untersuchen, und sie wußte, daß das bei ihm Erinnerungen an Sarahs Ermordung wecken würde. Ihr unbeugsamer Stolz ließ nicht zu, daß sie das laut aussprach, aber er las es in ihrer sorgenvollen Miene. Noch aufgebrachter wäre sie gewesen, wenn er ihr die Wahrheit gesagt hätte: Er vermutete, daß Sarah und dieser britische Geheimdienstoffizier von dem selben Killer ermordet worden waren.

»Ich habe Tom Logan Susannas Diskette gegeben«, sagte Elizabeth.

»Will er den Artikel bringen?«

»Er sagt, daß er's nicht kann, bevor er alle Einzelheiten überprüft hat. Er sagt, daß die Anschuldigungen zu gravierend sind, um ohne Prüfung durch ihre Anwälte veröffentlicht zu werden. Und da die Reporterin, die den Artikel geschrieben hat, jetzt tot ist, kann's keine genaue Überprüfung geben.«

»Und was hat er vor?«

»Logan hat seine besten Reporter auf diese Story angesetzt. Leider kann Susanna ihnen nicht mehr behilflich sein. Ihre Aufzeichnungen enthalten kaum Hinweise auf die Identität ihrer Quellen. Sie müssen also praktisch bei null anfangen.«

»Das kann verdammt lange dauern.«

»Susanna hat allein recherchiert und ein Vierteljahr dafür gebraucht.«

Sie erreichten den Dulles International Airport. Elizabeth hielt vor dem Abflugterminal am Randstein. Michael stieg aus, holte seinen Kleidersack aus dem Kofferraum und drückte den Deckel zu. Dann ging er nach vorn zur Fahrertür des Mercedes. Elizabeth hatte das Fenster heruntergelassen und streckte ihren Kopf heraus. Sie wartete auf einen Abschiedskuß.

»Paß gut auf dich auf, Michael.«

»Wird gemacht.«

Er wartete, bis ihr Wagen nicht mehr zu sehen war, dann ging er hinein.

Michael wachte auf, als das Flugzeug durch die Wolkendecke flog, um an einem grauen Morgen in Heathrow zu landen. Die London Station der CIA hatte angeboten, einen Wagen zu schicken, aber Michael wollte möglichst wenig mit ihr zu tun haben und nahm lieber ein Taxi. Er kurbelte sein Fenster herunter. Trotz des Dieselqualms fühlte sich die frische Luft auf seinem Gesicht gut an. London war acht Jahre lang sein Einsatzort gewesen; in dieser Zeit war er weit über hundertmal von Heathrow in die Londoner Innenstadt gefahren. Die trostlosen westlichen Vororte waren ihm vertrauter als Arlington oder Chevy Chase.

Er bezog ein Zimmer in einem Mittelklassehotel in Knightsbridge mit Blick auf den Hyde Park. Er bevorzugte dieses Hotel, weil hier zu jedem Schlafzimmer ein kleines Wohnzimmer gehörte. Er bestellte ein komplettes englisches Frühstück und aß mit wenig Appetit davon, bis es spät genug war, um Elizabeth anzurufen. Er weckte sie, und sie führten ein stockendes Zweiminutengespräch, bevor sie wieder einschlief.

Michael war müde; er legte sich hin und schlief bis zum frühen Nachmittag. Als er aufwachte, zog er seinen wetterfesten Jogginganzug an. Er hängte das Schild BITTE NICHT STÖREN an die Zimmertür und klemmte ein winziges Stück Papier zwischen Tür und Rahmen. Steckte es bei seiner Rückkehr noch dort, hatte vermutlich niemand den Raum betreten. War es nicht mehr da, war wahrscheinlich jemand drin gewesen.

Unter bleigrauen, regenschweren Wolken trabte er durch den Hyde Park. Nach zehn Minuten öffnete der Himmel seine Schleusen. Londoner, die im Wind mit ihren aufgespannten Schirmen kämpften, starrten ihn an, als sei er ein ausgebrochener Irrer, als er an ihnen vorbeilief. Nach einer Viertelstunde bekam er keine Luft mehr und mußte eine Weile langsam gehen. Obwohl er mäßig rauchte, hatte er es über Jahre hinweg geschafft, einigermaßen fit zu bleiben. Aber jetzt forderten die Zigaretten ihren Tribut. Und Elizabeth hatte recht – er war um die Taille herum etwas dicker geworden.

Er lief zum Hotel zurück. Als er die Zimmertür öffnete, fiel das kleine Stück Papier zu Boden. Er duschte, zog einen gedeckten Anzug an und fuhr mit einem Taxi zum Grosvenor Square, wo er dem Marineinfanteristen, der am Eingang Wache stant, seinen Ausweis zeigte. In Botschaften fühlte Michael sich stets unbehaglich, denn er hatte immer ohne offizielle Legende gearbeitet. In seiner Londoner Zeit war er nur in Notfällen in die Botschaft gekommen, und auch dann nur »schwarz«: auf der Ladefläche eines Kastenwagens, der direkt in die Tiefgarage fuhr. Am liebsten wäre er gar nicht hergekommen, aber die Doktrin der Zentrale erforderte einen Höflichkeitsbesuch beim jeweiligen Stationschef.

Der Londoner Stationschef war ein Mann namens Wheaton, ein überzeugter Anglophiler mit bleistiftdünnem Schnurrbart, einem Nadelstreifenanzug aus der Savile Row und der höchst irritierenden Angewohnheit, mit einem Golfball zu spielen, wenn er nicht wußte, was er sagen sollte. Wheaton war ein Mann der alten Schule: Princeton, Moskau, fünf Jahre Leiter der Rußlandabteilung, bevor er zum Ende seiner Laufbahn den begehrten Job in London ergattert hatte. Er sagte, er habe Michaels Vater gekannt, behauptete aber nicht, ihn gemocht zu haben. Außerdem machte er ihm klar, daß sie in dieser Sache keine Hilfe von der Zentrale brauchten. Michael versprach, ihn über seine Erkenntnisse auf dem laufenden zu halten. Wheaton erklärte Michael höflich, er solle so schnell wie möglich wieder aus London verschwinden.

Das Taxi setzte Michael am Eaton Place vor dem weißen Haus im georgianischen Stil ab. Helen und Graham Seymour lebten in einem hübschen Stadthaus, und Michael konnte sie von der Straße aus wie Schauspieler auf einer Bühne mit mehreren Ebenen sehen: Graham oben im Wohnzimmer, Helen im Basement in der Küche. Er ging die Treppe hinunter und klopfte an eine der kleinen Scheiben der Küchentür. Helen sah von ihrer Arbeit auf und lächelte strahlend. Sie machte ihm auf, küßte ihn auf die Wange und sagte: »Gott, Michael, ist das lange her!« Sie schenkte ihm ein Glas Sancerre ein und sagte: »Graham ist oben. Ihr könnt fachsimpeln, bis ich mit dem Abendessen fertig bin.«

Graham Seymour war mit dem Feuer im Gaskamin beschäftigt, als Michael den Raum betrat. Auf dem Parkettboden des Wohnzimmers lagen kostbare Orientteppiche, an den holzgetäfelten Wänden hingen exquisite Artefakte aus dem Nahen Osten. Graham stand auf, lächelte und streckte die Hand aus. Die beiden betrachteten sich, wie es nur Männer gleicher Größe und Statur können. Graham Seymour war gewissermaßen Michaels Negativ. Während Michael dunkelhaarig und grünäugig war, war Graham blond und grauäugig. Michael trug einen gedeckten Anzug; sein Freund war mit Khakihemd und -hose bekleidet.

Sie setzten sich und plauderten über die gute alte Zeit. Seymour, der als MI6-Offizier lange in Kairo gewesen war, hatte Cleopatra, eine miserable ägyptische Zigarettenmarke, lieben gelernt. Er bot ihm eine an, aber Michael lehnte ab und zündete sich lieber eine Marlboro Light an. Ihr Leben war ganz ähnlich verlaufen. Auch Grahams Vater war Geheimdienstmann gewesen, im Krieg bei dem MI5-Unternehmen »Double Cross«, danach fast fünfundzwanzig Jahre bei MI6.

Wie Michael war Graham seinem Vater von einem Posten zum anderen gefolgt und nach Abschluß seines Studiums in Cambridge zum Secret Intelligence Service gegangen. Die beiden Männer hatten oft zusammengearbeitet, Graham allerdings immer mit einer offiziellen Legende. Aus ihrer beruflichen Achtung hatte sich eine persönliche Freundschaft entwickelt. Tatsächlich standen Graham und Michael sich näher, als ihren jeweiligen Diensten recht gewesen wäre.

Kochgerüche aus der Küche fanden ihren Weg nach oben ins Wohnzimmer.

»Was gibt's heute?« fragte Michael vorsichtig.

»Paella«, sagte Graham und runzelte die Stirn. »»Vielleicht solltest du noch schnell in die Apotheke laufen, bevor sie zumacht.«

»Ich halt's schon aus.«

»Das sagst du jetzt, aber Helens Paella hast du noch nie probiert.«

»So schlimm?«

»Ich will dir die Überraschung nicht verderben. Vielleicht solltest du noch etwas Wein trinken.«

Graham ging nach unten in die Küche und kam wenig später mit zwei Gläsern Sancerre zurück.

»Erzähl mir von Colin Yardley.«

Graham verzog das Gesicht. »Vor ein paar Monaten ist etwas Merkwürdiges passiert. Ein libanesischer Waffenhändler namens Faruk Chalifa hat beschlossen, sich in Paris niederzulassen. Das haben wir erfahren und unseren französischen Freunden mitgeteilt. Sie haben Mr. Chalifa seitdem beobachtet.«

»Nett von den Franzosen.«

»Er verkauft Waffen an Leute, die wir nicht mögen.«

»Böser Mann!«

»Ein sehr böser Mann. Er eröffnet seinen Basar und empfängt Kunden. Die Franzosen fotografieren jeden, der kommt oder geht.«

»Verstehe.«

»Im September sucht ein Mann Mr. Chalifa auf. Die Franzosen können ihn nicht identifizieren, aber sie tippen auf einen Briten und schicken sein Foto daher uns.«

»Colin Yardley?«

»Persönlich«, bestätigte Graham. »Die Führungsetage hat ihn zu sich zitiert und wissen wollen, was er bei einem Kerl wie Chalifa zu suchen hat. Yardley hat sich eine dünne Geschichte ausgedacht – sein Schreibtischjob sei ihm zu langweilig, er sehne sich danach, wieder im Außendienst zu sein, und habe freiberuflich gearbeitet. Die Jungs sind darüber vorsichtig gesagt nicht glücklich gewesen. Yardley ist strengstens verwarnt worden.«

»Kann ich mir denken.«

»Rat mal, welche Waffe Faruk Chalifa in Massen zu verkaufen hat?«

»Unseren Unterlagen nach Fla-Raketen Stinger.«

Michael trank einen Schluck Wein. »Davon hat dein Dienst meinem Dienst vermutlich nichts mitgeteilt, stimmt's?«

Graham nickte. »Die Sache ist uns ein bißchen peinlich gewesen. Das verstehst du doch, Michael? Die Bosse wollten, daß der Fall verschwindet, deshalb haben sie ihn verschwinden lassen.«

Helen erschien oben an der Treppe.

»Das Essen ist fertig.«

»Wunderbar«, sagte Graham etwas zu begeistert. »Nun, dann muß der Videofilm eben noch warten, schätze ich.«

Helen Seymour kochte aufwendig, aber gräßlich. Sie fand, »englische Cuisine« sei ein Widerspruch in sich, und hatte sich auf die mediterrane Küche spezialisiert: italienische, griechische, spanische und nordafrikanische Gerichte. An diesem Abend tischte sie eine fürchterliche Paella aus rohem Fisch und verbrannten Shrimps auf, die so scharf gewürzt war, daß Michael der Schweiß ausbrach, während er einen Bissen nach dem anderen hinunterwürgte. Er aß seine erste Portion tapfer auf. Helen bestand darauf, ihm eine zweite zu geben. Graham unterdrückte ein Lachen, als seine Frau zwei große Löffel auf Michaels hingehaltenen Teller klatschte.

»Schmeckt köstlich, nicht wahr?« gurrte Helen. »Ich esse selbst noch ein bißchen davon, glaube ich.«

»Du hast dich wieder mal selbst übertroffen, Liebling«, sagte Graham. Er wußte schon lange, mit den einzigartigen exotischen Kochkünsten seiner Frau umzugehen: Er aß vorab auf dem Heimweg Sandwiches und Hamburger. Vor drei Jahren hatte er plötzlich seine Vorliebe für Brot entdeckt. Helen kaufte jeden Tag verschiedene neue Sorten, die Graham in solchen Mengen aß, daß er bereits einen Bauch hatte. Eine Zeitlang hatte Graham sich geweigert, Helen für ihre Gäste kochen zu lassen; sie hatten sie statt dessen in Restaurants ausgeführt. Jetzt fand er ein ähnliches Vergnügen darin, Freunde zum Dinner einzuladen, wie zum Tode Verurteilte in ihren letzten Stunden die Gesellschaft von Schicksalsgefährten tröstlich finden.

Graham tunkte einen Kanten grobes spanisches Brot in das Olivenöl auf seinem Teller und steckte ihn in den Mund. »Michael und ich müssen noch etwas arbeiten. Du hast wohl nichts dagegen, wenn wir den Kaffee oben trinken?«

»Natürlich nicht. Ich bringe euch in ein paar Minuten die Nachspeise.« Helen wandte sich mit strahlendem Lächeln an ihren Gast. »Freut mich wirklich, daß dir die Paella geschmeckt hat, Michael.«

»Ich kann mich nicht erinnern, wann ich zuletzt so gegessen habe.«

Graham verschluckte sich an seiner Brotkruste.

Michael kam aus der Toilette. »Alles okay, Kumpel?« fragte Graham besorgt. »Du bist etwas grün um die Kiemen.«

»Jesus, wie überstehst du das nur jeden Abend?«

»Soll ich dir jetzt einen Film vorführen?«

»Gerne.«

Sie setzten sich im Wohnzimmer aufs Sofa. Graham nahm die Fernbedienung vom Couchtisch. »Mr. Yardley hat ein weiteres Problem gehabt«, sagte er. »Er hat Frauen geliebt – viele Frauen.«

»Hat der Dienst auch davon gewußt?«

»Ja, die Personalabteilung hat ihn aufgefordert, sich gefälligst zurückzuhalten. Aber er hat bockig reagiert. Er sei ledig, er werde in ein paar Jahren pensioniert, und er habe vor, sich bis dahin zu amüsieren.«

»Gute Einstellung.«

»Der Dienst hat die Leiche gefunden. Wir sind vor der Polizei im Haus gewesen und haben es durchsucht. Wir haben entdeckt, daß der liebe Colin Yardley im Schlafzimmer eine versteckte Kamera installiert hatte, damit er seine Eroberungen filmen und später beliebig oft genießen konnte. Hat eine ziemliche Kollektion zusammengebracht, unser Yardley. Sie ist der große Hit bei den Leuten vom Nachtdienst, wenn sie gerade nichts anderes zu tun haben.«

Graham richtete die Fernbedienung auf den Videorekorder und schaltete ihn ein. Die Kamera war irgendwo über dem Kopfende des Betts montiert. Yardley saß halb entkleidet auf seinem Bett und masturbierte langsam, während eine große Frau einen aufreizenden Striptease vorführte. Sie knöpfte ihre Bluse auf, streichelte ihre Brüste und ließ ihre Hände unter dem Taillengummi ihrer Strumpfhose verschwinden.

Graham hielt den Videofilm an.

»Wer ist sie?« fragte Michael.

»Wir halten sie für Astrid Vogel.«

»Unseren Informationen nach lebt sie in Damaskus.«

»Nach unseren auch. Wir haben sogar angenommen, daß sie nichts mehr mit der RAF zu tun hat, was ihre Beteiligung an dieser Sache um so rätselhafter macht.« Graham drückte auf einen Knopf, und der Film lief weiter. »Jetzt kommt der beste Teil. Ich will das Ende nicht vorwegnehmen.«

Astrid Vogels Strip wurde noch aufregender. Sie hatte die Hände zwischen den Beinen, warf den Kopf zurück und heuchelte Ekstase. »Sie ist gut«, sagte Graham. »Verdammt gut.«

Helen brachte auf einem Tablett Kaffee und Apfelkuchen. »Oh, ist das nicht wunderbar? Ich lasse euch zehn

Minuten allein, und ihr rennt los und leiht euch einen Pornofilm.«

Sie stellte das Tablett auf den Couchtisch, ohne den Blick vom Bildschirm zu nehmen. »Wer ist die Person?«

»Eine ehemalige RAF-Killerin namens Astrid Vogel.«

Auf Yardleys Gesicht erschien schlagartig ein entsetzter Ausdruck.

Graham hielt den Film an. »Der nächste Teil ist ein bißchen grausig, Liebste. Vielleicht gehst du lieber raus.«

Helen setzte sich aufs Sofa.

»Wie du willst«, sagte er und ließ den Film weiterlaufen.

Eine dunkelgekleidete Gestalt, mit Baseballmütze und Sonnenbrille getarnt, betrat den Raum. Der Mann zog eine Pistole mit Schalldämpfer hinten aus dem Hosenbund und schoß Colin Yardley dreimal rasch nacheinander ins Gesicht. Die Leiche fiel vom Bett. Die Frau trat vor, versetzte dem Erschossenen einen Tritt gegen den Kopf und spuckte ihm ins Gesicht.

Graham hielt den Film an.

»Allmächtiger!« flüsterte Helen.

»Er ist's gewesen«, sagte Michael.

»Woher willst du das wissen? Sein Gesicht ist nie richtig zu sehen gewesen.«

»Ich muß sein Gesicht nicht sehen. Ich habe gesehen, wie er mit einer Waffe umgeht. Er ist's, Graham. Darauf wette ich meinen Kopf.«

»Ich weiß, daß ich das nicht zu sagen brauche, Michael, aber auch diesmal gelten die üblichen Regeln. Diese Informationen sind nur für dich persönlich bestimmt. Du darfst sie weder an deine Kollegen noch an andere Dienste weitergeben.«

»Ich unterschreibe sogar eine Verpflichtungserklärung, wenn es dich erleichtert.«

Michael schlug den Mantelkragen hoch und vergrub die Hände in den Taschen. Der Regen hatte aufgehört, und er hatte das Bedürfnis, zu Fuß ins Hotel zurückzugehen. Graham hatte vorgeschlagen, ihn die Hälfte des Weges zu begleiten. Er wußte aus Erfahrung, daß ein kurzer Spaziergang dazu beitrug, die schlimmen Nachwirkungen von Helens Kochkünsten zu minimieren. Die Freunde gingen durch die georgianischen Häuserschluchten von Belgravia, in denen das ferne Rauschen des Abendverkehrs auf der King's Road das einzige Geräusch war.

»Ich möchte mit Drosdow reden«, sagte Michael.

»Mit dem kannst du nicht reden. Drosdow ist für dich verboten. Außerdem sagt er, daß er nichts mehr zu erzählen hat und seine Tage in Frieden beschließen will.«

»Ich habe eine Theorie in bezug auf den Killer, der Yardley erschossen hat, und möchte ihn danach fragen.«

»Drosdow ist *unser* Überläufer. Wir haben euch alle Ergebnisse seiner Vernehmungen mitgeteilt. Versuchst du, selbst mit ihm zu reden, bekommst du ernstliche Probleme mit beiden Diensten.«

»Gut, dann rede ich eben inoffiziell mit ihm.«

»Wie stellst du dir das vor, Michael? Willst du ihm zufällig über den Weg laufen und sagen: ›Hey, Augenblick mal! Sind Sie nicht Iwan Drosdow, der ehemalige KGB-Killer? Haben Sie was dagegen, wenn ich Ihnen ein paar Fragen stelle?‹ Unsinn, Michael.«

»Ich hatte an eine etwas subtilere Methode gedacht.«

»Geht die Sache schief, leugne ich jegliche Beteiligung. Ich beschuldige dich sogar, ein russischer Spion zu sein.«

»Weniger hätte ich nicht erwartet.«

»Er lebt in den Cotswolds, in Aston Magna, einem kleinen Ort. Er trinkt jeden Morgen seinen Tee in einem Café in Moreton.«

»Das kenne ich gut«, sagte Michael.

»Er ist der mit den Corgies und dem knorrigen Spazierstock. Liest dort die Zeitungen. Sieht englischer aus als Prinz Philip. Du kannst ihn nicht verfehlen.«

Graham Seymour begleitete Michael bis zur Sloane Street, bevor er sich verabschiedete und zum Eaton Place zurückging. Michael hätte nach Norden zu seinem Hotel am Hyde Park gehen müssen, aber statt dessen ging er in Richtung Sloane Square nach Süden, sobald Graham außer Sichtweite war.

Er überquerte den Platz und schlenderte durch die ruhigen Seitenstraßen Chelseas, bis er das Themseufer erreichte. Die Luxuswohnungen am Chelsea Embankment waren hell erleuchtet. Flußnebel ließ die Straße feucht glänzen. Michael hatte sie für sich allein; bis auf einen kleinen Mann, der beide Hände tief in den Taschen seines zerschlissenen Trenchcoats vergraben hatte und hinkend an ihm vorbeihastete wie ein nicht mehr recht funktionierender Spielzeugsoldat, war kein Mensch mehr unterwegs.

Michael lehnte sich ans Geländer, starrte auf den Fluß, drehte dann den Kopf zur Seite und blickte zur Battersea Bridge hinüber, hinter der die hellerleuchtete Albert Bridge aufragte. Er glaubte zu sehen, wie Sarah durch Dunkelheit und Nebel auf ihn zukam, ihr pechschwarzes Haar zu einem Nackenknoten zusammengefaßt, ihr Rock um Wildlederstiefel wippend. Sie lächelte ihn an, als sei er der wichtigste Mensch der Welt, als habe sie den ganzen Tag nur an ihn gedacht. Mit dem gleichen Lächeln begrüßte sie ihn jedesmal, wenn er ihre Wohnung betrat. Oder wenn sie sich zu einem Drink in ihrer Weinbar oder zu einem Espresso in ihrem Stammcafé trafen.

Michael erinnerte sich an ihr letztes Zusammensein, als er am Nachmittag davor bei ihr vorbeigeschaut und sie in einem weißen Trikot auf dem Fußboden sitzend angetroffen hatte, wo sie ihren schlanken Körper über ihre langen nackten Beine beugte. Er wußte noch gut, wie sie sich ihm entgegengereckt, ihn geküßt und das Trikot von ihren Schultern gestreift hatte, damit er ihre Brüste umfassen konnte. Später im Bett gestand sie ihm, daß sie sich als Mittel gegen Langeweile bei ihren Dehnungsübungen vorstellte, mit ihm zu vögeln. Und daß sie danach immer schrecklich erregt war und das Problem allein lösen mußte, weil er arbeitete.

In diesem Augenblick verliebte er sich endgültig in sie. Er liebte sie ein letztes Mal. Sie lag mit geschlossenen Augen und passivem Gesichtsausdruck still auf dem Rükken, bis das körperliche Vergnügen zu stark wurde. Dann öffnete sie Augen und Mund, zog sein Gesicht zu ihrem herunter und küßte ihn, bis sie gemeinsam kamen. Dieses Bild von Sarah und ihr Anblick, wie sie im Lichtschein des Chelsea Embankment auf ihn zuschwebte, waren durch den Mann mit der Pistole zerstört worden.

Er erinnerte sich, wie ihr Gesicht explodiert war, erinnerte sich, wie Sarah vor seinen Augen zusammengebrochen war. Er erinnerte sich an den Killer: blasse Haut, kurzgeschnittenes Haar, schmale Nase. Er sah wieder, wie der Mann eine Pistole mit Schalldämpfer hinten aus dem Hosenbund zog, wie er den Arm hochriß, wie er, ohne auch nur einen Augenblick zu zögern, dreimal rasch nacheinander abdrückte.

Er lief zu ihr, obwohl er wußte, daß sie tot war. Manchmal wünschte er sich, er hätte den Killer verfolgt, obwohl er wußte, daß ihn das vermutlich das Leben gekostet hätte. Statt dessen kniete er neben ihr, hielt sie in seinen Armen und drückte ihren Kopf an seine Brust, um ihr zerstörtes Gesicht nicht sehen zu müssen.

Es begann zu regnen. Michael fuhr mit einem Taxi ins Hotel zurück. Er zog sich aus, ging ins Bett und rief Elizabeth an. Sie mußte etwas in seiner Stimme gehört haben, denn sie klang bedrückt, als sie gute Nacht sagte und auflegte. Michael durchflutete ein heißes Schuldbewußtsein, als habe er sie gerade betrogen.

21

London

Früh am nächsten Morgen bezahlte Michael sein Hotelzimmer und mietete sich bei der Hertz-Filiale nördlich des Marble Arch einen silbergrauen Rover Sedan. Gegen den morgendlichen Berufsverkehr fuhr er nach Westen. Bei leichtem Nieselregen war es noch dunkel. Michael schaltete das Radio ein und hörte die Sechsuhrnachrichten der BBC. Der Tag brach schmutziggrau an, als er in die sanften Hügel der Chilterns hinauffuhr. Die Hertz-Straßenkarte lag unaufgeschlagen auf dem Beifahrersitz. Michael brauchte sie nicht, denn er kannte die Strecke gut.

Sarahs Familie gehörte ein großes altes Landhaus in Chipping Campden in den Cotswolds. Kalksteinmauern, überwuchert von Clematis und Efeu, umgaben das Anwesen. In den Monaten ihrer gemeinsamen Zeit hatten sie mehrere Wochenenden dort verbracht. Auf dem Land hatte Sarah sich immer verändert. Statt der schwarzen Lederkluft ihres Soho-Clans trug sie ausgebleichte Jeans und Pullover im Winter und mädchenhafte Baumwollkleider im Sommer. Vormittags wanderten sie in der Umgebung des Dorfs über Weideflächen mit Schafherden und vielen Fasanen. Nachmittags liebten sie sich. An warmen Sommertagen liebten sie sich im Garten hinter den Mauern und Blütenranken. Sarah genoß das Gefühl, Michael in sich zu haben und die Sonne auf ihrer blassen Haut zu spüren. Insgeheim hoffte sie, dabei beobachtet zu werden. Alle Welt sollte wissen, wie es aussah, wenn sie sich liebten. Alle sollten eifersüchtig sein.

Sie tanzte, sie war Mannequin, sie las viele Bücher. Manchmal war sie Schauspielerin, manchmal Fotografin. Ihre politischen Ansichten waren wirr und so flexibel wie ihr langer Körper. Sie war Labourwählerin, sie war Kommunistin. Sie war eine Grüne, sie war Anarchistin. Überall in ihrem Zimmer in Soho lagen Kleidungsstücke und Trikots. Sie hörte Clash und die Stones. Sie hörte sich Aufnahmen von Meeresbrandung und Waldesrauschen oder gregorianische Gesänge an. Sie war Vegetarierin, der vom Geruch gegrillten Lammfleischs schlecht wurde. Da ihre Wohnung über einem libanesischen Schnellrestaurant lag, zündete sie Kerzen und Räucherstäbchen an, um die Küchendünste zu überdecken. Als sie Michael zum erstenmal mit in ihr Bett nahm, hatte er das unbehagliche Gefühl, es in einer katholischen Kirche zu treiben.

Sarah führte ihn in eine ihm unbekannte Welt ein. Sie nahm ihn auf seltsame Parties mit. Sie nahm ihn in experimentelle Theateraufführungen mit. Sie nahm ihn zu Ausstellungen und Lesungen mit. Sie wählte andere Kleidung für ihn aus. Sie konnte erst einschlafen, wenn sie sich geliebt hatten. Es machte ihr Spaß, ihre Körper im Kerzenschein zu betrachten. »Sieh uns nur an«, sagte sie dabei. »Ich bin so weiß, du so dunkel. Ich bin gut, du bist böse.«

Seine Arbeit interessierte sie nicht, und sie fragte nie danach. Der Gedanke, jemand könne weltweit unterwegs sein, um etwas zu verkaufen, war ihr völlig unverständlich. Sie fragte nur, wohin er fahre und wann er zurückkomme.

Adrian Carter war sein Führungsoffizier. Michael hätte ihm und der Personalabteilung sein Verhältnis mit

Sarah melden müssen. Aber sie hätten ihre Vergangenheit überprüft – ihre politischen Ansichten, ihre Arbeit, ihre Freunde, ihre Liebhaber – und womöglich Dinge ausgegraben, die Michael lieber nicht wissen wollte. Also hielt er Sarah vor der Agency und die Agency vor Sarah geheim. Er fürchtete, daß sie ihn verlassen würde, wenn er ihr die Wahrheit sagte. Er fürchtete, daß Sarah ihren Freunden von seiner Arbeit erzählen würde, was seine in London aufgebaute Tarnung gefährdet hätte. Er belog seinen Arbeitgeber und seine Geliebte. Er war zur selben Zeit glücklich und unglücklich.

Er war kurz vor Oxford. Seit etwa zwanzig Meilen folgte ihm ein weißer Ford-Lieferwagen in stets gleichem Abstand. Es war möglich, daß der Ford nur zufällig in dieselbe Richtung fuhr, aber Michael war eingebleut worden, nicht an Zufälle zu glauben. Er fuhr langsamer und ließ sich von anderen Wagen überholen.

Der Ford behielt seinen Abstand bei.

Vor ihm tauchte eine Raststätte auf. Er verließ die Autobahn und parkte vor dem Restaurant. Der Ford folgte ihm und fuhr zur Tankstelle. Der Fahrer stieg aus und prüfte den Reifendruck vorn rechts, während er den Rover im Auge behielt. Michael überlegte, wer ihn beschatten ließ. Wheaton von der London Station? Graham Seymours MI6?

Er ging ins Café, bestellte ein Schinken-Eier-Sandwich und einen Kaffee und ging auf die Toilette. Anschließend holte er seine Bestellung ab und ging nach draußen. Der Ford stand noch immer an der Tankstelle; der Fahrer war gerade dabei, den Reifendruck hinten links zu prüfen.

Michael betrat eine Telefonzelle und rief im Hotel an. Er erklärte der Rezeptionistin, er habe im Bad zwei wertvolle Manschettenknöpfe liegen lassen. Er gab eine falsche Adresse in Miami an, die sie pflichtbewußt mitschrieb, während er weiter den Ford beobachtete. Dann hängte er ein und stieg wieder in seinen Rover. Er startete, verließ die Raststätte und ordnete sich in den Verkehr auf der Autobahn ein. Während er sein Sandwich aß, sah er mehrmals in den Rückspiegel.

Der Ford hielt den gleichen Abstand wie zuvor.

Der Wagen folgte Michael bis nach Moreton-in-Marsh, einem für Gloucestershire großen Dorf an der Kreuzung der Fernstraßen A44 und A429. Er bog auf den Parkplatz einer Ladenzeile ab und stieg aus. Der Ford parkte fünfzig Meter weit entfernt. Das Café lag neben einem Fleischer, der erlegte Fasane an der Ladentür hängen hatte. Michael erinnerte sich an Sarah, die ihm mit einem Teller Reis mit Bohnen und gelbem Kürbis gegenübersaß und angewidert beobachtete, wie er das Fleisch von den Knochen eines gebratenen Cotswolds-Fasans riß. Er betrat das Café, bestellte bei dem molligen Mädchen hinter der Theke einen Kaffee und Kuchen und nahm Platz.

Michael kannte Iwan Drosdow von CIA-Fotos. Er war bis auf einen tonsurartigen grauen Haarkranz kahl und beugte seinen langen Oberkörper über einen Stapel Morgenzeitungen. Eine goldgeränderte Lesebrille saß tief unten auf seiner markanten Nase; die grauen Augen waren gegen den Rauch der zwischen seinen Lippen hängenden Zigarette zusammengekniffen. Er trug einen grauen Rollkragenpullover und eine grüne Wachsjacke mit Cordsamtkragen. Zwei identische Corgis putzten sich neben Gummistiefeln, an denen frischer Schlamm klebte.

Michael nahm seine Tasse und den Teller und setzte sich damit an den Nebentisch. Drosdow sah auf, lächelte flüchtig und vertiefte sich wieder in seine Zeitungen. Einige Minuten vergingen. während Michael seinen Kaffee trank und Drosdow die *Times* las und rauchte.

Ohne den Kopf zu heben, fragte Drosdow schließlich: »Wollen Sie irgendwann reden, oder wollen Sie nur dasitzen und meine Hunde ärgern?«

»Ich heiße Carl Blackburn«, sagte Michael überrascht, »und hätte Sie gern kurz gesprochen.«

»In Wirklichkeit heißen Sie Michael Osbourne und arbeiten im CIA-Zentrum für Terrorismusbekämpfung in Langley, Virgina. Sie sind im Außendienst gewesen, bis Ihre Geliebte in London ermordet worden ist und die Agency Sie abgezogen hat.«

Drosdow faltete die Zeitung sorgfältig zusammen und fütterte seine Hunde mit einem Rest Kuchen.

»Wenn Sie etwas mit mir besprechen möchten, sollten wir einen Spaziergang machen«, schlug er vor. »Aber belügen Sie mich nicht wieder, Mr. Osbourne. Das ist beleidigend, und ich vertrage Beleidigungen schlecht.«

»Wissen Sie, daß Sie beschattet werden, Mr. Osbourne?«

Sie waren auf einer Landstraße unterwegs, die nach Aston Magna führte, wo Drosdow sich nach dem Zusammenbruch der Sowjetunion niedergelassen hatte, da er nicht mehr fürchten mußte, von seinen ehemaligen KGB-Vorgesetzten liquidiert zu werden. Er war knapp einen Kopf größer als Michael und hielt sich wie viele großgewachsene Männer leicht gebückt, um kleiner zu wirken. Er ging mit auf dem Rücken gekreuzten Händen und hielt den Kopf gesenkt, als suche er einen verlorenen Wertgegenstand. Seine Hunde liefen einige Meter voraus, als wollten sie das Gelände erkunden. Michael, von Natur aus ein rascher Geher, hatte alle Mühe, mit Drosdows staksendem Gang Schritt zu halten. Er fragte sich, wie der Alte die Beschatter wahrgenommen hatte, ohne sich für seine Umgebung zu interessieren.

»Zwei Männer«, sagte Drosdow. »Weißer Ford-Lieferwagen.«

»Die sind mir kurz nach London aufgefallen.«

»Weiß jemand, daß Sie mich besuchen wollten?«

»Nein«, log Michael. »Ich bin nicht als Vertreter der CIA hier und habe die Briten nicht um Erlaubnis gefragt. Dieser Besuch ist rein privat.«

»Sie haben sich in eine ziemlich schwierige Lage gebracht, Mr. Osbourne. Tun Sie etwas, das mir nicht gefällt, brauche ich nur meinen Führungsoffizier beim MI6 anzurufen, und Sie werden verdammt große Schwierigkeiten bekommen.«

»Das weiß ich. Unter Kollegen bitte ich Sie natürlich um den Gefallen, das nicht zu tun.«

»Ihr Anliegen muß ziemlich wichtig sein.«

»Das ist es.«

»Ich vermute, daß diese Männer ein Richtmikrofon mit großer Reichweite haben. Vielleicht sollten wir irgendwo spazierengehen, wo sie uns nicht folgen können.«

Sie bogen auf einen Fußweg zwischen Weideflächen mit dürrem Wintergras ab. In der Ferne ragten Hügel bis zu niedrigen Wolken hinauf. Entlang des Zauns drängte sich blökend eine kleine Schafherde zusammen. Drosdow kraulte einigen Tieren im Vorbeigehen die dicke Kopfwolle. Nach dem nächtlichen Regen war der Weg so schlammig, daß Michaels italienische Wildlederslipper schon nach wenigen Metern ruiniert waren. Er blieb kurz stehen und sah sich um. Der weiße Kastenwagen fuhr nach Morton zurück.

»Ich glaube, wir können jetzt offen sprechen, Mr. Osbourne. Ihre Freunde haben offenbar aufgegeben.«

Zehn Minuten lang redete nur Michael. Er ging die Liste der Attentate und Terroranschläge durch. Der Staatssekretär in Sevilla. Der Polizeipräfekt in Paris. Der BMW-Direktor in Frankfurt. Der PLO-Kommandeur in Tunis. Der israelische Geschäftsmann in London. Drosdow hörte aufmerksam zu, nickte manchmal, grunzte zwischendurch halblaut. Die Hunde jagten über die Wiese und stöberten Fasane auf.

»Und was wollen Sie nun genau wissen?« fragte Drosdow, als Michael fertig war.

»Ich will wissen, ob der KGB diese Anschläge verübt hat.«

Drosdow pfiff nach seinen Hunden. Sie haben Anerkennung verdient, Mr. Osbourne. Oh, Sie haben nicht wenige übersehen, aber Sie haben einen ausgezeichneten Anfang gemacht.«

»Das sind also KGB-Aktionen gewesen?«

»Ganz recht.«

»Alle von demselben Mann ausgeführt?«

»Gewiß.«

»Wie heißt er?«

»Er hat keinen Namen gehabt, Mr. Osbourne. Lediglich einen Decknamen.«

»Welchen Decknamen?«

Drosdow zögerte. Er war übergelaufen, hatte seinen Dienst verraten. Aber die Preisgabe von Decknamen war mit dem Bruch des Schweigegelübdes der Mafia vergleichbar.

Schließlich sagte er: »Oktober, Mr. Osbourne. Sein Deckname ist Oktober gewesen.«

Als die Sonne kurz durch die Wolken lugte, wurde es sofort angenehm warm. Michael knöpfte seinen Mantel auf und zündete sich eine Zigarette an. Drosdow, der seinem Beispiel folgte, rauchte mit gerunzelter Stirn, als überlege er, womit er anfangen solle. Michael hatte viel Erfahrung im Umgang mit Agenten. Er wußte, wann man drängen mußte, wann es besser war, lieber den Mund zu halten und nur zuzuhören. Drosdow konnte er nicht unter Druck setzen; Drosdow würde nur freiwillig reden.

»Im Gegensatz zu der im Westen weitverbreiteten Ansicht sind wir keine guten Killer gewesen«, sagte Drosdow schließlich. »Oh, innerhalb der Sowjetunion haben wir höchst effizient gearbeitet. Aber außerhalb des Ostblocks, im Westen, haben wir bei ›nassen Angelegenheiten‹ ziemlich versagt. Nikolai Chochlow, einer unserer besten Killer, hat irgendwann Bedenken bekommen und ist übergelaufen. Wir haben versucht, ihn zu liquidieren, aber das ist schiefgegangen. Dann hat das Politbüro für längere Zeit auf Attentate als Mittel geheimdienstlicher Arbeit verzichtet.«

Drosdow ließ seine Kippe in den Schlamm fallen und trat sie mit dem Gummistiefel aus. »Ende der sechziger Jahre hat sich das geändert. Ein Blick in den Westen hat uns überall innere Konflikte gezeigt: die Iren, die Basken, die deutsche Baader-Meinhof-Gruppe, die Palästinenser. Und wir hatten auch eigene Geschäfte zu erledigen: Dissidenten, Überläufer, Sie verstehen. Wie Sie wissen, ist für Mordaufträge die Abteilung Fünf der Ersten Hauptverwaltung zuständig gewesen. Die Abteilung Fünf wollte einen hervorragend ausgebildeten Killer permanent im Westen stationieren, um kurzfristig Aufträge durchführen zu können. Die Wahl ist auf Oktober gefallen.«

»Wer ist er?« fragte Michael.

»Ich bin zur Abteilung Fünf gekommen, als er schon im Westen war. In seiner Akte hat nichts über seine wahre Identität gestanden. Natürlich hat's Gerüchte gegeben. Er soll der uneheliche Sohn eines sehr hohen KGB-Offiziers sein. Eines Generals, sogar des KGB-Chefs. Seine Mutter soll Jüdin gewesen sein. Aber kein einziges dieser Gerüchte hat sich beweisen lassen.

Jedenfalls hat der KGB frühzeitig begonnen, ihn systematisch auszubilden. 1968 ist er über die tschechisch-österreichische Grenze in den Westen geschleust worden. Wenig später war er in Paris, wo er als Flüchtling in einem katholischen Waisenhaus aufgenommen worden ist. Im Lauf der Jahre hat er sich eine hieb- und stichfeste französische Identität zugelegt. Französischer Schulabschluß, französischer Paß, alles. Er hat sogar seine Wehrpflicht in der französischen Armee abgeleistet.«

»Und dann hat er zu morden begonnen.«

»Wir haben ihn eingesetzt, um den Westen zu destabilisieren, um den westlichen Regierungen Schwierigkeiten zu machen. Er hat in beiden Lagern gemordet. Er hat Unruhe gestiftet. Die Flammen geschürt. Und er hat erstklassige Arbeit geleistet. Er ist stolz darauf gewesen, niemals versagt zu haben. Dabei hat er auf alle Hilfsmittel verzichtet, die wir ihm angeboten haben, Munition mit Blausäure oder Giftgas zum Beispiel. Er hat seine eigene, für ihn charakteristische Tötungsmethode entwickelt.«

»Drei Schüsse ins Gesicht.«

»Brutal, wirkungsvoll, dramatisch.«

Michael kannte die Wirkung dieser Methode; Drosdow brauchte sie ihm nicht näher zu schildern. »Hat er einen Führungsoffizier gehabt?« fragte er mit mühsam beherrschter Stimme.

»Ja, er wollte nur mit einem zusammenarbeiten, mit einem gewissen Michail Arbatow. Ich habe einmal versucht, Arbatow abzulösen, aber Oktober hat gedroht, den Neuen zu ermorden. Arbatow ist eine Art Familienersatz für ihn gewesen. Außer seinem Führungsoffizier hat er niemandem getraut – und auch Arbatow nicht wirklich.«

»In Paris ist neulich ein Michail Arbatow ermordet worden.«

»Ja, ich habe die Meldung gelesen. Die Polizei hat ihn als das Opfer eines Raubüberfalls bezeichnet. Er ist als ein in Paris lebender pensionierter russischer Diplomat beschrieben worden. Eines habe ich im Leben gelernt, Mr. Osbourne: Was in der Zeitung steht, darf man nicht alles glauben.«

»Wer hat Arbatow ermordet?«

»Natürlich Oktober.«

»Warum?«

»Das ist eine sehr gute Frage. Vielleicht hat Arbatow zuviel gewußt. Fühlt Oktober sich bedroht, mordet er. Nur darauf versteht er sich – und auf die Malerei. Er soll ein ziemlich begabter Künstler sein.«

»Er hat sich selbständig gemacht? Er ist freiberuflicher Killer geworden?«

»Der beste der Welt, sehr gefragt. Arbatow ist sein Agent gewesen. Gemeinsam sind die beiden ziemlich reich geworden. Wie ich höre, hat es viel Neid gegeben, weil Arbatow an Oktobers Talenten glänzend verdient hat. Arbatow hat viele Feinde, viele Neider gehabt – aber wenn ich seinen Mörder finden wollte, würde ich zuerst Oktober befragen.«

Die Sonne verschwand wieder, und am Himmel zogen schwarze Regenwolken auf. Sie kamen an einem aus Kalkstein erbauten großen Landsitz vorbei, der von weiten Rasenflächen umgeben war. Michael erzählte von Colin Yardley. Von seiner auf Videofilm festgehaltenen Ermordung. Von Astrid Vogel.

Drosdow schüttelte langsam den Kopf. »Ein Mann wie Yardley, der aus der Branche stammt, hätte eigentlich wissen müssen, wie gefährlich eine Kamera im Schlafzimmer sein kann. Das ist so ungefähr der einzige Aspekt des Altwerdens, der mich nicht stört, muß ich sagen. Nun habe ich endlich Ruhe vor fleischlichen Begierden. Ich habe meine Hunde, meine Bücher und meine Cotswold Hills.«

Michael lachte halblaut.

»Oktober hat einmal mit der Rote-Armee-Fraktion zusammengearbeitet. Dabei hat er Astrid Vogel kennengelernt. Sie war viele Jahre untergetaucht – in Tripolis, in Damaskus, im Shoufgebirge. Sie hat für ihren Idealismus teuer bezahlt. Irgend etwas hat sie veranlaßt, wieder aktiv zu werden. Ich denke, daß Geld dahintersteckt.«

»Warum hat Oktober Colin Yardley ermordet?«

»Vielleicht sollten Sie diese Frage anders stellen: Was hat Colin Yardley getan? Weswegen läßt ihn jemand von dem besten Berufskiller der Welt liquidieren?«

Er hat vielleicht bei einem Waffenhändler namens Faruk Chalifa eine Stinger gekauft und sie den Männern übergeben, die Flug 002 abgeschossen haben, dachte Michael.

Leichter Regen setzte ein, und es wurde spürbar kälter. Die beiden Hunde schwänzelten um Drosdows Gummistiefel herum, als wollten sie ihm zeigen, daß sie sich aufs Haus und ihren warmen Platz am Kamin freuten. Vor ihnen tauchte das Dorf Aston Magna auf: ein paar kleine Häuser an der Kreuzung zweier schmaler Straßen. »Ich würde Sie gerne nach Moreton zurückbringen«, sagte Drosdow, »aber die Briten lassen mich nicht fahren.«

»Danke, ich kann leicht zurückgehen.«

»Tut mir leid um Ihre Schuhe«, sagte der Alte und tippte mit seinem Spazierstock auf Michaels ruinierte Slipper. »Nicht gerade das richtige Schuhwerk für eine Winterwanderung über die Cotswolds.«

»Ein geringer Preis für Ihre Hilfe.«

Michael blieb stehen. Drosdow ging einige Schritte weiter, blieb dann ebenfalls stehen und drehte sich um. »Einen Mord haben Sie nicht erwähnt«, stellte er fest. »Die Ermordung Sarah Randolphs in London. Ich nehme an, daß sie nichts mit Ihrem gegenwärtigen Fall zu tun hat. Ich bewundere Ihre Professionalität, Mr. Osbourne.«

Michael sagte nichts, sondern wartete schweigend.

»Sie ist eine überzeugte Kommunistin, eine Revolutionärin gewesen«, sagte Drosdow. Er blickte mit ausgebreiteten Armen zum Himmel auf. »Herr, bewahre uns vor den Idealisten! Ihre Sarah ist eine Freundin aller Unterdrückten der Welt gewesen: der Iren, der Araber, der Basken. Außerdem hat sie bereitwillig für meinen Dienst gearbeitet. Wir haben Ihre wahre Identität gekannt. Wir haben gewußt, daß Sie Agenten in uns freundlich gesinnte Guerillabewegungen eingeschleust haben. Wir wollten mehr über Sie erfahren, deshalb haben wir Sarah Randolph auf Sie angesetzt.«

Michael wurde schwindlig. Sein Herz jagte. Er hatte das Gefühl, sein Hörvermögen zu verlieren. Drosdow schien sich von ihm zu entfernen, war nur noch ein schmaler Strich am Ende eines langen, schwarzen Tunnels. Michael versuchte, seine Gefühle wieder unter Kontrolle zu bekommen. Er hatte Angst, Drosdow werde seine Verwirrung bemerken und den Mund halten. Aber er wollte alles hören. Nach so vielen Jahren wollte er die ganze Wahrheit erfahren, auch wenn sie noch so schmerzlich war.

»Sarah Randolph hat einen verhängnisvollen Fehler gemacht«, sagte Drosdow. »Sie hat sich in ihr Opfer verliebt. Sie hat ihrem Führungsoffizier erklärt, sie wolle aussteigen. Sie hat damit gedroht, Ihnen alles zu erzählen. Sie hat damit gedroht, zur Polizei zu gehen und ein Geständnis abzulegen. Ihr Führungsoffizier ist zu dem

Schluß gekommen, daß eine derart labile Person den Auftrag nicht erledigen könne. Die Zentrale wollte sie beseitigen lassen, und ich mußte unserem Mann den Mordauftrag erteilen. Vielleicht sollte ich mich bei Ihnen entschuldigen, Mr. Osbourne, aber das ist keine persönliche, sondern eine rein dienstliche Sache gewesen. Das verstehen Sie, nicht wahr?«

Michael hatte Mühe, eine Zigarette aus der Packung zu ziehen und zwischen seine Lippen zu stecken. Seine Hände zitterten. Drosdow trat vor und gab ihm mit einem verbeulten silbernen Feuerzeug Feuer.

»Ich finde, Sie haben es verdient, die Wahrheit zu erfahren, Mr. Osbourne, deshalb habe ich Ihnen alles andere erzählt. Aber die Sache ist vorüber. Sie ist Teil der Vergangenheit, genau wie der kalte Krieg. Gehen Sie zu Ihrer Frau zurück und vergessen Sie Sarah Randolph. Sie ist nie real gewesen. Und was Sie auch tun, nehmen Sie sich in acht«, sagte er warnend. Er brachte seinen Mund dicht an Michaels Ohr heran. »Machen Sie bei der Verfolgung Oktobers nur einen einzigen Fehler, erledigt er Sie so schnell, daß Sie gar nicht mitbekommen, wie's passiert ist.«

Michael ging in strömendem Regen nach Moreton zurück. Als er das Dorf erreichte, war er bis auf die Haut durchnäßt und starr vor Kälte. Er blieb auf dem Parkplatz vor dem Rover stehen und tat so, als sei ihm beim Aufsperren der Schlüssel aus der Hand gefallen. Er ging in die Hocke und inspizierte rasch die Unterseite des Wagens. Als er nichts Ungewöhnliches entdeckte, stieg er ein und ließ den Motor an. Er stellte die Heizung auf volle Leistung, schloß die Augen und legte seine Stirn auf das Lenkrad.

Er wußte nicht, ob er sie jetzt hassen sollte, weil sie ihn

belogen hatte, oder noch mehr lieben sollte, weil sie hatte aussteigen wollen und diesen Versuch mit dem Leben bezahlt hatte. Vor seinem inneren Auge erschien wieder Sarah, die auf ihn zuschwebte, ihr Lächeln, ihr langer Rock über Wildlederstiefeln. Zartweiße Haut, im Kerzenschein golden leuchtend. Ihr Leib, der sich ihm entgegenwölbte. Ihr explodiertes Gesicht!

Er schlug mit der Faust aufs Armaturenbrett, gab Gas und fuhr so rasant an, daß die Räder auf dem nassen Asphalt durchdrehten. Der weiße Ford-Lieferwagen tauchte wieder auf und blieb hinter ihm, bis er den Rover am Flughafen Heathrow abgab.

Michael fuhr mit dem Bus zum Terminal 4 und eilte hinein. Die Schlange vor dem Ticketschalter der TransAtlantic Airlines war unzumutbar lang, deshalb suchte er sich eine Telefonzelle und rief Elizabeth im Büro an. Ihr Sekretär Max Lewis meldete sich und bat Michael, am Apparat zu bleiben, weil er Elizabeth aus einer Besprechung holen mußte. Michael überlegte, was er ihr erzählen sollte. Er beschloß, Sarah vorläufig nicht zu erwähnen. Die ganze Sache war zu kompliziert, zu emotional befrachtet, um am Telefon diskutiert zu werden.

Als Elizabeth sich meldete, sagte er: »Ich bin am Flughafen. Meine Maschine geht bald, und ich wollte dich nur anrufen, um dir zu sagen, daß ich dich liebe.«

»Alles in Ordnung, Michael? Du klingst irgendwie durcheinander.«

»Ich habe nur einen langen Vormittag hinter mir. Ich erzähle dir alles heute abend zu Hause. Wie geht's dir? Bist du bereit für morgen?«

»So bereit, wie man nur sein kann. Ich versuche allerdings, nicht dauernd daran zu denken. Ich stecke bis über beide Ohren in der Arbeit, und das hilft auch.«

Michael drehte sich um, um zu sehen, ob die Warteschlange inzwischen kürzer geworden war. Etwa hundert Menschen standen mit genervtem Gesichtsausdruck vor einem Schalter. Drei junge Männer betraten das Terminal. Alle drei trugen Baseballmützen; jeder der drei hatte eine schwarze Reisetasche in der Hand. Sie trugen Jeans und Turnschuhe, alle drei waren dunkelhaarig und hatten olivfarbene Gesichter.

Michael beobachtete sie. Er bekam nicht mehr richtig mit, was Elizabeth sagte. Die drei jungen Männer blieben stehen und stellten ihre Taschen ab. Sie hockten sich daneben und zogen die Reißverschlüsse auf.

»Augenblick mal, Elizabeth«, sagte Michael.

»Michael, was ist los?«

Er gab keine Antwort, sondern beobachtete weiter.

»Michael, red schon, verdammt noch mal! Was ist los?«

Die drei Männer griffen gleichzeitig unter die Schirme ihrer Baseballmützen und ließen ihre Gesichter hinter schwarzen Seidenmasken verschwinden.

»Runter! Hinwerfen! Alle runter!« brüllte Michael aus der Telefonzelle nach draußen.

Er ließ den Hörer fallen.

Die Männer richteten sich mit Handgranaten und Maschinenpistolen in den Händen auf.

»Vorsicht, Waffen!« brüllte Michael. »Runter! Runter!«

Die Attentäter warfen Handgranaten in die Menge und begannen zu schießen.

Michael rannte wild schreiend auf sie zu, bis die Druckwelle einer Detonation ihn umwarf.

In ihrem Büro in Washington schrie Elizabeth ins Telefon. Sie hörte Michaels Warnrufe, Explosionen und hämmernde Schüsse. Dann riß die Verbindung ab. »O Gott, Michael, Michael!«

Sie grapschte mit zitternden Händen nach der Fernbedienung und schaltete CNN ein. Irgendeine dämliche Reportage klärte darüber auf, wie gesund Avocados sind.

Sie lief wild auf und ab. Sie kaute an den Fingernägeln. Max saß bei ihr und hielt ihre Hand, während sie warteten. Nach zehn Minuten schickte sie ihn weg und tat etwas, das sie seit zwanzig Jahren nicht mehr getan hatte.

Sie schloß die Augen, faltete die Hände und betete.

22

London

Der Direktor telefonierte mit Mitchell Elliott über eine abhörsichere Verbindung aus seinem Arbeitszimmer im ersten Stock seines Hauses in St. John's Wood.

»Ich fürchte, Mr. Osbourne könnte ein Problem für uns werden, Mr. Elliott. Er hat gestern abend mit einem Mann vom Secret Intelligence Service ein interessantes Gespräch geführt, das wir von der Straße aus mit einem Richtmikrofon abgehört haben. Heute morgen hat er sich mit Iwan Drosdow getroffen, einem KGB-Überläufer, der früher die Aktivitäten unseres Killers beaufsichtigt hat.«

Am anderen Ende der Leitung seufzte Elliott schwer.

»Ich will nur sagen, daß er viel weiß und bestimmt noch mehr vermutet«, sagte der Direktor. »Ein sehr ernstzunehmender Gegner, unser Mr. Osbourne. Meiner Meinung nach wäre es ein großer Fehler, ihn zu unterschätzen.«

»Ich unterschätze ihn keineswegs, Direktor. Davon können Sie überzeugt sein.«

»Wie steht's drüben bei Ihnen?«

»Osbourne und seine Frau haben eine Diskette mit Susanna Daytons Notizen und ihrem fertigen Artikel. Sie haben es offenbar geschafft, ihr Kennwort zu knakken. Sie haben das ganze Material der Redaktion der *Washington Post* übergeben.«

»Eine unglückliche Entwicklung«, sagte der Direktor

leicht hüstelnd. »Ich habe den Eindruck, auch Mrs. Osbourne könnte uns ernstlich schaden.«

»Ich lasse sie überwachen.«

»Hoffentlich arbeiten Ihre Leute diesmal professioneller. Das letzte, was wir jetzt brauchen, ist, daß Susanna Daytons beste Freundin tot aufgefunden wird. Bei ihrem Mann sieht die Sache anders aus. Er hat sich im Lauf der Jahre zahlreiche Feinde gemacht. Es wäre vielleicht ein glücklicher Zufall, wenn einer von ihnen auftauchen und sich an ihm rächen würde.«

»Das läßt sich bestimmt arrangieren.«

»Die Gesellschaft billigt Ihr Vorhaben, Mr. Elliott.«

»Danke, Direktor.«

»Solange es nur um Wahlkampffinanzierung geht, dürften Sie den Sturm ertragen können. Es wird bestimmt eine Schlammschlacht geben. Vielleicht müssen Sie eine hohe Geldstrafe zahlen und peinliche Spekulationen in den Medien ertragen, aber Ihr Projekt wird überleben. Sollte Mr. Osbourne jedoch auch nur annähernd die Wahrheit entdecken … Nun, die Folgen brauche ich Ihnen wohl nicht zu erläutern, Mr. Elliott.«

»Natürlich nicht, Direktor. Was ist mit dem Überläufer Iwan Drosdow? Stellt er ein Problem für uns dar?«

»Schwer zu beurteilen, aber ich bin nicht bereit, das zu riskieren. Um Mr. Drosdow kümmert sich in diesem Augenblick jemand.«

»Eine kluge Entscheidung.«

»Das finde ich auch. Guten Tag, Mr. Elliott.«

In Aston Magna saß Iwan Drosdow am Kaminfeuer und las in dem durch die Fenstertür einfallenden schwachen Licht, als er das Klopfen hörte. Seine Corgis sprangen aus ihrem Korb und rannten wild kläffend zur Haustür. Drosdow, der vom Sitzen etwas steife Beine hatte, folgte ihnen langsam. Als er die Tür öffnete, stand draußen ein junger Mann in einem blauen Overall mit einem Gesicht wie ein Ministrant.

»Sie wünschen?« fragte Drosdow.

Der Junge zog eine Pistole mit Schalldämpfer. »Sprechen Sie ein letztes Gebet.«

Drosdow richtete sich auf. »Ich bin Atheist«, antwortete er ruhig.

»Schade«, sagte der Junge.

Er hob die Waffe und schoß Drosdow zweimal ins Herz.

23

Flughafen Heathrow, London

Der Attentäter schoß wahllos in die Menge. Dann sah er Michael auf sich zustürmen, schwenkte seine MP und jagte einen Feuerstoß hinaus. Michael hechtete hinter den Kiosk einer Wechselstube, während neben ihm Geschosse als Querschläger vom Boden abprallten. Hinter dem kleinen Kiosk kauerten schon zwei Menschen: eine in panischer Angst schreiende Deutsche und ein französischer Geistlicher, der das Vaterunser murmelte.

Der Attentäter verlor das Interesse an Michael und schoß wieder auf die wehrlosen Fluggäste. Michael streckte den Kopf hinter dem Kiosk hervor. Der Überfall hatte noch keine fünfzehn Sekunden gedauert, die ihm jedoch wie eine Ewigkeit vorkamen. Der Boden des Terminals war mit Toten, Sterbenden und Verletzten bedeckt, während verängstigte Menschen sich vergeblich bemühten, hinter Koffern und Ticketschaltern Deckung zu finden.

Scheiße, wo bleibt der verdammte Sicherheitsdienst? dachte Michael.

Einer der Attentäter machte eine Pause, um nachzuladen. Er griff in seine Reisetasche, zog den Sicherungsstift einer weiteren Handgranate heraus und warf sie in hohem Bogen hinter den TransAtlantic-Schalter. Die Detonation ließ das ganze Gebäude erzittern. Zwei leblose Körper mit abgerissenen Gliedmaßen wirbelten durch die Luft. Die Halle stank nach Rauch und Blut.

Die Schreie der Opfer übertönten fast das Hämmern der Maschinenpistolen.

Michael wünschte sich, er hätte eine Schußwaffe. Er sah nach rechts. Vier Uniformierte einer britischen Sondereinheit zur Terrorismusbekämpfung gingen hinter einem Ticketschalter in Stellung. Zwei standen auf, zielten kurz und schossen. Der Kopf eines Attentäters explodierte in einem rosa Schauer aus Blut und Gehirnmasse. Die beiden Überlebenden erwiderten das Feuer und trafen einen der Polizeibeamten. Die Uniformierten konzentrierten das Feuer auf den nächsten Terroristen, der von Kugeln durchsiebt zusammenbrach.

Der letzte Attentäter wollte den Kampf aufgeben. Er bewegte sich wild weiterschießend rückwärts zum Ausgang. Er krachte durch die automatische Tür, so daß es um ihn herum Glasscherben regnete.

Michael sah den vierten Mann des Teams im Fluchtfahrzeug, einem schwarzen Audi, hinterm Steuer sitzen. Er sprang auf, verließ das Terminal durch einen Parallelausgang und rannte den Gehsteig entlang, wobei er über auf dem Boden liegende Reisende und Flughafenangestellte hinwegsprang.

Der Terrorist am Steuer ließ nervös den Motor aufheulen. Ein halbes Dutzend Sicherheitsbeamter rannte mit schußbereiten Waffen durchs Terminal. Michael spurtete mit ausgestreckten Händen weiter.

Der letzte Attentäter war zwanzig Meter von ihm entfernt und wollte gerade einsteigen. Der Fahrer hatte ihm die hintere Tür aufgestoßen. In dieser Sekunde blickte der Terrorist auf und sah Michael auf sich zustürmen. Er warf sich herum und wollte seine MP hochreißen.

Michael senkte eine Schulter und rannte den Attentäter über den Haufen.

Als er zu Boden ging, fiel ihm die MP aus den Händen.

Michael packte den Mann an der Gurgel und traf sein Gesicht mit zwei brutalen Boxhieben. Der erste zerschmetterte ihm das Nasenbein. Nach dem zweiten, der ihm den Backenknochen brach, blieb er bewußtlos liegen.

Der Terrorist am Steuer stieß die Fahrertür auf und stieg mit einer Pistole in der behandschuhten Hand aus. Michael griff nach der zu Boden gefallenen Maschinenpistole, riß sie hoch und schoß durch die Windschutzscheibe des Audis. Der Terrorist konnte noch zweimal abdrücken, ohne jemanden zu treffen, bevor er tot zusammenbrach.

Michael, dessen Herz jagte, sah einen dunklen Schatten und etwas, das eine Waffe sein konnte. Er drehte sich auf einem Knie herum und richtete die erbeutete Maschinenpistole auf einen britischen Sicherheitsbeamten.

»Weg mit der Waffe, ruhig und friedlich, Kumpel«, forderte der Polizeibeamte ihn gelassen auf. »Jetzt ist alles vorbei. Also weg mit der Waffe.«

Wheaton, der Londoner CIA-Chef, holte Michael mit seinem Dienstwagen vom Flughafen ab und brachte ihn in die Stadt zurück. Michael legte seinen Kopf ans Fenster und schloß die Augen. Er war eine Stunde lang von einem hohen Polizeibeamten und zwei Männern von MI5 verhört worden. Anfangs war er bei seiner Legende geblieben: ein amerikanischer Geschäftsmann, der nach einem Termin in London nach New York zurückfliegen wollte. Schließlich war jemand von der Botschaft gekommen. Michael hatte gebeten, Wheaton zu verständigen, und Wheaton hatte mit der Polizei und dem MI5 telefoniert und ihnen die Wahrheit erzählt.

Michael, der noch nie getötet hatte, war auf seine

Reaktion nicht gefaßt. Gleich nach dem Kampf hatte er einen wilden Überschwang, einen an Blutrausch grenzenden Nervenkitzel empfunden. Die Terroristen waren Verbrecher, die Unschuldige ermordet hatten; sie hatten einen gewaltsamen schmerzhaften Tod verdient. Michael war froh, daß er den einen umgelegt und dem anderen das Gesicht zerschlagen hatte. In seiner ganzen bisherigen Laufbahn als Terroristenjäger hatte er immer nur seinen Verstand und seine Kombinationsgabe als Waffen benutzt. Diesmal hatte er sich seiner Fäuste und einer Maschinenpistole bedient, und das war ein befriedigendes Gefühl.

Jetzt überwältigte ihn Erschöpfung. Sie lastete auf seiner Brust, preßte ihm den Kopf zusammen. Seine Hände zitterten nicht mehr; das Adrenalin hatte sich verflüchtigt. Ihm wurde immer wieder schwindlig. Er schloß die Augen, sah Blut spritzen und Köpfe explodieren, hörte Schreie und das Hämmern von Maschinenpistolen. Er sah den Fahrer des Fluchtwagens zurücktaumeln, spürte das Bocken der MP in seinen Händen. Er hatte einen Menschen getötet, einen schlechten Menschen, aber trotzdem einen Menschen. Jetzt fühlte er sich nicht mehr gut. Er fühlte sich schmutzig.

Michael rieb sich die rechte Hand. »Vielleicht sollten Sie das mal dem Arzt zeigen«, meinte Wheaton, als habe Michael über einen wiederholt auftretenden Tennisarm geklagt.

Michael ignorierte ihn. »Wie viele Opfer hat's gegeben?«

»Sechsunddreißig Tote, über fünfzig Verletzte, einige davon schwer. Die Briten rechnen damit, daß die Zahl der Toten sich noch erhöht.«

»Amerikaner?«

»Mindestens zwanzig Tote sind Amerikaner. Die meisten Leute vor dem Schalter wollten nach New York. Die übrigen Toten sind Engländer. Wir haben Ihre Frau schon benachrichtigt. Sie weiß, daß Ihnen nichts passiert ist.«

Michael dachte an das letzte Telefonat mit ihr. Gerade hatten sie noch miteinander geredet; im nächsten Augenblick hatte er den Hörer fallen lassen und losgebrüllt. Wieviel Elizabeth wohl mitbekommen hatte? Hatte sie alles gehört – die Detonationen, die Schüsse, die Schreie –, oder war die Verbindung barmherzigerweise abgerissen? Er stellte sich vor, wie sie in ihrem Büro saß und sich schreckliche Sorgen machte, und hatte ein schlechtes Gewissen. Er wollte dringend mit ihr reden, aber nicht vor Wheaton.

Sie fuhren auf der Cromwell Road nach Osten. »Die kläffende Medienmeute will Sie natürlich unbedingt interviewen«, sagte Wheaton. »Augenzeugen haben Reportern geschildert, daß ein Held im dunklen Anzug einen Terroristen erschossen und den anderen außer Gefecht gesetzt hat. Die Polizei behauptet, der Mann wolle aus Angst vor einem Racheakt des *Schwerts von Gaza* anonym bleiben. Das glauben die Medien bisher, aber kein Mensch weiß, wie viele Polizeibeamte die Wahrheit wissen. Wenn nur einer nicht dichthält, bekommen wir ein echtes Problem.«

»Hat das *Schwert von Gaza* schon die Verantwortung für diesen Anschlag übernommen?«

»Ihr Fax ist vor wenigen Minuten bei der *Times* eingegangen. Die Briten sind noch dabei, es zu analysieren, und wir haben es an die Zentrale weitergeleitet. Scheint authentisch zu sein. Müßte bald zur Veröffentlichung freigegeben werden.«

»Vergeltung für die Luftangriffe auf die Ausbildungslager?«

»Aber natürlich!«

Sie fuhren auf der Park Lane nach Mayfair zum Grosvenor Square. Die Limousine benutzte die Haupteinfahrt. Michael wünschte, sie wären durch die Tiefgarage hereingekommen, aber das spielte jetzt vermutlich keine große Rolle mehr. Er stieg aus dem Wagen. Er fühlte sich schwindlig, und sein linkes Knie tat verdammt weh. Er mußte es sich im Kampf verletzt haben, aber das Adrenalin hatte ihn bisher keinen Schmerz spüren lassen.

Die wachhabenden Marineinfanteristen salutierten zackig, als Michael von Wheaton gefolgt das Botschaftsgebäude betrat. Der Botschafter und seine engsten Mitarbeiter erwarteten ihn, das restliche Botschaftspersonal hatte sich hinter ihnen aufgestellt. Der Botschafter begann spontan zu applaudieren, und die anderen folgten seinem Beispiel. Michael hatte sein ganzes Berufsleben lang im Untergrund gearbeitet. Seine Auszeichnungen waren ihm unter Ausschluß der Öffentlichkeit verliehen worden. Von seinen beruflichen Erfolgen durfte er keinem Menschen erzählen, nicht einmal Elizabeth. Nun brandete der Applaus des Botschaftspersonals über ihn hinweg, und ein kalter Schauder lief ihm über den Rücken.

Der Botschafter trat vor und legte Michael eine Hand auf die Schulter. »Ich weiß, daß Ihnen jetzt vermutlich nicht nach Feiern zumute ist, aber Sie sollen wissen, wie stolz wir alle auf Sie sind.«

»Danke, Mr. Ambassador. Das bedeutet mir sehr viel.«

»Außer mir möchte noch jemand mit Ihnen sprechen. Kommen Sie bitte mit.«

Als Michael von Wheaton und dem Botschafter begleitet die Nachrichtenzentrale betrat, war auf dem großen Bildschirm das Wappen des amerikanischen Präsidenten zu sehen. Der Botschafter nahm einen Telefonhörer ab, murmelte ein paar Worte hinein und legte wieder auf. Kurz darauf verschwand das Wappen, und auf dem Bildschirm erschien James Beckwith, der zu einem weißen Hemd mit offenem Kragen eine Strickjacke trug und im Oval Office in einem Sessel am Kamin saß.

»Michael, mit Worten läßt sich nicht ausdrücken, wie dankbar und wie stolz wir sind«, begann der Präsident. »Stolz auf Sie! Sie haben Ihr Leben riskiert, um einen Terroristen zu überwältigen und einen weiteren zu erschießen. Ihr Eingreifen hat vermutlich zahlreichen Menschen das Leben gerettet und dieser Bande skrupelloser Feiglinge einen schweren Schlag versetzt. Ich werde darauf bestehen, daß Sie dafür mit dem höchstmöglichen Orden ausgezeichnet werden. Ich wünschte nur, ich könnte Ihnen diese Auszeichnung vor den Augen der gesamten Nation persönlich anheften, denn ich weiß, daß Ihr Land heute sehr stolz auf Sie wäre.«

Michael brachte ein Lächeln zustande. »Ich bin es gewöhnt, verdeckt zu arbeiten, Mr. President, und würde es gern dabei belassen, wenn's Ihnen recht ist.«

Beckwith lächelte zustimmend. »Ich habe mir gedacht, daß Sie das sagen würden. Außerdem sind Sie zu wertvoll, als daß wir Sie durch einen Fototermin enttarnen dürften.«

Die Kameraeinstellung veränderte sich und zeigte nun auch die übrigen Männer, die mit dem Präsidenten im Oval Office saßen: Stabschef Vandenberg, CIA-Direktor Clark, Sicherheitsberater Bristol. Ganz außen am Bildschirmrand saß ein kleiner Mann, der einen schlechtsitzenden Designeranzug trug, die Hände im Schoß gefaltet hatte und sein Gesicht als guter Spion von der Kamera wegdrehte. Michael wußte sofort, daß das Adrian Carter war.

»Entschuldigen Sie, Mr. President«, sagte Michael. »Könnte die Kamera etwas weiter nach links schwenken? Ich kann den kleinen Mann auf dem Sofa nicht richtig erkennen.«

Die Kamera schwenkte und zeigte nun Carters Gesicht. Wie üblich wirkte er schläfrig und leicht gelangweilt.

»Na, na, wie kommt so ein ungehobelter Bursche wie Adrian Carter denn ins Oval Office?« fragte Michael. »Nehmen Sie sich vor dem in acht, Mr. President. Er klaut Hotelhandtücher und Aschenbecher. An Ihrer Stelle würde ich ihn im Weißen Haus vom Secret Service überwachen lassen.«

»Er hat schon ein halbes Dutzend M&M-Packungen mit dem Präsidentenwappen eingesteckt«, sagte Beckwith sichtlich amüsiert.

Carter lächelte schließlich auch. »Wenn du anfängst, dich wie ein großer amerikanischer Held aufzuführen, wird mir übel. Vergiß nicht, daß ich dich schon lange kenne, Michael. Ich weiß genau, wo du deine Leichen vergraben hast. An deiner Stelle wäre ich etwas vorsichtiger.«

Als das Lachen verklungen war, ergriff Beckwith wieder das Wort: »Michael, wir müssen noch etwas anderes mit Ihnen besprechen. Adrian und Direktor Clark werden Sie jetzt über die Einzelheiten informieren.«

»Ich will nicht lange um den heißen Brei herumreden«, begann Clark. Der CIA-Direktor war ein Politiker, ein ehemaliger Senator aus New Hampshire, der stolz darauf war, wie der Mann von der Straße zu sprechen. Deshalb war ihm der Wortschatz der Geheimdienstarbeit immer ein Buch mit sieben Siegeln geblieben. Clark war groß und hager, hatte schwer zu bändigende graue Lokken und trug stets eine Fliege. Er hätte besser als Inhaber eines großzügig ausgestatteten Lehrstuhls nach Dartmouth als ins Chefbüro in Langley gepaßt.

»Es mag verrückt klingen, aber das *Schwert von Gaza* möchte sich mit uns treffen.« Clark räusperte sich. »Ich muß mich genauer ausdrücken, Michael. Das *Schwert von Gaza* will sich nicht mit uns treffen, es will sich ausdrücklich mit Ihnen treffen.«

»Wie hat es diesen Wunsch übermittelt?«

»Durch unsere Botschaft in Damaskus. Vor ungefähr einer Stunde.«

»Wieso mit mir?«

»Diese Leute scheinen genau zu wissen, wer Sie sind und was Sie tun. Sie wollen sich mit dem Mann treffen, der am meisten über ihre Gruppe weiß, und sie wissen offenbar, daß Sie das sind.«

»Wann soll das Treffen stattfinden?«

»Morgen früh auf der ersten Fähre von Dover nach Calais. Sie sollen mittschiffs auf dem Backborddeck warten, bis der Mann Sie anspricht. Keine Beobachter, keine Tonbandgeräte, keine Kameras. Sehen sie irgendwas, das ihnen nicht gefällt, ist das Treffen geplatzt.«

»Wen wollen sie hinschicken?«

»Mohammed Awad.«

»Awad ist der zweithöchste Mann in der Führungsspitze dieser Organisation. Daß er eine Fähre benutzen will, um mit einem CIA-Offizier zu sprechen, ist bemerkenswert.«

»Deshalb ist diese Sache vermutlich zu schön, um wahr zu sein«, warf Carter ein. Ein Kameraschwenk brachte ihn ins Bild. »Sie gefällt mir nicht. Sie verstößt gegen alle Regeln für solche Begegnungen. Wir kontrollieren den Treffpunkt. Wir legen die Bedingungen fest. Wir lassen uns nie auf Bedingungen der anderen Seite ein. Das müßtest du eigentlich am besten wissen.«

»Du bist also gegen diesen Treff?« fragte Michael.

»Hundertzehnprozentig.«

»Mich würde interessieren, was Sie davon halten, Michael«, sagte Beckwith.

»Adrian hat recht, Mr. President. Im allgemeinen lehnen wir Treffs mit bekannten Terroristen unter solchen Bedingungen ab. Die Doktrin der Agency schreibt vor, daß wir jeden Treff kontrollieren können müssen, Ort, Zeit und äußere Voraussetzungen. Nachdem ich es gesagt habe, glaube ich, daß wir ernsthaft daran denken sollten, die Vorschriften in diesem Fall über Bord zu werfen.«

»Was ist, wenn sie vorhaben, Sie zu ermorden?« fragte Clark besorgt.

»Wollten sie mich tatsächlich beseitigen, müßten sie dafür nicht eine Begegnung auf der Fähre von Dover nach Calais arrangieren. Sie bräuchten nur einen Killer nach Washington zu schicken, der mir vor der Zentrale auflauert, fürchte ich.«

»Da haben Sie recht«, sagte der CIA-Direktor.

»Ich glaube, daß sie wirklich mit uns reden wollen«, sagte Michael. »»Und ich glaube, daß wir schlecht beraten wären, uns nicht anzuhören, was sie zu sagen haben.«

»Da bin ich anderer Meinung, Michael«, widersprach Carter. »Diese Leute gehören zu den brutalsten Terroristen, die wir kennen. Das beweisen sie täglich durch ihre Taten. Mir ist's ehrlich gesagt scheißegal, was sie zu sagen haben.« Er sah zu Beckwith hinüber und murmelte: »Entschuldigen Sie diesen Ausdruck, Mr. President.«

»Ich habe Ihnen gesagt, daß er kein Umgang für feine Leute ist, Mr. President«, warf Michael ein.

Sicherheitsberater William Bristol wartete, bis sich alle wieder beruhigt hatten, bevor er sagte: »Ich denke, daß ich in diesem Fall auf Michaels Seite stehe, Mr. President. Gewiß, Mohammed Awad ist ein gefährlicher Terrorist, mit dem man sich nicht treffen sollte, nur weil er das gerne möchte. Aber ich wüßte offengestanden gern, was er zu sagen hat. Diese Begegnung kann sich auszahlen. Jedenfalls dürfte sie der CIA wertvolle Hinweise auf Zusammensetzung und Einstellung der Gruppe liefern. Und ich stimme Michael in einem weiteren Punkt zu – wollte das *Schwert von Gaza* ihn beseitigen, ließe sich das einfacher arrangieren.«

Der Präsident wandte sich an Vandenberg. »Was denken Sie, Paul?«

»Ich widerspreche Ihnen ungern, Bill, denn Außenpolitik ist Ihr Fachgebiet, nicht meines, aber ich glaube, daß wir durch ein Treffen mit einem Führer einer blutrünstigen Mörderbande nichts zu gewinnen haben. Adrian hat recht: Das *Schwert von Gaza* handelt, es redet nicht. Mehr ist dabei nicht zu bedenken. Ich möchte dem amerikanischen Volk jedenfalls nicht erklären müssen, warum wir zu diesem Zeitpunkt mit Mohammed Awad zusammengetroffen sind. Sie haben die jüngste Krise beispielhaft gemeistert, Mr. President, und die Wählerschaft hat Sie dafür belohnt. Ich möchte nicht, daß Ihre ganze Popularität sich in Luft auflöst, nur weil ein Terrorist wie Mohammed Awad gerade Lust auf ein Schwätzchen hat.«

Beckwith verfiel in langes, nachdenkliches Schweigen. Michael wußte, daß das kein gutes Zeichen war. Er hatte noch nie mit dem Präsidenten zu tun gehabt, aber er hatte Stories über Paul Vandenbergs Einfluß gehört. War Vandenberg gegen diese Begegnung, würde diese Begegnung wahrscheinlich nicht stattfinden.

Schließlich hob Beckwith den Kopf, sah in die Kamera und sprach mehr mit Michael als mit seinen Beratern. »Michael, falls Sie zu diesem Treffen bereit sind, würde mich interessieren, was Mohammed Awad zu sagen hat.

Ich weiß, daß es riskant ist, und ich weiß, daß Sie verheiratet sind.«

»Ich mach's«, sagte Michael einfach.

»Also gut«, sagte Beckwith. »Ich wünsche Ihnen alles Gute, und wir reden morgen miteinander.«

Dann wurde das Bild aus Washington schwarz.

24

London

Der Botschafter stellte Michael sein Büro zur Verfügung, damit er Elizabeth in Washington anrufen konnte. Er wählte ihre Privatnummer, aber dort meldete sich nur Max Lewis, ihr Sekretär. Max war erleichtert, seine Stimme zu hören, und teilte ihm mit, daß Elizabeth schon nach New York unterwegs und später im Apartment ihres Vaters in der Fifth Avenue zu erreichen sei. Michael war im ersten Augenblick verärgert – wie konnte sie ihr Büro verlassen, ohne vorher mit ihm telefoniert zu haben? –, aber dann kam er sich wie ein völliger Idiot vor. Sie war gegangen, weil morgen früh der Eingriff in der Klinik durchgeführt werden sollte.

Das hatte Michael im Tumult des Überfalls auf dem Flughafen völlig vergessen. Und er hatte zugestimmt, sich mitten auf dem Ärmelkanal mit Mohammed Awad zu treffen, wodurch seine Rückkehr nach New York sich um weitere zwei Tage verzögern würde. Elizabeth würde vor Wut kochen, und das mit Recht. Michael erklärte Max, er werde sie in New York anrufen, und legte auf.

Michael war erleichtert, daß Elizabeth nicht dagewesen war. Er hatte nicht die geringste Lust, ein Gespräch dieser Art über eine ständig überwachte Botschaftsleitung zu führen. Er ging in Wheatons Büro und traf ihn mit seinem Golfball spielend und einer Dunhill zwischen seinen blutlosen Lippen am Schreibtisch sitzend an.

»Meine Reisetasche ist wohl in Heathrow geblieben«,

sagte Michael. »Vor Ladenschluß muß ich noch ein paar Einkäufe machen. Dann fahre ich ins Hotel und versuche etwas zu schlafen.«

»Nein, das tun Sie nicht«, antwortete Wheaton sehr von oben herab. Ihm hatte von Anfang an nicht gefallen, daß Michael in seinem Gebiet operierte, und daß Michael jetzt der Star des Tages war, trug keineswegs dazu bei, ihn milder zu stimmen. »Carter will, daß wir Sie irgendwo hübsch und sicher unterbringen. Wir haben eine sichere Wohnung in der Nähe des Bahnhofs Paddington. Dort haben Sie's bestimmt gemütlich.«

Michael stöhnte innerlich. Sichere CIA-Wohnungen waren das geheimdienstliche Gegenstück zur Econo Lodge. Das Apartment in der Nähe des Bahnhofs Paddington kannte er, weil er dort schon mehrmals verängstigte Agenten untergebracht hatte. Er hatte nicht die geringste Lust, dort zu übernachten. Aber er wußte, daß das nicht zu ändern war. Er würde sich gegen Carters Wunsch mit Mohammed Awad treffen und wollte Adrian nicht noch mehr gegen sich aufbringen, indem er mekkerte, weil er dieses eine Mal in einer sicheren Wohnung übernachten sollte.

»Ich brauche trotzdem ein paar Sachen«, sagte Michael.

»Schreiben Sie eine Liste, dann schicke ich jemanden los.«

»Ich brauche frische Luft. Ich will etwas *tun*. Muß ich die nächsten zwölf Stunden, in einer sicheren Wohnung eingesperrt, bloß mit englischem Fernsehen verbringen, kriege ich einen Lagerkoller!«

Wheaton nahm sichtlich irritiert den Hörer seines internen Telefons ab und murmelte ein paar unverständliche Worte hinein. Wenig später standen zwei CIA-Offiziere in hellgrauen Anzügen in der Tür seines Dienstzimmers.

»Gentlemen, Mr. Osbourne möchte den Nachmittag bei Harrods verbringen. Sorgen Sie dafür, daß ihm nichts zustößt.«

»Warum geben Sie mir nicht gleich zwei Marineinfanteristen in Uniform mit?« fragte Michael. »Außerdem genügt mir Marks and Spencer völlig.«

Sie fuhren mit dem Taxi zur Oxford Street, ein CIA-Offizier neben Michael auf dem Rücksitz, der andere auf den Notsitz gequetscht. Bei Marks & Spencer kaufte Michael zwei Cordsamthosen, zwei Rollkragenpullover aus Baumwolle, einen grauen Wollpullover, einen dunkelgrünen Mantel, Unterwäsche und Socken. Seine Aufpasser schlenderten hinter ihm her und betrachteten die Pulloverstapel und Anzugständer wie zwei Kommunisten auf ihrer ersten Reise in den kapitalistischen Westen. In einer Drogerie erstand er Rasierzeug, Zahnbürste, Zahncreme und Deodorant. Er wollte sich Bewegung verschaffen, deshalb machte er auf der Oxford Street einen Schaufensterbummel wie ein gelangweilter Geschäftsmann, der Zeit totschlagen will, und achtete instinktiv darauf, ob er beschattet wurde. Aber er sah nur die beiden CIA-Offiziere, die ungefähr zwanzig Meter Abstand hielten.

Leichter Regen setzte ein. Die Abenddämmerung sank wie ein Schleier herab. Michael bahnte sich seinen Weg durch die Menschenmassen, die aus dem U-Bahnhof Tottenham Court Road kamen. Ein Spätherbstabend in London; Michael liebte diese Gerüche. Regen auf dem Asphalt. Dieselqualm. Schlechte Kochgerüche in den Restaurants der Charing Cross Road. Bier und Zigaretten in den Pubs. Michael erinnerte sich an solche Abende, an denen er in einem blauen Anzug und dem beigen Mantel eines Handelsvertreters sein Büro verlassen hatte und nach Soho gefahren war, um Sarah zu treffen. Im Café oder der Weinbar, von Tänzern, Schauspielern oder Schriftstellern umringt. In ihrer Welt war Michael ein Außenseiter – ein Symbol aller Konventionen, die sie verabscheuten –, aber Sarah konzentrierte sich auch in ihrer Gegenwart nur auf Michael. Sie scherte sich nicht um die Liebeskonventionen ihres Clans. Sie hielt seine Hand. Sie küßte ihn. Sie tauschte geflüsterte Intimitäten mit ihm aus, die sie sich laut zu wiederholen weigerte.

Während er die Shaftesbury Avenue überquerte, fragte Michael sich, wieviel davon echt und wieviel gespielt gewesen war. Hatte sie ihn jemals geliebt? Hatte sie ihm immer etwas vorgespielt? Warum hatte sie den Russen gesagt, sie wolle aussteigen? Er stellte sich Sarah in ihrer schrecklichen Wohnung vor, wie ihr schlanker Leib sich ihm im Kerzenschein entgegenwölbte, wie ihr langes Haar über ihre Brüste fiel. Er roch ihr Haar, ihren Atem, schmeckte Salz auf zartweißer Haut. Ihr Liebesakt war eine religiöse Erfahrung gewesen. War er völlig erlogen gewesen, war Sarah Randolph die beste Agentin, die er je gekannt hatte?

Er überlegte, ob sie je etwas Brauchbares erfahren hatte. Vielleicht hätte er sie doch der Personalüberwachung melden sollen. Sie hätte Sarahs Vergangenheit durchleuchtet, sie überwacht und die Treffs mit dem russischen Führungsoffizier beobachtet. Dann wäre das alles nicht passiert. Er fragte sich, ob er ihre Affäre nachträglich melden sollte, aber dann hätte er auch Drosdow erwähnen müssen, worauf die halbe Agency und der halbe MI6 seinen Skalp gefordert hätten. Und er überlegte, was er Elizabeth erzählen sollte. *Versprich mir, mich niemals zu belügen, Michael. Du darfst mir Dinge vorenthalten, mich aber nie belügen.* Ich wollte, ich könnte dir die Wahrheit sagen, dachte er, aber der Teufel soll mich holen, wenn ich sie weiß.

Am Leicester Square setzte Michael sich auf eine Bank und wartete auf seine Aufpasser. Mit einem Taxi fuhren sie zu der sicheren Wohnung in einem häßlichen weißen Gebäude mit Blick auf den Bahnhof Paddington. Sie war schlimmer, als Michael sie in Erinnerung hatte: fleckige Clubhausmöbel, staubige Vorhänge, Plastikgeschirr in einer Küche aus der Nachkriegszeit. Der muffige Geruch in den Zimmern erinnerte Michael an sein Studentenwohnheim in Dartmouth. Wheaton hatte dafür gesorgt, daß im Kühlschrank Aufschnitt, Käse und Bier von Sainsbury's lagen.

Michael duschte und zog seine neuen Sachen an. Als er dann ins Wohnzimmer kam, futterten seine Aufpasser belegte Brote und verfolgten auf dem flimmernden Bildschirm ein englisches Fußballspiel. Irgend etwas an dieser Szene deprimierte ihn zutiefst. Er mußte Elizabeth in New York anrufen, aber er wußte, daß sie sich streiten würden, und hatte keine Lust, die Agency mithören zu lassen.

»Ich gehe aus«, verkündete Michael.

»Wheaton sagt, daß Sie dableiben sollen«, sagte einer der Aufpasser, der den Mund voller Schinken, Cheddarkäse und französischem Weißbrot hatte.

»Was Wheaton sagt, ist mir scheißegal. Ich will nicht den ganzen Abend hier mit euch Clowns rumhocken.« Er machte eine Pause. »Also, wir können gemeinsam gehen, oder ich hänge euch in ungefähr fünf Minuten ab, und ihr müßt dann Wheaton anrufen und es ihm erzählen.«

Sie fuhren nach Belgravia und parkten am Eaton Place vor dem schmalen Stadthaus der Seymours. Die Aufpasser warteten in ihrem Dienstwagen. Die Straße glänzte im Regen und im Licht der elfenbeinweißen Fassaden der georgianischen Terrasse. Durch die Fenster sah Michael Helen in ihrer Küche, wo sie sich auf das kulinarische Desaster dieses Abends konzentrierte, während Graham Zeitung lesend oben im Wohnzimmer saß. Michael ging die regennasse Treppe hinunter und klopfte an die Küchentür.

Helen küßte ihn auf die Wange. »Was für eine wundervolle Überraschung!«

»Ich störe hoffentlich nicht?«

»Natürlich nicht. Ich mache eine Bouillabaisse.«

»Hast du einen Teller für mich übrig?« fragte Michael, der schon beim Gedanken daran Sodbrennen bekam.

»Aber natürlich, Schätzchen«, gurrte Helen. »Geh schon mal nach oben und trink einen Schluck mit Graham. Der Überfall in Heathrow hat ihn schrecklich aufgeregt. Gott, ist das eine gräßliche Sache gewesen!«

»Ich weiß«, sagte Michael. »Ich bin leider dabeigewesen.«

»Soll das ein Witz sein?« Helen betrachtete ihn genauer und sagte: »O nein, das ist kein Witz, nicht wahr, Michael? Du siehst schlimm aus, du Ärmster. Aber die Bouillabaisse hilft dir wieder auf die Beine.«

Als Michael das Wohnzimmer betrat, sah Graham auf und sagte: »Na, wenn das nicht der Held von Heathrow ist.« Er legte den *Evening Standard* weg, dessen Schlagzeile vermeldete: TERROR IN TERMINAL VIER!

Auf dem Couchtisch stand ein Teller mit Brie und grober Landleberpastete neben einem großen Brotlaib. Graham hatte schon die Hälfte davon verschlungen. Michael schnitt sich etwas Käse und eine Scheibe Brot ab und betrachtete zweifelnd die Leberpastete.

»Keine Angst, die habe ich am Sloane Square gekauft,

Kumpel. Sie hat schon gedroht, Leberpastete selbst zu machen. Als nächstes verlegt sie sich aufs Brotbacken, und dann bin ich erledigt.«

Im Hintergrund kamen leise die BBC-Nachrichten aus Grahams guter deutscher Stereoanlage. Er besaß das absolute Gehör und hätte vermutlich Konzertpianist werden können, wenn der Dienst ihn nicht gekapert hätte. Sein Talent war im Lauf der Zeit wie eine nicht mehr benutzte Fremdsprache verkümmert. Er klimperte ein-, zweimal in der Woche auf seinem Steinway-Flügel herum, während Helen sein Dinner ermordete, und hörte Musik, die andere machten. Michael bekam mit, wie ein Augenzeuge den Mann im dunklen Anzug beschrieb, der einen Terroristen erschossen und einen weiteren außer Gefecht gesetzt hatte.

»Ich muß Elizabeth anrufen, aber ich will nicht, daß die halbe Agency zuhört. Kann ich bei dir telefonieren?«

Graham deutete auf das Telefon im Wohnzimmer.

»Ich wäre gern ein bißchen ungestörter«, sagte Michael. »Was ich ihr erzählen muß, wird ihr nicht gefallen.«

»Das Schlafzimmer ist im Flur geradeaus.«

Michael setzte sich auf die Bettkante, nahm den Hörer ab und wählte. Elizabeth meldete sich nach dem ersten Klingeln. Sie war hörbar aufgeregt.

»O Gott, Michael, wo hast du gesteckt? Ich habe mir solche Sorgen gemacht!«

So hatte er das Gespräch nicht beginnen wollen. Er neigte instinktiv dazu, für alles die Agency verantwortlich zu machen, aber Elizabeth hatte längst die Geduld mit seinen Ausreden wegen der außergewöhnlichen Anforderungen seines Berufs verloren.

»Wheaton hat mir erzählt, daß er mit dir gesprochen hat. Bis ich an ein Telefon gekommen bin, warst du schon nach New York unterwegs. Außerdem wollte ich ein Telefon benutzen, das nicht abgehört wird.«

»Wo bist du jetzt?«

»Bei Helen und Graham.«

Elizabeth kannte die Seymours und mochte sie sehr. Als Graham vor zwei Jahren dienstlich in Washington gewesen war, hatten sie zu viert ein langes Wochenende in dem Haus auf Shelter Island verbracht. Helen hatte darauf bestanden, am Samstagabend zu kochen, und sie mit einem ungenießbaren Coq au vin fast vergiftet.

»Warum bist du nicht auf dem Rückflug? Der Eingriff ist morgen früh um zehn. Ich brauche dich, Michael.«

»Heute gibt's keine Flüge mehr. Ich schaff's einfach nicht, rechtzeitig zurückzukommen.«

»Michael, du arbeitest für den amerikanischen Geheimdienst. Diese Leute können dir ein Flugzeug besorgen. Und sie werden es tun, wenn du ihnen erklärst, worum es geht.«

»So einfach ist das nicht. Außerdem kostet das Zehntausende von Dollar. So viel geben sie nicht für mich aus.«

Elizabeth atmete geräuschvoll aus. Michael hörte das Klicken ihres billigen Wegwerffeuerzeugs; sie machte eine Pause, um sich eine weitere Benson & Hedges anzuzünden.

Sie wechselte abrupt das Thema. »Ich habe den ganzen Tag CNN gesehen«, sagte sie. »Die Reporter haben mit Augenzeugen gesprochen, die geschildert haben, wie ein Fluggast einen Terroristen kampfunfähig gemacht und einen zweiten mit der eigenen Waffe erschossen hat. Der Mann, den sie beschrieben haben, ist dir verdächtig ähnlich gewesen, Michael.«

»Was hat Wheaton dir genau erzählt?«

»Nein, nein, Michael. Ich gebe dir keine Gelegenheit, deine Aussage auf seine abzustimmen. Was ist passiert?«

Michael erzählte es ihr.

»Jesus! Konntest du nicht einfach in Deckung bleiben und das Ende abwarten, Michael? Du hast eine Show abziehen müssen! Den Helden spielen und dein Leben riskieren müssen!«

»Ich habe nicht den Helden gespielt, Elizabeth. Ich habe nur reagiert. Ich habe getan, wofür ich ausgebildet bin, und damit vermutlich ein paar Menschen das Leben gerettet.«

»Glückwunsch, Michael! Was soll ich jetzt tun?« Ihre Stimme bebte vor Erregung. »Aufstehen und klatschen, weil du mich beinahe zur Witwe gemacht hast?«

»Ich habe dich nicht beinahe zur Witwe gemacht.«

»Michael! Im Fernsehen hat ein Zeuge geschildert, daß einer der Terroristen auf deinen Kopf gezielt hat und daß es dir gelungen ist, ihn zu erschießen, bevor er dich erschießen konnte. Lüg mich nicht an, Michael!«

»Ganz so dramatisch ist's nicht gewesen.«

»Warum hast du ihn dann erschossen?«

»Weil ich keine andere Wahl hatte.« Michael zögerte. »Und weil er den Tod verdient hatte. Leute wie ihn verfolge ich seit zwanzig Jahren, aber ich habe nie Gelegenheit gehabt, sie in Aktion zu sehen. Heute habe ich sie selbst erlebt. Es ist schlimmer gewesen, als ich mir je hätte vorstellen können.«

Er versuchte nicht bewußt, ihr Mitgefühl zu wecken, aber seine Worte besänftigten ihren Zorn.

»Gott, es tut mir leid«, sagte Elizabeth. »Wie geht's dir überhaupt?«

»Mir fehlt weiter nichts. Ich habe mir beim Zuschlagen fast die Hand gebrochen und mich irgendwie am linken Knie verletzt; es tut höllisch weh. Aber ansonsten ist alles in Ordnung.«

»Geschieht dir recht«, sagte sie und fügte dann rasch

hinzu: »Aber trotzdem küsse ich dich überall, wenn wir uns morgen wiedersehen.«

Michael zögerte. Elizabeth, deren Radar mit voller Leistung arbeitete, fragte: »Du kommst doch morgen heim, nicht wahr, Michael?«

»Leider ist etwas dazwischengekommen. Ich muß noch einen Tag hierbleiben.«

»Etwas ist dazwischengekommen? Michael, da mußt du dir schon was Besseres einfallen lassen!«

»Das ist die Wahrheit. Ich würde dir gern sagen, worum es geht, aber das darf ich nicht.«

»Warum kann kein anderer diese Sache erledigen?«

»Weil ich der einzige bin, der das kann.« Michael zögerte. »Eines kann ich dir jedenfalls sagen – der Befehl ist direkt vom Präsidenten gekommen.«

»Von wem er kommt, ist mir scheißegal«, fauchte Elizabeth. »Du hast versprochen, rechtzeitig zurückzukommen. Du hast dein Versprechen nicht gehalten.«

»Elizabeth, darauf habe ich keinen Einfluß.«

»Bockmist! Du hast alles unter Kontrolle. Du tust nur, was dir paßt. Das hast du schon immer getan.«

»Nur ein zusätzlicher Tag, dann komme ich heim. Ich fliege gleich nach New York. Ich bin rechtzeitig zur Implantation da.«

»Ach, weißt du, Michael, ich möchte dich nicht belästigen. Warum hängst du nicht noch ein paar Tage in London an und gehst ins Theater oder sonstwas?«

»Das ist unfair, Elizabeth, und bringt uns nicht weiter.«

»Du hast absolut recht, Michael, daß es unfair ist!«

»Aber ich kann nichts daran ändern.«

»Was du auch tust, Michael, beeil dich nicht! Ich weiß gar nicht, ob ich dich im Augenblick sehen will.«

»Was soll das heißen?«

»Das weiß ich selbst noch nicht. Ich weiß nur, daß ich

wütend und verletzt und von dir enttäuscht bin. Und ich habe Angst und kann's nicht fassen, daß du mich so im Stich läßt.«

»Die Entscheidung liegt nicht bei mir, Elizabeth. Es ist mein Beruf. Ich habe keine andere Wahl.«

»Doch, die hättest du, Michael. Du könntest dich auch anders entscheiden. Das ängstigt mich am meisten.«

Sie schwieg einen Augenblick, so daß nur das leise Zischen der Satellitenverbindung zu hören war. Michael fiel nichts ein, was er noch hätte sagen können. Er wollte ihr sagen, daß er sie liebe, daß die Sache ihm leid tue, aber das kam ihm dumm vor.

Schließlich sagte Elizabeth: »Am Telefon in Heathrow, unmittelbar vor dem Überfall, hast du gesagt, du wolltest mir etwas erzählen.«

Michael dachte an die Augenblicke vor dem Terroranschlag in Heathrow zurück und erinnerte sich daran, daß er Elizabeth von seinen Erkenntnissen über Sarah hatte erzählen wollen. Aber jetzt wollte er die Situation auf keinen Fall dadurch verschlimmern, daß er Elizabeth erzählte, er habe wegen der Ermordung seiner früheren Geliebten ermittelt.

»Ich weiß nicht mehr, worüber wir geredet haben«, behauptete Michael.

»Mein Gott, du bist ein miserabler Lügner, Michael«, sagte Elizabeth seufzend. »Ich dachte, zur Ausbildung eines Spions gehört es, Leute zu täuschen.« Sie machte eine Pause und wartete, ob er etwas sagen würde, aber ihm fiel nichts mehr ein. »Alles Gute für morgen, Michael, was immer du tust. Ich liebe dich.«

Sie legte auf. Michael wählte rasch noch einmal, aber als die Verbindung zustande kam, war am anderen Ende nur das ärgerliche Tröten des Besetztzeichens zu hören. Elizabeth hatte offenbar den Hörer neben das Telefon gelegt. Er versuchte es noch mal, aber als er wieder nicht durchkam, legte er auf und ging nach unten, um Helens Abendessen durchzustehen.

»Vielleicht solltest du Carter bitten, einen anderen zu schicken«, sagte Graham.

Sie saßen im Garten an einem schmiedeeisernen Tisch und rauchten Grahams ägyptische Zigaretten. Der Regen hatte aufgehört, und der Mond erschien immer wieder zwischen Wolkenlücken.

»Wir können keinen anderen schicken. Sie haben ausdrücklich mich verlangt. Sie kennen mich. Geht ein anderer hin, geht alles den Bach runter.«

»Hast du schon mal dran gedacht, daß du geradewegs in eine Falle tappen könntest? Wir leben in gefährlichen Zeiten, Michael. Vielleicht möchte das *Schwert von Gaza* gern einen CIA-Mann umlegen – vor allem nach deinem heutigen Auftritt in Heathrow.«

»Mein Tod würde diesen Leuten nichts nützen. Du weißt so gut wie ich, daß sie nie unüberlegt morden. Sie töten nur, wenn sie glauben, dadurch ihre Sache zu fördern.«

»Elizabeth ist wohl nicht gerade begeistert von der neuen Situation?«

»Das ist sehr zurückhaltend ausgedrückt. Sie weiß nicht, was ich morgen tue, aber es gefällt ihr nicht.« Michael erzählte ihm alles. Obwohl die Art ihrer Arbeit oft professionelle Diskretion erforderte, hatten Graham und er kaum persönliche Geheimnisse voreinander.

»Hoffentlich weißt du, was du tust, Kumpel. Klingt ziemlich ernst, wenn du mich fragst.«

»Ich brauche im Augenblick keinen Eheberater. Ich weiß, daß ich Scheiße mache, aber ich will unbedingt hören, was Awad zu sagen hat.«

»Aus meiner Erfahrung mit diesen Dreckskerlen schließe ich, daß es nichts Brauchbares sein wird.«

»Er würde sich nicht selbst in Gefahr bringen, wenn er uns nichts zu erzählen hätte.«

»Warum schnappt ihr euch den Kerl nicht einfach und bringt ihn hinter Gitter? Oder legt ihn gleich um, was noch besser wäre.«

»Die Versuchung ist da, aber so arbeiten wir nicht. Außerdem würden sie dann noch brutaler zurückschlagen.«

»Viel brutaler als heute geht's nicht, mein Lieber.«

Aus Richtung Sloane Square war eine Sirene zu hören. Michael dachte reflexartig an Sarah.

»Hast du übrigens Freund Drosdow gefunden?« fragte Graham.

Michael nickte.

»Hat er dir was Brauchbares erzählt?«

»Er hat mir sogar ziemlich weitergeholfen. Er hat gewußt, wer ich bin. Und er hat mir erzählt, warum Sarah ermordet worden ist.«

Michael erzählte ihm die ganze Geschichte. Als er fertig war, sagte Graham: »Mein Gott, das tut mir leid, Michael. Ich weiß, wieviel sie dir bedeutet hat.«

Michael zündete sich eine neue Zigarette an. »Du hast keinem aus deinem Team erzählt, daß ich Drosdow besuchen wollte, stimmt's?«

»Soll das ein Witz sein? Sie würden mich abschießen, wenn sie das erführen. Wie kommst du darauf?«

»Weil zwei Kerle in einem weißen Ford-Lieferwagen die ganze Strecke hinter mir hergefahren sind und mich dann bis zum Flughafen begleitet haben.«

»Nicht unsere Leute. Vielleicht hat Wheaton dich überwachen lassen.«

»Daran habe ich auch schon gedacht.«

»Ein trickreicher Bursche, euer Wheaton. Die Gentlemen in der Führungsetage am Vauxhall Cross können den Tag, an dem er endlich nach Langley zurückkehrt, kaum noch erwarten, um eine Siegesfeier zu veranstalten.«

»Hat er den SIS von dem morgigen Treff mit Awad informiert?«

»Nicht daß ich wüßte, und ich stehe auf der Liste der Leute, die solche Dinge erfahren.«

»Und ich kann mich darauf verlassen, daß dein Team nichts davon erfährt, Graham?«

»Natürlich. Es gelten die üblichen Regeln, mein Lieber.« Graham warf seine Kippe unter den winterlich kahlen wilden Wein an der Hauswand. »Du bist nicht zufällig auf der Suche nach einem erfahrenen zweiten Mann für morgen?«

»Wie lange liegt dein letzter Einsatz zurück?«

»Eine ganze Weile, ähnlich lange wie bei dir. Aber manche Dinge verlernt man nie. Außerdem wäre ich an deiner Stelle froh, wenn mir jemand von jetzt ab den Rücken freihielte.«

25

WASHINGTON, D.C.

Paul Vandenberg schaltete die Fernseher in seinem Büro ein und registrierte die Aufmacher der Nachrichtensendungen aller drei Fernsehgesellschaften gleichzeitig. Jede widmete ihren gesamten ersten Nachrichtenblock dem Terroranschlag auf dem Flughafen Heathrow mit Live-Reportagen aus London, dem Weißen Haus und dem Nahen Osten sowie ausführlichen Hintergrundberichten über das *Schwert von Gaza*. Der Tonfall dieser Reportagen war im allgemeinen positiv, obwohl anonyme diplomatische Quellen in Europa sich erneut kritisch über die amerikanischen Luftangriffe äußerten.

Mit Kritik aus Europa konnte Vandenberg leben. Der Kongreß war mit an Bord – selbst einige der überzeugten Tauben unter den Demokraten, Andrew Sterling zum Beispiel, Beckwiths unterlegener Gegner, hatten sich hinter den Präsidenten gestellt –, und die *New York Times* und die *Washington Post* hatten seinem Kurs in Leitartikeln ihren Segen gegeben.

Trotzdem würden zwanzig amerikanische Zivilisten, die in Leichensäcken heimkehrten, die öffentliche Zustimmung zu Entscheidungen des Präsidenten zurückgehen lassen.

Vandenberg stand auf und mixte sich einen Wodka mit Tonic, den er in kleinen Schlucken trank, während er seinen Schreibtisch aufräumte und die wichtigsten Akten wegschloß.

Zehn nach sieben steckte seine Sekretärin den Kopf durch die Tür.

»Gute Nacht, Mr. Vandenberg.«

»Gute Nacht, Margaret.«

»Ich habe noch einen Anruf für Sie, Sir. Ein Detective Steve Richardson von der D.C. Metro Police.«

»Hat er gesagt, worum es geht?«

»Nein, Sir. Soll ich ihn fragen?«

»Nein, fahren Sie nach Hause, Margaret. Ich rede gleich mit ihm.«

Vandenberg stellte seine drei Fernseher leise, drückte auf die blinkende Leuchttaste seines Telefons und nahm den Hörer ab.

»Paul Vandenberg«, meldete er sich knapp, wobei er bewußt einen autoritären Tonfall in seine Stimme legte.

»Guten Abend, Mr. Vandenberg. Entschuldigen Sie die späte Störung, aber was ich mit Ihnen besprechen möchte, dauert nur ein paar Minuten.«

»Darf ich fragen, worum es dabei geht?«

»Um den Mord an der Reporterin Susanna Dayton, die bei der *Washington Post* gearbeitet hat. Haben Sie gewußt, daß sie ermordet worden ist, Mr. Vandenberg?«

»Aber natürlich. Ich habe noch am Abend vor ihrem Tod mit ihr telefoniert.«

»Nun, deswegen rufe ich auch an. Sehen Sie, ich …«

»Sie wissen aus den Unterlagen der Telefongesellschaft, daß ich einer der letzten Menschen gewesen bin, mit denen sie telefoniert hat, und nun möchten Sie wissen, worüber wir gesprochen haben.«

»Sie sind so clever, wie man hört, Mr. Vandenberg.«

»Von wo aus rufen Sie an?« fragte Vandenberg.

»Von gegenüber, ich bin drüben im Lafayette Park.«

»Warum reden wir dann nicht persönlich miteinander?«

»Ich weiß, wie Sie aussehen. Ich habe Sie schon oft genug im Fernsehen gesehen.«

»Für irgendwas scheint das Fernsehen doch gut zu sein.«

Fünf Minuten später trat Vandenberg aus dem Nordwesttor des Weißen Hauses und überquerte die Fußgängerzone, die früher die Pennsylvania Avenue gewesen war. Seine Limousine parkte am Executive Drive innerhalb des Geländes. Mit Einbruch der Nacht hatte ein kalter Nieselregen eingesetzt. Vandenberg marschierte mit hochgeschlagenem Mantelkragen und weit ausholenden Armbewegungen zügig durch den Lafayette Park. Zwei Obdachlose bettelten ihn an, aber Vandenberg stürmte an ihnen vorbei, ohne sie zur Kenntnis zu nehmen. Detective Richardson stand von seiner Parkbank auf und kam ihm mit ausgestreckter Hand entgegen.

»Sie hat mich angerufen, um meinen Kommentar zu einer Story zu hören, an der sie gearbeitet hat«, sagte Vandenberg, der damit sofort die Initiative ergriff. »Das war ein ziemlich komplexer investigativer Artikel, und ich habe sie an die Pressestelle des Weißen Hauses verwiesen.«

»Können Sie sich an Einzelheiten der Story erinnern?«

Es gibt also keine Aufzeichnung unseres Gesprächs, dachte Vandenberg.

»Nicht wirklich. Irgend etwas über die Wahlkampffinanzierung des Präsidenten. Die Sache schien mir nicht wirklich wichtig, und ich hatte ehrlich gesagt keine große Lust, mich an einem Sonntagabend damit zu befassen. Deshalb habe ich sie nach unten weitergereicht.«

»Haben Sie die Pressesekretärin angerufen, um ihr von diesem Anruf zu erzählen?«

»Nein, das habe ich nicht getan.«

»Darf ich fragen, warum nicht?«

»Weil ich's nicht für nötig gehalten habe.«

»Kennen Sie einen Mann namens Mitchell Elliott?«

Kein Wunder, daß unsere Polizei nur etwa jeden fünfzigsten Mord aufklärt, dachte Vandenberg.

»Natürlich«, sagte Vandenberg. »Ich habe in seiner Firma Alatron Defense Systems gearbeitet, bevor ich in die Politik gegangen bin, und Mitchell Elliott gehört zu den engsten politischen Freunden des Präsidenten. Wir sehen uns ziemlich oft und telefonieren regelmäßig miteinander.«

»Wissen Sie, daß Susanna Dayton an dem bewußten Abend auch Mitchell Elliott angerufen hat? Übrigens unmittelbar nach dem Anruf bei Ihnen.«

»Ja, ich weiß, daß sie Mitchell Elliott angerufen hat.«

»Darf ich fragen, woher Sie das wissen?«

»Weil Mitchell Elliott und ich danach miteinander telefoniert haben.«

»Erinnern Sie sich, worüber Sie gesprochen haben?«

»Nicht wirklich. Es war nur ein sehr kurzes Gespräch. Wir haben die Vorwürfe in Ms. Daytons Artikel diskutiert und sie beide als unbegründeten Unsinn abgetan, der keinen Kommentar wert sei.«

»Sie haben mit Elliott, aber nicht mit der Pressesekretärin des Weißen Hauses gesprochen?«

»Ja, das stimmt.«

Richardson klappte sein Notizbuch zu, um das Ende der Befragung zu signalisieren.

»Haben Sie irgendeinen Verdacht, wer die Frau ermordet haben könnte?« fragte Vandenberg.

Richardson schüttelte den Kopf. »Vorläufig behandeln wir den Fall als Einbruch, der schiefgegangen ist. Tut mir leid, daß ich Sie belästigen mußte, Mr. Vandenberg, aber wir müssen alles nachprüfen. Das verstehen Sie doch?«

»Natürlich, Detective.«

Richardson gab ihm seine Karte.

»Sollte Ihnen noch etwas einfallen, zögern Sie bitte nicht, mich anzurufen.«

»Mir gefällt es nicht, in meinem Büro im Weißen Haus von der Washingtoner Polizei angerufen zu werden, Mitchell.«

Die beiden Männer gingen an ihrem üblichen Treffpunkt, Hains Point am Washington Channel, nebeneinander her. Mark Calahan folgte ihnen in einigem Abstand und achtete darauf, daß sie nicht beobachtet oder belauscht wurden.

»Die Washingtoner Polizei macht mich nicht besonders nervös, Paul«, sagte Elliott gelassen. »Ihren letzten Mörder hat sie 1950 verhaftet, glaube ich.«

»Ich will nur eines von Ihnen hören, Mitchell. Sagen Sie mir, daß Sie absolut nichts mit dem Tod dieser Journalistin zu tun haben.«

Sie blieben stehen. Mitchell Elliott wandte sich Vandenberg zu, ohne jedoch zu sprechen.

»Legen Sie Ihre Hand auf eine imaginäre Bibel, Mitchell«, verlangte Vandenberg, »und schwören Sie bei Gott, daß weder Calahan noch sonst einer Ihrer Schlägertypen Susanna Dayton ermordet hat.«

»Sie wissen, daß ich das nicht kann, Paul«, sagte Elliott gelassen.

»Schweinehund!« flüsterte Vandenberg. »Wie zum Teufel ist das passiert?«

»Wir haben sie überwacht – elektronisch und durch ständige Beschattung«, antwortete Elliott. »Wir sind in ihrem Haus gewesen, um zu kontrollieren, wie weit sie mit ihrem Artikel war, und dabei hat sie uns leider überrascht.«

»Sie hat Sie überrascht! Jesus, Mitchell! Wissen Sie, was Sie da sagen?«

»Ich weiß genau, was ich sage. Einer meiner Leute hat einen unglücklichen Mord verübt. Der Stabschef des Weißen Hauses ist jetzt der Begünstiger eines Verbrechens.«

»Sie Scheißkerl! Wie können Sie's wagen, den Präsidenten da hineinzuziehen?«

»Nicht so laut, Paul. Man weiß nie, wer zuhört. Und ich habe den Präsidenten in nichts hineingezogen, weil wir unmöglich mit dem Mord an Susanna Dayton in Verbindung gebracht werden können. Wenn Sie sich zusammenreißen und keine Dummheiten machen, passiert überhaupt nichts.«

Vandenberg funkelte Calahan an, der seinen Blick erwiderte, ohne auch nur zu blinzeln. Dann wandte er sich ab und ging weiter. Über den Fluß trieben leichte Regenschleier.

»Ich habe noch eine Frage, Mitchell.«

»Sie wollen wissen, wer dieses Verkehrsflugzeug *tatsächlich* abgeschossen hat, nicht wahr?«

Vandenberg sah Mitchell schweigend an.

»Halten Sie sich an die Regieanweisungen, und sagen Sie Ihren Text auf, Paul. Stellen Sie nicht allzu viele Fragen.«

»Mitchell! Ich will's jetzt wissen!«

Elliot wandte sich an Calahan. »Mark, Mr. Vandenberg fühlt sich im Augenblick nicht recht wohl. Bringen Sie ihn sicher zu seinem Wagen zurück. Gute Nacht, Paul. Wir sprechen uns bald wieder.«

Der Chauffeur steuerte Vandenbergs Limousine ums Tidal Basin. Jenseits des Wassers verschwamm das angestrahlte Jefferson Memorial im leichten Regen. Der

Wagen erreichte die Independence Avenue, fuhr rasch an dem turmhohen Washington Memorial vorbei und bog auf den Potomac Parkway ab. Vandenberg sah zum Lincoln Memorial auf.

Mein Gott, was habe ich getan? dachte er.

Er brauchte einen Drink. Er hatte sein Leben lang noch nie einen Drink *gebraucht,* aber jetzt hatte er einen bitter nötig. Er schloß kurz die Augen. Seine rechte Hand zitterte, deshalb bedeckte er sie mit der linken und starrte über den Fluß hinaus, der unter der Brücke vorbeiströmte.

26

London

Am nächsten Morgen stand Michael schon vor Tagesanbruch auf, ging unter die Dusche und zog sich in dem deprimierenden Schlafzimmer der sicheren Wohnung an. Hier war es still bis aufs Rauschen des einsetzenden Berufsverkehrs um den Bahnhof Paddington herum und die Stimmen von Wheatons Aufpassern im Schlafzimmer nebenan. Er trank Instantkaffee aus einem angestoßenen Becher, ignorierte aber einen Teller mit altbackenen Croissants. Meistens war Michael vor einem Treff die Ruhe selbst, aber heute war er angespannt und nervös wie damals als Anfänger beim ersten Einsatz nach seiner Ausbildung auf der »Farm«. Er rauchte selten vor Mittag, aber heute war er schon bei der zweiten Zigarette. Er hatte wenig geschlafen und sich in dem durchgelegenen Einzelbett herumgeworfen, weil ihn sein Streit mit Elizabeth beunruhigte. Ihre Ehe verlief im allgemeinen in ruhigen Bahnen; sie war frei von den ständigen Krächen und Spannungen, die so viele Ehen von CIA-Offizieren beeinträchtigten. Kleine Auseinandersetzungen beunruhigten sie zutiefst; einen Krach mit Drohungen wie letzte Nacht hatten sie noch nie gehabt.

Michael zog eine schußsichere Weste über seinen dünnen Rollkragenpullover und darüber einen grauen Pullover mit rundem Halsausschnitt. Er nahm den Telefonhörer ab und wählte zum letztenmal die Nummer des Apartments in der Fifth Avenue. Sie war noch immer besetzt. Er legte auf und ging nach unten, wo Wheaton ihn auf dem Rücksitz eines am Randstein parkenden Dienstwagens erwartete. Auf ihrer Fahrt zum Bahnhof Charing Cross leierte Wheaton die Regeln für den Ablauf des Treffs mit der Intensität eines Mannes herunter, der seine gesamte Dienstzeit an einem sicheren Schreibtisch verbracht hatte.

»Sollte Awad nicht kommen, dürfen Sie unter keinen Umständen mit jemandem sprechen«, sagte Wheaton. »Sie warten, bis das Schiff Calais erreicht, und wir holen Sie raus.«

»Ich springe nicht hinter feindlichen Linien ab«, sagte Michael. »Kommt Awad nicht, fahre ich einfach mit der nächsten Fähre nach England zurück.«

»Seien Sie wachsam«, sagte Wheaton, ohne auf Michaels letzte Bemerkung einzugehen. »Wir wollen auf keinen Fall, daß Sie an einen Rechtgläubigen des *Schwerts von Gaza* geraten, der einen hölzernen Schlüssel umhängen hat.«

Männer des *Schwerts von Gaza* – und viele andere islamische Terroristen – trugen bei Selbstmordeinsätzen im allgemeinen einen hölzernen Schlüssel unter ihrer Kleidung, weil sie glaubten, ihre Tat werde mit Märtyrertum und einem sicheren Platz im Paradies belohnt.

»Carter will nicht, daß Sie nackt hingehen«, sagte Wheaton.

Er ließ die Schlösser seines Aktenkoffers aufschnappen und nahm eine großkalibrige Browning Automatic mit fünfzehn Schuß im Magazin heraus: die Standardwaffe der Agency.

»Was soll ich damit tun?« fragte Michael. Wie die meisten Führungsoffiziere konnte er die Einsätze, bei denen er bewaffnet gewesen war, an den Fingern einer Hand abzählen. Als Führungsoffizier konnte man sich nur selten den Weg freischießen. Eine Waffe zur Selbstverteidigung zu ziehen war das endgültige Eingeständnis eines Mißerfolgs. Es bedeutete, daß der Betreffende verraten worden war oder schlampig gearbeitet hatte.

»Wir schicken Sie nicht auf diese Fähre, damit Sie ermordet oder als Geisel genommen werden«, antwortete Wheaton. »Merken Sie, daß Sie in eine Falle geraten, müssen Sie sich wehren. Dort draußen sind Sie auf sich allein gestellt.«

Michael schob das Magazin in den Griff und zog den Schlitten zurück, um die Pistole durchzuladen. Dann sicherte er sie und steckte sie unter seinem Pullover in den Hosenbund.

Wheaton setzte Michael am Bahnhof Charing Cross ab. Michael betrat das Bahnhofsgebäude und kaufte sich eine Fahrkarte erster Klasse nach Dover. Der Zug sollte in wenigen Minuten abfahren. Er besorgte sich noch die Morgenzeitungen und stieg ein. Er ging zur ersten Klasse durch und hielt nach einem Abteil Ausschau, in dem nur noch ein Sitzplatz frei war. Er fand bald eines. Vier Geschäftsleute, die auf ihren Laptops herumhackten, und eine gelangweilt wirkende junge Frau – langes Haar, dunkle Augen, blasser Teint –, die ihn vage an Sarah erinnerte.

Der Zug ratterte fast eine Stunde durch die südöstlichen Vororte Londons, bis er die sanften Weiten Kents erreichte. Michael holte sich im Speisewagen einen Kaffee und ein Schinken-Käse-Sandwich und ging wieder zurück ins Abteil. Die Geschäftsleute, in Hemdsärmeln und Hosenträgern, studierten ihre Bildschirme, als seien sie die Heilige Schrift. Die junge Frau sagte auf der ganzen Fahrt kein Wort. Sie rauchte eine Zigarette nach der anderen, bis das Abteil einer Gaskammer glich. Ihre attraktiven braunen Augen glitten unstet über die graugrüne Landschaft Kents hinweg; ihre Hand mit den langen Fingern ruhte suggestiv auf ihrem mit einem dicken Wollstrumpf bedeckten Oberschenkel.

Der Zug fuhr in Dover ein. Michael stand auf und trat in den Gang hinaus. Die junge Frau nahm ihre Umhängetasche aus der Gepäckablage und verließ ebenfalls das Abteil. Sie war groß, so groß wie Sarah, ohne jedoch ihre Grazie und raubtierhafte Geschmeidigkeit zu besitzen. Zu ihrem kurzen schwarzen Ledermantel trug sie schwarze Springerstiefel, deren Absatzeisen bei jedem Schritt klickten.

Michael lief rasch vom Bahnsteig zum Fährbahnhof hinüber. Er kaufte ein Ticket, ging an Bord der Fähre, betrat den großen Fahrgastraum auf dem Oberdeck und fand einen Fensterplatz auf der Backbordseite. Als er sich umsah, entdeckte er Graham Seymour, der in Jeans und einem grauen Sweatshirt mit Venice-Beach-Aufdruck und einem Gitarrenkasten neben sich in der Mitte des Fahrgastraums saß. Michael sah rasch wieder weg. Die junge Frau aus dem Zug kam herein, setzte sich hinter Michael und begann sofort wieder zu rauchen.

Michael las Zeitung, als die Fähre auslief. Dover verschwand hinter einer Regenwand. Michael sah alle paar Minuten zur Backbordreling hinüber, denn dort sollte Awad mittschiffs auftauchen. Einmal ging er zur Imbißtheke, weil ihm das Gelegenheit gab, alle Mitreisenden zu mustern, und kaufte trüben Tee in einem dünnen Pappbecher, den er an seinen Platz mitnahm. Er kannte niemanden außer Graham und der jungen Frau aus dem Zug, die in eine Pariser Modezeitschrift vertieft war.

Eine halbe Stunde verging. Der Regen hatte aufgehört, aber hier draußen auf dem Ärmelkanal frischte der Wind auf und trieb weißschäumende Wogen gegen den breiten Bug der Fähre. Die junge Frau stand auf, holte sich einen Kaffee und setzte sich dann neben Michael. Sie zündete sich eine neue Zigarette an und nippte eine Weile schweigend an ihrem Kaffee.

»Da ist er, an der Reling, der Mann im grauen Regenmantel«, sagte sie mit einem libanesischen Akzent in ihrem Englisch. »Gehen Sie langsam auf ihn zu. Sprechen Sie ihn bitte nur als Ibrahim an. Und versuchen Sie nicht wieder, den Helden zu spielen, Mr. Osbourne. Ich bin gut bewaffnet, und Ibrahim hat fünf Kilo Semtex am Körper.«

Michael erschien sein Gesicht vage vertraut, wie das eines Jugendfreunds, den man zwanzig Jahre später dicklich und mit beginnender Glatze wiedersieht. Er kannte das verschwommene Profil von rechts, das der MI5 bei einem von Awads Besuchen in London geknipst hatte. Die undeutliche Aufnahme von vorn, die der französische Geheimdienst bei einer Zwischenlandung Awads in Marseille gemacht hatte. Und das israelische Fahndungsfoto, das den jungen Awad zeigte: den Steinewerfer, den erfahrenen Hersteller von Molotowcocktails, den fast noch kindlichen Intifada-Kämpfer, der einen jüdischen Siedler aus Brooklyn fast mit einem Brocken seines geliebten Hebron erschlagen hatte. Das alte israelische Foto hatte nur beschränkten Wert, den die Shin-Bet-Leute hatten ihn vorher erwischt und so zugerichtet, daß sein geschwollenes, mit blauen Flecken übersätes Gesicht fast unkenntlich war.

Michael und seine Zielperson standen lange nebeneinander an der Reling und starrten auf einen Punkt in den schäumenden Wassern des Ärmelkanals, wie ein streitendes Liebespaar, das sich nichts mehr zu sagen hat. Dann drehte Michael sich halb zur Seite und musterte Awad erneut. *Sprechen Sie ihn bitte nur als Ibrahim an.* Einen

Augenblick lang fragte er sich, ob dieser Mann wirklich Mohammed Awad war. Wheatons weitschweifige Ermahnungen hallten durch Michaels Kopf wie Lautsprecherdurchsagen auf einem Flughafen.

Der neben ihm Stehende wirkte wie Awads älterer, reicherer Bruder. Mit einem teuren grauen Mantel, unter dem er einen eleganten Zweireiher trug, war er wie ein Geschäftsmann angezogen. Sein Aussehen war durch plastische Chirurgie verändert, die das Arabische wegretuschiert und ein Wesen ungewisser Nationalität geschaffen hatte – einen Spanier, einen Italiener, einen Franzosen, vielleicht einen Griechen. Die markante Palästinensernase war verschwunden und durch die schmale, gerade Nase eines norditalienischen Aristokraten ersetzt. Die Backenknochen waren betont, die Stirnfalten geglättet, das Kinn energischer gestaltet und die rehbraunen Augen durch Kontaktlinsen in graugrüne verwandelt. Man hatte ihm die hinteren Backenzähne gezogen, um ihm das hohlwangige Aussehen eines Supermodels zu geben.

Mohammed Awads Lebenslauf las sich wie die Zusammenfassung vieler radikaler palästinensischer Lebensläufe. Michael kannte seine Biographie gut, denn er hatte sie in Langley mit Hilfe des israelischen und der Hälfte aller europäischen Geheimdienste zusammengestellt. Sein Großvater war 1948 aus seinen Oliven- und Orangenhainen am Rande Jerusalems ins jordanische Exil getrieben worden. Er war im Jahr darauf gestorben, an gebrochenem Herzen, wie die Awad-Legende behauptete, noch immer mit den Schlüsseln seines Hauses in Israel in der Tasche. Ein anderer Zweig des Awad-Clans war bei Dir Jassim massakriert worden. 1967 wurde die Familie erneut vertrieben, diesmal in die libanesischen Flüchtlingslager. Awads Vater arbeitete nie, sondern saß nur in den Lagern herum und erzählte, wie er als Junge mit seinem Vater in Oliven- und Orangenhainen gearbeitet hatte. Das verlorene Paradies.

In den achtziger Jahren schloß der junge Mohammed Awad sich den radikalen islamischen Freiheitskämpfern in Beirut und dem Südlibanon an. Er trat in die Hisbollah ein. Er trat in die Hamas ein. Seine Ausbildung erhielt er im Iran und in Syrien – Handfeuerwaffen, Guerillataktik, Spionageabwehr, Bombenherstellung. Als Arafat Rabin im Weißen Haus die Hand schüttelte, war Awad empört. Als Arafats Sicherheitskräfte auf Geheiß Israels die Hamas verfolgten, schwor Awad Rache. Mit fünfzig der besten Hamas-Kämpfer gründete er das *Schwert von Gaza,* die gefährlichste palästinensische Terrorgruppe seit dem Schwarzen September.

Böiger Wind strich übers Deck. Awad griff mit einer Hand in seinen Mantel. Michael fuhr zusammen, widerstand jedoch der Versuchung, seine Pistole zu ziehen. »Keine Aufregung, Mr. Osbourne«, sagte Awad. »Ich will nur eine Zigarette rauchen. Außerdem wären Sie längst tot, wenn ich Sie hätte umbringen wollen.«

Sein fließendes Englisch klang für ungeübte Ohren praktisch akzentfrei. Aus der Innentasche seines Mantels zog er eine Schachtel Dunhill. »Ich weiß, daß Sie Marlboro Light rauchen, aber vielleicht genügen auch diese, ja? Ihre Frau raucht Benson & Hedges, nicht wahr? Sie heißt Elizabeth Cannon Osbourne, arbeitet als Rechtsanwältin in einer der großen Washingtoner Anwaltsfirmen und wohnt mit Ihnen in der N Street in Georgetown. Sie sehen, Mr. Osbourne, wir haben unseren eigenen Nachrichten- und Sicherheitsdienst. Und wir erhalten natürlich viel Unterstützung von unseren Freunden in Damaskus und Teheran.«

Michael nahm eine Dunhill und kehrte dem Wind den Rücken zu, um sie sich anzuzünden. Als Awad die Hand hob, um sich seine Zigarette anzuzünden, sah Michael den Bombenauslöser in seiner rechten Hand.

»Sie haben demonstriert, was Sie beweisen wollten, Ibrahim«, sagte Michael.

»Ich weiß, daß das eine überflüssige Demonstration gewesen ist, aber ich wollte Ihnen zeigen, daß ich weder Ihnen noch Ihren Angehörigen schaden will. Sie sind nicht mein Feind, und ich habe weder die Zeit noch die Ressourcen, um Sie zu bekämpfen.«

»Warum tragen Sie dann das Semtex am Körper?«

»In diesem Geschäft sind Sicherheitsvorkehrungen manchmal unerläßlich.«

»Ich habe Sie nie für einen potentiellen Selbstmörder gehalten.«

Awad lächelte und blies Rauch aus seinen kunstvoll geformten Nüstern. »Ich habe immer geglaubt, Allah lebend mehr nützen zu können als tot. Außerdem haben wir keinen Mangel an Freiwilligen für Einsätze, bei denen der Märtyrertod winkt. Soviel ich weiß, haben Sie als Kind einige Zeit im Libanon gelebt. Sie kennen die Verhältnisse, unter denen unser Volk dahinvegetiert. Unterdrückung kann zum Wahnsinn führen, Mr. Osbourne. Manche unserer Jungs würden lieber sterben, als ihr Leben in Ketten zu verbringen.«

Michael blickte nach links und sah die junge Frau aus dem Zug, die rauchend an der Reling lehnte und unablässig die Fähre absuchte.

»Ich dachte, Ihrer Meinung nach sei der Platz einer Frau am heimischen Herd«, sagte Michael, der die junge Frau beobachtete.

»Bedauerlicherweise erfordert dieses Geschäft manchmal den Einsatz einer begabten Frau. In unserem Gespräch soll sie Odette heißen. Sie ist Palästinenserin und schießt hervorragend. Beim früheren westdeutschen

Geheimdienst hat es die Vorschrift gegeben, zuerst die Frauen außer Gefecht zu setzen. In Odettes Fall wäre das in der Tat ein sehr guter Ratschlag.«

»Nachdem wir uns jetzt alle kennen«, sagte Michael, »sollten wir zur Sache kommen. Worüber wollen Sie reden?«

»Der gestrige Angriff in Heathrow ist das Werk des *Schwerts von Gaza* gewesen. Wir betrachten ihn als Vergeltungsschlag für Ihre lächerlichen Luftangriffe auf unsere Freunde in Libyen, Syrien und Iran. Sie sind gestern der Held des Tages gewesen, Mr. Osbourne. Ihre Anwesenheit ist ein Zufall gewesen, das kann ich Ihnen versichern. Ehrlich gesagt wäre mir wohler, wenn Sie beide erschossen hätten. Männer in Haft machen mich immer etwas nervös.«

»Tatsächlich kommt seine Vernehmung gut voran«, behauptete Michael, der dieser Gelegenheit, mit Awad zu spielen, nicht widerstehen konnte. »Wie ich höre, sagt er sehr detailliert über Struktur und Taktik Ihrer Organisation aus.«

»Ein hübscher Versuch, Mr. Osbourne«, sagte Awad. »Unsere Organisation ist stark untergliedert, und er kann nicht viel Schaden anrichten.«

»Glauben Sie das ruhig weiter, Ibrahim. Vielleicht schlafen Sie dann nachts besser. Sie haben mich also um ein Gespräch gebeten, damit Sie die Verantwortung für den Terroranschlag in Heathrow übernehmen können?«

»Wir benutzen lieber den Ausdruck Militäreinsatz.«

»Die Ermordung unbewaffneter Zivilisten ist nichts Militärisches. Das ist schlicht und einfach Terrorismus.«

»Der Terrorist eines Mannes ist der Freiheitskämpfer eines anderen, aber wir wollen diese unsinnige Debatte jetzt nicht fortführen. Dafür reicht die Zeit nicht. Ihre Luftangriffe auf unsere Ausbildungslager sind *lächerlich* gewesen, weil es keine Rechtfertigung für sie gibt. Das *Schwert von Gaza* hat die Rakete, mit der Flug 002 abgeschossen worden ist, nicht abgefeuert.«

Das vermutete auch Michael, aber er dachte nicht daran, sich das vor Mohammed Awad anmerken zu lassen. »Hassan Mahmoud, einer Ihrer bewährtesten Kämpfer, ist tot in dem Boot, aus dem die Rakete abgeschossen wurde, gefunden worden«, sagte Michael mit leiser, aber emotionsgeladener Stimme. »Die Abschußvorrichtung hat neben der Leiche gelegen. In London ist ein authentisches Bekennerschreiben Ihrer Organisation eingegangen.«

Awads Gesichtsausdruck verhärtete sich. Er nahm einen langen Zug aus seiner Dunhill und warf dann seine Kippe über die Reling. Michael wandte sich einen Augenblick von ihm ab und sah eine von Nebelschwaden halb verdeckte Motorjacht die Fähre begleiten.

»Hassan Mahmoud war seit fast einem Jahr nicht mehr Mitglied des *Schwerts von Gaza*. Er ist ein Psychopath gewesen, der die Disziplin in unserer Organisation nicht akzeptieren wollte. Als wir entdeckt haben, daß er geplant hat, Arafat zu ermorden, haben wir ihn rausgeworfen. Er hat Glück gehabt, daß wir ihn nicht liquidiert haben. Im nachhinein betrachtet wäre es wohl besser gewesen.«

Awad zündete sich eine neue Zigarette an. »Mahmoud ist nach Kairo gegangen und hat sich den Muslimbrüdern, ägyptischen Fundamentalisten, angeschlossen.« Er griff wieder in seinen Mantel, zog diesmal einen Briefumschlag heraus und entnahm ihm drei Fotos, die er Michael gab. »Die haben wir von einem Freund im ägyptischen Geheimdienst. Dieser Mann hier ist Hassan Mahmoud. Überprüfen Sie die Fotos anhand Ihrer Unterlagen, werden Sie feststellen, daß der zweite Mann Erik

Stoltenberg ist. Ich bin sicher, daß Sie ihn dem Namen nach kennen.«

Natürlich kannte Michael ihn. Erik Stoltenberg kam aus dem DDR-Ministerium für Staatssicherheit, besser als die Stasi bekannt. Er hatte dort in der Abteilung XXII gearbeitet, die nationale Befreiungsbewegungen in aller Welt unterstützte. Stoltenberg hatte berüchtigte Terroristen wie Abu Nidal und Carlos und Gruppen wie die IRA und die baskische ETA betreut. Michael betrachtete die Fotos: Zwei Männer, die in Groppi's Café an einem verchromten Tisch saßen, der eine schwarzhaarig und dunkelhäutig, der andere blond und hellhäutig, beide trugen Sonnenbrillen.

Michael hielt Awad die Fotos wieder hin.

»Die können Sie behalten«, sagte Awad. »Geschenkt.«

»Sie beweisen nichts.«

»Wie Sie wahrscheinlich wissen, hat Erik Stoltenberg sich anderswo nach Arbeit umsehen müssen«, fuhr Awad fort, ohne auf Michaels Bemerkung einzugehen. »Nach dem Fall der Mauer war er zur Fahndung ausgeschrieben, weil er den Libyern 1986 bei ihrem Bombenanschlag auf die Westberliner Diskothek La Belle geholfen hatte. Seitdem lebt er im Ausland und nutzt seine alten Stasi-Kontakte, um Geld zu verdienen – Personenschutz, Waffenschmuggel und dergleichen. In letzter Zeit hat er einen Haufen Geld verdient, hat es aber nicht verstanden, diese Tatsache geheimzuhalten.«

Die Jacht war noch näher an die Fähre herangekommen. Michael starrte Awad an und sagte: »Mahmoud hat den Angriff ausgeführt, und Stoltenberg ist für die Logistik zuständig gewesen – die Stinger, die Boote, die Fluchtroute.« Er schwenkte die Fotos. »Das haben Sie alles nur erfunden, weil Sie Angst vor einem weiteren Vergeltungsschlag haben.«

Awad lächelte mit beträchtlichem Charme. »Nicht schlecht, Mr. Osbourne, aber Sie kennen das *Schwert von Gaza* besser als jeder andere. Sie wissen, daß wir keine Veranlassung haben, ein amerikanisches Verkehrsflugzeug abzuschießen, und Sie wissen, daß andere die Täter gewesen sind. Sie können Ihren Verdacht nur nicht beweisen. An Ihrer Stelle würde ich mich mal in der eigenen Umgebung umsehen.«

»Soll das heißen, Sie wissen, wer die Maschine abgeschossen hat?«

»Nein, ich rate Ihnen nur, sich ein paar einfache Fragen zu stellen. Wer hat am meisten davon profitiert? Wer hat Grund gehabt, so etwas anzuordnen, ohne seine wahre Identität preiszugeben? Die Hintermänner des Anschlags haben viel Geld und gewaltige Ressourcen. Ich schwöre Ihnen, daß wir's nicht gewesen sind. Verzichten die Vereinigten Staaten auf einen Vergeltungsschlag für Heathrow, ist die Sache für uns erledigt. Werden wir jedoch wieder angegriffen, müssen wir zurückschlagen. So läuft das Spiel eben.«

Die Jacht hatte sich der Backbordseite der Fähre bis auf fünfzig Meter genähert. Michael konnte zwei Männer auf der offenen Brücke und einen dritten Mann am Bug erkennen. Er blickte nach links, wo die junge Frau stand, und stellte verblüfft fest, daß ihre Augen erschrocken geweitet waren, während sie eine kleine Pistole aus ihrer Umhängetasche zog. Michael warf sich herum, blickte an Awad vorbei die Reling entlang und sah einen stämmigen, muskulösen Mann, der eine Sturmhaube über seinen Kopf gezogen hatte, mit schußbereitem Revolver auf sie zukommen.

Michael packte Awad an den Schultern und brüllte: »Runter! In Deckung!«

Zwei Geschosse durchschlugen Awads Oberkörper

und bohrten sich in Michaels schußsichere Weste. Awad brach zusammen. Michael griff in seinen Mantel nach der Browning, aber die Palästinenserin kam ihm zuvor. Sie stand mit gespreizten Beinen da, hielt ihre Pistole mit ausgestreckten Armen im Anschlag, drückte zweimal rasch nacheinander ab und holte den vermummten Attentäter von den Beinen.

Awad lag an Deck, hatte blutigen Schaum vor den Lippen und starrte zu Michael hoch. Er hob seine rechte Hand und zeigte ihm den Bombenauslöser. Michael hechtete durch die nächste Tür in den Fahrgastraum. Dort stand schon Graham Seymour mit schußbereiter Waffe.

»Allah akbar!« rief Awad, und seine detonierende Bombe ließ überall Glassplitter regnen. Einige Sekunden lang herrschte fast völlige Stille; dann begannen die Verletzten zu stöhnen und zu schreien.

Michael rappelte sich auf, rutschte auf Glasscherben aus und stürmte wieder an Deck. Die Wucht der Detonation hatte Awad zerfetzt. Odette, die junge Palästinenserin, lag mit einer stark blutenden Kopfwunde an Deck. Der vermummte Attentäter mußte ebenfalls eine schußsichere Weste getragen haben, denn er hatte es geschafft, von der Fähre zu springen; die Jacht hielt jetzt genau auf ihn zu. Ein Mann steuerte sie von der Brücke aus, die beiden anderen standen auf dem Achterdeck. Michael riß seine Browning hoch und eröffnete das Feuer auf die Jacht. Die beiden Männer schossen mit Schnellfeuergewehren zurück. Michael ging in Deckung.

Odette hatte sich hochgestemmt und lehnte mit dem Rücken an der Reling. Ihr Gesicht war ganz ruhig, während die Pistole in ihrer ausgestreckten Hand auf Michael zielte. Er wälzte sich zur Seite, als sie erstmals abdrückte. Der Schuß ging ins Deck, verfehlte ihn knapp. Während

Michael hilflos in Deckung zu kriechen versuchte, gab sie zwei weitere Schüsse ab. Plötzlich durchlief ein heftiges Zucken ihren Körper, und sie sackte nach vorn zusammen. Graham Seymour trat mit der Pistole in der Hand an Deck und kniete neben ihr nieder. Er sah zu Michael hinüber und schüttelte den Kopf.

Michael sprang auf und stürmte an die Reling. Die Jacht lag gestoppt in der hochgehenden See. Die beiden Männer achtern zogen den Attentäter an Bord. Michael hob die Pistole, aber aus dieser Entfernung konnte er unmöglich treffen; die Fähre war schon über hundert Meter weiter als die Jacht. Als der Attentäter sicher an Bord war, drehte sie ab und verschwand hinter einem Vorhang aus Nebel und Regen.

27

New York City

Die Abfertigung im Cornell Hospital hatte eine Fließbandqualität, die Elizabeth aus den Gerichten jeder x-beliebigen Großstadt kannte. Während Klinikpersonal in Kitteln und mit Gesichtsmasken vorbeihuschte, saß sie mit anderen Patientinnen auf einer verkratzten Holzbank vor dem Operationssaal. Die anderen vier Frauen hatten Ehemänner, die ihnen die Hand hielten; sie musterten Elizabeth, als wäre sie eine alte Jungfer, die beschlossen hatte, mit dem geborgten Sperma des Ehemanns ihrer besten Freundin ein Kind zu bekommen. Elizabeth stützte ihr Kinn absichtlich in die linke Hand, um ihren Ehering und ihren zweikarätigen Verlobungsring sehen zu lassen. Sie fragte sich, was die anderen Frauen dachten. Hatte ihr Mann sich verspätet? Lebte sie seit kurzem von ihm getrennt? War er zu beschäftigt, um sie zu diesem wichtigen Termin zu begleiten?

Elizabeth merkte, daß ihr Tränen in die Augen stiegen. Sie mußte ihre gesamte Selbstbeherrschung aufbringen, um nicht loszuheulen. Die Doppeltür des Behandlungsraums ging auf. Zwei Pfleger rollten eine narkotisierte Frau auf einer Krankentrage heraus. Eine andere wurde hineingerollt, um ihren Platz auf dem Tisch einzunehmen. Ihr Ehemann wurde in einen kleinen halbdunklen Raum mit Plastikbechern und *Playboy*-Heften geschickt.

An der Wand hing ein kleiner Fernseher, der tonlos auf CNN eingestellt war. Auf dem Bildschirm war eine in

Rauchwolken gehüllte Autofähre auf dem Ärmelkanal zu sehen. Nein, dachte Elizabeth, das ist unmöglich! Sie stand auf, trat ans Gerät und drehte den Ton lauter.

»*... sieben Tote ... anscheinend das Werk einer als* Schwert von Gaza *bekannten islamischen Terrorgruppe ... ihr zweiter Anschlag in zwei Tagen ... vermutlich für den verlustreichen gestrigen Terroranschlag auf dem Londoner Flughafen Heathrow verantwortlich ...*«

Mein Gott, das darf doch nicht wahr sein! dachte sie.

Sie ging an ihren Platz auf der Bank zurück und kramte Handy und Telefonbuch aus ihrer Umhängetasche. Michael hatte ihr eine Nummer gegeben, die sie nur im äußersten Notfall anrufen sollte. Sie blätterte hastig in dem kleinen Buch, fühlte dabei, wie die anderen Patientinnen sie anstarrten, und fand die Nummer.

Als sie wählte, stach ihr Zeigefinger fast gewalttätig auf die Zahlentasten herab. Sie ging ins Treppenhaus, um ungestört zu sein. Nach dem ersten Klingeln meldete sich eine Männerstimme, die ruhig fragte: »Was kann ich für Sie tun?«

»Mein Name ist Elizabeth Osbourne. Mein Mann ist Michael Osbourne.«

Sie hörte das Klappern einer Computertastatur.

»Woher haben Sie diese Nummer?« fragte die Stimme.

»Michael hat sie mir gegeben.«

»Was kann ich für Sie tun?«

»Ich möchte mit meinem Mann sprechen.«

»Geben Sie mir bitte Ihre Telefonnummer.«

Elizabeth gab die Nummer ihres Mobiltelefons an und hörte wieder das Klappern der Tastatur.

»Sie werden angerufen.«

Einer der Pfleger kam ins Treppenhaus und sagte: »Sie sind die nächste, Mrs. Osbourne. Sie müssen reinkommen.«

»Ich will wissen, ob er auf dieser Fähre im Ärmelkanal ist«, sagte Elizabeth ins Telefon.

»Sie werden angerufen«, wiederholte die Stimme aufreizend gefühllos. Es war, als spräche sie mit einer Maschine.

»Ich will eine Auskunft, verdammt noch mal! Ist er auf diesem Schiff?«

»Sie werden angerufen«, wiederholte der Mann.

»Tut mir leid, Mrs. Osbourne, aber Sie müssen jetzt wirklich reinkommen«, sagte der Pfleger.

»Soll das heißen, daß er auf dem Schiff ist?«

»Bitte legen Sie jetzt auf und halten Sie diese Leitung frei.«

Am anderen Ende wurde aufgelegt.

Eine Krankenschwester führte Elizabeth in den Umkleideraum und gab ihr ein steriles Hemd. Elizabeth hatte ihr Mobiltelefon noch in der Hand. »Das müssen Sie hierlassen«, sagte die Krankenschwester.

»Ausgeschlossen«, widersprach Elizabeth. »Ich erwarte einen sehr wichtigen Anruf.«

Die Krankenschwester musterte sie ungläubig. »Ich habe hier schon viele Karrierefrauen gesehen, Mrs. Osbourne, aber Sie schießen echt den Vogel ab. Sie sind zu einer Operation hier. Jetzt ist keine Zeit für geschäftliche Gespräche.«

»Ich erwarte keinen geschäftlichen Anruf. Es ist ein Notfall.«

»Das spielt keine Rolle. In drei Minuten schlafen Sie wie ein Baby.«

Elizabeth zog das Hemd an. *Klingel endlich. Verdammt, du sollst klingeln!*

Sie legte sich auf die Krankentrage, und die Schwester fuhr sie in den Operationssaal. Das OP-Team wartete schon. Ihr Arzt hatte seine Gesichtsmaske heruntergezogen und lächelte freundlich.

»Sie sehen etwas nervös aus, Elizabeth. Alles in Ordnung?«

»Mir geht's gut, Dr. Melman.«

»Gut, dann fangen wir am besten gleich an.«

Er nickte der Anästhesistin zu, und wenige Sekunden später fühlte Elizabeth sich in angenehmen Schlaf versinken.

28

Calais

Der Hafen schien von den roten und blauen Blinkleuchten der Polizei- und Rettungsfahrzeuge zu brennen, als die Autofähre sich der französischen Küste näherte. Michael stand zwischen dem Kapitän und einigen Offizieren auf der Brücke, rauchte eine Zigarette nach der anderen und beobachtete, wie die Küste näherkam. Ihm war abwechselnd eiskalt und schwülheiß. Er hatte starke Brustschmerzen, als habe er zwei heftige Schläge in die Rippen bekommen. Graham Seymour stand seinerseits von mehreren Besatzungsmitgliedern umringt auf der anderen Seite der Brücke. Sie standen vage unter Arrest. Michael hatte dem Kapitän erklärt, Graham und er seien britische und amerikanische Polizeibeamte, und jemand aus London werde in Calais am Hafen sein und alles aufklären. Der Kapitän war so skeptisch, wie Michael es an seiner Stelle auch gewesen wäre.

Michael schloß die Augen und erlebte alles noch einmal. Er sah die Ereignisse wie eine Filmreportage; er sah sich als Schauspieler auf einer Bühne. Er sah den Killer näherkommen und Odette mit wildem Blick nach ihrer Pistole greifen. Der Mann mit der Sturmhaube und dem Revolver hatte nicht dem *Schwert von Gaza* angehört, und Mohammed Awad war nicht die Zielperson gewesen. Dieser Anschlag hatte Michael gegolten; Awad hatte nur im Weg gestanden.

Er hielt seine Augen geschlossen und stellte sich die

Männer auf der Jacht vor. Ihre Gesichter wurden langsam deutlicher, als stelle er das Teleobjektiv einer Überwachungskamera auf sie ein. Er sah die beiden Männer, die vom Achterdeck aus auf ihn geschossen hatten. Er hatte das ärgerliche Gefühl, sie schon einmal flüchtig gesehen zu haben – in einem Lokal, auf einer Cocktailparty oder in einer Drogerie in der Oxford Street. Oder an einer Tankstelle in Oxfordshire, wo einer von ihnen den Luftdruck der Reifen eines weißen Ford-Lieferwagens geprüft hatte.

Die Fähre legte in Calais an. Michael und Graham wurden an den Kamerateams und aufgeregt schreienden Reportern vorbei in ein Büro der Hafenverwaltung eskortiert. Dort erwartete Wheaton sie mit knapp einem halben Dutzend CIA-Offizieren und Diplomaten. Sie waren aus London mit einem Hubschrauber herübergekommen, den die Royal Navy ihnen freundlicherweise zur Verfügung gestellt hatte.

»Wer zum Teufel ist das?« fragte Wheaton und meinte damit Graham, der zwar keinen Gitarrenkasten mehr trug, aber in Jeans und seinem Venice-Beach-Sweatshirt noch immer wie ein leicht überalterter Student aussah.

Seymour streckte ihm lächelnd die Hand hin. »Graham Seymour, SIS.«

»Graham wer und woher?« fragte Wheaton ungläubig.

»Sie haben richtig gehört«, sagte Michael. »Er ist mit mir befreundet. Wir sind zufällig mit demselben Schiff gefahren.«

»Schwachsinn!«

»Na ja, einen Versuch ist's wert gewesen, Michael«, meinte Graham.

»Los, reden Sie schon!«

»Fuck you«, sagte Michael ärgerlich und zog seinen Pullover hoch, um ihm die in seiner Kevlarweste steckenden Geschosse zu zeigen. »Warum fliegen wir nicht nach London und besprechen dort alles?« fragte er.

»Weil die Franzosen euch erst mal befragen wollen.«

»Großer Gott!« sagte Graham. »Mit den verdammten ›Fröschen‹ darf ich nicht reden.«

»Nun, da Sie gerade in einem französischen Hafen angelegt haben, werden Sie das wohl müssen.«

»Was erzählen wir ihnen?« fragte Michael.

»Die Wahrheit«, antwortete Wheaton. »»Und dann können wir nur beten, daß sie vernünftig genug sind, die Klappe zu halten.«

In New York lag Elizabeth schlafend im Aufwachraum, als ihr Mobiltelefon leise zirpte. Eine Krankenschwester griff nach dem Gerät und wollte es abschalten, als Elizabeth aufwachte und »nein, warten Sie!« sagte.

Sie drückte das Handy mit geschlossenen Augen an ihr Ohr und murmelte: »Hallo.«

»Elizabeth?« fragte eine Stimme. »Spreche ich mit Elizabeth Osbourne?«

»Ja«, krächzte sie von der Narkose heiser.

»Hier ist Adrian Carter.«

»Adrian, wo ist er?«

»Ihm geht's gut. Er ist auf dem Rückweg nach London.«

»Auf dem Rückweg? Wo ist er gewesen?«

Am anderen Ende herrschte Schweigen. Elizabeth war plötzlich hellwach.

»Verdammt, Adrian, ist er auf dieser Fähre gewesen?«

Carter zögerte kurz, dann antwortete er: »Ja, Elizabeth. Er hatte einen Auftrag auszuführen, aber dabei ist irgendwas schiefgegangen. Mehr erfahren wir erst, wenn er wieder in der Botschaft ist.«

»Ist er verletzt?«

»Ihm geht's gut.«

»Gott sei Dank!«

»Ich rufe Sie an, sobald ich mehr weiß.«

Der Hubschrauber setzte in der Abenddämmerung in East London auf einem Landeplatz an der Themse auf. Dort standen schon zwei Limousinen der Botschaft bereit. Wheaton und Michael fuhren mit der ersten, Wheatons Drohnen mit der zweiten. Als sie zur Vauxhall Bridge abbogen, kamen sie an dem häßlichen modernen Verwaltungsgebäude aus Glas und Stahl vorbei, in dem die MI6-Zentrale untergebracht war.

»In diesem Gebäude erwartet Ihren Freund Graham Seymour in wenigen Minuten ein unfreundlicher Empfang«, sagte Wheaton. »Ich habe den Generaldirektor aus Calais angerufen. Er ist natürlich stinksauer. Außerdem hat er mir eine Mitteilung gemacht, die aber warten muß, bis wir hinter verschlossenen Türen sind.«

Michael ignorierte die Bemerkung. Wheaton schien sich immer sehr über berufliche Mißgeschicke von Kollegen zu freuen. Er war in der Hauptabteilung Sowjetunion aufgestiegen, als Michaels Vater in Langley eine Führungsposition bekleidet hatte, und hatte in Istanbul und Rom gearbeitet. Dort hätte er KGB-Offiziere und sowjetische Diplomaten anwerben sollen, war aber so unfähig gewesen, daß er eine Serie vernichtender Beurteilungen kassiert hatte, darunter eine von Michaels Vater. Wheaton wurde nach Langley zurückgeholt, wo er seine Fähigkeiten in der hinterhältigen, intriganten Atmosphäre der Zentrale hatte ausspielen können. Michael wußte genau, daß Wheaton ihn wegen seines Vaters nicht ausstehen konnte, obwohl die damalige schlechte Beurteilung letzten Endes dazu beigetragen hatte, seine Karriere zu retten.

Sie erreichten die Botschaft am Grosvenor Square. Wheaton und Michael betraten sie nebeneinander, Wheatons Leute folgten ihnen. Michael hatte das merkwürdige Gefühl, unter Arrest zu stehen. Wheaton ging sofort in den abhörsicheren Telekonferenzraum. Carter und Monica Tyler erschienen auf dem Bildschirm, als Wheaton und Michael in den weichen schwarzen Ledersesseln Platz nahmen.

»Ich freue mich, daß es Ihnen gutgeht, Michael«, sagte Monica. »Sie haben ein paar bemerkenswert streßreiche Tage hinter sich. Wir haben viel zu besprechen, daher wollen wir mit der nächstliegenden Frage beginnen: Was ist schiefgelaufen?«

Michael berichtete zehn Minuten lang ausführlich, was sich auf der Fähre ereignet hatte: Awad, die Palästinenserin namens Odette, die Jacht und der Attentäter. Er schilderte, wie die Geschosse Awads Körper durchschlagen hatten und in seiner Weste steckengeblieben waren. Er beschrieb, wie Awads Sprengsatz detoniert war und die Männer auf der Jacht dem flüchtenden Attentäter Feuerschutz gegeben hatten. Zuletzt schilderte er, wie Odette ihn zu töten versucht hatte, bis sie selbst von Graham Seymour erschossen worden war.

»Was hat Graham Seymour, ein MI6-Offizier, eigentlich auf der Fähre zu suchen gehabt?«

Michael wußte, daß er mit Lügen nicht weitergekommen wäre. »Graham ist mein Freund. Wir kennen uns seit vielen Jahren. Ich wollte, daß jemand, zu dem ich Vertrauen habe, mir den Rücken freihält.«

»Das ist nebensächlich«, sagte Monica eingeübt ungeduldig. Sie hatte generell etwas gegen solche Einsätze und die CIA-Offiziere, die sie durchführten. Monica bevorzugte mit technischen Mitteln beschaffte Nachrichten, die sich eher wie ein Quartalsbericht aufbereiten ließen.

»Sie haben einen Mitarbeiter eines ausländischen Dienstes mitgenommen, ohne die Einwilligung Ihrer Vorgesetzten in der Zentrale einzuholen.«

»Er arbeitet für die Briten, nicht für die Iraner. Und wäre er nicht dagewesen, wäre ich jetzt tot.«

Monicas irritiertes Stirnrunzeln zeigte, daß sie nicht daran dachte, sich von emotionalen Argumenten beeinflussen zu lassen. »Wenn Sie so um Ihre Sicherheit besorgt gewesen sind«, sagte sie tonlos, »hätten Sie von uns Verstärkung anfordern sollen.«

»Ich wollte nicht mit einer Truppe anrücken, die Awad und sein Team schon aus einer Meile Entfernung erkannt hätten.« Aber das war nur ein Teil der Wahrheit; tatsächlich hatte er möglichst wenige Leute aus London und der Zentrale an diesem Unternehmen beteiligen wollen. Michael, der im Außendienst und in der Zentrale gearbeitet hatte, wußte nur allzugut, wie miserabel die Geheimhaltung in Langley war.

»Awad und sein Team haben Ihren guten Freund Graham Seymour aber offenbar entdeckt«, sagte Monica verächtlich.

»Wie kommen Sie darauf?« fragte Michael. Wheaton rutschte unbehaglich in seinem Sessel hin und her, und im viertausend Meilen entfernten Langley tat Carter das gleiche. Monica Tyler reagierte unwirsch auf Fragen von Mitarbeitern, selbst von relativ hohen CIA-Offizieren wie Michael. Die Überzeugung, mit der sie ihre Auffassungen vertrat, war ein bedauerliches Nebenprodukt ahnungsloser Unschuld.

»Weshalb hätte sonst einer ihrer Männer versucht, Sie zu erschießen? Und weshalb hätte Awad den Sprengsatz an seinem Körper gezündet?«

»Sie setzen voraus, daß der Attentäter dem *Schwert von Gaza* angehört hat. Ich glaube, daß das eine falsche Annahme ist. Der Mann hat keinen Versuch gemacht, Awads Leben zu schonen. Er hat versucht, mich zu erschießen, und Awad hat vor mir gestanden. Die junge Palästinenserin hat die ganze Zeit hinter mir gestanden. Hätten sie mich umbringen wollen, hätte sie mich in aller Ruhe erschießen können. Und als die Schießerei angefangen hat, hat sie zuerst auf den Attentäter geschossen, nicht auf mich.«

»Später aber auch auf Sie.«

»Richtig, aber erst nachdem Awad seine Bombe gezündet hatte. Ich glaube, daß sie den Attentäter für einen unserer Leute gehalten hat.«

»Haben Sie sein Gesicht gesehen?«

»Nein, er hatte eine Sturmhaube übers Gesicht gezogen.«

Monica lehnte sich zu Carter hinüber und flüsterte ihm etwas ins Ohr. Carter hob die Hände und bewegte sie über Kopf und Gesicht. Michael merkte, daß er Monica erklärte, was eine Sturmhaube war. Sie machte eine kurze Pause und betrachtete ihre Hände, bevor sie fragte: »Was hat Awad gesagt, bevor die Schießerei angefangen hat?«

Michael gab alle Einzelheiten ihres Gesprächs detailliert wieder. Er hatte gelernt, in seinem Gedächtnis große Informationsmengen zu speichern; früher im Außendienst war es ihm immer wieder gelungen, Treffs mit Agenten fast wörtlich wiederzugeben. Aus dieser Zeit stammte sein Spitzname »das menschliche Diktiergerät«, den Carter ihm gegeben hatte. Michael erzählte ihnen alles, was Awad gesagt hatte – über den Anschlag in Heathrow, über die Luftangriffe, über Hassan Mahmouds Ausschluß –, aber eine wichtige Einzelheit verschwieg er. Die Fotos, die Mahmoud mit Erik Stoltenberg in Kairo zeigten, erwähnte er nicht. Das war eine riskante Strategie, denn Carter konnte jemanden mit einem Richtmikrofon auf die Fähre geschickt haben, aber Michael wollte die Stoltenberg-Connection vorläufig für sich behalten.

»Glauben Sie, daß er die Wahrheit gesagt hat?« wollte Monica wissen.

»Ja, das glaube ich«, sagte Michael nüchtern. »Ich habe das Bekennerfax des *Schwerts von Gaza* schon immer skeptisch beurteilt. Daraus habe ich nie ein Geheimnis gemacht. Aber wer ist's dann gewesen? Und warum haben die wahren Schuldigen eine andere Organisation vorgeschoben?«

Und wer zum Teufel hat heute versucht, Mohammed Awad und mich auf der Fähre umzulegen?

Carter und Monica berieten sich einen Augenblick halblaut miteinander. Wheaton funkelte Michael wie ein Professor über seine halbe Lesebrille hinweg an, als habe Michael in einer mündlichen Prüfung gerade eine entscheidende Frage falsch beantwortet.

»Wir müssen noch etwas mit Ihnen besprechen, Michael«, sagte Monica und fügte dann nachdrücklich hinzu: »Es handelt sich um eine sehr ernste Sache.« Etwas an ihrem geschäftsmäßigen Tonfall machte Michael augenblicklich nervös.

»Heute früh hat ein britischer SIS-Offizier einen Überläufer namens Iwan Drosdow aufgesucht. Drosdow hatte anscheinend versäumt, seinen wöchentlichen Scheck abzuholen, was noch nie vorgekommen war, und der SIS hat sich Sorgen um ihn gemacht. Der Offizier ist bei ihm eingebrochen und hat ihn gefunden – erschossen. SIS und örtliche Polizei haben sofort die Ermittlungen aufgenommen. Drosdow ist gestern in einem lokalen Café mit einem Mann gesehen worden, auf den Ihre Personenbeschreibung paßt. Der SIS möchte wissen, ob Sie ihn gestern besucht haben. Und wir wüßten's ehrlich gesagt auch gern.«

»Sie wissen, daß die Antwort ›ja‹ lautet, weil Sie mich von der Abfahrt aus London bis zur Rückkehr nach Heathrow haben beschatten lassen.«

»Falls Sie überwacht worden sind, ist der Befehl dazu weder von mir noch von sonst jemandem in der Zentrale gekommen«, fauchte Monica.

»Wir sind's auch nicht gewesen«, sagte Wheaton.

»Was haben Sie sich eigentlich dabei gedacht, Drosdow ohne unsere Erlaubnis, auch ohne SIS-Genehmigung, zu besuchen?« fragte Monica scharf. »Und worüber haben Sie mit ihm gesprochen?«

»Das ist eine persönliche Angelegenheit gewesen«, antwortete Michael. Auf dem Bildschirm war zu sehen, wie Adrian Carter zur Decke blickte und geräuschvoll ausatmete. »Drosdow hat beim KGB in Abteilung Fünf der Ersten Hauptverwaltung gearbeitet, der Abteilung für ›nasse Angelegenheiten‹. Ich arbeite seit Monaten an etwas, das ich mit ihm besprechen wollte. Ich kann Ihnen versichern, daß er gesund und munter gewesen ist, als wir uns voneinander verabschiedet haben.«

»Ich freue mich, daß Sie das amüsant finden, Michael, denn wir sind anderer Auffassung«, sagte Monica. »Ich will, daß Sie morgen früh die erste Maschine nach Washington nehmen. Betrachten Sie sich bis zum Abschluß der Ermittlungen wegen Ihres Verhaltens in dieser Sache als vorläufig vom Dienst suspendiert.«

Der Bildschirm wurde dunkel. Wheaton streckte wortlos eine Hand aus. Michael griff unter seinen Pullover und übergab Wheaton die geladene Browning.

Wheaton wollte ihn für seine letzte Nacht in London wieder in der sicheren Wohnung unterbringen, aber

Michael forderte ihn unmißverständlich auf, sich zu verpissen, und quartierte sich wieder in dem kleinen Hotel an der Knightsbridge mit Blick über den Hyde Park ein. Als er am frühen Abend aus dem Hotel auf die regennasse Straße trat, entdeckte er sofort zwei von Wheatons Aufpassern, die in einem geparkten Rover dösten. Während er bei Harrods für Elizabeth einkaufte, sah er zwei weitere, und bei einem Spaziergang die Sloane Street hinunter sah er einen fünften Aufpasser zu Fuß.

Außerdem entdeckte er zwei Männer in einem Ford, diesmal in einem dunkelblauen.

Wer seid ihr? Wer hat euch angeheuert? Wenn nicht Wheaton, wer dann?

Beschatter abzuschütteln war nicht schwierig, auch Profis. Michael befand sich im Vorteil, denn er war wie sie auf »der Farm« ausgebildet worden und kannte ihre Taktik. Er war eine Stunde lang bei leichtem Regen kreuz und quer im Londoner West End unterwegs: zu Fuß, mit Bus, Taxi und U-Bahn, über Berkeley Square, Oxford Street, Bond Street und Leicester Square bis nach Soho hinein. Er fand sich vor Sarahs Wohnung wieder. Das libanesische Schnellrestaurant war vegetarisch geworden – ein Denkmal für Sarah. Bob Marleys Stimme dröhnte aus einem halboffenen Fenster mit schmuddeligen Vorhängen. Sarahs Fenster. Vermutlich auch Sarahs Vorhänge.

Sarah Randolph hat einen verhängnisvollen Fehler gemacht, hatte der alte Drosdow gesagt. *Sie hat sich in ihr Opfer verliebt.*

Sie war ein Schwindel gewesen, eine Mystifikation, die seine Feinde erschaffen hatten, in ihrer grenzenlosen Naivität eine tragische Heldin. Sie hatte ihn verraten, aber sie war nicht real. Er konnte sie nicht lieben, konnte sie aber auch nicht hassen. Sie tat ihm nur leid.

Wheatons Aufpasser hatte er schon lange abgehängt, deshalb fuhr er mit einem Taxi nach Belgravia. Geheimdienstleute schaffen sich wie Diebe einen versteckten Zugang zum eigenen Haus, um für den unvermeidlichen Tag gerüstet zu sein, an dem ihr lebenslänglicher Verrat sich rächt. Michael kannte Graham Seymours Methode: übers Nachbargrundstück und mit Hilfe einer für diesen Zweck bereitliegenden Strickleiter über die hohe weiße Gartenmauer. Auf diesem Weg gelangte er in der Dunkelheit auf Grahams Steinterrasse. Als Michael an die Terrassentür klopfte, machte Graham ihm mit einem von Helens Schweizer Küchenmessern bewaffnet auf. Während sie oben im Wohnzimmer miteinander sprachen, trocknete Michaels nasser Mantel am Gasfeuer, und aus Grahams teurer Stereoanlage dröhnte Rachmaninow, um ihr Gespräch zu überspielen.

Sie redeten fast eine Stunde miteinander. Sie redeten über die Ereignisse auf der Fähre. Sie redeten über Sarah. Über Colin Yardley, Astrid Vogel und den Mann im Dunkeln, der Yardley dreimal ins Gesicht geschossen hatte. Über die Männer auf der Jacht und in den Fords – dem weißen Lieferwagen und dem jetzigen blauen. Michael brauchte Geld. Helen war reich, sogar reicher als Elizabeth, und Graham hatte für alle Fälle immer ein paar tausend Pfund in seinem Wandsafe liegen. Reisepässe waren kein Problem. Im Lauf der Jahre hatte Michael seine Kontakte zu befreundeten Diensten genutzt, um sich eine Kollektion gefälschter Papiere zuzulegen. Er konnte als Franzose oder Spanier, als Deutscher oder Grieche reisen. Sogar als Israeli. Ruf Elizabeth an, sagte Michael. Ich werde ihr alles erklären, wenn ich zurückkomme. Aber sei am Telefon vorsichtig. Sag ihr nicht, wohin ich will und was ich vorhabe. Sag ihr, daß ich sie liebe. Sag ihr, sie soll gut auf sich aufpassen.

Sie aßen Penne puttanesca und Salat und tranken Rotwein. Helen und Graham Seymour sprachen über Michael, als sei er nicht da. Michael kam sich vor, als sehe er ein drittklassiges Fernsehdrama. Er verschlang zwei Teller von Helens Pasta.

Nach dem Abendessen verkündete Graham plötzlich, er wolle den neuen Film sehen, der im Kino am Leicester Square laufe. Helen stimmte begeistert zu. Sie räumten das Geschirr weg und verließen das Haus. Michael beobachtete aus dem dunklen Wohnzimmer, wie sie in Grahams BMW stiegen und wegfuhren. Irgendwo im Dunkel sprang der Motor eines Wagens an. Michael sah ihn mit Standlicht losfahren.

Er verließ das Haus durch die Terrassentür, durchquerte den Garten und überwand die Mauer mit der Strickleiter, die auf der anderen Seite zurückblieb. Auf der King's Road hielt Michael ein Taxi an und fuhr zur Victoria Station. Mit dem Geld aus Grahams Safe kaufte er eine Fahrkarte nach Rom. Der Zug ging in einer Stunde. Wenn Wheaton clever war, würde er alle Bahnhöfe und Flughäfen überwachen lassen.

In einem der Bahnhofsgeschäfte kaufte Michael sich einen wasserdichten Hut, den er tief in die Stirn zog. Dann verließ er die Bahnhofshalle und wartete bei Nacht und Regen im Freien. Fünf Minuten vor Abfahrt des Zuges betrat er das Gebäude wieder und ging rasch zum Bahnsteig hinaus. Er stieg ein und suchte ein leeres Abteil. Allein saß er im Halbdunkel, lauschte dem rhythmischen Klacken des Zuges, betrachtete sein Spiegelbild in der Fensterscheibe und dachte über alles nach. Als der Zug den Kanaltunnel verließ und in Richtung Paris durch Nordfrankreich raste, sank Michael in leichten, traumlosen Schlaf.

29

London

Der Direktor sah die 22-Uhr-Nachrichten von ITN, während sein Chauffeur den silbergrauen Jaguar durch die Straßen des West End steuerte. Er kam von einem unbefriedigenden Dinner mit zähem Lammrücken in seinem Supper Club in Mayfair, dessen andere Mitglieder ihn für einen erfolgreichen, international tätigen Investor hielten, was seine Arbeit bis zu einem gewissen Grad richtig beschrieb. Eine Handvoll Mitglieder vermutete, er hätte vor vielen Jahren eine Zeitlang für den Geheimdienst gearbeitet. Lediglich ein oder zwei Personen kannten die Wahrheit – daß er in Wirklichkeit der Generaldirektor, der legendäre C, des Secret Intelligence Service gewesen war.

Nur ein Glück, daß er in der guten alten Zeit beim Service gewesen war, als das Department offiziell überhaupt nicht existiert hatte und die Direktoren vernünftig genug gewesen waren, ihre Namen und Fotos aus der Presse herauszuhalten. Man stelle sich vor, der Chef des Geheimdiensts gewähre *The Guardian* ein Interview – Ketzerei, Wahnsinn! Der Direktor fand, Spione und Geheimdienste ließen sich durchaus mit Ratten und Kakerlaken vergleichen. Da war es besser, so zu tun, als existierten sie gar nicht. Das trug dazu bei, daß die freie Welt nachts besser schlief.

Der Anschlag auf die Fähre Dover–Calais beherrschte die Abendnachrichten. Der Direktor war wütend, obwohl aus seiner gelassenen Miene nichts als gelangweilte Insolenz sprach. Nach einem ganzen Leben im Schatten war seine Tarnung meisterlich. Er war an Schädel und Hüften schmal, hatte aschblondes, jetzt graues Haar und blasse Chirurgenhände, deren Finger immer eine brennende Zigarette in genau der Länge zu halten schienen, die für eine Zeitschriftenwerbung auf Hochglanzpapier richtig gewesen wäre. Seine Augenfarbe erinnerte an Meerwasser im Winter, sein Mund war schmal und grausam.

In seinem Haus in St. John's Wood lebte er allein mit einem Jungen, den die Gesellschaft ihm zu seinem persönlichen Schutz stellte, und einem hübschen Mädchen, das Büroarbeiten erledigte und sich um ihn kümmerte. Er war nie verheiratet gewesen, hatte keine Kinder, seine Herkunft war unbekannt. Die Bürowitzbolde im Service hatten immer behauptet, er sei als junger Mann in einem Schilfkorb am Themseufer gefunden worden – in einem Nadelstreifen-Anzug mit Guards-Krawatte und Maßschuhen.

Er schaltete den Fernseher aus, sah aus dem Fenster und beobachtete das draußen vorbeiziehende nächtliche London. Mißerfolg war ihm verhaßter als alles andere, mehr noch als Verrat. Verrat erforderte Intelligenz und Skrupellosigkeit, Mißerfolg nur Dummheit oder mangelnde Konzentration. Die Männer, denen er den Job auf der Fähre übertragen hatte, verfügten über alles Nötige, und sie hatten trotzdem versagt. Michael Osbourne war offensichtlich ein würdiger Gegner, ein Mann mit Talent, Intelligenz und Einfallsreichtum. Osbourne war gut; sein Mörder würde besser sein müssen.

Der Jaguar hielt vor seiner Villa. Sein Chauffeur, ein ehemaliger Angehöriger der Eliteeinheit Special Air Service, begleitete den Direktor zur Tür und blieb stehen, bis er im Haus war. Das Mädchen, eine karamelbraune jamaikanische Skulptur namens Daphne, erwartete ihn. Sie trug eine weiße Bluse, die bis zum Ansatz ihres vollen Busens aufgeknöpft war, und einen schwarzen Rock, der ihre nackten Oberschenkel nur halb bedeckte. Langes, braunes Haar mit von der Sonne aufgehellten Strähnen umspielte ihre Schultern.

»Mr. Elliott ruft aus Colorado an, Sir«, sagte sie. Obwohl der Direktor schon viele tausend Pfund für Sprachtherapie ausgegeben hatte, lag in ihrer Stimme noch immer die Spur eines westindischen Singsangs. In seiner Villa in Mayfair durften Namen genannt werden, denn sie wurde regelmäßig nach Wanzen abgesucht, und Fenster und Wände waren gegen Richtmikrofone gesichert.

Der Direktor ging in sein Arbeitszimmer und drückte auf die blinkende Taste seines schwarzen Telefons mit mehreren Amtsleitungen. Daphne betrat den Raum, füllte ein Whiskyglas zwei Zentimeter hoch mit dreißigjährigem Scotch und reichte es ihm. Sie blieb im Zimmer, während er telefonierte, denn er hatte keine Geheimnisse vor ihr.

»Was ist schiefgegangen?« fragte Elliott.

»Mr. Awad hatte jemanden zu seinem Schutz mitgebracht, und Mr. Osbourne ebenfalls. Außerdem ist er verdammt gut.«

»Nach allem, was er heute morgen auf der Fähre erfahren hat, muß er erst recht beseitigt werden.«

»Das ist mir klar, Mr. Elliott.«

»Wann soll der nächste Anschlag stattfinden?«

»So bald wie möglich«, sagte der Direktor und machte eine Pause, um an seinem Scotch zu nippen. »Aber ich möchte einen Austausch vornehmen. Osbourne ist ziemlich gut. Deshalb muß sein Gegner sehr gut sein. Ich möchte diesen Auftrag an Oktober vergeben.«

»Er ist sehr teuer.«

»Ein lebender Osbourne kann uns noch mehr kosten, Mr. Elliott. Ich denke, dies ist nicht der richtige Zeitpunkt, über ein bis zwei zusätzliche Millionen zu mekkern, nicht wahr?«

»Nein, Sie haben recht.«

»Ich arbeite ein detailliertes Dossier über Osbourne aus und schicke es Oktober als verschlüsselte E-Mail. Entschließt er sich dazu, den Auftrag anzunehmen, läuft der Countdown, und ich rechne damit, daß Mr. Osbourne binnen kurzem eliminiert sein wird.«

»Das hoffe ich«, sagte Elliott.

»Verlassen Sie sich darauf, Mr. Elliott. Gute Nacht.«

Der Direktor legte auf. Daphne stand hinter ihm und knetete sanft seine Schultern. »Haben Sie heute abend noch Arbeit für mich, Sir?« fragte sie.

»Nein, Daphne, ich erledige noch etwas Papierkram und gehe dann zu Bett.«

»Sehr wohl, Sir«, sagte sie und verließ den Raum.

Der Direktor arbeitete noch etwa zwanzig Minuten, trank den Scotch aus und sah sich im Satellitenfernsehen amerikanische Reportagen über die Explosion auf der Kanalfähre an. Dann schaltete er den Fernseher aus und ging nach oben in seine Schlafzimmersuite. Daphne lag mit aufgeknöpfter Bluse auf dem Bett, hatte die langen Beine übereinandergeschlagen und spielte mit einer Haarsträhne, die sie um ihren schlanken Zeigefinger gewickelt hatte.

Der Direktor entkleidete sich wortlos und zog einen seidenen Schlafrock an. Manche Reichen amüsierten sich mit Autos oder Pferden. Der Direktor hatte seine Daphne.

Sie hatte sich ebenfalls ausgezogen; ihre Kleider lagen neben ihr auf dem Bett. Sie streichelte sanft ihre Brustspitzen, ihren Bauch, ihre Schenkel. Daphne verstand sich darauf, zu reizen, sogar sich selbst. Der Direktor streckte sich neben ihr auf dem Bett aus und ließ einen Finger über ihre Kehle gleiten.

»Irgendwas, mein Herz?« fragte sie.

»Nein, mein Herz.«

Die Fähigkeit des Direktors, eine Frau zu lieben, war schwer beeinträchtigt, seiner Meinung nach eine Nebenwirkung eines Lebens voller Lügen und Verrat. Daphne griff unter seinen Schlafrock, nahm ihn in ihre langen Hände.

»Überhaupt nichts?«

»Leider nein, mein Herz.«

»Schade«, murmelte sie. »Soll ich?«

»Wenn du in Stimmung bist.«

»Sie *sind* ein Dummerchen, Sir. Wollen Sie mir dabei zur Hand gehen oder nur zusehen?«

»Nur zusehen«, sagte der Direktor und zündete sich eine Zigarette an.

Daphnes Hand glitt zwischen ihre Schenkel. Sie keuchte laut, warf den Kopf zurück und schloß die Augen. In den folgenden zehn Minuten nahm er sie auf die einzig mögliche Art – mit seinen Blicken –, war aber bald in Gedanken woanders. Er dachte an Michael Osbourne. An das fehlgeschlagene Attentat auf der Fähre. An den Mann, der sich Oktober nannte. Das würde ein interessantes Duell werden. Einer würde dabei umkommen. War es Osbourne, würde die Gesellschaft überleben, und Mitchell Elliott würde seine Milliarden verdienen. War es Oktober … Den Direktor schauderte bei diesem Gedanken. Er hatte zu lange, zu schwer gearbeitet; zuviel stand auf dem Spiel, zuviel war bereits investiert worden, als daß ein Mißerfolg denkbar gewesen wäre.

Er schaute wieder Daphne an und stellte fest, daß ihre braunen Augen ihn fixierten. Sie hatte den offenen, freien Blick eines kleinen Kindes. »Sie sind für ein paar Minuten nicht dagewesen«, sagte sie.

Über sein Gesicht huschte ein überraschter Ausdruck; Daphne beraubte ihn seiner alten Verstellungskunst.

»Ich sehe dir trotzdem zu, weißt du. Ich will wissen, ob ich dich glücklich mache.«

»Sie machen mich sehr glücklich.«

»Ist alles in Ordnung, mein Herz?«

»Alles ist bestens.«

»Bestimmt?«

»Ja, ganz bestimmt.«

30

Kairo

»Mein Gott, diese Scheißstadt!«

Astrid Vogel stand in der Balkontür, die sie geöffnet hatte, um die Kühle der winterlichen Abenddämmerung einzulassen. Mr. Fahmy, der Hotelportier, hatte sie gewarnt, den kleinen Balkon mit dem rostigen Geländer zu betreten; Balkone brächen heutzutage manchmal einfach ab, so daß es bitte am besten sei, ihn nicht zu betreten. Sie waren seit zwei Tagen in diesem Hotel, und ihre Toilette war schon dreimal verstopft gewesen.

Dreimal war Mr. Fahmy erschienen, in Sakko und Krawatte, mit einer Rolle Klebeband und einem Bund Kupferdraht bewaffnet. Das Hotel habe keinen Handwerker, erklärte er. Alle guten Handwerker seien am Golf – in Kuwait, in Saudi-Arabien oder den Emiraten – und arbeiteten für die Ölscheichs. Das gleiche gelte für die Lehrer, die Anwälte und die Buchhalter. Die Akademiker und die Reichen seien geflüchtet. Kairo sei eine verfallende Fellachenstadt ohne Fachleute, die sie instandsetzen könnten. Dann ließ die Toilette sich wie auf ein Stichwort hin spülen, und er sagte traurig lächelnd: »Sie funktioniert wieder, *inschallah«,* obwohl er wußte, daß er am nächsten Tag mit seinem Reparatursatz aus Klebeband und Kupferdraht wiederkommen würde.

Der abendliche Gebetsruf erklang, zuerst ein einzelner Muezzin in weiter Ferne, dann noch einer und noch einer, bis tausend scheppernd verstärkte Stimmen gemeinsam riefen. Das Hotel stand neben einer Moschee, deren Minarett neben ihrem Fenster aufragte. Der bei Tagesanbruch aus den Lautsprechern dröhnende Gebetsruf hatte Astrid an diesem Morgen so erschreckt, daß sie nach ihrer Pistole gegriffen hatte und nackt auf den Balkon gelaufen war. Astrid war eine überzeugte Atheistin. Religion machte sie nervös. In Kairo war man überall von Religion umgeben. Sie umhüllte einen, umgab einen von allen Seiten. Es war unmöglich, ihr zu entkommen. Astrids Lösung bestand darin, ihren Unglauben demonstrativ zur Schau zu stellen. Als der Muezzin am frühen Abend wieder zum Gebet rief, ging sie mit Delaroche ins Bett und liebte ihn ekstatisch. Jetzt lauschte sie dem Gebetsruf wie eine Meeresbiologin den Paarungslauten von Grauwalen. Er schien ihr vage musikalisch, harmonisch, wie eine dieser schlichten Fugen, bei denen eine Violine die Melodie aufgreift, die eine andere zuvor gespielt hat. Kairos Kanon, dachte sie.

Der Gebetsruf verhallte, bis nur noch eine Stimme in der Luft hing, irgendwo im Südwesten, wo Giseh und die Pyramiden lagen, um dann ebenfalls zu verstummen. Astrid blieb mit verschränkten Armen an der Balkontür stehen, rauchte eine gräßliche einheimische Zigarette und trank eisgekühlten Champagner, weil dem Hotel das Tafelwasser ausgegangen war und das Leitungswasser Wasserbüffel umbringen konnte. Sie trug eine Galabija, ein Männergewand, die Ärmel hochgekrempelt und bis zum Nabel aufgeknöpft. Delaroche, der auf dem Bett lag, konnte durch das dünne Gewebe des weißen Gewands die schwachen Umrisse ihrer Mannequinfigur sehen. Sie hatte es nachmittags in einem Suk in der Nähe des Hotels gekauft und dabei so viel Aufsehen erregt, wie es nur eine einsachtzig große deutsche Blondine auf den von sexueller Unterdrückung geprägten Straßen Kairos konnte.

Delaroche hatte eine Zeitlang geglaubt, es sei ein Fehler gewesen, sie allein gehen zu lassen, aber jetzt im Winter waren viele tausend skandinavische Touristen in Kairo, und niemand würde sich an die hochgewachsene Deutsche erinnern, die sich im Suk ein Fellachengewand gekauft hatte. Außerdem war Delaroche selbst gern auf den belebten Straßen Kairos unterwegs. Dabei hatte er jedesmal das Gefühl, sich durch eine andere Stadt zu bewegen – mal durch einen Winkel von Paris, mal durch Gassen in Rom, mal durch einen Straßenblock im viktorianischen London –, alle mit Staub bedeckt und wie die Sphinx zerfallend. Am liebsten hätte er alles gemalt, aber dafür war jetzt keine Zeit.

Der Nachtwind roch nach der Libyschen Wüste. Dieser Geruch vermischte sich mit dem für Kairo typischen Gestank: Staub, verrottender Müll, Holzrauch, Eselmist, Urin, Abgase von einer Million Autos und Lastwagen, Giftschwaden der Zementwerke in Heluan. Aber er war kühl und trocken, wundervoll auf der nackten, feuchten Haut von Astrids Brüsten. Ihr Gesicht war staubig. Der Staub war überall, grau, fein wie bestes Mehl. Er fand seinen Weg in ihren Koffer, in ihre Bücher und Zeitschriften. Delaroche reinigte ständig die Beretta, die in einem Kairoer Bankschließfach für ihn hinterlegt worden war. »Der Staub«, stöhnte er, während er die Waffe mit einem ölgetränkten Lappen abwischte, »dieser gottverdammte Staub!«

Astrid ließ gern die Balkontür offen – das Klimagerät war defekt, und selbst Mr. Fahmys Kniffe konnten es nicht wieder zum Laufen bringen –, aber die Zimmermädchen verschlossen den Raum immer luftdicht wie einen Sarkophag. »Der Staub«, sagten sie dann erklärend, wobei sie augenrollend zu Astrids offener Balkontür hinübersahen. »Bitte, der Staub.«

Sie wagte sich auf den Balkon hinaus, ohne Mr. Fahmys Warnung zu beachten. Auf einer schmalen, verstopften Straße unter ihr schoben Männer Autos herum. In Kairo gab es eine Million Fahrzeuge, aber Astrid hatte noch kein einziges Parkhaus gesehen. Die Kairoer hatten sich eine überraschende Lösung einfallen lassen: Sie ließen ihre Autos einfach mitten auf der Straße stehen. Für eine Handvoll zerknüllter Piaster bewachten clevere Unternehmer ein Auto den ganzen Tag und schoben es herum, um Platz für andere zu machen. In der Innenstadt waren viele Seitenstraßen unpassierbar, weil sie in improvisierte Parkplätze umgewandelt worden waren.

Auf der anderen Straßenseite, neben der Moschee, wurde ein einsturzgefährdetes Bürogebäude geräumt. Anstatt die Möbel ordentlich abzutransportieren, warfen Arbeiter einfach alles aus den Fenstern. Zwanzig Soldaten, junge Fellachen aus den Dörfern, hockten vor dem baufälligen Gebäude an kleinen Kochfeuern.

»Weshalb wird das Haus von Soldaten bewacht, Jean-Paul?« fragte sie, während sie das Schauspiel verfolgte.

»Was?« brüllte Delaroche aus dem Zimmer.

Astrid wiederholte ihre Frage, diesmal lauter. Unterhaltung auf Kairoer Art. Wegen der ohrenbetäubenden Kakophonie des Straßenlärms wurden die meisten Gespräche schreiend geführt. Das machte es schwieriger, Erik Stoltenbergs Ermordung zu planen. Aus Sicherheitsgründen bestand Delaroche darauf, daß sie nur im Bett liegend, von Angesicht zu Angesicht, miteinander redeten, damit sie leise sprechen konnten, direkt ins Ohr des anderen.

»Die Soldaten sollen Passanten fernhalten, falls das Gebäude plötzlich einstürzt.«

»Aber wenn es plötzlich einstürzt, sind die Soldaten tot. Das ist Wahnsinn!«

»Nein, das ist Kairo.«

Ein von einem lahmenden Esel gezogener Karren kam die Straße entlang. Der Kutscher war ein kleiner Junge, blond, schmales Gesicht, schmutziges Gewand. Sein Karren war hoch mit Abfällen beladen. Die Soldaten neckten den Jungen und warfen dem Esel Brotkrusten hin. Astrid dachte einen Augenblick daran, ihre Pistole zu holen und einen der Soldaten zu erschießen. Dann rief sie: »Jean-Paul, komm mal schnell her!«

»Sabbalin«, sagte Delaroche, als er neben sie auf den Balkon trat.

»Was?«

»Sabbalin«, wiederholte er. »Das sind Müllkutscher. Kairo hat keine städtische Müllabfuhr. Abfälle sind immer auf die Straße geworfen oder verbrannt worden, um das Wasser in den öffentlichen Bädern zu erwärmen. In den dreißiger Jahren sind die koptischen Christen aus dem Süden nach Kairo gezogen. Einige sind Sabbalin geworden. Sie werden nicht dafür bezahlt, aber sie sortieren den Müll und verkaufen alles Brauchbare. Sie leben in einem Mülldorf im Dschebel Mokattam östlich von Kairo.«

»Großer Gott«, sagte sie leise.

»Wir müssen uns anziehen«, sagte Delaroche, aber Astrid blieb auf dem Balkon und beobachtete weiter den Jungen mit dem Müllkarren.

»Ich mag ihn nicht«, sagte sie, und Delaroche wußte im ersten Moment nicht, ob sie den Müllsammler oder Erik Stoltenberg meinte. »Er ist grausam und clever.«

»Halt dich genau an unseren Plan, dann klappt alles.«

»Laß nicht zu, daß er mir wehtut, Jean-Paul.«

Er sah sie an. Sie hatte ein Dutzend Morde verübt, war ihr Leben lang auf der Flucht gewesen und war manchmal trotzdem ängstlich wie ein kleines Mädchen. Er berührte ihr Gesicht, küßte sie zart auf die Stirn.

»Ich lasse nicht zu, daß irgendwer dir wehtut«, sagte er.

Ein großer Holzschreibtisch wippte auf einer Balkonbrüstung im zehnten Stock des einsturzgefährdeten Bürogebäudes. Er blieb noch einen Augenblick hängen wie ein Schiffsreisender, der sich an die Reling eines sinkenden Ozeanriesen klammert, dann stürzte er auf die Straße, wo er in hundert Stücke zersplitterte. Der Esel des Sabbalin ging durch. Die Soldaten stoben auseinander. Sie sahen nach oben, brüllten arabische Verwünschungen und drohten den Arbeitern auf dem Balkon mit den Fäusten.

»Kairo«, sagte Delaroche.

»Mein Gott«, sagte Astrid, »was für eine Scheißstadt!«

Der Hotelaufzug war ein altmodischer Lift in der Mittelachse der spiralförmigen Treppe. Er war wieder einmal außer Betrieb, deshalb mußten Astrid und Delaroche aus dem sechsten Stock zu Fuß hinuntergehen. Mr. Fahmy, der ewige Portier, zuckte entschuldigend mit den Schultern. »Morgen kommt der Monteur, *inschallah«,* sagte er.

»Inschallah«, wiederholte Delaroche mit perfektem Kairoer Akzent, was Mr. Fahmy mit einem förmlichen Nicken seines kahlen Kopfes erwiderte.

In der Hotelhalle war es still, der Speisesaal war leer bis auf zwei Kellner mit umgebundenen Schürzen, die schweigend gegen den Staub ankämpften. Delaroche fand ihn mit seinen langen Tischen, dem sehnigen Fleisch und dem warmen Weißwein deprimierend und vage russisch. Astrid hatte in eines der großen westlichen Hotels gehen wollen – ins InterCon oder ins berühmte Nile Hilton –, aber Delaroche hatte auf einer ruhigeren Unterkunft bestanden. Das Hotel Imperial war ein Haus, wie es Reiseführer Abenteuerlustigen empfahlen, die unbedingt »das wahre Kairo« kennenlernen wollten.

Delaroche hatte einen Motorroller gestohlen: einen kleinen dunkelblauen Roller, wie ihn junge Italiener benutzen, um durch Rom zu rasen. Er fühlte sich leicht schuldbewußt, denn er wußte, daß irgendein ägyptischer Jugendlicher drei Jobs angenommen und jahrelang gespart hatte, um sich den Roller kaufen zu können. Er setzte Astrid in ein Taxi und erklärte dem Fahrer in fließendem Arabisch, wohin er sie bringen solle. Dann fuhr Delaroche mit dem Motorroller voraus, und Astrids Taxi folgte ihm.

Zamalek ist eine Insel, lang und schmal, die der Nil wie ein Burggraben umgibt. Sie ist eine Enklave der Reichen Kairos: das Rückzugsgebiet der Aristokratie, der Neureichen und der westlichen Journalisten. Über der Uferpromenade ragen staubige Apartmentgebäude auf und starren mißbilligend über den Fluß ins lärmende Chaos der Innenstadt hinüber. Unter der Uferpromenade verläuft ein Kai, auf dem die aufgeklärte Jugend Zamaleks bis in die frühen Morgenstunden vögelt. Im Südteil der Insel hatte der Gesira Sporting Club, der Treffpunkt der britischen Elite, seine Kricketfelder und Tennisplätze. In den Läden und Boutiquen Zamaleks hört man das von Napoleon nach Kairo mitgebrachte Französisch. Die Inselbewohner kleiden sich westlich, essen in den Cafés und Restaurants der Insel westlich und tanzen in den Diskotheken nach westlicher Musik. Dies ist das andere Kairo.

Erik Stoltenberg wohnte im obersten, dem achten Stock eines Apartmentgebäudes mit Blick über den Fluß. Seine Nachbarn klagten über laute Parties und die Paarungslaute seiner ständigen Eroberungen. Er dinierte jeden Abend in einem der eleganten Restaurants der Insel und wechselte dann in den Nachtclub Break Point über, um dort bis spät nachts zu trinken und auf Frauenjagd zu gehen.

Das alles stand in Delaroches Dossier über ihn.

Das Break Point hatte einen Türsteher und die unvermeidliche Warteschlage wie ein New Yorker Club. Der Türsteher wählte wichtige Gäste und hübsche Mädchen aus, um sie bevorzugt einzulassen. Erik Stoltenberg fiel in die erste Kategorie, Astrid Vogel in die zweite. Delaroche, Single, attraktiv, Mitte Vierzig, mußte zehn Minuten warten. Er ging an die Bar und bestellte sich auf arabisch, das er mit Kairoer Akzent sprach, ein Stella. Im rauchigen Halbdunkel des Nachtclubs konnte er als Angehöriger der einheimischen Oberschicht durchgehen.

Er bezahlte sein Bier und drehte sich an der Theke um. Der Club war wie immer überfüllt: leichtbekleidete ägyptische Mädchen, die bereit waren, mit Fremden zu schlafen, Jungen, die ebenfalls dazu bereit waren, ein paar Luxusnutten und einige abenteuerlustige Touristen, die keinen weiteren Abend in der trostlosen Bar im Nile Hilton ertragen konnten. Ein hübsches Mädchen forderte Delaroche zum Tanz auf. Er lehnte höflich ab. Im nächsten Augenblick tauchte ihr Beschützer auf: ein Schlägertyp in Lederjacke und engem Hemd, das seine Gewichthebermuskeln unterstreichen sollte. Delaroche murmelte ihm etwas ins Ohr, das bewirkte, daß der Junge mit dem hübschen Mädchen sofort die Bar verließ.

Astrid tanzte mit Stoltenberg. Sie trug einen der schwarzen Röcke, die sie in London gekauft hatte, und einen hautengen schwarzen Pullover ohne Büstenhalter. Sie war jetzt Eva Tebbe, eine in Ostdeutschland geborene Touristin, die leicht sächselte. Astrid und Stoltenberg hatten sich am Abend zuvor kennengelernt, als sie mit Delaroche dagewesen war, der sich als Franzose aus ihrer Reisegruppe ausgegeben hatte. Stoltenberg hatte unaufhörlich mit ihr geflirtet. Sie war noch zwei Tage in Kairo, dann ging ihre Reise nach Luxor weiter. Stoltenberg hatte versucht, sie abzuschleppen, aber sie hatte traurig abgelehnt, weil sie fürchtete, der kleine Franzose könnte ihr eine Szene machen. Heute war sie allein hier, deshalb wollte Delaroche nicht tanzen und hielt sich im Halbdunkel der Bar auf.

Stoltenberg hatte einmal gut ausgesehen, aber Alkohol und reichliches Essen hatten ihn Fett ansetzen lassen. Er hatte ziemlich kurzes eisgraues Haar und eisblaue Augen. Er trug Schwarz – schwarze Jeans, schwarzer Rollkragenpullover, schwarze Lederjacke. Er berührte Astrid, während sie tanzte, und ihr Gesichtsausdruck zeigte, wie sehr ihr das gefiel. Nach drei Tänzen zogen sie sich an den immer für Stoltenberg reservierten Tisch zurück. Dort steckten sie die Köpfe zusammen.

Nach zehn Minuten standen sie auf und bahnten sich einen Weg über die Tanzfläche zum Ausgang. Stoltenberg hielt Astrids Hand. Ihr Blick glitt über Delaroche hinweg, ohne auf ihm zu verweilen.

Astrid, der Profi.

Aber Delaroche war nicht entgangen, daß sie Angst hatte.

Erik Stoltenbergs Geschäfte gingen offenbar gut. Er hatte einen großen schwarzen Mercedes mit Chauffeur. Er hielt Astrid die Tür auf, ging dann um den Wagen herum und stieg ebenfalls hinten ein. Die Limousine preschte durch die engen Straßen, bog auf die Uferpromenade ab und folgte dem Fluß nach Süden. Delaroche, der einen Sturzhelm trug und nur mit Standlicht fuhr, achtete auf ausreichend Abstand. Er nahm das Gas weg, als Stoltenbergs Apartmentgebäude am Nil vor ihnen auftauchte. Genau wie in London, sagte er sich. Geh mit ihm rein, sieh zu, daß du ihn ins Bett bekommst, laß möglichst die Tür offen. Kein Problem. Der Mercedes beschleunigte plötzlich und fuhr an dem Gebäude vorbei. Delaroche fluchte laut, dann gab er Gas und nahm die Verfolgung auf.

»Du heißt nicht Eva Tebbe«, stellte Stoltenberg fest, als der Wagen beschleunigte, »sondern Astrid Vogel. Du bist ein ehemaliges Mitglied der Rote-Armee-Fraktion.«

»Wie bitte? Ich heiße Eva Tebbe und bin aus Berlin. Bring mich sofort in den Club zurück, oder ich fange an zu schreien!«

»Ich habe dich schon nach den ersten fünf Minuten erkannt. Dein komischer sächsischer Dialekt ist nicht gut genug, um einen Profi zu täuschen.«

»Profi auf welchem Gebiet? Ich will sofort in den Club zurück!«

»Ich bin Stasi-Offizier gewesen, Schätzchen! In der für die RAF zuständigen Abteilung. Du bist zwar nie im Osten gewesen, aber viele deiner Genossen haben dort Unterschlupf gefunden. Wir haben Fotos und Dossiers von jedem RAF-Mitglied gehabt, auch von Astrid Vogel.«

»Ich heiße Eva Tebbe«, wiederholte sie gebetsmühlenartig. »Ich komme aus Berlin.«

»Ich habe mir von einem alten Kollegen dieses Foto faxen lassen. Du bist jetzt natürlich älter, trägst dein Haar anders, aber du bist es trotzdem.«

Er griff in seine Lederjacke, zog das Foto heraus und hielt es ihr unter die Nase. Astrid starrte angelegentlich aus dem Fenster. Sie hatten den Nil überquert und fuhren in Richtung Giseh.

»Sieh's dir an!« brüllte Stoltenberg. »Das bist du – sieh's dir an!«

»Das bin ich nicht. Bitte, ich weiß überhaupt nicht, wovon du redest.«

Ihre Stimme verlor allmählich an Glaubwürdigkeit, sie hörte es selbst. Auch Stoltenberg hörte es offenbar, denn sein Handrücken traf mit einem brutalen Schlag ihren Mund. Ihre Augen begannen zu tränen, und sie hatte Blutgeschmack auf den Lippen.

Sie sah das Bild an, ein altes westdeutsches Fahndungsfoto.

Sie war revolutionär mager und starrte in die Kamera, als wollte sie fragen: »Wie könnt ihr's wagen, mich zu knipsen?« Kurt Vogels Bürstenhaarschnitt; Kurt Vogels Nickelbrille. Sie hatte das Foto immer schrecklich gefunden, aber nachdem das Bundeskriminalamt es auf einem Fahndungsplakat verbreitet hatte, war sie zum Sexsymbol der radikalen Linken geworden.

Vor ihnen zeichneten die Pyramiden sich als Silhouetten vor dem Dunkelblau der Wüstennacht ab. Ein bleicher Dreiviertelmond stand tief am Horizont und leuchtete wie ein Scheinwerfer. Wo zum Teufel steckst du, Jean-Paul? fragte sie sich. Aber sie widerstand der Versuchung, sich umzudrehen und nach ihm Ausschau zu halten. Was hatte er gesagt? *Ich lasse nicht zu, daß irgendwer dir wehtut.* Unternimm lieber bald etwas, Liebster, dachte sie, sonst macht dieser Mann dich zum Lügner. Aus irgendeinem Grund hatte Stoltenberg bisher weder eine Leibesvisitation vorgenommen noch ihre Handtasche durchsucht. Ihre Pistole, eine kleinkalibrige Browning, lag in der Handtasche, aber sie wußte, daß sie auf dem Rücksitz keine Chance hatte, schnell genug an die Waffe zu kommen. Sie konnte nur abwarten und auf Zeit spielen und verzweifelt hoffen, daß Jean-Paul irgendwo dort draußen in der Dunkelheit war.

Die Pyramiden verschwanden, als der Wagen auf eine schmale, unbefestigte Straße abbog, die in die Wüste führte. »Wohin bringst du mich?« fragte Astrid. »Wenn du ficken willst, können wir's gleich hier machen. Dazu müssen wir nicht in die Wüste fahren und solche blöden Spiele spielen.«

Er schlug ihr wieder ins Gesicht und knurrte: »Halt's Maul!«

Der Mercedes rumpelte und schlingerte wild.

»Wer hat dich angeheuert?«

»Niemand hat mich angeheuert. Ich bin nicht die, für die du mich hältst. Ich will in mein Hotel zurück. Bitte, laß mich in Ruhe.«

Er schlug wieder zu, diesmal fester. »Antworte! Wer hat dich angeheuert?«

»Niemand. Bitte nicht!«

»Wer ist der Mann? Dein Partner, dieser Franzose?«

»Er ist nur ein komischer Kerl aus meiner Reisegruppe. Ein Niemand.«

»Hast du Colin Yardley in London erschossen?«

»Ich habe keinen Menschen erschossen.«

»Hast du Colin Yardley in London ermordet? Hat der Franzose ihn umgelegt?«

»Ich bin keine Mörderin. Ich arbeite für eine Zeitschrift in Berlin. Ich bin Graphikdesignerin. Ich heiße nicht Astrid Vogel, ich heiße Eva Tebbe. Bitte, laß diesen Wahnsinn! Wohin bringst du mich?«

»An einen Ort, wo niemand dich schreien hört und keiner deine Leiche findet.« Er griff wieder in seine Lederjacke und zog diesmal eine Pistole heraus. Er drückte ihr die Mündung an den Hals und riß sie an den Haaren. »So, jetzt noch mal von vorn«, sagte er. »Wer ist der Franzose? Wer hat dich angeheuert?«

»Ich heiße Eva Tebbe. Ich bin Graphikdesignerin, ich bin aus Berlin.«

Sie dachte an die früheren Indoktrinierungsvorträge bei der RAF. Haltet dicht, wenn ihr verhaftet werdet. Leistet Widerstand, beschimpft sie, aber haltet dicht. Sie werden mit euch spielen, euch psychologisch fertigmachen. Das tun die Bullen nämlich. Haltet trotzdem dicht. Jetzt mußte sie diese Verhaltensregeln befolgen, denn wenn sie Stoltenberg die Wahrheit sagte, würde er sie töten.

Er riß sie wieder an den Haaren und ließ sie dann los. Ihre Handtasche lag auf dem Sitz zwischen ihnen. Er öffnete sie und wühlte darin herum, bis er die Browning fand. Er hielt die Waffe als Beweis für ihren Verrat hoch und steckte sie in seine Lederjacke.

»Er ist verdammt nachlässig, dein Franzose, Astrid. Er hat dich in eine sehr gefährliche Lage gebracht. Er hat gewußt, daß ich bei der Stasi gearbeitet habe. Er hätte sich denken müssen, daß ich eine ehemalige Aktivistin der Rote-Armee-Fraktion wiedererkennen würde. Man muß schon ein eiskaltes Schwein sein, um eine Frau in diese Lage zu bringen.«

Der Mercedes hielt in einer Staubwolke auf dem Kamm eines Höhenzugs in der Wüste. Unter ihnen erstreckte Kairo sich wie ein riesiger Fächer: im Süden schmal, im Norden zum Nildelta hin breit. Tausend Minarette ragten in den Himmel. Sie fragte sich, welches ihres war. Sie wünschte sich in ihr gräßliches Hotelzimmer zurück, mit der Toilette, die nicht funktionierte, gegenüber dem Bürogebäude, das jeden Augenblick einstürzen konnte.

»Du liebst diesen Mann offenbar. Deshalb bist du bereit, für ihn zu leiden. Aber glaub mir, er erwidert deine Gefühle nicht. Sonst hätte er dich niemals auf mich angesetzt. Er nutzt dich bloß aus, genau wie's diese Schweine von der RAF gemacht haben.«

Stoltenberg erteilte dem Fahrer auf arabisch einen knappen Befehl, den Astrid nicht verstand. Der Fahrer öffnete die Tür und stieg aus. Stoltenberg setzte ihr erneut die Pistole an den Hals.

»Also gut«, sagte er. »Versuchen wir's noch mal.«

Delaroche stellte den Motor seines Rollers ab, sobald er die Bremslichter des Mercedes aufleuchten sah. Er ließ ihn noch ausrollen, schob ihn dann von der Straße und näherte sich dem Wagen zu Fuß. Aus der Ferne war das Rauschen Kairos zu hören. Er erstarrte, als eine Autotür geöffnet und wieder geschlossen wurde. Im Mercedes blieb es dabei dunkel; wie jeder erfahrene Geheimdienstmann hatte Stoltenberg die Innenbeleuchtung ausgeschaltet. Im Mondschein sah Delaroche den Fahrer, der mit schußbereiter Waffe die Umgebung des Wagens sicherte. Delaroche kauerte hinter einem zerklüfteten Felsblock und wartete, bis der Mann näherkam. Als der Fahrer auf etwa zehn Meter herangekommen war, stand Delaroche in der Dunkelheit auf und hob seine Beretta mit Schalldämpfer.

Stoltenberg schlug wieder zu und traf ihr Gesicht, ihren Hinterkopf, ihre Brüste. Astrid spürte, daß es ihm Spaß zu machen begann. Sie dachte angestrengt an etwas anderes, an irgend etwas anderes. Sie dachte an ihr Hausboot auf der Prinsengracht und die kleine Buchhandlung und wünschte sich verzweifelt, Jean-Paul Delaroche wäre niemals in ihr Leben getreten.

Die Fahrertür wurde geöffnet und wieder geschlossen. In der Dunkelheit konnte Astrid kaum die Silhouette des Mannes am Steuer erkennen. Trotzdem merkte sie, daß das nicht mehr ihr Fahrer war.

Stoltenberg drückte ihr wieder die Mündung seiner Pistole an den Hals. »Hast du draußen jemand gesehen?« fragte er auf arabisch.

Der Mann am Steuer schüttelte den Kopf.

»Jallah!«, sagte Stoltenberg. Auf geht's!

Delaroche fuhr blitzschnell herum und zielte mit der Beretta auf Stoltenbergs Gesicht.

Der Deutsche war zu erschrocken, um zu reagieren.

Delaroche schoß dreimal.

Blut und Gehirnmasse klatschten an die Heckscheibe.

Stoltenberg fiel gegen Astrid. Sie schrie auf, stieß ihn von sich weg, stürzte aus dem Wagen und rannte vom Blut des Deutschen bespritzt in die nächtliche Wüste.

Delaroche stieg aus und rannte hinter ihr her.

»Er hätte mich umbringen können, Jean-Paul.«

Sie lag im Hotel Imperial in ihrer Galabija auf dem Bett und rauchte im Dunkel eine Zigarette nach der anderen. Delaroche saß neben ihr und zerlegte seine Waffen. Ihr Haar war vom Duschen naß, und die durchs offene Fenster hereinkommende Brise ließ sie frösteln. Sie hatte Erik Stoltenbergs Blut und die Spuren ihrer wilden Flucht in die Wüste abgewaschen. Sie hatte sich mehrmals heftig übergeben müssen. Die Toilette war wieder verstopft, aber Mr. Fahmy, der sie als einziger reparieren konnte, hatte heute abend frei. *»Bokra, inschallah«,* sagte der Nachtportier. Morgen, so Gott will.

Delaroche dachte über ihre Feststellung nach; der Profi in ihm konnte ihr nicht widersprechen. Erik Stoltenberg hatte reichlich Zeit und Gelegenheit gehabt, sie umzubringen. Er hatte es nur deshalb nicht gleich getan, weil er weitere Informationen brauchte.

»Er hätte dich umbringen können«, gab Delaroche zu, »aber er hat's nicht getan, weil du dich mustergültig verhalten hast. Du hast auf Zeit gespielt, du hast nichts verraten. Du bist keine Sekunde allein gewesen. Ich bin die ganze Zeit hinter euch gewesen.«

»Hätte er mich umbringen wollen, hättest du ihn nicht daran hindern können.«

»Diese Arbeit ist nicht risikolos, Astrid. Das weißt du.«

Sie erinnerte sich an Stoltenbergs Worte. *Er ist verdammt nachlässig, dein Franzose. Er hat dich in eine sehr gefährliche Lage gebracht.*

»Ich weiß nicht, ob ich weitermachen kann, Jean-Paul.«

»Du hast den Auftrag übernommen. Du hast das Geld genommen. Du kannst nicht mehr aussteigen.«

»Ich will zurück nach Amsterdam, zurück auf mein Boot.«

»Du kannst nicht mehr zurück. Diese Tür ist jetzt für dich verschlossen.«

Sie zog die Bilanz ihrer Verletzungen: aufgeplatzte Unterlippe, Prellung auf dem linken Backenknochen, blaue Flecken wie Abdrücke einer Hand auf der rechten Brust. Sie war noch nie in einer Situation gewesen, in der sie sich so ausgeliefert gefühlt hatte, und das gefiel ihr nicht.

»Ich will nicht wie ein Tier in der Wüste verrecken, Jean-Paul.«

»Ich auch nicht«, sagte er. »Und ich lasse nicht zu, daß das einem von uns passiert.«

»Wohin gehst du, wenn dieser Auftrag ausgeführt ist?«

»Zurück nach Brélès, wenn ich kann. Sonst in die Karibik.«

»Und wohin gehe ich, wenn die Tür nach Amsterdam jetzt für mich verschlossen ist?«

Er schob seine Waffen weg und legte sich neben sie.

»Du kannst mit mir in die Karibik kommen.«

»Und was würde ich dort machen?«

»Was du willst, oder gar nichts.«

»Und was werde ich für dich sein? Deine Ehefrau?«

Delaroche schüttelte den Kopf. »Nein, nicht meine Ehefrau.«

»Wird es andere Frauen geben?«

Er schüttelte wieder den Kopf. »Nein, es wird keine anderen Frauen geben.«

»Ich will sein, was ich für dich sein soll, aber du darfst mich nicht durch andere Frauen demütigen.«

»Ich würde dich nie demütigen, Astrid.«

Er küßte sie zart auf ihre aufgeplatzte Unterlippe, um ihr nicht wehzutun. Er knöpfte ihre Galabija auf und küßte ihre Brüste und den häßlichen Abdruck von Stoltenbergs Hand. Er glitt über ihren Körper nach unten und schob die Galabija hoch. Das Entsetzen, das sie vor einigen Stunden empfunden hatte, verschmolz mit dem exquisiten Reiz dessen, was er zwischen ihren Schenkeln tat.

»Wo werden wir leben?« fragte sie leise.

»Am Meer«, antwortete er, dann machte er weiter.

»Machst du das am Meer mit mir, Jean-Paul?«

Sie spürte, wie er zwischen ihren Beinen nickte.

»Machst du das am Meer *oft* mit mir, Jean-Paul?«

Aber das war eine törichte Frage, auf die er keine Antwort gab. Sie ergriff seinen Kopf und drückte ihn fest an ihren Leib. Sie wollte ihm sagen, daß sie ihn liebte, aber sie wußte, daß so etwas nie laut ausgesprochen werden würde. Danach lag er leise atmend neben ihr.

»Kannst du nachts schlafen, Jean-Paul?«

»Manche Nächte sind besser als andere.«

»Siehst du sie vor dir?«

»Ich sehe sie für eine Weile, dann verschwinden sie.«

»Warum bringst du sie auf diese Weise um? Warum schießt du sie dreimal ins Gesicht?«

»Weil sie wissen sollen, daß ich existiere.«

Ihre Augen schlossen sich, und ihre Stimme klang bereits schläfrig.

»Bist du Satan, Jean-Paul?«

»Wie meinst du das?«

»Satan«, wiederholte sie. »Der Teufel. Vielleicht hinterläßt du dein Wahrzeichen auf ihren Gesichtern, weil du der Satan bist.«

»Die Leute, die ich umbringe, sind böse Menschen. Bringe ich sie nicht um, tut's ein anderer. Das ist nur ein Geschäft, nichts anderes.«

»Bei dir ist's mehr als ein Geschäft, Jean-Paul. Es ist ...« Als sie zögerte, glaubte er einige Sekunden lang, sie sei schon eingeschlafen. »Es ist *Kunst,* Jean-Paul. Bei dir ist das Töten eine Kunst.«

»Schlaf jetzt, Astrid.«

»Bleib wach, bis ich eingeschlafen bin, Jean-Paul.«

»Gut, ich warte«, sagte er.

Sie schwieg einen Augenblick, dann fragte sie: »Was wird aus Arbatow, wenn du aufhörst?«

»Er wird wohl auch aufhören müssen«, sagte Delaroche. »Er ist sowieso schon ein alter Mann.«

»Bist du der Teufel, Jean-Paul?« murmelte Astrid, aber sie war eingeschlafen, bevor er antworten konnte.

Sie kramte sie im Morgengrauen aus ihrer Umhängetasche, die kleine Meldung aus *Le Monde* über den Raubmord an einem pensionierten russischen Diplomaten auf einer Pariser Straße. Delaroche schlief – oder stellte sich schlafend, das wußte man bei ihm nie.

Sie nahm den Zeitungsausriß auf Fahmys gefährlichen Balkon mit und las die Meldung im blassen Licht der Morgendämmerung nochmals durch. Vielleicht ist es Jean-Paul nicht gewesen, dachte sie. Vielleicht ist's wirklich ein Raubüberfall gewesen.

Unter ihr begann Kairo zu erwachen. Ein Sabbalin fuhr durch die Gasse, ein zerlumptes kleines Mädchen, das seinen Esel verschlafen mit einer Gerte antrieb. Der erste Muezzin ließ seinen Ruf ertönen. Tausend weitere fielen ein.

Sie hielt ein brennendes Streichholz an den Zeitungsausriß und schaute ihm nach, wie er auf die Gasse hinuntersegelte, auf einem Abfallhaufen liegenblieb und sich in graue Asche verwandelte.

31

Kairo

Die Taxifahrt vom Flughafen zum Hotel dauerte fast so lange wie der Flug von Rom nach Kairo. Es war ein heißer Novembertag, und der klapprige kleine Fiat hatte keine Klimaanlage. Michael lehnte sich zurück und versuchte sich zu entspannen. Er wußte, daß alles nur schlimmer wurde, wenn man sich aufregte. Kairo glich einem Knoten, der sich um so fester zuzog, je mehr man daran zerrte.

Der Fahrer hielt Michael für einen reichen Ägypter, der von einem Urlaub in Rom zurückkam, und plauderte darüber, wie schlimm alles geworden sei. Er trug das bescheidene Gewand und den struppigen Vollbart eines gläubigen Muslims. Alle nur denkbaren Verkehrsteilnehmer verstopften die Straße: Autos, Dieselqualmwolken ausstoßende Busse und Lastwagen, Eselskarren, Radfahrer und Fußgänger. Ein magerer kleiner Junge hielt Michael ein lebendes Huhn vors Gesicht und bot es ihm zum Kauf an. Der Fahrer vertrieb ihn laut schimpfend. Von einer riesigen Reklametafel am Straßenrand lächelte gütig der ägyptische Präsident herab. »Das Grinsen würde ihm schnell vergehen, wenn er so wie wir im Verkehr festsäße«, murmelte der Fahrer.

Michael hatte zwar nie in Kairo gelebt, hatte aber schon viel Zeit hier verbracht. Er war Führungsoffizier eines wichtigen Agenten im Muchabarat gewesen, dem allgegenwärtigen ägyptischen Geheimdienst. Der Agent wollte mit keinem Offizier der Cairo Station reden, weil er wußte, daß die US-Botschaft und die Räume der Agency scharf überwacht wurden; deshalb war Michael von Zeit zu Zeit als angeblicher Geschäftsmann nach Kairo gekommen, um seine Berichte selbst entgegenzunehmen.

Dieser Agent hatte wertvolle Erkenntnisse über die radikalen Islamisten in Ägypten geliefert, dem wichtigsten US-Verbündeten in der arabischen Welt. Manchmal flossen Informationen auch in Gegenrichtung. Als Michael von einem geplanten Attentat auf den ägyptischen Innenminister erfuhr, gab er die Information an seinen Agenten weiter. Die Tat wurde vereitelt, und mehrere Mitglieder der Muslimbrüder wurden verhaftet. Michaels Mann machte auf der Karriereleiter einen gewaltigen Sprung nach oben, der ihm Zugang zu noch besseren Informationen verschaffte.

Das Nile Hilton liegt am El-Tahrir-Platz mit Blick auf den Fluß. *Tahrir* heißt auf Arabisch Befreiung, und Michael hatte schon immer gefunden, es gebe weltweit keinen unpassender benannten Ort. Auf dem riesigen Platz staute sich täglich bis spät in die Nacht der Verkehr. Das Taxi war seit fünf Minuten keinen Zentimeter weitergekommen. Das Hupkonzert war unerträglich. Michael bezahlte und ging das letzte Stück zu Fuß.

Er bezog ein Zimmer, duschte, zog leichtere Kleidung an und verließ das Hotel. Der Muchabarat verfügte über einen der größten Abhördienste der Welt. Michael war sicher, daß das Telefon in seinem Zimmer abgehört wurde, obwohl er sich als italienischer Geschäftsmann ausgegeben hatte, der zu Besprechungen nach Kairo gekommen war. Er ging in den U-Bahnhof Midan el-Tahrir und fand eine freie Telefonzelle. Dort sprach er zwei Minuten lang halblaut und erhob seine Stimme nur einmal, um das Rattern einer einfahrenden U-Bahn zu übertönen.

Er hatte noch zwei Stunden Zeit, die er zweckmäßig verwenden würde. Er nahm die nächste U-Bahn, stieg an der ersten Haltestelle aus und fuhr wieder zurück. Er verließ den U-Bahnhof und ging ins Ägyptische Museum. Er ließ sich in einen auf Duftöle spezialisierten Touristenshop locken. Die jungen Verkäufer bewirteten ihn mit Tee und Zigaretten, während er alle möglichen Düfte beschnupperte. Michael revanchierte sich für ihre Gastfreundschaft, indem er ein Fläschchen Sandelholzöl kaufte, das er auf der Straße in den nächsten Abfallkorb warf. Er war clean, wurde nicht beschattet.

Er hielt ein Taxi an und stieg ein.

Kairo ist eine Stadt von verblaßter Eleganz. Früher gab es hier prächtige Filmtheater, eine Oper und von Mauern umgebene Villen, aus denen Kammermusik in warme Nächte hinausdrang. Davon ist wenig geblieben, und dieses wenige hat Ähnlichkeit mit Zeitungspapier, das zu lange in der Sonne gelegen hat. Viele Villen stehen leer, die Oper ist abgebrannt, und die Filmtheater stinken nach Urin. Das Restaurant Arabesque erinnert an das alte Kairo, ein wenig wie ein alter Mann, der Anzug und Krawatte trägt, während er den ganzen Tag kleine Arbeiten in Haus und Hof erledigt.

Es war drei Uhr, die stille Zeit zwischen Lunch und Dinner, und das Lokal war fast leer. Michael mußte sich tatsächlich anstrengen, um etwas von dem Verkehrslärm zu hören, so gut war die Schallisolierung des Restaurants. Jusuf Hafis saß an einem Ecktisch weit von den nächsten Gästen entfernt. Als Michael näherkam, sah er auf und ließ lächelnd zwei Reihen perlweißer Zähne aufblitzen. Er sah aus wie ein ägyptischer Filmstar: ein füllig gewordener Fünfziger mit dichtem grauen Haar, der jüngere Frauen anzieht und jüngere Männer aus dem Feld schlägt. Michael wußte, daß das ziemlich der Wahrheit entsprach. Mit dem Agentenlohn, den die CIA ihm zahlte, unterhielt er seine Geliebte und machte jedes Jahr im Sommer Urlaub in Frankreich.

Sie bestellten gekühlten Weißwein. Hafis war Mohammedaner, aber er fand, die strikte Einhaltung islamischer Gebote sei etwas für »die Verrückten und die Fellachen«. Sie stießen miteinander an und plauderten eine Stunde lang über die gute alte Zeit, während der Ober einen Teller nach dem anderen mit Hors d'œuvres auf libanesische Art servierte.

Schließlich kam Michael zur Sache. Er erzählte Hafis, er sei in einer persönlichen Angelegenheit in Kairo und hoffe, Hafis werde ihm aus Freundschaft und kollegialer Höflichkeit helfen. Unter keinen Umständen dürfe er über diese Sache mit seinem jetzigen Führungsoffizier sprechen. Für seine Hilfe werde Michael ihn aus der eigenen Tasche honorieren.

»Sie dürfen mich zum Essen und einem weiteren Glas dieses Weins einladen, aber Ihr Geld müssen Sie behalten.«

Michael machte dem Ober ein Zeichen, ihnen Wein nachzuschenken. Solange der Ober an ihrem Tisch war, schwärmte Hafis von einer Pizza, die er diesen Sommer in Cannes gegessen hatte. Der Muchabarat besoldete Zehntausende von Spitzeln; auch der Ober konnte einer sein. Als der Mann gegangen war, fragte Hafis: »Also, was kann ich für Sie tun, mein Freund?«

»Ich möchte mit einem Mann namens Erik Stoltenberg sprechen. Er ist ein ehemaliger Stasi-Offizier, der in Kairo lebt und freiberuflich Aufträge übernimmt.«

»Ja, den kenne ich.«

»Sie wissen, wo er zu finden ist?«

»Ja, das weiß ich zufällig.«

Hafis stellte das Weinglas ab und schob seinen Stuhl zurück.

Der Tote lag unter einem grauen Laken mit hundert anderen in einem ungekühlten Raum. Der Overall des Leichenwärters war von Blut und Körperflüssigkeiten fleckig. Hafis kniete neben dem Toten und schaute zu Michael hoch, um zu sehen, ob er bereit war. Als Michael nickte, zog Hafis das Laken zurück. Michael sah rasch weg und würgte einmal kurz, weil der Lunch im Arabesque nach oben drängte.

»Wo haben Sie ihn gefunden?« fragte Michael.

»Am Rand der Wüste, in der Nähe der Pyramiden.«

»Lassen Sie mich raten – drei Schüsse ins Gesicht?«

»Genau«, sagte Hafis und zündete sich eine Zigarette an, um den Gestank abzumildern. »Zuletzt ist er im Nachtclub Break Point in Zamalek gesehen worden.«

»Den kenne ich«, sagte Michael.

»Er hat dort mit einer Europäerin getanzt – groß, blond, vielleicht eine Deutsche.«

»Sie heißt Astrid Vogel. Sie ist ein ehemaliges Mitglied der Rote-Armee-Fraktion.«

»Hat sie ihn erschossen?«

»Nein, ich vermute, daß sie mit jemandem zusammenarbeitet. Sie haben Videoaufnahmen von allen, die auf dem internationalen Flughafen ankommen?«

Hafis machte ein Gesicht, das zeigte, daß ihn diese Frage leicht amüsierte.

»Kann ich sie mir mal ansehen?«

Hafis deckte den Toten wieder zu und sagte: »Kommen Sie, wir fahren gleich hin.«

Michael bekam einen Raum mit einem Videorekorder und einem Monitor zugewiesen. Zwei Männer kamen und gingen lautlos, brachten neue Videokassetten und trugen die durchgesehenen wieder weg. Sie brachten ihm Tee in Gläsern in reich verzierten Metallhaltern. Sie brachten ihm ägyptische Zigaretten, als er alle seine Marlboros geraucht hatte. Michael begann vierundzwanzig Stunden vor der Tat und arbeitete von dort aus rückwärts. Oktober arbeitete gewissenhaft. Oktober plante alles sorgfältig.

Er entdeckte sie irgendwann nach Mitternacht. Sie war groß, hielt sich sehr gerade und hatte ihr blondes Haar straff zurückgekämmt, was ihre lange Nase betonte. Ihre schlanken Hände schienen mit ihrem Reisepaß zu kämpfen, als sie ihn dem Beamten an der Paßkontrolle aushändigte.

Oktober erschien fünf Minuten später: klein, leichtfüßig wie ein Fechter. Der Schirm seiner tief in die Stirn gezogenen Baseballmütze verdeckte den größten Teil seines Gesichts, aber Michael erkannte ihn trotzdem. Er holte die beiden als Standbilder auf den Bildschirm und ließ Hafis rufen.

»Das sind die Mörder«, sagte Michael, als Hafis hereinkam. »Das ist Astrid Vogel, die Deutsche, mit der Stoltenberg in dem Nachtclub getanzt hat.«

Hafis deutete auf den Mann. »Und der da?«

Michael starrte das Bild an. »Wollte Gott, ich wüßte es.«

32

Amsterdam

Der Tag brach bitterkalt an, als Astrid und Delaroche das Hausboot auf der Prinsengracht betraten. Delaroche war zwanzig Minuten damit beschäftigt, das Boot sorgfältig zu inspizieren; er mußte sichergehen, daß niemand an Bord gewesen war. Er überprüfte seine Kontrollmarkierungen. Er durchwühlte alle Schränke und Schubladen. Er lief ruhelos übers eisige Deck. Auf Astrids Hilfe konnte er nicht zählen. Sie war glücklich, endlich wieder auf ihrer geliebten *Krista* zu sein, ließ sich angezogen aufs Bett fallen und beobachtete Delaroche aus den Augenwinkeln heraus, als sei er übergeschnappt.

Delaroche fühlte sich trotz der langen Reise hellwach und erholt. Gestern morgen waren sie von Kairo nach Madrid geflogen, nachdem Delaroche Mr. Fahmy im Hotel Imperial erklärt hatte, sie müßten ihren Aufenthalt abbrechen, weil Madame sehr krank sei. Mr. Fahmy fürchtete, die Toilette vertreibe sie, und bot ihnen die beste Suite des Hauses an, um sie zum Bleiben zu bewegen, aber Delaroche versicherte ihm, nicht die Toilette, sondern das Wasser zwinge sie zur vorzeitigen Abreise. Von Madrid aus waren sie mit dem Zug nach Amsterdam gefahren. Delaroche hatte die Reise wie ein Geschäftsmann am Laptop arbeitend verbracht, um den nächsten Mord zu planen. Neben ihm hatte Astrid unruhig geschlafen und im Traum immer wieder Stoltenberg gesehen.

Die Gracht war zugefroren, und die *Krista* war wieder vom fröhlichen Lärm der Schlittschuhläufer erfüllt. Astrid nahm Schlaftabletten und legte sich ein Kissen über den Kopf. Delaroche war zu überreizt, um schlafen zu können, deshalb setzte er sich vormittags, als die Sonne durch die Wolken brach, in einem dicken Pullover und mit fingerlosen Handschuhen aufs Vordeck, um zu malen. Das Licht war gut, das Motiv gefiel ihm – Schlittschuhläufer auf dem Kanal mit spitzgiebeligen Häusern als Hintergrund –, und als er fertig war, fand er, dies sei sein bestes in Amsterdam entstandenes Werk.

Er empfand ein seltsames Bedürfnis nach Astrids Lob, aber als er nach unten ging und sie zu wecken versuchte, murmelte sie nur, ihr Name sei Eva Tebbe, und sie sei eine Graphikdesignerin aus Berlin, und er solle sie bitte nicht wieder schlagen.

Am frühen Nachmittag ließ er sie allein und fuhr mit seinem über der Schulter hängenden Laptop auf ihrem Fahrrad durch Amsterdam. Er schloß das Rad vor einem Telefonzentrum in der Nähe des Rijksmuseums ab und ging hinein. Er setzte sich in eine Kabine, schloß seinen Computer an und tippte einige Augenblicke lang. Für ihn war eine E-Mail da. Als er sie öffnete, erschien auf dem Bildschirm nur unverständliches Buchstabengewirr. Nachdem er seinen Decknamen OKTOBER eingegeben hatte, erschien die Nachricht im Klartext:

GLÜCKWUNSCH ZUM ERFOLGREICHEN ABSCHLUSS IHRES AUFTRAGS IN KAIRO. IHR HONORAR IST TELEGRAFISCH AUF IHR NUMMERNKOTO ÜBERWIESEN WORDEN. WIR HABEN EINEN ZUSATZAUFTRAG FÜR SIE. ÜBERNEHMEN SIE IHN, ERHALTEN SIE 1,5 MILLIONEN DOLLAR, DIE HÄLFTE DAVON ALS VORAUSZAHLUNG. DRÜCKEN SIE DIE TASTE ENTER, UM DEN AUFTRAG ANZUNEHMEN. ZAHLUNG ERFOLGT AUTOMATISCH AUF IHR KONTO; EIN DOS-

SIER UND EINSATZANWEISUNGEN WERDEN AUF IHREN COMPUTER HERUNTERGELADEN. DIE DATEI IST NATÜRLICH VERSCHLÜSSELT, ABER IHR DECKNAME IST DAS KENNWORT. DRÜCKEN SIE DIE TASTE ESCAPE, FALLS SIE ABLEHNEN WOLLEN.

Delaroche starrte vor sich hin und dachte einen Augenblick nach. Mit diesem Honorar würde er mehr als genug Geld haben, um den Rest seines Lebens sicher und komfortabel zu verbringen. Aber er wußte, daß das nicht ohne Risiko abging. Die Aufträge würden schwieriger werden – Erik Stoltenberg war der Beweis dafür –, und nun sollte er einen zusätzlichen übernehmen. Er überlegte auch, ob Astrid weiter durchhalten würde; die Konfrontation mit Stoltenberg in Kairo hatte tiefe Spuren bei ihr hinterlassen. Andererseits wußte er, daß Astrids Leben jetzt untrennbar mit seinem verbunden war. Sie würde alles tun, was er von ihr verlangte.

Er drückte auf ENTER. Die Datei wurde über das Highspeed-Modem auf seinen Laptop heruntergeladen. Nach einem Blick in das Dossier schaltete er den Computer ab. Er kannte den Mann; er hatte ihm schon einmal gegenübergestanden.

Er packte den Laptop ein und rief seine Bank in Zürich an. Herr Becker meldete sich. Ja, auf seinem Konto waren zwei telegrafische Überweisungen eingegangen: eine erste über eine Million Dollar und soeben eine zweite über siebenhundertfünfzigtausend Dollar. Delaroche beauftragte ihn, das Geld auf seine bahamischen Konten zu überweisen.

Er verließ das Telefonzentrum und ging zum Fahrradständer. Ein Dieb war dabei, das Schloß zu knacken. Delaroche erklärte ihm höflich, das Fahrrad gehöre ihm. Der Dieb forderte ihn auf, sich zu verpissen. Delaroches

Tritt traf seine Niere. Als er mit dem Rad wegfuhr, wand der Dieb sich noch immer lautlos auf dem Pflaster.

Astrid schlief bis nach Sonnenuntergang. Nach einem Kaffee in einem Café in der Nähe der *Krista* machten sie bis zum Abendessen einen Spaziergang die Grachten entlang. Astrid atmete die kalte, saubere Amsterdamer Luft tief ein, als versuche sie, ihre Lungen von dem Rauch und Staub Kairos zu reinigen. Ihre Nerven waren von Schlaftabletten und Kaffee überreizt. Ein grauhaariger Mann rempelte sie im Vorbeigehen an. Astrid griff nach der Pistole in ihrer Umhängetasche, bevor Delaroche ihr begütigend eine Hand auf den Arm legte und ihr zuflüsterte, das habe nichts zu bedeuten, nur ein Unbekannter, der es eilig habe.

In dem Restaurant an der Herengracht, in das Delaroche sie schon am ersten Abend eingeladen hatte, aßen sie wie ein erschöpftes Liebespaar. Sie hatte in Kairo nichts mehr zu sich genommen, deshalb verschlang sie ihr eigenes Essen und den größten Teil von Delaroches Portion. Astrids vor Anspannung und Erschöpfung blasser Teint bekam vom Essen, dem Wein und der Nachtluft wieder Farbe. Erst beim Dessert erzählte er ihr von dem neuen Auftrag. Ihr Gesichtsausdruck ließ nur eine leichte Verärgerung erkennen, so als habe Delaroche ihr erzählt, er müsse an diesem Abend etwas länger im Büro bleiben.

»Du mußt nicht mitmachen«, sagte er.

»Ich will nicht ohne dich sein.«

Sie liebten sich unter dem Oberlicht der *Krista* zum Geschrei der Schlittschuhläufer auf der Prinsengracht. Danach gestand ihr Delaroche, daß er das Verkehrsflugzeug vor New York abgeschossen hatte, gemeinsam mit einem jungen Palästinenser, den er anschließend getötet hatte. Er erklärte ihr, seiner Überzeugung nach seien die

Männer, die sie liquidiert hatten, ebenfalls in diesen Anschlag verwickelt gewesen oder hätten jedenfalls seine wahren Hintergründe gekannt.

»Wer sind deine Auftraggeber?« fragte sie und berührte seine Lippen.

»Ehrenwort, ich weiß es nicht.«

»Du mußt wissen, daß sie dich beseitigen werden, Jean-Paul. Nach dem letzten Mord werden sie Jagd auf dich machen. Und auch auf mich.«

»Das ist mir klar.«

»Wohin gehen wir dann?«

»In unser Haus am Strand.«

»Sind wir dort sicher?«

»So sicher wie anderswo auf der Welt.«

Astrid zündete sich eine Zigarette an und blies eine schmale Rauchfahne gegen das Oberlicht. Delaroche zog seinen Laptop zu sich heran, schaltete ihn ein und tippte einen kurzen Befehl. Kurz darauf erschien das Foto eines dunkelhaarigen Mannes auf dem Bildschirm.

»Ich bin noch nie in Amerika gewesen. Und du?«

»Ich auch nicht.«

»Dein Englisch ist schrecklich.«

»Es ist gut genug. Außerdem spricht in Amerika kein Mensch mehr gutes Englisch.«

Sie betrachtete Michael Osbournes Foto.

»Warum muß dieser Mann sterben?«

»Wahrscheinlich weiß er zuviel.«

»Seine Frau ist schön.«

»Ja.«

»Schade.«

»Ja«, sagte Delaroche und schaltete den Laptop aus.

33

Shelter Island, New York

Michael erreichte die letzte Fähre an diesem Abend. Er stand kurz in der kalten Luft an der Reling, aber Wind und überkommende Gischt trieben ihn in den Buick zurück, den er auf dem JFK Airport gemietet hatte. Er hatte Adrian Carter vom Long Island Expressway aus angerufen und ihm mitgeteilt, er sei wieder im Lande. Carter hatte wissen wollen, wo zum Teufel er gewesen sei. Michael hatte geantwortet, er werde morgen nachmittag in die Zentrale kommen und alles erklären. Als Carter eine sofortige Erklärung verlangte, hatte Michael behauptet, die Verbindung sei schlecht, und aufgelegt.

Wogen brachen über den Bug der Fähre und klatschten an die Windschutzscheibe. Michael schaltete die Scheibenwischer ein. In der Ferne leuchteten die Lichter von Cannon Point. Vor seinem inneren Auge liefen Bilder von den Ereignissen der letzten Wochen wie ein Film ab: Flug 002, die Wahl, Heathrow, Drosdow, Mohammed Awad, Erik Stoltenberg, Astrid Vogel, Oktober. Sie glichen Bruchstücken einer Melodie, die er nicht vervollständigen konnte. Seiner Überzeugung nach hatte das *Schwert von Gaza* den Anschlag nicht verübt. Er hielt ihn für das Werk einer Einzelperson oder einer Gruppe, die nur den Namen der Terrororganisation benutzt hatte. Aber wer waren diese Leute? Oktober war ein Berufskiller; war er an dieser Sache beteiligt, mußten andere ihm den Auftrag erteilt haben. Das gleiche galt für Astrid

Vogel; die Rote-Armee-Fraktion hatte weder die Mittel noch ein Motiv für den Flugzeugabschuß. Michael nahm an, daß er die Wahrheit kannte oder zumindest einen Teil davon: Der Mann namens Oktober und Astrid Vogel hätten den Auftrag, das Team, das den Angriff durchgeführt hatte, zu liquidieren.

Die Autofähre legte auf Shelter Island an. Michael ließ den Motor des Buick an und fuhr an Land. Shelter Island Heights war menschenleer; die Läden und viktorianischen Landhäuser waren dunkel. Durch einen Tunnel aus blattlosen Bäumen fuhr er die Winthrop Road entlang und an Derring Harbor vorbei. Im Sommer war der Hafen voller Segelboote; jetzt war er leer bis auf die *Athena,* die an ihrer Boje vor Cannon Point in den schaumgekrönten Wellen auf und ab tanzte.

Michael wußte auch, daß das Attentat auf der Kanalfähre ihm, nicht Mohammed Awad gegolten hatte. Wer war der Mann mit der Sturmhaube gewesen? Oktober? Er hatte Oktober in Aktion gesehen, persönlich auf dem Chelsea Embankment und in einem Videofilm. Der Mann auf der Fähre hatte sich ganz anders bewegt. Michael mußte mit weiteren Mordanschlägen und der Möglichkeit rechnen, daß seine unbekannten Feinde Oktober, den besten Berufskiller der Welt, beauftragen würden, ihn zu beseitigen. Er würde Carter und Monica Tyler alles erzählen müssen; er brauchte ihren Schutz. Auch Elizabeth würde er alles erzählen, jedoch aus völlig anderen Gründen. Er liebte sie mehr als jeden anderen Menschen auf der Welt und wollte seine Ehe unbedingt retten.

Vor ihm tauchte Cannon Point auf. Michael hielt am Tor, ließ sein Fenster herunter und tippte den Zahlencode ein. Das Tor rollte zur Seite, und in dem kleinen Haus des Gärtners und Hausmeisters flammte Licht auf. Michael fuhr langsam die kiesbestreute Einfahrt entlang. Mehrere Weißschwanzhirsche, die auf den weiten Rasenflächen ästen, beäugten den vorbeifahrenden Wagen. Michael sah den Lichtstrahl einer Taschenlampe und hörte Hundegebell. Das war Charlie, der Hausmeister, der von kläffenden Jagdhunden begleitet auf ihn zukam.

Michael stellte den Motor ab und stieg aus. Im Haupthaus wurde Licht gemacht, dann ging die Tür auf. Elizabeth trat in einer alten Jacke ihres Vaters auf die Schwelle und blieb mit verschränkten Armen wartend stehen. Der Wind blies ihr die Haare übers Gesicht. Dann war sie plötzlich mit einigen raschen Schritten bei ihm und warf sich in seine Arme.

»Verlaß mich nie wieder, Michael.«

»Niemals«, sagte er. »Gott, es tut mir so leid.«

»Wir müssen miteinander reden. Ich will, daß du mir alles erzählst.«

»Ich erzähle dir alles, Elizabeth. Es gibt ein paar Dinge, die du unbedingt wissen mußt.«

Sie redeten stundenlang miteinander. Elizabeth saß auf dem Bett, hatte ihre Knie unters Kinn hochgezogen und spielte mit einer nicht angezündeten Benson & Hedges. Michael ging im Zimmer auf und ab, setzte sich zwischendurch neben sie auf die Bettkante oder starrte aus einem der Fenster auf den Sund hinaus.

Er hielt Wort und erzählte ihr alles. Er fühlte, wie seine Anspannung mit jedem Geheimnis, das er preisgab, mehr und mehr nachließ. Er wünschte sich, er hätte ihr nie etwas verschwiegen. Er hatte sich immer eingeredet, es geschehe zu ihrem Schutz, aber jetzt wurde ihm klar, daß das nur die halbe Wahrheit war. Er hatte so lange mit Lügen und Geheimnissen gelebt, daß er gar kein anderes Leben mehr kannte. Geheimhaltung glich einer Krankheit, einem schweren Leiden. Sein Vater hatte sich damit angesteckt, und seine Mutter hatte ihr Leben lang darunter gelitten. Diesen Fehler hätte Michael vermeiden müssen.

Sie schwieg lange, nachdem er ihr alles gesagt hatte. Schließlich fragte sie: »Was willst du von mir?«

»Verzeihung«, sagte er. »Verzeihung und Verständnis.«

»Die hast du, Michael.« Sie schob die Zigarette in die Packung zurück, dann fragte sie: »Was passiert morgen in Langley?«

»Wahrscheinlich legen sie mir eine geladene Fünfundvierziger hin.«

»Was soll das heißen?«

»Ich rechne damit, ernsthaft Schwierigkeiten zu bekommen. Vielleicht überlebe ich sie nicht.«

»Spiel nicht mit mir, Michael.«

»Für in Ungnade gefallene Spione gibt's nicht allzu viele Jobs.«

»Das Geld brauchen wir nicht. Du kannst erst mal ausspannen und dann für den Rest deines Lebens etwas Normales machen.« Sie sah die Wirkung ihrer Worte auf seinem Gesicht und fügte hastig hinzu: »Entschuldige, Michael, ich hab's nicht so gemeint.«

»Bevor ich dort ausscheide, möchte ich nur noch eines tun: Ich will herausfinden, wer hinter dem Abschuß von Flug 002 steckt. Ich will die Wahrheit wissen.«

»Und ihr werdet die Wahrheit erkennen, und die Wahrheit wird euch frei machen, was, Michael?«

»Oder so ähnlich.«

»Ist sie fort?«

»Wer ist fort?«

»Sarah. Ist sie fort?«

»Sie ist niemals dagewesen.«

»Das ist clever, Michael, aber du sollst auf meine Frage antworten.«

»Ich denke manchmal daran, was ihr zugestoßen ist. Aber ich liebe sie nicht mehr, Elizabeth, und wünsche mir nicht, sie läge an deiner Stelle neben mir.«

Eine Träne lief über ihre Wange. Elizabeth wischte sie fast unbeholfen weg und sagte: »Komm her, Michael. Komm ins Bett.«

Sie lag lange in seinen Armen und weinte. Er hielt sie fest, bis das Schluchzen aufhörte. Mit tränennassem Gesicht sah sie zu ihm auf und fragte: »Soll ich dir jetzt ein bißchen von dem erzählen, was ich heute erlebt habe, Darling?«

»Ich würde gern hören, was du erlebt hast.«

»Bei vier Eiern hat die Befruchtung geklappt. Sie sind heute morgen implantiert worden. Ich soll mich jetzt ein paar Tage schonen. Dann machen sie einen Test, um zu sehen, ob ich wirklich schwanger bin.«

Er legte seine Hand auf ihren Bauch. Sie küßte ihn und sagte: »Michael Osbourne, jetzt hast du das erste Mal seit Wochen wieder gelächelt.«

»Das ist die erste gute Nachricht, die ich seit Wochen gehört habe.«

Sie fuhr ihm mit einem Finger durchs Haar. »Werden sie weiter hinter dir her sein, Michael?«

»Das weiß ich nicht. Sobald ich ausgeschieden bin, kann ich ihnen nicht mehr gefährlich werden.«

»Kündigst du morgen? Für mich?«

»Ich glaube nicht, daß ich die Wahl habe.«

»Und die Wahrheit wird euch frei machen«, sagte sie.

»Amen.«

34

Zypern

Die kleine Gulfstream stand mit pfeifenden Triebwerken in der Dunkelheit auf einer abgelegenen Startbahn. Der Pilot Roger Stephens, ein im Falklandkrieg ausgezeichneter ehemaliger Offizier der Royal Navy, flog jetzt für die Transportabteilung der Gesellschaft für internationale Entwicklung und Zusammenarbeit. Während Stephens mechanisch seine Vorflugkontrollen durchführte, fehlte ihm eine entscheidend wichtige Information: der Flugplan. Die Passagiere, ein Mann und eine Frau, sollten ihn mitbringen, wenn sie an Bord kamen. Er rechnete jedoch mit einem Langstreckenflug; er hatte Anweisung erhalten, die Maschine mit vollen Tanks bereitzustellen.

Eine Viertelstunde später fuhr ein schwarzer Range Rover auf die Startbahn und raste ohne Licht auf die Gulfstream zu. Der Rover hielt neben dem Flugzeug, setzte zwei Personen ab und raste wieder davon. Stephens, der schon mehrmals für die Gesellschaft geflogen und dafür sehr gut entlohnt worden war, kannte die Regeln. Er durfte seine Passagiere weder ansehen noch mit ihnen sprechen. Das war Stephens gerade recht. Die Gesellschaft und die Leute, die sie beschäftigte, waren eine rauhe Bande, mit der er so wenig wie möglich zu tun haben wollte.

Die Passagiere kamen an Bord und nahmen ihre Plätze ein. In der Kabine stand ein schwarzer Matchsack für sie bereit, und der Kühlschrank war gut bestückt. Stephens hörte das Ratschen eines Reißverschlusses, das metallische Klicken, mit dem ein erfahrener Schütze den Schlitten einer Pistole zurückzog, den Knall eines Champagnerkorkens und eine halblaute Frauenstimme, die französisch mit deutschem Akzent sprach.

Im nächsten Augenblick kam der Mann ins Cockpit und blieb hinter Stephens stehen.

»Der Flugplan«, sagte er nur.

Er sprach englisch mit leichtem Akzent, den Stephens nicht einordnen konnte. Außer dem Flugplan wurde ihm eine Beretta mit Schalldämpfer unter die Nase gehalten.

Stephens griff nach dem Flugplan.

»Sie bleiben im Cockpit und sehen keinen von uns beiden an«, befahl Delaroche. »Sehen Sie uns an, erschieße ich Sie und lande die Maschine selbst. Haben Sie verstanden?«

Stephens spürte, wie ihm ein kalter Schauder über den Rücken lief, während er nickte. Delaroche verließ das Cockpit und nahm in der Kabine Platz. Stephens griff nach hinten, ohne sich umzusehen, und schloß die Verbindungstür.

Wenig später heulten die Triebwerke auf, und die Gulfstream hob in die Mittelmeernacht ab.

35

CIA-Zentrale, Langley, Virginia

Michael stellte sich jedesmal vor, wie Umweltschützer über Monica Tylers Büro hergezogen wären. Es lag im sechsten, im obersten Stock der Zentrale und war groß und hell mit Blick über die Bäume am Fluß. Monica hatte es strikt abgelehnt, ihren Schlupfwinkel mit staatlichem Mobiliar auszustatten, und statt dessen ihre eigenen Möbel aus ihrem New Yorker Büro mitgebracht: einen großen Schreibtisch aus Mahagoni, Aktenschränke aus Mahagoni, Bücherregale aus Mahagoni und einen Konferenztisch aus Mahagoni mit bequemen Lederstühlen. Überall standen kleine Kunstgegenstände aus Elfenbein und Silber, und kostbare Orientteppiche verdeckten den größten Teil des häßlichen graublauen Teppichbodens, mit dem das ganze Gebäude ausgelegt war.

Eine Wand war ausschließlich mit Fotos von Monica und berühmten Zeitgenossen geschmückt: Monica mit James Beckwith, Monica mit dem CIA-Direktor, Monica mit einem Filmstar, Monica mit Prinzessin Diana. In der notorisch kamerascheuen Welt der Geheimdienste war Monica das reinste Covergirl. Als Michael den Raum betrat, roch er frischen Kaffee, eine aromatische französische oder italienische Mischung, und hörte von irgendwoher beruhigende Orchesterklänge.

Adrian Carter, der als nächster kam, wirkte sehr verkatert. Er sog prüfend die Luft ein, roch den Kaffee und runzelte die Stirn. Monica kam zuletzt, wie üblich mit fünf Minuten Verspätung und in Begleitung von Tweedle Dee und Tweedle Dum, von denen jeder ein in Leder gebundenes Notizbuch an sich drückte.

Sie nahmen am Konferenztisch Platz: Monica an der Querseite, die Faktoten zu ihrer Rechten, Michael und Carter zu ihrer Linken. Eine Sekretärin brachte ein Tablett mit Kaffee, Zucker, Sahne und kleinem Gebäck. Monica eröffnete die Sitzung, indem sie mit der Spitze ihres schlanken goldenen Kugelschreibers auf die polierte Tischplatte klopfte.

»Wo ist McManus?« fragte Carter.

»Er hat wegen einer dringenden Sache ins Hoover Building fahren müssen«, sagte Monica ausdruckslos.

»Finden Sie nicht auch, daß der FBI-Vertreter an dieser Besprechung teilnehmen sollte?«

»Was das FBI erfahren muß, bekommt es rechtzeitig mitgeteilt«, wehrte sie ab. »Dieser Fall betrifft nur die Agency und wird entsprechend behandelt.«

Carter, der seinen Ärger nicht verbergen konnte, nagte am Knöchel seines linken Zeigefingers.

Monica richtete ihren Blick auf Michael und sagte: »Nach dem Vorfall auf der Kanalfähre sind Sie angewiesen worden, sofort zurückzukommen und sich in der Zentrale zu melden. Sie haben diesen Befehl ignoriert und sind statt dessen nach Kairo gereist. Warum?«

»Ich habe geglaubt, dort wertvolle Informationen in bezug auf laufende Ermittlungen erhalten zu können«, antwortete Michael. »Ich bin nicht dort gewesen, weil ich die Pyramiden sehen wollte.«

»Verschonen Sie mich mit Ihren Scherzen, Michael. Ihre Lage ist schon ernst genug. Was haben Sie in Kairo erfahren?«

Michael legte die drei Fotos, die Mohammed Awad ihm gegeben hatte, auf den Tisch und drehte sie so, daß

Monica sie sehen konnte. »Hier trifft Hassan Mahmoud, der Tote aus dem Boston Whaler, einige Wochen vor dem Abschuß der Verkehrsmaschine in Kairo mit einem Mann namens Erik Stoltenberg zusammen. Stoltenberg ist ein ehemaliger Stasi-Offizier. Er kommt aus der Abteilung, die Guerillagruppen und Befreiungsbewegungen in aller Welt unterstützt hat. Seit der Wende ist er freiberuflich tätig. Bevor Mohammed Awad auf der Fähre erschossen wurde, hat er mir gesagt, Mahmoud habe sich mit Stoltenberg zusammengetan.«

»Daß zwei Männer in einem Kairoer Kaffeehaus zusammensitzen, ist kein Beweis für eine Verschwörung, Michael.«

Michael beherrschte sich mühsam. Irgendwann während ihres Aufstiegs zur Spitze hatte Monica gelernt, einen Kontrahenten während seiner Ausführungen durch Giftpfeile oder kaum begründeten Widerspruch aus dem Gleichgewicht zu bringen.

»Ich war in Kairo, weil ich mit Stoltenberg reden wollte.«

»Warum habe Sie Ihre Informationen nicht an Carter weitergegeben, damit jemand von der Cairo Station den Fall bearbeiten konnte?«

»Weil ich ihn selbst bearbeiten wollte.«

»Das ist immerhin ehrlich. Bitte weiter.«

»Als ich in Kairo ankam, war Stoltenberg tot.« Er warf ein Foto von Stoltenbergs zerstörtem Gesicht auf den Tisch. Carter fuhr zusammen und sah weg. Monica zuckte mit keiner Wimper. «Er wurde mit drei Schüssen ins Gesicht getötet, genau wie Hassan Mahmoud, genau wie Colin Yardley.«

»Und genau wie Sarah Randolph.«

Michael betrachtete seine Hände, dann erwiderte er Monicas Blick.

»Ja«, sagte er. »Genau wie Sarah Randolph.«

»Und Sie glauben, daß alle diese Morde das Werk desselben Täters sind?«

»Ich bin mir meiner Sache ganz sicher. Er ist ein ehemaliger KGB-Killer mit dem Decknamen Oktober, der als Junge in den Westen geschleust worden und in Frankreich unter falschem Namen aufgewachsen ist. Jetzt ist er ein Berufskiller, der beste und teuerste Profikiller der Welt.«

»Und das haben Sie von Iwan Drosdow erfahren, als Sie ihn in Gloucestershire besucht haben?«

»Genau.«

»Ihre Theorie, Michael?«

»Daß Mohammed Awad die Wahrheit gesagt hat: Das *Schwert von Gaza* hat die Verkehrsmaschine nicht abgeschossen. Der Abschuß ist das Werk einer Einzelperson oder Gruppe gewesen, die dem *Schwert von Gaza* die Schuld in die Schuhe geschoben hat. Und jetzt hat diese Einzelperson oder Gruppe Oktober beauftragt, das Team zu liquidieren, das den Anschlag durchgeführt hat.« Michael machte eine kurze Pause, dann sagte er: »Und ich glaube, daß er irgendwann auch mich aufs Korn nehmen wird.«

»Würden Sie uns das bitte erklären?«

»Ich glaube, daß sie schon einmal versucht haben, mich zu ermorden, auf der Fähre während meines Gesprächs mit Awad. Dieser Versuch ist fehlgeschlagen. Ich glaube, sie werden es nochmals versuchen, und ich glaube, daß sie Oktober damit beauftragen werden.«

Es entstand eine lange Pause. Jedes Gespräch mit Monica war durch längeres Schweigen gekennzeichnet, als erhalte sie ihre Stichworte von einem Souffleur in den Kulissen.

»Wer sind ›sie‹, Michael? Welche sie? Wo sie? Wie sie?«

»Das weiß ich nicht. Irgend jemand hat das Flugzeug

abgeschossen, und zwar aus sehr guten Gründen. Sehen Sie sich an, was seitdem passiert ist. Der Friedensprozeß im Nahen Osten ist zum Stillstand gekommen; das Wettrüsten in dieser Region geht schneller als je zuvor weiter.«

Und ein angeschlagener Präsident hat erstaunlich aufgeholt und ist wiedergewählt worden, dachte Michael, und unser Land ist dabei, ein sündhaft teures Raketenabwehrsystem anzuschaffen.

»Großer Gott, Michael! Sie wollen da doch nicht etwa eine Verbindung herstellen?«

»Ich behaupte nicht, alle Antworten zu kennen. Ich schlage nur vor, die Möglichkeit, daß andere hinter dem Anschlag stecken könnten, ernsthaft in Betracht zu ziehen und unsere Ermittlungen entsprechend auszuweiten.«

Endlich ergriff Adrian Carter das Wort. »Als Michael zum erstenmal mit seinem Verdacht zu mir gekommen ist, habe ich nichts davon gehalten, aber jetzt glaube ich, daß ich mich geirrt habe. Ich denke, die Agency sollte tun, was Michael vorschlägt.«

Monica zögerte einen Augenblick und nippte an ihrem Kaffee. »Ich stimme widerstrebend zu, Michael, aber die Ermittlungen werden ohne Sie stattfinden, fürchte ich«, sagte sie und gönnte sich einen größeren Schluck von ihrem Kaffee. »Sie haben potentiell wertvolle Informationen gesammelt, aber Ihre Mittel und Methoden sind unentschuldbar und bei einem Mitarbeiter der Agency mit Ihrer Erfahrung ehrlich gesagt unpassend. Mir bleibt leider nichts anderes übrig, als Sie bis zum Abschluß des Disziplinarverfahrens vom Dienst zu suspendieren. Tut mir leid, Michael, aber Sie haben mir keine andere Wahl gelassen.«

Michael sagte nichts. Er hatte diese Entscheidung erwartet, aber trotzdem durchlief ihn eine Schockwelle, als Monica sie aussprach.

»Was Ihre Besorgnis um Ihre persönliche Sicherheit betrifft, können Sie sicher sein, daß die Agency alle notwendigen Schritte unternehmen wird, um Sie und Ihre Angehörigen zu schützen.«

»Danke, Monica«, sagte Michael und bereute es sofort, weil er wußte, daß Monica Tylers Zusicherungen so dauerhaft waren wie ein auf Wasser geschriebenes Sonett.

Mitchell Elliott war auf dem Nachhauseweg. Er hatte einen sehr langen Tag hinter sich, den er größtenteils auf dem Capitol Hill verbracht hatte, um mit Abgeordneten und Senatoren zu reden. Aus langjähriger Erfahrung mit Politikern wußte Elliott, daß jede Euphorie in Washington rasch verflog. Von Präsidenten gegebene Versprechen starben oft einen schleichenden Tod in den Ausschüssen. Es würde noch viele Monate dauern, bevor im Kongreß über das Raketenabwehr-Programm abgestimmt wurde. Bis dahin würde die Tragödie von Flug 002 nur noch eine weit zurückliegende Erinnerung sein und Beckwith als nicht noch einmal wählbarer Präsident an Einfluß verloren haben.

Elliott mußte dafür sorgen, daß das Programm nicht in den Ausschüssen hängenblieb. Er hatte Millionen von Dollar auf dem Capitol Hill verteilt; die Hälfte aller Abgeordneten und Senatoren waren ihm zu Dank verpflichtet. Trotzdem hatte Elliott keinen Zweifel daran, daß er alles würde aufbieten müssen, was ihm an Einfluß und Einfallsreichtum zur Verfügung stand, um seinem Projekt zum Erfolg zu verhelfen.

Die Limousine hielt am Randstein. Mark Calahan stieg aus und öffnete die Tür. Elliott betrat seine Villa und ging nach oben in die Bibliothek. Er schenkte sich einen Scotch ein, den er ins Schlafzimmer mitnahm. Dann öffnete sich die Tür zum Bad, und eine Frau, die einen Bademantel trug, kam mit vom Duschen feuchtem Haar herein. Sie trat auf Elliott zu und küßte ihn auf die Stirn.

Er sah auf und sagte: »Hallo, Monica, Darling, erzähl mir, was du heute alles gemacht hast.«

»Er unterschätzt mich«, sagte sie neben ihm im Bett liegend. »Er behandelt mich wie eine Idiotin. Er denkt, er sei klüger als ich, und ich kann Leute nicht ausstehen, die sich für klüger halten.«

»Er soll dich ruhig unterschätzen«, sagte Elliott. »Das ist ein tödlicher Fehler – in diesem Fall buchstäblich.«

»Ich habe die Ermittlungen heute wiederaufnehmen müssen, Mitchell. Mir ist nichts anderes übriggeblieben. Osbourne hat's geschafft, ziemlich viel von deinem kleinen Spiel aufzudecken.«

»Er hat nur die Oberfläche angekratzt, Monica. Das weißt du so gut wie ich. Er wird nie das ganze Bild sehen. Er ist in einem Spiegelkabinett gefangen.«

»Er kennt die Identität eurer Killer und glaubt zu wissen, weshalb sie morden.«

»Er weiß nicht, wer hinter ihnen steht, und er wird es niemals wissen.«

»Ich habe sie weltweit zur Fahndung ausschreiben müssen, Mitchell. Ich hatte keine andere Wahl.«

»Wer kontrolliert die Verteilung in Langley?«

»Alles wird nur mir vorgelegt«, antwortete sie. »Theoretisch bekommt außer mir niemand das Material zu sehen. Und ich habe McManus mit einem Auftrag weggeschickt, so daß das FBI völlig im dunkeln tappt.«

»Und Michael Osbourne weiß dann nicht mal, wie's ihn erwischt hat. Gut gemacht, Monica. Du hast dir gerade einen hübschen Bonus verdient.«

»Ich hatte eigentlich an etwas anderes gedacht.«

Dezember

36

Nordkanada

Die Gulfstream unterflog die kanadische Radarüberwachung über der Davisstraße und landete auf einer einsamen, von Fackeln beleuchteten Straße an der Ostküste der Hudsonbai. Astrid und Delaroche gingen langsam die Treppe hinunter: Delaroche mit dem schwarzen Matchsack über der Schulter, Astrid mit beiden Händen vor dem Gesicht, um es vor der grausamen arktischen Kälte zu schützen. Stephens ließ die Triebwerke weiterlaufen. Sobald seine Passagiere sich weit genug von der Maschine entfernt hatten, schob er die Leistungshebel nach vorn und zog die Gulfstream in den klaren kanadischen Morgen hoch.

Auf dem Randstreifen neben der Straße stand ein schwarzer Range Rover mit der nötigen Ausrüstung – Schneeschuhe, Rucksäcke, Parkas und getrocknete Lebensmittel – und einem Umschlag mit detaillierten Reiseanweisungen für sie bereit. Sie stiegen ein und schlossen die Türen, um vor der beißenden Kälte geschützt zu sein. Delaroche drehte den Zündschlüssel nach rechts. Der Anlasser wimmerte, bemühte sich, den Motor in Gang zu setzen, und verstummte. Delaroche beschlich ein ungutes Gefühl. Die Gulfstream war fort. Sie waren hier ganz allein. Sprang der Motor des Geländewagens nicht an, würden sie nicht lange überleben. Er drehte den Schlüssel erneut nach rechts. Diesmal sprang der Motor an. Astrid, die sich für einen Augenblick in eine typische Deutsche verwandelte, sagte: »Gott sei Dank!« – »Ich dachte, du seist eine gute kommunistische Atheistin«, meinte Delaroche spöttisch.

»Halt die Klappe und stell die Heizung an!«

Er tat, was sie verlangte. Dann riß er den Umschlag auf und versuchte, die Anweisungen zu lesen, aber das ging nicht. Er zog eine Lesebrille aus der Innentasche seiner Jacke und setzte sie auf.

»Ich habe dich noch nie mit Brille gesehen.«

»Ich trage sie nicht gern vor anderen Leuten, aber manchmal geht's nicht anders.«

»So siehst du wie ein Professor, nicht wie ein Berufskiller aus.«

»Das ist der Zweck der Übung, mein Herz.«

»Wie kannst du Leute so gut töten, wenn du sie nicht gut siehst?«

»Weil ich sie nicht lese, sondern erschieße.«

»Bitte, Jean-Paul, fahr endlich los. Ich erfriere noch!«

»Ich muß das Ziel kennen, bevor ich losfahre.«

»Liest du immer erst die Gebrauchsanweisung?«

Er sah sie irritiert an, als finde er ihre Frage anstößig.

»Natürlich machst du das. Deshalb bist du bei allem, was du tust, so verdammt gut. Jean-Paul Delaroche, der methodische Mann.«

»Wir haben alle unsere Schwächen«, sagte er, indem er die Anweisungen weglegte. »Ich mache mich auch nicht über deine lustig.«

Er legte den ersten Gang ein und fuhr an.

»Wohin fahren wir?« fragte Astrid.

»Nach Vermont.«

»Ist das in der Nähe unseres Hauses am Strand?«

»Nicht ganz.«

»Scheiße«, sagte sie und schloß die Augen. »Weck mich, wenn wir da sind.«

37

Washington, D.C.

Der erste Tag von Michaels Exil war gräßlich. Als der Wecker ihn bei Tagesanbruch weckte, ging er unter die Dusche und drehte das Wasser auf, bevor ihm klar wurde, daß er nirgends hin mußte. Er ging in die Küche hinunter, machte Kaffee und Toast für Elizabeth und brachte ihr das Frühstück ans Bett. Sie frühstückte im Bett und las die *Post.* Eine halbe Stunde später trat Elizabeth mit zwei Aktenkoffern und zwei Handys aus der Haustür. Michael stand am Wohnzimmerfenster und winkte wie ein Idiot, als sie mit ihrem silbernen Mercedes davonfuhr. Um das Bild zu vervollständigen, brauchte er nur noch Pfeife und Strickjacke.

Michael las die Zeitung. Er versuchte ein Buch zu lesen, konnte sich aber nicht auf die Seiten konzentrieren. Er wollte die Zeit nutzen, indem er alle Türschlösser des Hauses überprüfte und die Batterien der Alarmanlage auswechselte. Das dauerte insgesamt zwanzig Minuten. Maria, das peruanische Hausmädchen, kam um zehn und trieb ihn mit heulendem Staubsauger und giftiger Möbelpolitur von einem Raum zum anderen. »Draußen ist herrliches Wetter, Señor Miguel!« schrie sie auf spanisch, um das Heulen ihres Staubsaugers zu übertönen. Mit ihm sprach Maria nur in ihrer Muttersprache. »Sie sollten etwas unternehmen, statt den ganzen Tag im Haus zu hocken.«

Michael begriff, daß sein eigenes Hausmädchen ihm

soeben die Tür gewiesen hatte. Er ging hinauf, zog Jogginganzug und Laufschuhe an und kam wieder nach unten. Maria drückte ihm einen Zettel in die Hand, auf dem sie aufgeschrieben hatte, welche Putzmittel er einkaufen sollte. Er steckte die Liste ein und trat aus der Haustür auf die N Street hinaus.

Für Anfang Dezember war es ziemlich warm, und dies war einer der Tage, die Michael immer glauben ließen, nirgends auf der Welt könne es schöner sein als in Georgetown. Der Himmel war klar, die milde, nur leicht bewegte Luft duftete nach Holzrauch. Die N Street war mit einem Teppich aus roten und gelben Herbstblättern bedeckt, die unter Michaels Füßen raschelten, als er locker über den Gehsteig trabte. Er sah automatisch in alle geparkten Autos, um festzustellen, ob jemand darinsaß. An der ersten Ecke parkte der Lieferwagen einer Firma für Einbauküchen aus Virginia. Michael merkte sich den Namen und das Kennzeichen; er würde später dort anrufen, um sich zu vergewissern, daß die Firma wirklich existierte.

Er lief den Hügel zur M Street hinunter und überquerte die Key Bridge. Der Wind pfiff über die Brücke und zeichnete Wellenmuster ins stille Wasser des Flusses. Man hätte glauben können, zwei verschiedene Flüsse vor sich zu haben. Rechts von Michael erstreckte sich ein Wildfluß nach Norden in die Ferne. Links von ihm lag das Hafengebiet Washingtons: der Komplex am Harbor Place, das Watergate und dahinter das Kennedy Center. Auf dem zu Virginia gehörenden Flußufer sah er sich um, ob er beschattet wurde. Ein hagerer Mann mit einer Baseballmütze aus Georgetown war etwa hundert Meter hinter ihm.

Michael senkte den Kopf und rannte schneller, an Roosevelt Island vorbei, durchs Gras den George Washington Parkway entlang. Er lief auf die Memorial

Bridge und sah über die Schulter zurück. Der Mann mit der Baseballmütze aus Georgetown war noch immer da. Michael blieb stehen, machte Dehnungsübungen und behielt dabei den Fußweg unter der Brücke im Auge. Der Mann mit der Mütze joggte den Potomac entlang nach Süden weiter. Michael setzte sich wieder in Bewegung.

In den folgenden zwanzig Minuten sah Michael sechs Männer mit Baseballmützen und drei Männer, die Oktober hätten sein können. Er war nervös, das wußte er. Er rannte nach Georgetown zurück und kaufte sich im Booeymongers, einem bei Studenten beliebten Sandwichshop, einen Kaffee und trank ihn, während er die N Street entlang zu seinem Haus zurückschlenderte. Er duschte, zog sich um und verließ wieder das Haus. Aus dem Auto rief er Elizabeth im Büro an.

»Ich fahre nach Langley«, sagte er. »Ich muß dort noch ein bißchen aufräumen.« Am anderen Ende herrschte sekundenlang Schweigen, bis Michael ihr hastig versicherte: »Keine Angst, Elizabeth, ich möchte diesen Nachmittag um nichts in der Welt versäumen.«

»Danke, Michael.«

»Okay, dann sehen wir uns in ein paar Stunden.«

Michael überquerte die Key Bridge nochmals und bog auf den George Washington Parkway ab. Er war diese Strecke schon Tausende von Malen gefahren, aber als er jetzt nach Langley fuhr, um seinen Schreibtisch auszuräumen, sah er alles wie beim ersten Mal. Er sah riesige Pappeln, die der Herbst in Brand gesteckt zu haben schien, zahlreiche Wasserläufe, die von den felsigen Hügeln Virginias herabflossen, und steile Klippen über dem Potomac.

Der Wachmann am Haupteingang gab Michaels Ausweisnummer ein, runzelte die Stirn und nickte ihm zu, er könne passieren. Michael fühlte sich wie ein Aussätziger, als er durch grell beleuchtete Korridore zum Zentrum für Terrorismusbekämpfung ging. Niemand sprach mit ihm; niemand sah ihn auch nur an. Nachrichtendienste sind nichts anderes als hochorganisierte Cliquen. Zieht ein Mitglied sich eine Infektionskrankheit zu, meiden es die anderen, um sich nicht anzustecken.

In der »Baracke« war es still, als Michael hereinkam und zu seinem Schreibtisch ging. Er verbrachte eine Stunde damit, den Inhalt seiner Schreibtischschubladen zu sortieren und private Dinge von dienstlichen Unterlagen zu trennen. Noch vor einer Woche war er wegen seines mutigen Eingreifens in Heathrow gefeiert worden. Jetzt kam er sich wie ein Kicker vor, dem eben das spielentscheidende Feldtor mißlungen ist. Gelegentlich trat jemand zu ihm, legte ihm eine Hand auf die Schulter und entfernte sich rasch wieder. Aber niemand redete mit ihm.

Als Michael gehen wollte, steckte Adrian Carter seinen Kopf herein und machte ihm ein Zeichen, in sein Büro zu kommen. Dort überreichte er Michael eine in Geschenkpapier verpackte Schachtel.

»Ich dachte, ich sei bis zum Ende des Disziplinarverfahrens nur vom Dienst suspendiert«, sagte Michael, als er Carters Geschenk entgegennahm.

»Richtig, aber das wollte ich dir sowieso geben«, antwortete Carter, dessen Blick mit hängenden Lidern mürrischer denn je wirkte. »Mach's lieber erst zu Hause auf. Einige Leute hier würden es vielleicht nicht so witzig finden.«

Michael schüttelte ihm die Hand. »Danke für alles, Adrian. Wir sehen uns bestimmt mal wieder.«

»Ja«, sagte Carter. »Paß gut auf dich auf, Michael.«

Michael verließ das Gebäude und ging über den Parkplatz zu seinem Wagen. Er legte Carters Geschenk in den Kofferraum und setzte sich ans Steuer. Als er durchs Tor fuhr, fragte er sich, ob er jemals zurückkommen würde.

Michael war mit Elizabeth im Georgetown University Medical Center verabredet. Er überließ seinen Jaguar dem Parkwächter und fuhr mit dem Aufzug in die Arztpraxis hinauf. Als er das Wartezimmer betrat, war Elizabeth nirgends zu sehen. Einen Augenblick lang fürchtete er schon, ihren Termin verpaßt zu haben, aber dann kam sie mit ihren Aktenkoffern herein und küßte ihn auf die Wange.

Eine Krankenschwester führte sie in den Behandlungsraum und legte ein steriles Hemd auf den Untersuchungstisch. Elizabeth knöpfte Rock und Bluse auf. Als sie den Kopf hob, sah sie, daß Michael sie anstarrte.

»Mach die Augen zu.«

»Eigentlich habe ich daran gedacht, die Tür abzusperren.«

»Bestie!«

»Danke.«

Elizabeth zog das Hemd an und setzte sich auf den Untersuchungstisch. Michael spielte an den Knöpfen des Geräts zur Ultraschalldiagnose herum.

»Läßt du das bitte?«

»Entschuldige, ich bin ein bißchen nervös.«

Der Arzt kam herein. Er erinnerte Michael an Carter: leicht verschlafen, etwas unordentlich, mit permanent gelangweilter Miene. Während er Elizabeths Krankenblatt las, runzelte er die Stirn, als könne er sich nicht zwischen Mahi-Mahi und dem gegrillten Lachs entscheiden.

»Ihr HCG-Wert sieht sehr gut aus«, sagte er dann. »Er ist sogar ziemlich hoch. Das wollen wir uns mal mit Ultraschall ansehen.«

Er streifte das Hemd hoch und bestrich Elizabeths Bauch mit einem Gleitmittel. Dann drückte er den Schallkopf des Geräts auf ihre Haut und bewegte ihn hin und her.

»Da haben wir's!« sagte er und lächelte zum erstenmal. »Das, meine Damen und Herren, ist eine sehr hübsche Eihaut.«

Elizabeth strahlte. Sie griff nach Michaels Hand und drückte sie.

Der Arzt bewegte den Schallkopf weiter. »Und hier haben wir eine zweite sehr hübsche Eihaut«, stellte er fest.

»O Gott!« sagte Michael.

Der Arzt stellte das Gerät ab. »Ziehen Sie sich bitte an und kommen Sie in mein Büro. Wir müssen einiges besprechen. Und noch etwas: Glückwunsch!«

»Wenigstens brauchen wir uns kein größeres Haus zu kaufen«, sagte Michael, als er hinter Elizabeth ins Schlafzimmer hinaufging. »Mir ist ein Stadthaus mit sechs Schlafzimmern in Georgetown schon immer viel zu groß für zwei vorgekommen.«

»Michael, hör auf, so zu reden. Ich bin vierzig. In meinem Alter ist eine Schwangerschaft ziemlich risikoreich. Da kann noch viel schiefgehen.« Sie streckte sich auf dem Bett aus. »Ich habe Hunger.«

Michael legte sich neben sie und sagte: »Ich muß immer wieder daran denken, wie du mit Gleitmittel eingerieben ausgesehen hast.«

Sie küßte ihn. »Hände weg! Du hast gehört, was der Arzt gesagt hat. Ich soll ein paar Tage liegen und mich schonen. Jetzt ist das gefährlichste Stadium.«

Er küßte sie ebenfalls. »Ja, ich weiß.«

»Geh runter und mach mir ein Sandwich.«

Michael stand auf und ging in die Küche hinunter. Er

machte Elizabeth ein Sandwich mit Truthahn und Emmentaler, schenkte ein Glas Orangensaft ein, stellte alles auf ein Tablett und trug es nach oben.

»Daran könnte ich mich gewöhnen.« Sie biß von ihrem Sandwich ab. »Wie war's in Langley?«

»Ich bin offenbar zum Unberührbaren erklärt worden.«

»So schlimm?«

»Schlimmer.«

»Von wem hast du das?« fragte Elizabeth und zeigte auf die Schachtel in Geschenkpapier.

»Von Carter.«

»Willst du's nicht aufmachen?«

»Ich denke, ich kann ohne eine weitere Cross-Schreibgarnitur überleben.«

»Gib her«, sagte sie und riß das Geschenkpapier auf. Eine rechteckige Schachtel kam zum Vorschein, in der ein Stapel Dokumente lag, die alle mit »Streng geheim« gestempelt waren.

»Michael, ich glaube, die solltest du dir ansehen«, sagte Elizabeth.

Sie hielt die Papiere Michael hin, der sie rasch durchblätterte.

»Was ist das, Michael?«

Er sah sie an. »Das ist die CIA-Akte eines KGB-Killers mit dem Decknamen Oktober.«

38

Amerikanisch-kanadische Grenze

Delaroche wartete aufs erste Tageslicht. Er hatte südlich von Montreal, weitab von der Straße, ein gutes Versteck in den Wäldern gefunden, das nur etwa drei Meilen von der Grenze entfernt war. Astrid, die neben ihm auf der Ladefläche des Range Rover schlief, hatte sich unter einer schweren Wolldecke zusammengerollt. Sie hatte Delaroche gebeten, von Zeit zu Zeit den Motor laufen zu lassen, damit es im Wagen warm blieb, aber das hatte er abgelehnt, weil das Geräusch sie verraten konnte. Er berührte ihre Hände. Sie waren eiskalt.

Um halb sieben stand er auf, goß Kaffee aus einer Thermoskanne in einen Becher und bereitete eine große Schale Haferflocken mit Milch zu. Astrid gesellte sich zehn Minuten später mit Daunenjacke und Fleecemütze vermummt zu ihm. »Gib mir einen Schluck Kaffee«, sagte sie, griff nach der Schale und aß die restlichen Haferflocken auf.

Delaroche verstaute ihre Vorräte in zwei kleinen Rucksäcken, gab den leichteren Astrid und behielt den anderen selbst. Die Beretta steckte er vorn in seinen Hosenbund. Bevor sie aufbrachen, kontrollierte er rasch den Geländewagen, um sich zu vergewissern, daß sie nichts zurückgelassen hatten, was einen Hinweis auf ihre Identität hätte geben können. Den Range Rover würden sie hier stehen lassen; hinter der Grenze sollte ein anderer für sie bereitstehen.

Sie marschierten eine Stunde lang durch die Hügel über dem Lake Champlain. Sie hätten die Grenze überschreiten können, indem sie dem Ufer des zugefrorenen Sees folgten, aber diese Route erschien Delaroche zu ungeschützt. Obwohl in dem Range Rover zwei Paar Schneeschuhe gelegen hatten, hielt Delaroche es für besser, Bergstiefel zu tragen, weil nicht besonders viel Schnee lag. Astrid hatte Mühe, ihm bergauf, bergab und durch dichten Wald zu folgen. Schon unter idealen Voraussetzungen bewegte sie sich schlaksig und leicht unbeholfen; ihr langer Körper war für die Strapazen einer winterlichen Bergwanderung total ungeeignet. Einmal rutschte sie einen Eishang hinunter und blieb unten mit den Füßen gegen einen Baum gestemmt auf dem Rükken liegen.

Delaroche wußte nicht genau, wo Kanada aufhörte und die Vereinigten Staaten begannen. Hier gab es keine Grenzmarkierung, keinen Zaun, keine sichtbare elektronische Überwachung. Seine Auftraggeber hatten diese Stelle gut ausgesucht. Delaroche erinnerte sich an eine Nacht vor vielen Jahren, in der er als Junge gemeinsam mit zwei KGB-Agenten die tschechoslowakisch-österreichische Grenze überschritten hatte. Er erinnerte sich an die warme Nacht, die Suchscheinwerfer, den Stacheldraht und den schweren Mistgestank in der Luft. Und er erinnerte sich daran, wie er die Pistole gehoben und seine beiden Begleiter erschossen hatte. Selbst jetzt, wo er durch einen eisigen Morgen in Vermont wanderte, schloß er kurz die Augen, als er an seine ersten Morde dachte.

Er hatte auf Befehl Wladimirs gehandelt. Wladimir als seinen Führungsoffizier zu bezeichnen wäre untertrieben gewesen. Wladimir war seine Welt. Wladimir war sein ein und alles – sein Lehrer, sein Beichtvater, sein Peiniger, sein Vater. Er lehrte ihn lesen und schreiben. Er lehrte ihn Geschichte und Sprachen. Und er lehrte ihn morden. Als es Zeit wurde, in den Westen zu gehen, übergab Wladimir ihn Arbatow, wie ein Vater ein Kind einem Verwandten anvertraut. Wladimirs letzter Befehl war der Auftrag, seine Begleiter zu liquidieren. Daraus zog Delaroche eine sehr wichtige Lehre: Traue keinem Menschen, vor allem keinem KGB-Offizier. Als er älter war, erkannte er, daß Wladimir genau das hatte erreichen wollen.

Das Gelände wurde einfacher, sobald sie von den Hügeln herabkamen. Delaroche, der mit Karte und Kompaß arbeitete, führte sie zum Rand des Dorfs Highgate Springs, zwei Meilen südlich der Grenze. Der zweite Range Rover stand in einem Kiefernwäldchen neben einem verschneiten Maisfeld für sie bereit. Diesmal sprang der Motor beim ersten Startversuch an.

Delaroche fuhr vorsichtig die schmale vereiste Landstraße entlang. Astrid, die nach dem Marsch erschöpft war, versank sofort in tiefen, traumlosen Schlaf. Vierzig Minuten später erreichte Delaroche die Interstate 95 und fuhr nach Süden weiter.

39

Washington, D.C.

»Warum hat Adrian dich in bezug auf Oktober belogen?«

In Michaels Ohren klang Elizabeths Frage eigenartig. Fast wie die eines Kind, das zum erstenmal fragt, wo die Babys herkommen. Ihre neue Offenheit war noch ungewohnt, und ihm war nicht recht wohl, wenn er mit seiner Frau freimütig über dienstliche Angelegenheiten sprach. Andererseits machte es auch Spaß. Wäre Elizabeth nicht Anwältin geworden, hätte sie mit ihrem analytischen Verstand und ihrer verschlossenen Art eine gute Geheimdienstlerin abgegeben.

»Alle Geheimdienste arbeiten nach dem Prinzip, daß jeder nur erfährt, *was er wissen muß.* Man könnte sagen, daß ich von Oktobers Existenz nichts wissen mußte und deshalb nie darüber informiert worden bin.«

»Aber er hat Sarah vor deinen Augen ermordet, Michael! Wenn irgend jemand hätte sehen dürfen, was die Agency über ihn wußte, dann doch du!«

»Ein gutes Argument, aber Geheimdienstoffizieren werden aus verschiedensten Gründen ständig irgendwelche Informationen vorenthalten.«

»Die Sowjetunion existiert seit über einem Jahrzehnt nicht mehr. Wie kommt's dann, daß Oktobers Akte noch immer streng geheim ist?«

»In der Welt der Geheimdienste geben wir unsere Toten nur widerstrebend auf. Nichts hat ein Nachrichtendienst lieber als einen schönen Stapel wertloser Geheimnisse.«

»Vielleicht wollte jemand das Material geheimhalten.«

»An diese Möglichkeit habe ich auch schon gedacht.«

Michael hielt vor dem Redaktionsgebäude der *Washington Post* in der 15th Street. Tom Logan hatte Elizabeth um ein Gespräch gebeten. Michael hatte eigentlich im Auto warten wollen, aber jetzt fragte er: »Stört's dich, wenn ich mitkomme?«

»Keineswegs, aber wir müssen uns beeilen. Wir sind schon spät dran.«

»Wo sollst du dich mit ihm treffen?«

»In seinem Büro. Warum?«

»Ich bin bloß nicht scharf auf geschlossene Räume, das ist alles.«

»Michael, wir sind nicht in Ost-Berlin. Laß den Unsinn!«

Aber Michael hielt bereits den Hörer seines Autotelefons in der Hand. »Welche Nebenstelle hat er?«

»Fünf-sechs acht-vier.«

Das Telefon klingelte, und Logans Sekretärin meldete sich. »Michael Osbourne. Kann ich bitte Mr. Logan sprechen?«

Logan kam an den Apparat. »Hallo, Mike.«

»Elizabeth und ich sind unten. Spricht was dagegen, daß wir uns anderswo treffen?«

»Natürlich nicht.«

»Fifteenth Street, silbergrauer Jaguar.«

»Ich bin in fünf Minuten unten.«

Michael legte den Hörer wieder in die Halterung. Elizabeth fragte: »Wo ist das Problem?«

»Kennst du das Gefühl, das man hat, wenn man von jemandem beobachtet wird?«

»Klar.«

»Das habe ich jetzt. Ich kann den Kerl nicht entdecken, aber ich weiß, daß er da ist.« Michael sah kurz in den Rückspiegel. »Dafür habe ich einen guten Instinkt«, sagte er geistesabwesend. »Und auf meinen Instinkt kann ich mich immer verlassen.«

Fünf Minuten später trat Logan aus dem Portal. Er war groß und hatte eine Stirnglatze; der Wind zerzauste seine spärlichen langen grauen Haare. Er trug keinen Mantel, sondern hatte nur einen roten Schal um seinen mageren Hals geschlungen und die Hände tief in den Taschen seiner grauen Flanellhose vergraben. Michael beugte sich über die Sitzlehne und öffnete ihm die hintere Tür. Logan stieg ein und sagte: »Gott, ich liebe das Wetter in dieser Stadt. Gestern zwanzig Grad, heute fünf.«

Michael trat das Gaspedal durch, und der Jaguar schoß vom Randstein in den dichten Innenstadtverkehr Washingtons hinaus. Logan schnallte sich an und umklammerte mit einer Hand die Armstütze.

»Was machen Sie beruflich, Mike?«

»Ich verkaufe ausländischen Großkunden Computer.«

»Ah, klingt interessant.«

Michael bog an der M Street links ab und raste weiter bis zur New Hampshire Avenue. Mit quietschenden Reifen fegte er um den Dupont Circle und beschleunigte auf der Massachusetts Avenue in Richtung Westen. Er schlängelte sich gekonnt durch den dichten Verkehr und schaute mehr in seinen Rückspiegel als auf die Fahrbahn vor ihm.

Logan hatte inzwischen fast die Armlehne von der hinteren Tür gerissen. »Ich habe vorhin den Namen Ihrer Firma nicht mitbekommen, Mike.«

»Weil ich ihn nicht gesagt habe. Und mir ist Michael lieber, Tom.«

Elizabeth drehte sich um und sah längere Zeit nach hinten.

»Irgendwer?« fragte sie.

»Falls jemand dagewesen ist, haben wir ihn abgehängt.«

Er fuhr langsamer, schwamm im Verkehrsstrom mit. Logan ließ die Armlehne los und atmete auf.

»Computerverkäufer, daß ich nicht lache!« sagte er.

Henry Rodriguez hatte an diesem Tag den Auftrag, Elizabeth Osbourne zu beschatten, aber er brach die Verfolgung auf der M Street ab. Als ehemaliger CIA-Offizier im Außendienst konnte Michael Osbourne selbst eine raffinierte Überwachung erkennen. Einen Mann, der unzulänglich als Ausfahrer eines Chinarestaurants getarnt war, hätte er nach wenigen Minuten erkannt. Er hielt am Randstein und rief Mark Calahan in der Einsatzzentrale in Kalorama an.

»Er hat eindeutig versucht, einen Verfolger abzuschütteln«, berichtete Rodriguez. »Wäre ich drangeblieben, hätte er mich erkannt.«

»Gute Entscheidung. Fahr nach Georgetown. Warte dort, bis sie wieder aufkreuzen.«

Calahan ging in die Bibliothek, um Mitchell Elliott die Entwicklung zu melden.

»Logan braucht offenbar Hilfe«, sagte Elliott. »Warum sollte er sich sonst jetzt mit ihr treffen?«

»Sie kann uns ernstlich schaden. Vielleicht sollten wir die Zügel etwas straffer anziehen.«

»Richtig«, stimmte Elliott zu. »Ich glaube, es wird Zeit, daß Henry wieder arbeitet.«

»Ihm wird's nicht gefallen, daß er wieder Putzmann spielen soll. Er hat das Gefühl, von uns wegen seiner hispanischen Abstammung diskriminiert zu werden.«

»Paßt ihm das nicht, soll er eine Beschwerde bei der EEOC einreichen. Ich bezahle ihn gut dafür, daß er alles macht, was ich verlange.«

Calahan grinste. »Ja, Sir, Mr. Elliott.«

Michael fand eine Parklücke in der East Capitol Street. Er holte für Tom Logan eine alte Windjacke aus dem Kofferraum, und sie gingen unter dem kalten schiefergrauen Himmel durch den Lincoln Park.

»Wieviel von Susannas Originalmaterial haben Sie gelesen?« fragte Logan.

»Genug, um im Bilde zu sein«, antwortete Elizabeth.

»Lassen Sie mich rekapitulieren«, sagte Logan. »Anfang der achtziger Jahre wollte Beckwith aus der Politik aussteigen. Genauer gesagt, Anne Beckwith wollte aussteigen. Sie wollte ihren Mann in seinen Beruf zurücklotsen, in dem er klotzig verdienen konnte, bevor er zu alt war. Beide hatten etwas Geld geerbt, aber nicht genug, um luxuriös leben zu können. Anne hat eine Vorliebe für schöne Dinge. Sie wollte mehr, als ein Senator sich von seinen Diäten leisten kann. Er war zweimal Senator gewesen, und sie hat ihm erklärt, er müsse sich für sie oder die Politik entscheiden.«

Zwei Jogger, beide mit Hunden, die ihnen an langen Leinen vorausbechelten, überholten sie. Logan wartete wie ein erfahrener Geheimdienstler, bis sie außer Hörweite waren, bevor er weitersprach.

»Beckwith ist vieles, aber vor allem ist er seiner Anne treu ergeben und wollte sie unter keinen Umständen verlieren. Andererseits hat die Politik ihm Spaß gemacht, und er hatte keine besondere Lust, wieder als Anwalt zu arbeiten. Er hat seine Berater und Geldgeber eines Abends in San Francisco zusammengerufen, um ihnen die Hiobsbotschaft mitzuteilen. Mitchell Elliott hat natürlich fast der Schlag getroffen: Er hatte im Lauf der Jahre viel Zeit und Geld in James Beckwith investiert und wollte diese Investition jetzt nicht den Bach runtergehen sehen. Er hat am nächsten Morgen Anne Beckwith angerufen und um ein Gespräch unter vier Augen gebeten. An diesem Abend beim Dinner hat Anne alles zurückgenommen und ihren Mann darin bestärkt, als Gouverneur zu kandidieren. Er hat die Wahl natürlich gewonnen, und der Rest ist, wie man so sagt, Geschichte.«

»Was ist damals zwischen Anne Beckwith und Mitchell Elliott besprochen worden?« fragte Michael.

»Elliott hat Anne versichert, daß sie ausgesorgt hätten, wenn ihr Mann in der Politik bliebe. Die erste Stufe war ganz einfach, und die Summe, um die es dabei ging, war im Vergleich zu später lächerlich. Elliott hat seine einflußreichen Geschäftsfreunde veranlaßt, Anne in über ein Dutzend Aufsichtsräte zu berufen. Sie hat Geld für ihre Beratertätigkeit bekommen, obwohl sie nichts von Wirtschaft verstand. Außerdem hat sie sehr klug investiert – mit Elliotts Hilfe, vermuten wir – und an der Börse hohe Gewinne erzielt.

Innerhalb von drei Jahren hatte Anne eine gutgefüllte Kriegskasse, über eine Million Dollar. Dieses Geld hat sie fast ganz in ein riesiges Stück damals wertlosen Wüstengeländes südlich von San Diego gesteckt. Zwei Jahre später hat ein Bauträger erklärt, er plane auf Annes Grundstück den Bau einer Neubausiedlung mit großen Wohnblocks, Einfamilienhäusern und einer Einkaufspassage. Damit war ihr wertloser Grundbesitz plötzlich eine Menge Geld wert.«

»Das alles hat Elliott arrangiert?« fragte Elizabeth.

»Vermutlich, aber das können wir nicht beweisen und deshalb auch nicht schreiben. Elliott hat bei der Umsetzung dieser raffinierten Pläne Unterstützung gebraucht. Er hatte mit Beckwith Großes vor und mußte unbedingt vermeiden, ihn auch nur in die Nähe eines Skandals zu bringen. Er brauchte jemanden, der Washington kannte und wußte, wie die gesetzlichen Bestimmungen über die Wahlkampffinanzierung zu umgehen sind. Deshalb hat Elliott sich mit einem einflußreichen Washingtoner Anwalt zusammengetan.«

»Samuel Braxton«, stellte Elizabeth fest.

»Richtig«, sagte Logan. »Und nach jahrelangem Warten haben Elliotts Investitionen sich dieses Jahr endlich rentiert. Das Programm zum Bau eines Raketenabwehrsystems hatte im Kongreß praktisch keine Chance mehr. Aber vierundzwanzig Stunden nach dem Abschuß von Flug 002 ist Elliott im Weißen Haus mit Beckwith zusammengetroffen. Susanna hat beobachtet, wie er hingefahren ist. Und sie hat Elliott an diesem Abend mit Vandenberg gesehen. Am nächsten Abend wendet Beckwith sich im Fernsehen an die Nation, kündigt Vergeltungsschläge gegen das *Schwert von Gaza* an und will nun den Bau eines nationalen Raketenabwehrsystems vorantreiben. Der Kongreß ist plötzlich Feuer und Flamme dafür. Andrew Sterling kämpft mit dem Rücken zur Wand, weil er sich mehrfach öffentlich dagegen ausgesprochen hat. Beckwith gewinnt die schon verloren geglaubte Wahl, und Elliotts Alatron Defense Systems kann damit rechnen, mehrere Milliarden Dollar zu verdienen.«

»Warum haben Sie Susannas Story dann nicht gebracht?« fragte Michael.

»Wie ich Ihrer Frau schon geschildert habe, sprechen wir bei solchen Artikeln vor Veröffentlichung alle Tatsachen, Zitate und Informationen mit dem Autor durch. In diesem Fall ist die Journalistin tot, und wir mußten neu recherchieren, wobei wir Susannas Material als Straßenkarte benutzt haben. Wir haben es fast komplett, aber ein wichtiger Teil fehlt. Susanna hatte sich irgendwie Unterlagen über Finanz- und Immobiliengeschäfte verschafft. Wir vermuten, daß sie eine Quelle bei Braxton, Allworth & Kettlemen hatte, über die sie an das Material kam. Leider haben wir nicht feststellen können, wer der Informant gewesen ist. Wir haben versucht, einen eigenen Informanten in der Firma zu finden, aber das ist uns nicht gelungen.«

Logan fröstelte und band sich seinen roten Schal fester um den Hals. »Elizabeth, Sie können diese Frage natürlich so beantworten, wie Sie's für richtig halten, aber ich muß sie stellen. Sind Sie Susannas Informantin gewesen?«

»Nein«, sagte Elizabeth. »Susanna hat mich gefragt, aber ich habe abgelehnt. Ich habe ihr erklärt, das sei ein Verstoß gegen die Standesregeln, und falls jemals bekannt würde, daß ich ihr Unterlagen zugespielt habe, würde ich meine Anwaltszulassung verlieren.«

Logan zögerte einen Augenblick, bevor er fragte: »Würden Sie's jetzt tun?«

»Nein.«

»Elizabeth, Samuel Braxton ist ein unehrlicher Anwalt, ein Krimineller, der jetzt zur Belohnung Außenminister werden soll. Ich weiß nicht, wie Sie dazu stehen, aber mich bringt das auf, und als Journalist möchte ich etwas dagegen tun. Aber das kann ich nicht ohne Ihre Hilfe. Falls Sie Bedenken wegen Ihrer eigenen Sicherheit haben, kann ich Ihnen versprechen, daß wir nichts tun werden, was Sie irgendwie gefährden könnte. Sie können mir vertrauen, Elizabeth.«

»Tom, ich habe den größten Teil meines Lebens in Washington verbracht und hier vor allem eines gelernt: In dieser Stadt kann man keinem Menschen trauen.«

Logan blieb stehen und wandte sich an Michael. »Sie sind kein im Ausland tätiger Computerverkäufer. Sie sind CIA-Offizier und arbeiten im Zentrum für Terrorismusbekämpfung. Sie sind der Held des Terroranschlags in Heathrow und ›zufällig‹ auf dieser Kanalfähre gewesen, auf der ein Sprengsatz detoniert ist. Sie werden's nicht glauben, Michael, aber selbst Leute aus Ihrer Firma reden gern mit Journalisten. Wir haben diese Informationen nicht gebracht, weil wir Sie nicht gefährden wollten.«

Logan wandte sich an Elizabeth. »Ich tue nichts, was Ihnen schaden könnte. Sie können mir vertrauen, Elizabeth.«

40

Bethesda, Maryland

Delaroche wurde erstmals nervös, als er die Interstate 95 verließ und auf den Capital Beltway fuhr. Er kannte einige der schwierigsten Straßen Europas – die kurvenreichen Landstraßen Italiens und Frankreichs, die gefährlichen Bergstrecken der Alpen und der Pyrenäen –, aber keine von ihnen hatte ihn auf das wahnwitzige Chaos des abendlichen Berufsverkehrs in Washington vorbereitet.

Die Fahrt von Vermont nach Süden war problemlos gewesen. Bis auf einen kurzen Schneeschauer nördlich von New York und gefrierenden Nieselregen auf der New Jersey Turnpike war das Wetter gut gewesen. Die Temperatur war gestiegen, je weiter sie nach Süden kamen, und ab Philadelphia hatte der Regen aufgehört. Jetzt fürchtete Delaroche am meisten die anderen Fahrer. Autos rasten mit fünfundachtzig Meilen an ihm vorbei – dreißig Meilen schneller als erlaubt –, und der Lastwagen hinter ihm klebte fast an seiner Stoßstange.

Delaroche war bewußt, wie leicht man unter diesen Umständen in einen Unfall verwickelt werden konnte. Die Folgen wären katastrophal gewesen. Da er Ausländer war, würde die Polizei seinen Paß sehen wollen. War der Beamte halbwegs auf Draht, mußte er merken, daß in Delaroches Paß kein Besuchervisum war. Er würde festgehalten und von Beamten der Einwanderungsbehörde und FBI-Agenten verhört werden. Seine Identität würde zerbröckeln, und er würde verhaftet werden, alles wegen irgendeines Idioten, der es eilig hatte heimzukommen.

Die Autos vor ihm bremsten plötzlich. Der Verkehr kam zum Stehen. Delaroche fand im Autoradio einen Sender, der nur Nachrichten brachte, und hörte die Verkehrsmeldungen. Irgendwo vor ihnen war ein Sattelschlepper umgestürzt. Der Stau war mehrere Meilen lang.

Delaroche dachte an sein Haus in Brélès. Er dachte an die See, die gegen die Felsen brandete, und sein italienisches Rennrad, mit dem er auf wenig befahrenen Landstraßen in den sanft gewellten Hügeln des Hochlands des Finistère unterwegs war. Er mußte einen Wachtraum gehabt haben, denn der Fahrer hinter ihm hupte laut und fuchtelte mit den Armen. Er wechselte plötzlich die Spur, setzte sich neben Delaroche und machte eine vulgäre Handbewegung.

»Hast du was dagegen, wenn ich meine Pistole aus dem Rucksack hole und ihn abknalle?« fragte Astrid.

Sie näherten sich der Unfallstelle. Ein Verkehrspolizist aus Maryland stand auf der Fahrbahn und leitete den Verkehr um den umgestürzten Sattelschlepper herum. Beim Anblick eines Polizeibeamten verkrampfte Delaroche sich unwillkürlich. Die Feuerwehr- und Rettungswagen verschwanden hinter ihnen, und der Verkehr begann wieder zu rollen. Delaroche nahm die Ausfahrt Wisconsin Avenue und fuhr nach Süden weiter.

Sie fuhren durchs Zentrum von Bethesda, vorbei an den exklusiven Geschäften der Mazza Galleria und den gewaltigen Türmen der National Cathedral. Die Wisconsin Avenue fiel nach Georgetown hinunter ab. Einkaufende hasteten durch die kalte Abendluft, und die Bars und Restaurants begannen sich zu füllen. Sie bogen an der M Street links ab, fuhren einige Blocks weiter und erreichten das Hotel Four Seasons.

Astrid und Delaroche lehnten es ab, sich von einem Pagen beim Transport ihres Gepäcks helfen zu lassen, und fuhren in ihr Zimmer hinauf. Sie schlossen die Tür hinter sich und fielen von zwei langen Autofahrten und dem Marsch über die Grenze erschöpft aufs Bett.

Delaroche war nach zwei Stunden wieder wach, bestellte beim Zimmerservice Kaffee und setzte sich vor seinen Laptop. Er öffnete Michael Osbournes Dossier und begann seinen Tod zu planen.

41

Washington, D.C.

Elizabeth rief Max Lewis am Spätnachmittag im Büro an.

»Wie geht's dir?« fragte er mit Papieren raschelnd. Es war nach fünf, und er war im Begriff, nach Hause zu fahren.

»Mir geht's gut, aber der Arzt sagt, daß ich noch ungefähr eine Woche lang möglichst viel liegen soll. Deswegen rufe ich auch an. Könntest du mir heute auf dem Nachhauseweg ein paar Unterlagen vorbeibringen?«

»Kein Problem. Was brauchst du?«

»Die Akte McGregor. Sie liegt auf meinem Schreibtisch.«

»Sie ist wieder in der Registratur. Ich habe mir erlaubt, heute deinen Schreibtisch aufzuräumen. Ich weiß ehrlich nicht, wie du daran arbeiten kannst, Elizabeth. Außerdem habe ich alle deine Zigaretten weggeworfen.«

»Sei unbesorgt, ich habe das Rauchen aufgegeben. Ebenfalls gestrichen ist der Chardonnay in der Badewanne nach der Arbeit.«

»Braves Mädchen«, sagte er. »Ich bin in einer Viertelstunde bei dir. Brauchst du sonst noch was? Soll ich was aus der Reinigung abholen? Im Sutton Place etwas für dich einkaufen? Befiehl, meine Königin.«

»Bring mir einfach nur die Akte McGregor. Ich belohne dich mit Speis und Trank.«

»In diesem Fall bin ich in fünf Minuten da.«

»Ich bin oben im Schlafzimmer, nimm also am besten deinen Schlüssel.«

»Ja, meine Königin.«

Max legte auf. Michael, der in einem Sessel neben dem Bett saß, hatte das über ein schnurloses Telefon geführte Gespräch mitgehört. Er nickte Elizabeth zu und sagte: »Perfekt.«

Max brauchte über eine halbe Stunde, um sich von der Kanzlei in der Connecticut Avenue nach Georgetown durchzukämpfen. Er steckte seinen Schlüssel ins Schloß, sperrte auf und betrat die geräumige Diele.

»Elizabeth, ich bin's!« rief er.

»Hallo, Max, komm rauf. Im Kühlschrank steht Wein. Bring ein Glas und den Korkenzieher mit.«

Er tat wie geheißen und ging ins Schlafzimmer hinauf. Elizabeth saß von Notizblöcken und Schriftsätzen umgeben auf ihrem Bett. »Meine Güte«, sagte er. »Vielleicht sollte ich besser hier als im Büro arbeiten.«

»Das wäre vielleicht keine schlechte Idee.«

Max legte die Akte McGregor auf den Nachttisch und begann automatisch, etwas Ordnung in das Durcheinander zu bringen. Michael kam herein, und Max sagte: »Hallo, Michael, wie geht's?«

Als Michael schwieg, erkundigte Max sich: »Irgendwas nicht in Ordnung?«

Elizabeth berührte seinen Arm. »Max, wir müssen miteinander reden.«

»Susanna hat mich gefragt, nachdem du abgelehnt hattest«, erzählte Max. Er saß in einem Sessel neben Elizabeths Bett, die Füße lässig auf einem Fußschemel. Michael hatte den Wein aufgemacht, und Max hatte die Flasche inzwischen halb geleert. Der anfängliche Schreck war verflogen, er war jetzt entspannt und sprach ganz offen. »Sie hat mich um Hilfe gebeten. Ich habe eine Nacht darüber geschlafen und dann zugesagt.«

»Max, wenn du erwischt worden wärst, hätten sie dir fristlos gekündigt und dich wahrscheinlich angezeigt. Anwaltsfirmen verstehen keinen Spaß, wenn's um Verletzung des Anwaltsgeheimnisses geht. Das verschreckt die Mandanten und macht es verdammt schwierig, neue zu gewinnen.«

»Ich bin bereit gewesen, das zu riskieren. In meiner Lage, Elizabeth, neigt man nicht dazu, die Dinge sehr langfristig zu sehen.«

»Ich will mir kein Urteil anmaßen, Max, aber damit hättest du erst zu mir kommen müssen«, sagte Elizabeth. »Ich habe dich eingestellt. Du arbeitest für mich. Die Firma hätte mir zu Recht schwere Vorwürfe gemacht.«

»Und was hättest du gesagt?«

»Ich hätte dir verboten, es zu tun.«

»Deshalb habe ich dich nicht gefragt.«

»Warum, Max? Warum hast du's auf Braxton abgesehen?«

Max starrte Elizabeth an, als finde er ihre Frage anstößig. »Warum? Weil Braxton ein mieses kleines Arschloch ist, das demnächst Außenminister wird. Ich wundere mich, daß du überhaupt fragst, Elizabeth. Ich habe gehört, wie er mit dir bei Kanzleibesprechungen umspringt, und ich weiß, wie er über dich redet, wenn du nicht dabei bist.«

Er zögerte kurz, sah Michael an und fragte: »Darf ich eine von dir schnorren?« Michael gab ihm die Zigaretten und sein Feuerzeug. Max rauchte schweigend ein paar Züge und trank noch einen Schluck Wein.

»Aber es geht auch um mich persönlich«, sagte er schließlich. »Irgend jemand hat Braxton gesteckt, daß ich HIV-positiv bin. Er hat hinter deinem Rücken versucht, mich noch vor seinem Ausscheiden aus der Firma rauszuschmeißen. Ich wollte ihm seine letzten Wochen in der Firma so schwer wie möglich machen, und Susanna hat mir Gelegenheit dazu gegeben.«

»Wie bist du an die Papiere rangekommen?« fragte Michael.

»Ich habe einen Archivschlüssel geklaut und mir einen Nachschlüssel machen lassen. Dann bin ich eines Abends länger im Büro geblieben, habe die Schriftstücke aus dem Archiv geholt und bin damit zu Susanna gefahren. Ich hatte es unter einer Bedingung getan: Sie durfte nichts fotokopieren. Ich bin die ganze Nacht bei ihr gewesen, während sie gearbeitet hat, und am nächsten Morgen früh ins Büro gefahren, um die Akten zurückzustellen. Eigentlich war überhaupt nichts dabei.«

»Hast du den Schlüssel noch?« fragte Elizabeth.

»Ja, ich habe daran gedacht, ihn von der Memorial Bridge zu werfen, aber dann habe ich ihn doch behalten.«

»Gut.«

»Wieso?«

»Weil wir heute nacht diese Unterlagen noch einmal brauchen.«

42

Washington, D.C.

Offiziell war das Weiße Haus »gedeckelt«, was bedeutete, daß die Pressestelle heute voraussichtlich nichts mehr mitteilen würde und der Präsident und die First Lady nicht die Absicht hatten, noch auszugehen. Aber um acht Uhr an diesem Abend rollte eine einzelne schwarze Limousine aus dem Südtor des Weißen Hauses und ordnete sich in den abendlichen Verkehr der Hauptstadt ein.

Anne Beckwith saß allein auf dem Rücksitz. Es war keine gepanzerte Präsidentenlimousine, und es gab keine Begleitfahrzeuge, keine Polizeieskorte, nur einen Fahrer des Weißen Hauses und einen einzelnen Secret-Service-Agenten vorn auf dem Beifahrersitz. Auf diese Weise flüchtete Anne schon seit Jahren mindestens einmal in der Woche aus dem Weißen Haus. Sie genoß es, die Festung Weißes Haus zu verlassen und in die reale Welt hinauszukommen, wie sie gern sagte. Für Anne war die reale Welt nicht allzuweit vom Amtssitz des Präsidenten entfernt. Im allgemeinen fuhr sie nur eine kurze Strecke zu den Enklaven der Reichen in Georgetown, Kalorama oder Spring Valley, um bei alten Freunden oder wichtigen politischen Verbündeten einen Drink zu nehmen und mit ihnen zu essen.

Die Limousine fuhr die Connecticut Avenue nach Norden und bog im Dupont Circle westlich auf die Massachusetts Avenue ab. Wenig später erreichte sie die California Street und wurde dort vor einer der Luxusvillen langsamer. Das Garagentor öffnete sich, und die schwarze Limousine verschwand lautlos von der Straße.

Der Secret-Service-Agent wartete, bis das Garagentor sich wieder geschlossen hatte, bevor er ausstieg. Er ging um den Wagen herum und hielt der First Lady die Autotür auf. Der Gastgeber erwartete sie, als sie ausstieg. Sie küßte ihn auf die Wange und sagte: »Hallo, Mitchell, freut mich, Sie zu sehen.«

Anne Beckwith war nicht gekommen, um diesen Abend bei angenehmer Konversation und gutem Essen zu verbringen. Es war ein geschäftlicher Besuch. Sie ließ sich ein Glas Wein geben, ignorierte jedoch den Teller mit Käse- und Pastetenhäppchen, den einer von Elliotts Drohnen auf den Couchtisch zwischen ihnen stellte.

»Ich möchte wissen, ob die Situation unter Kontrolle ist, Mitchell«, sagte sie kalt. »Und falls sie das nicht ist, möchte ich wissen, was Sie zu tun gedenken, um sie unter Kontrolle zu bekommen.«

»Wäre Susanna Dayton noch am Leben und hätte diesen Artikel veröffentlicht, hätte er uns sehr schaden können. Ihre bedauerliche Ermordung hat uns eine kurze Atempause verschafft, aber ich glaube nicht, daß die Gefahr schon vorüber ist.«

»Bedauerliche Ermordung«, wiederholte Anne verächtlich. »Warum hat die *Post* die Story nicht gebracht?«

»Weil sie versuchen, sämtliche Behauptungen noch mal zu überprüfen, was ihnen bislang noch nicht gelungen ist.«

»Wird es ihnen gelingen?«

»Nicht, wenn ich's verhindern kann.«

Anne Beckwith zündete sich eine Zigarette an und blies mit nervös angespannten Lippen eine dünne Rauchfahne gegen die Decke.

»Was tun Sie, um es zu verhindern?«

»Ich halte es für wenig ratsam, Sie über alles genau zu informieren, Anne.«

»Reden Sie keinen Scheiß, Mitchell. Sagen Sie mir einfach, was ich wissen will.«

»Wir glauben, daß Susanna Daytons beste Freundin jetzt mit der *Post* zusammenarbeitet, eine Anwältin namens Elizabeth Osbourne«.

»Ist das nicht Douglas Cannons Tochter?«

»Richtig«, bestätigte Elliott.

»Cannon haßt Jim, seit sie beide im Senat gewesen sind. Sie haben gemeinsam im Streitkräfteausschuß gesessen. Cannon war Vorsitzender, Jim der ranghöchste Republikaner. Gegen Ende der Legislaturperiode haben sie kaum noch miteinander gesprochen.«

Anne trank ihren Wein aus und fragte: »Wollen Sie mir kein zweites Glas anbieten, Mitchell? Kalifornischer, stimmt's? Gott, wir machen wunderbaren Wein.«

Elliott schenkte ihr nach.

»Mitchell, wir kennen uns schon sehr lange«, sagte Anne. »Jim und ich haben Ihnen viel zu verdanken. Sie sind über Jahre hinweg sehr großzügig zu uns gewesen. Aber ich werde nicht zulassen, daß Jim durch diese Sache irgendwie besudelt wird. Sein letzter Wahlkampf liegt hinter ihm. Er hat nichts mehr zu verlieren, außer seinem Platz in den Geschichtsbüchern.«

»Das verstehe ich, Anne.«

»Das glaube ich nicht, Mitchell. Dringt diese Sache an die Öffentlichkeit, werde ich mit allen mir zu Gebote stehenden Mitteln dafür sorgen, daß Sie die Folgen tragen. Ich werde nicht zulassen, daß Jim unter dieser Geschichte zu leiden hat, und Sie sind mir dann scheißegal. Habe ich mich deutlich ausgedrückt?«

Elliott trank seinen Scotch aus. Es gefiel ihm nicht, sich

von Anne Beckwith belehren lassen zu müssen. Wären Annes Geldgier, Annes Unsicherheiten nicht gewesen, hätte Elliott niemals seine besonderen finanziellen Beziehungen zu James Beckwith aufbauen können. Anne entschied alles, selbst wenn es sich um Bestechungsgelder handelte. Er starrte sie sekundenlang eisig an, dann nickte er und sagte: »Ja, Anne, Sie haben sich sehr klar ausgedrückt.«

»Sollte die Bombe hochgehen, wird Jim sie überleben. Aber Ihr kleines Raketenprojekt geht den Bach runter. Nichts davon wird verwirklicht werden, oder der Auftrag wird an ein weniger umstrittenes Unternehmen gehen. Dann sind Sie erledigt, Mitchell.«

»Ich weiß, was auf dem Spiel steht.«

»Gut.« Anne stand auf und griff nach ihrem Mantel. Mitchell Elliott blieb sitzen. »Eine Frage noch, Mitchell: Haben die Leute, die Susanna Dayton ermordet haben, auch die Verkehrsmaschine abgeschossen?«

Elliott starrte sie verblüfft an. »Wie bitte?«

»Sie haben auf meine Frage mit einer Gegenfrage geantwortet. Das ist ein schlechtes Zeichen, Mitchell. Gute Nacht, mein Lieber. Oh, bitte stehen Sie meinetwegen nicht auf. Ich bin nur die First Lady. Ich finde selbst hinaus.«

Elizabeth zog sich wie eine vielbeschäftigte Washingtoner Anwältin an, die abends noch einmal in ihr Büro fährt, um zu arbeiten: Jeans, City-Cowboystiefel, ein bequemer beiger Baumwollpullover. Max Lewis wohnte in der Nähe des Dupont Circle, und seine Arbeitskleidung spiegelte die Modetrends dieses Viertels wider: schwarze Jeans, schwarze Wildlederslipper, schwarzer Rollkragenpullover, dunkelgraues Sakko. Die Kanzlei Braxton, Allworth & Kettlemen befand sich in dem Eckgebäude an der Connecticut Avenue und K Street. Michael wartete im Auto. Elizabeth und Max betraten die Eingangshalle, trugen sich beim Wachmann ein und fuhren mit dem Aufzug in den zehnten Stock hinauf.

Elizabeths Büro lag am Nordrand der Etage mit Blick auf die Connecticut Avenue. Samuel Braxton hatte das größte Büro der Firma, eine Ecksuite mit prachtvoller Aussicht auf das Weiße Haus und das Washington Monument. Elizabeth schloß ihr Büro auf, machte Licht und ging hinein. Sie redeten in der üblichen Lautstärke miteinander, weil alles völlig normal wirken sollte. Max legte einen Stapel Papier in den Fotokopierer ein und stellte die Kaffeemaschine an. Irgendwo im Hintergrund hörte Elizabeth das Brummen von Staubsaugern in den anderen Räumen.

Sie nahm die Schlüssel mit und ging den Korridor entlang zu Braxtons Büro. Sie klopfte einmal leicht an, bekam keine Antwort und sperrte die Tür mit dem Nachschlüssel auf. Nachdem sie die Tür hinter sich geschlossen hatte, nahm sie eine kleine Taschenlampe aus ihrer Umhängetasche und knipste sie an.

Sie stand im Vorzimmer, in dem die beiden Sekretärinnen Braxtons arbeiteten. Das durch eine massive Tür gesicherte Archiv befand sich an der Rückwand dieses Raums. Max hatte ihr beschrieben, wo die Akten Elliott und Beckwith zu finden waren, links oben an der Rückwand. Elizabeth holte sich die niedrige Bibliotheksleiter, stieg hinauf und sah die einzelnen Ordner durch.

Elizabeth ging die ganze obere Reihe durch, ohne etwas zu finden. Sie fing noch einmal von vorn an, zwang sich dazu, langsam zu suchen, und fand wieder nichts. Auch eine Reihe tiefer wurde sie nicht fündig. Sie fluchte leise vor sich hin. Braxton hatte die Akten ausgelagert.

Elizabeth stieg von der Leiter und ging zur Tür. In diesem Augenblick hörte sie draußen im Vorzimmer Geräusche, ein Schlüssel, der ins Schloß gesteckt wurde, das Klicken des Lichtschalters, das Klirren des Putzwagens. Als nächstes hörte sie, wie ein Schlüssel in das Türschloß unmittelbar vor ihr gesteckt wurde. Das Schloß schnappte auf, und die Tür öffnete sich.

Elizabeth betrachtete den vor ihr stehenden Mann sorgfältig und wußte sofort, daß mit ihm etwas nicht stimmte. Die Putzkolonne bestand fast nur aus kleinen, dunkelhäutigen Mittelamerikanern, die fast kein Englisch sprachen. Dieser Mann war ungefähr einsachtzig und hellhäutig. Sein dunkles Haar war unverkennbar von einem teuren Friseur geschnitten und gestylt worden. Sein Overall war fleckenlos neu, seine Fingernägel waren sauber. Aber vor allem fiel Elizabeth der Ring an seiner linken Hand auf. Er trug das Wappen der Army Special Forces, der Green Berets.

»Kann ich etwas für Sie tun?« fragte Elizabeth. Sie hielt es für klüger, in die Offensive zu gehen.

»Hab' hier ein Geräusch gehört«, sagte der Mann in stark akzentgefärbtem Englisch. Elizabeth wußte, daß er log, denn sie war so leise wie möglich gewesen.

»Warum haben Sie dann nicht den Wachmann gerufen?« fauchte sie.

Der Mann zuckte mit den Schultern. »Wollte erst mal selbst nachsehen. Sie wissen schon, Dieb fangen, großer Held sein, Belohnung oder so was kriegen.«

Sie sah demonstrativ auf das Namensschild an seinem Overall.

»Sind Sie Amerikaner, Carlos?«

Er schüttelte den Kopf. »Bin aus Ecuador.«

»Woher haben Sie diesen Ring?«

»Pfandleiher in Adams Morgan. *Muy bonito,* nicht wahr?«

»Wirklich sehr hübsch, Carlos. Entschuldigen Sie mich jetzt bitte.«

Sie ging an ihm vorbei ins Vorzimmer.

»Gefunden, was Sie gesucht haben?« fragte er hinter ihr.

»Ich habe nur etwas zurückgebracht.«

»Okay. Gute Nacht, *Señora.*«

»Vielleicht hat er die Wahrheit gesagt«, meinte Michael. »Vielleicht ist er wirklich Carlos aus Ecuador und hat den Ring bei einem Pfandleiher in Adams Morgan gekauft.«

»Niemals!« sagte Elizabeth.

Max war mit ihnen in ein Restaurant am Dupont Circle gegangen, The Childe Harold. Dort verkehrten vor allem Journalisten und junge Leute, die auf dem Capitol Hill arbeiteten. Sie saßen in der Kellerbar an einem Ecktisch. Elizabeth verzehrte sich nach einer Zigarette und kaute zur Ablenkung an ihren Nägeln.

»Ich habe ihn noch nie gesehen«, sagte Max. »Aber das hat nicht viel zu bedeuten. In diesem Job kommen und gehen die Leute.«

»Du hast den Kerl noch nie gesehen, Max, weil er weder ein Putzmann noch Carlos aus Ecuador ist. Ich weiß, was ich gesehen habe.« Sie wandte sich an Michael. »Erinnerst du dich, was du mir von diesem Gefühl erzählt hast, wenn du beobachtet wirst? Nun, genau dieses Gefühl habe ich jetzt, Michael.«

»Sie ist nicht blöd«, sagte Henry Rodriguez. »Sie ist eine erfolgreiche Anwältin. Ich hab' versucht, mich rauszureden. Hab' meinen besten Freddie Prince aus *Chico and the Man* gespielt, aber irgendwie hat sie was gemerkt.«

»Warum hast du auch diesen verdammten Ring getragen?« fragte Calahan.

»Ich hab' ihn vergessen. Erschieß mich dafür.«

»Bring mich nicht auf solche Ideen. Wo sind sie jetzt?«

»Im Childe Harold. Twentieth Street, nördlich des Dupont Circle.«

»Wo bist du?«

»In der Telefonzelle auf der anderen Seite der Connecticut Avenue. Näher kann ich nicht ran.«

»Bleib dort. In zehn Minuten wirst du abgelöst.«

Calahan legte auf und sah zu Elliott hinüber. »Wir haben ein weiteres kleines Problem, Sir.«

43

Washington, D.C.

Am nächsten Morgen saß Delaroche auf einer Bank am Dupont Circle und beobachtete ein paar Radkuriere, die ihren Morgenkaffee tranken. Er fand sie vage amüsant – wie sie lachten, Witze rissen und sich gegenseitig mit Dingen bewarfen –, aber er beobachtete sie nicht nur, um sich die Zeit zu vertreiben. Er merkte sich genau, wie sie angezogen waren, was für Rucksäcke sie trugen, wie sie sich ohne ihre Räder bewegten. Kurz nach neun Uhr erhielten die Kuriere über Funk ihre ersten Aufträge, bestiegen widerwillig ihre Räder und fuhren zur Arbeit.

Delaroche wartete, bis der letzte abgefahren war. Dann ging er zu einer Telefonzelle und blätterte in den Gelben Seiten. Er fand rasch, was er suchte. Er verließ die Telefonzelle, hielt ein Taxi an und nannte dem Fahrer die Adresse.

Das Taxi brachte Delaroche auf der M Street nach Georgetown und setzte ihn an der Auffahrt zur Key Bridge ab. Er betrat den Laden. Ein Verkäufer fragte, ob er ihm behilflich sein könne, aber Delaroche schüttelte den Kopf. Er begann mit der Kleidung. Er suchte das auffälligste Hemd und die bunteste Hose aus, die er finden konnte. Danach wählte er Schuhe, Socken, Helm und Rucksack aus. Er nahm alles in den vorderen Teil des Ladens mit und trug es zur Kasse.

»Sonst noch was?« fragte der Verkäufer.

Delaroche zeigte wortlos auf das teuerste Mountain

Bike im Laden. Der Verkäufer hob es aus dem Ständer und schob es zur Servicetheke.

»Was machen Sie damit?« fragte Delaroche ruhig. Er war sich peinlich bewußt, daß er mit starkem Akzent sprach.

»Wir müssen das Fahrrad durchchecken, Sir. Das dauert ungefähr eine Stunde.«

»Pumpen Sie nur die Reifen auf, und dann geben Sie's mir.«

»Wie Sie wollen. Barzahlung oder Karte, Sir?«

Delaroche zählte bereits die Hundert-Dollar-Scheine ab.

Die folgende Stunde erledigte Delaroche seine Einkäufe auf der Wisconsin Avenue in Georgetown. Bei einem Juwelier ließ er sich die Ohrläppchen durchstechen und zwei Ohrringe einsetzen. Außerdem kaufte er mehrere auffällige goldene Halsketten. In einem Textilgeschäft erstand er ein Piratenkopftuch, in einem Elektronikladen einen Walkman.

In der Toilettenkabine zog er sich um, band sich das Tuch um den Kopf und schmückte sich mit den goldenen Halsketten. Den Walkman befestigte er am Gürtel und hängte den Kopfhörer um den Hals. Seine Straßenkleidung und die Beretta mit Schalldämpfer stopfte er in den Rucksack, dann musterte er sich im Spiegel. Irgend etwas fehlte noch. Er setzte seine Ray-Ban-Sonnenbrille auf, mit der er den Mann in Paris ermordet hatte, und betrachtete sich erneut. Jetzt stimmte alles.

Er ging wieder hinaus. Ein Mann mit Lederjacke war gerade dabei, sein Fahrrad zu klauen.

»Hey, du Schweinebacke«, sagte Delaroche, indem er den Jargon der Radkuriere vom Dupont Circle imitierte. »Pfoten weg von meinem Bike, verstanden?«

»Hey, bleib cool. Ich hab's mir bloß angesehen«, sagte der Mann und wich rasch zurück. »Frieden und Liebe und all der Scheiß.«

Delaroche schwang sich aufs Rad und strampelte in Richtung Michael Osbournes Haus davon.

Während Delaroche auf laubbedeckten Straßen durch den Westen von Georgetown fuhr, ging er seinen Plan nochmals durch. Die Ermordung Michael Osbournes würde schwierig werden. Osbourne war ein verheirateter Mann ohne wirkliche Laster, der sich auf kein sexuelles Abenteuer mit Astrid einlassen würde. Als Geheimdienstmann hatte er viele gefährliche Situationen überstanden; rein instinktiv würde er immer auf der Hut sein.

Delaroche hatte überlegt, ob er als Fahrradkurier bei Osbourne klingeln und ihn erschießen sollte, wenn er die Haustür öffnete. Aber dabei hätte er riskiert, von Osbourne, der ihn schon einmal auf dem Chelsea Embankment gesehen hatte, erschossen zu werden. Er hatte mit dem Gedanken gespielt, unbemerkt in sein Haus einzudringen, aber eine Luxusvilla in einer Stadt mit einer Kriminalitätsrate wie Washington war bestimmt mit einer Alarmanlage gesichert. Schließlich hatte Delaroche entschieden, ihn überraschend irgendwo im Freien zu erschießen, und deshalb war er jetzt als Radkurier getarnt.

Die N Street stellte Delaroche vor das erste große Problem. Dort gab es weder Läden, Cafés noch Telefonzellen – keine Möglichkeit, irgendwo unauffällig zu warten –, nur große alte Klinkerhäuser, die sehr dicht an den Gehsteig gebaut waren.

Delaroche stand an der Ecke 33rd und N Street vor einer Villa mit großer Säulenvorhalle und überlegte. Ihm blieb nur eine Möglichkeit: Er mußte immer wieder durch die N Street fahren und darauf hoffen, daß Osbourne irgendwann sein Haus betrat oder verließ. Das war für Delaroche ungewohnt – er zog es vor, Ort und Zeit eines Mordanschlags exakt zu bestimmen, aber diesmal hatte er keine andere Wahl.

Er schwang sich auf sein Rad, fuhr zur 35th Street, kehrte um und fuhr zur 33rd Street zurück, wobei er Osbournes Haus ständig im Auge behielt.

Nach zwanzigminütigem Auf und Ab verließ ein Mann in einem grau-weißen Jogginganzug das Haus. Delaroche sah sich sein Gesicht gut an. Es war dasselbe Gesicht wie auf dem Foto in dem Dossier. Es war dasselbe Gesicht, das er in jener Nacht auf dem Chelsea Embankment gesehen hatte. Dieser Mann war Michael Osbourne.

Osbourne beugte sich nach vorn und dehnte die Muskeln auf der Rückseite seiner Beine. Dann lehnte er sich an einen Laternenpfahl und streckte seine Wadenmuskeln. Delaroche, der Osbourne zwei Straßenblocks entfernt beobachtete, sah seinen Blick über die in der N Street geparkten Wagen gleiten.

Dann richtete Osbourne sich auf und lief locker los. Er bog an der 34th Street links und auf der M Street rechts ab, bevor er über die Key Bridge nach Virginia hinüberlief. Delaroche wählte Astrids Nummer im Four Seasons und telefonierte mit ihr, während er Osbourne in gleichmäßigem Abstand folgte.

Michael lief am anderen Ufer des Potomac den Mount Vernon Trail entlang nach Süden. Seine steifen Muskeln schmerzten, und das kalte Dezemberwetter war nicht gerade gut für sie, aber er steigerte sein Tempo und machte längere Schritte, bis er nach einigen Minuten spürte, daß er zu schwitzen begann.

Es war schön, einmal aus dem Haus zu kommen. Vorhin hatte Carter angerufen und erzählt, daß Monica Tyler die Personalabteilung offiziell mit einer Untersuchung seines Verhaltens beauftragt habe. Elizabeth hatte endlich dem Drängen ihres Arztes nachgegeben und arbeitete zu Hause. Ihr Schlafzimmer war in ein Anwaltsbüro verwandelt worden, inklusive Max Lewis.

Die Wolkendecke riß auf, und eine warme Wintersonne beschien die Ufer des Flusses. Vor ihm begann eine hölzerne Fußgängerbrücke, die mehrere hundert Meter weit über mit Schilf bewachsenes Marschland führte.

Michael steigerte sein Tempo und hörte seine Schritte über die Querbohlen der Brücke poltern. An diesem Werktag hatte er die Fußgängerbrücke für sich allein. Er spielte ein Spiel mit sich selbst, indem er ein imaginäres Rennen lief. Er legte einen Spurt ein, schwang seine Arme, riß seine Knie hoch. Als er um eine Ecke bog, sah er das Ende der Brücke etwa zweihundert Meter vor sich liegen.

Michael zwang sich dazu, noch schneller zu rennen. Seine Arme brannten, seine Beine waren bleischwer, und er keuchte von der kalten Luft und zu vielen Zigaretten. Er erreichte das Ende der Fußgängerbrücke und kam stolpernd zum Stehen. Er drehte sich um, weil er sehen wollte, wie weit er zuletzt gespurtet war.

Dabei sah er den Mann, der mit einem Mountain Bike auf ihn zufuhr.

44

Washington, D.C.

Astrid Vogel rief unten an, damit der Parkwächter den Range Rover vorfuhr. Sie verließ das Zimmer und nahm den Lift in die Hotelhalle hinunter. Sie trug eine Umhängetasche, in der eine Beretta mit Schalldämpfer steckte. Der Range Rover stand unter der Markise vor dem Hoteleingang. Astrid gab dem Parkwächter den Abholschein und einen Fünfer Trinkgeld. Sie stieg ein und fuhr davon.

Fünf Minuten später fuhr sie einige Straßenblocks entfernt auf der N Street rückwärts in eine Parklücke. Sie stellte den Motor ab, zündete sich eine Zigarette an und wartete auf Delaroches Anruf.

Michael richtete sich kerzengerade auf, während Adrenalin durch seine Adern strömte. Plötzlich schmerzten seine Arme und Beine nicht mehr, und sein Atem ging kurz und stoßweise. Er beobachtete scharf den auf einem Mountain Bike näherkommenden Mann. Er trug einen Fahrradhelm und eine Sonnenbrille. Michael starrte auf den Rest seines Gesichts. Dieses Gesicht hatte er schon mehrmals gesehen – in Colin Yardleys Schlafzimmer, auf dem Flughafen Kairo, auf dem Chelsea Embankment. Dieser Mann war Oktober.

Der Killer griff in eine vor seinem Lenker festgeschnallte Nylontasche. Michael wußte, daß er nach seiner Waffe griff. Es hatte keinen Sinn wegzulaufen; Oktober würde ihn mühelos einholen und erschießen. Blieb er stehen, war das Ende ebenso unvermeidlich.

Er spurtete auf Oktober zu.

Diese Reaktion verblüffte den Killer. Er war noch zwanzig Meter von ihm entfernt, aber die beiden Männer kamen sich rasch näher. Oktober wühlte verzweifelt in der Nylontasche. Schließlich bekam er seine Waffe zu fassen, riß sie aus der Tasche und versuchte, auf Michael zu zielen.

Michael erreichte Oktober, als die Beretta zweimal dumpf »plop!« machte. Er senkte seine Schulter und rammte sie gegen Oktobers Brust. Durch den Aufprall wurde Oktober aus dem Sattel geworfen; er landete krachend auf den Holzbohlen der Fußgängerbrücke. Michael schaffte es, auf den Beinen zu bleiben. Als er sich umdrehte, sah er Oktober auf dem Rücken liegen, noch immer die Pistole in der Hand.

Michael hatte zwei Möglichkeiten: Er konnte sich auf Oktober stürzen und versuchen, ihn zu entwaffnen, oder weglaufen und Hilfe holen. Oktober war ein skrupelloser Killer, der mit allen Tricks kämpfte. Michael hatte zwar auf der Farm eine Nahkampfausbildung erhalten, aber er war intelligent genug, um zu wissen, daß er jemandem wie Oktober nicht gewachsen war. Außerdem hielt der Mann eine Pistole in der Hand und trug vermutlich eine zweite am Körper versteckt.

Michael machte kehrt, lief die Brücke entlang und sprang dann übers Geländer ins Schilf am Flußufer. Er stapfte durch den Schlamm, hastete die von nassem Herbstlaub glitschige Böschung hinauf und verschwand zwischen den Bäumen.

Delaroche setzte sich auf und fand mühsam die Orientierung wieder. Der Sturz hatte ihn atemlos gemacht, aber er war im wesentlichen unverletzt geblieben. Er steckte die Beretta in seinen Hosenbund und zog das Trikot darüber. Als er sich bückte, um sein Mountain Bike aufzuheben, kamen zwei Männer in Army-Sweatshirts um die Ecke. Im ersten Augenblick überlegte er, ob er sie erschießen solle; dann fiel ihm ein, daß in der Nähe das Pentagon lag und die Soldaten nur ganz harmlos in der Mittagspause joggten.

»Alles in Ordnung?« fragte ihn einer der beiden.

»Ein Rohling hat versucht, mich zu berauben«, sagte Delaroche mit bewußt französischem Akzent. »Als ich dem Mann erklärt habe, daß ich nichts Wertvolles bei mir habe, hat er mich vom Rad gestoßen.«

»Vielleicht sollten Sie doch lieber zum Arzt gehen«, sagte der andere.

»Nein, nein, nur ein paar blaue Flecken, nichts Ernstes. Ich fahre zur Polizei und erstatte Anzeige.«

»Okay, passen Sie gut auf sich auf.«

»Danke fürs Stehenbleiben, Gentlemen.«

Delaroche wartete, bis die Soldaten außer Sicht waren. Dann griff er nach der Lenkstange und stellte sein Mountain Bike wieder auf. Er war wütend und aufgeregt. Er hatte noch nie ein Attentat verpatzt und ärgerte sich, weil er nicht besser reagiert hatte. Osbourne war ein noch stärkerer Gegner, als er gedacht hatte. Seine Reaktion hatte Mut und Urteilsfähigkeit bewiesen. Sein Entschluß, lieber zu flüchten als zu kämpfen, bewies Intelligenz, denn Delaroche hätte ihn bestimmt getötet.

Deshalb war Delaroche aufgeregt. Die meisten seiner Opfer wußten gar nicht, wie ihnen geschah. Er tauchte unerwartet auf und mordete ohne Vorwarnung. Meistens war seine Arbeit wenig anspruchsvoll. Aber bei Osbourne war das jetzt anders. Delaroche hatte das Überraschungsmoment nicht mehr auf seiner Seite. Osbourne wußte von seiner Existenz und würde Delaroche nicht mehr an sich heranlassen. Delaroche würde Osbourne zu sich locken müssen.

Delaroche erinnerte sich an die Nacht auf dem Chelsea Embankment. Er erinnerte sich daran, wie er Sarah Randolph dreimal ins Gesicht geschossen und auf dem Rückzug Michael Osbournes verzweifelte Schreie gehört hatte. Ein Mann, der auf solche Art eine Frau verloren hatte, würde fast alles tun, um eine Wiederholung zu verhindern.

Delaroche stieg wieder auf und fuhr los. Unterwegs gab er eine Kurzwahlnummer ein. Astrid meldete sich nach dem ersten Klingeln. Delaroche gab ihr ruhig seine Anweisungen, während er über die Brücke nach Georgetown hinüberradelte.

Michael erreichte den George Washington Parkway. In der Mittagszeit war der Verkehr nur schwach. Er überquerte die Straße und rannte hügelaufwärts weiter. Vor ihm standen die aus Glas und Stahl erbauten modernen Bürogebäude des Arlingtoner Stadtteils Rosslyn. Michael fand vor einem Lebensmittelgeschäft eine Telefonzelle und wählte rasch seine eigene Nummer.

Max Lewis meldete sich.

»Gib mir Elizabeth, schnell!«

Sekunden später fragte sie: »Michael, was ist passiert?«

»Sie sind da«, sagte Michael nach Atem ringend. »Oktober hat eben versucht, mich auf dem Mount Vernon Trail zu erschießen. Hör mir jetzt bitte gut zu und tu genau, was ich sage.«

45

Washington, D.C.

Elizabeth stürmte in Michaels Arbeitszimmer und riß die Tür des Einbauschranks auf. Der Aktenkoffer lag im obersten Fach, ein brauner, rechteckiger Kasten, der so häßlich war, daß ihn nur der Technische Dienst der Agency entworfen haben konnte. Sie zog Michaels Bürostuhl heran, stieg darauf und holte den Aktenkoffer herunter.

Max war im Schlafzimmer. Elizabeth setzte sich aufs Bett, zog ihre Cowboystiefel an, ging an den Kleiderschrank und schlüpfte in eine halblange Lederjacke. Aus irgendeinem Grund betrachtete sie ihr Gesicht im Spiegel und fuhr mit einer Hand durch ihr ungekämmtes Haar.

Max starrte sie an und sagte: »Verdammt noch mal, Elizabeth! Was geht hier eigentlich vor?«

Elizabeth zwang sich zur Ruhe. »Ich kann dir jetzt nicht alles erklären, Max, aber vorhin hat ein Mann versucht, Michael beim Joggen zu ermorden. Michael glaubt, daß er jetzt hierher unterwegs ist, und will, daß wir sofort verschwinden.«

Max zeigte auf den braunen Aktenkoffer. »Und was ist das?«

»Ein sogenannter Jib«, sagte sie. »Wie er funktioniert, erkläre ich dir später. Aber im Augenblick brauche ich deine Hilfe.«

»Für dich tue ich alles, Elizabeth. Das weißt du.«

»Hör mir jetzt gut zu, Max«, sagte sie und nahm seine

Hand. »Wir gehen jetzt ganz ruhig und gelassen aus dem Haus und steigen in meinen Wagen.«

Zwei Minuten nach ihrem Telefongespräch mit Delaroche sah Astrid Vogel, wie die Haustür der Osbournes aufging und zwei Personen in die Dezembersonne traten. Die Frau war Elizabeth Osbourne – Astrid erkannte sie von dem Foto in Delaroches Dossier –, und ihr Begleiter war ein mittelgroßer schlanker Weißer. Die Frau trug einen braunen Aktenkoffer, der Mann nichts. Sie stiegen in einen silbergrauen Mercedes der E-Klasse – die Frau auf der Beifahrerseite, der Mann setzte sich hinters Steuer – und fuhren los.

Astrid überlegte. Delaroche hatte gesagt, sie solle hier auf ihn warten; sie würden zusammen ins Haus eindringen und die Frau als Geisel nehmen. Aber das ging nicht, wenn die Frau weg war. Sie beschloß, den beiden zu folgen und Delaroche telefonisch auf dem laufenden zu halten.

Astrid startete den Range Rover und folgte dem Mercedes. Sie tippte Delaroches Kurzwahlnummer ein und informierte ihn über die neueste Entwicklung.

»Er ist hier!« brüllte Michael ins Telefon.

»Wer ist hier?« fragte Adrian Carter.

»Oktober ist hier. Er hat eben versucht, mich auf dem Mount Vernon Trail zu ermorden.«

»Weißt du das bestimmt?«

»Adrian, was soll diese Scheißfrage? Natürlich weiß ich das bestimmt!«

»Wo bist du?«

»Rosslyn.«

»Sag mir deinen Standort. Ich schicke ein Team hin, das dich abholt.«

Michael sah sich nach einem Straßenschild um und gab Carter seinen Standort an.

»Wo ist Elizabeth? Ich lasse sie auch abholen.«

»Sie ist nicht mehr zu Hause. Ich habe sie angerufen und ihr gesagt, sie müsse sofort das Haus verlassen.«

»Warum das denn?«

»Weil Oktober und Astrid Vogel in dieser Sache zusammenarbeiten. Sie ist wahrscheinlich auch hier. Wäre Elizabeth noch im Haus, wäre die Vogel rein und hätte sie sich geschnappt. Davon bin ich überzeugt.«

»Was hast du vor?«

Michael sagte es ihm.

»O Gott! Wer ist der Fahrer?«

»Ihr Sekretär. Ein junger Mann namens Max Lewis.«

»Verdammt noch mal, Michael! Weißt du, was Oktober mit ihm macht, wenn er das merkt?«

»Halt die Klappe, Adrian. Sorg einfach dafür, daß ich bald abgeholt werde.«

Elizabeth klappte die Sonnenblende herunter und sah in den Schminkspiegel. Der schwarze Range Rover mit einer Frau am Steuer war hinter ihnen; sie telefonierte.

»Vor wem flüchten wir eigentlich?« fragte Max.

»Das würdest du mir nicht glauben.«

»Inzwischen glaube ich fast alles.«

»Sie heißt Astrid Vogel und ist eine Terroristin der Rote-Armee-Fraktion.«

»Jesus!«

»Bieg links ab und fahr normal weiter.«

Max bog nach links auf die M Street ab. An der 31st Street sprang die Ampel von Grün auf Gelb, als er noch fünfzehn Meter von der Kreuzung entfernt war.

»Fahr weiter!« sagte Elizabeth.

Max trat das Gaspedal durch. Sie rasten von wütendem

Gehupe begleitet über die Kreuzung. Elizabeth sah in ihrem Spiegel, daß der Range Rover noch immer da war.

»Scheiße!«

»Was soll ich jetzt machen?«

»Fahr einfach weiter.«

An der 28th Street blieb Max nichts anderes übrig, als an einer roten Ampel zu halten. Der schwarze Range Rover hielt genau hinter ihnen. Elizabeth beobachtete die Fahrerin in ihrem Schminkspiegel, während Max sie im Rückspiegel im Auge behielt.

»Was glaubst du, mit wem sie telefoniert?«

»Mit ihrem Partner.«

»Ist ihr Partner auch bei der Roten-Armee-Fraktion?«

»Nein, der ist ein ehemaliger KGB-Killer mit dem Decknamen Oktober.«

Die Ampel wurde grün. Max fuhr mit quietschenden Reifen los.

»Elizabeth, wenn ich mal wieder bei dir zu Hause arbeiten soll, würde ich gern dankend ablehnen, wenn du nichts dagegen hast.«

»Halt die Klappe und fahr!«

»Wohin?«

»Innenstadt.«

Max fuhr auf der L Street nach Osten; der Range Rover blieb dicht hinter ihnen. Elizabeth spielte mit dem Griff des Aktenkoffers. Sie erinnerte sich daran, was Michael gesagt hatte. *Steig aus und leg den Schalter um. Achte darauf, daß die richtige Kofferseite oben ist. Geh ganz ruhig weg. Auf keinen Fall rennen!* Der Verkehr wurde dichter, je weiter sie in die Innenstadt kamen.

»Weißt du sicher, daß das Ding funktioniert?« fragte Max.

»Woher zum Teufel soll ich das wissen?«

»Vielleicht hat's zu lange im Schrank gelegen. Sieh doch mal nach, ob ein Verfallsdatum draufsteht.«

Elizabeth sah ihn an. Max lächelte.

»Keine Angst, es klappt bestimmt«, sagte er.

An der Connecticut Avenue bog er rechts ab. Der Verkehr war dicht: Autos rasten die breite Straße entlang, und große Lastwagen parkten vor exklusiven Geschäften in der zweiten Reihe. Ein halbes Dutzend Autos und Lieferwagen schob sich zwischen sie und Astrid Vogel.

»Hier versuchen wir's«, entschied Elizabeth. »Bieg rechts in die K Street ab. Nimm die Busspur.«

»Verstanden«, sagte Max.

Er trat das Gaspedal durch und riß das Lenkrad nach rechts.

»Gerade sind sie rechts auf die K Street abgebogen«, meldete Astrid Delaroche. »Verdammt, ich seh' sie nicht mehr!«

Sie bog ebenfalls ab und beobachtete, wie der Mercedes sich in den dichten Verkehr auf der K Street einfädelte.

»Ich hab' sie. Sie fahren auf der K Street nach Westen. Und wo bist du?«

»Twenty-third Street, Richtung Süden. Wir sind nicht mehr weit auseinander.«

Astrid folgte dem Mercedes nach Westen über die 20th Street, dann über die 21st Street.

»Bin schon fast da, Jean-Paul. Wo bist du?«

»M Street. Warte an der Twenty-third auf mich.«

Sie fuhr über die 23rd Street und hielt an der Nordwestecke. Der Mercedes vergrößerte seinen Vorsprung. Sie blickte auf der 23rd Street nach Norden und sah Delaroches Beine wie Kolben arbeiten, als er in hohem Tempo angerast kam. Er lehnte sein Rad an einen Laternenmast und stieg in den Range Rover.

»Los!«

Elizabeth lehnte sich auf dem Rücksitz des Taxis zurück, das sie zu einer Filiale des Autovermieters Hertz bringen würde.

Michaels »Jib« hatte genauso funktioniert, wie er gesagt hatte. Max hielt am Randstein; Elizabeth stieg aus und legte den Schalter um. Die Gummipuppe füllte sich rasch und wirkte erstaunlich lebensecht. Max gab wieder Gas, und Elizabeth betrat die Eingangshalle. Sie war versucht, hinaufzufahren und sich in ihrem Büro zu verstekken, aber dann dachte sie an den Putzmann mit dem teuren Haarschnitt und dem Special-Forces-Ring und wußte, daß ihr Büro nicht sicher war. Sie wartete hinter dem Glas, bis der Range Rover vorbeigerast war, trat dann auf die Straße und hielt ein Taxi an.

Das Taxi setzte sie vor der Hertz-Filiale ab. Sie ging rasch hinein und trat an den Schalter. Fünf Minuten später stieg sie in einen grauen Mercury Sable und ordnete sich in den Innenstadtverkehr ein.

Sie fuhr westwärts durch Washington, durchquerte Georgetown und erreichte die Reservoir Road. Diese Straße führte zur Canal Road hinunter, auf der sie den C&O Canal entlang nach Norden fuhr. Nach zehn Meilen erreichte sie den Beltway und folgte den Schildern nach Norden, nach Baltimore.

Ihre Umhängetasche lag neben ihr auf dem Beifahrersitz. Sie zog ihr Handy heraus und wählte den Mercedes an. Nach dem fünften Klingeln teilte ihr eine Tonbandstimme mit, daß der Teilnehmer, den sie anzurufen versuche, »im Augenblick nicht erreichbar« sei.

Max Lewis fuhr über die Key Bridge und dann auf dem George Washington Parkway nach Norden. Den Range Rover hatte er irgendwo in Georgetown abgehängt. Er musterte die Gestalt auf dem Beifahrersitz: ein großer, ziemlich attraktiver schwarzhaariger Mann ohne Bart. Eigentlich sah er Michael Osbourne recht ähnlich. Max schaute in den Rückspiegel. Der Range Rover war nirgends zu sehen. Einen verrückten Augenblick lang machte ihm die Sache richtig Spaß.

Elizabeth hatte gesagt, er solle zum Haupttor der CIA fahren. Dort würde ihn jemand abholen und mit reinnehmen. Er gab Gas, und die Tachonadel kletterte auf fünfundsiebzig Meilen. Der Mercedes schwebte mühelos über die sanften Hügel und weiten Kurven des Parkway. Herbstlaub flatterte von den Bäumen, und unter ihm glitzerte der Potomac in der strahlenden Dezembersonne.

Max sah wieder zu der Gummipuppe hinüber. »Hören Sie, Mr. Jib«, sagte er, »da wir einige Zeit miteinander verbringen werden, sollten wir vielleicht die Gelegenheit nutzen, etwas mehr übereinander zu erfahren. Ich heiße Max und bin schwul. Das stört Sie hoffentlich nicht.«

Ein Blick in den Rückspiegel zeigte ihm das blaue Blinklicht eines Virginia State Trooper. Er sah auf seinen Tacho und stellte fest, daß er fast achtzig fuhr.

»Oh, Scheiße«, sagte Max, trat leicht auf die Bremse und fuhr auf einen Aussichtsplatz über dem Fluß.

Der Polizist stieg aus und setzte seine Mütze auf. Max ließ sein Fenster herunter. »Sie sind weit über siebzig gefahren, Sir, wahrscheinlich knapp achtzig. Darf ich bitte Ihren Führerschein sehen?« Dann bemerkte er die Gummipuppe auf dem Beifahrersitz. »Was ist das?«

»Das ist eine sehr lange Geschichte, Officer.«

»Ihren Führerschein, bitte.«

Max klopfte die Brusttaschen seiner Jacke ab. Sie hatten das Haus so rasch verlassen, daß er seinen Aktenkoffer und seine Brieftasche vergessen hatte. »Tut mir leid, Officer«, sagte er, »aber den habe ich nicht bei mir.«

»Bitte den Motor abstellen und aussteigen«, verlangte der Trooper in eintönig leierndem Tonfall. In diesem Augenblick wurde er jedoch durch einen schwarzen Range Rover abgelenkt, der hinter ihnen hielt.

»Officer, Sie werden mich für verrückt halten«, sagte Max, »aber hören Sie mir jetzt lieber gut zu.«

Delaroche stieg aus und kam auf den Trooper zu. Astrid stieg ebenfalls aus, trat vor den Mercedes. Der Polizeibeamte öffnete den Schnappverschluß seines Halfters und griff nach seinem Revolver. »Zurück in den Wagen, Sir, sofort!«

Delaroche zog bereits die Beretta aus dem Hosenbund. Er riß den Arm hoch und drückte zweimal ab. Der erste Schuß traf den Trooper in die Schulter, warf ihn herum. Der zweite traf seinen Hinterkopf und ließ ihn auf dem Bankett zusammenbrechen.

Astrid stand vor dem Mercedes und hielt ihre Pistole mit ausgestreckten Händen umklammert. Sie sah erst den Mann am Steuer, dann die Puppe auf dem Beifahrersitz, auf dem Elizabeth Osbourne hätte sitzen sollen. Heißer Zorn stieg in ihr auf. Sie hatte sich mit einem uralten Trick reinlegen lassen.

Der Motor des Mercedes sprang an, und die Feststellbremse wurde gelöst. Astrid feuerte ruhig und überlegt drei Schüsse durch die Windschutzscheibe. Das Glas zersplitterte und verfärbte sich sofort blutrot. Der Ermordete fiel nach vorn aufs Lenkrad, und der schrille Ton der Autohupe erfüllte die Luft.

Michael ging nervös Wache haltend in Adrian Carters Büro auf und ab und rauchte eine Zigarette nach der anderen. Carter puttete mit Golfbällen, um seine Nerven zu beruhigen. Eines von Monica Tylers Faktoten wartete vor Carters Büro wie ein Schuljunge, der zur Strafe auf den Flur geschickt worden ist. Michael schloß die Tür, damit er unbelauscht mit Carter reden konnte.

»Warum habe ich die Akte Oktober nie zu sehen bekommen?«

»Weil der Zugang eingeschränkt war«, sagte Carter tonlos und hochkonzentriert mit gesenktem Kopf. Er schlug den Ball, verfehlte das Ziel aber um fünfzehn Zentimeter. »Scheiße«, murmelte er. »Zu verkrampft.«

»Warum ist der Zugang eingeschränkt gewesen?«

»Dies ist ein Geheimdienst, Michael, nicht der Lesesaal der Stadtbücherei. Wie du weißt, erfährt bei uns jeder nur das, was er wissen muß. In der Zeit, in der Oktober ein aktiver KGB-Agent gewesen ist, hast du wahrscheinlich nicht wissen müssen, daß er existiert.«

Carter schlug seinen nächsten Ball. Diesmal traf er das Ziel.

»Warum sind unsere Informationen über Oktober so restriktiv gehandhabt worden?« fragte Michael.

»Um die Identität der Quelle zu schützen, nehme ich an. Das ist meistens so.«

»Verdammt, Sarah Randolph ist vor meinen Augen erschossen worden! Warum hat mir niemand in diesem Scheißladen die Akte gezeigt und mir geholfen, den Kerl zu erledigen?«

»Weil das die vernünftige Lösung gewesen wäre. Aber Vernunft und Geheimdienstarbeit sind selten vereinbar. Das müßtest du doch inzwischen wissen.«

»Wie bist du an das Zeug rangekommen?«

»Vor einigen Jahren hat es Hinweise darauf gegeben,

daß Oktober jetzt freiberuflich arbeitet«, antwortete Carter. »Die Akte ist abgestaubt und einem sehr beschränkten Kreis zugänglich gemacht worden.«

»Du hast sie sehen dürfen?«

Carter nickte.

»Verdammt noch mal, Adrian! Während ich versucht habe, das Puzzle aus vagen Hinweisen und Vermutungen zusammenzusetzen, hast du die ganze Zeit alles gewußt. Warum hast du mir nichts erzählt?«

Carter machte ein Gesicht, das wohl besagen sollte, die Geheimdienstarbeit erfordere es, manchmal auch Freunde zu belügen. »Das sind die Vorschriften, nach denen wir leben, Michael. Sie schützen Menschen, die ihr Leben riskieren, indem sie ihr Land verraten. Sie schützen Leute wie dich, die unter falschem Namen im Ausland arbeiten.«

»Warum hast du jetzt gegen die Vorschriften verstoßen und mir die Akte gegeben?«

»Weil die Vorschrift in diesem Fall beschissen ist. Sie ist unsinnig.«

»Wer hat angeordnet, daß der Zugang zur Akte Oktober weiter beschränkt bleibt?«

Carter wies mit dem Daumen auf das Faktotum vor seiner Tür und flüsterte: »Monica Tyler.«

Elizabeth rief endlich an, und die Vermittlung für Notfälle stellte das Gespräch in Carters Büro durch.

»Wie ist's gelaufen? Bei dir alles in Ordnung?«

»Mir geht's gut«, sagte sie. »Ich habe alles so gemacht, wie du's gesagt hast. Dein Koffer hat tadellos funktioniert. Die Puppe sieht dir sogar ein bißchen ähnlich. Ich rufe vom Auto aus an. Ich halte mich genau an deine Anweisungen.«

Michael grinste zutiefst erleichtert.

»Gott sei Dank!« sagte er.

»Hast du schon von Max gehört?«

»Nein, noch nicht. Er müßte jeden Augenblick kommen.«

Carters Sekretärin steckte ihren Kopf zur Tür herein und sagte, eben sei ein weiterer Anruf gekommen. Carter ging ins Vorzimmer und nahm ihn an ihrem Apparat entgegen. »Elizabeth, ich bin stolz auf dich«, sagte Michael. »Ich liebe dich so sehr.«

»Ich liebe dich auch, Michael.« Nach kurzer Pause fragte sie: »Ist dieser Alptraum bald vorbei?«

»Noch nicht, aber bald. Fahr erst mal weiter. Wir überlegen uns, wie und wann wir dich abholen lassen.«

»Ich liebe dich, Michael«, wiederholte sie, dann war die Verbindung unterbrochen.

Carter kam in sein Büro zurück. Er war leichenblaß. Michael legte den Hörer auf und fragte: »Was ist passiert?«

»Max Lewis und ein Verkehrspolizist sind soeben auf dem George Washington Parkway erschossen worden.«

46

Washington, D.C.

Delaroche fuhr über die Key Bridge nach Georgetown zurück. Er rauschte die M Street entlang und hielt in der Einfahrt des Hotels Four Seasons. Während Astrid ins Hotel ging, um ihr Gepäck zu holen, wartete er in dem Range Rover. So hatte er einen Augenblick Zeit, sich zu sammeln und den nächsten Schritt zu planen.

Am einfachsten wäre es gewesen, das Unternehmen abzubrechen – ein Anruf, damit sie hier herausgeholt wurden und das Land verlassen konnten, bevor sie verhaftet wurden. Delaroche war sich ziemlich sicher, daß es keine Zeugen für den Doppelmord auf dem Parkway gab; der Vorfall hatte nur Sekunden gedauert, und sie waren weitergefahren, bevor ein anderes Auto am Tatort vorbeigekommen war. Aber er hatte bereits versucht, Michael Osbourne zu ermorden, der jetzt natürlich gewarnt war. Das bewies der Trick mit der Gummipuppe, mit der seine Frau sie getäuscht hatte. Die Durchführung seines Auftrags, Osbourne zu beseitigen, würde jetzt sehr schwierig werden.

Trotzdem wollte Delaroche aus zwei Gründen weitermachen. Der erste war das Geld. Liquidierte er Osbourne nicht, verlor er eineinhalb Millionen Dollar. Er wollte mit Astrid bis an sein Lebensende ohne Geld- und Sicherheitsprobleme leben. Dafür brauchte er viel Geld; Geld für den Kauf einer Villa mit großem Grundstück und modernster Alarmanlage; Geld für Bestechungszahlungen an die örtliche Polizei, damit kein westlicher Geheimdienst sie entdecken würde. Außerdem wollte er nicht mehr so eingeschränkt leben. In Brélès hatte er jahrelang wie ein Mönch gelebt und nie Geld ausgegeben, um kein Aufsehen zu erregen. Noch schlimmer war seine Zeit beim KGB gewesen; Arbatow hatte ihn mit dem wenigen Geld, das er in Paris mit seiner Malerei verdient hatte, ein erbärmliches Leben fristen lassen.

Der zweite, noch wichtigere Grund war sein Stolz. Osbourne war auf der Fußgängerbrücke am Fluß Sieger geblieben, hatte ihn auf seinem eigenen Spezialgebiet geschlagen. Delaroche hatte noch keinen Auftrag verpatzt und wollte seine Laufbahn nicht mit einem Mißerfolg beenden. Morden war sein Beruf, für den er von Kindheit an ausgebildet worden war, und ein Mißerfolg war inakzeptabel. Osbourne hatte sich als erste Zielperson erfolgreich zur Wehr gesetzt, und Delaroche hatte gepatzt. Er reagierte wie ein Amateur nach dem ersten Einsatz: Er war beschämt, ärgerte sich über sich selbst und wollte eine zweite Chance.

Ihm fiel etwas ein, was in Osbournes Dossier stand. Elizabeth Osbournes Vater, einem US-Senator, gehörte ein Landhaus auf einer einsamen Insel im Staat New York. Hätte ich Angst, sagte er sich, würde ich irgendwohin flüchten, wo ich mich sicher fühle. An irgendeinen weit entfernten Ort, an dem die Behörden mir die Illusion von Sicherheit vermitteln können. Ich würde Washington so schnell wie möglich verlassen und mich auf eine einsame Insel zurückziehen.

Astrid kam aus dem Hotel. Als sie einstieg, startete Delaroche und fuhr los. Er suchte einen Parkplatz unter der auf Stelzen verlaufenden Stadtautobahn am Fluß, hielt schließlich an und schaltete seinen Laptop ein.

In Osbournes Dossier fand er die Adresse des Landhauses. Ja, dachte er, selbst der Name paßt. Sie werden hinfahren, weil sie glauben, dort sicher zu sein.

Er schloß das Dossier und klickte seine Festplatte an, auf der er digitale Straßenkarten fast aller Staaten der Welt gespeichert hatte. Als er seinen Standort und den Zielort eingab, lieferte die Software ihm rasch die kürzeste Route: Washington Beltway, Interstate 95, Verrazano Bridge und Long Island Espressway.

Er ließ den Motor des Range Rover wieder an.

»Wohin fahren wir?« fragte Astrid.

Er tippte auf den Bildschirm des Laptops.

Sie las den Zielort: *Shelter Island.*

Er griff nach dem Mobiltelefon, wählte die Nummer, die er von seinen Auftraggebern hatte, und telefonierte halblaut, während er aus Washington hinausfuhr.

Der Hubschrauber landete auf dem Flughafen Atlantic City. Elizabeth hatte die I-95 nach Norden genommen und war dann in Richtung Küste weitergefahren. Zwei Männer des Flughafen-Sicherheitsdienstes erwarteten sie, als sie bei Hertz vorfuhr, um den Leihwagen zurückzugeben. Sie begleiteten Elizabeth ins Abfertigungsgebäude, wo sie in einem kleinen Büroraum zehn Minuten warten mußte.

Als die Rotoren des Hubschraubers zum Stillstand gekommen waren, brachte ein Kleinbus des Sicherheitsdienstes Elizabeth aufs Vorfeld hinaus. Es regnete stark. Bei dem Gedanken, in einer Nacht wie dieser mit einem Hubschrauber zu fliegen, war ihr mulmig. Aber sie wollte heim. Sie wollte sich sicher fühlen. Sie wollte von vertrauten Gerüchen, von Erinnerungen an ihre Kindheit umgeben sein. Sie wollte für einige Zeit so tun, als habe sich das alles nicht ereignet.

Kalter Regen schlug ihr ins Gesicht, als die Schiebetür

geöffnet wurde. Sie stieg aus und lief zu dem Hubschrauber hinüber. Die Tür ging auf, und sie sah Michael vor sich stehen. Sie warf sich in seine Arme und drückte sich an ihn. Sie küßte ihn und flüsterte: »Ich lasse dich nie mehr aus den Augen.«

Michael hielt sie schweigend umarmt. Schließlich fragte sie: »Wo ist Max? Ist er in Sicherheit?«

Er drückte sie noch fester an sich. Sie las etwas in seinem Schweigen, löste sich aus seiner Umarmung und starrte ihn entsetzt an. »Warum sagst du nichts? Wo ist Max?«

Aber sie kannte die Antwort bereits; er brauchte die Worte nicht auszusprechen.

»Oh, nein!« schrie sie und hämmerte mit beiden Fäusten an seine Brust. »Nicht schon wieder! Gott, nein! Nicht schon wieder!«

»Unser Mann scheint in Washington einiges angerichtet zu haben«, sagte der Direktor.

»Er hat's nicht geschafft, Osbourne zu ermorden, dafür aber Mrs. Osbournes Sekretär und einen Virginia State Trooper erschossen«, sagte Mitchell Elliott. »Vielleicht ist sein Ruf als bester Berufskiller der Welt unverdient.«

»Osbourne ist ein starker Gegner. Wir haben immer gewußt, daß es schwierig sein würde, ihn zu beseitigen.«

»Wo ist unser Mann jetzt?«

»Auf der Fahrt nach Norden. Er vermutet, daß Osbourne und seine Frau unterwegs zu Senator Cannons Landhaus auf Shelter Island sind.«

»Nun, damit hat er völlig recht.«

»Ihre Quelle in Langley bestätigt das?«

»Ja.«

»Sehr gut«, sagte der Direktor.» Also ist ein baldiges

Ende dieser unseligen Geschichte zu erwarten. Oktober beendet, was er angefangen hat. Ein paar Leute stehen bereit, um ihn dort abzuholen. Sobald er fertig ist, meldet er sich bei mir, und ich lasse ihn abholen.«

»Oktober hat in Washington einen weiteren Auftrag.«

»Ja, ich weiß, aber er ist jetzt natürlich nicht imstande, ihn auszuführen. Wollen Sie diese Zielperson eliminieren lassen, werden wir wohl oder übel einen anderen Mann anheuern müssen.«

»Ich glaube, das wäre ratsam. Ich kann Unerledigtes nicht ausstehen.«

»Ganz Ihrer Meinung.«

»Und Oktober?«

»Oktober wird unmittelbar nach seiner Abholung liquidiert. Sie sehen, Mr. Elliott, ich kann Unerledigtes noch weniger ausstehen als Sie.«

»Sehr gut, Direktor.«

»Guten Abend, Mr. Elliott.«

Mitchell Elliott legte den Hörer auf und lächelte Monica Tyler zu. Sie brachte ihren Drink mit ans Bett und schlüpfte neben ihm unter die Decke. »Morgen früh ist alles vorbei«, sagte er. »Osbourne ist beseitigt, und du bist reicher, als du dir je hättest träumen lassen.«

Sie küßte ihn. »Gut, dann bin ich reich, Mitchell, aber werde ich meinen Reichtum auch genießen können?«

Elliott machte das Licht aus.

»Ich bin froh, daß mein Vater nicht hier ist und das sehen muß«, sagte Elizabeth, als der Hubschrauber auf dem Rasen von Cannon Point aufsetzte. »Er versucht hier draußen immer, den alten Insulaner zu spielen. Er würde niemals mit einem Hubschrauber auf seinem Rasen landen.«

»Es ist Winter«, stellte Michael fest. »Kein Mensch erfährt, daß wir hier sind.«

Elizabeth schüttelte den Kopf. »Wenn hier jemand ein Stück Wild anfährt, berichtet unser Lokalblatt darüber. Glaub mir, das erfährt die ganze Insel.«

Adrian Carter sagte: »Ich sorge dafür, daß nichts in der Zeitung steht.«

Die Rotoren des Hubschraubers kamen zum Stillstand. Die Tür ging auf, und die drei stiegen aus. Charlie, der Gärtner und Hausmeister, kam mit einer Taschenlampe in der Hand und den Golden Retrievern hinter sich aus seinem kleinen Haus. Stürmischer Seewind fuhr durch die kahlen Bäume. Über ihnen flog laut schreiend ein Fischadler auf. Fünfzig Meter vor dem Strand tanzte die *Athena* an ihrer Boje in dem vom Wind aufgewühlten Wasser der Bucht auf und ab.

»Wo ist der Senator?« fragte Carter, als sie auf dem Kiesweg zum Haupthaus standen.

»In London«, antwortete Michael. »Er nimmt an einer von der London School of Economics veranstalteten Podiumsdiskussion über Nordirland teil.«

»Um so besser. Einer weniger, um den wir uns Sorgen machen müssen.«

»Ich möchte nicht, daß das Haus in eine Festung verwandelt wird«, sagte Elizabeth.

»Das habe ich auch nicht vor. Nur zwei Leute bleiben heute nacht als Wache hier. Morgen früh werden sie von zwei Männern der New York Station abgelöst. Die Shelter Island Police hat es übernommen, die Nord- und Südfähren zu überwachen. Sie hat gute Personenbeschreibungen von Oktober und Astrid Vogel. Sie weiß, daß die beiden im Zusammenhang mit einem Doppelmord in Virginia gesucht werden, aber sonst nichts.«

»So soll's auch bleiben«, sagte Elizabeth. »Ich will unter

keinen Umständen, daß die Einheimischen glauben, wir hätten Terroristen nach Shelter Island gebracht.«

»Das erfährt niemand«, versicherte Carter ihr. »Dafür sorge ich. Geht jetzt rein, versucht zu schlafen. Du rufst mich morgen in Langley an, Michael. Und macht euch keine Sorgen – Oktober ist längst über alle Berge.«

Carter schüttelte Michael die Hand und küßte Elizabeth auf die Wange. »Das mit Max tut mir sehr leid«, sagte er. »Ich wollte, wir hätten etwas für ihn tun können.«

»Ich weiß, Adrian.«

Elizabeth wandte sich ab und ging ins Haus. Carter sah mit gerunzelter Stirn zu Michael hinüber und fragte: »Gibt's hier Waffen?«

Michael schüttelte den Kopf. »Cannon haßt Schußwaffen.«

Carter gab ihm eine großkalibrige Browning und ein halbes Dutzend Magazine mit je fünfzehn Patronen. Dann stieg er wieder in den Hubschrauber. Eine halbe Minute später hob die Maschine von Cannon Point ab, kurvte weg und verschwand über der Bucht.

»Carter hat dir eine Pistole gegeben, nicht wahr?« fragte Elizabeth, als Michael ins Schlafzimmer kam. Sie stand vor einem offenen Schrank und zog ein Flanellnachthemd heraus. Das Zimmer war dunkel bis auf die kleine Leselampe auf einem der Nachttische. Michael zeigte ihr die Browning. Er ließ das Magazin im Griff einrasten und betätigte die Sicherung, die leise klickte. »Ich hasse dieses Geräusch!« sagte Elizabeth beim Ausziehen.

Sie zog sich das Nachthemd über und kroch unter die Decke. Michael stand am Fenster, rauchte eine Zigarette und sah auf die Bucht hinaus. Regentropfen klatschten an die Scheibe. Einer der Wachposten inspizierte die Schutzmauer am Strand im Licht seiner Taschenlampe.

Elizabeth legte beide Hände auf ihren Unterleib. Ob mit den Babys alles in Ordnung war? Hör dich bloß reden, Elizabeth! Du nennst sie schon Babys, obwohl sie erst Zellansammlungen sind. Der Arzt hatte ihr empfohlen, sich nicht anzustrengen, möglichst viel zu liegen. Das hatte sie heute keineswegs getan. Sie war vor Terroristen geflüchtet, hatte stundenlang am Steuer gesessen und war an Bord eines Hubschraubers bei Sturm durch starke Turbulenzen geflogen. Sie drückte die Hände auf ihren Unterleib und dachte: Bitte, lieber Gott, laß es ihnen gutgehen.

Sie sah zu Michael hinüber, der stramm wie eine Schildwache am Fenster stand.

»Ich glaube, du wünschst dir tatsächlich, daß er's noch mal versucht.«

»Nachdem er Max…«

»Er hat heute auch dich zu ermorden versucht, Michael.«

»Das habe ich nicht vergessen.«

»Und Sarah?« fragte sie.

Er gab keine Antwort.

»Es ist völlig normal, an Rache zu denken, Michael. Aber Rache zu *nehmen* ist etwas ganz anderes. Das ist gefährlich. Und in diesem Fall lebensgefährlich. Ich hoffe für uns alle, daß er weit weg ist.«

»Das widerspräche seinem Charakter. Das widerspräche seiner Ausbildung.«

»Was widerspräche seinem Charakter, seiner Ausbildung?«

»Aufzugeben. Wegzulaufen. Ich habe seine Akte gelesen. Ich weiß wahrscheinlich mehr über ihn als er selbst.«

»Du vermutest, daß er hier ist, Michael?«

»Ich weiß, daß er hier ist. Ich weiß nur nicht, wo.«

47

North Haven, Long Island

Delaroche stieg aus dem Range Rover und starrte über den schmalen Kanal nach Shelter Island hinüber. Es war kurz vor Mitternacht. Die Fahrt von Washington hatte acht Stunden gedauert, weil Delaroche nie schneller als zulässig gefahren war. Er schlug seinen Jackenkragen gegen den vom Sturm gepeitschten kalten Regen hoch. Eine Fähre mit nur zwei Autos an Deck pflügte auf ihn zu; sie kämpfte gegen die starke Strömung, die durch den Shelter-Island-Sund zum offenen Wasser der Gardiner's Bay flutete. Vor der kleinen Fährstation stand ein beiger Geländewagen der hiesigen Polizei. Möglicherweise machte der Polizeibeamte nur seine Runde oder war auf einen Kaffee vorbeigekommen. Aber das bezweifelte Delaroche. Er nahm an, daß der Hafen überwacht wurde, weil Michael und Elizabeth Osbourne auf der Insel waren.

Er ging zu dem Range Rover zurück, stieg ein und fuhr von der Anlegestelle weg. Unterwegs mußte er zweimal kleinen Rudeln von Weißschwanzhirschen ausweichen. Er bog auf einen unbefestigten Weg ab, der in ein Wäldchen führte. Dort, wo niemand sie sehen konnte, setzte er seine Lesebrille auf und entfaltete die große Long-Island-Karte, die er unterwegs an einer Tankstelle gekauft hatte. Astrid sah ihm dabei über die Schulter. North Haven war eine kleine Landzunge, die in den Shelter-Island-Sund hinausragte. Im Südosten lag der historische Walfanghafen Sag Harbor.

»Die Polizei überwacht die Häfen«, sagte Delaroche. »Das bedeutet, daß die Osbournes vermutlich auf der Insel sind. Die Fähre verkehrt nur bis ein Uhr morgens. Danach fährt die Polizei weg, weil sie glaubt, daß wir nicht versucht haben, auf die Insel zu gelangen.«

»Und wie kommen wir auf die Insel, wenn keine Fähre mehr verkehrt?«

Delaroche tippte auf Sag Harbor. »Hier liegen Boote an den Kais und im Hafen. Wir stehlen eines und setzen über, sobald der Fährbetrieb eingestellt ist.«

»Aber das Wetter ist schrecklich!« protestierte Astrid. »Es ist viel zu gefährlich, mit einem Boot rauszufahren.«

»So schlimm ist das Wetter nicht.« Delaroche nahm seine Lesebrille ab und steckte sie wieder in seine Brusttasche. »In Brélès würden sie das als einen schönen Morgen bezeichnen und zum Fischen rausfahren.«

Delaroche parkte in Sag Harbor am Bootshafen. Er stieg aus, Astrid blieb im Auto zurück. Die Stadt wirkte verschlafen, alle Geschäfte und Restaurants am Hafen waren geschlossen. Nach fünf Minuten hatte Delaroche gefunden, was er suchte, einen acht Meter langen Boston Whaler mit einem starken Johnson-Außenbordmotor. Er ging rasch zum Wagen zurück und packte zusammen, was sie brauchen würden: die Mobiltelefone, die Berettas, die wasserdichte Kleidung. Er schloß den Range Rover ab und steckte die Schlüssel ein.

Sie gingen den Kai entlang und auf einen glitschigen Steg hinaus. Delaroche kletterte in den Whaler und half dann Astrid an Deck. Das Boot hatte einen kleinen Steuerstand und vorn und achtern mehrere Sitzreihen. Delaroche schloß die Zündung kurz und ließ den Außenbordmotor an.

Er kletterte auf den Steg, machte die Leinen los, sprang

wieder ins Boot, legte ab und stieß rückwärts ins Fahrwasser hinaus. Das Boot pochte unter seinen Füßen, als er mit kleiner Fahrt durch den Hafen lief. Nach zehn Minuten erreichten sie die Gewässer der Gardiner's Bay.

Fünf Minuten später fürchtete Delaroche, Astrid habe recht gehabt. In der Bai heulte der Sturm mit vierzig Knoten aus Nordwesten. Die Temperatur fiel auf wenige Grad über Null, aber Sturm und Regen ließen sie weit niedriger erscheinen. Das Cockpit des Whalers war offen, so daß Astrid und Delaroche schnell völlig durchnäßt waren. Obwohl er Handschuhe trug, konnte er mit seinen vor Kälte starren Händen kaum noch steuern. Astrid klammerte sich an seinen Arm und verbarg ihr Gesicht an seiner Schulter.

Die Nacht war stockfinster, kein Mond, keine Sterne, nichts, wonach er hätte navigieren können. Delaroche ließ seine eigenen Positionslichter ausgeschaltet, um nicht entdeckt zu werden. Bis zu eineinhalb Meter hohe Wellen brandeten gegen den Whaler und warfen das kleine Boot, das nicht viel Tiefgang hatte, wild hin und her. Astrid wandte sich zweimal ab, um sich auf dem Achterdeck zu übergeben.

Delaroche lief bis auf zweihundert Meter an die Küste heran und steuerte genau nach Norden. Backbords war schemenhaft bewaldetes Land zu erkennen. Aus der Karte wußte Delaroche, daß dort das riesige Naturschutzgebiet Mashomack Preserve lag. Als er bei Nichols Point fast auf Grund gelaufen wäre, hielt er etwas mehr nach Steuerbord, um von der Küste wegzukommen. Kurze Zeit später erkannte er Reel Point, eine schmale Landzunge an der Einfahrt zu Coecles Harbor. Er wußte, daß er seinem Ziel näherkam.

Sie umrundeten Ram Head und gingen auf Nordwestkurs in Richtung Cornelius Point. Der Seegang wurde höher und verringerte ihre Fahrt auf Fußgängertempo. Mit jeder Woge, die unter dem Whaler hindurchlief, richtete sein Bug sich steil auf, um dann ins nächste Wellental zu klatschen. Einmal verlor Astrid den Halt und fiel nach vorn gegen das Instrumentenbrett. Als sie sich aufrichtete, hatte sie eine blutende Wunde an der Stirn.

Backbords konnte Delaroche Cornelius Point ausmachen: vorgelagerte Felsen, die schemenhaften Umrisse eines großen Ferienhauses. Er umrundete die Landspitze und steuerte etwas weiter nach Backbord. Steuerbords waren die in Gischt und Regen verschwimmenden Lichter von Greenport zu sehen. Kurze Zeit später passierten sie Hay Beach Point. Delaroche ging auf Südwestkurs und folgte dem Strand einige hundert Meter weit. Dann drehte er scharf nach Backbord ein, nahm etwas Gas weg und hielt auf die Küste zu.

Cannon Point lag ungefähr einen halben Kilometer von ihrer Landestelle entfernt. Delaroche wußte, daß sie den Strand lautlos erreichen würden, weil der Sturm alle Geräusche davontragen würde. Er stellte den Motor ab und kippte ihn, damit die Schraube aus dem Wasser kam. Einige Sekunden später lief der Whaler nur wenige Meter vom Strand entfernt auf Grund.

Delaroche sprang ins knietiefe eisige Wasser und watete an Land. Er schob seinen Jackenärmel zurück und schaute auf die Uhr: kurz vor zwei. Sie waren etwa neunzig Minuten auf dem Wasser gewesen, aber als er die Bugleine an einem umgestürzten Baum festmachte, hatte er das Gefühl, die halbe Nacht hinter dem Steuerrad gestanden zu haben. Er watete zurück, holte seinen Rucksack und half Astrid an Land. Am Strand zog er den Rucksackreißverschluß auf, holte die Berettas mit Schalldämpfer heraus und hielt ihr eine davon hin.

Der Regen prasselte auf sie herab, während Delaroche sich orientierte. Der Strand führte direkt nach Cannon Point. Er war felsig und schmal, an manchen Stellen kaum eineinhalb Meter breit. Jenseits der Hochwassermarke erhob sich eine sechs bis sieben Meter hohe Steilklippe, die mit Büschen und Strandhafer bewachsen war.

Delaroche lud die Pistole durch. Astrid folgte seinem Beispiel. Dann nahm er sie an der Hand und führte sie den Strand entlang nach Cannon Point.

Matt Cooper und Scott Jacobs waren beide seit fast zwanzig Jahren beim CIA-Sicherheitsdienst. Ihr Dienstwagen parkte hinter dem Haupttor des Landsitzes an der Shore Road. Die beiden wechselten sich ab und machten alle halbe Stunde einen Rundgang um das gesamte Gelände. Um zwei Uhr morgens war Matt Cooper an der Reihe.

Astrid und Delaroche lagen auf der Klippe über dem Strand im Schutz des dichten Dornengestrüpps. Delaroche studierte die Gebäude und ihre Lage zueinander: das große Haupthaus in Strandnähe, zwei Gästehäuser, eine separate Garage für drei Fahrzeuge. Im Haupthaus und in einem der kleineren Häuser brannte Licht. Er vermutete die Osbournes im Haupthaus und ihre Bewacher oder einen Hausmeister in dem kleineren Haus. Sein Blick glitt über das eingezäunte Gelände, die weiten Rasenflächen unter hohen Bäumen und einen Kiesweg, der von den Gebäuden zur Einfahrt hinunterführte. Gleich hinter dem Haupttor erkannte Delaroche die schemenhaften Umrisse einer geparkten Limousine.

Der Sicherheitsbeamte tauchte kurz nach zwei Uhr auf. In der rechten Hand trug er eine starke Taschenlampe, deren Strahl er im Gehen übers Gelände gleiten ließ. Als er näherkam, packte Delaroche Astrid fest am Arm und legte einen Finger auf seine Lippen. Sie nickte wortlos. Der Lichtstrahl glitt über ihre Köpfe hinweg und beleuchtete dann die Schutzmauer und den darunterliegenden Strand.

Delaroche stand plötzlich auf, wobei das Gebüsch raschelte. Der Lichtstrahl irrte sekundenlang hektisch umher, bevor er ihn erfaßte. Delaroches Beretta war schußbereit erhoben. Er nahm die Lampe als Zielpunkt, zielte aber etwas weiter rechts, um die Tatsache zu kompensieren, daß der Wachmann sie in der rechten Hand trug.

Er schoß dreimal rasch nacheinander.

Der CIA-Mann brach auf dem aufgeweichten Rasen zusammen.

Delaroche schlich zu dem Zusammengebrochenen und kniete neben ihm nieder. Die Schüsse hatten ihn in die Brust getroffen. Delaroche tastete nach seiner Halsschlagader, fand keinen Puls und winkte Astrid heran. Sie gingen am östlichen Rand des Geländes entlang und hielten sich unter den Bäumen, bis sie noch etwa dreißig Meter von der geparkten Limousine entfernt waren. Delaroche sah den zweiten Mann am Steuer sitzen. Er sah bestimmt nicht viel, da der Regen in Sturzbächen über die Scheiben lief. Er würde leicht zu ermorden sein. Die Herausforderung lag darin, ihn lautlos zu töten. Delaroche überquerte den Rasen, ging hinter dem Wagen herum und näherte sich ihm von rechts.

Cooper hatte sich schon viel zu lange nicht mehr gemeldet. Normalerweise gab jeder Mann, der Streife ging, über Funk regelmäßig seinen Standort durch. Cooper hatte sich vom westlichen Gästehaus und von der Rückseite des Hauptgebäudes gemeldet, aber seit er in Richtung Strand weitergegangen war, hatte Jacobs nichts mehr von ihm gehört.

Jacobs hob erneut sein Handfunkgerät an die Lippen und rief Cooper, erhielt aber auch diesmal keine Antwort. Er wollte gerade aussteigen und sich auf die Suche begeben, als er hörte, wie die Beifahrertür geöffnet wurde. Er drehte sich um und fragte: »Wo zum Teufel hast du gesteckt?«

Dann sah er den Kopf: kurzgeschnittenes Haar, sehr blasser Teint, zwei gepiercte Ohren. Jacobs versuchte nicht einmal, seinen Revolver zu ziehen, sondern flüsterte nur: »Oh, Jesus Christus.«

Delaroche hob die Beretta und schoß ihn dreimal ins Gesicht.

Dann griff er über den Sitz und nahm dem Toten das Funkgerät aus der Hand.

Astrid blieb unter den Bäumen. Delaroche richtete sich auf und schloß leise die Autotür. Sie gingen denselben Weg zurück und nutzten wieder die Deckung der Bäume. Delaroche zog das halbleere Magazin aus dem Griff seiner Beretta und ersetzte es durch ein volles.

Das Haupthaus hatte zwei Eingänge: die Haustür, die auf die Einfahrt hinausführte, und die Tür der großen Veranda mit Blick übers Wasser. Delaroche hatte vor, den Hintereingang zu benutzen.

Sie kamen hinter dem kleinen Haus vorbei, in dem Licht brannte. Delaroche überlegte, ob er die Bewohner erschießen sollte. Aber da es auf dem Gelände bisher keine Aktivitäten gab, ihre Anwesenheit offenbar noch nicht entdeckt worden war, nahm er Astrid bei der Hand und zog sie weiter.

Ein Hund begann zu bellen, dann ein zweiter. Delaroche fuhr herum und sah zwei große Golden Retriever auf sie zustürmen. Er lud seine Beretta durch und zielte auf den vorderen der heranstürmenden Hunde.

Das Hundegebell weckte Michael. Er riß die Augen auf und war schlagartig hellwach. Er hörte erst den einen Hund, dann den zweiten. Plötzlich verstummten beide. Er setzte sich im Bett auf. Auf dem Nachttisch lagen die Browning und ein Handfunkgerät neben dem Telefon. Er griff hastig nach dem Funkgerät und sagte: »Hier ist Osbourne. Hört mich jemand?«

Elizabeth bewegte sich.

»Hier Osbourne. Hört mich jemand? Ich habe die Hunde bellen gehört.«

Das Funkgerät knackte, und eine Stimme antwortete: »Mit den Hunden ist alles in Ordnung, Sir. Kein Problem.«

Osbourne legte das Funkgerät weg, nahm den Telefonhörer ab und wählte Charlies Nummer. Er ließ es fünfmal klingeln, bevor er den Hörer auf die Gabel knallte.

Elizabeth setzte sich im Bett auf.

Osbourne tippte rasch die Notfallnummer der Einsatzzentrale in Langley ein.

Eine ruhige Stimme meldete sich.

»Hier ist Osbourne. Das Sicherheitsteam auf Shelter Island meldet sich nicht mehr. Alarmieren Sie die Polizei; sie soll sofort ein paar Leute herschicken! Schnell!«

Als er auflegte, fragte Elizabeth: »Was ist passiert, Michael?«

»Er ist hier«, sagte Osbourne. »Er hat die beiden Beamten ermordet und das Funkgerät genommen. Ich habe gerade mit dem Scheißkerl gesprochen. Zieh dir was Warmes an, Elizabeth. Und beeil dich!«

Charlie Gibbons war über seit zwanzig Jahren der Gärtner und Hausmeister von Cannon Point. Er war auf Shelter Island geboren und aufgewachsen und konnte seine Vorfahren bis zu den Walfängern zurückverfolgen, die vor dreihundert Jahren von Greenport aus in See gestochen waren. Er lebte nur neunzig Meilen von New York entfernt, war aber erst einmal dort gewesen.

Charlie hörte das Telefon in seinem Haus klingeln, als er im Bademantel über den Rasen ging, die Taschenlampe in der einen, die Schrotflinte in der anderen Hand. Im nächsten Augenblick entdeckte er die Hunde und lief schwerfällig auf sie zu. Er kniete neben dem ersten nieder und sah, daß sein rotgoldenes Fell blutüberströmt war. Im Licht der Taschenlampe stellte er fest, daß der zweite Hund ebenfalls erschossen worden war.

Er richtete sich auf und ließ den Lichtstrahl in Richtung Strand über den Rasen gleiten. Als er ihn einige Sekunden hin und her bewegte, fiel ihm etwas Hellblaues auf. Die Sicherheitsbeamten hatten Regenjacken in dieser Farbe getragen. Er trabte zu der liegenden Gestalt, kniete bei ihr nieder und stellte fest, daß es Matt Cooper war. Der Mann war eindeutig tot.

Er mußte Michael und Elizabeth wecken. Er mußte die Shelter Island Police anrufen. Er mußte sofort Hilfe holen. Er stand auf, um ins Haus zurückzulaufen.

Eine große blonde Frau mit einer Waffe in den Händen trat hinter einem Baum hervor. Er sah Mündungsfeuer, hörte aber keinen Schuß. Die Geschosse durchschlugen seine Brust.

Er spürte unerträgliche Schmerzen, sah einen grellweißen Lichtblitz.

Dann wurde es dunkel um ihn.

48

McLean, Virginia

»Das Sicherheitsteam meldet sich nicht mehr«, berichtete der Wachhabende. »Osbourne glaubt, daß Oktober auf dem Grundstück ist.«

Adrian Carter setzte sich im Bett auf. »Scheiße!«

»Wir haben die Polizei alarmiert und ein weiteres Team in Marsch gesetzt.«

»Dann muß es sich aber verdammt beeilen.«

»Ja, Sir.«

»Ich bin ihn zehn Minuten in der Zentrale.«

»Ja, Sir.«

»Okay, verbinden Sie mich jetzt mit Monica Tyler.«

»Augenblick, Sir.«

Michael hatte angezogen geschlafen. Elizabeth zog eine graue Jogginghose und einen beigen Wollpullover an. Michael schlüpfte in seine Schuhe und nahm die Pistole, das mit einem Telefon kombinierte Funkgerät und die Fernbedienung für die Alarmanlage mit. Die Anlage war eingeschaltet. Falls Oktober ins Haus einzudringen versuchte, würde Alarm ausgelöst werden. Eine Zahl auf dem Display würde anzeigen, welche Tür oder welches Fenster der Eindringling geöffnet hatte.

Michael knipste das Licht im Schlafzimmer aus und führte Elizabeth in den dunklen Flur. Sie gingen die Treppe zur Eingangshalle hinunter. Auch dort brannte Licht. Michael schaltete rasch die Lampe aus.

Die Kellertür war hinter der Küche. Michael nahm Elizabeth an der Hand und führte sie durch die Dunkelheit weiter. Er öffnete die Tür und stieg mit ihr in den Keller hinunter.

Astrid und Delaroche kauerten im Regen neben der Verandatür. Delaroche bearbeitete das primitive Schloß mit seinem Taschenmesser. Nach wenigen Sekunden hatte er es geknackt. Zwischen gepolsterten Rattanmöbeln und niedrigen Couchtischen schlichen sie über die Veranda zu einer der beiden Fenstertüren. Delaroche drückte die Klinke herunter. Die Tür war abgesperrt. Er bückte sich und schob seinen elektrischen Dietrich ins Schlüsselloch. Das Schloß öffnete sich klickend. Delaroche stieß die Tür auf, und sie betraten lautlos das Haus.

Das Haus hatte drei Ausgänge: die Haustür, die Verandatür und eine kleine Kellertür auf der Nordseite. Michael und Elizabeth tasteten sich durch den dunklen Keller, bis sie die Tür erreichten.

Das Gerät in seiner Hand piepste warnend. Michael stellte rasch den Ton leise. Oktober war durch eine der beiden Fenstertüren ins Wohnzimmer eingedrungen.

Sekunden später piepste das Gerät erneut, dann ein drittes Mal. Zwei Bewegungsmelder hatten angesprochen, einer im Wohnzimmer, einer im Eßzimmer. Diese Detektoren erfaßten ganz unterschiedliche Bereiche. Falls Oktober sich nicht sehr schnell durchs Haus bewegte, war es unwahrscheinlich, daß er beide ausgelöst hatte. Das Haus war dunkel und ihm unbekannt. Michael schloß daraus, daß Astrid Vogel ebenfalls im Haus war. Er wandte sich an Elizabeth und sagte: »Geh ins Gästehaus und warte dort, bis die Polizei kommt.«

»Michael, ich will dich nicht …«

»Keine Diskussionen!« knurrte Michael. »Wenn du überleben willst, mußt du tun, was ich dir sage.«

Elizabeth nickte.

»Die Polizei müßte in ein paar Minuten da sein. Sobald du sie siehst, läufst du zu ihr. Er hat's auf mich abgesehen, nicht auf dich. Hast du verstanden?«

Sie nickte wieder.

»Gut«, sagte Michael.

Er tippte den Code ein, der die Alarmanlage ausschaltete, und öffnete die Kellertür. Elizabeth küßte ihn auf die Wange und lief ein paar Stufen hinauf. Dann blieb sie stehen und sah sich nach allen Seiten um. Es war stockfinster; Elizabeth konnte kaum die Umrisse des Gästehauses am Wasser erkennen.

Sie rannte über den Rasen, wobei der Wind ihr den Regen ins Gesicht peitschte, und erreichte das Gästehaus.

Astrid Vogel, die im Wohnzimmer stand, fiel etwas auf, das über den Rasen zum Gästehaus lief – ein heller Pullover, den Bewegungen nach eine Frau.

»Jean-Paul«, flüsterte sie und deutete auf den Rasen hinaus. »Die Frau!«

»Die schnappst du dir«, sagte Delaroche ebenso leise. Er legte ihr eine Hand auf den Arm. »Lebend. Tot nützt sie uns nichts. Beeil dich. Wir haben nicht mehr viel Zeit.«

Astrid verließ leise das Wohnzimmer, überquerte die Veranda und rannte über den Rasen.

Michael schloß die Kellertür und aktivierte die Alarmanlage wieder. In einer Steckdose fand er eine der aufladbaren Taschenlampen, die der Senator wegen der auf Shelter Island häufigen Stromausfälle überall im Haus verteilt hatte. Er schaltete sie ein und ließ den Lichtstrahl über die Wände gleiten, bis er den Sicherungskasten entdeckt hatte. Der Hauptschalter war deutlich bezeichnet. Er legte ihn um und machte damit das gesamte Haus stromlos. Die Alarmanlage wurde mit Batterien betrieben. Michael stellte den Warnton ganz ab.

Er folgte dem Lichtstrahl die Treppe hinauf und ging in die Küche. An der Wand neben dem Telefon war eine Sprechanlage zum Tor angebracht. Diese Anlage funktionierte mit Telefonstrom, und das Elektrotor hatte eine unabhängige Stromversorgung. Er drückte eine Taste und lief schnell ins Wohnzimmer, von wo er die Einfahrt sehen konnte. Draußen, am Ende des Grundstücks, öffnete sich lautlos das Tor.

Das Gästehaus war der reinste Eiskeller. Elizabeth wußte gar nicht mehr, wann hier das letzte Mal jemand übernachtet hatte. Der auf den niedrigsten Wert eingestellte Thermostat sollte nur verhindern, daß die Wasserrohre bei strengem Frost platzten. Der Sturm pfiff über das Schindeldach und rüttelte an den Fenstern. Etwas kratzte an der Hauswand. Elizabeth stieß einen leisen Schrei aus, bis ihr klar wurde, daß das nur die Zweige der alten Eiche waren, in der sie als Kind so oft herumgeklettert war.

Eigentlich war dies kein richtiges Gästehaus; die Familie Cannon nannte es Elizabeths Cottage. Das Häuschen war klein und gemütlich eingerichtet. Die Fußböden waren aus hellem Hartholz, und im Wohnzimmer standen rustikale Sitzmöbel vor dem Panoramafenster mit Blick auf den Sund. Die Küche war winzig, nur ein Ausguß, ein kleiner Kühlschrank und eine Doppelkochplatte, das Schlafzimmer einfach möbliert. War das Haupthaus mit Mitarbeitern des Senators oder irgendeiner ausländischen Delegation überfüllt gewesen, hatte Elizabeth sich hier zwischen ihren Schätzen versteckt. Sie hatte das Häuschen geliebt, es immer instandgehalten und viele Sommernächte darin verbracht. Auf seiner Toilette hatte sie ihren ersten Joint geraucht und im Schlafzimmer ihre Jungfräulichkeit verloren.

Könnte ich mir einen Sterbeort aussuchen, wäre es dieser, sagte sie sich.

Sie hauchte sich in die Hände und schlang beide Arme eng um ihren Oberkörper, um sich zu wärmen.

Dann berührte sie instinktiv ihren Unterleib.

Ist mit den Babys alles in Ordnung? fragte sie sich wieder.

Gott, laß ihnen nichts zugestoßen sein.

Sie trat ans andere Fenster und blickte hinaus. Eine große Frau mit einer Waffe in der Hand rannte aufs Haus zu. Elizabeth wich vom Fenster zurück und wäre beinahe über einen Sessel gefallen.

»Er hat's auf mich abgesehen, nicht auf dich.«

Sie wußte, daß Michael gelogen hatte. Diese Leute würden sie dazu benutzen, um an Michael heranzukommen, aber sie würden sie ebenfalls umbringen. Genau wie sie Max umgebracht hatten. Genau wie sie Susanna umgebracht hatten.

Elizabeth hörte Stiefel die Holzstufen heraufpoltern. Sie hörte ein metallisches Klicken, als Astrid Vogel den Türknopf zu drehen versuchte. Sie hörte einen lauten Schlag, als Astrid Vogel die Tür einzutreten versuchte, und wendete ihre gesamte Selbstbeherrschung auf, um nicht laut zu schreien. Sie flüchtete ins Schlafzimmer und machte die Tür hinter sich zu. Sie hörte drei, vier dumpfe Schläge und das Krachen zersplitternden Holzes. Astrid Vogel schoß das Türschloß auf. Beim nächsten Fußtritt flog die Haustür auf und knallte an die Wand.

»Er hat's auf mich abgesehen, nicht auf dich.«

Und du bist ein Lügner, Michael Osbourne, dachte

Elizabeth. Diese Leute sind unbarmherzig und sadistisch. Mit ihnen kann man nicht vernünftig reden und ganz bestimmt nicht verhandeln.

Sie wich in die hinterste Ecke zurück, ohne die Tür aus den Augen zu lassen. Gott, wie oft war sie schon in diesem Raum gewesen? An herrlichen Sommermorgen. An kühlen Herbstnachmittagen. Die Bücher in den Regalen gehörten ihr ebenso wie die Sachen im Kleiderschrank. Wie der abgetretene Orientteppich am Fußende ihres Betts. Sie erinnerte sich an den Nachmittag, an dem sie ihn mit ihrer Mutter auf einer Auktion in Bridgehampton ersteigert hatte.

Ich darf mich nicht von ihr gefangennehmen lassen, sagte sie sich. Sonst bringen sie uns beide um.

Sie hörte die Frau durchs Haus gehen, hörte ihre Stiefel auf den Hartholzböden. Sie hörte das Rauschen des Windes in den Bäumen, hörte das Kreischen der Möwen. Sie trat vor und verriegelte das Türschloß von innen.

Versteck dich im Einbauschrank, dachte sie. Darin sucht sie dich bestimmt nicht.

Sei nicht blöd, Elizabeth. Laß dir was einfallen!

Dann hörte sie die Frau rufen: »Ich weiß, daß Sie dort drin sind, Mrs. Osbourne. Ich will Ihnen nichts tun. Kommen Sie einfach raus!«

Eine rauchige, seltsam angenehme Stimme, die mit deutschem Akzent sprach.

Hör nicht auf sie!

Sie öffnete die Tür des Einbauschranks und schlüpfte hinein. Aber sie ließ die Schranktür halb offen, weil ihr der Gedanke, in einem dunklen, engen Raum eingeschlossen zu sein, unerträglich war. Endlich hörte sie weit entferntes Sirenengeheul, das der Wind herantrug. Sie fragte sich, wo die Polizei sein mochte … Winthrop Road, Manhanset Road, wenn sie von der Inselmitte kam. Jedenfalls würde Elizabeth tot sein, bevor sie hier eintraf.

Elizabeth wich von der Schranktür zurück. Etwas bohrte sich in ihr Schulterblatt – die Spitze eines im Regal liegenden Pfeils. Sie tastete die Rückwand des Schranks ab, denn sie wußte, daß er irgendwo stehen mußte: der Sportbogen, den sie von ihrem Vater zum zwölften Geburtstag geschenkt bekommen hatte. Er hing an einem Haken neben einem alten Satz Golfschläger.

Die Frau rüttelte an der Schlafzimmertür und entdeckte, daß sie abgesperrt war.

Jetzt weiß sie, daß ich hier bin, dachte Elizabeth.

Panik durchflutete sie. Sie zwang sich dazu, gleichmäßig zu atmen.

Vorsichtig tastete sie die Schrankrückwand ab, bis ihre Hände einen harten, kalten Gegenstand berührten.

Dann griff sie nach oben und fand den Pfeil, der sich in ihre Schulter gebohrt hatte.

Die Frau trat gegen die Tür, aber sie gab nicht nach.

Elizabeth nahm den Bogen herab. Er hatte die Standardlänge von fünfeinhalb Fuß. Der Pfeil war aus Aluminium und am Ende mit Federn besetzt. Sie nahm ihn zwischen Zeige- und Mittelfinger der rechten Hand und tastete mit dem Daumen nach der Kerbe hinter den Federn. Das hatte sie schon so oft getan, daß sie es auch im Dunkeln und mit zitternden Händen konnte.

Die Frau trat erneut gegen die Tür, die auch diesmal nicht nachgab.

Elizabeth legte den Pfeil auf die Sehne und ließ ihn auf ihrer linken Hand ruhen, die den Bogen umklammerte. Sie zog ihn halb zurück und holte dann tief Luft.

Kannst du wirklich? fragte sie sich.

Sie hatte noch nie ein Lebewesen getötet, hatte nie daran gedacht, auf die Jagd zu gehen. Das hätte ihr Vater ohnehin nicht zugelassen. Er hatte einmal einen ihrer Freunde erwischt, wie er mit Pfeil und Bogen einem Weißschwanzhirsch auflauerte, und dem jungen Mann für den Rest des Sommers das Haus verboten.

Die Frau trat erneut gegen die Tür. Diesmal gab das Schloß nach, und die Tür flog krachend auf.

Elizabeths Körper erstarrte. Sie fühlte sich wie aus Stein gehauen. Sie zwang sich dazu, gleichmäßig zu atmen. Tu's für Michael, dachte sie. Tu's für deine ungeborenen Kinder.

Sie zog den Pfeil weit zurück und öffnete die Schranktür mit dem Fuß. Astrid Vogel, die ihre Pistole mit beiden Händen fast in Gesichtshöhe hielt, stand im Türrahmen. Sie drehte sich nach dem plötzlichen Geräusch um und brachte die Waffe mit ausgestreckten Händen in Schußposition.

Elizabeth ließ den Pfeil los.

Der Pfeil traf Astrid unter dem Kehlkopf, ließ sie zurücktaumeln und nagelte sie an die offene Tür. Elizabeth schrie gellend auf. Astrid riß die Augen weit auf und öffnete die Lippen wie zu einem lautlosen Schrei.

Irgendwie gelang es ihr, die Pistole nicht zu verlieren. Sie hob die Waffe und begann zu schießen. Elizabeth warf sich in den Einbauschrank. Schüsse zersplitterten die Tür, das Schlafzimmerfenster klirrte, und Putz rieselte von den Wänden. Sie sank zu Boden und blieb zusammengerollt liegen.

Dann hörten die Schüsse auf. Die einzigen Geräusche waren das Brausen des Windes und das Klicken, mit dem Astrid Vogel trotz leergeschossener Pistole weiterzuschießen versuchte. Elizabeth rappelte sich auf, zog einen weiteren Pfeil aus dem Regal und trat aus dem Einbauschrank.

Astrid wühlte in ihrer Jackentasche. Aus ihrer Halswunde kam stoßweise Blut. Sie schaffte es, ein volles Magazin aus der Tasche zu ziehen.

»Nein, bitte nicht«, sagte Elizabeth. »Ich will nicht noch mal schießen müssen.«

Astrid starrte erst sie, dann den in ihrer Kehle steckenden Pfeil an. Das Magazin glitt ihr aus den Fingern; dann fiel ihre Pistole polternd zu Boden. Sie holte keuchend zweimal tief Luft. In ihrem Hals gurgelte Blut.

Zuletzt wurde ihr Blick starr.

Elizabeth sank auf die Knie und mußte sich heftig übergeben.

Unten im Keller hörte Michael Oktobers Schritte über sich, der das dunkle Wohnzimmer absuchte. Michael wußte, daß Oktober methodisch und sorgfältig vorging. Er würde das Haus Zimmer für Zimmer durchsuchen, bis er ihn gefunden hatte. Er würde Oktober nochmals überlisten müssen – wie auf der Fußgängerbrücke am Potomac. Oktober bewegte sich in einem fremden Haus, auf unbekanntem Gebiet. Michael hätte sich selbst mit geschlossenen Augen in den Räumen zurechtfinden können. Diesen Vorteil würde er nutzen müssen.

Oktober war aus dem Wohnzimmer auf den Flur getreten. »Ich habe Ihre Frau, Mr. Osbourne!« rief er laut. »Wenn Sie unbewaffnet und mit erhobenen Händen rauskommen, passiert ihr nichts. Zwingen Sie mich dazu, Sie wie ein Tier zu jagen, erschieße ich auch sie.«

Michael sagte nichts, sondern horchte nur auf das Geräusch von Oktobers Schritten im Erdgeschoß des Hauses.

Nach kurzer Pause sagte Oktober laut: »Auch ich erinnere mich an jene Nacht in London, Mr. Osbourne. Ich weiß noch, wie ihre Schreie über die Straße am Fluß hallten. Sie ist eine Schönheit gewesen. Sie müssen sie sehr geliebt haben. Wirklich schade, daß sie sterben mußte. Sie ist die erste und einzige Frau gewesen, die ich ermordet habe, aber ich werde nicht zögern, Ihre Frau zu erschießen, wenn Sie mit diesem Unsinn weitermachen. Geben Sie auf, sonst stirbt sie mit Ihnen.«

Michael spürte, wie er zornig wurde. Allein die Stimme dieses Mannes zu hören erfüllte ihn mit Wut. Er bemühte sich, sie zu unterdrücken; er wußte, daß das genau die Reaktion war, die Oktober hervorrufen wollte. Wenn er die Beherrschung verlor, wenn er emotional statt rational handelte, würde er sterben. Außerdem wußte er, daß Oktober nicht die Absicht hatte, Elizabeth am Leben zu lassen.

»Es muß sehr schmerzlich gewesen sein, die Geliebte auf diese Weise zu verlieren – vor Ihren eigenen Augen niedergeschossen«, fuhr Oktober fort. »Wie ich gehört habe, sind Sie danach aus dem Außendienst abgezogen und in die Zentrale versetzt worden. Die Sache hat Sie fast umgebracht. Und jetzt stellen Sie sich mal vor, wie Ihnen zumute sein wird, wenn ich eine weitere Ihrer Frauen erschieße. Glauben Sie mir, danach werden Sie nicht weiterleben wollen. Ergeben Sie sich also lieber gleich, Mr. Osbourne. Machen Sie's uns beiden leichter.«

Michael hörte einen Schrei aus dem Gästehaus – Elizabeths Schrei.

»Klingt so, als würde es draußen interessant, Mr. Osbourne. Am besten rufen Sie Ihre Frau im Gästehaus an. Erklären Sie ihr, daß ihr nichts geschieht, wenn sie sich ergibt. Darauf gebe ich Ihnen mein Wort.«

Michael durchquerte den Raum, drückte auf die Sprechtaste des Haustelefons und sagte ganz ruhig: »Ihr Wort bedeutet mir nichts, Nikolai Michailowitsch.«

»Wie haben Sie mich genannt?« brüllte Oktober nach kurzem Zögern zurück.

»Ich habe Sie Nikolai Michailowitsch genannt. Das ist Ihr richtiger Name, oder haben die wundervollen Leute beim KGB Ihnen das nie gesagt? Nikolai Michailowitsch Woronstow. Ihr Vater war General Michail Woronstow, der Direktor der Ersten Hauptverwaltung im KGB. Sie sind sein unehelicher Sohn. Ihre Mutter ist seine Geliebte gewesen. Sobald Sie alt genug waren, hat Ihr Vater Sie dem KGB zur Ausbildung übergeben. Ihre Mutter ist im Archipel Gulag verschwunden. Wollen Sie noch mehr hören, Nikolai Michailowitsch?«

Michael ließ die Sprechtaste los und wartete auf Oktobers Reaktion. Er hörte ein Krachen, als eine Tür aufgestoßen wurde, das Klirren einer zersplitternden Porzellanlampe und den dumpfen Knall eines Schusses aus einer Pistole mit Schalldämpfer. Er hatte Oktobers wunden Punkt getroffen.

»Ihr Lehrer ist ein Mann gewesen, den Sie nur als Wladimir gekannt haben. Sie haben ihn wie einen Vater behandelt. Er ist praktisch Ihr Vater gewesen. Mit sechzehn Jahren sind Sie über die Tschechoslowakei in den Westen eingeschleust worden. Sie hatten den Auftrag, Ihre beiden Begleiter zu erschießen. Einer davon ist eine Frau gewesen, was beweist, daß Sie nicht nur ein Mörder, sondern auch ein Lügner sind. Sie sind im Westen untergetaucht. Zehn Jahre später, als Sie ein erwachsener Mann waren, haben Sie zu morden angefangen. Wenn Sie möchten, kann ich Ihnen Ihre Opfer einzeln nennen, Nikolai Michailowitsch.«

Michael hörte ein Fenster zersplittern, weitere Schüsse trafen eine Wand. Er hörte, wie ein leeres Magazin zu Boden fiel und ein neues in den Griff von Oktobers Pistole gerammt wurde. In der Ferne hörte er Sirenengeheul, und aus dem Gästehaus drang ein weiterer Schrei herüber.

Er drückte wieder auf die Sprechtaste und fragte: »Wer ist Ihr Auftraggeber?«

Weitere Schüsse in den Räumen über ihm.

»Verdammt noch mal, wer ist Ihr Auftraggeber? Ich will eine Antwort!«

»Ich weiß nicht, wer mich engagiert hat!«

»Sie lügen! Ihr Leben ist eine einzige Lüge!«

»Maul halten!«

»Sie sitzen hier in der Falle. Von dieser Insel kommen Sie nicht mehr lebend runter.«

»Sie auch nicht, und Ihre Frau auch nicht.«

»Astrid ist schon lange fort. Ich frage mich, wodurch sie aufgehalten worden ist.«

»Rufen Sie im Gästehaus an. Sagen Sie Ihrer Frau, daß sie sich ergeben soll.«

Michael nahm den Hörer des normalen Telefons ab. Ein Knacken verriet ihm, daß Oktober von einer Nebenstelle im Erdgeschoß mithörte. Das Telefon klingelte, und Elizabeth meldete sich völlig aufgelöst und außer Atem.

»Michael! Mein Gott, sie ist tot. Ich hab' sie umgebracht – mit einem Pfeil erschossen. O Gott, Michael, ich will nicht hier mit ihr allein sein. Michael, das ist zu schrecklich! Bitte, ich will nicht hier bei ihr bleiben.«

»Lauf zum Steg runter. Fahr mit dem Dingi zur *Alexandra* hinaus. Bleib dort, bis die Polizei kommt.«

»Michael, was hast du ...«

»Tu einfach, was ich sage. Fahr zur *Alexandra* hinaus! Los, beeil dich!«

Elizabeth legte den Hörer auf und trat ans Fenster. Michael und sie kannten sich seit über zehn Jahren. Er hatte ihren Vater schon auf unzähligen Segeltörns begleitet. Er wußte genau, daß sein Boot nicht *Alexandra,* sondern *Athena* hieß. Natürlich konnte er aus Nervosität einen Fehler gemacht haben, aber das bezweifelte sie. Er hatte absichtlich einen falschen Namen gesagt. Dafür mußte es einen Grund geben. Er wollte, daß sie im Gästehaus blieb, aber Oktober sollte denken, sie sei zum Boot unterwegs.

Sie beobachtete das Haupthaus durchs Fenster. Sie hörte die Sirenen näherkommen. Sie wollte hier raus. Sie wollte eine Zigarette, um den schrecklichen Geruch von Astrid Vogels Blut nicht länger in der Nase haben zu müssen. Sie wollte, daß dieser Alptraum endlich zu Ende ging. Wenige Sekunden später sah sie die Verandatür auffliegen und den Mann, der sich Oktober nannte, über den Rasen zum Bootssteg rennen.

Delaroche hetzte durch die Nacht. Der Sturm rauschte in den Bäumen und hätte ihn beinahe umgeweht. Fünfzig Meter vom Strand entfernt tanzte das Segelboot auf den Wellen.

Er hatte Michael Osbournes Stimme im Ohr, distanziert und metallisch, wie eine Bahnhofsdurchsage.

»Ich habe Sie Nikolai Michailowitsch genannt. Das ist Ihr richtiger Name!«

Delaroche fluchte. Wieso weiß er das?

Der KGB hatte ihm ein Versprechen gegeben: Niemand würde jemals von seiner Existenz im Westen erfahren. Außer einer Handvoll Leuten im Geheimdienst würde niemand die Wahrheit kennen. Seine Existenz würde so geheim sein, daß er selbst das Paar, das ihn nach Österreich begleitet hatte, töten mußte. Hatte der KGB ihn belogen? Hatte ihn jemand verraten? Wladimir? Oder Arbatow? Oder der Überläufer Drosdow? Hatte Drosdow die Wahrheit in den Tiefen des Moskauer Archivs entdeckt und an seine neuen Herren im Westen verkauft?

Delaroche schwor sich, Drosdow zu töten, sollte er Shelter Island lebend verlassen.

Die Erkenntnis, daß die CIA ein Dossier über ihn hatte, verursachte ihm physische Übelkeit. Hatten sie auch ein Foto von ihm? Gewöhnlich war es Delaroche, der mit Dossiers arbeitete, der sich die dunklen Seiten seiner Opfer vornahm, bis er die Schwächen fand, mit denen er sie besiegen konnte. Jetzt hatten seine Gegner ein Dossier seines Lebens zusammengestellt, und Osbourne benutzte es gegen ihn.

»Ich habe Sie Nikolai Michailowitsch genannt.«

Vor seinem inneren Auge liefen noch einmal die Morde ab. Er versuchte die Bilder abzuschütteln, aber die Gesichter erschienen immer wieder, eines nach dem anderen, zuerst pulsierend und lebendig, dann zerrissen von drei Einschüssen. Hassan Mahmoud, der Palästinenserjunge. Colin Yardley und Erik Stoltenberg. Sarah Randolph …

Er hörte Michael Osbournes Schreie, die auf dem Chelsea Embankment widerhallten.

»Das ist Ihr richtiger Name.«

Manchmal hatte Delaroche einen Traum, und dieser Traum spielte sich nun in seiner Vorstellung ab. Die Männer, die er ermordet hatte, würden ihm bewaffnet gegenüberstehen; er würde nach seiner Glock oder Beretta greifen, aber nur seine Pinsel finden. Er würde nach Waffen hinter sich greifen und nur seine Palette finden. »Wir wissen, wer du bist«, würden sie sagen und anfangen zu lachen. Und Delaroche würde aufwachen und sich die Hände vors Gesicht halten, und die Kugeln würden seine Handflächen durchschlagen und sich in seine Augen bohren, und er würde sich im Bett aufsetzen und sich versichern, daß es nur ein Traum war, nur ein blöder, beschissener Traum.

Delaroche stürmte über den abfallenden Rasen, seine Füße flogen über den nassen, federnden Boden, bis der Alptraum seines eigenen Todes unter dem klatschenden Geräusch seiner Schritte auf dem hölzernen Steg zerstob. Er hörte das Dingi gegen die Holzpfähle schlagen, aber der Außenbordmotor war stumm. Ein paar Sekunden später erreichte er das Ende des Stegs und schaute hinunter, die Pistole in die Dunkelheit gerichtet.

Das Dingi war leer.

»Weg mit der Pistole!« Michael mußte schreien, um den Sturm zu übertönen. »Legen Sie sich auf den Bauch – aber ganz langsam!«

Michael stand am Anfang des Bootsstegs, Oktober gut fünfzehn Meter von ihm entfernt am äußersten Ende. Sein linker Arm hing gerade herab; sein rechter Arm war angewinkelt, so daß er seine Beretta fast vor dem Gesicht hatte. Er bewegte sich nicht. Dem Sirenengeheul nach war die Polizei jetzt auf der Shore Road. Sie mußte jeden Augenblick eintreffen.

»Weg mit der Pistole!« wiederholte Michael. »Das Spiel ist aus! Tun Sie, was ich sage!«

Oktober ließ den rechten Arm sinken, bis er ebenfalls gerade herabhing. Der erste Streifenwagen erreichte das Tor an der Straße. Michael hörte, wie die Tür des Gästehauses geöffnet wurde. Er drehte den Kopf kurz zur Seite und sah Elizabeths beigen Pullover durch die Dunkelheit huschen.

»Bleib, wo du bist, Elizabeth!« rief er ihr zu.

Oktober ging in die Hocke und riß den rechten Arm hoch. Michael gab mehrere Schüsse ab, die jedoch alle über Oktobers Kopf hinweggingen. Der Killer schoß dreimal ins Dunkel. Einer der Schüsse fand sein Ziel und traf Michael in die rechte Brust.

Die Browning fiel ihm aus der Hand, polterte auf den Steg. Michael fiel auf den Rücken. Sein rechter Arm wurde gefühllos; dann spürte er einen starken, brennenden Schmerz in der Brust.

Der Regen klatschte ihm ins Gesicht. Über ihm bewegten sich Äste im Wind, und Michael hielt sie in seiner Benommenheit für Riesenhände, die sich in seinen Körper krallten. Er war kurz davor, das Bewußtsein zu verlieren. Er sah Sarah am Chelsea Embankment auf sich zukommen, sah ihren langen Rock um die Wildlederstiefel wippen. Er sah ihr zerstörtes Gesicht. Er hörte Elizabeths Stimme, die aus weiter Ferne zu kommen schien und unverständliche Worte rief. Schließlich drang sie durch den Nebel seines Schocks.

»Michael! Er kommt! Gott, Michael, bitte! Michael!«

Als Michael den Kopf hob, sah er Oktober langsam auf sich zukommen. Seine Browning lag ungefähr einen Meter von ihm entfernt auf den Planken. Michael versuchte nach ihr zu greifen, aber sein Arm gehorchte ihm nicht. Er wälzte sich auf seine rechte Seite und tastete mit der linken Hand nach der Waffe. Unter seinen Fingern spürte er das kalte Metall, den vom Regen nassen Griff. Er bekam die Browning zu fassen, steckte seinen Zeigefinger durch den Abzugsbügel und schoß.

Delaroche sah das Mündungsfeuer. Während die ersten Schüsse an ihm vorbeigingen, hob er seine Beretta und zielte damit auf den Liegenden. Er trat einen Schritt näher an ihn heran. Er wollte Osbourne ins Gesicht schießen. Er wollte Astrids Tod rächen. Er wollte sein Zeichen hinterlassen.

Osbourne drückte erneut ab. Ein Geschoß durchschlug Delaroches rechte Hand und zerschmetterte den Knochen. Die Beretta fiel ihm aus der Hand und klatschte ins schäumende Wasser unter dem Bootssteg. Der Schmerz war unglaublich. Er senkte den Kopf und sah Knochensplitter aus seinem Handrücken ragen.

Er wollte Osbourne mit seiner unverletzten Hand umbringen – ihm das Genick brechen oder die Luftröhre zerquetschen –, aber Osbourne hatte noch seine Waffe, und die Polizei war bereits auf dem Gelände. Er drehte sich um, rannte den Steg entlang und sprang in das Dingi.

Er mußte viermal an der Anreißleine ziehen, bis der kleine Außenbordmotor ansprang. Dann machte er die Leine los und steuerte das kleine Boot in den Shelter-Island-Sund hinaus.

Cannon Point leuchtete von roten und blauen Blinklichtern. Sirenengeheul erfüllte die Luft. Aber Delaroche hörte nur eines: Elizabeth Osbournes Stimme, als sie ihren Mann anflehte, nicht zu sterben.

49

London

»Wird er überleben?« fragte der Direktor am Telefon im Schlafzimmer seiner Villa in St. John's Wood.

»Sein Zustand hat sich heute abend stabilisiert«, berichtete Mitchell Elliott. »Mittags sind noch einmal innere Blutungen aufgetreten, so daß noch einmal operiert werden mußte. Leider sieht's so aus, als würde er überleben.«

»Wo ist er jetzt?«

»Offiziell ist sein Aufenthaltsort geheim. Meine Quelle in Langley bestätigt, daß Osbourne auf der Intensivstation im Stonybrook Hospital auf Long Island liegt.«

»Ihnen ist hoffentlich klar, daß wir jetzt nichts gegen Osbourne unternehmen dürfen. Zumindest vorläufig nicht.«

»Ja, das ist mir klar, Direktor.«

»Er hat zwei Mordanschläge überlebt. Unter keinen Umständen darf es einen dritten geben.«

»Natürlich nicht, Direktor.«

»Wirklich ein sehr starker Gegner, unser Mr. Osbourne. Ich bewundere ihn sehr, muß ich sagen. Insgeheim wünsche ich mir, ich könnte ihn überreden, für mich zu arbeiten.«

»Er ist ein Pfadfinder, Direktor, und Pfadfinder passen nicht in unsere Organisation.«

»Wahrscheinlich haben Sie recht.«

»Wie steht's mit Oktober?« fragte Elliott.

»Der ist von dem Abholteam ziemlich grob empfangen worden, fürchte ich.«

»Und was ist mit unseren Zahlungen?«

»Das Geld ist leider verschwunden. Er hat es sofort nach Eingang immer auf andere Konten überwiesen.«

»Das ist bedauerlich.«

»Gewiß, aber einem Mann wie Ihnen wird das bißchen Kleingeld doch kein Kopfzerbrechen bereiten.«

»Natürlich nicht, Direktor.«

»In Washington ist noch ein Auftrag unerledigt.«

»Ich habe bereits alles Nötige veranlaßt.«

»Ausgezeichnet. Aber achten Sie auf geschickte Ausführung. Es steht sehr viel auf dem Spiel.«

»Er wird sehr geschickt ausgeführt.«

»Mr. Elliott, ich brauche Sie nicht daran zu erinnern, daß Ihre oberste Pflicht im Augenblick darin besteht, die Gesellschaft unter allen Umständen zu schützen. Sie dürfen nichts tun, was die Gesellschaft irgendwie gefährden könnte. Ich weiß, daß ich mich in diesem Punkt voll auf Sie verlassen kann.«

»Selbstverständlich, Direktor.«

»Ausgezeichnet. Es ist mir ein Vergnügen gewesen, mit Ihnen zusammenzuarbeiten. Hoffentlich ist nicht alles vergebens gewesen. Sie werden wohl Ihr ganzes Geschick aufwenden müssen, damit Sie den Auftrag für den Bau des Raketenabwehrsystems behalten.«

»Ich bin zuversichtlich, dieses Ziel zu erreichen.«

»Wunderbar. Gute Nacht, Mr. Elliott.«

»Gute Nacht, Direktor.«

Der Direktor legte den Hörer auf.

»Sie sind ein sehr guter Lügner«, sagte Daphne.

Sie ließ das Seidennegligé von ihren Schultern gleiten und schlüpfte zu ihm ins Bett.

»Das muß man in diesem Beruf leider sein.«

Sie küßte ihn und preßte dabei ihre Brüste an seinen Leib. Dann griff sie zwischen seine Beine und nahm ihn in ihre Hände. »Irgendwas, mein Herz?« flüsterte sie.

Er küßte sie und sagte: »Vielleicht, wenn du dir ein bißchen mehr Mühe gibst, Liebste.«

50

Washington, D.C.

Paul Vandenberg parkte am Ohio Drive mit Aussicht auf den Washington Channel. Wie Elliott verlangt hatte, war er allein und mit seinem Privatwagen gekommen. Ihr Treffen war für zehn Uhr angesetzt, aber Elliott verspätete sich untypischerweise. Ein anderes Auto hielt hinter ihm: ein riesiger schwarzer Geländewagen, dessen getönte Scheiben im harten Beat des Gangsta-Rap vibrierten. Eine Viertelstunde später fuhr der Geländewagen weiter. Fünf Minuten später hielt eine schwarze Limousine neben ihm, und das hintere rechte Seitenfenster wurde heruntergelassen.

Auf dem Rücksitz saß Mark Calahan, Elliotts persönlicher Assistent.

»Mr. Elliott bedauert sehr, aber das Gespräch muß an einem anderen Ort stattfinden«, sagte Calahan. »Kommen Sie bitte mit, dann bringe ich Sie nach der Besprechung zu Ihrem Wagen zurück.«

Vandenberg stieg aus und setzte sich neben Calahan in die schwarze Limousine. Sie waren ungefähr zehn Minuten lang unterwegs. Calahan sagte die ganze Zeit kein Wort. Das gehörte zu den Regeln, auf deren Einhaltung Elliott bestand: keine Konversation zwischen Mitarbeitern und Kunden. Die Limousine hielt schließlich auf einem Parkplatz oberhalb von Roosevelt Island.

»Mr. Elliott erwartet Sie auf der Insel, Sir«, sagte Calahan höflich. »Ich bringe Sie zu ihm.«

Die beiden Männer stiegen aus.

Henry Rodriguez, der Fahrer, wartete am Steuer.

Nach zwei Minuten hörte Rodriguez den Knall eines einzelnen Schusses.

Die Leiche wurde am nächsten Morgen kurz nach sieben Uhr von einem Jogger aufgefunden. Sie lag neben einer Marmorbank am Theodore Roosevelt Memorial, was die Medien passend fanden, weil Paul Vandenberg TR immer bewundert hatte. Er hatte sich den Pistolenlauf offenbar in den Mund gesteckt. Ein großer Teil seines Hinterkopfs war weggeschossen. Die Kugel hatte sich in den Stamm eines fast zwanzig Meter entfernten Baums gebohrt.

Vandenbergs Abschiedsbrief wurde in der Innentasche seines Wintermantels gefunden. Er wies alle Eigenschaften eines von Paul Vandenberg verfaßten guten Memos auf: knapp, präzise, streng sachlich. Er habe sich das Leben genommen, hieß es darin, weil er erfahren habe, daß die *Washington Post* einen vernichtenden Bericht über seine jahrelang geübten Methoden zur Beschaffung von Wahlkampfgeldern für James Beckwith vorbereite. Vandenberg bekannte sich schuldig. Beckwith und Mitchell Elliott traf keine Schuld – er hatte alles geplant und ausgeführt. Er habe Selbstmord verübt, hieß es in dem Abschiedsbrief, weil er den Tod durch einen Pistolenschuß dem Tod durch eine Rufmordkampagne vorziehe.

Am späten Nachmittag, rechtzeitig vor den Abendnachrichten, trat Präsident Beckwith im Presseraum des Weißen Hauses sichtlich erschüttert vor die Medienvertreter. Er äußerte tiefe Betroffenheit und Trauer über den Tod seines engsten Mitarbeiters. Dann gab er bekannt, das Justizministerium werde sofort mit einer umfassenden Untersuchung aller Kapitalbeschaffungsmaßnahmen Vandenbergs im Zusammenhang mit seinen Präsidentenwahlkämpfen beginnen. Beckwith verließ den Presseraum, ohne Fragen zu beantworten, und verbrachte mit Anne einen ruhigen Abend im Wohntrakt des Weißen Hauses.

Am folgenden Morgen widmete die *Post* einen großen Teil ihrer Titelseite dem mutmaßlichen Selbstmord Paul Vandenbergs. In diesem Zusammenhang brachte sie auch einen längeren Bericht über die finanziellen Beziehungen zwischen James Beckwith und Mitchell Elliott. Der Artikel zweifelte die Behauptung in Vandenbergs Abschiedsbrief an, er allein sei für die vielen finanziellen Transaktionen verantwortlich, durch die das Ehepaar Beckwith im Lauf der Jahre reich geworden sei. Eine Mitschuld angelastet wurde auch Samuel Braxton, Mitchell Elliotts Washingtoner Anwalt, der Beckwiths Außenminister werden sollte.

Unter dem Bericht standen die Namen von zwei Autoren: Tom Logan und Susanna Dayton.

Januar

51

Shelter Island, New York

Manche Nächte waren besser als andere. In manchen Nächten sah Elizabeth im Traum alles wieder, wachte schreiend auf und versuchte sich imaginäre Blutflecken von den Händen zu wischen. In manchen Nächten schrak Michael auf, weil er geträumt hatte, Oktober habe ihn nicht einmal in die Brust, sondern dreimal ins Gesicht geschossen. Das Gästehaus wurde komplett renoviert, aber Elizabeth betrat es nie wieder. Manchmal saß Michael am Ende des Bootsstegs und starrte ins Wasser. Manchmal verging eine Stunde, bevor er wieder aus seiner Trance erwachte. Manchmal beobachtete Elizabeth ihn vom Rasen aus und fragte sich, was ihn beschäftigte.

Was nach seiner Verletzung passiert war, wußte Michael nur aus den Zeitungen und dem Fernsehen, aber wie jeder echte Geheimdienstmann betrachtete er die Medien ohnehin nur als störendes Hintergrundgeräusch. Der neue Hausmeister fuhr jeden Morgen zum Drugstore in Shelter Island Heights, holte drei Zeitungen – *New York Times, Wall Street Journal, Newsday* – und legte sie auf Michaels Nachttisch. Am Neujahrstag fühlte Michael sich kräftig genug, um wenigstens mitzufahren. Er saß schweigend auf dem Beifahrersitz seines Jaguars und starrte aufs Wasser oder die winterkahlen Bäume. Michaels Interesse ließ im Lauf des Monats Januar nach, und am Tag der Amtseinführung des Präsidenten hatte er ganz aufgehört, die Zeitungen zu lesen.

Beckwith hatte den Sturm erfolgreich überstanden. Das wurde vor allem seiner Frau zugeschrieben. Nach Paul Vandenbergs Tod war Anne zur wichtigsten Beraterin des Präsidenten geworden. *Newsweek* setzte ihr Bild in der Weihnachtswoche auf die Titelseite. In einem ausführlichen Artikel wurde ihr politisches Gespür hoch gelobt; Anne würde eine entscheidende Rolle im Hintergrund spielen müssen, wenn Beckwiths zweite Amtszeit ein Erfolg werden sollte. Die Fernsehjournalisten waren sich darüber einig, daß Anne hinter der Forderung des Präsidenten nach einer umfassenden Änderung der Wahlkampffinanzierung steckte. Mit dem Eifer eines Neubekehrten forderte Beckwith das Verbot verdeckter Parteispenden und schlug vor, die Fernsehgesellschaften sollten Kandidaten kostenlos Sendezeit zur Verfügung stellen. Am Tag seiner Amtseinführung gaben sechzig Prozent aller Amerikaner in Umfragen an, mit seiner Politik zufrieden zu sein.

Zwei von Beckwiths engsten Freunden und Förderern erging es weniger gut. Samuel Braxton war gezwungen, seine Bewerbung um das Amt des Außenministers zurückzuziehen. Er bestritt zwar, sich jemals unkorrekt verhalten zu haben, sagte aber, er wolle die amerikanische Außenpolitik nicht durch einen langen, der Sache nicht dienlichen Kampf um die Bestätigung seiner Nominierung lähmen. Medienberichten zufolge war es Anne gewesen, die Braxton von der Klippe gestoßen hatte.

Die Firma Alatron Defense Systems gab den Auftrag zum Bau eines nationalen Raketenabwehrsystems freiwillig zurück, nachdem Andrew Sterling, Beckwiths unterlegener Konkurrent, als Vorsitzender des Streitkräfteausschusses im Senat »hochnotpeinliche Ermittlungen« gegen Mitchell Elliott angekündigt hatte. Der Auftrag ging an einen anderen Rüstungskonzern in Kalifornien, und Sterling stimmte dieser Lösung widerstrebend zu.

Zwei Tage vor der Amtseinführung Beckwiths gaben FBI und United States Park Police das Ergebnis ihrer Ermittlungen wegen des Todes von Paul Vandenberg, Stabschef des Weißen Hauses, bekannt. Die Ermittler hatten nichts entdeckt, was auf Fremdeinwirkung hingewiesen hätte, Paul Vandenberg hatte sich wohl selbst entleibt. Die Ermittlungen wegen des Mordes an Max Lewis und dem Verkehrspolizisten Dale Preston führten zu keiner Verhaftung. In Washington stellte das Metropolitan Police Department seine Ermittlungen im Mordfall Susanna Dayton stillschweigend ein. Der Fall wurde nicht abgeschlossen, aber die Kriminalbeamten hatten keine brauchbare Spur entdeckt.

Elizabeth verbrachte lange Wochenenden auf der Insel. Sie arbeitete nur drei Tage in der Woche im New Yorker Büro von Braxton, Allworth & Kettlemen, reduzierte ihr Arbeitspensum langsam und verhandelte mit verschiedenen Anwaltsfirmen. Wegen ihrer Fähigkeiten und ihrer politischen Verbindungen gab es keinen Mangel an potentiellen Arbeitgebern. Die altehrwürdige New Yorker Kanzlei Titan, Webster & Leech bot ihr das beste Gehalt und vor allem die größte Flexibilität. Elizabeth nahm ihr Angebot an und faxte Samuel Braxton noch am selben Nachmittag ihre Kündigung.

Michaels Genesung machte raschere Fortschritte, als die Ärzte erwartet hatten. In der ersten Januarwoche schneite es, und es war bitter kalt. Aber in der folgenden Woche wurde es wieder warm, und die Ärzte rieten ihm zu leichter Bewegung an der frischen Luft.

An den ersten beiden Tagen machte er nur Spaziergänge auf Cannon Point, bei denen er den rechten Arm in einer Schlinge trug; Oktobers Kugel hatte ihm das Schlüsselbein zertrümmert und sein Schulterblatt durchschlagen. Am dritten Tag ging er auf der Shore Road spazieren, wobei ihm zwei von Adrian Carter abgestellte Sicherheitsbeamte in einigem Abstand folgten. Nach einer Woche ging er morgens bis ins Dorf und machte nachmittags lange Spaziergänge an den Felsstränden von Ram Island.

Abends schrieb er in Douglas Cannons Bibliothek mit Blick auf Dering Harbor. Nach drei Tagen zeigte er den ersten Entwurf seinem Schwiegervater. Cannon korrigierte ihn mit Rotstift, verbesserte Michaels steife Bürokratensprache und feilte an der Logik seiner Argumente und Schlußfolgerungen. Als Michael fertig war, schickte er die endgültige Fassung mit einem Kurierdienst an Adrian Carter in Langley.

»Ich finde nichts unerträglicher als Washington am Tag der Amtseinführung eines Präsidenten«, sagte Carter am folgenden Abend. »Ich könnte eine Prise Meeresluft und einen Schluck von Cannons Wein vertragen. Ist's dir recht, wenn ich euch für ein paar Tage besuche?«

»Wie lange muß ich diese Schlägertypen noch aushalten?« fragte Michael, als er am folgenden Nachmittag im Gardiner's Bay Country Club auf einem Golfwagen über die sechste Bahn holperte. Zwei CIA-Beamte in Patagonia-Parkas fuhren mit einem Golfwagen hinter ihnen her und murmelten zwischendurch immer wieder in ihre Handfunkgeräte.

»Scheiße, ich bin außerhalb«, sagte Carter, als er rukkend neben seinem Ball hielt und vom Wagen kletterte. Er zog ein Neunereisen aus der Golftasche und machte sich für den 125-Meter-Schlag zum Grün bereit.

»Willst du meine Frage nicht beantworten?« fragte Michael irritiert.

»Mein Gott, Michael, doch nicht jetzt! Warte, bis ich den Ball gespielt habe.«

Carter schlug den Ball. Er landete im linken Sandbunker.

»Verdammt noch mal!«

»Nicht gleich überkochen, Tiger. Hier draußen hat's keine drei Grad über null.«

Carter setzte sich ans Steuer und fuhr zum Grün weiter.

»Diese *Schlägertypen,* wie du sie nennst, sind hier, um dich und deine Angehörigen zu schützen, Michael, und sie bleiben hier, bis ich der Überzeugung bin, daß dein Leben nicht mehr in Gefahr ist.«

»Im Augenblick ist mein Leben in Gefahr, weil ich mitten im Winter auf einem offenen Golfwagen herumfahre.«

»Ich bringe dich nach dem neunten Loch zurück und spiele die Runde allein fertig.«

»Du bist wahnsinnig!«

»Du solltest auch mit Golf anfangen.«

»Mein Leben ist schon so frustrierend genug. Außerdem kann ich von Glück sagen, wenn ich mit diesem Arm jemals wieder ein Bier heben kann.«

»Wie geht's Elizabeth?«

»Den Umständen entsprechend. Einen Menschen getötet zu haben ist belastend, auch wenn's Notwehr gewesen ist. Daß es dir gelungen ist, diese Geschichte aus den Medien herauszuhalten, hat ihr sehr geholfen. Dafür kann ich dir gar nicht genug danken.«

»Sie ist ein Juwel«, stellte Carter fest. »Ich habe schon immer gesagt, daß du der größte Glückspilz bist, den ich kenne.«

Carters Ball rollte am Loch vorbei, so daß er aus drei Meter Entfernung hätte putten müssen, um einzulochen. »Scheiße«, sagte er. »Für Golf ist's heute echt zu kalt. Komm, wir verbringen den Nachmittag lieber am Kamin und trinken uns einen an.«

»Hast du meine Ausarbeitung gelesen?« fragte Michael, als Carter einen italienischen Merlot entkorkte und zwei Gläser vollschenkte.

»Ja, ich habe sie gelesen«, antwortete Carter. »Ich hatte die Wahl zwischen zwei Möglichkeiten: in den Reißwolf damit oder nach oben weitergeben.«

»Wofür hast du dich entschieden?«

»Ich habe die Feiglingsroute gewählt und deine Ausarbeitung kommentarlos nach oben weitergegeben.«

»Du bist ein Scheißkerl.«

»Das ist ein alter Bürokratentrick. So schützt man seine Flanke.«

»Oder seinen Arsch.«

»Das ist das gleiche«, sagte Carter gelassen. »Du solltest dir ein Beispiel an mir nehmen. Dein Arsch hängt meistens ungeschützt im Wind.«

»Ich bin Außendienstler, Adrian. Die taugen nicht für den Innendienst. Das hast du immer selbst gesagt.«

»Das stimmt auch.«

»Wie kommt es dann, daß du ein so hervorragender Bürokrat geworden bist?«

»Ich wollte ein vernünftiges Leben führen, und das konnte ich nicht, solange ich unterwegs war und ständig überlegen mußte, welchen Decknamen ich diese Woche habe.«

»Wem hast du mein Papier gegeben?«

»Monica Tyler, versteht sich.«

»Laß mich raten – sie hat es eingestampft.«

»In einer New Yorker Minute.«

»Von ihr habe ich nichts anderes erwartet.«

»Warum hast du überhaupt alles aufgeschrieben?«

»Weil ich glaube, daß es wahr ist.«

»Du glaubst im Ernst, daß Mitchell Elliott mit Hilfe eines verbrecherischen Geheimbunds eine Maschine hat abschießen lassen, um sein Raketenabwehrsystem bauen zu können?«

»Ja, das glaube ich«, sagte Michael nickend.

»Das gehört in die Kategorie Anschuldigungen, die viel zu gefährlich sind, um ohne hieb- und stichfeste Beweise vorgebracht werden zu dürfen. Monica hat das sofort erkannt, und ich habe ihr zustimmen müssen. Ich begreife offen gesagt nicht, warum jemand mit deiner Erfahrung da nicht selbst drauf kommt.«

Elizabeth klopfte an und kam herein. Der Senator hatte sie dazu überredet, an diesem Nachmittag ein paar Stunden mit ihm zu segeln. Ihr Gesicht war von der Kälte gerötet. Sie stellte sich an den Kamin und wärmte ihre Rückseite am Feuer.

»Ich dachte, du solltest dich schonen«, sagte Carter.

»Dad hat die *Athena* ganz allein gesegelt«, antwortete sie. »Ich habe nur Kräutertee getrunken und mich bemüht, nicht zu erfrieren.«

»Sonst alles in Ordnung?« fragte Carter.

»Alles bestens. Den Babys geht's ausgezeichnet.«

»Gott, das ist wunderbar«, sagte er mit breitem Lächeln auf seinem sonst eher mürrischen Gesicht.

»Worüber redet ihr?«

»Geschäft«, antwortete Carter.

»Um Himmels willen, dann gehe ich lieber.«

»Bleib!« forderte Michael sie auf.

»Michael, das sind auch Dinge, die …«

»Sie kann sie jetzt hören, oder sie kann sie später im Bett hören. Such's dir aus, Adrian.«

»Bleib«, sagte er. »Außerdem ist es nett, etwas Hübsches ansehen zu können. Mach dich nützlich, Michael, und schenk mir Wein nach. Elizabeth?«

»Nicht für mich, danke. Ich muß für eine Weile auf Alkohol und Zigaretten verzichten.«

Carter trank einen Schluck Wein, dann sagte er: »Vorgestern haben wir einen Bericht des französischen Geheimdienstes erhalten. Unsere französischen Kollegen glauben, Oktobers Tarnexistenz entdeckt zu haben. Er hat unter dem Namen Jean-Paul Delaroche an der bretonischen Küste gelebt. In einem Dorf namens Brélès.«

»Jesus, dort sind wir schon mal gewesen, Michael!«

»Er hat zurückgezogen in einem kleinen Haus auf den Klippen gewohnt. Anscheinend ist er auch ein begabter Maler gewesen. Die Franzosen halten diese Sache so geheim, wie es nur die Franzosen können. Wir fahnden weltweit nach ihm, aber bisher ist er noch nirgends aufgetaucht. Außerdem haben wir aus verschiedenen Quellen erfahren, daß er tatsächlich tot sein soll.«

»Tot? Wie das?«

»Sein oder seine Auftraggeber sind anscheinend unzufrieden gewesen, weil er's nicht geschafft hat, dich umzubringen.«

»Ich hoffe nur, daß sie ihn vorher gefoltert haben«, sagte Elizabeth.

Michael starrte aus dem Fenster auf die mit weißschäumenden Wogen bedeckte Bucht hinaus.

»Woran denkst du, Michael?« fragte Elizabeth.

»Ich würde nur gern die Leiche sehen, das ist alles.«

»Das möchten wir alle«, sagte Carter. »Aber so funktioniert die Sache leider meistens nicht.«

Er trank seinen Wein aus und hielt das Glas hin, um sich nachschenken zu lassen. Elizabeth entkorkte eine weitere Flasche. Der Senator kam mit rotem Gesicht und vom Wind zerzausten Haaren herein. »Wie ich sehe, habt ihr den Weinkeller geplündert«, sagte er. »Schenkt mir bitte ein großes Glas ein.«

»Ich habe einen weiteren Punkt zu besprechen, bevor wir zu betrunken sind«, fuhr Carter fort.

»Wenn's sein muß«, sagte Michael.

»Monica hat meinem Vorschlag zugestimmt, das gegen dich eingeleitete Disziplinarverfahren einzustellen. Nach allem, was ihr beiden durchgemacht habt, hält sie es zum jetzigen Zeitpunkt für unangemessen.«

»Oh, ist das nicht nett von Monica?«

»Laß gut sein, Michael, es ist ihr Ernst. Sie findet, diese Sache sei aus dem Ruder gelaufen. Sie möchte, daß wir sie hinter uns lassen und einen Neuanfang machen.«

Michael sah zu Elizabeth hinüber, dann wandte er sich wieder an Carter. »Sag ihr, daß ich danke, *nein* danke gesagt habe.«

»Du *willst,* daß das Disziplinarverfahren weitergeht?«

»Nein, ich *will* raus«, antwortete Michael. »Ich habe beschlossen, die Agency zu verlassen.«

»Meinst du das ernst?«

»Todernst«, sagte Michael. »Sorry, schlechte Wortwahl. Okay, jetzt können wir uns betrinken.«

Elizabeth durchquerte den Raum, beugte sich über Michael und küßte ihn. »Bist du dir deiner Sache sicher, Michael? Du tust es nicht nur für mich?«

»Ich bin mir meiner Sache noch nie so sicher gewesen. Und ich tu's nicht für dich. Ich tu's für uns.« Er legte seine Hand auf ihren Bauch. »Und für sie.«

Sie küßte ihn nochmals. »Danke, Michael! Ich liebe dich. Das weißt du hoffentlich.«

»Das weiß ich«, sagte er. »O ja, das weiß ich.«

Carter sah auf seine Uhr, dann sagte er: »Scheiße!«

»Was?« fragten Michael und Elizabeth im Chor.

»Wir haben Beckwiths Ansprache verpaßt.«

Und sie brachen alle in Gelächter aus.

Epilog

Mykonos, Griechenland

Die Villa wollte niemand haben. Sie klebte auf einem Felsen über dem Meer, war dort dem unaufhörlichen Wind ausgesetzt. Stavros, der Immobilienmakler, glaubte schon nicht mehr, sie jemals verkaufen zu können. Daher vermietete er sie jedes Jahr an denselben Clan junger englischer Börsenmakler, die jeden August für drei Besäufniswochen die Insel unsicher machten.

Der Franzose mit der verletzten Hand verbrachte nur fünf Minuten in dem Haus. Er ließ sich das Wohnzimmer und die Schlafzimmer zeigen und begutachtete die Aussicht von der Steinterrasse. Etwas genauer inspizierte er die Küche, die ihm ein Stirnrunzeln abnötigte.

»Ich habe Handwerker für alle Arbeiten an der Hand, falls Sie renovieren wollen«, sagte Stavros.

»Danke, nicht nötig«, wehrte der Franzose ab. »Das mache ich selbst.«

»Aber Ihre Hand…«, Stavros nickte zu dem dicken Verband hinunter.

»Das ist nichts weiter«, sagte der Franzose. »Ein kleiner Unfall beim Kochen. Das ist bald verheilt.«

Stavros runzelte die Stirn, als finde er die Geschichte nicht überzeugend. »Die Villa ist ein beliebtes Ferienhaus«, fuhr er fort. »Falls Sie Mykonos in der Hochsaison verlassen wollen, kann ich sie bestimmt gut für Sie vermieten, vor allem, wenn sie renoviert ist.«

»Die Villa ist nicht mehr zu vermieten.«

»Wie Sie wünschen. Wann möchten Sie …«

»Morgen«, sagte der Franzose knapp. »Geben Sie mir Ihre Kontonummer, dann lasse ich Ihnen den Kaufpreis heute nachmittag telegrafisch überweisen.«

»Aber, Monsieur, Sie sind kein Grieche. Für Ausländer ist es nicht einfach, Grundbesitz zu erwerben. Da sind Anträge auszufüllen, Formalitäten zu erledigen. Das alles dauert seine Zeit.«

»Kümmern Sie sich darum, Stavros. Aber ich ziehe morgen früh hier ein.«

Er verbrachte den Rest des Winters im Haus. Als seine Hand wiederhergestellt war, begann er die Villa zu renovieren. Kristos, der Besitzer des kleinen Baumarkts, erbot sich, gute Arbeitskräfte für ihn zu suchen, aber der Franzose lehnte höflich ab. Er richtete die Küche neu ein und belegte die Arbeitsplatte mit Kacheln. Er strich alle Zimmer. Er ließ die Einrichtung – gräßliche moderne Stücke – abfahren und möblierte alles rustikal griechisch. Als es im März wärmer wurde, begann er mit der Außenrenovierung. Er besserte den Verputz aus und strich das ganze Haus blendend weiß. Er ersetzte zerbrochene Dachziegel und gesprungene Steinplatten auf der Terrasse. Mitte April war die Villa, die niemand hatte haben wollen, das schönste Haus im Dorf.

Das italienische Rennrad traf in derselben Woche ein. Damit fuhr er jeden Morgen die kurvenreiche Küstenstraße entlang und über steile Bergstrecken im Inselinneren. Als die Tage länger wurden, verbrachte er mehr und mehr Zeit im Dorf. Auf dem Markt wählte er sorgfältig Oliven, Gemüse und Lamm aus. Jede Woche aß er mehrmals in der Taverne zu Mittag, immer mit einem Buch als Schutz vor Annäherungsversuchen. Manchmal kaufte er von den Jungen am Strand gekochten Seebarsch und verzehrte den Fisch allein in einer Grotte, vor der graue Seehunde spielten. Er wagte sich in den Weinladen. Anfangs trank er nur französische und italienische Weine, aber nach einiger Zeit freundete er sich mit preiswerten einheimischen Gewächsen an. Empfahl der Verkäufer ihm bessere Jahrgänge, schüttelte der Franzose den Kopf und gab die Flasche zurück. Die Renovierung, sagte er zur Erklärung, habe seine Finanzen sehr beansprucht.

Anfangs waren seine Griechischkenntnisse sehr begrenzt, ein paar kurze Sätze, ein vager, unbestimmbarer Akzent. Aber schon nach zwei Monaten konnte er seine Einkäufe in passablem Griechisch mit dem Akzent eines Inselbewohners erledigen.

Einige Frauen aus dem Dorf machten ihm dezente Avancen, aber er ließ sich mit keiner von ihnen ein. Er hatte nur einmal Besuch: von einem Engländer, dessen Augenfarbe an Meerwasser im Winter erinnerte, und einer Mulattengöttin, die nackt sonnenbadete. Der Brite und die Göttin blieben drei Tage lang. Jeden Abend dinierten sie auf der Terrasse bis spät in die Nacht hinein.

Im Mai begann er zu malen. Anfangs konnte er den Pinsel wegen seiner vernarbten rechten Hand immer nur für ein paar Minuten halten. Als das Narbengewebe sich allmählich dehnte und nachgiebiger wurde, schaffte er es, wieder stundenlang zu arbeiten. Viele Wochen lang malte er nur Motive aus der Umgebung der Villa – den Blick aufs Meer, dichtgedrängte weiße Häuser, die Blumen auf den Hügeln, die alten Männer, die bei Wein und Oliven in der Taverne saßen. Seine Villa reflektierte das wechselnde Farbenspiel der Tageszeiten: in der Morgendämmerung ein zartes Pastellrosa, in der Abenddämmerung ein gedämpftes Sienabraun, mit dem er wochenlang geduldig experimentieren mußte, bis er es auf seiner Palette gemischt hatte.

Im August begann er die Frau zu malen.

Sie war blond, hatte strahlend blaue Augen und einen blaß leuchtenden Teint. Seine Putzfrau erzählte, er arbeite ohne Modell, nur nach ein paar Bleistiftskizzen. »Ganz klar«, erklärte sie den anderen Frauen des Dorfs, »der Franzose malt sie aus dem Gedächtnis.«

Das Gemälde war groß, ungefähr einsachtzig mal einszwanzig. Die Frau trug nur eine aufgeknöpfte weiße Bluse, die vom Sienabraun der untergehenden Sonne getönt war. Ihr schlanker Körper war auf einen kleinen Holzstuhl drapiert, auf dem sie umgekehrt saß. Eine Hand ruhte unter ihrem Kinn, in der anderen hielt sie etwas, das wie eine Pistole aussah, obwohl doch niemand eine so schöne Frau mit einer Waffe in der Hand malen würde, wie die Putzfrau sagte. Nicht einmal ein einsiedlerischer Franzose.

Im Oktober war das Porträt fertig.

Er fand dafür einen schlichten Rahmen und hängte es an die Wand mit Blick aufs Meer.

Danksagungen

Die in diesem Roman geschilderten Ereignisse sind ebenso wie die Personen gänzlich ein Produkt der Phantasie des Verfassers. Trotzdem verdanke ich mehreren Frauen und Männern, die den dargestellten Personen ähnlich sind, höchst wertvolle Anregungen, ohne die dieses Buch nicht entstanden wäre. Der Sachverstand ist ausschließlich ihrer; die Fehler, Vereinfachungen und dichterischen Freiheiten habe ausschließlich ich zu verantworten.

Mehrere aktive und ehemalige Angehörige amerikanischer Geheimdienste haben mir einen flüchtigen Blick hinter den Vorhang in ihre Welt gestattet, und ich möchte ihnen meinen Dank dafür ausdrücken, vor allem den Profis im CIA-Zentrum für Terrorismusbekämpfung in Langley, Virginia, die geduldig viele meiner Fragen beantwortet und zugleich ein paar Bruchstücke ihres Lebens mit mir geteilt haben.

Erlebnisberichte über die Arbeit im Weißen Haus gibt es viele, aber mehrere Mitarbeiter verschiedener Präsidenten haben mir geholfen, die Lücken durch ihre persönlichen Erinnerungen zu schließen. Manche Berichte haben mit dazu beigetragen, dieses Buch zu gestalten, andere habe ich nur zur Kenntnis genommen, aber ich bin allen diesen Informanten zu Dank verpflichtet.

In meinem ursprünglichen Beruf habe ich den Vorzug genossen, mit Brooks Jackson zusammenzuarbeiten, der für CNN über das Zusammenspiel von Geld und Politik berichtet und einer der besten Reporter Washingtons ist. Seine Einsichten sind mir unendlich wertvoll gewesen, obgleich nichts, was in einem Roman steht, jemals dem Esprit und der Sachkenntnis, die seine Arbeit prägen, Genüge tun könnte.

James Hackett und John Pike haben mir geholfen, den Rubik-Würfel eines Nationalen Raketenabwehrsystems zu enträtseln, und zugleich leidenschaftlich dafür und dagegen plädiert. Natürlich geht die in diesem Buch erschreckende Übersimplifizierung eines Raketenabwehrsystems nicht auf ihr, sondern auf mein Konto.

Außerdem möchte ich Dr. Zev Rosenwaks und Wally Padillo vom Center for Reproductive Medicine and Infertility im New York Hospital-Cornell Medical Center meinen tiefempfundenen Dank aussprechen. Ebenso Chris Plante, der mir geholfen hat, Fla-Raketen des Typs Stinger besser zu verstehen.

Drei liebe Freunde, Tom Kelly, Martha Rogers und Greg Craig, haben mir im Lauf der Jahre Einblicke ins Washingtoner Anwaltsleben verschafft, ohne jemals zu ahnen, daß ich dabei war, Material für ein Buch zu sammeln. Ich danke ihnen für diese Einblicke und, noch wichtiger, für ihre Freundschaft.

Wie immer verdanke ich Ion Trewin, dem Geschäftsführer von Weidenfeld & Nicolson in London, und auch seiner Assistentin Rachel Leyshon unbezahlbare Ratschläge.

Mein ganz besonderer Dank gilt dem Team von International Creative Management: Heather Shroeder, Alicia Gordon, Tricia Davey, Jack Horner, Sloane Harris und natürlich Esther Newberg.

Und zuletzt den begabten und pflichtbewußten Mitarbeitern des Verlags Random House: Adam Rothberg,

Jake Klisivitch, Sybil Pinkus, Leona Nevler und Linda Gray sowie besonders meinen Lektoren Brian DeFiore und Ann Godoff. Es gibt keine besseren.

Der Botschafter

SERIE PIPER

Die als »die Unruhen« bekannte gegenwärtige Periode der Gewalt hat in Nordirland im August 1969 begonnen. Grob gesagt handelt es sich dabei um einen Konflikt zwischen den Republikanern, die überwiegend katholisch sind und die Vereinigung des Nordens mit der Republik Irland anstreben, und den Unionisten oder Loyalisten, die überwiegend protestantisch sind und die Union zwischen der Provinz Ulster und dem Vereinigten Königreich erhalten wollen. Beide Seiten haben eine regelrechte Buchstabensuppe aus paramilitärischen Gruppierungen und terroristischen Organisationen hervorgebracht. Die berühmteste ist natürlich die provisorische Irisch-Republikanische Armee, die IRA. Sie hat in Nordirland und Großbritannien Hunderte von Attentaten und Tausende von Bombenanschlägen verübt. 1984 wäre es ihr fast gelungen, Premierministerin Margaret Thatcher und ihre Regierung in einem Hotel im englischen Seebad Brighton in die Luft zu jagen. Und 1991 hat sie die Downing Street, das britische Regierungszentrum, mit einem Granatwerfer beschossen. Auch die Loyalisten haben ihre Heckenschützen und Bombenleger – die UVF, die UDA und die UFF, um nur einige von ihnen zu nennen –, auf deren Konto ebenfalls gräßliche Terroranschläge gehen. Tatsächlich sind die meisten der seit Ausbruch der Unruhen ermordeten dreieinhalbtausend Menschen Katholiken gewesen.

Aber die Gewalttätigkeiten haben nicht erst 1969 begonnen. In Nordirland haben Katholiken und Protestanten einander nicht erst seit Jahrzehnten, sondern seit Jahrhunderten umge-

bracht. Geschichtliche Wendemarken sind manchmal schwer zu fixieren, aber für die Protestanten bezeichnet das Jahr 1690 den Beginn ihrer Vorherrschaft im Norden. In diesem Jahr besiegte Wilhelm von Oranien in Irland den katholischen König Jakob II. in der Schlacht am Boyne. Bis heute feiern die Protestanten Wilhelms Sieg über die Katholiken mit einer Reihe von lärmenden und manchmal provozierenden Umzügen. In Nordirland heißt diese Zeit »die Marschsaison«.

Am 22. Mai 1998 stimmte die Bevölkerung Nordirlands für die Annahme des am Karfreitag geschlossenen Friedensabkommens, das eine gleichberechtigte Partnerschaft zwischen Katholiken und Protestanten vorsieht. Aber die Menschen in Ulster vergessen nicht leicht, und keine der beiden Seiten hat sich bisher zu der Erklärung durchgerungen, der Bürgerkrieg sei nun wirklich beendet. Tatsächlich hat es seit dem Referendum mehrere abscheuliche Terroranschläge gegeben, darunter den Bombenanschlag in Omagh mit achtundzwanzig Toten – der blutigste einzelne Terrorakt in der Geschichte der Unruhen – und einen Brandanschlag in Ballymoney, bei dem drei katholische Kinder verbrannten. In beiden nordirischen Konfliktparteien – Katholiken und Protestanten, Republikaner und Unionisten – gibt es offenbar weiterhin gewaltbereite Männer, die nicht vergessen können und nicht zu vergeben bereit sind. Einige dieser Männer sind im Untergrund aktiv, um das Friedensabkommen zu torpedieren.

Das könnte etwa folgendermaßen ablaufen …

Januar

I

BELFAST · DUBLIN · LONDON

Eamonn Dillon von der Sinn Fein starb als erster, und er fand den Tod, weil er auf ein Glas Lager in die Celtic Bar gehen wollte, bevor er die Falls Road hinauf weiterging, um an einer Versammlung in Andersontown teilzunehmen. Zwanzig Minuten vor Dillons Tod hastete sein Mörder etwas weiter östlich in kaltem Regen über die Gehsteige des Stadtzentrums von Belfast. Er trug eine dunkelgrüne Öljacke mit braunem Cordsamtkragen. Sein Deckname war Black Sheep.

Die Luft roch nach Meer und schwach nach den verrostenden Werften am Belfast Lough. Es war erst kurz nach vier, aber bereits dunkel. An Winterabenden in Belfast sinkt die Nacht früh herab; der Morgen dämmert nur zögernd herauf. Das Stadtzentrum lag im gelben Licht von Natriumdampflampen, aber Black Sheep wußte, daß West Belfast, sein Ziel, wie während der Verdunklung im Krieg aussehen würde.

Er folgte der Great Victoria Street weiter nach Norden, vorbei an der seltsamen Mischung aus alt und neu, die für das Belfaster Stadtzentrum charakteristisch ist – eine ständige Erinnerung daran, daß diese wenigen Straßenblocks unzählige Male durch Bombenanschläge zerstört und wiederaufgebaut worden sind. Er kam an der prachtvollen Fassade des Hotels Europa vorbei, das als das am häufigsten durch Bombenanschläge beschädigte Hotel der Welt gilt. Er kam an der neuen Oper vorbei und fragte sich, wieso jemand in Belfast den Wunsch haben konnte, sich die Musik zur Tragödie anderer Menschen anzuhören. Und er kam an einem gräßlichen Shop vorbei, der amerikanische Doughnuts verkaufte und voller lachender protestantischer Schulkinder war, die Blazer mit dem Wappen ihrer Schule trugen. Ich tue das für euch, sagte er sich, damit ihr nicht in einem von den gottverdammten Katholiken beherrschten Ulster leben müßt.

Die größeren Gebäude im Stadtzentrum blieben zurück, und der Fußgängerverkehr auf den Gehsteigen wurde allmählich weniger, bis er schließlich ganz allein war. Er ging etwa eine Viertelmeile weiter und überquerte die Autobahn M1 in der Nähe der Hochhäuser der Wohnanlage Divis Flats. Die Überführung war mit Parolen beschmiert: WÄHLT SINN FEIN; BRITISCHE TRUPPEN RAUS AUS NORDIRLAND; FREIHEIT FÜR ALLE KRIEGSGEFANGENEN. Auch wenn Black Sheep nichts von der komplexen sektiererischen Geographie der Großstadt gewußt hätte, was gewiß nicht der Fall war, wären diese Anzeichen unübersehbar gewesen. Er hatte soeben die Grenze zu feindlichem Gebiet überschritten – zum katholischen West Belfast.

Der Stadtteil Falls breitet sich fächerförmig nach Westen aus: schmal in der Nähe des Stadtzentrums, breit im Westen unter dem Black Mountain. Die Falls Road – im Sprachgebrauch der katholischen Einwohner von West Belfast einfach »the road« – durchschneidet dieses Gebiet wie ein Fluß, dessen Zuflüsse aus dicht mit Terrassenhäusern bebauten Gebieten kommen, in denen britische Soldaten und katholische Freischärler sich seit drei Jahrzehnten einen Guerillakrieg liefern. Das Geschäftszentrum von Falls befindet sich an der Kreuzung von Springfield Road und Grosvenor Road. Dort gibt es

Supermärkte, Textilgeschäfte, Pubs und Läden für Haushaltswaren. Mit Fahrgästen besetzte Taxis fahren die Straße hinauf und hinunter. Das alles sieht nicht viel anders aus als ein Arbeiterviertel in irgendeiner britischen Großstadt, außer daß die Hauseingänge mit schwarzen Stahlkäfigen gesichert sind und die Taxis die Falls Road wegen protestantischer Killerkommandos nie verlassen.

Die heruntergekommenen weißen Terrassen der Wohnsiedlung Ballymurphy beherrschen den Westrand von Falls. Ballymurphy ist das ideologische Kerngebiet von West Belfast und stellt der IRA seit Jahren einen stetigen Strom von Freiwilligen zur Verfügung. Kriegerische Wandmalereien starren über die Whiterock Road hinweg zu den sanften grünen Hügeln des Städtischen Friedhofs hinüber, auf dem viele Männer aus Ballymurphy unter schlichten Grabsteinen liegen. Jenseits der Springfield Road steht im Norden eine riesige Kaserne mit einer Polizeistation wie eine belagerte Festung auf feindlichem Gebiet. Fremde, selbst katholische Fremde, sind in »the Murph« nicht willkommen. Britische Soldaten wagen sich dort nur in ihren riesenhaften Schützenpanzerwagen des Typs Saracen hin – »Pigs« für die Einwohner von Ballymurphy.

Black Sheep hatte nicht die Absicht, auch nur in die Nähe von Ballymurphy zu kommen. Sein Ziel lag weiter östlich: die Zentrale der Sinn Fein, des politischen Arms der Irisch-Republikanischen Armee, 51–55 Falls Road. Als er weiter nach Falls hineinging, ragten links von ihm die Türme der Kathedrale St. Peter auf. Drei britische Soldaten, die auf Fußstreife über den häßlichen, asphaltierten Platz vor der Kathedrale schlenderten, blieben zwischendurch stehen, um durch die Infrarotvisiere ihrer Gewehre zu sehen, oder machten unvermittelt kehrt, um festzustellen, ob ihnen jemand folgte. *Sprich nicht mit ihnen*, hatten seine Führungsoffiziere ihm eingetrichtert. *Sieh sie nicht mal an. Siehst du sie an, wissen sie, daß du kein Einheimischer bist.* Black Sheep ließ seine Hände in den Jackentaschen und hielt seinen Blick aufs Pflaster gerichtet.

Er bog in den Dunville Park ab und setzte sich dort auf eine Bank. Trotz des Regens spielten Schuljungen im schwachen Licht der Straßenbeleuchtung Fußball. Eine Gruppe von Frauen – offenbar Mütter und ältere Schwestern – beobachtete sie von imaginären Seitenlinien aus wachsam. Zwei britische Soldaten marschierten mitten durchs Spiel, aber die Jungen spielten um sie herum, als seien sie unsichtbar. Black Sheep griff in seine Jacke und nahm seine Zigaretten heraus – eine Zehnerpackung Benson & Hedges, ideal für die arbeitende Klasse von West Belfast, die stets knapp bei Kasse war. Er zündete sich eine an und steckte die Packung wieder ein. Dabei streifte seine Hand den Griff seiner Pistole, einer deutschen Walther.

Von seinem Beobachtungsposten auf der Parkbank aus konnte der Mann die Falls Road genau überblicken: die Sinn-Fein-Zentrale, in der die Zielperson jeden Tag arbeitete, und die Celtic Bar, in der sie jeweils am Spätnachmittag trank.

Dillon spricht um siebzehn Uhr auf einer Bürgerversammlung in Andersontown, hatten seine Führungsoffiziere ihm gesagt. *Das bedeutet, daß er heute abend nicht viel Zeit hat. Er wird die Zentrale um sechzehn Uhr dreißig verlassen und in die Celtic Bar gehen, um rasch ein Bier zu trinken.*

Die Eingangstür der Sinn-Fein-Zentrale wurde geöffnet. Für einige Augenblicke fiel Licht aus dem Gebäude auf den regennassen Gehsteig. Black Sheep erkannte die Zielperson: Eamonn Dillon, den nach Gerry Adams und Martin McGuinness dritten Mann in der Führungsspitze der Sinn Fein, zu deren Verhandlungsteam bei den Friedensgesprächen er gehört hatte. Und auch ein bekannt guter Familienvater mit Frau und zwei Kindern, dachte Black Sheep. Er verdrängte dieses Bild wieder. Für solche Gedanken war jetzt nicht der richtige Zeitpunkt. Dillon wurde von einem Leibwächter begleitet. Die Tür fiel wieder ins Schloß, und die beiden Männer gingen die Falls Road nach Westen entlang.

Black Sheep warf seine Zigarettenkippe weg, stand auf und durchquerte den Park. Er stieg eine Treppe mit wenigen Stufen hinauf und blieb an der Kreuzung Falls/Grosvenor Road stehen. Er drückte auf den Knopf der Fußgängerampel und wartete gelassen darauf, daß die Ampel von Rot auf Grün umsprang. Dillon und sein Leibwächter waren noch immer etwa hundert Meter von der Celtic Bar entfernt. Die Ampel sprang um. Auf der Falls Road waren keine britischen Soldaten unterwegs, nur die beiden, die in der Nähe der fußballspielenden Jungen unten im Park standen. Als Black Sheep die andere Straßenseite erreichte, ging er nach Osten weiter und befand sich so auf Kollisionskurs zu Dillon und seinem Leibwächter.

Er ging jetzt schneller, hatte den Kopf gesenkt und hielt den Griff seiner Walther mit der rechten Hand umklammert. Er sah auf, um Dillons Position zu kontrollieren, und senkte sofort wieder den Kopf. Dreißig, höchstens fünfunddreißig Meter. Er dachte an die protestantischen Schulkinder, die auf der Great Victoria Street Doughnuts gegessen hatten.

Ich tu's für euch. Ich tu's für Gott und Ulster.

Er zog seine Walther, zielte auf den Leibwächter und drückte zweimal ab, bevor der Mann seine eigene Waffe aus dem Schulterhalfter unter seinem Regenmantel ziehen konnte. Die Schüsse trafen seinen Oberkörper und ließen ihn auf dem regennassen Pflaster zusammenbrechen.

Black Sheep wechselte das Ziel und hatte nun Eamonn Dillons Gesicht im Visier. Er zögerte eine Zehntelsekunde. Das konnte er nicht, nicht ins Gesicht. Er senkte seine Pistole etwas und drückte zweimal ab.

Die Schüsse durchschlugen Dillons Herz.

Er fiel rückwärts auf den Gehsteig, wo er mit einem Arm über den blutbedeckten Oberkörper seines Leibwächters geworfen liegenblieb. Black Sheep setzte die Mündung der Walther an Dillons Schläfe und gab einen letzten Schuß ab.

Der zweite Akt spielte sich genau im selben Augenblick hundert Meilen weiter südlich in Dublin ab, wo ein kleiner Mann im Dauerregen auf einem Fußweg durchs St. Stephen's Green hinkte. Sein Deckname war Master. Er hätte für einen Studenten des benachbarten Trinity Colleges gelten können, was beabsichtigt war. Er trug eine Tweedjacke mit hochgeklapptem Kragen und eine abgewetzte ausgebeulte Cordhose. Er hatte die dunklen Augen und den struppigen Vollbart eines frommen Moslems, der er nicht war. In der rechten Hand trug er eine vollgepackte Aktentasche, die so alt war, daß sie mehr nach Moder als nach Leder roch.

Er erreichte die Kildare Street und kam am Eingang des Hotels Shelbourne vorbei, der mit Statuen von nubischen Prinzessinnen und ihren Sklaven geschmückt war. Er hielt den Kopf gesenkt, als er sich durch eine Gruppe von Touristen drängte, die zum Tee in der Lord Mayor's Lounge wollten.

Als er dann die Molesworth Street erreichte, war es fast unmöglich, weiter so zu tun, als sei die Aktentasche, die an seinem rechten Arm hing, nicht anomal schwer. Seine

Schultermuskeln brannten, und er spürte Feuchtigkeit unter seinen Armen. Vor ihm ragte der mächtige Bau der Nationalbibliothek auf. Er hastete hinein und durchquerte die Eingangshalle, in der in Vitrinen einige Manuskripte von George Bernard Shaw ausgestellt waren. Bevor er an den Tisch des Aufsehers trat, nahm er die Aktentasche von der rechten in die linke Hand.

»Bitte eine Tageskarte für den Lesesaal«, sagte er, wobei er darauf achtete, seinen harten Akzent aus West Belfast durch den sanfteren Singsang des Südens zu ersetzen. Der Aufseher schob ihm die Karte hin, ohne ihn auch nur anzusehen.

Master stieg die Treppe in den zweiten Stock hinauf, betrat den berühmten Lesesaal und fand einen freien Arbeitsplatz neben einem pedantisch wirkenden kleinen Mann, der nach Mottenkugeln und Leinsamenöl roch. Er öffnete ein Seitenfach der Aktentasche, zog einen schmalen Band mit gälischen Gedichten heraus und legte ihn lautlos auf die lederbezogene Tischplatte. Dann schaltete er die Leselampe mit dem grünen Glasschirm ein. Der pedantisch wirkende Mann blickte auf, runzelte die Stirn und vertiefte sich wieder in seine Arbeit.

Ungefähr eine Viertelstunde lang gab Master vor, in seinen Gedichtband vertieft zu sein, während in Wirklichkeit seine erhaltenen Anweisungen wie Lautsprecherdurchsagen auf einem Bahnhof durch seinen Kopf hallten. *Der Zeitzünder ist auf fünf Minuten eingestellt,* hatte sein Führungsoffizier ihm bei ihrer letzten Besprechung mitgeteilt. *Genug Zeit, damit du in aller Ruhe die Bibliothek verlassen kannst, aber nicht genug, daß der Sicherheitsdienst noch etwas tun kann, falls die Aktentasche jemandem auffällt.*

Er hielt seinen Kopf gesenkt, den Blick starr auf den Text gerichtet. Alle paar Minuten hob er seine Hand und kritzelte etwas in sein kleines Notizbuch mit Spiralbindung. Um sich herum hörte er leise Schritte, das Rascheln beim Umblättern von Buchseiten, das Kratzen von Bleistiften auf Papier, diskretes Hüsteln und Schnüffeln – eine Folge des berüchtigt feuchten Dubliner Winterwetters. Er widerstand dem unheimlichen Drang, sich diese Menschen anzusehen. Er wollte anonym, gesichtslos bleiben. Er hatte nichts gegen das irische Volk, nur gegen die irische Regierung. Die Vorstellung, das Blut Unschuldiger zu vergießen, machte ihm keinen Spaß.

Er sah auf seine Armbanduhr – 16.45 Uhr. Unter dem Vorwand, einen weiteren Gedichtband herausholen zu wollen, griff er unter den Tisch, aber sobald seine Hand sich in der modrigen alten Aktentasche befand, ließ er sich einen Augenblick länger Zeit, bis er den kleinen Plastikschalter ertastet hatte, der den Zeitzünder aktivierte. Er legte ihn behutsam um und hielt den Kippschalter dabei sorgfältig zwischen Daumen und Zeigefinger fest, um das Klicken zu dämpfen. Dann zog er seine Hand heraus und legte den zweiten Gedichtband unaufgeschlagen neben den ersten. Er sah erneut auf seine Armbanduhr, eine Analoguhr aus rostfreiem Stahl mit großem Sekundenzeiger, und merkte sich genau, wann er den Zeitzünder aktiviert hatte.

Dann sah er zu dem pedantischen kleinen Mann am Tisch nebenan hinüber, der seinen Blick so aufgebracht erwiderte, als habe er Freiübungen gemacht. »Können Sie mir sagen, wo die Toilette ist?« flüsterte Master.

»Was?« fragte der pedantische kleine Mann und bog seine rote Ohrmuschel mit dem abgekauten Ende seines gelben Bleistifts nach vorn.

»Die Toilette«, wiederholte Master, etwas lauter, aber noch immer flüsternd.

Der Mann nahm den Bleistift vom Ohr, runzelte nochmals die Stirn und zeigte mit der Bleistiftspitze auf einen Durchgang am anderen Ende des Lesesaals.

Während Master den Saal durchquerte, sah er wieder auf seine Armbanduhr. Erst vierzig Sekunden verstrichen. Er hinkte etwas schneller auf den Durchgang zu, aber fünf Sekunden später hörte er einen ohrenbetäubenden Knall wie einen Donnerschlag und spürte, daß der Gluthauch der Detonation ihn hochriß und wie ein welkes Blatt in einem Herbststurm durch den riesigen Saal wirbelte.

In London bahnte sich eine hochgewachsene Frau, die zu Jeans Trekkingstiefel und eine schwarze Lederjacke trug, ihren Weg durch das Gedränge auf dem Gehsteig der Brompton Road. Hinter sich zog sie einen auf Rollen laufenden schwarzen Nylonkoffer mit einschiebbarem Griff her. Ihr Deckname war Dame.

Das über Irland und Schottland liegende Regengebiet hatte den Süden noch nicht erfaßt, und der Londoner Spätnachmittag war klar und windig: der Himmel im Westen in Richtung Notting Hill und Kensington rosa und orangerot, im Osten über der City bläulich schwarz. Es war für die Jahreszeit zu warm und drückend schwül. Dame ging rasch an den glitzernden Auslagen von Harrods vorbei und wartete mit anderen Passanten am Hans Crescent.

Als die Fußgängerampel auf Grün umsprang, überquerte sie die kleine Straße, bahnte sich ihren Weg durch eine Horde japanischer Touristen, die zu Harrods wollten, und erreichte den Abgang zur U-Bahn-Station Knightsbridge. Sie zögerte einen Augenblick und sah die kurze, geflieste Treppe zu den Fahrkartenschaltern hinunter. Dann setzte sie sich wieder in Bewegung und zog dabei ihren Koffer hinter sich her, so daß er von der obersten auf die nächste Stufe krachte.

Auf diese Weise hatte sie erst drei Stufen bewältigt, als ein junger Mann mit schütterem blonden Haar hinter ihr die Treppe herunterkam. Er lächelte sie an, als wolle er mit ihr flirten, und sagte: »Kommen Sie, ich helfe Ihnen mit Ihrem Koffer.«

Sein Akzent klang mitteleuropäisch, leicht skandinavisch, als sei er Deutscher oder Holländer, vielleicht Däne. Sie zögerte. Durfte sie sich von einem Unbekannten mit dem Koffer helfen lassen? War es verdächtiger, sein Angebot auszuschlagen?

»Oh, vielen Dank«, antwortete sie schließlich. Sie sprach mit flachem, tonlosem amerikanischen Akzent. Sie hatte lange Zeit in New York gelebt und konnte ihren nordirischen Akzent nach Belieben ablegen. »Das wäre großartig.«

Er packte den Koffer am Griff und hob ihn hoch.

»Großer Gott, was haben Sie da drin, Ziegelsteine?«

»Tatsächlich gestohlene Goldbarren«, behauptete Dame, und sie lachten beide.

Er trug ihren Koffer die Treppe hinunter und stellte ihn dort ab. »Noch mal vielen Dank«, sagte Dame, nahm den Griff wieder selbst in die Hand, wandte sich ab und ging weiter. Sie spürte seine Gegenwart dicht hinter sich. Sie ging rascher und warf einen betont auffälligen Blick auf ihre Uhr, um zu signalisieren, sie habe es eilig. Sie erreichte den Vorraum und fand einen freien Fahrkartenautomaten. Sie warf drei Pfund dreißig ein und drückte auf den entsprechenden Knopf. Der hilfsbereite junge Mann trat an den Automaten neben ihr und warf ebenfalls einige Münzen ein, ohne noch einmal zu ihr hinüberzusehen. Er kaufte eine Fahrkarte für ein Pfund zehn, was bedeutete, daß er nur eine kurze Strecke fahren würde, wahrscheinlich zu irgendeinem Ziel im Stadtzentrum. Er nahm seine Fahrkarte aus dem Automaten und verschwand im Gewühl des Berufsverkehrs.

Sie ging durchs Drehkreuz und fuhr auf der langen Rolltreppe zum Bahnsteig hinunter. Im nächsten Augenblick spürte sie einen starken Luftzug und hörte das Rattern der einfahrenden U-Bahn. Wie durch ein Wunder waren noch ein paar Sitzplätze frei. Sie ließ ihren Koffer in der Nähe der Tür stehen und setzte sich. Als der Zug Earl's Court erreichte, war der Wagen dicht besetzt, und Dame hatte ihren Koffer aus den Augen verloren. Der Zug tauchte aus dem Untergrund auf und raste durch die westlichen Vororte von London. Auf windigen Bahnsteigen in Boston Manor, Osterley und Hounslow East stiegen müde Pendler aus.

Als der Zug sich seinem ersten Halt in Heathrow näherte – dem Bahnsteig von Terminal Vier –, sah Dame sich die in ihrer Nähe sitzenden Fahrgäste an. Zwei junge englische Geschäftsleute, von deren Korrektheit einem fast übel werden konnte, eine mürrische Gruppe deutscher Touristen und vier Amerikaner, die lautstark darüber diskutierten, ob die Londoner Aufführung von *Miss Saigon* wirklich besser als die am Broadway sei. Dame sah wieder weg.

Der Plan war einfach. Sie hatte Anweisung, am Terminal Vier auszusteigen und den Koffer zurückzulassen. Bevor sie den Zug verließ, würde sie auf den Knopf eines kleinen Senders in ihrer Jackentasche drücken. Dieser als Fernbedienung für die Zentralverriegelung einer japanischen Luxuslimousine getarnte Sender würde den Zeitzünder aktivieren. Fuhr der Zug fahrplanmäßig weiter, würde der Sprengsatz detonieren, sobald er einige Sekunden am Bahnsteig für dic Eins, Zwei und Drei gehalten hatte. Der bei der Detonation angerichtete Sachschaden würde Hunderte von Millionen Pfund betragen und die Flugreisenden monatelang behindern.

Der Zug wurde langsamer, als er sich dem Halt für Terminal Vier näherte. Sobald das Schwarz des Tunnels dem grellen Licht der Bahnsteigbeleuchtung wich, stand die Frau auf. Als die Türen aufgingen, drückte sie den Knopf des Senders und machte die Bombe scharf. Sie trat auf den Bahnsteig hinaus und ging rasch in Richtung Ausgang davon. Dann hörte sie jemanden gegen eines der Zugfenster hämmern. Sie drehte sich um und sah, daß einer der jungen englischen Geschäftsleute mit der Faust an die Scheibe schlug. Sie konnte nicht hören, was er sagte, aber sie konnte ihm die Worte von den Lippen ablesen. *Ihr Koffer!* rief er laut. *Sie haben Ihren Koffer vergessen!*

Dame reagierte jedoch nicht darauf. Der Gesichtsausdruck des Engländers verwandelte sich von milder Besorgnis abrupt in blankes Entsetzen, als ihm klar wurde, daß die Frau ihren Koffer absichtlich zurückgelassen hatte. Er war mit einem Satz an der Tür und bemühte sich, sie mit beiden Händen aufzureißen. Aber selbst wenn es ihm gelungen wäre, jemanden auf sich aufmerksam zu machen und den Zug anzuhalten, hätte die verbleibende Zeit – eine Minute und fünfzehn Sekunden – nicht ausgereicht, um die Detonation des Sprengsatzes zu verhindern.

Dame beobachtete, wie der Zug anfuhr. Sie wandte sich gerade ab, als der U-Bahnhof nur wenige Sekunden später von einer gewaltigen Explosion erschüttert wurde. Der Zug entgleiste, und eine glühend heiße Druckwelle brauste über sie hinweg. Dame bedeckte ihr Gesicht instinktiv mit beiden Händen. Über ihr stürzte das Tunnelgewölbe ein. Die Druckwelle riß sie von den Beinen. Einen Augenblick lang sah sie alles erschreckend klar vor sich – das Feuer, die herabbrechenden Betontrümmer und die Menschen, die wie sie selbst im feurigen Mahlstrom der Detonation gefangen waren.

Das Ende kam sehr rasch. Sie wußte nicht, in welcher Lage sie zur Ruhe gekommen war; wie ein Taucher, der zu lange unter Wasser geblieben ist, hatte sie jedes Gefühl für oben und unten verloren. Sie wußte nur, daß sie unter Trümmern begraben war, keine Luft mehr bekam und auch keinen Teil ihres Körpers mehr fühlen konnte. Sie versuchte um Hilfe zu rufen, brachte aber keinen Ton heraus. Ihr Mund begann sich mit ihrem eigenen Blut zu füllen.

Ihre Gedanken blieben bis zuletzt klar. Sie fragte sich, wie die Bombenbauer einen solchen Fehler gemacht haben konnten, und in den letzten Augenblicken vor ihrem Tod fragte sie sich, ob es wirklich nur ein Fehler gewesen war.

2

London

Innerhalb einer Stunde ordneten die Regierungen in London und Dublin eine der umfangreichsten polizeilichen Ermittlungen in der Geschichte Großbritanniens und Irlands an. Die britischen Ermittlungen wurden von Downing Street aus koordiniert, wo Premierminister Tony Blair sich ständig mit den zuständigen Ministern und den Leitern der britischen Polizei- und Sicherheitsdienste beriet. An diesem Abend trat der Premierminister kurz vor neun bei strömendem Regen aus der Tür von Nr. 10 vor die Reporter und Kameras, die darauf warteten, seine Äußerungen weltweit zu übertragen. Ein Mitarbeiter wollte seinen Schirm über ihn halten, aber der Premierminister schob ihn ruhig beiseite, und Sekunden später waren sein Haar und die Schultern seines Anzugs durchnäßt. Er äußerte seine tiefe Betroffenheit über die erschreckend zahlreichen Attentatsopfer – vierundsechzig Tote in Heathrow, achtundzwanzig in Dublin und zwei weitere in Belfast – und versprach, seine Regierung werde nicht ruhen, bis die feigen Mörder vor Gericht gebracht seien.

In Belfast äußerten führende Politiker der großen Parteien – Katholiken und Protestanten, Republikaner und Loyalisten – sich empört über die Anschläge. Bevor genauere Informationen vorlagen, wollten sie nicht öffentlich darüber spekulieren, aus welchem Lager die Terroristen kamen. Unter Ausschluß der Öffentlichkeit beschuldigten beide Seiten sich gegenseitig. Alle forderten zu Ruhe und Besonnenheit auf, aber noch vor Mitternacht randalierten katholische Jugendliche entlang der Falls Road, und auf der protestantischen Shankill Road wurde eine britische Militärstreife beschossen.

Bis zum frühen Morgen des nächsten Tages hatten die Ermittler gewaltige Fortschritte gemacht. In London kamen Spurensicherer und Sprengstoffexperten zu dem Schluß, die Sprengladung sei im sechsten Wagen des Zugs nach Heathrow detoniert. Nach ersten Schätzungen hatte sie aus zwanzig bis vierzig Kilogramm Semtex bestanden. Am Tatort entdeckte Materialspuren ließen darauf schließen, die Bombe sei in einem schwarzen Nylonkoffer – vermutlich ein Modell mit Rollen – transportiert worden. Bei Tagesanbruch schwärmten Polizeibeamte entlang der Piccadilly Line zwischen Heathrow im Westen und Cockfosters im Nordosten aus, um auf allen Bahnhöfen Pendler zu befragen. Die Polizei sammelte knapp dreihundert Meldungen über Fahrgäste, die am Spätnachmittag auf dieser Strecke mit Koffern – darunter gut hundert mit Rollen – unterwegs gewesen waren.

Durch einen glücklichen Zufall meldete sich kurz vor Mittag der holländische Tourist Jacco Krajicek bei der Polizei und sagte aus, er habe am Spätnachmittag einer Frau geholfen, einen großen Rollenkoffer aus schwarzem Nylon zum U-Bahnhof Knightsbridge hinunterzutragen. Er beschrieb ihr Aussehen und ihre Kleidung genau, aber das Interesse der Ermittler wurde durch zwei weitere Einzelheiten geweckt. Obwohl die Unbekannte den Fahrkartenautomaten mit der flinken Selbstsicherheit einer Londonerin bedient hatte, die täglich U-Bahn fährt, hatte sie anscheinend nicht gewußt, daß zur Station Knightsbridge nur eine Treppe hinunterführt – denn hätte sie sich sonst mit ihrem schweren Koffer nicht eine Rolltreppe gesucht? Sie habe mit amerikanischem Akzent gesprochen, sagte Krajicek weiter aus, aber ihr Akzent sei nur eine schlechte Imitation gewesen. Der Kriminalinspektor, der seine Aussage zu Protokoll nahm, wollte wissen, wie er zu dieser Schlußfolgerung gelangt sei. Krajicek antwortete, er sei Linguist und Sprachtherapeut und beherrsche mehrere Sprachen fließend.

Nach Krajiceks Angaben erstellten die Kriminalbeamten ein Phantombild der Frau aus der U-Bahn. Diese Skizze erhielten in der ersten Phase nur die Special Branch der Royal Ulster Constabulary und die Zentralen der Geheimdienste MI5 und MI6. Dort gingen Mitarbeiter ihre Akten mit den Fotos aller bekannten Mitglieder paramilitärischer Gruppen der Loyalisten und Republikaner durch. Erst als sich keine Entsprechung fand, wurde das Phantombild weiter verbreitet. Die Polizei vermutete, die Frau sei nach dem Bombenanschlag vom Flughafen Heathrow aus mit der nächsten Maschine ins Ausland geflüchtet. Das Phantombild wurde dem Personal an Ticketschaltern, Gepäckkontrolleuren und Sicherheitsbeamten des Flughafens gezeigt. Sämtliche Fluggesellschaften, die von Heathrow aus ins Ausland flogen, erhielten eine Kopie. Alle Videofilme der Überwachungskameras auf dem Flughafen wurden wieder und wieder genauestens kontrolliert. Die befreundeten Geheimdienste in Westeuropa, aber auch der israelische Mossad erhielten das Phantombild ebenfalls.

Kurz vor 19 Uhr nahm die Fahndung nach der Frau ein abruptes Ende, als unter den Trümmern auf dem Bahnsteig eine weitere Leiche entdeckt wurde. Ihr Gesicht war überraschend wenig entstellt, und die Ähnlichkeit mit dem nach Krajiceks Angaben erstellten Phantombild war unverkennbar. Der Holländer wurde nach

Heathrow gebracht, um sich die Tote anzusehen. Er nickte grimmig und wandte sich ab. Dies war die Frau, der er auf dem U-Bahnhof Knightsbridge geholfen hatte.

Ähnliche Ereignisse spielten sich jenseits der Irischen See in Dublin ab. Nicht weniger als ein Dutzend Zeugen sagten aus, sie hätten kurz vor dem Bombenanschlag einen bärtigen Mann mit einer großen, offenbar schweren Aktentasche in die Nationalbibliothek gehen sehen. Einige Stunden nach dem Attentat lieferte der Portier des Hotels Shelbourne zwei Kriminalbeamten der Garda eine genaue Personenbeschreibung des Verdächtigen.

Der Aufseher, der ihm eine Tageskarte für den Lesesaal gegeben hatte, hatte den Bombenanschlag mit nur leichten Schnittwunden und Prellungen überlebt. Er half der Polizei, den Verdächtigen auf dem Film einer der Überwachungskameras der Nationalbibliothek zu finden. Die Garda veröffentlichte ein Phantombild und ein verschwommenes Foto nach einer Videoaufnahme. Kopien davon wurden nach London gefaxt. Auch in Dublin bargen die Rettungsmannschaften am frühen Abend aus den Trümmern eine Leiche, die der Personenbeschreibung des Verdächtigen zu entsprechen schien. Als ein Pathologe dem Toten die Kleidungsstücke wegschnitt, entdeckte er am rechten Knie eine massive Gelenkstütze. Die anwesenden Kriminalbeamten ließen das Knie röntgen. Der Pathologe konnte keine Verletzung an Knochen, Knorpeln oder Bändern feststellen, die eine so massive Stütze erfordert hätte. »Ich vermute, daß der Mann diese Stütze getragen hat, um ein Hinken *hervorzurufen,* statt ein geschädigtes Knie zu stützen«, sagte der Pathologe, indem er das Bein des Toten anstarrte. »Und Ihr bisher einziger Verdächtiger in dieser Sache ist mausetot, fürchte ich.«

Im Norden, in Ulster, fingen Sachbearbeiter der Special Branch der Royal Ulster Constabulary an, in den Bars und Nebenstraßen von West Belfast und bis hin zu lehmfarbenen Farmhäusern bei Portadown und Armagh ihre Spitzel und Zuträger zu befragen. Aber niemand wußte etwas Brauchbares. Eine Überwachungskamera der Armee hatte den Mord an Eamonn Dillon aufgezeichnet, und die Sicherheitskamera über dem Eingang der Celtic Bar hatte die Flucht des Attentäters festgehalten. Keine der beiden Kameras lieferte jedoch ein für Fahndungszwecke verwendbares Bild des Täters. Die RUC veröffentlichte wieder ihre Vertrauliche Nummer – eine spezielle Hotline für Informanten, die der Polizei anonyme Hinweise geben wollen –, aber keiner der rund vierhundertfünfzig Anrufe, die daraufhin eingingen, führte zu einer heißen Spur. Zwölf Bekennerschreiben wurden unter die Lupe genommen und als Schwindel zu den Akten gelegt. Die für technische Aufklärung – Videoüberwachung und Lauschangriffe – zuständigen Stellen überprüften hastig ihre Aufnahmen aus den letzten Wochen und suchten nach übersehenen Hinweisen auf einen bevorstehenden Anschlag. Die Überprüfung blieb ergebnislos.

Anfangs gab es langwierige Diskussionen über die möglichen Hintermänner der Anschläge. Steckte dahinter eine Gruppe oder zwei? Waren sie koordiniert oder zufällig gleichzeitig verübt worden? Waren sie das Werk einer schon bestehenden paramilitärischen Gruppe oder einer neuen? Von Republikanern oder Loyalisten? Die Ermordung Eamonn Dillons und der Bombenanschlag auf die Nationalbibliothek ließen darauf schließen, die Terroristen seien protestantische Loyalisten. Der Bombenanschlag auf die Londoner U-Bahn ließ darauf schließen, die Terroristen seien katholische Republikaner, denn die paramilitärischen Einheiten der Loyalisten kämpften nur vereinzelt gegen die britische Ordnungsmacht und hatten noch nie Anschläge in Großbritannien verübt. Bekannte Aktivisten der Irisch-Republikanischen Armee und der protestantischen Ulster Volunteer Force wurden unauffällig zum Verhör geholt. Sie alle bestritten, etwas über diese Anschläge zu wissen oder gar an ihnen beteiligt gewesen zu sein.

Um acht Uhr an diesem Abend kamen die Minister und Leiter der Sicherheitsdienste im Cabinet Room, Nr. 10 Downing Street, zu einer Lagebesprechung mit Premierminister Blair zusammen. Alle Beteiligten gestanden widerstrebend ein, keine handfesten Beweise zu haben, die auf eine bestimmte Gruppierung oder einen Einzeltäter hinwiesen. Kurz gesagt: Sie tappten völlig im dunkeln.

Um drei Viertel neun änderte sich das schlagartig.

Mitten in dem Trubel, der in der Nachrichtenredaktion von BBC Television herrschte, zirpte ein Telefon. Die *Nine O'Clock News,* das wichtigste abendliche Nachrichtenmagazin, gingen in einer Viertelstunde auf Sendung. Der Produzent wollte die erste Hälfte des Abendprogramms mit Liveberichten über die Terroranschläge bestreiten. In Belfast und Dublin, auf dem Flughafen Heathrow und in der Downing Street standen Reporter und Kamerateams bereit. Wegen der chaotischen Atmosphäre in der Redaktion klingelte das Telefon zehnmal, bevor eine junge Produktionsassistentin namens Ginger den Hörer abnahm und sich meldete.

»Ich rufe an, um die Verantwortung für die Hinrichtung Eamonn Dillons in Belfast und die Bombenanschläge auf dem Flughafen Heathrow und in Dublin zu übernehmen.« Ginger registrierte die Stimme des Anrufers: männlich, emotionslos, irischer Dialekt, dem Klang nach aus West Belfast. »Sind Sie bereit, meine Mitteilung entgegenzunehmen?«

»Wir haben hier ziemlich viel Arbeit, Schätzchen«, sagte Ginger. »Für so was habe ich im Augenblick wirklich keine Zeit. Nett, daß Sie angerufen haben ...«

»Legen Sie jetzt auf, machen Sie den größten Fehler Ihrer Laufbahn«, behauptete der Unbekannte. »Was ist, wollen Sie meine Mitteilung aufnehmen – oder soll ich lieber bei ITN anrufen?«

»Also gut«, sagte Ginger und wickelte sich eine rote Locke um ihren angekauten Zeigefinger.

»Haben Sie was zu schreiben?«

Ginger hatte drei Filzschreiber an Kordeln um ihren Hals hängen. »Natürlich.«

»Die Hinrichtung des IRA-Terroristen Eamonn Dillon, der Bombenanschlag auf die Nationalbibliothek in Dublin und der Bombenanschlag auf die U-Bahn am Flughafen Heathrow sind auf Befehl des Militärrats der Ulster Freedom Brigade ausgeführt worden. Die Ulster Freedom Brigade ist eine neugegründete protestantische paramilitärische Organisation, kein Pseudonym für eine bereits existierende Organisation wie die Ulster Volunteer Force oder die Ulster Defense Association.«

»Langsam, sonst komme ich nicht mit«, sagte Ginger ruhig, während sie eifrig mitschrieb. Der Mann, den sie beinahe als Spinner abgewimmelt hatte, schien tatsächlich echt zu sein!

»Gut, ich hab's. Bitte weiter.«

»Die Ulster Freedom Brigade kämpft für die Erhaltung der protestantischen Lebensart in Nordirland und die Fortsetzung der britischen Herrschaft über die Provinz. Wir werden nicht untätig zusehen, wie die britische Regierung Verrat an ihrer historischen Verpflichtung gegenüber der protestantischen Bevölkerung Nordirlands übt, und niemals zulassen, daß Ulster vom Süden annektiert wird. Die Ulster Freedom Brigade wird ihren bewaffneten Widerstand fortsetzen, bis das sogenannte Karfreitagsabkommen außer Kraft gesetzt wird. Alle, die diesen Verrat an der protestantischen Bevölkerung Nordirlands unterstützen, sollten diese Mitteilung als faire Warnung betrachten.« Der Mann machte eine Pause, dann fragte er: »Haben Sie alles?«

»Ja, ich denke schon.«

»Gut«, sagte er und legte auf.

Alan Ramsey, der verantwortliche Redakteur von *Nine O'Clock News,* saß an seinem Schreibtisch, auf dem sich Manuskripte stapelten, und preßte zwei Telefonhörer gleichzeitig an seine Ohren. Ginger marschierte quer durch die Redaktion, baute sich vor ihm auf und wedelte mit den Händen, um seine Aufmerksamkeit zu erregen. Er sah sie an und sagte: »Ich habe Belfast an einem Apparat und Dublin am anderen. Hoffentlich ist Ihre Sache wirklich wichtig.«

»Das ist sie.«

»Ich rufe sofort zurück!« rief er in beide Sprechmuscheln. Dann sah er wieder Ginger an. »Also los!«

»Gerade hat ein Mann angerufen, um die Verantwortung für die Bombenanschläge zu übernehmen.«

»Wahrscheinlich ein Spinner.«

»Das glaube ich nicht. Die Mitteilung klingt echt.«

»Haben Sie schon mal einen *echten* Terroristen am Telefon gehabt?«

»Nein, aber ...«

»Wie können Sie sich Ihrer Sache dann so sicher sein?«

»Er hat was an sich gehabt«, sagte Ginger. »Ich weiß nicht, wie ich's ausdrücken soll, Alan, aber er hat mir echt Angst eingejagt.«

Ramsey streckte eine Hand aus, und sie gab ihm den Zettel mit dem Text des Bekenneranrufs. Er warf einen Blick auf ihr hingeschmiertes Stenogramm, runzelte die Stirn und legte ihr den Zettel wieder hin. »Jesus, entziffern Sie mir das, ja?«

Sie las ihm das Statement vor.

»Hat er Dialekt gesprochen?« fragte Ramsey.

Sie nickte.

»Irischen?«

»Nordirischen«, antwortete Ginger. »West Belfast, würde ich sagen.«

»Wie können Sie das beurteilen?«

»Weil ich in Belfast geboren bin. Wir haben bis zu meinem zehnten Lebensjahr dort gewohnt. Hat man diesen Dialekt erst mal im Ohr, vergißt man ihn nicht so leicht.«

Er sah auf die große Digitaluhr an der Wand: zehn Minuten bis Sendebeginn.

»Wie lange brauchen Sie, um das abzutippen?«

»Ungefähr fünfzehn Sekunden.«

»Sie haben genau zehn.«

»Okay«, sagte sie und setzte sich an einen Computer.

Alan Ramsey zog einen elektronischen Terminplaner aus seiner Jackentasche und gab den Nachnamen eines Studienfreundes aus Cambridge ein, der beim MI5 arbeitete. Er nahm den Hörer ab, tippte die Nummer ein und trommelte mit den Fingern auf der Schreibtischplatte, während er wartete.

»Hallo, Graham, hier ist Alan Ramsey. Hör zu, alter Junge, wir haben eben einen recht interessanten Anruf bekommen, und ich wollte dich um einen Gefallen bitten.«

Ginger legte ihm einen Ausdruck der Mitteilung hin. Ramsey las seinem Freund den Text übers Telefon vor. Dann machte er sich eine Minute lang eifrig Notizen.

»Vielen Dank«, sagte er. »Ruf mich bitte an, wenn ich mich dafür revanchieren kann.«

Ramsey knallte den Hörer auf den Apparat und stand auf.

»Alle mal herhören!« rief er laut, und das Stimmengewirr in der Redaktion verstummte schlagartig. »Eben hat ein Mann in einem offenbar echten Bekenneranruf die Verantwortung für die Attentate in Belfast, Dublin und Heathrow übernommen: im Namen einer neuen Gruppierung, der Ulster Freedom Brigade. Wir nehmen seine Erklärung als Aufmacher. Hängt euch ans Telefon und trommelt mir sämtliche Experten für irischen Terrorismus – vor allem für *protestantischen* Terrorismus – zusammen. Wir haben fünf Minuten, Ladies und Gentlemen. Wer noch halbwegs krächzen kann, muß uns ein Telefoninterview geben!«

3

Portadown, Nordirland

Der Mann, auf den die Ermittlungen sich konzentrierten, saß in diesem Augenblick in Portadown in seinem Wohnzimmer vor dem Fernseher. Die Bewohner der Wohnsiedlung Brownstown lassen keinen Zweifel daran, wem ihre Loyalität gehört. Über vielen Häusern flattern ausgebleichte Union Jacks, und die Randsteine sind mit roten, weißen und blauen Streifen bemalt. Kyle Blake hielt nichts von demonstrativen Treuebekundungen, sondern neigte dazu, seine politischen Überzeugungen – und übrigens auch alles andere, was er für wichtig hielt – bewußt für sich zu behalten. Er gehörte keiner unionistischen Vereinigung an, ging nur selten in die Kirche und sprach niemals in der Öffentlichkeit über Politik. Trotzdem wußte oder vermutete man innerhalb der Mauern von Brownstown relativ viel über ihn: Er war ein harter Bursche, ein ehemaliger hoher Offizier der Ulster Volunteer Force, der wegen der Ermordung von Katholiken im Gefängnis »the Maze« gesessen hatte.

Kyle Blake sah den Aufmacher der heutigen *Nine O'Clock News.*

Vor wenigen Augenblicken ist bei der BBC der Anruf einer protestantischen Gruppe eingegangen, die sich Ulster Freedom Brigade nennt. Die Gruppe bekämpft das Karfreitagsabkommen. Sie hat die Verantwortung für die Attentate übernommen und ist entschlossen, mit Terror-

anschlägen weiterzukämpfen, bis das Friedensabkommen außer Kraft gesetzt wird.

Kyle Blake hielt es für überflüssig, sich den Rest der Sendung anzusehen, deshalb stellte er sich an die offene Terrassentür, die in den verwilderten Garten hinausführte, und rauchte eine der unzähligen Zigaretten, die er täglich qualmte. Die Luft roch nach feuchter Erde mit einem Hauch von Meeresduft. Blake warf den Zigarettenstummel in ein mit Unkraut überwuchertes Blumenbeet und hörte dabei mit halbem Ohr die Reaktion eines Nordirlandexperten des Londoner University Colleges. Er schloß die Terrassentür und schaltete den Fernseher aus.

Dann ging er in die Küche und führte mehrere kurze Telefongespräche, während seine Frau Rosemary, mit der er seit zwanzig Jahren verheiratet war, das Geschirr abwusch. Da sie wußte, was ihr Ehemann machte – sie hatten keine Geheimnisse voreinander, außer was die exakten operativen Einzelheiten seiner Arbeit betraf –, kamen ihr solche Telefongespräche in verschleierter Sprache völlig normal vor. Nach dem vierten Anruf legte er den Telefonhörer auf und nahm seinen Regenmantel vom Haken an der Tür.

»Ich gehe noch mal weg.«

Rosemary nahm seinen Schal vom Haken, band ihn ihm um den Hals und sah ihm dabei ins Gesicht, als sehe sie es zum ersten Mal. Er war ein kleiner Mann, nicht viel größer als sie selbst, und durch sein Kettenrauchen hager wie ein Langstreckenläufer. Er hatte wachsame graue Augen, die tief in ihren Höhlen lagen, und markant hervortretende Backenknochen. In seinem scheinbar schmächtigen Körper steckten Riesenkräfte, und als Rosemary ihn jetzt umarmte, konnte sie seine Schulter- und Rückenmuskeln als sehnige Stränge fühlen.

»Sei vorsichtig«, flüsterte sie ihm ins Ohr.

Blake zog seinen Mantel an und küßte sie auf die Wange. »Schließ die Tür ab, und wart nicht auf mich.«

Kyle Blake hatte eine kleine Druckerei, und das einzige Auto des Ehepaars, ein kleiner Ford Kombi, war mit dem Namen seiner Firma in Portadown beschriftet. Er sah automatisch unter den Wagen, um eine etwa dort angebrachte Autobombe zu entdecken, bevor er einstieg und den Motor anließ. Dann fuhr er durch die Wohnsiedlung Brownstown. Das riesige Gesicht Billy Wrights, eines fanatischen protestantischen Killers, der im »Maze« von katholischen Attentätern ermordet worden war, starrte von der Außenwand eines der Terrassenhäuser. Blake sah stur geradeaus. Er bog auf die Armagh Road ab und folgte einem britischen Schützenpanzer in Richtung Stadtmitte.

Er stellte Radio Ulster an, das eine Sondermeldung über die Übernahme der Verantwortung für die jüngsten Bombenanschläge durch die Ulster Freedom Brigade brachte. Die RUC hatte für Teile der Counties Antrim und Down verschärfte Kontrollen angeordnet. Autofahrer wurden gewarnt, sie müßten wegen der Straßensperren mit Verzögerungen rechnen. Anderswo bringt das Radio Staumeldungen, dachte Kyle Blake, in Ulster wird vor Straßensperren gewarnt. Er stellte das Radio ab und hörte dem gleichmäßigen Rhythmus der Scheibenwischer auf der regennassen Windschutzscheibe zu.

Obwohl Kyle Blake nicht studiert hatte, war er ein profunder Kenner der Geschichte Nordirlands. Er mußte lachen, wenn es hieß, die Unruhen in der Provinz hätten 1969 begonnen; im Norden des Countys Armagh hatten Protestanten und Katholiken sich gegenseitig seit Jahrhunderten ermordet. Weltreiche waren entstanden und zerfallen, zwei Weltkriege waren geführt worden, Menschen waren auf dem Mond gelandet und heil zurückgekommen, aber in dem sanften Hügelland zwischen den Flüssen Bann und Callon hatte sich nie viel verändert.

Kyle Blake konnte seine Familiengeschichte im County Armagh vier Jahrhunderte weit zurückverfolgen. Seine Vorfahren waren während der großen Kolonisierung Ulsters, die 1609 begonnen hatte, aus dem schottischen Hochland gekommen. Sie hatten neben Oliver Cromwell gekämpft, als er in Ulster gelandet war, um die katholische Rebellion niederzuschlagen. Sie waren an den Massakern an Katholiken in Drogheda und Wexford beteiligt gewesen. Als Cromwell den Landbesitz von Katholiken beschlagnahmte, bestellten Blakes Vorfahren die Felder und machten das Land zu ihrem Besitz. Als im 18. und 19. Jahrhundert in Armagh religiös motivierte Gewalt wütete, schlossen Angehörige der Familie Blake sich den Peep O'Day Boys an, die so genannt wurden, weil sie katholische Häuser kurz vor Tagesanbruch überfielen. 1795 waren die Blakes Gründungsmitglieder des Oranierordens.

Fast zwei Jahrhunderte lang waren die Oranier von Portadown am Sonntag vor dem 12. Juli – dem Jahrestag des Sieges Wilhelms von Oranien über den katholischen Jakob II. in der Schlacht am Boyne 1690 – zur Pfarrkirche von Drumcree marschiert. Aber letzten Sommer, in der ersten Marschsaison nach dem Friedensabkommen, hatte die Regierung den Forderungen der Katholiken nachgegeben und den Oraniern verboten, auf der überwiegend katholischen Garvaghy Road nach Portadown zurückzumarschieren. Das Verbot führte in ganz Ulster zu Ausschreitungen, auf deren Höhepunkt drei kleine katholische Jungen starben, als Loyalisten eine Benzinbombe durch ein Fenster ihres Elternhauses in Ballymoney warfen.

Kyle Blake war kein Oranier mehr – er war schon vor Jahren aus dem Orden ausgetreten, als er sich erstmals einer protestantischen paramilitärischen Gruppe angeschlossen hatte –, aber dieses Schauspiel, daß britische Soldaten loyalistischen Marschierern den Weg versperrten, war zuviel für ihn. Seiner Überzeugung nach hatten die Protestanten das Recht, auf öffentlichen Straßen zu marschieren, wann und wohin sie wollten. Seiner Überzeugung nach waren ihre jährlichen Paraden ein legitimer Ausdruck protestantischer Tradition und Kultur in Nordirland. Und seiner Überzeugung nach war jede Einschränkung ihres Marschrechts bloß ein weiteres Zugeständnis an die gottverdammten Taigs.

Nach Blakes Auffassung sagte das Marschverbot in Drumcree etwas weit Bedrohlicheres über die politische Landschaft Nordirlands aus: Die protestantische Vorherrschaft in Ulster bröckelte, und die Katholiken befanden sich auf der Siegesstraße.

Blake hatte dreißig Jahre lang zugesehen, wie die Briten den Katholiken und der IRA ein Zugeständnis nach dem anderen machten, aber das Friedensabkommen vom Karfreitag war mehr, als er ertragen konnte. Seiner Überzeugung nach konnte es nur zu einem führen: zum Rückzug der Briten aus Nordirland und zur Vereinigung Ulsters mit der Republik Irland. Zwei frühere Versuche, die Provinz Ulster zu befrieden – das Sunningdale-Abkommen und das Anglo-Irische Abkommen –, waren durch protestantische Unnachgiebigkeit torpediert worden. Kyle Blake hatte sich geschworen, auch das Karfreitagsabkommen zu Fall zu bringen.

Letzte Nacht hatte er den ersten Schritt dazu getan. Er

hatte einen der spektakulärsten internationalen Terroranschläge organisiert, der gleichzeitig die Sinn Fein, die irische Regierung und die Briten getroffen hatte.

Die Türme der St. Mark's Church waren jetzt zu sehen, die über der Market High Street aufragten. Blake parkte vor seiner Druckerei, obwohl sie mehrere Straßen von seinem Ziel entfernt war. Während er an mit Rolläden und Scherengittern gesicherten Ladentüren und Schaufenstern vorbeiging, achtete er sorgfältig darauf, ob er beschattet wurde.

Ironischerweise war Blakes Taktik nicht von protestantischen paramilitärischen Gruppen, sondern von den Männern der IRA inspiriert, die in seiner Heimatstadt Portadown immer wieder Bombenanschläge verübt hatten. Seit Ausbruch der gegenwärtigen Unruhen im Jahre 1969 hatte die IRA ihre Feinde – die britische Armee und die Royal Ulster Constabulary – bekämpft und darüber hinaus spektakuläre Terroranschläge verübt. Obwohl sie britische Soldaten erschossen, Lord Mountbatten ermordet und sogar versucht hatte, das gesamte britische Kabinett in die Luft zu jagen, war es ihr gelungen, sich ihr Image als Verteidigerin eines unterdrückten Volkes zu bewahren.

Blake wollte die britische Nordirlandpolitik vom Kopf auf die Füße stellen. Er wollte der Weltöffentlichkeit vor Augen führen, daß die protestantische Lebensart in Ulster sich im Belagerungszustand befand. Und um das zu erreichen, war er bereit, die Terrorkarte auszuspielen – nachdrücklicher und besser, als die IRA sich jemals hatte träumen lassen.

Blake bog in eine Seitenstraße ab und betrat McConville's Pub. Das Lokal war düster, überfüllt und bläulich verqualmt. Entlang der holzgetäfelten Wände waren Sitznischen mit hohen Trennwänden und Türen, die jeweils einem halben Dutzend Gäste Platz boten.

Der Barkeeper hinter der polierten Messingtheke sah auf, als er hereinkam. »Hast du die Meldung gehört, Kyle?«

Blake schüttelte den Kopf. »Welche Meldung?«

»Ein Anrufer hat die Verantwortung übernommen. Es sollen Prods gewesen sein. Irgendeine neue Gruppe, die sich Ulster Freedom Brigade nennt.«

»Was du nicht sagst, Jimmie.«

Der Barkeeper nickte zur hintersten Ecke des Lokals hinüber. »Gavin und Rebecca warten auf dich.«

Blake nickte dankend und schlängelte sich durch die Reihen der Gäste. Er klopfte einmal an die Tür der Sitznische und trat ein. An dem kleinen Tisch saßen zwei Personen: ein großgewachsener Mann, der einen schwarzen Rollkragenpullover und ein Sportsakko aus grauem Cordsamt trug, und eine attraktive Frau in einem dicken beigen Wollpullover. Der Mann war Gavin Spencer, der Operationsoffizier der Brigade. Die Frau war Rebecca Wells, der Nachrichtenoffizier der Brigade.

Blake zog den Mantel aus und hängte ihn an einen Wandhaken. Der Barkeeper tauchte auf.

»Drei Guinness, Jimmie«, sagte Blake.

»Wenn ihr Hunger habt, kann ich nach nebenan laufen und ein paar Sandwiches holen.«

»Sandwiches wären gut.«

Blake gab Jimmie einen Zehnpfundschein; dann verriegelte er die Tür und setzte sich an den Tisch. Die drei saßen einen Augenblick lang schweigend da und betrachteten einander. Dies war seit den Anschlägen das erste Mal, daß sie sich zu treffen wagten. Obwohl sie vom Erfolg des Unternehmens begeistert waren, waren sie auch nervös. Ihnen war bewußt, daß es jetzt kein Zurück mehr gab.

»Was sagen deine Männer?« erkundigte Blake sich bei Gavin Spencer.

»Sie wollen unbedingt weitermachen«, antwortete Spencer. Er hatte die kräftige Statur eines Hafenarbeiters und leicht konfuse Art eines Dichters. Sein schwarzes Haar war grau meliert, und eine üppige Tolle fiel ihm ständig in die Stirn über seinen leuchtendblauen Augen. Wie Blake hatte er in der britischen Armee gedient und später der Ulster Volunteer Force angehört. »Aber sie machen sich verständlicherweise Sorgen, ob unsere Zeitzünder auch wirklich zuverlässig arbeiten.«

Blake zündete sich eine Zigarette an und rieb sich müde die Augen. Er hatte die Entscheidung getroffen, die Bombenleger von Dublin und London durch zu kurz eingestellte Zeitzünder ihrer Bomben zu opfern. Dahinter steckte eine ebenso einfache wie machiavellistische Überlegung. Er hatte es mit dem britischen Geheimdienst- und Sicherheitsestablishment zu tun, das in Europa zu den tüchtigsten und skrupellosesten gehörte. Die Ulster Freedom Brigade mußte überleben, wenn sie ihren Terrorfeldzug weiterführen wollte. Wäre einer der beiden Bombenleger der Polizei in die Hände gefallen, wäre die Brigade ernstlich gefährdet gewesen.

»Schieb's auf die Bombenbauer«, sagte Blake. »Erklär ihnen, daß dieses Spiel für uns noch neu ist. Die IRA hat eine eigene technische Abteilung, die nichts anderes tut, als immer noch bessere Bomben zu entwickeln. Aber sogar die IRA macht Fehler. Als sie sechsundneunzig den Waffenstillstand gebrochen hat, haben ihre ersten Bomben versagt. Ihre Bombenbauer sind außer Übung gewesen.«

»Das sage ich meinen Männern«, bestätigte Gavin Spencer. »Einmal glauben sie es uns, aber falls es sich wiederholt, werden sie mißtrauisch. Wenn wir diesen Kampf gewinnen wollen, brauchen wir Männer, die bereit sind, den Abzug durchzudrücken und die Bombe zu legen.«

Blake wollte etwas fragen, aber in diesem Augenblick wurde leise an die Tür geklopft. Er stand auf und zog den Riegel zurück. Der Barkeeper reichte ihm eine Tüte mit Sandwiches.

»Und was ist mit Bates?« fragte Blake, als sie wieder allein waren.

»Mit dem kann's Probleme geben«, sagte Rebecca Wells.

Blake und Spencer sahen sie fragend an. Rebecca war groß und durchtrainiert, und auch der dicke Wollpullover konnte ihre breiten Schultern nicht verbergen. Schulterlanges schwarzes Haar umrahmte ein Gesicht mit breiten Backenknochen. Ihre Augen waren oval, die Iris grau wie ein wolkenverhangener Wintertag. Wie unzählige Frauen in Nordirland war sie viel zu jung Witwe geworden. Ihr Mann war beim Nachrichtendienst der UVF gewesen, bis ein IRA-Attentäter ihn in West Belfast erschossen hatte. Rebecca, die damals schwanger gewesen war, hatte noch in derselben Nacht eine Fehlgeburt gehabt. Nach ihrer Genesung hatte sie sich der UVF angeschlossen und die Arbeit ihres Mannes fortgeführt. Sie war aus der UVF ausgetreten, als sie einem Waffenstillstand zustimmte, und hatte sich einige Monate später heimlich mit Kyle Blake verbündet.

Das Hauptverdienst an der Ermordung Eamonn Dillons konnte Rebecca Wells für sich beanspruchen. Sie hatte sich mit viel Geduld eine Informantin in der Sinn-Fein-Zentrale in der Falls Road herangezogen – eine ziemlich unattraktive junge Frau, die dort als Büroangestellte arbeitete. Rebecca hatte sich mit ihr angefreundet, sie zu Drinks eingeladen und sie mit Männern bekannt gemacht. Nach einigen Monaten begann ihre

Freundschaft Früchte zu tragen. Die junge Frau hatte Rebecca unabsichtlich fortlaufend mit wertvollen Informationen über die Sinn Fein und ihre führenden Männer versorgt – über Strategien, interne Dispute, persönliche Angewohnheiten, sexuelle Vorlieben, geplante Termine und Sicherheitsmaßnahmen. Diese Informationen hatte Rebecca an Gavin Spencer weitergegeben, der dann die Ermordung Dillons geplant hatte.

»Die Polizei hat ein Phantombild von ihm erstellt«, fuhr sie fort. »Jeder Polizeibeamte in der Provinz hat eines in der Tasche. Wir können ihn nicht wieder umquartieren, bevor die Dinge sich beruhigt haben.«

»Sie werden sich nie beruhigen, Rebecca«, sagte Blake.

»Je länger er in seinem Versteck bleibt, desto höher ist die Wahrscheinlichkeit, daß er aufgespürt wird«, sagte sie. »Und falls er entdeckt wird, sind wir ernstlich gefährdet.«

Blake sah zu Gavin Spencer hinüber. »Wo ist Bates jetzt?«

Der Mann in der aus Natursteinen erbauten Scheune außerhalb von Hillsborough war seit der Ermordung Eamonn Dillons auf der Falls Road ein halbes dutzendmal umquartiert worden. Weil die Gefahr bestand, daß die ausgezeichnet arbeitenden Horchgruppen des Nachrichtendienstes der britischen Armee das Geräusch orten würden, durfte er kein Radio haben. Weil die Gefahr bestand, daß die Infrarotsensoren des Militärs eine ungewöhnliche Wärmequelle orten würden, durfte er keine Kochstelle haben. Sein Bett war ein steinhartes Feldbett mit einer Wolldecke, die kratzig wie Stahlwolle war; seine grüne Öljacke, die er bei dem Attentat getragen hatte, diente ihm als Kopfkissen. Er lebte von Trockennahrung – Biskuits, Kräcker, Kekse, Nüsse – und Büchsenfleisch. Rauchen durfte er, aber er sollte vorsichtig sein, damit er das Heu nicht in Brand setzte. Sein Klo war ein Blecheimer. Der Gestank war anfangs unerträglich gewesen, aber er hatte sich allmählich daran gewöhnt. Er hätte das verdammte Ding gern öfters ausgeleert, aber seine Führungsoffiziere hatten ihm eingeschärft, er dürfe die Scheune auf keinen Fall verlassen, auch nachts nicht.

Sie hatten ihm eine merkwürdige Zusammenstellung von Büchern dagelassen: Biographien von Wolfe Tone, Eamon de Valera und Michael Collins sowie einige zerlesene Bände mit holprigen republikanischen Gedichten. In einem der Bücher steckte eine handschriftliche Notiz: *Kenne deinen Feind, sagt Sun Tsu. Lies diese und lerne.* Aber der Mann lag die meiste Zeit nur auf seinem Feldbett, starrte in die Dunkelheit, rauchte seine Zigaretten und durchlebte nochmals die entscheidenden Augenblicke auf der Falls Road.

Bates hörte das Nageln eines Dieselmotors. Er stand auf und sah durch ein kleines Fenster nach draußen. Ein Lieferwagen kam ohne Licht den Feldweg entlang und hielt auf der Mischung aus Schlamm und Kies vor dem Scheunentor. Zwei Personen stiegen aus; der Fahrer war groß und muskelbepackt, sein Beifahrer kleiner und leichtfüßiger. Einige Sekunden später hörte Bates, wie ans Tor geklopft wurde. »Leg dich auf's Bett – mit dem Gesicht nach unten«, forderte eine Stimme ihn auf.

Bates tat wie ihm geheißen. Er hörte seine Besucher eintreten. Im nächsten Augenblick wies dieselbe Stimme ihn an, er solle sich aufsetzen. Der große Mann hockte auf einem Stapel leerer Futtersäcke; die kleinere Gestalt ging wie das personifizierte schlechte Gewissen hinter ihm auf und ab.

»Entschuldigt den Gestank«, sagte Bates unbehaglich. »Ich rauche, um ihn zu überdecken. Darf ich?«

Im Lichtschein des aufflammenden Streichholzes sah Bates, daß seine Besucher Sturmhauben trugen, die nur ihre Augen freiließen. Er führte die Flamme ans Ende seiner Zigarette, blies sie dann aus, und die Scheune versank erneut in Dunkelheit.

»Wann bringt ihr mich hier raus?« fragte er.

Vor der Hinrichtung Dillons war Bates versprochen worden, er werde aus Nordirland herausgebracht, sobald die Dinge sich etwas beruhigt hatten. Die UFB habe Freunde, die in einem einsamen Teil des schottischen Hochlands lebten und ihn bei sich aufnehmen würden, hatte man ihm gesagt. Dort würden die Sicherheitsdienste ihn nie finden.

»Es wäre noch zu gefährlich, dich zu verlegen«, sagte der große Mann. »Die RUC hat ein Phantombild von dir herstellen lassen. Wir müssen abwarten, bis die Dinge sich ein bißchen mehr abgekühlt haben.«

Bates stand ruckartig auf. »Jesus, in diesem Loch drehe ich durch! Könnt ihr mich nicht woanders unterbringen?«

»Vorläufig bist du hier sicher. Wir dürfen nicht riskieren, dich noch mal zu verlegen.«

Bates sank deprimiert auf sein Feldbett. Er ließ seine erst halb gerauchte Zigarette auf den festgestampften Lehmboden fallen und trat sie mit dem Schuhabsatz aus. »Was ist mit den anderen?« erkundigte er sich. »Mit den Agenten, die in London und Dublin im Einsatz gewesen sind?«

»Die halten sich auch versteckt«, antwortete der Mann. »Mehr kann ich dazu nicht sagen.«

»Hat schon jemand die Verantwortung übernommen?«

»Wir haben's heute abend getan. Draußen ist der Teufel los – Straßensperren und Kontrollen vom County

Antrim bis zur Grenze. Bevor die Aufregung nicht abgeklungen ist, können wir nicht mal daran denken, dich zu verlegen.«

Bates riß erneut ein Streichholz an, das die Szene für einen Augenblick erhellte: die maskierten Besucher, einer sitzend, einer stehend, beide an Statuen in einem Park erinnernd. Er zündete sich eine weitere Zigarette an und blies das Streichholz aus.

»Können wir dir irgendwas mitbringen, damit du dich weniger langweilst?«

»Ein Mädchen mit lockerer Moral wäre nett.«

Diese Bemerkung wurde schweigend aufgenommen.

»Leg dich aufs Feldbett«, wies der Sitzende ihn erneut an. »Auf den Bauch.«

Charles Bates tat wie ihm geheißen. Er hörte das Rascheln der Futtersäcke, als der große Mann mit den Tätowierungen auf den Händen aufstand. Und er hörte, wie das Scheunentor geöffnet wurde.

Im nächsten Augenblick spürte er etwas Kaltes und Hartes, das an seinen Hinterkopf gedrückt wurde. Er hörte ein leises Klicken und sah einen gleißend hellen Lichtblitz, dann wurde es dunkel um ihn.

Rebecca Wells steckte die Walther mit Schalldämpfer wieder in ihre Manteltasche, bevor sie in den Lieferwagen stieg. Gavin Spencer ließ den Motor an, wendete und fuhr auf dem mit Schlaglöchern übersäten Feldweg zur B177 zurück. Sie warteten, bis sie an der Farm vorbei waren, bevor sie ihre Sturmhauben abnahmen. Rebecca Wells starrte aus dem Fenster, während Spencer die kurvenreiche Strecke durch hügeliges Gelände rasch und sicher bewältigte.

»Das hättest du nicht zu tun brauchen, Rebecca. Ich hätt's für dich getan.«

»Willst du damit sagen, daß ich meinem Job nicht gewachsen bin?«

»Nein, ich sage nur, daß das nicht recht ist.«

»Was ist nicht recht?«

»Daß eine Frau tötet«, sagte Spencer. »Das ist nicht recht.«

»Und was ist mit Dame?« fragte Rebecca und gebrauchte dabei den Decknamen der Frau, die den Bombenanschlag auf die Londoner U-Bahn verübt hatte. »Sie hat mehr Menschen getötet als ich heute nacht, und sie hat außerdem ihr eigenes Leben geopfert.«

»Ein gutes Argument.«

»Ich bin für Aufklärung und innere Sicherheit zuständig«, sagte sie. »Kyle wollte ihn tot haben. Also ist's mein Job gewesen, ihn totzumachen.«

Spencer verfolgte dieses Thema nicht weiter. Er stellte das Radio an, um sich die Zeit zu vertreiben. Er bog auf die A1 ab und fuhr in Richtung Banbridge. Kurz darauf ächzte Rebecca: »Halt mal.«

Er bremste und hielt auf dem Standstreifen an. Rebecca stieß ihre Tür auf und torkelte in den Regen hinaus. Sie fiel im Licht der Autoscheinwerfer auf Hände und Knie und übergab sich.

4

Washington, D.C.

Das Gespräch zwischen dem britischen Premierminister Tony Blair und Präsident James Beckwith war schon vor längerer Zeit vereinbart worden; daß es jetzt nur eine Woche nach der Terroroffensive der Ulster Freedom Brigade stattfand, war reiner Zufall. Tatsächlich waren beide Männer sehr bemüht, ihr Gespräch als Routinekonsultation zwischen guten Freunden hinzustellen, was es zum größten Teil auch war. Als der Premierminister aus dem Blair House, dem Gästehaus auf der anderen Straßenseite, ins Weiße Haus herüberkam, versicherte sein Gastgeber ihm, die Villa sei ihm zu Ehren so benannt worden. Der Premierminister ließ sein berühmtes strahlendes Lächeln aufblitzen und versicherte Beckwith, bei seinem nächsten Londonbesuch werde eine britische Sehenswürdigkeit *ihm* zu Ehren umbenannt.

Präsident und Premierminister setzten sich im Roosevelt Room des Weißen Hauses mit ihren Mitarbeitern und Assistenten zu einer zweistündigen Besprechung zusammen. Die Tagesordnung war sehr weit gespannt: Koordinierung der Verteidigungs- und Außenpolitik, Finanz- und Handelspolitik, die ethnischen Spannungen auf dem Balkan, der Friedensprozeß im Nahen Osten und natürlich die Nordirlandfrage. Kurz nach Mittag zogen die beiden Politiker sich zu einem privaten Lunch ins Oval Office zurück.

Schnee trieb über den South Lawn, als die beiden

Männer am Fenster hinter dem Schreibtisch des Präsidenten standen und die Aussicht bewunderten. Im Kamin brannte ein helles Feuer, vor dem ein Tisch gedeckt war. Der Präsident faßte seinen Gast ungezwungen am Arm und führte ihn durch den Raum. Nach einem in der Politik verbrachten Leben waren James Beckwith die zeremoniellen Aspekte seines Jobs längst vertraut. Das Washingtoner Pressekorps schrieb regelmäßig, nach Ronald Reagan sei er der beste Präsidentendarsteller im Oval Office.

Trotzdem war er allmählich amtsmüde. Er war nur sehr knapp wiedergewählt worden und hatte während des gesamten Wahlkampfs hinter seinem Konkurrenten, dem demokratischen Senator Andrew Sterling aus Nebraska, gelegen, bis dann ein arabischer Terrorist vor Long Island ein Verkehrsflugzeug abgeschossen hatte. Beckwith' geschicktes Krisenmanagement – und seine raschen Vergeltungsschläge gegen die Terroristen – hatten dazu beigetragen, das Blatt zu wenden.

Jetzt hatte er sich im Status eines Präsidenten, der nicht wiedergewählt werden konnte, behaglich eingerichtet. Der von den Demokraten beherrschte Kongreß hatte das wichtigste Projekt seiner zweiten Amtszeit, den Aufbau eines nationalen Raketenabwehrsystems, zu Fall gebracht. Seine nicht allzu wichtigen sonstigen Vorhaben betrafen eine Reihe kleinerer konservativer Initiativen, die er ohne die Unterstützung des Kongresses verwirklichen konnte. Zwei seiner Minister waren wegen schwerer finanzieller Unregelmäßigkeiten unter Beschuß geraten. Beckwith und seine Frau Anne sprachen abends beim Essen immer weniger über Politik und mehr darüber, wie sie ihren Ruhestand in Kalifornien genießen würden. Er hatte sogar zugestimmt, Anne einen langgehegten Wunsch zu erfüllen und mit ihr an den oberitalienischen Seen Urlaub zu machen. Früher hatten seine Strategen ihm abgeraten; ein Auslandsurlaub wäre eine politische Katastrophe. Inzwischen war Beckwith das gleichgültig. Enge Freunde schrieben seine Ziellosigkeit dem Verlust seines Freundes und Stabschefs Paul Vandenberg zu, der sich im Vorjahr auf Roosevelt Island im Potomac River erschossen hatte.

Die beiden Männer setzten sich zum Lunch. Tony Blair, der ein berüchtigt schneller Esser war – was Beckwith aus dem von seinem Stab zusammengestellten Dossier über seinen Gast wußte –, verschlang seine gegrillte Hühnerbrust mit Pilaw, bevor Beckwith seinen Teller zu einem Viertel geleert hatte. Andererseits war der Präsident nach den intensiven Diskussionen dieses Vormittags hungrig, deshalb ließ er den britischen Premierminister seelenruhig warten, bis er mit seinem Essen fertig war.

Ihr Verhältnis hatte sehr gelitten, seit Blair voriges Jahr Beckwith wegen seiner Luftangriffe auf Ausbildungslager des Schwerts von Gaza – die palästinensische Terrororganisation, die das Verkehrsflugzeug der TransAtlantic Airlines vor Long Island abgeschossen haben sollte – öffentlich kritisiert hatte. Einige Wochen später hatte das Schwert von Gaza sich durch einen Vergeltungsangriff auf den Ticketschalter der TransAtlantic auf dem Londoner Flughafen Heathrow gerächt, bei dem mehrere britische und amerikanische Flugreisende umgekommen waren. Beckwith hatte Blair diese Zurechtweisung nie vergessen. Obwohl er die weitaus meisten Staats- und Regierungschefs der Welt mit ihrem Vornamen ansprach, blieb Blair für ihn bewußt »Mr. Prime Minister«. Blair zahlte ihm das mit gleicher Münze heim, indem er Beckwith stets nur mit »Mr. President« ansprach.

Beckwith aß langsam seinen Teller leer, während Blair ihm von einem »wirklich faszinierenden« Wirtschaftsfachbuch erzählte, das er auf seinem Flug von London nach Washington gelesen hatte. Blair war ein leidenschaftlicher Vielleser, und Beckwith hatte Hochachtung vor seinem scharfen Verstand. Jesus, sagte er sich, ich habe schon Mühe, abends meine Dossiers durchzulesen, ohne dabei einzuschlafen.

Ein Steward räumte des Geschirr ab. Beckwith trank Tee, Blair Kaffee. Als die Getränke serviert waren, trat eine kurze Pause ein. Das Kaminfeuer prasselte wie Kleinkaliberfeuer. Blair sah angelegentlich aus dem Fenster zum Washington Monument hinüber, bevor er das Wort ergriff.

»Ich möchte ein Thema sehr offen mit Ihnen besprechen, Mr. President«, sagte Blair, indem er sich vom Fenster abwandte und den Blick von Beckwith' hellblauen Augen erwiderte. »Ich weiß, daß unser Verhältnis nicht immer so gut gewesen ist, wie es sein sollte, aber ich möchte Sie trotzdem um einen großen Gefallen bitten.«

»Unser Verhältnis ist nicht so gut, wie es sein könnte, Mr. Prime Minister, weil Sie sich öffentlich von den Vereinigten Staaten distanziert haben, als ich Luftangriffe gegen die Ausbildungslager des Schwerts von Gaza befohlen habe. Damals hätte ich Ihre Unterstützung gebraucht, aber Sie haben sie mir verweigert.«

Ein Steward betrat den Raum, um das Dessert zu servieren; er merkte jedoch, daß ernste Dinge besprochen wurden, und zog sich rasch wieder zurück. Blair senkte den Kopf, schien sich bewußt zu beherrschen und sah wieder auf.

»Mr. President, was ich damals geäußert habe, ist Ausdruck meiner *Überzeugung* gewesen. Ich habe diese Luftangriffe für übertrieben, vorschnell und bestenfalls dürftig begründet gehalten. Ich habe befürchtet, sie würden die Spannungen nur erhöhen und dem Friedensprozeß im Nahen Osten schaden. Ich glaube, die Ereignisse haben mir rechtgegeben.«

Beckwith wußte, daß Blair damit den Vergeltungsangriff des Schwerts von Gaza auf dem Flughafen Heathrow meinte. »Mr. Prime Minister, wenn Sie besorgt gewesen sind, hätten Sie nach dem Telefonhörer greifen und mich anrufen sollen, statt zum nächstbesten Reporter zu laufen. Gute Verbündete halten zusammen, auch wenn ihre Führer von entgegengesetzten Enden des politischen Spektrums kommen.«

Blairs kalter Blick ließ deutlich erkennen, daß er Beckwith' Vortrag über die Grundlagen der Staatskunst nicht goutierte. Er trank einen kleinen Schluck Kaffee, während der Präsident fortfuhr.

»Tatsächlich vermute ich sogar, daß das Schwert von Gaza seinen Vergeltungsschlag bewußt auf britischem Boden geführt hat, weil es wegen Ihrer Kommentare gehofft hat, einen Keil zwischen zwei alte Verbündete treiben zu können.«

Blair sah gekränkt von seinem Kaffee auf. »Sie wollen doch nicht etwa behaupten, ich sei für den Anschlag in Heathrow verantwortlich?«

»Natürlich will ich das nicht, Mr. Prime Minister. Das würde sich für alte Freunde nicht ziemen.«

Blair stellte die Tasse ab und schob sie etwas von sich weg. »Mr. President, ich möchte mit Ihnen über Botschafter Hathaways Nachfolger reden.«

»Das ist Ihr gutes Recht«, sagte Beckwith.

»Ich will ganz offen sein, Mr. President. Ich kenne einige der Namen, die Sie anscheinend in Betracht ziehen, und bin ehrlich gesagt nicht schrecklich beeindruckt.« Beckwith lief rot an, aber Blair sprach unbeirrbar weiter. »Ich hatte auf jemanden mit etwas mehr Talent gehofft.«

Beckwith schwieg, während Blair seine Argumente vortrug. Die *New York Times* hatte Anfang der Woche in einem Artikel ein halbes Dutzend Kandidaten für den Posten des Botschafters in London genannt. Die Namen stimmten, weil sie der Zeitung auf Beckwith' Anweisung zugespielt worden waren. Auf der Liste standen mehrere große Gönner der Republikanischen Partei, zur Tarnung aber auch einige hohe Berufsdiplomaten. London war schon traditionell ein politischer Posten, und Beckwith wurde vom Republican National Comittee unter Druck gesetzt, damit einen großzügigen Wohltäter zu belohnen.

»Mr. President, Sie kennen doch den Ausdruck *in die Fresse hauen?«* fragte Blair.

Beckwith nickte, aber seine Miene zeigte deutlich, daß ihm solche derben Ausdrücke zuwider waren.

»Mr. President, diese Gruppe, die sich als Ulster Freedom Brigade bezeichnet, hat ihre Terrorkampagne begonnen, weil sie den Friedensprozeß, den wir in Nordirland endlich in Gang gebracht haben, rückgängig machen will. Ich will diesen feigen Terroristen und der ganzen Welt demonstrieren, daß ihnen das niemals gelingen wird. *Ich will sie in die Fresse hauen,* Mr. President, und dazu brauche ich Ihre Hilfe.«

Beckwith lächelte erstmals. »Wie kann ich Ihnen helfen, Mr. Prime Minister?«

»Indem Sie einen Superstar zu Ihrem nächsten Botschafter in London ernennen. Jemanden, den alle Beteiligten respektieren können. Jemanden mit einem prominenten Namen, den jeder kennt. Ich will keinen Mann, der bloß den Sessel wärmt, bis Sie aus dem Amt scheiden. Ich will jemanden, der mir helfen kann, mein großes Ziel zu erreichen, den Nordirlandkonflikt dauerhaft zu lösen.«

Die Eindringlichkeit und Aufrichtigkeit der Argumentation des Jüngeren waren beeindruckend. Aber

Beckwith war ein zu erfahrener Politiker, um nicht zu wissen, daß man in diesem Geschäft nie etwas verschenken sollte.

»Was bekomme ich dafür, wenn ich einen Superstar nach London schicke?«

Blair grinste breit. »Meine rückhaltlose Zustimmung zu Ihrer europäischen Handelsinitiative.«

»Abgemacht«, sagte Beckwith, nachdem er so getan hatte, als überlege er kurz.

Ein Steward betrat den Raum.

»Bitte zwei Gläser Brandy«, bestellte Beckwith. Die Drinks wurden sofort serviert. Der Präsident hob sein Glas. »Auf gute Freundschaft.«

»Auf gute Freundschaft.«

Blair nippte an seinem Brandy mit der Zurückhaltung eines Mannes, der selten Alkohol trinkt. Er stellte den Schwenker bedächtig vor sich ab und fragte: »Haben Sie schon an bestimmte Kandidaten gedacht, Mr. President?«

»Wissen Sie, Tony, ich glaube, daß ich genau den richtigen Mann für diesen Job habe.«

5

Shelter Island, New York

Viele Jahre lang hatte wenig an dem großen weißen Holzhaus mit Blick über Dering Harbor und den Shelter-Island-Sund darauf hingedeutet, daß es Senator Douglas Cannon gehörte. Gelegentlich kamen Gäste, die durch den Secret Service geschützt werden mußten, und manchmal fanden große Parties statt, wenn Douglas wieder für den Senat kandidierte und für seinen Wahlkampf Geld brauchte. Im allgemeinen sah das Landhaus wie alle anderen entlang der Shore Road aus – nur etwas größer und etwas gepflegter. Nach seinem Ausscheiden aus der Politik und dem Tod seiner Frau hatte der Senator mehr in Cannon Point als in seinem weitläufigen Apartment in der Fifth Avenue in Manhattan gelebt. Er bestand darauf, daß die Nachbarn ihn Douglas nannten, was ihnen anfangs nicht leicht über die Zunge gegangen war. Cannon Point war nun leichter zugänglich als je zuvor. Machten Touristen davor halt, um das Haus anzugaffen oder zu fotografieren, erschien manchmal der Senator von seinen übermütigen Retrievern begleitet auf dem gepflegten Rasen und verwickelte sie freundlich in ein kurzes Gespräch.

Mit all dem hatten die Eindringlinge Schluß gemacht.

Zwei Wochen nach dem Überfall hatte die Polizei dem Senator gestattet, alle sichtbaren Spuren des Vorfalls beseitigen zu lassen, so daß äußerlich nichts mehr an ihn erinnerte. Ein auf der Insel völlig unbekanntes auswärtiges Bauunternehmen, das auch nicht im Telefonbuch zu stehen schien, führte diese Arbeiten aus.

Auf der Insel kursierten Gerüchte, Cannon Point sei schwer beschädigt worden. Harry Carp, der rotgesichtige Besitzer der Eisenwarenhandlung in The Heights, hatte gehört, die Wände in Küche und Wohnzimmer seien von einem Dutzend Kugeln durchsiebt gewesen. Patty McLean, die Kassiererin im Mid-Island Market, hatte gehört, die Blutflecken im Gästehaus seien so riesig gewesen, daß man den Fußboden habe herausreißen und die Wände neu streichen müssen. Martha Creighton, die prominenteste Immobilienmaklerin der Insel, sagte vertraulich voraus, Cannon Point werde innerhalb von sechs Monaten auf den Markt kommen. Natürlich, murmelte Martha bei einem Cappuccino im Village Coffeehouse, würden der Senator und seine Familie anderswo einen neuen Anfang machen wollen.

Der Senator, seine Tochter Elizabeth und sein Schwiegersohn Michael entschlossen sich jedoch zum Bleiben. Cannon Point, das früher offen und frei zugänglich gewesen war, erinnerte jetzt an eine Siedlung in besetztem Gebiet. Ein weiteres obskures Bauunternehmen umgab das Grundstück mit einem drei Meter hohen Zaun mit Klinkersäulen und massiven Eisenstangen und stellte am Tor ein Holzhäuschen im Zuckerbäckerstil für einen ständigen Wachposten auf. Nach Abschluß dieser Arbeiten machte ein weiteres Team sich daran, das Grundstück mit Kameras und Bewegungsmeldern zu sichern. Die Nachbarn beschwerten sich, die neuen Sicherheitsmaßnahmen des Senators versperrten ihnen die Aussicht auf Dering Harbor und den Sund. Es gab Gerede über eine Petition, aber auch Beschwerden im Gemeinderat und sogar ein paar unfreundliche Leserbriefe im *Shelter-*

Island-Reporter. Aber bis zum Sommer hatten alle sich an den neuen Zaun gewöhnt, und niemand konnte sich mehr daran erinnern, warum die Leute sich einmal darüber aufgeregt hatten.

»Das kann man ihnen kaum verübeln«, sagte Martha Creighton. »Will er einen Scheißzaun haben, soll er seinen Scheißzaun haben. Teufel, ich ließe ihn einen Burggraben anlegen, wenn er einen wollte.«

Über Michael Osbourne war auf der Insel nur wenig bekannt. Allgemein wurde angenommen, er sei in der Wirtschaft tätig – im internationalen Vertrieb eines Konzerns oder in der nicht recht überschaubaren Welt einer Consultingfirma. Kamen seine Frau Elizabeth und er übers Wochenende auf die Insel, blieb er im allgemeinen sehr zurückhaltend. Frühstückte er in The Heights im Drugstore oder trank im Dory ein Bier, brachte er immer einige Zeitungen mit, um sich dahinter zu verschanzen. Die weibliche Bevölkerung der Insel fand ihn attraktiv und verzieh ihm seine Zurückhaltung als Anzeichen einer gewissen Schüchternheit. Harry Carp, der für seine freimütige Ausdrucksweise bekannt war, bezeichnete Michael gewohnheitsmäßig als »diesen hochnäsigen Hundesohn aus der City«.

Seit der Schießerei wurde Michael Osbourne selbst von Harry Carp milder beurteilt. Gerüchten nach war er in dieser Nacht dreimal fast an seiner Schußwunde gestorben – einmal auf dem Bootssteg von Cannon Point, einmal im Hubschrauber, einmal auf dem Operationstisch im Stony Brook Hospital. Nach seiner Entlassung aus dem Krankenhaus hatte er sich zunächst nur im Haus aufgehalten, war dann aber bald bei Spaziergängen auf dem Grundstück gesehen worden, bei denen er seinen rechten Arm unter einer alten ledernen

Bomberjacke in einer Schlinge trug. Manchmal stand er am Ende des Bootsstegs und blickte über den Sund hinaus. Und manchmal, meistens abends, schien er alles um sich herum zu vergessen und blieb dort – wie Gatsby, pflegte Martha Creighton zu sagen –, bis die Nacht herabsank.

»Ich verstehe nicht, warum Mitte Januar so viel Verkehr ist«, sagte Elizabeth Osbourne und trommelte mit dem Nagel ihres Zeigefingers auf die Lederstütze zwischen den Sitzen. Sie krochen auf dem Long Island Expressway nach Osten: mit dreißig Meilen in der Stunde durch die Kleinstadt Islip.

Michael, den die Central Intelligence Agency vor einem Jahr zwangsweise in den Ruhestand versetzt hatte, bedeutete Zeit nicht viel – nicht einmal Zeit, die er im Stau vergeudete. »Heute ist Freitag«, sagte er. »Am Freitagabend ist's immer schlimm.«

Der Verkehr ließ nach, als sie aus den bis zur Inselmitte reichenden New Yorker Vororten herauskamen. Die Nacht war klar und bitterkalt; ein bleicher Dreiviertelmond hing tief über dem nördlichen Horizont. Sobald die Straße frei wurde, trat Michael das Gaspedal durch. Der Motor röhrte auf, und die Tachonadel bewegte sich zögernd auf siebzig zu. Nachdem er Vater geworden war, hatte er sich gezwungen gesehen, seinen schnittigen, silbernen Jaguar für ein Ungetüm von einem ordentlichen, funktionalen Van in Zahlung zu geben.

Die Zwillinge in ihren rosa und blauen Schlafsäcken dösten in ihren Kindersitzen. Maggie, das englische Kindermädchen, lag in der dritten Sitzreihe und schlief fest. Elizabeth griff im Dunkel nach links und nahm Michaels Hand. Nach dreimonatigem Mutterschaftsurlaub hatte sie diese Woche wieder zu arbeiten angefangen. In dieser arbeitsfreien Zeit hatte sie nur Flanellhemden, ausgebeulte Jogging- oder weite Khakihosen getragen. Jetzt trug sie die Uniform einer hochbezahlten New Yorker Anwältin: anthrazitgraues Kostüm, geschmackvolle goldene Armbanduhr, Perlohrringe. Die in der Schwangerschaft angesetzten Pfunde hatte sie sich in vielen Stunden auf dem Laufband im Schlafzimmer ihres Apartments in der Fifth Avenue wieder abtrainiert.

Unter den schlichten Linien ihres Calvin-Klein-Kostüms war Elizabeth schlank wie ein Model. Trotzdem waren ihr der Streß und die Belastung durch ihre ungewohnte neue Rolle als berufstätige Mutter anzumerken. Ihr kurzes aschblondes Haar wirkte leicht zerzaust; ihre Augen waren so stark gerötet, daß sie auf ihre Kontaktlinsen verzichtete und lieber eine Hornbrille trug. Michael fand, damit sehe sie wie eine fürs Examen büffelnde Jurastudentin aus.

»Wie ist's, wieder in der Tretmühle zu sein?« fragte er.

»Als ob man nie weggewesen wäre. Kannst du bitte irgendwo anhalten, damit ich eine Zigarette rauchen kann? Mit den Kindern im Wagen möchte ich nicht rauchen.«

»Ich möchte nicht unnötig halten.«

»Komm schon, Michael!«

»In Riverhead muß ich ohnehin tanken. Dort kannst du deine Zigarette rauchen. Diese Kiste braucht auf hundert Kilometer ungefähr hundert Liter. Wahrscheinlich muß ich zwischen hier und der Insel noch ein paarmal volltanken.«

»O Gott, du fängst doch nicht wieder an, wegen des Jaguars zu jammern?«

»Ich verstehe bloß nicht, warum du deinen Mercedes behalten durftest und ich dieses Ungetüm fahren muß. Damit komme ich mir wie eine Fußballmutti vor.«

»Wir haben ein größeres Auto gebraucht, und der Mechaniker hat mehr Zeit mit deinem Jaguar verbracht als du.«

»Ich bin trotzdem nicht glücklich damit.«

»Alles nur Gewohnheit, Darling.«

»Wenn du so weiterredest, kriegst du mich heute abend nicht in die Falle.«

»Vorsicht mit leeren Drohungen, Michael.«

Der Expressway endete in der Kleinstadt Riverhead. Michael hielt an einem nachts geöffneten Supermarkt mit Tankstelle und füllte den Tank. Elizabeth ging einige Schritte von der Zapfsäule weg, um zu rauchen, und trat von einem Fuß auf den anderen, um sich warmzuhalten. Sie hatte dem Rauchen in der Schwangerschaft abgeschworen, aber als sie zwei Wochen nach ihrer Entbindung erneut von Alpträumen geplagt wurde, rauchte sie wieder, um ihre Nerven zu beruhigen.

Michael raste über die North Fork von Long Island nach Osten weiter, vorbei an endlosen Weideflächen und wie schlafend daliegenden Weingärten. Ab und zu sah er links von sich den Long-Island-Sund: schwarz, im Mondschein glänzend. Michael erreichte das Dorf Greenport und fuhr durch stille Straßen zur Anlegestelle der North Ferry.

Elizabeth schlief. Michael zog seine Lederjacke an und stieg an Deck aus. Schaumgekrönte Wogen brandeten gegen den Bug der Fähre an und ließen Gischt bis an Deck stieben. Es war bitterkalt, aber die Motorhaube fühlte sich angenehm warm an. Michael setzte sich darauf und vergrub seine Hände in den Jackentaschen. Vor ihm lag Shelter Island jenseits des Sunds: eine dunkle Masse, aus der sich nur ein angestrahltes großes weißes Sommerhaus etwas außerhalb von Dering Harbor abhob. Cannon Point.

Als die Fähre anlegte, stieg Michael wieder ein und ließ den Motor an. »Ich hab' dich beobachtet, Michael«, sagte Elizabeth, ohne ihre Augen zu öffnen. »Du hast wieder daran gedacht, stimmt's?«

Es hatte keinen Zweck, sie zu belügen. Er *dachte* daran – an die Nacht vor einem Jahr, als ein ehemaliger KGB-Attentäter mit dem Decknamen Oktober in Cannon Point versucht hatte, sie beide zu ermorden.

»Tust du das oft?« fragte sie, indem sie sein Schweigen als Bejahung auffaßte.

»Das kommt von selbst, wenn ich hier auf der Fähre bin und zum Haus deines Vaters hinübersehe.«

»Ich denke ständig daran«, stellte sie nüchtern fest. »Ich frage mich jeden Morgen, wenn ich aufwache, ob dies der Tag sein wird, an dem ich endlich nicht mehr daran denken muß. Aber die Erinnerung daran verblaßt nie.«

»Das braucht Zeit«, sagte Michael. Nach einer Pause fügte er hinzu: »Sehr viel Zeit.«

»Glaubst du wirklich, daß er tot ist?«

»Oktober?«

»Ja.«

»Die Agency geht davon aus.«

»Was ist mir dir?«

»Mir wäre wohler, wenn seine Leiche auftauchen würde, aber das tut sie bestimmt nicht.«

In Shelter-Island-Heights fuhren sie an den viktorianischen Landhäusern und den holzverkleideten Läden vorbei und rasten die Winthrop Road entlang. Dering Harbor lag im Mondschein vor ihnen; die weite Wasserfläche war leer bis auf Cannons Slup *Athena,* die mit dem Bug in den Wind gedreht an ihrer Boje lag. Michael folgte der Shore Road ins Dorf hinein und hielt wenig später am Tor von Cannon Point.

Der Wachmann am Tor trat aus seiner Hütte und leuchtete den Wagen mit seiner Stabtaschenlampe ab. Seit dem Mordversuch ließ Douglas sich die Sicherheitsmaßnahmen in Cannon Point jeden Monat mehrere tausend Dollar kosten. Die CIA hatte ihm angeboten, sich an den Kosten zu beteiligen, aber Douglas, dem die Geheimdienste immer suspekt gewesen waren, trug sie lieber allein. Michael folgte der kiesbestreuten Auffahrt durchs Grundstück und hielt vor dem Eingang des Haupthauses. Der Senator, der eine alte gelbe Öljacke trug, erwartete sie auf den Stufen vor der Haustür, während seine Retriever vor ihm herumtollten.

The New Yorker hatte Douglas Cannon einmal mit Perikles verglichen, und obwohl der Senator immer so tat, als sei ihm dieser Vergleich etwas peinlich, unternahm er nichts, um ihn zurückzuweisen. Er hatte ein riesiges Vermögen geerbt und frühzeitig erkannt, nur für dessen Vermehrung zu arbeiten, sei eine allzu deprimierende Aussicht. So widmete er sich seiner ersten Liebe, der Geschichte, lehrte an der Columbia University und schrieb Bücher. Seine große Wohnung an der Fifth Avenue war ein Treffpunkt für Dichter, Maler und Musiker. Als kleines Mädchen hatte Elizabeth dort Jack Kerouac, Huey Newton und einen exzentrischen kleinen Blonden mit Sonnenbrille kennengelernt, der Andy hieß. Erst Jahre später wurde ihr bewußt, daß das Andy Warhol gewesen war.

Der Watergate-Skandal zeigte Douglas, daß er nicht mehr nur am Spielfeldrand stehen, als ewiger Zuschauer auf den Rängen bleiben konnte. Er kandidierte in Manhattan-Mitte in einem liberalen Wahlbezirk, in dem die Demokraten eine sichere Mehrheit hatten, und zog 1974 als junger Reformer ins Abgeordnetenhaus ein.

Zwei Jahre später wurde er in den Senat gewählt. In seinen vier Amtsperioden hatte Senator Cannon als Vorsitzender des Streitkräfteausschusses, des Ausschusses für Auswärtige Angelegenheiten und des Geheimdienstausschusses fungiert.

Douglas hatte schon immer etwas von einem Bilderstürmer an sich gehabt, aber seit er sich aus dem politischen Leben zurückgezogen hatte, waren seine Kleidung und seine ganze Lebensweise noch seltsamer als früher geworden. Er trug nur noch zerschlissene Cordhosen, ausgelatschte Bootsschuhe und Pullover, denen man wie ihrem Besitzer ihr Alter ansah. Da er sich einbildete, kalte Meeresluft sei der Schlüssel zur Langlebigkeit, zog er sich einen Bronchialkatarrh nach dem anderen zu, weil er den ganzen Winter hindurch segelte und auf gefrorenen Wegen endlose Wanderungen durch die Mashomack Preserve unternahm.

Elizabeth stieg aus, legte einen Zeigefinger auf die Lippen und begrüßte ihn mit einem Kuß auf die Wange. »Ganz leise, Daddy«, flüsterte sie. »Die beiden schlafen fest.«

Michael und Elizabeth hatten hier eine Suite mit Meerblick: Schlafzimmer, Bad und Wohnzimmer mit Fernseher. Das Schlafzimmer nebenan war in ein provisorisches Kinderzimmer verwandelt worden. Aus irgendeinem Aberglauben heraus hatte Elizabeth nicht zuviel planen wollen, bevor die Zwillinge nicht wirklich geboren waren, so daß in dem spartanisch eingerichteten Raum nur zwei Kinderbetten und ein Wickeltisch standen. Die Wände waren noch immer hellgrau und ebenso nackt wie der Fußboden. Damit das Zimmer nicht ganz so kahl war, hatte der Senator einen alten Schaukelstuhl aus Rohrgeflecht von der Veranda heraufgeholt. Maggie half Elizabeth, die Kinder ins Bett zu bringen, während

Michael und Douglas unten am Kamin ein Glas Merlot tranken. Dort gesellte Elizabeth sich einige Minuten später zu ihnen.

»Wie geht's mit den beiden?« fragte Michael.

»Gut. Maggie bleibt noch ein paar Minuten bei ihnen sitzen, um sicher zu sein, daß sie weiterschlafen.« Elizabeth ließ sich auf die Couch fallen. »Bist du so lieb und schenkst mir ein großes Glas von eurem Wein ein, Michael?«

»Wie kommst du zurecht, Sweetheart?« fragte Douglas.

»Ich habe nicht geahnt, wie anstrengend alles sein würde.« Sie nahm einen großen Schluck Merlot und schloß die Augen, als der Wein durch ihre Kehle floß. »Ohne Maggie wäre ich völlig aufgeschmissen.«

»Das ist ganz normal. Du hast auch eine Babyschwester und später ein Kindermädchen gehabt, obwohl deine Mutter nicht gearbeitet hat.«

»Sie hat gearbeitet, Daddy! Sie hat mich aufgezogen und drei Haushalte geführt, während du in Washington gewesen bist.«

»Kein guter Zug, Douglas«, murmelte Michael.

»Du weißt, was ich meine, Elizabeth. Deine Mutter hat auch *gearbeitet,* aber nicht in einem Büro. Ich weiß offen gesagt nicht, ob Mütter überhaupt arbeiten sollten. Kinder brauchen ihre Mütter.«

»Ich glaube, ich höre nicht recht!« rief Elizabeth lachend aus. »Douglas Cannon, das große liberale Vorbild, ist der Meinung, Mütter sollten nicht arbeiten, sondern zu Hause bei ihren Kindern bleiben. Wenn die National Organization for Women das erst mal mitbekommt… Mein Gott, unter dieser unverbesserlich liberalen Schale schlägt also doch das Herz eines Konservativen, der die alten Familienwerte hochhält.«

»Und was ist mit Michael?« fragte Douglas. »Er lebt im Ruhestand. Hilft er nicht mit?«

»Ich spiele nur jeden Nachmittag eine Partie Boccia mit den anderen Jungs aus dem Dorf.«

»Michael hat eine wunderbare Art mit Kindern«, antwortete Elizabeth. »Aber entschuldigt, wenn ich das ehrlich sage … Väter haben auch ihre Grenzen.«

»Und was soll das wieder heißen?« fragte Douglas.

Bevor Elizabeth antworten konnte, klingelte das Telefon.

»Durch den sprichwörtlichen Gong gerettet«, stellte Michael fest.

Elizabeth nahm den Hörer ab und sagte: »Hallo.« Sie hörte einen Moment aufmerksam zu, dann sagte sie: »Ja, er ist da. Augenblick, bitte.« Sie hielt Douglas den Hörer hin und bedeckte die Sprechmuschel mit einer Hand. »Für dich, Daddy. Ein Anruf aus dem Weißen Haus.«

»Was zum Teufel will das Weiße Haus an einem Freitagabend um zehn Uhr von mir?«

»Der Präsident möchte dich sprechen.«

Douglas stemmte sich hoch, wobei sein Gesichtsausdruck eine Mischung aus Neugier und Gereiztheit zeigte, und kam mit dem Weinglas in der Hand zu Elizabeth.

»Douglas Cannon … Gut, ich warte …«

Er hielt die Sprechmuschel zu und sagte: »Sie müssen den Dreckskerl erst mit mir verbinden.«

Elizabeth und Michael kicherten lautlos. Die persönliche Animosität zwischen den beiden Männern war in Washington legendär. Früher waren sie die einflußreichsten Mitglieder des Streitkräfteausschusses gewesen. Douglas hatte diesen Ausschuß mehrere Jahre lang geleitet, und Beckwith war als ranghöchster Vertreter der Republikaner sein Stellvertreter gewesen. Nachdem die Republikaner im Senat wieder die Mehrheit errungen hatten, hatten die beiden Männer ihre Plätze getauscht. Als Douglas sich aus dem politischen Leben zurückgezogen hatte, waren Beckwith und er so zerstritten gewesen, daß sie kaum mehr miteinander gesprochen hatten.

»Guten Abend, Mr. President«, sagte Douglas jovial und so laut, als erstatte er auf dem Paradeplatz Meldung.

Maggie tauchte oben an der Treppe auf und zischte: »Leise, sonst wachen die Kinder auf.«

»Er telefoniert mit dem Präsidenten«, flüsterte Elizabeth hilflos.

»Sagen Sie ihm, daß er das etwas leiser tun soll«, verlangte Maggie, bevor sie kehrtmachte und ins Kinderzimmer zurückging.

»Danke, ausgezeichnet, Mr. President«, sagte Douglas gerade. »Was kann ich für Sie tun?«

Douglas hörte kurz zu, ohne selbst etwas zu sagen, und fuhr sich dabei geistesabwesend mit einer Hand durch sein dichtes graues Haar.

»Nein, nein, das wäre durchaus kein Problem, Mr. President. Es wäre mir im Gegenteil ein Vergnügen ... Natürlich ... Ja, Mr. President ... Also gut, auf Wiedersehen bis dahin.«

Douglas legte den Hörer auf und sagte: »Beckwith will etwas mit mir bereden.«

»Was denn?« fragte Michael.

»Das hat er nicht gesagt. Das ist typisch seine Art.«

»Wann mußt du nach Washington?« fragte Elizabeth.

»Überhaupt nicht«, antwortete Douglas. »Der Hundesohn kommt am Sonntag morgen nach Shelter Island.«

6

Tafraoute, Marokko

Die verschneiten Gipfel des Atlasgebirges leuchteten, als die Range-Rover-Kolonne auf der mit Schlaglöchern übersäten Piste zu der neuen Villa am Ende des Tals hinauffuhr. Die Geländewagen waren identisch: schwarz mit getönten Scheiben, damit die Insassen nicht zu sehen waren. Jeder dieser Männer war aus einem anderen Teil der Erde nach Marokko gekommen: aus Südamerika, den Vereinigten Staaten, dem Nahen Osten und Westeuropa. Sie alle würden nach nur sechsunddreißig Stunden wieder abreisen, wenn die Konferenz zu Ende war.

In Tafraoute hielten sich wie immer um diese Jahreszeit nur wenige Fremde auf – ein Bergsteigerteam aus Neuseeland und eine Gruppe ältlicher Hippies aus Berkeley, die in die Berge gezogen waren, um zu beten und Haschisch zu rauchen –, und die Range-Rover-Kolonne zog auf ihrer raschen Fahrt das Tal entlang neugierige Blicke auf sich. Kinder in grellbunten Gewändern standen am Rand der Piste und winkten aufgeregt, als die Geländewagen in einer graugelben Staubwolke an ihnen vorbeiröhrten. Keiner der Insassen winkte zurück.

Die Gesellschaft für internationale Entwicklung und Zusammenarbeit war eine rein private Organisation, die keine fremden Geldspenden akzeptierte und nur streng ausgewählte neue Mitglieder aufnahm. Ihren offiziellen Sitz hatte sie in Genf, in einem kleinen Büro mit einem geschmackvollen Messingschild an einer schlichten Tür, hinter der sich eine diskrete Schweizer Bank hätte befinden können, was auch oft vermutet wurde.

Trotz des wohltätig klingenden Namens war die Gesellschaft, wie ihre Mitglieder sie einfach nannten, keineswegs ein altruistischer Orden. Sie war in den Jahren unmittelbar nach dem Zusammenbruch der Sowjetunion und dem Ende des Kalten Kriegs gegründet worden. Zu ihren Mitgliedern gehörten mehrere aktive und ehemalige Angehörige westlicher Geheim- und Sicherheitsdienste, Waffenhersteller und Waffenhändler und auch Gangsterbosse wie die Chefs der russischen und sizilianischen Mafia, südamerikanischer Drogenkartelle und asiatischer Verbrecherbanden.

Alle Entscheidungen über die Politik der Gesellschaft traf der achtköpfige Exekutivrat. Ihr Geschäftsführer war ein ehemaliger Chef des britischen Geheimdiensts, der legendäre »C« vom MI6. Er war nur als »der Direktor« bekannt und wurde nie mit seinem wahren Namen angesprochen. Als erfahrener Außendienstmann, der sich seine Sporen in Berlin und Moskau verdient hatte, überwachte der Direktor die Verwaltung der Gesellschaft und koordinierte ihre Aktionen von seiner mit modernster Technik geschützten Villa im Londoner Wohnviertel St. John's Wood aus.

Das Glaubensbekenntnis der Gesellschaft verkündete, daß es auf der Welt mit dem Ende des Ost-West-Konflikts gefährlicher geworden war. Der Kalte Krieg hatte für Stabilität und Klarheit gesorgt; die neue Weltordnung hatte zu Aufruhr und Unklarheit geführt. Große Nationen waren phlegmatisch geworden; große Armeen waren kastriert worden. Daher war die Gesellschaft bemüht, durch Geheimoperationen ständige, kontrollierte globale Spannungen zu erzeugen. Und sie verstand es, dabei auch riesige Gewinne für ihre Mitglieder und Investoren zu erzielen.

In letzter Zeit hatte der Direktor versucht, die Rolle und die Aktivitäten der Gesellschaft auszubauen. Er hatte sie äußerst raffiniert zu einem Geheimdienst für Geheimdienste gemacht – zu einer ultrageheimen Einsatzabteilung, die jeden Auftrag übernehmen konnte, der einem staatlichen Dienst zu riskant oder unappetitlich erschien.

Der Direktor und sein Mitarbeiterstab hatten umfangreiche Sicherheitsvorkehrungen getroffen. Die Villa stand am Ende des Tals, von einem Elektrozaun umgeben, auf einem kleinen Hochplateau. Die Wüste rund um die Villa war ein felsiges Niemandsland, das durch Dutzende von Überwachungskameras und Bewegungsmelder kontrolliert wurde. Schwerbewaffnete Wachmänner des Sicherheitsdiensts der Gesellschaft, lauter ehemalige Angehörige der britischen Elitetruppe SAS, patrouillierten auf dem Gelände. Störsender unterbanden jeden Versuch, das Treffen aus größeren Entfernungen abzuhören. Bei Sitzungen des Exekutivrats wurden niemals Klarnamen benutzt, deshalb hatte jedes Mitglied einen Decknamen erhalten: Rodin, Monet, van Gogh, Rembrandt, Rothko, Michelangelo und Picasso.

Die acht verbrachten den Tag an dem großen Swimmingpool und entspannten sich in der kühlen, trockenen Wüstenluft. In der Abenddämmerung gab es Drinks auf der weiten Steinterrasse, auf der Propanstrahler die nächtliche Kühle wegheizten, und danach als einfaches Abendessen marokkanischen Kuskus.

Pünktlich um Mitternacht eröffnete der Direktor die Sitzung.

Eingangs referierte der Direktor fast eine Stunde lang über die finanzielle Lage der Gesellschaft. Er verteidigte seine Entscheidung, die Organisation von einem bloßen Katalysator für globale Instabilität in eine Geheimarmee umzuwandeln. Gewiß, er hatte damit seine Befugnisse überschritten, die ihm die Statuten einräumten, aber dafür war es ihm in dieser kurzen Zeitspanne gelungen, der Gesellschaft viele Millionen Dollar Risikokapital zu verschaffen, das sich nun zweckmäßig einsetzen ließ.

Die acht Mitglieder des Exekutivrats quittierten seine Ausführungen wie bei einer beliebigen Vorstandssitzung mit höflichem Beifall. Am Konferenztisch saßen Waffenhändler und Rüstungsindustrielle, deren Umsätze drastisch zurückgegangen waren, Lieferanten von Chemie- und Atomtechnologie, die ihre Produkte den Streitkräften von Dritte-Welt-Staaten verkaufen wollten, und Geheimdienstchefs, die mit Haushaltskürzungen, Machtverlust und schwindendem Einfluß in ihren Hauptstädten zu kämpfen hatten.

In der folgenden Stunde leitete der Direktor eine Diskussion über den Stand globaler Konflikte. Tatsächlich schien die Welt nicht länger mit ihnen kooperieren zu wollen. Gut, in Westafrika herrschten bürgerkriegsähnliche Zustände, die Äthiopier und Eritreer schlugen wieder aufeinander ein, und Südamerika schien interessante Betätigungsmöglichkeiten zu bieten. Aber der Friedensprozeß im Nahen Osten ging weiter, auch wenn er teilweise nur stockend vorankam. Die Iraner und Amerikaner führten Gespräche über eine Wiederannäherung, und sogar die nordirischen Katholiken und Protestanten schienen ihre Differenzen beilegen zu wollen.

»Vielleicht wird es Zeit für ein paar Investitionen«, sagte der Direktor abschließend und betrachtete seine sorgfältig manikürten Hände, während er sprach. »Vielleicht wird es Zeit, einen Teil unserer Gewinne wieder ins Geschäft zu stecken. Ich glaube, daß jeder einzelne von uns verpflichtet ist, alle sich bietenden Gelegenheiten zu nutzen.«

Wieder unterbrach ihn höflicher Beifall. Als er verklungen war, gab der Direktor die Diskussion frei.

Rembrandt, einer der weltweit größten Hersteller von Handfeuerwaffen, räusperte sich und sagte: »Vielleicht gibt es eine Möglichkeit, die Flammen in Nordirland erneut anzufachen.«

Der Direktor zog die Augenbrauen hoch. In seiner Zeit beim MI6 hatte er mit Nordirland zu tun gehabt. Wie die meisten Angehörigen der Geheim- und Sicherheitsdienste betrachtete er die IRA als gleichwertigen Gegner, als professionelle, disziplinierte Guerillastreitmacht. Im Gegensatz dazu hatten die paramilitärischen Gruppierungen der Protestanten bisher hauptsächlich aus Gangstern und Schlägern bestanden, die eine reine Terrorkampagne gegen die Katholiken führten. Aber diese neue Gruppe, die Ulster Freedom Brigade, schien anders zu sein – und das interessierte ihn.

»Für Leute in meiner Branche ist der Nordirlandkonflikt nie besonders lukrativ gewesen«, fuhr Rembrandt fort, »weil er einfach zu klein ist. Mich beunruhigt jedoch die von dem Friedensabkommen ausgehende Botschaft an den Rest der Welt. Wenn die nordirischen Katholiken und Protestanten nach vier Jahrhunderten Blutvergießens schließlich doch lernen können, friedlich zusammenzuleben ... nun, Sie verstehen, was ich meine, Direktor.«

»Tatsächlich wirkt diese Botschaft schon«, sagte Rodin, ein hoher französischer Geheimdienstler. »In Spanien haben die baskischen Separatisten der ETA einen Waffenstillstand verkündet. Sie sagen, daß das nordirische Friedensabkommen sie dazu inspiriert hat.«

»Was schlagen Sie vor, Rembrandt?« fragte der Direktor.

»Vielleicht sollten wir uns mit der Ulster Freedom Brigade in Verbindung setzen, ihr unsere Unterstützung anbieten«, antwortete Rembrandt. »Wenn man aus der Vergangenheit schließen kann, handelt es sich vermutlich um eine sehr kleine Gruppe mit wenig Kapital und nur sehr geringen Vorräten an Waffen und Sprengstoffen. Um ihre Kampagne wirkungsvoll fortsetzen zu können, braucht sie Unterstützung von außen.«

»Ich glaube sogar, daß wir schon Zugang zu ihr haben«, warf Monet ein.

Monet und der Direktor hatten gegen die palästinensischen Guerillas zusammengearbeitet, die London in den siebziger Jahren in einen Tummelplatz für Terroristen verwandelt hatten. Monet war Ari Shamron, der die Operationsabteilung des israelischen Geheimdiensts Mossad leitete.

»Vor sechs Wochen haben unsere Leute in Beirut über einen Mann namens Gavin Spencer aus Ulster berichtet, der im Libanon Waffen kaufen will. Tatsächlich ist er dort mit einem unserer Agenten zusammengetroffen, der sich als Waffenhändler ausgegeben hat.«

»Hat Ihr Agent diesem Spencer Waffen verkauft?« erkundigte der Direktor sich.

»Die Gespräche laufen noch, Direktor«, sagte Monet.

»Haben Sie diese Informationen an Ihre britischen Kollegen weitergegeben?«

Monet schüttelte den Kopf.

»Vielleicht könnten Sie dafür sorgen, daß die Ulster Freedom Brigade eine Waffenlieferung erhält«, schlug der Direktor vor. »Und vielleicht könnten Sie Ihre Verbindungen zu Banken nutzen, um die Lieferung zu Vorzugsbedingungen finanzieren zu lassen.«

»Das ließe sich bestimmt leicht arrangieren, Direktor«, bestätigte Monet.

»Also gut«, sagte der Direktor. »Ich bitte alle, die dafür sind, unsere Kontakte zur Ulster Freedom Brigade auszubauen, um ihr Handzeichen.«

Acht Hände wurden gehoben.

»Noch irgendwelche Fragen, bevor wir mit der Tagesordnung fortfahren?«

Monet ergriff erneut das Wort.

»Ich wäre Ihnen für einen Zwischenbericht über Fortschritte im Fall Achmed Hussein dankbar, Direktor.«

Als Führer der moslemischen Fundamentalistengruppe Hamas war Achmed Hussein für Bombenanschläge in Jerusalem und Tel Aviv verantwortlich. Der Mossad wollte ihn beseitigen, aber Monet hatte gezögert, damit ein Killerkommando seines Dienstes zu beauftragen. Im September 1997 hatte der Mossad versucht, in Amman den Hamas-Funktionär Chaled Meschal zu ermorden. Das Attentat war fehlgeschlagen, und die jordanische Polizei hatte zwei Mossad-Agenten verhaftet. Da Monet keinen weiteren peinlichen Fehlschlag riskieren wollte, hatte er sich an die Gesellschaft gewandt, um Hussein liquidieren zu lassen.

»Ich habe den Auftrag dem Mann erteilt, der Colin Yardley und Eric Stoltenberg nach der TransAtlantic-Sache beseitigt hat«, antwortete der Direktor. »Er fliegt demnächst nach Kairo, und ich rechne damit, daß Achmed Hussein in wenigen Tagen mausetot sein wird.«

»Ausgezeichnet«, sagte Monet. »Nach unseren Erkenntnissen dürfte der Friedensprozeß im Nahen Osten keinen weiteren schweren Schlag mehr überleben. Gelingt dieses Unternehmen, explodieren die besetzten Gebiete. Dann bleibt Arafat nichts anderes übrig, als die Gespräche abzubrechen. Ich erwarte, daß der Friedensprozeß bis zum Ende dieses Winters nur noch eine schlimme Erinnerung sein wird.«

Auch dafür gab es verhaltenen Beifall.

»Der nächste Tagesordnungspunkt betrifft unsere Bemühungen, den Konflikt zwischen Indien und Pakistan anzufachen«, fuhr der Direktor nach einem Blick in seine Unterlagen fort. »Die Pakistaner haben gewisse Schwierigkeiten bei der Entwicklung ihrer Mittelstrekkenraketen, deshalb haben sie uns gebeten, ihnen beim Aufspüren der Schwachstellen zu helfen.«

Die Besprechung endete kurz nach Tagesanbruch.

Das Mitglied des Exekutivrats mit dem Decknamen Picasso fuhr in einem Range Rover mit Chauffeur über die rosenfarbene Ebene zwischen dem Atlasgebirge und Marrakesch. Picasso war mit einem auf den Namen Lisa Bancroft ausgestellten falschen Paß in Marokko eingereist. Ihr echter Paß lag im Safe ihres Zimmers in dem Fünfsternehotel La Mamounia. Als sie später an diesem Morgen dorthin zurückkam, gab sie den Zahlencode ein, der die Tür aufspringen ließ. In dem Safe lagen außer ihrem Reisepaß auch Geld und etwas Schmuck.

Ihr Flug ging erst in sechs Stunden, reichlich Zeit, um ein Bad zu nehmen und ein bis zwei Stunden zu schlafen. Picasso nahm die Sachen aus dem Safe, zog sich aus und streckte sich auf dem Bett aus. Sie schlug ihren Paß auf und betrachtete das Foto.

Komisch, dachte sie, ich sehe Picasso nicht gerade ähnlich.

7

Shelter Island, New York

Das Vorauskommando aus dem Weißen Haus traf am Samstagmorgen ein und buchte sämtliche freien Zimmer im Manhanset Inn, dem Hotel im viktorianischen Zukkerbäckerstil in The Heights mit Blick über Dering Harbor. Jake Ashcroft, ein ausgebrannter Investmentbanker, der sich das Hotel von einem einzigen Jahresbonus gekauft hatte, wurde vom Stab des Weißen Hauses höflich gebeten, die Sache vertraulich zu behandeln. Der Präsident komme zu einem streng privaten Besuch, hieß es, und wolle jegliches Aufsehen vermeiden. Aber Shelter Island war schließlich eine Insel, auf der wie auf jeder Insel viel geklatscht wurde, und gegen Mittag wußte bereits die halbe Insel, daß der Präsident kommen würde.

Nachmittags hatte Jake Ashcroft die ersten Befürchtungen, dieser Besuch werde ein Alptraum werden. Sein geliebtes Hotel war auf den Kopf gestellt worden. Der preisgekrönte Speisesaal, dessen schöne Eichentische gräßlichen gemieteten Bankettischen mit weißen Plastikdecken hatten weichen müssen, fungierte jetzt als Pressezentrum. Ein Team der Telefongesellschaft hatte fünfzig kurzfristige Anschlüsse installiert. Ein weiteres Team hatte das Kaminzimmer ausgeräumt und in ein Fernsehstudio verwandelt. Dicke Kabel schlängelten sich durch die elegante Hotelhalle, und auf dem Rasen vor dem Gebäude stand jetzt eine Satellitenschüssel.

Die Kamerateams der großen Fernsehgesellschaften

trafen am frühen Abend ein – teils aus New York, teils aus Washington. Sie machten Jake Ashcroft so wütend, daß er sich in sein Zimmer zurückzog, dort in Jogahaltung saß und immer wieder das Gebet um heitere Gelassenheit aufsagte. Die Produzenten waren hohlwangig und reizbar. Die Kameramänner erinnerten an Fischer aus Greenport: stämmig und bärtig, in ausgemusterten Militärklamotten. Sie pokerten bis weit nach Mitternacht und tranken dazu Bier, bis es keines mehr gab.

Bei Tagesanbruch schwärmten Secret-Service-Agenten auf der Insel aus. Sie bezogen Posten an beiden Anlegestellen der Fähre und errichteten auf allen Zufahrten zu Cannon Point Straßensperren. Scharfschützen gingen auf dem Dach des alten Hauses in Stellung, und zu Bombenschnüfflern abgerichtete Schäferhunde patrouillierten auf den weiten Rasenflächen und erschreckten die Eichhörnchen und die Weißwedelhirsche. Die Fernsehteams fielen wie ein Stoßtrupp in Coecles Harbor ein und charterten sämtliche Boote, deren sie habhaft werden konnten. Die Preise zogen augenblicklich an. Das CNN-Team mußte sich mit einem altersschwachen dreieinhalb Meter langen Zodiac-Schlauchboot zufriedengeben, für das es erstaunliche fünfhundert Dollar zahlte. Im Shelter-Island-Sund waren zwei Küstenwachkutter postiert. Um halb zehn traf der gemietete Bus mit dem Pressekorps des Weißen Hauses im Manhanset Inn ein. Die Reporter stolperten in Jake Ashcrofts leergeräumten Speisesaal wie Bürgerkriegsflüchtlinge in ein Aufnahmezentrum.

Und so schien alles bereit zu sein, als kurz nach zehn Uhr von der Little Peconic Bay herüber das gedämpfte *wup-wup-wup* von Hubschrauberrotoren zu hören war. Der Sonntag war feucht und bewölkt angebrochen, aber um diese Zeit hatten sich die Wolken aufgelöst, und die Osthälfte von Long Island lag in hellem Wintersonnenschein. Auf Chequit Point knatterte eine amerikanische Fahne im Wind. Auf dem Dach des Shelter-Island-Yacht-Clubs lag ein riesiges Spruchband mit der Aufschrift WELCOME PRESIDENT BECKWITH, das der Präsident lesen konnte, wenn sein Hubschrauber darüberflog. Viele neugierige Inselbewohner säumten die Shore Road, und die Kapelle der High School spielte begeistert, wenn auch nicht ganz tonrein »Hail to the Chief«.

Marine One flog über Nassau Point und Great Hog Neck an. Die Gaffer an der Shore Road bekamen den Präsidentenhubschrauber erstmals zu sehen, als er tief über dem Shelter-Island-Sund heranschwebte. Die Fernsehteams in den Booten richteten ihre Kameras auf ihn und hielten den Anflug fest. Dann schwebte Marine One über Dering Harbor, wo der Rotorabwind Wellen auf der Wasseroberfläche hervorrief, und setzte gleich hinter der Kaimauer auf dem Rasen von Cannon Point auf.

Dort wartete Douglas Cannon gemeinsam mit Elizabeth, Michael und den beiden Retrievern. Die Hunde rasten los, als James und Anne Beckwith ausstiegen – beide mit frischgebügelten Khakihosen und jagdgrünen, wasserdichten Jacken aus England für eine Landpartie gekleidet.

Eine kleine Gruppe von Reportern – der sogenannte engste Kreis – hatte das Grundstück betreten dürfen, um die Ankunft mitzuerleben. »Wozu sind Sie hier?« rief der Korrespondent von ABC News laut.

»Wir wollen nur einen alten Freund in seinem Haus auf dem Land besuchen«, rief der Präsident lächelnd zurück.

»Was machen Sie jetzt?«

Douglas Cannon trat vor. »Wir fahren in die Kirche.«

First Lady Anne Beckwith – oder Lady Anne Beckwith, wie sie bei den Washingtoner Klatschbasen hieß – reagierte auf diese Antwort des Senators sichtlich betroffen. Wie ihr Mann war sie praktisch eine Atheistin, die nichts mehr haßte als den sonntäglichen Ausflug über den Lafayette Square in die St. John's Episcopal Church, um dort eine Stunde lang scheinbar zu beten und eine erbauliche Predigt anzuhören. Aber zehn Minuten später war eine improvisierte Wagenkolonne auf der Manhanset Road zu St. Mary's Church unterwegs. Wenig später standen die beiden alten Widersacher Schulter an Schulter in der ersten Bankreihe – Beckwith in einem blauen Blazer, Cannon in einer abgetragenen Tweedjacke mit Löchern in den Ellbogen – und sangen lauthals »Ein feste Burg ist unser Gott«.

Mittags beschlossen Beckwith und Cannon, nun sei ein kleiner Segeltörn fällig, obwohl die Lufttemperatur kaum fünf Grad betrug und mäßiger Wind mit Stärke vier über den Shelter-Island-Sund wehte. Zum Entsetzen der Secret-Service-Agenten gingen die beiden Männer tatsächlich an Bord der *Athena* und legten ab.

Sie liefen mit Motor durch den engen Kanal zwischen Shelter Island und der North Fork von Long Island und setzten erst Segel, als die *Athena* das offene Wasser der Gardiners Bay erreichte. Hinter ihnen folgten ein Küstenwachkutter, zwei mit Secret-Service-Agenten besetzte Boston Whaler und ein halbes Dutzend Fernsehboote. Es gab nur eine Havarie: Das von CNN gecharterte Zodiac-Schlauchboot schlug voll und sank vor den Felsen von Cornelius Point.

»Also gut, Mr. President«, sagte Douglas Cannon. »Nachdem wir den Medien jetzt viele nette Aufnahmen ermöglicht haben, könnten sie mir doch endlich erzählen, was zum Teufel das Ganze soll.«

Mit Kurs auf Plum Island flog die *Athena* hart am Wind und weit nach Steuerbord krängend über die Gardiners Bay. Cannon saß an der Pinne, Beckwith auf dem Cockpitsitz neben dem Niedergang. »Wir sind nie die besten Freunde gewesen, Mr. President. Soweit ich mich erinnere, ist das einzige gesellschaftliche Ereignis, an dem wir beide teilgenommen haben, die Beerdigung meiner Frau gewesen.«

»Damals im Senat sind wir Konkurrenten gewesen«, antwortete Beckwith. »Das liegt schon lange zurück. Und lassen Sie den Mr.-President-Scheiß, Douglas. Dafür kennen wir uns wirklich schon zu lange.«

»Wir sind nie Konkurrenten gewesen, Jim. Sie und Anne haben in Washington von Anfang an nur ein Ziel im Auge gehabt: das Weiße Haus. Ich dagegen wollte im Senat bleiben und Gesetze machen. Mir hat die Arbeit als Gesetzgeber gefallen.«

»Und Sie sind ein verdammt guter Gesetzgeber gewesen. Einer der besten, die's jemals gegeben hat.«

»Danke für das Kompliment, Jim.« Cannon betrachtete seine Segel und runzelte die Stirn. »Unsere Fock macht am Vorliek ein paar Falten, Mr. President. Setzen Sie das Fall bitte steifer durch?«

An Backbord tauchte Orient Point auf. Die Nebelhörner an der Küste tuteten zur Begrüßung. Plum Island lag genau voraus. Cannon fiel in Richtung Gardiners Island nach Süden ab und brachte die *Athena* auf einen bequemen Raumschots-Kurs.

»Ich möchte, daß Sie für mich arbeiten«, sagte Beckwith plötzlich. »Ich brauche Sie, und Ihr Land braucht Sie auch.«

»Was soll ich tun?«

»Ich möchte, daß Sie als mein Botschafter nach London gehen, Douglas. Ich kann nicht untätig zusehen, wie eine Bande protestantischer Terroristen den Friedensprozeß sabotiert. Ich brauche in London jetzt einen Mann von politischem Gewicht – und Tony Blair braucht ihn auch.«

»Jim, ich bin einundsiebzig. Ich bin pensioniert und damit glücklich.«

»Scheitert das Friedensabkommen für Nordirland, wird es wieder ein Blutvergießen wie seit den siebziger Jahren nicht mehr geben. Das will ich nicht auf meinem Gewissen haben, und ich denke, daß Sie das auch nicht wollen.«

»Aber warum ich?«

»Weil Sie ein hervorragender und allgemein geachteter amerikanischer Staatsmann sind. Weil Ihre Familie einst aus Nordirland eingewandert ist. Weil Sie in Ihren öffentlichen Äußerungen zu diesem Konflikt die Gewalttaten der IRA ebenso wie die der protestantischen Mehrheit verurteilt haben. Weil beide Seiten darauf vertrauen, daß Sie fair sind.« Beckwith zögerte kurz und blickte übers Wasser hinaus. »Und weil Ihr Präsident Sie bittet, etwas für Ihr Land zu tun. In Washington hat das früher etwas bedeutet. Ich glaube, daß es Ihnen noch immer etwas bedeutet, Douglas. Zwingen Sie mich nicht dazu, meine Bitte zu wiederholen.«

»Es gibt noch etwas, das Sie zu erwähnen vergessen haben, Jim.«

»Das Attentat, das letztes Jahr auf Ihren Schwiegersohn verübt worden ist?«

»Und auf meine Tochter. Ich bin sicher, daß ein Exemplar von Michaels Bericht das Oval Office erreicht hat. Michael ist der Überzeugung, daß einer Ihrer größten Geldgeber hinter dem Abschuß von TransAtlantic Flight 002 gestanden hat. Und ich glaube ihm das ehrlich gesagt.«

»Ich kenne diesen Bericht«, sagte Beckwith und runzelte die Stirn. »Michael ist ein ausgezeichneter Geheimdienstoffizier gewesen, aber seine Schlußfolgerungen sind phantastisch und falsch. Die Idee, ein Mann wie Mitchell Elliott könnte etwas mit dem Abschuß der Verkehrsmaschine zu tun gehabt haben, ist geradezu absurd. Hätte ich den geringsten Verdacht, er könnte irgendwas damit zu tun gehabt haben, würde ich alles in meiner Macht Stehende tun, damit er seine Strafe erhält. Aber es stimmt einfach nicht, Douglas. Das Schwert von Gaza hat dieses Flugzeug abgeschossen.«

»Ernennen Sie mich, drehen Ihre Sponsoren durch. London geht immer an einen großzügigen Spender.«

»Das beste daran, daß ich nicht wiedergewählt werden kann, Douglas, ist die Tatsache, daß mir scheißegal sein kann, was die Geldleute sagen.«

»Was ist mit dem Bestätigungsverfahren?«

»Entschuldigen Sie meinen Kalauer, aber da rauschen Sie mit vollen Segeln durch.«

»Da wäre ich mir nicht so sicher. Der Senat hat sich seit unserem Ausscheiden ziemlich verändert. Ihre Partei hat eine Horde Jungtürken hineingeschickt, und ich habe den Eindruck, daß sie vorhaben, das Kapitol niederzubrennen.«

»Die Jungtürken können Sie mir überlassen.«

»Ich will nicht, daß sie mich in die Mangel nehmen, nur weil ich ein paarmal gekifft habe. Gott, ich bin in den sechziger und siebziger Jahren Universitätsprofessor in New York City gewesen. Da hat jeder gekifft.«

»Ich nicht.«

»Na ja, das erklärt vieles.«

Beckwith lachte. »Mit dem führenden Republikaner im Ausschuß für Auswärtige Angelegenheiten spreche ich persönlich. Ich erkläre ihm klipp und klar, daß ich für Ihre Nominierung die rückhaltlose Zustimmung der Republikaner erwarte. Und die ist Ihnen sicher.«

Cannon tat so, als lasse er sich die Sache sorgfältig durch den Kopf gehen, aber beide Männer wußten, daß er sich längst entschieden hatte. »Ich brauche Bedenkzeit. Ich muß erst mit Elizabeth und Michael reden. Ich habe zwei Enkelkinder. In meinem Alter ist ein Umzug nach London nichts, was man auf die leichte Schulter nehmen könnte.«

»Lassen Sie sich soviel Zeit, wie Sie brauchen, Douglas.«

Cannon sah sich nach der kleinen Flotte von Booten um, die ihnen über die Gardiners Bay folgte. »Den Küstenwachkutter hätte ich vor ein paar Jahren brauchen können.«

»Ah, ganz recht«, sagte der Präsident. »Ich habe von Ihrer kleinen Havarie vor dem Leuchtturm Montauk gelesen. Wie ein Segler mit Ihrer Erfahrung von schlechtem Wetter überrascht werden konnte, ist mir unbegreiflich.«

»Das ist ein plötzlich aufkommendes Gewitter gewesen!«

»Plötzlich aufkommende Gewitter gibt's nicht. Sie hätten den Himmel beobachten und den Wetterbericht hören sollen. Wo haben Sie überhaupt segeln gelernt?«

»Ich habe den Himmel beobachtet. Das ist eine Böenfront aus heiterem Himmel gewesen.«

»Böenfront, daß ich nicht lache!« sagte der Präsident. »Muß an dem vielen Gras gelegen haben, das Sie in den Sechzigern geraucht haben.«

Beide Männer lachten schallend.

»Ich denke, wir sollten jetzt umkehren«, sagte Cannon. »Klar zum Halsen, Mr. President.«

»Er will, daß ich nach London gehe und Edward Hathaway als Botschafter ablöse«, verkündete Cannon, als er mit einer staubigen Flasche Bordeaux aus dem Weinkeller heraufkam. Der Präsident und die First Lady waren wieder fort; die Kinder schliefen oben. Michael und Elizabeth saßen gemütlich auf den Couches am Kaminfeuer. Cannon entkorkte die Flasche und schenkte drei Gläser ein.

»Was hast du ihm geantwortet?« fragte Elizabeth.

»Ich habe ihm erklärt, daß ich die Sache mit meiner Familie besprechen muß.«

»Warum du?« erkundigte Michael sich. »James Beckwith und Douglas Cannon sind nie dicke Freunde gewesen.«

Cannon wiederholte die Gründe, die der Präsident angeführt hatte. »Beckwith hat recht«, meinte Michael. »Du hast alle Seiten wegen ihres Verhaltens angeprangert – die IRA, die paramilitärischen Gruppen der Protestanten und die Briten. Außerdem wirst du als ehemaliger Senator respektiert. Damit bist du im Augenblick der ideale Mann als Vertreter Amerikas am Hof von St. James.«

Elizabeth runzelte die Stirn. »Andererseits ist Daddy auch einundsiebzig, lebt im Ruhestand und hat gerade zwei Enkel bekommen. Dies ist nicht der richtige Zeitpunkt, um nach London zu verschwinden und Botschafter zu spielen.«

»Dem Präsidenten kann man nichts abschlagen«, sagte Cannon.

»Das hätte der Präsident bedenken sollen, bevor er dich gefragt hat«, sagte Elizabeth. »Außerdem ist London immer ein politischer Posten gewesen. Soll Beckwith ihn doch mit einem seiner großen Geldgeber besetzen.«

»Blair hat Beckwith gebeten, diesmal keine parteipolitische Wahl zu treffen. Er will einen Berufsdiplomaten oder einen Politiker von Statur – wie deinen Vater«, sagte Cannon etwas in die Defensive gedrängt.

Er trat ans Kaminfeuer und stocherte mit dem Schürhaken in der Glut herum.

»Du hast recht, Elizabeth«, sagte er, während er in die Flammen starrte. »Ich *bin* einundsiebzig und wahrscheinlich zu alt, um eine so anspruchsvolle Aufgabe zu übernehmen. Aber mein Präsident hat mich darum gebeten, und ich *will* sie übernehmen, verdammt noch mal! Es fällt mir schwer, ständig nur am Spielfeldrand zu sitzen. Könnte ich dazu beitragen, Nordirland Frieden zu bringen, wäre das viel mehr wert als alles, was ich jemals im Kongreß erreicht habe.«

»Das klingt ganz so, als hättest du dich schon entschieden, Daddy.«

»Das habe ich, aber ich möchte deinen Segen.«

»Was ist mit deinen Enkeln?«

»Meine Enkel sind noch ein halbes Jahr nicht imstande, mich von einem meiner Hunde zu unterscheiden.«

»Aber du mußt noch etwas anderes bedenken, Douglas«, warf Michael ein. »Vor kaum einem Monat hat eine neue protestantische Terrororganisation bewiesen, daß sie bereit und fähig ist, wichtige Ziele anzugreifen.«

»Mir ist klar, daß dieser Job nicht ungefährlich ist. Offen gesagt wüßte ich gern, welche Gefahren mir drohen können – und ich möchte eine Beurteilung, auf die ich mich verlassen kann.«

»Was willst du damit sagen, Daddy?«

»Damit will ich sagen, daß mein Schwiegersohn früher bei der Central Intelligence Agency gearbeitet und Terrorgruppen infiltriert hat. Er versteht etwas von diesem Geschäft und hat ausgezeichnete Verbindungen. Ich möchte, daß er seine Verbindungen nutzt, um herauszufinden, mit welchen Leuten ich es zu tun habe.«

»Dazu muß ich nur ein paar Tage nach London«, sagte Michael. »Hin und zurück.«

Elizabeth zündete sich eine Zigarette an und blies den Rauch an die Decke. »Ja, ich erinnere mich noch an das letzte Mal, als du das gesagt hast.«

8

Mykonos · Kairo

Die weiße Villa klebte wie ein Schwalbennest an den Felsen von Kap Mavros über der Einfahrt zur Panormosbucht. Sie hatte fünf Jahre lang leergestanden und war in dieser Zeit nur an einen Clan junger britischer Börsenmakler vermietet worden, die jeden August für drei Besäufniswochen die Insel unsicher machten. Die Vorbesitzer, einen amerikanischen Schriftsteller und seine schöne mexikanische Frau, hatte der ewige Wind vertrieben. Sie hatten ihre Villa Stavros, dem bekanntesten Immobilienmakler an der Nordküste von Mykonos, anvertraut und waren in die Toskana geflüchtet.

Den Franzosen namens Delaroche – zumindest hielt Stavros ihn für einen Franzosen – schien der Wind nicht zu stören. Er war im vorigen Winter mit dick verbundener rechter Hand nach Mykonos gekommen und hatte die Villa nach nur fünfminütiger Besichtigung gekauft. Seinen Glückstreffer hatte Stavros am selben Abend mit zahllosen Runden Wein und Ouzo – natürlich zu Ehren des Franzosen – für die Stammgäste der Taverne in Ano Mera gefeiert. Von diesem Augenblick an war der geheimnisvolle Monsieur Delaroche der beliebteste Mann an der Nordküste von Mykonos, obwohl ihn außer Stavros noch niemand persönlich gesehen hatte.

Binnen weniger Wochen nach der Ankunft des Franzosen wurde auf Mykonos viel darüber spekuliert, wovon er eigentlich seinen Lebensunterhalt bestritt. Er malte göttlich, aber als Stavros ihm anbot, eine Ausstellung seiner Gemälde in der Galerie eines Freundes in Chora zu organisieren, erklärte ihm der Franzose, seine Arbeiten seien nicht zu verkaufen. Delaroche raste mit seinem Rennrad wie ein Dämon über die Insel, aber als Kristos, der Besitzer der Taverne in Ano Mera, ihn für den dortigen Club anzuwerben versuchte, sagte der Franzose, er fahre lieber allein. Manche vermuteten, er stamme aus einer reichen Familie, aber er erledigte alle Reparaturen an der Villa selbst und war in den Geschäften im Dorf als sparsamer Kunde bekannt. Er hatte nie Besuch, gab keine Parties und hatte keine Freundin, obwohl viele der einheimischen Mädchen ihm gern gefällig gewesen wären. Sein Tagesablauf hatte etwas von der Regelmäßigkeit eines Uhrwerks an sich. Er fuhr mit seinem italienischen Rennrad, er malte seine Bilder, er kümmerte sich um seine vom Wind umbrauste Villa. An den meisten Tagen war er in der Abenddämmerung zu sehen, wie er bei Linos auf den Felsen saß und übers Meer hinausstarrte. Der Sage nach hatte Poseidon dort Ajax den Kleinen wegen der Vergewaltigung Kassandras vernichtet.

Delaroche hatte tagsüber auf Syros gemalt. Als an diesem Abend die Sonne im Meer versank, kam er mit der Fähre nach Mykonos zurück. Er stand auf dem Vorderdeck und rauchte eine Zigarette, als das Schiff in die Korfosbucht einlief und in Chora anlegte. Er wartete, bis alle von Bord waren, bevor er selbst an Land ging.

Für Tage, an denen es für Radtouren zu kalt und regnerisch war, hatte er sich einen gebrauchten Volvo Kombi gekauft. Der Wagen stand auf einem um diese Zeit leeren Parkplatz am Fährhafen. Delaroche öffnete die Heckklappe und legte seine Sachen auf die hintere

Ladefläche: eine große flache Tasche mit Leinwänden und seiner Palette, eine kleinere Tasche mit Pinseln und Farben. Dann setzte er sich ans Steuer und ließ den Motor an.

Die Fahrt nach Kap Mavros an der Nordküste dauerte nur ein paar Minuten; Mykonos ist eine kleine Insel, etwa zehn mal fünfzehn Kilometer groß, und auf der Straße herrschte in dieser Jahreszeit nur wenig Verkehr. Die Mondlandschaft der Insel zog im gelblichen Licht der Autoscheinwerfer an ihm vorbei – baumlos, kahl, mit kantigen Felsformationen, die Jahrtausende menschlicher Besiedlung nur wenig abgeschliffen hatten.

Delaroche hielt in der kiesbestreuten Einfahrt der Villa und stieg aus. Wegen des Windes mußte er sich kräftig gegen die Autotür stemmen, um sie überhaupt öffnen zu können. Von der ins Ionische Meer übergehenden Panormosbucht leuchteten schaumgekrönte Wellen herauf. Delaroche ging den kurzen gepflasterten Weg zur Haustür und steckte seinen Schlüssel ins Schloß. Bevor er die Tür öffnete, zog er eine Pistole, eine italienische Beretta, aus dem Schulterhalfter unter seiner Lederjacke. Die Alarmanlage zirpte leise, als er das Haus betrat. Er schaltete die Anlage aus, machte Licht und ging durch sämtliche Räume der Villa, bis er sicher war, daß niemand im Haus war.

Da er nach seinem langen Maltag hungrig war, ging er in die Küche und bereitete sich ein Abendessen zu: ein Omelett mit Zwiebeln, Champignons und Käse, einen Teller Parmaschinken, dazu eingelegte Oliven, griechische Peperoni und in Olivenöl mit Knoblauch gebackenes Brot.

Er trug die Teller zu dem rustikalen Eßtisch hinüber. Dann schaltete er seinen Laptop ein, loggte sich ins Internet ein und las Zeitungen, während er aß. Im Haus war es still bis auf den Wind, der an den aufs Meer hinausführenden Fenstern rüttelte.

Als er seine Lektüre beendet hatte, sah er nach, ob eine E-Mail für ihn eingegangen war. Er hatte eine, aber als er sie auf den Bildschirm holte, schien sie nur aus einer Folge willkürlich aneinandergereihter Buchstaben zu bestehen. Erst als er sein Kennwort eingab, wurde daraus Klartext. Delaroche aß langsam weiter, während er das Dossier des Mannes studierte, den er als nächsten ermorden würde.

Obwohl Jean-Paul Delaroche den größten Teil seines Lebens in Frankreich verbracht hatte, war er kein Franzose. Unter dem Decknamen Oktober hatte er als Berufskiller für den KGB gearbeitet. Er hatte ausschließlich in Westeuropa und im Nahen Osten gelebt und operiert, und sein Auftrag war einfach gewesen: Chaos innerhalb der NATO zu erzeugen, indem er die Spannungen innerhalb ihrer Mitgliedsstaaten anheizte. Als die Sowjetunion zusammenbrach, wurden Männer wie Delaroche nicht vom Auslandsgeheimdienst, dem weniger anrüchigen KGB-Nachfolger, übernommen; also machte er sich selbständig und avancierte rasch zum gefragtesten Auftragsmörder der Welt. Jetzt arbeitete er ausschließlich für einen Mann, den er nur als den Direktor kannte. Für seine Dienste erhielt er eine Million Dollar im Jahr.

Seenebel hing über den Klippen, als Delaroche am nächsten Tag mit einem kleinen italienischen Motorroller die schmale Küstenstraße über der Panormosbucht entlangfuhr. Mittags aß er in Ano Mera in der Taverne: Fisch, Reis, Brot und Salat mit Olivenöl und keilförmig geschnittenen Eierscheiben. Nach dem Essen schlenderte er durchs Dorf auf den Obstmarkt. Dort kaufte er mehrere Melonen, die er in einer großen Papiertüte zwischen seine Beine stellte, als er zu einem einsamen, unbefestigten Straßenstück in den kahlen Hügeln über der Merdiasbucht hinauffuhr.

Oben hielt Delaroche neben einem Felsvorsprung an. Er nahm eine Melone aus seiner Tüte und stellte sie so auf den Felsen, daß sie ungefähr in Kopfhöhe stand. Dann stellte er drei weitere Melonen wie Gummihütchen auf einem Slalomkurs mit etwa zwanzig Metern Abstand auf der Straße auf. Seine Beretta steckte im Schulterhalfter unter seinem linken Arm. Er fuhr zweihundert Meter weiter, hielt an, wendete und zog ein Paar schwarzer Lederhandschuhe aus der Innentasche seiner Jacke.

Bei seinem letzten Auftrag vor einem Jahr hatte der Mann, den er hätte liquidieren sollen, ihn mit einem Schuß durch die rechte Hand verletzt. Das war das einzige Mal gewesen, daß Delaroche einen übernommenen Auftrag nicht wie vereinbart durchgeführt hatte. Die Schußwunde hatte eine häßliche wulstige Narbe zurückgelassen. Er konnte viel tun, um sein Aussehen zu verändern – sich einen Bart stehen lassen, eine Mütze und eine Sonnenbrille tragen, sich die Haare färben –, aber an der Narbe ließ sich nichts ändern; er konnte sie nur verbergen.

Delaroche gab plötzlich Vollgas, raste mit dem Motorroller die Straße entlang und zog eine lange Staubfahne hinter sich her. Er lenkte geschickt um die drei Hindernisse herum. Dann griff er unter seinen linken Arm, zog die Pistole heraus und nahm das näher kommende Ziel ins Visier. Im Vorbeirasen gab er drei Schüsse darauf ab.

Delaroche bremste, wendete und fuhr zurück, um die Melone zu inspizieren.

Keiner der drei Schüsse hatte getroffen.

Mit einem halblauten Fluch ging Delaroche den ganzen Ablauf nochmals durch und versuchte festzustellen, warum er nicht getroffen hatte. Er betrachtete seine Hände. Er hatte früher nie Handschuhe getragen und konnte sich auch jetzt nicht damit anfreunden: Sie machten seine Hände weniger empfindlich und erschwerten es seinem Zeigefinger, den Druckpunkt am Abzug zu finden. Er zog die Handschuhe aus, steckte die Beretta ins Schulterhalfter zurück, fuhr wieder zum Ausgangspunkt und wendete.

Dann gab er wieder Vollgas und umkurvte die Melonen auf der Straße mit voller Geschwindigkeit. Er zog seine Beretta und schoß im Vorbeifahren auf das Ziel. Diesmal zerplatzte es in einem Schauer aus blaßgelben Melonenstücken.

Delaroche raste davon.

Achmed Hussein residierte in einem gedrungenen dreistöckigen Apartmentgebäude in Ma'adi, einem staubigen Vorort am Nil, einige Kilometer südlich der Innenstadt von Kairo. Hussein war kleinwüchsig, kaum einen Meter fünfundsechzig groß, und schmächtig. Er trug sein Haar ziemlich kurz und seinen Bart als äußeres Zeichen der Frömmigkeit unfrisiert lang. Sein Apartment, in dem er alle Mahlzeiten einnahm und Besucher empfing, verließ er nur, um fünfmal am Tag in die Moschee auf der anderen Straßenseite zu gehen und zu beten. Manchmal trank er in dem Kaffeehaus neben der Moschee noch ein Glas Tee, aber meistens drängte seine aus Amateuren bestehende Leibwache ihn dazu, schnell in die Wohnung zurückzukehren. Manchmal quetschten die Männer sich für die kurze Fahrt zur Moschee in einen dunkelblauen Fiat; manchmal gingen sie zu Fuß. Das stand alles in dem Dossier.

Delaroche trat seine Reise nach Kairo drei Tage später

an einem bewölkten, fast windstillen Morgen an. Er trank seinen Kaffee auf der Terrasse über Kap Mavros mit Blick aufs nur leicht bewegte Meer, fuhr dann mit dem Volvo nach Chora und ließ ihn auf dem Parkplatz am Hafen stehen. Er hätte direkt nach Athen fliegen können, aber er wollte lieber mit der Fähre nach Paros übersetzen und von dort aus fliegen. Er hatte es nicht eilig und wollte in aller Ruhe prüfen, ob er etwa beschattet wurde. Als das Schiff aus der Korfosbucht auslief und die kleine Insel Delos passierte, schlenderte er über die Decks, beobachtete unauffällig seine Mitreisenden und merkte sich ihre Gesichter.

Auf Paros nahm Delaroche ein Taxi vom Fährhafen zum Flugplatz. Dort lungerte er in einer Telefonzelle, am Zeitungsstand und in einem Café herum, während er die Gesichter in seiner Nähe kontrollierte. Als er die Maschine nach Athen bestieg, war niemand an Bord, der schon auf der Fähre gewesen war. Delaroche lehnte sich zurück und genoß den kurzen Flug, indem er das tief unter ihm liegende graugrüne winterliche Meer betrachtete.

Er verbrachte den Nachmittag in Athen, dessen berühmteste Baudenkmäler er besichtigte, und flog am frühen Abend nach Rom weiter. Dort nahm er sich in einem kleinen Hotel in einer Seitenstraße der Via Veneto unter dem Namen Karel van der Stadt ein Zimmer und begann Englisch mit holländischem Akzent zu radebrechen.

In Rom war es kalt und regnerisch, aber da er Hunger hatte, lief er im Nieselregen zu einem guten Restaurant, das er in der Via Borghese kannte. Der Ober servierte ihm Rotwein und verschiedene Vorspeisen: Mozzarella mit Tomaten, gebratene Auberginen, in Olivenöl eingelegte Peperoni, Omelett mit Schinken. Nach diesen Vorspeisen trat der Ober an seinen Tisch und fragte einfach:

»Fisch oder Fleisch?« Delaroche aß Seebarsch mit Salzkartoffeln und Gemüse.

Nach dem Abendessen ging er ins Hotel zurück. Er setzte sich an den kleinen Schreibtisch, schaltete seinen Laptop ein, loggte sich ins Internet ein und lud eine verschlüsselte Datei herunter. Erst als er sein Kennwort eingab, verwandelte das Buchstabengewirr sich wieder in Klartext. Diese neue Datei enthielt einen auf den neuesten Stand gebrachten Bericht über Achmed Husseins Aktivitäten in Kairo. Delaroche, der für einen professionellen Geheimdienst gearbeitet hatte, erkannte gute Ermittlungsarbeit, wenn er sie vor sich hatte. Hussein wurde in Kairo von erstklassigen Leuten überwacht – vermutlich von Mossad-Agenten.

Am nächsten Vormittag nahm Delaroche ein Taxi zum Flughafen Leonardo da Vinci, um mit Egypt Air nach Kairo zu fliegen. Dort quartierte er sich in einem kleinen Hotel außerhalb des Stadtzentrums ein und zog als erstes leichtere Kleidung an. Spätnachmittags fuhr er mit einem Taxi nach Ma'adi hinaus. Der Fahrer raste die Corniche entlang und wich unterwegs mit halsbrecherischen Manövern Radfahrern und Eselskarren aus, während die untergehende Sonne den Nil in ein goldenes Band verwandelte.

In der Abenddämmerung saß Delaroche bei süßem Tee und Gebäck in dem Kaffeehaus gegenüber von Achmed Husseins Wohnung. Der Muezzin rief zum Abendgebet, und die Gläubigen strömten zur Moschee. Auch Achmed Hussein mit seiner Leibwache, die nicht gerade professionell wirkte, war unter ihnen. Delaroche beobachtete Hussein aufmerksam. Er ließ sich noch einen Tee bringen und stellte sich vor, wie er ihn morgen erschießen würde.

Am nächsten Tag ging Delaroche zum Mittagessen ins sonnige Terrassencafé des Hotels Nile Hilton. Er sah den Blonden mit der Sonnenbrille zwischen Touristen und reichen Ägyptern allein an einem Tisch sitzen, auf dem eine große Flasche Stella und ein halbleeres Glas standen. Auf dem Stuhl neben ihm lag ein schmaler schwarzer Aktenkoffer.

Delaroche trat an seinen Tisch. »Stört es Sie, wenn ich mich zu Ihnen setze?« fragte er auf englisch mit holländischem Akzent.

»Tatsächlich wollte ich gerade gehen«, sagte der Blonde und stand auf.

Delaroche nahm Platz und bestellte ein Mittagessen.

Den Aktenkoffer stellte er auf den Boden neben seinen Füßen.

Nach dem Mittagessen stahl Delaroche einen Motorroller. Das Fahrzeug stand vor dem Nile Hilton am Rand des chaotischen Tahrirplatzes, und er brauchte nur wenige Sekunden, um die Zündung kurzzuschließen und den Motor anzulassen. Der Motorroller war dunkelblau lackiert und mit einer dünnen Schicht des puderfeinen Kairoer Staubs bedeckt. Technisch schien er in Ordnung zu sein, und an dem dafür vorgesehenen Haken hing sogar ein Sturzhelm mit dunklem Visier.

Delaroche fuhr durch Garden City nach Süden – vorbei an der festungsartigen US-Botschaft, vorbei an verfallenen Villen, den traurigen Zeugen größerer Zeiten. Der Inhalt des schwarzen Aktenkoffers, eine 9-mm-Beretta mit Schalldämpfer, steckte jetzt in dem Schulterhalfter unter seinem linken Arm. Er fuhr rasch durch die schmale Gasse hinter dem alten Shepheard's Hotel, bog auf die Corniche ab und raste den Nil entlang nach Süden weiter.

Er erreichte Ma'adi vor Sonnenuntergang. Er wartete ungefähr zweihundert Meter von der Moschee entfernt, kaufte bei einem Bauernjungen an der Straßenecke Fladenbrot und Limonellen und ließ dabei seinen Helm auf. Die elektronisch verstärkte Stimme des Muezzins erklang, und der Gebetsruf hallte übers ganze Viertel.

Allah ist groß
Ich bezeuge, daß es keinen Gott außer Allah gibt.
Ich bezeuge, daß Mohammed der Prophet Allahs ist.
Kommt zum Gebet.
Kommt zum Erfolg.
Allah ist groß. Es gibt keinen Gott außer Allah.

Delaroche sah Achmed Hussein von seinen Leibwächtern umringt aus dem Apartmenthaus kommen. Er überquerte die Straße und verschwand in der Moschee. Delaroche gab dem Jungen ein paar zerknüllte Piaster für das Brot und die Limonellen, setzte sich auf den Motorroller und ließ den Motor an.

Den Berichten nach blieb Achmed Hussein jedesmal mindestens zehn Minuten in der Moschee. Delaroche fuhr einen halben Straßenblock weit und hielt an einem Kiosk. Dort kaufte er in aller Ruhe ägyptische Zigaretten, eine Tüte Bonbons und ein Päckchen Rasierklingen. Auch diese Einkäufe verstaute er in der Plastiktüte, die schon das Brot und die Limonellen enthielt.

Die ersten Gläubigen tauchten wieder aus der Moschee auf.

Delaroche ließ den Motor an.

Achmed Hussein und seine Leibwächter traten aus der Moschee in die rosenfarbene Abenddämmerung hinaus.

Der Motorroller schoß vorwärts, als Delaroche Gas gab. Er raste die staubige Straße entlang und wich Fußgängern und langsam fahrenden Autos aus – genau wie beim Training über der Merdiasbucht – und brachte das Fahrzeug vor der Moschee mit quietschenden Reifen schleudernd zum Stehen. Husseins Leibwächter, die Gefahr witterten, bemühten sich, ihren Mann so gut wie möglich abzuschirmen.

Delaroche griff in seine Jacke und zog die Beretta.

Er zielte mit der Waffe auf Hussein, hatte erst sein Gesicht im Visier, senkte den Lauf etwas und gab rasch nacheinander drei Schüsse ab. Alle drei trafen Achmed Husseins Brust.

Zwei der vier Leibwächter waren dabei, Pistolen aus ihren Gewändern zu ziehen. Delaroche schoß den einen durchs Herz, den anderen durch die Kehle. Die beiden Überlebenden warfen sich neben den Leichen ihrer Kameraden zu Boden. Delaroche gab Vollgas und raste davon.

Er tauchte in den von Menschen wimmelnden Slums von Südkairo unter, ließ den Motorroller in einer Gasse stehen und warf die Beretta in den nächsten Gully. Zwei Stunden später ging er an Bord einer Alitalia-Maschine nach Rom.

9

London

»Wie lange bleiben Sie in Großbritannien?« fragte der Beamte an der Paßkontrolle gelangweilt.

»Nur einen Tag.«

Michael Osbourne reichte seinen Paß durchs Fenster. Dieser Reisepaß war auf seinen richtigen Namen ausgestellt, denn bei seinem Ausscheiden hatte die Agency seine falschen Pässe eingezogen – zumindest die, von denen sie wußte. Im Lauf der Jahre hatten mehrere befreundete Geheimdienste ihm aus kollegialer Gefälligkeit ebenfalls Pässe ausgestellt. Damit konnte er als Spanier, Italiener, Israeli oder Franzose reisen. Ein CIA-Agent, den er im ägyptischen Geheimdienst geführt hatte, hatte ihm sogar einen ägyptischen Reisepaß beschafft, mit dem er in manche Nahoststaaten als arabischer Bruder statt als mißtrauisch beäugter Ausländer einreisen konnte. Nach Michaels Abschied aus der Geheimdienstwelt war keiner dieser Reisepässe von den Ausstellern zurückgefordert worden. Sie lagen sicher in Douglas Cannons Safe auf Shelter Island.

Die Paßinspektion dauerte länger als üblich. Offenbar hatten die britischen Sicherheitsdienste seinen Namen auf ihre Überwachungsliste gesetzt. Beim letzten Englandbesuch war Michael mitten in den Terroranschlag des Schwerts von Gaza auf den Flughafen Heathrow geraten. Und er hatte sich unerlaubt mit einem gewissen Iwan Drosdow getroffen – einem KGB-Überläufer, für den der MI6 zuständig war –, der nur wenig später ermordet worden war.

»Wo halten Sie sich in Großbritannien auf?« Das fragte der Uniformierte ausdruckslos, als lese er die Frage von seinem kleinen Monitor ab.

»In London«, sagte Michael.

Der Beamte sah auf. »Wo in London, Mr. Osbourne?«

Michael gab ihm die Adresse seines Hotels in Knightsbridge, die er sich pflichtbewußt aufschrieb. Michael wußte, daß er die Adresse seinem Vorgesetzten geben würde, der sie an den britischen Sicherheitsdienst MI5 weitergeben würde.

»Haben Sie dort ein Zimmer reserviert, Mr. Osbourne?«

»Ja, das habe ich.«

»Auf Ihren Namen?«

»Ja.«

Der Uniformierte gab ihm seinen Paß zurück. »Ich wünsche Ihnen einen angenehmen Aufenthalt.«

Michael griff nach seinem schmalen Kleidersack, ging durch die Zollkontrolle und betrat die Ankunftshalle. Vom Flugzeug aus hatte er die Londoner Firma angerufen, von der er früher oft einen Wagen mit Chauffeur gemietet hatte. Er suchte die Reihen der Wartenden nach seinem Fahrer ab und achtete dabei instinktiv auf Anzeichen für eine Überwachung: ein bekanntes Gesicht, eine Gestalt, die durch irgend etwas aus dem Rahmen fiel, ein Augenpaar, das ihn beobachtete.

Er sah einen kleinen Mann, der einen dunklen Anzug trug und ein Pappschild mit der Aufschrift MR. STAFFORD hochhielt. Michael durchquerte die Halle und sagte: »Also, dann los.«

»Soll ich Ihr Gepäck nehmen, Sir?«

»Nein, danke.«

Michael lehnte entspannt auf dem Rücksitz des Rovers, als die Limousine im starken Morgenverkehr in Richtung West End kroch. Sie waren nicht mehr auf der Stadtautobahn, sondern zwischen den um die Jahrhundertwende erbauten Hotels an der Cromwell Road unterwegs. Michael kannte London nur allzu gut, denn als CIA-Agent im Außendienst hatte er über zehn Jahre in Chelsea gewohnt. Im Ausland arbeiten CIA-Offiziere meistens von US-Botschaften aus und haben zur Tarnung einen Diplomatenjob. Aber Michael war auf Terrorismusbekämpfung spezialisiert gewesen und hatte in Europa und dem Nahen Osten Agenten angeworben und geführt. Weil das für einen »Diplomaten« fast unmöglich gewesen wäre, hatte Michael als NOC gearbeitet – unter »nonofficial cover«, das heißt ohne Legende. Er gab sich als Repräsentant einer Firma aus, die Computersoftware entwickelte und verkaufte. Sie war eine CIA-Tarnfirma, aber dieser Job verschaffte Michael die Möglichkeit, durch Europa und den Nahen Osten zu reisen, ohne Verdacht zu erregen.

Adrian Carter, Michaels Führungsoffizier, pflegte zu sagen, wenn je ein Mann zum Spion geboren und erzogen worden sei, dann sei das Michael Osbourne. Sein Vater hatte im Zweiten Weltkrieg beim OSS gearbeitet und war nach dem Krieg in die Nachfolgeorganisation CIA übergewechselt. Michael und seine Mutter Alexandra hatten ihn von einem Dienstort zum anderen begleitet – Rom, Beirut, Athen, Belgrad und Madrid –, wenn er nicht manchmal kurzzeitig in der Zentrale gearbeitet hatte. Während sein Vater russische Spione führte, hatten Michael und seine Mutter fremde Sprachen und Kulturen in sich aufgesogen.

Mit seinem dunklen Teint und dem schwarzen Haar konnte Michael sich als Italiener oder Spanier, notfalls sogar als Libanese ausgeben. In Cafés und auf Märkten hatte er sich oft selbst auf die Probe gestellt, nur um zu sehen, wie lange er als Einheimischer durchgehen konnte. Er sprach italienisch mit römischem Tonfall und spanisch wie ein Madrilene. Griechisch fiel ihm ziemlich schwer, aber arabisch sprach er zuletzt so fließend, daß die Händler im Beiruter Suk ihn für einen Libanesen hielten und nicht übers Ohr hauten.

Die Limousine hielt vor seinem Hotel. Michael entlohnte den Fahrer und stieg aus. In diesem kleinen Hotel gab es weder Portier noch Empfangschef – nur eine hübsche Polin hinter einer Eichentheke mit den Zimmerschlüsseln an Haken hinter sich. Michael trug sich ins Gästebuch ein und bat darum, um zwei Uhr geweckt zu werden.

Auch im Ruhestand hatte Michael seine gesunde professionelle Paranoia keineswegs verloren. Er durchsuchte fünf Minuten lang das Zimmer, drehte Lampen um, öffnete Schranktüren, zerlegte das Telefon und setzte es dann sorgfältig wieder zusammen. Dieses Ritual hatte er schon in tausend Hotelzimmern in hundert Städten absolviert. Aber nur einmal hatte er tatsächlich eine Wanze entdeckt: ein Museumsstück aus sowjetischer Produktion, das in seinem Hotelzimmer in Damaskus primitiv am Telefon angebracht gewesen war.

Seine Suche blieb ergebnislos. Michael schaltete den Fernseher ein, um sich die BBC-Morgennachrichten anzusehen. *Mo Mowlam, die Staatssekretärin für Nordirland, hat versichert, man werde niemals zulassen, daß die Ulster Freedom Brigade, die neue protestantische paramilitärische Gruppe, das Karfreitagsabkommen torpediere. Sie hat an Ronnie Flanagan, den Chief Constable der RUC, appelliert, seine Anstrengungen bei der Fahndung nach den Anführern dieser Gruppe zu verdoppeln …* Michael schaltete den Fernseher aus und legte sich ins Bett, ohne die Sachen auszuziehen, die er im Flugzeug getragen hatte. Er schlief unruhig, kämpfte mit seiner Decke und schwitzte in seinen zu warmen Sachen, bis das Telefon ohrenbetäubend laut schrillte. Einen Augenblick lang glaubte er sich hinter den Eisernen Vorhang verschleppt, aber am Apparat war nur die strohblonde Polin, die ihm freundlich mitteilte, es sei jetzt zwei Uhr.

Er bestellte Kaffee, duschte und zog Jeans, Slipper, einen schwarzen Rollkragenpullover und seinen blauen Blazer an. Dann hängte er das Schild BITTE NICHT STÖREN an den Türknopf und steckte ein winziges Stück Papier in den Türspalt, das herunterfallen würde, falls die Zimmertür geöffnet wurde.

Der Himmel war bleigrau, und ein kalter Wind heulte durch die Bäume im Hyde Park. Er schlug seinen Mantelkragen hoch, band seinen Schal fester und schritt aus – erst die Knightsbridge Street, dann die Brompton Road entlang. Schon bald entdeckte er den ersten Mann, der ihn beschattete: Stirnglatze, Mitte vierzig, Lederjacke, Stoppelbart. Anonym, durchschnittlich, in keiner Weise bedrohlich, der ideale Typ für Überwachungsaufträge.

In einem Café in der Brompton Road aß er ein Omelett und las den *Evening Standard*. In Ägypten war einer der führenden Männer der fundamentalistischen Gruppierung Hamas ermordet worden. Michael las die Meldung, las sie nochmals und dachte über sie nach, während er zu Harrods weiterging. Der Mann mit Stirnglatze war durch einen Kollegen abgelöst worden – der gleiche Typ, aber diesmal mit einer tannengrünen Barbour-Jacke statt einer Lederjacke. Er betrat Harrods, stattete der Gedenkstätte für Dodi und Diana den obligatorischen Besuch ab und fuhr mit der Rolltreppe nach oben. Der Mann mit der Barbour-Jacke folgte ihm. Michael kaufte ein Paar

Ohrringe für Elizabeth und einen schottischen Pullover für Douglas. Dann fuhr er wieder nach unten und machte einen Rundgang durch die Lebensmittelabteilung. Dabei wurde er von jemand anderem beschattet: von einer recht aparten jungen Frau, die Jeans, Springerstiefel und eine beige Daunenjacke trug.

Draußen war es dunkel geworden, und der stürmische Wind hatte Regen gebracht. Michael ließ die Tragetasche von Harrods an der Rezeption seines Hotels und hielt draußen ein Taxi an. In den folgenden eineinhalb Stunden war er mit Taxi, Bus und U-Bahn kreuz und quer durchs Londoner West End unterwegs – durch Belgravia, Mayfair und Westminster, bis er schließlich den Sloane Square erreichte. Von dort aus ging er nach Süden zum Chelsea Embankment weiter.

Michael stand im Regen und sah zu den Lichtern der Chelsea Bridge hinüber. Seit dem Abend, an dem Sarah Randolph an dieser Stelle erschossen worden war, waren über zehn Jahre vergangen, aber die Szene stand ihm so deutlich vor Augen, als sehe er einen Videofilm. Er sah sie auf sich zukommen, sah ihren langen Rock um ihre Wildlederstiefel wippen, sah das Embankment im Flußnebel feucht glänzen. Dann tauchte der Mann auf, der schwarzhaarige Mann mit den leuchtend blauen Augen und der Pistole mit Schalldämpfer: der KGB-Killer, den Michael nur als Oktober kannte, derselbe Mann, der letztes Jahr auf Shelter Island versucht hatte, Elizabeth und ihn zu ermorden. Michael schloß unwillkürlich die Augen, als Sarahs explodierendes Gesicht vor ihm erschien. Die Agency hatte ihm mehrmals versichert, Oktober sei tot, aber seit er den Zeitungsbericht über die Ermordung Achmed Husseins in Kairo gelesen hatte, glaubte er das nicht mehr so recht.

»Ich glaube, ich werde beschattet«, sagte Michael, der am Fenster mit Blick auf den Eaton Place stand.

»Du wirst beschattet«, bestätigte Graham Seymour. »Das Department hat dich auf die Überwachungsliste gesetzt. Bei deinem letzten Besuch auf unserer schönen Insel bist du ein sehr unartiger Junge gewesen. Wir beschatten dich, seit du heute morgen in Heathrow angekommen bist.«

Michael nahm dankend ein Glas Scotch an und ließ sich damit in den Ohrensessel am Kamin sinken. Graham Seymour klappte eine Zigarettenbox aus Ebenholz auf dem Couchtisch auf und nahm zwei Dunhill heraus – eine für Michael, eine für sich. Sie saßen schweigend da: Zwei alte Kumpel, die sich längst alle Geschichten erzählt haben, die sie kennen, und jetzt damit zufrieden sind, einfach zusammenzusitzen. Aus den Lautsprechern von Grahams teurer deutscher Stereoanlage kam leise Vivaldi. Graham schloß seine grauen Augen und genoß seinen Whisky und seine Zigarette.

Seymour arbeitete in der Abteilung Terrorismusbekämpfung des MI5. Wie Michael war er ein Wunderkind gewesen. Im Krieg hatte sein Vater bei dem Unternehmen Double Cross, bei dem der MI5 deutsche Spione geschnappt, umgedreht und gegen ihre Auftraggeber von der Abwehr in Berlin eingesetzt hatte, eng mit John Masterman zusammengearbeitet. Nach dem Krieg war er beim MI5 geblieben und hatte gegen die Russen gearbeitet. Harold Seymour war eine Legende, und sein Sohn war in der Zentrale ständig mit der Erinnerung an ihn konfrontiert; immer wieder stieß er in alten Fallakten auf seine Erfolge. Michael wußte, unter welchen Druck Graham dadurch geraten war, weil er in der Agency das gleiche erlebt hatte. Die beiden Männer waren Freunde geworden, als Michael in London stationiert gewesen war. Sie hatten von Zeit zu Zeit Informationen ausgetauscht und sich gegenseitig den Rücken freigehalten. Trotzdem haben Freundschaften in der Geheimdienstbranche klar definierte Grenzen, und Michael hatte sich Graham Seymour gegenüber ein gesundes professionelles Mißtrauen bewahrt. Er wußte genau, daß Graham ihn von hinten erdolchen würde, falls der MI5 ihm den Befehl dazu erteilte.

»Kannst du's dir überhaupt leisten, mit einem Leprakranken wie mir gesehen zu werden?« fragte Michael.

»Dinner mit einem alten Freund, Schätzchen. Völlig harmlos. Außerdem habe ich vor, einen Bericht mit allerhand Tratsch über die inneren Abläufe in Langley zu erstatten.«

»Ich bin seit über einem Jahr nicht mehr in Langley gewesen.«

»In dieser Branche geht man nie *wirklich* in den Ruhestand. Das Department hat meinen Vater bis zuletzt nicht in Ruhe gelassen. Wenn irgendwo was Besonderes passiert ist, hat es ein paar nette Männer vorbeigeschickt, die dann zu Füßen des großen Harolds gesessen haben.«

Michael hob sein Glas. »Auf den großen Harold.«

»Hört, hört!« Graham trank einen Schluck Whisky. »Na, wie ist der Ruhestand?«

»Beschissen.«

»Wirklich?«

»Ja, wirklich«, sagte Michael. »Anfangs ist er in Ordnung gewesen, vor allem während meiner Genesungszeit, aber nach einer Weile habe ich einen Lagerkoller bekommen. Ich habe versucht, ein Buch zu schreiben, aber dann ist mir klar geworden, daß jemand, der mit achtundvierzig seine Memoiren schreibt, schon extrem introvertiert sein muß. Also lese ich anderer Leute Bücher, beschäftige mich mit allem möglichen Kram und mache lange Spaziergänge durch Manhattan.«

»Was ist mit den Kindern?« Graham stellte diese Frage mit der ganzen Skepsis eines Mannes, der Kinderlosigkeit zu einem Glaubensgrundsatz erhoben hat. »Wie ist es, in deinem Alter erstmals Vater zu sein?«

»Was zum Teufel meinst du mit *meinem* Alter?«

»Damit meine ich, daß du achtundvierzig bist, Schätzchen. Versuchst du erstmals, mit deinen Kindern Tennis zu spielen, läufst du Gefahr, mit einem Herzschlag umzukippen.«

»Es ist wundervoll«, sagte Michael einfach. »Das Beste, was ich je getan habe.«

»Aber?« fragte Graham.

»Aber ich bin den ganzen Tag mit den Kindern in der Wohnung eingesperrt und habe das Gefühl, allmählich durchzudrehen.«

»Was willst du mit dem Rest deines Lebens anfangen?«

»Alkoholiker werden. Bitte noch etwas Scotch.«

»Klar«, sagte Graham. Er machte eine Show daraus, wie er mit seinen langen Händen nach der Flasche griff und Michael zwei Fingerbreit Whisky einschenkte. Graham hatte eine angeborene Eleganz, die sich allen seinen Bewegungen mitteilte. Michael hatte schon immer gefunden, für einen Spion sei er etwas zu hübsch: seine immer halb geschlossenen grauen Augen, die gelangweilte Überheblichkeit projizierten, seine schmalen Züge, die auch bei einer Frau attraktiv gewesen wären. Im Grunde seines Wesens war er ein Künstler, ein hochbegabter Pianist, der sich seinen Lebensunterhalt ebensogut auf dem Konzertpodium wie auf der Geheimdienstbühne hätte verdienen können. Michael vermutete, Graham sei durch die Heldentaten seines Vaters – »sein verdammter wundervoller Krieg«, hatte Graham einmal nach übermäßig viel Bordeaux geknurrt – zur Geheimdienstarbeit getrieben worden.

»Als der Senator dich gebeten hat, freiberuflich ein paar Nachforschungen über die Ulster Freedom Brigade anzustellen…«, sagte Graham.

»Habe ich nicht gerade mit dem Fuß aufgestampft und mich geweigert.«

»Hat Elizabeth dein kleines Spiel durchschaut?«

»Elizabeth durchschaut alles. Sie ist Anwältin, oder hast du das vergessen? Und eine verdammt gute. Sie hätte auch eine hervorragende CIA-Agentin abgegeben.« Michael zögerte einen Augenblick. »Also, was kannst du mir über die Ulster Freedom Brigade erzählen?«

»Ausgesprochen wenig, fürchte ich.« Graham machte eine Pause und sah seinen Freund mit hochgezogenen Augenbrauen an. »Wieder die üblichen Spielregeln, einverstanden, Michael? Was ich an Informationen für dich habe, ist allein für dich bestimmt. Du darfst sie an keinen Angehörigen deines früheren Diensts weitergeben – oder eines anderen Diensts.«

Michael hob seine rechte Hand. »Pfadfinderehrenwort«, sagte er.

Graham sprach zwanzig Minuten ohne Pause. Die britischen Geheimdienste und Sicherheitsbehörden wußten nicht einmal, ob die Ulster Freedom Brigade fünf Mitglieder hatte oder fünfhundert. Hunderte von Mitgliedern protestantischer paramilitärischer Organisationen waren vernommen worden, aber keiner hatte einen brauchbaren Hinweis geliefert. Die Tatausführung ließ darauf schließen, daß die Gruppe Erfahrung hatte und über erhebliche Geldmittel verfügte. Und es gab deutliche Hinweise darauf, daß ihre Führer vor nichts zurückschreckten, wenn es darum ging, die Sicherheit der Gruppe zu gewährleisten. Charlie Bates, ein Protestant, der verdächtigt wurde, der Mörder Eamonn Dillons zu sein, war in einer Scheune bei Hillsborough im County Armagh erschossen aufgefunden worden, und beide Bombenleger von Dublin und London waren bei den Explosionen umgekommen – eine Tatsache, die bisher nicht bekanntgegeben worden war.

»Wir reden von Nordirland, nicht von Beirut«, sagte Graham. »Die Nordiren verüben keine Selbstmordanschläge. Das paßt einfach nicht ins dortige Konfliktschema.«

»Die Führer der Ulster Freedom Brigade werben also Agenten an, die bisher nichts mit paramilitärischen Organisationen zu tun gehabt haben, und sorgen dann dafür, daß niemand am Leben bleibt, der sie verraten könnte.«

»Richtig, so sieht's aus«, bestätigte Graham.

»Und was will diese Ulster Freedom Brigade erreichen?«

»Nimmt man sie beim Wort, hat sie vor, den Friedensprozeß zu torpedieren. Beurteilt man sie nach ihren Taten, wird sie sich nicht wie ihre protestantischen Brüder in der Loyalist Volunteer Force damit zufriedengeben, ein paar gewöhnliche Katholiken zu ermorden. Sie hat demonstriert, daß sie bereit ist, wichtige ungeschützte Ziele anzugreifen und dabei keine Rücksicht auf Unbeteiligte zu nehmen.«

»Mir kommt's so vor, als wollte sie *alle* am Friedensprozeß beteiligten Parteien bestrafen.«

»Genau«, sagte Graham. »Die irische Regierung, die britische Regierung, die Sinn Fein. Und ich glaube, die Führer der protestantischen Parteien, die das Friedensabkommen unterschrieben haben, sollten sich ebenfalls vorsehen.«

»Was ist mit den Amerikanern?«

»Euer Senator George Mitchell hat das Karfreitagsabkommen vermittelt, und die protestantischen Hardliner sind noch nie große Freunde der Amerikaner gewesen. Sie werfen euch vor, daß ihr zu eindeutig auf seiten der Katholiken steht und die Vereinigung des Nordens mit der Republik Irland anstrebt.«

»Also müßte der amerikanische Botschafter in London damit rechnen, ein potentielles Ziel zu sein.«

»Die Ulster Freedom Brigade hat bewiesen, daß sie willens und imstande ist, spektakuläre Terroranschläge zu verüben. Angesichts ihrer bisherigen Erfolge wäre es denkbar, daß sie eines Tages versuchen wird, den amerikanischen Botschafter auszuschalten.«

Eine Stunde später trafen sie sich mit Grahams Ehefrau Helen in dem französischen Restaurant Marcello's in Covent Garden. Helen trug Schwarz: einen engen schwarzen Pullover, einen schwarzen Minirock, schwarze Strümpfe und schwarze Pumps mit unmöglich klobigen Absätzen. Bei Michaels letztem Besuch hatte Helen sich mitten in ihrer mediterranen Phase befunden – sie hatte sich wie eine griechische Bäuerin gekleidet und nur mit Olivenöl gekocht. Nachdem sie lange pausiert hatte, hatte sie erst vor kurzem einen Job als Art Director eines erfolgreichen Verlags angenommen. Zu ihrem neuen Job gehörte einer der begehrten Plätze auf dem Firmenparkplatz. Helen hatte Grahams BMW beschlagnahmt und fuhr jeden Morgen in den Verlag, wobei sie ihre gräßlichen CDs mit alternativem Rock hörte und übers Autotelefon mit ihrer Mutter stritt, obwohl eine U-Bahnfahrt nur halb so lange gedauert hätte. Sie war die Art Ehefrau, die der Personalabteilung Sorgen bereitete. Graham sah ihr alles nach, weil sie schön und begabt war. Sie besaß die Lebensfreude, die der Geheimdienst ihm längst ausgetrieben hatte. Er trug sie wie eine grellbunte Krawatte zur Schau.

Helen saß bereits an einem Fenstertisch und trank Sancerre. Sie stand auf, küßte Michael auf die Wange und drückte ihn kurz an sich. »Gott, es ist wundervoll, dich mal wieder zu sehen, Michael.«

Marcello erschien, ganz Lächeln und Jovialität, und schenkte Michael und Graham Wein ein.

»Die Speisekarte braucht ihr nicht«, sagte Helen, »weil ich schon für euch bestellt habe.«

Graham und Michael klappten ruhig ihre Speisekarten zu und gaben sie widerstandslos ab. Seit Helen wieder berufstätig war, hatte sie keine Zeit mehr für ihre große Leidenschaft, das Kochen. Leider endete ihre Begabung an der Schwelle ihrer hochmodernen skandinavischen Küche, die 50 000 Pfund gekostet hatte. Graham und sie aßen nur noch in Restaurants. Michael war aufgefallen, daß Graham zugenommen hatte.

Helen sprach von ihrer Arbeit, weil sie wußte, daß Michael und Graham nicht von ihrer sprechen durften. »Ich versuche, den Umschlag eines neuen Thrillers fertigzustellen«, sagte sie. »Irgendein komischer Amerikaner, der über Serienmörder schreibt. Auf wie viele Arten kann man einen Serienmörder illustrieren? Ich entwerfe einen Umschlag, wir schicken ihn über den Atlantik, und sein Agent in New York lehnt ihn ab. Das ist oft verdammt frustrierend!« Sie betrachtete Michael, und der Blick ihrer leuchtend grünen Augen wurde plötzlich ernst. »Mein Gott, das langweilt dich bestimmt entsetzlich! Wie geht's Elizabeth?«

Michael sah Graham an, der kaum wahrnehmbar nickte. Graham verstieß regelmäßig gegen die Geheimhaltungspflicht von MI5-Angehörigen, indem er Helen zuviel über seine Arbeit erzählte.

»Manche Tage sind besser als andere«, sagte Michael. »Aber insgesamt geht's ihr gut. Wir haben die Wohnung und das Haus auf Shelter Island in Festungen verwandelt. Auf diese Weise schläft sie nachts besser. Und die Kinder lenken sie auch ab. Ihre Arbeit und die Zwillinge lassen ihr kaum Zeit, an die Vergangenheit zu denken.«

»Hat sie die Deutsche wirklich erschossen, diese … o Gott, Graham, wie hat sie gleich wieder geheißen?«

»Astrid Vogel«, warf Graham ein.

»Hat sie's wirklich mit Pfeil und Bogen getan?«

Michael nickte.

»Mein Gott«, murmelte Helen. »Wie ist das passiert?«

»Astrid Vogel hat sie ins Gästehaus verfolgt, in dem ihr vor ein paar Jahren gewohnt habt. Elizabeth hat sich im Schlafzimmer in den Wandschrank geflüchtet. Dort ist ihr einer ihrer alten Sportbogen in die Hand gefallen. Sie ist als Mädchen eine hervorragende Bogenschützin gewesen – das hat sie von ihrem Vater geerbt. Sie hat getan, was sie tun mußte, um zu überleben.«

»Was ist aus dem zweiten Attentäter, diesem Kerl namens Oktober geworden?«

»Die Agency hat aus zuverlässiger Quelle erfahren, Oktober sei tot – von seinen Auftraggebern ermordet, weil er's nicht geschafft hatte, mich zu liquidieren.«

»Glaubst du das?« fragte Helen.

»Ich habe es für entfernt möglich gehalten«, sagte Michael. »Aber jetzt glaube ich es nicht mehr. Tatsächlich bin ich mir fast sicher, daß Oktober noch lebt und wieder arbeitet. Dieses Attentat in Kairo …«

»Achmed Hussein«, warf Graham ein, damit Helen wußte, wovon die Rede war.

»Ich habe die Augenzeugenberichte sorgfältig gelesen. Ich weiß nicht genau, warum, aber irgendwie trägt das Attentat seine Handschrift.«

»Hat Oktober seinen Opfern nicht immer ins Gesicht geschossen?«

»Richtig, aber da er angeblich tot ist, wäre es vernünftig, die Signatur zu ändern.«

»Was hast du also vor?« fragte Graham.

»Ich fliege morgen früh mit der ersten Maschine nach Kairo.«

10

Kairo

Michael landete am frühen Nachmittag in Kairo. Wie schon in Großbritannien reiste er mit seinem echten Reisepaß ein und erhielt ein für zwei Wochen gültiges Touristenvisum. Dann bahnte er sich einen Weg durch den Trubel im Ankunftsgebäude – vorbei an Beduinen, die ihre gesamte irdische Habe in alten Pappkartons bei sich trugen, vorbei an einem kleinen Trupp meckernder Ziegen – und wartete am Taxistand zwanzig Minuten auf einen klapprigen Lada. Er rauchte im Auto, um den Gestank der von hinten eindringenden Auspuffschwaden zu mildern.

So unerträglich heiß Kairo im Sommer war, so bemerkenswert angenehm fand Michael die Stadt im Winter. Die Luft war mild und warm, und der Wüstenwind trieb weiße Wattebauschwolken über den azurblauen Himmel. Auf der Straße nach Kairo hinein drängten sich arme Ägypter, um das schöne Wetter zu genießen. Auf dem Mittelstreifen picknickten ganze Familien. Der Taxifahrer sprach ihn auf englisch an, aber Michael wollte seine Fertigkeiten überprüfen und erklärte ihm in fließendem Arabisch, er sei ein in London lebender libanesischer Geschäftsmann, der während des Krieges aus Beirut geflüchtet sei. Dann unterhielten sie sich eine halbe Stunde lang über das alte Beirut – Michael mit seinem vornehmen Beiruter Akzent, der Fahrer im Dialekt seines Heimatdorfs im Nildelta.

Michael wollte nicht wieder ins Nile Hilton – und hatte den Trubel auf dem Tahrirplatz satt –, deshalb nahm er sich ein Zimmer im Hotel Inter-Continental, einem über der Corniche aufragenden Sandsteinbau, der wie alle neueren Gebäude Kairos die Spuren von Staub und Dieselqualm trug. Er lag auf der Dachterrasse am Pool, trank lauwarmes ägyptisches Bier und dachte über alles mögliche nach, bis die Sonne hinter der Westlichen Wüste unterzugehen begann und der Ruf zum Abendgebet ertönte – erst nur ein Muezzin in weiter Ferne, dann noch einer und noch einer, bis tausend Tonbandstimmen gemeinsam kreischten. Michael stemmte sich aus seinem Liegestuhl hoch und trat an die Brüstung, von wo aus er einen Blick über den Fluß hatte. Ein paar Gläubige bewegten sich auf die Moscheen zu, aber ansonsten ging das hektische Treiben auf den Straßen unvermindert weiter.

Um fünf Uhr ging er in sein Zimmer, duschte und zog sich an. Er nahm sich ein Taxi für die kurze Strecke flußaufwärts zum Paprika neben der turmhohen Sendezentrale des staatlichen ägyptischen Fernsehens. Das Paprika war das Gegenstück zum Joe Allen in New York: ein Restaurant, in das Schauspieler und Autoren gingen, um zu sehen und gesehen zu werden, von ihresgleichen und den Ägyptern, die sich das recht mittelmäßige Essen leisten konnten. Eine Fensterfront führte auf den Parkplatz des Fernsehgebäudes hinaus. Die dortigen Tische waren am begehrtesten, weil man von ihnen aus manchmal einen Blick auf einen Schauspieler, eine Berühmtheit oder einen hohen Regierungsbeamten erhaschen konnte.

Michael hatte einen Tisch auf der weniger begehrten Seite des Restaurants bestellt. Er trank Mineralwasser, sah zu, wie die Sonne über dem Nil unterging, und dachte an den ersten Agenten, den er jemals angeworben hatte: einen in London stationierten syrischen Geheimdienstoffizier, der eine Schwäche für englische Mädchen und guten Champagner hatte. Die Agency verdächtigte ihn, er zweige einen Teil seiner für operative Zwecke bestimmten Gelder für seine kostspieligen Liebhabereien ab. Michael sprach den Syrer an, drohte ihm wegen seiner Verfehlungen mit einer Anzeige bei seinen Vorgesetzten in Damaskus und brachte ihn so dazu, als bezahlter Spion für die CIA zu arbeiten. Der Agent lieferte wertvolle Informationen über die Unterstützung verschiedener arabischer und europäischer Terroristengruppen durch Syrien.

Zwei Jahre nach seiner Anwerbung lieferte der Syrer seine wertvollsten Informationen. Eine Terrorzelle der PLO hatte sich in Frankfurt eingenistet, um einen Bombenanschlag auf einen bei amerikanischen Soldaten beliebten Nachtclub zu verüben. Michael gab diese Informationen an die Zentrale weiter, und Langley gab der deutschen Polizei einen Tip, die daraufhin die Palästinenser verhaftete. Der Syrer bekam für seine Informationen hunderttausend Dollar, und Michael wurde in einer geheimen Zeremonie die Distinguished Intelligence Medal verliehen. Leider mußte er diese Auszeichnung in einem Aktenschrank in der Zentrale eingesperrt lassen.

Jusuf Hafis betrat das Restaurant. Im Gegensatz zu dem Syrer war Hafis nicht gezwungen worden, sondern freiwillig zur Agency gekommen. Er sah wie ein füllig gewordener alternder Filmstar aus: zwanzig Pfund Übergewicht, graues Haar, noch immer markantes Gesicht, tiefe Falten um die Augen, wenn er lächelte. Als Oberst im ägyptischen Geheimdienst Muchabarat hatte Hafis die Moslembrüder, die hiesigen fundamentalistischen Rebellen, zu bekämpfen. Er hatte persönlich einige ihrer

Anführer gefangengenommen und gefoltert. Angeworben hatte ihn die Residentur Kairo, aber Hafis weigerte sich mit in Kairo stationierten CIA-Leuten zusammenzuarbeiten, weil sein eigener Dienst sie zu strikt überwachte. Deshalb war Michael zu seinem Führungsoffizier ernannt worden. Hafis lieferte regelmäßig Informationen über den Stand der fundamentalistischen Rebellion in Ägypten und die weltweiten Aktivitäten ägyptischer Terroristen. Dafür wurde er sehr anständig bezahlt – und als unverbesserlicher Schürzenjäger brauchte er das Geld dringend. Hafis mochte jüngere Frauen, und sie mochten ihn. Er war der Überzeugung, nichts zu tun, was seinem Land schadete, und hatte daher kein Schuldbewußtsein.

Hafis sprach Michael auf arabisch an – laut genug, daß die Gäste an den Nebentischen ihn hören konnten –, und Michael folgte seinem Beispiel. Er erkundigte sich, was Michael nach Kairo führe, und Michael sprach von Geschäften in Kairo und Alexandrien. Im Restaurant herrschte kurzzeitig Aufregung, als eine berühmte ägyptische Schauspielerin aus ihrem Wagen stieg und im Fernsehgebäude verschwand.

»Wieso sind wir im Paprika?« fragte Michael. »Ich dachte, Ihr Stammlokal sei das Arabesque.«

»Das stimmt, aber wenn wir fertig sind, treffe ich mich hier mit jemandem.«

»Wie heißt sie denn?«

»Nennt sich Kassandra. Stammt aus einer griechischen Familie in Alexandrien. Sie ist das prachtvollste Weib, das ich je gesehen habe. In einer hiesigen Fernsehserie spielt sie eine Nebenrolle, ein kleines Biest, das immer Unruhe stiftet – im Rahmen unserer strengen islamischen Moralbegriffe, versteht sich.« Ein Ober kam an ihren Tisch. »Ich trinke als Aperitif einen Whisky. Wie steht's mit Ihnen, Michael?«

»Bitte ein Bier.«

Der Ober verschwand. »Wie alt ist sie?« fragte Michael.

»Zweiundzwanzig«, sagte Hafis stolz.

Der Ober servierte ihre Drinks. Hafis hob sein Glas Johnnie Walker.

»Cheers.«

Jusuf Hafis war das moslemische Äquivalent eines Katholiken, der seinen Glauben nicht mehr praktizierte. Er hatte nichts gegen seine Religion, deren Rituale und Zeremonien ihn wie eine wärmende Decke aus Kinderzeiten einhüllten. Aber er ignorierte alles im Koran, was seine leiblichen Genüsse hätte beeinträchtigen können. Außerdem arbeitete er meistens auch am Freitag, dem moslemischen Sabbat, weil es zu seinen Aufgaben gehörte, die Predigten der radikalsten ägyptischen Scheichs zu überwachen.

»Weiß sie, womit Sie Ihr Geld verdienen?«

»Ich habe ihr erzählt, daß ich Mercedesimporteur bin, was die Erklärung für mein luxuriöses Liebesnest auf Zamalek ist.« Er nickte zum Fluß hinüber. Michael kannte Zamalek als langgestreckte schmale Insel im Nil: im Trubel der Großstadt eine Oase der Ruhe mit teuren Geschäften, Luxusrestaurants und luxuriösen Apartmentgebäuden. Hielt Hafis eine Geliebte auf Zamalek aus – noch dazu eine Fernsehschauspielerin –, mußte er seinem neuen Führungsoffizier eine beträchtliche Gehaltserhöhung abgepreßt haben. »Ah, da ist sie ja!«

Michael blickte diskret zum Eingang des Restaurants hinüber. Eine junge Frau, die Sophia Loren erstaunlich ähnlich sah, betrat das Paprika am Arm eines jungen Mannes mit Gelfrisur und aufgesetzter Sonnenbrille.

Als sie ihre Bestellung aufgaben, ließ Hafis eine Flasche teuren Champagner an Sophia Lorens Tisch bringen. Michael würde dafür zahlen; er zahlte bei jedem ihrer

Treffen. »Sie haben doch nichts dagegen, Michael?« fragte Hafis.

»Natürlich nicht.«

»Was führt Sie also nach Kairo – außer der Gelegenheit, mit einem lasterhaften alten Freund zu Abend zu essen?«

»Das Attentat auf Achmed Hussein.«

Hafis zuckte leicht mit den Schultern, als wolle er sagen: Solche Dinge passieren nun einmal.

»Haben die ägyptischen Sicherheitsdienste irgend etwas mit diesem Mord zu tun gehabt?« fragte Michael.

»Absolut nicht«, beteuerte Hafis. »Solche Methoden sind uns fremd.«

Michael verdrehte die Augen, dann fragte er: »Wissen Sie, wer hinter dem Mord steckt?«

»Natürlich die Israelis.«

»Woher wissen Sie das so bestimmt?«

»Weil wir die Israelis beobachtet haben, während sie Hussein beobachtet haben.«

»Alles zurück«, verlangte Michael. »Noch mal von vorn.«

»Vor zwei Wochen ist ein israelisches Team mit verschiedenen europäischen Pässen eingereist und hat in einer Wohnung in Ma'adi einen Beobachtungsposten eingerichtet. Daraufhin haben wir in der Wohnung gegenüber einen Beobachtungsposten eingerichtet.«

»Woher wissen Sie, daß es Israelis gewesen sind?«

»Bitte, Michael, trauen Sie uns wenigstens ein bißchen was zu. Oh, sie hätten als Ägypter durchgehen können, aber es sind eindeutig Israelis gewesen. Früher sind die Mossad-Leute große Klasse gewesen, aber heutzutage führen sie sich oft richtig amateurhaft auf. In der guten alten Zeit hat der Mossad die besten Leute angelockt – jeder Spion ein Fürst und dieser ganze Scheiß. Heutzutage wollen die cleveren Jungs viel Geld verdienen und auf der Ben Yehuda Street in ihre Mobiltelefone quasseln. Glauben Sie mir, Michael, wenn Moses diese Leute als Kundschafter gehabt hätte, wären die Juden nie aus dem Sinai rausgekommen.«

»Ich weiß, was Sie meinen, Jusuf. Bitte weiter.«

»Sie haben eindeutig Hussein beobachtet – Videoüberwachung, Tonaufnahmen, das Übliche. Wir haben die Gelegenheit zu einer kleinen Gegenüberwachung genützt. So ist ein hübsches Fotoalbum von sechs Mossad-Agenten entstanden; vier Männer und zwei Frauen. Interessiert?«

»Reden Sie mit Ihrem richtigen Führungsoffizier.«

»Außerdem habe ich einen Videofilm von Husseins Ermordung.«

»Was?«

»Sie haben richtig gehört«, bestätigte Hussein. »Wir haben ihn jedesmal gefilmt, wenn er seine Wohnung verlassen hat. Unsere Kamera ist auch gelaufen, als der Mann auf dem Motorroller ihn auf den Stufen der Moschee erschossen hat.«

»Jesus!«

»Ich habe eine Kopie des Videos in meiner Aktentasche.«

»Den Videofilm muß ich sehen!«

»Sie können das Scheißding haben, Michael. Kostenlos.«

»Ich will ihn gleich sehen.«

»Bitte, Michael«, sagte Hafis. »Der Film hält sich noch eine Weile. Außerdem bin ich ausgehungert, und das Kalbfleisch ist hier ausgezeichnet.«

Knapp eine Stunde später betraten sie die Sendezentrale des ägyptischen Staatsfernsehens: Michael, Hafis und

Kassandra. Sie brachte die beiden zur Nachrichtenredaktion und führte sie in einen kleinen Schneideraum. Hafis nahm die Kassette aus seiner Aktentasche und schob sie in einen Videorecorder. Kassandra verließ den Raum, schloß die Tür und ließ starken Sandelholzduft zurück. Hafis qualmte, bis der Schneideraum einer Gaskammer glich und Michael ihn bat, nicht mehr zu rauchen. Michael sah sich den Videofilm dreimal bei normaler Geschwindigkeit und dreimal in Zeitlupe an. Dann drückte er die Auswerftaste und hielt die Kassette krampfhaft mit einer Hand umklammert.

»Er kann verdammt gut mit einer Waffe umgehen, dieser Kerl«, meinte Hafis. »Nicht viele könnten blitzschnell drei Männer erschießen und dann unverletzt flüchten.«

»Er kann extrem gut mit einer Waffe umgehen.«

»Wissen Sie, wer er ist?«

»Leider ja, glaube ich.«

11

Belfast

Die Zentrale der Ulster Unionist Party befindet sich in dem dreistöckigen Gebäude Nr. 3 Glengall Street in der Nähe des Hotels Europa und dem Grand Opera House. Wegen seiner Lage am Westrand des Stadtzentrums und nahe der Falls Road war die UUP-Zentrale während der Unruhen ein häufiges Ziel von IRA-Anschlägen. Aber die IRA hielt vorläufig den Waffenstillstand ein, deshalb war der Mann in dem silbernen Vauxhall nur wenig besorgt, als er frühmorgens im Regen zur Glengall Street unterwegs war.

Ian Morris war einer der vier Vizepräsidenten im Ulster Unionist Council, dem Zentralkomitee der Partei. Ulster-Loyalismus lag ihm im Blut. Als Belfast im ausgehenden neunzehnten Jahrhundert einen Industrieboom erlebte, hatte sein Urgroßvater ein Vermögen mit Leinen gemacht und sich einen prächtigen Landsitz im Forthriver Valley mit Blick auf die Slums von West Belfast gebaut. 1912, als die ursprüngliche Ulster Volunteer Force aufgestellt wurde, um gegen die Vereinigung Ulsters mit Irland zu kämpfen, hatte Morris' Vorfahr ihr gestattet, Waffen und Nachschub in den Stallungen und im Park seines Landsitzes zu lagern.

Als junger Mann hatte Morris keine Geldsorgen gekannt – das Vermögen seines Urgroßvaters verschaffte ihm ein behagliches Einkommen – und eigentlich vorgehabt, nach dem Studium in Cambridge die akademische

Laufbahn einzuschlagen. Aber wie so viele Männer seiner Generation auf beiden Seiten der quer durch Ulster verlaufenden religiösen Trennungslinie hatte er sich den Unruhen nicht entziehen können und sich statt dessen der Gewalt verschrieben. Er war in die Ulster Volunteer Force eingetreten und hatte später wegen eines Bombenanschlags auf einen katholischen Pub am Broadway fünf Jahre im Gefängnis »the Maze« gesessen. In der Haft hatte er beschlossen, Schußwaffen und Bomben abzuschwören und für den Frieden zu kämpfen.

Heutzutage ließ nichts mehr an Ian Morris darauf schließen, daß er einmal dem terroristischen Untergrund in Nordirland angehört hatte. Seine ganze Wohnung im Bezirk Castlereagh in East Belfast stand voller Bücher. Er sprach Latein, Griechisch und Gälisch – ungewöhnlich für einen Protestanten, da die meisten Gälisch für die Sprache der Katholiken hielten. Als er bei gleichmäßigem Regen durch die Castlereagh Street fuhr, drang aus den Lautsprechern des Vauxhalls leise Mozarts Klavierkonzert Nr. 20 in d-moll, gespielt von Alfred Brendel.

Er bog auf die May Street ab und fuhr am Belfaster Rathaus vorbei.

In der Brunswick Street blieb ein Lieferwagen ruckelnd vor ihm stehen, als sei sein Motor abgestorben.

Morris hupte einmal kurz und höflich, aber der Lieferwagen bewegte sich nicht weiter. Er hatte um neun eine Besprechung und war ohnehin schon etwas spät dran. Er hupte nochmals – wieder ohne Erfolg.

Morris stellte den Mozart ab. Dann sah er, daß vor ihm die Fahrertür des Lieferwagens aufging und ein Mann in einer Lederjacke ausstieg. Morris ließ sein Fenster herunter, aber der Mann baute sich direkt vor dem Vauxhall auf und zog eine großkalibrige Pistole aus seiner Lederjacke.

Kurz vor Mittag glich die Redaktion des *Belfast Telegraph* einem Tollhaus. Die wichtigste Zeitung Nordirlands würde mit ausführlicher Berichterstattung über den Mord an Ian Morris erscheinen: mit einer Titelgeschichte, einer Kolumne über Morris' Laufbahn in der Ulster Unionist Party und der Ulster Volunteer Force sowie einer Analyse des Standes des Friedensprozesses. Jetzt fehlte nur noch ein Bekenneranruf.

Um 12.05 Uhr klingelte eines der Telefone in der Redaktion. Ein junger Redaktionsassistent namens Clarke nahm den Hörer ab. »*Telegraph,* Redaktion«, meldete Clarke sich laut, um den Hintergrundlärm zu überschreien.

»Hören Sie gut zu, denn was ich mitzuteilen habe, sage ich nur einmal«, sagte der Anrufer. Eine gelassene, energische Männerstimme, notierte Clarke. »Ich vertrete die Ulster Freedom Brigade. Heute morgen hat ein Brigadeoffizier, der auf Befehl des Militärrats der Brigade gehandelt hat, die Hinrichtung Ian Morris' durchgeführt. Die Ulster Unionists haben die protestantische Bevölkerung Nordirlands verraten, indem sie das Karfreitagsabkommen unterstützt haben. Die Ulster Freedom Brigade wird ihren Kampf fortsetzen, bis das Karfreitagsabkommen widerrufen wird.« Der Unbekannte machte eine Pause, bevor er fragte: »Haben Sie das alles?«

»Ja, ich hab's.«

»Gut«, sagte der Anrufer und legte auf.

Clarke blieb am Schreibtisch stehen und rief: »Eben ist ein Bekenneranruf im Fall Morris eingegangen!«

»Von wem?« fragte irgend jemand laut.

»Ulster Freedom Brigade«, sagte Clarke. »Mein Gott, jetzt bringen die Prods sich schon gegenseitig um!«

12

Shelter Island, New York

Elizabeth holte Michael vor dem British Airways Terminal auf dem Kennedy Airport ab. Er fühlte sich wie zerschlagen, was nach drei Langstreckenflügen in drei Tagen kein Wunder war, und hatte erstmals seit vielen Wochen wieder ziehende Schmerzen in der vernarbten Schußwunde in seiner Brust. Sein Mund war von zu vielen Zigaretten und zuviel Airlinekaffee pelzig. Als Elizabeth ihn in die Arme schloß, begnügte er sich mit einem flüchtigen Kuß unters Ohr. Eigentlich war er zu müde, um selbst zu fahren, aber erzwungene Untätigkeit fürchtete er noch mehr. Er stellte seinen Kleidersack in den Laderaum neben ein halbes Dutzend Windelpakete und ein Paket Milchpulver und setzte sich ans Steuer.

»Du siehst aus, als hättest du ein bißchen Sonne abbekommen, Michael«, sagte Elizabeth, als er in den Van Wyck Expressway einbog. Michael schaltete das Autoradio ein und wechselte von dem modernen Rockprogramm für Erwachsene, das Elizabeth gehört hatte, zu WCBS, weil er Verkehrsdurchsagen hören wollte. »In London muß während deines Aufenthalts eine richtige Hitzewelle gewesen sein.«

»Ich bin nicht die ganze Zeit in London gewesen.«

»Ach, wirklich?« fragte sie. »Wo zum Teufel hast du dich rumgetrieben?«

»Ich habe einen eintägigen Abstecher nach Kairo gemacht.«

»Du hast einen Abstecher nach Kairo gemacht? Was zum Teufel hat Kairo mit Nordirland zu tun?«

»Nichts«, gab er zu. »Ich mußte mit einem alten Freund etwas besprechen.«

»Was?«

Michael zögerte.

»Du arbeitest nicht mehr bei ihnen, also kannst du dich nicht mehr hinter ihren Vorschriften verstecken«, sagte sie eisig. »Ich möchte wissen, weshalb du nach Kairo geflogen bist.«

»Können wir darüber später reden?« sagte er. In Wirklichkeit hieß das Ich-will-keinen-Streit-vor-dem-Kindermädchen, das hinten bei den Zwillingen saß.

»Den Gesichtsausdruck kenne ich, Michael. Den hast du früher immer gehabt, wenn du von einem Einsatz zurückgekommen bist und mir nicht sagen durftest, wo du gewesen bist und was du gemacht hast.«

»Ich erzähle dir alles. Nur nicht jetzt gleich.«

»Nun, ich freue mich, daß du wieder da bist, Darling«, sagte Elizabeth. »Du siehst übrigens wundervoll aus. Sonnenbräune hat dir schon immer gut gestanden.«

Douglas schlief bereits, als sie Shelter Island erreichten. Elizabeth und das Kindermädchen brachten die Kinder ins Bett. Michael ging ins Schlafzimmer und packte seine Sachen aus. Sein Haar roch nach Kairo – Dieselqualm, Staub und Holzrauch –, deshalb duschte er. Als er ins Schlafzimmer zurückkam, saß Elizabeth an ihrem Toilettentisch, nahm ihre Ohrringe ab und zog ihre Ringe von den Fingern. Er erinnerte sich an eine Zeit, in der sie manchmal eine Stunde am Toilettentisch verbracht und sich über ihr Aussehen und ihre Fähigkeit, es perfekt zu machen, gefreut hatte. Jetzt arbeitete sie rasch und mechanisch wie am Fließband. Seit Michael im Ruhestand lebte, tat er nichts mehr schnell. Hast bei anderen war ihm rätselhaft.

»Weshalb bist du nach Kairo geflogen?« fragte Elizabeth und bürstete mit kräftigen Strichen ihr Haar.

»Weil dort vor einigen Tagen ein Führer der Hamas ermordet worden ist.«

»Achmed Hussein«, sagte sie. »Davon habe ich in der *Times* gelesen.«

»Die Ausführung des Attentats hat mein Interesse geweckt, deshalb bin ich hingeflogen und habe mit einem alten Freund gesprochen.«

Er erzählte ihr von dem Treffen mit Jusuf Hafis. Er erzählte ihr von dem Mossad-Team und seiner Überwachung durch die Ägypter. Und er erzählte ihr von dem Videofilm.

»Ich will ihn sehen«, verlangte sie.

»In diesem Film wird ein Mann erschossen, Elizabeth; da ist nichts gestellt.«

»Ich will ihn trotzdem sehen.«

Michael schob die Kassette in den Videorecorder. Auf dem Bildschirm erschien eine Straßenszene mit Männern, die in langen Gewändern aus einer Moschee traten. Wenige Sekunden später raste ein Motorroller ins Bild. Der Fahrer hielt vor den Stufen der Moschee und riß den rechten Arm hoch. Er schoß mehrmals, aber seine Pistole mit Schalldämpfer war nicht zu hören. Die Schüsse trafen einen kleinen, bärtigen Mann, dessen weißes Gewand sich blutrot verfärbte. Der Mann auf dem Motorroller drückte noch zweimal ab und traf einen zweiten Mann in die Brust, einen dritten in die Kehle. Dann heulte der Motor wieder auf, und der Killer verschwand im Straßenverkehr. Michael drückte die Stoptaste.

»Jesus!« sagte Elizabeth leise.

»Ich glaube, daß es das ist«, sagte Michael. »Ich glaube, daß dieser Mann Oktober ist.«

»Woher willst du das wissen?«

»Ich kenne seine Art, sich zu bewegen. Ich habe schon mal gesehen, wie er schießt. Wie er den Arm hochreißt, bevor er abdrückt – das ist sehr charakteristisch.«

»Er trägt einen Sturzhelm, der sein Gesicht verdeckt. Das Video beweist nichts.«

»Vielleicht, vielleicht auch nicht.«

Michael spulte den Videofilm zurück. Achmed Hussein lebte wieder. Der Motorroller raste ins Bild und kam schleudernd zum Stehen. Der Attentäter riß den rechten Arm hoch. Michael hielt das Bild an, auf dem der Killer in typischer Haltung mit ausgestrecktem Arm auf sein erstes Opfer zielte. Dann ging er an den Kleiderschrank, öffnete die Türen und nahm eine kleine Schachtel aus dem obersten Fach. Er klappte den Deckel auf und nahm eine Pistole heraus.

»Was zum Teufel ist das?«

»Das ist seine Pistole«, sagte Michael, »die ihm hier nachts vom Bootssteg ins Wasser gefallen ist. Eine 9-mm-Beretta für Sportschützen. Ich kann's nicht beschwören, aber ich glaube, daß der Attentäter in Kairo die gleiche Waffe benützt hat.«

»Auch das ist noch kein schlüssiger Beweis«, wandte Elizabeth ein.

»Er hat die Pistole verloren, weil ich seine Hand getroffen habe.« Michael tippte auf den Fernsehschirm. »Seine rechte Hand, in der er hier die Pistole hält.«

»Worauf willst du hinaus, Michael?«

»Ich habe ihn mit einem großkalibrigen Browning getroffen. Das Geschoß hat vermutlich seine Hand durchschlagen, Knochen zerfetzt und eine häßliche Narbe hinterlassen. Entdecke ich an der Hand dieses

Mannes eine Narbe, weiß ich bestimmt, daß das Oktober gewesen ist.«

»Die Aufnahmeentfernung ist aber schrecklich weit, wenn es darum geht, etwas so Kleines wie eine Narbe zu entdecken.«

»Die Agency hat Computer, die aus Videobildern noch kleinste Details herausholen können. Ich möchte, daß sie diesen Film daraufhin untersuchen, ob an seiner Hand etwas zu sehen ist.«

Elizabeth stand auf und schaltete den Fernseher aus. »Was kümmert's uns, wenn er das ist? Was kümmert's uns, wenn er noch lebt und weiter Leute ermordet?«

»Ich will's einfach wissen.«

»Uns kann er nichts mehr anhaben. Dieses Haus ist eine Festung. Und du brauchst gar nicht so zu tun, als sei der Chauffeur, den du in New York für mich angestellt hast, nicht von der CIA.«

»Er ist nicht von der Agency«, stellte Michael fest. »Er hat nur manchmal für uns gearbeitet.«

»Ist er bewaffnet?«

»Welchen Unterschied macht das?«

»Ich will eine klare Antwort. Ist er bewaffnet?«

»Ja. Er trägt eine Pistole, weil ich ihn gebeten habe, eine zu tragen.«

»Jesus!« sagte Elizabeth und machte das Licht aus.

Sie kletterte ins Bett und zog die Steppdecke bis unter ihr Kinn hoch. Michael lag neben ihr.

»Die Geschichte ist vorbei, Michael. Ich will nichts mehr davon hören.«

»Sie ist nicht vorbei, solange ich weiß, daß er lebt.«

»Ich hätte dich fast verloren. Ich habe dich in meinen Armen gehalten und darum gebetet, daß du nicht stirbst. Ich habe gesehen, wie du beinahe verblutet wärst. Das will ich nicht noch einmal durchmachen müssen.«

Michael küßte sie, aber ihre Lippen erwiderten seinen Kuß nicht. Er wandte sich ab und schloß die Augen. Dann flammte ein Zündholz auf, und im nächsten Augenblick roch er den Rauch ihrer Zigarette.

»Dir geht's um sie, nicht wahr? Um Sarah Randolph. Das ist schon über zehn Jahre her, aber du bist noch immer von ihr besessen.«

»Nein, das bin ich nicht.«

»Du bist von der Idee besessen, ihren Tod zu rächen.«

»Das alles hat nichts mit Sarah zu tun. Es hat mit uns zu tun. Er hat versucht, uns zu ermorden.«

»Du bist ein verdammt schlechter Lügner, Michael.« Elizabeth drückte die Zigarette im Aschenbecher auf ihrem Nachttisch aus und blies den Rauch geräuschvoll an die Zimmerdecke. »Wie du jemals als Spion zurechtgekommen bist, ist mir unbegreiflich.«

Die Schlafzimmerfenster führten mit Blick über Dering Harbor und den Shelter-Island-Sund nach Nordwesten hinaus, so daß es am nächsten Morgen fast acht Uhr war, als sie im blassen Dämmerschein eines Wintertags aufwachten.

Die Kinder waren bereits wach, und eines von ihnen – Michael wußte nicht, welches – weinte erbärmlich. Elizabeth setzte sich ruckartig auf, schlug ihre Decke zurück und stellte die Füße auf den Boden.

Sie hatte schlecht geschlafen, weil sie wieder Alpträume gehabt hatte, und ihre Augen waren dunkel und verschwollen. Sie verließ wortlos den Raum und ging ins Kinderzimmer.

Er blieb noch einige Minuten im Bett liegen, während nebenan ihr Gurren zu hören war, mit dem sie die Kinder beruhigte. Dann stand er auf und ging in das kleine Wohnzimmer hinüber. Douglas hatte ihnen eine Thermoskanne Kaffee hingestellt, neben der ein zusammengefaltetes Exemplar der *New York Times* lag. Das war an Wochenenden in Cannon Point schon immer so gewesen: Douglas stand als erster auf und kochte Kaffee für alle Gäste.

Michael goß sich einen Kaffee ein und schlug die Zeitung auf. Nach der Ermordung Achmed Husseins waren überall auf der West Bank blutige Unruhen ausgebrochen. Die israelische Regierung drohte mit der Entsendung von Truppen in die Palästinensergebiete. Der Friedensprozeß steckte in einer schweren Krise. In Belfast war ein führender Protestant ermordet worden. Die Ulster Freedom Brigade hatte sich zu diesem Anschlag bekannt.

Eine Stunde später war Michael sehr widerwillig auf einem Wanderweg durchs Naturschutzgebiet Mashomack unterwegs. Douglas ging auf dem schmalen Pfad voraus, der sich durch ein winterkahles Wäldchen schlängelte. Obwohl er als großer, breitschultriger Mann schlecht für Fußmärsche geeignet war, bewältigte er den über weite Strecken vereisten Pfad sehr geschickt.

Der nächtliche Regen war auf die See hinausgezogen. An dem mit Schleierwolken verhangenen Himmel stand eine blasse Sonne. In der beißenden Kälte hatte Michael das Gefühl, seine Lunge sei voller Glassplitter. Der Winter hatte die Landschaft eintönig farblos gemacht. Sie stießen auf ein halbes Dutzend Weißwedelhirsche, die auf ihren Hinterläufen stehend Baumrinden abnagten.

»Ist das nicht phantastisch?« flüsterte Douglas. Er ärgerte sich, als Michael seine Begeisterung nicht teilte. Michael hatte nur wenig Sinn für Naturschönheiten; ein malerischer Winkel in Venedig war ihm lieber als eine Bucht auf Long Island. Wälder und Wasser langweilten ihn. Menschen reizten ihn, weil er ihnen nicht traute – und sie überlisten konnte, wenn sie ihn bedrohten.

Während sie den Kieselstrand der Smith Cove entlanggingen, berichtete Michael seinem Schwiegervater ausführlich von der Ulster Freedom Brigade. Douglas Cannon ließ Michael eine Viertelstunde lang reden, ohne ihn einmal zu unterbrechen; danach löcherte er ihn zehn Minuten lang mit Fragen.

»Ich möchte eine klare Antwort, Michael. Begebe ich mich körperlich in Gefahr, wenn ich diesen Job übernehme?«

»Die Ulster Freedom Brigade hat ihre Absichten unverkennbar demonstriert. Sie will alle bestrafen, die an dem Friedensabkommen mitgewirkt haben. Nur eine der beteiligten Parteien ist bisher unbehelligt geblieben – die Amerikaner. Weder Republikaner noch Loyalisten haben jemals absichtlich einen Amerikaner ermordet, aber die Spielregeln haben sich geändert.«

»Zwanzig Jahre Washington – und niemals eine klare Antwort von euch gottverdammten Spionen.«

Darüber mußte sogar Michael lachen. »Geheimdienstarbeit ist leider keine exakte Wissenschaft, Douglas. Alle Voraussagen basieren auf Annahmen und Vermutungen, deren Grundlage die vorhandenen Informationen sind.«

»Manchmal habe ich das Gefühl, man käme mit einer Münze, die man hochwirft, genauso weit.«

Douglas blieb stehen und wandte sich dem Meer zu. Der Wind und die Kälte hatten sein Gesicht gerötet. Das Wasser in Smith Cove glänzte wie flüssiges Blei. Auf See kämpfte eine halbleere Fähre gegen die starke Strömung in dem engen Kanal zwischen der Südspitze von Shelter Island und der Halbinsel North Haven an.

»Ich gebe das nicht gern zu, aber ich möchte noch einmal im Rampenlicht stehen«, sagte Douglas. »Ich könnte mithelfen, Geschichte zu machen, und das ist für einen alten Professor wie mich ziemlich verführerisch. Sogar wenn es bedeutet, daß ich für einen dämlichen Hundesohn wie Jim Beckwith arbeiten muß.«

»Elizabeth wird wütend sein.«

»Mit Elizabeth werde ich schon fertig.«

»Ja, aber ich muß mit ihr leben.«

»Sie ist genau wie ihre Mutter, Michael. Schade, daß du Eileen nicht gekannt hast, denn sonst würdest du verstehen, woraus Elizabeth ihr Durchsetzungsvermögen und ihre Kraft schöpft. Wäre Eileen nicht gewesen, hätte ich nie den Mut gehabt, die Universität zu verlassen und für den Kongreß zu kandidieren.«

Douglas beförderte einen Kieselstein mit der Spitze seines Gummistiefels ins Wasser.

»Hast du ein Telefon für mich?«

Michael griff in seine Jackentasche und reichte Douglas sein Handy. Douglas rief das Büro des Präsidenten an und hinterließ eine Nachricht bei Beckwith' Privatsekretärin. Dann kehrten sie um, verließen die sonnige Smith Cove und tauchten wieder in den kalten Schatten der Wälder ein. Fünf Minuten später zirpte das Telefon. Douglas, der mit moderner Kommunikationstechnik immer Probleme hatte, hielt es Michael hin und forderte ihn auf: »Nimm den verdammten Anruf für mich entgegen, okay?«

Michael drückte eine Taste und meldete sich: »Osbourne.«

»Guten Morgen, Michael«, sagte Präsident Beckwith. »Ich habe mich wirklich gefreut, Sie letztes Wochenende zu sehen. Ich bin erleichtert, daß Sie sich so bemerkenswert gut erholt haben. Ich wollte nur, ich könnte Sie wieder nach Langley holen, wo Sie hingehören.«

Michael überlegte, ob er Beckwith warnen sollte, daß

diese Mobilfunkverbindung nicht abhörsicher war, hielt dann aber doch den Mund.

»Hat Ihr Schwiegervater sich entschieden?«

»Das hat er, Mr. President.«

»Doch hoffentlich positiv?«

»Darüber reden Sie am besten mit ihm selbst.«

Michael übergab das Mobiltelefon Douglas und ging dann ein Stück voraus, damit Douglas ungestört mit dem Präsidenten telefonieren konnte.

Douglas flog noch am selben Abend nach Washington. Er hatte Elizabeth seine Entscheidung mitgeteilt, als er von seiner Wanderung mit Michael zurückgekommen war. Sie akzeptierte seine Mitteilung stoisch gelassen, küßte ihn kühl auf die Wange, um ihm zu gratulieren, und sparte sich ihren Zorn für Michael auf, weil er es nicht geschafft hatte, Douglas von dieser Sache abzubringen. Michael begleitete Douglas nach Washington. Die beiden Männer übernachteten in dem Stadthaus in der N Street, das Michael und Elizabeth gehörte, und fuhren am nächsten Morgen ins Weiße Haus.

Douglas und Beckwith trafen sich im Oval Office, wo sie in Ohrensesseln am Kamin sitzend Tee tranken. Michael hatte draußen warten wollen, aber der Präsident bestand auf seiner Anwesenheit. Er setzte sich etwas abseits auf eine Couch und betrachtete seine Hände, während die beiden Konversation machten. Wie es der Anstand erforderte, sprach Douglas einige Minuten lang über Loyalität und die Ehre, seinem Land zu dienen: Präsident Beckwith sprach über die Bedeutung der angloamerikanischen Beziehungen und die Lage in Nordirland.

Um halb elf traten die beiden Männer durch die Terrassentür in den Rosengarten. An diesem warmen Wintertag in Washington mit Sonnenschein und milder Luft trugen sie Jacketts, aber keine Mäntel, als sie aufs Rednerpult zugingen.

»Es ist mir ein Vergnügen, den ehemaligen Senator Douglas Cannon aus New York als unseren nächsten Botschafter am Hof von St. James in London zu nominieren«, sagte der Präsident nüchtern. »Douglas Cannon hat dem großen Staat New York und dem amerikanischen Volk im Abgeordnetenhaus und im Senat vorbildlich gedient. Und ich weiß aus eigener Erfahrung, daß er den Intellekt, die Kraft und die diplomatischen Fähigkeiten besitzt, die Interessen unseres Landes in einer eminent wichtigen Hauptstadt wie London zu vertreten.«

Als Beckwith Douglas die Hand schüttelte, klatschten die wenigen Anwesenden Beifall. Er deutete aufs Rednerpult, und Douglas trat an die Mikrofone.

»In London warten viele wichtige Aufgaben, die Handels- und Verteidigungsfragen betreffen, aber keine liegt mir mehr am Herzen, als der Regierung von Premierminister Tony Blair zu helfen, Nordirland dauerhaft Frieden zu bringen.«

Douglas machte eine kurze Pause und blickte an den Zuhörern vorbei direkt in die Fernsehkameras.

»Den Männern, die sich der Gewalt verschworen haben, um das Karfreitagsabkommen zu Fall zu bringen, habe ich nur eines zu sagen: Die Tage des Gewehrs, der Bombe und der Sturmhaube sind vorüber. Das nordirische Volk hat gesprochen. Ihr habt ausgespielt.« Er wandte sich an Beckwith. »Mr. President, ich freue mich darauf, unser Land in London zu vertreten.«

13

Portadown, Nordirland

»Habt ihr heute nachmittag die Nachrichten gehört?« fragte Kyle Blake, während er in McConville's Pub in der gewohnten Sitznische Platz nahm.

»Allerdings«, sagte Gavin Spencer. »Der Mann hat eine große Klappe.«

»Können wir ihn umlegen?« fragte Blake, ohne dabei jemanden anzusehen.

»Haben wir's geschafft, Eamonn Dillon umzulegen, können wir auch einen amerikanischen Botschafter umlegen«, antwortete Spencer. »Aber hilft uns das weiter?«

»Die Amerikaner haben noch nicht für ihre Unterstützung des Karfreitagsabkommens gebüßt«, stellte Blake fest. »Gelingt es uns, den amerikanischen Botschafter zu ermorden, weiß ganz Amerika, wer wir sind und was wir wollen. Denkt daran: Wir versuchen nicht, auf dem Schlachtfeld zu siegen, sondern wollen Publicity für unsere Sache. Liquidieren wir Douglas Cannon, sind die amerikanischen Medien gezwungen, über die Geschichte Ulsters aus protestantischer Sicht zu berichten. Das ist eine Art Reflex. Sie können gar nicht anders. Die IRA hat damit Erfolg gehabt, die PLO hat damit Erfolg gehabt. Aber ist das wirklich zu schaffen?«

»Sogar auf verschiedene Weise«, sagte Spencer. »Unter einer Voraussetzung: Wir müssen wissen, wo und wann. Wir brauchen Informationen über seine Bewegungen, über seine Termine. Wir müssen das Attentat sehr sorgfältig planen, sonst schlägt es fehl.«

Blake und Spencer sahen zu Rebecca Wells hinüber.

»Kannst du die Informationen beschaffen, die wir dafür brauchen?« fragte Blake.

»Selbstverständlich«, sagte Rebecca. »Aber dazu muß ich nach London. Ich brauche eine Wohnung, etwas Geld und vor allem viel Zeit. Solche Informationen fliegen einem nicht über Nacht zu.«

Blake trank einen großen Schluck Guinness, während er sich alles durch den Kopf gehen ließ. Dann nickte er Rebecca zu. »Ich möchte, daß du möglichst bald in London anfängst. Das Geld besorge ich dir morgen früh.«

Er wandte sich an Gavin.

»Du fängst an, dein Team zusammenzustellen. Aber niemand darf erfahren, wer die Zielperson ist, bevor es unbedingt nötig ist. Und seid vorsichtig, alle beide. Seid verdammt vorsichtig.«

Februar

14

New York City

»Wie war's in London?« fragte Adrian Carter.

Sie hatten den Central Park an der Ecke Ninetieth Street und Fifth Avenue betreten und folgten jetzt dem mit Schlacke befestigten Weg auf dem Damm um den aufgestauten See. Ein eisiger Wind bewegte die laublosen Äste der Bäume über ihren Köpfen. In Ufernähe war der See gefroren, aber etwas weiter draußen dümpelte eine Enten-Flottille wie vor Anker liegende winzige Schiffe im quecksilberfarbenen Wasser.

»Woher weißt du, daß ich in London gewesen bin?« fragte Michael.

»Weil der britische Geheimdienst mir einen höflichen kleinen Brief geschrieben und angefragt hat, ob das eine Geschäfts- oder Vergnügungsreise gewesen sei. Ich habe geantwortet, da du pensioniert seist, müsse es sich um eine Vergnügungsreise handeln. Habe ich recht gehabt?«

»Hängt davon ab, wie man Vergnügen definiert«, antwortete Michael, und Carter lachte verhalten.

Adrian Carter leitete in der CIA-Zentrale das Zentrum für Terrorismusbekämpfung. Solange Michael im Ausland gearbeitet hatte, war er sein Führungsoffizier gewesen. Selbst jetzt verhielten sie sich wie bei einem Treff hinter feindlichen Linien. Carter bewegte sich wie ein Mann, der ewig gegen ein schlechtes Gewissen ankämpft: mit hochgezogenen Schultern und tief in den Jackentaschen vergrabenen Händen. Seine großen Augen mit den hängenden Lidern ließen ihn ständig müde wirken, aber sie waren unaufhörlich in Bewegung und suchten die Bäume, den See und die Gesichter der wenigen Jogger ab, die verrückt genug waren, der beißenden Kälte zu trotzen. Er trug eine häßliche Skimütze, die ihn jeder physischen Autorität beraubte. Seine dicke Daunenjacke erzeugte einen Schwebeeffekt, so daß der Wind ihn den Weg entlangzublasen schien. Fremde neigten dazu, Carter zu unterschätzen, was ihm in seiner Laufbahn – im Außendienst wie in Grabenkämpfen in der Zentrale – schon häufig zum Vorteil gereicht hatte. Er war in vielen Sprachen zu Hause, träumte polyglott und wußte gar nicht mehr, in wie vielen Staaten er schon im Einsatz gewesen war.

»Also, was zum Teufel *hast* du in London gemacht?« fragte Carter.

Michael erzählte es ihm.

»Hast du was Interessantes erfahren?«

Michael berichtete, was er von Graham Seymour gehört hatte, ohne jedoch seine Quelle preiszugeben. In seiner typischen Art ließ Carter sich nicht anmerken, ob ihm irgendwelche Informationen neu waren. So verhielt er sich selbst Michael gegenüber. Die Bürowitzbolde im CTC, dem CIA-Zentrum für Terrorismusbekämpfung, pflegten zu behaupten, Carter lasse sich lieber foltern, als zu verraten, wo er mittags gegessen habe.

»Und was führt *dich* nach New York?« fragte Michael.

»Eine Sache in unserer hiesigen Station.« Carter machte eine Pause, während zwei Jogger – eine junge Frau und ein älterer Mann – an ihnen vorbeitrabten. »Eine kleine Umorganisation, die ich selbst überwachen wollte. Und ich wollte mal wieder mit dir reden.«

»Warum?«

»Jesus, Michael, wir kennen uns seit zwanzig Jahren«,

sagte Carter mit der liebenswürdigen Gereiztheit, die bei ihm als Ärger galt. »Ich hätte nie gedacht, daß es falsch ausgelegt werden könnte, wenn ich auf einen Schwatz vorbeikomme, wenn ich schon mal in New York bin.«

»Wieso laufen wir dann bei zehn Grad minus im Park herum?«

»Weil ich gegen geschlossene, nicht nach Wanzen abgesuchte Räume allergisch bin.«

Sie erreichten die Uhr an der alten Pumpstation am Südende des Sees. Eine Gruppe von Touristen, die Deutsch mit Wiener Akzent sprachen, machte dort Erinnerungsfotos. Michael und Carter bogen automatisch wie zwei Synchronschwimmer ab und überquerten eine hölzerne Fußgängerbrücke. Im nächsten Augenblick gingen sie den Park Drive hinter dem Metropolitan Museum entlang.

»Wirklich nett vom Senat, daß er Douglas ohne Gegenstimmen nach London entsandt hat«, meinte Carter.

»Das hat ihn auch überrascht. Er hat geglaubt, wenigstens einer seiner alten republikanischen Widersacher würde ihm die Party verderben wollen.«

Carter hob seine behandschuhten Hände vor den Mund und blies kräftig hinein, um sein von der Kälte puterrotes Gesicht zu wärmen. Als leidenschaftlicher Golfspieler fand er den Winter deprimierend.

»Aber du bist nicht hier, um mit mir über Douglas zu reden, stimmt's, Adrian?«

Carter ließ die Hände sinken. »Na ja, ich habe mich gefragt, wann du wieder für uns arbeiten würdest. Ich brauche dich im CTC.«

»Wieso brauchst du mich plötzlich?«

»Weil du einer der seltenen Vögel bist, die locker zwischen Zentrale und Außendienst wechseln können. Ich möchte dich aus sehr eigennützigen Gründen wieder in meinem Team haben.«

»Sorry, Adrian, aber ich bin draußen und will nicht wieder rein. Ich genieße mein jetziges Leben.«

»Du langweilst dich fast zu Tode. Und wenn du etwas anderes behauptest, bist du ein Lügner.«

Michael blieb stehen und starrte Carter wütend an. »Scheiße, wie kommst du dazu, hier aufzukreuzen und mich …«

»Schon gut«, sagte Carter beschwichtigend. »Meine Wortwahl ist vielleicht nicht glücklich gewesen, aber was zum Teufel hast du eigentlich in der letzten Zeit gemacht?«

»Ich habe mich meiner Familie gewidmet, mich um meine Kinder gekümmert und versucht, erstmals in meinem Erwachsenenleben ein ganz normaler Mensch zu sein.«

»Hast du einen Job in Aussicht?«

»Nicht wirklich.«

»Willst du jemals wieder arbeiten?«

»Das weiß ich noch nicht«, sagte Michael. »Ich habe keine *richtige* Berufserfahrung, weil mein ›Arbeitgeber‹ eine CIA-Tarnfirma gewesen ist. Und ich darf keinem potentiellen Arbeitgeber erzählen, womit ich meinen Lebensunterhalt verdient habe.«

»Warum willst du nicht heimkommen?«

»Weil ich mir bei meinem letzten Besuch nicht wie daheim vorgekommen bin.«

»Ich schlage vor, wir lassen alles hinter uns und machen einen neuen Anfang.«

»Den Spruch hast du wohl aus einem Seminar über Personalführung?«

Carter blieb stehen. »Direktor Tyler kommt heute

abend nach New York. Du wirst gebeten, zum Abendessen zu erscheinen.«

»Ich habe schon was vor.«

»Michael, die Direktorin der Central Intelligence Agency möchte mit dir zu Abend essen. Du wirst deine Arroganz doch beiseiteschieben und trotz deines übervollen Terminkalenders etwas Zeit dafür finden können.«

»Tut mir leid, Adrian, aber du vergeudest nur deine Zeit – und die Direktorin auch. Das interessiert mich alles nicht mehr. Trotzdem ist's nett gewesen, mal wieder mit dir zu reden. Grüß Christine und die Kinder von mir.«

Michael wandte sich ab und wollte davongehen.

»Warum bist du in Kairo gewesen, wenn dich das alles nicht mehr interessiert?« fragte Carter. »Du bist hingeflogen, weil du glaubst, daß Oktober noch lebt. Und ich glaube es ehrlich gesagt auch.«

Michael drehte sich um.

»Ah, jetzt hörst du mir endlich mal zu«, sagte Carter.

Monica Tyler hatte im Picholine in der West Sixty-fourth Street unweit des Parks den privaten Speiseraum reservieren lassen. Als Michael das Restaurant betrat, saß Carter allein am Ende der Bar und trank mit kleinen Schlucken ein Glas Weißwein. Er trug einen blauen Zweireiher, während Michael Jeans und einen schwarzen Blazer trug. Sie begrüßten sich wortlos und ohne Händedruck. Michael gab seinen Mantel an der Garderobe ab, und die beiden Männer folgten einer eleganten Hosteß durchs Restaurant.

Der private Speiseraum im Picholine ist in Wirklichkeit die Weinstube: halbdunkel und kühl, mit Hunderten von Flaschen, die in wandhohen Regalen aus dunkel gebeizter Eiche lagern. Monica Tyler saß ins sanfte Licht der indirekten Beleuchtung gehüllt am Tisch und hatte eine aufgeschlagene Akte vor sich liegen. Als Carter und Michael hereinkamen, klappte sie die Akte zu und steckte ihre goldgeränderte Lesebrille weg.

»Michael, wie schön, Sie wiederzusehen«, sagte sie. Dabei blieb sie sitzen und streckte ihm ihre rechte Hand in einem so merkwürdigen Winkel hin, daß Michael nicht wußte, ob er sie küssen oder schütteln sollte.

Monica Tyler hatte Michaels Ausscheiden aus der Agency beschleunigt, weil sie interne Ermittlungen wegen seines Verhaltens nach dem Abschuß von Trans-Atlantic Flight 002 veranlaßt hatte. Damals war sie noch die Stellvertreterin des Direktors gewesen, aber ein halbes Jahr später hatte Präsident Beckwith sie zum CIA-Direktor ernannt. Beckwith hatte jene Phase der zweiten Amtszeit eines Präsidenten erreicht, in der es dem Amtsinhaber vor allem darum geht, sich einen Platz in der Geschichte zu sichern. Er glaubte, die Ernennung Monica Tylers zur ersten Frau an der Spitze der CIA werde dazu beitragen. *Die Agency hat schon früher Neulinge überlebt,* sagte sich Michael, *sie wird auch Monica Tyler überleben.*

Monica bestellte eine Flasche Pouilly-Fuissé, ohne dazu einen Blick in die Weinkarte werfen zu müssen. Sie hatte diesen Raum für wichtige Besprechungen benützt, als sie noch an der Wall Street gearbeitet hatte. Als erstes versicherte sie Michael, ihr Gespräch sei strikt vertraulich. Während sie die Speisekarte studierten und überlegten, was sie bestellen sollten, machten sie Konversation über Washingtoner Politik und belanglosen Klatsch aus der Agency. Monica und Carter sprachen vor Michael, wie Eltern manchmal vor ihren Kindern sprechen – er gehörte der geheimen Bruderschaft nicht mehr an und war deshalb nicht völlig vertrauenswürdig.

»Adrian hat mir erzählt, daß es ihm nicht gelungen ist,

Sie zur Rückkehr in die Agency zu bewegen«, sagte Monica abrupt. »Deshalb bin ich hier. Adrian möchte Sie wieder im CTC haben, und ich möchte Adrian helfen, das zu bekommen, was er will.«

Adrian möchte, daß Sie zurückkommen, dachte Michael. Aber was ist mit Ihnen, Monica?

Sie hatte sich Michael zugewandt und fixierte ihn mit ihrem konzentrierten Blick. Irgendwann in ihrer steilen Karriere hatte Monica Tyler gelernt, ihre großen blauen Augen als Waffe einzusetzen. Sie waren ausdrucksvoll und konnten sich je nach Laune blitzschnell verändern. War sie interessiert, wurden die Pupillen durchscheinend und richteten sich mit fast therapeutischer Intensität auf ihren Gesprächspartner. War Monica irritiert – oder gelangweilt, was noch schlimmer war –, wurde ihr Blick eisig abweisend. War sie verärgert, glitten ihre Augen über das Opfer wie Scheinwerfer auf der Suche nach der besten Stelle für einen Angriff.

Monica war ohne Erfahrungen auf dem Geheimdienstsektor nach Langley gekommen, aber Michael und die übrigen Mitarbeiter der Zentrale hatten rasch gelernt, wie gefährlich es sein konnte, Monica zu unterschätzen. Sie war eine unersättliche Leserin mit scharfem Verstand und dem unfehlbaren Gedächtnis einer Spionin. Außerdem war sie eine hochbegabte Lügnerin, die nie durch lästige moralische Skrupel behindert worden war. Sie kontrollierte die Umstände, unter denen sie arbeitete, lässig wie ein erfahrener Geheimdienstprofi. Die Rituale geheimdienstlicher Tätigkeit paßten so gut zu Monica wie ihr Chanel-Kostüm.

»Offen gesagt verstehe ich, warum Sie damals gegangen sind«, sagte sie, indem sie einen Ellbogen aufstützte und die Hand unter ihr Kinn legte. »Sie sind wütend auf mich gewesen, weil ich Sie vom Dienst suspendiert hatte. Aber ich habe die Suspendierung zurückgenommen und jeglichen Hinweis darauf aus Ihrer Personalakte tilgen lassen.«

»Soll ich dafür dankbar sein, Monica?«

»Nein, nur professionell damit umgehen.«

Monica machte eine Pause, als die Vorspeise serviert wurde. Sie schob ihren Salat von sich weg, um zu signalisieren, daß sie jetzt noch nicht essen wollte. Carter hielt den Kopf gesenkt und vertilgte einen Teller gegrillte Calamari.

»Ich wollte raus, weil Sie mich im Stich gelassen hatten, und weil die Agency mich im Stich gelassen hatte«, sagte Michael.

»Ein Geheimdienst hat Vorschriften, an die seine Offiziere und Agenten sich halten müssen«, sagte Monica. »Das sollte ich Ihnen nicht erklären müssen, Michael. Sie sind in der Agency aufgewachsen. Sie haben die Vorschriften gekannt, als Sie bei uns unterschrieben haben.«

»Um welchen Auftrag geht's denn?«

»Das klingt schon besser!«

»Ich habe noch nicht zugesagt«, widersprach Michael rasch. »Aber ich bin bereit, mir anzuhören, worum es geht.«

»Der Präsident hat uns angewiesen, eine Sonderkommission zur Bekämpfung des Terrorismus in Nordirland zu bilden.«

»Weshalb sollte ich mich mit Nordirland befassen wollen? Ulster ist ein Problem der Briten, das nur sie etwas angeht. Wir sind lediglich Zuschauer.«

»Wir verlangen nicht, daß du aus dem Ruhestand zurückkommst und die Ulster Freedom Brigade infiltrierst, Michael«, warf Carter ein.

»Dafür bin ich aber zuständig, Adrian.«

»Nein, Michael, dafür sind Sie zuständig *gewesen*«, stellte Monica fest.

»Wieso interessiert die Agency sich plötzlich so sehr

für Nordirland? Ulster hat in Langley nie einen besonders hohen Stellenwert gehabt.«

»Der Präsident betrachtet das Friedensabkommen für Nordirland als einen der größten außenpolitischen Erfolge seiner Amtszeit«, sagte Monica. »Aber er weiß auch so gut wie wir, daß diese Vereinbarungen blitzschnell zunichte sein können. Was er von der Agency braucht, sind Informationen und ständige Lagebeurteilungen. Er muß wissen, wann er sich einmischen und die Beteiligten unter Druck setzen muß, wann es ratsam ist, den Dingen ihren Lauf zu lassen. Er muß wissen, wann öffentliche Äußerungen von seiner Seite nützlich oder eher kontraproduktiv wären.«

»Was wollen Sie also von mir?«

»Es geht nicht darum, was ich will, sondern was James Beckwith will. Und der Präsident möchte, daß *Sie* diese neue Sonderkommission leiten.«

»Warum ich?«

»Weil Sie ein in Terrorismusbekämpfung erfahrener Offizier sind, der das dortige Terrain kennt. Außerdem wissen Sie, wie unsere Zentrale funktioniert und kennen sich im Umgang mit der Bürokratie aus. Sie haben einen starken Verbündeten in Adrian ...« Monica zögerte einen Augenblick, »... und in mir. Ein weiterer Grund wäre, daß Ihr Schwiegervater unser nächster Botschafter in London sein wird.«

»Ich lebe jetzt in New York«, wandte Michael ein. »Elizabeth hat ihren Job in Washington aufgegeben und ist in eine New Yorker Kanzlei eingetreten.«

»Sie können in New York arbeiten und jede Woche ein paarmal mit dem Shuttle nach Washington fliegen. Solange die Sonderkommission besteht, übernimmt die Agency die Reisekosten. Anschließend müßten wir eine neue Regelung finden.«

Monica griff nach der Gabel und spießte einige Salatblätter auf.

»Und es geht natürlich auch um Oktober«, sagte sie. »Dafür ist Adrian zuständig.«

Carter schob seinen leeren Teller weg und wischte seinen Mund ab. »Das Attentat auf Achmed Hussein in Kairo ist uns von Anfang an merkwürdig erschienen. Wir haben die Israelis verdächtigt, die Hand im Spiel gehabt zu haben, aber sie haben es öffentlich und auch in privaten Gesprächen abgestritten. Deswegen haben wir uns etwas umgehört, an ein paar Türen geklopft. Du weißt ja, wie das geht.« Carter sprach, als schildere er ein ausnehmend langweiliges Wochenende zu Hause. »Wir haben einen Informanten im Mossad. Von ihm wissen wir, daß Mossad-Chef Ari Shamron den Mord persönlich befohlen und das Unternehmen überwacht hat, um sicherzugehen, daß kein Scheiß passiert.«

Monica Tyler sah unwillig von ihrem Salat auf. Sie haßte unflätige Ausdrücke und hatte sie bei allen dienstlichen Besprechungen in ihrer Anwesenheit verboten. Sie tupfte sich die Lippen mit einer Ecke ihrer Serviette ab.

»Nach Auskunft unseres Informanten hat Shamron einen Killer von außerhalb engagiert«, sagte Carter. »Einen auf Honorarbasis arbeitenden Attentäter, einen Berufskiller. Shamron soll ihn mit privat beschafften Geldern bezahlt haben.«

»Hat er eine Personenbeschreibung geliefert?«

»Nein.«

»Herkunft?«

»Europa oder Naher Osten. Vielleicht am ehesten aus dem Mittelmeerraum.«

»Ich habe einen Videofilm mit dem Attentat gesehen.«

»Wie bitte?« fragte Adrian überrascht.

Michael berichtete von seinem Treffen mit Jusuf Hafis.

»Du glaubst also, daß Oktober der Täter gewesen ist?« fragte Carter.

»Ich weiß, wie er sich bewegt, und ich habe gesehen, wie er schießt«, sagte Michael. »Der Mann könnte Oktober gewesen sein, aber das ist schwer zu beurteilen. Trotzdem kann ich's vielleicht beweisen.«

»Wie?«

»Damals auf Shelter Island hat mein Schuß seine Hand getroffen«, antwortete Michael. »Seine rechte Hand, mit der er schießt. Bei dem Mord an Achmed Hussein hat der Killer keine Handschuhe getragen. Finde ich an seiner rechten Hand eine Narbe, weiß ich, daß es Oktober gewesen ist.«

»Wo ist der Videofilm?« fragte Carter.

»Den habe ich.«

Der Ober klopfte an und trat ein, um die Vorspeisenteller abzutragen.

Als er wieder gegangen war, sagte Monica: »Kommen Sie zur Agency zurück, bin ich bereit, Ihren Zuständigkeitsbereich zu erweitern. Sie leiten nicht nur die Sonderkommission Nordirland, sondern erhalten auch den Auftrag, Oktober aufzuspüren und festzunehmen, falls er wirklich noch lebt. Sind wir uns dann einig, Michael?«

»Darüber muß ich erst mit Elizabeth sprechen«, antwortete er. »Ich melde mich morgen.«

»Als erfahrener Sachbearbeiter sind Sie ausgebildet, Männer dazu zu bringen, ihr Land zu verraten«, sagte Monica liebenswürdig lächelnd. »Ich bin sicher, daß Sie keine Mühe haben werden, Ihre Frau davon zu überzeugen, daß dies die richtige Entscheidung ist.«

»Sie kennen Elizabeth nicht!« sagte Adrian Carter lachend.

Nach dem Abendessen hatte Michael das Bedürfnis, noch einen Spaziergang zu machen. Er wohnte jenseits des Central Parks in der Fifth Avenue, aber selbst als ehemaliger CIA-Offizier mit Nahkampfausbildung wußte Michael, daß es besser war, den Park nachts zu meiden. Statt dessen ging er in südlicher Richtung, umrundete den Columbus Circle und lief an den übelriechenden Pferdekutschen vorbei Central Park South entlang.

Als er auf dem Gehsteig der Fifth Avenue, der den Park begrenzte, nach Norden unterwegs war, begann es zu schneien. Er fürchtete sich vor dem bevorstehenden Gespräch mit Elizabeth; sie würde wütend sein – und das mit Recht. Nachdem Oktober und Astrid Vogel sie zu ermorden versucht hatten, hatte er Elizabeth versprochen, er werde die Agency endgültig und für immer verlassen. Und jetzt würde er sein Versprechen brechen.

Er setzte sich auf eine Bank und sah zu den beleuchteten Fenstern ihrer Wohnung hinauf. Er dachte an den Tag, an dem er Elizabeth kennengelernt hatte: ein halbes Jahr nach dem Mord an Sarah Randolph an einem schwülheißen Nachmittag auf der Chesapeake Bay an Bord der Jacht eines gemeinsamen Freundes. Die Agency hatte konstatieren müssen, daß Michael enttarnt war; er war aus London abgezogen worden und hatte in Langley einen langweiligen Schreibtischjob bekommen. Er haßte seine Arbeit und litt noch immer so unter Sarahs Tod, daß er keine andere Frau auch nur ansah. Dann wurde Michael Elizabeth Cannon vorgestellt – der schönen, intelligenten Tochter des berühmten Senators aus New York – und hatte erstmals seit jener Nacht am Chelsea Embankment wirklich das Gefühl, Sarah Randolphs Schatten weiche etwas zurück.

Sie liebten sich in dieser Nacht, und danach belog Michael sie in bezug auf seinen Beruf. Was seine Arbeit betraf, log er noch monatelang. Erst als sie Heiratspläne zu schmieden begannen, war er gezwungen, ihr die Wahrheit zu gestehen: daß er als CIA-Offizier Agenten in Terroristengruppen einschleuste – und daß eine Frau, die er sehr geliebt hatte, vor seinen Augen ermordet worden war. Elizabeth gab ihm eine Ohrfeige und erklärte ihm, sie wolle ihn nie wiedersehen. Michael glaubte, er habe sie für immer verloren.

Von diesen ersten Lügen hatte ihre Beziehung sich nie ganz erholt. Elizabeth setzte Michaels Arbeit wegen Sarah mit anderen Frauen gleich. Sie reagierte auf jede Dienstreise, als betrüge er sie. Kam er dann wieder nach Hause, suchte sie seinen Körper unbewußt nach Spuren einer Geliebten ab. Der Tag, an dem er die Agency verlassen hatte, war für sie der glücklichste Tag ihres Lebens gewesen. Jetzt würde alles wieder von vorn beginnen.

Michael überquerte die Fifth Avenue, trat unter das Vordach des Apartmentgebäudes, schlüpfte am Portier vorbei und fuhr mit dem Aufzug in den vierzehnten Stock hinauf.

Elizabeth saß noch genau dort, wo er sie vor zwei Stunden verlassen hatte: von Aktenstapeln umgeben auf der Couch unter dem großen Fenster. Der Aschenbecher auf dem Fußboden quoll von halbgerauchten Zigaretten über. Sie verteidigte eine Bugsierreederei auf Staten Island, die angeklagt war, vor New Jersey Öl abgelassen und die Umwelt verschmutzt zu haben. Die Verhandlung würde in zwei Wochen beginnen – ihr erster Fall, seit sie wieder arbeitete. Elizabeth arbeitete zuviel, trank zuviel Kaffee und rauchte zuviel. Michael küßte sie auf die Stirn und nahm ihr die qualmende Zigarette aus den Fingern. Elizabeth sah ihn über ihre Lesebrille hinweg an und konzentrierte sich dann wieder auf den gelben Schreibblock, auf dem sie sich in ihrer großzügigen runden Schrift Notizen machte. Dabei griff sie geistesabwesend nach ihren Zigaretten und zündete sich eine neue an.

»Du rauchst zuviel«, sagte Michael.

»Ich höre auf, wenn du's tust«, antwortete Elizabeth, ohne aufzusehen. »Wie war das Abendessen?«

»Das Essen war gut.«

»Was haben sie gewollt?«

»Sie wollen, daß ich zurückkomme. Sie haben einen Job für mich.«

»Was hast du geantwortet?«

»Daß ich erst mit dir darüber reden will.«

Elizabeth ließ ihren Schreibblock auf den Boden fallen und nahm ihre Lesebrille ab. Sie war erschöpft und nervös – eine tödliche Kombination. Nach einem Blick in ihre Augen hatte Michael keine Lust mehr, das Gespräch fortzusetzen, aber Elizabeth ließ nicht locker.

»Was für ein Job ist das?«

»Ich soll eine Sonderkommission für Nordirland leiten.«

»Warum du?«

»Ich habe schon mal in Nordirland gearbeitet, und ich kenne die Arbeit in der Zentrale. Monica und Adrian finden, das seien ideale Voraussetzungen für diesen Job.«

»Monica hat letztes Jahr versucht, dich aus der Agency rauszuwerfen, und dein alter Freund Adrian hat verdammt wenig getan, um sie daran zu hindern. Woher dieser plötzliche Sinneswandel?«

»Sie sagt, alles sei vergeben.«

»Und du willst ihr Angebot offenbar annehmen. Sonst hättest du auf der Stelle nein gesagt.«

»Ja, ich will es annehmen.«

»Jesus!« Sie drückte ihre Zigarette aus und zündete sich sofort eine neue an. »Warum, Michael? Ich dachte, du bist mit der Agency fertig. Ich dachte, du wolltest ein neues Lebenskapitel beginnen.«

»Das habe ich auch gedacht.«

»Warum läßt du dich dann wieder darauf ein?«

»Weil ich diese Untätigkeit hasse! Weil ich gerne morgens aufstehen und zur Arbeit fahren möchte.«

»Warum suchst du dir nicht einen Job? Deine Verletzung liegt schon ein Jahr zurück. Du bist völlig wiederhergestellt.«

»Es gibt nicht viele Firmen, die Mitarbeiter mit meinen Kenntnissen suchen.«

»Du könntest für wohltätige Einrichtungen arbeiten. Geld brauchen wir keines.«

»Geld brauchen wir keines, weil du einen Job hast. Einen wichtigen Job.«

»Und du willst auch einen wichtigen Job haben.«

»Ja, ich glaube, wenn ich mithelfen könnte, Nordirland Frieden zu bringen, wäre das eine erfüllende und lohnende Erfahrung.«

»Ich bringe deine Seifenblase nicht gern zum Platzen, aber die Nordiren sind schon sehr lange dabei, sich gegenseitig umzubringen. Sie führen Krieg oder schließen Frieden, ohne sich darum zu kümmern, was die CIA für richtig hält.«

»Es gibt einen weiteren Grund«, sagte Michael. »Dein Vater ist dabei, ein potentielles Ziel für Terroranschläge zu werden, und ich möchte dafür sorgen können, daß ihm nichts zustößt.«

»Wirklich edel und selbstlos!« Ihre Augen blitzten. »Wie kannst du's wagen, meinen Vater da hineinzuziehen? Wenn du in die Agency zurückwillst, solltest du wenigstens soviel Anstand haben, nicht meinen Vater als Krücke zu benützen.«

»Die Arbeit fehlt mir, Elizabeth«, sagte er leise. »Das ist

schließlich mein Beruf. Ich kann sonst nichts anderes. Ich verstehe mich nicht darauf, etwas anderes zu sein.«

»Gott, ist das jämmerlich! Manchmal tust du mir echt leid. Ich hasse diesen Teil deines Ichs, Michael. Ich hasse die Geheimnisse und die Lügen. Aber wenn ich dich wirklich daran hindern wollte – wenn ich entschieden nein sage –, würdest du Ressentiments gegen mich entwickeln, und das könnte ich auf die Dauer nicht ertragen.«

»Ich würde keine Ressentiments gegen dich entwikkeln.«

»Hast du vergessen, daß du zwei kleine Kinder hast, die in ihrem Zimmer am Ende des Flurs schlafen?«

»Den meisten Väter mit kleinen Kindern gelingt's auch, einen Job zu haben.«

Sie äußerte sich nicht dazu.

»Monica sagt, daß ich meistens in New York arbeiten und ansonsten den Shuttle benützen kann.«

»Ihr scheint euch ja alles schon genau überlegt zu haben. Wann will deine neue beste Freundin, daß du wieder anfängst?«

»Dein Vater leistet übermorgen im Außenministerium den Amtseid. Der Präsident will, daß er möglichst bald nach London geht. Ich dachte, ich könnte die Gelegenheit nutzen, um ein paar Stunden in der Zentrale zu verbringen und mich wieder einzugewöhnen.«

Elizabeth stand auf und stolzierte durchs Zimmer. »Na, dann Glückwunsch, Michael! Entschuldige, wenn ich keine Flasche Champagner aufmache.«

15

Washington · cia-Zentrale · New York

Douglas Cannon leistete seinen Amtseid als amerikanischer Botschafter am Hof von St. James im Rahmen einer Zeremonie im sechsten Stock des Außenministeriums. Außenminister Martin Claridge nahm ihm den Eid ab, der mit dem Amtseid eines Präsidenten identisch war. Douglas schwor, er werde »die Verfassung der Vereinigten Staaten bewahren, schützen und verteidigen«, und zweihundert hastig eingeladene Gäste applaudierten.

Zum Zeremoniensaal des Außenministeriums gehört ein großer Südbalkon mit Blick über die Washington Mall und den Potomac River. Der Himmel war kaum bewölkt und die Luft nach dem brutalen Kälteeinbruch wieder mild, so daß die meisten Gäste nach der Vereidigung aus dem überheizten Saal an die frische Luft flüchteten. Michael stand etwas abseits, trank Kaffee aus einer zierlichen Porzellantasse und rauchte zu seinem eigenen Schutz eine Zigarette. Was machen Sie? lautet die zu Beginn jeder Washingtoner Unterhaltung gestellte Frage, und Michael war nicht in der Stimmung, Lügen zu erzählen.

Er beobachtete Elizabeth, die sich mühelos durch die Menge bewegte. Es hatte ihr nicht gefallen, in einer Politikerfamilie aufzuwachsen, aber sie hatte gelernt, eine Gästeschar wie ein Präsidentschaftskandidat zu bearbeiten. Sie scherzte ungezwungen mit dem Außenminister, mehreren Abgeordneten und Senatoren und selbst einigen Reportern. Michael war voller Bewunderung. Er war dafür ausgebildet, sich jeder Umgebung anzupassen, sich möglichst ungesehen zu bewegen, ständig mit unangenehmen Überraschungen zu rechnen. Empfänge machten ihn jedesmal nervös. Er schlängelte sich durch die Menge, bis er Elizabeth erreichte.

»Ich muß jetzt gehen«, sagte er und küßte sie auf die Wange.

»Wann kommst du nach Hause?«

»Ich versuche, den Siebenuhrshuttle zu erreichen.«

Einer ihrer ehemaligen Anwaltspartner sprach Elizabeth an und verwickelte sie in ein Gespräch. Michael ging durch gleißend hellen Sonnenschein davon. Er sah sich noch einmal nach Elizabeth um, aber sie hatte ihre Sonnenbrille aufgesetzt, so daß er nicht sah, ob sie ihm nach- oder ihren alten Freund aus der Kanzlei anschaute. Elizabeth beherrschte all diese Tricks. Er hatte schon immer gefunden, sie hätte eine ausgezeichnete Spionin abgegeben.

Michael fuhr über die Memorial Bridge und auf dem George Washington Memorial Parkway nach Norden. Seitlich unter ihm glänzte der Potomac River. Das durch die kahlen Bäume fallende Sonnenlicht erzeugte die Illusion, er fahre durch einen Tunnel aus flackerndem Licht. Früher, bevor er seinen Jaguar verkauft hatte, hatten die Fahrten von ihrem Haus in Georgetown zur Zentrale und zurück für ihn zu den schönsten Erlebnissen des Tages gehört. In einem gemieteten Ford Taurus war die Fahrt nicht ganz so schön.

Er bog zum Haupttor der CIA ab, hielt an dem kugelsicheren Wachhäuschen und nannte dem von Special Protective Services gestellten Posten seinen Namen; da er keinen Dienstausweis mehr hatte, reichte er ihm seinen New Yorker Führerschein. Der Wachmann hakte den Namen auf einer Liste ab, gab ihm einen rosa Besucherausweis fürs Instrumentenbrett – diese Farbwahl war Michael schon immer ein Rätsel gewesen – und erklärte ihm, wo der Besucherparkplatz lag.

Als Michael das weiße Marmorfoyer durchquerte, hatte er das Gefühl, durch einen Raum aus seiner Kindheit zu schweben. Alles wirkte etwas kleiner und etwas schmuddeliger, als er es in Erinnerung hatte. Er ging quer über das in den Boden eingelassene CIA-Wappen. Er warf einen Blick auf die Statue Bill Donovans – der im Zweiten Weltkrieg mit dem Office of Strategic Services den Vorläufer der CIA gegründet hatte – und die Wand mit den vielen Sternen für CIA-Offiziere, die im Dienst ihr Leben gelassen hatten.

Er trat an den Schreibtisch des Wachhabenden neben einer ganzen Reihe von High-Tech-Drehkreuzen, nannte seinen Namen und sagte, zu wem er wollte. Der Wachhabende wählte Adrian Carters Nummer und murmelte ein paar Worte ins Telefon. Dann legte er auf, musterte Michael mißtrauisch und bat ihn, auf einer der Polsterbänke im Foyer zu warten. Ein hübsches Mädchentrio in Jeans und Sweatshirts ging mit klappernden Absätzen durch die Drehkreuze. Die neue CIA, dachte Michael: *der Kinderkreuzzug. Was hätte Wild Bill Donovan von diesem Laden gehalten?* Plötzlich kam er sich steinalt vor.

Carter lächelte untypischerweise, als er nach zehn Minuten auf der anderen Seite der Sicherheitsbarriere erschien.

»Sieh da, der verlorene Sohn kehrt zurück«, sagte Carter. »Lassen Sie ihn rein, Sam. Er ist ein Unruhestifter, aber verhältnismäßig harmlos.«

»Wo hast du so lange gesteckt, verdammt noch mal?« fragte Michael.

»Ich habe mit Monica telefoniert. Sie will bis morgen eine Analyse der Situation in Nordirland.«

»Großer Gott, Adrian, dabei bin ich noch nicht mal an meinem Schreibtisch gewesen!«

»Immer der Reihe nach, Michael.«

»Nämlich?«

»Zuerst mußt du natürlich zur Personalabteilung.«

Carter lieferte Michael dort ab, und er unterzog sich drei Stunden lang dem traditionellen Aufnahmeritual, das die Voraussetzung für den Wiedereintritt in den Geheimdienst war. Er versicherte, daß er nicht die Absicht hatte, Geheimnisse an eine ausländische Macht zu verraten. Daß er weder unmäßig trank noch illegale Drogen nahm. Daß er nicht homosexuell war und keine anomalen sexuellen Vorlieben hatte. Daß er nicht mehr Schulden hatte, als er tilgen konnte. Daß er keine Eheprobleme hatte – außer denen, die mit meiner Rückkehr in die Agency zusammenhängen, sagte er sich. Nachdem er alle erforderlichen Schriftstücke gelesen und unterschrieben hatte, wurde er fotografiert und bekam einen neuen Dienstausweis, der in der Zentrale an einer Kette um den Hals getragen werden mußte. Er lauschte einem dämlichen Vortrag darüber, daß er seinen Dienstausweis nicht in der Öffentlichkeit sehen lassen durfte. Und er erhielt nach durchgeführter Sicherheitsüberprüfung ein Kennwort, damit er Geheimunterlagen aus dem digitalisierten Ablagesystem der Agency einsehen konnte.

Das CIA-Zentrum zur Terrorismusbekämpfung war in Michaels Abwesenheit aus den beengten Räumen im fünften Stock des alten Hauptgebäudes in ein Großraumbüro mit weißen Glaskästen im South Tower umgezogen. Als Michael es an diesem Vormittag betrat, erinnerte es ihn an die Schadensabteilung eines Versicherungskonzerns. Das CTC war in der Ära Reagan zur Bekämpfung von Terroranschlägen gegen Amerikaner und US-Einrichtungen im Ausland gegründet worden. Nach der in Langley gültigen Terminologie war es ein »Zentrum«, weil es mit Personal und Unterstützung der CIA-Abteilungen Beschaffung und Auswertung arbeitete. Hier arbeiteten auch Vertreter anderer Bundesbehörden wie der Drug Enforcement Administration, des Justizministeriums, der Küstenwache und sogar der Luftfahrtbehörde. Selbst das FBI, der Erzrivale der CIA, spielte im CTC eine wichtige Rolle, was zu Zeiten von Michaels Vater noch undenkbar gewesen wäre.

Carter übte auf dem Teppichboden seines geräumigen Büros das Putten und sah Michael nicht hereinkommen. Alle anderen standen auf, um ihn zu begrüßen. Hier arbeitete Allan, ein gelehrt aussehender FBI-Buchhalter, der die geheimen Ströme schmutzigen Geldes durch die diskretesten und obskursten Banken der Welt verfolgte. Hier arbeitete Stephen alias Eurotrash, der die moribunden linken Terroristengruppen Westeuropas zu überwachen hatte. Und hier arbeitete Blaze, ein baumlanger Gringo aus New Mexico, der zehn verschiedene Indianerdialekte und jede Menge spanischer Regionaldialekte sprach. Seine Zielgruppen waren die Guerillabewegungen und Terroristengruppen Südamerikas. Er war wie immer wie ein peruanischer Bauer mit weitem Hemd und Ledersandalen gekleidet. Blaze hielt sich für einen zeitgenössischen Samurai, einen wahren Kriegerpoeten; er hatte einmal versucht, Michael zu zeigen, wie man mit einer American-Express-Karte tötet. Michael hielt unwillkürlich die Luft an, als er Blaze die Hand hinstreckte und sie in seiner Pranke verschwinden sah.

Carter kam aus seinem Büro. Er trug den Putter in der linken und einen Stapel Papiere in der rechten Hand.

»Wo sitze ich?« fragte Michael.

»Ecke Osama bin Laden und Carlos the Jackal.«

»Was zum Teufel soll das heißen?«

»Unser neuer Laden ist so groß, daß wir Adressen anbringen mußten, damit die Mitarbeiter sich finden.« Carter deutete auf die blauen Schilder oben an den Glaskästen. »Wir haben uns einen kleinen Spaß mit den Straßennamen erlaubt.«

Er führte Michael den Abu Nidal Boulevard hinunter, der die Mittelachse zwischen den Glaskästen bezeichnete, und bog an der Osama bin Laden Street rechts ab. Dann blieb er vor einem Glaskasten in der Carlos the Jackal Avenue stehen. Auf Michaels Schreibtisch stapelten sich alte Akten, und irgend jemand hatte seinen Monitor geklaut.

»Du sollst noch heute einen neuen bekommen«, sagte Carter.

»Also nächsten Monat, wenn ich Glück habe.«

»Ich schicke jemanden vorbei, der das alte Zeug abholt. Du machst dich am besten gleich an die Arbeit. Cynthia weist dich ein.«

Cynthia war Cynthia Martin, ein blonder Engel britischer Abstammung und im CTC die Expertin für Terrorismus in Nordirland. Sie hatte an der London School of Economics Soziologie studiert und kurz an der Georgetown University gelehrt, bevor sie zur Agency gegangen war. Cynthia hatte schon mehr über die IRA vergessen, als Michael jemals wissen würde. Nordirland war ihr Revier; wenn irgend jemand die neue Sonderkommission hätte leiten sollen, wäre das Cynthia Martin gewesen.

Sie warf einen Blick auf Michaels chaotischen Schreibtisch und runzelte die Stirn.

»Komm, wir gehen lieber zu mir hinüber.«

Sie führte Michael in ihren Glaskasten und bot ihm den Stuhl vor dem Schreibtisch an.

»Hör zu, Michael, ich werde nicht so tun, als sei ich nicht stinksauer.« Cynthia war wegen ihrer Direktheit und ihrer scharfen Zunge gefürchtet. Michael wunderte sich darüber, daß sie gewartet hatte, bis sie in ihrem Büro waren, bevor sie loslegte. »Die Sonderkommission für Nordirland hätte ich bekommen sollen – nicht jemand, der seit über einem Jahr keinen Fuß mehr ins Zentrum gesetzt hat.«

»Freut mich auch, dich wiederzusehen, Cynthia.«

»Dieser Laden ist noch immer eine Männerdomäne, auch wenn wir jetzt eine Direktorin haben. Und obwohl ich seit vielen Jahren eingebürgert bin, halten sie mich im sechsten Stock weiter für dieses ›britische Weibsstück‹.«

»Bist du fertig?«

»Ja, ich bin fertig. Aber das mußte ich einfach loswerden.«

Sie lächelte plötzlich und fragte: »Wie zum Teufel geht's dir überhaupt?«

»Danke, gut.«

»Und deine Verletzungen?«

»Alle ausgeheilt.«

»Nimmst du mir übel, daß ich sauer bin?«

»Natürlich nicht. Du hast allen Grund, aufgebracht zu sein.« Michael machte eine Pause, bevor er sagte: »Adrian hat mir bei der Zusammenstellung der Sonderkommission freie Hand gegeben. Ich brauche jemanden, der mich als Stellvertreter wirkungsvoll unterstützt.«

»Bietest du mir diesen Job an?«

Michael nickte.

»Dann nehme ich ihn an, denke ich.«

Er streckte seine Hand aus, und Cynthia ergriff sie.

»Willkommen an Bord, Cynthia.«

»Danke, Michael. Wir haben viel zu besprechen, also fangen wir am besten gleich an.«

Etwa vier Stunden später steckte Adrian Carter seinen Kopf in Cynthias Glaskasten. »Michael, ich habe etwas, das du dir ansehen solltest.«

Michael folgte Carter in sein Büro hinüber. Carter schloß die Tür und drückte ihm einen großen braunen Umschlag in die Hand.

»Was ist das?«

»Der technische Dienst hat sich das Attentat auf Achmed Hussein angesehen«, sagte Carter. »Die Techniker haben ein Bild mit Computerunterstützung optimiert.«

Michael öffnete den Umschlag und zog ein Großfoto heraus, das eine Hand zeigte, die eine Pistole hielt. Auf dem Handrücken war zwischen Handgelenk und Zeigefingerknöchel eine Narbe mit wulstigen Rändern zu sehen.

»Das ist er, Adrian! Verdammt noch mal, das ist er!«

»Wir haben Interpol und befreundete Dienste in aller Welt benachrichtigt. Die Techniker versuchen jetzt, aus vorhandenen Aufnahmen ein lebensgroßes Phantombild von ihm herzustellen. Aber wie du weißt, ist sein Gesicht auf allen Aufnahmen mehr oder weniger verdeckt. Wir wissen nicht wirklich, wie er aussieht. Sie möchten, daß du ein paar Lücken ausfüllst.«

»Ich habe ihn auch nie genau gesehen«, sagte Michael, »aber ich habe eine ungefähre Vorstellung von seinem Gesicht.«

»Geh zu den Technikern runter und sag ihnen, was du weißt. Ich will, daß dieses Phantombild schnellstens verbreitet wird.«

Michael starrte auf die Hand mit der Narbe.

»Will er arbeiten, muß er aus seinem Versteck kommen«, sagte Carter. »Und sobald er sich rauswagt, sind wir hinter ihm her.«

Michael lächelte und gab ihm das Foto zurück.

»Na, bist du froh, daß du meine Einladung angenommen hast und zurückgekommen bist?«

»Scheiße, ja.«

Michael verpaßte den Siebenuhrshuttle um wenige Minuten. Er rief in New York an, um Elizabeth zu sagen, daß er sich verspäten würde, aber dort meldete sich niemand, so daß er seine Nachricht auf dem Anrufbeantworter hinterlassen mußte. Dann setzte er sich in die Flughafenbar und trank ein Bier, bis sein Flug aufgerufen wurde.

Im Flugzeug starrte er aus dem Fenster, während vor seinem inneren Auge Bilder aus Nordirland vorbeizogen. Er hatte viele Stunden in Cynthia Martins Glaskasten verbracht und sich mit den paramilitärischen Organisationen beschäftigt, die in Ulster aktiv waren.

Denkbar war, daß eine der existierenden protestantischen Gruppen die Anschläge verübt und sich das Pseudonym Ulster Freedom Brigade zugelegt hatte, um nicht verdächtigt zu werden. Möglich war auch, daß die Ulster Freedom Brigade eine neue Gruppe war, deren Mitglieder bisher noch keiner paramilitärischen Organisation angehört hatten. Michael hatte jedoch eine andere Theorie: Die Ulster Freedom Brigade war eine kleine, straff organisierte und erfahrene Gruppe protestantischer Hardliner, die sich wegen des verkündeten Waffenstillstands von den bekannten Organisationen abgespaltet hatten. Die drei Anschläge waren zu professionell und zu erfolgreich gewesen, als daß sie das Werk von Amateuren sein konnten. Die Führer der Gruppe waren offenbar skrupellos und schreckten vor nichts zurück, um die

Identität der Gruppe zu schützen – das bewies die Tatsache, daß alle drei Attentäter jetzt tot waren. Die Identifizierung der Mitglieder der Ulster Freedom Brigade würde schwierig, wenn nicht sogar unmöglich sein.

Michael hatte sich lange die Dossiers aller bekannten Mitglieder dieser paramilitärischen Organisationen angesehen. Vor seinem inneren Auge zogen ihre Gesichter vorbei: Häftlingsfotos, von Überwachungskameras gemachte Aufnahmen, gezeichnete Phantombilder.

Er glaubte, ein weiteres Bild zu sehen: das verschwommene, unvollständige Gesicht Oktobers. Michael hatte vermutet, er lebe noch. Jetzt hatte er den Beweis dafür – das Foto der Hand mit der Narbe. Trotzdem wußte Michael, daß die Chancen, Oktober zu fassen, gering waren. Er konnte nur hoffen, daß ein weiterer glücklicher Zufall ihre Fahndung begünstigen würde.

Michael ließ sich vom Steward ein Bier geben. Er rief nochmals in New York an, hörte aber wieder nur die Ansage ihres Anrufbeantworters. Sonst hatte er täglich mehrmals mit Elizabeth telefoniert, weil sie häufig anrief, um sich nach den Zwillingen zu erkundigen. Heute hatten sie seit der Zeremonie, bei der Douglas seinen Amtseid abgelegt hatte, nicht mehr miteinander gesprochen. Obwohl Michael erst seit einem Tag wieder arbeitete, bemerkte er bereits eine gewisse Entfremdung zwischen ihnen. Er fühlte sich schuldig, aber auch zufrieden – ein Gefühl von Entschlossenheit, aber auch eine gewisse Aufregung, die er seit vielen Monaten nicht mehr gefühlt hatte. Er gestand sich das nicht gern ein, aber in der Agency fühlte er sich wie zu Hause. Sie glich einem chaotischen Zuhause mit streitenden Eltern und verzogenen Kindern, aber sie war trotzdem ein Zuhause.

Elizabeth saß von Papieren umgeben im Bett, Michael küßte ihren Nacken, aber sie rieb sich die Stelle, als jucke sie. Er zog sich aus, machte sich ein Sandwich und kam zu ihr ins Bett.

»Ich würde dich fragen, wie's im Büro gewesen ist«, sagte sie, »aber ich weiß, daß du's mir ohnehin nicht verraten darfst.«

»Es hat Spaß gemacht, wieder zu arbeiten«, antwortete er – und bereute sofort, das gesagt zu haben.

»Deinen Kindern geht's übrigens gut.«

Er stellte den Sandwichteller auf den Nachttisch und nahm Elizabeth mit sanfter Gewalt den Notizblock weg.

»Wie lange soll das noch weitergehen?« fragte er.

»Wie lange soll *was* weitergehen?«

»Das weißt du genau, Elizabeth. Ich möchte wissen, wie lange du mich wie einen Paria behandeln willst.«

»Ich kann nicht so tun, als sei ich glücklich über diese Entwicklung, Michael. Ich kann nicht so tun, als seien mein Job und die Kinder keine Belastung für mich – und jetzt pendelt mein Ehemann auch noch zwischen New York und Washington hin und her.« Sie zündete sich eine Zigarette an und warf das Feuerzeug wütend auf den Nachttisch. »Ich hasse diesen Laden. Ich hasse, was er dir antut. Ich hasse, was er *uns* antut.«

»Nächste Woche überreicht dein Vater in London der Königin sein Beglaubigungsschreiben. Ich muß unbedingt ein paar Tage nach London. Willst du nicht mitkommen, damit wir etwas Zeit füreinander haben?«

»Hör zu, ich kann nicht einfach nach London jetten«, fauchte Elizabeth. »Mein Prozeß beginnt bald. Ich habe Kinder. *Du* hast Kinder, falls du das vergessen hast.«

»Natürlich habe ich das nicht vergessen.«

»Du bist gerade erst in London gewesen. Warum mußt du schon wieder hin?«

»Ich muß ein paar alte Kontakte wiederbeleben.«
»In London?«
»Nein, in Belfast.«

16

London

Die Residenz des US-Botschafters in Großbritannien ist das Winfield House, ein Klinkergebäude im georgianischen Stil, das auf einem fast fünf Hektar großen Grundstück mitten im Londoner Regent's Park steht. Barbara Hutton, die Erbin des Woolworth-Vermögens, ließ die Villa 1934 erbauen, als sie mit ihrem Ehemann, dem dänischen Grafen Haugwitz-Reventlow, nach London zog. Sie ließ sich 1938 von dem Grafen scheiden und kehrte in die Vereinigten Staaten zurück, wo sie Cary Grant heiratete. Nach dem Zweiten Weltkrieg verkaufte sie Winfield House der amerikanischen Regierung für einen Dollar, und Botschafter Winthrop Aldrich bezog es 1955 als erster.

Obwohl Douglas Cannon bei früheren offiziellen Besuchen in London schon zweimal im Winfield House gewohnt hatte, war er am ersten Tag, der ihm zur Eingewöhnung diente, wieder von der Eleganz und Größe überwältigt. Während er durch die großen Salons im Erdgeschoß schritt, konnte er kaum glauben, daß Barbara Hutton sich diese Villa als privaten Wohnsitz hatte erbauen lassen.

Als Michael zwei Tage später eintraf, führte Douglas seinen Schwiegersohn durch die riesigen Räume und präsentierte ihm Einrichtung und Ausstattung, als habe er sie selbst ausgesucht und bezahlt. Er hatte eine Vorliebe für den Green Room, einen großen lichtdurchfluteten

Raum mit Blick auf den Seitengarten und einer handgemalten chinesischen Tapete, die sorgfältig von den Wänden eines irischen Schlosses abgelöst und als Beute nach London geschafft worden war. Hier konnte er unter den riesigen Chippendale-Spiegeln am Kamin sitzen und die Pfauen und Kaninchen in den Senken unter den alten Weiden beobachten.

In dem riesigen Haus war es so still, daß Michael am Morgen des Tages, an dem Douglas sein Beglaubigungsschreiben überreichen würde, durch die aus der Ferne herüberdringenden Glockenschläge des Big Ben geweckt wurde. Während er am Fenster eines Gästezimmers im ersten Stock stehend seinen Cut anzog, sah er einen Fuchs, der sich auf dem noch halb im Dämmerlicht liegenden Rasen an einen Schwan anschlich.

Sie fuhren in Douglas' Dienstwagen zur Botschaft, begleitet von Leibwächtern der Special Branch. Kurz vor elf war der Grosvenor Square erfüllt vom Klappern der Hufschläge. Ein Blick aus dem Fenster zeigte Michael den Marschall des Diplomatischen Korps, der in der ersten von drei Kutschen eintraf. Das Botschaftspersonal applaudierte, als Douglas den Aufzug verließ und durch ein Spalier aus Marineinfanteristen ins Freie trat.

Der neue Botschafter bestieg die erste Kutsche und setzte sich neben den Marschall. Michael fuhr mit drei leitenden Mitarbeitern der US-Botschaft in der dritten Kutsche. Einer dieser drei war David Wheaton, der CIA-Stationschef in London. Wheaton war aus Überzeugung anglophil; in seinem Cut und mit Pomade im Haar sah er aus, als bewerbe er sich um eine Rolle in *Wiedersehen mit Brideshead*. Wheaton hatte nie ein Geheimnis daraus gemacht, daß er Michael Osbourne nicht ausstehen konnte. Vor vielen, vielen Jahren hatte Wheaton für Michaels

Vater gearbeitet und damals den Auftrag gehabt, russische Agenten anzuwerben. Michaels Vater war der Ansicht gewesen, Wheaton besitze nicht genug Menschenkenntnis und Gerissenheit, um ein guter Agentenführer zu sein, und hatte eine vernichtende Beurteilung über ihn geschrieben, die fast das Ende seiner Laufbahn bedeutet hätte.

Die Agency beschloß, Wheaton eine zweite Chance zu geben; Männer wie Wheaton, Männer mit der richtigen Abstammung, der richtigen Universität und dem richtigen Rabbi bekamen immer eine zweite Chance. Er wurde als Stationschef in Luanda ins südliche Afrika abgeschoben. Ein halbes Jahr später wurde er auf der Fahrt zu einem Treff mit einem Agenten an einer Straßensperre von der Polizei kontrolliert. Im Handschuhfach lag sein »schwarzes Buch« – mit den Namen, Kontaktverfahren und Bezahlungsterminen sämtlicher CIA-Agenten in Angola. Wheaton wurde zur *Persona non grata* erklärt und mußte das Land verlassen; seine Agenten wurden bis zum letzten Mann verhaftet, gefoltert und hingerichtet. Der Tod von vierzehn Männern schien nie allzu schwer auf Wheatons Gewissen zu lasten. In seinem eigenen Bericht über das Desaster schob er seinen Agenten die Schuld dafür zu, im Verhör nicht besser dichtgehalten zu haben.

Die Agency zog Wheaton schließlich aus dem Außendienst ab und beschäftigte ihn in der sowjetischen Abteilung der Zentrale, wo er in der von Diffamierungen lebenden, Pfeife rauchenden Bürokratie Karriere machte. London war der Höhepunkt einer insgesamt wenig bemerkenswerten – und in mancher Beziehung katastrophalen – Laufbahn. Wheaton führte die Station, als sei er persönlich mit ihr belehnt worden. Michael hatte schon mehrmals gehört, Untergebene Wheatons wollten gemeinsam gegen ihn rebellieren. Im Sprachgebrauch der Agency wurde der »Chief of Station« mit COS abgekürzt, aber für das Personal der hiesigen Station bedeutete COS die Abkürzung für »Cocksucker«.

»Na, wenn das nicht unser Held von Heathrow ist«, sagte Wheaton, als Michael in die Kutsche stieg und sich auf der hölzernen Sitzbank niederließ. Bei einem Terroranschlag auf dem Flughafen hatte Michael einen Attentäter erschossen und einen weiteren überwältigt. Die Agency hatte ihm dafür eine Tapferkeitsauszeichnung verliehen, was Wheaton ihm nie vergessen würde.

»Wie geht's immer, David?«

»Ich dachte, Sie seien pensioniert.«

»Das bin ich auch gewesen, aber Sie haben mir gefehlt, also bin ich zurückgekommen.«

»Wir müssen miteinander reden.«

»Darauf freue ich mich schon.«

»Das kann ich mir vorstellen.«

Passanten und Touristen gafften, als die drei Kutschen im dichten Mittagsverkehr vom Grosvenor Square zur Park Lane, um Hyde Park Corner und den Constitution Hill hinunter fuhren. Sie schienen enttäuscht zu sein, daß sie keine aufregenden Mitglieder des Königshauses, sondern nur eine Gruppe ältlicher Diplomaten zu sehen bekamen.

Als die Kutschen durchs Tor des Buckingham-Palasts fuhren, stimmte eine kleine Militärkapelle – dieselbe Kapelle, die jeden Wachwechsel begleitet – schmissig den »Yankee Doodle Dandy« an. Douglas Cannon stieg aus seiner Kutsche und wurde vom Privatsekretär der Königin und dem Protokollchef des Außenministeriums begrüßt.

Die beiden begleiteten ihn in den Palast, die breite Treppe hinauf und durch eine Reihe prunkvoller Salons, im Vergleich zu denen Winfield House geradezu ärmlich wirkte. Michael und die drei ranghohen Botschaftsangehörigen folgten ihnen mit einigen Schritten Abstand. Schließlich erreichten sie eine zweiflüglige Doppeltür, vor der sie einen Augenblick warten mußten. Dann wurde irgendwo ein verstecktes Zeichen gegeben, und die Türflügel öffneten sich.

Königin Elisabeth II. stand in der Mitte des höhlenartigen Empfangssaals. Sie trug ein dunkelblaues Kostüm und hatte ihre unvermeidliche Handtasche am linken Arm hängen. Sir Patrick Wright, der beamtete Staatssekretär im Außenministerium, stand neben ihr. Douglas, dessen Begleitung im Vorraum zurückblieb, durchquerte den Saal ein wenig zu rasch und machte eine korrekte Verbeugung vor der Königin. Er reichte ihr den Umschlag mit seinem Beglaubigungsschreiben und sprach dabei die vorgeschriebenen Worte: »Ich habe die Ehre, Euer Majestät, Ihnen das Rückrufschreiben meines Vorgängers und mein Beglaubigungsschreiben zu überreichen.« Königin Elisabeth II. nahm den Umschlag und gab ihn, ohne hineinzuschauen, an Sir Patrick weiter.

»Ich bin sehr erfreut, daß Präsident Beckwith weitblikkend und vernünftig genug gewesen ist, in diesen Zeiten einen Mann Ihres Formats nach London zu entsenden«, sagte die Königin. »Wenn ich ganz offen sein darf, Botschafter Cannon, verstehe ich nicht, weshalb Ihre Präsidenten im allgemeinen ihre politischen Förderer nach London schicken, statt Profis wie Sie zu entsenden.«

»Nun, Euer Majestät, ich bin auch kein Profi. Ich bin im Grunde meines Herzens Politiker. Meines Wissens ist erst ein Berufsdiplomat aus unserem Außenministerium Botschafter in London gewesen: Raymond Seitz, der Präsident Bush vertreten hat.«

»Ein sehr liebenswürdiger Mann«, sagte die Königin. »Aber wir freuen uns darauf, mit Ihnen zusammenzuarbeiten. Sie haben viel Erfahrung als Außenpolitiker. Wenn ich mich recht erinnere, sind Sie Vorsitzender dieses Senatsausschusses gewesen, der ... oh, Patrick, helfen Sie mir.«

»Senatsausschuß für Auswärtige Angelegenheiten«, warf Sir Patrick ein.

»Ja, der bin ich gewesen.«

»Nun, die Lage in Nordirland ist sehr gespannt, und wir brauchen die Unterstützung Ihrer Regierung, wenn wir den Friedensprozeß zum Abschluß bringen wollen.«

»Ich freue mich, Ihr Partner zu sein, Euer Majestät.«

»Danke, gleichfalls«, sagte sie.

Douglas spürte, daß die Königin unruhig wurde; das Gespräch hatte seinen natürlichen Abschluß gefunden.

»Darf ich Ihnen meine leitenden Mitarbeiter vorstellen, Euer Majestät?«

Elisabeth II. nickte. Die Tür wurde wieder geöffnet und zehn amerikanische Diplomaten traten ein. Douglas stellte sie der Königin einzeln vor. Als er Wheaton als seinen politischen Verbindungsoffzier bezeichnete, warf die Königin ihm einen zweifelnden Blick zu.

»Ich bin seit einigen Jahren Witwer, Euer Majestät«, fuhr Cannon fort. »Meine Tochter konnte mich heute nicht hierher begleiten, aber darf ich Ihnen meinen Schwiegersohn Michael Osbourne vorstellen?«

Sie nickte, und Michael betrat den Empfangssaal. Königin Elisabeth II. musterte ihn prüfend, als erkenne sie ihn wieder. Sie beugte sich etwas nach vorn und fragte halblaut: »Sind Sie nicht derjenige, der letztes Jahr in diese Sache auf dem Flughafen Heathrow verwickelt gewesen ist?«

Michael nickte. »Ja, Euer Majestät, aber ...«

»Machen Sie sich keine Sorgen, Mr. Osbourne«, flüsterte die Königin verschwörerisch. »Sie würden staunen, wenn Sie wüßten, was ich alles erfahre. Ich versichere Ihnen, daß ich ein Geheimnis bewahren kann.«

Michael lächelte. »Davon bin ich überzeugt, Euer Majestät.«

»Sobald Sie eines Tages aus dem Dienst ausscheiden, möchte ich Sie für Ihre Taten an diesem Tag gebührend ehren. Durch Ihr Eingreifen haben Sie unzählige Menschenleben gerettet. Ich bedaure, daß ich Sie nicht schon früher kennengelernt habe.«

»Abgemacht, Euer Majestät.«

»Ich freue mich schon darauf.«

Michael trat zurück und blieb neben den Diplomaten stehen. Er sah zu Wheaton hinüber und lächelte, aber Wheaton verzog leicht das Gesicht, als habe er eben einen Manschettenknopf verschluckt.

Sie verließen den Buckingham-Palast auf demselben Weg. Wheaton tauchte neben Michael auf und packte ihn mit einer Hand von hinten am linken Ellbogen. Wheaton spielte Tennis und hatte eine kräftige rechte Hand, weil er ständig mit einem Tennisball spielte und ihn zusammendrückte, wenn die Anforderungen seines Postens ihn zu überwältigen drohten. Michael widerstand dem impulsiven Drang, ihm seinen Arm zu entziehen. Daß Wheaton andere Leute unter Druck zu setzen versuchte, lag vermutlich daran, daß er häufig selbst unter Druck gesetzt worden war.

»Eines möchte ich ganz offiziell feststellen, Michael«, sagte Wheaton freundlich. Er stellte Dinge ständig »ganz offiziell« oder »völlig inoffiziell« fest, was nach Michaels Ansicht für einen Geheimdienstmann absurd war. »Ich halte Ihren kleinen Tagesausflug nach Belfast für eine beschissene Idee.«

»Halten Sie das wirklich für die dieser Umgebung angemessene Ausdrucksweise?«

»Fuck you, Michael«, flüsterte Wheaton.

Michael befreite seinen Ellbogen aus Wheatons Griff.

»Kevin Maguire ist nicht mehr Ihr Agent.« Michael warf ihm einen mißbilligenden Blick zu, weil Wheaton die Todsünde begangen hatte, den Namen eines Agenten laut in einem nicht nach Wanzen abgesuchten Raum auszusprechen. David Wheaton betrachtete Geheimdienstarbeit als ein Spiel, das gespielt und gewonnen werden mußte. Durch den Buckingham-Palast zu schlendern und dabei *sotto voce* über einen Agenten zu sprechen, entsprach sehr gut seinem Bild von sich selbst. »Wollen Sie ihn für Zwecke der Sonderkommission befragen, sollte sein Führungsoffizier von der Station London diese Befragung durchführen.«

»Harbinger ist mein Agent gewesen«, sagte Michael, indem er korrekterweise Maguires Decknamen benützte. »Ich habe ihn angeworben, und ich habe ihn geführt. Ich habe ihn dazu überredet, uns Informationen zu liefern, die vielen Menschen das Leben gerettet haben. Ich werde mich mit ihm treffen.«

»Dies ist nicht der richtige Zeitpunkt für eine Reise in die Vergangenheit, vor allem nicht in einer Stadt wie Belfast. Warum teilen Sie Harbingers Führungsoffizier nicht mit, was Sie brauchen? Er kann hinfliegen und sich mit ihm treffen.«

»Weil ich selbst mit ihm reden will.«

»Michael, ich weiß, daß wir Meinungsverschiedenheiten gehabt haben, aber dieser Ratschlag ist wirklich ernstgemeint. Sie sitzen jetzt am Schreibtisch, Sie sind kein Außendienstmann mehr. Sie sind achtundvierzig Jahre alt und wären vor einem Jahr beinahe ermordet worden. Das würde jeden von uns aus dem Tritt bringen.

Lassen Sie mich meinen Mann zu dem Treff mit Harbinger schicken.«

»Ich bin nicht aus dem Tritt gekommen«, widersprach Michael. »Und was Nordirland betrifft, hat es sich seit vierhundert Jahren nicht mehr verändert. Ich komme dort drüben so gut zurecht wie früher, denke ich.«

Sie traten auf den in hellem Sonnenschein liegenden Hof hinaus.

»Harbinger will, daß der Treff nach Ihrem alten Verfahren abläuft«, sagte Wheaton. »Hat er sich innerhalb von zwei Tagen nicht gemeldet, um einen Termin zu vereinbaren, sollen Sie Belfast verlassen. Haben Sie verstanden?«

»Natürlich, David.«

»Und wenn Sie Scheiß machen, hole ich mir Ihren Skalp!«

17

Belfast

Flüge nach Nordirland starten von einem abgetrennten Teil im Terminal Eins auf dem Flughafen Heathrow aus, wo die Fluggäste rigorose Sicherheitskontrollen durchlaufen, bevor sie an Bord gehen dürfen. Michael gab sich als Journalist aus, der für eine Zeitschrift über die Schönheiten Ulsters berichten sollte. Während des Flugs las er Nordirlandführer und studierte Landkarten. Der englische Geschäftsmann neben ihm wollte wissen, ob er schon einmal in Belfast gewesen sei. Michael antwortete dümmlich lächelnd, dies sei sein erster Besuch. Die Maschine passierte Liverpool und flog auf die Irische See hinaus. Der Pilot teilte mit, sie hätten soeben den Luftraum des Vereinigten Königreichs verlassen und würden in fünfundzwanzig Minuten in Belfast landen. Michael mußte heimlich lachen; selbst die Briten schienen manchmal zu vergessen, daß Nordirland in Wirklichkeit ein Teil des Vereinigten Königreichs war.

Das Flugzeug ging durch aufgelockerte Bewölkung tiefer. Nordirland gleicht einer weitläufigen Farm, auf deren Gebiet es zwei Großstädte, Belfast und Londonderry, und Hunderte von Kleinstädten, Dörfern und Weilern gibt. Das Land ist in Tausende von quadratischen Feldern eingeteilt, die teils smaragdgrün, teils limonen- oder olivenfarben, teils fahlbraun sind.

Im Osten, wo der Belfast Lough sich zur Irischen See

hin öffnet, sah Michael für einen Augenblick die Burg Carrickfergus aufragen. Belfast liegt am Fuß des Black Mountains zu beiden Seiten des Loughs. Einst war die Stadt ein blühendes Zentrum der Leinen- und Werftindustrie gewesen – die Titanic war in Belfast gebaut worden –, aber nun sah sie wie jede andere britische Industriestadt aus, die schwere Zeiten durchmacht: wie ein rauchgeschwängertes Labyrinth aus Terrassenhäusern in Klinkerbauweise.

Die Maschine landete auf dem Flughafen Aldergrove. Michael hielt sich noch einige Zeit im Ankunftsgebäude auf, um zu sehen, ob er vielleicht beschattet wurde. Er trank Tee in einem Café und sah sich im Souvenirladen um. Bücher über den Nordirlandkonflikt nahmen eine ganze Wand ein. Grellbunte T-Shirts und Baseballmützen verkündeten NORTHERN IRELAND!, als handle es sich um Cannes oder Jamaika.

Der Wind riß Michael fast den Mantel vom Leib, als er ins Freie trat. Er ging am Taxistand vorbei und bestieg einen Ulster Bus, um zur Stadtmitte zu fahren. Belfast beschwört Bilder von Bürgerkriegsszenen mit dem Geruch von Pulverdampf und Kordit herauf, aber das erste, was Michael roch, war der Gestank von Mist. Der Bus passierte eine Straßensperre, an der zwei RUC-Beamten einen Lieferwagen auseinandernahmen. Eine Viertelstunde später erreichte er das Stadtzentrum.

Die Belfaster Innenstadt ist ein Ort ohne jeden Charme – kalt und ordentlich, an manchen Stellen zu neu, an anderen wieder zu alt. Die IRA hat unzählige Bombenanschläge hier auf sie verübt – allein am 21. Juli 1972, dem Blutigen Freitag, insgesamt zweiundzwanzig. Nordirland war das einzige Land der Welt, in dem Michael sich nicht wohl fühlte. Die hiesige Gewalt hatte eine bösartige, eine willkürliche und mittelalterliche

Qualität, die ihm unheimlich war. Und Belfast gehörte zu den wenigen Großstädten, in denen er Schwierigkeiten hatte, sich zu verständigen. Er sprach gut Italienisch, Französisch, Spanisch und Arabisch, ziemlich gut Hebräisch und brauchbar Deutsch und Griechisch, aber das in West Belfast gesprochene scharf akzentuierte Englisch stellte ihn ständig vor neue Rätsel. Und das Gälische, das viele Katholiken fließend beherrschten, würde ihm ewig ein Buch mit sieben Siegeln bleiben. Trotzdem waren die Menschen hier bemerkenswert freundlich, vor allem zu Fremden, luden einen rasch zu einem Drink ein, boten einem eine Zigarette an und hatten einen ausgeprägt schwarzen Humor, der eine Folge der Tatsache war, daß sie in einer verrückt gewordenen Welt lebten.

Michael trug sich im Hotel Europa ins Gästebuch ein und verbrachte dann zehn Minuten damit, sein Zimmer nach Wanzen abzusuchen. Er machte ein Nickerchen, aus dem er durch eine Sirene und eine Lautsprecherstimme gerissen wurde, die ihn aufforderte, das Hotel sofort zu verlassen. Als er unten beim Empfang anrief, erklärte eine junge Frau ihm fröhlich, das sei nur ein Probealarm. Michael ließ sich vom Zimmerservice Kaffee bringen, duschte, zog sich an und fuhr nach unten. Beim Portier hatte er einen Mietwagen bestellt. Das Auto, ein leuchtend roter Ford Escort, stand in der halbkreisförmigen Einfahrt bereit. Michael ging ins Hotel zurück und fragte den Portier, ob der Autoverleih nicht ein etwas unauffälligeres Fahrzeug habe.

»Tut mir leid, das ist der einzige, der noch da war, Sir.«

Michael setzte sich ans Steuer und fuhr die Great Victoria Street entlang nach Norden. Er bog in eine Seitenstraße ein, parkte und stieg aus. Dann öffnete er die Motorhaube und riß an einigen Drähten, bis der Motor erstarb. Er knallte die Haube wieder zu, zog den Zündschlüssel ab und ging ins Europa zurück. Dort erklärte er dem Portier, der Escort sei mit einer Panne liegengeblieben, und erklärte ihm, wo er den Wagen finden würde.

Zwanzig Minuten später hatte er einen Ersatzwagen: einen dunkelblauen Vauxhall.

Kevin Maguire, Deckname Harbinger, hatte im Lauf der Jahre ein Dutzend verschiedener Verfahren für Treffs benützt, aber heute abend sollte wieder die ursprüngliche Methode gelten – drei über die Belfaster Innenstadt verteilte Treffpunkte, die in Abständen von einer Stunde aktiv waren. Beide Männer würden zum ersten Treff kommen. Merkte einer von ihnen, daß er beschattet wurde, oder fühlte sich aus irgendeinem Grund unbehaglich, würden sie's mit dem zweiten Treff versuchen. Taugte auch der zweite nichts, war der dritte an der Reihe. Klappte es dort ebenfalls nicht, gaben sie für diesen Abend auf, um es am nächsten Abend mit drei neuen Treffpunkten zu versuchen.

Michael fuhr zum ersten Treffpunkt am Donegall Quay in der Nähe der Queen Elizabeth Bridge über den River Lagan. Er kannte sich in Belfast gut aus und konzentrierte sich etwa zwanzig Minuten lang darauf, mögliche Beschatter zu entdecken. Dazu fuhr er kreuz und quer durch die Belfaster Innenstadt und überprüfte, ob ihm jemand auf den Fersen blieb. Danach fuhr er zum Donegall Quay, wo er Maguire zu treffen hoffte, aber als Maguire nirgends zu sehen war, fuhr er weiter, ohne zu halten. Es hatte einen Grund, wenn Maguire einen Treff nicht wahrnahm; er war ein erfahrener Terrorist, ganz sicher kein Neuling, der Gefahren witterte, wo es keine gab.

Kevin Maguire war als Sohn eines arbeitslosen Werftarbeiters und einer Näherin in Ballymurphy aufgewachsen. Nachts war er mit den anderen Jungs auf den Straßen unterwegs gewesen und hatte mit Steinen und Benzinbomben gegen die britische Armee und die RUC gekämpft. Einmal hatte er Michael ein Foto aus seiner Kindheit gezeigt: ein Gassenjunge mit Bürstenhaarschnitt, Lederjacke und einer Halskette aus leeren Patronenhülsen. In Ballymurphy war er eine Art Held gewesen, weil er sich darauf verstand, Schützenpanzerwagen mit leeren Bierfässern zum Umkippen zu bringen. Wie die meisten Katholiken in West Belfast bewunderte und fürchtete er die Männer der IRA – bewunderte sie, weil sie die Bevölkerung vor den protestantischen Killerkommandos der UVF und UDA beschützten, und fürchtete sie, weil sie Abweichlern die Kniescheiben zertrümmerten oder sie brutal zusammenschlugen. Auch Maguires Vater waren beide Kniescheiben zertrümmert worden, weil er mit Diebesgut hausieren gegangen war, um die Finanzen der Familie, die von staatlicher Unterstützung lebte, etwas aufzubessern.

Maguire war Mitglied der Na Fianna Eiren gewesen – einer Art Pfadfinderorganisation der Republikaner –, und sein Vater hatte trotz dieses Anschlags darauf bestanden, daß er weiter Mitglied blieb. Mit zweiundzwanzig Jahren hatte er sich freiwillig zur IRA gemeldet und den geheimen Eid im Rahmen einer kleinen Feier im elterlichen Wohnzimmer in Ballymurphy abgelegt. Den Gesichtsausdruck seines Vaters würde Maguire nie vergessen: eine eigenartige Mischung aus Stolz und Beschämung darüber, daß sein Sohn jetzt einer Organisation angehörte, die ihn zum Krüppel gemacht hatte. Maguire wurde der Belfast Brigade zugeteilt und gehörte später einer in Großbritannien aktiven Eliteeinheit an. In seiner Dienstzeit knüpfte Maguire gute Verbindungen zum Army Council, dem Oberkommando der IRA, und dem

Belfast Intelligence Unit der IRA, die sich als äußerst wertvoll erwiesen, als er später die Seiten wechselte und Spion wurde.

Das Ereignis, das Maguire dazu brachte, seine ehemaligen Gefährten zu verraten, war der IRA-Bombenanschlag auf einen Umzug am Remembrance Day in Enniskillen, County Fermanagh, am 8. November 1987. Dort gab es elf Tote und dreiundsechzig Verletzte, als eine riesige Bombe ohne Vorwarnung detonierte. Die IRA versuchte danach, die Öffentlichkeit in ihrer Empörung über das Massaker zu beschwichtigen, indem sie behauptete, das Ganze sei ein Versehen gewesen. Aber Maguire kannte die Wahrheit; er hatte zu dem Team gehört, das den Anschlag verübt hatte.

Maguire war wütend, daß der Army Council ein »weiches« ziviles Ziel angegriffen hatte, und schwor sich im stillen, solche IRA-Angriffe in Zukunft zu verhindern. Da sein Haß und sein tiefsitzendes Mißtrauen den Briten gegenüber eine Zusammenarbeit mit dem britischen Geheimdienst oder der Special Branch der RUC ausschlossen, nahm er bei seiner nächsten Londonreise Verbindung mit der CIA auf. Michael wurde nach Belfast geschickt, um ihn anzuwerben. Maguire weigerte sich hartnäckig, Geld anzunehmen – »eure dreißig Silberlinge«, wie er sich ausdrückte –, und obwohl er natürlich ein IRA-Terrorist war, hielt Michael ihn bei näherer Bekanntschaft für einen anständigen Kerl.

Zwischen der CIA und den britischen Geheimdiensten gibt es ein stillschweigendes Abkommen: Die Agency betreibt auf englischem Boden keine »Beschaffung« – sie versucht nicht, die IRA zu unterwandern oder innerhalb der britischen Dienste Agenten zu gewinnen. Nachdem Michael Verbindung zu Maguire aufgenommen hatte, benachrichtigte die Agency die Briten. Der MI5 war anfangs skeptisch, stimmte aber weiteren Treffs zwischen Osbourne und Maguire unter der Voraussetzung zu, daß er gleichzeitig mit Langley über neue Erkenntnisse informiert wurde. In den folgenden Jahren lieferte Maguire stetig Informationen über vorgesehene Unternehmen der IRA und verschaffte der Agency und den Briten so Einblick in die Planung dieser Organisation. Dadurch wurde Maguire zum wichtigsten IRA-Spitzel in der Geschichte des Konflikts. Als Michael aus dem Außendienst abgezogen wurde, bestimmte die Agency einen neuen Mann, Jack Buchanan von der Station London, zum Führungsoffizier für Maguire. Michael hatte Maguire seitdem nicht wieder gesehen.

Michael fuhr auf der Ormeau Road nach Süden. Ihr zweiter Treffpunkt war der Botanische Garten an der Kreuzung Stranmills/University Road. Auch diesmal war er sich sicher, nicht beschattet zu werden. Aber Maguire ließ auch diesen Treff aus.

Ihr letzter Treffpunkt war ein Rugbyfeld in dem Belfaster Stadtteil Newtownbreda, und dort sah Michael Kevin Maguire eine Stunde später neben einem Torpfosten stehen.

»Warum hast du die beiden ersten ausgelassen?« erkundigte er sich, als Maguire einstieg und die Autotür zuzog.

»Kein bestimmter Grund – bloß kein gutes Gefühl.« Maguire zündete sich eine Zigarette an. Mit schwarzem Regenmantel, schwarzem Pullover und schwarzen Jeans sah er nicht wie ein Agent, sondern eher wie ein Kaffeehausrevoluzzer aus. Belfast hatte Maguire altern lassen, seit Michael ihn zuletzt gesehen hatte. Sein kurzgeschnittenes dunkles Haar war grau meliert, und er hatte Falten um die Augen. Und er trug jetzt eine Brille: eine für sein Gesicht deutlich zu kleine modische Nickelbrille mit runden Gläsern.

»Wo hast du den Wagen her?« fragte Maguire.

»Der Portier im Europa hat ihn mir besorgt. Ich habe beim ersten ein paar Kabel herausgezogen und zwanzig Minuten später diesen hier bekommen. Er ist clean.«

»Ich rede nicht in Autos oder geschlossenen Räumen. Hast du alles vergessen, seit sie dich in die Zentrale zurückgeholt haben?«

»Ich habe nichts vergessen. Wohin willst du?«

»Wie wär's mit dem Berg, zur Erinnerung an die gute alte Zeit? Halt mal dort vorn, damit ich uns ein paar Dosen Bier besorgen kann.«

Michael fuhr durch Belfast nach Norden und folgte dann der schmalen Straße, die zum Black Mountain hinaufführte. Der Regen hatte aufgehört, als er an einer Ausweichstelle hielt und den Motor abstellte. Sie stiegen aus, setzten sich auf die Motorhaube, tranken warmes Bier und hörten den abkühlenden Motor knistern. Unter ihnen lag Belfast. Über der Stadt hingen Wolkenschleier, die an ein über eine Lampe geworfenes Seidentuch erinnerten. Belfast war nachts eine dunkle Großstadt. Im Stadtzentrum brannten gelbe Natriumdampflampen, aber West Belfast mit den Stadtteilen Falls, Shankill und Ardoyne war so düster, als sei dort Verdunklung angeordnet. Hier oben fühlte Maguire sich im allgemeinen wohl – wie die Hälfte aller Jungen in Ballymurphy hatte er hier seine Unschuld verloren –, aber an diesem Abend war er auffällig nervös. Er rauchte zuviel, trank sein Lager mit großen Schlucken und schwitzte, obwohl es kühl war.

Maguire redete. Er erzählte Michael alte Geschichten. Er sprach darüber, wie es gewesen war, in Ballymurphy aufzuwachsen, gegen die Briten zu kämpfen und ihre »Pigs« in Brand zu setzen. Er erzählte Michael, wie er hier oben auf dem Black Mountain zum erstenmal ein Mädchen geliebt hatte. »Sie hat Catherine geheißen, ein katholisches Mädchen. Ich habe ein so schlechtes Gewissen gehabt, daß ich am nächsten Tag zur Beichte gegangen bin und bei Pater Seamus ausgepackt habe«, berichtete er. »Später habe ich noch oft bei Pater Seamus gebeichtet – immer wenn ich einen britischen Soldaten oder RUC-Mann erschossen oder im Stadtzentrum oder in London eine Bombe gelegt hatte.«

Er erzählte Michael von einer Affäre, die er kurz vor seinem Eintritt in die IRA mit einem protestantischen Mädchen aus Shankill gehabt hatte. Obwohl sie schwanger geworden war, hatten die jeweiligen Eltern ihnen streng verboten, sich je wiederzusehen.

»Wir haben gewußt, daß das die beste Lösung war«, sagte er jetzt. »In beiden Gemeinden wären wir Ausgestoßene gewesen. Wir hätten Nordirland verlassen und in England leben oder nach Amerika auswandern müssen. Sie hat das Baby, einen Jungen, bekommen. Ich habe den Kleinen nie gesehen.« Er machte eine Pause. »Weißt du, Michael, in Shankill habe ich niemals eine Bombe gelegt.«

»Weil du Angst hattest, du könntest zufällig deinen eigenen Sohn umbringen.«

»Ja, weil ich Angst hatte, ich könnte meinen eigenen Sohn umbringen – einen Sohn, den ich nie gesehen habe.« Er riß die nächste Bierdose auf. »Ich weiß wirklich nicht, was zum Teufel wir hier in den letzten dreißig Jahren gemacht haben. Ich weiß nicht, wofür das gut gewesen sein soll. Ich habe der IRA zwanzig Jahre meines Lebens geopfert, zwanzig Jahre für unsere gottverdammte Sache gekämpft. Jetzt bin ich fünfundvierzig. Ich habe keine Frau, keine richtige Familie. Und wofür? Für ein Abkommen, das wir seit neunundsechzig ein dutzendmal hätten erreichen können?«

»Mehr ist für die IRA nicht herauszuholen gewesen«, stellte Michael fest. »Gegen einen Kompromiß ist schließlich nichts einzuwenden.«

»Und jetzt hat Gerry Adams eine wunderbare Idee«, sagte Maguire, ohne auf seine Bemerkung einzugehen. »Er will Falls in eine Touristenattraktion umwandeln. Ein paar Familien sollen ›Bed and Breakfast‹ anbieten. Kannst du dir das vorstellen? Kommt und besichtigt die Straßen, auf denen die Prods und die Micks sich drei Jahrzehnte lang einen häßlichen kleinen Bürgerkrieg geliefert haben. Jesus, ich hätte nie gedacht, daß ich das noch mal erleben würde! Dreitausend Tote, damit wir im Reiseteil der *New York Times* erwähnt werden?«

Er trank sein zweites Bier aus und warf auch diese leere Dose den Hang hinunter.

»Was ihr Amerikaner nicht begreift, ist die Tatsache, daß es hier nie Frieden geben wird. Wir hören vielleicht für einige Zeit auf, uns gegenseitig umzubringen, aber ansonsten ändert sich hier nichts. Hier ändert sich nie etwas.« Er schnippte seine Zigarette über den Straßenrand und beobachtete, wie sie als glühender Punkt in der Dunkelheit verschwand. »Aber du bist bestimmt nicht aus Amerika gekommen, um dir mein Geschwätz über Politik und das Versagen der Irish Republican Army anzuhören.«

»Bestimmt nicht. Ich will wissen, wer Eamonn Dillon ermordet hat.«

»Das wüßte die IRA auch verdammt gern.«

»Was weißt *du* darüber?«

»Nach der Ermordung Dillons haben die Jungs vom Intelligence Unit sich sofort an die Arbeit gemacht. Sie haben vermutet, er sei von einem Sinn-Fein-Mitglied verraten worden, weil der Killer genau zur rechten Zeit am rechten Ort gewesen ist. Die Loyalisten hätten ihn in

Falls beschatten, jede seiner Bewegungen registrieren können, aber das war nicht sehr wahrscheinlich. Für sie ist es schwierig, in Falls zu operieren, und Dillon hat sorgfältig darauf geachtet, seine Bewegungsmuster abzuwandeln.«

»Was ist dann passiert?«

»Die IRA Intelligence hat die Sinn-Fein-Zentrale auf den Kopf gestellt. Die Jungs haben jeden Quadratzentimeter nach Wanzen und Minikameras abgesucht. Sie haben das Personal und die Freiwilligen mächtig unter Druck gesetzt – und es hat sich gelohnt.«

»Was haben sie entdeckt?«

»Eine der Freiwilligen, ein Mädchen namens Kathleen, die in der Zentrale Telefondienst gemacht hat, hatte sich mit einer Protestantin angefreundet.«

»Weißt du, wie sie heißt?«

»Sie hat sich Stella genannt. Kathleen hat geglaubt, wegen des Friedensabkommens sei gegen ihre Freundschaft mit Stella nichts einzuwenden. Die IRA hat sie richtig in die Mangel genommen. Dabei hat sie zugegeben, Stella Einzelheiten über die Führungsspitze der Sinn Fein, auch über Eamonn Dillon, erzählt zu haben.«

»Ist Kathleen noch unter uns?«

»Mit knapper Not«, antwortete Maguire. »Dillon ist in der IRA sehr beliebt gewesen. In den siebziger Jahren hat er der Belfast Brigade angehört. Er hat unter Gerry Adams gedient. Nach einer Verurteilung wegen Waffenschmuggels hat er zehn Jahre in ›The Maze‹ gesessen. Die IRA war kurz davor, Kathleen mit einem Genickschuß zu liquidieren, aber Gerry Adams hat eingegriffen und ihr das Leben gerettet.«

»Kathleen hat der IRA vermutlich eine Beschreibung dieser Stella geliefert?«

»Groß, sehr attraktiv, schwarzes Haar, graue Augen,

markante Backenknochen, energisches Kinn. Leider ist das schon alles, was die IRA über sie weiß. Stella ist ein echter Profi und verdammt vorsichtig gewesen. Sie hat sich mit Kathleen nie an Orten getroffen, die von Kameras der Sinn Fein überwacht werden.«

»Was weiß die IRA über die Ulster Freedom Brigade?«

»Praktisch nichts«, antwortete Maguire. »Aber eines kann ich dir sagen: Die IRA hält nicht mehr endlos lange still. Wenn die Sicherheitsbehörden es nicht schaffen, diese Sache unter Kontrolle zu bringen – und zwar bald –, ist hier in Belfast die Hölle los.«

Michael setzte ihn an der Kreuzung zwischen Divis Street und Millfield Road ab. Maguire stieg aus und verschwand wieder in Falls, ohne sich noch einmal umzusehen. Michael fuhr die wenigen Straßenblocks zum Europa zurück und überließ seinen Leihwagen dem Parkwächter des Hotelparkplatzes. Von Maguire hatte er nicht allzuviel erfahren, aber es war immerhin ein Anfang. Die Ulster Freedom Brigade schien über einen effizienten Nachrichtendienst zu verfügen, und eine ihrer Agentinnen war eine große Schwarzhaarige mit grauen Augen. Michael war sehr mit sich selbst zufrieden; nach langer Zeit an der Auslinie war er wieder einmal im Einsatz gewesen und hatte ein erfolgreiches Geheimtreffen mit einem Agenten hinter sich. Jetzt mußte er dringend nach London zurück und von dort aus die Zentrale in Langley informieren.

Es war schon spät, aber er war hungrig und zu aufgedreht, um in seinem Hotelzimmer bleiben zu können. Die junge Frau an der Rezeption empfahl ihm das Arthur's in einer Seitenstraße der Great Victoria Street. Dort saß Michael an einem kleinen Tisch in der Nähe des Eingangs hinter seinem Schutzwall aus Reiseführern.

Er aß ein irisches Steak mit Kartoffeln und einer gehaltvollen Käse-Sahne-Sauce und spülte das Ganze mit einem halben Liter anständigen Rotwein hinunter. Es war fast elf, als er wieder auf die Straße trat. Durch die Innenstadt fegte ein unangenehm kalter Wind.

Michael ging die Great Victoria Street entlang nach Norden zum Europa zurück. Auf dem Gehsteig kam ihm mit klappernden Absätzen eine junge Frau entgegen, die beide Hände tief in den Taschen ihres schwarzen Ledermantels vergraben und über der linken Schulter eine Tasche hängen hatte. Er hatte sie irgendwo im Europa gesehen – vielleicht als Serviererin in der Bar oder als Zimmermädchen, das einen Wagen mit Putzzeug durch die Gänge schob. Sie sah angelegentlich geradeaus. Der Belfaster Blick, dachte Michael. In dieser Stadt schien kein Mensch einen anderen anzusehen, erst recht nicht nachts auf den menschenleeren Bürgersteigen der Innenstadt.

Als die junge Frau noch sechs, sieben Meter von ihm entfernt war, stolperte sie anscheinend über die Kante einer nicht ganz eben verlegten Platte. Sie fiel hin, wobei der Inhalt ihrer Umhängetasche über den Gehsteig verstreut wurde. Michael war mit wenigen raschen Schritten bei ihr und ging neben ihr in die Hocke.

»Haben Sie sich verletzt?«

»Nein, nein«, sagte die junge Frau. »Nur ein kleiner Sturz – nicht weiter schlimm.«

Sie fing an, ihre Sachen einzusammeln.

»Warten Sie, ich helfe Ihnen«, sagte Michael.

»Nicht nötig«, wehrte sie ab. »Ich komme schon zurecht.«

Michael hörte einen Wagen auf der Great Victoria Street mit aufheulendem Motor und quietschenden Reifen beschleunigen. Er richtete sich auf, drehte sich um und sah einen größeren Nissan mit ausgeschalteten Scheinwerfern auf sich zurasen. Im nächsten Augenblick spürte er etwas Hartes, das ihm ins Kreuz gedrückt wurde.

»Steigen Sie in den Wagen, Mr. Osbourne«, sagte die junge Frau ruhig, »sonst zerschieße ich Ihnen das Rückgrat, so wahr mir Gott helfe.«

Der Nissan hielt schleudernd am Randstein, und die hintere Tür wurde aufgestoßen. Auf dem Rücksitz saßen zwei Männer mit übergezogenen Sturmhauben. Einer der beiden sprang aus dem Wagen, stieß Michael auf den Rücksitz und stieg dann wieder ein. Der Fahrer gab Gas und ließ die junge Frau auf dem Gehsteig zurück.

Sobald die Innenstadt hinter ihnen lag, drückten die beiden Männer Michael gewaltsam auf den Wagenboden und schlugen mit Fäusten und Pistolengriffen auf ihn ein. Er schlang seine Arme um den Kopf, um sich so gut wie möglich vor den Schlägen zu schützen, aber es nützte nichts. Er sah Sterne vor den Augen, hörte ein schrilles Klingeln und wurde bewußtlos.

18

County Armagh, Nordirland

Michael kam plötzlich wieder zu sich. Er hatte keine Ahnung, wie lange er bewußtlos gewesen war. Die Männer hatten ihn in den Kofferraum des Wagens gelegt. Er öffnete die Augen, aber um ihn herum blieb es stockfinster; jemand hatte ihm eine Haube aus schwarzem Stoff über den Kopf gezogen. Er schloß wieder die Augen und machte sich an eine Bestandsaufnahme seiner Verletzungen. Die Männer, die ihn überfallen hatten, waren keine Profis, die einen Mann halb totschlagen konnten, ohne Spuren zu hinterlassen. Sein Gesicht war geschwollen und mit Prellungen übersät, und er schmeckte Blut, als er sich mit der Zungenspitze über die Lippen fuhr. Er konnte nicht mehr durch die Nase atmen, und sein Kopf tat an einem Dutzend Stellen weh. Da er anscheinend mehrere angebrochene Rippen hatte, war selbst der flachste Atemzug stechend schmerzhaft. Sein Unterleib schmerzte wie von Fußtritten und schien ebenfalls geschwollen zu sein.

Unter der schwarzen Haube war Michaels Gehör plötzlich fast unnatürlich geschärft. Er hörte alles, was vorn im Wagen vor sich ging: das leise Quietschen der Sitzfederung, die Musik aus dem Autoradio, die harschen Laute der Gälisch sprechenden Männer. Sie hätten darüber diskutieren können, wo und wann sie seine Leiche aus dem Auto werfen wollten – er hätte kein Wort davon verstanden.

Der Wagen fuhr noch einige Zeit mit hoher Geschwindigkeit auf einer gut ausgebauten Straße weiter. Michael wußte, daß es regnete, weil er das Zischen der Reifen auf dem nassen Asphalt hörte. Nach schätzungsweise zwanzig Minuten bremste der Fahrer und bog rechtwinklig von der Straße ab. Sie fuhren langsamer, weil die Fahrbahn schlechter wurde. Das Gelände wurde hügelig. Jedes Schlagloch, jede Kurve, jedes Gefälle, jede Steigung schickte Schmerzwellen durch seinen Körper. Michael bemühte sich, an irgend etwas anderes als die Schmerzen zu denken.

Er dachte an Elizabeth, an sein Zuhause. In New York war es jetzt früher Abend. Wahrscheinlich gab sie den Kindern ihr letztes Fläschchen, bevor sie zu Bett gebracht wurden. Einen Augenblick lang kam er sich wie ein Vollidiot vor, weil er sein idyllisches Leben mit Elizabeth gegen eine Entführung mit Mißhandlungen in Nordirland eingetauscht hatte. Aber das war ein defätistischer Gedanke, den er rasch verdrängte.

Zum ersten Mal seit vielen Jahren dachte Michael wieder an seine Mutter. Das kam wahrscheinlich daher, daß zumindest ein Teil seines Ichs den Verdacht hegte, er würde Nordirland nicht mehr lebend verlassen. In seinen Erinnerungen spielte sie eher die Rolle einer ehemaligen Geliebten als die einer Mutter: Nachmittage in römischen Cafés, Spaziergänge an Mittelmeerstränden, Abendessen in griechischen Tavernen, ein Ausflug zur Akropolis bei Mondschein. Sein Vater war oft wochenlang unterwegs gewesen, ohne sich zwischendurch ein einziges Mal zu melden. Kam er dann heim, durfte er nicht erzählen, wo er gewesen war und was er gemacht hatte. Sie bestrafte ihn dafür, indem sie nur Italienisch sprach, das er nicht beherrschte. Und sie bestrafte ihn dafür, indem sie sich fremde Männer ins Bett holte – eine Tatsache, die sie

Michael nie verheimlichte. Sie neckte ihn sogar, indem sie behauptete, sein wahrer Vater sei ein sizilianischer Großgrundbesitzer, was die Erklärung für Michaels dunklen Teint, sein fast schwarzes Haar und seine lange schmale Nase sei. Michael hatte nie herausbekommen, ob sie das nur im Scherz gesagt hatte. Das gemeinsam bewahrte Geheimnis ihrer Ehebrüche erzeugte eine mystische Bindung zwischen ihnen. Sie war an Brustkrebs gestorben, als Michael achtzehn war. Sein Vater wußte, daß seine Frau und sein Sohn Geheimnisse vor ihm gehabt hatten; der alte Betrüger war selbst betrogen worden. Im ersten Jahr nach Alexandras Tod hatten Michael und sein Vater kaum ein Wort miteinander gewechselt.

Michael fragte sich, was aus Kevin Maguire geworden war. Die Strafe für Verrat an der IRA erfolgte sofort und war drastisch: schwere Folter und eine Kugel in den Hinterkopf. Aber dann überlegte er: Hat Maguire die IRA verraten – oder hat er mich verraten? Er ging nochmals die Ereignisse dieses Abends durch. Zwei Leihwagen über das Hotel Europa, der rote Escort, der blaue Vauxhall. Die beiden Treffs, die Maguire ausgelassen hatte, der Donegall Quay am River Lagan und der Botanische Garten. Und er dachte an Maguire selbst – sein Kettenrauchen, sein Schwitzen, seine langen Geschichten aus alten Zeiten. War Maguire nervös gewesen, weil er fürchtete, beobachtet zu werden? Oder war er schuldbewußt gewesen, weil er seinen alten Führungsoffizier in eine Falle lockte?

Sie bogen von der schlechten Straße auf einen unbefestigten Feldweg ab. Der Nissan rumpelte und schaukelte von einer Seite zur anderen. Michael stöhnte unwillkürlich auf, als ein Schmerz sich wie ein Messer in seine Seite bohrte.

»Kein Grund zur Sorge, Mr. Osbourne!« rief eine Stimme aus dem Wageninneren. »In ein paar Minuten sind wir da.«

Fünf Minuten später hielt der Wagen endlich. Der Kofferraum wurde geöffnet, und Michael spürte einen feuchten Windstoß. Zwei Männer packten seine Arme und zogen ihn aus dem Kofferraum. Plötzlich stand er wieder aufrecht. Trotz der Haube spürte er, wie der Regen auf seine Kopfverletzungen prasselte. Er versuchte einen Schritt zu gehen, aber seine Knie gaben unter ihm nach. Die beiden Männer fingen ihn auf, bevor er zu Boden ging. Michael legte ihnen seine Arme um die Schultern und ließ sich von ihnen ins Haus – anscheinend ein altes Farmhaus – schleppen. So durchquerten sie mehrere Räume, über deren Böden Michaels Füße nachschleiften. Dann wurde er auf einen Holzstuhl mit gerader Lehne gesetzt.

»Wenn Sie hören, daß die Tür geschlossen wird, Mr. Osbourne, dürfen Sie die Haube abnehmen. Sie finden hier warmes Wasser und einen Waschlappen. Säubern Sie sich ein bißchen. Sie haben Besuch.«

Michael zog die Haube ab, die steif war von getrocknetem Blut. Er blinzelte in das grelle Licht. Die Einrichtung des Raums bestand nur aus einem Tisch und zwei Stühlen. Die abblätternde Tapete mit Blumenmuster erinnerte ihn an das Gästehaus in Cannon Point. Auf dem Tisch stand eine weiße Emailschüssel mit Wasser; daneben sah er einen Waschlappen und einen kleinen Rasierspiegel. In die Tür war ein Guckloch gebohrt, damit sie ihn beobachten konnten.

Michael begutachtete sein Gesicht im Spiegel. Seine Augen waren blutunterlaufen und fast zugeschwollen. Über der linken Augenbraue war eine tiefe Platzwunde, die genäht werden mußte. Seine geschwollenen Lippen waren an mehreren Stellen aufgeplatzt, und auf der rechten Backe hatte er eine großflächige Schürfwunde. Sein Haar war blutverklebt. Daß man ihm einen Spiegel gegeben hatte, war Absicht. Die IRA verstand sich darauf, Verhöre wirkungsvoll zu gestalten; er sollte sich schwach, unterlegen und häßlich fühlen. Mit solchen Methoden verhörten die Briten und die Special Branch der RUC seit drei Jahrzehnten IRA-Angehörige.

Michael ließ seinen Mantel vorsichtig zu Boden gleiten und zog die Pulloverärmel hoch. Er tauchte den Waschlappen ins warme Wasser und begann behutsam, sein Gesicht zu säubern, indem er sich das Blut von Augen, Nase und Lippen tupfte. Dann beugte er sich tief über die Emailschüssel und wusch sich das Blut aus dem Haar. Nachdem er sich mit seinem Kamm flüchtig durchs Haar gefahren war, sah er nochmals in den Spiegel. Sein Gesicht war noch immer grausig entstellt, aber er hatte es wenigstens geschafft, den größten Teil des Bluts abzuwaschen.

Eine Faust hämmerte an die Tür.

»Ziehen Sie sich die Haube wieder über«, befahl ihm eine Stimme.

Michael tat nichts dergleichen.

»Sie sollen sich die Scheißhaube wieder überziehen, hab' ich gesagt!«

»Sie ist ganz blutig«, widersprach Michael. »Ich will eine saubere.«

Draußen polterten Schritte, und Michael hörte einen wütenden Wortwechsel auf gälisch. Wenige Sekunden später flog die Tür auf, und ein Mann, der eine Sturmhaube trug, kam mit großen Schritten herein. Er griff nach der blutverschmierten Haube und zog sie Michael grob über den Kopf.

»Sage ich Ihnen, Sie sollen die Haube aufsetzen, setzen

Sie das Scheißding gefälligst auf«, knurrte er. »Haben Sie verstanden?«

Michael gab keine Antwort. Die Tür fiel ins Schloß, und er war wieder allein. Sie hatten ihm ihren Willen aufgezwungen, aber er hatte zuvor einen kleinen Sieg errungen. So ließen sie ihn etwa eine Viertelstunde lang unter der nach seinem eigenen Blut stinkenden Haube sitzen. Im Haus waren Stimmen zu hören, und einmal glaubte Michael, einen weit entfernten Schrei zu hören. Schließlich wurde die Tür wieder geöffnet und geschlossen. Ein Mann hatte den Raum betreten. Michael hörte seine Atemzüge und roch ihn auch: Zigaretten, Haarwasser, ein undefinierbarer Hauch von Parfüm, der ihn an Sarah erinnerte. Der Mann setzte sich auf den freien Stuhl. Er mußte groß und schwer sein, denn der Stuhl knarrte unter seinem Gewicht.

»Sie können die Haube jetzt abnehmen, Mr. Osbourne.«

Die Stimme klang selbstbewußt und sonor, die Stimme eines Führers. Michael zog sich die Haube vom Kopf, legte sie auf den Tisch und sah dem Mann, der ihm am Tisch gegenübersaß, direkt in die Augen. Das Gesicht des anderen war grobknochig und kantig – mit breiter, flacher Stirn, ausgeprägten Backenknochen und einer Boxernase. Die Kerbe in seinem markanten Kinn sah aus, als sei sie mit einer Axt hineingeschlagen. Zu einem weißen Oberhemd mit Krawatte trug er eine anthrazitgraue Hose mit passender Weste. Aus den auffällig blauen Augen leuchteten Intelligenz und rasche Auffassungsgabe. Aus irgendeinem Grund lächelte er.

Michael erkannte sein Gesicht. Er hatte es schon einmal in Cynthia Martins Unterlagen gesehen: auf einem Häftlingsfoto aus »The Maze«, in dem dieser Mann in den achtziger Jahren eine mehrjährige Haftstrafe verbüßt hatte.

»Jesus! Ich habe meine Männer angewiesen, Ihnen eine kleine Abreibung zu verpassen, aber sie haben anscheinend ganze Arbeit geleistet. Sorry, aber manchmal übertreiben die Jungs ein bißchen.«

Michael äußerte sich nicht dazu.

»Sie heißen Michael Osbourne und arbeiten bei der Central Intelligence Agency in Langley, Virginia. Vor einigen Jahren haben Sie einen Angehörigen der Irish Republican Army, einen Mann namens Kevin Maguire, als Agenten angeworben. Sie haben Maguire gemeinsam mit dem britischen MI5 geführt. Bei Ihrer Rückkehr nach Virginia haben Sie Maguire einem CIA-Offizier namens Jack Buchanan übergeben. Sparen Sie sich die Mühe, irgend etwas davon abzustreiten, Mr. Osbourne. Dafür haben wir keine Zeit, und ich will Ihnen keineswegs schaden.«

Michael gab keine Antwort. Der Mann hatte recht; er konnte alles abstreiten, indem er behauptete, hier müsse eine Verwechslung vorliegen, aber das hätte seine Gefangenschaft nur verlängert – und ihm vielleicht weitere Mißhandlungen eingetragen.

»Wissen Sie, wer ich bin, Mr. Osbourne?«

Michael nickte.

»Tun Sie mir den kleinen Gefallen«, verlangte der Mann. Er bot Michael eine Zigarette an, gab ihm Feuer und zündete sich selbst eine an. Sekunden später hing eine Qualmwolke zwischen ihnen.

»Sie heißen Seamus Devlin.«

»Wissen Sie auch, was ich mache?«

»Sie leiten den Nachrichtendienst der IRA.«

In diesem Augenblick wurde angeklopft, dann murmelte jemand einige Worte auf gälisch.

»Drehen Sie sich zur Wand um«, forderte Devlin ihn auf.

Die Tür wurde geöffnet. Michael hörte, daß jemand hereinkam und etwas auf den Tisch stellte. Danach fiel die Tür wieder ins Schloß.

»Sie können sich wieder umdrehen«, sagte Devlin.

Auf dem Tisch stand jetzt ein Tablett mit einer Teekanne, zwei angeschlagenen Emailbechern, einer Zukkerdose und einem Milchkännchen. Devlin schenkte ihnen beiden Tee ein.

»Ich hoffe, daß Sie heute nacht eine nützliche Lektion gelernt haben, Mr. Osbourne. Sie wissen jetzt hoffentlich, daß niemand die IRA ungestraft ausspähen kann. Sie halten uns nur für eine Bande dämlicher Bauernlümmel? Für eine Bande tölpelhafter Micks aus den Mooren? Die IRA kämpft seit fast hundert Jahren auf dieser Insel gegen die Briten. In dieser Zeit haben wir auf dem Geheimdienstsektor einiges dazugelernt.«

Michael trank seinen Tee und schwieg.

»Übrigens sind wir nicht durch Sie, sondern durch Buchanan auf Maguire gestoßen, falls Ihnen das ein Trost ist. Bei der IRA gibt es eine Spezialeinheit zur Beschattung Freiwilliger, die verdächtigt werden, Verräter zu sein. Diese Einheit ist so geheim, daß nur ich die Namen ihrer Angehörigen kenne. Ich habe Maguire letztes Jahr in London beschatten lassen, und wir haben seinen Treff mit Buchanan beobachtet.«

Auch diese Nachricht konnte Michael nicht aufheitern. »Warum haben Sie mich geschnappt?« fragte er.

»Weil ich Ihnen etwas mitzuteilen habe.« Devlin beugte sich über den Tisch und faltete seine Hafenarbeiterhände unter dem Kinn. »Die CIA und die britischen Dienste fahnden nach Mitgliedern der Ulster Freedom Brigade. Ich glaube, daß die IRA ihnen dabei behilflich sein kann.

Schließlich liegt es auch in unserem Interesse, diese Serie von Attentaten so rasch wie möglich zu beenden.«

»Was haben Sie zu bieten?«

»Ein Waffenversteck in den Sperrin Mountains«, sagte Devlin. »Es gehört nicht uns, und wir glauben nicht, daß es einer der bekannten paramilitärischen Gruppen der Protestanten gehört.«

»Wo in den Sperrin Mountains?«

»Auf einer Farm außerhalb des Dorfs Cranagh.« Devlin legte Michael einen Zettel mit einer primitiven Lageskizze der Farm hin.

»Was haben Sie dort beobachtet?« fragte Michael.

»Lastwagenverkehr, Kisten, die nachts ausgeladen werden, das Übliche.«

»Leute?«

»Ein paar Männer scheinen ständig dort zu leben. Sie gehen regelmäßig auf den Feldern in der Umgebung Streife. Gut bewaffnet, möchte ich hinzufügen.«

»Überwacht die IRA diese Farm weiter?«

»Wir haben uns zurückgezogen. Uns fehlt die Ausrüstung für eine wirkungsvolle Überwachung.«

»Warum erzählen Sie das mir? Warum nicht den Briten oder der RUC?«

»Weil ich denen nicht traue, niemals trauen werde. Bedenken Sie, daß es in der RUC und den britischen Geheimdiensten Leute gibt, die über Jahre hinweg mit den paramilitärischen Gruppen der Protestanten zusammengearbeitet haben. Ich will, daß diesen protestantischen Dreckskerlen das Handwerk gelegt wird, bevor sie uns wieder in einen regelrechten Krieg hineinziehen, und ich traue den Briten und der RUC nicht zu, das allein zu schaffen.« Devlin drückte seine Zigarette aus. Er sah Michael an und lächelte wieder. »Na, war das nicht ein paar Kratzer und Schürfwunden wert?«

»Fuck you, Devlin«, sagte Michael.

Devlin lachte schallend laut. »Sie können jetzt gehen, Mr. Osbourne. Ziehen Sie Ihren Mantel an. Aber bevor Sie gehen, möchte ich Ihnen noch etwas zeigen.«

Michael folgte Devlin durchs Haus, in dem es nach gebratenem Schinken roch. Devlin führte ihn durch das Wohnzimmer in eine behaglich eingerichtete Küche, in der über dem Herd blankgeputzte Kupfertöpfe hingen. Dieses Bild hätte in ein irisches Country Magazine gepaßt, wenn am Küchentisch nicht ein halbes Dutzend Männer gesessen hätten, die Michael durch die Augenschlitze ihrer Sturmhauben anfunkelten.

»Die werden Sie brauchen«, sagte Devlin, während er eine Wollmütze von der Hakenleiste neben der Tür nahm und sie vorsichtig über Michaels geschwollenen Kopf zog. »Draußen herrscht richtiges Hundewetter, fürchte ich.«

Michael folgte Devlin auf einem schlammigen Pfad. Die Nacht war so finster, als trüge er wieder die schwarze Kopfhaube. Vor sich konnte er nur die Umrisse von Devlins Ringerfigur ahnen; auf seltsame Weise fühlte er sich zu diesem Mann hingezogen. Als sie die Scheune erreichten, hämmerte Devlin ans Tor und sagte einige Worte auf gälisch. Dann zog er das Tor auf und führte Michael in die Scheune.

Michael brauchte einige Sekunden, um zu erkennen, daß der an einen Stuhl gefesselte Mann vor ihm Kevin Maguire war. Er war nackt und zitterte vor Kälte und Angst. Er war grausam mißhandelt worden. Sein Gesicht war völlig entstellt, und er blutete aus einem Dutzend Platzwunden – über den Augen, an den Backenknochen, um den Mund herum. Seine Augen waren zugeschwollen. Der ganze Körper war mit Wunden übersät: Prellungen, Schürfwunden, Striemen von Schlägen mit einem Gürtel, Brandwunden von Zigaretten, die auf ihm ausgedrückt worden waren. Er saß in seinen eigenen Exkrementen. Drei mit Sturmhauben getarnte Männer bewachten ihn.

»So verfährt die IRA mit Spitzeln, Mr. Osbourne«, sagte Devlin. »Denken Sie daran, wenn Sie nächstes Mal versuchen, einen unserer Männer dazu zu überreden, die IRA und sein Volk zu verraten.«

»Michael, bist du's?« fragte Maguire stockend.

Michael trat vor, drängte sich zwischen Maguires Bewachern hindurch und kniete neben ihm nieder. Ihm fehlten die Worte, deshalb wischte er ihm nur das Blut aus den Augen und legte ihm eine Hand auf die Schulter.

»Tut mir leid, daß es so gekommen ist, Kevin«, sagte Michael mit vor Betroffenheit heiserer Stimme. »Mein Gott, das tut mir so leid!«

»Nicht deine Schuld, Michael«, flüsterte Maguire. Er machte einen Augenblick Pause, weil ihn das Reden Anstrengung kostete. »Es liegt an diesem Land. Das hab' ich dir schon gesagt. Hier wird sich nie was ändern. In diesem Land ändert sie nie etwas.«

Devlin trat vor, packte Michael am Arm und zog ihn hoch. Er führte Michael wieder ins Freie. »Das dort drinnen ist die reale Welt«, sagte Devlin. »Ich habe Kevin Maguire nicht auf dem Gewissen. *Sie* haben ihn umgebracht.«

Michael fuhr herum und schlug zu. Sein Boxhieb traf Devlins linken Wangenknochen und ließ ihn zurücktaumeln und zu Boden gehen. Devlin lachte nur und rieb sich das Gesicht, während er sich aus dem Schlamm aufrappelte. Aus dem Haus kamen zwei Männer, aber Devlin schickte sie mit einer lässigen Handbewegung weg.

»Nicht schlecht, Michael. Gar nicht schlecht.«

»Holen Sie ihm einen Priester«, sagte Michael schweratmend. »Er soll seinen Frieden mit Gott machen. Und dann geben Sie ihm eine Kugel. Er hat genug gelitten.«

»Er bekommt seinen Priester«, sagte Devlin, der sich weiter das Gesicht rieb. »Und auch seine Kugel, fürchte ich. Aber merken Sie sich eines: Gelingt es Ihnen und Ihren britischen Kumpeln nicht, die Ulster Freedom Brigade zu stoppen, ist hier der Teufel los. Sollte es dazu kommen, versuchen Sie lieber nicht, einen Spitzel in der IRA anzuwerben, weil der Scheißkerl von einem Verräter genau wie Maguire endet.«

Sie fuhren ihn weit übers Land. Anfangs versuchte Michael sich zu merken, wann sie links oder rechts abbogen, um die Farm vielleicht wiederfinden zu können, aber nach einiger Zeit schloß er einfach die Augen und ruhte sich aus, so gut er konnte. Schließlich hielt der Wagen an. Jemand hämmerte auf den Kofferraumdeckel, bevor er fragte. »Haben Sie Ihre Scheißhaube auf?«

»Ja«, antwortete Michael. Er hatte nicht mehr die Kraft für mentale Spielchen und wollte nur noch von ihnen wegkommen. Zwei Männer hoben ihn aus dem Kofferraum und legten ihn ins nasse Gras am Straßenrand. Im nächsten Augenblick legten sie noch etwas anderes neben ihm ab.

»Lassen Sie die Haube auf, bis Sie den Motor nicht mehr hören können.«

Michael setzte sich sofort auf, als der Wagen anfuhr. Er riß sich die Haube vom Kopf, weil er hoffte, einen Blick auf das Kennzeichen erhaschen zu können, aber der Wagen raste ohne Licht davon. Dann drehte er sich zur Seite, um zu sehen, was die Männer neben ihm abgelegt hatten, und starrte in Kevin Maguires lebloses Gesicht.

19

London

»Man ist Ihnen offenbar zu dem Treff mit Maguire gefolgt«, sagte Wheaton mit der Gewißheit eines Mannes, der niemals zuließ, daß die Tatsachen seiner Theorie in die Quere kamen, vor allem nicht, wenn sie eine für ihn vorteilhafte Lösung darstellte.

»Ich habe mich streng nach Vorschrift davon überzeugt, daß ich nicht beschattet wurde«, sagte Michael. »Ich bin clean gewesen. Sie sind nicht mir, sondern Maguire zu unserem Treff gefolgt. Deshalb hat er die beiden ersten Treffpunkte ignoriert – weil er das Gefühl hatte, beobachtet zu werden. Ich wollte nur, er wäre vernünftig genug gewesen, auf seinen Instinkt zu vertrauen. Dann würde er noch leben.«

Michael saß in der kleinen Teeküche von Winfield House am Tisch. Es war früh abends, etwa zwanzig Stunden seit die IRA ihn in Belfast auf offener Straße entführt hatte. Seine Entführer hatten ihn in der Nähe des Dorfs Dromara ausgesetzt. Michael war nichts anderes übriggeblieben, als den toten Maguire am Straßenrand liegenzulassen und sich möglichst schnell möglichst weit von ihm zu entfernen. Er war losmarschiert und hatte erst kurz vor Banbridge, einer protestantischen Kleinstadt südöstlich von Portadown, einen Lastwagen angehalten. Dem Fahrer hatte er erklärt, er sei von Autodieben überfallen, niedergeschlagen und ausgeraubt worden. Obwohl der Fahrer nach Belfast unterwegs war, wäre er bereit gewesen,

Michael zur RUC-Station in Banbridge zu bringen, damit er Anzeige erstatten konnte. Michael hatte ihm jedoch erklärt, er wolle in sein Hotel in Belfast und von dort aus Anzeige erstatten. Nach seiner Rückkehr ins Hotel Europa hatte er Wheaton in London geweckt. Wheaton hatte die nötigen Gespräche mit seinen britischen Kollegen geführt und dafür gesorgt, daß ein RAF-Hubschrauber Michael vom Flughafen Aldergrove abholte.

»Sie sind schon sehr lange nicht mehr im Einsatz gewesen, Michael«, sagte Wheaton. »Vielleicht haben Sie irgend etwas übersehen.«

»Wollen Sie damit andeuten, daß ich an Kevin Maguires Tod schuld bin?«

»Sie sind als einziger Führungsoffizier dort gewesen.«

»Ich weiß noch, wie man feststellt, ob man beschattet wird. Und ich weiß, nach welchen Kriterien man einen Treff wahrnimmt oder darauf verzichtet. Devlin hat gesagt, die IRA habe seit Monaten gewußt, daß Maguire für uns arbeitet.«

»Seamus Devlin ist für mich keine zuverlässige Quelle.«

»Er hat Buchanans Namen genannt.«

»Den hat Maguire vermutlich preisgegeben, als er gefoltert worden ist.«

Michael wußte, daß er diese Auseinandersetzung unmöglich für sich entscheiden konnte. Jack Buchanan gehörte zum Personal der Station London. Er war einer von Wheatons Leuten, und Wheaton würde alles tun, um ihn in Schutz zu nehmen.

»Offensichtlich hat einer von Ihnen beiden Scheiße gebaut – und das gründlich«, stellte Wheaton fest. »Wir haben einen unserer wertvollsten Agenten verloren, unsere britischen Cousins sind in heller Aufregung, und Sie können von Glück sagen, daß Sie noch leben.«

»Was ist mit Devlins Informationen?«

»Die habe ich in Übereinstimmung mit unserem ursprünglichen Abkommen in bezug auf Maguire an die Zentrale und den MI5 weitergeleitet. Selbstverständlich können wir kein Objekt in Nordirland unter Überwachung stellen. Diese Entscheidung müssen die Briten treffen – unter Berücksichtigung anderer operativer Prioritäten. Darauf haben wir offen gestanden keinen Einfluß mehr.«

»Diese Informationen hat mein Agent mit dem Leben bezahlt.«

»Maguire ist nicht *Ihr* Agent gewesen. Er ist *unser* Agent gewesen; er hat den Briten und uns gehört. Wir haben ihn gemeinsam geführt, uns die Erkenntnisse geteilt, stimmt's? Seine Enttarnung hat uns alle sehr betroffen gemacht.«

»Ich möchte die Chance, einen Schlag gegen die Ulster Freedom Brigade zu führen, nicht vergeben, nur weil wir wegen der Art der Informationsbeschaffung nervös sind.«

»Die ganze Sache ist ziemlich unorthodox gewesen, das müssen Sie zugeben. Was ist, wenn Devlin Ihnen absichtlich falsche Informationen gegeben hat?«

»Wozu sollte die IRA das tun?«

»Um ein paar britische Geheimdienstoffiziere und SAS-Männer ermorden zu können. Wir geben diese Informationen an die Briten weiter, die Briten schicken ein Team dorthin, und die IRA schleicht sich mitten in der Nacht an und schneidet ihnen die Kehle durch.«

»Die IRA hält den Waffenstillstand und das Friedensabkommen ein. Weshalb sollte sie versuchen, die Briten in eine Falle zu locken?«

»Ich traue ihr trotzdem nicht.«

»Die Informationen sind zuverlässig. Wir müssen sofort etwas unternehmen.«

»Dies ist eine britische Angelegenheit, Michael, daher liegt die Entscheidung bei den Briten. Würden wir versuchen, Druck auf sie auszuüben, würde es ihnen nicht gefallen – so wenig wie uns, wenn die Rollen vertauscht wären.«

»Dann lassen Sie's mich unauffällig versuchen.«

»Graham Seymour?«

Michael nickte. Wheaton tat so, als denke er sorgfältig darüber nach.

»Also gut, vereinbaren Sie morgen ein Treffen mit ihm. Aber dann scheren Sie sich gefälligst zum Teufel. Ich will Sie nicht mehr hier haben.« Wheaton machte eine Pause, während er Michaels Gesicht prüfend betrachtete. »Vielleicht ist's ohnehin besser, wenn Sie noch einen Tag länger bleiben. Ich möchte Ihrer Frau nicht zumuten, Sie so zu sehen.«

Michael ging früh ins Bett, fand aber keinen Schlaf. Sobald er die Augen schloß, liefen die Ereignisse in seinem Kopf wie ein Film ab: die Prügel auf dem Rücksitz des Wagens, Devlins ironisch überlegenes Lächeln, Maguires gräßlich zugerichtetes Gesicht. Er stellte sich seinen Agenten vor: an den Stuhl gefesselt, mit zerschlagenem Gesicht, bis zur Unkenntlichkeit mißhandelt. Zweimal stolperte er ins Bad und mußte sich heftig übergeben.

Er erinnerte sich an Devlins Worte.

Ich habe Kevin Maguire nicht auf dem Gewissen …
Sie haben ihn umgebracht.

Sein Körper tat überall weh, wo ihn die Schläge getroffen hatten. Keine Lage war so bequem, daß Michael darin hätte Schlaf finden können. Aber sobald er anfing, sich selbst zu bemitleiden, dachte er wieder an Maguire und seinen elenden, demütigenden Tod.

Michael schluckte Tabletten gegen die Schmerzen und schließlich Tabletten, um schlafen zu können. Er hatte die ganze Nacht lang Alpträume, aber in seinen Träumen war es Michael, der Kevin Maguire mißhandelte, und Michael, der ihm eine Kugel in den Hinterkopf schoß.

»Ein prachtvolles Veilchen hast du da«, sagte Graham Seymour am nächsten Vormittag.

»Schön, nicht wahr?«

Michael setzte seine Sonnenbrille wieder auf, obwohl der Himmel wolkenverhangen war. Die beiden Freunde schlenderten einen Fußweg entlang, der über den Parliament Hill in Hampstead Heath führte. Michael mußte rasten, deshalb setzten sie sich auf eine Bank. Links von ihnen ragte der Highgate Hill in den Nebel auf. Vor ihnen, jenseits der Heide, breitete sich das Stadtzentrum von London aus. In der Ferne erkannte Michael die Kuppel der St.-Pauls-Kathedrale. Um sie herum ließen Kinder bunte Drachen steigen, während sie miteinander sprachen.

»Ich kann noch immer nicht glauben, daß du Seamus Devlin wirklich eine Gerade verpaßt hast.«

»Ich auch nicht, aber es ist verdammt befriedigend gewesen.«

»Weißt du, wie viele Leute ihm liebend gern eine verpassen würden?«

»Ich vermute, daß das eine lange Schlange wäre.«

»Eine *sehr* lange Schlange, Schätzchen. Hat's weh getan?«

»Ihm oder mir?«

»Dir«, sagte Graham und rieb sich unwillkürlich eine lange, knochige Hand mit der anderen.

»Ein bißchen.«

»Das mit Maguire tut mir leid.«

»Er ist ein verdammt guter Agent gewesen.« Michael zündete sich eine Zigarette an. Der Rauch kratzte im Hals, und als er husten mußte, drückte er mit schmerzverzerrtem Gesicht eine Hand gegen seine angebrochenen Rippen. »Was denkt man bei euch im Thames House? Werdet ihr das Objekt überwachen?«

»Die oberste Etage ist ein bißchen ungläubig, um es ehrlich zu sagen«, antwortete Graham. »Außerdem ist sie wegen des Verlusts von Maguire ziemlich sauer.«

»Wheaton hält das Ganze für eine Falle – er glaubt, daß die IRA ein paar Geheimdienstler ermorden will.«

»Typisch Wheaton! So würde er's nämlich machen.«

»Ich halte die Informationen für zutreffend«, sagte Michael. »Devlin hat gewußt, daß wir skeptisch sein würden. Deshalb hat er die Begegnung arrangiert – um zu beweisen, daß es ihm ernst ist.«

»Wahrscheinlich hast du recht«, bestätigte Graham. »Ich werde versuchen, die Sache unauffällig aufs richtige Gleis zu setzen. Vielleicht fliege ich selbst nach Ulster und leite die Überwachung. Ich brauche einen kurzen Urlaub von Helen. Sie ist in einer neuen Phase – Retro-Punk. Sie trägt ihr Haar in wild gefärbten Stacheln und hört nur noch die Clash und die Sex Pistols.«

»Auch das geht irgendwann vorüber«, sagte Michael tröstend.

»Ja, ich weiß, aber ich fürchte, daß die nächste Phase noch schlimmer wird.«

Michael lachte zum erstenmal seit vielen Tagen.

In Cannon Point breitete Elizabeth zwei große Quilts auf dem Fußboden des Schlafzimmers aus. Sie legte die Kinder darauf – erst Jake, dann Liza – und umgab sie mit

Plüschtieren, Quietschspielzeug und Rasseln. Dann lag sie zwanzig Minuten zwischen ihnen auf dem Fußboden, spielte mit ihnen und gab die dümmlichen Gurrlaute von sich, die sie verrückt gemacht hatten, bevor sie selbst Kinder gehabt hatte. Schließlich setzte sie sich aufs Bett und beobachtete die Zwillinge einfach nur. Elizabeth hatte sich bewußt dazu gezwungen, ihre Prozeßvorbereitungen zu unterbrechen und sich das ganze Wochenende über den Kindern zu widmen. Das war wundervoll gewesen: An diesem Vormittag hatte sie mit den Kindern einen langen Spaziergang auf der Shore Road gemacht und war dann mit ihnen zum Lunch in ihr Lieblingsrestaurant in Sag Harbor gegangen. Es wäre perfekt gewesen, wenn ihr Ehemann und ihr Vater nicht in London gewesen wären.

Sie staunte darüber, wie verschieden die Zwillinge waren. Liza war ganz wie ihre Mutter: offen, freundlich, auf ihre Weise gesprächig und stets bemüht, anderen zu gefallen. Jake war das genaue Gegenteil. Jake lebte in seiner eigenen Gedankenwelt. Liza versuchte bereits, allen zu erzählen, was sie dachte. Jake behielt seine Gedanken lieber für sich. Er ist erst vier Monate alt, dachte sie, aber schon genau wie sein Vater und sein Großvater. Wenn er auch ein Spion wird, erschieße ich mich!

Dann fiel ihr wieder ein, wie sie Michael behandelt hatte, und sofort hatte sie ein schlechtes Gewissen. Es war ungerecht gewesen, Michael Vorwürfe zu machen, weil er es übernommen hatte, diese Sonderkommission zur Bekämpfung des Terrorismus in Nordirland zu leiten. Tatsächlich war Elizabeth längst zu dem Schluß gekommen, es sei töricht von ihr gewesen, ihn überhaupt zu ermutigen, die Agency zu verlassen. Michael hatte recht. Es *war* ein wichtiger Job, und aus irgendwelchen Gründen machte er ihn glücklich.

Elizabeth beobachtete wieder die Kinder. Liza schmuste mit einem kleinen Plüschhund, Jake lag auf dem Rükken und starrte wie gedankenverloren aus dem Fenster. Michael war, wie er war, und es hatte keinen Zweck, ihn ändern zu wollen. Schließlich hatte sie sich einmal wegen genau seiner Art in ihn verliebt.

Sie dachte an Michael in Belfast und spürte, daß ihr dabei ein kalter Schauder über den Rücken lief. Sie fragte sich, was er dort tat – ob er sich an gefährlichen Orten aufhielt. Sie würde sich nie an die Idee gewöhnen, daß er ihr Zuhause zu irgendwelchen »Einsätzen« verließ. Solange er unterwegs war, lag die Angst wie ein Eisklumpen in ihrem Magen. Dann schlief sie mit brennender Nachttischlampe und leise laufendem Fernseher. Dabei hatte sie nicht unbedingt Angst um seine persönliche Sicherheit; sie hatte Michael in Aktion erlebt und wußte, daß er sich verteidigen konnte. Ihre Besorgnis entsprang dem Wissen, daß Michael ein anderer Mensch wurde, wenn er unterwegs war. Kam er dann heim, wirkte er zunächst immer ein bißchen fremd. Im Einsatz lebte er ein anderes Leben, und Elizabeth fragte sich manchmal, ob sie auch daran teilhatte.

Auf der Shore Road kamen Autoscheinwerfer näher. Sie trat ans Fenster und beobachtete, wie der Wagen am Tor hielt. Der Wachposten winkte ihn durch, ohne erst im Haus anzurufen, was bedeutete, daß der Fahrer Michael sein mußte.

»Maggie?« rief Elizabeth.

Maggie kam herein. »Ja, Elizabeth?«

»Eben ist Michael heimgekommen. Können Sie einen Augenblick auf die Kinder aufpassen?«

»Natürlich.«

Elizabeth lief die Treppe hinunter. Sie riß den nächstbesten Mantel von einem Garderobenhaken neben der

Haustür und hängte ihn sich um, während sie über die Einfahrt zu dem Wagen hastete, aus dem Michael jetzt stieg.

Sie umarmte ihn und sagte: »Du hast mir schrecklich gefehlt, Michael. Mir tut alles so leid. Bitte verzeih mir.«

»Was denn?« fragte er und küßte sie sanft auf die Stirn.

»Daß ich so aasig gewesen bin.«

Als sie ihn an sich drückte, ächzte Michael unwillkürlich. Elizabeth schob ihn von sich weg, runzelte die Stirn und zog ihn ins Licht, das aus einem der Fenster des Hauses fiel.

»O Gott, was ist mit dir passiert?«

20

London · Mykonos · Athen

Eine Woche nach Michael Osbournes Abreise aus London fuhr ein silbergrauer Jaguar vor einer georgianischen Villa in St. John's Wood vor. Auf dem Rücksitz der Limousine saß der Direktor. Er war ein kleiner Mann mit schmalem Kopf und schmalen Hüften, mit aschblondem Haar, in das sich graue Strähnen mischten, und graugrünen Augen, die an Meerwasser im Winter erinnerten. Er lebte allein mit einem Jungen, den die Gesellschaft ihm zu seinem persönlichen Schutz stellte, und einem Mädchen namens Daphne, das Büroarbeiten erledigte und sich um ihn kümmerte. Sein Chauffeur, ein ehemaliger Angehöriger der Eliteeinheit Special Air Service, stieg aus und öffnete die hintere Tür.

Daphne wartete unter einem großen schwarzen Schirm, der sie vor dem prasselnden Regen schützte, vor der Haustür. Sie sah immer so aus, als sei sie gerade von einem Urlaub in den Tropen zurückgekommen. Sie war einen Meter achtzig groß, hatte karamelbraune Haut und braunes Haar mit von der Sonne aufgehellten Strähnen, das auf ihre Schultern fiel.

Sie trat auf ihn zu und geleitete den Direktor in die Eingangshalle, sorgfältig darauf achtend, daß er immer unter ihrem Schirm war und trocken ins Haus gelangte. Der Direktor war anfällig für Bronchialkatarrhe; der englische Winter war für ihn ähnlich gefährlich wie der Spaziergang durch ein Minenfeld ohne Minensuchgerät.

»Picasso ruft aus Washington an, Sir«, berichtete Daphne. Der Direktor hatte viele tausend Pfund für Sprachtherapie ausgegeben, um die letzte Spur eines westindischen Singsangs aus ihrer Stimme zu tilgen. Jetzt sprach Daphne wie eine BBC-Nachrichtensprecherin. »Wollen Sie den Anruf gleich entgegennehmen, oder soll ich später zurückrufen?«

»Danke, ich rede gleich mit ihr.«

Er ging in sein Arbeitszimmer, drückte auf die blinkende grüne Taste und nahm den Hörer ab. Er hörte einige Minuten lang zu, murmelte einige Worte und hörte erneut zu.

»Alles in Ordnung, mein Herz?« fragte Daphne, nachdem der Direktor aufgelegt hatte.

»Wir müssen morgen früh nach Mykonos fliegen«, antwortete er. »Monsieur Delaroche befindet sich in großer Gefahr, fürchte ich.«

In London war das Wetter noch sehr winterlich gewesen, aber auf Mykonos war es mild und sonnig, als die gecharterte Turbopropmaschine der Island Air mit dem Direktor und Daphne an Bord am frühen Nachmittag dort landete. Nachdem sie ihr Zimmer in einem Hotel in Chora bezogen hatten, schlenderten sie in Klein-Venedig den Kai entlang, bis sie ein Café fanden. Delaroche saß an einem Tisch mit Blick über den Hafen. Er trug Khakishorts und ein ärmelloses Trikot. An seinen Fingern klebten rote und schwarze Farbreste. Der Direktor schüttelte ihm die Hand, als versuche er, seinen Puls zu finden; dann zog er ein schneeweißes Batisttuch aus der Brusttasche seines Jacketts und tupfte sich damit seine Handfläche ab.

»Irgendwelche Anzeichen dafür, daß wir beobachtet werden?« fragte der Direktor mit sanfter Stimme.

Delaroche schüttelte den Kopf.

»Wollen wir uns nicht in Ihre Villa verfügen?« schlug der Direktor vor. »Mir gefällt, was Sie daraus gemacht haben.«

Delaroche fuhr sie mit seinem klapprigen Volvo Kombi nach Kap Mavros. Hinten auf der Ladefläche schepperten seine Staffelei, mehrere Leinwände und die Tasche mit Pinseln und Farben. Der Direktor saß vorn auf dem Beifahrersitz und umklammerte krampfhaft die Armlehne, während Delaroche über die schmale kurvenreiche Bergstraße raste. Daphne saß bei offenem Fenster halb liegend auf dem Rücksitz und ließ sich den Fahrtwind durchs Haar wehen.

Delaroche servierte ihnen ein Abendessen auf der Terrasse. Nach dem Essen entschuldigte Daphne sich und streckte sich in einem Liegestuhl außer Hörweite aus.

»Meine Anerkennung für Ihre Arbeit im Fall Achmed Hussein«, sagte der Direktor, indem er sein Weinglas hob.

Delaroche ließ sein Glas stehen. Er fand keine Befriedigung darin, Menschen zu töten; befriedigt war er immer nur, wenn er einen Auftrag auf professionelle Weise ausgeführt hatte. Delaroche sah sich nicht als Mörder, sondern als Attentäter. Seine Auftraggeber waren die eigentlichen Mörder. Delaroche war nur die Tatwaffe.

»Die Auftraggeber sind sehr zufrieden«, fuhr der Direktor fort. Seine Stimme war trocken wie dürres Laub. »Husseins Tod hat genau die erhofften Reaktionen provoziert. Aber in diesem Zusammenhang hat sich ein kleines Sicherheitsproblem ergeben, das Sie betrifft.«

Eine jäh aufsteigende Hitzewelle machte Delaroche seine Angst bewußt. In seiner ganzen Laufbahn hatte er seine persönliche Sicherheit mit geradezu manischer Intensität verteidigt. Die meisten Profikiller unterzogen sich regelmäßig kosmetischen Operationen, um ihr Aussehen zu verändern. Delaroche löste dieses Problem auf andere Weise: Nur eine Handvoll Menschen, die seinen wahren Beruf kannten, hatten jemals sein Gesicht gesehen. Die einzigen Fotos, die es von ihm gab, klebten in seinen gefälschten Pässen, und Delaroche hatte sein Aussehen auf allen so verändert, daß sie für Fahndungszwecke unbrauchbar waren. Auf Bahnhöfen und Flughäfen trug er immer Baseballmütze und Sonnenbrille, um sich vor Überwachungskameras zu tarnen. Trotzdem war er sich darüber im klaren, daß die CIA von seiner Existenz wußte und im Lauf der Jahre ein recht umfangreiches Dossier über seine Auftragsmorde angelegt hatte.

»Was für ein Sicherheitsproblem?« fragte Delaroche.

»Die CIA hat Interpol und alle befreundeten Geheimdienste alarmiert. Sie sind auf eine internationale Fahndungsliste gesetzt worden. Jeder Paßkontrolleur und Grenzpolizist in Europa hat das hier...«

Der Direktor zog ein zusammengefaltetes Blatt Papier aus der Innentasche seines Jacketts und legte es Delaroche hin. Als Delaroche das Blatt auseinanderfaltete, starrte ihn sein Phantombild an. Es war erstaunlich lebensecht und ähnlich – offenbar das Produkt eines leistungsfähigen Computers.

»Ich dachte, die Amerikaner hielten mich für tot.«

»Das habe ich auch geglaubt, aber jetzt scheinen sie Sie für höchst lebendig zu halten.« Der Direktor machte eine Pause, um sich eine Zigarette anzuzünden. »Sie haben Achmed Hussein nicht ins Gesicht geschossen, stimmt's?«

Delaroche nickte bedächtig und tippte sich mit einem Zeigefinger an die Brust. Er kannte nur eine einzige professionelle Eitelkeit: Über Jahre hinweg hatte er die meisten seiner Opfer mit drei Schüssen ins Gesicht getötet. Das hatte er vermutlich getan, um seine Feinde wissen zu lassen, daß er existierte. Delaroche waren nur noch zwei Dinge im Leben wichtig, seine Malerei und sein

Handwerk. Aus Sicherheitsgründen ließ er seine Gemälde unsigniert, und wenn er welche verkaufte, blieb er selbst anonym. Er hatte es vorgezogen, seine Morde mit einer Signatur zu versehen.

»Wer steckt dahinter?« fragte Delaroche.

»Ihre alter Freund Michael Osbourne.«

»Osbourne? Ich dachte, er sei pensioniert.«

»Er ist vor kurzem aus dem Ruhestand zurückgeholt worden, um eine CIA-Sonderkommission zur Bekämpfung des Terrorismus in Nordirland zu leiten. Auch auf diesem Gebiet hat Osbourne anscheinend Erfahrung.«

Delaroche gab dem Direktor das Phantombild zurück. »Woran haben Sie gedacht?«

»Aus meiner Sicht gibt es nur zwei Möglichkeiten. Tun wir nichts, ist Ihre Einsatzfähigkeit schwer beeinträchtigt, fürchte ich. Können Sie nicht reisen, können Sie nicht arbeiten. Und wenn Polizeibeamte in aller Welt Ihr Gesicht kennen, können Sie nicht reisen.«

»Und die zweite Möglichkeit?«

»Wir verschaffen Ihnen ein neues Gesicht und einen anderen Wohnsitz.«

Delaroche blickte übers Meer hinaus. Er wußte, daß er keine andere Wahl hatte, als sein Aussehen operativ zu verändern. War er nicht einsatzfähig, würde der Direktor ihre Geschäftsbeziehung beenden. Damit verlor er den Schutz der Gesellschaft und die Möglichkeit, sich seinen Lebensunterhalt zu verdienen. Er würde den Rest seines Lebens damit verbringen, sich ängstlich umzusehen und zu fragen, wann seine Feinde ihn liquidieren würden. Delaroche wollte vor allem in Sicherheit leben – also mußte er das Angebot des Direktors annehmen.

»Haben Sie jemanden, der mich operieren kann?«

»Einen Franzosen namens Maurice Leroux.«

»Ist er vertrauenswürdig?«

»Absolut«, sagte der Direktor. »Sie können Griechenland erst nach der Operation verlassen, deshalb muß Leroux herkommen. Ich miete eine Wohnung in Athen, in der er Sie operieren kann. Dort können Sie sich anschließend erholen, bis die Narben verheilt sind.«

»Was wird aus meiner Villa?«

»Die behalten wir vorläufig. Ich brauche einen Ort für die Frühjahrssitzung des Exekutivrats. Dafür ist Ihre Villa sehr gut geeignet.«

Delaroche sah sich um. Dieses einsame Haus an der Nordküste von Mykonos hatte ihm alles gegeben, was er brauchte: Ungestörtheit, Sicherheit, ausgezeichnete Motive für seine Malerei, anspruchsvolles Gelände für seine Touren mit dem Rennrad. Er wollte es so wenig verlassen, wie er sein voriges Haus an der bretonischen Küste hatte verlassen wollen, aber er wußte, daß ihm keine andere Wahl blieb.

»Wir müssen einen neuen Wohnsitz für Sie finden«, sagte der Direktor. »Wo möchten Sie zukünftig leben?«

Delaroche überlegte kurz. »Amsterdam.«

»Sprechen Sie Holländisch?«

»Nicht viel, aber das lerne ich rasch.«

»Also gut«, sagte der Direktor, »es bleibt bei Amsterdam.«

Der Immobilienmakler Stavros vermittelte ihm einen Mann, der sich um Haus und Garten kümmern würde. Delaroche erklärte ihm, er müsse für längere Zeit verreisen, aber ein Freund würde gelegentlich in der Villa wohnen. Stavros wollte ihn zu einem Abschiedsessen in der Taverne einladen, aber Delaroche lehnte höflich dankend ab.

Seinen letzten Tag auf Mykonos verbrachte Delaroche

damit, den Dorfplatz in Ano Mera, die Terrasse seiner Villa und die Felsen bei Linos zu malen. Er arbeitete vom Morgengrauen bis zur Abenddämmerung, bis seine rechte Hand – die Hand mit der Schußverletzung – zu schmerzen begann.

Er saß auf der Terrasse und trank Wein, bis die untergehende Sonne seine weiße Villa mit einem Hauch von Siena natur übergoß, das er niemals auf einer Leinwand würde wiedergeben können.

Als es dunkel wurde, ging er hinein und machte im offenen Kamin ein großes Feuer. Dann durchsuchte er die Villa Zimmer für Zimmer, Schrank für Schrank, Schublade für Schublade und verbrannte alles, was einen Hinweis auf seine Existenz hätte geben können.

»Wirklich schade, daß wir ein so schönes Gesicht verderben müssen«, sagte Maurice Leroux am nächsten Tag. Sie saßen in der Athener Wohnung, die der Direktor für die Operation und Delaroches Rekonvaleszenz gemietet hatte, vor einem großen, hell beleuchteten Spiegel.

Leroux betastete mit der Spitze seines mageren Zeigefingers vorsichtig Delaroches Backenknochen.

»Sie sind kein Franzose«, verkündete er ernst, als fürchte er, diese Mitteilung könnte seinen französischen Landsmann schockieren. »In meinem Beruf eignet man sich zwangsläufig vertiefte anthropologische Kenntnisse an. Ich glaube, Sie sind irgendein Slawe, vielleicht sogar ein Russe.«

Delaroche schwieg, während Leroux weiterdozierte.

»Das sehe ich hieran – an den breiten Backenknochen, der flachen Stirn und dem markanten Unterkiefer. Und hier, sehen Sie sich Ihre Augen an. Sie sind auffällig mandelförmig und leuchtendblau. Nein, nein, Sie mögen einen französischen Namen tragen, aber in Ihren Adern fließt slawisches Blut, fürchte ich. Vornehmes slawisches Blut allerdings.«

Delaroche betrachtete Leroux' Bild im Spiegel. Der Chirurg war ein schwächlicher Mann mit großer Nase, zurückweichendem Kinn und einem lächerlichen Toupet, das viel zu schwarz war. Seine Finger glitten nochmals über Delaroches Gesicht. Er hatte die Hände einer alten Frau – blaß, weich, dick blau geädert –, aber sie stanken nach dem Rasierwasser eines ganz jungen Mannes.

»Manchmal gelingt es, einen Mann durch plastische Chirurgie attraktiver zu machen. Vor einigen Jahren habe ich einen Palästinenser operiert, einen gewissen Muhammad Awad.«

Delaroche zuckte bei der Erwähnung dieses Namens zusammen. Für einen Mann in seiner Branche hatte Leroux soeben eine Todsünde begangen: Er hatte die Identität eines früheren Patienten preisgegeben.

»Er ist jetzt tot, aber als ich mit ihm fertig war, ist er richtig schön gewesen«, fuhr Leroux fort. »Bei Ihnen dürfte leider das Gegenteil der Fall sein. Ich fürchte, daß wir Sie weniger attraktiv machen müssen, um Ihr Aussehen wirklich zu verändern. Können Sie sich mit dieser Vorstellung abfinden, Monsieur?«

Leroux war ein häßlicher Mann, für den Äußerlichkeiten sehr wichtig waren. Delaroche war ein attraktiver Mann, der sich sehr wenig aus Äußerlichkeiten machte. Er wußte, daß manche Frauen ihn attraktiv fanden – manche sogar schön –, aber er selbst hatte sich nie viel darum gekümmert, wie er aussah. Ihm ging es nur um eines: Sein Gesicht war zu einer Gefahr für ihn geworden, und er würde es so behandeln, wie er alle Gefahren behandelte – er würde es eliminieren.

»Tun Sie, was Sie tun müssen«, sagte Delaroche.

»Also gut«, antwortete Leroux. »Sie haben ein Gesicht, das aus Winkeln und scharfen Kanten besteht. Diese Winkel müssen zu sanften Kurven, die Kanten müssen abgerundet werden. Ich habe vor, die obere Schicht Ihrer Backenknochen abzutragen, damit sie glatter und runder wirken. In Ihre Backen spritze ich Kollagen ein, damit Ihr Gesicht voller wirkt. Sie haben ein sehr schmales Kinn; ich mache es breiter und viereckiger. Ihre Nase ist ein Meisterwerk, aber sie muß leider geopfert werden. Ich mache sie größer und den Nasensattel kräftiger. Was die Augen betrifft, kann ich nicht viel tun, außer ihre Farbe durch Kontaktlinsen zu verändern.«

»Funktioniert das alles?« fragte Delaroche.

»Wenn ich fertig bin, erkennen Sie Ihr Gesicht selbst nicht wieder.« Er zögerte. »Wissen Sie bestimmt, daß Sie sich das antun wollen?«

Delaroche nickte.

»Also gut«, sagte Leroux. »Aber ich komme mir ein bißchen wie dieser Idiot vor, der ein Hammerattentat auf die Pietà verübt hat.«

Er zog einen Filzschreiber aus der Jackentasche und zeichnete Markierungen auf Delaroches Gesicht.

21

London

Preston McDaniels war Beamter im Außenministerium und arbeitete in der Presse- und Informationsabteilung der US-Botschaft in London. Er war fünfundvierzig, schlank und vorzeigbar, wenn auch nicht nach herkömmlichen Maßstäben attraktiv. Als lebenslänglicher Junggeselle hatte er nur selten Frauenbekanntschaften gehabt, was seine Kollegen dazu bewog, hartnäckig darüber zu spekulieren, ob er schwul sei. Aber Preston McDaniels war nicht homosexuell; er hatte nur nie sonderlich gut mit Frauen umgehen können. Jedenfalls bis vor kurzem.

Es war 18 Uhr, und McDaniels räumte seinen Schreibtisch auf, bevor er sein kleines Büro verließ. Zwischendurch blieb er kurz am Fenster stehen und blickte auf den Grosvenor Square hinunter. Er hatte schwer darum gekämpft, nach langen Jahren an brutalen Dienstorten wie Lagos, Mexico City und Islamabad nach London versetzt zu werden. Hier war er glücklicher als je zuvor. Er liebte das Theater, die Museen, die Einkaufsmöglichkeiten, die interessanten Ziele für Wochenendausflüge. Er hatte eine elegante kleine Wohnung in South Kensington und fuhr jeden Morgen mit der U-Bahn zur Arbeit. Sein Job war allerdings weiterhin ziemlich langweilig: Er verfaßte routinemäßige Pressemitteilungen, stellte einen britischen Pressespiegel mit Themen zusammen, die den Botschafter interessierten, und koordinierte die Berichterstattung über Veranstaltungen, an denen der Botschafter teilnahm – aber die Tatsache, daß er in London lebte, machte alles irgendwie aufregend.

Er nahm eine Mappe mit Unterlagen vom Schreibtisch und packte sie in seinen ledernen Aktenkoffer. Dann nahm er seinen Regenmantel vom Haken und verließ sein Büro. Auf dem Gang trat er in die Herrentoilette und musterte sich prüfend im Spiegel über dem Waschbecken.

Manchmal fragte er sich, was sie an ihm fand. Er versuchte sein Haar so zu kämmen, daß es die kahle Stelle verdeckte, aber das machte es nur schlimmer. Sie hatte gesagt, sie habe eine Vorliebe für Männer mit beginnender Glatze, weil sie smarter und reifer aussähen. Sie ist zu jung für mich, dachte er, zu jung und viel zu hübsch. Aber er konnte nichts dagegen machen. Zum erstenmal in seinem Leben lebte er in einer sexuell erregenden Beziehung, die er um jeden Preis erhalten wollte.

Draußen regnete es, und der Grosvenor Square lag in trübem Halbdunkel. McDaniels spannte seinen Schirm auf und ging durch den regen Fußgängerverkehr zur Park Lane hinüber. Dort blieb er vor dem Restaurant stehen und beobachtete sie einen Augenblick durchs Fenster. Sie war groß und sportlich schlank – mit üppiger schwarzer Mähne, ovalem Gesicht und grauen Augen. Ihre lose weiße Bluse konnte ihren vollen, wohlgerundeten Busen nicht ganz verbergen. Sie war eine wunderbare Liebhaberin; sie schien seine kühnsten Phantasien zu erraten. Im Büro starrte er jeden Nachmittag auf die Uhr, weil er es kaum erwarten konnte, sie wiederzusehen.

McDaniels betrat das Restaurant und setzte sich in der Bar an einen Tisch. Als sie ihn sah, blinzelte sie ihm zu und bildete mit ihren Lippen die Worte: »Komme gleich!«

Im nächsten Augenblick brachte sie ihm ein Glas

Weißwein. McDaniels berührte ihre Hand, als sie das Glas auf den Tisch stellte.

»Du hast mir schrecklich gefehlt, Darling.«

»Ich dachte, du würdest nie mehr kommen«, sagte sie. »Aber ich kann mich nicht mit dir unterhalten – Riccardo hat heute abend wieder einen psychotischen Schub. Wenn er mich mit dir reden sieht, schmeißt er mich raus.«

»Du bist nur zu einem Stammgast freundlich.«

Sie lächelte verführerisch und sagte: »Sehr freundlich.«

»Wir müssen uns treffen.«

»Ich arbeite bis zehn.«

»So lange kann ich nicht warten.«

»Das wirst du wohl müssen.«

Sie blinzelte ihm erneut zu und ging davon. McDaniels trank mit kleinen Schlucken seinen Wein und beobachtete, wie sie von Tisch zu Tisch ging, Bestellungen aufnahm, Essen servierte und mit den Gästen sprach. Sie war die Art Frau, die Männern auffiel. Sie war zu attraktiv und talentiert, um als Serviererin zu arbeiten. Er wußte, daß sie irgendwann ihren Platz in der Welt finden würde – und dann würde sie ihn verlassen.

McDaniels trank seinen Wein aus, legte einen Zehnpfundschein auf den Tisch und verließ das Restaurant. Natürlich war das zuviel Geld für ein einziges Glas Wein. Sie wird denken, ich halte sie für eine Nutte, sagte er sich. Er überlegte, ob er zurückgehen und weniger Geld hinlegen sollte, aber er wußte, daß das noch seltsamer gewirkt hätte. Als McDaniels davonging, dachte er, daß er, wenn sie ihn eines Tages verließe, vermutlich Selbstmord begehen würde.

McDaniels ließ sich auf dem Nachhauseweg Zeit. Der Regen hatte fast aufgehört, deshalb ging er zu Fuß und genoß die Stadt und das beschwingte Gefühl, das ein Glas Wein und vor allem die wenigen Minuten in Rachels Gesellschaft in ihm ausgelöst hatten. Er hatte noch nie etwas wie Besessenheit empfunden, aber er wußte, daß sie sich so ähnlich anfühlen mußte. Sie begann sich auf seine Arbeit auszuwirken. Er war in Besprechungen geistesabwesend, verlor manchmal mitten im Satz den Faden, so daß seine Kollegen über ihn zu tuscheln begannen. Aber das war ihm eigentlich egal. Er hatte sein Leben lang ohne die Liebe einer Frau auskommen müssen. Jetzt wollte er dieses Gefühl genießen, solange es andauerte.

Er aß in einem Pub an der Brompton Road zu Abend. Während er die Zeitungen las, gelang es ihm, ein paar Minuten nicht an Rachel zu denken. Aber dann war sie wieder da – wie eine angenehme Melodie, die ihm nicht mehr aus dem Sinn ging. Er stellte sie sich im Bett vor – mit lustvoll geöffnetem Mund und geschlossenen Augen. Danach setzten törichte Phantasien ein: die Hochzeit in einer englischen Dorfkirche, das kleine Landhaus in den Cotswolds, die Kinder. Lächerliche Bilder, die ihm jedoch Freude machten. Er war hoffnungslos verliebt, aber Rachel schien kein Typ für die Ehe zu sein. Sie wollte schreiben. Sie genoß ihre Freiheit – ihre intellektuelle und ihre sexuelle Freiheit. Machte er ihr einen Heiratsantrag, würde sie vermutlich entsetzt die Flucht ergreifen.

McDaniels schlenderte durch die ruhigen Seitenstraßen von South Kensington. Er hatte eine hübsche Dreizimmerwohnung im ersten Stock eines Terrassenhauses im georgianischen Stil. Er sperrte auf und blätterte seine Nachmittagspost durch. Nachdem er ausgiebig geduscht hatte, zog er eine Khakihose und einen Baumwollpullover an.

Das zweite Schlafzimmer diente ihm als Arbeitszimmer. Er sah die Nine O'Clock News, während er die aus dem Büro mitgebrachten Unterlagen durcharbeitete. Botschafter Cannon hatte morgen einen vollen Terminkalender: vormittags ein Gespräch mit dem Staatssekretär im Außenministerium, dann ein Mittagessen mit englischen Industriellen und nachmittags ein Interview mit einem Journalisten der *Times*. Als er die Papiere durchgearbeitet hatte, legte er sie in die Mappe zurück, die wieder in seinen Aktenkoffer kam.

Kurz vor 22.30 Uhr summte die Türsprechanlage. McDaniels drückte auf die Sprechtaste und fragte scherzhaft: »Wer ist da?«

»Ich bin's, Darling«, sagte sie. »Oder hast du eine deiner anderen Geliebten erwartet?«

Das war ihr kleines Spiel, das sie gelegentlich spielten: Scherze über andere Partner, gespielte Eifersucht. Wirklich erstaunlich, wie rasch ihre Beziehung sich weiterentwickelt hatte.

»Du bist die einzige Frau, die ich in meinem ganzen Leben gehabt habe.«

»Lügner!«

»Wollen wir darüber nicht lieber hier oben reden?«

Er strich sich die Haare glatt, während er auf sie wartete. Auf dem Gang waren ihre Schritte zu hören, aber um nicht übereifrig zu erscheinen, wartete er, bis Rachel anklopfte. Als er die Tür aufzog, warf sie sich ihm in die Arme und küßte ihn. Ihre Lippen öffneten sich, und ihre seidenweiche Zunge glitt über seine. Dann trat sie einen halben Schritt zurück und murmelte: »Darauf habe ich mich schon den ganzen Abend gefreut.«

Preston McDaniels lächelte. »Womit habe ich bloß das Glück verdient, jemanden wie dich zu finden?«

»Ich kann von Glück sagen.«

»Möchtest du einen Drink?«

»Tatsächlich habe ich ein dringendes Problem, und du bist der einzige, der mir dabei helfen kann.«

Sie ergriff seine Hand, zog ihn ins Schlafzimmer und knöpfte dabei schon ihre Bluse auf. Sie drückte ihn aufs Bett und zog sein Gesicht an ihren Busen.

»O Gott«, stöhnte er.

»Beeil dich, Darling«, sagte sie. »Bitte beeil dich.«

Rebecca Wells wachte gegen drei Uhr morgens auf. Sie lag einige Minuten lang ganz still und horchte auf McDaniels' gleichmäßige Atemzüge. Er schlief im allgemeinen tief, und er hatte sie in dieser Nacht zweimal geliebt. Sie setzte sich auf, glitt leise aus dem Bett und durchquerte den Raum. Ihre Bluse lag noch auf dem Fußboden, wo Rebecca sie abgestreift hatte. Sie hob sie auf, verließ das Schlafzimmer und schloß lautlos die Tür hinter sich.

Sie zog ihre Bluse an, während sie über den Korridor in sein Arbeitszimmer ging. Auch diese Tür schloß sie hinter sich, bevor sie sich an den Schreibtisch setzte. Der Aktenkoffer stand unverschlossen daneben. Rebecca öffnete ihn und kramte darin herum, bis sie gefunden hatte, was sie suchte: die Mappe mit den Unterlagen über Botschafter Cannons Termine an diesem Tag.

Sie nahm einen Notizblock von seinem Schreibtisch und begann hastig zu schreiben. Die Angaben waren sehr detailliert: Art und Zeitpunkt jedes Termins, das Transportmittel, die Route. Nachdem sie den Terminplan abgeschrieben hatte, blätterte sie auch die restlichen Unterlagen durch, um zu sehen, ob sie weitere nützliche Informationen enthielten. Dann legte sie die Papiere in seinen Aktenkoffer zurück und knipste die Schreibtischlampe aus.

Sie überquerte den Flur, verschwand im Bad, schloß

die Tür und machte Licht. Sie wusch sich das Gesicht mit kaltem Wasser und starrte ihr Bild im Spiegel an.

Als die IRA Ronnie ermordet hatte, hatte sie einen Schwur getan: Sie würde nie wieder heiraten, und sie würde ihr Bett mit keinem anderen Mann teilen. Sie hatte geglaubt, dieser Schwur werde schwer zu halten sein, aber der Haß, der seit seinem Tod ihr Herz erfüllte, ließ keinen Raum für andere Gefühle – vor allem nicht für Liebe zu einem anderen Mann. In Portadown hatten einige Männer sich um sie bemüht, aber Rebecca hatte sie alle brüsk zurückgewiesen. In der Brigade wußten die Männer, daß sie mit Annäherungsversuchen nur ihre Zeit vergeudet hätten.

Als Preston McDaniels in ihren Körper eingedrungen war, hätte sie sich am liebsten übergeben. Sie sagte sich, sie habe dieses Opfer für eine wichtige Sache gebracht: für die Zukunft der protestantischen Lebensart in Nordirland. In gewisser Beziehung tat McDaniels ihr fast leid. Er war ein anständiger Mensch, gütig und sanft, aber er war auf den ältesten Trick der Welt hereingefallen – die Honigfalle. Heute nacht hatte er ihr erklärt, er liebe sie. Rebecca mochte sich nicht vorstellen, was mit ihm geschehen würde, wenn er irgendwann erfuhr, was unvermeidlich war, daß sie ihn nur benützt hatte.

Sie trank ein Glas Wasser und betätigte die WC-Spülung; dann machte sie das Licht aus und schlüpfte wieder ins Bett.

»Ich dachte, du würdest nie zurückkommen«, sagte McDaniels leise.

Sie hätte beinahe aufgeschrien, schaffte es aber doch, sich zu beherrschen. »Ich hab' plötzlich Durst gehabt.«

»Hast du mir auch was mitgebracht?«

»Sorry, Darling.«

»Tatsächlich hätte ich lieber was anderes.«

Er wälzte sich auf sie.

»Dich«, sagte er.

»Kannst du denn?«

Er zog ihre Hand zwischen seine Beine.

»Oh!« sagte sie. »Dagegen sollten wir etwas tun.«

Er stieß tief in sie hinein.

Rebecca Wells schloß die Augen und dachte an ihren toten Ehemann.

22

County Tyrone, Nordirland

Kurz nach dem Ausbruch der Gewalttätigkeiten in Nordirland im Jahre 1969 kam der britische Geheimdienst zu dem Schluß, der Terrorismus lasse sich am besten dadurch bekämpfen, daß man die Bewegungen einzelner Terroristen beobachtete. Bekannte Mitglieder paramilitärischer Organisationen werden vom britischen Geheimdienst und vom E4, dem Überwachungsdienst der Royal Ulster Constabulary, gewohnheitsmäßig beschattet und überwacht. Alle Bewegungsmeldungen werden in der Belfaster Zentrale des Nachrichtendiensts der Army in einen Computer eingegeben. Verschwindet ein Terrorist plötzlich von der Bildfläche, schlägt der Computer automatisch Alarm; die Sicherheitskräfte vermuten dann, daß er wahrscheinlich an einem Unternehmen teilnimmt.

Eine Überwachung in dieser Größenordnung erfordert Tausende von Beamten und modernste Technik. Unruheherde wie die Falls Road werden ständig mit zahlreichen Videokameras überwacht. Die Army unterhält einen Beobachtungsposten auf der hoch aufragenden Wohnanlage Divis Flats. Tagsüber suchen Soldaten die Straßen mit starken Ferngläsern nach bekannten IRA-Angehörigen ab; nachts setzen sie Infrarot-Nachtsichtgeräte ein. Die Sicherheitsdienste bringen an Autos von Verdächtigen Minisender an. Sie verstecken Abhörmikrofone und winzige Videokameras in Häusern, Pubs, Autos und Heuschuppen. Sie hören Telefone ab. Sie haben sogar schon einzelne Waffen mit Wanzen versehen, um ihren Transport durch die Provinz Ulster verfolgen zu können. Hochmoderne Aufklärungsflugzeuge sind nachts unterwegs und suchen nach menschlichen Aktivitäten, wo es keine geben sollte. Kleine Drohnen übernehmen diese Aufgabe im Tiefflug. In Bäumen versteckte Bewegungsmelder sollen vor ungewöhnlichen Aktivitäten warnen.

Aber trotz aller Hochrüstung müssen viele Überwachungen noch wie früher durch Beobachtung der Zielperson durchgeführt werden. Diese Arbeit ist gefährlich, oft lebensgefährlich. Im Belfaster Stadtviertel Falls Road sind ständig getarnte Ermittler unterwegs. Sie verstecken sich auf Dachböden oder Dächern, leben tagelang nur von kümmerlichen Rationen und fotografieren ihre Beute. Auf dem Land verstecken sie sich in Löchern, hinter Büschen und auf Bäumen. Im Jargon der nordirischen Sicherheitskräfte heißt das »sich eingraben«. Dieses Verfahren wurde auch zur Überwachung des baufälligen Farmhauses außerhalb des Dorfes Cranagh in den Sperrin Mountains gewählt.

Am sechsten Tag dieser Überwachung traf Graham Seymour aus London ein. Der Beobachtungsposten befand sich auf einem Hügel etwa eine halbe Meile von der Farm entfernt in einem Stechginstergebüsch unter hohen Birken. Zwei E4-Leute waren für die Technik zuständig: Kameras mit Teleobjektiven, Infrarotkameras und Richtmikrofone mit großer Reichweite. Sie arbeiteten still wie Ministranten und sahen ebenso jung aus. Sie stellten sich ihm scherzhaft als Marks und Sparks vor.

Im Lauf der Jahre hatte die IRA bei solchen Überwachungen Dutzende von Geheimdienstoffizieren überfallen und ermordet; obwohl es sich bei den Verdächtigen diesmal vermutlich um Loyalisten handelte, sollte jegliches Risiko ausgeschaltet werden. Die Elitetruppe Special Air Service hatte zwei SAS-Männer abgestellt, die den Auftrag hatten, Graham, Marks und Sparks mit einem schützenden Kordon zu umgeben. Die beiden trugen Tarnanzüge und hatten ihre Gesichter mit Fettcreme geschwärzt. Graham wäre zweimal fast über sie gestolpert, als er zum Austreten zwischen den Ginsterbüschen verschwand. Er sehnte sich nach einer Zigarette, aber hier war Rauchen streng verboten. Nachdem er drei Tage lang nur von einer kalorienreichen Spezialgrütze gelebt hatte, sehnte er sich sogar nach Helens gräßlichen Menüs. Und wenn er in den feuchtkalten Nächten in seinem Schlafsack lag, verfluchte er im stillen Michael Osbourne.

Von Anfang an war jedoch klar, daß mit dem Farmhaus in dem kleinen Tal unter ihnen etwas nicht stimmte. Es gehörte einem Brüderpaar namens Dalton. Die beiden versorgten eine kleine Herde räudiger Schafe und ein paar Dutzend Hühner. Täglich zweimal, einmal bei Tagesanbruch und dann wieder in der Abenddämmerung, machten sie einen langsamen Rundgang um ihren Besitz, wie um ihn gegen unbefugte Eindringlinge zu sichern.

In der zehnten Nacht bekamen sie erstmals Besuch.

Der Besucher kam mit einem kleinen Nissan. Während Marks und Sparks mit ihren Infrarot-Kameras zahlreiche Aufnahmen schossen, beobachtete Graham das Farmhaus durch ein Nachtglas. Er sah einen großen, kräftig gebauten Mann mit zerzausten Locken, der eine Tennistasche über der rechten Schulter trug.

»Was denkt ihr?« fragte Graham.

»Er versucht so zu tun, als sei die Tasche leicht«, sagte Marks, »aber der Tragriemen ist ganz straff.«

»Jedenfalls hat er darin keine Tennisausrüstung«, sagte Sparks.

Graham drückte die Sprechtaste eines Handfunkgeräts und rief die RUC-Station in Cookstown, fünfzehn Meilen südöstlich von ihnen.

»Wir haben Gesellschaft. Weitere Anweisungen folgen.«

Der Besucher blieb zwanzig Minuten lang im Farmhaus. Marks und Sparks versuchten, die Aktivitäten im Inneren zu belauschen, aber sie hörten nur Bach, der auf einer blechern klingenden Stereoanlage gespielt wurde.

»Erkennst du das Stück?« fragte Marks.

»Konzert Nummer fünf in D-Dur«, antwortete Sparks.

»Herrlich, nicht wahr?«

»Durchaus.«

Graham beobachtete weiter die Farm.

»Er fährt wieder«, sagte er.

»Kurzer Aufenthalt für einen nächtlichen Besuch«, meinte Marks.

»Vielleicht hat er nur mal austreten müssen«, sagte Sparks.

»Ich denke, er hat ein paar Waffen abgeliefert«, sagte Marks. »Seine Tasche wirkt jetzt leichter, findest du nicht auch?«

Graham griff nach seinem Funkgerät und rief Cookstown.

»Die Zielperson fährt nach Osten in Richtung Mount Hamilton. Sorgen Sie dafür, daß die Sache wie eine Routinekontrolle aussieht. Lassen Sie über Verkehrsfunk Straßensperren in diesem Gebiet ankündigen. Schicken Sie ein paar Leute in Zivil durch die Kontrolle, damit er nicht das Gefühl hat, wir hätten es nur auf ihn abgesehen. Ich bin in spätestens einer Viertelstunde drüben.«

Der Fahrer des kleinen Nissan war Gavin Spencer, der Operationsoffizier der Ulster Freedom Brigade, und die jetzt leer auf dem Beifahrersitz liegende Tennistasche hatte eine Ladung israelischer Maschinenpistolen Uzi enthalten, die ein Waffenhändler im Nahen Osten geliefert hatte. Diese Waffen sollten für die Ermordung von US-Botschafter Douglas Cannon verwendet werden. Nun lagen sie erst einmal in einer Mauernische im Keller des Farmhauses.

Gavin Spencer hatte sein Team ausgewählt und den Auftrag erklärt. Rebecca Wells hatte sich in London Zugang zur Terminplanung Cannons verschafft und berichtete regelmäßig darüber. Jetzt müßten sie nur noch auf den richtigen Augenblick warten, in dem Cannon am verwundbarsten war. Sie würden nur eine Chance bekommen. Machten sie einen Fehler – mißlang dieser Anschlag –, würden die Briten und Amerikaner ihre Sicherheitsmaßnahmen so sehr verschärfen, daß sie nie mehr nahe genug an den Botschafter herankommen würden.

Spencer fuhr zügig die kurvenreiche B47 entlang, durchquerte das kaum beleuchtete Dorf Mount Hamilton und erreichte wieder die freie Landstraße. Er fühlte eine Woge der Erleichterung über sich hinwegbranden. Die Uzis lagen nicht in seinem Wagen, sondern waren sicher im Keller des Farmhauses versteckt. Wären die Maschinenpistolen bei ihm entdeckt worden, hätten sie ihm eine längere Haftstrafe eingebracht. Er trat das Gaspedal durch, und der Nissan reagierte, indem er die Hügel der Straße rascher nahm. Er stellte das Autoradio an, weil er hoffte, irgendwo Musik zu finden, aber eine Meldung von Ulster Radio erregte seine Aufmerksamkeit. Für das Gebiet der Sperrin Mountains zwischen Omagh und Cookstown wurden Verkehrskontrollen angekündigt.

Drei Meilen weiter sah er die blauen Blinkleuchten eines RUC-Streifenwagens und erkannte dahinter die

Umrisse zweier Ungetüme: Schützenpanzerwagen der Army. Ein mitten auf der Straße stehender RUC-Beamter signalisierte Spencer mit einem Leuchtstab, er solle links ranfahren und halten. Spencer hielt und kurbelte sein Fenster runter.

»Für dieses Gebiet ist Sicherheitsalarm gegeben, Sir«, sagte der Uniformierte. »Darf ich fragen, wohin Sie heute nacht wollen?«

»Heim nach Portadown«, antwortete Spencer.

»Was führt Sie hierher?«

»Ich habe einen Freund besucht.«

»Wo wohnt dieser Freund?«

»Cranagh.«

»Darf ich Ihren Führerschein sehen, Sir?«

Spencer reichte ihn durchs Fenster. Hinter ihm hielt ein zweiter Wagen. Spencer hörte, wie ein weiterer RUC-Beamter dem anderen Fahrer dieselben Fragen stellte, die er hatte beantworten müssen. Der RUC-Mann kontrollierte seinen Führerschein, dann gab er ihn zurück.

»Danke, Sir«, sagte er. »Wir wollen uns nur noch Ihren Wagen ansehen. Steigen Sie bitte aus, Sir?«

Spencer stieg aus. Der RUC-Beamte setzte sich ans Steuer und fuhr den Nissan hinter die Schützenpanzerwagen. Im nächsten Augenblick verschwand auch der zweite Wagen hinter diesen Ungetümen. Sein Fahrer war ein untersetzter, stämmiger Mann mit Bürstenhaarschnitt und graumeliertem Schnurrbart. Die Hände hatte er in den Taschen seiner Lederjacke vergraben, als er herangeschlendert kam und bei Spencer stehenblieb.

»Was soll dieser ganze Scheiß?« fragte er.

»Sicherheitsalarm, haben sie gesagt.«

»Garantiert wegen der beschissenen IRA.«

»Schon möglich«, sagte Spencer.

Der Mann zündete sich eine Zigarette an und bot auch Spencer eine an. Gavin Spencer rauchte und bemühte sich, gelassen zu wirken, während RUC und Army seinen Wagen auseinandernahmen.

Graham Seymour stand hinter einem Schützenpanzerwagen und beobachtete, wie ein Team aus Soldaten und Polizeibeamten den Nissan unter die Lupe nahm. Die Männer benützten einen tragbaren Bildwandler, um unter den Sitzbezügen nach versteckten Waffen zu suchen. Sie suchten nach Rückständen von Sprengstoffen. Sie kontrollierten den Motorraum und die Unterseite des Wagens. Sie schraubten die Türverkleidungen ab und sahen unter den Bodenteppichen nach. Sie öffneten den Kofferraum und kontrollierten den Inhalt.

Nach zehn Minuten machte einer der RUC-Beamten Seymour ein stummes Zeichen, er solle zu ihnen kommen. In der Mulde unter dem Reserverad hatten sie in einem schmutzigen Plastikbeutel einige verdächtig aussehende Papiere entdeckt.

Graham ließ sich die Taschenlampe des Beamten geben, um die Papiere lesen zu können. Er blätterte sie rasch durch, merkte sich möglichst viele Einzelheiten und gab sie dem Uniformierten zurück.

»Wieder so hinlegen, wie Sie sie gefunden haben«, befahl er dem Mann. »Exakt wie vorher.«

Der RUC-Beamte nickte und führte den Befehl aus.

»Bringen Sie einen Minisender in dem Wagen an und lassen Sie ihn weiterfahren«, sagte Graham. »Und dann bringen Sie mich so schnell nach Belfast, wie Sie nur können. Wir haben ein ernstes Problem, fürchte ich.«

23

New York · Portadown

Es war 19 Uhr, als Michael Osbourne die CIA-Station New York im World Trade Center verließ und ein Taxi anhielt. Seit seiner Rückkehr aus London waren fast zwei Wochen vergangen, und er gewöhnte sich allmählich an sein neues Berufsleben innerhalb der Agency. Im allgemeinen arbeitete er drei Tage in der Woche in Washington und zwei in New York. Die Abteilung Spionageabwehr war dabei, ihre Untersuchungen im Mordfall Kevin Maguire abzuschließen, und Michael war zuversichtlich, daß seine Version der Ereignisse akzeptiert werden würde: Maguire war schon vor Michaels Reise nach Belfast von der IRA verdächtigt worden, und sein Tod war zwar bedauerlich, aber nicht Michaels Schuld.

Das Taxi kam nur im Kriechtempo voran. Michael dachte an Nordirland – an das schwach beleuchtete Belfast vom Black Mountain aus, an Kevin Maguires an einen Stuhl gefesselten, mißhandelten Körper. Er kurbelte das Fenster herunter und spürte die kalte Luft auf seinem Gesicht. Manchmal dachte er eine ganze Weile nicht an Maguire, aber nachts oder wenn er allein war, hatte er ständig Maguires entstelltes Gesicht vor sich. Michael tat alles, damit die Informationen, die Maguire und Devlin ihm gegeben hatten, Früchte trugen; wurde die Ulster Freedom Brigade zerschlagen, war Kevin Maguires Tod wenigstens nicht vergeblich gewesen.

Der Taxifahrer war ein Araber mit dem unbeschnittenen Bart eines strenggläubigen Moslems. Michael hatte als Fahrtziel eine Adresse in der Madison Avenue angegeben – fünf Blocks von seiner Wohnung entfernt. Er bezahlte das Taxi und ging zu Fuß weiter, blieb manchmal stehen, um in Schaufenster zu sehen, und kontrollierte immer wieder, ob er beschattet wurde. Diese Angst saß ihm immer im Nacken: Daß irgendwann ein alter Feind aufkreuzen würde, um sich an ihm zu rächen. Er dachte an seinen Vater, der bis zu seinem Tod seinen Wagen nach Autobomben abgesucht, Telefone zerlegt und kontrolliert hatte, ob er beschattet wurde. Die zwanghafte Geheimhaltung war wie ein Leiden; die Angst glich einer alten, vertrauten Freundin. Michael hatte sich damit abgefunden, daß sie ihn nie verlassen würde – dafür hatte ein Attentäter namens Oktober gesorgt.

Er ging nach Westen zur Fifth Avenue , bog dort rechts ab und folgte ihr nach Norden. Geheimdienstarbeit erforderte ungewöhnlich viel Geduld, aber in bezug auf Oktober war Michael ungeduldig. Im Dienst sichtete er jeden Morgen als erstes die eingegangenen Meldungen, weil er hoffte, Oktober sei irgendwo gesehen worden – auf einem Bahnhof oder Flughafen –, aber die erhoffte Meldung war nie dabei. Je mehr Zeit verstrich, desto kälter wurde Oktobers Fährte.

Michael betrat das Haus und fuhr mit dem Lift zu ihrem Apartment hinauf. Elizabeth war schon daheim. Sie küßte ihn auf die Wange und gab ihm ein Glas Weißwein.

»Dein Gesicht sieht langsam fast wieder normal aus«, sagte sie.

»Ist das gut oder schlecht?«

Elizabeth küßte ihn auf den Mund. »Ganz entschieden gut. Wie geht's dir?«

Michael betrachtete sie prüfend. »Was zum Teufel ist in dich gefahren?«

»Nichts, Sweetheart. Ich freue mich nur, dich zu sehen.«

»Ich freue mich auch, dich zu sehen. Wie ist's dir heute ergangen?«

»Nicht schlecht«, antwortete sie. »Ich habe den Tag damit zugebracht, meinen Hauptzeugen auf seine Aussage vor Gericht vorzubereiten.«

»Glaubst du, daß er durchhält?«

Sie schüttelte den Kopf. »Er klappt im Kreuzverhör zusammen, fürchte ich.«

»Sind die Kinder noch wach?«

»Sie schlafen gerade ein.«

»Ich möchte sie trotzdem noch sehen.«

»Michael, wenn du sie wieder weckst, kannst du ...«

Michael ging auf Zehenspitzen ins Kinderzimmer. Die Betten der Zwillinge waren nebeneinandergestellt, damit Jake und Liza sich sehen konnten. Er blieb lange über sie gebeugt stehen und horchte auf ihre gleichmäßigen Atemzüge. Ein paar Minuten empfand er eine Ruhe und Zufriedenheit, die er lange nicht mehr gekannt hatte. Dann beschlichen ihn wieder die Sorgen und die Angst, seine Feinde könnten ihm oder seinen Kindern etwas antun. Als er das Telefon klingeln hörte, küßte er die beiden und ging leise hinaus.

Im Wohnzimmer hielt Elizabeth ihm den Telefonhörer hin.

»Adrian«, sagte sie nur.

Michael nahm ihr den Hörer aus der Hand. »Ja?«

Er hörte einige Minuten lang schweigend zu und murmelte dann nur: »Jesus!«

Er legte auf.

»Was ist passiert?« fragte Elizabeth.

»Ich muß nach London.«

»Wann?«

Michael sah auf seine Uhr. »Wenn ich mich beeile, erwische ich heute abend noch eine Maschine.«

Elizabeth musterte ihn besorgt. »Michael, so habe ich dich noch nie erlebt. Was ist passiert?«

Sehr früh am nächsten Morgen, als die Maschine der British Airways mit Michael an Bord sich im Anflug auf den Flughafen Heathrow befand, gingen Kyle Blake und Gavin Spencer in Portadown nebeneinander die Market High Street entlang. Im Osten färbte der heraufdämmernde Tag den Himmel grau-blau. Die Straßenlampen brannten noch, und die Luft duftete nach taufeuchter Erde und frisch gebackenem Brot. Spencer bewegte sich mit der schlaksigen Gelassenheit eines Mannes, der kaum Sorgen hat, was an diesem Morgen nicht zutraf. Blake, der einen Kopf kleiner und sehr viel schlanker war, stapfte mit den leicht ruckartigen Bewegungen eines batteriegetriebenen Spielzeugroboters neben ihm her. Spencer sprach lange und strich sich immer wieder eine dicke schwarze Locke aus der Stirn. Blake hörte aufmerksam zu und zündete sich dabei eine Zigarette nach der anderen an.

»Vielleicht hast du dich geirrt«, meinte Blake schließlich. »Vielleicht haben sie die Wahrheit gesagt. Vielleicht ist's wirklich nur eine Routinekontrolle gewesen.«

»Sie haben den Wagen gründlich durchsucht«, sagte Spencer. »Und sie haben sich damit verdammt viel Zeit gelassen.«

»Hat irgendwas gefehlt?«

Spencer schüttelte den Kopf.

»Ich hab' die Scheißkiste von vorn bis hinten durchsucht, ohne etwas zu finden. Aber das hat nichts zu sagen.

Wanzen sind heutzutage so klein, daß man eine in der Tasche haben könnte, ohne es zu ahnen.«

Blake ging einige Zeit schweigend weiter. Gavin Spencer war ein cleverer Mann, ein ausgezeichneter Operationsoffizier. Er gehörte nicht zu den Leuten, die Gefahren witterten, wo es keine gab.

»Wenn du recht hast – wenn sie's auf dich abgesehen gehabt haben –, bedeutet das, daß sie das Farmhaus überwachen.«

»Genau«, stimmte Spencer zu. »Und ich hatte dort gerade die erste Ladung Uzis versteckt! Diese Waffen brauche ich für das Attentat auf den Botschafter. Für Eamonn Dillon hat ein Einzeltäter mit einer Pistole genügt, aber für ein Attentat auf Cannon brauche ich weit mehr Feuerkraft.«

»Wie steht's mit dem Team?«

»Der letzte Mann reist heute nacht mit der Liverpooler Fähre nach England. Ab morgen abend sind vier meiner besten Jungs in London und warten auf den Einsatzbefehl. Aber ich brauche diese Uzis, Kyle.«

»Die holen wir.«

»Aber das Farmhaus wird überwacht.«

»Dann müssen wir die Bewacher eben ausschalten«, entschied Blake.

»Sie werden vermutlich vom SAS beschützt«, wandte Spencer ein. »Ich weiß nicht, wie du darüber denkst, aber ich habe im Augenblick keine große Lust, es mit dem gottverdammten SAS aufzunehmen.«

»Wir wissen, daß die Männer irgendwo dort draußen unterwegs sind. Wir müssen sie nur finden.« Blake machte halt und starrte Spencer durchdringend an. »Wenn die verdammte IRA es mit dem SAS aufnehmen kann, können wir's auch!«

24

London

»Irgendwo in diesem Gebäude scheint es ein Leck zu geben«, sagte Graham Seymour.

Sie saßen im CIA-Flügel des Botschaftsgebäudes in einem schalldichten Glaskasten an einem Tisch: Michael, Graham, Wheaton und Douglas. Als Graham das sagte, zuckte Wheaton zusammen, als sehe er einen Schlag kommen, und begann seinen Tennisball zu drücken. Er war ein Mann, der überall Angriffe witterte, und in Grahams Tonfall – und in seinem arrogant gelangweilten Blick – lag etwas, das Wheaton noch nie hatte leiden können.

»Woher wollen Sie wissen, daß die undichte Stelle sich in diesem Gebäude befindet?« fragte Wheaton. »Vielleicht haben Ihre Leute nicht dichtgehalten. Für den persönlichen Schutz des Botschafters ist die Special Branch zuständig. Wir geben ihr seinen Terminplan immer ein paar Tage im voraus.«

»Denkbar ist natürlich alles«, sagte Graham.

»Warum haben Sie die Unterlagen nicht fotografiert?« fragte Wheaton.

»Weil die Zeit dafür nicht gereicht hat«, antwortete Graham. »Ich bin der Ansicht, daß er uns auf freiem Fuß mehr nützt als in Haft. Wir haben seinen Wagen rasch durchsucht, einen Minisender angebracht und ihn weiterfahren lassen.«

»Wer ist er?« fragte Michael.

Graham öffnete seinen speziell gesicherten Aktenkoffer und verteilte mehrere Fotos eines großen Mannes mit dichtem schwarzen Haar – ein Polizeifoto und mehrere grobkörnige Überwachungsaufnahmen.

»Das ist Gavin Spencer«, sagte Graham, »ehemals einer der führenden Männer der Ulster Volunteer Force. Er ist einmal wegen unerlaubten Waffenbesitzes festgenommen worden, aber das Verfahren mußte wegen Mangels an Beweisen eingestellt werden. Spencer ist ein Hardliner. Als Gegner jeglicher Aussöhnung ist er zu Beginn des Friedensprozesses aus der UVF ausgetreten.«

»Wo ist er jetzt?« fragte Wheaton.

»Er wohnt in Portadown. Dort ist er hingefahren, nachdem wir ihn kontrolliert hatten.«

Douglas Cannon fragte: »Was tun wir jetzt, Gentlemen?«

»Wir suchen das Leck«, sagte Wheaton, »und dann verstopfen wir es. Wir stellen fest, ob hinter der Weitergabe dieser Informationen Verrat oder ein anderes Motiv steckt.«

Michael schob seinen Stuhl zurück und ging in dem kleinen Raum langsam auf und ab. »Wie viele Leute in der Botschaft kennen den Terminplan des Botschafters im voraus?« fragte er schließlich.

»Das hängt vom Wochentag ab, aber im allgemeinen mindestens zwanzig«, antwortete Wheaton.

»Und wie viele davon sind Männer?«

»Etwas über die Hälfte«, sagte Wheaton, dessen Stimme jetzt hörbar irritiert klang. »Warum?«

»Ich denke an etwas, das Kevin Maguire mir vor seinem Tod erzählt hat. Er hat gesagt, der Nachrichtendienst der IRA habe bei seinen Ermittlungen nach dem Mord an Eamonn Dillon festgestellt, daß es in der Sinn-Fein-Zentrale ein Leck gegeben hatte. Eine junge Frau, eine

Sekretärin, hatte sich mit einer Protestantin angefreundet und ihr unabsichtlich Einzelheiten über Dillons Termine verraten.«

»Wie hat die Protestantin ausgesehen?« fragte Graham.

»Anfang Dreißig, attraktiv, schwarzes Haar, heller Teint, graue Augen.«

Der Anflug eines Lächelns erschien auf Michaels Gesicht. »Diesen Gesichtsausdruck kenne ich«, sagte Graham. »Woran denkst du, Michael?«

»Daß Gelegenheit Diebe macht.«

Kurz vor halb sechs Uhr an diesem Nachmittag summte das Telefon auf Preston McDaniels' Schreibtisch leise. McDaniels spielte einen Augenblick mit dem Gedanken, es summen zu lassen, denn er hatte es eilig, Rachel zu sehen. Sein Anrufbeantworter würde den Anruf aufzeichnen, und er konnte sich morgen früh als erstes darum kümmern. Aber in der Botschaft waren den ganzen Tag lang Gerüchte herumgeschwirrt: Gerüchte über irgendein Sicherheitsproblem, über Vernehmungen von Botschaftsangehörigen durch gestrenge Inquisitoren in der Führungsetage. McDaniels wußte, daß die Spürhunde der Medien es verstanden, irgendwie Witterung von solchen Gerüchten zu bekommen. Er streckte widerstrebend die Hand aus und riß den Hörer von der Gabel.

»McDaniels«, meldete er sich.

»Hier ist David Wheaton«, sagte die Stimme am anderen Ende. Der Mann machte sich nicht die Mühe, seine Dienststellung zu erwähnen; in der Botschaft wußte jeder, daß Wheaton der Chef der CIA-Station London war. »Könnte ich Sie einen Augenblick persönlich sprechen?«

»Eigentlich wollte ich eben gehen. Hat die Sache vielleicht bis morgen früh Zeit?«

»Nein, die Sache ist wichtig. Sind Sie so freundlich, gleich heraufzukommen?«

Wheaton legte auf, ohne die Antwort abzuwarten. Irgend etwas an seinem Tonfall beunruhigte McDaniels. Er hatte Wheaton noch nie leiden können, aber er wußte, daß es unklug gewesen wäre, ihn gegen sich aufzubringen. McDaniels verließ sein Büro, ging den Korridor entlang und fuhr mit dem Aufzug nach oben.

Als er den Raum betrat, sah er auf einer Seite eines langen rechteckigen Tischs drei Männer sitzen: Wheaton, Michael Osbourne, Botschafter Cannons Schwiegersohn, und einen gelangweilt wirkenden Engländer. Vor dem Tisch stand ein einzelner Stuhl. Wheaton deutete wortlos mit einer knappen Bewegung der Spitze seines goldenen Kugelschreibers darauf, und McDaniels nahm Platz.

»Ich will nicht lange um den heißen Brei herumreden«, sagte Wheaton. »Hier in der Botschaft scheint es ein Leck in bezug auf den Terminplan des Botschafters zu geben. Dieses Leck wollen wir finden.«

»Was hat das mit mir zu tun?«

»Sie gehören zu den Leuten innerhalb der Botschaft, die alle Termine des Botschafters im voraus kennen.«

»Stimmt«, knurrte McDaniels. »Und falls es Sie interessiert, ob ich irgendwelche Informationen weitergegeben habe, lautet meine Antwort nachdrücklich: Nein!«

»Haben Sie den Terminplan des Botschafters jemals Personen außerhalb der Botschaft zugänglich gemacht?«

»Absolut nicht.«

»Haben Sie jemals mit einem Reporter darüber gesprochen?«

»Wenn es sich um öffentliche Veranstaltungen gehandelt hat, ja.«

»Haben Sie einen Reporter über Einzelheiten wie die

geplante Fahrtroute des Botschafters zu einer Besprechung oder das vorgesehene Transportmittel informiert?«

»Natürlich nicht«, antwortete McDaniels gereizt. »Außerdem wäre das den meisten Reportern herzlich egal.«

Michael Osbourne blätterte in einer Akte.

»Sie sind unverheiratet«, stellte er fest.

»Ja, das bin ich«, sagte McDaniels. »Und weshalb sind Sie hier?«

»Wir stellen die Fragen, wenn's recht ist«, sagte Wheaton.

»Haben Sie eine Freundin?« fragte Michael.

»Ja, ich habe eine.«

»Wie lange kennen Sie sie schon?«

»Seit ein paar Wochen.«

»Wie heißt sie?«

»Sie heißt Rachel. Würden Sie mir bitte verraten, was diese ganze ...«

»Rachel wie?«

»Rachel Archer.«

»Wo wohnt sie?«

»Earl's Court.«

»Sind Sie jemals in ihrer Wohnung gewesen?«

»Nein.«

»Ist sie jemals in Ihrer gewesen?«

»Das geht Sie nichts an.«

»Tut mir leid, aber wenn es Sicherheitsbelange betrifft, geht's uns etwas an«, sagte Michael. »Beantworten Sie jetzt bitte meine Frage, Mr. McDaniels. Ist Rachel Archer jemals in Ihrer Wohnung gewesen?«

»Ja.«

»Wie oft?«

»Mehrmals.«

»Wie viele Male?«

»Weiß ich nicht – achtmal, vielleicht zehnmal.«

»Kommt es vor, daß Sie den Terminplan des Botschafters nach Hause mitnehmen?«

»Ja, das tue ich manchmal«, sagte McDaniels. »Aber ich achte sehr sorgfältig auf ihn. Ich gebe ihn nie aus der Hand.«

»Ist Rachel Archer jemals in Ihrer Wohnung gewesen, wenn Sie den Terminplan des Botschafters mitgenommen hatten?«

»Ja, das ist sie.«

»Haben Sie ihr den Terminplan jemals gezeigt?«

»Nein. Ich habe Ihnen bereits gesagt, daß ich ihn nie aus der Hand gebe.«

»Ist Rachel Archer eine schwarzhaarige Frau Anfang Dreißig mit hellem Teint und grauen Augen?«

Preston McDaniels wurde aschfahl. »Mein Gott«, murmelte er. »Was habe ich getan?«

Zunächst, Anfang des Abends, war es Michaels Idee. Wheaton gab anfangs schwere Bedenken zu Protokoll, aber am Ende dieses langen Abends – nach den Telekonferenzen mit Langley, nach den in gespannter Atmosphäre stattfindenden Gesprächen mit den Mandarinen des MI5 und MI6, nach Konsultationen mit der Downing Street und dem Weißen Haus – behauptete Wheaton, das Ganze sei seine Idee gewesen.

Als erstes mußten zwei Fragen beantwortet werden: Sollten sie's tun? Und wer sollte Regie führen, falls sie's taten? Die erste Frage ließ sich rasch beantworten. Die zweite war schwieriger, weil sie Zuständigkeiten betraf, die innerhalb der Geheimdienste mit Zähnen und Klauen verteidigt und oft besser als Geheimnisse gehütet werden. Gewiß, es handelte sich um ein amerikanisches Sicherheitsproblem, das den US-Botschafter betraf. Aber für

Nordirland waren die Briten zuständig, und das Unternehmen würde auf britischem Boden stattfinden. Nach einstündigen zähen Verhandlungen einigten beide Seiten sich auf einen Kompromiß. Die Briten würden die Straßentalente stellen – die Beschatter und technischen Überwachungskünstler – und später auch für den Zugriff verantwortlich sein. Die Amerikaner würden Preston McDaniels führen und das Material für seinen Aktenkoffer zusammenstellen – in enger Abstimmung mit den Briten, versteht sich.

Innerhalb der Agency wurde ebenso erbittert gekämpft. Das Zentrum zur Terrorismusbekämpfung hatte den Fall geknackt, und Adrian Carter wollte, daß Michael den amerikanischen Teil des Unternehmens leitete. Aber dagegen sträubte Wheaton sich. In einem scharf formulierten Kabel an die Zentrale argumentierte er, dies sei ein Londoner Unternehmen, das enge Zusammenarbeit mit den örtlichen Diensten erfordere; daher müsse das CTC den Fall an London abgeben. Monica Tyler zog sich in die Höhenluft der sechsten Etage zurück, um über ihre Entscheidung nachzudenken. Unterdessen mobilisierte Wheaton alte Freunde, um sie zu seinen Gunsten intervenieren zu lassen. Mit der Begründung, Michael sei erst vor kurzem in die Agency zurückgekehrt und operativ vermutlich noch nicht wieder ganz auf der Höhe, entschied Monica sich letztlich für Wheaton. Er würde das Unternehmen leiten, und Michael sollte zu seiner Unterstützung in London bleiben.

Preston McDaniels Einsatz begann noch an diesem Abend. Von Wheatons Schreibtisch aus rief er im Ristorante Riccardo in der Park Lane an und verlangte Rachel Archer. Eine Stimme mit italienischem Akzent erklärte ihm, sie sei jetzt nicht zu sprechen – »Wir haben abends Hochbetrieb, wissen Sie« –, aber McDaniels sagte, er müsse sie dringend sprechen, und wenig später meldete sie sich. Ihr Gespräch dauerte genau zweiunddreißig Sekunden; Michael und Wheaton stoppten die Zeit, schnitten das Gespräch mit und hörten es sich noch ein dutzendmal an, um weiß Gott welche Nuancen herauszufinden. McDaniels erklärte ihr, er könne heute leider nicht auf einen Drink vorbeikommen, weil er noch zu arbeiten habe. Die Frau äußerte leichte Enttäuschung, während im Hintergrund Geschirr zerschellte und Riccardo Ferrari italienische Verwünschungen kreischte. McDaniels fragte, ob sie sich später sehen könnten. Die Frau antwortete, sie werde nach der Arbeit vorbeikommen, und legte auf.

Die Aufnahme wurde via Satellit nach Langley übermittelt und MI5 und MI6 auf altmodische Weise – per Motorradkurier – zugestellt. Ein beim MI5 tätiger Linguist stellte fest, ihr englischer Akzent sei nicht echt. Die Frau stamme vielmehr aus Nordirland – irgendwo aus der Nähe von Belfast.

Wheaton traute McDaniels nicht recht. Er bestand darauf, daß er auf Schritt und Tritt optisch und akustisch überwacht wurde. Der MI5 nahm sich seine Wohnung in South Kensington vor und installierte in sämtlichen Räumen Kameras und Mikrofone. Nur im Schlafzimmer gab es keine Kamera; Michael fand, ein Mikrofon genüge, und Wheaton stimmte widerstrebend zu. Zwei Beschatter vom MI5, ein älterer Mann und eine hübsche junge Frau, wurden ins Ristorante Riccardo entsandt. Wie es der Zufall wollte, wurden sie von der Zielperson bedient. Sie empfahl ihnen das Kalbfleisch mit Marsala und Sahne, das die beiden als himmlisch lobten.

Als Basislager sicherte der MI5 ihnen rasch eine große möblierte Wohnung in Evelyn Gardens, ganz in der Nähe von McDaniels' Wohnung. Als Michael und

Wheaton am späten Abend hinkamen, schlugen ihnen Currydunst und Zigarettenqualm entgegen. Im Wohnzimmer hockten ein halbes Dutzend Techniker vor ihren Empfängern und Monitoren. Gelangweilte Beschatter saßen vor einem flimmernden Fernseher und sahen sich einen gräßlich langweiligen BBC-Dokumentarfilm über die Wandergewohnheiten von Grauwalen an. Graham Seymour saß in der Ecke am Klavier und spielte leise.

McDaniels' Wohnung war so gründlich mit Wanzen gespickt, daß das Klingeln, mit dem Rachel Archer sich ankündigte, wie der Feueralarm in einem Hotel klang. »Showtime!« verkündete Wheaton, und sie versammelten sich vor den Monitoren – alle außer Graham, der am Klavier blieb und die letzten Takte von »Clair de lune« spielte.

Letzte Zweifel, ob Preston McDaniels auch durchhalten würde, wurden durch den langen Kuß beseitigt, mit dem er sie an der Wohnungstür begrüßte. Er schenkte Drinks ein – Weißwein für sie, einen sehr großen Whisky für sich –, und sie saßen auf der Couch im Wohnzimmer und plauderten genau vor einer der versteckten Videokameras. Als sie sich zu küssen begannen, fürchtete Michael schon, sie werde ihn auf der Couch lieben, aber McDaniels bremste sie rechtzeitig und zog sie mit sich ins Schlafzimmer. Michael fand, sie habe Ähnlichkeit mit Sarah Randolph, und fragte sich, ob er etwas von McDaniels an sich hatte.

»Wir brauchen einen Decknamen«, sagte Wheaton, um irgendwie von den jetzt aus den Lautsprechern dringenden Geräuschen abzulenken. »Wir haben keinen Decknamen.«

»Mein Vater ist im Krieg an einem ähnlichen Unternehmen beteiligt gewesen«, sagte Graham, wobei seine Finger weiter leicht über die Tasten glitten. »Im Auftrag des MI5 hat ein amerikanischer Marineoffizier einer deutschen Spionin gefälschtes Material zugespielt.«

»Wie hat der Deckname gelautet?«

»Kesselpauke, glaube ich.«

»Kesselpauke«, wiederholte Wheaton. »Das klingt gut. Okay, es bleibt bei Kesselpauke.«

»Wie ist's ausgegangen?« fragte Michael.

Graham hörte zu spielen auf und hob den Kopf.

»Wir haben gewonnen, Schätzchen.«

Ein MI5-Techniker namens Rodney sah sie zuerst und weckte den Rest des Teams. Wheaton hatte das einzige Schlafzimmer für sich beansprucht. Michael schlief auf der Couch; Graham döste unruhig in seinem Ohrensessel und erinnerte dabei an einen schlaflosen Passagier auf einem Transatlantikflug. Sie rieben sich den Schlaf aus den Augen, während sie vor einem der Bildschirme stehend beobachteten, wie die Frau sich im Arbeitszimmer an McDaniels' Schreibtisch setzte und lautlos seinen Aktenkoffer zu durchwühlen begann.

»Nun, Ladies und Gentlemen, es sieht so aus, als hätten wir soeben die Ulster Freedom Brigade geknackt«, sagte Wheaton. »Glückwunsch, Michael. Das heutige Abendessen geht auf Ihre Rechnung.«

Preston McDaniels lag wach in seinem Bett und kehrte der Tür den Rücken zu. Er hatte nicht schlafen können, deshalb hatte er sich nur sehr still verhalten, bis er hörte, daß sie aus dem Bett schlüpfte und leise den Raum verließ. Er stellte sie sich in seinem Arbeitszimmer vor, wo sie seine Papiere durchwühlte. Dabei brandeten widerstreitende Gefühle in immer neuen Wogen über ihn hinweg. Er schämte sich, weil er sich so leicht hatte übertölpeln lassen, und fühlte sich gedemütigt, weil Wheaton und Osbourne ihn zu einem Bauern in ihrem Schachspiel erniedrigt hatten. Aber vor allem fühlte er sich grausam verraten.

Während sie sich geliebt hatten, hatte McDaniels sich einige Augenblicke lang eingebildet, sie empfinde wirklich etwas für ihn. Er würde einen Deal aushandeln, hatte er sich vorgenommen. Er würde erreichen, daß sie zusammenbleiben konnten, wenn diese Geschichte erst einmal ausgestanden war.

Er hörte, wie die Schlafzimmertür geöffnet wurde. Er schloß die Augen. Er spürte, wie sie neben ihm unter die Bettdecke schlüpfte. Er hätte sich am liebsten umgedreht und sie in die Arme genommen, um ihren Körper auf seinen zu ziehen und ihre Beine um sich zu spüren. Aber er lag nur da, stellte sich schlafend und fragte sich, was er ohne sie tun sollte, wenn alles vorbei war.

25

London

»Der Landsitz heißt Hartley Hall«, erklärte Graham Seymour ihnen später an diesem Vormittag in Wheatons Dienstzimmer. »Er liegt hier an der nördlichen Norfolk Coast.« Er tippte mit der Spitze seines Kugelschreibers auf die große Landkarte, die er mitgebracht hatte. »Dazu gehören über hundert Hektar Land für Spaziergänge und Ausritte, und zum Strand ist's auch nicht weit. Kurz gesagt ist das ein idealer Ort, an dem ein amerikanischer Botschafter ein erholsames Wochenende auf dem Lande verbringen kann.«

»Wem gehört er?« fragte Michael.

»Einem Freund des Intelligence Service.«

»Einem engen Freund?«

»Er hat im Krieg seinen Teil getan und in den fünfziger und sechziger Jahren ein paar Aufträge übernommen. Aber das sind alles Kleinigkeiten gewesen.«

»Ist er jemals öffentlich mit den britischen Geheimdiensten in Verbindung gebracht worden?«

»Niemals«, sagte Graham. »Die Ulster Freedom Brigade kann unmöglich wissen, daß der Gastgeber des Botschafters alte Verbindungen zu uns hat.«

»Was denken Sie, Michael?« fragte Wheaton.

»Daß Douglas ein Wochenende außerhalb Londons auf dem Land verbringen möchte – ein *privates* Wochenende mit minimalen Sicherheitsmaßnahmen im Landhaus eines alten Freundes. Wir setzen den Termin auf seine Liste und spielen ihn der Frau über McDaniels zu. Mit etwas Glück beißt die Ulster Freedom Brigade an.«

»Und wir stationieren dort ein SAS-Team, das sie erwartet«, sagte Graham. »Dieses Szenarium hat einen weiteren Vorteil: Hartley Hall liegt so einsam, daß Unbeteiligte auf keinen Fall gefährdet sind.«

»Die Festnahme von Verdächtigen ist nicht gerade die Spezialität des SAS«, stellte Wheaton fest. »Legen wir diesen Köder aus und beißt die Ulster Freedom Brigade an, wird vermutlich viel Blut vergossen werden.« Er sah erst zu Graham hinüber, der sich nicht dazu äußerte, und wandte sich dann mit hochgezogenen Augenbrauen an Michael.

»Lieber ihr Blut als das von Douglas«, antwortete Michael. »Ich stimme für diesen Plan.«

»Ich muß ihn die Nahrungskette entlang weiterleiten«, sagte Wheaton. »Weißes Haus und Außenministerium müssen ihn erst absegnen. Das kann ein paar Stunden dauern.«

»Was ist mit der Frau?« erkundigte Michael sich.

»Wir haben sie heute morgen beschattet, als sie McDaniels' Wohnung verlassen hat«, antwortete Graham. »Sie hat ihm die Wahrheit gesagt, denn sie wohnt tatsächlich in Earl's Court. Ist dort vor ein paar Wochen eingezogen. Eines unserer Teams überwacht die Wohnung.«

»Was macht sie jetzt?«

»Sie scheint zu schlafen.«

»Freut mich, daß wenigstens irgend jemand etwas Schlaf bekommt«, sagte Wheaton.

Er griff nach dem Telefonhörer und gab eine Kurzwahlnummer ein, um über die abhörsichere Verbindung mit Monica Tyler in Langley zu sprechen.

»Das ist alles Ihre Idee gewesen, stimmt's?« fragte Preston McDaniels. »Sie sind ein richtiger Scheißkerl. Das sieht man Ihnen an.«

Die beiden saßen auf einer Bank im Hyde Park mit Blick über die Serpentine. Böiger Wind bewegte die Weiden und kräuselte die Wasserfläche des Sees. Über ihnen trieben regenschwere Wolken dahin. Michael versuchte festzustellen, wer McDaniels in Grahams Auftrag beschattete. War es der Mann, der den Enten Brotbrokken zuwarf? Die in einen Roman von Josephine Hart vertiefte Frau auf der nächsten Bank? Oder vielleicht der schlaksige junge Mann im dunkelblauen Anorak, der auf dem Rasen Tai-Chi-Übungen machte?

Vor zwanzig Minuten hatte Michael McDaniels den Videofilm gezeigt, auf dem seine Geliebte sich in sein Arbeitszimmer schlich und seinen Aktenkoffer durchwühlte. McDaniels hatte sich dabei fast übergeben müssen. Er hatte das Bedürfnis nach frischer Luft geäußert, deshalb waren sie schweigend durch Mayfair und den Hyde Park gegangen, bis sie diesen Platz am See erreicht hatten. McDaniels zitterte so heftig, daß Michael beinahe spürte, wie die Parkbank vibrierte. Er wußte noch gut, wie ihm zumute gewesen war, als er erfahren hatte, daß Sarah Randolph für den KGB gearbeitet hatte. Er hatte versucht, sie zu hassen, aber es hatte nicht funktioniert. Vermutlich erging es Preston McDaniels genauso, wenn er an die Frau dachte, die er als Rachel Archer kannte.

»Haben Sie wenigstens etwas geschlafen?« erkundigte er sich mitfühlend.

»Natürlich nicht!« Ein Windstoß zerzauste sein graues Haar und legte die kahle Stelle frei. McDaniels strich sich mit einer reflexartigen Bewegung das Haar glatt. »Wie hätte ich schlafen können, wenn ihr Hundesöhne jeden meiner Atemzüge belauscht?«

Michael war es nur recht, wenn er glaubte, sie beobachteten jede seiner Bewegungen und belauschten jede seiner Äußerungen. Er zündete sich eine Zigarette an und bot auch McDaniels eine an.

»Widerliche Angewohnheit«, schnaubte McDaniels und machte eine abwehrende Handbewegung. Er starrte Michael wie einen Unberührbaren an.

Michael störte das nicht; für McDaniels war es gut, sich für einen Augenblick überlegen fühlen zu können, selbst in einer so trivialen Sache.

»Wie lange noch?« fragte er jetzt. »Wie lange muß ich noch mitspielen?«

»Nicht lange«, sagte Michael beiläufig, als habe McDaniels gefragt, wie lange sie auf den nächsten Bus warten müßten.

»Mein Gott, warum kann man von euch nie eine klare, eindeutige Antwort bekommen?«

»Weil es in diesem Beruf nur sehr wenige klare, eindeutige Antworten gibt.«

»Das ist Ihr Beruf, nicht meiner.« McDaniels wedelte heftig mit einer Hand. »Jesus! Machen Sie das verdammte Ding aus, ja?«

Michael ließ seine Zigarette fallen und trat sie aus.

»Wer ist sie?« fragte McDaniels weiter. »Was ist sie?«

»Was Sie betrifft, ist sie Rachel Archer, eine erfolglose Bühnenautorin, die im Ristorante Riccardo als Serviererin arbeitet.«

»Verdammt, ich will's aber wissen! Ich *muß* es wissen! Ich will die Gewißheit haben, daß diese ganze scheußliche Sache vielleicht doch noch etwas Gutes bewirken kann.«

Michael konnte nicht bestreiten, daß McDaniels' Forderung logisch war. Agentenführung hatte oft mit Motivation zu tun, und wenn McDaniels dieses Unternehmen durchstehen sollte, brauchte er etwas Aufmunterung.

»Wie sie wirklich heißt, wissen wir nicht«, sagte Michael. »Zumindest vorläufig noch nicht. Aber wir werden es herausbekommen. Sie gehört der Ulster Freedom Brigade an, die ein Attentat auf meinen Schwiegervater plant. Sie hat sich an Sie herangemacht, um Zugang zu seinem Terminplan zu erhalten und den besten Zeitpunkt für das Attentat festlegen zu können.«

»Gott, wie konnte sie nur? Sie ist ein so wundervoller …«

»Sie ist nicht der Mensch, für den Sie sie halten.«

»Wie konnte ich bloß so dämlich sein?« McDaniels starrte blicklos in die Ferne. »Ich habe gewußt, daß sie zu jung für mich ist. Daß sie zu hübsch ist. Aber ich habe mir wirklich eingebildet, sie habe sich in mich verliebt.«

»Daraus macht Ihnen niemand einen Vorwurf«, log Michael.

»Was passiert also, wenn alles vorbei ist?«

»Sie tun weiter Ihre Arbeit, als sei nichts passiert.«

»Wie soll ich das können?«

»Das wird leichter sein, als Sie denken«, versicherte Michael ihm.

»Und was wird aus ihr, wer immer sie ist?«

»Das wissen wir noch nicht«, sagte Michael.

»Doch, das wissen Sie genau. Sie wissen alles. Sie stellen ihr eine Falle, nicht wahr?«

Michael stand ruckartig auf, um zu signalisieren, er müsse jetzt gehen. McDaniels blieb sitzen.

»Wie lange?« fragte er. »Wie lange dauert das alles noch?«

»Weiß ich nicht.«

»Wie lange?« wiederholte er.

»Nicht lange.«

Später an diesem Nachmittag saß Michael in Wheatons Büro und ging den geänderten Terminplan des amerikanischen Botschafters durch – mit seinem Privatbesuch am kommenden Wochenende auf dem Landsitz eines alten Freundes in Norfolk. Auf Wunsch des Botschafters war nur ein Minimum an Sicherheitsmaßnahmen vorgesehen: Er würde lediglich von einem Zweimannteam der Special Branch ohne amerikanische Unterstützung begleitet werden. Michael las den Entwurf durch, dann reichte er ihn Wheaton über den Schreibtisch.

»Glauben Sie, daß sie anbeißen?« fragte Wheaton.

»Das sollten sie.«

»Wie hält unser Mann sich unter Streß?«

»McDaniels?«

Wheaton nickte.

»Den Umständen entsprechend.«

»Und das bedeutet?«

»Daß uns nicht mehr allzuviel Zeit bleibt.«

»Dann können wir nur hoffen, daß unser Plan funktioniert.«

Wheaton gab Michael den Terminplan zurück.

»Den legen Sie in seinen Aktenkoffer, damit McDaniels ihn heute abend mit nach Hause nimmt.«

Kurz nach vier Uhr am nächsten Morgen schlüpfte Rebecca Wells aus Preston McDaniels' Bett und ging barfuß in sein Arbeitszimmer hinüber. Sie setzte sich an den Schreibtisch, öffnete lautlos seinen Aktenkoffer und nahm einen Stapel Unterlagen heraus. An den Terminplan des Botschafters, der offizielle Veranstaltungen betraf, war ein längeres Memo über ein privates Wochenende auf einem Landsitz in Norfolk angeheftet.

Rebecca fühlte ihr Herz in der Brust hämmern, während sie das Memo las.

Die Gelegenheit war ideal: ein abgelegener Ort und reichlich Vorwarnzeit, um alles planen zu können. Sie zwang sich dazu, alle Details in Ruhe abzuschreiben. Sie durfte keinen Fehler machen.

Als sie fertig war, empfand sie glühenden Stolz. Sie hatte gute Arbeit geleistet – so wie zuvor in Belfast. Eamonn Dillon war wegen der Informationen tot, die sie Kyle Blake und Gavin Spencer geliefert hatte, und Botschafter Douglas Cannon würde ebenfalls bald tot sein.

Sie machte das Licht aus und kehrte ins Bett zurück.

Im Basislager am Evelyn Square standen Michael Osbourne und Graham Seymour vor den Bildschirmen. Sie beobachteten, wie sie sorgfältig alle Einzelheiten des Memos über die Reise des Botschafters nach Norfolk abschrieb. Ihre Aufregung über diese Entdeckung war fast körperlich zu spüren. Als sie das Licht ausknipste und den Raum verließ, wandte Graham sich an Michael. »Glaubst du, daß sie angebissen hat?«

»Hundertprozentig.«

Am nächsten Tag beschatteten sie die Frau. Sie folgten ihr zu dem schäbigen kleinen Café in Nähe der U-Bahnstation Earl's Court, wo sie sich zum Frühstück Tee und ein süßes Brötchen bestellte. Sie hörten mit, als sie Riccardo Ferrari im Restaurant anrief und ihm erklärte, sie müsse ein paar Tage freinehmen – drei, höchstens vier –, damit sie sich um ihre schwerkranke Tante in Newcastle kümmern könne. Riccardo überschüttete sie lautstark mit Verwünschungen, erst auf italienisch, dann auf englisch, das er mit starkem Akzent sprach. Aber er gewann die Sympathien von Graham Seymours Lauschern, als er abschließend sagte: »Kümmern Sie sich um Ihre arme

Tante, Rachel. Nichts ist wichtiger als die eigene Familie. Lassen Sie sich Zeit und kommen Sie zurück, sobald Sie können.«

Dann hörten sie mit, wie sie Preston McDaniels in der US-Botschaft anrief und ihm mitteilte, sie müsse für ein paar Tage verreisen. Sie hielten den Atem an, als McDaniels fragte, ob sie sich vor ihrer Abreise noch einmal kurz sehen könnten. Und sie atmeten erleichtert auf, als sie bedauernd sagte, dafür reiche die Zeit leider nicht.

Und als sie in einen Zug nach Liverpool stieg, ließen ihre Beschatter sie laufen.

Preston McDaniels legte den Hörer auf und blieb wie erstarrt an seinem Schreibtisch sitzen. Von einer Sekretärin, die ihn in diesem Augenblick durch die offene Tür beobachtet hatte, hörte Michael später, der arme Preston habe ausgesehen, als habe er eben eine Todesnachricht erhalten. Plötzlich sprang er auf, verkündete, er habe etwas zu erledigen, und sagte, er sei in einer Viertelstunde wieder zurück. Er nahm seinen Regenmantel vom Haken, stürmte aus der Botschaft und hastete über den Grosvenor Square in Richtung Hyde Park.

Er wußte, daß sie ihn verfolgten – Wheaton und Osbourne und alle anderen; er spürte es. Er wollte sie los sein. Er wollte sie nie wiedersehen. Was würden sie tun? Würden sie ihn schnappen? Auf offener Straße entführen? In ein Auto zerren, das mit ihm davonraste? Er hatte schon viele Spionageromane verschlungen. Wie wäre der Held den Schurken in einem Spionageroman entkommen? Ganz einfach: Er wäre in einer Menge untergetaucht.

Auf der Park Lane bog er nach Norden in Richtung Marble Arch ab. Dort verschwand er im U-Bahnhof, schlüpfte durch eines der Drehkreuze und ging rasch auf den Bahnsteig.

Dort fuhr eben ein Zug ein. McDaniels trat in den vor ihm haltenden Wagen und blieb in der Nähe der Tür stehen. Auf dem nächsten Bahnhof – Bond Street – stieg er aus und fuhr mit dem ersten Zug nach Marble Arch zurück. In Marble Arch wiederholte er das gleiche Manöver und war wenig später mit dem sicheren Gefühl, seine Verfolger abgeschüttelt zu haben, quer durch London nach Osten unterwegs.

Graham Seymour rief Michael aus der MI5-Zentrale an.

»Euer Mann ist verschwunden, fürchte ich.«

»Was soll das heißen?«

»Das soll heißen, daß wir ihn aus den Augen verloren haben«, antwortete Graham. »Der Bursche hat uns in der U-Bahn abgeschüttelt. Für einen Amateur hat er das recht geschickt angestellt.«

»Wo?«

»Central Line zwischen Marble Arch und Bond Street.«

»Verdammt! Was unternehmt ihr dagegen?«

»Nun, wir versuchen, ihn wiederzufinden, Schätzchen.«

»Ruf mich an, sobald du was hörst.«

»Wird gemacht.«

Auf dem U-Bahnhof Tottenham Court Road verließ McDaniels den Zug der Central Line und ging zur Northern Line hinüber. Wie passend, sagte er sich, die gefürchtete Northern Line. Die betagten, klappernden und ratternden Züge dieser Linie waren wegen ihrer häufig im Berufsverkehr auftretenden Pannen berüchtigt. Für Fahrgäste, die auf sie angewiesen waren und unter ihrer Unzuverlässigkeit zu leiden hatten, war sie die Elendslinie. Die Schwarze Linie. Perfekt, dachte Preston

McDaniels. Die Londoner Boulevardpresse würde diese Tatsache weidlich ausschlachten.

Was hatte Michael Osbourne gesagt? *Sie leben weiter, als sei nichts passiert.* Aber wie hätte er das können? Er fühlte den Bahnsteig unter seinen Füßen erzittern. Er drehte sich um, starrte ins Dunkel des Tunnels und sah die schwachen Lichter einer näher kommenden U-Bahn.

Er dachte an sie, unter seinem Körper liegend, sich ihm entgegendrängend, und dann stellte er sie sich in seinem Arbeitszimmer vor, wie sie seine Geheimnisse entwendete. Er hörte ihre Stimme am Telefon. *Ich fürchte, ich muß für ein paar Tage verreisen … Nein, tut mir leid, Preston, aber wir können uns vorher nicht noch mal treffen …*

Preston McDaniels sah auf seine Uhr. In der Botschaft würden sie anfangen, sich Sorgen um ihn zu machen, sich zu fragen, wo er blieb. In zehn Minuten war eine Besprechung angesetzt. Aber die würde er verpassen.

Der Zug kam mit einem Schwall heißer Luft aus dem Tunnel und fuhr in den Bahnhof ein. Preston McDaniels trat einen Schritt näher an die Bahnsteigkante. Dann sprang er aufs Gleis.

26

Portadown · London · County Tyrone

Am folgenden Abend saß Rebecca Wells wieder in Portadown in der abgeschlossenen Sitznische in McConville's Pub. Gavin Spencer kam als erster; fünf Minuten später stieß auch Kyle Blake zu ihnen. Der Pub war an diesem Abend gut besucht. Trotz des Lärms sprach Rebecca Wells nur halblaut, während sie Blake und Spencer mitteilte, was sie im Aktenkoffer des Amerikaners entdeckt hatte.

»Wann fährt Cannon?« fragte Blake lediglich.

»Kommenden Samstag«, sagte Rebecca.

»Und wie lange bleibt er?«

»Nur eine Nacht, von Samstag auf Sonntag. Am Sonntag fährt er nach dem Mittagessen nach London zurück.«

»Also haben wir fünf Tage Zeit.« Blake wandte sich an Gavin Spencer. »Könnt ihr's in der kurzen Zeit schaffen?«

Der große Mann nickte. »Wir brauchen nur die Waffen. Sobald wir die haben, ist Botschafter Cannon ein toter Mann.«

Kyle Blake dachte einen Augenblick lang nach, wobei er sich die Nikotin- und Farbflecke an seinen Fingern rieb. Dann sah er auf und nickte Spencer zu. »Also gut, wir holen die Waffen.«

»Meinst du wirklich, Kyle?«

»Du verlierst doch nicht etwa die Nerven?«

»Vielleicht sollten wir etwas warten. Bis die Dinge sich ein bißchen abgekühlt haben.«

»Wir können nicht länger warten Gavin. Jede Woche, die ungenutzt verstreicht, ist ein Sieg für die Befürworter des Abkommens. Schaffen wir's nicht, das Friedensabkommen jetzt zu torpedieren, werden wir ewig damit leben müssen. Und den Preis dafür werden nicht nur wir zahlen müssen, sondern auch unsere Kinder und Enkel. Damit kann ich mich nicht abfinden.«

Blake stand ruckartig auf und zog den Reißverschluß seiner Lederjacke hoch.

»Besorg die Waffen, Gavin, sonst suche ich mir einen anderen, der es macht.«

Als die dreiköpfige Führungsspitze der Ulster Freedom Brigade McConville's Pub verließ, traf Graham Seymour in der US-Botschaft ein. In Wheatons Dienstzimmer herrschte eine Atmosphäre wie im Kommandobunker einer geschlagenen Armee auf dem Rückzug. Der Selbstmord Preston McDaniels' hatte in Washington einen Feuersturm entfacht, und Wheaton hatte den größten Teil der letzten vierundzwanzig Stunden am Telefon verbracht und sich vergeblich bemüht, ihn zu löschen. Das Außenministerium war darüber aufgebracht, wie die Agency in dieser Sache agiert hatte; Douglas Cannon war tatsächlich in der unangenehmen Lage, in einem Geheimbericht gegen das Vorgehen seines eigenen Schwiegersohns protestieren zu müssen. Präsident Beckwith hatte Monica Tyler ins Weiße Haus zitiert und mit Vorwürfen überschüttet. Monica hatte ihren Zorn an Wheaton und Michael ausgelassen.

»Hoffentlich bringst du wenigstens eine gute Nachricht mit«, sagte Michael, als Graham Platz nahm.

»Tatsächlich habe ich eine«, sagte Graham. »Scotland Yard hat beschlossen, doch mitzuspielen. Es gibt heute abend eine Pressemitteilung heraus, der Selbstmörder vom U-Bahnhof Tottenham Court Road sei ein ausgebrochener Geisteskranker gewesen. Die Northern Line ist wegen solcher Vorfälle berüchtigt. In Stockwell, südlich der Themse, liegt eine große psychiatrische Klinik.«

»Gott sei Dank«, sagte Wheaton.

Michael atmete hörbar erleichtert auf. Wenn ihr Unternehmen weitergehen sollte, mußte dieser Selbstmord geheimgehalten werden. Erfuhr die Ulster Freedom Brigade, daß McDaniels vor einen Zug der Northern Line gesprungen war, war es gut möglich, daß sie die ihm entwendeten Informationen für nicht zuverlässig hielt.

»Wie wollen Sie sein Verschwinden hier tarnen?« erkundigte Graham sich.

»Zum Glück hat McDaniels praktisch keine Angehörigen«, sagte Wheaton. »Das Außenministerium hat widerstrebend zugestimmt, uns in dieser Sache etwas Spielraum zu lassen. Wir werden behaupten, McDaniels habe für zwei Wochen nach Washington zurückfahren müssen. Sollte die Frau hier anrufen, weil sie ihn sucht, bekommt sie diese Auskunft und eine persönliche Mitteilung von ihm.«

»Die Frau hat übrigens einen Namen«, sagte Graham. »E4 hat sich auf ihre Fährte gesetzt, als sie heute morgen in Belfast angekommen ist. In Wirklichkeit heißt sie Rebecca Wells. Ihr Ehemann ist Ronnie Wells gewesen, der im Nachrichtendienst der Ulster Volunteer Force gearbeitet hat und zweiundneunzig von der IRA ermordet worden ist. Rebecca scheint die Arbeit ihres Ehemanns fortzusetzen.«

»Und die RUC läßt ihr ausreichend Bewegungsfreiheit?« fragte Michael.

»Sie hat sie bis Portadown beschattet, um ihre Identität

zu klären, aber mehr ist nicht beabsichtigt«, sagte Graham. »Vorläufig kann sie sich frei bewegen.«

»Ist der SAS mit an Bord?«

»Ich treffe mich morgen mit den Verantwortlichen in ihrem Hauptquartier in Hereford, um sie einzuweisen. Wenn ihr wollt, könnt ihr beide gern mitkommen. Ein komischer Haufen, der SAS. Vielleicht hättet ihr sogar Spaß daran.«

Wheaton stand auf und rieb sich seine roten, geschwollenen Augen.

»Gentlemen, jetzt ist die Ulster Freedom Brigade am Ball.« Er zog seine Anzugjacke über sein verknittertes Hemd und ging zur Tür. »Ich weiß nicht, wie's euch beiden geht, aber ich brauche etwas Schlaf. Weckt mich bitte nur, wenn's ganz dringend ist.«

Die erste Nacht war klar, windstill und bitterkalt gewesen. Kyle Blake und Gavin Spencer beschlossen, noch zu warten; vierundzwanzig Stunden machten keinen Unterschied, und die Wettervorhersage klang vielversprechend. Die zweite Nacht war ideal: Eine dichte Wolkendecke beeinträchtigte die Wirksamkeit der Nachtsichtgeräte der SAS-Männer; Wind und Regen trugen dazu bei, die Geräusche ihrer Annäherung zu tarnen. Kyle Blake war einverstanden, und Spencer schickte zwei seiner besten Leute los, um sie den Auftrag ausführen zu lassen. Einer der beiden war ein Veteran der britischen Armee, der einige Jahre als Söldner im Ausland gewesen war. Der andere war ein ehemaliger UDA-Killer: der Mann, der Ian Morris erschossen hatte. Spencer hatte ihnen die Decknamen Yeats und Wilde gegeben. Er schickte sie einige Stunden nach Sonnenuntergang los und befahl ihnen, erst kurz vor Tagesanbruch anzugreifen – genau wie die Peep O'Day Boys.

Das Farmhaus stand in einem kesselförmigen kleinen Tal. Es war von einigen Morgen Weideland umgeben, aber jenseits der Zäune erhoben sich dicht bewaldete Hügel. Auf einem dieser Hügel, der fast genau östlich des Farmhauses lag, hatten die E4- und SAS-Männer ihren Beobachtungsposten eingerichtet. In dieser zweiten Nacht war er in tiefhängende Wolken gehüllt.

Yeats und Wilde trugen Schwarz. Sie hatten ihren blassen Ulsterteint mit Kohlenstaub geschwärzt. Sie schlichen sich von Osten durch den dichten Nadelwald an, folgten den Steigungen und Gefällen des hügeligen Geländes und legten kaum mehr als einen Meter in der Minute zurück. Manchmal lagen sie minutenlang unbeweglich still, preßten ihre Körper an die nasse Erde und beobachteten ihr Ziel durch Nachtgläser. Als sie bis auf eine Viertelmeile herangekommen waren, trennten sie sich: Yeats bewegte sich nach Norden, Wilde nach Süden.

Um vier Uhr waren beide Männer erschöpft, bis auf die Haut durchnäßt und kältestarr. Yeats, der seine Ausbildung in der britischen Armee erhalten hatte, war körperlich und geistig besser auf eine Nacht auf einem eiskalten Hügel vorbereitet. Wilde war das nicht; er war in West Belfast in Shankill aufgewachsen und hatte seine Erfahrungen auf den dortigen Straßen, nicht im Feld gesammelt. In den letzten Minuten vor dem Überfall fragte er sich, ob er überhaupt dazu imstande sein würde. Er litt an Unterkühlung; seine Hände und Füße waren gefühllos, aber er spürte die Kälte nicht mehr. Gleichzeitig zitterte er so heftig, daß er fürchtete, nicht mehr zielsicher schießen zu können, wenn es soweit war.

Um fünf Uhr waren beide Attentäter in Position. Yeats, der hinter einem mächtigen Baum auf dem Bauch lag, beobachtete seinen SAS-Mann, der sich aus Ästen und belaubten Zweigen einen Sichtschutz gebaut hatte. Yeats zog seine Pistole, eine 9-mm-Walther mit aufgesetztem Schalldämpfer. Auch Wilde war mit einer Pistole dieser Art bewaffnet. Beide Männer wußten, daß sie den SAS-Männern an Feuerkraft weit unterlegen waren. Wollten sie ihren Angriff überleben, mußten die ersten Schüsse treffen.

Yeats richtete sich plötzlich auf einem Knie auf und schoß. Die Walther mit Schalldämpfer war fast nicht zu hören. Die ersten Schüsse trafen mit dumpfen Aufschlägen den Oberkörper des SAS-Manns und warfen ihn nach hinten. Den Geräuschen nach trug er eine kugelsichere Kevlarweste, was bedeutete, daß er bestimmt noch lebte.

Yeats sprang auf und stürmte durch die Dunkelheit vorwärts. Er war bis auf wenige Meter herangekommen, als der SAS-Mann sich plötzlich aufsetzte und zu schießen begann. Auch das Sturmgewehr war mit einem Schalldämpfer ausgerüstet, so daß nur ein leises metallisches Klicken zu hören war.

Aber Yeats hatte sich bereits zu Boden geworfen, so daß die Schüsse über seinen Kopf hinweggingen und in Bäume hinter ihm einschlugen. Yeats wälzte sich zur Seite, blieb auf dem Bauch liegen und hielt die Walther in seinen ausgestreckten Händen. Er zielte und drückte zweimal rasch nacheinander ab, wie er's in der Army gelernt hatte. Seine Schüsse trafen den SAS-Mann im Gesicht. Er brach tot zusammen.

Yeats sprang wieder auf, stürmte vorwärts, riß dem toten SAS-Mann sein Sturmgewehr aus den Händen und rannte dorthin, wo die E4-Männer ihren Beobachtungsstand hatten.

Wilde hatte es leichter. Der SAS-Mann, den er ausschalten sollte, reagierte auf die herüberdringenden Kampfgeräusche. Er sprang auf, drehte sich rasch einmal um sich selbst und rannte dann los, um seinem Kameraden zu Hilfe zu kommen. Wilde trat hinter einem Baum hervor, als der Mann an ihm vorbeilief. Er zielte auf seinen Hinterkopf und drückte ab. Der Soldat riß die Arme hoch und fiel in vollem Lauf nach vorn. Wilde hob das Sturmgewehr des Toten auf, rannte weiter und folgte Yeats durch die Bäume.

Die beiden E4-Männer – Marks und Sparks – waren in ihrem mit Ästen, Zweigen und Tarnnetzen ausgebauten Beobachtungsstand kaum zu erkennen. Marks wurde gerade wach. Yeats gab mehrere Schüsse auf seinen Schlafsack ab. Sparks, der Nachtdienst hatte, griff nach seiner kleinen Pistole. Wildes Schuß traf ihn ins Herz.

Wenige Minuten nach fünf Uhr raste Gavin Spencer durch Cranagh und dann die schmale Zufahrtsstraße zu der Farm entlang. Er hielt auf dem schlammigen Hof, stellte den Motor ab und ging im Halbdunkel auf die Rückseite des Hauses, wobei er sich seinen Weg durch auseinanderbrechende Kisten und verrostende Landmaschinen suchen mußte. Im nächsten Augenblick sah er sie im Regen den Hügel herunterkommen. Spencer blieb mit den Händen in den Hosentaschen stehen, während die beiden Männer die Weiden überquerten. Einige Sekunden lang hätte er alles dafür gegeben, an ihrer Stelle zu sein; aber dann sah er ihre nasse, schmutzige Kleidung und ihren gehetzten Blick, der ihm zeigte, daß es nichts zu feiern gab.

»Auftrag ausgeführt«, meldete Wilde einfach.

»Wie viele?« fragte Spencer.

»Vier.«

Yeats warf Spencer im Halbdunkel ein Gewehr zu. Spencer riß seine Hände aus den Hosentaschen und fing es auf, bevor es ihm an die Brust prallte.

»Souvenir für dich«, sagte Yeats. »Das Gewehr eines toten SAS-Manns.«

Spencer stellte fest, daß die Waffe durchgeladen war, und wog sie prüfend in der Hand.

»Sind im Magazin noch ein paar Patronen?«

»Er hat keinen einzigen verdammten Schuß abgeben können«, sagte Wilde.

»Setzt euch ins Auto«, wies Spencer sie an. »Ich komme in ein paar Minuten nach.«

Spencer ging mit dem Gewehr in der Hand über den Hof und betrat das Haus. Sam Dalton, der ältere der beiden Brüder, saß am Küchentisch, trank Tee und rauchte nervös. Er trug einen dicken schwarzen Pullover, eine blaue Jogginghose und Mokassins. Er war unrasiert, seine Augen schlaflos gerötet.

»Scheiße, was geht da draußen vor, Gavin?« fragte er.

»Wir haben eure Freunde auf dem Hügel erledigt. Gibt's davon noch mehr?« fragte er und nickte zur Teekanne hinüber.

Dalton ignorierte Spencers Bitte. »Erledigt?« fragte er mit plötzlich weit aufgerissenen Augen. »Und was passiert, wenn rauskommt, daß ihr sie erledigt habt? Ich hab' versprochen, ein paar Waffen und etwas Semtex für euch zu verstecken, Gavin. Aber du hast nicht gesagt, daß du mir außerdem die Special Branch und die britische Armee auf den Hals hetzen wirst.«

»Du brauchst dir keine Sorgen zu machen, Sam«, antwortete Spencer beruhigend. »Ich nehme jetzt alles mit. Selbst wenn Special Branch und Army hier mit Gewalt eindringen, gibt's nichts mehr zu finden.«

»Alles?« fragte Sam Dalton ungläubig.

»Alles«, bestätigte Spencer. »Wo ist Chris?«

Dalton wies mit dem Daumen nach oben. »Der schläft noch«, antwortete er.

»Du holst schon mal die Waffen und das Semtex 'raus. Ich muß was mit ihm besprechen. Ich komme gleich nach.«

Sam Dalton nickte und verschwand die Kellertreppe hinunter. Gavin Spencer ging nach oben, wo Christopher Dalton leise mit offenem Mund schnarchend in seinem Bett lag. Spencer zog eine Walther mit Schalldämpfer aus der Tasche, beugte sich über den Schlafenden und steckte ihm den Lauf seiner Waffe zwischen die Zähne. Christopher Dalton schreckte mit weit aufgerissenen Augen hoch. Spencer drückte ab und sah Blut und Gehirnmasse übers Kopfkissen spritzen. Er steckte die Pistole ein, ging hinaus und ließ Christopher Daltons noch zuckenden Körper in seinem Bett liegen.

»Wo ist Chris?« fragte Dalton, als Spencer im Keller erschien.

»Er pennt noch«, antwortete Spencer. »Ich hab's nicht übers Herz gebracht, ihn zu wecken.«

Dalton hatte die Waffen und den Sprengstoff aus dem Versteck geholt und war dabei, sie zu verpacken. Als er fertig war, standen zwei Reisetaschen nebeneinander auf dem Kellerboden. Er kniete neben ihnen und zog eben den zweiten Reißverschluß zu, als Spencer ihm die Mündung des erbeuteten SAS-Gewehrs an den Hinterkopf drückte.

»Gavin, nein«, bat er. »Bitte, Gavin!«

»Keine Sorge, Sam. Dich erwartet eine bessere Welt.«

Spencer drückte ab.

Um sechs Uhr klingelte das Telefon auf Michaels Nachttisch in seinem Gästezimmer im Winfield House. Er wälzte sich zur Seite und riß den Hörer vor dem zweiten Klingeln von der Gabel. Am Apparat war Graham Seymour, der aus seinem Haus in Belgravia anrief.

»Zieh dich an. Ich hole dich in einer halben Stunde ab.«

Graham legte ohne ein weiteres Wort auf. Michael duschte, rasierte sich und zog sich rasch an. Fünfundzwanzig Minuten später fuhr ein Rover mit Chauffeur vor Winfield House vor. Michael stieg hinten bei Graham Seymour ein.

Graham bot ihm einen Pappbecher Kaffee an. Er sah wie ein Mann aus, der durch eine Hiobsbotschaft geweckt worden ist. Seine Augen waren rotgerändert, und er hatte sich offenbar in größter Eile und nur unvollständig rasiert. Während die Limousine bei Tagesanbruch rasch durch den Regent's Park fuhr, berichtete Graham mit tonloser Stimme, was sich in der Nacht auf der Farm in den Sperrin Mountains ereignet hatte.

»Jesus!« flüsterte Michael erschrocken.

Der Rover raste den Outer Circle entlang und folgte dann der Euston Street ein kurzes Stück nach Osten, bevor er auf der Tottenham Court Road nach Süden weiterfuhr. Michael umklammerte seine Armlehne, während ihr Chauffeur sich durch den noch flüssigen Morgenverkehr schlängelte.

»Willst du mir nicht verraten, wohin wir fahren?« erkundigte Michael sich.

»Ich wollte dich überraschen.«

»Ich hasse Überraschungen.«

»Ich weiß«, sagte Graham mit schwachem Lächeln.

Fünf Minuten später rasten sie die Whitehall hinunter. Dann hielt der Chauffeur vor dem Stahltor, das die Downing Street absperrte. Als Graham sich bei dem Wachhabenden ausgewiesen hatte, wurde das Tor geöffnet. Die Limousine fuhr weiter und hielt erneut – diesmal vor der berühmtesten Tür der Welt. Michael sah Graham fragend an.

»Komm mit, Schätzchen«, forderte sein Freund ihn auf. »Wir dürfen den großen Mann nicht warten lassen.«

Sie betraten die Nr. 10, gingen durch den vorderen Korridor und stiegen die berühmte Treppe zwischen den Porträts von Tony Blairs Vorgängern hinauf. Ein Mitarbeiter führte sie ins Arbeitszimmer des Premierministers. Blair saß in Hemd und Krawatte an seinem unaufgeräumten Schreibtisch, auf dem auch ein unberührtes Frühstückstablett stand.

»Als ich das Unternehmen Kesselpauke genehmigt habe, Gentlemen, habe ich nicht geahnt, daß es uns so teuer zu stehen kommen würde«, sagte Blair, ohne darauf zu warten, daß die beiden ihm vorgestellt wurden. »Mein Gott, zwei E4-Beamten und zwei SAS-Männer tot!«

Graham und Michael warteten schweigend darauf, daß der Premierminister fortfahren würde.

»Nach den Siebenuhrnachrichten weiß ganz Nordirland davon, und die Katholiken werden hell empört reagieren.«

Graham räusperte sich. »Premierminister, ich kann Ihnen versichern, daß …«

»Ich habe Ihre Versicherungen gehört, Gentlemen, aber jetzt will ich endlich Ergebnisse sehen. Soll der Friedensprozeß überleben, müssen wir Schluß mit der Waffengewalt in der irischen Politik machen – also die paramilitärischen Gruppen entwaffnen. Und in dieser aufgeheizten Atmosphäre gibt die IRA niemals ihre Waffen ab.«

»Darf ich etwas sagen, Premierminister?« fragte Michael.

Blair nickte knapp. »Ja, bitte.«

»Aus der Tatsache, daß die Ulster Freedom Brigade dieses Unternehmen riskiert hat, schließe ich, daß sie angebissen hat. Sie hat die Absicht, Botschafter Cannon in Norfolk zu ermorden. Und wenn sie das versucht, versetzen wir ihr einen vernichtenden Schlag.«

»Warum werden Gavin Spencer und diese Rebecca Wells nicht gleich verhaftet? Auch das wäre ein schwerer Schlag gegen die Ulster Brigade. Und es würde den Katholiken beweisen, daß wir etwas *tun,* um dieser Mörderbande das Handwerk zu legen.«

»Die RUC hat nicht genügend Beweise gegen Spencer, die vor Gericht verwertbar wären«, sagte Graham. »Und was Rebecca Wells betrifft, ist sie für uns auf freiem Fuß mehr wert als hinter Gittern.«

Blair begann in Akten zu blättern, um zu signalisieren, die Besprechung sei zu Ende.

»Sie können vorläufig weitermachen«, sagte er, dann machte er eine kurze Pause. »Auch wenn meine Kritiker das Gegenteil behaupten, neige ich nicht zu Übertreibungen. Aber wenn diese Gruppe nicht zerschlagen wird, ist der Friedensprozeß erledigt, endgültig erledigt. Denken Sie daran, Gentlemen.«

27

An Der Küste von Norfolk, England

Der Landsitz Hartley Hall liegt zwei Meilen von der Nordsee entfernt südöstlich der Kleinstadt Cromer. Ein normannischer Adeliger hatte dort im dreizehnten Jahrhundert das erste Herrenhaus erbaut. Unter dem gegenwärtigen Bau, in dem Labyrinth aus Kellern und Passagen, gab es überall noch mittelalterliche Gewölbe und Durchgänge. 1625 baute der Kaufherr Robert Hartley aus Norwich auf den Fundamenten des normannischen Herrenhauses ein Landhaus im Stil Jakobs I. Um es gegen die Nordseestürme abzuschirmen, ließ er im Norden seines Besitzes Tausende von Bäumen in den sandigen Boden pflanzen, obwohl er wußte, daß es Generationen dauern würde, bis sie herangewachsen waren und ihre Schutzfunktion erfüllen konnten. So war der North Wood entstanden: achtzig Hektar mit Fichten, schottischen Tannen, Ahornen, Platanen und Buchen. Botschafter Cannon bewunderte die Bäume, während seine kleine Autokolonne durch diesen Wald fuhr. Im nächsten Augenblick kam Hartley Hall in Sicht.

Sir Nicholas Hartley, ein Nachfahre Robert Hartleys, trat auf sie zu, als die Wagen auf der kiesbestreuten Auffahrt hielten. Er war ein großer Mann mit breiter Brust und sandfarbenem Haar, das ihm in die Stirn fiel. Seine beiden Setter tollten um ihn herum. Douglas stieg aus der zweiten Limousine und ging die wenigen Schritte mit ausgestreckter rechter Hand auf Sir Nicholas zu. Die beiden Männer begrüßten sich, als wäre Douglas der Besitzer des benachbarten Herrenhauses und käme seit fünfzig Jahren zu Besuch nach Hartley Hall.

Hartley schlug einen kleinen Spaziergang vor, obwohl die Temperatur bei kaum fünf Grad lag und es rasch Abend wurde. Da er von seinem Vermögen lebte und außer der Erforschung der Geschichte seines Familiensitzes kaum andere Interessen hatte, hielt er Douglas einen sachkundigen Vortrag, als sie einen Rundgang um Hartley Hall machten. Die beiden Leibwächter von der Special Branch folgten ihnen in dezentem Abstand, und ihnen wiederum die Hunde.

Sie bewunderten die Südfassade, die Baumeister Robert Lyminge aus Norfolk entworfen und ausgeführt hatte, und schlenderten den mit Glyzinien bewachsenen Ostflügel mit seinen großen Sprossenfenstern und Dachgauben entlang. Sie warfen einen Blick in die prächtige Orangerie, in der Orangen- und Zitronenbäume in großen Pflanzkübeln überwinterten. Hinter dem von einer Mauer umgebenen Park lag das Hirschgehege, in dem früher bis zu dreihundert Stück Rotwild aufgezogen worden waren. Sie folgten dem Fußweg nach Süden, der sie an den Stallungen und einer Terrasse mit Dienstbotenhäusern vorbeiführte. Auf einem kleinen Hügel stand die fünfhundert Jahre alte St. Margaret's Church als schwarze Silhouette in der bläulichen Abenddämmerung. Um die Kirche verstreut lagen die Ruinen eines Dorfs, das im fünfzehnten Jahrhundert während der Pest aufgegeben worden war.

Als die beiden Männer wieder vor der Südfassade anlangten, war es bereits dunkel geworden. Durch die hohen geteilten Fenster fiel Licht in kleinen Flecken auf die Auffahrt. Sie traten durch die mit Bossenwerk verzierte Tür in die große Eingangshalle des Hauses. Douglas bewunderte die englischen Glasfenster aus dem siebzehnten Jahrhundert, Hartleys Ahnengalerie und den Eichenholzschreibtisch unter einem der Fenster. Er nahm seinen Gastgeber für sich ein, indem er den Tisch als erster amerikanischer Besucher richtig in die flämische Renaissance einordnete.

Sie gingen durch den Speisesaal mit dem üppigen Rokokostuck in den Salon hinüber. Dort standen sie mitten im Raum und verrenkten sich die Hälse, um den reichen Deckenstuck aus Rosen, Orangenblüten, Trauben, Birnen und Granatäpfeln zu bewundern. »Diese Wandsegmente sind unseren jagdbaren Vögeln gewidmet«, sagte Hartley, wobei er mit seinem langen Arm wie mit einer Flinte zielte. »Wie Sie sehen, gibt es bei uns Rebhühner, Fasane, Kiebitze und Schnepfen.«

»Wirklich prachtvoll«, murmelte Douglas.

»Aber Sie sind bestimmt erschöpft, und ich könnte den ganzen Abend lang weitererzählen«, sagte Hartley. »Kommen Sie, ich zeige Ihnen Ihr Zimmer. Vielleicht möchten Sie sich etwas frisch machen und vor dem Abendessen ein paar Minuten entspannen.«

Sie stiegen die breite Mitteltreppe hinauf und gingen oben im Korridor an mehreren geschlossenen Türen vorbei. Hartley führte Douglas in das sogenannte chinesische Schlafzimmer mit einem Himmelbett aus dem siebzehnten Jahrhundert und einem handgeknüpften Exeter-Teppich in lebhaften Farben. Am Fuß des Betts standen ein schwarzer japanischer Lackschrank und ein einzelner Chippendalestuhl.

Auf dem Stuhl saß ein Mann mit dem Rücken zur Tür. Er stand auf, als Hartley und Douglas hereinkamen. Einen Augenblick lang hatte Douglas das Gefühl, sein eigenes Spiegelbild vor sich zu haben. Der Mund stand ihm offen, als er dem anderen die Hand hinstreckte und darauf wartete, daß er sie ergriff. Aber der Mann stand nur lächelnd da und genoß offensichtlich die Wirkung, die er erzielte. In Größe und Statur glich er genau Douglas Cannon, und sein schütter werdendes graues Haar war so geschnitten und frisiert wie das seines Vorbilds. Seine Haut war die eines Mannes, der frische Luft liebt: rosige Wangen, lederartige Haut, große Poren. Die Gesichtszüge waren nicht ganz identisch – seine Augen standen etwas enger zusammen –, aber der Gesamteindruck war verblüffend.

Dann wurde die Tür des Ankleidezimmers geöffnet, und Michael trat von Graham Seymour gefolgt über die Schwelle. Als er den verwirrten Gesichtsausdruck seines Schwiegervaters sah, begann er schallend zu lachen.

»Botschafter Douglas Cannon«, sagte Michael, »darf ich Ihnen Botschafter Douglas Cannon vorstellen?«

Douglas schüttelte ungläubig den Kopf. »Der Teufel soll mich holen!« murmelte er.

Rebecca Wells beobachtete an diesem Nachmittag Vögel. Sie war seit drei Tagen in Norfolk und lebte in einem kleinen gemieteten Wohnwagen am Strand außerhalb von Sheringham. Sie war die Küste von Hunstanton im Westen bis nach Cromer im Osten entlanggewandert, war auf dem Peddars Way und dem Norfolk Coast Path mit ihrem Fernglas und ihren Kameras unterwegs gewesen und hatte die hiesige Vogelwelt fotografiert – Schnepfen und Rotschenkel, Brachvögel und Rebhühner. Sie war noch nie in Norfolk gewesen und schien jeden Tag für eine Weile zu vergessen, warum sie eigentlich hier war. Diese Küste war ein magischer Ort mit Salzsümpfen, Prielen, Wattflächen und Stränden, die sich bis zum Horizont erstreckten – flach, einsam, kahl und eigenartig schön.

Am Spätnachmittag erreichte sie den Great North Wood, der an den Landsitz Hartley Hall grenzte. Aus ihrem Führer wußte sie, daß die Familie Hartley diesen Wald vor vierzig Jahren an den Staat abgetreten und dieser ihn als Naturschutzgebiet ausgewiesen hatte. Sie folgte einem sandigen Waldweg, der mit einer dicken Schicht Tannennadeln gepolstert war, und ließ sich hinter einem für Vogelbeobachter errichteten Sichtschutz nieder.

Sie tat so, als ob sie eine hier überwinternde Schar Ringelgänse fotografierte. In Wirklichkeit beobachtete sie jedoch den Landsitz Hartley Hall, der unmittelbar südlich des Waldes jenseits einer Wiese stand. Botschafter Cannon sollte um vier Uhr eintreffen. Viertel vor vier erreichte sie den Sichtschutz. Die Sonne ging bereits unter, und es wurde rasch bitterkalt. Der Himmel im Westen verfärbte sich in zarten Purpur- und Orangetönen wie aus einem Aquarellkasten. Wind kam auf und bewegte die Bäume. Sie rieb sich ihr Gesicht mit behandschuhten Händen, um es zu wärmen.

Fünf nach vier hörte sie mehrere Autos durch den Wald fahren. Im nächsten Augenblick tauchten sie aus dem Dunkel auf und bogen auf Hartleys private Zufahrt ab. Als die kleine Wagenkolonne hielt, trat ein Mann aus der Südveranda. Rebecca Wells hob ihr Fernglas an die Augen. Sie beobachtete, wie Douglas Cannon aus seinem Wagen stieg und dem anderen Mann die Hand schüttelte. Dann machten die beiden einen Rundgang um Hartley Hall, bei dem Rebecca sie weiter aufmerksam beobachtete.

Als die Männer schließlich im Haus verschwanden, stand sie auf und verstaute Fernglas und Kameras wieder in ihrem Nylonrucksack. Sie kehrte durch den Wald zu dem Parkplatz zurück, auf dem ihr gemieteter Vauxhall stand, und fuhr auf der schmalen Küstenstraße zu ihrem Wohnwagen am Strand.

Inzwischen war es ganz dunkel, und der Campingplatz war bis auf ein Ehepaar in einem Wohnmobil und eine kleine Gruppe dänischer Jugendlicher, die mit Rucksäkken durch Norfolk wanderten, praktisch leer. Die vier Mitglieder ihres Teams waren auf andere Campingplätze entlang der Küste verteilt. Die Flut lief ab, und der Seewind brachte den Schlammgeruch des Watts mit sich. Rebecca sperrte ihren Wohnwagen auf und schaltete die Elektroheizung ein. Sie zündete den Gaskocher an, setzte Wasser auf und machte sich eine Kanne Nescafé. Nachdem sie eine Thermosflasche damit gefüllt hatte, goß sie den Rest in einen Keramikbecher, aus dem sie trank, während sie am Strand auf und ab ging.

Erstmals seit sehr langer Zeit empfand sie einen ganz ungewohnten inneren Frieden. Das liegt an dieser Küste, sagte sie sich, an dieser schönen, mystischen Küste. Sie überlegte, wie eigenartig es war, durch ein Dorf zu fahren, in dem es keinerlei Hinweise auf einen Glaubenskrieg gab: keine Union Jacks oder Trikoloren, keine kriegerischen Wandgemälde oder an Mauern geschmierte politische Parolen, keine festungsartigen Polizeistationen. Der Konflikt hatte ihr ganzes bisheriges Leben beherrscht. Ihr Vater hatte mit einer paramilitärischen Protestantengruppe sympathisiert, und sie hatte einen UVF-Angehörigen geheiratet. Sie war dazu erzogen worden, Katholiken zu hassen und ihnen zu mißtrauen. In Portadown war der Konflikt allgegenwärtig; es gab keine Möglichkeit, ihm zu entkommen. In Portadown als Protestantin zu leben, hatte ihrer Existenz einen Sinn gegeben. Dort war sie einer langen Tradition verpflichtet gewesen. Die Rituale des Hasses, die Zyklen von Mord und Rache hatten dem Alltag eine makabre Ordnung gegeben.

Sie überlegte, was nach dem Attentat geschehen würde. Kyle Blake hatte dafür gesorgt, daß sie Geld, einen falschen Paß und ein Versteck in Paris hatte. Sie war sich darüber im klaren, daß sie monatelang, vielleicht sogar jahrelang würde untertauchen müssen. Vielleicht würde sie niemals nach Portadown zurückkehren können.

Rebecca trank ihren Kaffee aus und beobachtete dabei, wie die im Mondschein phosphoreszierenden Wellen sich am Strand brachen. Ich wollte, ich könnte am Meer leben, dachte sie. Ich wollte, ich könnte ewig hierbleiben.

Sie ging im Dunkel zu dem Wohnwagen zurück, sperrte auf und schaltete ihren Laptop ein. Nachdem sie über ein Funkmodem die Verbindung zu ihrem Internet-Server hergestellt hatte, verfaßte sie eine kurze E-Mail.

HIER IN NORFOLK GEFÄLLT ES MIR AUSGEZEICHNET. ES IST KALT, ABER TROTZDEM SEHR SCHÖN. HEUTE HABE ICH EINIGE SELTENE VOGELARTEN BEOBACHTET. ICH BLEIBE VORAUSSICHTLICH NOCH EIN PAAR TAGE.

Sie schickte die E-Mail ab und schaltete ihren Laptop aus. Dann packte sie die Thermoskanne und eine Packung Zigaretten ein. Heute nacht hatte sie eine sehr lange Fahrt vor sich. Sie schloß den Wohnwagen ab und setzte sich in den Vauxhall. Wenig später war sie auf der A148 nach King's Lynn unterwegs – das erste Etappenziel ihrer Fahrt zur schottischen Westküste.

»Tatsächlich heißt er Oliver Taylor«, sagte Graham Seymour zu Douglas. »Aber ich möchte, daß Sie seinen

Namen sofort wieder vergessen. Er ist Beschatter von Beruf, nicht wahr, Oliver? Einer der Besten in seinem Fach.«

»Die Ähnlichkeit ist verblüffend«, stellte Douglas erstaunt fest.

»Heutzutage bildet Oliver vor allem neue Leute aus, aber wir setzen ihn manchmal noch ein, wenn wir einen echten Profi brauchen. Er hat einige Zeit die schöne Rebecca Wells beschattet, stimmt's, Oliver?«

Taylor nickte wortlos.

»Kommen Sie bitte mit, Botschafter Cannon«, forderte Graham ihn auf. »Ich möchte Ihnen einiges zeigen.«

Graham führte Douglas und Michael nach nebenan in ein Zimmer voller elektronischer Geräte und Bildschirme. Die beiden Techniker begrüßten die Besucher mit einem kurzen Nicken und konzentrierten sich dann wieder auf ihre Arbeit.

»Dies ist das elektronische Nervenzentrum des Unternehmens«, erklärte Graham dem Botschafter. »Die gesamte Umgebung von Hartley Hall ist mit Infrarotkameras, Bewegungsmeldern und Wärmesensoren gespickt. Sobald die Ulster Freedom Brigade versucht, in Position zu gehen, schrillen hier sämtliche Alarmglocken.«

»Weshalb sind Sie sich so sicher, daß sie's versuchen wird?« fragte Douglas.

»Weil Rebecca Wells in Norfolk ist«, antwortete Graham. »Sie lebt seit drei Tagen nur wenige Meilen von hier entfernt in einem Mietwohnwagen am Strand. Und als Sie angekommen sind, ist sie im North Wood gewesen. Sie weiß also, daß Sie hier sind.«

»Tatsächlich hat sie den Campingplatz eben verlassen, Sir«, sagte einer der Techniker.

»Wohin fährt sie?«

» Sie ist auf der Küstenstraße nach Westen unterwegs.«

»Was ist mit dem Wohnwagen?« fragte Michael.

»Der steht noch dort, Sir.«

»Diese Männer sind gewissermaßen unsere Sicheln, Botschafter Cannon«, sagte Graham. »Jetzt möchte ich Ihnen noch unsere Knüppel vorstellen.«

Der Special Air Service ist die Eliteeinheit der britischen Streitkräfte und eine der angesehensten militärischen Organisationen der Welt. Er ist in Hereford, ungefähr 140 Meilen nordwestlich von London, stationiert und besteht aus einem aktiven Regiment, dem 22 SAS, mit rund 550 Mann. Der SAS ist für den Kampf hinter feindlichen Linien ausgebildet, und jede seiner vier Einsatzschwadronen hat ihre besondere Spezialität: Luftlandeunternehmen, Amphibienlandungen, Gebirgskampf und Einsatz von Sturmfahrzeugen. Ihre Fähigkeit zur Terrorismusbekämpfung hat die Einheit im Mai 1980 unter Beweis gestellt, als sie die Belagerung der iranischen Botschaft in London vor laufenden Fernsehkameras erfolgreich beendet hat. Der SAS rekrutiert überdurchschnittlich intelligente Soldaten, die improvisieren und selbständig handeln können. SAS-Soldaten sind wegen ihres Egoismus, ihrer Respektlosigkeit und ihres Sarkasmus verschrien; deshalb wird der SAS von großen Teilen des britischen militärischen Establishments mißtrauisch beäugt. Ihre Devise lautet: »Wer wagt, gewinnt.« Es ist typisch für die SAS-Männer, ihr eigenes Motto entsprechend zu verfremden: »Wer fragt, wer gewinnt?«

Die acht Männer in dem großen Freizeitraum hatten nur wenig Ähnlichkeit mit Soldaten, wie Douglas sie kannte. Sie hatten zottiges Haar oder überhaupt kein Haar, und einige von ihnen trugen weit herabgezogene Schnurrbärte. Zwei spielten eine Partie Billard; zwei andere lieferten sich ein lautstarkes Tischtennisduell.

Der Rest lungerte vor dem Fernseher, sah sich einen Videofilm an – *The Double Life of Veronique* – und bat gelegentlich um etwas mehr Ruhe. Die Billard- und die Tischtennisspieler hörten auf, als sie merkten, daß sie Besuch hatten.

»Geht die Ulster Freedom Brigade zum Angriff über, wird sie von diesen Männern erwartet«, sagte Graham. »Ich kann Ihnen versichern, daß dann alles sehr schnell geht. Diese Gentlemen wissen, was ihren Kameraden neulich nacht im County Tyrone zugestoßen ist. Der SAS ist ein sehr kleiner Haufen. Wie Sie sich vorstellen können, brennen sie darauf, sich dafür zu revanchieren.«

»Ja, das verstehe ich«, sagte Douglas. »Aber wenn unnötiges Blutvergießen sich irgendwie vermeiden läßt ...«

»Sie werden sich bemühen, die Terroristen lebend zu fassen«, versicherte Michael ihm. »Alles hängt nur davon ab, wie die Ulster Freedom Brigade reagiert, wenn sie erkennt, daß sie in eine Falle geraten ist.«

»Für Sie wird es Zeit, das Haus zu verlassen, Botschafter Cannon«, sagte Graham. »Sie haben Ihren Teil getan. Leider bekommen Sie auf der Rückfahrt weit weniger zu sehen als auf der Herfahrt, fürchte ich.«

Michael und Douglas verabschiedeten sich in der großen Halle voneinander. Nachdem sie sich die Hand geschüttelt hatten, legte Douglas seinem Schwiegersohn einen Arm um die Schultern und sagte: »Paß gut auf dich auf, Michael.«

Graham führte Douglas zum Hinterausgang, vor dem ein Lieferwagen mit laufendem Motor wartete. Das Fahrzeug war mit dem Namen eines hiesigen Partyservices beschriftet. Douglas stieg ein und nahm auf dem im Laderaum eingebauten bequemen Sitz Platz. Er hob grüßend die Hand. Graham schloß die Hecktür, und der Lieferwagen fuhr rasch davon.

Am nächsten Morgen stand Rebecca Wells in aller Frühe an der schottischen Westküste in der Ardnacross Bay am Strand. Bei leichtem Nebel war es bitterkalt und noch ziemlich dunkel, obwohl die Sonne schon vor einer halben Stunde aufgegangen sein sollte. Sie ging auf dem schmalen Kiesstrand auf und ab, rauchte eine Zigarette und trank den Rest des Nescafés, den sie vor über zwölf Stunden aufgegossen hatte. Sie war erschöpft. Der Morgen war windstill, das Wasser flach und kaum bewegt. Jenseits der Bay lag der Kilbrannan-Sund. Im Südwesten, von Schottland durch den North Channel getrennt, lag die nordirische Küste.

Zwanzig weitere Minuten verstrichen. Rebecca fing an, sich Sorgen zu machen, ob das Boot auch kommen würde. Es würde ein Schlauchboot sein, hatte Kyle Blake gesagt, das ein Frachter, dessen Eigner protestantische Sympathisanten waren, auf seiner Fahrt durch den North Channel aussetzen würde. An Bord würde ein Mann der Brigade mit einem Seesack sein, der ihre Waffen für den Überfall auf Hartley Hall enthielt.

Als weitere zehn Minuten vergangen waren, überlegte Rebecca, ob sie riskieren durfte, noch länger zu warten. Inzwischen war es hell, und auf der Küstenstraße hinter ihr setzte der morgendliche Berufsverkehr ein. Aber dann hallte das Tuckern eines kleinen Außenbordmotors übers Wasser. Im nächsten Augenblick tauchte ein winziges Schlauchboot aus dem Nebel über der Bay auf.

Während das Boot näherkam, versuchte Rebecca den mit der Ruderpinne in der Hand im Heck sitzenden Mann zu erkennen. Es war Gavin Spencer. Er kippte den Außenbordmotor nach vorn, damit die Schraube keine Grundberührung bekam, und ließ das Boot am Strand auflaufen. Rebecca rannte darauf zu und ergriff die Bugleine, die Gavin ihr zuwarf.

»Um Himmels willen, was machst du hier?« fragte sie.

»Ich wollte mit dabeisein.«

»Weiß Kyle davon?«

»Er erfährt's früh genug, nicht wahr?« Spencer kletterte aus dem Schlauchboot und hob den Seesack aus dem Bug. »Hilf mir, dieses Ding an Land zu ziehen.«

Sie zogen das Boot gemeinsam über den Strand und versteckten es in den mit Ginster bewachsenen Dünen. Spencer ging zurück und kam mit seinem Seesack über der Schulter wieder. Rebecca führte ihn zu ihrem Vauxhall.

Spencer musterte sie prüfend. »Seit wann hast du nicht mehr geschlafen?«

»Weiß ich nicht mehr.«

»Laß mich fahren.«

Sie warf Spencer die Autoschlüssel zu. Er verstaute seinen Seesack im Kofferraum, setzte sich ans Steuer und ließ den Motor an. Weil er vor Kälte zitterte, stellte er die Heizung auf volle Leistung, so daß Rebecca sich bald wie in einer Sauna vorkam. Sie hielten in dem Dorf Ballochgair und kauften an einem Imbißstand Tee in Plastikbechern und Schinkensandwiches. Spencer verschlang drei Sandwiches und trank den heißen Tee in kleinen Schlucken.

»Erzähl' mir, was du weißt«, verlangte er dann, und Rebecca beschrieb ihm eine Viertelstunde lang die Topographie der Norfolk Coast, die Lage des Landsitzes und den Grundriß von Hartley Hall. Sie war erschöpft. Sie sprach automatisch, als bete sie die Einzelheiten auswendig herunter, ohne bewußt darüber nachzudenken. Es war unsinnig, daß Gavin Spencer hier war – er war ein Stratege, kein Attentäter –, aber sie war froh, daß er gekommen war.

Rebecca schloß die Augen, als er weitere Fragen

stellte. Sie versuchte, sie zu beantworten, aber sie merkte, wie ihre Stimme leiser und leiser wurde, während der Wagen über eintöniges Moorland und durch den Carradale Forest raste. Die drückende Hitze raubte ihr die letzte Kraft. Sie versank in tiefen Schlaf – den tiefsten seit vielen Monaten –, aus dem sie erst wieder erwachte, als sie in Norfolk die Küste entlangfuhren.

28

Hartley Hall, Norfolk

Allem Anschein nach war dieser Tag ein typischer Wintertag in Hartley Hall. Das Wetter war klar und hell, die Seeluft belebend frisch. Nach dem Mittagessen fuhren sie in Douglas Cannons Dienstwagen nach Cley und machten dick vermummt einen Strandspaziergang nach Blakeney Point. Die Nordsee glitzerte in strahlendem Sonnenschein. Die von der Special Branch gestellten Leibwächter folgten ihnen mit einigem Abstand, während Nicholas Hartleys Setter die Seeschwalben und Ringelgänse terrorisierten. Gegen Abend zog eine Regenfront über die Norfolk Coast hinweg. Als die Dinnergäste eintrafen, war daraus ein heulender Nordseesturm geworden.

Kurz nach 22 Uhr kam Gavin Spencer hinter der Sichtblende im North Wood hervor und rannte durch den Wald zum Strand. Er sperrte den Kofferraum des Vauxhalls auf, holte den Seesack heraus und warf ihn sich über die Schulter. So überquerte er den Campingplatz und klopfte an die Tür des Wohnwagens.

Rebecca Wells schob den Vorhang des Fensters neben der Tür ein bißchen zur Seite und sah nach draußen. Sie öffnete, und Spencer kam die zwei Stufen herauf. Der Sturm schlug die Tür hinter ihm zu. Vier Männer hockten zusammengedrängt in dem winzigen Raum. Spencer, der das Team persönlich zusammengestellt hatte, kannte jeden einzelnen Mann gut: James Fletcher, Alex Craig, Lennie West und Edward Mills.

Die Luft im Wohnwagen war dick von Zigarettenqualm und dem Geruch nervöser Männer, die seit zwei Tagen in Zelten geschlafen hatten. Fletcher und Craig saßen an dem kleinen Eßtisch, West und Mills hockten auf der Bettkante – alle unrasiert und schlecht gekämmt. Rebecca war dabei, Tee zu kochen.

Spencer stellte seinen Seesack auf den Fußboden und öffnete ihn. Er holte eine Uzi nach der anderen heraus, gab sie den Männern und verteilte dann volle Magazine. Einige Sekunden lang füllten metallische Geräusche den Wohnwagen, als die Männer die Magazine einsetzten und die Waffen durchluden. Spencer behielt die letzte Uzi für sich und warf den leeren Seesack aufs Bett.

»Wo ist meine?« fragte Rebecca.

»Wie meinst du das?«

»Meine Waffe«, sagte sie. »Wo ist sie?«

»Du bist nicht für solche Einsätze ausgebildet, Rebecca«, sagte Spencer halblaut. »Deine Arbeit ist getan.«

Sie knallte den Teekessel auf den Tisch. »Dann macht euch euren Scheißtee selber!«

Spencer trat einen Schritt vor und legte ihr eine Hand auf die Schulter. »Wir wollen keinen Streit anfangen«, sagte er begütigend. »Ich setze unsere Erfolgschancen mit bestenfalls fünfzig Prozent an. Einige dieser Jungs kommen vielleicht nicht wieder nach Hause. Findest du nicht, daß wir fünf ein Recht darauf haben, von dir in deiner dir zugewiesenen Rolle unterstützt zu werden?«

Sie nickte widerstrebend.

»Also gut. Kommen wir zur Sache, ja?«

Rebecca öffnete den Geschirrschrank über dem Herd und nahm einen zusammengefalteten Bogen Papier heraus. Als sie ihn auf dem Tisch ausbreitete, erwies er sich als Lageplan, der Hartley Hall und den Park zeigte. Spencer überließ Rebecca die Erklärungen.

»Hartley Hall hat mehrere Eingänge«, begann Rebecca. »Der Haupteingang befindet sich hier …« Sie tippte mit dem Zeigefinger auf den Lageplan, »… im Südflügel. Weitere Eingänge gibt's hier in der Orangerie, im Ostflügel und auf der Rückseite, den ehemaligen Dienstboteneingang. Ich habe jede Nacht einen Rundgang ums Haus gemacht und beobachtet, wo überall Licht brennt. Nach der Ankunft des Botschafters habe ich gesehen, daß in einem Gästezimmer – hier im ersten Stock – erstmals Licht gebrannt hat. Ich vermute, daß Cannon dort schläft.«

Jetzt ergriff Spencer das Wort. »Wir müssen sie überwältigen, sie in Verwirrung stürzen. Wir nähern uns einzeln und dringen um Punkt vier Uhr von allen Seiten ins Haus ein. Ich komme durch den Haupteingang. James kommt durch die Orangerie, Alex und Lennie kommen über den Ostflügel, und Edward kommt durch den Hintereingang. Manche von uns werden auf Widerstand stoßen, manche dagegen nicht. Sobald ihr im Haus seid, rennt ihr nach oben ins Gästezimmer. Und wer es als erster erreicht, legt den Botschafter um. Noch Fragen?«

Kurz nach Mitternacht fingen die Dinnergäste an, sich zu verabschieden – nur waren sie keine echten Gäste, sondern für das Unternehmen Kesselpauke angefordertes MI5-Personal. Als die letzten weggefahren waren, wurden die beiden von der Special Branch gestellten Leibwächter durch neue Beamten ersetzt. Einer von ihnen, der in seiner Regenkleidung wie ein Nordseefischer aussah, machte rasch einen Kontrollgang um das Hauptgebäude. Im chinesischen Schlafzimmer brannte noch bis ein Uhr morgens Licht – bis Michael hineinschlüpfte und es ausknipste.

Die Männer des SAS-Teams hatten unauffällig ihre Stellungen außerhalb des Hauses bezogen. Einer lag an der Parkmauer in Deckung, ein weiterer lauerte im Hirschgehege. Ein dritter Mann hielt im französischen Garten des Hauses Wache, und ein vierter hatte seinen Posten auf dem Friedhof neben der St. Margaret's Church. Die restlichen vier SAS-Männer verteilten sich im Erdgeschoß des Hauses.

Jeder Soldat trug eine Infrarot-Nachtsichtbrille und hatte ein Minifunkgerät mit Ohrhörer, das die Verbindung zum Nervenzentrum innerhalb des Hauses sicherstellte. Jeder war mit einer Maschinenpistole HK MP5, der Dienstwaffe des SAS, und einer 5,7-mm-Herstal bewaffnet. Die Herstal gilt als eine der wirkungsvollsten Handfeuerwaffen der Welt: Sie verschießt ihre Geschosse mit einer Mündungsgeschwindigkeit von 650 Metern pro Sekunde, so daß sie noch aus zweihundert Meter Entfernung achtundvierzig Lagen Kevlar, das für kugelsichere Westen verwendet wird, durchschlagen können. Michael trug die CIA-Dienstwaffe, einen wirkungsvollen 9-mm-Browning mit fünfzehn Schuß im Magazin. Graham Seymour war unbewaffnet.

Die beiden Männer warteten im Kontrollraum im ersten Stock neben dem Gästezimmer. Das stürmische Wetter setzte die elektronischen Sensoren praktisch außer Kraft. Die Bewegungsmelder sprachen ständig auf vom Wind gepeitschte Büsche und Äste an. Die hochempfindlichen Richtmikrofone wurden durch das Brausen des Windes und das Prasseln des Regens unbrauchbar. Nur die Infrarotkameras funktionierten einwandfrei.

Um 3.25 Uhr meldeten die MI5-Agenten, die alle Campingplätze in der näheren Umgebung überwachten, den Aufbruch der Männer des Killerkommandos. Aber sie folgten den Terroristen nicht, sondern ließen die fünf ungehindert in Richtung Hartley Hall abziehen.

Um 3.50 Uhr beobachteten die Techniker, die vor den Bildschirmen der Infrarotkameras saßen, sekundenlang zwei Terroristen, die sich dem Haus näherten – einen unter den Bäumen des Hirschgeheges, einen zwischen den Ruinen des Dorfs auf dem Weg zur St. Margaret's Church.

Um 3.58 Uhr verließ James Fletcher sein Versteck im französischen Garten und lief den Kiesweg zur Orangerie entlang. Vor seinem Eintritt in die Brigade hatte Fletcher der Ulster Defense Association angehört, einer gewalttätigen paramilitärischen Organisation der Protestanten. Er war einer ihrer besten Killer gewesen, der mindestens ein halbes Dutzend IRA-Angehörige getötet hatte. Mit der UDA hatte er gebrochen, als sie während der Friedensverhandlungen einem Waffenstillstand zugestimmt hatte. Als Gavin Spencer ihn gefragt hatte, ob er nicht in die neue Ulster Freedom Brigade eintreten wolle, hatte Fletcher sofort ja gesagt. Als erbitterter Katholikenhasser wollte er Ulster zu einer protestantischen Provinz für protestantische Bürger machen. Außerdem wollte er unbedingt der sein, der den Botschafter ermordet hatte, deshalb mißachtete er Spencers Befehl, bis vier Uhr zu warten, und trabte schon zwei Minuten früher los.

Fletcher trug eine Sturmhaube, einen schwarzen Overall und schwarze Trainingsschuhe mit Gummisohlen. Der Kies knirschte unter seinen Schritten, als er sich dem Haus so leise wie möglich näherte. Er erreichte eine der Fenstertüren der Orangerie und drückte die Klinke herab, aber die Tür war von innen verriegelt. Er trat einen halben Schritt zurück und rammte den Kolben seiner Uzi durch die Scheibe neben dem Riegel. Innen regneten Glassplitter auf den gefliesten Boden.

Als er nach dem Türriegel greifen wollte, hörte er Schritte im Kies hinter sich. Er zog rasch seine Hand zurück und legte sie an die Uzi. Aber bevor er sich umdrehen und schießen konnte, sagte eine Stimme mit englischem Akzent: »Weg mit der Waffe, Hände auf den Kopf! So ist's recht.«

Fletcher überlegte rasch, wie groß seine Chancen waren, das Duell gegen den Mann zu gewinnen. War er Angehöriger der Special Branch, war Fletcher ihm an Feuerkraft sicher weit überlegen, obwohl die zum Personenschutz eingesetzten Männer berüchtigt gute Schützen waren. Andererseits trug er unter seinem Overall eine Kevlarweste und konnte praktisch alles außer einem Kopfschuß überleben. Außerdem wußte er, daß er den Rest seines Lebens vermutlich in englischen Gefängnissen verbringen würde, wenn er hier verhaftet wurde.

Deswegen duckte James Fletcher sich plötzlich, warf sich herum und riß seine Waffe hoch. Obwohl er den Mann nur flüchtig sah, erkannte er sofort, daß der andere kein Beamter der Special Branch war. Vor ihm stand ein SAS-Mann, was bedeutete, daß sie geradewegs in eine Falle getappt waren – eine Falle, in die auch die IRA schon mehrmals mit katastrophalen Folgen geraten war.

Fletcher erkannte auch, daß er sich gerade fatal verrechnet hatte.

Aus der Maschinenpistole des Soldaten kam nur ein dumpfes Klicken. Aber Fletcher wußte, daß er schoß, weil er das Mündungsfeuer sah. Die Geschosse zerfetzten seinen Overall, durchschlugen seine Kevlarweste, zerschmetterten sein Rückgrat und rissen ein gähnendes Loch in seinen Herzmuskel. Er fiel rückwärts, krachte durch die Fenstertür und blieb auf dem Boden der Orangerie liegen.

Sekunden später beugte der SAS-Mann sich über Fletcher, packte ihn grob am Hals und versuchte seinen Puls zu fühlen. Dann griff er sich die Uzi und verschwand, während James Fletcher starb.

Edward Mills hörte das Klirren der eingeschlagenen Scheibe, als er durch die Ruinen in der Umgebung der St. Margaret's Church trabte. Er hatte noch immer den schlanken, sehnigen Körper, mit dem er als Schüler viele Cross-Country-Rennen gewonnen hatte, und sprang leichtfüßig über Trümmerhaufen und niedrige Mauerreste hinweg. Wie Fletcher trug er eine Sturmhaube und einen schwarzen Overall. Vor ihm ragte die St. Margaret's Church auf. Mills folgte dem alten Fußweg, der vom Dorf zur Kirche führte.

Obwohl er noch nie an einem Einsatz dieser Art teilgenommen hatte, fühlte er sich überraschend ruhig. Er war Mitglied des Oranierordens – sein Vater war wie schon sein Großvater vor ihm Standartenträger seiner Loge in Portadown gewesen –, aber er hatte die paramilitärischen Gruppen bis zum Sommer vergangenen Jahres gemieden. Damals hatten RUC und Army den Oranierorden daran gehindert, durch die katholische Garvaghy Road in Portadown zu marschieren. Wie die meisten Oranier war Mills der Überzeugung, er habe das Recht, jederzeit und überall auf öffentlichen Straßen zu marschieren, auch wenn das den Katholiken nicht paßte. Aus Protest gegen diese Blockade hatte er damals gemeinsam mit anderen sechs Wochen lang in der Nähe der Kirche von Drumcree campiert. In diesem improvisierten Lager hatte Gavin Spencer ihn für die Ulster Freedom Brigade angeworben.

Jetzt spurtete er über den alten Friedhof und wich bemoosten Grabsteinen und schiefstehenden Kreuzen aus. Er hatte das überdachte Friedhofstor schon fast erreicht und wollte eben das Tempo verschärfen, als er einen stechenden Schmerz am linken Schienbein fühlte. Seine Beine verwickelten sich in etwas, und er knallte aus vollem Lauf hin. Bevor er sich aufrappeln konnte, sprang ihm ein Mann auf den Rücken, traf seinen Hinterkopf mit zwei Schlägen und hielt ihm mit einer behandschuhten Hand den Mund zu. Mills spürte, daß er dabei war, das Bewußtsein zu verlieren.

»Keine Bewegung, keinen Laut, sonst kriegst du eine Kugel in den Kopf«, sagte der Mann, und sein ruhiger Tonfall verriet Edward Mills, daß das keine leere Drohung war. Gleichzeitig dämmerte ihm die schreckliche Erkenntnis, daß er geradewegs in eine Falle gerannt war. Der Mann versuchte, ihm die Uzi zu entreißen. Mills war töricht genug, sich zu wehren. Der Ellbogen des Mannes traf seinen Kopf, und in der nächsten Sekunde verlor Edward Mills das Bewußtsein.

Alex Craig und Lennie West rannten über die deckungslosen Wiesen des Hirschgeheges auf den Ostflügel von Hartley Hall zu. Die beiden Männer waren UVF-Veteranen, die schon viele gemeinsame Einsätze hinter sich hatten. Sie liefen mit schußbereit gehaltenen Waffen fast lautlos nebeneinander her. Jetzt verließen sie das Hirschgehege und erreichten die Kiesfläche vor dem Ostflügel. Im nächsten Augenblick rief eine Männerstimme hinter ihnen: »Halt, Waffen weg und Hände auf den Kopf!«

Craig und West erstarrten, aber ihre Hände umklammerten weiter die Uzis.

»Weg mit den Waffen!« wiederholte die Stimme.

Auf dem Campingplatz am Strand bei Blakeney, auf

dem sie vor dem Unternehmen gezeltet hatten, waren Craig und West sich darüber einig gewesen, daß sie notfalls lieber kämpfen als sich ergeben würden. Sie wechselten einen Blick.

»Scheint 'ne Falle zu sein«, flüsterte Craig. »Für Gott und Ulster, was, Lennie?«

West nickte knapp. »Ich übernehme den Kerl hinter uns.«

»Verstanden.«

West ließ sich fallen, wälzte sich auf den Bauch und begann wild ins Dunkel zu ballern. Auch Alex Craig warf sich zu Boden und gab einen Feuerstoß auf den Ostflügel ab, der Glas zersplittern ließ. Sekunden später kam die Antwort aus dem zerschossenen Fenster: das aufblitzende Mündungsfeuer einer Maschinenpistole mit Schalldämpfer.

West sah ebenfalls Mündungsfeuer, das aus dem hohen Gras des Hirschgeheges kam, aber es gelang ihm nicht mehr, sich zur Seite zu wälzen. Der Feuerstoß traf seinen Kopf und ließ ihn in einem Schauer aus Blut und Gehirnmasse zerplatzen.

Craig wußte nicht, was seinem Kameraden zugestoßen war. Er schoß weiter auf den Mann im Fenster, aber der andere hatte bereits seine Stellung gewechselt. Dann merkte er, daß Wests Waffe verstummt war. Ein rascher Blick zeigte ihm eine kopflose Leiche, die neben ihm im Kies lag.

Er schoß das erste Magazin leer, schob ein neues in seine Uzi und begann wieder zu schießen. Sekunden später hatte der SAS-Mann am Fenster über ihm ebenso sein Ziel gefunden wie der Mann im Hirschgehege hinter ihm. Craigs Körper wurde von MP-Feuerstößen durchsiebt. Seine letzten Schüsse, die sich lösten, als die Hand des Sterbenden sich am Abzug der Uzi verkrampfte, trafen die kunstvoll gearbeitete Turmuhr in der Kuppel des Ostflügels; die Zeiger blieben auf 4.01 Uhr stehen.

Während Gavin Spencer zur Südveranda spurtete, hörte er das heftige Feuergefecht zwischen Hirschgehege und Hauptgebäude. Er überlegte sekundenlang, ob er umkehren und in den sicheren North Wood flüchten sollte. Er hatte keine Ahnung, was der Schußwechsel bedeutete. Hatten seine Männer es geschafft, ins Gebäude einzudringen? Waren sie von den Leibwächtern des Botschafters zurückgeschlagen worden?

Spencer blieb einen Augenblick unschlüssig und schweratmend stehen. Er horchte auf weitere Schüsse, aber er hörte nur Wind und Regen. Dann setzte er sich wieder in Bewegung und rannte weiter. Er lief unter den reich verzierten Säulen der Südveranda hindurch und blieb an die Tür gelehnt stehen.

Dort horchte er nochmals. Der Schußwechsel schien beendet zu sein. Die Tür war abgesperrt. Er trat zwei Schritte zurück, schoß auf das Türschloß und kniff die Augen zusammen, um sie vor den herumfliegenden Holzsplittern zu schützen. Ein kräftiger Tritt genügte, und die Tür flog auf. Spencer trat in die Eingangshalle und sah sich mit schußbereit erhobener Uzi um.

In einer der Türen zu der großen Halle tauchte eine Gestalt auf: groß, breitschultrig, mit Helm und Nachtsichtbrille. SAS, dachte Spencer sofort, kein Zweifel. Er duckte sich und schwenkte dabei die Uzi nach rechts. Der SAS-Mann wollte schießen, aber seine Waffe hatte Ladehemmung. Er griff nach der Pistole, die er unter seiner linken Achsel trug, aber in diesem Augenblick hämmerte Spencers Uzi los.

Der Feuerstoß blies den Soldaten um. Spencer war sofort bei ihm und riß die Pistole aus dem Schulterhalfter.

Dann rannte er durch die Halle und stürmte die breite Treppe hinauf.

Der Funker in der Kommandozentrale sagte ruhig: »Zentrale an Alpha fünf, Zentrale an Alpha fünf, hören Sie mich? Ich wiederhole, hören Sie mich?«

Dann drehte er sich zu Michael um.

»Er meldet sich nicht, Mr. Osbourne. Einer der Terroristen ist ins Haus eingedrungen, fürchte ich.«

»Wo ist der nächste SAS-Mann?«

»Noch im Ostflügel.«

Michael griff nach der Pistole in seinem Schulterhalfter. Er zog den Schlitten zurück, um sie durchzuladen.

»Er soll sofort raufkommen!«

Michael schlüpfte in den nur schwach beleuchteten Korridor hinaus und schloß die Tür hinter sich. Er hörte jemanden – Gavin Spencer – die große Treppe heraufpoltern, blieb leicht geduckt stehen und hielt den Browning mit ausgestreckten Armen in beiden Händen. Sekunden später sah er Spencer die letzten Stufen heraufstürmen.

»Halt!« rief Michael laut. »Weg mit der Waffe!«

Gavin Spencer riß die Uzi hoch. Michael gab zwei Schüsse ab. Der erste verfehlte Spencer knapp und ließ eine der klassischen Büsten im Treppenhaus zersplittern. Der zweite traf Spencers linke Schulter, und er taumelte zwei Schritte zurück.

Aber Spencer hielt seine Uzi weiter umklammert und schoß. Michael, der nur mit einer Pistole bewaffnet war und nirgends in Deckung gehen konnte, konnte es nicht mit einem Terroristen aufnehmen, der mit einer Uzi bewaffnet war. Er öffnete die Tür hinter sich und verschwand wieder in der Kommandozentrale.

Er knallte die Tür zu und sperrte ab.

»Alle Mann in Deckung!«

Spencer gab einen kurzen Feuerstoß aus seiner Uzi ab, der das Holz ums Schloß herum zersplittern ließ, und öffnete die Tür mit einem Fußtritt. Als er das Zimmer betrat, schlug Michael zu und traf ihn mit dem Kolben seines Browning an der Schläfe.

Spencer wankte, ohne jedoch zu fallen.

Michael schlug erneut zu.

Spencer brach zusammen; die Uzi entglitt seinen Händen und krachte scheppernd auf den Fußboden.

Michael warf sich auf Spencer, umklammerte mit einer Hand seine Kehle und drückte ihm mit der anderen seine Pistole an den Kopf. Draußen im Korridor war das Trampeln mehrerer herankommender SAS-Männer zu hören.

»Keine Bewegung!« sagte Michael warnend.

Spencer versuchte ihn abzuwerfen, aber Michael drückte die Mündung seiner Pistole an die Schußwunde in seiner Schulter. Spencer schrie vor Schmerzen auf und lag dann still.

Zwei SAS-Männer kamen hereingestürmt und hielten Spencer mit ihren Waffen in Schach. Dicht hinter ihnen tauchte Graham Seymour auf. Michael riß dem Liegenden die Sturmhaube vom Kopf. Er grinste, als er Spencer erkannte.

»Verdammt!« sagte Michael mit einem Blick zu Graham hinauf. »Sieh dir mal an, wen wir hier haben!«

»Gavin, mein Lieber«, sagte Graham träge. »Wie nett, daß Sie bei uns vorbeischauen.«

Rebecca Wells beobachtete alles aus ihrem Versteck hinter der Sichtblende im North Wood. Die letzten Schüsse waren verhallt, und das an- und abschwellende Heulen heranrasender Sirenen erfüllte die Nacht. Den ersten

Streifenwagen, die jetzt die Zufahrtsstraße nach Hartley Hall entlangrasten, folgten zwei Krankenwagen. Die Männer der Brigade waren in eine Falle geraten, und daran war allein sie schuld.

Sie versuchte ihren Zorn niederzukämpfen, um klar denken zu können. Die Briten hatten sie offenbar die ganze Zeit über beobachtet. Sie war sich darüber im klaren, daß ihr nicht mehr viele Möglichkeiten blieben. Kehrte sie zu dem Wohnwagen zurück oder versuchte, sich im North Wood zu verstecken, würde sie verhaftet werden.

Bis es hell wurde, blieben ihr noch drei Stunden, in denen sie versuchen mußte, die Norfolk Coast möglichst weit hinter sich zu lassen. Den Vauxhall konnte sie nicht benützen; der Wagen stand auf dem Campingplatz und wurde bestimmt von der Polizei überwacht.

Ihr blieb nur eine Möglichkeit.

Sie mußte marschieren.

Rebecca hob ihren Rucksack auf. Er enthielt ihr Geld, ihre Landkarten und ihre Walther. Norwich lag zwanzig Meilen weiter südlich. Sie konnte die Stadt am frühen Vormittag erreichen. Dort konnte sie sich neue Kleidung kaufen und ein Hotelzimmer nehmen; dort konnte sie ihre Haare färben, um ihr Aussehen zu verändern. Von Norwich aus konnte sie mit dem Bus nach Harwich weiterfahren, wo es einen großen Fährhafen mit Linien nach ganz Europa gab. Mit einer Nachtfähre nach Holland konnte sie am nächsten Morgen auf dem Kontinent sein.

Sie nahm ihre Pistole aus dem Rucksack, schlug ihre Kapuze hoch und marschierte los.

März

29

Amsterdam · Paris

Amsterdam war eine Stadt, die Delaroche liebte, aber nicht einmal Amsterdam mit seinen spitzgiebligen Häusern und malerischen Grachten konnte die Depressionen vertreiben, die ihn in diesem Winter wie grauer Nebel einhüllten. Er hatte sich eine Wohnung mit Blick auf einen kleinen Verbindungskanal zwischen Herengracht und Singelgracht gemietet. Die Zimmer waren groß und luftig, und die zweigeteilten Fenster und Balkontüren ließen sich zum Wasser hin öffnen, aber Delaroche ließ die Vorhänge geschlossen, wenn er nicht gerade arbeitete.

Die Einrichtung bestand praktisch nur aus einem Bett, seinen Staffeleien und dem großen Sessel neben der Balkontür, in dem er an den meisten Abenden bis in die Nacht hinein las. An einer Wand in der Diele standen seine beiden Fahrräder: ein italienisches Rennrad, mit dem er im flachen Holland weite Strecken zurücklegte, und ein deutsches Mountain Bike fürs Amsterdamer Straßenpflaster. Delaroche weigerte sich, sie in dem Radschuppen vor der Haustür abzustellen, wie die übrigen Hausbewohner es mit ihren Rädern taten. In Amsterdam gab es einen riesigen Schwarzmarkt für geklaute Räder, selbst für die klapprigen City Bikes, die von den meisten Leuten benützt wurden. Sein Mountain Bike wäre binnen Minuten von Profis geklaut worden.

Es war ganz ungewöhnlich für ihn, aber in letzter Zeit

war er geradezu von seinem eigenen Gesicht besessen und ging mehrmals täglich ins Bad, um sein Spiegelbild anzustarren. Er war nie eitel gewesen, aber er haßte, was er jetzt vor sich sah, weil es seinen künstlerischen Sinn für Proportion und Symmetrie beleidigte. Um den quälend langsamen Heilungsprozeß zu dokumentieren, machte er jeden Tag eine Bleistiftskizze von seinem Gesicht. Wenn er nachts allein im Bett lag und nicht einschlafen konnte, befingerte er die Kollagen-Implantate in seinen Wangen.

Schließlich heilten die Schnitte ab, die Schwellungen gingen zurück, und sein Gesicht erwies sich als langweilige, ziemlich häßliche Mischung aus nicht recht zusammenpassenden Zutaten. Leroux, der plastische Chirurg, hatte recht: Delaroche erkannte sich selbst nicht mehr. Einzig seine Augen waren unverändert scharf und ausdrucksvoll, aber sie waren jetzt von Langweiligkeit und Mittelmäßigkeit umgeben.

Aus Sicherheitsgründen hatte Delaroche nie ein Selbstporträt gemacht, aber kurz nach seiner Ankunft in Antwerpen malte er ein Bild, das in seiner Intensität erschreckend war – ein sehr häßlicher Mann starrt in einen Spiegel, in dem ein schöner Mann seinen Blick erwidert. Dieses Spiegelbild war Delaroche vor seiner Operation. Da er kein Foto seines früheren Gesichts hatte, mußte er es aus dem Gedächtnis malen. Er ließ das Bild ein paar Tage lang an eine Wand seines Ateliers gelehnt stehen, aber dann siegte seine Paranoia doch, und er zerschnitt die Leinwand und verbrannte sie in dem offenen Kamin.

An manchen Abenden, an denen er sich langweilte oder ruhelos war, besuchte Delaroche die Nachtclubs an der Leidseplein. Bisher hatte er Bars und Nachtclubs eher gemieden, weil er damit rechnen mußte, daß allzu viele

Frauen sich für ihn interessierten. Jetzt konnte er stundenlang dasitzen, ohne belästigt zu werden.

An diesem Morgen stand er früh auf und kochte Kaffee. Dann loggte er sich in seinen Computer ein, sah nach, ob er eine E-Mail hatte und las die Online-Zeitungen, bis die junge Deutsche in seinem Bett sich regte.

Er hatte ihren Namen vergessen – irgendwas wie Inga, vielleicht Eva. Sie hatte breite Hüften und schwere Brüste. Um cool zu wirken, hatte sie sich ihr Haar schwarz gefärbt. Im grauen Dämmerlicht des anbrechenden Tages sah Delaroche jetzt, daß sie fast noch ein Kind war, höchstens siebzehn oder achtzehn. In ihrer leicht unbeholfenen Art hatte sie etwas von Astrid Vogel an sich. Bei ihrem Anblick ärgerte er sich über sich selbst. Er hatte sie nur verführt, um sich selbst zu beweisen, daß er noch dazu imstande war – nicht anders als bei einem Spurt zum Abschluß einer längeren Radtour –, aber jetzt wollte er nur, daß sie ging.

Sie stand auf, verschwand im Bad und kam in ein Badetuch eingewickelt heraus.

»Kaffee?« fragte sie.

»In der Küche«, sagte er, ohne vom Monitor aufzusehen.

Sie trank ihren Kaffee nach deutscher Art mit viel Sahne, rauchte eine von Delaroches Zigaretten und beobachtete ihn schweigend, während er las.

»Ich muß heute nach Paris«, sagte er.

»Nimm mich mit.«

»Nein.«

Er sprach ruhig, aber energisch. Früher hätte dieser Tonfall ein Mädchen nervös gemacht oder in ihm den Wunsch geweckt, schnellstens zu verschwinden. Aber die Kleine starrte ihn nur über ihre Kaffeetasse hinweg an und lächelte. Das mußte an seinem Gesicht liegen, vermutete er.

»Ich bin noch nicht fertig mit dir«, sagte sie.

»Sorry, keine Zeit mehr.«

Sie schmollte verspielt.

»Wann sehe ich dich wieder?«

»Gar nicht.«

»Ach komm«, sagte sie. »Ich möchte mehr über dich erfahren.«

»Nein, das willst du nicht«, widersprach er und schaltete den Computer aus.

Sie küßte ihn und tapste barfuß weg. Ihre Sachen waren auf dem Fußboden verstreut: zerschlissene schwarze Jeans, ein kariertes Holzfällerhemd aus Flanell und ein schwarzes T-Shirt mit dem Namen einer Rockband, den Delaroche noch nie gehört hatte. Als sie angezogen war, baute sie sich vor ihm auf und fragte: »Weißt du bestimmt, daß du mich nicht nach Paris mitnehmen willst?«

»Ganz bestimmt«, antwortete er nachdrücklich, aber sie hatte etwas an sich, das ihm gefiel. »Ich bin morgen abend wieder da«, fügte er freundlicher hinzu. »Komm um neun, dann koche ich dir ein Abendessen.«

»Ich will kein Abendessen«, sagte sie abwehrend. »Ich will dich.«

Delaroche schüttelte den Kopf. »Ich bin zu alt für dich.«

»Du bist überhaupt nicht alt. Dein Körper ist wunderbar, und du hast ein interessantes Gesicht.«

»Interessant?«

»Ja, interessant.«

Ihr Blick glitt über die Leinwände, die an den Wänden seines Ateliers lehnten.

»Du fährst nach Paris, um zu arbeiten?« fragte sie.

»Ja«, sagte Delaroche.

Delaroche nahm ein Taxi zur Amsterdamer Centraal Station und löste eine Fahrkarte erster Klasse für den Morgenzug nach Paris. Auf dem Bahnhof kaufte er sich die Morgenzeitungen, die er auf der Fahrt durch die weiten niederländischen Ebenen las.

Eine Meldung, die vor allem ein Blatt groß aufmachte, interessierte ihn besonders. Eine paramilitärische Gruppe nordirischer Protestanten hatte letzte Nacht versucht, den US-Botschafter in Großbritannien zu ermorden, während er das Wochenende auf einem Landsitz in Norfolk verbrachte. Wie die Zeitungen meldeten, hatten die zum Schutz des Botschafters abgestellten Beamten der Special Branch drei der Attentäter erschossen und zwei weitere festgenommen. Der angebliche Führer der Ulster Freedom Brigade, ein gewisser Kyle Blake, war in Portadown verhaftet worden. Die Polizei fahndete nach einer Frau, die an der Vorbereitung des Attentats beteiligt gewesen sein sollte.

Delaroche faltete die Zeitung zusammen und starrte aus dem Fenster. Er fragte sich, ob Michael Osbourne, der Schwiegersohn des Botschafters, etwas mit diesem Vorfall zu tun gehabt hatte. Der Direktor hatte auf Mykonos berichtet, Osbourne sei von der CIA zur Bekämpfung des Terrorismus in Nordirland zurückgeholt worden.

Sein Zug fuhr am frühen Nachmittag auf dem Pariser Gare du Nord ein. Delaroche nahm seine kleine Reisetasche aus der Gepäckablage. Er durchquerte die Bahnhofshalle rasch und nahm sich draußen ein Taxi. Er hatte sich ein Zimmer in einem kleinen Hotel in der Rue de Rivoli mit Blick auf den Tuileriengarten reservieren lassen. Er sagte dem Fahrer, er wolle in der Rue Saint-Honoré aussteigen, und ging den Rest der Strecke zu Fuß.

Im Hotel gab er sich als Niederländer aus und sprach stark akzentgefärbtes Französisch. Er bekam ein Mansardenzimmer mit schönem Blick auf den Park und die Seinebrücken.

Delaroche steckte ein Magazin in den Griff seiner Beretta, lud die Waffe durch und verließ das Hotel.

Dr. Maurice Leroux, plastischer Chirurg, hatte seine Praxis in einem eleganten Gebäude in der Avenue Victor Hugo unweit des Triumphbogens. Durch einen Anruf, bei dem er einen falschen Namen nannte, überzeugte Delaroche sich davon, daß er Leroux heute in der Praxis antreffen würde. Der Sprechstundenhilfe erklärte er, er werde später vorbeikommen, und legte rasch auf.

Nun saß Delaroche in einem Café auf der gegenüberliegenden Straßenseite an einem Tisch am Fenster und wartete darauf, daß Leroux das Gebäude verließ. Kurz vor fünf trat der Chirurg auf die Straße. Er trug einen grauen Kaschmirmantel und schien der letzte Pariser zu sein, der tatsächlich eine Baskenmütze trug. Er lief beschwingt, als sei er sehr mit sich zufrieden.

Leroux ging zum Triumphbogen, umrundete die Place Charles de Gaulle und schlenderte dann die Avenue des Champs-Élysées hinunter. Er betrat das Restaurant Fouquet, in dem er von einer eleganten Mittfünfzigerin erwartet wurde. Delaroche erkannte sie als eine Schauspielerin, die in französischen Fernsehdramen kleinere Rollen spielte.

Der Oberkellner geleitete den Chirurgen und die alternde Schauspielerin in den für Stammgäste reservierten Teil des Restaurants. Delaroche entschied sich für einen kleinen Tisch im öffentlichen Teil des Restaurants, von dem aus er den Ausgang beobachten konnte. Er bestellte die *Médaillons de veau »Curnonsky«* und trank dazu eine halbe Flasche des leichten Burgunders Savigny-les-Beaune. Als Leroux keine Anstalten machte, das Restaurant zu verlassen, bestellte er noch einen Käseteller und danach Café au lait.

Leroux und seine Begleiterin verließen das Restaurant erst nach fast zwei Stunden. Delaroche beobachtete sie durch die Scheibe. Es war windig, und Leroux schlug mit theatralischer Geste seinen Mantelkragen hoch. Er küßte der Schauspielerin zum Abschied die Hand und berührte ihre Wange, als bewundere er sein Werk. Er hielt ihr die Tür des bestellten Taxis auf. Dann kaufte er an einem Kiosk einige Zeitschriften, klemmte sie sich unter den Arm und ging durch die Menge davon, die sich um diese Zeit auf den Gehsteigen der Champs-Élysées drängte.

Delaroche zahlte rasch und folgte ihm.

Maurice Leroux hatte offenbar das Bedürfnis, sich Bewegung zu verschaffen. Mit seinen Zeitschriften unter dem Arm ging er die Champs-Élysées hinunter zum Place de la Concorde. Da er keinen Grund zu der Annahme hatte, er werde beschattet, war es sehr leicht ihm zu folgen. Delaroche mußte nur darauf achten, ihn auf dem belebten Gehsteig nicht aus den Augen zu verlieren. Aber sein teurer Mantel und seine lächerliche Baskenmütze waren so auffällig, daß Delaroche damit keinerlei Mühe hatte. Leroux überquerte die Seine auf der Concorde-Brücke und ging längere Zeit auf dem Boulevard Saint-Germain weiter. Delaroche zündete sich eine Zigarette an und rauchte im Gehen.

Leroux betrat ein Bistro unweit der Kirche Saint-Germain-des-Près und setzte sich an die Theke. Delaroche kam wenig später herein und nahm in der Nähe der Tür Platz. Leroux trank Weißwein und schwatzte mit dem Mann hinter der Theke. Das hübsche Mädchen, das bediente, ignorierte seinen unbeholfenen Versuch, mit ihm zu flirten.

Als Leroux nach ungefähr einer halben Stunde das Bistro verließ, war er ziemlich betrunken. Delaroche war das nur recht, weil es ihm die Arbeit erleichtern würde. Leroux wankte im Nieselregen den Boulevard Saint-Germain entlang und bog in der Nähe der Metrostation Mabillon in eine kleine Seitenstraße ab.

Er blieb unter dem Vordach seines Hauses stehen und schaffte es im zweiten Anlauf, den Code einzutippen, mit dem sich die Tür öffnen ließ. Delaroche schlüpfte nach ihm hinein, bevor die Tür wieder ins Schloß gefallen war. Sie traten gemeinsam in den Fahrstuhl, einen altmodischen Eisenkäfig, der im Treppenhaus nach oben ratterte. Leroux drückte den Knopf für die fünfte Etage, Delaroche den für die sechste. Unterwegs machte Delaroche auf französisch mit Pariser Akzent eine Bemerkung über das miserable Wetter. Leroux grunzte etwas Unverständliches. Er erkannte seinen Patienten offenbar nicht wieder.

Leroux stieg in seiner Etage aus. Als der Aufzug weiterfuhr, beobachtete Delaroche durch die Gitterstäbe, wie Leroux seine Wohnung betrat. Er stieg im sechsten Stock aus, ging die Treppe hinunter und klingelte bei Leroux.

Der Chirurg öffnete seine Wohnungstür, starrte ihn perplex an und fragte: »Kann ich Ihnen behilflich sein?«

»Ja«, antwortete Delaroche. Seine stahlharte Handkante traf Leroux' Kehle. Während der andere sich sprachlos nach Luft ringend zusammenkrümmte, schloß Delaroche ruhig die Wohnungstür hinter sich.

»Wer sind Sie?« keuchte Leroux heiser. »Was wollen Sie?«

»Ich bin der, dessen Gesicht Sie mit einem Hammer entstellt haben.«

Jetzt erkannte Leroux ihn.

»Großer Gott!« flüsterte er.

Delaroche zog die Beretta mit aufgesetztem Schalldämpfer aus seiner Manteltasche.

Leroux begann am ganzen Leib wie Espenlaub zu zittern. »Ich bin zuverlässig!« beteuerte er. »Ich habe schon viele Männer wie Sie operiert.«

»Nein, das haben Sie nicht«, sagte Delaroche und schoß ihn zweimal ins Herz.

Am frühen Nachmittag des folgenden Tages traf Delaroche wieder in Amsterdam ein. Er fuhr mit einem Taxi in seine Wohnung und packte seine Malutensilien in einen blauen Nylonrucksack: zwei kleine Leinwände, Farben, Pinsel und Palette, eine Polaroidkamera, eine Feldstaffelei und die Beretta. Dann fuhr er mit seinem Mountain Bike zu einer Kanalbrücke, von der aus er den Blick über die Keizersgracht malen wollte.

Er sperrte sein Rad ab und ging eine Weile auf der Brücke hin und her, bis er eine Perspektive gefunden hatte, die ihm zusagte: Hausboote vor drei prächtigen, spitzgiebligen Häusern. Er nahm seine Kamera aus dem Rucksack und hielt das Motiv in mehreren Aufnahmen fest – erst in Schwarzweiß, um die grundlegenden Formen und Linien besser erkennen zu können, danach in Farbe.

Er machte sich an die Arbeit, malte schnell und sicher und beeilte sich, das frühe Dämmerlicht einzufangen, bevor der Abend herabsank. Als die Straßenlampen auf der Brücke eingeschaltet wurden, legte er Pinsel und Palette weg und blickte lange aufs Wasser hinunter, um die Lichtreflexe auf der spiegelglatten Oberfläche des Kanals zu studieren. Er wartete darauf, daß ihn der Zauber dieser Szene gefangennahm und die Erinnerung an Maurice Leroux' tote Augen verdrängte, aber die erhoffte Wirkung trat nicht ein.

Ein langes Wassertaxi glitt unter der Brücke hindurch und zerstörte mit Bugwelle und Kielwasser die Spiegelung der Brückenlampen. Delaroche packte seine Sachen zusammen. Mit seinem noch feuchten Ölbild in der rechten Hand radelte er die Keizersgracht entlang. In anderen Städten hätte er damit vermutlich neugierige Blicke auf sich gezogen, nicht jedoch in Amsterdam.

Delaroche überquerte die Keizersgracht auf der Ree Straat und radelte gemächlich die Prinsengracht entlang, bis das alte Hausboot vor ihm auftauchte. Er kettete sein Mountain Bike an einen Laternenpfahl, lehnte das noch feuchte Ölbild ans Vorderrad und sprang aufs Deck hinunter.

Die *Krista* war fünfzehn Meter lang und hatte das Ruderhaus achtern, einen schlanken Bug und eine lange Reihe Bullaugen unterhalb der Reling. Der grün-weiße Anstrich blätterte an vielen Stellen ab. Die Tür vor dem Niedergang war mit einem schweren Vorhängeschloß gesichert, für das Delaroche noch immer den Schlüssel hatte. Er sperrte das Schloß auf und stieg in den Salon hinunter, der nur vom schwachen Schein der gelben Straßenlampen erhellt wurde, der durch die schmutzigen Oberlichter fiel.

Das Boot hatte Astrid Vogel gehört. Letzten Winter hatten sie hier zusammengelebt, nachdem Delaroche sie engagiert hatte, damit sie ihn bei einer Serie besonders schwieriger Auftragsmorde unterstützte. Er glaubte, sie jetzt vor sich zu sehen – wie ihr langer Körper sich geschmeidig durch die engen Räume des Hausboots bewegte. Er sah zum Bett hinüber und erinnerte sich daran, wie sie sich darin geliebt hatten, während Regen aufs Oberlicht trommelte. Astrid hatte unter Alpträumen gelitten und oft im Schlaf um sich geschlagen. Einmal war sie aus einem schlimmen Traum aufgeschreckt und darüber erschrocken, daß ein Mann in ihrem Bett lag. Sie hätte Delaroche erschossen, wenn es ihm nicht gelungen wäre, ihr rechtzeitig die Pistole zu entwinden.

Seit Astrids Tod war Delaroche nicht mehr auf der *Krista* gewesen. Er war mehrere Minuten damit beschäftigt, in Schränken und Schubladen nach Dingen zu suchen, die er vielleicht zurückgelassen hatte. Aber er fand nichts. Auch an Astrid erinnerte hier nichts außer einigen scheußlichen Kleidungsstücken und einem Dutzend zerlesener Taschenbücher. Astrid war das Leben im Untergrund gewöhnt gewesen: Als Mitglied der Rote-Armee-Fraktion hatte sie viele Jahre in Beirut, Tripolis und Damaskus verbracht. Sie hatte gewußt, wie man kam und ging, ohne Spuren zu hinterlassen.

Delaroches zwanghaftes Streben nach Unabhängigkeit hatte ihn unfähig gemacht, jemanden zu lieben, aber er hatte Astrid gerngehabt und ihr vor allem vertraut. Sie war die einzige Frau gewesen, die seine Lebensgeschichte gekannt hatte. In ihrer Gegenwart hatte er sich nicht verstellen müssen. Sie wollten nach dem letzten Auftrag in die Karibik übersiedeln, um dort in einem eheähnlichen Verhältnis zu leben, aber Michael Osbournes Frau hatte Astrid auf Shelter Island erschossen.

Delaroche stieg wieder nach oben und sperrte die Tür hinter sich ab. Dann radelte er im Licht der Straßenbeleuchtung zu seiner Wohnung zurück. Delaroche mordete aus zwei Gründen: um einen Auftrag auszuführen oder um sich selbst zu schützen. Der Mord an Maurice Leroux fiel in die zweite Kategorie. Er tötete niemals aus Zorn; ebenso hatte er noch nie aus Rache getötet, weil er rachgierigen Blutdurst für das schädlichste aller Gefühle hielt. Außerdem fand er, ein Profi seines Formats müsse darüber erhaben sein. Aber während Delaroche jetzt mit einem Gesicht, das er nicht wiedererkannte, durch die Straßen einer fremden Großstadt radelte, beherrschte ihn der Wunsch, Michael Osbourne zu töten.

Er sah die junge Deutsche am Eingang seines Hauses warten, überquerte die Herengracht und wartete auf dem anderen Ufer. Er hatte nicht den Wunsch, sie wiederzusehen. Schließlich kritzelte sie eine Nachricht auf einen Zettel, den sie in seinen Briefkasten warf, bevor sie die Herengracht entlang davonstürmte. Er holte den Zettel aus dem Briefkasten – *Du bist ein Scheißkerl! Ruf mich bitte an. Küsse, Eva* –, bevor er sein Mountain Bike in die Wohnung hinauftrug.

In seinem Atelier stellte er das unfertige Ölbild zu den anderen unfertigen Bildern an die Wand. Er fand es plötzlich gräßlich; es erschien ihm gekünstelt, phantasielos, langweilig. Er zog seine Jacke aus und stellte eine große leere Leinwand auf die Staffelei. Er hatte sie schon einmal gemalt, aber auch dieses Porträt hatte er wie alle übrigen Bilder vor seiner Abreise aus Mykonos verbrannt. Jetzt stand er lange im Halbdunkel vor seiner Staffelei und versuchte sich Astrids Gesicht ins Gedächtnis zurückzurufen. Es hatte byzantinisch gewirkt, daran erinnerte er sich gut: hohe Backenknochen, ein großer, beweglicher Mund und ausdrucksvolle, etwas zu helle blaue Augen. Das Gesicht einer Frau aus einer anderen Zeit, aus einem anderen Land.

Er schaltete die grellen Halogenleuchten an der Decke ein und begann zu arbeiten. Die erste Leinwand nahm er von der Staffelei, weil ihm die Körperhaltung nicht gefiel, und beim zweiten Entwurf war die Knochenstruktur ihres Gesichts nicht getroffen. Erst beim dritten Versuch schien von Anfang an jeder Pinselstrich zu sitzen. Er malte seine deutlichste visuelle Erinnerung an Astrid:

Sie lehnte am rostigen Eisengeländer eines Hotelbalkons in Kairo und trug nur die bis zum Nabel aufgeknöpfte Galabia eines Mannes, während die untergehende Sonne durch den dünnen weißen Baumwollstoff schien und die sanften Linien ihres Rückens und ihrer straffen Brust erkennen ließ.

Er arbeitete die ganze Nacht hindurch bis zum frühen Morgen und vergiftete sich dabei mit Kaffee, Wein und Zigaretten. Als das Porträt fertig war, konnte er nicht schlafen, weil er bohrende Kopfschmerzen hatte. Er nahm die Leinwand ins Schlafzimmer mit und stellte sie am Fußende seines Betts auf einen Hocker. Irgendwann gegen Mittag fiel er endlich in unruhigen Schlaf.

30

London · New York City

Nach dem Überfall auf Hartley Hall mußte Michael Osbourne noch drei Tage in London bleiben und sich mit dem wahren Feind des Personals aller Geheimdienste auseinandersetzen: der Bürokratie. Er hatte zwei Tage damit verbracht, seine Aussagen bei den Ermittlungsbehörden zu Protokoll zu geben. Er hatte Wheaton geholfen, das durch Preston McDaniels' Selbstmord verursachte Chaos zu beseitigen. Er hatte mit der Special Branch verbesserte Sicherheitsmaßnahmen für Douglas Cannon festgelegt. Er hatte an dem Trauergottesdienst für die beiden in den nordirischen Sperrin Mountains ermordeten SAS-Männer teilgenommen.

Seinen letzten Tag in London verbrachte Michael in einem abhörsicheren Raum tief in den Katakomben des Thames Houses bei der rituellen Einsatzbesprechung mit den Mandarinen des MI5. Anschließend lief er auf der Millbank zwanzig Minuten lang durch den Regen und versuchte ein Taxi zu finden, weil Wheaton sich unter einem sehr zweifelhaften Vorwand seinen Dienstwagen geschnappt hatte. Schließlich flüchtete er sich in die U-Bahn-Station Pimlico und nahm die U-Bahn. London, das er sonst liebte, erschien ihm plötzlich trübselig und bedrückend. Er wußte, daß es Zeit war, heimzufahren.

Graham Seymour kam am nächsten Morgen ins Winfield House, um Michael zum Flughafen Heathrow zu bringen – diesmal nicht mit dem Rover, der sein Dienstwagen war, sondern mit einem Jaguar mit Chauffeur.

»Auf der Fahrt zum Flughafen müssen wir einen kleinen Stop einlegen«, kündigte Graham an, als Michael hinten bei ihm einstieg. »Nichts Ernstes, Schätzchen. Nur eine Kleinigkeit, die noch zu erledigen ist.«

Die Limousine verließ den Regent's Park und fuhr die Baker Street entlang nach Süden. Graham wechselte das Thema.

»Hast du das hier gesehen?« fragte er und zeigte auf eine Meldung in der *Times* über die rätselhafte Ermordung eines prominenten französischen Schönheitschirurgen.

»Ich habe die Meldung überflogen«, antwortete Michael. »Was ist damit?«

»Er ist ein unartiger Junge gewesen.«

»Wie meinst du das?«

»Wir haben ihn schon immer in Verdacht gehabt, sich damit ein Zubrot zu verdienen, daß er gesuchten Terroristen neue Gesichter verschafft«, sagte Graham. »Der gute Doktor hat mehrmals Hausbesuche an exotischen Orten wie Tripolis oder Damaskus gemacht. Wir haben die Franzosen gebeten, ihn im Auge zu behalten, und sie haben uns wie üblich aufgefordert, uns zum Teufel zu scheren.«

Michael las die Meldung nochmals durch; sie bestand nur aus zwei kurzen Absätzen. Maurice Leroux war in seiner Wohnung im 6. Arondissement erschossen worden. Die Pariser Polizei ermittelte.

»Was für eine Waffe hat der Täter benützt?«

»Neun Millimeter.«

Der Jaguar fuhr zügig auf der Park Lane nach Süden, dann durchquerte er unter dem Constitution Hill den Green Park. Wenige Augenblicke später rollte er durchs Tor des Buckingham-Palasts.

Michael sah Graham an. »Bei dir kommt nie Langeweile auf, was?«

»Das ist mein ganzer Ehrgeiz.«

»Wie nett, Sie wiederzusehen, Mr. Osbourne«, sagte Königin Elisabeth II., als sie einen Salon betraten. »Bitte nehmen Sie Platz.«

Michael nahm Platz. Tee wurde serviert, und ihre Assistenten und Mitarbeiter zogen sich zurück. Graham Seymour wartete draußen im Vorzimmer.

»Ich möchte Ihnen für Ihre hervorragende Arbeit danken, die Sie bei der Bekämpfung der Ulster Freedom Brigade geleistet haben«, fuhr die Königin fort. »Die Bevölkerung Nordirlands steht tief in Ihrer Schuld – wie übrigens das gesamte Vereinigte Königreich.«

»Danke, Euer Majestät«, sagte Michael höflich.

»Ich habe mit großem Bedauern von Ihrem Agenten gehört, der in Nordirland ermordet worden ist.« Sie machte eine kurze Pause, blickte stirnrunzelnd zur Decke auf. »Ach, du meine Güte, der Name des armen Mannes ist mir entfallen.«

»Kevin Maguire«, warf Michael ein.

»Ah, ganz recht, Harbinger«, sagte die Königin, indem sie Maguires Decknamen benützte. »Eine scheußliche Geschichte! Ich habe mit Erleichterung gehört, daß Sie nicht ernstlich verletzt wurden. Aber ich kann mir vorstellen, daß der Verlust eines Agenten wie Harbinger – und noch dazu auf so gräßliche Weise –, Sie tief getroffen haben muß.«

»Kevin Maguire ist keineswegs vollkommen gewesen, aber es gibt unzählige Menschen, die nur seinetwegen heute noch leben. Er hat enormen Mut gebraucht, um die IRA zu verraten, und letztlich mit dem Leben dafür bezahlt.«

»Was haben Sie vor, nachdem die protestantische Gefahr jetzt neutralisiert zu sein scheint? Bleiben Sie bei der CIA, oder wollen Sie wieder in den Ruhestand abtauchen?«

»Das weiß ich noch nicht«, gestand Michael. »Im Augenblick möchte ich nur nach Hause und meine Frau und meine Kinder wiedersehen. Ich bin lange fort gewesen.«

»Ich weiß nicht, ob ich mit jemandem, der Ihren Beruf hat, verheiratet sein könnte.«

»Das können nur ganz besondere Frauen«, sagte Michael.

»Ihre Frau unterstützt Sie also?«

Michael lächelte schwach. »Soweit würde ich nicht gehen, Euer Majestät.«

»Sie müssen wohl tun, was Sie glücklich macht. Und wenn Ihre Arbeit für die CIA Sie glücklich macht, wird sie das sicher verstehen. Jedenfalls ist Ihre Arbeit wichtig. Sie sollten stolz auf das sein, was Sie hier geleistet haben.«

»Danke, Euer Majestät. Ich bin stolz darauf.«

»Nun, da Sie anscheinend vorerst bei der CIA bleiben werden, müssen wir die Zeremonie unter vier Augen abwickeln, nehme ich an.«

»Welche Zeremonie, Euer Majestät?«

»Ihren Ritterschlag.«

»Sie scherzen!«

Die Königin lächelte. »Wenn es um so wichtige Dinge geht, scherze ich nie.«

Sie klappte ein kleines, rechteckiges Etui auf und zeigte Michael seinen Orden der Honorary Knighthood of the British Empire.

»Er ist wunderschön«, sagte Michael. »Ich fühle mich geehrt und höchst geschmeichelt.«

»Das sollten Sie auch.«

»Muß ich niederknien?«

»Seien Sie nicht töricht«, sagte sie. »Trinken Sie nur Ihren Tee aus und erzählen Sie mir, was für ein Gefühl es war, Gavin Spencer gefangenzunehmen.«

»Heißt das, daß mich vorhin ein leibhaftiger Ritter geliebt hat?« fragte Elizabeth.

»Richtig.«

»Ich glaube, du bist mein erster.«

»Das will ich hoffen!«

»Und worüber habt ihr beiden – außer über Nordirland – sonst noch geplaudert?«

»Wir haben über dich geredet.«

»Oh, bitte.«

»Es stimmt aber.«

»Wieso über mich?«

»Sie wollte wissen, ob ich bei der Agency bleibe oder wieder in den Ruhestand abtauche, wie sie's ausgedrückt hat.«

»Und was hast du geantwortet?«

»Daß ich noch unschlüssig bin.«

»Feigling!«

»Vorsicht, ich bin ein Ritter, vergiß das nicht.«

»Wie lautet die Antwort wirklich?«

»In meiner Zeit bei der Agency ist dies einer der wenigen Fälle, in dem ich das Gefühl habe, wirklich etwas erreicht zu haben. Das ist ein gutes Gefühl.«

»Du willst also weitermachen?«

»Ich will hören, was Monica zu sagen hat, bevor ich mich endgültig entscheide. Und ich will erst hören, was *du* zu sagen hast.«

»Michael, du weißt, wie ich darüber denke. Aber ich möchte auch, daß du glücklich bist. Das mag seltsam klingen, aber in dieser Stunde, in der ich dir zugehört habe, bist du mir glücklicher vorgekommen als seit Monaten.«

»Was willst du damit sagen?«

»Damit will ich sagen, daß es mir besser gefiele, wenn du mit einer Arbeit außerhalb der Agency glücklich wärst. Aber wenn nur sie dich glücklich und zufrieden macht, möchte ich, daß du bei der Agency bleibst.«

Elizabeth drückte ihre Zigarette aus, öffnete den Gürtel ihres Bademantels, wälzte sich auf ihn und preßte ihren Busen an seine warme Haut. »Du mußt mir nur eines versprechen«, murmelte sie. »Falls du wirklich glaubst, daß Oktober noch lebt, mußt du die Jagd auf ihn anderen überlassen.«

»Er hat Sarah ermordet und versucht, uns beide umzulegen.«

»Deshalb sollte ein anderer den Fall übernehmen. Rette dich vor dir selbst, Michael. Bitte Adrian, den Fall jemandem zu übertragen, der nicht persönlich betroffen ist.« Sie zögerte einen Augenblick. »Jemandem, der nicht auf Rache sinnt.«

»Wie kommst du darauf, daß ich auf Rache sinne?«

»Ach, Michael! Willst du etwa mich oder dich selbst belügen? Du hast's auf ihn abgesehen, und ich kann dir das nicht einmal verübeln. Aber Rache ist ein gefährliches Spiel. Hast du denn in Nordirland überhaupt nichts dazugelernt?«

Michael drehte seinen Kopf zur Seite. Sie nahm sein Gesicht zwischen ihre Hände und drehte es wieder zu sich.

»Du darfst mir nicht böse sein – ich will nur nicht, daß dir etwas zustößt.« Sie küßte ihn sanft. »Nimm in dieser Sache den Rat deiner Anwältin an. Die Geschichte ist vorbei. Hör auf, dich damit zu quälen.«

31

Mykonos

Die Frühjahrssitzung des Exekutivrats der Gesellschaft für internationale Entwicklung und Zusammenarbeit fand am ersten Freitag im März auf Mykonos statt. Als Tagungsort diente Delaroches leerstehende Villa auf den Klippen von Kap Mavros. Da sie zu klein war, um außer dem Direktor, seinen Leibwächtern und Daphne weiteren Gästen Platz zu bieten, wurden die Ratsmitglieder und ihr Gefolge in den besten Hotels von Chora untergebracht. Aber bei Sonnenuntergang brachte eine Kolonne schwarzer Range Rover sie – Geheimdienstchefs und Waffenhändler, Geschäftsleute und Gangsterbosse – nach Kap Mavros.

Wie immer hatten der Direktor und seine Mitarbeiter strenge Sicherheitsvorkehrungen getroffen. In der Umgebung der Villa patrouillierten schwerbewaffnete Wachposten, und in der Panormosbucht kreuzte ein schnelles Motorboot mit ehemaligen SAS-Kampfschwimmern. Die Villa war gründlich nach Wanzen abgesucht worden, und Störsender machten den Einsatz von Richtmikrofonen aus größerer Entfernung sinnlos.

Auf Delaroches schöner Steinterrasse mit Meerblick würden Cocktails und danach ein griechisches Abendessen serviert. Pünktlich um Mitternacht eröffnete der Direktor die Sitzung.

In der ersten Stunde hakte der Exekutivrat nur Routinedinge ab. Die Mitglieder sprachen sich üblicherweise mit ihren Decknamen an: Rodin, Monet, van Gogh, Rembrandt, Rothko, Michelangelo und Picasso. Als nächstes gab der Direktor einen Überblick über die Unternehmen der Gesellschaft, die gegenwärtig in Nordkorea und Afghanistan, im Kosovo und in Nordirland liefen.

»Im Februar hat Monet dafür gesorgt, daß die Ulster Freedom Brigade eine Sendung Uzi erhält«, sagte der Direktor. »Diese Waffen sind bei dem versuchten Anschlag auf Botschafter Douglas Cannon eingesetzt worden. Leider haben sie nicht viel genützt. Der US-Botschafter hat den Anschlag überlebt – aber die Ulster Freedom Brigade nicht. Die meisten ihrer Mitglieder sind jetzt tot oder inhaftiert. Damit dürfte unser Engagement in Nordirland vorerst beendet sein.«

Der Direktor erteilte das Wort Rodin, dem Operationschef des französischen Geheimdiensts. »Sollten wir unser Engagement in Nordirland aufleben lassen wollen, hätte ich dazu einen Vorschlag«, sagte Rodin.

Der Direktor zog eine Augenbraue hoch. »Bitte weiter.«

»Wie Sie wissen, ist einer Angehörigen des Teams, das den Anschlag in Norfolk ausgeführt hat, die Flucht gelungen«, fuhr Rodin fort. »Einer gewissen Rebecca Wells. Ich weiß zufällig, daß sie sich in Paris bei einem britischen Söldner namens Roderick Campbell versteckt hält. Und ich weiß, daß sie geschworen hat, den Tod ihrer Kameraden in Norfolk zu rächen. Sie sucht einen erstklassigen Killer, der imstande ist, den amerikanischen Botschafter zu ermorden.«

Der Direktor war sichtlich interessiert, als er sich jetzt eine Zigarette anzündete.

»Vielleicht sollten wir direkt Verbindung mit Rebecca

Wells aufnehmen und ihr unsere Unterstützung anbieten«, schlug Rodin vor.

Der Direktor tat so, als wäge er die Vor- und Nachteile des Vorschlags sorgfältig ab. Die Entscheidung lag nicht bei ihm, sondern beim Exekutivrat, aber seine Meinung hatte in diesem Kreis erhebliches Gewicht. Schließlich sagte er: »Ich bezweifle allerdings, daß Miss Wells sich unsere Dienste leisten kann.«

»Sicher nicht«, bestätigte Rodin. »Die Hilfe müßte kostenlos sein. Wir sollten sie als eine Investition für die Zukunft betrachten.«

Der Direktor nickte Picasso zu, die etwas beunruhigt schien.

»Ich kann aus offensichtlichen Gründen kein Unternehmen wie das eben vorgeschlagene unterstützen«, sagte Picasso. »Die Unterstützung einer paramilitärischen Protestantengruppe ist eine Sache, aber die direkte Beteiligung an der Ermordung eines amerikanischen Diplomaten ist etwas ganz anderes.«

»Ich verstehe, daß Sie sich in einer schwierigen Lage befinden, Picasso«, sagte der Direktor. »Aber Sie haben von Anfang an gewußt, daß einige Unternehmen dieser Organisation mit ihren eng begrenzten eigenen Interessen kollidieren könnten.« Er machte eine kurze Pause. »Tatsächlich verkörpert das den Kooperationswillen, auf dem unsere Gesellschaft basiert.«

»Ich verstehe, Direktor.«

»Falls der Exekutivrat dieses Unternehmen absegnet, dürfen Sie nichts tun, was dessen Erfolg gefährden könnte.«

»Mein Wort darauf, Direktor.«

»Also gut«, sagte der Direktor und sah sich am Tisch um. »Dann bitte ich alle, die für dieses Unternehmen sind, die Hand zu heben.«

Die Sitzung wurde kurz nach Tagesanbruch geschlossen. Die Mitglieder des Exekutivrats verließen nacheinander die Villa und fuhren nach Chora zurück. Nur Picasso blieb noch da, um ein vertrauliches Gespräch mit dem Direktor zu führen.

»Die Sache in Hartley Hall«, sagte der Direktor distanziert, während er die aus dem Meer aufsteigende Sonne beobachtete, »ist eine Falle gewesen, nicht wahr, Picasso?«

»Und zugleich ein großer Erfolg für unseren Dienst. Jetzt können unsere Kritiker nicht mehr behaupten, wir hätten in der Welt nach dem Kalten Krieg keine Daseinsberechtigung mehr.« Picasso machte eine Pause, dann fügte sie vorsichtig hinzu: »Ich dachte, Ergebnisse dieser Art seien das Ziel unserer Organisation.«

»Gewiß.« Der Direktor lächelte flüchtig. »Es ist Ihr gutes Recht gewesen, gegen die Ulster Freedom Brigade vorzugehen, um Ihre eigenen Interessen zu unterstützen. Aber jetzt hat die Gesellschaft beschlossen, die Brigade bei der Durchführung eines bestimmten Vorhabens zu unterstützen – der Ermordung Botschafter Cannons –, und Sie dürfen nichts tun, was den Erfolg des Unternehmens gefährden könnte.«

»Ich verstehe, Direktor.«

»Tatsächlich können Sie dazu beitragen, den Erfolg dieses Unternehmens zu fördern.«

»Wodurch?«

»Ich habe vor, Oktober den Auftrag zu erteilen«, sagte der Direktor. »Aber Michael Osbourne hat sich offenbar in den Kopf gesetzt, Oktober aufzuspüren und zu liquidieren.«

»Dazu hat er allen Grund.«

»Wegen der alten Sache mit Sarah Randolph?«

»Ja.«

Der Direktor machte ein enttäuschtes Gesicht. »Osbourne scheint doch ein hochbegabter Mann zu sein«, sagte er. »Daß er so darauf fixiert ist, die Vergangenheit zu rächen, verstehe ich nicht. Wann begreift dieser Bursche endlich, daß das keine persönliche, sondern eine rein geschäftliche Sache gewesen ist?«

»Nicht in absehbarer Zeit, fürchte ich.«

»Wie ich höre, ist Osbourne bei Ihnen für die Fahndung nach Oktober zuständig.«

»Das stimmt, Direktor.«

»Vielleicht wäre es für alle Beteiligten am besten, wenn er eine andere Aufgabe erhielte. Ein Mann mit seinen Talenten kann sicher anderswo besser eingesetzt werden.«

»Ich bin ganz Ihrer Meinung.«

Der Direktor räusperte sich diskret. »Oder vielleicht wäre es am besten, wenn Osbourne ganz ausgeschaltet würde. Nach dem Abschuß der TransAtlantic-Maschine ist er sehr dicht an uns herangekommen. Gefährlich dicht, wenn Sie mich fragen.«

»Ich hätte keine Einwände, Direktor.«

»Also gut«, sagte er. »Dann veranlasse ich das Nötige.«

Daphne wollte Sonne, deshalb erklärte der Direktor sich widerstrebend bereit, den Rest des Tages auf Mykonos zu verbringen, bevor sie nach London zurückflogen. Sie lag auf der Terrasse, wie Gott sie geschaffen hatte, und genoß die Sonne. Der Direktor konnte sich nie an ihr satt sehen. Da er die Fähigkeit, eine Frau zu lieben, längst eingebüßt hatte – er vermutete, daß sein Leben als Geheimdienstchef, das jahrelange Lügen und Betrügen, ihn impotent gemacht hatte –, bewunderte er Daphne, wie man ein schönes Gemälde oder eine Skulptur bewundert. Sie war sein kostbarster Besitz.

Trotz seiner äußerlichen Gelassenheit war der Direktor

ein ruheloser Mensch, und am frühen Nachmittag hatte er mehr als genug von Sonne und Seeluft. Außerdem hatte er schon immer nichts lieber getan, als Unternehmen zu planen und zu leiten, und wollte sich wieder an die Arbeit machen. Bei Sonnenuntergang fuhren sie zum Flughafen. Nachdem die Maschine des Direktors gestartet war, legten mehrere Detonationen die weiße Villa auf den Klippen von Kap Mavros in Trümmer und ließen sie in Flammen aufgehen.

Der Immobilienmakler Stavros traf als erster am Brandort ein. Er alarmierte die Feuerwehr über sein Mobiltelefon und beobachtete dann, wie die Flammen die Villa einhüllten. Monsieur Delaroche hatte ihm eine Nummer in Paris gegeben. Stavros wählte sie und bereitete sich darauf vor, seinem Kunden die schlimme Nachricht schonend beizubringen – daß sein geliebtes Heim hoch über der Panormos-Bucht ein Raub der Flammen geworden war.

Gleich nach dem ersten Klingeln war eine Tonbandansage zu hören. Obwohl Stavros nicht viel Französisch konnte, bekam er mit, daß die Tonbandstimme »Kein Anschluß unter dieser Nummer!« sagte. Er drückte auf die rote Taste und beendete das Gespräch.

Er beobachtete die vergeblichen Bemühungen der Feuerwehr, den Brand zu löschen. Dann fuhr er nach Ano Mera zurück und ging in die Taverne. Dort saßen die üblichen Stammgäste bei Wein, Oliven und Brot. Stavros berichtete von dem Brand auf Kap Mavros.

»Irgendwie hat dieser Delaroche schon immer was Komisches an sich gehabt«, sagte Stavros, als er mit seiner Geschichte fertig war. Er grinste schief, während er in seinen trüben Ouzo starrte. »Das hab' ich von Anfang an gespürt.«

32

Paris

In Paris lebte Rebecca Wells in Montparnasse in einem tristen Wohnblock in der Nähe des Bahnhofs. Seit ihrer Flucht aus England hatte sie die meiste Zeit in dieser gräßlichen Wohnung zugebracht und sich französische Fernsehprogramme angesehen, die sie nur bruchstückhaft verstand. Manchmal hörte sie im Radio englische Nachrichten. Die Brigade war zerschlagen worden, und das war allein ihre Schuld.

Sie mußte aus diesem Loch raus. Sie stand auf und trat ans Fenster. Wieder einmal das übliche Wetter: grau, kalt und feucht. Sogar Ulster war besser als Paris im März. Sie ging ins Bad und sah in den Spiegel. Eine Fremde starrte ihr entgegen. Ihr üppiges schwarzes Haar war von dem in Norwich benützten Bleichmittel glanzlos und strohig geworden. Ihr Teint war gelblich – zu wenig frische Luft, zu viele Zigaretten. Um die Augen hatte sie dunkle Ringe.

Sie zog ihre Lederjacke an, blieb vor der Schlafzimmertür stehen und hörte dahinter das Klirren von Hanteln. Als sie anklopfte, verstummte das Geräusch. Roderick Campbell öffnete die Tür und stand mit schweißglänzendem Oberkörper vor ihr. Campbell war ein Schotte, der in der britischen Armee gedient und sich danach in Afrika und Südamerika als Söldner verdingt hatte. Er hatte kurzes schwarzes Haar, einen Kinnbart und zahlreiche Tätowierungen auf Brust und Armen.

Auf seinem Bett lag eine nackte Nutte, die mit einer seiner Pistolen spielte.

»Ich gehe aus«, sagte sie. »Ich brauche frische Luft.«

»Paß auf, daß du nicht beschattet wirst«, ermahnte Campbell sie. Er sprach den weichen Dialekt seiner Heimat in den Highlands. »Soll ich mitkommen?«

»Nein, danke.«

Er hielt ihr eine Pistole hin. »Hier, nimm.«

Der Aufzug war wieder einmal außer Betrieb, deshalb ging sie die Treppe hinunter. Gott, war sie froh, aus diesem Loch herauszukommen! Sie war wütend auf Kyle Blake, weil er sie zu diesem Campbell geschickt hatte. Andererseits hätte alles noch viel schlimmer sein können. Sie hätte wie die anderen inhaftiert oder tot sein können. Die kalte Luft tat ihr gut, und sie machte einen langen Spaziergang. Gelegentlich blieb sie vor einem Schaufenster stehen, um den Gehsteig hinter sich zu kontrollieren. Sie war überzeugt, nicht beschattet zu werden.

Zum erstenmal seit vielen Tagen fühlte sie sich wirklich hungrig. Sie betrat ein kleines Café und bestellte in ihrem schaurigen Französisch eine *Omelette aux fines herbes* und einen *Café crème*. Dann zündete sie sich eine Zigarette an, sah aus dem Fenster und fragte sich, ob sie ihr restliches Leben so verbringen würde – in fremden Städten lebend, von Menschen umgeben, die sie nicht kannte.

Sie wollte zu Ende bringen, was sie begonnen hatten; sie wollte Botschafter Douglas Cannons Tod. Aber sie wußte, daß die Ulster Freedom Brigade nicht mehr imstande war, diesen Auftrag auszuführen; effektiv gab es keine Ulster Freedom Brigade mehr. Sollte der Botschafter ermordet werden, würde ein anderer den Auftrag übernehmen müssen. Sie hatte sich hilfesuchend an

Roderick Campbell gewandt. Er kannte Männer, wie Rebecca sie brauchte: Männer, die berufsmäßig töteten; bezahlte Killer, die nur für Geld mordeten.

Als der Ober das Omelette servierte, verschlang Rebecca es hastig. Sie wußte nicht, wann sie die letzte richtig zubereitete Mahlzeit gegessen hatte. Als sie fertig war, tunkte sie Baguettestücke in ihren Kaffee und aß sie ebenfalls. Der Ober kam wieder vorbei und schien sich zu wundern, daß ihr Teller schon leer war.

»Ich bin hungrig gewesen«, murmelte sie verlegen.

Rebecca zahlte und verließ das Café. Sie zog den Reißverschluß ihrer Jacke bis zum Hals hoch und wollte durch eine ruhige Seitenstraße zu der Wohnung in Montparnasse zurückgehen. Im nächsten Augenblick hörte sie hinter sich ein auffällig langsam fahrendes Auto. Sie trat rasch in eine Telefonzelle und gab vor, eine Nummer zu wählen, während sie das jetzt haltende Auto betrachtete: ein großer schwarzer Citroën, in dem drei Männer saßen – zwei vorn, einer hinten. Vielleicht die französische Polizei, dachte sie. Vielleicht der französische Geheimdienst. Vielleicht Freunde Rodericks. Vielleicht niemand, der sich für sie interessierte.

Sie verließ die Telefonzelle und ging schneller. Trotz der Kälte schwitzte sie plötzlich. Der Fahrer des Citroëns gab Gas und fuhr mit aufheulendem Motor an. Mein Gott, dachte sie erschrocken, sie wollen mich überfahren! Sie wandte den Kopf ab, als die Limousine scharf bremste und wenige Meter vor ihr hielt.

Die rechte hintere Tür wurde geöffnet. Der hinten sitzende Mann beugte sich über den Rücksitz und sagte: »Guten Tag, Miss Wells.«

Rebecca fühlte sich wie vor den Kopf geschlagen. Sie blieb stehen und starrte den Mann an. Er hatte öliges blondes Haar, das er glatt zurückgekämmt trug, und einen blassen, von der Sonne verbrannten Teint. »Bitte steigen Sie ein. Auf der Straße können wir uns leider nicht unterhalten, das wäre zu gefährlich.«

Seinem Tonfall nach ein gebildeter Engländer.

»Wer sind Sie?« fragte Rebecca.

»Nicht die Behörden, falls Sie das glauben«, versicherte er ihr. »In Wirklichkeit durchaus das Gegenteil.«

»Was wollen Sie?«

»Tatsächlich hat diese Sache etwas mit dem zu tun, was *Sie* wollen.«

Sie zögerte.

»Bitte, wir haben nicht allzuviel Zeit«, sagte der Blonde und hielt ihr eine blasse Hand hin. »Und machen Sie sich keine Sorgen, Miss Wells. Hätten wir Sie liquidieren wollen, wären Sie längst tot.«

Von Montparnasse aus fuhren sie zu einem Apartmentgebäude im 5. Arondissement in der Rue de Tournefort. Der Blonde fuhr mit dem Citroën weiter. Ein rotgesichtiger Mann mit Stirnglatze nahm ihr Rodericks Pistole ab und führte sie dann in eine Wohnung, die den Eindruck eines nur selten benutzten zeitweiligen Quartiers machte. Die Einrichtung war männlich nüchtern: eine bequeme schwarze Ledersitzgruppe um einen Couchtisch mit Glasplatte, Bücherregale aus Teakholz mit Sachbüchern, Biographien und Kriminalromanen von englischen und amerikanischen Autoren. Die freien Wände waren kahl, aber schwache Umrisse ließen erkennen, wo früher Bilder gehangen hatten. Der Mann schloß die Wohnungstür und tippte auf dem Zahlenfeld neben dem Türrahmen einen sechsstelligen Code ein, mit dem vermutlich eine Alarmanlage eingeschaltet wurde. Dann ergriff er wortlos Rebeccas Hand und führte sie ins Schlafzimmer.

Der Raum war dunkel bis auf einen hellen Fleck am Fenster, wo die nicht ganz dicht schließende Jalousie etwas wäßriges Tageslicht einließ. Sobald die Tür hinter Rebecca ins Schloß gefallen war, sprach ein Mann sie aus dem Dunkel an. Seine Stimme klang trocken und präzise – die Stimme eines Mannes, der nicht gern etwas zweimal sagt.

»Wir haben erfahren, daß Sie jemanden suchen, der imstande ist, den amerikanischen Botschafter in London zu ermorden«, sagte der Mann. »Ich glaube, daß wir Ihnen dabei behilflich sein können.«

»Wer sind Sie?«

»Das geht Sie nichts an. Aber ich kann Ihnen versichern, daß wir durchaus imstande sind, ein Vorhaben wie das von Ihnen geplante auszuführen. Und mit weit geringeren Verlusten als bei dem stümperhaften Anschlag in Hartley Hall.«

Rebecca bebte vor Zorn, was der Mann im Dunkel zu spüren schien.

»In Norfolk sind Sie leider reingelegt worden, Miss Wells«, sagte er. »Sie sind geradewegs in eine von CIA und MI5 gestellte Falle getappt. Geleitet hat dieses Unternehmen der Schwiegersohn des US-Botschafters, der zufällig bei der Central Intelligence Agency arbeitet. Sein Name ist Michael Osbourne. Soll ich fortfahren?«

Sie nickte.

»Sollten Sie unsere Unterstützung annehmen, verzichten wir auf unser sonst übliches Honorar. Ich versichere Ihnen, daß es bei einem Auftrag dieser Art sehr beträchtlich wäre – bestimmt weit außerhalb der finanziellen Möglichkeiten einer Gruppierung wie der Ulster Freedom Brigade.«

»Sie wären bereit, es umsonst zu tun?« fragte Rebecca ungläubig.

»Ganz recht.«

»Und was verlangen Sie als Gegenleistung?«

»Daß Sie zum richtigen Zeitpunkt die Verantwortung für den Anschlag übernehmen.«

»Sonst nichts?«

»Sonst nichts.«

»Und danach?«

»Danach haben Sie keine weiteren Verpflichtungen, außer daß Sie unter keinen Umständen jemals über unsere Partnerschaft sprechen dürfen. Sollten Sie unsere Vereinbarung ausplaudern, behalten wir uns Strafmaßnahmen vor.«

Er machte eine kurze Pause, um seiner Warnung Nachdruck zu verleihen.

»Nach dem Attentat wird es für Sie nicht einfach sein, sich weiterhin frei zu bewegen«, fuhr er dann fort. »Sollten Sie das wünschen, können wir Ihnen Dienstleistungen anbieten, die es Ihnen gestatten, in Freiheit zu bleiben. Wir können Ihnen gefälschte Reisepässe besorgen. Wir können Ihnen helfen, Ihr Aussehen zu verändern. Wir haben Verbindungen zu bestimmten Staaten, die bereit sind, Flüchtige gegen Geld oder Gefälligkeiten aufzunehmen. Auch diese Dienste würden wir Ihnen kostenlos zur Verfügung stellen.«

»Weshalb?« fragte sie. »Warum sind Sie bereit, das umsonst zu tun?«

»Wir sind keine Wohltätigkeitsorganisation, Miss Wells. Wir sind jedoch bereit, mit Ihnen zusammenzuarbeiten, weil wir gemeinsame Interessen haben.« Ein Feuerzeug flammte auf und beleuchtete sekundenlang sein Gesicht, bevor der Raum wieder im Dunkel lag: silbergraues Haar, blasser Teint, schmale Nase, kalte Augen, grausamer Mund. »In Paris sind Sie nicht länger sicher, fürchte ich«, erklärte er ihr. »Die örtlichen

Behörden haben Wind von Ihrer Anwesenheit bekommen.«

Sie fuhr zusammen, als habe jemand ihr einen Kübel Eiswasser in den Rücken gekippt. Bei dem Gedanken, verhaftet und in Ketten nach Großbritannien zurückgeschickt zu werden, wurde ihr fast schlecht.

»Sie müssen Frankreich sofort verlassen«, fuhr er fort. »Ich schlage Bahrain vor. Der Chef der dortigen Sicherheitskräfte ist ein alter Kollege von mir. Dort sind Sie sicher, und es gibt schlimmere Aufenthaltsorte als den Persischen Golf im März. Im Frühjahr ist das Wetter dort herrlich.«

»Ich bin nicht daran interessiert, den Rest meiner Tage an einem Swimmingpool in Bahrain zu verbringen.«

»Was wollen Sie damit sagen, Miss Wells?«

»Daß ich mitmachen will«, antwortete sie. »Ich nehme Ihre Unterstützung dankend an, aber ich will dabeisein, wenn der Mann stirbt.«

»Sind Sie dafür ausgebildet?«

»Ja«, sagte sie.

»Haben Sie schon einmal einen Menschen getötet?«

Sie dachte an eine Nacht vor zwei Monaten – an die Scheune im County Armagh, in der sie Charlie Bates erschossen hatte. »Ja«, sagte sie mit fester Stimme, »das habe ich.«

»Der Mann, dem ich diesen Auftrag erteilen werde, arbeitet am liebsten allein«, sagte der Unbekannte, »aber ich denke, er wird einsehen, daß es zweckmäßig wäre, bei diesem Unternehmen eine Partnerin zu haben.«

»Wann reise ich ab?«

»Heute abend.«

»Dann möchte ich jetzt gerne in die Wohnung zurück, um ein paar Dinge mitzunehmen.«

»Das ist leider nicht möglich.«

»Was ist mit Roderick? Was wird er denken, wenn ich ohne die geringste Erklärung verschwinde?«

»Um Roderick Campbell kümmern wir uns.«

Der Blonde fuhr mit dem Citroën nach Montparnasse zurück und parkte gegenüber von Roderick Campbells Wohnblock. Er stieg aus und überquerte die Straße. Er hatte der Frau unterwegs die Schlüssel geklaut. Er sperrte die Eingangstür auf und ging die Treppe zu Campbells Wohnung hinauf. Er zog die kleinkalibrige Herstal aus dem Bund seiner Jeans, schloß die Wohnungstür auf und trat lautlos über die Schwelle.

33

Amsterdam

Die Wettervorhersage für das holländische Küstengebiet war gut, deshalb bestieg Delaroche an diesem Märzmorgen in aller Frühe sein italienisches Rennrad und strampelte nach Süden. Zu seiner langen schwarzen Radlerhose trug er einen weißen Rollkragenpullover aus Baumwolle und darüber eine neongelbe Windjacke – eng genug, um nicht im Wind zu flattern, weit genug, um die Beretta unter seiner linken Achsel zu verbergen. Er fuhr in Richtung Leiden durch den Bloembollenstreek, das größte Blumenanbaugebiet Hollands, und seine kräftigen Beine trieben ihn mühelos durch bereits in farbenprächtiger Blüte stehende Felder vorwärts.

Seine Augen nahmen zunächst die holländische Landschaft wahr – die Deiche und die Kanäle, die Windmühlen und die Blumenfelder –, aber nach einiger Zeit tauchte vor seinem inneren Auge wieder Maurice Leroux' Gesicht auf. Er war Delaroche vergangene Nacht im Traum erschienen: weiß wie Schnee, zwei Einschußlöcher in der Brust, noch immer mit der lächerlichen Baskenmütze auf dem Kopf.

Ich bin zuverlässig. Ich habe schon viele Männer wie Sie operiert.

Delaroche erreichte Leiden und aß in der Mittagssonne im Garten eines Cafés am Rheinufer. Hier, nur wenige

Kilometer von seiner Mündung in die Nordsee entfernt, war der Rhein schmal und träge – ganz anders als der Wildwasserfluß in der Nähe seiner Quelle in den Alpen oder der breite industrielle Lastenesel der deutschen Ebenen. Delaroche bestellte Kaffee und ein Schinken-Käse-Sandwich.

Seine Unfähigkeit, Leroux' Bild aus seinem Unterbewußtsein zu tilgen, ging Delaroche auf die Nerven. Im allgemeinen fühlte er sich nach einem Mord nur kurze Zeit unwohl. Aber obwohl er Leroux schon vor einer Woche erschossen hatte, erschien sein Gesicht noch immer häufig vor seinem inneren Auge.

Er mußte an einen Mann namens Wladimir denken. Delaroche war seiner Mutter nach der Geburt weggenommen und in die Obhut des KGB gegeben worden. Wladimir war für ihn Vater und Mutter zugleich gewesen. Er hatte den Jungen Sprachen und alle Fertigkeiten gelehrt, die er für seinen zukünftigen Beruf brauchte. Und er hatte versucht, ihm etwas übers Leben beizubringen, bevor er ihn töten lehrte. Wladimir hatte ihn gewarnt, daß dies irgendwann passieren würde. *Eines Tages wirst du jemandem das Leben nehmen, und dieser Mann wird dich verfolgen,* hatte Wladimir damals gesagt. *Er wird seine Mahlzeiten mit dir einnehmen, dein Bett mit dir teilen. Wenn dieser Fall eintritt, wird es Zeit für dich, deinen Beruf aufzugeben, denn ein Mann, der Gespenster sieht, kann nicht länger wie ein Profi agieren.*

Delaroche zahlte und verließ das Café. Als er in Richtung Nordsee weiterfuhr, verschlechterte sich das Wetter. Der Himmel bezog sich, und die Temperatur sank spürbar. Auf der ganzen Strecke nach Haarlem mußte er gegen steifen Gegenwind ankämpfen.

Vielleicht hatte Wladimir recht gehabt. Vielleicht wurde es Zeit für ihn, aus dem Spiel auszusteigen, bevor es ihn das Leben kostete. Er konnte in den Mittelmeerraum zurückkehren, und er konnte seine Tage damit verbringen, mit dem Rennrad zu fahren und Bilder zu malen und auf seiner Terrasse hoch über dem Meer seinen Wein zu trinken – und zum Teufel mit Wladimir, seinem Vater, dem Direktor und allen anderen, die ihm dieses Leben aufgezwungen hatten. Vielleicht fand er sogar eine Frau, eine Frau wie Astrid Vogel, eine Frau, die selbst so viele gefährliche Geheimnisse hatte, daß er ihr seine anvertrauen konnte.

Delaroche hatte schon einmal aussteigen wollen – Astrid und er hatten sich gemeinsam zur Ruhe setzen wollen –, aber nach Astrids Tod war ihm das sinnlos erschienen, und der Direktor hatte ihm ein glänzendes Angebot gemacht, das er unmöglich hatte ablehnen können. Delaroche arbeitete nicht aus Überzeugung für die Gesellschaft; er arbeitete für den Direktor, weil dieser ihn äußerst großzügig honorierte und ihm Schutz vor seinen Feinden bot. Kündigte Delaroche der Gesellschaft aber die Zusammenarbeit auf, war er auf sich allein gestellt. Dann würde er selbst für seine Sicherheit sorgen oder sich einen neuen Paten suchen müssen.

Er fuhr in Haarlem ein und überquerte den Fluß Spaarne. Nach Amsterdam waren es von hier aus vierundzwanzig Kilometer – eine gute Strecke den Noordzeekanal entlang. Bei kräftigem Rückenwind und freier Fahrbahn brauchte er nur wenig mehr als eine halbe Stunde, um die Stadt zu erreichen.

Auf dem Weg zur Herengracht ließ Delaroche sich viel Zeit. Bevor er seine Wohnungstür aufschloß, kontrollierte er, ob der kleine Papierstreifen, den er zwischen Tür und Rahmen gesteckt hatte, noch an seinem Platz war. Im Briefkasten lag eine weitere Nachricht der jungen Deutschen: *Ich will dich wiedersehen, du Wichser! Eva.*

Er schaltete seinen Computer ein, stellte fest, daß er eine E-Mail hatte, öffnete sie und tippte seinen Decknamen ein. Die Nachricht war vom Direktor; er wollte sich morgen im Amsterdamer Vondelpark mit ihm treffen.

Delaroche antwortete per E-Mail, er werde da sein.

Am folgenden Morgen machte Delaroche einen Rundgang über den Albert Cuypmarkt am östlichen Kanalring. Er achtete genau darauf, ob er beschattet wurde, während er an Ständen vorbeischlenderte, an denen Obst, Fische aus der Nordsee, holländischer Käse und frische Schnittblumen angeboten wurden. Erst als er davon überzeugt war, nicht beschattet zu werden, ging er vom Markt zu dem weitläufigen Vondelpark im Amsterdamer Museumsviertel hinüber. Dort sah er den Direktor neben seiner großen Jamaikanerin auf einer Bank am Ententeich sitzen.

Der Direktor hatte Delaroche nach der Gesichtsoperation in Athen nicht mehr gesehen. Obwohl Delaroche keinen Sinn für Spiele und ähnliche Belustigungen hatte – sein einsames, von Geheimhaltung geprägtes Leben hatte ihn der Möglichkeit beraubt, wirklich Humor zu entwickeln –, beschloß er, dem Direktor einen Streich zu spielen und gleichzeitig zu testen, wie wirkungsvoll Maurice Leroux sein Gesicht umgemodelt hatte.

Er setzte seine Sonnenbrille auf und steckte sich eine Zigarette zwischen die Lippen. So trat er an den Direktor heran und bat ihn auf holländisch um Feuer. Der Direktor gab ihm ein schweres silbernes Feuerzeug. Delaroche zündete sich seine Zigarette an und gab ihm das Feuerzeug zurück. *»Dank u«,* sagte er dabei. Der Direktor nickte distanziert und steckte sein Feuerzeug wieder ein.

Delaroche ging ein Stückchen weiter. Kurze Zeit später kam er zurück, setzte sich neben den Direktor und begann schweigend eine Birne zu essen, die er auf dem Albert Cuypmarkt gekauft hatte. Der Direktor und seine Begleiterin standen auf und setzten sich auf eine andere Bank. Delaroche sah ihnen neugierig nach; dann stand er ebenfalls auf und setzte sich wieder zu ihnen.

Der Direktor runzelte die Stirn. »Hören Sie, ich verbitte mir, daß Sie uns…«

»Ich glaube, Sie wollten sich hier mit mir treffen«, sagte Delaroche, indem er seine Sonnenbrille abnahm.

»Großer Gott«, murmelte der Direktor. »Sind Sie's wirklich?«

»Ich fürchte, ja.«

»Sie sehen gräßlich aus. Kein Wunder, daß Sie den armen Kerl umgebracht haben.«

»Ich habe einen Auftrag für Sie.«

Die Augen des Direktors waren in ständiger Bewegung, während er mit Delaroche durch den Vondelpark schlenderte. Der Direktor hatte seine Laufbahn als Agent begonnen – er war im Zweiten Weltkrieg als SOE-Agent mit dem Fallschirm über Frankreich abgesprungen und hatte in Ostberlin Agenten gegen die Russen geführt –, und sein Überlebensinstinkt war noch immer ausgeprägt.

»Haben Sie die Entwicklung in Nordirland verfolgt?« fragte der Direktor.

»Ich lese Zeitungen.«

»Dann wissen Sie, daß die Ulster Freedom Brigade mit ihrem Versuch gescheitert ist, Douglas Cannon, den amerikanischen Botschafter in London, zu ermorden.«

»Ja, das habe ich gelesen«, sagte Delaroche nickend.

»Was Sie nicht wissen, ist, daß die Attentäter ahnungslos in eine Falle getappt sind, die MI5 und CIA ihnen gestellt hatten. Der für den Part der Amerikaner zuständige CIA-Offizier ist ein alter Freund von Ihnen.«

Delaroche funkelte den Direktor an. »Osbourne?«

Der Direktor nickte. »Selbstverständlich würde die Ulster Freedom Brigade nun am liebsten den Botschafter *und* seinen Schwiegersohn liquidieren, und wir haben uns bereit erklärt, ihr diese Arbeit abzunehmen.«

»Warum?«

»Die Brigade will den Friedensprozeß torpedieren, was offen gestanden auch in unserem Interesse liegt. Er ist schlecht fürs Geschäft. In weniger als zwei Wochen trifft Präsident Beckwith am Sankt-Patrickstag im Weißen Haus mit führenden nordirischen Politikern zusammen. An dieser Besprechung nimmt auch Douglas Cannon teil.«

»Wissen Sie das bestimmt?«

»Ich habe eine absolut zuverlässige Quelle. Die Amerikaner verstehen es, ihre Botschafter im Ausland zu schützen, aber im eigenen Land sieht die Sache anders aus. Falls überhaupt, wird Cannon nur leicht bewacht. Einem Profi mit Ihren Fähigkeiten dürfte es nicht schwerfallen, diesen Auftrag auszuführen.«

»Kann ich mir aussuchen, ob ich ihn annehme?«

»Ich darf Sie daran erinnern, daß ich Sie äußerst großzügig honoriere und für Ihre persönliche Sicherheit garantiere«, sagte der Direktor kalt. »Ihre Gegenleistung besteht darin, daß Sie für mich morden. So einfach ist das.«

Delaroche wußte, daß der Direktor alle verfügbaren Mittel einsetzen würde, um seine Ziele zu erreichen.

»Ich hätte gedacht, Sie würden die Gelegenheit, Ihren alten Feind zu erledigen, dankbar wahrnehmen«, fuhr der Direktor fort.

»Wie kommen Sie darauf?«

»Wegen Astrid Vogel. Mich wundert, daß Sie Osbourne nicht längst auf eigene Faust erledigt haben.«

»Ich habe ihn nicht ermordet, weil ich keinen Auftrag

dazu hatte«, antwortete Delaroche. »Ich bin ein Attentäter, kein Mörder.«

»Manche Leute würden das für eine belanglose Unterscheidung halten, aber ich verstehe Ihr Argument und respektiere Sie deswegen. Osbourne stellt jedoch weiterhin eine ernste Gefahr für unsere Organisation dar. Ich würde besser schlafen, wenn er nicht mehr unter uns wäre.«

Delaroche blieb stehen und wandte sich dem Direktor zu.

»Zwei Wochen sind nicht viel Zeit – vor allem für einen Job in den Vereinigten Staaten.«

»Für jemanden wie Sie bestimmt genug.«

Delaroche nickte. »Gut, ich übernehme den Auftrag.«

»Wunderbar«, sagte der Direktor. »Nachdem Sie zugestimmt haben, kommt jetzt der Haken. Ich möchte, daß Sie diesmal mit einem Partner zusammenarbeiten.«

»Ich arbeite nicht mit Unbekannten.«

»Das weiß ich, aber ich bitte Sie, diesmal eine Ausnahme zu machen.«

»Wer ist er?«

»Tatsächlich handelt es sich um eine *Sie*«, antwortete der Direktor. »Ihr Name ist Rebecca Wells. Sie ist die Frau, die den Versuch der Ulster Freedom Brigade, Douglas Cannon in England zu ermorden, überlebt hat.«

»Sie ist eine Amateurin«, stellte Delaroche fest.

»Sie ist eine erfahrene Untergrundkämpferin, die bewiesen hat, daß sie vor nichts zurückschreckt. Ich halte es aus politischen Gründen für wichtig, daß sie an dem Unternehmen teilnimmt. Ich bin sicher, daß Ihnen die Zusammenarbeit mit ihr Spaß machen wird.«

»Und wenn ich mich weigere?«

»Dann sind Ihr Honorar und der Ihnen bisher gewährte Schutz hinfällig, fürchte ich.«

»Wo ist sie?«

Der Direktor zeigte den Weg entlang. »Gehen Sie ungefähr hundert Meter weiter. Sie sitzt dort auf einer Bank: blondes Haar, liest eine deutsche Zeitung, *Die Welt*. Ich bereite schon mal die Dossiers vor und organisiere Ihre Reise nach Amerika. Sie bleiben hier in Amsterdam, bis ich mich bei Ihnen melde.«

Und damit wandte der Direktor sich ab und verschwand in dem Dunst, der aus den Wiesenflächen des Vondelparks aufstieg.

An einem der Kioske im Park kaufte Delaroche einen kleinen Stadtplan von Amsterdam. Damit setzte er sich auf die Bank neben der, auf der Rebecca Wells pflichtbewußt vorgab, die gestrige Ausgabe der *Welt* zu lesen. Er interessierte sich weniger für die Frau als für das, was in ihrer Umgebung vorging. Zwanzig Minuten lang beobachtete er die Gesichter der Vorbeigehenden und hielt Ausschau nach irgendwelchen Anzeichen dafür, daß sie beschattet wurde. Die Blonde schien allein zu sein, aber er wollte ganz sichergehen. Er kreuzte einen Punkt auf dem gekauften Stadtplan an und ging damit zu ihr hinüber. »Wir treffen uns dort in genau zwei Stunden«, sagte er und gab ihr den Stadtplan mit dem angekreuzten Treffpunkt. »Bleib in Bewegung, komm keine Minute zu früh.«

Der Punkt, den Delaroche auf dem Stadtplan angekreuzt hatte, war das Nationaal Monument auf dem Damplein. Rebecca Wells blieb noch über eine halbe Stunde im Vondelpark, schlenderte durch die Anlagen und machte unterwegs mehrmals an den Seen halt. Einmal kehrte sie überraschend um, so daß Delaroche hastig in einer öffentlichen Toilette verschwinden mußte, um nicht entdeckt zu werden.

Vom Park aus ging sie ins Van-Gogh-Museum hinüber. Sie löste am Haupteingang eine Eintrittskarte und betrat das Gebäude. Delaroche folgte ihr mühelos durch das gut besuchte Museum. Van Gogh war einer der ersten Künstler gewesen, von denen er sich bei seiner eigenen Malerei hatte beeinflussen lassen; er war so fasziniert von *Raben über Kornfeldern,* einem seiner Lieblingsbilder, daß er die Blonde für kurze Zeit aus den Augen verlor. Aber er entdeckte sie gleich wieder vor van Goghs *Schlafzimmer in Arles.* Irgend etwas an diesem farbenfrohen Gemälde, van Goghs Sinnbild häuslichen Friedens, schien sie zu beeindrucken.

Sie verließ das Museum, ging über den Albert Cuypmarkt und folgte der Singelgracht bis zur Amstel. Dort sprang sie plötzlich in eine Straßenbahn. Delaroche hielt ein Taxi an und folgte ihr.

Sie fuhr mit der Straßenbahn zum Leidseplein und setzte sich in der Nähe des Hotels American in ein Gehsteigcafé, wo sie Kaffee und Kuchen bestellte. Delaroche beobachtete sie von einem Café auf der anderen Seite des Kanals aus. Sie zahlte und stand auf, ging dann aber nicht auf dem Gehsteig weiter, sondern verschwand im Inneren des Cafés.

Delaroche ging rasch ans andere Ufer hinüber. Er fragte den Ober auf holländisch, ob er seine Freundin gesehen habe – eine blond gefärbte Irin. Der Ober nickte zur Toilette hin. Delaroche klopfte an die Tür. Als keine Antwort kam, öffnete er die Toilettentür und stellte fest, daß die Frau verschwunden war. Ein rascher Blick in die Küche zeigte ihm einen Hinterausgang, der auf eine schmale Gasse hinausführte. Ohne auf die Proteste des Küchenpersonals zu achten, ging er durch die Küche und trat auf die Gasse hinaus. Die Frau war nirgends zu sehen.

Er fuhr mit der Straßenbahn zum Damplein, wo er sie neben einem der Löwen am Sockel des Nationaal Monuments sitzen sah. Rebecca blickte auf ihre Uhr und lächelte. »Wo bleibst du so lange?« fragte sie. »Ich hab' mir schon Sorgen um dich gemacht.«

»Beschattet wirst du nicht«, sagte Delaroche und setzte sich neben sie, »aber du bewegst dich amateurhaft.«

»Ich hab' dich abgehängt, stimmt's?«

»Ich bin allein und zu Fuß. Einen einzelnen Mann zu Fuß kann jeder abhängen.«

»Jetzt paß mal auf, du Bastard. Ich bin aus Portadown in Nordirland. Bei mir kannst du dir deine Machomasche sparen. Mir ist kalt, ich bin hungrig, und ich hab' diesen Scheiß satt. Der Alte hat gesagt, du hättest eine Unterkunft für mich. Also los!«

Sie gingen schweigend die Prinsengracht entlang, bis sie die *Krista* erreichten. Delaroche sprang aufs Achterdeck hinunter und streckte Rebecca eine Hand hin, um ihr zu helfen. Aber sie blieb auf dem Gehsteig stehen und starrte ihn an, als sei er verrückt. »Wenn du glaubst, daß ich Lust habe, auf einem beschissenen Schleppkahn zu hausen ...«

»Das ist kein Schleppkahn«, unterbrach er sie. »Nimm meine Hand. Ich zeig's dir.«

Sie kam ohne seine Hilfe an Bord des Hausboots und sah zu, wie er das Vorhängeschloß aufsperrte, mit dem die Tür zum Niedergang gesichert war. Dann folgte sie ihm in den Salon hinunter und war von der behaglichen Einrichtung sichtlich überrascht.

»Ist das dein Boot?« fragte sie.

»Es gehört einem Freund von mir.«

Sie versuchte eine der Lampen einzuschalten, aber das Licht brannte nicht. Delaroche ging an Deck, entrollte das Stromkabel der *Krista* und schob den Stecker in die Steckdose an der Kanalmauer. Einen Augenblick später erhellte sanftes Licht den Salon.

»Hast du Geld?« fragte Delaroche, als er wieder nach unten kam.

»Der Alte hat mir etwas Geld gegeben«, antwortete sie. »Wer ist er übrigens?«

»Er ist der Direktor.«

»Der Direktor von was?«

»Der Direktor der Organisation, die euch hilft, den US-Botschafter zu ermorden.«

»Und wie heißt die?«

Delaroche gab keine Antwort.

»Du weißt nicht, wie sie heißt?«

»Doch, das weiß ich«, sagte er.

»Weißt du auch, wer ihr angehört?«

»Das habe ich mit viel Mühe herausgefunden.«

Sie ging durch den Salon und setzte sich auf die Kante von Astrids Bett. Delaroche schaltete den kleinen Heizlüfter ein.

»Hast du einen Namen?« fragte sie.

»Manchmal«, antwortete er.

»Wie soll ich dich nennen?«

»Hier kannst du wohnen, bis wir nach Amerika fahren«, sagte Delaroche, ohne auf ihre Frage einzugehen. »Du brauchst Kleidung und Essen. Ich komme gegen abend wieder und bringe dir ein paar Sachen. Rauchst du?«

Sie nickte.

Delaroche warf ihr eine Packung Zigaretten zu. »Ich bringe dir noch mehr mit.«

»Danke«, sagte sie.

»Sprichst du außer Englisch weitere Sprachen?«

»Nein«, antwortete sie.

Delaroche atmete geräuschvoll aus und schüttelte dabei den Kopf.

»Im nordirischen Untergrund habe ich keine anderen Sprachen gebraucht.«

»Wir sind hier nicht in Nordirland«, sagte er. »Kannst du etwas gegen deinen Akzent machen?«

»Was stört dich an meinem Akzent?«

»Du könntest dir gleich einen orangeroten Schal umbinden.«

»Ich kann wie eine Engländerin reden.«

»Dann tu's bitte«, sagte er, polterte die Treppe hinauf und knallte die Tür hinter sich zu.

34

CIA-Zentrale · Washington

Eine Woche nachdem der Direktor und Delaroche in Amsterdam zusammengetroffen waren, kam Michael Osbourne zum erstenmal seit seiner Abreise aus London wieder ins CIA-Zentrum für Terrorismusbekämpfung in Langley. Er gab seinen Zugangscode an der elektronisch gesicherten Tür ein und betrat das CTC. Carter, der an seinem Schreibtisch über einem Stapel Akten brütete, sah zu ihm auf und runzelte irritiert die Stirn. »Sieh da, Sir Michael geruht, uns mit seiner Gegenwart zu beehren«, sagte er.

»Das ist ein ehrenhalber verliehener Titel. ›Euer Majestät‹ genügt als Anrede völlig.«

Carter grinste. »Willkommen daheim. Du hast uns gefehlt. Alles in Ordnung?«

»Könnte nicht besser sein.«

»Du hast zehn Minuten, um dich einzulesen. Dann brauche ich Cynthia und dich in meinem Büro.«

»Okay. Wir kommen in einer Viertelstunde.«

Michael ging den Abu Nidal Boulevard zu seinem Glaskasten entlang. Irgendein CTC-Witzbold hatte eine der Wände mit einem riesigen Union Jack geschmückt, und aus einem kleinen Kassettenrecorder drang leise »God Save the Queen«.

»Sehr witzig!« sagte Michael laut.

Blaze und Eurotrash tauchten von Cynthia Martin und Gigabyte gefolgt auf. »Wir wollten es dir hier ein bißchen gemütlich machen, Sir Michael«, erklärte Blaze. »Damit dein Büro weniger an Langley und mehr an zu Hause erinnert, weißt du?«

»Sehr aufmerksam von euch.«

Blaze, Eurotrash und Gigabyte intonierten kehlig »He Is an Englishman« und zogen ab. Cynthia blieb da und nahm auf dem Stuhl vor Michaels Schreibtisch Platz. »Glückwunsch, Michael. Das war wirklich ein toller Coup.«

»Danke, ich weiß das zu schätzen.«

»Insgeheim habe ich wohl gehofft, du würdest auf die Nase fallen. Nichts gegen dich persönlich, verstehst du?«

»Das ist immerhin ehrlich.«

»Ehrlichkeit war schon immer mein schwacher Punkt.«

Michael lächelte. »Mein Schwiegervater kommt einige Tage vor der Nordirlandkonferenz im Weißen Haus nach Washington. Er möchte etwas Zeit mit seinen Enkeln verbringen und im Kapitol alte Freunde besuchen. Am Abend vor der Konferenz geben wir ein kleines Abendessen. Hättest du nicht Lust, auch zu kommen? Ich weiß, daß Douglas dein Urteil schätzen würde.«

»Danke, ich komme gern.«

Michael kritzelte seine Adresse auf ein Blatt Papier und gab es ihr.

»Sieben Uhr«, sagte er dazu.

»Gut, ich komme.« Cynthia faltete das Blatt zusammen. »Wir sehen uns in Carters Büro.«

Als sie gegangen war, schaltete Michael seinen Computer ein und las die nachts eingegangenen Meldungen durch. Im County Antrim außerhalb von Belfast hatte eine RUC-Streife in einem Auto rund neunzig Kilogramm Semtex entdeckt, das einer republikanischen Splittergruppe gehören sollte, die sich Wahre IRA nannte.

Michael klickte die nächste Meldung an. In der Nähe von Banbridge im County Down war ein Katholik erschossen worden. Die RUC vermutete den oder die Täter in den Reihen der Loyalist Volunteer Force, einer als äußerst gewalttätig bekannten protestantischen Extremistengruppe. Michael klickte die letzte Meldung an. Die Loge Portadown des Oranierordens hatte die Route ihres jährlichen Umzugs bekanntgegeben. Auch dieses Jahr beanspruchte sie wieder das Recht, durch die Garvaghy Road zu marschieren. Demnach würde die Marschsaison dieses Sommers ebenso konfrontativ verlaufen wie die letztjährige.

Michael schaltete seinen Computer aus und ging in Carters Büro hinüber. Cynthia war bereits dort.

»Ich hoffe, daß ihr beiden in den kommenden achtundvierzig Stunden keinen Wert auf Privatleben legt«, begann Carter.

»Die Agency ist unser Leben, Adrian«, sagte Michael.

»Ich habe eben mit Bill Bristol telefoniert.«

»Sollen wir vielleicht beeindruckt sein, weil du mit dem Sicherheitsberater des Präsidenten gesprochen hast?«

»Hältst du bitte für einen Augenblick die Klappe, bis ich ausgesprochen habe?«

Cynthia Martin lächelte und sah in ihr Notizbuch.

»Präsident Beckwith hat sich in den Kopf gesetzt, daß die Nordirlandkonferenz ein großer Erfolg werden muß. Seine Umfragewerte haben sich offenbar verschlechtert, und er will den Friedensprozeß dazu benützen, wieder mehr Zustimmung zu gewinnen.«

»Ist das nicht nett?« fragte Michael ironisch. »Wie können wir ihm zu Diensten sein?«

»Indem ihr dafür sorgt, daß er bestens auf die Konferenz vorbereitet ist. Er braucht ein vollständiges Bild der Lage in Ulster. Er braucht exakte Hintergrundinformationen, damit er weiß, wie weit er gehen kann, womit er Druck ausüben kann, um Bewegung in die Sache zu bringen. Und er muß wissen, ob wir unter den gegenwärtigen Umständen einen Nordirlandbesuch des Präsidenten für eine gute Idee halten.«

»Bis wann?« fragte Michael.

»Ihr sollt Bristol übermorgen im Weißen Haus informieren.«

»Oh, gut, ich hatte schon Angst, er würde etwas Unzumutbares verlangen.«

»Wenn ihr glaubt, damit überfordert zu sein ...«

»Nein, nein, wir schaffen es.«

»Das habe ich mir gedacht.«

Michael und Cynthia standen auf. »Augenblick noch, Michael«, sagte Carter.

»Wollt ihr hinter meinem Rücken über mich lästern?« erkundigte Cynthia sich.

»Wie hast du das erraten?« fragte Adrian.

Cynthia bedachte ihn mit einem mürrischen Blick und ging.

Carter wandte sich an Michael. »Nimm dir zum Lunch nichts vor, okay?«

Der Speisesaal der CIA-Zentrale liegt im sechsten Stock hinter einer schweren Metalltür, die in einen Kesselraum führen könnte. Er hieß Kasino für Führungskräfte, bis die Personalabteilung entdeckte, daß die Mitarbeiter unterhalb der Führungsebene diese Bezeichnung als kränkend empfanden. Die Agency änderte den Namen und öffnete das Restaurant für alle Mitarbeiter. Theoretisch konnten nun Arbeiter aus der Frachtabteilung in den sechsten Stock heraufkommen und mit stellvertretenden Direktoren und Abteilungsleitern zu Mittag essen. Trotzdem bevorzugten die meisten CIA-Mitarbeiter die liebevoll als

»Schweinetrog« bezeichnete riesige Cafeteria im Untergeschoß, wo sie tratschen konnten, ohne befürchten zu müssen, von Vorgesetzten belauscht zu werden.

Monica Tyler saß an einem Fenstertisch mit Blick über die dichten Bäume, die den Potomac River säumten. Ihre beiden allgegenwärtigen Faktoten, gehässigerweise als Tweedledum und Tweedledee bekannt, saßen rechts und links von ihr und hielten jeweils eine Ledermappe umklammert, als enthalte sie die verloren geglaubten Geheimnisse des Altertums. Die Tische um sie herum waren unbesetzt; Monica Tyler hatte eine Art, um sich herum freien Raum zu schaffen – einem Psychopathen mit einer Handgranate in der Faust nicht unähnlich.

Monica blieb sitzen, als Carter und Michael an den Tisch kamen und Platz nahmen. Eine Kellnerin brachte ihnen Speisekarten und Bestellvordrucke. Die Gäste konnten ihre Bestellungen hier nicht mündlich aufgeben; statt dessen mußten sie umständlich einen kleinen Vordruck ausfüllen und den Rechnungsbetrag selbst ermitteln. In der Agency wurde gewitzelt, daß die Bestellzettel jeden Abend in der Personalabteilung psychologisch ausgewertet wurden. Carter bemühte sich vergeblich, mit Monica Konversation zu machen, während er mit dem komplizierten Formular kämpfte. Da Michael wußte, daß die Rechnung vom Spesenkonto der Direktorin abgebucht werden würde, wählte er die teuersten Gerichte aus der Speisekarte: Shrimpscocktail, Langustenkuchen und Crème brûlée als Nachtisch. Tweedledee füllte Monicas Vordruck für sie aus.

»Nachdem es Ihnen jetzt gelungen ist, die Ulster Freedom Brigade auszuschalten«, begann Monica plötzlich, »sind wir der Meinung, daß es Zeit ist, Sie aus der Sonderkommission Nordirland abzuziehen, damit Sie etwas Produktiveres tun können.«

Michael warf Carter einen Blick zu, aber der zuckte mit den Schultern. »Wer ist wir?« fragte Michael.

Monica blickte von ihrem Salat auf, als finde sie die Frage impertinent. »Der sechste Stock, natürlich.«

»Tatsächlich habe ich gehofft, mich in Zukunft mit dem Fall Oktober beschäftigen zu können«, sagte Michael.

»Tatsächlich beabsichtige ich, Sie ganz von dem Fall Oktober abzuziehen.«

Michael schob seinen nur halb aufgegessenen Shrimpscocktail von sich weg und legte seine Serviette auf den Tisch. »Zu unserer Vereinbarung über meine Rückkehr in die Agency hat auch gehört, daß ich einen Teil meiner Arbeitszeit der Fahndung nach Oktober würde widmen können. Warum wollen Sie sich jetzt nicht mehr an diese Vereinbarung halten?«

»Ich will ganz ehrlich sein, Michael. Adrian hat geglaubt, Sie mit dieser Zusicherung leichter zu uns zurückholen zu können. Aber ich habe nie viel von dieser Idee gehalten – und tue es noch immer nicht. Sie haben sich erneut als ausgezeichneter Mitarbeiter bewährt, und ich würde gegen meine Dienstpflichten verstoßen, wenn ich zuließe, daß Sie an einer Sache weiterarbeiten, bei der Erfolge unwahrscheinlich sind.«

»Aber ich *habe* schon einen Erfolg erzielt, Monica. Ich habe bewiesen, daß Oktober noch lebt und weiterhin als Attentäter und Terrorist arbeitet.«

»Nein, Michael, Sie haben nicht bewiesen, daß er noch lebt. Sie haben anhand eines bearbeiteten Fotos einer Hand die *Theorie* aufgestellt, er lebe noch. Das ist ziemlich weit von einem hieb- und stichfesten Beweis entfernt.«

»In unserer Branche haben wir selten hieb- und stichfeste Beweise, Monica.«

»Belehren Sie mich bitte nicht, Michael.«

Sie schwiegen, als die Kellnerin an ihren Tisch kam und die Vorspeisenteller abtrug.

»Wir haben Interpol alarmiert«, fuhr Monica fort. »Wir haben unsere Verbündeten gewarnt. Mehr können wir praktisch nicht tun. Ab jetzt sind die Strafverfolgungsbehörden zuständig, und wir sind keine Strafverfolgungsbehörde.«

»Ich bin anderer Ansicht«, stellte Michael fest.

»In welchem Punkt?«

»Sie wissen, welchen Punkt ich meine.«

Monicas Faktoten rutschten unruhig auf ihren Stühlen hin und her. Carter zupfte an einem losen Faden der Tischdecke herum. Nichts brachte Monica Tyler mehr auf als Widerspruch von Untergebenen.

»Irgend jemand hat Oktober für den Mord an Achmed Hussein angeheuert«, fuhr Michael fort. »Irgend jemand gewährt ihm Schutz und versorgt ihn mit Geld und gefälschten Papieren. Wir müssen herausbekommen, wer hinter ihm steht. Das ist Geheimdienstarbeit, Monica, keine Polizeiarbeit.«

»Sie nehmen wieder einmal an, der Mann in Kairo sei Oktober gewesen, Michael. Es könnte ein israelischer Geheimdienstler gewesen sein. Es könnte ein Rivale Husseins innerhalb der Hamas gewesen sein. Es könnte ein PLO-Attentäter gewesen sein.«

»Es könnte eine Pekingente gewesen sein, aber das stimmt nicht. Es ist Oktober gewesen.«

»Ich bin anderer Ansicht.« Sie lächelte, um ihm zu zeigen, daß sie seinen Ausdruck absichtlich entlehnt hatte. Ihr Blick glitt über ihn hinweg, als suche sie die beste Stelle, um ihren Dolch hineinzustoßen.

Michael gab nach. »Welche neue Aufgabe haben Sie mir also zugedacht?«

»Der Friedensprozeß im Nahen Osten dümpelt vor sich hin«, sagte sie. »Die Hamas legt in Jerusalem Bomben, und wir haben Hinweise darauf, daß das Schwert von Gaza in Europa aktiv werden will. Das bedeutet vermutlich, daß Amerikaner und amerikanische Einrichtungen gefährdet sind. Ich möchte, daß Sie die Vorarbeiten für die Nordirlandkonferenz im Weißen Haus abschließen und sich dann wieder um das Schwert von Gaza kümmern.«

»Und wenn mich das nicht interessiert?«

»Dann wird Ihre Arbeit in der Central Intelligence Agency trotz Ihres großen Erfolgs sehr bald beendet sein, fürchte ich.«

Morton Dunne war für die Agency, was »Q« für Bonds Secret Service war. Als stellvertretender Leiter der Abteilung Technische Dienste stellte Dunne explodierende Füller und Minisender her, die in einer Gürtelschnalle Platz hatten. Als Absolvent des Massachusetts Institute of Technology hätte er in der Privatwirtschaft das Fünffache seines Beamtengehalts verdienen können, aber er blieb bei der CIA, weil ihn die Welt der Geheimdienste faszinierte. In seiner Freizeit restaurierte er alte Spionagekameras und Waffen im provisorischen Museum der Agency. Außerdem gehörte Dunne zu den weltbesten Konstrukteuren experimenteller Drachen. An Wochenenden war er an der Ellipse zu finden, wo er seine Schöpfungen um das Washington Monument fliegen ließ. Einmal hatte er einen mit einer Minikamera ausgerüsteten Drachen steigen lassen und jeden Quadratzentimeter des Südrasens des Weißen Hauses aufgenommen.

»Sie haben eine Genehmigung dafür, nehme ich an«, sagte er vor seinem großen Bildschirm sitzend. Dunne war der typische MIT-Absolvent: schmächtig, blaß wie ein Höhlenbewohner, mit Nickelbrille, die auf seiner schmalen Nase ständig nach unten rutschte. »Ohne Genehmigung Ihres Chefs darf ich das nicht machen.«

»Die bringe ich Ihnen später vorbei, aber ich brauche diese Fotos sofort.«

Dunne legte seine Hände auf die Tastatur. »Name?«

»Oktober. Der Mann, dessen Personenbeschreibung wir letzten Monat an Interpol weitergeleitet haben.«

»Ja, richtig, ich erinnere mich«, sagte Dunne, während die Tasten unter seinen Fingern klapperten. Wenige Augenblicke später erschien das Phantombild von Oktobers Gesicht auf seinem Monitor. »Was soll ich damit tun?«

»Ich vermute, daß er sich hat operieren lassen, um sein Gesicht zu verändern«, sagte Michael. »Die Operation dürfte ein Franzose namens Maurice Leroux durchgeführt haben.«

»Dr. Leroux hat viele Möglichkeiten gehabt, sein Aussehen zu verändern.«

»Können Sie mir ein paar davon zeigen?« fragte Michael. »Wie wär's mit einer vollständigen Serie? Anderer Haaransatz, verschiedene Bärte, einfach alles.«

»Das dauert einige Zeit.«

»Ich warte solange.«

»Setzen Sie sich dort drüben hin«, sagte Dunne. »Und fassen Sie um Himmels willen nichts an, Osbourne.«

Wenige Minuten nach Mitternacht hielt Monica Tylers Town Car mit Chauffeur in Georgetown am Hafen vor ihrer Wohnanlage Harbor Place. Ihr Leibwächter öffnete die Eingangstür und folgte Monica durch die Eingangshalle in den Aufzug. Er begleitete sie bis zu ihrer Wohnungstür und postierte sich davor, als sie hineinging.

Sie ließ Badewasser in die übergroße Wanne laufen,

während sie sich auszog. In London war es bereits früher Morgen. Der als notorischer Frühaufsteher bekannte Direktor würde schon bald an seinem Schreibtisch sitzen. Sie glitt in die Wanne und entspannte sich im warmen Wasser. Nach dem Baden hüllte sie sich in einen flauschigen weißen Bademantel.

Monica ging ins Wohnzimmer und setzte sich an ihren Mahagonischreibtisch. Vor ihr standen drei Telefone: ein Standardtelefon mit acht Leitungen, ein internes Telefon für Langley und ein abhörsicheres Spezialtelefon, an dem sie sprechen konnte, ohne Mithörer befürchten zu müssen. Sie sah auf die antike goldene Schreibtischuhr, ein Geschenk ihrer alten Wall-Street-Firma: 0.45 Uhr.

Monica erinnerte sich an die Umstände – Zufälle, politische Allianzen und Hartnäckigkeit –, die sie an die Spitze der Central Intelligence Agency geführt hatten. Sie hatte die Yale Law School als Zweitbeste ihres Jahrgangs absolviert, aber statt in eine große Anwaltskanzlei einzutreten, hatte sie anschließend in Harvard Betriebswirtschaft studiert und war in die Wall Street gegangen, um Geld zu verdienen. Dort hatte sie Ronald Clark kennengelernt, einen Geldbeschaffer und Berater der Republikaner, der jeweils nach Washington wechselte, wenn ein Republikaner im Weißen Haus saß. Monica folgte Clark ins Finanzministerium, ins Handelsministerium, ins Außenministerium und ins Verteidigungsministerium. Als Präsident Beckwith ihm den Posten des CIA-Direktors antrug, wurde Monica seine Stellvertreterin. Als Clark in den Ruhestand treten wollte, zog Monica alle Register, um seine Nachfolgerin zu werden, und Beckwith ernannte sie dazu.

Ronald Clark hinterließ ihr die CIA in trauriger Verfassung. Eine Serie weiterer Spionagefälle, darunter auch der Fall Aldrich Ames, hatte die Stimmung der Mitarbeiter auf den Nullpunkt sinken lassen. Die Agency hatte die Regierung weder vor den indischen und pakistanischen Atomtests noch vor den Raketentests des Irans und Nordkoreas gewarnt. Während der Anhörung vor Monicas Ernennung hatten mehrere Senatoren sie aufgefordert, Umfang und Kosten der Central Intelligence Agency zu rechtfertigen; einer hatte sogar laut darüber nachgedacht, ob die Vereinigten Staaten nach dem Ende des Kalten Kriegs überhaupt noch eine CIA brauchten.

Monica Tylers Überzeugung nach war sie der einzige Mensch in Langley, der genügend Weitblick besaß, um die Agency sicher durch die gefährlichen Untiefen der Zeit nach dem Kalten Krieg zu steuern. Sie hatte sich intensiv mit der Geschichte der Geheimdienste befaßt und wußte, daß es manchmal nötig war, einige wenige zu opfern, um das Überleben der meisten zu sichern. Sie fühlte sich den OSS-Offizieren verwandt, die im Zweiten Weltkrieg Männer und Frauen in den Tod geschickt hatten, um Hitlers Deutschland irrezuführen. Monica würde niemals zulassen, daß die Agency kastriert wurde. Sie würde niemals zulassen, daß die Vereinigten Staaten ohne effektiv arbeitenden Geheimdienst dastanden. Und sie würde alles tun, daß *sie* die Leitung behielt. Deshalb war sie der Gesellschaft beigetreten; deshalb hielt sie sich an die von ihr aufgestellten Verhaltensregeln.

Um ein Uhr nahm sie den Hörer des abhörsicheren Telefons ab und wählte eine Nummer in London. Sekunden später hörte sie die angenehme, kultivierte Stimme Daphnes, der Assistentin des Direktors. Dann meldete sich der Direktor selbst.

»Wegen Osbourne brauchen Sie sich keine Sorgen mehr zu machen«, berichtete sie. »Er hat andere Aufgaben erhalten, und die Akte Oktober ist endgültig geschlossen. Was die CIA betrifft, ist Oktober tot und begraben.«

»Gut gemacht«, sagte der Direktor.

»Wo ist die Sendung jetzt?«

»In Richtung Karibik unterwegs«, antwortete er. »Sie müßte in den nächsten sechsunddreißig bis achtundvierzig Stunden in den Vereinigten Staaten eintreffen. Und damit sind unsere Probleme dann gelöst.«

»Ausgezeichnet«, sagte sie.

»Ich verlasse mich darauf, daß Sie sämtliche Informationen weitergeben, die dazu beitragen könnten, daß die Sendung pünktlich ankommt.«

»Selbstverständlich, Direktor.«

»Ich habe gewußt, daß ich auf Sie zählen kann. Schönen Tag noch, Picasso«, sagte der Direktor und legte auf.

35

Chesapeake Bay, Maryland

Der offene Boston Whaler rollte in der kabbeligen See der Chesapeake Bay. Die Nacht war klar und bitterkalt; ein heller, zu drei Vierteln voller Mond stand hoch über dem östlichen Horizont. Delaroche hatte ihre Positionslichter kurz nach dem Einlaufen in die Bay ausgeschaltet. Jetzt beugte er sich nach vorn und drückte auf eine Taste des in die Instrumententafel eingebauten GPS-Empfängers. Das Gerät berechnete automatisch ihre genaue Position; sie befanden sich mitten in dem vielbefahrenen Chesapeake Channel.

Rebecca Wells stand neben ihm und hielt sich am Steuerrad der zweiten Konsole des Whalers fest. Sie zeigte wortlos über den Bootsbug nach vorn. Ungefähr eine Meile vor ihnen leuchteten die Lichter eines Containerschiffs. Delaroche drehte einige Grad nach Backbord ab und steuerte mit hoher Fahrt die seichten Gewässer des Westufers an.

Delaroche hatte seinen Kurs durch die Chesapeake Bay auf der langen Fahrt von Nassau zur amerikanischen Ostküste genau festgelegt. Diese Etappe ihrer Reise hatten sie an Bord einer großen seetüchtigen Jacht zurückgelegt, die von zwei ehemaligen SAS-Männern im Dienst der Gesellschaft geführt wurde. Rebecca und er hatten benachbarte Kabinen bezogen. Tagsüber studierten sie NOAA-Karten der Chesapeake Bay, lasen Dossiers von Douglas Cannon und Michael Osbourne und lernten den Stadtplan von Washington auswendig. Nachts gingen sie zu Schießübungen mit Delaroches Beretta aufs Achterdeck. Rebecca fragte ihn immer wieder nach seinem Namen, aber Delaroche schüttelte nur den Kopf und wechselte das Thema. In ihrer Frustration taufte sie ihn schließlich »Pierre«, was Delaroche zuwider war. Am letzten Abend an Bord erklärte er ihr, er habe eigentlich keinen Namen, aber wenn sie ihn unbedingt irgendwie nennen wolle, sei »Jean-Paul« noch am besten.

Delaroche war noch immer wütend darüber, daß er mit einer Frau zusammenarbeiten mußte, aber in einem Punkt hatte der Direktor recht gehabt: Sie war keine Amateurin. Der Konflikt in Nordirland hatte dazu beigetragen, ihre Fähigkeiten zu schärfen. Sie verfügte über ein ausgezeichnetes Gedächtnis und verhielt sich im Einsatz instinktiv richtig. Sie war groß und für eine Frau ziemlich stark, und nachdem sie drei Nächte lang mit der Beretta geübt hatte, schoß sie glänzend. Nur eine Sache machte Delaroche Sorgen – ihr Idealismus. Er glaubte an nichts als seine Malerei. Eiferer nervten ihn. Auch Astrid Vogel war einst eine Idealistin wie Rebecca gewesen – als Mitglied der westdeutschen kommunistischen Terrororganisation Rote-Armee-Fraktion –, aber als sie mit Delaroche zusammengearbeitet hatte, war ihr einstiger Idealismus längst verflogen gewesen, und sie hatte nur des Geldes wegen mitgemacht.

Delaroche hatte sich alle Einzelheiten der Chesapeake Bay eingeprägt: die Untiefen, die Fahrrinnen und Buchten, die Strände und Landzungen. Er brauchte nur einen Blick auf die GPS-Anzeige zu werfen, um genau zu wissen, wo er sich im Verhältnis zur Küste befand. Er hatte bereits Sandy Point, Cherry Point und Windmill Point passiert. Als er Bluff Point erreichte, war er vor Kälte fast erstarrt. Er drosselte die Motoren des Whalers, und sie tranken heißen Kaffee aus ihrer Thermosflasche.

Delaroche sah auf seine GPS-Anzeige: 38,50° nördliche Breite, 76,31° westliche Länge. Er wußte, daß er sich Curtis Point, einer Landspitze an der Einmündung des West Rivers, näherte. Sein Ziel war der nächste Gezeitenstrom, der aus Maryland kommend in die Bay floß: der von dieser Stelle noch etwa drei Seemeilen entfernte South River. Als er Saunders Point passierte, sah er im Osten, an der Steuerbordseite des Whalers, den ersten grauen Schimmer des heraufdämmernden Tages. Er umrundete Turkey Point und registrierte die schwache Strömung der bei einsetzender Ebbe aus dem South River abfließenden Wassermassen.

Delaroche schob die Gashebel nach vorn, während er dem South River nach Nordosten folgte. Er wollte vor Tagesanbruch an Land und auf der Straße sein. Sie rasten an Mayo Point und Brewer Point, an der Glebe Bay und dem Crab Creek vorbei. Delaroche erreichte die nächste Einmündung und sah auf seine GPS-Anzeige, um sicherzugehen, daß dies der Broad Creek war. Bei einsetzender Ebbe war die Wassertiefe geringer als in den Seekarten angegeben; Delaroche mußte zweimal ins eisige Wasser springen, um den Whaler nach Grundberührungen wieder flottzumachen.

Schließlich erreichte er das Ende der kleinen Bucht. Er ließ den Whaler im Schilfgürtel auf Grund laufen, sprang erneut ins Wasser und zog das Boot an der Bugleine tief ins Schilf hinein.

Rebecca kletterte ins vordere Sitzabteil und brachte eine große Reisetasche mit, die alles enthielt, was sie brauchen würden: Kleidung, Geld und elektronische Geräte. Nachdem sie die Tasche Delaroche übergeben hatte, ließ sie sich über die Bordwand ins knietiefe Wasser gleiten. Der Wagen stand genau an der Stelle, die ihm der Direktor bezeichnet hatte, auf dem unbefestigten Strandweg: ein in Quebec zugelassener schwarzer Volvo Kombi.

Delaroche hatte die Schlüssel in der Tasche. Er öffnete die Heckklappe und stellte die Reisetasche auf die Ladefläche. Dann fuhr er mehrere Meilen weit auf kleinen Landstraßen durch Felder und sonnenbeschienene Weideflächen, bis er die Route 50 erreichte. Er bog auf sie ab und fuhr nach Osten in Richtung Washington.

Eine Stunde nachdem sie an der Chesapeake Bay in den Volvo gestiegen waren, erreichten sie Washington auf der New York Avenue, einer tristen Durchgangsstraße, die sich vom Stadtteil Northeast quer durch Washington bis zu den in Maryland liegenden Vororten zog. Unterwegs hatte Delaroche einmal an einer Tankstelle gehalten, damit Rebecca und er sich anständig anziehen konnten. Er durchquerte die Stadt auf der Massachusetts Avenue und fuhr dann vor dem Hotel Embassy Row vor, das nicht weit vom Dupont Circle entfernt lag. Dort war ein Doppelzimmer für Mr. und Mrs. Claude Duras aus Montreal reserviert.

Um als Ehepaar auftreten zu können, wie ihre Legende es verlangte, mußten Delaroche und Rebecca sich das Zimmer teilen. Sie schliefen bis zum Spätnachmittag – Rebecca in dem überbreiten französischen Bett und Delaroche mit einer Bettdecke als Matratze auf dem Teppichboden. Er schreckte kurz vor 16 Uhr auf, wußte nicht gleich, wo er sich befand, und merkte, daß er wieder einmal von Maurice Leroux geträumt hatte.

Delaroche ließ sich vom Zimmerservice Kaffee bringen, den er trank, während er mehrere Gegenstände in einen blauen Nylonrucksack packte: zwei hochmoderne elektronische Geräte, zwei Mobiltelefone, eine Stabtaschenlampe, Werkzeug und seine 9-mm-Pistole. Als Rebecca aus dem Bad kam, trug sie Jeans, Tennisschuhe und ein Sweatshirt mit einem Foto des Weißen Hauses und der Aufschrift WASHINGTON, D.C.

»Wie sehe ich aus?« fragte sie.

»Du bist zu blond.« Delaroche griff in die Reisetasche und warf ihr eine Baseballmütze zu. »Setz die auf.«

Delaroche rief bei der Rezeption an und bat darum, den Volvo vorzufahren. Auf der Ablage des Instrumentenbretts lag ein Stadtplan für Touristen, aber Delaroche machte sich nicht einmal die Mühe, ihn auseinanderzufalten; er hatte sich das Washingtoner Straßennetz ebenso gründlich eingeprägt wie die Gewässer der Chesapeake Bay.

Er fuhr nach Georgetown hinüber und lenkte den Volvo durch stille, baumbestandene Straßen. Mit seinen Gehsteigen aus roten Klinkersteinen und den eleganten Stadthäusern galt dieser Stadtteil als das beste Wohnviertel der Hauptstadt, aber Delaroche, der Amsterdamer Giebelhäuser und Grachten gewöhnt war, erschien das alles recht prosaisch.

Delaroche fuhr nach Westen weiter, bis er die Wisconsin Avenue erreichte. Dort bog er nach Süden ab, begleitet von dem wummernden Beat der Rapmusik aus dem goldfarbenen BMW hinter ihm. Als er auf die N Street abbog, blieb das verrückte Treiben auf der Wisconsin Avenue allmählich hinter ihnen zurück.

Das Stadthaus der Osbournes war leer, wie Delaroche vermutet hatte. Botschafter Cannon würde morgen nachmittag aus London kommend in Washington eintreffen. Am Abend würde er für Freunde und Angehörige eine Dinner Party geben. Am nächsten Tag würde er an der Nordirlandkonferenz im Weißen Haus teilnehmen und abends die Empfänge besuchen, die von den Konferenzteilnehmern gegeben werden würden. Das alles stand im Dossier des Direktors.

Delaroche parkte in der nächsten Seitenstraße, der Thirty-third Street. Er hängte sich eine Kamera um, spazierte mit Rebecca am Arm die ruhige Straße entlang und blieb ab und zu stehen, um die eleganten Stadthäuser zu betrachten, aus deren Fenstern Licht auf die Straße fiel. Eigentlich wie in Amsterdam, sagte er sich – die Leute ließen ihre Vorhänge offen, so daß Vorbeigehende in die Häuser sehen und die Besitztümer abschätzen konnten.

Er war schon einmal hier gewesen; er kannte die Probleme, die einen Mann wie ihn in der N Street erwarteten. Hier gab es keine Cafés, in denen man längere Zeit bei einem Kaffee sitzen konnte, keine Geschäfte, in denen man Einkäufe vortäuschen konnte, keine Plätze oder Parks mit Bänken, auf denen man als Zeitungsleser nicht weiter auffiel – nur große, teure Stadthäuser mit Alarmanlagen und neugierigen Nachbarn.

Sie gingen am Haus der Osbournes vorbei. Auf der anderen Straßenseite parkte eine schwarze Limousine, in der ein Mann in einem beigen Trenchcoat saß und den Sportteil der *Washington Post* las. Soviel zu der Theorie des Direktors, daß der Botschafter während seines Aufenthalts in Washington leicht zu ermorden sein müßte, dachte Delaroche. Obwohl der Mann noch nicht einmal einen Fuß in die Stadt gesetzt hatte, wurde das Haus schon bewacht.

Delaroche blieb an der nächsten Straßenecke stehen, um das Haus zu fotografieren, in dem John F. Kennedy als Senator von Massachusetts gewohnt hatte. Hier in Georgetown lebten einige Minister, deren Häuser unter ständiger Überwachung standen. Die Leibwächter von

Männern wie dem Außenminister oder dem Verteidigungsminister, in deren Amtsbereich nationale Sicherheitsfragen fielen, hatten möglicherweise sogar einen ständig besetzten Posten in einer benachbarten Wohnung. Aber Delaroche war davon überzeugt, daß Douglas Cannons Personenschutz lediglich aus dem Mann in dem beigen Trenchcoat bestand – zumindest vorläufig.

Er ging mit Rebecca auf der Thirty-first Street einen halben Straßenblock weit nach Süden, bis sie die Einmündung der hinter dem Haus der Osbournes vorbeiführenden schmalen Gasse erreichten. Ein Blick in die halbdunkle Gasse bestätigte seine Vermutung: Die Rückseite des Hauses schien tatsächlich nicht bewacht zu werden.

Delaroche gab Rebecca eines der Mobiltelefone. »Du bleibst hier. Ruf mich an, falls du was Verdächtiges siehst. Bin ich in zehn Minuten nicht wieder da, fährst du ins Hotel zurück. Melde ich mich nicht innerhalb einer halben Stunde, rufst du den Direktor an und verlangst, aus Washington rausgeholt zu werden.«

Rebecca nickte wortlos. Delaroche wandte sich ab und ging die Gasse entlang davon. Er blieb hinter dem Haus der Osbournes stehen, sah sich um, kletterte rasch über die mit Efeu bewachsene Mauer und sprang in einen gepflegten Garten, der einen kleinen Swimmingpool umgab. Er sah nach oben und verfolgte das von einem an der Mauer stehenden Telefonmast wegführende Kabel bis zu der Stelle, wo es das Haus erreichte. Er durchquerte den Garten, kniete vor dem Telefonschaltkasten an der Rückwand des Hauses nieder und holte Werkzeug und die kleine Stabtaschenlampe aus seinem Rucksack. Er hielt sie mit den Zähnen, während er den Deckel des Schaltkastens abschraubte und die ins Haus führenden Leitungen kurz studierte.

Ins Haus führten zwei Leitungen, aber Delaroche

konnte nur eine anzapfen. Vermutlich diente die eine für Telefongespräche, während die andere für ein Faxgerät oder Modem installiert war. Er griff nochmals in seinen Rucksack und holte ein kleines elektronisches Gerät heraus. War es an die Telefonleitung der Osbournes angeschlossen, sendete es ein HF-Signal, das von Delaroches Mobiltelefon empfangen wurde, so daß er die Telefongespräche der Osbournes mithören konnte. Delaroche brauchte nur zwei Minuten, um das kleine Gerät anzuklemmen und den Deckel des Schaltkastens wieder zuzuschrauben.

Das zweite Gerät war leichter zu installieren, weil es sich an der Außenseite jedes Fensters anbringen ließ. Es war ein Abhörmikrofon, das die Schwingungen, in die Schallwellen die Scheibe versetzten, in ein Audiosignal zurückverwandelte. Delaroche brachte den selbstklebenden Sensor am unteren Rand eines Wohnzimmerfensters an. Dort war er außen durch einen Zierstrauch und innen von der Lampe auf einem Beistelltisch verdeckt. Die dazugehörige Umwandler- und Senderkombination versteckte er unter einem Gebüsch im Garten.

Delaroche ging über den Rasen zurück. Er warf seinen Rucksack auf die Mauer, kletterte hinauf und sprang auf der anderen Seite hinunter. Die beiden Geräte, die er hier installiert hatte, besaßen eine wirksame Reichweite von zwei Meilen, so daß er Osbournes Haus von seinem Hotelzimmer am Dupont Circle aus überwachen konnte.

Rebecca wartete am Ende der Gasse auf ihn.

»Komm, wir hauen ab«, sagte er.

Er nahm ihre Hand und ging mit ihr zu dem schwarzen Volvo zurück.

Delaroche saß vor dem Empfänger im Format eines Schuhkartons und testete das Signal des Minisenders, den er in Osbournes Garten versteckt hatte. Rebecca war im Bad. Er hörte, wie Wasser ins Waschbecken lief. Sie war seit über einer Stunde dort drinnen. Schließlich hörte das Wasserrauschen auf, und sie kam in einem Hotel-Bademantel und mit einem turbanartig um den Kopf gewickelten Handtuch heraus. Sie zündete sich eine seiner Zigaretten an und fragte: »Funktioniert das Ding?«

»Das Sendersignal kommt an, aber ob das Mikrofon richtig arbeitet, weiß ich erst, wenn jemand im Haus ist.«

»Ich hab' Hunger«, sagte sie.

»Laß dir vom Zimmerservice etwas bringen.«

»Ich möchte ausgehen.«

»Es ist besser, wenn wir hier bleiben.«

»Ich bin zehn Tage lang auf Schiffen und Booten eingesperrt gewesen. Ich will mal wieder ausgehen.«

»Zieh dich an, dann führe ich dich aus.«

»Mach die Augen zu«, forderte sie ihn auf, aber Delaroche stand auf und drehte sich nach ihr um. Er streckte eine Hand aus und zog an dem Handtuch um ihren Kopf. Ihr Haar war nicht mehr strohig blond; es war jetzt schwarz und glänzte feucht. Plötzlich stimmte es wieder mit ihren Gesichtszügen überein – mit ihren grauen Augen, ihrem blassen makellosen Teint, ihrem ovalen Gesicht. Er sah, daß sie eine bemerkenswert schöne Frau war. Aber dieser Anblick machte ihn auch zornig; liebend gern hätte er sich mit einer Flasche Elixier ins Bad zurückgezogen, um nach einer Stunde mit seinem früheren Gesicht herauszukommen.

Sie schien seine Gedanken zu erraten.

»Du hast Narben«, sagte sie und ließ eine Fingerspitze über seinen Unterkiefer gleiten. »Woher sind die?«

»Ist man zu lange in diesem Geschäft, kann ein Gesicht eine Belastung werden.«

Ihr Finger glitt höher und berührte die Kollagen-

Implantate unterhalb der Backenknochen. »Wie hast du vor der Operation ausgesehen?« fragte sie.

Delaroche zog die Augenbrauen hoch und dachte kurz über ihre Frage nach. Wie soll man sein eigenes Aussehen beschreiben können? dachte er. Behauptete er, ein schöner Mann gewesen zu sein, bevor Maurice Leroux sein Gesicht zerstört hatte, konnte sie ihn für einen Lügner halten. Er setzte sich an den Schreibtisch, griff nach einem Blatt Hotelbriefpapier und einem Bleistift.

»Geh für ein paar Minuten raus«, sagte er.

Rebecca verschwand wieder im Bad, schloß die Tür hinter sich und schaltete den Fön ein. Er arbeitete so rasch, daß der Bleistift förmlich übers Papier flog. Als er fertig war, begutachtete er sein Selbstporträt so leidenschaftslos, als sei dieses Gesicht ein Produkt seiner Phantasie.

Er schob das Blatt Papier unter der Badezimmertür hindurch. Der Fön hörte zu heulen auf. Rebecca kam heraus und hielt das Blatt mit Delaroches früherem Gesicht in ihren Händen. Sie sah erst ihn, dann das Selbstporträt an. Sie küßte sein Porträt und ließ es achtlos zu Boden fallen. Dann küßte sie Delaroche.

»Wer ist sie gewesen, Jean-Paul?«

»Wer?«

»Die Frau, an die du gedacht hast, während du mich geliebt hast?«

»Ich habe an dich gedacht.«

»Nicht die ganze Zeit. Aber ich bin dir deswegen nicht böse, Jean-Paul. Schließlich ...«

Sie beendete ihren Satz nicht. Delaroche fragte sich, was sie hatte sagen wollen. Sie lag auf dem Rücken, ihr Kopf ruhte auf seinem Magen und ihr schwarzes Haar bedeckte seine Brust. Das Licht der Straßenbeleuchtung fiel durch die offenen Vorhänge auf ihren langen Körper. Ihr Gesicht war gerötet, aber der Rest ihres Körpers war weiß. Dies war die Haut einer Frau, die nur selten in die Sonne gekommen war; Delaroche bezweifelte, daß sie Großbritannien jemals verlassen hatte, bevor sie ins Ausland hatte flüchten müssen.

»Ist sie schön gewesen? Und lüg mich nicht mehr an.«

»Ja«, sagte er.

»Wie hat sie geheißen?«

»Astrid.«

»Astrid wie?«

»Astrid Vogel.«

»Ich erinnere mich an eine Astrid Vogel, die Mitglied der Rote-Armee-Fraktion gewesen ist«, sagte Rebecca. »Sie hat Deutschland verlassen und ist untergetaucht, nachdem sie einen deutschen Polizeibeamten erschossen hatte.«

»Das ist meine Astrid gewesen«, sagte Delaroche und fuhr mit einem Finger den Umriß von Rebeccas Brust nach. »Aber sie hat den deutschen Polizeibeamten nicht erschossen. *Ich* habe ihn erschossen. Astrid hat nur den Preis dafür bezahlt.«

»Du bist also Deutscher?«

Delaroche schüttelte den Kopf.

»Was bist du sonst? Wie heißt du wirklich?«

Er ignorierte ihre Frage. Als seine Finger von ihrer Brust über den Rippenbogen nach unten glitten, reagierte Rebeccas Unterleib unwillkürlich auf die Berührung und zog sich ein. Delaroche streichelte die weiße Haut ihres Bauchs und ihrer Oberschenkel. Schließlich nahm sie seine Hand und führte sie zwischen ihre Beine. Ihre Augen schlossen sich. Ein Windstoß bewegte die Vorhänge, und sie bekam plötzlich eine Gänsehaut. Sie wollte die Bettdecke über sich ziehen, aber Delaroche schob sie fort.

»Einige Sachen auf dem Hausboot in Amsterdam haben einer Frau gehört«, sagte sie leise und ohne die Augen zu öffnen. »Astrid hat auf diesem Boot gelebt, stimmt's?«

»Ja, das hat sie.«

»Hast du dort mit ihr gelebt?«

»Für kurze Zeit.«

»Habt ihr euch in dem Bett unter dem Oberlicht geliebt?«

»Rebecca …«

»Schon gut«, sagte sie. »Das kränkt mich nicht.«

»Ja, das haben wir getan.«

»Was ist aus ihr geworden?«

»Sie ist ermordet worden.«

»Wann?«

»Letztes Jahr.«

Rebecca schob seine Hand beiseite und setzte sich ruckartig auf. »Wie ist das passiert?«

»Wir sind wegen eines Auftrags hier in Amerika gewesen, und die Sache ist schiefgegangen.«

»Wer hat sie ermordet?«

Delaroche zögerte einen Augenblick. Er hatte schon zuviel preisgegeben, das wußte er, aber aus irgendeinem Grund hatte er den Wunsch, ihr noch mehr zu erzählen. Vielleicht hatte Wladimir recht gehabt. *Ein Mann, der Gespenster sieht, kann nicht länger wie ein Profi agieren …*

»Michael Osbourne«, sagte er. »Oder vielmehr seine Frau.«

»Warum?«

»Weil wir hergeschickt worden waren, um Michael Osbourne zu liquidieren.« Er machte eine Pause, in der sein Blick über ihr Gesicht glitt. »In dieser Branche kann immer mal etwas schiefgehen.«

»Warum solltest du Osbourne liquidieren?«

»Weil er zuviel über eines der Unternehmen der Gesellschaft gewußt hat.«

»Welches Unternehmen?«

»Den Abschuß von TransAtlantic Flight 002 letztes Jahr.«

»Ich dachte, das Flugzeug sei von arabischen Terroristen, von dem Schwert von Gaza, abgeschossen worden.«

»Es ist im Auftrag des amerikanischen Rüstungsindustriellen Mitchell Elliott abgeschossen worden. Die Gesellschaft hat dafür gesorgt, daß das Schwert von Gaza verdächtigt wurde, damit Elliotts Firma der amerikanischen Regierung ein neues Raketenabwehrsystem verkaufen konnte. Osbourne hat diesen Zusammenhang vermutet, deshalb hat der Direktor mich beauftragt, alle Beteiligten zu beseitigen – auch Osbourne.«

»Wer hat die Maschine tatsächlich abgeschossen?«

»Ein Palästinenser namens Hassan Mahmoud.«

»Woher weißt du das?«

»Weil ich dabeigewesen bin. Weil ich ihn nach dem Abschuß liquidiert habe.«

Sie wich vor ihm zurück. Delaroche sah wirkliche Angst in ihren Augen und fühlte die Matratze leicht beben – Rebecca zitterte. Sie zog die Decke bis unters Kinn hoch, um ihren Körper vor ihm zu verbergen. Er starrte sie völlig ausdruckslos an.

»Mein Gott«, sagte sie, »du bist ein Ungeheuer!«

»Warum sagst du das?«

»In dem Flugzeug haben über zweihundert unschuldige Menschen gesessen!«

»Und was ist mit den unschuldigen Menschen, die bei euren Anschlägen in Dublin und London umgekommen sind?«

»Wir haben nicht für Geld gemordet«, fauchte sie.

»Ihr hattet eure Sache«, sagte er verächtlich.

»Allerdings!«

»Eine Sache, die ihr für gerecht haltet.«

»Eine Sache, von der ich *weiß*, daß sie gerecht ist«, sagte sie. »Aber du ermordest jeden, wenn dir nur genug Geld dafür geboten wird.«

»Gott, du bist wirklich ein dämliches Weibsstück, was?«

Sie versuchte ihn zu ohrfeigen, aber er fing ihre Hand ab und hielt sie fest.

»Warum ist die Gesellschaft deiner Ansicht nach bereit, euch zu helfen?« fragte Delaroche sie. »Weil sie an die heiligen Rechte der Protestanten in Nordirland glaubt? Natürlich nicht. Sondern weil sie glaubt, damit ihre eigenen Ziele zu fördern. Weil sie glaubt, dadurch Geld verdienen zu können. Die Geschichte ist über euch hinweggegangen, Rebecca. Die Protestanten haben Nordirland lange beherrscht, aber ihre Zeit ist um. Noch so viele Bombenanschläge, noch so viele Morde können die Uhr nicht wieder zurückdrehen.«

»Warum hast du diesen Auftrag übernommen, wenn du das glaubst?«

»Ich glaube überhaupt nichts. Dies ist mein Beruf. Ich habe in der Vergangenheit im Namen aller aussichtslosen Sachen Europas gemordet. Deine ist die vorerst letzte …« Er ließ sie los, und Rebecca wich vor ihm zurück. Sie rieb ihre Hand, als habe sie etwas Ekliges angefaßt. »Hoffentlich die allerletzte.«

»Ich hätte neulich in Amsterdam weitergehen sollen.«

»Wahrscheinlich hast du recht. Aber jetzt bist du hier, dir bleibt nichts anderes übrig, als dich mit mir abzufinden, und wenn du meine Anweisungen genau befolgst, hast du sogar eine Überlebenschance. Du wirst Nordirland nie wiedersehen, aber wenigstens am Leben bleiben.«

»Irgendwie bezweifle ich das«, widersprach sie. »Du bringst mich um, wenn diese Sache vorbei ist, nicht wahr?«

»Nein, ich bringe dich nicht um.«

»Wahrscheinlich hast du auch Astrid Vogel ermordet.«

»Ich habe Astrid nicht ermordet, und ich ermorde auch dich nicht.«

Er zog die Bettdecke weg, so daß ihr Körper wieder dem von draußen hereinfallenden Licht ausgesetzt war. Er streckte ihr seine Hand hin, aber sie griff nicht danach.

»Nimm meine Hand«, forderte Delaroche sie auf. »Ich tue dir nichts. Ich gebe dir mein Wort darauf.«

Sie ergriff widerstrebend seine Hand. Er zog sie an sich und küßte sie. Rebecca sträubte sich zunächst noch; dann gab sie nach, erwiderte seinen Kuß und zerkratzte ihm die Haut, als ertrinke sie in seinen Armen. Als sie ihn in ihren Körper einführte, erstarrte sie plötzlich und starrte Delaroche mit animalischer Direktheit an.

»Ich mag dein anderes Gesicht lieber«, erklärte sie ihm.

»Ich auch.«

»Vielleicht können wir nach dieser Sache zu dem Arzt gehen, der dich operiert hat, damit er dir dein früheres Gesicht wiedergibt.«

»Das geht leider nicht«, sagte er.

Sie schien genau zu verstehen, was er meinte.

»Wenn du mich nicht ermorden willst«, fuhr sie fort, »warum hast du mir dann deine Geheimnisse erzählt?«

»Das weiß ich selbst nicht recht.«

»Wer bist du, Jean-Paul?«

36

Washington

Am nächsten Morgen flogen Michael und Elizabeth mit Maggie und den Kindern von New York nach Washington. Auf dem National Airport trennten sie sich. Michael wurde von einem Chauffeur ins Weiße Haus gefahren, um William Bristol, dem nationalen Sicherheitsberater, einen Vortrag über Nordirland zu halten; Elizabeth, Maggie und die Zwillinge stiegen in ein Taxi, um sich nach Georgetown fahren zu lassen.

Elizabeth war seit über einem Jahr nicht mehr in ihrem aus roten Ziegeln erbauten Stadthaus in der N Street gewesen. Sie liebte dieses alte Haus, aber als sie die Stufen zur Haustür hinaufstieg, wurde sie plötzlich von schlimmen Erinnerungen überwältigt. Sie dachte an den langen Kampf mit ihrem eigenen Körper, um Kinder zu bekommen. Sie dachte an den Nachmittag, an dem Astrid Vogel hier war, um sie als Geisel zu nehmen, damit der Attentäter namens Oktober ihren Mann ermorden konnte.

»Ist Ihnen nicht gut, Elizabeth?« fragte Maggie.

Elizabeth überlegte, wie lange sie so dagestanden haben mochte – mit dem Schlüssel in der Hand, aber nicht imstande, die Haustür aufzusperren.

»Nein, nein, mir fehlt nichts, Maggie. Ich habe nur an etwas gedacht.«

Die Alarmanlage zirpte, als Elizabeth die Haustür aufstieß. Sie gab den Ausschaltcode ein, und das Zirpen verstummte. Obwohl Michael ihr Haus in eine Festung verwandelt hatte, würde sie sich hier nie mehr wirklich sicher fühlen.

Sie half Maggie, die Zwillinge ins Kinderzimmer zu bringen, und trug dann ihren Koffer nach oben ins Schlafzimmer. Als sie eben ihre Sachen aufhängen wollte, wurde an der Haustür geklingelt. Sie ging nach unten und sah durch den Spion in der Tür. Draußen stand ein großer braunhaariger Mann, der einen grauen Anzug und einen beigen Trenchcoat trug.

»Ja, bitte?« fragte Elizabeth durch die Sprechanlage.

»Mein Name ist Brad Heyworth, Mrs. Osbourne. Ich bin der zur Bewachung Ihres Hauses eingeteilte DSS-agent.«

Elizabeth öffnete die Tür. »Diplomatic Security Service?« fragte sie überrascht. »Aber mein Vater kommt erst in sechs Stunden aus London an.«

»Wir überwachen dieses Haus schon seit einigen Tagen, Mrs. Osbourne.«

»Warum?«

»Seit dem Vorfall in England sind wir besonders vorsichtig.«

»Sind Sie allein?«

»Vorläufig ja, aber sobald der Botschafter eintrifft, sind wir zu zweit.«

»Das ist beruhigend«, sagte sie lächelnd. »Wollen Sie nicht hereinkommen?«

»Nein, danke, Mrs. Osbourne, mein Platz ist draußen.«

»Kann ich Ihnen etwas anbieten?«

»Nein, danke«, sagte er. »Ich wollte nur sagen, daß wir in der Nähe sind.«

»Danke, Agent Heyworth.«

Elizabeth schloß die Tür und schaute dem DSS-Mann nach, wie er die Treppe hinunterging und wieder in seinen Wagen stieg. Sie war froh, daß er da war. Sie ging wieder hinauf, setzte sich in Michaels ehemaligem Arbeitszimmer an den Schreibtisch und führte mehrere kurze Telefongespräche: mit dem Partyservice Ridgewell's, einer Agentur für Hausangestellte und ihrer Anwaltskanzlei in New York, um sich sagen zu lassen, wer alles für sie angerufen hatte. Dann verbrachte sie eine weitere Stunde damit, diese Leute zurückzurufen.

Maria, die Putzfrau, kam mittags. Elizabeth schlüpfte in einen bunten Jogginganzug aus Nylon und trat aus dem Haus. Sie lief die Stufen hinunter, winkte Brad Heyworth zu und trabte auf dem Klinkergehsteig der N Street davon.

Im Hotel Embassy Row hatte Delaroche das Schild *Bitte nicht stören* vor die Tür gehängt und doppelt abgesperrt. Seit fast eineinhalb Stunden hatte er Elizabeth Osbourne belauscht: wie sie telefonierte, mit den Zwillingen und dem Kindermädchen redete, mit dem zur Bewachung ihres Hauses eingeteilten DSS-Agenten sprach.

Er hörte eine Putzfrau namens Maria kommen, die mit starkem spanischem Akzent sprach – Südamerika, vermutete Delaroche: Peru, vielleicht Bolivien. Und er hörte Elizabeth Osbourne ankündigen, sie gehe jetzt joggen und sei in einer Stunde zurück. Er fuhr zusammen, als sie beim Verlassen des Hauses die Tür ins Schloß warf.

Ein paar Minuten später erschreckte ihn ein lautes Heulen, das wie ein Düsentriebwerk klang. Der Lärm war so ohrenbetäubend, daß Delaroche den Kopfhörer abnehmen mußte. Im ersten Augenblick fürchtete er, in Osbournes Haus habe sich irgendeine Katastrophe ereignet. Aber dann wurde ihm klar, daß das nur Maria gewesen war, die mit ihrem Staubsauger in die Nähe des Fensters gekommen war, an dessen Scheibe er das Mikrofon geklebt hatte.

Douglas Cannon hatte zu seiner Dinner Party ursprünglich nur einen intimen Kreis von acht Personen einladen wollen, aber als Folge des Attentatsversuchs in Hartley Hall war daraus eine Abendgesellschaft für fünfzig Gäste geworden mit Essen vom Partyservice, gemieteten Tischen und Stühlen und einigen Studenten in blauen Blazern, die die Autos der Gäste in den umliegenden Straßen parkten. So konnte man in Washington berühmt werden. Douglas hatte über zwanzig Jahre in dieser Stadt gelebt und gearbeitet, aber erst der Anschlag hatte ihn zu einem Star gemacht. CIA und britischer Geheimdienst hatten zu dieser plötzlichen Berühmtheit des Botschafters beigetragen, indem sie Geschichten über seine Gelassenheit unter feindlichem Feuer verbreitet hatten, obwohl Douglas zum Zeitpunkt des Überfalls auf Hartley Hall längst friedlich im Winfield House geschlafen hatte. Douglas hatte diese gut ausgedachte Kriegslist bereitwillig mitgemacht. Tatsächlich empfand er ein gewisses kindliches Vergnügen dabei, die Washingtoner Medienbarone irrezuführen.

Die Gäste trafen kurz nach sieben Uhr ein. Unter ihnen waren zwei alte Freunde des Botschafters aus dem Senat und mehrere Abgeordnete. Die Washingtoner Bürochefin von NBC brachte ihren Mann mit, der Bürochef von CNN war. Cynthia Martin kam allein; Adrian Carter kam in Begleitung seiner Frau Christine. Um Michael zu schützen, der nicht als CIA-Offizier enttarnt werden sollte, behaupteten Cynthia und Carter, sie bearbeiteten im Außenministerium mit Nordirland zusammenhängende Fragen. Carter wollte Michael kurz unter vier Augen sprechen, daher gingen sie in den Garten und blieben am Swimmingpool stehen.

»Wie ist's dir heute morgen mit Bristol ergangen?« fragte Carter.

»Er schien beeindruckt«, antwortete Michael. »Beckwith hat auch einen Augenblick den Kopf zur Tür reingesteckt.«

»Tatsächlich?«

»Er hat gesagt, er sei mit dem Ergebnis des Unternehmens Kesselpauke zufrieden, und der Friedensprozeß sei wieder ins richtige Gleis gekommen. Du hast recht, Adrian – ihm liegt wirklich sehr viel daran.« Michael zögerte kurz. »Damit bin ich offiziell nicht mehr für Nordirland zuständig?«

»Sobald die Delegationen abreisen, löst Cynthia dich ab, und du wirst in die Abteilung Naher Osten zurückversetzt.«

»Wenn's eine Konstante in der Agency gibt, dann ist das der Wechsel«, sagte Michael. »Aber ich wüßte trotzdem gern, warum Monica ausgerechnet jetzt beschlossen hat, die Karten neu zu mischen und mich nicht mehr nach Oktober fahnden zu lassen.«

»Aus ihrer Sicht ist der Fall Oktober abgeschlossen. Selbst wenn Oktober noch leben und arbeiten sollte, würde er nach Monicas Überzeugung weder Amerikaner noch amerikanische Interessen gefährden – und erscheint deshalb nicht auf dem Radarschirm der Zentrale.«

»Bist du ihrer Meinung?«

»Natürlich nicht, und das habe ich ihr auch gesagt. Aber *sie* ist die Direktorin und entscheidet letztlich, wer unsere Zielpersonen sind.«

»Ein echter Kerl würde an deiner Stelle zurücktreten.«

»Manche von uns haben nicht die finanzielle Flexibilität, um mutige moralische Positionen zu vertreten, Michael.«

Elizabeth erschien in der Terrassentür.

»Kommt ihr bitte wieder herein?« fragte sie. »Schließlich habt ihr oft genug Gelegenheit, miteinander zu reden.«

»Wir kommen gleich«, sagte Michael.

»Übrigens noch etwas«, sagte Adrian, als Elizabeth wieder hineingegangen war. »Ich habe von der kleinen Porträtsitzung gehört, die du neulich mit Morton Dunne im OTS veranstaltet hast. Was zum Teufel hast du damit bezweckt?«

»Vor ein paar Wochen ist in Paris ein Schönheitschirurg namens Maurice Leroux ermordet worden.«

»Und?«

»Ich habe mir überlegt, ob Oktober sich vielleicht einer Gesichtsoperation unterzogen hat.«

»Und danach den Chirurgen ermordet hat, der ihn operiert hat?«

»Richtig, das habe ich mir überlegt.«

»Hör zu, Michael – Monica hat dir ein anderes Aufgabengebiet zugewiesen. Ich will keine Recherchen auf eigene Faust mehr erleben. Kein Surfen durch Ermittlungsakten, keine privaten Nachforschungen. Was dich betrifft, ist Oktober tot.«

»Du willst mir doch nicht etwa drohen, Adrian?«

»Doch, das will ich.«

Delaroche setzte seinen Kopfhörer ab und zündete sich eine Zigarette an. Das Stimmengewirr der Gäste war zuviel für sein Mikrofon, so daß er nur noch ein gleichmäßiges Summen hörte, das gelegentlich durch unverständliche Satzfetzen oder lautes Lachen unterbrochen wurde.

Er schaltete den Kassettenrecorder aus und nahm seine 9-mm-Beretta aus dem samtgefütterten Edelstahletui. Während er die Pistole zerlegte und alle Teile mit einem weichen Tuch abwischte, dachte er darüber nach, wie er den Botschafter und Michael Osbourne erschießen würde.

37

Washington

»Alles Gute zum Sankt-Patricks-Tag!« sagte Präsident James Beckwith, als er am folgenden Morgen im Rosengarten des Weißen Hauses ans Rednerpult trat, flankiert vom irischen Premierminister Bertie Ahern und dem britischen Außenminister Robin Cook. Hinter dem Präsidenten standen die Führer der nationalistischen und unionistischen Parteien in Ulster – darunter Gerry Adams von der Sinn Fein und David Trimble von der Ulster Unionist Party, der De-facto-Premierminister Nordirlands.

»Wir haben uns heute nicht zu einer Krisensitzung, sondern zu einer Feier versammelt«, fuhr Beckwith fort. »Wir feiern das gemeinsame Erbe, das uns verbindet, und wollen unsere Verpflichtung erneuern, in Nordirland einen friedlichen Wandel herbeizuführen.«

Douglas Cannon saß seitlich von ihm zwischen hohen Beamten des Weißen Hauses und des Außenministeriums, die an der Konferenz teilnehmen würden. Er beteiligte sich an dem höflichen Applaus.

»Letzten Monat hat eine Gruppe loyalistischer Gewalttäter – die sogenannte Ulster Freedom Brigade – versucht, den amerikanischen Botschafter in Großbritannien, meinen alten Freund und Kollegen Douglas Cannon, zu ermorden«, fuhr Beckwith fort. »Das war wirklich das letzte Aufbäumen derer, die Nordirlands Probleme mit Gewalt statt mit Kompromissen lösen wollen. Sollte jemand an unserem Engagement für den Frieden zweifeln, fordere ich ihn auf, nur eines zu bedenken: Botschafter Douglas Cannon ist heute unter uns, während die Ulster Freedom Brigade nur mehr eine unschöne Erinnerung ist.«

Beckwith drehte sich nach rechts, lächelte Douglas zu und begann zu applaudieren. Gerry Adams, David Trimble, Bertie Ahern, Robin Cook und alle übrigen Anwesenden schlossen sich ihm an.

»Und jetzt müssen Sie uns bitte entschuldigen – wir haben zu arbeiten«, sagte Beckwith.

Er trat vom Rednerpult zurück, bedeutete den Politikern mit ausgebreiteten Armen, ins Oval Office vorauszugehen, und ignorierte die Fragen, die das Pressekorps des Weißen Hauses ihm zurief.

Als Douglas am Spätnachmittag in die N Street zurückkam, wurde er von Michael und Elizabeth erwartet.

»Wie hat's geklappt?« fragte Michael.

»Besser als erwartet. Da die Ulster Freedom Brigade jetzt ausgeschaltet ist, glaubt Gerry Adams, daß die IRA ernstlich über eine Außerdienststellung nachdenken wird.«

»Was ist unter ›Außerdienststellung‹ zu verstehen?« fragte Elizabeth.

»Daß die IRA ihre Waffen abgibt, ihre Terroristenzellen und ihre Kommandostruktur auflöst.«

»Nach unseren Schätzungen hat allein die IRA hundert Tonnen Waffen und zweieinhalb Tonnen Semtex gelagert«, sagte Michael. »Und dazu kommen die Bestände protestantischer paramilitärischer Gruppen. Deshalb ist es so wichtig, den Friedensprozeß in Gang zu halten.«

»Es sind in kürzester Zeit bemerkenswerte Fortschritte erzielt worden, aber der Friedensprozeß kann immer noch scheitern. Sollte es dazu kommen, wären Gewalttätigkeiten ungeahnten Ausmaßes zu befürchten.« Douglas sah auf seine Uhr. »Jetzt beginnt der anstrengende gesellige Teil. Der Empfang der Sinn Fein im Mayflower, der Empfang der Ulster Unionist Party im Four Seasons und der Empfang der Briten in ihrer Botschaft.«

»Was zum Teufel ist das?« fragte Elizabeth, als sie sich für die Empfänge umzogen.

»Meine Dienstwaffe, eine Browning-Pistole mit fünfzehn Schuß im Magazin.«

Michael steckte die Pistole in das Schulterhalfter und zog sein Jackett darüber.

»Warum trägst du eine Waffe?«

»Weil mir damit wohler ist.«

»Daddy wird heute abend die ganze Zeit von einem DSS-Agenten begleitet.«

»Man kann nie zu vorsichtig sein.«

»Gibt's irgendwas, das du mir verschwiegen hast?«

»Mir ist nur wohler, wenn dein Vater wieder in London ist, wo er von Marineinfanteristen und Beamten der Special Branch beschützt wird, die einen Attentäter auf hundert Schritte zwischen die Augen treffen können.«

Er strich sein Jackett glatt.

»Wie sehe ich aus?«

»Wundervoll.« Sie schlüpfte in ihr Kleid und kehrte ihm den Rücken zu. »Zieh mir den Reißverschluß hoch. Wir sind schon spät dran.«

Im Hotel Embassy Row setzte Delaroche seinen Kopfhörer ab. Er schaltete den Empfänger aus und verstaute ihn in der Reisetasche. Dann steckte er seine 9-mm-Beretta ins Schulterhalfter und baute sich vor dem Wandspiegel auf, um seine Erscheinung zu begutachten. Er trug einen grauen, einreihigen Geschäftsanzug, den er hier gekauft hatte, ein weißes Hemd und eine gestreifte Krawatte. Im rechten Ohr trug er einen Ohrhörer aus durchsichtigem Plastikmaterial, wie ihn Sicherheitsbeamte in aller Welt benützten.

Er studierte sein Gesicht, fixierte es im Spiegel und sagte: »Diplomatischer Sicherheitsdienst, Ma'am. Leider gibt's ein kleines Sicherheitsproblem.« Delaroche sprach mit ausgeprägt amerikanischem Akzent, den er von der Tonbandstimme eines Schauspielers gelernt hatte, die er sich auf See immer wieder angehört hatte. Er wiederholte diese Worte mehrmals, bis sie ganz natürlich klangen.

Rebecca kam aus dem Bad. Sie trug ein dunkelgraues Kostüm, dazu schwarze Strümpfe und schwarze Pumps. Delaroche gab ihr eine geladene Beretta und zwei Reservemagazine, die sie mit der Waffe in ihrer schwarzen Umhängetasche verstaute.

Er hatte den Volvo in der Twenty-second Street in der Nähe der Massachusetts Avenue geparkt. Hinter dem Scheibenwischer klemmte ein Strafmandat. Delaroche warf es zusammengeknüllt in den Rinnstein und setzte sich ans Steuer.

Die Limousine hielt vor dem Hotel Mayflower in der Connecticut Avenue. Ein uniformierter Portier riß die Türen auf, und Douglas, Michael, Elizabeth und ein DSS-Agent stiegen aus. Sie betraten das Hotel und durchquerten die prächtige Hotelhalle, um in den Ballsaal zu gelangen. Gerry Adams sah Douglas hereinkommen und löste sich sofort aus einer Gruppe irischstämmiger Amerikaner, die gekommen waren, um ihn anzuhimmeln und ihm alles Gute zu wünschen.

»Danke, daß Sie gekommen sind, Botschafter Cannon.« Adams sprach mit dem starken Akzent der Einwohner West Belfasts. Er war groß, hatte einen schwarzen Vollbart und trug eine Nickelbrille. Obwohl er robust wirkte, litt er unter den Nachwirkungen jahrelanger Haft und eines Mordanschlags der UVF, der ihn beinahe das Leben gekostet hätte. »Mit Ihrem Besuch erweisen Sie uns eine große Ehre.«

»Danke für die Einladung«, sagte Douglas höflich, indem er Adams die Hand schüttelte. »Ich darf Ihnen meine Tochter und ihren Mann vorstellen: Elizabeth und Michael Osbourne.«

Adams musterte Michael prüfend und schüttelte ihm ohne große Begeisterung die Hand. Während Douglas und er sich kurz über die heutigen Gespräche im Weißen Haus unterhielten, gingen Elizabeth und Michael ein paar Schritte weiter, damit die beiden ungestört waren.

Dann legte Adams Michael plötzlich ohne Vorwarnung eine Hand auf die Schulter und sagte: »Haben Sie einen Augenblick Zeit für mich, Mr. Osbourne? Es geht um eine ziemlich wichtige Sache.«

Delaroche parkte in Georgetown an der Ecke Prospect/Potomac Street und stieg aus. Rebecca rutschte nach links und ließ das Fahrerfenster herunter. Delaroche beugte sich zu ihr hinunter. »Noch Fragen?«

Rebecca schüttelte den Kopf. Delaroche gab ihr einen Briefumschlag.

»Falls etwas schiefgeht – falls mir etwas zustößt oder wir getrennt werden –, fährst du dorthin. Ich komme nach, sobald ich kann.«

Er wandte sich ab und betrat einen Sandwichshop, in dem es von Studenten aus Georgetown wimmelte. Er kaufte sich einen Kaffee und eine Zeitung und setzte sich damit an einen Fenstertisch.

Rebecca war bereits nach Osten in Richtung Stadtmitte unterwegs.

»Bitte nehmen Sie Platz, Mr. Osbourne«, sagte Gerry Adams. Er hatte Michael in einen großen Raum neben dem Ballsaal geführt. Seine beiden Leibwächter, die ihn nie aus den Augen ließen, entfernten sich außer Hörweite. Adams schenkte zwei Tassen Tee ein. »Milch, Mr. Osbourne?«

»Danke.«

»Ich habe eine Nachricht für Sie – von Ihrem Freund Seamus Devlin.«

»Devlin ist *nicht* mein Freund«, erwiderte Michael energisch.

Die Leibwächter kamen einen Schritt näher, um sich davon zu überzeugen, daß es kein Problem gab. Gerry Adams bedeutete ihnen mit einer Handbewegung, sie sollten wie zuvor Abstand halten.

»Ich weiß, was in jener Nacht in Belfast passiert ist«, fuhr er fort. »Und ich weiß, warum es passiert ist. Wäre die IRA nicht gewesen, wären wir nicht in unserer heutigen Lage – kurz vor einem dauerhaften Frieden in Nordirland. Die IRA ist eine professionell arbeitende Organisation, die man nicht unterschätzen darf. Das sollten Sie berücksichtigen, wenn Sie und Ihre britischen Freunde wieder mal versuchen, einen Spitzel anzuwerben.«

»Ich dachte, Sie hätten eine Nachricht für mich.«

»Sie betrifft diese Person, die Eamonn Dillon vor seiner Ermordung ausspioniert hat – Rebecca Wells.«

»Was ist mit ihr?«

»Sie hat sich nach dem Überfall auf Hartley Hall nach Paris abgesetzt.« Adams hob seine Teetasse, um Michael spöttisch zuzuprosten. »Das war klasse Arbeit, Mr. Osbourne.«

Michael äußerte sich nicht dazu.

»Wells hat in Montparnasse bei einem schottischen Söldner namens Roderick Campbell gelebt. Nach Devlins Erkenntnissen haben Campbell und sie einen Killer gesucht, der Ihren Schwiegervater töten soll.«

Michael setzte sich ruckartig auf. »Wie zuverlässig ist seine Quelle?«

»Solche Einzelheiten habe ich mit Devlin nicht besprochen, Mr. Osbourne. Aber sie haben selbst erlebt, wie er arbeitet. Er ist kein Mann, der leichtsinnig unbewiesene Behauptungen aufstellt.«

»Wo ist Rebecca Wells jetzt?«

»Sie hat Paris vor einigen Wochen Hals über Kopf verlassen. Devlin ist es nicht gelungen, sie wieder aufzuspüren.«

»Was ist mit Roderick Campbell?«

»Er ist mit einer jungen Frau in seiner Wohnung erschossen worden.« Adams genoß es sichtlich, Michael etwas ihm Neues zu erzählen. »Auf den High-Tech-Monitoren im Zentrum für Terrorismusbekämpfung ist das vermutlich nicht aufgetaucht.«

»Haben Wells und Campbell es geschafft, einen Killer anzuheuern?«

»Das weiß Devlin nicht, aber an Ihrer Stelle würde ich den Botschafter weiterhin gut bewachen, wenn Sie wissen, was ich meine. Für alle am Friedensprozeß Beteiligten wäre es ein schwerer Schlag, wenn es einem Killer gelänge, Ihren Schwiegervater jetzt umzulegen.« Adams stellte seine Teetasse ab, um zu signalisieren, ihr Gespräch sei beendet. »Devlin hofft, daß damit etwaige Irritationen wegen Kevin Maguire ausgeräumt sind.«

»Devlin kann mich mal!«

Adams grinste. »Ich werd's ihm ausrichten.«

Rebecca Wells saß einen halben Straßenblock vom Haupteingang des Hotels Mayflower entfernt am Steuer des Volvos. Sie beobachtete, wie Botschafter Cannon und das Ehepaar Osbourne in Begleitung des DSS-Agenten aus dem Hotel kamen. Sie ließ den Motor an und tippte eine Kurzwahlnummer in ihr Mobiltelefon.

»Ja?«

»Sie verlassen jetzt die erste Zwischenstation und fahren zur zweiten.«

Die Verbindung wurde unterbrochen.

Rebecca fuhr an und ordnete sich in den Abendverkehr auf der Connecticut Avenue ein.

»Seit wann bist du so gut mit Gerry befreundet?« erkundigte sich Elizabeth.

»Wir verkehren in ähnlichen Kreisen.«

»Was hat er gewollt?«

»Er hat sich dafür entschuldigt, was mir in Belfast passiert ist.«

»Hast du seine Entschuldigung angenommen?«

»Nicht wirklich.«

»Und das war alles?«

»Das war alles.«

Douglas ergriff das Wort. »Also gut, wir überschreiten jetzt die Glaubensgrenze. Ab ins Four Seasons zu Drinks mit den Protestanten!«

»Glaubst du, daß diese Leute jemals *gemeinsame* Empfänge geben werden?« fragte Elizabeth.

»Das werden wir nicht mehr erleben«, sagte Michael.

Eineinhalb Stunden später parkte Rebecca Wells den Volvo in einem mit Bäumen bestandenen Teil der Massachusetts Avenue in Upper Northwest Washington. Auf der gegenüberliegenden Straßenseite stand der weitläufige Komplex der britischen Botschaft. Von ihrem Standort aus konnte sie den Vorplatz der Residenz des Botschafters überblicken. Die ersten Gäste verließen den Empfang.

Rebecca öffnete den Brief, den Delaroche ihr gegeben hatte, und las ihn im schwachen Lichtschein der Straßenbeleuchtung. Dann faltete sie ihn zusammen und steckte ihn wieder ein. Sie erinnerte sich an jenen eisigen Nachmittag am Strand in Norfolk – an den Nachmittag, an dem sie nach Schottland gefahren war, um Gavin Spencer und die Waffen abzuholen. Kaum zu glauben, daß dieser Tag, seit dem soviel passiert war, nur einen Monat zurücklag. Sie erinnerte sich an die eigenartige, heitere Zufriedenheit, die sie empfunden hatte, während sie an dem einsamen Strand unterwegs gewesen war. Sie wäre am liebsten für immer dort geblieben. Und jetzt bot dieser Mann ohne Vergangenheit – dieser gedungene Killer, der sie geliebt hatte, als sei ihr Körper aus Glas – ihr einen Zufluchtsort am Meer an.

Sie sah gerade noch rechtzeitig auf, um zu sehen, wie Douglas Cannon und das Ehepaar Osbourne die Residenz des britischen Botschafters verließen. Sie tippte erneut die Kurzwahlnummer ein und wartete auf die Stimme des Mannes, den sie nur als Jean-Paul kannte.

Delaroche beendete das kurze Gespräch mit Rebecca Wells und verließ den Sandwichshop. Er ging auf der Potomac Street rasch nach Norden, bis er die N Street erreichte. Das Haus der Osbournes war zwei Straßenblocks weit entfernt. Er bewegte sich jetzt langsamer, schlenderte die stille Straße hinunter und achtete instinktiv auf irgendwelche Anzeichen für eine verstärkte Überwachung.

Er mußte im exakt richtigen Moment eintreffen. Der DSS-Agent, der Douglas Cannon begleitete, würde seinen Kollegen die unmittelbar bevorstehende Rückkehr des Botschafters über Funk melden. Bekam er keine Antwort, würde er mißtrauisch werden. Deshalb ließ Delaroche sich auf seinem Weg die N Street entlang viel Zeit.

Er erkannte die beiden DSS-Agenten, die ihren neutralen Dienstwagen gegenüber dem Haus der Osbournes geparkt und die vorderen Fenster geöffnet hatten. Einer von ihnen, der Mann am Steuer, sprach in ein Handfunkgerät. Delaroche vermutete, daß er mit seinem Kollegen in der Limousine des Botschafters sprach.

Delaroche näherte sich dem Wagen und blieb neben dem Fahrerfenster stehen.

»Entschuldigung«, sagte er. »Wie komme ich zur Wisconsin Avenue?«

Der Agent am Steuer zeigte wortlos nach Osten.

»Danke«, sagte Delaroche.

Dann griff er unter seinen Regenmantel, zog die Beretta mit Schalldämpfer heraus und schoß beide Agenten mehrmals in die Brust. Er öffnete die Fahrertür und drückte die Leichen in die Fußräume vor den Sitzen. Er betätigte die Fensterheber, zog den Zündschlüssel ab, schloß die Tür und aktivierte die Zentralverriegelung.

Das alles hatte nicht einmal eine Minute gedauert. Er warf die Autoschlüssel über die Hecke des nächsten Vorgartens und überquerte die Straße zum Haus der Osbournes. Er stieg die wenigen Stufen hinauf, klingelte an der Haustür und atmete dabei mehrmals tief durch, um seine Nerven zu beruhigen. Wenig später hörte er drinnen Schritte, die sich der Tür näherten.

»Wer ist da?«

Eine Frau, die mit englischem Akzent sprach – Maggie, das Kindermädchen.

»Diplomatischer Sicherheitsdienst, Ma'am«, sagte Delaroche. »Leider gibt's ein kleines Problem.«

Die Haustür ging nach innen auf, und Maggie stand leicht verwirrt vor ihm. »Was ist passiert?«

Delaroche trat über die Schwelle und schloß die Tür hinter sich. Seine Hand bedeckte Maggies Mund mit eisernem Griff, erstickte ihren Schrei und zog ihr Gesicht dicht an seines heran. Mit der anderen Hand drückte er die Beretta an ihre Wange.

»Ich weiß, daß Kinder im Haus sind, und will ihnen nichts tun«, flüsterte er in amerikanisch gefärbtem Englisch. »Aber wenn Sie meine Befehle nicht genau befolgen, schieße ich Sie ins Gesicht. Haben Sie verstanden?«

Maggie nickte mit entsetzt aufgerissenen Augen.

»Okay, dann kommen Sie mit nach oben.«

Der Abend war ohne Zwischenfälle verlaufen, wie Michael es erwartet hatte, aber als ihre Limousine die Massachusetts Avenue entlangraste, hallte Gerry Adams' Warnung in seinen Ohren wider. Falls es Rebecca Wells gelungen war, einen Killer anzuheuern, bedeutete das eine neue, eine andere Gefahr für Douglas' Sicherheit. Ein allein arbeitender Attentäter würde weit schwieriger zu identifizieren und aufzuhalten sein als ein Mitglied irgendeiner der bekannten paramilitärischen Organisationen. Michael beschloß, Douglas zu informieren, sobald sie zu Hause waren. Seine Aktivitäten und öffentlichen Auftritte in London würden eingeschränkt werden müssen, bis diese Gefahr abgewendet war – oder bis Rebecca Wells gefaßt war.

Die Limousine bog auf die Wisconsin Avenue ab und fuhr nach Süden in Richtung Georgetown weiter. Elizabeth lehnte ihren Kopf an Michaels Schulter und schloß die Augen.

Douglas legte seinem Schwiegersohn eine Hand auf den Arm und sagte: »Hör zu, Michael, ich habe ein schlechtes Gewissen, weil ich etwas versäumt habe, das ich hätte tun sollen. Ich habe mich nie bei dir bedankt.«

»Wovon redest du?«

»Ich habe mich nie dafür bedankt, daß du mir das Leben gerettet hast. Hättest du den Fall nicht übernommen, wärst du nicht nach Nordirland gegangen und hättest dein Leben riskiert, wäre ich jetzt sehr wahrscheinlich tot. Ich habe früher natürlich nie Gelegenheit gehabt, dich in Aktion zu beobachten. Aber jetzt weiß ich, daß du ein *hervorragender* CIA-Offizier bist.«

»Oh, vielen Dank, Douglas. Dieses Lob aus dem Mund eines alten Liberalen, der die Agency haßt, ist besonders wertvoll.«

»Willst du weiter dort arbeiten, auch wenn die Sache mit Nordirland jetzt vorbei ist?«

»Wenn meine Frau mir verspricht, sich nicht von mir scheiden zu lassen«, antwortete Michael. »Monica Tyler will, daß ich mich wieder um das Schwert von Gaza kümmere. Die Agency hat Hinweise auf geplante Anschläge erhalten.«

»Was für Hinweise?«

»Reisen bekannter Agenten, abgefangene Mitteilungen, solche Dinge.«

»Irgend etwas in England?«

»England kommt immer in Frage. Dort sind sie gern aktiv.«

»Ich erinnere mich an den Anschlag in Heathrow.«

»Ich auch«, sagte Michael knapp.

Douglas lehnte sich zurück und schloß die Augen, während die Limousine durch die stillen Wohnstraßen von Georgetown fuhr. »Wann wird das enden?« fragte er.

»Wann wird was enden?«

»Terrorismus. Morde an Unschuldigen als Form der politischen Aussage. Wann wird das enden?«

»Wenn es auf der Welt keine Menschen mehr gibt, die sich unterdrückt genug fühlen, um nach einer Bombe oder Waffe zu greifen. Wenn es keine religiösen oder ethnischen Fanatiker mehr gibt. Wenn es keine Verrückten mehr gibt, die ihren Kick daraus beziehen, Blut zu vergießen.«

»Dann lautet die Antwort auf meine Frage vermutlich *niemals*. Dieser Wahnsinn wird *niemals* enden.«

»Du bist der Historiker. Im ersten Jahrhundert haben die Zeloten mit Terrorakten gegen die römischen Besatzer des Gelobten Landes gekämpft. Im zwölften Jahrhundert hat eine Gruppe schiitischer Moslems, die sogenannten Assassinen, Terrorakte gegen die sunnitische Führung in Persien verübt. Dieses Phänomen ist keineswegs neu.«

»Und jetzt hat es Amerika erreicht: das World Trade Center, Oklahoma City, der Olympiapark in Atlanta.«

»Terroranschläge sind billig, verhältnismäßig einfach durchzuführen und erfordern nur eine Handvoll entschlossener Täter. Das haben zwei Verbrecher namens Timothy McVeigh und Terry Nichols bewiesen.«

»Dieser Anschlag ist mir immer noch ein Rätsel«, sagte Douglas. »Hundertachtundsechzig Menschen in Sekundenbruchteilen tot.«

»Hört endlich auf, ihr beiden«, sagte Elizabeth und öffnete die Augen, als die Limousine vor ihrem Haus hielt. »Schluß jetzt mit dieser Diskussion. Ihr deprimiert mich.«

Delaroche stand im ersten Stock des Hauses an einem Fenster mit Blick auf die N Street, als er die Limousine vorfahren hörte. Er schob den Vorhang etwas zur Seite und sah auf die Straße hinunter. Cannon und das Ehepaar Osbourne kamen nach Hause.

Er ließ den Vorhang wieder zurückfallen, ging den Korridor entlang zur Treppe und warf im Vorbeigehen einen Blick ins Schlafzimmer der Osbournes. Maggie lag mit Paketband gefesselt und geknebelt auf dem Fußboden.

Delaroche ging rasch die Treppe hinunter und blieb in der dunklen Eingangshalle des Hauses stehen. Alles würde ganz einfach sein, sagte er sich – wie in einer Schießbude auf dem Rummelplatz –, und dann hatte er's hinter sich. Alles hinter sich.

38

Washington

Rebecca Wells bog hinter der Limousine in die N Street ab und folgte ihr zwei Blocks weit, bis sie bremste und hielt. Vor dem Haus der Osbournes gab es keine Parkplätze, deshalb blieb der Fahrer einfach mitten auf der Straße stehen und schaltete seine Warnblinkanlage ein. Rebecca griff in ihre Umhängetasche und zog die 9-mm-Beretta mit Schalldämpfer heraus.

Jean-Pauls Anweisungen gingen ihr erneut durch den Kopf. *Ich erledige die beiden Männer im Wagen und gehe dann ins Haus,* hatte er ihr am Abend zuvor flüsternd erklärt, während der Fernseher in ihrem Hotelzimmer mit voller Lautstärke lief. *Du wartest, bis alle ausgestiegen sind. Dann erschießt du den letzten DSS-Mann, und ich übernehme den Botschafter und Michael Osbourne.*

Sie fragte sich, ob sie die Kraft haben würde, ihren Auftrag auszuführen. Und dann dachte sie an Gavin Spencer und Kyle Blake und die Männer, die in Hartley Hall ihr Leben gelassen hatten, weil Michael Osbourne und sein Schwiegervater sie in eine Falle gelockt hatten. Sie überprüfte ihre Waffe und überzeugte sich davon, daß sie durchgeladen war.

Eine der Türen der Limousine wurde geöffnet, und der DSS-Agent stieg aus. Er ging vorn um den Wagen herum und hielt die hintere linke Tür gegenüber dem Haus der Osbournes auf. Michael Osbourne stieg als erster aus. Er sah sich auf der Straße um. Sein Blick ruhte kurz auf dem Volvo, bevor er sich abwandte. Der Botschafter folgte ihm, und zuletzt kam Elizabeth Osbourne.

Rebecca öffnete ihre Tür.

Michael wandte sich an den DSS-Agenten und fragte: »Wo sind Ihre beiden Kollegen?«

Der DSS-Agent hob sein Sprechfunkgerät und murmelte einige Worte hinein. Als er keine Antwort bekam, befahl er laut: »Zurück in den Wagen! Sofort!«

In diesem Augenblick stieg Rebecca Wells aus dem schwarzen Volvo. Sie stützte beide Arme aufs Wagendach und schoß auf den DSS-Agenten, sorgfältig einen Schuß nach dem anderen abgebend – so wie Jean-Paul es sie gelehrt hatte.

Michael hörte keine Schüsse, sondern nur das Zersplittern der Heckscheibe der Limousine und das Einschlagen der 9-mm-Geschosse, die den Kofferraum durchschlugen. Statt wieder in die Limousine zu steigen, wie der DSS-Agent ihnen befohlen hatte, hatten Michael, Elizabeth und Douglas sich instinktiv auf die Straße geworfen.

Michael hatte das Gefühl gehabt, mit der Frau in dem Volvo Kombi stimme etwas nicht, aber er hatte zu langsam begriffen, daß sie tatsächlich Rebecca Wells sein könnte. Während er jetzt über Elizabeth und Douglas kauerte, gingen ihm blitzartig die letzten Sekunden im Leben des DSS-Agenten durch den Kopf. Der Agent hatte versucht, seine Kollegen zu rufen, aber keine Antwort bekommen. Weil jemand anders sie bereits ermordet hat, dachte Michael. Dann erinnerte er sich an Gerry Adams' Warnung, Rebecca Wells sei auf der Suche nach einem Profikiller gewesen, um Douglas liquidieren zu lassen. Vermutlich war ihr angeheuerter Killer hier irgendwo in der Nähe.

Michael zog seine Pistole. Der Chauffeur war noch im Auto in Deckung gegangen. Michael stieß Elizabeth und Douglas an. »Los, ins Auto!«

Elizabeth kroch auf den Rücksitz der Limousine. Einer der Schüsse traf den Kopf des DSS-Agenten, und ein Schauer aus Blut und Gehirnmasse regnete durch die zersplitterte Heckscheibe. Elizabeth starrte Michael hilflos an und versuchte, sich das Blut aus dem Gesicht zu wischen.

Dann riß sie plötzlich entsetzt die Augen auf und kreischte: »Michael! Hinter dir!«

Michael fuhr herum und sah eine Gestalt, die auf den Stufen vor ihrer Haustür stand. Der Mann riß den rechten Arm hoch und gab zwei Schüsse ab. Die Pistole mit Schalldämpfer war nicht zu hören; daß er schoß, zeigten nur die Flammenzungen des Mündungsfeuers.

Selbst im schwachen Lichtschein der Straßenbeleuchtung von Georgetown wußte Michael, daß er diese Art zu schießen schon einmal gesehen hatte.

Der Mann auf den Stufen vor seiner Haustür war Oktober.

Sein erster Schuß prallte als Querschläger vom Wagendach ab. Der zweite traf Douglas im Rücken, als er sich in den Wagen stürzte. Er brach vor Schmerzen aufstöhnend über Elizabeth zusammen.

Michael zielte auf Oktober, gab mehrere Schüsse ab und trieb ihn dadurch ins Haus. In der ruhigen Wohnstraße klang sein durchschlagkräftiger Browning wie Artillerie.

»Los! Los!« brüllte er den Chauffeur an. »Bringen Sie sie weg!«

Der Chauffeur setzte sich auf und gab Gas.

Das letzte, was Michael sah und hörte, war Elizabeth, die etwas durchs zerschossene Heckfenster kreischte.

»Die Kinder, Michael!« rief sie verzweifelt. »Die Kinder!«

Michael warf sich zwischen zwei geparkte Fahrzeuge, so daß er zumindest für einige Sekunden lang vor Rebecca Wells und Oktober sicher war. Er sah, daß Oktober wieder ins Freie trat. Michael gab mehrere Schüsse ab. Oktober verschwand wieder im Haus. Dann begannen Autofenster um ihn herum zu zersplittern. Die Frau schoß auf ihn.

In vielen Häusern entlang der Straße brannte jetzt Licht. Michael drehte sich um und sah Rebecca Wells hinter der offenen Tür des Volvos stehen und übers Autodach hinweg schießen. Er überlegte, ob er ihr Feuer erwidern sollte. Aber wenn er sie verfehlte, konnte sein Schuß eines der Nachbarhäuser treffen und einen Unbeteiligten, der aus der Tür getreten war, um zu sehen, was auf der Straße los war, tödlich verletzen.

Er zielte auf sein eigenes Haus. Bitte, lieber Gott, laß die Kinder oben im Kinderzimmer sein! dachte er. Und dann schoß er auf Oktober, bis das erste Magazin leer war.

Michael hörte die erste Sirene, während er sein Magazin wechselte. Wahrscheinlich hat jemand wegen der Schießerei die Polizei angerufen, dachte er. Oder vielleicht hat der DSS-Mann noch Alarm schlagen können, bevor er erschossen worden ist. Jedenfalls hörte Michael jetzt das Heulen mehrerer näher kommender Sirenen, das mit jeder Sekunde lauter wurde.

Oktober erschien in der Haustür und winkte Rebecca zu.

»Hau ab!« brüllte er. »Verschwinde von hier!«

Der erste Streifenwagen erschien in der N Street.

Oktober gab zwei Schüsse auf ihn ab, die ihn jedoch verfehlten. »Los, Rebecca! Hau endlich ab!«

Michael lud seine Pistole erneut durch und schoß viermal auf Oktober.

Rebecca Wells stieg in den Volvo, gab Gas und röhrte an der Stelle vorbei, wo Michael zwischen zwei Autos in Deckung lag. Oktober erschien ein letztes Mal vor der Haustür und schoß mehrmals in Michaels Richtung; dann machte er kehrt und verschwand im Haus.

Michael sprang auf, hetzte über die Straße und polterte mit dem Browning in den ausgestreckten Armen die Stufen zur Haustür hinauf. Als er die Tür erreichte, sah er Oktober, der im Wohnzimmer mit einem Stuhl eine der abgesperrten Terrassentüren einschlug.

Oktober drehte sich ein letztes Mal um und hob seine Waffe. Michael hörte nichts, aber er sah die Pistolenmündung Feuer spucken. Als er zurückwich und sich außen an die Hauswand lehnte, spürte er, wie innen Kugeln in den Verputz einschlugen. Als das Feuer aufhörte, trat Michael in die Tür und gab drei weitere Schüsse ab, während Oktober durch den Garten rannte und über die Mauer kletterte.

Michael, der jeweils zwei Stufen auf einmal nahm, rannte ins Kinderzimmer hinauf. Die Zwillinge weinten in ihren Betten, waren aber unversehrt.

»Maggie?«

Aus dem Elternschlafzimmer drangen ein Poltern und erstickte Schreie. Er rannte den Flur entlang und knipste das Licht im Schlafzimmer an. Maggie lag gefesselt und geknebelt auf dem Fußboden.

»Ist er allein gewesen, Maggie? Ein einzelner Täter?«

Sie nickte.

»Bin gleich wieder da!«

Michael rannte die Treppe hinunter und kam unten an, als ein Beamter der Metropolitan Police mit schußbereitem Revolver das Haus betrat. Er zielte auf Michael und rief: »Halt, stehenbleiben! Weg mit der Waffe!«

»Ich bin Michael Osbourne, und dies ist mein Haus.«

»Wer Sie sind, ist mir scheißegal! Weg mit der Waffe! Aber sofort!«

»Verdammt, ich bin Botschafter Cannons Schwiegersohn und arbeite bei der CIA! Weg mit *Ihrem* Revolver!«

Der Polizeibeamte zielte mit seine Dienstwaffe weiter auf Michaels Kopf.

»Mein Schwiegervater ist getroffen worden«, sagte Michael hastig. »Beide Schützen sind geflüchtet – ein Mann zu Fuß und eine Frau in einem schwarzen Volvo Kombi. Meine Kinder und das Kindermädchen sind oben. Gehen Sie rauf und helfen Sie ihr. Ich bin gleich wieder da.«

»Hey, kommen Sie zurück!« rief der Polizeibeamte ihm nach, als Michael die Eingangshalle durchquerte und durch die zersplitterte Terrassentür verschwand.

Delaroche war nicht nach Washington gekommen, um sich von Michael Osbourne in eine Schießerei verwickeln zu lassen. Wenn auf engstem Raum geschossen wurde, konnte jeder einen Zufallstreffer abbekommen, und Delaroche hatte keine Lust, sein Leben zu riskieren, um Osbourne vielleicht doch noch zu erledigen. Außerdem hatte er sein Primärziel – Botschafter Cannon – mit einem guten Schuß in den Rücken getroffen. Mit etwas Glück würde diese Verletzung sich als tödlich erweisen. Trotzdem war er wütend, daß es ihm wieder nicht gelungen war, Osbourne zu erledigen.

Er streifte den beigen Regenmantel ab, während er die Gasse entlangspurtete. Als er die Thirty-fourth Street erreichte, trat er auf die Fahrbahn, so daß ein Collegestudent, der mit einem silbergrauen Saab unterwegs war, scharf bremsen mußte, um ihn nicht zu überfahren. Delaroche hob seine Beretta und zielte auf die Windschutzscheibe.

»Raus aus dem verdammten Wagen!«

Der Student stieg mit erhobenen Händen aus und trat zur Seite. »Nimm ihn dir, du Wichser. Er gehört dir.«

»Hau ab!« Delaroche machte eine drohende Bewegung mit seiner Pistole, und der Student rannte davon.

Delaroche setzte sich ans Steuer.

»Fick dich ins Knie, du verdammtes Arschloch!« brüllte der Student aus sicherer Entfernung.

Delaroche fuhr los. Er wußte, daß er Georgetown so schnell wie möglich verlassen mußte, und raste durch die Thirty-fourth Street zur M Street. Gelang es ihm, die Francis Scott Key Bridge nach Arlington zu überqueren, verbesserten seine Fluchtchancen sich erheblich. Dort konnte er den George Washington Parkway, die I-395 oder die I-66 erreichen und Washington binnen weniger Minuten meilenweit hinter sich lassen.

Die Ampel an der M Street sprang von Gelb auf Rot, als Delaroche sie erreichte. RECHTS ABBIEGEN BEI ROT VERBOTEN, warnte ein Schild. Er überlegte, ob er trotzdem abbiegen sollte, aber Ruhe und Besonnenheit auf der Flucht hatten sich bisher immer bewährt, und er beschloß, auch diesmal nicht überstürzt zu handeln.

Er trat auf die Bremse und kam zum Stehen.

Dann sah er auf seine Armbanduhr und zählte die Sekunden.

Als Michael Osbourne über die Gartenmauer kletterte, hörte er am Ende der Gasse einen Mann lauthals fluchen. Im nächsten Augenblick heulte ein Motor auf, und ein Auto fuhr mit quietschenden Reifen davon. Den Geräuschen nach vermutete Michael, war der Fahrer zur

M Street unterwegs. Und er vermutete auch, daß der Fahrer Oktober war, der zu flüchten versuchte. Er spurtete die Thirty-third Street entlang, bog an der M Street rechts ab und lief weiter.

Delaroche entdeckte Osbourne, der mit einer Pistole in der Hand die M Street entlangrannte und erschrockene Passanten auseinandertrieb. Delaroche drehte langsam den Kopf, sah wieder nach vorn und wartete darauf, daß die Ampel auf Grün umsprang.

Seine Beretta lag auf dem Beifahrersitz. Delaroche umfaßte sie mit der rechten Hand und legte seinen Zeigefinger an den Abzug. Vielleicht bekomme ich doch noch eine Chance, den Auftrag auszuführen, dachte er.

Osbourne erreichte die Kreuzung. Er stand mit der Waffe in der Hand direkt vor dem Saab auf dem Fußgängerübergang und starrte die Thirty-fourth Street hinunter. Er atmete schwer und suchte seine Umgebung mit hastigen Blicken ab.

Delaroche nahm langsam die Beretta vom Beifahrersitz und legte sie auf seinen Schoß. Er überlegte, ob er durch die Windschutzscheibe schießen sollte, entschied sich dann aber doch dagegen. Selbst wenn es ihm gelungen wäre, Osbourne zu treffen, wäre sein Fluchtfahrzeug dann beschädigt gewesen. Er streckte die linke Hand aus, drückte auf eine Taste in der Armlehne und ließ das Fahrerfenster herunter, als die Ampel auf Grün umsprang.

Hinter ihm standen mehrere Wagen, deren Fahrer jetzt hupten, weil sie nicht sahen, daß mitten auf der Kreuzung ein Mann mit einer Pistole stand.

Delaroche blieb unbeweglich sitzen und wartete darauf, daß Osbourne die Initiative ergriff.

Michael stand nach Atem ringend und mit jagendem Herzen auf der Kreuzung, ohne auf die Kakophonie aus Autohupen zu achten. Er musterte die Gesichter in den wartenden Autos: ein Mann Anfang vierzig in einem silbergrauen Saab, zwei reiche Studenten in einem roten BMW, ein Patrizierehepaar aus Georgetown in einem nagelnden Mercedes Diesel und ein Pizza-Hut-Ausfahrer.

Alle hupten, nur der Mann am Steuer des Saabs nicht. Michael musterte ihn prüfend. Der Mann war ziemlich häßlich: schwere Hängebacken, quadratisches Kinn, breite, flache Nase. Dieses Gesicht kannte Michael von irgendwoher, aber ihm fiel nicht ein, wo er es gesehen hatte. Er starrte den Mann an, während vor seinem inneren Auge die Gesichter aus seiner Vergangenheit wie auf einem Bildschirm auftauchten – manche scharf und klar, manche unscharf und verschwommen. Dann wußte er plötzlich, wo er dieses Gesicht gesehen hatte: auf Morton Dunnes Computerbildschirm im OTS.

Michael zielte auf Oktobers Gesicht.

»Aussteigen! Sofort!«

39

Washington

Die riesige Kreuzung vor der Zufahrt zur Key Bridge ist eine der belebtesten und chaotischsten in ganz Washington. Autoströme von der turmhoch aufragenden Brücke, der M Street und dem Whitehurst Freeway treffen an diesem einen Punkt zusammen. Im morgendlichen und abendlichen Berufsverkehr stehen auf dieser Kreuzung die Pendler im Stau; nachts sorgen Autofahrer, die in die Restaurants und Nachtclubs von Georgetown unterwegs sind, für regen Verkehr. Über allem steht die durch *Der Exorzist* berühmt-berüchtigt gewordene schwarze Steintreppe – trostlos, mit Graffiti bedeckt und nach Urin stinkend, weil betrunkene Studenten aus Georgetown es für einen alten Brauch halten, dort im Vorbeigehen zu pinkeln.

Aber daran dachte Delaroche nicht, als er am Steuer des Saabs sitzend in die Mündung von Michael Osbournes Browning starrte. Als Osbourne ihm auszusteigen befahl, trat Delaroche das Gaspedal durch und warf sich nach rechts auf den Beifahrersitz.

Michael gab mehrere Schüsse auf die Windschutzscheibe ab, als der Wagen mit aufheulendem Motor auf ihn zuraste; dann brachte er sich mit einem Hechtsprung in Sicherheit.

Delaroche setzte sich hinters Steuer, bekam den Wagen wieder unter Kontrolle und raste in Richtung Key Bridge davon.

Michael wälzte sich beiseite, um nicht von dem Auto erfaßt zu werden, und richtete sich auf einem Knie auf. Er zielte aufs Heck des davonrasenden Saab und versuchte, das wilde Hupen um sich herum zu ignorieren.

Er hatte nur noch acht Schuß in seiner Pistole und kein Reservemagazin.

Er gab alle acht Schuß ab, bevor Delaroche auf die Zufahrt zur Brücke einbiegen konnte.

Sieben durchschlugen den Kofferraum und blieben im Rücksitz stecken.

Der achte traf den Benzintank, und der Saab explodierte.

Delaroche hörte die Explosion und spürte sofort die Hitze des brennenden Benzins. Um ihn herum bremsten andere Autos mit quietschenden Reifen. Ein junger Mann, der ein Sweatshirt der Redskins trug, kam angerannt und wollte Delaroche zu Hilfe kommen. Aber als er mit der Beretta auf seinen Kopf zielte, ergriff der junge Mann die Flucht und rannte in Richtung Francis Scott Key Park davon.

Delaroche sprang aus dem Wagen und sah Michael Osbourne, der auf ihn zugerannt kam.

Er hob seine Beretta und gab drei Schüsse ab.

Michael Osbourne ging hinter einem der stehenden Wagen in Deckung.

Delaroche setzte sich in Richtung Key Bridge in Bewegung, aber ein Auto, dessen Fahrer den mitten auf der Kreuzung stehenden brennenden Wagen ignorierte, raste auf ihn zu. Delaroche konnte vor dem Aufprall nur noch hochspringen und wurde über die Windschutzscheibe geschleudert.

Dabei verlor er die Beretta, die scheppernd auf die Gegenfahrbahn rutschte.

Als Delaroche den Kopf hob, sah er Michael Osbourne auf sich zurennen. Er kam auf die Beine und versuchte wegzulaufen, aber sein rechter Knöchel gab nach, so daß er auf den Asphalt zurücksackte.

Er rappelte sich erneut auf und zwang sich, in Bewegung zu bleiben. Sein Knöchel fühlte sich an, als rieben sich dicht unter der Haut scharfkantige Glassplitter aneinander. Trotzdem schaffte Delaroche es, den Gehsteig der Key Bridge zu erreichen.

Dort stand ein Mann mit einem billigen Mountain Bike, der das Schauspiel neugierig beobachtete.

Delaroche setzte den Mann mit einem Handkantenschlag außer Gefecht und riß ihm das Mountain Bike weg.

Er schwang sich in den Sattel und versuchte in die Pedale zu treten, aber als er seinen rechten Fuß belastete, schrie er vor Schmerz auf. Also strampelte er nur mit dem linken Fuß, während der rechte lediglich die Kreisbewegung der Pedale mitmachte.

Er sah über die Schulter zurück. Michael Osbourne rannte hinter ihm her. Delaroche strampelte schneller, aber wegen seines Knöchelbruchs und der schlechten Qualität des Mountain Bikes schmolz sein anfänglicher Vorsprung stetig zusammen. Delaroche fühlte sich völlig hilflos. Er hatte keine Waffe und als Fluchtfahrzeug nur ein minderwertiges Fahrrad. Und er war verletzt, was noch schlimmer war. Delaroche fühlte plötzlich nur noch Wut – Wut auf seinen Vater und Wladimir und alle anderen im KGB, die ihn zu einem Leben als Killer verdammt hatten. Wut auf sich selbst, weil er sich zu diesem Auftrag hatte zwingen lassen. Wut, weil es ihm wieder nicht gelungen war, Osbourne zu erledigen. Er fragte sich, woher Osbourne seine Identität gekannt hatte. Hatte Maurice Leroux ihn verraten, bevor er ihn in jener Nacht in Paris erschossen hatte? Hatte der Direktor ihn verraten? Oder hatte er die Intelligenz und den Einfallsreichtum dieses CIA-Offiziers, der sich geschworen hatte, ihn zu vernichten, erneut unterschätzt? Daß die Sache so endete – mit Delaroche auf einem klappernden Fahrrad, während Osbourne ihn zu Fuß verfolgte –, war fast lachhaft. Er war sich darüber im klaren, daß seine Fluchtchancen mit jeder Minute geringer wurden, selbst wenn es ihm gelingen sollte, Osbourne auch diesmal abzuhängen.

Er drehte sich nochmals um und sah, daß Osbourne den Abstand zwischen ihnen weiter verringert hatte. Er zwang sich dazu, mit beiden Beinen zu strampeln und die Schmerzen im rechten Knöchel zu ignorieren, während er überlegte, was er zu tun bereit war, um lebend von der Brücke herunterzukommen.

Michael steckte den Browning in sein Schulterhalfter und spurtete über die Brücke, wobei er kräftig mit den Armen pumpte. Einige Augenblicke lang hatte er wieder das Gefühl, an den Leichtathletik-Jugendmeisterschaften von Virginia teilzunehmen – am Endlauf über eine Meile. In der letzten Runde hatte Michael sich durch ein brillantes taktisches Manöver hinter den bis dahin Führenden geschoben, um ihn auf den letzten hundert Metern überholen zu können. Aber als sie auf die Zielgerade einbogen, hatte ihm der Mut gefehlt, die Schmerzen zu ertragen, die nötig gewesen wären, um hier zu siegen. Der Rücken des anderen Jungen hatte ihn förmlich hypnotisiert – das Flattern seines Trikots im Wind, die sehnigen Muskeln seiner Schultern –, während er seinen Vorsprung stetig vergrößerte und das Zielband vor ihm zerriß. Und er erinnerte sich an seinen Vater, der über seine Niederlage so wütend gewesen war, daß er Michael nach dem verlorenen Rennen nicht einmal getröstet hatte.

Der Abstand zu Oktober betrug nur noch zehn Meter.

Michael war fast eine Meile gelaufen, seit er aus dem Haus gestürmt war. Seine Beine waren schwer, seine Muskeln waren von dem endlos langen Sprint verkrampft. Seine Arme brannten, und er schmeckte bei jedem Atemzug kupfrigen Blutgeschmack im Mund. Er hatte Oktober über viele Jahre hinweg mit Hilfe aller materiellen und technischen Ressourcen der Agency verfolgt, aber letztlich lief doch alles auf einen verzweifelten Spurt über die Key Bridge hinaus. Aber diesmal würde er die Schmerzen nicht scheuen. Diesmal würde er sich nicht vom Rücken seines Gegners hypnotisieren lassen. Michael brüllte mit in den Nacken geworfenem Kopf wie ein verwundetes Tier und krallte mit beiden Händen in die Luft, als wolle er sich damit vorwärtsziehen.

Oktobers Vorsprung betrug kaum noch eineinhalb Meter.

Michael setzte zu einem verzweifelten Sprung an und brachte ihn krachend zu Fall.

Oktober blieb auf dem Rücken liegen, und Michael hockte auf seinem Bauch.

Michael schlug ihm zweimal mit der Faust ins Gesicht, wobei Delaroche eine blutende Platzwunde am linken Backenknochen erlitt. Dann umschloß er mit beiden Händen seinen Hals und begann ihn zu würgen.

Er war wie von Sinnen und zu keinem klaren Gedanken mehr fähig, während er Oktober die Luftröhre zusammendrückte und ihn wild anbrüllte. Trotzdem blieb der Gesichtsausdruck des Killers merkwürdig gelassen. Seine blauen Augen glitten über Michael hinweg, und auf seinen Lippen erschien ein vages Lächeln.

Michael merkte, daß Oktober überlegte, wie er ihn am besten ermorden konnte. Er drückte noch fester zu.

Oktober griff plötzlich mit der linken Hand in Michaels Haare. Er riß Michaels Kopf zu sich herunter und rammte seinen rechten Daumen in Michaels linke Augenhöhle.

Michael schrie vor Schmerzen auf und lockerte seinen Würgegriff um Oktobers Hals. Der Attentäter gebrauchte seine Handkanten als Schlagwerkzeuge, die Michaels Schläfen zweimal rasch nacheinander trafen.

Michael wäre beinahe ohnmächtig geworden. Er schüttelte den Kopf, um wieder klar denken zu können, und merkte dann, daß er auf dem Rücken lag. Oktober hatte es irgendwie geschafft, sich unter ihm herauszuwinden.

Michael rappelte sich mühsam auf. Oktober stand bereits – breitbeinig, mit erhobenen Händen, Michael starr fixierend. Im nächsten Augenblick holte er wie ein Kickboxer mit einem Fuß aus und traf Michael mit einem gewaltigen Tritt seitlich am Kopf.

Michael torkelte vom Gehsteig rückwärts auf die Fahrbahn – vor einen heranrasenden städtischen Bus. Der Busfahrer hupte gellend. Mit einem Riesensatz war Michael wieder auf dem Gehsteig und sprang Oktober in die Arme.

Der Attentäter duckte sich, nützte Michaels Schwung aus und hievte ihn übers Brückengeländer.

Delaroche wartete auf das Geräusch, mit dem Michaels Körper über dreißig Meter tiefer ins Wasser klatschen würde, aber es blieb aus. Er trat vor und sah nach unten. Michael hatte es geschafft, sich mit einer Hand an die untere Querstrebe des Brückengeländers zu klammern. Michael, der Blut am Mund hatte, starrte zu Delaroche hinauf.

Am einfachsten wäre es gewesen, so lange auf seine Hand zu treten, bis er loslassen mußte, aber aus einem nicht erklärlichen Grund schreckte Delaroche davor zurück. Er hatte immer rasch und lautlos gemordet; er war aus dem Nichts aufgetaucht und nach der Tat spurlos verschwunden. Einen Mann auf solche Weise umzubringen, kam ihm irgendwie barbarisch vor.

Er beugte sich übers Geländer und sagte: »Lassen Sie mich laufen, dann helfe ich Ihnen.«

»Fuck you«, sagte Michael mit einer Grimasse.

»Das ist nicht gerade clever von Ihnen.« Delaroche griff durch die Stangen des Brückengeländers und bekam Michaels linkes Handgelenk zu fassen. »Greifen Sie nach oben, nehmen Sie meine Hand.«

Michael spürte, daß seine Hand zu erlahmen begann.

»Sie haben vorhin meinen Schwiegervater ermordet«, sagte er. »Sie haben versucht, meine Frau und mich zu ermorden. Sie haben Sarah ermordet.«

»Nicht ich habe sie ermordet, Michael. Das waren andere Leute. Ich habe nur als Waffe gedient. Ich bin für ihren Tod genausowenig verantwortlich wie Sie für den Tod von Astrid Vogel.«

»Wer hat Sie angeheuert?« fragte Michael heiser.

»Das ist nicht weiter wichtig.«

»Für mich schon! Wer hat Sie angeheuert?«

Aber Michaels Griff wurde merklich schwächer.

Delaroche war niedergekniet und umklammerte seinen linken Arm mit beiden Händen.

Michael griff mit der rechten Hand unter seine Jacke, zog die Pistole und zielte auf Delaroches Kopf. Delaroche, der Michaels Handgelenk umklammert hielt, starrte die Waffe an. Dann lächelte er plötzlich und fragte: »Sie kennen die Fabel von dem Frosch und dem Skorpion, die den Nil überqueren?«

Natürlich kannte Michael diese Fabel; wer jemals im Nahen Osten gelebt oder gearbeitet hat, kannte sie. Ein Frosch und ein Skorpion begegnen sich am Nilufer, und der Skorpion bittet den Frosch, ihn schwimmend ans andere Ufer zu bringen. Der Frosch weigert sich, weil er fürchtet, der Skorpion könnte ihn stechen. Der Skorpion verspricht ihm, er werde ihn nicht stechen, weil das töricht wäre und sie dann beide ertrinken würden. Der Frosch sieht die Logik dieser Aussage ein und erklärt sich bereit, den Skorpion über den Nil zu bringen. Mitten im Fluß sticht der Skorpion den Frosch. »Jetzt ertrinken wir beide!« ruft der Frosch, während das Skorpiongift ihn zu lähmen beginnt. »Warum hast du das getan?« Daraufhin antwortet der Skorpion lächelnd: »Weil dies der Nahe Osten ist.«

»Ich kenne die Fabel«, sagte Michael.

»Wir bekämpfen uns seit zu vielen Jahren. Vielleicht können wir einander helfen. Rache ist nur etwas für Wilde. Wie ich gehört habe, sind Sie erst vor kurzem in Nordirland gewesen. Sehen Sie sich an, was durch Racheakte aus diesem Land geworden ist.«

»Was wollen Sie?«

»Ich erzähle Ihnen, was Sie so brennend interessiert – wer mich angeheuert hat, Douglas Cannon zu ermorden, wer mich angeheuert hat, damit ich die Spuren im Fall des Abschusses der TransAtlantic-Maschine verwische, wer mich angeheuert hat, Sie zu liquidieren, weil Sie zuviel wußten.« Er machte eine Pause. »Außerdem sage ich Ihnen, wer aus der Führung der Agency mit diesen Leuten zusammenarbeitet. Im Gegenzug garantieren Sie mir meine persönliche Sicherheit und freien Zugang zu meinen Bankkonten.«

»Ich bin nicht befugt, einen Deal dieser Art abzuschließen.«

»Vielleicht nicht befugt, aber *befähigt.*«

Michael gab keine Antwort.

»Sie wollen nicht sterben, ohne die Wahrheit erfahren zu haben, nicht wahr, Michael?«

»Fuck you!«

»Sind wir uns also einig?«

»Woher wissen Sie, daß ich Sie nicht verhaften lasse, sobald Sie mich raufgezogen haben?«

»Weil Sie ein Ehrenmann sind.« Delaroche schüttelte Michael und fragte: »Sind wir uns also einig?«

»Okay, Scheißkerl, wir sind uns einig.«

»Also gut. Lassen Sie die Pistole in den Fluß fallen und greifen Sie nach meiner Hand, bevor Sie uns noch beide in den Tod reißen.«

40

Washington · Dulles International Airport

»Das Geschoß hat Botschafter Cannon mehrere Rippen gebrochen und den linken Lungenflügel kollabieren lassen«, sagte der Arzt im George Washington University Hospital, ein absurd jung aussehender Chirurg namens Carlisle. »Aber falls keine ernstlichen Komplikationen auftreten, ist er bald wieder auf den Beinen, glaube ich.«

»Kann ich zu ihm?« fragte Elizabeth.

Carlisle schüttelte den Kopf. »Er ist jetzt im Aufwachraum, und er sieht ehrlich gesagt nicht besonders aus. Am besten versuchen Sie, es sich hier gemütlich zu machen. Wir holen Sie, sobald er ansprechbar ist.«

Der Arzt ging hinaus. Elizabeth setzte sich, aber schon nach wenigen Minuten ging sie wieder ruhelos in dem kleinen privaten Wartezimmer auf und ab. Auf dem Gang vor der Tür hielten zwei Beamte der Metropolitan Police Wache. Elizabeth trug einen hellblauen OP-Kittel, weil ihr Kleid durch Blutflecken, die von ihrem Vater und dem DSS-Agenten stammten, verdorben war. Maggie und die Kinder waren in einem anderen Raum. Maggie hielt sich bemerkenswert, fand Elizabeth. Obwohl sie von einem Attentäter bedroht und mit Paketband gefesselt worden war, weigerte sie sich, Liza und Jake von Kinderschwestern des Krankenhauses betreuen zu lassen. Jetzt brauchte Elizabeth nur noch eines: Sie mußte die Stimme ihres Mannes hören.

Seit ihrer alptraumhaften Flucht aus der N Street war über eine Stunde vergangen. Die Polizeibeamten hatten ihr gesagt, was sie wußten. Beim Auftauchen der ersten Streifenwagen waren die Terroristen geflüchtet, und Michael war am Leben gewesen. Aber dann war er durch den Garten hinter dem Haus verschwunden, und seither hatte ihn niemand mehr gesehen. Elizabeth schloß die Augen und zitterte vor Angst. Michael, dachte sie, wenn du lebst, meld dich bitte!

Es war elf Uhr. Sie schaltete den Fernseher ein und zappte sich durch die Programme. Das Attentat auf Douglas Cannon war die Sensation des Abends – sämtliche Lokalsender und alle Kabelkanäle berichteten ausführlich darüber. Aber kein Wort über Michael. Sie zündete sich eine Zigarette an und ging nervös auf und ab, während sie rauchte.

Eine Krankenschwester kam vorbei, klopfte an und streckte den Kopf zur Tür herein.

»Tut mir leid, Ma'am, aber hier ist Rauchverbot.«

Elizabeth sah sich nach etwas um, in dem sie ihre Zigarette ausdrücken konnte.

»Die können Sie mir mitgeben, Mrs. Osbourne«, sagte die Krankenschwester freundlich. »Kann ich Ihnen irgend etwas bringen?«

Elizabeth schüttelte den Kopf.

Als die Krankenschwester das Wartezimmer verließ, klingelte ihr Mobiltelefon.

Sie holte es aus ihrer Umhängetasche, schaltete es ein und meldete sich.

»Hallo?«

»Ich bin's, Elizabeth. Sag' kein Wort, hör nur zu.«

»Michael«, flüsterte sie.

»Mir geht's gut«, sagte er. »Ich bin unverletzt.«

»Gott sei Dank!«

»Wie geht's Douglas?« fragte er.

»Er ist sofort operiert worden. Der Arzt meint, daß er die Operation gut überstanden hat.«

»Wo sind die Kinder?«

»Auch hier im Krankenhaus«, antwortete Elizabeth. »Wann sehe ich dich wieder?«

»Vielleicht morgen. Ich muß zuerst noch etwas erledigen. Ich liebe dich.«

»Michael, wo bist du?« fragte sie, aber die Verbindung war bereits unterbrochen.

Rebecca Wells stellte den Volvo auf dem Flughafen-Parkplatz für Langzeitparker ab und fuhr mit einem Pendelbus zum Terminal. Dort warf sie die Autoschlüssel in einen Abfallkorb und verschwand auf der Toilette. In einer der WC-Kabinen vertauschte sie ihr strenges Kostüm gegen verwaschene Jeans, einen Pullover und Cowboystiefel aus Wildleder. Dann steckte sie ihr Haar am Kopf fest, setzte eine blonde Perücke auf und begutachtete ihre Erscheinung in einem der Spiegel über den Waschbekken. Diese Verwandlung hatte keine fünf Minuten gedauert. Sie war jetzt Sally Burke aus Los Angeles und konnte sich mit einem Reisepaß und einem kalifornischen Führerschein ausweisen.

Sie ging durchs Terminal zum Air-Mexico-Schalter und buchte einen Flug nach Mexico City mit der letzten Maschine. Die nächsten drei Tage würden schwierig werden. Von Mexiko aus würde sie kreuz und quer durch Mittel- und Südamerika reisen und dabei täglich ihre Pässe und Identitäten wechseln. Dann würde sie von Buenos Aires nach Europa zurückfliegen.

Sie setzte sich in den Wartebereich am Flugsteig und wartete darauf, daß ihr Flug aufgerufen werden würde. Sie versuchte die Augen zu schließen, aber wenn sie das tat, erschien vor ihrem inneren Auge immer wieder das Bild, wie der Kopf des DSS-Agenten in einem Schauer aus Blut zerplatzte.

Der CNN Airport Channel brachte die neueste Meldung über den Attentatsversuch:

Die Ulster Freedom Brigade hat soeben die Verantwortung für den Mordversuch an Botschafter Douglas Cannon übernommen. Die beiden Attentäter, ein Mann und eine Frau, sind weiterhin flüchtig. Nach Auskunft der Ärzte im George Washington University Hospital ist Cannons Zustand ernst; seine Verletzungen sollen jedoch nicht lebensbedrohend sein …

Rebecca sah wieder weg. Wo zum Teufel steckst du, Jean-Paul? dachte sie. Dann zog sie den Brief heraus, den er ihr vor vier Stunden gegeben hatte und las ihn noch einmal. Fahre dorthin. Ich komme nach, sobald ich kann.

Ihr Flug wurde aufgerufen. Sie warf Jean-Pauls Brief in den nächsten Papierkorb und ging zum Flugsteig.

41

Washington

»Wie soll ich Sie nennen?«

»Ich benütze viele Namen, aber da ich die meiste Zeit als Jean-Paul Delaroche gelebt habe, halte ich mich für ihn.«

»Soll ich Sie also Delaroche nennen?«

»Wenn Sie wollen«, antwortete Delaroche und zog mit einer sehr französischen Geste die Mundwinkel nach unten.

Trotz der späten Stunde herrschte auf dem Capital Beltway noch reger Verkehr – die letzte Welle des abendlichen Washingtoner Berufsverkehrs. Michael bog auf die Interstate 95 ab und fuhr in Richtung Baltimore nach Norden. Der Ford, in dem sie saßen, war ein Leihwagen, den Michael auf dem National Airport gemietet hatte, nachdem sie mit einem Taxi von der Key West Bridge geflüchtet waren. Der Taxifahrer hatte sich zuerst geweigert, seine Tür zwei Männern in Anzügen zu öffnen, die aussahen, als seien sie in eine üble Schlägerei verwickelt gewesen. Dann hatte Delaroche ihm ein dickes Bündel Zwanziger gezeigt, und der Fahrer hatte gesagt, falls sie zum Mond wollten, könne er sie bis zum Morgen hinbringen.

Delaroche saß auf dem Beifahrersitz und hatte seinen dick verbundenen Fuß aufs Instrumentenbrett hochgelegt. Er rieb sich vorsichtig den Knöchel und machte ein Gesicht, als fühle er sich von ihm im Stich gelassen. Dann zündete er sich nonchalant die nächste Zigarette an. Falls er besorgt oder ängstlich war, ließ er sich nichts davon anmerken. Er öffnete sein Fenster einen Spaltbreit, um den Rauch abziehen zu lassen. Im Wagen stank es plötzlich nach frischer Jauche.

Nach Sarahs Ermordung hatte Michael jahrelang versucht, sich ein Bild von ihrem Mörder zu machen. Nun sah er, daß er ihn sich größer vorgestellt hatte, als er tatsächlich war. In Wirklichkeit war Delaroche eher klein und kompakt, aber mit den Muskeln eines durchtrainierten Weltergewichtlers. Michael hatte seine Stimme erst einmal gehört – in Cannon Point, in jener Nacht, in der Delaroche versucht hatte, ihn zu ermorden –, aber während er ihm jetzt zuhörte, wurde ihm klar, daß dies ein Mann mit vielen Facetten war. Delaroches Akzent wechselte ständig: mal sprach er mit französischem, dann wieder mit deutschem oder griechischem Akzent. Aber er sprach nie wie ein Russe, so daß Michael überlegte, ob der andere seine Muttersprache überhaupt beherrschte.

»Die Pistole ist übrigens leer gewesen.«

Delaroche seufzte schwer, als langweile ihn ein ausnehmend einfallsloses Fernsehprogramm.

»Alle CIA-Offiziere tragen als Dienstwaffe einen Browning mit fünfzehn Schuß im Magazin«, sagte er. »Nach dem Nachladen haben Sie drei Schüsse durch die Haustür auf mich abgegeben, vier durch die Windschutzscheibe und acht aufs Heck des Saabs.«

»Warum haben Sie mich nicht einfach von der Brücke stürzen lassen, wenn Sie gewußt haben, daß die Pistole leer war?«

»Weil ich praktisch keine Chance zur Flucht gehabt hätte, selbst wenn ich Sie erledigt hätte. Ich bin verletzt. Ich habe keine Waffe, kein Fahrzeug und kein Mobiltelefon. Sie sind meine einzige noch verbliebene Waffe gewesen.«

»Wie zum Teufel meinen Sie das?«

»Ich habe etwas, das Sie wollen, und Sie haben etwas, das ich will. Sie wollen wissen, wer mir den Auftrag erteilt hat, Sie zu liquidieren, und ich will Schutz vor meinen Feinden, damit ich in Frieden leben kann.«

»Wieso glauben Sie, daß ich die Absicht habe, mich an diese Vereinbarung zu halten?«

»Wer auf eigenen Wunsch aus der CIA ausscheidet, beweist damit, daß er Prinzipien hat. Und wer auf Wunsch des Präsidenten wieder zur CIA geht, beweist damit, daß er Ehre besitzt. Ihr Ehrgefühl ist Ihr schwacher Punkt. Wieso haben Sie sich überhaupt für dieses Leben entschieden, Michael? Hat Ihr Vater Sie dazu gedrängt?«

Aha, dachte Michael, Delaroche hat mich offenbar so genau studiert wie ich ihn.

»Ich bezweifle, daß ich an Ihrer Stelle ähnlich gehandelt hätte«, sagte Michael. »Ich glaube, ich hätte Sie von der Brücke stürzen lassen und den Anblick Ihrer flußabwärts treibenden Leiche genossen.«

»Das ist nichts, worauf Sie stolz sein können. Sie sind ein anständiger Mensch, aber auch sehr emotional – und dadurch leicht manipulierbar. Das hat auch der KGB erkannt, als er Sarah Randolph auf Sie angesetzt und mir dann befohlen hat, sie vor Ihren Augen zu ermorden.«

»Fuck you!« knurrte Michael. Er war versucht, zu halten und Delaroche zu verprügeln. Dann erinnerte er sich an die Schlägerei auf der Brücke und dachte daran, wie mühelos Delaroche ihn beinahe mit bloßen Händen umgebracht hätte.

»Michael, fahren Sie bitte etwas langsamer, damit Sie uns nicht beide umbringen. Wohin fahren wir überhaupt?«

»Was ist mit Ihrem Gesicht passiert?« wollte Michael wissen, ohne auf Delaroches Frage einzugehen.

»Als Sie Interpol auf mich angesetzt und mein Phantombild verbreitet haben, mußte ich mich operieren lassen.«

»Von wem haben Sie erfahren, daß eine Interpol-Fahndung nach Ihnen läuft?«

»Eins nach dem anderen, Michael.«

»Sind Sie von Maurice Leroux operiert worden?«

»Ja«, sagte Delaroche. »Woher wissen Sie das?«

»Der britische Geheimdienst hat gewußt, daß Leroux manchmal Leute wie Sie operiert hat. Haben *Sie* ihn ermordet?«

Delaroche gab keine Antwort.

»Verschönert hat er Sie nicht gerade«, stellte Michael fest. »Sie sehen schlimm aus.«

»Das weiß ich«, sagte Delaroche kalt, »und dafür mache ich Sie verantwortlich.«

»Sie sind ein Mörder. Sie tun mir nicht leid, nur weil Ihre Gesichtsoperation mißglückt ist.«

»Ich bin kein Mörder, ich bin ein Attentäter. Das ist etwas anderes. Früher habe ich für mein Land getötet, aber seit mein Land nicht mehr existiert, töte ich für Geld.«

»Nach meinen Begriffen sind Sie damit ein Mörder.«

»Wollen Sie etwa behaupten, in Ihrer Organisation gäbe es keine Männer dieser Art? Auch Sie haben Ihre Attentäter, Michael. Versuchen Sie also bitte nicht, aus moralisch überlegener Position zu argumentieren.«

»Wer hat Sie für den Mord an Douglas Cannon engagiert?«

»Wohin bringen Sie mich?«

»An einen sicheren Ort.«

»Doch hoffentlich nicht in ein sicheres Haus der CIA?«

»Wer hat Sie für den Mord an Douglas Cannon engagiert?«

Delaroche sah eine Weile aus seinem Fenster, dann holte er tief Luft, als wolle er tauchen und lange unter Wasser bleiben.

»Am besten fange ich wohl von vorn an«, meinte Delaroche schließlich. Er wandte sich vom Fenster ab und sah zu Michael hinüber. »Seien Sie geduldig, dann erfahren Sie alles, was Sie wissen wollen.«

Delaroche sprach, als erzähle er das Leben eines Fremden, nicht sein eigenes. Fehlte ihm einmal der richtige Ausdruck im Englischen, wechselte er in eine der anderen Sprachen über, die Michael wie er beherrschte: Spanisch, Italienisch oder Arabisch. Vor kaum zwei Stunden hatte er kaltblütig zwei DSS-Agenten ermordet, aber soweit Michael das beurteilen konnte, litt er unter keinen Nachwirkungen dieser Morde. Michael hatte erst einen Mann getötet – einen Terroristen des Schwerts von Gaza auf dem Flughafen Heathrow – und war danach wochenlang von Alpträumen heimgesucht worden.

Er erzählte Michael von dem Mann, den er nur als Wladimir gekannt hatte. Sie hatten in Moskau in einer geräumigen KGB-Wohnung gelebt und fürs Wochenende und Ferienaufenthalte eine hübsche Datscha unweit der Stadt zur Verfügung gehabt. Delaroche wurde damals mit seinem Taufnamen Nikolai und seinem Vatersnamen Michailowitsch angesprochen. Er durfte keinerlei Kontakte zu anderen Kindern haben. Er ging nicht in die normalen staatlichen Schulen; er gehörte keinem Sportverein und keiner der Jugendorganisationen der Partei an. Er durfte die Wohnung nie ohne Begleitung Wladimirs verlassen. War Wladimir einmal krank oder zu müde, schickte er einen finsteren Schläger namens Boris mit, der den Jungen begleitete.

Schon frühzeitig begann Wladimir, ihn Sprachen zu

lehren. *Eine weitere Sprache zu beherrschen, heißt eine weitere Seele zu haben,* pflegte Wladimir zu sagen. *Und in dem Leben, das du führen wirst, Nikolai Michailowitsch, wirst du in der Tat viele Seelen brauchen.* Während Delaroche das sagte, zog er die Schultern hoch und legte sein Gesicht in Falten, so daß er wie ein alter Mann aussah. Michael, der ihn beobachtete, staunte über die Leichtigkeit, mit der er sich in einen anderen Menschen verwandelte. Als er mit Wladimirs Stimme sprach, klang sein Tonfall erstmals russisch.

Manchmal sei ein großer, mürrischer Mann, der Anzüge aus dem Westen trug und Westzigaretten rauchte, auf Besuch gekommen, berichtete Delaroche weiter. Er begutachtete den Jungen wie ein Bildhauer ein im Entstehen begriffenes Werk. Erst viele Jahre später erfuhr Delaroche, wer der große Mann gewesen war: Michail Woronstow, Leiter der Ersten Hauptabteilung des KGB – und sein Vater.

Im August 1968 wurde er als Sechzehnjähriger in den Westen geschickt. Er flüchtete als angebliches Kind tschechischer Dissidenten aus der Tschechoslowakei nach Österreich. Nach einiger Zeit in österreichischen Auffanglagern gelangte er nach Paris, wo er als obdachloser Straßenjunge hauste, bis die Kirche sich seiner annahm.

In Paris entdeckte er sein Talent für die Malerei. Wladimir hatte nie zugelassen, daß der Junge sich mit etwas anderem als Sprachen und den für seinen zukünftigen Beruf nötigen Fertigkeiten beschäftigte. *Für frivolen Zeitvertreib bleibt keine Zeit, Nikolai Michailowitsch,* pflegte der Alte zu sagen. *Es ist ein Wettlauf gegen die Uhr.* Aber in Paris verbrachte Delaroche seine Nachmittage in den Museen, wo er die Werke großer Meister studierte. Er besuchte einige Zeit lang eine Kunstschule und konnte sogar ein paar seiner Werke verkaufen.

Dann tauchte ein gewisser Michail Arbatow in Paris auf, und Delaroches Laufbahn als Killer begann.

»Arbatow war mein Führungsoffizier«, berichtete Delaroche. »Anfangs bin ich für internationale Aufgaben eingesetzt worden – zur Liquidierung von Dissidenten, potentiellen Überläufern und dergleichen. Später habe ich andere Aufträge erhalten.«

Michael zählte die Attentate auf, die Delaroche seines Wissens verübt hatte: auf den spanischen Minister in Madrid, den Polizeipräfekten von Paris, den BMW-Direktor in Frankfurt, den PLO-Funktionär in Tunis und den israelischen Geschäftsmann in London.

»Der KGB wollte die terroristischen und nationalistischen Bewegungen im Bereich der NATO und ihrer Verbündeten für seine Zwecke ausnützen«, sagte Delaroche. »Die IRA, die Rote-Armee-Fraktion, die Roten Brigaden in Italien, die Basken in Spanien, die Action Directe in Frankreich und so weiter. Ich habe auf beiden Seiten des politischen Spektrums getötet, nur um Chaos zu verursachen. Und ich habe natürlich weit mehr Attentate verübt, als die eben aufgezählten.«

»Und als die Sowjetunion zusammengebrochen ist?«

»Da sind Arbatow und ich plötzlich arbeitslos gewesen.«

»Also haben Sie sich selbständig gemacht?«

Delaroche nickte und rieb sich vorsichtig den Knöchel.

»Arbatow hatte erstklassige Verbindungen und war außerdem ein erfahrener Verhandler. Er hat als mein Agent fungiert, Angebote geprüft, Honorare ausgehandelt … solches Zeug. Den Reinertrag meiner Arbeit haben wir uns geteilt.«

»Und dann ist die Sache mit dem Abschuß der Trans-Atlantic-Maschine passiert.«

»Das ist der größte Zahltag meines Lebens gewesen – eine Million Dollar in bar. Aber ich habe das Verkehrsflugzeug nicht abgeschossen. Das hat der palästinensische Psychopath Hassan Mahmoud getan.«

»Sie haben Mahmoud nur liquidiert.«

»Ganz recht.«

»Und Sie haben dafür gesorgt, daß seine Leiche gefunden wurde, damit wir annahmen, das Schwert von Gaza habe diesen Anschlag verübt.«

»Ja.«

»Und dann sind Sie von den Leuten, die das Verkehrsflugzeug *wirklich* abgeschossen hatten, dafür engagiert worden, die übrigen Beteiligten wie Colin Yardley in London und Erik Stoltenberg in Kairo zu beseitigen.«

»Und anschließend Sie.«

»Wer hat Sie engagiert?« fragte Michael. »In wessen Auftrag sollten Sie mich ermorden?«

»Diese Leute bilden eine Vereinigung, die sich ›Gesellschaft für internationale Entwicklung und Zusammenarbeit‹ nennt«, begann Delaroche. »Sie besteht aus Geheimdienstoffizieren, Waffenhändlern, Geschäftsleuten und Gangsterbossen, die versuchen, Einfluß auf das Weltgeschehen zu nehmen, um Geld zu verdienen und ihre eigenen Interessen zu schützen.«

»Ich kann nicht glauben, daß es eine Organisation dieser Art wirklich gibt.«

»Das Flugzeug ist nur deswegen abgeschossen worden, damit eines der Mitglieder, der amerikanische Rüstungsindustrielle Mitchell Elliott, Präsident Beckwith von der Notwendigkeit eines Raketenabwehrsystems überzeugen konnte.«

Michael hatte Elliott verdächtigt, in die Tragödie um den Flugzeugabschuß verwickelt gewesen zu sein; er hatte seinen Verdacht der CIA-Führung sogar schriftlich mitgeteilt. Trotzdem wurde ihm jetzt fast übel, als Delaroche seinen Verdacht bestätigte. Er spürte, daß sein Hemd ihm schweißnaß am Körper klebte.

»Sie haben gewußt, daß Sie der Wahrheit zu nahe waren«, fuhr Delaroche fort. »Sie sollten zum Schweigen gebracht werden – deswegen bin ich engagiert worden, um Sie zu beseitigen.«

»Woher haben sie von meinem Verdacht gewußt?«

»Sie haben eine Quelle in Langley.«

»Hat diese Gesellschaft einen Führer?«

»Er wird Direktor genannt. Alle nennen ihn nur so. Er ist Engländer. Er hat ein jamaikanisches Mädchen namens Daphne. Mehr weiß ich nicht über ihn.«

»Sie sind auch der Mann gewesen, der Achmed Hussein in Kairo erschossen hat.«

Delaroche wandte sich ruckartig nach links und funkelte Michael an.

»Die Gesellschaft hat dieses Attentat für den Mossad verübt. Woher wissen Sie, daß ich es ausgeführt habe?«

»Hussein ist von den Ägyptern überwacht worden. Als ich mir das Attentat auf einem Videofilm angesehen habe, ist mir die Narbe an der rechten Hand des Attentäters aufgefallen. Da habe ich gewußt, daß Sie noch leben und wieder arbeiten. Daraufhin haben wir Interpol alarmiert.«

»Von dem Alarm haben wir sofort erfahren«, sagte Delaroche, indem er seinen rechten Handrücken anstarrte. »Der Direktor hat ausgezeichnete Verbindungen zu den westlichen Geheim- und Sicherheitsdiensten, aber von der Interpol-Sache hat er von seiner Quelle in Langley erfahren.«

»Warum ist die Gesellschaft in Nordirland aktiv geworden?«

»Weil sie befürchtet, das dortige Friedensabkommen könnte schlecht fürs Geschäft sein. Der Exekutivausschuß der Gesellschaft ist letzten Monat auf Mykonos zusammengetreten. Auf dieser Sitzung hat die Gesellschaft beschlossen, Ihren Schwiegervater und Sie zu liquidieren – und der Auftrag ist an mich gegangen.«

»Ist die Frau in dem Volvo Rebecca Wells gewesen?«

»Ja.«

»Wo ist sie jetzt?«

»Das gehört nicht zu unserem Deal, Michael.«

»Warum sollte ich liquidiert werden?«

»Der Direktor hat viel Geld in mich investiert und wollte es nicht verlieren. Er hat Sie als Bedrohung gesehen.«

»Hat seine Quelle aus Langley an der Besprechung auf Mykonos teilgenommen.«

»Alle sind auf Mykonos dabeigewesen.«

Es war nach fünf Uhr morgens, als Michael und Delaroche die Kleinstadt Greenport auf Long Island erreichten. Sie fuhren durch menschenleere Straßen und parkten an der Anlegestelle der Autofähre. Das Schiff lag sicher an der Pier vertäut; es würde erst in einer Stunde zu seiner ersten Fahrt über den Sund nach Shelter Island ablegen. Michael telefonierte aus der Telefonzelle neben dem kleinen Holzhäuschen, in dem die Fahrkarten verkauft wurden.

»Scheiße, wo steckst du?« fragte Adrian Carter. »Die ganze Stadt ist auf der Suche nach dir.«

»Ruf mich von einer Telefonzelle aus unter folgender Nummer an …«

Die zehnstellige Zahl, die er Carter nannte, hatte keinerlei Ähnlichkeit mit der richtigen Rufnummer dieser

Telefonzelle. Michael benützte einen primitiven Schlüsselcode, den Carter und er schon vor hundert Jahren im Außendienst gebraucht hatten: rückwärts, die erste Ziffer um eins vermehrt, die zweite um zwei vermindert, die dritte um drei vermehrt und so weiter. Er mußte die Nummer nicht wiederholen, denn Carter war wie er selbst mit einem perfekten Gedächtnis geschlagen.

Michael hängte ein und rauchte eine Zigarette, während er darauf wartete, daß Carter sich anzog und zur nächsten Telefonzelle fuhr. Bei der Vorstellung, wie Carter sich einen Mantel über seinen Schlafanzug zog, mußte Michael grinsen. Fünf Minuten später klingelte das Telefon.

»Würdest du mir freundlicherweise verraten, was zum Teufel hier vorgeht?«

»Das erzähle ich dir, wenn du herkommst.«

»Wo bist du?«

»Shelter Island.«

»Verdammt, was machst du dort? Bist du in diese Schießerei auf der Key Bridge verwickelt gewesen?«

»Nimm das nächste Flugzeug, Adrian. Ich brauche dich.«

Carter zögerte einen Augenblick. »Gut, ich komme, so schnell ich kann – aber wehe, wenn deine Story nichts taugt!«

Als Michael zum Auto zurückkam, war Delaroche verschwunden, aber er entdeckte ihn einen Augenblick später. Delaroche lehnte an einem rostigen Maschendrahtzaun und starrte über den Sund zu der niedrigen, dunklen Silhouette von Shelter Island hinüber.

»Erzählen Sie mir, was Sie vorhaben«, sagte Delaroche.

»Wenn Sie Ihr Geld und Ihre Freiheit behalten wollen, müssen Sie für Ihr Abendessen singen.«

»Was soll ich für Sie tun?«

»Mir helfen, die Quelle in Langley zu vernichten.«

»Sie wissen, wer der Informant ist?«

»Ja, das weiß ich«, antwortete Michael. »Und es handelt sich um keinen *Er*. Die Quelle ist Monica Tyler.«

»Ich weiß nicht genug, um Monica Tyler zu vernichten.«

»Doch, das wissen Sie.«

Delaroche starrte weiter übers schwarze Wasser. »Das alles hätten wir auch anderswo besprechen können, Michael. Warum haben Sie mich ausgerechnet hierher gebracht?« Aber Delaroche erwartete nicht wirklich eine Antwort, und Michael gab auch keine. »Eines muß ich noch wissen. Ich muß wissen, wie Astrid gestorben ist.«

»Elizabeth hat sie erschossen.«

»Wie?«

Als Michael es ihm erzählte, schloß er die Augen. So standen sie nebeneinander, beide an den Zaun geklammert, als die ersten Männer der Fährenbesatzung zur Arbeit kamen. Ein paar Minuten später sprangen die Dieselmotoren an und ließen das Schiff an seinem Liegeplatz erzittern.

»Diese Sache ist nie persönlich gewesen«, sagte Delaroche schließlich. »Immer nur geschäftlich. Verstehen Sie, was ich damit sagen will, Michael? Immer nur geschäftlich.«

»Sie haben mir und meiner Familie Höllenqualen verursacht, und das verzeihe ich Ihnen nie. Aber ich verstehe, was Sie meinen. Ich verstehe jetzt alles.«

42

Shelter Island, New York

Als sie am Tor von Cannon Point vorfuhren, trat ein junger Wachmann namens Tom Moore aus dem Wachhäuschen. Moore war ein ehemaliger Ranger der U.S. Army mit breiten, muskulösen Schultern und kurzgeschnittenem blonden Haar.

»Entschuldigen Sie, daß ich nicht angerufen habe, Tom.«

»Kein Problem, Mr. Osbourne«, antwortete Moore. »Wir haben von der Sache mit dem Botschafter gehört, Sir. Natürlich drücken wir ihm alle die Daumen. Hoffentlich werden diese Schweinekerle bald geschnappt. Das Radio meldet, daß sie spurlos verschwunden sind.«

»So sieht's leider aus. Das hier ist ein Freund von mir«, sagte Michael und nickte zu Delaroche hinüber. »Er bleibt für ein paar Tage.«

»Ja, Sir.«

»Bitte kommen Sie mittags ins Haus rauf, Tom. Ich muß was mit Ihnen besprechen.«

»Ich will nichts damit zu tun haben«, sagte Adrian Carter. »Übergib den Fall der Abteilung Spionageabwehr. Jesus, von mir aus kannst du ihn dem FBI übergeben, das ist mir egal. Aber sieh zu, daß du ihn loswirst, weil er jeden ins Unglück reißt, der sich damit befaßt.«

Carter und Michael waren entlang der Strandmauer mit Blick über den Sund unterwegs: mit gesenkten Köpfen und tief in den Jackentaschen vergrabenen Händen wie ein Suchtrupp, der eine Leiche sucht. Der Morgen war windstill und kalt, das Wasser stahlgrau. Carter trug dieselbe dicke Daunenjacke wie an jenem Nachmittag im Central Park, an dem er Michael bekniet hatte, in die Agency zurückzukommen. Eigentlich rauchte er nicht mehr, aber nach der Hälfte von Michaels Bericht hatte er eine Zigarette geschnorrt und mit gierigen Zügen geraucht.

»Sie ist die Direktorin der Central Intelligence Agency«, sagte Michael. »Die Spionageabwehr untersteht ihr. Und was das FBI betrifft ... wer zum Teufel will es in diese Sache hineinziehen? Sie geht nur uns etwas an. Das Bureau würde uns die Geschichte noch jahrelang unter die Nase reiben.«

»Du hast wohl vergessen, daß Jack the Ripper dort oben dein *einziger* Zeuge ist?« fragte Carter, indem er zum Haus hinübernickte. »Du mußt doch zugeben, daß er ein gewisses Glaubwürdigkeitsproblem hat. Hast du wenigstens mal daran gedacht, er könnte die ganze Geschichte nur erfunden haben, damit du ihn nicht verhaftest?«

»Er hat nichts erfunden.«

»Woher willst du das wissen? Diese ganze Sache mit einem Geheimorden, der gegen den Weltfrieden arbeitet, kommt mir wie echter Bockmist vor.«

»Jemand hat diesen Mann letztes Jahr damit beauftragt, mich zum Schweigen zu bringen, weil ich im Fall Trans-Atlantic der Wahrheit gefährlich nahe gewesen bin. In der Agency haben nur zwei Leute von meinem Verdacht gewußt – du und Monica Tyler.«

»Na und?«

»Warum hat Monica mich letztes Jahr überhaupt aus der Agency gedrängt? Warum hat sie mir die Zuständigkeit für den Fall Oktober eine Woche vor dem Anschlag auf Douglas entzogen? Und das ist noch nicht alles. Delaroche hat gesagt, der Exekutivausschuß der Gesellschaft habe Anfang März auf Mykonos getagt. Monica ist zu dieser Zeit in Europa gewesen, um an einer regionalen Sicherheitskonferenz teilzunehmen. Nach der Konferenz hat sie sich zwei Tage freigenommen und ist spurlos untergetaucht.«

»Jesus, Michael, ich bin Anfang dieses Monats auch mal in Europa gewesen!«

»Ich glaube, daß Delaroche die Wahrheit sagt, Adrian. Und du glaubst es auch.«

Sie verließen den Park von Cannon Point und gingen auf der Shore Road in Richtung Dering Harbor weiter.

»Würde die Geschichte öffentlich bekannt, wären die Folgen für die Agency katastrophal.«

»Ganz recht«, bestätigte Michael. »Die Agency würde Jahre brauchen, um sich von einem Schlag dieser Art zu erholen. Ihr Ruf in Washington – und sogar weltweit – wäre praktisch ruiniert.«

»Was hast du also vor?«

»Ich will Monica mit den Beweisen konfrontieren und ihren Rücktritt erzwingen, bevor sie noch mehr Schaden anrichten kann. An ihren Händen klebt Blut, aber wenn wir die Sache öffentlich abhandeln, liegt die Agency bald in Trümmern.«

»Aus der Führungsetage kriegst du Monica höchstens mit einer Ladung Dynamit raus.«

»Wenn's sein muß, stelle ich den Aktenkoffer mit Dynamit selbst dort ab.«

»Warum zum Teufel hast du mich in die Sache hineingezogen?«

»Weil du der einzige bist, dem ich vertraue. Du bist mein Führungsoffizier gewesen, Adrian. Und du wirst immer mein Führungsoffizier sein.«

Sie blieben an der Brücke über die schmale Bucht stehen, an deren Ende Dering Harbor lag. Jenseits der Brücke erstreckte sich ein mit Schilf bewachsenes Gelände mit einzelnen kahlen Bäumen. Auf der Brücke stand ein kleiner, sehniger Mann vor einer Staffelei und malte. Er trug fingerlose Wollhandschuhe und einen abgewetzten Troyer, der ihm mehrere Nummern zu groß war.

»Wundervoll«, sagte Carter, während er das angefangene Bild begutachtete. »Sie sind sehr talentiert.«

»Oh, sehr freundlich von Ihnen, Mr. Carter«, antwortete der Maler mit starkem Akzent.

Carter wandte sich an Michael. »Das kann doch nicht dein Ernst sein!«

»Adrian Carter, ich darf dir Jean-Paul Delaroche vorstellen. Du kennst ihn vermutlich besser unter dem Namen Oktober.«

Tom Moore erschien mittags im Haus.

»Sie wollten mich sprechen, Mr. Osbourne?«

»Bitte kommen Sie rein, Tom. In der Küche gibt's frischen Kaffee.«

Michael schenkte ihnen Kaffee ein, dann saßen sie sich an dem kleinen Tisch in der Küche gegenüber.

»Was kann ich für Sie tun, Mr. Osbourne?«

»Heute abend findet hier eine Besprechung statt, von der ich eine Aufzeichnung brauche – optisch und akustisch«, begann Michael. »Lassen die Überwachungskameras sich entsprechend umstellen?«

»Ja, Sir«, sagte Moore ausdruckslos.

»Können Sie aufzeichnen, was die Kameras aufnehmen?«

»Ja, Sir.«

Adrian Carter kam mit Delaroche herein.

»Gibt's hier im Haus irgendwelche Mikrofone?«

»Nein, Sir. Ihr Schwiegervater hat uns die Benützung von Mikrofonen strikt verboten. Er hält das für einen unzulässigen Eingriff in seine Privatsphäre.« Auf Moores breitem Gesicht erschien ein jungenhaftes Grinsen. »Er kann sich kaum mit den Kameras abfinden. Vor seiner Abreise nach London hab' ich ihn dabei ertappt, wie er eine abmontieren wollte.«

»Wie lange würden Sie brauchen, um Mikrofone und einen Kassettenrecorder zu beschaffen?«

Der junge Wachmann zuckte mit den Schultern. »Höchstens ein paar Stunden.«

»Können Sie sie unsichtbar anbringen?«

»Bei den Mikrofonen ist das leicht, weil sie relativ klein sind. Problematisch sind nur die Kameras. Das sind normale Überwachungskameras von der Größe eines Schuhkartons.«

Michael fluchte halblaut vor sich hin.

»Aber ich habe eine Idee.«

»Ja, Tom?«

»Die Kameras haben Objektive mit ziemlich langer Brennweite. Wenn die Besprechung im Wohnzimmer stattfände, könnte ich Kameras am Rand des Rasens aufstellen und Aufnahmen durch die Fenster machen.«

Michael nickte lächelnd. »Gute Idee, Tom!«

»Wie man Aufklärungsmittel richtig einsetzt, habe ich bei den Rangers gelernt. Sie müssen nur dafür sorgen, daß die Vorhänge offen bleiben.«

»Das kann ich nicht garantieren.«

»Schlimmstenfalls bleibt Ihnen der Tonbandmitschnitt als Beweismittel.«

Delaroche wandte sich an den Wachmann. »Haben Sie außer dem Museumsstück, das Sie tragen, noch andere Waffen?«

Moore trug einen Revolver Smith & Wesson Kaliber achtunddreißig.

»Ich mag diese *Museumsstücke,* weil sie keine Ladehemmung kennen«, sagte Moore und schlug auf den Revolverhalfter. »Aber ich könnte wahrscheinlich ein paar Pistolen besorgen.«

»Was für Pistolen?«

»Colt Fünfundvierziger.«

»Keine Glock oder Beretta?«

»Sorry«, sagte Moore sichtlich perplex.

»Ein oder zwei Colts wären gut«, entschied Carter.

»Ja, Sir«, antwortete Moore. »Wollen Sie mir nicht verraten, was hier läuft?«

»Kommt nicht in Frage.«

Delaroche folgte Michael die Treppe ins Schlafzimmer hinauf. Michael trat an den Einbauschrank, öffnete die Tür und griff nach einer kleinen Schachtel auf dem obersten Regal. Er klappte sie auf und nahm eine Beretta heraus.

»Die haben Sie beim letzten Besuch hier verloren, glaube ich«, sagte Michael, als er Delaroche die Waffe gab.

Delaroches vernarbte rechte Hand schloß sich um den Pistolengriff, und sein Zeigefinger glitt reflexartig in den Abzugbügel. Michael lief ein kalter Schauder über den Rücken, als er sah, wie selbstverständlich Delaroche mit der Beretta umging.

»Wo haben Sie die her?« fragte Delaroche.

»Ich habe sie am Ende unseres Bootsstegs aus dem Wasser geangelt.«

»Wer hat sie restauriert?«

»Ich.«

Delaroche blickte von der Pistole auf und starrte Michael an. »Warum zum Teufel haben Sie das getan?«

»Das weiß ich selbst nicht recht. Wahrscheinlich wollte ich eine greifbare Erinnerung daran haben, wie's damals wirklich gewesen ist.«

Delaroche hatte noch immer ein 9-mm-Magazin in der Tasche, mit dem er die Waffe jetzt lud.

»Wenn Sie wollen, können Sie Ihren Auftrag damit doch noch ausführen, nehme ich an.«

Delaroche gab Michael die Beretta zurück.

An diesem Nachmittag betrat Michael um vier Uhr Douglas' Arbeitszimmer, nahm den Telefonhörer ab und wählte die Nummer von Monica Tylers Büro in der Zentrale. Carter, der an einem anderen Apparat mithörte, hielt vorsichtshalber die Sprechmuschel zu. Monicas Sekretärin sagte, Direktor Tyler sei in einer wichtigen Besprechung und dürfe nicht gestört werden. Michael sagte, es handle sich um einen Notfall, und wurde daraufhin mit Tweedledee oder Tweedledum verbunden – er wußte nie genau, wer von den beiden wer war. Dann mußte Michael die üblichen zehn Minuten warten, während Monica aus ihrer Besprechung geholt wurde.

»Ich weiß alles«, sagte Michael ohne weitere Vorrede, als Monica sich endlich meldete. »Ich weiß über die Gesellschaft Bescheid, und ich weiß über den Direktor Bescheid. Ich weiß über Mitchell Elliott und den Fall TransAtlantic Bescheid. Und ich weiß, daß Sie versucht haben, mich liquidieren zu lassen.«

»Michael, sind Sie jetzt völlig übergeschnappt? Um Himmels willen, wovon reden Sie?«

»Ich biete Ihnen eine Chance, diese Affäre unauffällig zu bereinigen.«

»Michael, ich weiß nicht ...«

»Ich erwarte Sie im Haus meines Schwiegervaters auf Shelter Island. Aber kommen Sie allein – ohne Leibwächter, ohne Mitarbeiter. Seien Sie bis zehn Uhr hier. Sind Sie bis dahin nicht hier oder sehe ich etwas, das mir nicht gefällt, rufe ich das FBI und die *New York Times* an und erzähle alles, was ich weiß.«

Er legte auf, ohne ihre Antwort abzuwarten.

Eine halbe Stunde später klingelte das abhörsichere Telefon im Arbeitszimmer der Londoner Villa des Direktors. Er saß in einem Ohrensessel am Kamin, hatte die Füße auf der Ottomane hochgelegt und arbeitete einen Aktenstapel durch. Daphne kam lautlos herein und nahm den Hörer ab.

»Picasso ist am Apparat«, meldete Daphne. »Die Angelegenheit sei dringend, sagt sie.«

Der Direktor nahm den Hörer entgegen. »Ja, Picasso?«

Monica Tyler berichtete ihm gelassen von dem Anruf, den sie vorhin von Michael Osbourne erhalten hatte.

»Ich vermute, daß er seine Informationen von Oktober hat«, sagte der Direktor. »Sollte meine Vermutung zutreffen, hat Osbourne nicht allzuviel in der Hand, glaube ich. Oktober weiß nur sehr wenig über die allgemeine Struktur unserer Organisation und ist nicht eben ein glaubwürdiger Zeuge. Er ist ein Mann, der für Geld mordet – ein Mann ohne Moral und ohne Loyalität.«

»Ich stimme Ihnen zu, Direktor, aber ich glaube, wir sollten über diese Bedrohung nicht nur diskutieren.«

»Das habe ich auch nicht vor.«

»Sehen Sie eine Möglichkeit, die beiden zu liquidieren?«

»Das kostet Zeit.«

»Und wenn ich Oktober einfach verhafte?«

»Dann posaunen Osbourne und er die Geschichte in die Welt hinaus.«

»Ich höre mir gern an, was Sie vorzuschlagen haben.«

»Wissen Sie, wie man Poker spielt?« fragte der Direktor.

»Buchstäblich oder im übertragenen Sinn?«

»Tatsächlich ein bißchen von beidem.«

»Ich verstehe, was Sie meinen, glaube ich.«

»Hören Sie sich an, was Osbourne zu sagen hat, und wägen Sie Ihre Optionen nüchtern ab. Ich brauche Sie nicht daran zu erinnern, daß Sie bei Ihrer Aufnahme in die Gesellschaft einen Treueschwur geleistet haben. Nichts ist wichtiger, als diesen Schwur zu halten.«

»Ja, ich verstehe, Direktor.«

»Vielleicht bietet sich Ihnen eine Gelegenheit, diese Sache selbst aus der Welt zu schaffen.«

»So etwas habe ich noch nie getan, Direktor.«

»Das ist leichter, als Sie vielleicht glauben, Picasso. Ich warte auf eine Nachricht von Ihnen.«

Er gab Daphne den Hörer zurück und sah sie an.

»Ruf bitte sofort die Mitglieder des Exekutivausschusses und die Abteilungsleiter an. Ich muß jeden einzelnen dringend sprechen. Wir könnten gezwungen sein, unsere Aktivitäten für einige Zeit einzustellen, fürchte ich.«

Monica Tyler legte den Hörer auf und starrte kurz aus ihrem Fenster zum Potomac hinüber. Dann durchquerte sie das Zimmer und blieb vor einer Radierung von Rembrandt stehen – einer Landschaft, die sie in New York für ein kleines Vermögen ersteigert hatte. Ihr Blick glitt über das gerahmte Blatt: die Wolken, das aus einer Hütte fallende Licht, der leichte Wagen mit ausgespannten Pferden auf der Wiese daneben. Sie faßte nach dem Rahmen und zog daran. Der Rembrandt ließ sich an seinem Scharnier zur Seite klappen und gab den dahinter verborgenen kleinen Wandsafe frei.

Ihre Finger bedienten die Einstellräder so automatisch,

daß ihre Augen die Zahlen kaum wahrnahmen. Sekunden später war der Safe offen. Sie nahm einige Gegenstände heraus: einen großen Umschlag mit hunderttausend Dollar in bar, drei auf verschiedene Namen lautende gefälschte Reisepässe dreier Staaten und ein halbes Dutzend auf diese Namen ausgestellte Kreditkarten.

Und zum Schluß eine Browning-Pistole, Monicas Dienstwaffe.

Vielleicht bietet sich Ihnen eine Gelegenheit, diese Sache selbst aus der Welt zu schaffen.

Monica zog sich um und vertauschte ihr Chanelkostüm gegen Jeans und einen Pullover. Die Gegenstände aus dem Safe kamen in ihre schwarze Umhängetasche. Zuletzt packte sie eine kleine Reisetasche mit allem, was sie für eine Übernachtung brauchte.

Sie nahm die schwarze Tasche über die Schulter, griff hinein und umfaßte den Griff des Browning; wie alle CIA-Angehörigen hatte sie eine Schießausbildung erhalten. Draußen auf dem Flur wartete einer ihrer Leibwächter.

»Guten Abend, Direktor Tyler.«

»Guten Abend, Ted.«

»Zurück in die Zentrale, Direktor?«

»Nein, zum Hubschrauberlandeplatz.«

»Zum Hubschrauberlandeplatz? Uns hat niemand gesagt, daß Sie heute noch …«

»Schon in Ordnung, Ted«, unterbrach sie ihn gelassen. »Das ist eine private Sache.«

Der Sicherheitsbeamte musterte sie prüfend. »Ist irgendwas nicht in Ordnung, Direktor Tyler?«

»Nein, Ted, alles ist bestens.«

43

Shelter Island, New York

Michael Osbourne hielt nervös auf dem Rasen Wache. Er trank Adrian Carters miserablen Kaffee und rauchte seine eigenen miserablen Zigaretten, während er auf und ab marschierte. Gott, heute nacht ist's wirklich verdammt kalt! dachte er. Er sah erneut nach Westen, wo Monica herkommen mußte, aber dort waren nur eine bleiche schmale Mondsichel und zahllose flimmernde Sterne zu sehen.

Michael sah auf seine Armbanduhr: 21.58 Uhr. Monica kommt eben nie pünktlich, dachte er. »Monica kommt noch zu ihrer eigenen Beerdigung zehn Minuten zu spät«, hatte Carter einmal gewitzelt, als sie in Monicas Vorzimmer hatten warten müssen. *Vielleicht kommt sie überhaupt nicht,* sagte er sich, *oder vielleicht hoffe ich nur, daß sie nicht aufkreuzt.* Vielleicht hatte Adrian recht. Vielleicht war es am besten, er vergaß die ganze Sache, verließ die Agency – diesmal endgültig – und blieb mit Elizabeth und den Kindern auf Shelter Island. *Und was dann? Soll ich mich bis ans Ende meiner Tage ängstlich umsehen müssen, während ich darauf warte, daß Monica und ihre Freunde einen weiteren Killer, einen weiteren Delaroche auf mich ansetzen?*

Er sah nochmals auf seine Armbanduhr. Früher hatte die Uhr seinem Vater gehört: ein deutsches Fabrikat, groß wie ein Silberdollar, wasserdicht, staubdicht, stoßfest, kinderfest und schwach leuchtend. Ideal für einen Spion. Diese Uhr war das einzige Erbstück, das Michael nach dem Tod seines Vaters an sich genommen hatte. Er trug sie sogar an dem originalen Fixoflex-Uhrenband, das in der Haut seines Handgelenks kleine rechteckige Vertiefungen zurückließ. Manchmal sah er auf die Uhr und stellte sich vor, wie sein Vater in Moskau, Rom, Wien oder Beirut auf einen Agenten gewartet hatte. Er fragte sich, was sein Vater von dieser Sache gehalten hätte. *Er hat mir früher nie erzählt, was er denkt,* sagte Michael sich. *Warum sollte sich das geändert haben?*

Er hörte ein dumpfes Wummern, das von einem anfliegenden Hubschrauber hätte stammen können, aber es kam aus dem Nachtclub in Greenport jenseits des Wassers, in dem die Band ein weiteres gräßliches Stück begann. Michael dachte an sein zusammengewürfeltes Einsatzteam: Jean-Paul Delaroche, sein Feind, sein lebender Beweis für Monica Tylers Verrat, der darauf wartete, auf die Bühne gerufen zu werden, um danach sofort wieder abzutreten. Tom Moore, der im Gästehaus vor seinen Monitoren saß und nicht ahnte, daß ihn der Schock seines Lebens erwartete. Adrian Carter, der ruhelos hinter ihm auf und ab ging, eine Zigarette nach der anderen von ihm schnorrte und sich wünschte, er wäre woanders.

Michael hörte das Knattern der Hubschrauberrotoren, bevor die Maschine in Sicht kam. Einen Augenblick lang glaubte er, es kämen zwei, drei oder sogar vier Hubschrauber. Er griff instinktiv nach der Pistole, die Tom Moore ihm besorgt hatte, aber Sekunden später erkannte er die Lichter eines einzelnen Hubschraubers, der Shelter Island über Nassau Point und Great Hog Neck anflog, und merkte, daß dies nur eine vom Nachtwind verursachte akustische Täuschung gewesen war.

Er erinnerte sich an jenen Morgen vor zwei Monaten, an dem der Hubschrauber mit Präsident James Beckwith an Bord auf derselben Route nach Shelter Island gekommen war und damit den Anstoß zu den Ereignissen gegeben hatte, die ihn jetzt hierher geführt hatten.

Die Szenen zogen vor seinem inneren Auge vorbei, während der Hubschrauber näher kam.

Adrian Carter im Central Park, wie er ihn zum Zurückkommen überredete.

Kevin Maguire an einen Stuhl gefesselt, und Seamus Devlin lächelnd vor ihm stehend. *Ich habe Maguire nicht auf dem Gewissen.* Sie *haben ihn umgebracht.*

Preston McDaniels, zermalmt von den Rädern eines U-Bahnzugs der Elendslinie.

Delaroche, der lächelnd übers Geländer der Key Bridge auf ihn herabsah. *Sie kennen die Fabel von dem Frosch und dem Skorpion, die den Nil überqueren?*

Geheimdienstarbeit funktioniert gelegentlich so, hatte sein Vater immer behauptet – wie es die Chaostheorie behauptet. Ein Windhauch streicht über einen Teich und bewegt einen Schilfhalm, von dem eine Libelle auffliegt, die dabei einen Frosch erschreckt und so weiter und so weiter, bis auf der anderen Seite der Erde und viele Wochen später ein Taifun eine Philippineninsel verwüstet.

Über der Southold Bay ging die Maschine allmählich tiefer. Michael sah auf die Armbanduhr seines Vaters: 22.06 Uhr. Der Hubschrauber flog niedrig über den Shelter-Island-Sund und Dering Harbor an und landete auf der weiten Rasenfläche vor Cannon Point. Die Triebwerke verstummten pfeifend, und der Rotor hörte auf, sich zu drehen. Die Tür ging auf, und ein Besatzungsmitglied klappte eine kleine Treppe aus. Monica Tyler stieg mit einer schwarzen Umhängetasche über ihrer Schulter aus und marschierte resolut aufs Haus zu.

»Bringen wir diesen Unsinn möglichst schnell hinter

uns«, forderte sie Michael auf, als sie an ihm vorbeistapfte. »Sie wissen, daß ich sehr beschäftigt bin.«

Monica Tyler ging sonst nie auf und ab, aber an diesem Abend tat sie es. Sie machte einen Rundgang durch Douglas Cannons Wohnzimmer wie eine Politikerin, die eine Wohnwagensiedlung nach einem Tornado besichtigt – ruhig, stoisch, mitfühlend, aber sorgfältig darauf bedacht, nicht in Unrat zu treten. Sie blieb gelegentlich stehen, betrachtete mal stirnrunzelnd den Sofaüberwurf mit Blumenmuster und verzog mal das Gesicht beim Anblick des rustikalen Teppichs vor dem Kamin, in dem ein Feuer brannte.

»Sie haben irgendwo Kameras, nicht wahr, Michael?« fragte sie in einem Tonfall, der eher wie eine Feststellung klang. »Und natürlich auch Mikrofone.« Sie setzte ihren rastlosen Rundgang durchs Zimmer fort. »Es stört Sie doch nicht, wenn ich die Vorhänge zuziehe, Michael? Ich habe nämlich auch diesen kleinen Lehrgang auf der ›Farm‹ absolviert, wissen Sie? Ich bin vielleicht kein erfahrener Geheimdienstler wie Sie, aber die Grundlagen unserer Arbeit sind mir trotzdem geläufig.« Sie zog demonstrativ die Vorhänge zu. »So«, sagte sie dabei, »das ist viel besser.«

Dann setzte sie sich: eine arrogante, widerspenstige Zeugin, die auf dem Zeugenstuhl Platz nimmt. Monica schlug die Beine übereinander, ließ ihre langen Hände auf dem verwaschenen Baumwollstoff ihrer Jeans ruhen und fixierte Michael mit eisigem Blick. Die prosaische Umgebung beraubte sie aller Möglichkeiten physischer Einschüchterung. Hier gab es keinen goldenen Füllfederhalter, den sie wie ein Stilett führen konnte, keine attraktive Sekretärin, die ein Gespräch unterbrach, das überraschend eine unangenehme Wendung genommen hatte, keinen Tweedledum und Tweedledee, beide wachsam wie Dobermänner, mit ihren an sich gedrückten Ledermappen und abhörsicheren Mobiltelefonen.

Delaroche betrat das Wohnzimmer. Er rauchte eine Zigarette. Monica funkelte ihn verächtlich an, denn Tabak gehörte wie persönliche Illoyalität zu den vielen Dingen, die sie nicht ausstehen konnte.

»Dieser Mann heißt Jean-Paul Delaroche«, erklärte Michael ihr. »Wissen Sie, wer er ist?«

»Ich nehme an, daß er ein ehemaliger KGB-Mörder mit dem Decknamen Oktober ist, der jetzt als international tätiger Berufskiller arbeitet.«

»Wissen Sie, warum er hier ist?«

»Vermutlich, weil er's gestern abend fast geschafft hätte, Ihren Schwiegervater zu ermorden, obwohl wir uns alle Mühe gegeben haben, ihn daran zu hindern.«

»Welches Spiel spielen Sie, Monica?« fragte Michael scharf.

»Das wollte ich eben *Sie* fragen.«

»Ich weiß alles«, sagte er, jetzt wieder ruhiger.

»Glauben Sie mir, Michael, Sie wissen keineswegs alles. In Wirklichkeit wissen Sie praktisch nichts. Aber eines sollten Sie wissen: Ihre kleine Eskapade hat eines der wichtigsten Unternehmen, das die Central Intelligence Agency gegenwärtig durchführt, schwer gefährdet.«

Im Wohnzimmer war es still geworden, nur das Kaminfeuer knackte und prasselte wie Gewehrfeuer. Draußen bewegte der Wind die Zweige der winterkahlen Bäume, von denen einer an der Hauswand scharrte. Ein Lastwagen brummte die Shore Road entlang, und irgendwo kläffte ein Hund.

»Wenn Sie den Rest hören wollen, müssen Sie Ihre Mikrofone stillegen«, sagte Monica.

Michael machte keine Bewegung. Monica griff nach ihrer Handtasche, als wolle sie aufstehen und gehen.

»Also gut«, sagte Michael. Er stand auf, trat an Douglas' Schreibtisch und zog eine der Schubladen auf. Sie enthielt ein etwa fingerlanges Mikrofon. Michael hielt es hoch, damit Monica es sehen konnte.

»Ausstecken«, verlangte sie.

Er zog das Mikrofon vom Kabel ab.

»Jetzt noch das Reservemikrofon«, sagte Monica. »Sie sind zu paranoid, um sich nur auf eines zu verlassen.«

Michael trat an die Bücherwand, nahm einen Proustband heraus und holte das zweite Mikrofon dahinter hervor.

»Stillegen«, verlangte Monica.

Delaroche sah zu Michael hinüber. »Sie hat eine Waffe in der Tasche.«

Michael trat an den Sessel, in dem Monica Tyler saß, griff in ihre Umhängetasche und zog den Browning heraus.

»Seit wann tragen CIA-Direktoren Waffen?«

»Wenn sie sich bedroht fühlen«, antwortete Monica.

Michael überzeugte sich davon, daß die Pistole gesichert war, bevor er sie Delaroche zuwarf.

»Also gut, Moncia, fangen wir endlich an.«

Adrian Carter neigte von Natur aus dazu, sich leicht Sorgen zu machen – ein Charakterzug, der irgendwie mit der Aufgabe kollidierte, Agenten zu Unternehmen loszuschicken und auf ihre Rückkehr zu warten. In früheren Jahren hatte er sich viele schlaflose Nächte um die Ohren geschlagen, während er auf Michael Osbourne gewartet hatte. Besonders gut erinnerte Carter sich an zwei endlose Nächte, die er 1985 in Beirut verbracht hatte, als er auf Michaels Rückkehr von einem Agententreff im

Bekaa-Tal gewartet hatte. Damals hatte er befürchtet, Michael sei als Geisel genommen oder ermordet worden. Erst als er schon hatte aufgeben wollen, war Michael mit Staub bedeckt und nach Ziegen stinkend wieder in Beirut aufgekreuzt.

Trotzdem war das alles nichts gewesen im Vergleich zu dem Unbehagen, das Carter jetzt empfand, während er zuhörte, wie sein Agent es mit der Direktorin der Central Intelligence Agency aufnahm. Als sie verlangte, Michael solle das erste Mikrofon ausstecken, machte Carter sich noch keine großen Sorgen – schließlich hatten sie zwei installiert, und ein erfahrener Agent wie Michael würde das zusätzliche As, das er im Ärmel hatte, nie rausrücken.

Gleich darauf hörte er, wie Monica verlangte, er solle auch das zweite stillegen; dann folgten kratzende und scharrende Geräusche, als Michael es hinter den Büchern hervorholte. Da die Tonübertragung ausfiel, tat Carter das einzige, was ein guter Führungsoffizier in dieser Lage tun konnte.

Er zündete sich die nächste von Michaels Zigaretten an und wartete.

»Kurz nach meiner Ernennung zur DCI hat sich ein Mann bei mir gemeldet, der sich als ›der Direktor‹ bezeichnet hat.« Sie sprach wie eine erschöpfte Mutter, die einem Kind, das nicht einschlafen will, ein Märchen erzählt. »Er hat mir die Mitgliedschaft in einem Eliteklub angetragen – einer internationalen Vereinigung von Geheimdienstangehörigen, Finanziers und Geschäftsleuten mit dem Ziel, die globale Sicherheitslage zu verbessern. Das ist mir verdächtig erschienen, deshalb habe ich den Vorfall unserer Spionageabwehr als potentiellen Anwerbeversuch einer feindlichen Organisation gemeldet.

Die Spionageabwehr hat geglaubt, es könnte operativ

nützlich sein, zum Schein auf das Angebot des Direktors einzugehen, und ich bin derselben Ansicht gewesen. Vor Beginn dieses Unternehmens habe ich noch die Zustimmung des Präsidenten eingeholt. Danach habe ich mich insgesamt dreimal mit dem Direktor getroffen – zweimal in Skandinavien, einmal im Mittelmeerraum. Beim dritten Treffen sind wir uns einig geworden, und ich bin der Gesellschaft für internationale Entwicklung und Zusammenarbeit beigetreten.

Die Tentakeln der Gesellschaft reichen sehr weit. Sie ist in globalem Maßstab in Geheimunternehmen verwickelt. Ich habe sofort begonnen, Informationen über ihre Mitglieder und Unternehmen zu sammeln. Dieses Material ist zum Teil von der Agency ›gewaschen‹ worden, und wir haben entsprechende Abwehrmaßnahmen ergriffen. In anderen Fällen haben wir es für unumgänglich gehalten, Unternehmen der Gesellschaft weiterlaufen zu lassen, weil prompte Gegenmaßnahmen meine Stellung innerhalb der Gesellschaft hätten gefährden können.«

Michael beobachtete Monica, während sie sprach. Sie wirkte ruhig, gefaßt und völlig rational, als verlese sie auf einer Aktionärsversammlung eine vorbereitete Erklärung. Er empfand Hochachtung vor ihr; sie war eine begnadete Lügnerin.

»Wer ist der Direktor?« fragte Michael.

»Das weiß ich nicht, und ich vermute, daß Delaroche es auch nicht weiß.«

»Haben Sie gewußt, daß er im Auftrag der Gesellschaft meinen Schwiegervater ermorden sollte?«

»Aber natürlich, Michael«, sagte sie und kniff verächtlich die Augen zusammen.

»Was sollte dann der ganze Zauber neulich beim Mittagessen? Warum haben Sie mir die Zuständigkeit für den Fall Oktober entzogen?«

»Weil der Direktor mich dazu aufgefordert hat«, antwortete sie ausdruckslos, um dann hinzuzufügen: »Ich will's Ihnen erklären, Michael. Er hat geglaubt, Delaroche könne seinen Auftrag leichter ausführen, wenn Sie nicht mehr mit seinem Fall befaßt seien. Also habe ich Sie abgelöst und zugleich unauffällig Maßnahmen ergriffen, um die Sicherheit Ihres Schwiegervaters zu garantieren. Leider sind diese Maßnahmen nicht erfolgreich gewesen.«

»Warum ist er in Washington nicht unter verstärkten Schutz gestellt worden?«

»Weil der Direktor mir versichert hat, Delaroche werde nicht auf amerikanischem Boden operieren.«

»Warum haben Sie mich nicht eingeweiht?«

»Weil wir nicht wollten, daß Sie durch unüberlegtes Handeln den Erfolg unseres Unternehmens gefährden. Unser Ziel war, Delaroche aus seinem Versteck zu lokken, um ihn endgültig beseitigen zu können – ihn gewissermaßen vom Markt zu nehmen. Wir wollten verhindern, daß Sie ihn abschrecken, indem Sie Ihren Schwiegervater in einen Tresor sperren und den Schlüssel wegwerfen.«

Michael sah zu Delaroche hinüber, der energisch den Kopf schüttelte.

»Sie lügt«, stellte er fest. »Der Direktor hat mir in den USA alles zur Verfügung gestellt: Fahrzeug, Waffen, alles. Er hat entschieden, dieses Attentat in Washington ausführen zu lassen, weil er wußte, daß Botschafter Cannon dort verwundbarer sein würde als in London. Um die Wirkung auf den Friedensprozeß zu verstärken, sollte es mit der Nordirlandkonferenz zusammenfallen.« Er machte eine kurze Pause, sah zu Monica hinüber und wandte sich dann wieder an Michael. »Sie lügt sehr gut, aber sie lügt.«

Monica ignorierte ihn geflissentlich.

»Deswegen wollten wir Delaroche nicht einfach nur verhaften, Michael. Weil er lügen würde. Weil er Geschichten erfinden würde. Weil er alles mögliche behaupten würde, nur um seine Haut zu retten.« Sie sah rasch zu Delaroche hinüber, bevor sie sich wieder auf Michael konzentrierte. »Und das Problem ist, daß Sie ihm glauben. Wir wollten ihn eliminieren, weil wir befürchtet haben, im Fall einer Verhaftung werde er zu solchen Tricks greifen.«

»Das sind keine Tricks«, widersprach Delaroche. »Das ist die Wahrheit.«

»Sie hätten Ihre Rolle besser spielen sollen, Michael. Sie hätten sich einfach für den Mord an Sarah Randolph rächen und ihn umlegen sollen. Aber jetzt haben Sie alle reingeritten – die Agency und sich selbst.«

Monica stand auf, um zu signalisieren, daß das Gespräch beendet war.

»Wenn die Sache für Sie damit erledigt ist, bleibt mir nichts anderes übrig, als mit meinem Verdacht zur Spionageabwehr und zum Bureau zu gehen«, erklärte Michael. »Dann verbringen Sie die beiden nächsten Jahre unter dem CIA-Äquivalent der chinesischen Wasserfolter. Und dann befaßt der Senat sich mit Ihnen. Allein die Anwaltshonorare werden Sie ruinieren. Sie erhalten niemals wieder ein staatliches Amt, und die gesamte Wall Street meidet Sie wie die Pest. Dann sind Sie erledigt, Monica.«

»Sie haben keine Beweise, und niemand wird Ihnen glauben.«

»Botschafter Cannons Schwiegersohn behauptet, die Direktorin der Central Intelligence Agency sei an einem Mordkomplott gegen ihn beteiligt gewesen. Das ist eine verdammt tolle Story. In ganz Washington gibt's keinen Reporter, der sich nicht darauf stürzen würde.«

»Und Sie kommen wegen Verrats von Dienstgeheimnissen vor Gericht.«

»Das riskiere ich.«

Adrian Carter betrat den Raum. Monicas Blick streifte ihn, bevor sie sich wieder an Michael wandte.

»Eine Hexenjagd würde die Agency vernichten, Michael. Das dürften Sie selbst am besten wissen. Ihr Vater ist damals von Angletons Jagd auf Maulwürfe erfaßt worden, nicht wahr? Das hätte seine Karriere fast ruiniert. Ist das Ihre Methode, Ihren Vater an der Agency zu rächen? Oder sind Sie noch immer sauer auf mich, weil ich die Unverschämtheit besessen habe, Sie einmal vom Dienst zu suspendieren?«

»Sie sollten sich davor hüten, mich gegen Sie aufzubringen, Monica.«

»Was müßte ich also tun, um Sie daran zu hindern, diesen erlogenen Vorwurf gegen mich zu erheben?«

»Sie stellen nach Ablauf einer gewissen Zeit Ihr Amt zur Verfügung. Und bis dahin tun Sie genau das, was Adrian und ich Ihnen sagen. Und Sie helfen mir, die Gesellschaft zu zerschlagen.«

»Gott, sind Sie naiv! Die Gesellschaft kann niemand zerschlagen. Kontrollieren kann man sie nur, indem man ihr angehört.« Sie sah zu Delaroche hinüber. »Was haben Sie mit *ihm* vor?«

»Um Delaroche kümmere ich mich«, sagte Michael knapp.

Er griff in seine Jackentasche und holte eine Tonkassette heraus.

»Die habe ich heute besprochen und ein halbes Dutzend Kopien davon angefertigt«, erklärte er Monica. »Sie enthält eine ausführliche Schilderung Ihrer Rolle in der Gesellschaft, einschließlich des Abschusses der TransAtlantic-Maschine und des versuchten Attentats auf meinen

Schwiegervater. Die Kopien sind schon in sicheren Händen. Sollte Adrian, Delaroche, mir oder meinen Angehörigen etwas zustoßen, werden sie dem FBI und der *New York Times* zugeschickt.«

Michael steckte die Kassette wieder ein.

»Jetzt sind Sie am Zug, Monica.«

»Ich habe der Agency sechs Jahre meines Lebens gewidmet«, antwortete sie. »Ich habe alles in meinen Kräften Stehende getan, um ihr Überleben zu sichern und sie vor Männern wie Ihnen zu schützen – vor Dinosauriern, die nicht genügend Weitblick haben, um zu erkennen, daß der Agency auch in unserer modernen Welt eine Rolle zukommt. Das Spiel ist an Ihnen vorbeigegangen, Michael, und Sie sind zu dämlich, es auch nur zu merken.«

»Sie haben die Agency als persönliches Spielzeug benützt, um Ihre eigenen Interessen zu fördern, aber jetzt nehme ich sie Ihnen wieder weg.«

Sie nahm ihre Tasche, drehte sich um und verließ den Raum.

»Sie sind am Zug, Monica«, wiederholte Michael, aber sie ging einfach weiter. Keine Minute später hörten sie wieder Triebwerke aufheulen. Als Michael auf die Veranda trat, sah er gerade noch, wie Monicas Hubschrauber vom Rasen abhob und über den nächtlichen Sund davonflog.

Den nächsten Tag verbrachten sie mit warten. Carter stand mit einem Fernglas um den Hals auf der Veranda und starrte wie ein Grenzposten an der Berliner Mauer über den Sund hinaus. Michael patrouillierte ums Haus, marschierte über steinige Strände und die umliegenden Wälder und hielt Ausschau nach dem Aufmarsch feindlicher Truppen. Die ganze Zeit über sah Delaroche ihnen nur zu: ein leicht verwirrter Augenzeuge des Chaos, das er verursacht hatte.

Carter hielt telefonisch Verbindung mit der Zentrale. Was hört man von Monica? fragte er scheinbar nebenbei am Schluß jedes Gesprächs. Im Lauf des Tages wurden die Antworten immer interessanter. Monica hat sämtliche Termine abgesagt. Monica hat sich in ihrem Büro eingeigelt. Monica nimmt keine Anrufe an. Monica ist auf Tauchstation gegangen. Monica verweigert jegliche Nahrungsaufnahme. Nach Art von Spionen diskutierten Michael und Carter über die Bedeutung dieser Berichte. Setzte Monica die Kapitulationsurkunde auf – oder bereitete sie einen Gegenangriff vor?

Nachmittags fuhr Carter zum Einkaufen ins Dorf. Delaroche, der auf einem Hocker saß, weil er mit seinem geschwollenen Knöchel nicht stehen konnte, kochte für sie. Sie tranken eine Flasche Wein, dann noch eine. Delaroche sorgte für Unterhaltung. Er hielt ihnen einen zweistündigen Vortrag über Ausbildung, Fertigkeiten, Aufgabenstellung, Legenden, Waffenkunde und Einsatztaktik. Er verriet nichts, was gegen ihn hätte verwendet werden können, aber er schien es zu genießen, einen winzigen Bruchteil seiner Geheimnisse preiszugeben. Er sprach nicht über Sarah Randolph, Astrid Vogel oder die Nacht vor einem Jahr, in der Michael und er sich hier in Cannon Point gegenseitig angeschossen hatten. Während er sprach, saß er sehr still, hatte die Hände auf dem Tisch liegen und bedeckte seine Rechte mit der Linken, um die häßliche Narbe zu verbergen, die Michael auf seine Spur gebracht hatte.

Carter stellte die Fragen, weil Michael in Gedanken bereits woanders war. Oh, er hört trotzdem zu, sagte Carter sich – Michael, das menschliche Diktiergerät, das drei Gespräche gleichzeitig aufnehmen und sie eine Woche später fehlerlos wiedergeben kann –, aber in Wirklichkeit denkt er über ein anderes Problem nach. Dann wechselte Carter ins Russische über, das Michael nicht gut sprach, und die beiden Männer beendeten ihre Unterhaltung, ohne daß er sich weiter daran beteiligte.

In der Abenddämmerung machten Michael und Delaroche einen Spaziergang. Michael, der frühere Leichtathletikstar, hatte Delaroches Knöchel dick bandagiert. Carter blieb im Haus; er wäre sich vorgekommen, als belausche er ein sich streitendes Liebespaar, und das wollte er nicht. Trotzdem konnte er dem Drang nicht widerstehen, die beiden von der Veranda aus zu beobachten. Das tat er nicht als Voyeur, sondern nur als Führungsoffizier, der auf seinen Agenten und alten Freund achtete.

Michael und der humpelnde Delaroche gingen die Strandmauer zum Bootssteg entlang. Als es dunkler wurde, konnte Carter sie nicht mehr unterscheiden, so ähnlich waren die beiden Männer sich in Größe und Körperbau. Dabei wurde ihm klar, daß sie in vieler Beziehung zwei Hälften eines einzigen Mannes darstellten. Jeder hatte Charakterzüge, die beim anderen zwar vorhanden, aber erfolgreich unterdrückt waren. Wären sie in andere Lebensumstände hineingeboren worden, hätten sie ohne weiteres die Rollen tauschen können: Jean-Paul Delaroche, CIA-Offizier; Michael Osbourne, Berufskiller.

Erst nach langer Zeit – nach einer Stunde, schätzte Carter, weil er komischerweise vergessen hatte, sich den Beginn ihres Gesprächs zu notieren – kamen Michael und Delaroche zurück.

Sie blieben bei Michaels Leihwagen stehen und sahen sich über die Motorhaube hinweg an. Carter konnte die beiden noch immer nicht voneinander unterscheiden. Während der eine eindringlich zu sprechen schien, kickte der andere mit der Schuhspitze lässig Kieselsteine weg. Als ihr Gespräch zu Ende war, streckte der eine, der Steine weggekickt hatte, seine Hand über die Motorhaube aus, aber der andere weigerte sich, sie zu ergreifen.

Delaroche zog seine Hand zurück und stieg ein. Er fuhr durch das bewachte Tor hinaus und raste in der Dunkelheit davon. Michael Osbourne ging langsam ins Haus.

April

44

Washington · Wien · Südinsel, Neuseeland

Botschafter Douglas Cannon wurde an einem außergewöhnlich heißen Vormittag in der zweiten Aprilwoche aus dem George Washington University Hospital entlassen. Nachts hatte es geregnet, aber am frühen Vormittag glitzerten die Pfützen in hellem Sonnenschein. Vor dem Haupteingang warteten nur eine Handvoll Reporter und Kameramänner, denn die Washingtoner Medien scheinen unter kollektiver Vergeßlichkeit zu leiden, und eigentlich interessierte sich niemand für einen alten Mann, der ein Krankenhaus verließ. Trotzdem schaffte Douglas es, »in die Nachrichten zu kommen«, wie die Fachleute sagen, indem er laut verlangte, selbst gehen zu dürfen, statt in einem Rollstuhl hinausgeschoben zu werden – sogar so laut, daß es die Reporter draußen hörten. »Ich hab' einen Schuß in den Rücken gekriegt, verdammt noch mal, nicht in die Beine«, knurrte Cannon. Mit dieser Bemerkung wurde er dann in den Abendnachrichten zitiert – zum großen Entzücken des Botschafters.

Er verbrachte die beiden ersten Wochen seiner Rekonvaleszenz in der N Street, bevor er zu seinem Landsitz nach Cannon Point zurückkehrte. Eine kleine jubelnde Menge winkte und johlte, als Douglas' Wagen durch Shelter-Island-Heights fuhr. In Cannon Point blieb er für den Rest des Frühlings. Seine Leibwächter begleiteten ihn auf Wanderungen entlang der steinigen

Flutlinie in der Upper Beach und auf den Wanderpfaden der Mashomack Preserve. Im Juni fühlte er sich wieder kräftig genug für einen Segeltörn auf der *Athena.* Obwohl er das Ruder Michael überließ, blaffte er Befehle und kritisierte das seglerische Können seines Schwiegersohns so drastisch, daß Michael drohte, ihn vor Plum Island über Bord zu werfen.

Alte Freunde drängten Douglas, von seinem Posten in London zurückzutreten; selbst Präsident Beckwith hielt das für die beste Lösung. Aber er kehrte Ende Juni nach London zurück und bezog wieder seine Amtsräume am Grosvenor Square. Am 4. Juli, dem amerikanischen Unabhängigkeitstag, hielt er im Londoner Parlament eine vielbeachtete Rede und reiste dann nach Belfast, wo er als Held empfangen wurde.

Am Tag seines Besuchs in Belfast gaben die britischen und amerikanischen Sicherheits- und Geheimdienste das Ergebnis ihrer gemeinsamen Ermittlungen bekannt. Ihr Bericht über den Anschlag der Ulster Freedom Brigade in Washington auf Botschafter Cannon kam zu dem Schluß, daß an dem Attentat zwei Terroristen beteiligt gewesen waren: eine Frau namens Rebecca Wells, die schon an dem Überfall auf Hartley Hall beteiligt gewesen war, und ein bisher nicht identifizierter Mann, offenbar ein professioneller Killer, den die Gruppe zu ihrer Unterstützung angeheuert hatte.

Trotz weltweiter Fahndung befanden sich beide Terroristen weiter auf freiem Fuß.

Wenige Stunden nach Cannons Ankunft in Nordirland detonierte vor einem Belfaster Supermarkt an der Ecke Whiterock/Falls Road eine große Autobombe. Dabei gab es fünf Tote und sechzehn zum Teil schwer Verletzte. Die Verantwortung für den Anschlag übernahm die

Ulster Freedom Brigade. In derselben Nacht rächte die Irish Liberation Cell, eine bisher nicht in Erscheinung getretene republikanische Randgruppe, den Anschlag, indem sie eine riesige Lastwagenbombe zündete, die große Teile des Zentrums von Portadown verwüstete. Die Gruppe drohte mit weiteren Anschlägen, bis das Karfreitags-Abkommen zu Fall gebracht sei.

Auf den endlosen Korridoren in Langley kursierten wochenlang Gerüchte über einen Wechsel in der Führungsetage. Monica Tyler verlasse die Agency, wußte ein Gerücht. Sie bleibe für immer, wußte ein anderes. Monica sei beim Präsidenten in Ungnade gefallen. Monica sei als neue Außenministerin vorgesehen. Das Lieblingsgerücht ihrer Gegner war die Story, sie habe einen Nervenzusammenbruch erlitten. Sie leide unter Wahnvorstellungen. Sie habe in einem psychotischen Wutanfall versucht, ihre kostbare Büroeinrichtung zu zertrümmern.

Die hartnäckigen Gerüchte über Monica kamen irgendwann auch der *Washington Post* zu Ohren. Der Geheimdienstkorrespondent der Zeitung verzichtete darauf, die wildesten Geschichten wiederzugeben, die ihm zugetragen worden waren, aber er berichtete in einer Titelstory, Moncia habe das Vertrauen der meisten Mitarbeiter der Agency, der wichtigsten Leute der Geheimdienstszene und sogar des Präsidenten selbst verloren. Am selben Nachmittag sagte Präsident Beckwith bei einem Fototermin mit Schulkindern im Rosengarten des Weißen Hauses, Monica Tyler besitze nach wie vor sein »volles und uneingeschränktes Vertrauen«. Aus der Diplomatensprache in klares Englisch übersetzt besagte diese Bemerkung, daß Monica Tyler damit rechnen mußte, demnächst abgelöst zu werden.

Sie wurde mit Interviewwünschen bestürmt. *Meet the Press* wollte sie. Ted Koppel rief selbst an, um sie zu *Nightline* einzuladen. Eine Redakteurin von *Larry King Live* versuchte sogar, in Langley zu ihr vorzudringen. Monica wies alle ab. Statt dessen gab sie eine Presseerklärung heraus, in der sie betonte, sie bekleide ihren Posten auf Wunsch des Präsidenten, und wenn der Präsident dies wünsche, werde sie weiter im Amt bleiben.

Aber der Schaden war nicht mehr gutzumachen. Im sechsten Stock brach der Winter aus. Türen blieben fest geschlossen. Der Aktenfluß versiegte. Allgemeine Lähmung setzte ein. Monica sei isoliert, verlautete aus der Gerüchteküche. Monica sei noch weniger zugänglich als je zuvor. Monica sei erledigt. Tweedledum und Tweedledee ließen sich selten sehen; tauchten sie einmal auf, schlichen sie wie scheue Grauwölfe durch die Flure. Irgend etwas müsse passieren, besagten die Gerüchte. So könne es nicht weitergehen.

Im Juli rief Monica Tyler schließlich alle Mitarbeiter im Auditorium zusammen und gab ihren Rücktritt zum 1. September bekannt. Sie teile ihren Entschluß frühzeitig mit, sagte sie, damit Präsident Beckwith – den sie zutiefst bewundere und für den zu arbeiten ihr eine Ehre gewesen sei – genügend Zeit habe, einen passenden Nachfolger für sie zu finden. Inzwischen würde es Veränderungen in der Führungsspitze geben: Adrian Carter sei der neue Exekutivdirektor. Cynthia Martin werde als Carters Nachfolgerin die Leitung der Terrorismusbekämpfung übernehmen. Und Michael Osbourne sei der neue stellvertretende Direktor der Operationsabteilung.

Im Herbst tauchte Monica Tyler unter. Ihre alte Firma wollte sie wiederhaben, aber sie sagte, sie brauche etwas Zeit für sich selbst, bevor sie in ihre Tretmühle in der Wall

Street zurückkehre. Sie begann zu reisen; regelmäßige Meldungen über ihren jeweiligen Aufenthaltsort erreichten Carter und Michael in der Führungsetage in Langley. Monica sei immer allein, hieß es in den Überwachungsberichten. Keine Freunde, keine Angehörigen, keine Liebhaber, keine Hunde ... keine verdächtigen Kontakte. Sie war in Buenos Aires gesichtet worden. Sie war in Paris beobachtet worden. Sie hatte in Südafrika an einer Safari teilgenommen. Sie tauchte im Roten Meer – zur großen Überraschung der gesamten Zentrale, weil in Langley niemand auch nur geahnt hatte, daß Monica eine erfahrene Taucherin war. Ende November fotografierte ein Überwachungskünstler der CIA-Station Wien sie allein an einem Tisch in einem kleinen Café am Stephansplatz.

Am selben Abend ging Monica Tyler nach dem Abendessen durch eine schmale Gasse im Schatten des Stephansdoms in ihr Hotel zurück, als vor ihr ein Mann auftauchte. Er war mittelgroß, sportlich schlank und leichtfüßig. Irgend etwas an der Art, wie er sich bewegte – vielleicht der entschlossene Rhythmus seiner Schritte – ließ in ihrem Kopf sämtliche Alarmglocken schrillen.

Monica sah sich um und stellte fest, daß niemand in der Nähe war. Sie blieb stehen, kehrte um und ging zum Stephansplatz zurück. Der Mann, jetzt hinter ihr, schritt nur noch rascher aus. Monica rannte nicht – sie wußte, daß das zwecklos gewesen wäre –, sondern schloß einfach die Augen und ging weiter.

Der Mann kam näher, aber zunächst geschah nichts. Sie machte abrupt halt und fuhr herum, um ihn zu fragen, was er wolle. In diesem Augenblick zog der Mann eine Waffe aus dem Mantel: eine Pistole mit aufgesetztem Schalldämpfer.

»Lieber Gott, nein«, flüsterte sie, aber der Mann riß seinen Arm hoch und drückte rasch dreimal ab.

Monica Tyler brach zusammen, blieb auf dem Rücken liegen und starrte zum Turm von Sankt Stephan auf. Sie horchte auf die sich entfernenden Schritte ihres Mörders, fühlte das Blut aus ihrem Körper aufs kalte Pflaster rinnen.

Dann verschwamm der Turm des Stephansdoms, und sie starb.

In Georgetown hörte Elizabeth Osbourne das Telefon klingeln. Seit Michael stellvertretender Direktor war, waren Anrufe um vier Uhr morgens nichts Ungewöhnliches. Elizabeth hatte vormittags eine wichtige Besprechung mit einem Mandanten – sie hatte sich nach Michaels Beförderung ins Washingtoner Büro ihrer Anwaltskanzlei versetzen lassen – und mußte dazu ausgeschlafen sein. Sie schloß die Augen und versuchte nicht zu hören, was Michael in der Dunkelheit murmelte.

»Was Wichtiges?« fragte Elizabeth, als sie hörte, daß er auflegte.

»Monica Tyler ist heute nacht in Wien ermordet worden.«

»*Ermordet?* Was ist passiert?«

»Sie ist erschossen worden.«

»Wer hätte Monica Tyler ermorden wollen?«

»Monica hat viele Feinde gehabt.«

»Fährst du ins Büro?«

»Nein«, sagte er. »Ich kümmere mich morgen darum.«

Sie schloß die Augen und versuchte wieder zu schlafen, aber das gelang ihr nicht. Irgend etwas an Michaels Tonfall war beunruhigend gewesen. *Monica hat viele Feinde gehabt.* Und du hast dazugehört, dachte sie.

Irgendwann vor Tagesanbruch verließ er ihr Bett. Als

er lange nicht zurückkam, stand Elizabeth ebenfalls auf und ging nach unten. Sie fand ihn im Wohnzimmer, wo er an der Terrassentür stand und in den im Dämmerlicht liegenden Garten hinausstarrte.

»Alles in Ordnung mit dir?« fragte sie leise.

»Mir geht's gut«, sagte er, ohne sich umzudrehen.

»Gibt's irgendwas, über das du reden möchtest?«

»Nein, Elizabeth«, antwortete er. »Ich wollte nur in Ruhe nachdenken.«

»Michael, wenn du …«

»Ich habe bereits gesagt, daß ich nicht darüber reden kann, Elizabeth. Hör also bitte damit auf.«

Er wandte sich von der Terrassentür ab und ging wortlos an ihr vorbei.

Elizabeth sah, daß sein Gesicht aschfahl war.

Die Sommerkonferenz der Gesellschaft für internationale Entwicklung und Zusammenarbeit fand dieses Jahr auf einem schloßartigen Landsitz an einem See hoch in den Bergen der neuseeländischen Südinsel statt. Der Tagungsort stand schon seit langem fest, und der zugefrorene See und die dichten Nebel des neuseeländischen Winters bildeten einen passenden Rahmen für den trübseligen Zustand der Gesellschaft nach Picassos Ableben. Mit seinen beim MI6 gesammelten Erfahrungen war der Direktor auf gelegentliche operative Fehlschläge vorbereitet, aber nichts in der Geheimdienstwelt war mit dem globalen Kahlschlag zu vergleichen, der in den Stunden nach Picassos Tod einsetzte. Über Nacht wurden alle Unternehmen eingestellt. Sämtliche Pläne für neue Aktionen wanderten stillschweigend in den Reißwolf. Nachrichtenverbindungen wurden gekappt. Zugesagte Gelder wurden zurückgehalten. Der Direktor igelte sich in seiner Villa in St. John's Wood ein, wo ihm nur

Daphne Gesellschaft leistete, und tat, was jeder gute Geheimdienstmann nach einem krassen Mißerfolg tut – er schätzte den Schaden ab. Und als er den richtigen Zeitpunkt für gekommen hielt, machte er sich still daran, seinen in alle Winde zerstreuten Geheimorden wieder zu sammeln.

Die Tagung auf der Südinsel sollte eine Art Eröffnungsparty der neuen Organisation werden. Aber der Wiederaufbau der Gesellschaft war bestenfalls zögerlich vorangekommen. Zwei Mitglieder des Exekutivausschusses machten sich nicht einmal die Mühe, an der Konferenz teilzunehmen. Einer wollte einen Stellvertreter entsenden, was der Direktor lachhaft fand. Kurz nach Eröffnung der Sitzung beantragte der Direktor in einem seltenen Anfall von Gereiztheit den Ausschluß dieser Mitglieder. Sein Antrag wurde einstimmig angenommen, was Daphne pflichtgemäß auf ihrem Stenoblock notierte.

»Punkt zwei unserer Tagesordnung betrifft das Hinscheiden Picassos«, fuhr der Direktor fort und räusperte sich dezent. »Ihr Tod ist für Sie alle bestimmt ein schwerer Schock gewesen, aber wenigstens ist sie jetzt nicht mehr in der Lage, der Gesellschaft schaden zu können.«

»Meinen Glückwunsch zu der professionellen Art, mit der Sie dieses Problem gelöst haben«, sagte Rodin.

»Nein, nein, Sie haben mich mißverstanden«, widersprach der Direktor. »Ihr Tod ist wirklich ein Schock gewesen, denn die Gesellschaft hat absolut nichts damit zu tun gehabt.«

»Und was ist mit Oktober? Er lebt doch noch, nicht wahr?«

»Davon gehe ich aus, aber ich bin mir nicht sicher. Vielleicht hält die CIA ihn versteckt. Vielleicht hat Michael Osbourne ihn ermordet und seine Tat vertuscht.

Bestimmt kann ich nur sagen, daß alle unsere Bemühungen, ihn aufzuspüren, fehlgeschlagen sind.«

»Vielleicht kann ich Ihnen behilflich sein«, schlug Monet vor, der im israelischen Mossad die Operationsabteilung leitete. »Unsere Männer haben schon oft bewiesen, daß sie flüchtige Verbrecher aufspüren können. Jemand wie Oktober dürfte nicht allzu schwer zu finden sein.«

Aber der Direktor schüttelte langsam den Kopf. »Nein«, sagte er. »Selbst wenn Oktober noch lebt, dürfte er uns meiner Meinung nach auch in Zukunft keine Schwierigkeiten machen. Am besten lassen wir die Sache auf sich beruhen, finde ich.«

Der Direktor senkte den Kopf und blätterte in seinen Unterlagen.

»Womit wir bei Punkt drei unserer Tagesordnung wären – der Situation im ehemaligen Jugoslawien. Die kosovo-albanische Befreiungsarmee UCK bittet uns um Unterstützung. Gentlemen, wir sind wieder im Geschäft.«

Epilog

Lissabon · Brélès, Bretagne

Jean-Paul Delaroche hatte sich eine kleine Wohnung in einem heruntergekommenen bernsteingelben Apartmenthaus mit Blick über den Lissabonner Hafen genommen. Er war nur einmal kurz in Lissabon gewesen, und der Ortswechsel gab seiner Arbeit neue Impulse. Tatsächlich erlebte er eine produktive Phase wie seit vielen Jahren nicht mehr. Er arbeitete jeden Tag von morgens bis zum Spätnachmittag und malte viele Ansichten von den Kirchen, den Plätzen und den Booten im Hafen. Der Besitzer einer der führenden Lissabonner Galerien sah ihn eines Tages malen und bot ihm begeistert an, seine Werke auszustellen. Delaroche nahm seine Geschäftskarte mit farbverschmierten Fingern entgegen und versprach, über den Vorschlag nachzudenken.

Nachts ging er auf die Jagd. Er stand auf seinem Balkon und suchte die Umgebung nach Anzeichen für eine Überwachung ab. Er durchstreifte stundenlang die Stadt in dem Versuch, etwaige Verfolger zu provozieren, damit sie sich zeigten. Er machte lange Radtouren über Land, um zu sehen, ob sie ihm folgen würden. Er brachte in seiner Wohnung Abhörmikrofone an, um festzustellen, ob jemand dort eindrang, während er unterwegs war. Am letzten Novembertag akzeptierte er endlich die Tatsache, daß er nicht überwacht wurde.

An diesem Abend schlenderte er zu einem guten Restaurant, um zu Abend zu essen.

Zum ersten Mal seit dreißig Jahren ließ er seine Pistole in der Wohnung.

Im Dezember mietete Delaroche einen Seat und fuhr damit nach Frankreich. Er hatte Brélès, das alte Fischerdorf an der bretonischen Küste, vor über einem Jahr verlassen und war seither nicht wieder dort gewesen. Nachdem er in Biarritz übernachtet hatte, kam er am nächsten Tag gegen Mittag in Brélès an.

Er parkte seinen Leihwagen und machte einen Rundgang durchs Dorf. Niemand erkannte ihn. In der Bäckerei würdigte Mlle. Trevaunce ihn kaum eines Blickes, als sie ihm ein Weißbrot gab. Mlle. Plauché beim Fleischer hatte früher schamlos mit ihm geflirtet; jetzt schnitt sie mürrisch den Schinken auf, packte ein keilförmiges Stück Ziegenkäse dazu und ließ ihn grußlos seines Weges ziehen.

Delaroche ging in das Café, in dem die alten Männer ihre Nachmittage verbrachten. Er fragte, ob jemand eine Irin im Dorf gesehen habe: schwarzhaarig, gute Figur, hübsch. »In dem alten Haus am Kap wohnt eine Irin«, sagte Didier, der rotgesichtige Inhaber des Geschäfts für Haushaltswaren. »Wo früher der Verrückte gelebt hat – *le Solitaire.*«

Als Delaroche so tat, als verstehe er seine letzte Bemerkung nicht, lachte Didier nur und beschrieb ihm den Weg zu dem alten Haus. Dann lud er Delaroche ein, ihnen bei Wein und Oliven Gesellschaft zu leisten. Aber Delaroche schüttelte den Kopf und sagte: *»Non, merci.«*

Delaroche fuhr die Küstenstraße entlang und parkte ungefähr hundert Meter von dem Haus entfernt in einer Kehre über dem Wasser. Er sah Rauch aus dem Kamin aufsteigen, nur um sofort vom Wind zerteilt zu werden.

Er blieb am Steuer sitzen, aß Brot, Schinken und Käse, rauchte und beobachtete das Haus und die Wogen, die sich an den Felsen brachen. Einmal sah er flüchtig ihr rabenschwarzes Haar, als sie an einem offenen Fenster vorbeiging.

Er dachte an das, was Michael Osbourne zuletzt gesagt hatte, bevor sie sich an jenem Abend auf Shelter Island getrennt hatten. *Sie hat Schlimmeres verdient,* hatte er gesagt. *Sie hätte den Tod verdient.* Osbourne war viel zu anständig – zu tugendhaft –, um Monica Tyler zum Tod zu verurteilen, aber Delaroche glaubte zu wissen, was er in diesem Augenblick wirklich dachte. Diesen geringen Preis zahlte er gern dafür, daß Osbourne ihm die Freiheit schenkte. Tatsächlich hatte es ihm sogar Spaß gemacht, denn Monica Tyler gehörte zu den widerlichsten Menschen, die ihm je begegnet waren. Und für ihre Beseitigung gab es einen weiteren Grund: Sie hatte sein Gesicht gesehen.

Rebecca trat mit verschränkten Armen auf die Terrasse, um den Sonnenuntergang zu beobachten. Will sie mich sehen? fragte Delaroche sich. Oder will sie, daß ich wegbleibe, damit sie die ganze Sache hinter sich lassen kann? Am einfachsten wäre es gewesen, umzukehren und sie zu vergessen. Nach Lissabon zurückzufahren, sich in die Arbeit zu stürzen. Das Angebot des Galeristen anzunehmen.

Er ließ den Motor an. Selbst dieses entfernte Geräusch ließ sie herumfahren und unter ihren Pullover greifen. Das kommt vom Leben auf der Flucht, dachte Delaroche. Sie fährt bei jedem unbekannten Geräusch zusammen und greift nach der Waffe. Diese Reaktion kannte er nur allzugut.

Rebecca starrte den Wagen lange prüfend an, und nach einiger Zeit verzogen ihre Lippen sich zur Andeutung eines Lächelns. Dann wandte sie sich ab und blickte wieder aufs Meer hinaus und wartete darauf, daß er zu ihr kam. Delaroche legte den ersten Gang ein und fuhr die Straße zum Haus hinunter.

Danksagungen

Obwohl *Der Botschafter* ein Roman ist, handelt das Buch offensichtlich von realen gegenwärtigen und vergangenen Ereignissen in Nordirland. Da die Engländer und die Iren in diesen Konflikt verwickelt sind, gibt es keinen Mangel an großartigen Werken über dieses Thema, aus denen ich geschöpft habe. Tatsächlich habe ich bei der Abfassung dieses Manuskripts Dutzende von Sachbüchern zu Rate gezogen. Die bemerkenswerten Werke Martin Dillons – vor allem auch *The Shankill Butchers* und *The Dirty War* – sind mir besonders nützlich gewesen; das gilt auch für Standardwerke wie *The Troubles* von Tim Pat Coogan und *The Provisional IRA* von Patrick Bishop und Eamonn Mallie. Der Versuch, Geschichte im Werden zu beobachten, kann schwierig sein, aber das World Wide Web und das Phänomen des Online-Journalismus haben mir diese Aufgabe erleichtert. Ich konnte jeden Morgen in London, Belfast und Dublin erscheinende Zeitungen lesen, um zu sehen, was in der Provinz Ulster vor sich ging. Ich möchte Martin Fletcher von der Londoner *Times* und dem gesamten Nordirland-Team der BBC meine Anerkennung für ihre hervorragende Berichterstattung über ein bemerkenswertes Jahr aussprechen.

Für dieses Buch und seinen Vorgänger *Der Maler* habe ich mehrere aktive und ehemalige CIA-Offiziere befragt. Mein besonderer Dank gilt den pflichtbewußten Mitarbeitern des CIA-Zentrums zur Terrorismusbekämpfung und des Nordirland-Teams. Sie haben geduldig so viele meiner Fragen beantwortet, wie sie durften, und mir dabei wertvolle Einblicke in ihre Arbeitsweise verschafft.

Ion Trewin von Weidenfeld & Nicolson war mein Reisegefährte in Ulster und erlaubte mir, mich in seinem Arbeitszimmer in Highgate zu etablieren. Außerdem haben er und seine Assistentin Rachel Leyshon einige ausgezeichnete Vorschläge zur Verbesserung meines Manuskripts gemacht.

Wie immer gilt mein herzlicher Dank allen bei International Creative Management – Heather Schroder, Sloan Harris und Jack Horner –, dem bemerkenswerten Team von Random House – Jeanne Tift, Tom Perry, Carol Schneider, Sybil Pincus, Sarah French, Andy Carpenter, Caroline Cunningham, Amy Edelman, Deborah Aiges und Sheryl Stebbins – und dem bei Ballantine – Linda Grey, Leona Nevler, Kimberley Hovey, Woody Tracy, Tip Tharp, Jean Fenton, Jenny Smith, Jocelyn Schmidt und George Fisher.

Und ein ganz besonderer Dank an Wanda Chappell für all ihre Hilfe und Unterstützung. Sie wird mir sehr fehlen.

Und schließlich wäre dies alles nicht möglich gewesen ohne die Freundschaft, die Unterstützung und den Enthusiasmus dreier außergewöhnlicher Menschen: meiner Agentin Esther Newberg, meines brillanten Lektors Daniel Menaker und meiner Verlegerin Ann Godoff. Ihr seid die Besten.

Daniel Silva

Der Auftraggeber

Roman. Aus dem Amerikanischen von Wulf Bergner. 479 Seiten. Serie Piper

Die schwarze Limousine geht in einer grellen weißen Explosion auf, der israelische Botschafter in Paris ist auf der Stelle tot – und die Spur der Täter führt Gabriel Allon zurück in seine eigene Vergangenheit, zum tragischsten Moment seines Lebens … Auf der atemberaubend spannenden Jagd zweier Todfeinde schickt Daniel Silva seine Leser um den ganzen Erdball und verwebt geschickt die politische Intrige mit dem persönlichen Schicksal seines Helden.

»Silvas Roman geht psychologisch in die Tiefe und läßt kunstvoll die Grenzen zwischen historischen Fakten und Fiktion verschwimmen.«
Berliner Morgenpost

05/1687/01/L

Daniel Silva

Double Cross – Falsches Spiel

Roman. Aus dem Amerikanischen von Reiner Pfleiderer. 568 Seiten. Serie Piper

Operation Mulberry: so lautete das Codewort für die alliierte Invasion in der Normandie und war das bestgehütete Geheimnis des Zweiten Weltkriegs. Als der englische Geheimdienst meint, alle deutschen Spione enttarnt und umgedreht zu haben, setzt die deutsche Abwehr ihre attraktivste Geheimwaffe ein: Catherine Blake, Top-Agentin, eiskalt und brillant. Mit atemberaubender Präzision geht sie auf die Jagd nach den alliierten Plänen. Auf der Gegenseite wurde, von Churchill persönlich, der Geschichtsprofessor und geniale Analytiker Alfred Vicary eingesetzt – ihr absolut ebenbürtiger Gegenspieler, der in letzter Minute entdeckt, daß es ein zweites deutsches Spionagenetz gibt. Catherine Blake ist in seiner nächsten Nähe … Daniel Silva verdichtet den teuflischen Wettlauf mit der Zeit, als das Schicksal Europas auf des Messers Schneide steht, zu einem rasanten Thriller.

05/1144/01/R

SERIE PIPER

SERIE PIPER

Arne Dahl

Misterioso

Kriminalroman. Aus dem Schwedischen von Maike Dörries. 345 Seiten. Serie Piper

Kaum ist Paul Hjelm, Inspektor der Stockholmer Polizei, zur Sondereinheit für besonders schwierige Fälle berufen worden, da hat er es schon mit einem kaltblütigen Serienmörder zu tun: drei unbescholtene Geschäftsleute – hingerichtet mit Kopfschüssen aus nächster Nähe, nach einem präzisen Ritual. Eine erste Spur, die zu einer Geheimloge führt, erweist sich als Sackgasse. Ist womöglich die russische Mafia in die Morde verwickelt? Doch dann die heiße Spur: ein Jazzstück mit dem bezeichnenden Titel »Misterioso« …

»Sein Erzählstil ist dicht, seine Figuren sind glaubwürdig gezeichnet, seine Geschichte gut durchdacht und geschickt konstruiert.«
Westdeutsche Zeitung

05/1525/01/L

Arne Dahl

Böses Blut

Roman. Aus dem Schwedischen von Wolfgang Butt. 360 Seiten. Serie Piper

Ein schwedischer Literaturkritiker wird auf dem New Yorker Flughafen auf ebenso ungewöhnliche wie grausame Weise getötet. Die Spur des Täters führt zu einer Mordserie, die fünfzehn Jahre zurückliegt. Paul Hjelm und Kerstin Holm von der Stockholmer Sonderkommission stoßen auf einen ungeheuerlichen Fall …

»Mit diesem Roman hat sich der Schwede Dahl in die erste Reihe der internationalen Thriller-Autoren geschrieben. ›Böses Blut‹ ist weit mehr als die schnell konsumierte und ebenso schnell wieder vergessene Thriller-Konfektion. Dahls Roman hat literarisches Niveau.«
Der Spiegel

05/1774/01/R

John Griesemer

Rausch

Roman. Aus dem Amerikanischen von Ingo Herzke. 765 Seiten. Serie Piper

1857: Die Welt windet sich in den Geburtswehen der Moderne. Das erste Transatlantikkabel soll verlegt werden, doch es reißt. Das größte Schiff aller Zeiten soll zu Wasser gebracht werden, doch es läuft nicht vom Stapel. Der Ingenieur Chester Ludlow ringt darum, zwei Kontinente zu verbinden – als er der schönen Katerina Lindt verfällt, muss er erfahren, dass es menschliche Schwächen sind, die das Jahrhundertprojekt an den Rand des Scheiterns bringen. Die Sprachgewalt und epochale Wucht von John Griesemers »Rausch« versetzte die Kritik in einen Taumel und machte das Buch zum Bestseller. »Ein Roman mit ›Titanic‹-Qualitäten«, schrieb die Zeitschrift Brigitte.

»Es ist genau das, was sein Titel verspricht: ein Rausch. Dieses Buch ist wunderbar … Lesen Sie sich einen Rausch an.«
Elke Heidenreich in »Lesen!«

05/1810/01/L

Thommie Bayer

Der langsame Tanz

Roman. 159 Seiten. Serie Piper

Martin ist das beliebteste Aktmodell der Akademie. Als eines Tages der Alptraum eines jeden männlichen Modells wahr wird, kündigt er in Panik seinen Job. Doch die Künstlerin Anne ist wie besessen von ihm und macht ihn zum ausschließlichen Modell ihrer Bilder. Und schon bald geraten Maler und Modell in eine fatale Abhängigkeit. Martin träumt sich immer intensiver in die Rolle des Liebhabers, ohne zu wissen, was Anne in ihrem Schaffensrausch mit ihm vorhat …

»Daß man sich aus Bayers spritzigen Dialogen nicht losreißen kann, daß seine Figuren sehr genau gezeichnete Typen aus dem Alltag sind, auch wenn sie durchaus unalltägliche Geschichten erleben, gerade das macht die Faszination seiner Texte aus.«
Rheinischer Merkur

05/1816/01/R

SERIE PIPER